U0137389

中古文學文獻學

（增订版）

刘跃进 著

凤凰出版社

图书在版编目（CIP）数据

中古文学文献学 / 刘跃进著. -- 增订版. -- 南京：
凤凰出版社，2023.2
ISBN 978-7-5506-3771-9

Ⅰ.①中… Ⅱ.①刘… Ⅲ.①中国文学－古典文学－
文献学－研究 Ⅳ.①I206.2

中国版本图书馆CIP数据核字(2022)第223483号

书　　　名	中古文学文献学(增订版)
著　　　者	刘跃进
责 任 编 辑	孙思贤
特 约 编 辑	蔡谷涛
装 帧 设 计	徐　慧
出 版 发 行	凤凰出版社(原江苏古籍出版社)
	发行部电话025-83223462
出版社地址	江苏省南京市中央路165号,邮编:210009
照　　　排	南京凯建文化发展有限公司
印　　　刷	江苏凤凰通达印刷有限公司
	江苏省南京市六合区冶山镇,邮编:211523
开　　　本	718毫米×1005毫米　1/16
印　　　张	49
字　　　数	659千字
版　　　次	2023年2月第1版
印　　　次	2023年2月第1次印刷
标 准 书 号	ISBN 978-7-5506-3771-9
定　　　价	168.00元

(本书凡印装错误可向承印厂调换,电话:025-57572508)

目　录

中编　中古诗文研究文献

下编　中古小说文论研究文献

增订版前言

《中古文学文献学》是曹道衡、沈玉成两位先生给我指定的题目。我在《一个后学眼中的沈玉成先生》一文中曾写到这本书的写作背景,先摘录如下:

> 1991年,曹道衡、沈玉成先生申请了中国社会科学院重点项目《中古文学编年史》,所涵盖的范围是魏晋南北朝文学。当时我刚毕业留所,二位先生就把我吸收到课题组中,并做了明确分工:沈玉成先生负责魏晋部分,曹道衡先生负责南北朝部分,而我则协助资料收集整理工作。为此,沈玉成先生责成我编撰《中古文学文献学》,目标很明确,一是将中古文学的原始资料交待清楚,二是评述历代研究状况。他特别告诫我,不要写成综述性的著作,而是要有自己的见解。而在我,初入学苑,要在许多问题上提出自己的见解,谈何容易。在这种情况下,两位先生又是一如既往地扶持着我,确定章节目录,补充修订,甚至连书名也是沈玉成先生替我起的。书稿完成后,沈玉成先生又热情地推荐给金开诚先生,收录在金先生主编的"中国古文献研究丛书"。后来,沈玉成先生在给这部小书作鉴定时写道:"《中古文学文献学》是带有开创性意义的著作。这样说也许不算溢美,因为作者几乎接触到了在国内(主要是北京)所能见到的中古文学原始资料和研究文献,作出了繁简得当的介绍和评价,而且这种介绍和评价并非孤立的、零敲碎打的,而是在中古文学的研究体系中为这些材料和成果各各安排了恰当的位置,如登高望

远,村落田园,历历在目。这项工作,粗看来似乎只要肯下死工夫,统览材料就可以完成,而实际上,如果对这一段文学的全貌未能了然于心,是不可能安排得如此恰当的。我认真读过此书的全稿,完全同意曹道衡同志在序中的话,'不但对初涉中古文学研究的同志有很大的教益,就是对研究工作多年的同志,也同样能得到不少启发'。另外,还要强调介绍,此书的价值不仅在于为研究者提供了全面的资料线索,更在于对某一类材料和成果作了介绍以后又提出了自己的见解,指出了已有材料和成果的不足与缺失。所以,它的品味要高于过去的目录学、史料学。"这段话是沈玉成先生对我的较高的期许,尽管努力去做,但限于学识,还有很大的距离。这本小书直到 1997 年才出版,而沈玉成先生已经去世了两年,又不及看到。这是我感到非常遗憾的另一件事情。

在撰写《中古文学文献学》过程中,我发现《玉台新咏》还有很大的研究空间。这个想法得到沈先生认可。这是我后来从事《玉台新咏》研究的缘起。这是题外话,暂且不表。

文学研究所向来有个不成文的惯例,刚工作的科研人员先到基层锻炼一年。文学所的"基层"通常是指三个编辑部(《文学评论》《文学遗产》《中国文学年鉴》)和一个图书资料室。我先在资料室"锻炼",每天的工作就是"撕"杂志,将撕下来的文章剪好,用浆糊粘贴在白纸上,分门别类地装订起来,供科研人员参考。有同事在楼道见到我,做出撕纸的样子,善意地嘲笑我每天撕纸已经成为习惯动作。后来,我与人大复印资料中心的工作人员谈论此事,年长一点的就像找到知音一样,连忙说:"我们当初也是这样。"半年以后,我转到《文学遗产》编辑部兼职,还应编辑部徐公持老师之约,撰写了《近两年台湾中国古典文学研究述要》等学术综述文章。文学所还有一项常规性的工作,年轻学者多要为《中国文学年鉴》撰写年度学科综述,我也不例外。所有这些,让我有机会接触到更多的资料,也时常引起一些学术思考。

《中古文学文献学》就是当时思考的成果之一。如果说这部著作还有一定参考价值的话，在学术原创性方面有多少不敢说，实用性和可读性还是差强人意的。我对自己有一个基本要求，即对所评述的重要文献，都要逐一过目、研读和比较，努力按照老师的要求，提出自己的见解。一些不易查阅的资料，自己又没有目验，就尽量规避。也有一些重要资料实在绕不过去，自己又理解不深，就征引专家之言予以介绍。这样做并不是虚张声势，确实舍不得放弃。这些年，海内外同行不时地还会提到这部著作，认为信息量比较大，使用起来很方便。这是叫我感到欣慰的地方。

文献资料类著作，往往容易堆积资料，阅读起来磕磕碰碰。加拿大学者布鲁斯·炊格尔（Bruce Trigger）《时间与传统》（三联书店1991年版）一书在处理材料方面很有特色：二十世纪以前的人名、书名有注，近代的研究则括注人名、数字和字母，书后所附参考文献，详注出处，与正文的标注相对应，便于核查。经过这样的处理，文字比较流畅。这种方法为本书所取。

在过去的四十多年间，我撰写了若干种学术论著，阅读面最广的很可能就是这部著作，它近乎一部教学参考书。鉴于学术的发展，出版社早有修订的提议。我总觉得准备不足，迟迟未能动手。从行政岗位上退下来以后，我有了较多的读书时间，便开始着手对《中古文学文献学》进行修订。客观地说，三十多年来，与中古文学研究相关的文献资料不断涌现，研究成果也层出不穷。这次修订的主要任务就是要充分地吸收这些研究成果，为进一步的研究奠定基础。譬如十六国北魏至隋代的诗文研究文献，原来有一万多字，现在扩展到十万字。其他如《文选》《玉台新咏》等研究文献，都有较大的增补，努力反映最新的研究状况。

为保留最初的学术愿景，引言和结束语没有修改，这不等于思想固化。在初版的结束语中，我曾对中古文学文献研究作过一番展望。现在看来，这些目标多已实现，甚至其变化程度远远超出了当时的预想。

《颜氏家训·勉学》说："古之学者为己，以补不足也；今之学者为人，但能说之也。古之学者为人，行道以利世也；今之学者为己，修身以求进也。"撰写《中古文学文献学》，既是为己之学，也是为人之学。为己以补不足，修身求进；为人以求利世，"但能说之"。感谢凤凰出版社为我提供修订旧著的机会，使我看到了自己的不足，更看到了学术界的巨大进步。这无疑是一种鞭策，必将有力地推动我们深入探索，砥砺前行。

2022 年 5 月 4 日记于京城爱吾庐

初版序

任何一种科学的发展，实际上都是人类对客观世界认识不断深化的结果。自然科学是这样，社会科学也是这样。因此，一个研究者在他所从事的科研工作中要有所发现、有所推进，都必须充分总结前人的成果，在已有的基础上加以深化和发展。否则要想取得较好的成绩无疑是很困难的。刘跃进同志的这本《中古文学文献学》的撰作宗旨，正是为着这样一个目的。

近代的学术大师黄季刚先生曾经用一个典故，生动地告诫学生们要充分注意所研究问题的历史和现状。他对那些闭门造车不了解过去和当前已有成果的人称作犯有"辽东白豕病"。说的是从前辽东地方有个人，看到家里养的猪身上长着白毛，就认为是奇特的珍品，就赶着它去献给皇帝，以邀重赏。但他在去往京城的半途上发现那里的猪长白毛的很多，才自知少见多怪，只能默然而返。这虽然是一个寓言，但对我们的研究工作者却不无借鉴的意义。试看现在我们有些同志的文章，有时其基本观点是今人甚至清人所早已说过了的，却又自诩为创见。这种例子就和"辽东白豕"的故事，颇有几分相像。当然，这种情况也有所不同，有时后人研究的结论，虽与前人相符合，而在论证上更趋细密，材料根据更为翔实丰富，也可以有很高的价值。例如，东晋时出现的伪"古文尚书"，从宋元以来，就不断地有人提出怀疑，而真正加以论定并为大家所公认的则当归功于清人阎若璩的《古文尚书疏证》，其后的惠栋、程廷祚等人又加以补充发明。所以我们至今认为研究《尚书》问题时，阎、惠、程等人的著作为必读之书。但在另一种情况下，重复别人已有之说，就难免犯"辽东白豕病"之讥。在这方面，我自己就有过教训。十多年前，我读《北堂书钞》，见到卷一百五十七引了晋代张华的诗句"清晨登陇首"，又见范文澜同志的《〈文心雕龙〉注》中提到《诗品》引用此句而未知所出，就自认为创获，写成札记加以发表。后来阅读郭绍虞先生主编的《中国历代文论选》，才知道这个问题，早在"文化大革命"以前，就由前辈学者解决了，因此后来拙文结集出版时，就将此条删去。这个例子既说明我自己读书不博，也说明了我平时对前人研究成果缺乏必要的了解。

还有一种情况实质和"辽东白豕病"相近而表现则有不同，这就是对前人或同时人早已充分论证且为多数人所公认的结论一无所知或视而不见，依然沿用着已经被证明不对的说法。例如，前面讲到过的伪"古文尚书"，经过阎若璩等人考证，早已论定为伪作。但在近年来竟还有人把它当作上古的真实史料来引用，就是一个例子。又如南朝诗人鲍照的生年问题，清代人陈沆在《诗比兴笺》中曾根据《拟行路难》推测为晋安帝义熙元年（405 年）。近人吴丕绩先生《鲍照年谱》就据此立说。但根据这个说法，鲍照的享年应为六十二岁，与南齐虞炎《〈鲍照集〉序》所说的"时年五十余"不合。同时，现代不少研究者还提出《拟行路难》未必是一时之作，并从诗中找到了内证。可见陈沆、吴丕绩的说法，恐怕很难视为定论。但现在也还有一些同志在讨论鲍照的生年时，还继续采取这一看法。对这两个例子，似乎也可区别对待。探讨上古史而误据伪"古文尚书"（如果不是某些先秦古书中曾引用过的佚文），这终究是一大缺陷。至于陈沆、吴丕绩关于鲍照生年的推测，如果还有人坚持，这也未始不可，但总要对别人所提出的《拟行路难》非一时之作和虞炎所记鲍照的享年之数提出有力的反证，否则就很难叫人心服。

上面所举的一些例子，都说明了我们的研究者在从事研究工作时，都必须重视和总结前人或同时人的成果问题。但这些事例，还只是为了消极地避免错误或不确实的论证。我们要了解前人和同时人的研究情况，主要恐怕还应该从积极方面着眼，也就是说，在前人和同时人研究成果的基础上，探讨哪些问题尚待进一步研究解决；哪些问题虽已有较一致的看法，而还有待于完善和深化；而且从这些已有的结论中还可以联系哪些方面，进而解决另一些新的学术问题。这对于每个从事科研工作的人显然是十分必要的。从本书中论述到的不少学术问题看来，它们常常能启发我们去思考，并对自己过去的看法提出怀疑和反思。例如，关于《文心雕龙》的成书究竟是在南齐还是梁代的问题。我过去也曾见到过一些同志的文章主张《文心雕龙》作于梁代，但始终相信《时序篇》中"暨皇齐驭宝，运集休明"诸语，对新说很少加以考虑。现在看来，这种说法在某些论证方面似乎还不够成熟，但这个结论也不能轻易忽视。例如，有的同志举出《序志篇》中用《周易·系辞传上》"大衍之数五十"一语典故，改"衍"字为"易"字，是否为了避免梁武帝萧衍的名字，这就很可思考。这种例证，当然还不能说是铁证，因为据《世说新语·文学》载，庾阐作《扬都赋》，曾因庾亮要看，而在文中改去"亮"字，可见掌权大臣的名字有时也可能避免使用。另外，在古籍中也还有不少追改之例。同时，我们也要考虑到一部著作的写成常常需要一段较长的时间，刘勰开始写作《文心雕龙》时可能是在齐代，而全书的完成却在梁时，因此兼有齐梁二代人的口吻，也不是不可能的。像这种有争论的问题，在一部文献学著作中，能够并列众说加以对比，往往更能对读者提供必要的启发。

在提出这许多问题时，刘跃进同志是经过了深入细致的考虑的。例如关于钟嵘《诗品》三篇序言的位置安排问题，看起来似乎仅仅是版本的不同。但究其实质则涉及钟嵘对谢灵运、沈约等重要作家的看法，甚至关系到钟嵘对元嘉、永明诗风的态度问题。这和前面讲到的《文心雕龙》成书于南齐还是梁代的问题一样，都涉及文学批评家和作家的相互关系，甚至和一代文学思潮的变化密切相关。在论述这些问题时，作者显然不限于介绍学术界对这些具体问题的论争，而是把这些问题作为整个齐梁文学发展演变过程中各个环节来思考的。在他撰写到这一部分时，曾对这些问题和齐梁之际文学思潮的关系作了种种思考和推论，因此能从较高的角度来看待这些问题，也更能对读者有所启发。

本书在论到许多具体的学术问题时，往往不仅仅是客观地介绍前人和同时人的看法,还常能对一些说法提出必要的质疑。例如,在讲到萧涤非先生《汉魏六明乐府文学史》中对汉乐府《妇病吟》一诗的断句与一般说法不同时,作者经过仔细考虑,指出萧先生的断句有胜于一般说法之处,但也对这种断句方法提出自己的疑问。在谈到陶渊明的享年问题时,论述了过去梁启超、古直等人曾对沈约、萧统所说的六十三岁说表示怀疑,并提出过五十六岁或五十二岁诸说。这些说法现在已很少有人信从,但作者考虑到历史上曾有过这种争论,并且陶渊明的好友颜延之在《陶徵士诔》中仅云"春秋若干",而在另一处又说"年在中身"。这"中身"二字出于《尚书·无逸》"文王受命惟中身,厥享国五十年",而据《礼记·文王世子》说"文王九十七而终"。照这样看来,似乎与传统所说陶渊明卒年六十三之说尚有距离。梁、古诸说的立论,虽多属推测和猜想,也许还有加以考虑的可能。像这些例子都说明作者既善于思考,也能谨慎地对待学术问题。

如果说这本《中古文学文献学》对前人和今人关于中古文学史中的不少争论问题作了扼要的论述,从而对研究者很有启发的话,那么本书中关于这一时期文学作品的一些重要选本和总集的论述,似乎尤见功力。有不少论点的提出,显然是作者对那些典籍下了较深功夫的结果。例如在论到清严可均的《全上古三代秦汉三国六朝文》时,作者既充分肯定了严氏的功劳和用力之勤,又指出由于种种条件的限制,任何总集都不可能把一代的文章搜罗无遗。例如裴子野《宋略》的不少佚文,见于《建康实录》,而此书在清中叶一段时间很少流传,因而严氏未见此书,不能辑入。作者又指出严氏在搜罗古人遗文时,往往把许多零星的佚文设法衔接起来。在这方面,他既有做得很好的地方,有时却难免失误。此说我颇有同感,例如晋鲁褒的《钱神论》,严氏把《晋书》和《太平御览》所载文字归并在一起,其中有个别地方就显得繁冗,甚至和成公绥的同名文章有相同处,其中是否有失误,就很难保证。同样,本书中在论到逯钦立先生的《先秦汉魏晋南北朝诗》时,不但指出了此书基本上按作者生卒年编排和注明每首诗出处的优点,而且论述了此书在考订具体作家、作品时的得失。如作者认为逯书根据史传所载,北周李昶曾被赐姓为宇文氏,和他小字李那的事实,把冯惟讷《诗纪》、丁福保《全汉三国晋南北朝诗》中误收入隋诗的李那《奉和重适阳关》移入北周诗中,和原题宇文昶《陪驾幸终南山》放在一起,改正为李昶作,这是逯先生考订精当的表现。同时,在谈到逯书中新增的沈约《登北固楼诗》时,指出此诗原出唐张读《宣室志》,系小说家拟托,并非沈约作品。这些都表现了作者在考订古籍方面的功力。又如本书在谈到《玉台新咏》时,提到明寒山赵氏覆宋本虽被研究者视为较近徐陵原貌,却也有些地方可能已被人窜乱。因为在赵本的第六卷中,所收徐悱妻刘令娴诗共三首,而前二首在何思澄诗之前,另一首则在何之后,这说明后一首或系后人所附益,此说很有见地。因此,这部《中古文学文献学》不但对初涉中古文学研究的同志有很大教益,就是对从事研究中古文学工作多年的同志也有所启发。

刘跃进同志是我的博士研究生,1991年毕业后留在文学所工作。由于他在杭州大学攻读硕士学位时,专攻古典文献专业,因此对古代典籍和中古时代的文学与历史都下了扎实的功夫,掌握丰富的资料。他治学勤奋刻苦,善于思考和发现问题。他的博士论文《永明文学研究》,曾获得当代著名学者程毅中、袁行霈、葛晓音等同志的称赞。此书现已由台湾文津出版社出版。书出版后,曾寄赠美国西雅图华盛顿大学康达维教授请正,康先生在回信中也颇有好评。在这部著作中,作者全面论述了永明文学的特点及其产生原因,而且对永明作家的生平作了许多考订。例如"四声说"的创始者周颙的卒年,过去许多学者大抵推测为永明七年(489年)以前。刘跃进同志则根据梁释僧祐《略成实论记》、沈约《与约法师书》等材料,考定为永明八年(490年)以后,十一年(493年)以前。这个结论,可以视为定说。现在这部《中古文学文献学》已经脱稿,我作为第一个读者,感到深受启发。我觉得以跃进同志的年富力强,而且已经具有这样的学力和识见,一定会有更多的力作问世,不禁企予望中。聊作此序,以志欣喜之情。

1993年3月曹道衡序于文学研究所

初版引言

　　按其性质，这部书应该算作专题研究导引一类的著述，与西文 Intro-duction 或者 Reference sources 的含义略近，因此叫《中古文学研究导论》更为明晰。然而，"中古文学研究"涉及的问题殊多，远非这样一部小书所能包容。本书所论仅限于作家生平事迹、作品年代、本事、真伪及流传方面的有关史料和研究现状等内容，大体不出文献学范围，所以选取了目前这个有些拗口的书名。

　　由此不妨引申，把古代文学研究明确地分为文学文献学和文学阐释学两大阵地，彼此有相对的独立性。前者强调对史料进行客观的考辨，重视学术的积累；后者则不免有较多的主观成分，阐发意蕴，寻绎智慧的启迪和情感的娱悦。在过去的十年中，我曾在大学讲台上讲授过中国古典诗歌，常常依照个人的情思去分析作品。有时，自己的理解与作品的本意相去甚远，但又确有某种渊源关系，而且同学们普遍反映较好。这也许就是文学阐释学的功效，而这种功效的捕获却以不惜割裂作品原意为代价的。这与文学文献学的研究迥然有别。学校希望我把讲义整理出来印发给大家，我很愉快地接受了这个建议。我觉得自己有这样的能力和激情，也有这样的写作冲动。但是，当曹道衡先生、沈玉成先生把撰著《中古文学文献学》这个任务交给我时，我却非常犹豫，深感功力不够。

　　平心而论，站在学科发展的前沿，纵论古今，考述源流，在国外大都由著名专家学者来充当这个角色。很显然，评述中古文学研究的历史与现状,我既没有这个资格,也确实感到力不从心。而两位先生却坚决地把我推向前台,就是要让我从基本史料的搜集与整理工作做起,力戒浮躁无根之习。导师的苦心,我自然心领神会。再就我个人的感觉来说,近几十年来,我国文学研究界一直把逻辑的推绎奉为神明,把文学规律的探寻视为研究的终极目的,视为一个学者的真正使命。而史料的收集与考辨,充其量是基础工作。从这个意义上说,我倒觉得自己也许适宜于这项工作。在中古文学研究领域,我确实还只是一个初学者,步履蹒跚,就应当从基础做起。

在本书撰写过程中,我很庆幸有两位老师作后盾,每写成一章,曹、沈二位先生逐段逐字审校考核,匡谬补缺,原稿上批得密密麻麻,提出了许多他们近年来潜心思考的问题供我参考。他们的研究成果,我在行文过程中尽可能地反映出来。同时,为了更好地全面反映中古文学史料的研究状况,书中又征引众说,取精用宏,并做到言必有据,详标所本。这样做,可能显得繁琐,但于读者也许不无助益,借此可复核,作为进一步研讨的线索。当然,有些见解,也许前人早有论及,而我还在称引后人的考证。这种情形我在写作过程中已有发现,并随文作了订正。

众所周知,忽视他人的研究成果,闭门造车,这是学术研究的大忌。而这种现象,在我国古典文学研究界至今仍大量存在。本书的撰著,从一定意义上说,可以为中古文学研究者提供某些参照,减少一些不必要的重复劳动。可惜,对于国外同行的研究成果涉猎还不是很多,这并不是我有意忽略。1992年初,我的博士论文《永明文学研究》在中国台湾出版以后,国外一些学者给我提出了很好的意见。给我触动最深的,是建议我更多地参考一下国外同行的研究成果,这无异于向我提出尖锐的批评。当今世界,学术研究已趋向国际化,强烈的紧迫感时刻敦促我再次补课,而没有别的选择。我曾专程去清华大学向学有根基、训练有素的刘桂生教授讨教西方文献学知识,同时买来诸如《西文工具书概论》之类的教材进行系统的学习和实践,虽是浅尝,确实已获益不浅。原想在本书后附录国外中古文学研究论文（著）索引，适逢台湾中国文化大学洪顺隆教授主编的《中外六朝文学研究文献目录》出版发行，其资料之丰富，囊括殆尽，足资参稽。因而这部分内容，本书只好舍弃不录了，还望读者鉴谅。

1993 年 3 月作者自识于中国社会科学院文学研究所

上　编
总集编撰与综合研究

文学总集的编纂，与集部观念的形成密切相关。

集部观念，由来已久。汉代以降，典籍浩繁，至刘歆"总括群篇，撮其指要"，以类相从，著为《七略》，而后班固依《七略》而著《汉书·艺文志》，目录之学，由此而生。魏晋时期，文体意识自觉，郑默始制《中经》，荀勖更著《新簿》，于是经史子集，四部渐明。《隋书·经籍志》遂以之擘分典籍，集其大成。集部又有别集、总集之分，云："别集之名，盖汉东京之所创也。自灵均已降，属文之士众矣，然其志尚不同，风流殊别。后之君子，欲观其体势，而见其心灵，故别聚焉，名之为集。"又云："总集者，以建安之后，辞赋转繁，众家之集，日以滋广，晋代挚虞，苦览者之劳倦，于是采摘孔翠，芟剪繁芜，自诗赋下，各为条贯，合而编之，谓为《流别》。是后文集总钞，作者继轨。属辞之士，以为覃奥而取则焉。"揆之所载，别集以屈原《楚辞》为首，总集以挚虞《文章流别集》居先。

继挚虞《文章流别集》四十一卷之后，有谢混《文章流别本》十二卷、刘义庆《集林》一百八十一卷、孔逭《文苑》一百卷等。此外，杜预有《善文》五十卷[①]，李充有《翰林论》三卷，荀勖有《杂撰文章家集叙》十卷，张湛有《古今箴铭集》十四卷，谢灵运有《诗集》五十卷、《赋集》九十二卷，宋明帝有《晋江左文章志》等，这些都见载于《隋书·经籍志》，总共"一百七部，二千二百一十三卷。通计亡书，合二百四十九部，五千二百二十四卷"。说明总集的正式编撰始于晋代，这是文章发展的必然要求。《四库全书总目》"总集类序"称：

> 文籍日兴，散无统纪，于是总集作焉。一则网罗放佚，使零章残

①　总集的编纂，一说始自杜预《善文》。骆鸿凯《〈文选〉学》即持此说。杜预卒年早于挚虞。不过，从《隋书·经籍志》来考察，此书似限于应用文，不包括诗赋。又，华廙，晋初人，亦有《善文》，"集经书要事"。见《晋书》本传。《隋书·经籍志》不收。华书似是类书，杜书则属文章"总集类"。杜预的文集，《汉魏六朝集部珍本丛刊》收录有张溥辑《汉魏六朝百三名家集》本《晋杜征南集》一卷，有何绍基评点。

什,并有所归;一则删汰繁芜,使莠稗咸除,菁华毕出。是固文章之衡鉴,著作之渊薮矣。三百篇既列为经,王逸所哀,又仅《楚辞》一家。故体例所成,以挚虞《流别》为始。其书虽佚,其论尚散见《艺文类聚》中,盖分体编录者也。

《隋书·经籍志》集部首录《楚辞》十部,二十九卷;次别集,四百三十七部,四千三百八十一卷;次总集,一百零七部,二千二百一十三卷。这种先别集、再总集的编纂次序,符合文献生成的一般规律。然而,时序迁移,原典漫灭。今之所存的汉魏六朝别集,虽或间有旧编别集,但从现存数据看,多数别集成于宋元以后,乃编者根据此前总集、类书等群籍汇纂而成。从一定意义上说,总集、类书往往是汉魏六朝别集编纂的资料渊薮。

第一章　《文选》

第一节　《文选》的编者、成书年代及文体分类

《文选》是中国现存最早的一部综合性文学总集。但如前所述,编选各家诗赋文章成为总集并不始于《文选》。朱彝尊《书〈玉台新咏〉后》主张萧统《文选》实先有长编,再删繁就简。此说似不足据。胡应麟《少室山房笔丛》说,昭明太子萧统编《文选》"仿自挚虞"。《文选》收张华《答何劭》下刘良注:"何劭,字敬祖,赠华诗,则此诗之下是也。赠答之体,则赠诗当为先,今以答为先者,盖依前贤所编,不复追改也。"这说明,《文选》的编撰,很可能是在既有选本如挚虞《文章流别集》、李充《翰林》、刘义庆《集林》、萧衍《历代赋》、沈约《集抄》、丘迟《集抄》、萧统《古今诗苑英华》《正序》基础上重新筛选编成的(曹道衡,450,kk;冈村繁,56,c;王立群,21,d)。随着时间的流逝,包括《历代赋》《文章流别集》在内的许多总集渐渐亡佚,而《文选》的影响却越来越大。

一、《文选》的编者

《梁书·昭明太子传》载:

> 所著文集二十卷,又撰古今典诰文言,为《正序》十卷;五言诗之

善者,为《文章英华》二十卷;《文选》三十卷。

《隋书·经籍志》卷三十五亦明确著录:"《文选》三十卷,梁昭明太子撰。"①根据一般的情况,很多帝王、太子、诸王所编大型著述,多是成于众人之手,其例甚多②。因此,许多学者认为此书恐怕也不是萧统一人所编。据宋代邵思《姓解》(《古逸丛书》本)所载,张缵、张率、张缅、陆倕、刘孝绰、王筠、到洽等人并为昭明太子及兰台两处十学士。《南史·王锡传》:"再迁太子洗马,时昭明太子尚幼,武帝敕锡与秘书郎张缵,使入宫,不限日数,与太子游狎,情兼师友;又敕陆倕、张率、谢举、王规、王筠、刘孝绰、到洽、张缅为学士,十人尽一时之选。"他们很可能参与过萧统署名的一百多卷书籍的编纂工作。《文选》的编选也不能例外(屈守元,283,a)。

刘勰的协助亦很有可能,因为刘勰是萧统"兼东宫通事舍人"。作为一位杰出的理论家,刘勰的观点应该会对萧统发生影响。宋代僧祖琇《隆兴佛教编年通论》等好几部佛教编年史都把刘勰出家一事紧接在萧统死后,说明刘勰在东宫时间较长,和萧统的关系较深(李庆甲,164,a;杨明照,286,b)。《文心雕龙》的文体分类和《文选》大体相同,关于"原道""宗经"以及文质关系等基本观点,两书也多有相通之处。因此,很多学者认为两书有相当大的关系,并且做了比较详尽的考释工作(曹道衡、

---

① 萧统生平事迹见周贞亮《梁昭明太子年谱》,《民国期刊资料分类汇编〈文选〉学研究》上册,国家图书馆出版社 2010 年版。又,穆克宏《萧统年谱》,见《〈昭明文选〉研究》,人民文学出版社 1998 年版。

② 《梁书·武帝纪》:"又造《通史》,躬制赞序,凡六百卷。"《隋书·经籍志》卷三十三:"《通史》四百八十卷,梁武帝撰,起三皇,讫梁。"又《梁书·萧子显传》载梁武帝云:"我造《通史》,此书若成,众史可废。"但是根据《梁书·吴均传》:"寻有敕召见,使撰《通史》,起三皇,讫齐代,均草本纪、世家,功已毕,唯列传未就。"说明吴均是主要撰者之一。又《梁书·简文帝纪》记载萧纲著述多部,其中《法宝连璧》三百卷,卷帙浩繁,其实并非萧纲独著。据《南史·陆罩传》:"初,简文在雍州,撰《法宝联璧》,罩与群贤,并抄掇区分者数岁,中大通六年而书成,命湘东王为序。"此序载《广弘明集》中,明载编者共三十八人。又,萧纲名下《长春义记》一百卷,据《南史·许懋传》"皇太子召与诸儒录《长春义记》",亦成众人之手。其他可类推。

沈玉成,451,f;穆克宏,531,a)。

还有一种说法,认为何逊亦参与了《文选》的编选工作。如宋代王应麟《玉海》卷五十四引《中兴书目》录《文选》并注曰:"与何逊、刘孝绰等选集。"晏殊《类要》卷二十一《总叙文》引元稹之父元宽《百叶书抄》四称:"《文选》,梁昭明太子与文儒何逊、刘孝绰选集《风》《雅》已降文章善者,体格精逸,文自简举,古今莫俦,故世传贵之。"晁公武《郡斋读书志》卷二十引唐人窦常话说:"统著《文选》,以何逊在世,不录其文。盖其人既往,而后其文克定。"晏殊《类要》卷三十一引窦常《南熏集序》:"梁昭明太子撰《文选》,以何水部在世不录;钟参军著《诗评》,称其人既往,斯文克定。"两段话意思相近,都说明《文选》选编时,何逊尚在世(唐雯,432)。不过,此说矛盾较多。从年辈上说,何逊最早死去,约在天监十八年(519年)(曹道衡,450,a,b)。其他诸人,陆倕卒于普通七年(526年),张率、到洽并卒于大通元年(527年),张缅卒于中大通三年(531年),与萧统同年卒,其他很可能都卒于萧统之后①。何逊死时,萧统不过十七八岁。而且何逊卒时并不在建康,而在江州。死前数年曾有短时期居建康,旋丁母忧,服阕,其时萧统不过十三四岁,也谈不上编《文选》。再说,从《梁书》《南史》本传来看,何逊并没有在萧统东宫任职,在何逊本人的诗文及其他史料中也看不到他和萧统有任何来往。因此,《中兴书目》等把何逊列为编者之一,实难以叫人信从(曹道衡、沈玉成,451,f)。

上述诸人中,最有可能的主编者是刘孝绰和王筠,尤以刘孝绰为最。《文镜秘府论·南卷·集论》:

> 梁昭明太子萧统与刘孝绰等撰集《文选》,自谓毕乎天地,悬诸日月。然于取舍,非无舛谬。

---

① 王锡中大通六年(534年)卒,王规大同二年(536年)卒,刘孝绰大同五年(539年)卒,谢举太清二年(548年)卒,张缵、王筠并太清三年(549年)卒。至于刘勰,以往多谓普通(520—527)初年卒,近来又有学者提出,刘勰卒于中大通四年(532年)或大同(535—546)初年。详见本书下编第三章第一节。

《梁书·刘孝绰传》：

> 时昭明太子好士爱文，孝绰与陈郡殷芸、吴郡陆倕、琅邪王筠、彭城到洽等，同见宾礼。太子起乐贤堂，乃使画工先图孝绰焉。太子文章繁富，群才咸欲撰录，太子独使孝绰集而序之。

《梁书·王筠传》：

> 昭明太子爱文学士，常与筠及刘孝绰、陆倕、到洽、殷芸等游宴玄圃，太子独执筠袖、抚孝绰肩而言曰："所谓'左把浮丘袖，右拍洪崖肩'。"其见重如此。

萧统在世时，就有刘孝绰给他编文集的事，不但有萧统本人所作《答湘东王求文集及〈诗苑英华〉书》为证[①]，而且刘孝绰所作《昭明太子集序》还在，因此《梁书》的这些记载当是可信的。再就《文选》所选篇目也可推知一二。从《文选》所收作品看，绝大多数是梁代天监十二年以前作家作品，但也有个别例外，即选录了此后三位作家的六篇作品，即刘孝标的《辨命论》《重答刘秣陵沼书》和《广绝交论》；徐悱的《古意酬到长史溉登琅邪城》；陆倕的《石阙铭》和《新刻漏铭》。这三个人和刘孝绰有相当密切的关系。陆倕与刘孝绰父刘绘是齐竟陵王萧子良西邸旧友，又与孝绰为忘年之交。陆倕有《以诗代书别后寄赠》，孝绰有《酬陆长史倕》。徐悱是刘孝绰的妹夫，即女诗人刘令娴的丈夫[②]，属裙带关系。刘孝绰与刘孝标同姓不同宗，一属彭城，一属平原，二人之间并没有明显的交谊，但从《广绝交论》攻击到洽兄弟人情淡漠、作者发出"世路崄巇"的感慨而被选

---

① 《诗苑英华》在唐初仍有流传。钱易《南部新书》乙集载："贞观中，纪国僧慧静撰《续英华诗苑》，行于代。慧静常言曰：'作之非难，鉴之为贵。吾所搜拣，亦《诗》三百篇之次。'慧静俗姓房，有操识。今复有诗篇十卷，与《英华》相似，起自梁代，迄于今朝，以类相从，多于慧静所集，而不题撰集人名氏。"中华书局 2002 年版，第 26 页。

② 徐悱为徐勉之子，属名家子弟。《梁书·刘孝绰传》载："其三妹适琅邪王叔英、吴郡张嵊、东海徐悱，并有才学。悱妻文尤清拔。悱，仆射徐勉子，为晋安郡，卒。丧还京师，妻为祭文，辞甚凄怆。"

入《文选》来看，可能有内在联系。任昉死后，其子侄辈"流离不能自振"，而任昉"生平旧交莫有收恤"。李善注《广绝交论》说，文章就是针对到溉、到洽兄弟。他们都曾得到过任昉的提携奖掖，而任昉死后，他们却对任昉的后人漠不关心，叫旁人看起来都很寒心。刘孝标《广绝交论》实有感而发。① 从这几方面情形看，刘孝绰对《文选》的编定确乎起过重要作用，学术界基本持一致的意见。唯日本学者清水凯夫教授坚持认为，《文选》系刘孝绰独立编撰。他在《〈文选〉撰者考》(445,c)、《〈文选〉中梁代作品的撰录问题》(445,d)及《〈文选〉编辑的周围》(445,e)等文中提出，《文选》所选录的梁代作品，除上述六篇外，还有王简栖《头陀寺碑文》、任昉《刘先生夫人墓志》等，都与刘孝绰个人情趣有关；而没有选录的重要作家作品，如卒于天监十六年的柳恽，卒于天监十八年的何逊，卒于普通元年的吴均，卒于普通三年的王僧孺，他们的作品所以落选，也是由刘孝绰个人成见所决定的。日本另外一位重要学者冈村繁基本赞同这一观点，认为三十卷《文选》不可能是当时宫廷文人们合力积年编纂出来的，而是以刘孝绰为中心，大量采录以往各种选集中作品，对之再度编纂的结果(56,c)。曹道衡、沈玉成《有关〈文选〉编纂中几个问题的拟测》(451,f)则提出不同的看法。《文选》不录何逊、吴均作品，因为二人都得罪过梁武帝。吴均私撰《齐春秋》，"帝恶其实录"。(《南史·吴均传》)梁武帝甚至说："吴均不均，何逊不逊。"乃至"自是疏隔"。(《南史·何逊传》)王僧孺则在南康王长史任上为典签汤道愍所谤而被免官。可见，这些人作品不见收录，政治上的因素不能不予考虑。还有一个原因，就是

---

① 《颜氏家训·风操》："到洽为御史中丞，初欲弹刘孝绰，其兄溉先与刘善，苦谏不得，乃诣刘涕泣告别而去。"此事经过，见《梁书·刘孝绰传》："孝绰少有盛名，而仗气负才，多所陵忽，有不合意，极言诋訾。""初，孝绰与到洽友善，同游东宫。孝绰自以才优于洽，每于宴坐，嗤鄙其文，洽衔之。"后来到洽为御史中丞，借机弹劾刘孝绰，使其免官。孝绰恨之。刘孝标《广绝交论》也针对到氏兄弟而言。李善注引刘璠《梁典》："刘峻(字孝标)见任昉(死后)诸子西华兄弟等流离不能自振，生平旧交莫有收恤。西华冬月著葛布帔、练裙，路逢峻。峻泫然矜之，乃广朱公叔《绝交论》。到溉见其论，抵几于地，终身恨之。"

文学观点的不同。萧统、刘孝绰的文学趣味偏于典雅，所以对陆机、颜延之、任昉较为重视，而对绮丽平易、乃至近俗的柳恽、何逊、吴均的诗文加以排斥。屈守元、顾农等学者则完全不同意清水凯夫的见解，坚持认为《文选》虽不排除其他人协助的可能，但是不能据此否定萧统是主持编选的事实，更不能说刘孝绰就是《文选》的实际编者。屈守元的论点集中在《〈文选〉导读》(283,d)中，而顾农的主张详见《文选论丛》（顾农，390,c）。韩晖、力之还注意到，《文选》收录江淹作品多达三十五篇，而江淹是刘孝绰的仇家。其伯父刘悛为江淹弹劾，差点判了死刑。当时，刘孝绰已经十四岁，应当清楚此事。如果《文选》是刘孝绰所编，不近情理（韩晖，504；力之，3）。剖析毫厘，擘肌分理，这些问题，确实还有进一步展开讨论的空间。

二、《文选》成书年代

《文选》收录作家卒年最晚的是陆倕，卒于普通七年（526 年）。据此可以推知，《文选》成书似不得在此之前。宋代吴栻《韵补·书目》：“《类文》，此书本千卷，或云梁昭明太子作《文选》时所集，今所存止三十卷。”据此，许逸民认为《文选》的编成，是以成书于天监末年的《类文》为基础。因为《文选序》说：“略其芜秽，集其清英。”这个“其”字或可理解为吴栻《韵补》中提到的《类文》。据此，《文选》成书应在普通初年（许逸民，131,e）。何融《〈文选〉编撰时期及编者考略》(184,a)以为《文选》编辑始于普通（520—527）中而成于普通末。饶宗颐《读〈文选序〉》(340,a)以为普通四年为东宫全盛时期，“《文选》之编纂或始于此时”，到洽、明山宾、张率皆卒于大通元年，《文选》不收此数人作品，“其编成定稿必在普通七年之末陆倕卒后”。但是，如果确定此书主要是刘孝绰所编，还可以考察普通七年后到中大通三年（531 年）间刘孝绰的活动，将成书年代往后推移。刘孝绰被到洽奏弹免官约在普通七年，这可以从《梁书》本传载萧绎所写慰问信的时间约略推断。史书有“时世祖出为荆州”云云。萧绎为荆州刺史在普通七年十月,则孝绰之被罢官,当在十月前不久。同年十一月,萧统母丁贵嫔卒。根据当时礼制,父在为母服丧,时间应为一年。从普通七年十一月至大通元年十月,当为萧统服丧期间,据礼制不得从事《文选》的编纂。因此,《文选》的编选至早得在大通元年(527年)底。又《梁书》本传载《谢高祖启》后云:"后为太子仆,母忧去职。服阕,除安西湘东王谘议参军。"刘孝绰以母忧去职的时间可以根据其弟刘潜(字孝仪)、刘孝威的传记定为中大通元年(529年)[①]。由此来看,《文选》在中大通元年前必已编成,因为在礼仪细节都规定得相当严格的梁代,是不可能在服丧期间受昭明太子之命从事《文选》的撰录的。因此,《文选》的撰录当是在刘孝绰重回东宫任太子仆的时期,亦即大通元年至大通二年间(527—528)(曹道衡、沈玉成,451,f;清水凯夫,445,e)。之后不久,刘孝绰即丁母忧,而再过不到两年,萧统也得病死去了。

三、《文选》的分类

《文选》三十卷,收录了先秦至齐梁间130位作家的700余篇作品。按照尤袤刻李善注本统计:全书总篇目为475题。其中如《古诗十九首》、《演连珠》50首等,各自均按照一题计算。如果逐首计算,则有764首。

尤袤刻李善注本分为37体:赋、诗、骚、七、诏、册、令、教、文、表、上书、启、弹事、笺、奏记、书、檄、对问、设论、辞、序、颂、赞、符命、史论、史述赞、论、连珠、箴、铭、诔、哀、碑文、墓志、行状、吊文、祭文等。

陈八郎刻五臣注本在"书"与"檄"之间多出"移"体,在《难蜀父老文》上多"难"体。有学者认为萧统原本即有这两种文体。屈守元《绍兴建阳陈

---

① 《梁书·刘潜传》:"晋安王纲出镇襄阳,引为安北功曹史,以母忧去职。王立为皇太子,孝仪服阕,仍补洗马。"《刘孝威传》:"初为安北晋安王法曹,转主簿。以母忧去职,服阕,除太子洗马。"就是说,晋安王立为太子的时间(中大通三年五月)正是刘孝仪、刘孝威服阕时间。古人所谓"三年之丧",其实是两年零七十天,或两年零九十天。如果照此往回推算,则刘氏兄弟"以母忧去职"当在中大通元年。

八郎本五臣注〈文选〉跋》则认为这是"建阳坊贾增此总目,实画蛇添足之类"(屈守元,283,e)。其实,陈本虽多这两种文体,但又少"史述赞"和"符命"二休,总数仍是 37 体。如果把两种版本的文体加起来是 39 体。

其中赋和诗两类所占比例最大。

赋类有 51 篇,分列 15 个子目,包括:京都、郊祀、耕藉、畋猎、纪行、游览、宫殿、江海、物色、鸟兽、志、哀伤、论文、音乐、情。

诗类有 251 题 452 首,分列 23 个子目,包括:补亡、述德、劝励、献诗、公宴、祖饯、咏史、百一、游仙、招隐、反招隐、游览、咏怀、哀伤、赠答、行旅、军戎、郊庙、乐府、挽歌、杂歌、杂诗、杂拟。

各类作品是按照时代的先后编排的。这种细密的文体分类,较之曹丕《典论·论文》将文体分为四科八目、陆机《文赋》将文体分为十类,显然精确合理得多。① 文体的辨析与文学的繁荣,两者的关系是中国中古文学研究的重要课题。《文选》的重要价值不仅在于提供了极为丰富的文学作品,而且通过这种分类,为世人提供了文体方面的范本。这种分类是在前人基础上发展起来的,特别是很有可能受到《文心雕龙》文体分类的启发,比较周密细致,受到很多研究者的推崇(王瑶,51,a;王存信,24)。当然也因为其分类过于琐碎,不时受到后人批评(骆鸿凯,341)。

四、《文选》的选录标准

中国古代典籍往往通过各种选本流传下来。编选家也往往通过选本表达自己的政治主张和文学思想。《文选》的编选,就是典型一例。②

---

① 鲁迅《且介亭杂文·序言》:"分类有益于揣摩文章,编年有利于明白时势,倘要知人论世,是非看编年的文集不可的,现在新作的古人年谱的流行,即证明着已经有许多人省悟了此中的消息。"

② 鲁迅《集外集·选本》:"选者总是层出不穷的,至今尚存,影响也最广大者,我以为一部是《世说新语》,一部就是《文选》。""选本可以借古人的文章,寓自己的意见。博览群籍,采其合于自己意见的为一集,一法也,如《文选》是。"

从选录作品看，《文选》中，陆机作品入选最多，计 76 篇；谢灵运次之，41篇；曹植又次之，39 篇，江淹 35 篇，颜延之 27 篇，谢朓 23 篇，潘岳 22 篇，任昉 21 篇，鲍照 20 篇，阮籍 19 篇，沈约 18 篇，左思 15 篇，王粲 14 篇，10篇以下不再统计。从这个统计数字来看，《文选》收录标准重在内容的典雅，反对浮艳之风，故陆机、谢灵运、江淹、颜延之的作品选录较多，情兼雅怨的屈原、曹植、鲍照的作品也得以较多入选，而思想空虚、比较轻靡的艳体诗和咏物诗以及乐府民歌中的情诗则不在入选之列。总之，要符合"事出于沉思，义归乎翰藻"的要求，善于用事，善于用比。问题是，《文选》还选录了《〈尚书〉序》《〈春秋左传〉序》等与"沉思""翰藻"全然不相干的作品，这就不能不从当时特定的政治背景中寻找答案（沈玉成，177，a；殷孟伦 387，a；朱自清，122，c）。

从《梁书·徐摛传》所载梁武帝萧衍曾为徐摛倡作新体诗而发怒这一事例不难看出，梁武帝对永明后期兴起的侧艳诗风有所不满。他在代齐建梁不久就发布了《置五经博士诏》《定选格诏》，规定"年未三十，不通一经，不得解褐"。后来又作《令皇太子王侯之子入学诏》等，并将持续修撰达二十余年的五礼最终完成。在文学创作方面，倡导典雅古朴之风，比如他后来对于沈约所撰郊庙歌辞就很不满，下令萧子云重修："郊庙歌辞，应须典诰大语，不得杂用子史文章浅言。"正因为如此，他对于"为文典而速，不尚丽靡之词，其制作多法古，与今文异"的裴子野等褒奖有加。《梁书·裴子野传》载普通七年（526 年）裴子野奉诏为喻魏文，萧衍以为"其文甚壮"，"自是凡诸符檄皆令草创"。当时以裴子野为代表的古体派在梁代中期影响甚大，刘之遴、刘显、阮孝绪、顾协、韦棱以及昭明太子门下的殷芸、张缵等与裴子野"深相赏好"，"每讨论坟籍，咸折衷于子野"，"当时或有诋诃者，及其末皆翕然重之"。从这个背景下看，昭明太子萧统编纂《文选》，在很大程度上反映了梁武帝对文风的倡导，《文选》具有"官书"的性质（曹道衡，450，2）。

在《文选序》中，萧统明确提出编选宗旨及选录标准。他主张有四类作品不能入选。第一，相传为周公、孔子的著作，大体相当于中国传统目录学四部分类中的经部。第二，老子、庄子、管子、孟子的著作，大体相当于子部。第三，贤人、忠臣、谋夫、辩士的辞令，即《国语》《战国策》以及散见于史籍中的这类著作。第四，记事、系年之书。这后两类相当于史部。通过这种编选，萧统要为"文"与"非文"划一疆界。他所要编选的是"文"，具有"综辑辞采""错比文华"和"事出于沉思，义归乎翰藻"的特点，而经、史、子这三类作品较为质朴，以实用为主，所以不选。在选录作品中，编者更重视陆机、谢灵运、江淹、颜延之等人作品，对风格轻绮的艳情诗和精美细微的咏物诗很少选录，也不看重乐府民歌中的情诗。看得出来，萧统的选录标准浸润着齐梁时期的儒家色彩，"文典则累野，丽亦伤浮，能丽而不浮，典而不野，文质彬彬，有君子之致"。（萧统《答湘东王求文集及〈诗苑英华〉书》）不尚绮丽，倾心典雅，正是他所以编录《文选》的标准。再从萧统的成长环境看，我们不能把《文选》简单地看作学士"看核坟史、渔猎词林"而编的文学总集，它具有官方色彩，是梁代中期文学复古思潮影响下的必然成果（刘跃进，110，a）。

第二节　《文选》的注释

一、萧该等《文选》注

《文选》甫一问世，即受到重视，对后代文学的发展更是产生莫大影响。

《太平广记》卷二四七"石动筩"条的记载："（北齐）高祖尝令人读《文选》，有郭璞《游仙诗》，嗟叹称善。诸学士皆云：'此诗极工，诚如圣旨。'动筩即起云：'此诗有何能，若令臣作，即胜伊一倍。'高祖不悦，良久语云：'汝是何人，自言作诗胜郭璞一倍，岂不合死？'动筩即云：'大家即令臣作，若不胜一倍，甘心合死。'即令作之。动筩曰：'郭璞《游仙诗》云：青溪千余仞，中有一道士。臣作云：青溪二千仞，中有两道士。岂不胜伊一倍?'高祖始大笑。"按这条材料出隋侯白《启颜录》,当不致有误。北齐高祖高欢武定五年(547年)去世,说明在这之前《文选》已经传至北朝。萧统公元531年去世,至公元547年仅16年,而《文选》已经传至北齐,可见流传速度之快,亦可见《文选》在当世已受人瞩目。北朝情况如此,南朝应该更为关注这本选集,这是可以推想出来的。

《大唐新语》记载,隋炀帝开设科举考试,置明经、进士二科。① 从《北史·杜正玄传》可以推断,进士科的考试内容,主要就是《文选》中的作品,说明《文选》至少到隋代时已成为准官方确认的科举教材。这可能与萧统族侄萧该有密切关系。《隋书·儒林传》记载,荆州陷落后,萧该与何妥等同至长安,仕隋为国子博士。他精通音韵学,著有《〈汉书〉音义》《〈文选〉音义》等书。开皇初年,他还与陆法言、刘臻、颜之推、魏彦渊、卢思道、李若、辛德源、薛道衡等人共同商定编撰《切韵》(见陆法言《切韵》序》)。萧该参与《切韵》编纂,独立撰著《〈文选〉音义》,目的就是选篇定音,为士子提供研读的选本,为考官提供命题的参考。《隋书·儒林传》曰:

> 兰陵萧该者,梁鄱阳王恢之孙也。少封攸侯。梁荆州陷,与何妥同至长安。性笃学,《诗》《书》《春秋》《礼记》并通大义,尤精《汉书》,甚为贵游所礼。开皇初,赐爵山阴县公,拜国子博士。奉诏书与妥正定经史,然各执所见,递相是非,久而不能就。上谴而罢之。该后撰《汉书》及《文选》音义,咸为当时所贵。

萧该受学术氛围影响,研习《汉书》《文选》,由音到义,成为一代鸿儒(许逸民,131,f;王书才,20,b)。萧该书,《隋志》著录为《〈文选〉音》三卷,两《唐志》则著录为《〈文选〉音》十卷。萧该注《文选》,实开"选学"先河。据此,可知萧该是在长安时作《〈文选〉音义》,而且随他学习的人也还不少,可是现有的资料却未见他有什么传人。这是一个值得研究的问题,比如

---

① 《说郛三种》(百卷本)卷十收录《事始》"进士举"条:"隋大业初始举进士举。"上海古籍出版社1988年版,第209页。

说五臣本《文选》,其正文与李善本颇多歧异,那么他们使用的底本有什么根据呢?我们甚至怀疑五臣的底本可能就出自萧该。黄侃《〈文选〉平点》说:"顷阅余仲林《音义》,考其旧音,意非五臣所能作,必萧该、许淹、曹宪、公孙罗、僧道淹之遗。"又说:"余所称旧音,乃六臣本音及汲古阁本音不在善注中者,称为旧音,或旧注音。五臣注既谫陋,亦必不能为音,今检核旧音,殊无乖缪,而直音、反切间用,又绝类《博雅音》之体,纵命出于五臣,亦必因仍前作。"①按,余仲林即余萧客,清初人,著有《〈文选〉音义》一书(姜安,383)。又黄侃所说"僧道淹",即许淹。五臣所注之音,大抵皆继承前人,并非如他们所说的自具字音。由此我们有理由怀疑五臣不仅依据的《〈文选〉音》,可能就是萧该的《〈文选〉音义》,他们所依据的三十卷底本,也同样出于萧该。

二、曹宪及其弟子《文选》注

唐代以诗赋取士,士亦以诗赋名家。由此而来,《文选》日益风行。唐太宗、高宗时,曹宪、李善等人讲授《文选》,当时有所谓"《文选》学"。《旧唐书·儒学列传·曹宪》曰:

> 曹宪,扬州江都人也②,仕隋为秘书学士。每聚徒教授,诸生数百人。当时公卿已下,亦多从之受业。宪又精诸家文字之书,自汉代杜林、卫宏之后,古文泯绝,由宪此学复兴。大业中,炀帝令与诸学者撰《桂苑珠丛》一百卷,时人称其该博。宪又训注张揖所撰《博雅》,分为十卷。炀帝令藏于秘阁。贞观中,扬州长史李袭誉表荐之,太宗征为弘文馆学士。以年老不仕,乃遣使就家拜朝散大夫,学者荣之。太宗又尝读书有难字,字书所阙者录以问宪,宪皆为之音

---

① 黄侃平点,黄焯编次《〈文选〉平点》,上海古籍出版社1985年版,第2页。
② 《续高僧传》卷十二《智琚传》载,武德二年,陈西阳王记室谯国曹宪为智琚作碑文,曹宪祖籍或谯郡。黄奭《汉学堂经解》辑录曹宪《文字指归》。

训及引证明白,太宗甚奇之。年一百五岁卒。所撰《〈文选〉音义》,甚为当时所重。初,江、淮间为《文选》学者,本之于宪,又有许淹、李善、公孙罗复相继以《文选》教授,由是其学大兴于代。

据《旧唐书·儒学列传·许淹传》载:"许淹,润州句容人,少出家为僧,后又还俗,博物洽闻,尤精训诂。撰《〈文选〉音》十卷。"[①]李善,扬州江都人。钱易《南部新书》丙集:"李善于梁宋之郊,开《文选》学,乃注为六十卷。"公孙罗,江都人。《南部新书》甲集:"公孙罗为沛王府参军,撰《〈文选〉音义》十卷。罗,唐初人。"

《新唐书·文艺列传·李邕传》:

> 李邕字泰和,扬州江都人。父善,有雅行,淹贯古今,不能属辞,故人号"书簏"。显庆中,累擢崇贤馆直学士,兼沛王侍读,为《文选》注,敷析渊洽,表上之。赐赉颇渥。除潞王府记室参军,为泾城令。坐与贺兰敏之善,流姚州。遇赦还,居汴、郑间讲授,诸生四远至,传其业,号"《文选》学"。邕少知名,始善注《文选》,释事而忘意,书成以问邕,邕不敢对,善诘之,邕意欲有所更,善曰:"试为我补益之。"邕附事见义,善以其不可夺,故两书并行。

这说明,《文选》之有注本,肇自萧该、曹宪,至李善而集其大成。李邕补益李善注,很多学者认为不可靠。尽管如此,这里提出了两种注释的方法,一是释事忘意,二是附事见义,提出了值得思考的问题。今存李善注多数征引故实,引而不发,也有少数注释疏通文意。李济翁《资暇集》"非五臣"条记载,李善注释《文选》有初注、二注乃至三注、四注,当时旋被传写。[②] 现存李善注体例上的差异,是李善本人的补充修改,还是李邕的补益,皆已不可详考。甚至,还有一种可能,就是现存宋刊《文选》李善注,还有羼入五臣注的情况(冈村繁,56,b)。李善注于唐高宗显庆三年(658

---

① 《新唐书·艺文志》作"僧道淹"。黄侃《〈文选〉平点》认为僧道淹,即许淹。
② 《说郛三种》(宛委山堂一百二十卷本)卷十四,上海古籍出版社1988年版。

年)完成呈上。当时,李善大约三十多岁。从所引各类典籍看,李善最初很可能从当时类书中寻摘典故,初注而成。而后又用了三十多年的时光,扩大阅读量,对原先注解中的空白逐渐填补,有所谓"覆注",乃至三注、四注(冈村繁,56,d;王书才,20,a;赵建成,348,a)。^①其注解体例近于裴松之注《三国志》、刘孝标注《世说新语》、郦道元注《水经》,偏重词源和典故,参经列传,探赜索隐,引证赅博,校勘精审,体例严谨,凡有旧注而义又有可取者就采用旧注,足见其用力之勤、影响之大。这一学派,自从李善注本出现以后,涓涓细流终于汇为长江大河(富永一登,507)。

至于李邕补益之说,《四库全书总目》"《文选》六十卷"条驳斥甚详:

> 今本事义兼释,似为邕所改定。然传称善注《文选》在显庆中,与今本所载进表题显庆三年者合。而《旧唐书》邕传称天宝五载坐柳勣事杖杀,年七十余,上距显庆三年凡八十九年,是时邕尚未生,安得有助善注书之事?且自天宝五载上推七十余年,当在高宗总章、咸亨间,而《旧(唐)书》称善《文选》之学受之曹宪,计在隋末,年已弱冠,至生邕之时,当七十余岁,亦决无伏生之寿,待其长而著书。考李匡乂《资暇录》曰:李氏《文选》有初注成者,有覆注、有三注四注者。当时旋被传写,其绝笔之本皆释音训义,注解甚多。是善之定本,本事义兼释,不由于邕。匡乂唐人,时代相近,其言当必有征。

如果比勘《旧唐书》《新唐书》及相关文献记载,可以进一步证实这种看法是有充分根据的(王令,22;冈村繁,56,a)。

---

①　汪师韩《〈文选〉理学权舆》统计,经部215种,史部352种,子部217种,集部798种,总计1582种。沈家本《〈文选〉李善注书目》统计,经部215种,史部352种,子部216种,集部815种(其中含旧注31种),总计1598种。又有《补遗》一卷,去其重复,总计1821种。王书才《〈文选〉李善注引书数量考述》(《〈文选〉与汉唐文化》,中华书局2018年版)统计,经部225种,史部332种,子部209种,集部222种,总计988种。赵建成统计,李善引书多达2008种,其中经部266种,史部364种,子部189种,集部1155种,佛通典籍30种,还有4种无主名。

三、五臣《文选》注

李注行世既久,至"开元中,中书令萧嵩以《文选》是先代旧业,欲注释之,奏请左补阙王智明、金吾卫佐李玄成、进士陈居等注《文选》。先是,东宫卫佐冯光震入院校《文选》,兼复注释。解'蹲鸱'云:'今之芋子,即是着毛萝卜。'院中学士向挺之、萧嵩抚掌大笑。智明等学术非深,素无修撰之艺。其后或迁,功竟不就"。①《玉海》卷五十四引《集贤注记》也说:"开元十九年(731年)三月,萧嵩奏王智明、李元成、陈居注《文选》。先是冯光震奉敕入院校《文选》,上疏以李善旧注不精,请改注。从之。光震自注得数卷。嵩以先代旧业,欲就其功,奏智明等助之。明年五月,令智明、元成、陆善经专注《文选》,事竟不就。"②陆善经为当时著名学者,参与校释《文选》,其成果略见《文选集注》。而同时代的五臣注《文选》却留存下来了。开元六年(718年),吕延祚有《进五臣集注〈文选〉表》曰:

> 臣尝览古集,至梁昭明太子所撰《文选》三十卷,阅玩未已……往有李善,时谓宿儒,推而传之,成六十卷,忽发章句,是征载籍,述作之由,何尝措翰? 使复精核注引,则陷于末学,质访指趣,则肖然旧文,只谓搅心,胡为析理? 臣惄其若是,志为训释,乃求得衢州常山县尉臣吕延济、都水使者刘承祖男臣良、处士臣张铣、臣吕向、臣李周翰等,或艺术精远,尘游不杂;或词论颖曜,岩居自修。相与三复乃词,周知秘旨,一贯于理,杳测澄怀,目无全文,心无留义,作者为志,森乎可观。记其所善,名曰集注,并具字音,复三十卷。

---

① 《大唐新语》卷九。屈守元《〈文选〉导读》据《玉海》卷五十四所引,考订这段话实出自韦述天宝十五载(756年)所撰《集贤注记》,说明冯光震校注《文选》在开元十九年前,在五臣注《文选》之后。冯氏攻击李善注,恰好说明五臣注问世后,李善注依然有巨大影响。

② 黄奭《汉学堂经解》辑录陆善经《新字林》,广陵书社2004年版,第1120页。

《新唐书·文艺列传·吕向传》：“吕向字子回，亡其世贯，或曰泾州人……尝以李善释《文选》为繁酿，与吕延济、刘良、张铣、李周翰等更为诂解，时号五臣注。”①由于五臣学力远不及善，因此书中错误较多，唐代李匡义（济翁）《资暇集》、丘光庭《兼明书》等就有过激烈的批评。②宋代苏轼直至清代许多学者更是多有指责。这些批评在骆鸿凯《〈文选〉学·源流》（341）中征引甚详。《四库全书总目》在概述了前人的批评后，也客观地评估了它的历史价值：“然其疏通文意，亦间有可采。唐人著述，传世已稀，固不必竟废之也。”

其实，五臣注与李善注，底本不同，体例也不同。从底本看，五臣本《文选》与李善本颇多歧异，可能不是李善注六十卷本，而是以萧该《〈文选〉音义》为底本，甚至就是《文选》初编时的三十卷本。前引黄侃《〈文选〉平点》说：“顷阅余仲林《音义》，考其旧音，意非五臣所能作，必萧该、许淹、曹宪、公孙罗、僧道淹之遗。”又说：“余所称旧音，乃六臣本音及汲古阁本音不在善注中者，称为旧音，或旧注音。五臣注既谫陋，亦必不能为音，今检核旧音，殊无乖谬，而直音、反切间用，又绝类《博雅音》之体，纵命出于五臣，亦必因仍前作。”③他们所依据的《文选》底本未必与李善本相同。再从注释体例和校勘方法说，李善和五臣多有不同。李善注广征博引，而五臣注则对文意作简明扼要的注解，揭示“述作之由”及作品的写作特点，使读者对“作者为志，森乎可观”。五臣注在串讲大意时，自然会参考李善注，也常有不同于李善注的地方，甚至多有发挥。很多讹误，往往由此而出。但是不能因为这些问题的存在，就

---

① 吕向作品今存，还有《美人赋》《谏不许厥入仗驰射表》，分别见于《文苑英华》卷九六、卷六二〇。另有《述圣颂》石刻保存于西安碑林，作于开元十三年。见赵力光主编《镌石华墨——西安碑林书法艺术》，陕西师范大学出版总社 2016 年版。李德辉《晋唐两宋行纪辑校》从《大正藏》第 55 册中辑出吕向《金刚智行纪》（题目为编者所拟）。

② 丘光庭《兼明书》专辟一卷驳五臣注，见《说郛三种》（宛委山堂一百二十卷本）卷六，上海古籍出版社 1988 年版。

③ 黄侃平点，黄焯编次《〈文选〉平点》，上海古籍出版社 1985 年版。

全盘否定五臣注的价值。五臣注的意义，是由注音释词走向文学批评的开始（王立群，21，b；顾农，390，a；陈延嘉，200，a，b；孙钦善，140）。

四、《文选集注》

唐人注本中还有一种《文选集注》，不见新、旧《唐书》著录。《集注》以李善本为底本，依次录《钞》、《音决》、五臣本和陆善经本。据《日本国见在书目录》记载，公孙罗有《〈文选〉钞》六十九卷、《〈文选〉音决》十卷。《文选集注》载《〈文选〉钞》和《〈文选〉音决》，或是公孙罗所著书。但是也有疑问。第一，公孙罗时代，《文选》由原来的三十卷析为六十卷。此"九"字或衍，或后来增添附益者。第二，《文选集注》所引《钞》《音决》多有异同，如果是一人所撰，则匪夷所思。第三，《文选集注》卷四十七曹子建《赠徐幹诗》有"《钞》曰：罗云从此以下七首，此等人并子建知友云云"的话，可见《文选集注》所引《钞》未必是公孙罗所撰。至少可以确定，《钞》的撰者，在公孙罗之外又有一人，可能出于李善之后，有意订补李善注。《〈文选〉钞》《〈文选〉音决》究竟为何人所撰，较难确考（斯波六郎，508）。紧接公孙罗《〈文选〉钞》后，《见在书目》又著录一部三十卷本《〈文选〉钞》，未著作者，说明不是同一作者（孙猛，142）。

《文选集注》的编辑年代不可知。以前，很多学者认为这部书大约编于唐末宋初。由于此书在中国历史上未见任何著录，只是在日本发现，所以一直有人怀疑是否出自日本人之手，甚至断定为日本平安中期大江匡衡（953—1012）为一条天皇侍讲《文选》而编纂（陈翀，214，a）。该书是为日本研究学习《文选》者编纂而成，非出中土。也有学者认为《文选集注》编成的下限应当是泰定三年（1326年），即公元十四世纪的产物（王立群，21，f）。

1974年台湾学者邱棨鐊发表文章，指出在第六十八卷发现有"荆州田氏藏书之印"及"博古堂"钤记，荆州田氏即北宋著名藏书家田伟，其藏书堂号"博古堂"，由此可证这个写本曾经为田伟所藏，亦可证《集注》的编成在田伟之前(邱棨鐷,157,a)。不过此说未必确切。所谓荆州田氏藏书之印的主人,乃近代田潜。据周勋初《〈文选集注〉上的印章考》说,北京图书馆藏《文选集注》第七十三卷残片,附有江大燮与田潜的题记。田潜说:"日本金泽文库所藏唐写《文选》,彼中定为国宝,予督学时得有七《启》、五《颂》、《晋纪总论》各卷,首尾完全,极为可贵,今均归之他人。此虽断简残编,亦足珍也。丙辰十一月朔日,潜山题。"下盖印章"田潜之印"(301,b)。著名学者罗振玉在清朝末年东渡日本时,发现此书,叹为观止,于是请人摹写。又从田潜处摹写一本,编成《唐写〈文选〉集注残本》十六卷。罗振玉为影印本所写的序言云:

> 日本金泽文库藏古写本《文选集注》残卷,无撰人姓名,亦不能得总卷数。卷中所引李善及五臣注外,有陆善经注,有《音决》,有《钞》,皆今日我国所无者也。于唐诸帝讳,或缺笔,或否,其写自海东,抑出唐人手,不能知也。

中国学者得以据此考见《文选集注》之一斑。但是罗氏本多为摹写,且收录颇多缺失,不无遗憾。2000 年上海古籍出版社出版了由周勋初组织影印的《唐钞〈文选集注〉汇存》则弥补了这些缺憾。该书据日本京都帝国大学文学部影印本加以复制,并根据《文选》原来的次序重新编定,对于影印本前后重出或颠倒之处时有订正。更有意义的是,该书在京都大学影印本基础上又增补了一些新的资料,如海盐张氏所藏二卷、楚中杨氏所藏一卷、周叔弢所藏一卷等,就是新增补的部分。至此,流传至今的《文选集注》,已经发现达二十四卷之多。

《文选集注》的排列顺序是李善注、《〈文选〉钞》、《音决》、五臣注、陆善经注,然后是编者的按语。在叙述各家注本正文的异同时,按语常常提到《钞》作某,《音决》作某,五臣本作某,陆善经本作某,唯独没有说过李善本作某。据此,《文选集注》的正文当是采用李善注本,《集注》本又将李善注《文选》六十卷,每卷一分为二,成为一百二十卷。从现存残卷来看,正文引李善注,与今本颇有差异,可以证明李匡乂所记李善注有几种传本的说法是信而有征的(隽雪艳,393,a)。有关《文选集注》的综合性研究,可参见金少华《古抄本〈文选集注〉研究》(金少华,324,a)。

五、佚名《文选》注

除《文选集注》外,还有一些抄本残卷保存佚名古注。

(1)俄藏敦煌《文选》242 残本有束广微《补亡诗》,自"明明后辟"始,讫曹子建《上责躬应诏诗表》"驰心辇毂"句,相当于李善注本《文选》卷十九至卷二十,其中曹子建《上责躬应诏诗表》在卷二十,而在五臣本则同为卷十。这份残卷共计 185 行,行 13 字左右。小注双行,行 19 字左右,抄写工整细腻,为典型的初唐经生抄写体。其注释部分,与李善注、五臣注不尽相同,应是另外一个注本,具有文献史料价值。

(2)卷十四班固《幽通赋》德藏敦煌本残卷,有古佚注。此注为单注本,虽非《文选》注,但对《文选》注研究有重要参考价值。许云和《德藏吐鲁番本汉班固〈幽通赋〉并注校录考证》据所引之书最晚者为卒于刘宋元嘉十二年的师觉授《孝子传》,认为此古注形成至少在元嘉十二年(435 年)之后。此注最早为《北堂书钞》引录,可以确定为注释形成的时间下限为隋大业年间。该注是继曹大家、项岱注之后最重要的古注单行本(许云和,129,a)。

(3)天津艺术博物馆藏旧钞本卷四十三"书下"赵景真《与嵇茂齐书》至卷末《北山移文》,有部分佚注。

(4)日本永青文库所藏旧抄本卷四十四"檄"司马相如《喻巴蜀檄》至卷末司马相如《难蜀父老》开篇至"使疏逖不闭,旸爽暗昧,得耀乎光明"止,也有部分佚注,均不知何时何人所作,都可以视之为无名氏的注释。

后两种,罗国威《敦煌本〈文选注〉笺证》过录并校订,其中收录了冈村繁《永青文库藏敦煌本〈文选注〉笺订》,作者又有补笺(317,d)。近年,作者又有订补,完成《敦煌本〈文选〉旧注疏证》一书,已由巴蜀书社 2019 年出版。

第三节　《文选》的版本

一、抄本

《文选》问世以后,在北宋刻本出现以前一直是以抄本行世的。现存最早的抄本为唐人写本,主要是流传东瀛的《文选集注》残卷和分别藏于英、法、俄及中国的敦煌遗书《文选》残卷。《文选集注》以及保留佚名古注的四种已见前述。这里集中介绍另外两类抄本,一是敦煌抄本,二是国内外保存的古抄本。

(一)敦煌抄本

据原卷影印、并为学者常见的有:

1. 罗振玉《鸣沙石室古籍丛残》,最先影印者有张衡《西京赋》、东方朔《答客难》、扬雄《解嘲》。这三种俱有李善注。又有任昉《王文宪集序》、沈约《恩倖传论》至范晔《光武纪赞》,则为白文。

2. 日本神田喜一郎《敦煌秘籍留真新编》,影印扬雄《剧秦美新》、班固《典引》、王俭《褚渊碑文》,俱白文无注。又影印《〈文选〉音》一种。

3. 黄永武《敦煌宝藏》,将英、法所藏诸卷均予影印。

4. 饶宗颐《敦煌书法丛刊》第十七集所刊 P3345 影印本亦可获见《文选》唐写本残卷概貌(王重民,41;周祖谟,299,a;饶宗颐,339,c;白化文,70,a)。在此基础上,饶宗颐汇集各地所藏残卷照片,编成《敦煌吐鲁番本〈文选〉》,交由中华书局 2000 年出版,是目前为止收录《文选》敦煌残卷最为齐全的著作。值得注意的是法藏敦煌本 P2528 张平子《西京赋》影印十九面,共三百五十三行,起"井干迭而百增",讫篇终,尾题"文选卷第二"。双行夹注,薛综注,李善补注,与尤袤本大致相同。卷末有"永年二月十九日弘济寺写"数字,"年"旁有批改作"隆"字。永隆为唐高宗李治年号,永隆二年为公元 681 年。而据《旧唐书·李善传》,李善在高宗

"显庆中累补太子内率府录事参军崇贤馆直学士兼沛王侍读。尝批注《文选》,分为六十卷,表上之"。今存李善上表标注"显庆三年九月日上表",与史传同。说明《文选注》成于显庆三年(658年)。而距这个抄本才23年,为现存李善注最早的抄本。

敦煌本的校录成果颇多,罗国威《敦煌本〈昭明文选〉研究》对《文选》20种写卷所录正文和各家注进行细致过录、校订,便于阅读(317,c,d)。金少华《敦煌吐鲁番本〈文选〉辑校》收集到已经公布的44种敦煌吐鲁番写卷,分成白文本、李善注本、佚名注本三类,并对每一种写卷作了精细的校录勘对工作(金少华,324,b)。

(二)古抄本

1. 卷十二木玄虚《海赋》,新疆吐鲁番阿斯塔那230号墓文书中有古抄本残片,收录在《吐鲁番文书》第四册,唐长孺主编,文物出版社1994年出版。

2. 卷十七陆机《文赋》,有初唐书法家陆柬之真迹流传,避"渊""世"字。陆柬之为虞世南外甥①,应当生活在唐代贞观年间,与李善同时代。原件藏北京故宫博物院,后移至中国台湾。上海图书馆有照片,上海书画出版社1978年据以影印出版。

3. 卷五十四陆士衡《五等论》,白文无注。或以为是敦煌写本,饶本未收。见中国历史博物馆编《中国历史博物馆藏法书大观》图版第82—84页,文字著录部分第16—17页。上海教育出版社2001年出版。

4. 白文无注三十卷本《文选》。森立之《经籍访古志》卷六总集类著录。光绪二十三年杨守敬《日本访书志》卷十二也著录了此书,并影抄传世。黄侃从杨氏处购得一部影抄的折叠本,而杨氏本又入徐恕手中。向宗鲁曾据黄、徐二本对校,加以校录,而屈守元又过录向本,仍存于世。此外,日本阿部隆一《中国访书志》谓台北"故宫博物院"亦有此书。此抄

---

① 虞世南是著名书法家,《说郛三种》(宛委山堂一百二十卷本)卷八十六收录虞世南《笔髓论》。

本出现的时间，各家考证不同，森立之以为是日本正平时代，即元顺帝至正前后。屈守元以为"《文选》的古抄无注三十卷本，即属渊源于隋唐者"。此抄本的最大价值有三：一是保存了李善注本出现以前的三十卷白文本面目；二是校勘价值，因为与昭明太子所编原本相近；三是标记、旁注，如《〈文选〉序》标记"太子令刘孝绰作之"云云，就特别值得注意（屈守元，283，c）。

5. 九条家藏三十卷白文无注本，存二十一卷。各卷字体不同，盖出自不同手笔。卷首收录了李善《上〈文选〉注表》及注释，正文旁并附小字李善注、五臣注、《钞》，字旁多附小字音注，经与《文选集注》本比对，此音注大部分出自《〈文选〉音决》，也有少部分与五臣音同。少量正文旁同时标注李善本作某、五臣本作某，可见其所据底本并非李善或五臣中的一种。卷后又有或多或少的抄写者的识语，可以窥见此抄本的传播信息以及日本人学习《文选》的方法途径（陈翀，214，b）。

6. 三条家藏五臣注《文选》卷第二十。三条家藏《五臣注〈文选〉》第二十卷残卷，简称三条本，为今所见仅存的单本五臣注的抄本，昭和十二年（1937年）东方文化学院影印一轴，列在《东方文化丛书》第九。1980年天理图书馆印入《善本丛书汉籍部》第二卷，由八木书店出版。由避讳、字形、音注、正文和注文等方面推断，日古抄五臣本的确早于现今所见的传世诸五臣本，甚至早于《文选集注》中的五臣本。饶宗颐所说"日钞此卷，为现存最古之《文选》五臣注本，可以窥见未与善注合并时之原貌"。其"民"字缺笔，或换以"人"字。抄录也多失误。如枚乘《上书重谏吴王》脱吕延济注"失职，谓削地也。责，求。先帝约，谓本封"和正文"今汉亲诛其三公，以谢前过"。因此，就版本而言，未必最好。

二、刻本

（一）五臣注刻本

据王明清《挥麈余话》等书记载，在五代孟蜀时，《文选》已有毋昭裔为之镂版，大约就是五臣注本，因为《宋会要辑稿》载景德四年（1007 年）始议刻李善注本，则可以知道《文选》之第一刻本为五臣注。《崇文总目》《郡斋读书志》均有著录，故知有单行本行世。[①] 清初钱曾《读书敏求记》卷四总集著录"五臣注《文选》三十卷"，称系宋刻，惜难知存佚。[②]

中国大陆尚存五臣注残卷，如北京大学图书馆藏第二十九卷，中国国家图书馆藏第三十卷，版刻清晰，一丝不苟。《汉魏六朝集部珍本丛刊》据以收录。该书卷末有"钱塘鲍洵书字"和"杭州猫儿桥河东岸开笺纸马铺钟家印行"二行。北京图书馆编《中国版刻图录》将此卷列入浙江地区版刻图录之一。按绍兴三十年刻本释延寿《心赋注》卷四后有"钱塘鲍洵书"五字，与此鲍洵当是一人。以鲍洵一生可有三十年工作时间计算，此书当是南宋初年杭州刻本。猫儿桥原名平津桥，在府城小河贤福坊内，见《咸淳临安志》。又考建炎三年（1129 年）升杭州为临安府，推知此书之刻当在建炎三年之前（萧新祺，457）。

目前所见最完整的宋刻本是保存在中国台湾"国立中央图书馆"的南宋绍兴三十一年（1161 年）建阳崇化书坊陈八郎宅刻五臣注本。该馆于 1981 年据原本影印出版。[③] 顾廷龙《读宋椠五臣注〈文选〉记》亦提到

---

① （宋）田况《儒林公议》："孙奭起于明经，敦履修洁，端议典正，发于悃愊。章圣崇奉瑞贶，广构宫殿以夸夷夏。奭累疏切谏，上虽不能纳用，而深惮其正。疏语有'国之将兴，听之于人；国之将亡，听之于神'。其忠朴如此。孙奭敦守儒学，务去浮薄。判国子监积年，讨论经术必诣精密。监库旧有《五臣注〈文选〉》镂板，奭建白内于三馆，其崇本抑末，多此类也。"中华书局 2017 年版，第 27、28 页。

② （清）钱曾注曰："宋刻《五臣注〈文选〉》，镂板精致，览之殊可悦目。唐人贬斥吕向，谓'比之（善注），犹如虎狗凤鸡'。由今观之，良不尽诬。昭明序云：'都为三十卷。'此犹是旧卷帙，殊足喜耳。"按：台湾"中央图书馆"藏有南宋绍兴三十一年（1161 年）刊行五臣单行本。此本是否与下文介绍的北图藏五臣注为同一系统，因未见原书，难以推测。钱曾语见《藏园批注读书敏求记校证》，中华书局 2012 年版，第 426 页。

③ 详见王同愈《宋椠五臣〈文选〉跋》及笔者所附按语。《〈文选〉旧注辑存》附录，凤凰出版社 2018 年版。

此本。① 蒋镜寰辑《〈文选〉书录述要》、傅增湘《藏园群书经眼录·文选注三十卷》亦著录此书。② 此外,日本东京大学东洋文化研究所收藏朝鲜版五臣注《文选》,凡三十卷,明正德四年刊,卷帙完整,版刻精审。该书刊刻年代不及陈八郎本,但时有优异之处,可补陈八郎本之不足,并由此推测《文选》由唐抄到宋刻、从单行到合注的嬗变轨迹(赵蕾,355)。该书已由凤凰出版社 2018 年影印出版。

(二)李善注刻本

继五臣注刻本之后是李善注刻本单行于世。《宋会要辑稿·崇儒四》载:

> (景德)四年八月,诏三馆秘阁直馆校理分校《文苑英华》、李善《文选》,摹印颁行。……李善《文选》校勘毕,先令刻板,又命官覆勘。未几,宫城火,二书皆烬。至天圣中,监三馆书籍刘崇超上言:"李善《文选》,援引该赡,典故分明,欲集国子监官校定净本,送三馆雕印。"从之。天圣七年十一月板成。又命直讲黄鉴、公孙觉校对焉。③

这大约就是彭元瑞《知圣道斋读书跋》卷二所载国子监刻本,因书前有"准敕雕印"的公文,与上引大同而小异:"五臣注《文选》传世已久,窃见李善《文选》,援引该赡,典故分明,若许雕印,必大段流布。欲乞差国子

---

① 顾廷龙《读宋椠五臣注〈文选〉记》(《国立中山大学语言历史研究所周刊》,1929 年 10 月第 9 集第 102 期)称:"余外叔祖王胜之先生,藏书甚富,尤多善本,海内孤本。宋椠五臣注《文选》三十卷其一也。年来获侍杖履,幸窥秘籍。……是书原委,详外叔祖跋。"顾廷龙跋还多出"诸家印记,悉以附志",记录毛氏藏印、徐氏印以及栩缘老人印,如"王氏藏书""同愈""王氏秘籍""栩缘所藏""三十卷萧选人家""王同愈""栩栩庵""元和王同愈"等。最后落款是:"十八年八月四日记于槎南草堂。"这段跋,不见于台湾影印本,而吴湖帆题记又未见顾廷龙过录。

② 蒋镜寰跋:"宋绍兴辛巳刊本。见《邵亭知见传本书目》。王同愈《宋椠五臣〈文选〉跋》。此书为吴中王胜之同愈所藏,半叶十二行,行二十二字。"文载《江苏省苏州图书馆馆刊》1932 年 4 月第 3 号。

③ 《宋会要辑稿》,刘琳、刁忠民、舒大刚等点校,上海古籍出版社 2014 年版,第 2816 页。

监说书官员,校定净本后,钞写版本,更切对读后上版,就三馆雕造。"中国台湾"故宫博物院"收录北宋本《文选》前十六卷中的十一卷残卷,北京国家图书馆收录后四十五卷中的二十四卷残卷,总计三十五卷。北宋真宗景德四年(1007年)曾下诏刊刻,后因宫城失火,书版烧毁。至宋仁宗天圣年间(1023—1032),国子监重新雕版刊行。《文禄堂访书记》认为书中"通"字缺笔,避宋真宗时刘后之父讳,但此残卷未见。学术界认为,现存残卷就是天圣、明道(1023—1032;1032—1033)时期国子监所刻李善注本(张月云,258;屈守元,283,b)。① 国家图书馆所藏二十四卷已收录在《汉魏六朝集部珍本丛刊》中。

宋版《文选》流传至今的除上述北宋刻本残卷、陈八郎宅刻本外,尚存数种影响较大。最重要的是淳熙八年(1181年)尤袤刻李善注本,现藏国家图书馆。中华书局1974年据原本影印线装,四函二十册。元、明、清三代所刻印《文选》李注,大都以尤刻本为底本。最为通行的是清代嘉庆十四年(1809年)胡克家翻刻本,它的底本就是尤刻。胡本八易其稿,改正了尤袤刻本明显的错误多达七百多条,并附有"考异"十卷,备受学者推崇(郭宝军,419)。但也有人认为,十卷"考异"实际为顾千里所作(李庆,163,b)。影印平装本1977年中华书局出版。把这两个本子加以比较,可以发现,胡刻本所用尤刻底本很可能是一个屡经修补的后期印本,与北京图书馆所藏初版的早期印本有所不同。第一,北图本较胡刻本多袁说友的两篇跋(其中一篇是昭明文集的跋,因与《文选》同时刻印而误附在后)和一卷《李善与五臣同异》。② 第二,两本文字也有所不同,有些地方

---

① 张月云《宋刊〈文选〉李善单注本考》亦定为天圣、明道国子监刻本。张先生对此有详论,然所列目录与笔者所目验略有差异。其存佚情况,拙编《〈文选〉旧注辑存》附录有详细记录。

② 《说郛三种》(百卷本)卷二十八尤袤《遂初堂书目》总集类著录《〈文选〉同异》,不知是否即此书。宛委山堂一百二十卷本第十卷也收录了《遂初堂书目》,总集类著录《李善注文选》《李善五(臣)注文选》,文史类也著录《〈文选〉同异》。上海古籍出版社1988年版。

可以确知是胡刻底本的错误,而胡克家《考异》中认为是尤袤所改,实际上尤刻初版却并非如此。《四库全书总目》评李注《文选》时称:"其书自南宋以来,皆与五臣注合刊,名曰《六臣注〈文选〉》。而善注单行之本世遂罕传。此本为毛晋所刻,虽称从宋本校正。今考其第二十五卷陆云答兄机诗注中有'向曰'一条、'济曰'一条,又《答张士然》诗注中有'翰曰''铣曰''向曰''济曰'各一条,殆因六臣之本,削去五臣,独留善注。故刊除不尽,未必真见单行本也。"此说出来后,学者多信而不疑,以为今传李善注本均系从六臣本中摘出重编而成。胡克家《重刻宋淳熙本〈文选〉序》称:"宋代大都盛行五臣,而善注反微矣。淳熙中,尤延之在贵池仓使,取善注雠校锓木,厥后单行之本,咸从之出。"言下之意,李注单行本是尤袤始从六臣注析出。问题是,如果仅就汲古阁本李注《文选》而言,称之从六臣本中辑出,或言而有据,但不能据以推而广之,认为现存李注本,包括尤刻本都是从六臣注本中辑。这是因为,第一,根据《崇文总目》《郡斋读书志》《遂初堂书目》等著录,北宋初年国子监刻李注《文选》一直与五臣注本并行不悖。第二,上述几部书目未载六臣注本,李注当然不可能从所谓六臣注本中辑出。《直斋书录解题》未载五臣注本,在卷十五著录了"六臣《文选》六十卷",称后人并五臣与李善原注为一书,名曰六臣注。据朱彝尊《曝书亭集》卷五十二"宋本六家注文选跋"考证:"六家注《文选》六十卷,宋崇宁五年镂板,至政和元年毕工。墨光如漆,纸坚致,全书完好。序尾识云:'见在广都县北门裴宅印卖。'盖宋时蜀笺若是也。每本有'吴门徐贲私印',又有'太仓王氏赐书堂印记'。是书袁氏褧曾仿宋本雕刻以行,故传世特多。然无镂板毕工年月,以此可辨真伪也。"由此来看,六臣注刻本要比李注刻本晚好几十年。第三,这部六臣注合刻本转录了国子监本的"准敕雕印"公文,更足以说明六臣本的流行是在李注本刻印之后。第四,将《文选集注》与现存诸本比勘,也可以说明李注本单独行世已久。第五,前引《宋会要辑稿》中载天圣七年(1029 年)刻李善注本,今仍存残本,亦为胡克家所未见。如此等等,都可以证明,《四库总目提要》以来的传统看法值得修订(程毅中、白化文,487;屈守元,283,b;冈村繁,56,a;刘跃进,110,n)。

（三）六臣注刻本

今传宋本六臣注有两个系统:一是五臣、李善注,世称六家本。秀州本为最早,失传。人民文学出版社 2008 年据日本足利学校所藏影印出版的绍兴二十八年(1158 年)明州重修本,即源自此一系统。现存三种朝鲜活字本《文选》亦属于这个系统。二是李善、五臣注,世称六臣本。绍兴年间(1131—1162)赣州刻《文选》,即属于这个系统。斯波六郎认为赣州本"不是以单行李善注本、单行五臣注本为底本,所据是一个五臣李善注本,只不过颠倒了李善与五臣的顺序"(参见所撰《文选诸本的研究》)。也就是说,李善、五臣注系统的六臣本实际上出自五臣、李善注系统的六家本(冈村繁,56,a)。

先说以明州本为代表的五臣李善"六家本"系统。

明州本《文选》,中国国家图书馆、中国台湾"故宫博物院"、日本宫内厅、日本东洋文库等都有收藏,并存"右迪功郎明州司法参军兼监卢钦谨书"题记,记述绍兴二十八年冬十月赵善继修版事宜。唯足利学校本无此题记。据此,日本学者长泽规矩也认为足利本应属于早于绍兴二十八年的印本。这个版本系统反映了晚唐五代五臣注广为流传的事实。长期以来,学术界都认可朱彝尊《曝书亭集》考证广都裴氏刻《六家注文选》是现存六臣注第一个合刻本,宋崇宁五年(1106 年)镂板,政和元年(1111 年)毕工。[1] 1983 年,韩国正文社影印出版原藏于韩国首尔大学奎章阁铜活字版《六臣注文选》,则改变了传统的看法。该书为五臣李善注,系朝鲜世宗二年(1420 年)刊行的后印本,刊刻年代虽晚,但是书后附有三则题记跋语十分重要。第一是天圣四年(1026 年)平昌孟氏刊五臣注本沈严《后序》,第二是国子监校刊李善注本天圣三年(1025 年)校勘、天圣七年雕成、天圣九年进呈诸臣衔名,第三是元祐九年(1094 年)秀州州学

---

[1] 参见郑玉顺《现存韩国刊行〈文选〉版本考》,载《古籍整理研究学刊》1998 年 4、5 两期合刊。

汇刊五臣注、李善注之识语。据此可以考知，五臣李善注的底本是北宋哲宗元祐九年（1094 年）刊刻的秀州州学本。其中，五臣注以平昌孟氏校正本为底本，李善注据天圣七年（1029 年）国子监本为底本，比崇宁五年（1106 年）六臣本早约八十年，更比淳熙八年（1181 年）尤刻李善注早约一百五十年。这个本子比较完整地保存了早期五臣注和李注的原貌（金学主，326）。俞绍初《新校订六家注〈文选〉》即以奎章阁本为底本进行校勘整理，广泛吸收前人校勘成果，力图呈现最早的五臣、李善合刻本的六家注《文选》面貌（358，g）。目前所知，现存朝鲜刻古活字本六家《文选》尚有十多部，多为残本。除奎章阁所藏为全帙外，日本东京大学东洋文化研究所、日本京都大学附属图书馆皆有藏本，版式、字体大致相同，应当是同一系统的本子。但仔细勘对，各本之间也有若干重要差异。相比较而言，日本所藏这两种六家本《文选》较之奎章阁本，更接近于初刻（徐华，403）。2018 年，凤凰出版社影印出版了东京大学所藏朝鲜活字本六臣注《文选》，为广大读者提供方便。

再说以赣州本为代表的李善五臣"六臣本"系统。

赣州本的刊刻年代，于敏中等《钦定天禄琳琅书目》认为这是北宋官刻本，至南宋时又有刷印。日人岛田翰《古文旧书考》据书墨、字体、版式、避讳、刻工等综合因素认定此书版成于北宋，南渡后又有修版。王重民《中国善本书提要》基本认同岛田翰观点，言"兹观其原叶字体，写刻颇浑厚，似有可能"。赵万里《中国版刻图录》以刻工定其为南宋初年版。日本宫内厅书陵部所藏宋赣州州学刻宋元递修本《文选》最为清晰，上海古籍出版社 2013 年出版的《日本宫内厅书陵部藏宋元版汉籍选刊》收录宋元递修赣州本《文选》，字迹清晰。中国国家图书馆亦藏宋元明递修赣州本，漫漶较甚，收录在《汉魏六朝集部珍本丛刊》中。

第四节 《文选》学

《文选》而有"学",自唐代已然,相承久远。钱锺书《管锥编》称"词章中一书而得为学,堪比经之有'《易》学''《诗》学'等,或《说文解字》之蔚然成'许学'者,唯'《选》学'与'《红》学'耳"(397,a)。

一、"《文选》学"述略

如前所述,初唐已有"《文选》学"之说。《旧唐书·裴行俭传》:"高宗以行俭工于草书,尝以绢素百卷,令行俭草书《文选》一部。帝览之称善,赐帛五百匹。"这是李善注释《文选》之后的事。上有所好,下必风行。今天看到很多抄本《文选》,并非无故。根据《朝野金载》的记载,盛唐时,乡学亦立有《文选》专科。① 开元、天宝年间,《文选》李善注、五臣注盛行,《文选》成为当时士子必读的书目。士子求学时随身携带的"十袟文书",《文选》与《孝经》《论语》《尚书》《左传》《公羊》《榖梁》《毛诗》《礼记》《庄子》等九种经典并列。② 杜甫有两首诗说到《文选》,一是《水阁朝霁奉简云安严明府》:"呼婢取酒壶,续儿诵《文选》。"一是《宗武生日》:"诗是吾家事,人传世上情。熟精《文选》理,休觅彩衣轻。"这两首诗,一是让儿子诵读《文选》,一是说熟精《文选》理与写诗之间的关系。唐代另一位大诗人李白也非常看重《文选》,《酉阳杂俎》记:"李白前后三拟《文选》,不如意者,悉焚之,惟留《恨》《别》赋。"可见李白对《文选》所下的功

---

① 张鷟《朝野金载》:"唐国子监助教张简,河南缑氏人也。曾为乡学讲《文选》。"

② 《敦煌变文集》卷二《秋胡变文》:"辞妻了道,服得十袟文书,并是《孝经》《论语》《尚书》《左传》《公羊》《榖梁》《毛诗》《礼记》《庄子》《文选》,便即登程。"人民文学出版社1957年出版。

力之深。① 除了这些大作家外,唐代士子也都把《文选》作为必读书。其他唐代诗人亦大多如此,可以随手拈出《文选》掌故。韩愈《李邢墓志》说邢:"年十四五,能暗记《论语》《尚书》《毛诗》《左氏》《文选》,凡百余万言。"(《全唐文》卷五六三)这里以《文选》与经书相提,作为士子必诵之书,已说明唐时的风气。《旧唐书·武宗本纪》载李德裕对皇帝称说:"臣祖天宝末以仕进无他伎,勉强随计,一举登第。自后不于私家置《文选》,盖恶其祖尚浮华,不根艺实。"由此可见,这个时期,家置《文选》,已成普遍现象。《旧唐书·吐蕃传》记载,开元十八年(730年),吐蕃使奏称金城公主请赐《毛诗》《礼记》《左传》《文选》各一部,玄宗令秘书省写与之。金城公主远嫁吐蕃,所索书把《文选》和儒家经典并列,亦见《文选》在当时的特殊地位,已远播异域,影响深远。《文献通考·经籍考》三十四著录《文选著作人名》三卷,唐常宝鼎撰。"纂《文选》所集文章著作人姓氏爵里行事及其著作之意。"现存早期的《文选》写本,多是敦煌石室所藏,还有一部分在新疆吐鲁番等地发现。从新发现的《文选》残卷看,字体有好有劣,可见阅读的人、传抄的人,水平参差不齐。敦煌遗书还有一篇《西京赋》钞本,由唐高宗永隆年间弘济寺僧所写,则见《文选》的流传更是深入道俗。

从萧该、曹宪到李善、公孙罗、许淹、五臣、陆善经等人的《文选》学研究成果,构成了隋唐《文选》学"的基本学术格局,对后代产生过不可估量的影响。对此,汪习波《隋唐〈文选〉学研究》有比较全面的描述(汪习波,237)。

宋初承接唐代余绪,重视选学不亚于唐,陆游《老学庵笔记》称宋初崇尚《文选》,"草必称王孙,梅必称驿使,月必称望舒,山水必称清晖",方为合格。以至有"《文选》烂,秀才半"的说法(《老学庵笔记》卷八)。王得

---

① 唐人所读《文选》是李善注,还是五臣注,还是一个值得讨论的问题。屈守元《〈文选〉导读》认为李杜时代应当读李善注。同时他又引白居易诗"《毛诗》三百篇后得,《文选》六十卷中无",推断所读也是李善注本。这个时期,五臣注已经流传,也可能两书并行,读书人各取所需。

臣《麈史》卷二记载,《新唐书》的作者宋祁生母孕育时梦见朱衣人送《文选》一部,于是给宋祁起小名"选哥"。他少时三抄《文选》。到王安石执政,以新经学取士,"熙、丰之后,士以穿凿谈经,而选学废矣"。(王应麟《困学纪闻》卷十七)其后,在相当长的一段历史时期里,关于《文选》的注释考据没有做出多少成绩。但是在文章评点方面,著述很多。王书才《〈昭明文选〉研究发展史》有简明扼要的叙述(王书才,20,b)。宋志英、南江涛编《〈文选〉研究文献集成》主要收录宋元至清代比较重要的《文选》学研究著述42种,分装六十册,简介如下:

宋人著述三种:苏易简《〈文选〉双字类要》三卷,刘攽《〈文选〉类林》十八卷,高似孙《〈选〉诗句图》一卷。《〈文选〉双字类要》为宋刻影印本,较为珍贵。《文献通考·经籍考》五十五著录,类书类,称:"摘取双字,以类编集。"《〈文选〉类林》为明刻本,后有王十朋跋:"陆务观言:先世遗书至富,其工夫浩博而有益于子孙者,惟《文选类林》。"《选诗句图》为旧抄本,按照诗人顺序排列,每位诗人名下选录名句。这三部著作,征引《文选》中藻丽之语,分类纂辑,对于临文选字用词,不无帮助。《四库全书总目》提要怀疑这些书多为托名之作,供当时举子考试参考。

元代著述三种:方回《〈文选〉颜鲍谢诗评》四卷,虞集《〈文选〉心诀》一卷,刘履《选诗补注》八卷。其中,虞集的著作虽题曰《文选》,实系唐宋古文家韩愈、柳宗元、欧阳修、曾巩、苏洵、苏轼六家的文章选本,列入此编,当误。方回的著作,是对颜延之、谢灵运、谢惠连、谢朓诗歌的评论,应是作者平日阅读《文选》的批注,系后人所辑。《四库全书总目》认为该书较之《瀛奎律髓》更胜一筹,当为晚年所作,足资参考。刘履的著作是在《文选》基础上,增删而成,凡二百四十六首,补注前人所不足,特别是有关诗歌本事、背景材料,多所辨析,很有参考价值。

明代著述八种:冯惟讷《〈选〉诗约注》八卷,张凤翼《〈文选〉纂注》十二卷,凌迪知《〈文选〉锦字录》二十一卷,孙矿评、闵齐华注《孙月峰先生评〈文选〉》三十卷,陈与郊《〈文选〉章句》二十八卷,王象乾《〈文选〉删注》十二卷,郭正域评点、凌濛初辑评《合评〈选〉诗》七卷,邹思明辑评《〈文选〉尤》十四卷。其中,冯惟讷《〈选〉诗约注》前有《选诗评议》,始于钟嵘《诗品》,止于杨慎《丹铅余录》,便于读诗者参考。张凤翼的著作杂取各家诠释《文选》的说法,融汇而成,简明易懂,较为流行。① 凌迪知的著作,取碎锦散珠之义,仿宋人《〈文选〉双字类要》之例,择《文选》字句丽雅者,厘为四十六门。孙矿评、闵齐华注的《孙月峰先生评〈文选〉》,又称《〈文选〉瀹注》,删繁就简,提要钩玄,于题下篇末施注,便于阅读。王象乾《〈文选〉删注》底本白文无注,天头有比较详尽的批注,行间亦有批注。

清代著述二十八种:洪若皋辑评《梁〈昭明文选〉越裁》十一卷,吴淇《六朝〈选〉诗定论》十八卷,何焯《义门读书记·〈文选〉》五卷,陈景云《〈文选〉举正》,杭世骏《〈文选〉课虚》四卷,汪师韩《〈文选〉理学权舆》八卷,余萧客《〈文选〉音义》八卷,余萧客《〈文选〉纪闻》三十卷,孙志祖《〈文选〉理学权舆补》一卷,孙志祖《〈文选〉考异》四卷,孙志祖《〈文选〉李注补正》四卷,张云璈《〈选〉学胶言》二十卷、补遗一卷,胡克家《〈文选〉考异》十卷,许巽行《〈文选〉笔记》八卷,朱珔《〈文选〉集释》二十四卷,梁章钜《〈文选〉旁证》四十六卷,薛传均《〈文选〉古字通疏证》六卷,胡绍煐《〈文选〉笺证》三十二卷,石蕴玉《〈文选〉编珠》二卷,吕锦文《〈文选〉古字通补训》四卷、补遗一卷,朱铭《文选拾遗》八卷,杜宗玉《〈文选〉通假字会》四卷,何其杰《读〈选〉集箴》,胥斌等辑《〈文选〉集腋》六卷,徐攀凤《〈选〉注规李》一卷,徐攀凤《〈选〉学纠何》一卷,陈秉哲《读〈文选〉日记》一卷,赵晋《〈文选〉叩音》一卷。

吴淇《六朝〈选〉诗定论》十八卷是继方回《〈文选〉颜鲍谢诗评》、刘履《选诗补注》之后又一部全面阐释《文选》诗歌的重要著作。所谓定论,作者说:"昭明业有定选,余不过从而论之,所以尊《选》也。"对此,四库馆臣似乎不以为然,认为该书"诠释诸诗亦皆高而不切,繁而鲜要"(《四库全

---

① 《说郛续》卷二十收录张凤翼《谭辂》:"予纂《文选》注既成,客持示一贵游,贵游初不知为何书,及阅其目,云:'张君误矣,既云《文选》,安得复选有诗哉?'客归以语予,予曰:'此事当问萧君,不于张君事也。'闻者无不失笑。"《说郛三种》第九册,上海古籍出版社 1988 年版,第 1002 页。

书总目》总集类存目提要），多为后人诟病。但在当时，此书也曾流行一时，卷首有周亮工、吴伟业序，称颂一通。近代著名诗学家黄节对此书也评价较高，称"余读汉魏六朝诗，得此方能用思锐入。其中虽有推求过当，而独见之处殊多"。[①] 广陵书社 2009 年出版汪俊、黄进德的点校本，极便阅读。

何焯《义门读书记·〈文选〉》五卷，以汲古阁刊李善注本为底本，博采众说，校订异同。黄侃称赞何焯说："清代为选学者，简要精核，未有超于何氏。"可惜此五卷多评骘之言，较少校订注释。

陈景云曾从何焯问学。作者据汲古阁本辨析其他诸本，辨析是非。如《两都赋》"建玄弋，树招摇"，陈景云《〈文选〉举正》"弋当作戈"。黄侃《〈文选〉平点》卷一："何焯改'弋'为'戈'。今见日本抄本，竟与之同。"弋，敦煌本正文、九条本作"戈"，说明陈景云确本于何焯。该书为其家人辑录，定名《〈文选〉举正》。该书曾为顾千里所收藏。今本每条下有"广圻按"，即是明证。其精华多为《〈文选〉考异》所吸收。据此对证，更证明署名胡克家撰《〈文选〉考异》实出顾千里之手，也有部分成果首创于陈景云。

汪师韩《〈文选〉理学权舆》八卷，是一部《文选》学著作。该书以类分为八门：一是撰人，以《文选》所收作者为目，下录篇名。二是注引群书目录。三是《选》注订误，实为读《文选》札记。四是《选》注补阙。五是《选》注辨论。六是《选》注未详，凡李善注未详，且尚无补注的条目罗列出来，供后人进一步研讨。七是前贤评论。八是质疑，如避讳改顺为填，但是有的地方又不改。类似可疑处，所在多有。八门之下各附以己说。权舆本指草木初发，引申为起始。作者自谦《〈文选〉理学权舆》只是一部供初学者阅读的《文选》学概论，其实，该书订误、补阙、辨论、质疑等部分提出了很多有启发的问题，值得进一步思考。孙志祖有《〈文选〉权舆补》一卷，《考异》四卷，《李注补正》四卷，皆补汪著所未备。如《文赋》："瘝防露

---

① 清华大学图书馆藏康熙刻本《六朝选诗定论》扉页黄节题跋。

与桑间，又虽悲而不雅。"孙志祖《〈文选〉理学权舆补》："注引东方朔《七谏》谓楚客放而《防露》作。此说谬矣。若指楚客，即为屈原。屈原忠谏放逐，其辞何得云不雅？《防露》与《桑间》为对，则为淫曲可知。谢庄《月赋》：徘徊《房露》，惆怅《阳阿》。（注：《房露》，古曲名。）'房'与'防'，古字通，以'防露'对'阳阿'，又可证其非雅曲也。《拾翠集》引王彪之《竹赋》云：'上承霄而防露，下漏月而来风。庇清弹于幕下，影媛歌于帏中。'盖楚人男女相悦之曲，有《防露》，有《鸡鸣》，如今之《竹枝》。《东坡志林》亦云，然则《竹枝》之来亦古矣。《诗》云：'野有蔓草，零露漙兮。有美一人，清扬婉兮。邂逅相遇，适我愿兮。'以此推之，防露之意可知。"此类辨析，要言不烦。沈家本又有《李善〈文选〉注书目》未刊稿，以汪师韩《注引群书目录》为蓝本，辑补汪目所遗，具录汪目和孙志祖补原文及按语，然后有解题，并加"今案"以示区别（刘奉文，106）。

余萧客《〈文选〉音义》八卷。《文选》在世间流传不久，南北统一，语音的差异便日益显示出来。最初的《文选》注本，多以"音义"为题。萧该、曹宪、李善、公孙罗、许淹等都有《〈文选〉音义》。余萧客亦仿上述著作，以何焯所校为依据，摘字为音注。《〈文选〉纪闻》三十卷则是针对有疑义的词句、史事加以考订辨析，颇见朴学功力。江藩《汉学师承记》赞美余萧客曰："余氏以汉学名，自幼受《文选》。"

此外，张云璈《〈选〉学胶言》二十卷、梁章钜《〈文选〉旁证》四十六卷、胡绍煐《〈文选〉笺证》三十卷、朱珔《〈文选〉集释》十四卷亦为清代选学重要著作。张云璈多采众说，撰为札记，颇见功力。梁章钜的著作以博采见长。阮元序称"可为选学之渊海"。胡绍煐的著作详于训诂，由音求义，即义准音，反复就李注、诗文古注、《史》《汉》旧注及当时旁证考异诸书，触类引申，旁搜博考，补缺详略，正讹纠谬。江苏广陵古籍刻印社1990 年有影印本，黄山书社 2007 年有校点本。

张之洞《书目答问》说："国朝汉学、小学、骈文家，皆深《选》学。"清代学者研究《文选》，主要集中在李善注与五臣注上。正文与注释相互校订，根据旧注体例定夺去取，内证与外证比勘寻绎，因声求义，钩沉索隐，在文字、训诂、版本等方面取得了前所未有的成绩。当然,他们的研究也存在着一些问题。概括而言,主要集中在下列三个方面。

首先,清代以来的《选》学家,根据当时所见书籍对于李善注所引书加以校订。问题是,李善所见书,与后来流传者未必完全一致,譬如李善引《说文》《尔雅》就与今本多有不同。更何况,清代《选》学名家所见书也未必就是善本。如果只用通行本校订李善注,其结论很难取信于人。下举数例:

1. 班固《西都赋》李善注"容华视真二千石"之"容"字,"充衣视千石"之"衣"字,《〈文选〉考异》所见为"俗""依",作者认为作"容"和"衣"为是,而"俗"与"依"两字,"此尤校改之也"。然今见尤刻本正作"容"和"衣"。

2. 班固《西都赋》"内则别风之嶕峣",陈八郎本、朝鲜五臣注本下无"之"字,是。但是《〈文选〉考异》以为此"之"字为尤袤所加,就非常武断。刘文兴《北宋本李善注文选校记》指出北宋本就有"之"字,"据此则非尤添,乃宋刻原有也"。[①]

3. 张衡《西京赋》"黑水玄址",《〈文选〉考异》作者所见为"沚",据薛综注,认为当作"址",今尤袤本正如此,作"址"。

4. 班固《东都赋》"寝威盛容"之"寝",陈八郎本、朝鲜五臣注本、《后汉书》并作"祲",梁章钜曰:"尤本注'祲'误作'侵'。"然国家图书馆所藏尤袤本正作"祲",显然梁氏所据为误本。

5. 《西京赋》"上春候来"下李善注"孟春鸿雁来",《〈文选〉旁证》卷三据误本,以为"鸿"下当有"雁"字,"各本皆脱"。而敦煌本、北宋本、尤袤本并有"雁"字。

6. 《东京赋》"而众听或疑",而胡绍煐所见为"而象听或疑"。《〈文选〉笺证》卷三:"按:当作:而众听者惑疑。字涉注而误。惑与下野为韵"。而尤袤本不误。

① 刘文兴《北宋本李善注文选校记》,《国立北平图书馆馆刊》1931 年 9—10 月 5 卷第 5 号。

7. 江淹《恨赋》"若乃骑迭迹，车屯轨"之"屯"字，胡绍煐所见为"同"，于是在《〈文选〉笺证》中考证曰："六臣本作'屯轨'。按注引《楚辞》：'屯余车其千乘。'王逸曰：'屯，陈也。'明为正文'屯'字作注。则善本作'屯'，不作'同'。此为后人所改。"殊不知，尤袤本正作"屯"。

8.《吴都赋》"宋王于是陋其结绿"，"宋王"，王念孙所见本为"宋玉"，于是考曰："宋王与隋侯对，无取于宋玉也。"而尤袤正作"宋王"。

应当说，《〈文选〉考异》《〈文选〉旁证》，还有《〈文选〉笺证》的作者，目光如炬，根据有限的版本就能径直判断是非曲直，多数情况下，判断言而有征，可称不移之论。但他们的研究也存在一些明显的问题。譬如，《〈文选〉考异》的作者认为，"凡各本所见善注，初不甚相悬，逮尤延之多所校改，遂致迥异"。作者没有见过北宋本，更没有见到敦煌本，他指摘为尤袤所改处，往往北宋本乃至敦煌本即如此。这是《〈文选〉考异》的最大问题。再看梁章钜《〈文选〉旁证》，虽取资广泛，时有新见，也常常为版本所困。如果据此误本再加引申发挥，就带来了一些新的问题。譬如梁章钜就没有见到过五臣注本，常常通过六臣注本中的五臣注来推断五臣注本的原貌。而今，我们看到完整的五臣注至少有两种，还有日本所藏古抄本五臣注残卷。由此发现，五臣注与五臣注本的正文，也时有不一致的地方。仅据注文推测正文，如谓"五臣作某，良注可证"，根据现存版本，梁氏推测，往往靠不住。《东都赋》"韶武备"，梁氏谓："五臣'武'作'舞'，翰注可证。"根据六臣注中的五臣注，乃至陈八郎本、朝鲜五臣注本，注文中确实作"舞"，但是，这两种五臣注的正文又都是"武"字。朝鲜本刊刻的年代虽然略晚，但是它所依据的版本可能还早于陈八郎本。不管如何，今天所能看到的五臣注本均作"韶武备"，梁氏推测不确。又如扬雄《甘泉赋》"齐总总以撙撙"，梁章钜《〈文选〉旁证》卷九："五臣'撙'作'尊'，铣注可证。"然陈八郎不作"尊"，作"蕴"。因此我们说，梁氏据所见本五臣注推测五臣本原貌，确实不可靠。这是梁章钜《〈文选〉旁证》的一个很大的问题。胡绍煐的《〈文选〉笺证》，篇幅虽然不多，但是由于撰写年代较晚，征引张云璈、段玉裁、王念孙、王引之、顾千里、朱珔、梁章钜等人的成果,辨析去取,加以裁断,非常精审。同样,胡氏所据底本也时有讹误,据以论断,不免错讹。如张衡《思玄赋》"何道真之淳粹兮"之"真"字,胡氏所见为"贞",推断曰"此涉注引《楚辞》'除秽累而反贞兮'误",尤袤本正作"真"字。又,"翩缤处彼湘滨"之"翩"字,胡氏所见为"顾"字,谓:"此'翩'字误作'顾'。"尤袤本正作"翩"字。潘岳《西征赋》"狙潜铅以脱膑",李善注"狙,伺候"。然胡所见本误作"狙,猕猴也"。故论曰:"'猕猴',当'伺候'二字之讹。《史记·留侯世家》:'狙击秦皇帝博浪中。'《集解》引服虔曰:'狙,伺候也。'训与《仓颉》篇同。六臣本善注作'伺候',不误。"实际上,尤袤本正作"狙,伺候"。

其次,古人引书,往往节引,未必依样照录。如《魏都赋》"宪章所不缀",刘逵注引《礼记》曰"孔子宪章文、武",就是节引。又如张衡《思玄赋》:"潜服膺以永靓兮,绵日月而不衰。"李善注引《礼记》作"服膺拳拳",而李贤注引则作"服膺拳拳而不息"。《礼记》原文是:"得一善,则拳拳服膺而弗失之矣。"李善注颠倒其文,而李贤注不仅颠倒其文,还将"弗失之矣"改作"不息"。只有两种可能,一是二李引《礼记》另有别本,二是约略引之。又如木华《海赋》"百川潜涤",用今本《尚书大传》"大川相间小川属,东归于海"的典故,《〈水经注〉序》引同。《长歌行》李善注则引作"百川赴东海"。蔡邕《郭有道碑》李善注引作"百川趣于东海",同一文本,后人所引各不相同。如果用今本订补,几乎每则引录,均有异文。据此可以订补原书之误之缺,也可据原书订正李善引书之讹。应当说,这项工作很有意义,但是这些工作已经溢出校订的初衷,而且有些考证也与李善注书的本意有所背离,故所不取。

再次,清人对于《文选》的考订,很多集中在李善注所涉及的史实及典章制度的辨析,很多实际是详注,甚至是引申发挥,辗转求证,有时背离《文选》主旨。如《上林赋》"亡是公听然而笑",汪师韩谓"听然",通作"哂然",又通作"吲然",又通作"噘然",甚至还可以作"怡然"。这种引申,就本篇而言并无任何版本依据,似乎有些牵引过多。又如鲍照《舞鹤赋》"燕姬色沮",《〈文选〉旁证》引叶树藩据《拾遗记》的记载,认为燕姬指燕昭王广延国县舞者二人，曰旋娟、提嫫，实属附会。其实燕姬犹如郑女、赵媛、齐娥等，泛指美女而已。这些研究，不免求之过深。

二、二十世纪前五十年中国《文选》研究

1917 年 7 月，《新青年》杂志第 3 卷第 5 号"通讯"一栏发表了钱玄同致陈独秀的信，信中说："惟《选》学妖孽所尊崇之六朝文，桐城谬种所尊崇之唐宋文，则实在不必选读。"这就是后人习惯所说的"《选》学妖孽，桐城谬种"的由来。其实，钱玄同的这个提法，并未得到多数人的认可，鲁迅就表示不同意，钱仍坚持。"五四"战将中对于桐城派和《文选》派，态度是不同的。对于桐城的打击不遗余力，最终打倒，乃至绝迹。而对于《文选》学则有扶持的味道。一是《文选》本身不易否定，二是当时的革新者认为《文选》的趣味与西方观念接近。刘师培讲骈文，章太炎讲非骈文，鲁迅讲小说，都特别关照魏晋南北朝文学。因此，一百年来，《文选》学研究不绝如缕。

二十世纪前五十年间的《文选》研究，影响最大的有四部著述：丁福保《〈文选〉类诂》、高步瀛《〈文选〉李注义疏》、黄侃《〈文选〉平点》及骆鸿凯《〈文选〉学》。

丁福保《〈文选〉类诂》参照程先甲《选雅》的体例，是用编字典的方式，将正文中的字、词，按照笔画排列。每个字词下面，先列李善注释。如有异文，则作必要的辨析。对一些通假字，则征引薛传均《〈文选〉古字通疏证》、杜宗玉《〈文选〉通假字会》的考证成果，对读者了解字义、字形演变轨迹，极有参考价值。如"洗马"条李善注："《汉书》曰：太子属官有洗马。如淳曰：前驱也。'先'或作'洗'。"括注：《赠答士衡》。然后下引杜宗玉《〈文选〉通假字会》考证："案《仪礼·大射仪》'先首'注：先犹前也。《荀子·正论》：诸侯持轮扶舆先马。注：先马，导马也。《易·系辞上传》：圣人以此先心。《集解》引韩康伯：先，读为洗。此其证也。又洗同洒。潘安仁《为贾谧作赠陆机诗》：吾子洗然。注引《庄子》曰：庚桑子

之始来也,吾洒然异之。以先、西音类也。《说文》:瘁,寒病也。段曰:《素问》《灵枢》《本草》言洗洗洒洒者,其训皆寒。皆瘁之假借。古辛声、先声,两声同在真文一类。"文后括注:《字会》。该书二十世纪二十年代由医学书局排印出版。1990年中华书局出版点校整理本,并附有汉语拼音索引、四角号码索引,便于查询。

高步瀛《〈文选〉李注义疏》最为博洽。作者1929年开始动手编著,惜因病逝,未竟全功,六十卷中仅成八卷,曾由北平文化学社排印。这是一部集大成的著作。高步瀛根据唐写本,在校勘上确有不少超越前人之处。尤其难能可贵的是,作者紧步张云璈、钱泰吉之后尘,深入阐发李注义例,辨别李注与李善所引旧注或误入的五臣注及其它羼入的文字。如《魏都赋》疏中考出"亭亭峻阯"的"阯"字,李注本作"阯",五臣注作"趾",汲古阁本作"趾"乃误从五臣注本。又中华书局校点本第五二九页"孟津"二字注文下引《尚书》作"盟津",高氏引朱珔说,考订"《尚书》曰"以下为李善注,今本误脱"善曰"二字,并进一步指出:"疑薛(综)本作'孟',李氏及五臣作'盟津'耳。"类似这样的例子不胜枚举,再就史实训释而言,也有许多精湛的见解值得重视。如司马相如《子虚赋》《上林赋》原为一篇问题,作者罗列众家之说而辨其是非,并对此赋分成两篇的时间作了考证。又如左思《三都赋》,本有刘逵注《蜀都》《吴都》、张载注《魏都》之说,但刘孝标注《世说》引《左思别传》提出怀疑,以为自撰。作者据清姚范说引晋卫权《三都赋略解序》提到刘、张作注事不误,还引证《文选》注及《隋书·经籍志》说明刘逵也曾为《魏都赋》作注。又考证鲁般,说明公输与鲁般非一人。"鲁般之名,前有所因,后犹有袭之者,其殆为巧人之通名也"。这些意见不但征引详博,立论亦极精当(曹道衡、沈玉成,451,h)。

黄侃的评点,生前并未辑录成书,只是手批圈点在胡克家刻本上,在弟子间传抄。近年将此批本过录刊行的有两家,一由黄念容辑录,题作《〈文选〉黄氏学》,1977年台湾文史哲出版社初版;一由黄焯辑录题作《〈文选〉平点》,1985年上海古籍出版社刊行。黄延祖在上述两本基础上,参考了骆鸿凯《〈文选〉学》所引黄侃评点的《文选》条目,重新整理黄侃关于《文选》的研究成果，编为《〈文选〉平点》（重辑本），中华书局2006年出版。黄侃一生精研《文选》，章太炎誉为"知《选》学者"。他尤其重视《选》文的诵读，"以为可由此得古人文之声响，而其妙有愈于讲说者"（黄焯，463）。著者诵读时的抑扬顿挫虽不能传世，但著者独到的"得古人文之用心处"却能赖此书的圈点部分保留下来。本书在总结前人研究的基础上，无论评笺或考证，多有独到见解，体现了较高的学术水准（曹虹，449）。

骆鸿凯《〈文选〉学》初版于1936年，中华书局2015年又予再版。全书旁征博引，分为十类：

（一）纂集。探源溯流，勾稽《文选》前历代总集片段，描述昭明太子生平，特别又对所谓高斋十学士编选《文选》之说，引高步瀛《〈文选〉李注义疏》加以驳正。

（二）义例。汇集《〈文选〉序》及后代关于《文选》的"封域"、分体、去取、选编得失的讨论。

（三）源流。综述历代《文选》研究情况，特别是对《选》学大盛的唐代和清代论述尤详，征引繁富，给人以清晰的《选》学发展的历史轮廓。

（四）体式。征引历代文论，特别是《文心雕龙》用以诠释《文选》所收各种文体。

（五）撰人。《文选》按体而分，一个作品分散几处。此节则以人而分，将散见各文汇于作家名下；又对有争论的作品，如古诗十九首、《长门赋》、苏李诗、李陵《答苏武书》、孔安国《〈尚书〉序》、赵景真《与嵇茂齐书》等，汇列诸家之说，断以己意。

（六）撰人事迹生卒著述考。对于《文选》所收作家的生平事迹汇编资料于该作家名下。

（七）征故。分赋、诗、杂文三类辑录"时流品藻""史臣论断""艺苑珍谈""选楼故实"，对读者理解有关作品有所帮助。

（八）评骘。汇集张惠言、谭献、王闿运、李详等对赋、诗、杂文的品评，逐一汇辑于每篇作品名下。

（九）读选导言。分为十六小节，具体论列了研究《文选》的主要方法。

（十）余论。包括"征史""指瑕""广选"三节。

书后又附录有《〈文选〉分体研究举例》《〈文选〉专家研究举例》及《选学书著录》三篇。《著录》分全注本、删注本、校订补正、音义训诂、评文、摘类、《选》赋《选》诗、补遗广续等八类开列《文选》书目，以供参考。在中国学术史上，对《文选》作出如此全面系统的清理论述，此书显然是首创。因此，这是一部全面的、有开创之功的《文选》研究著作(穆克宏，531，d)。

二十世纪前五十年间，以研究《文选》名家的还有周贞亮、李详等人。周贞亮的《文选学》是作者二十世纪三十年代在武汉大学讲授《文选》学的讲义，为《文选》的传承作出贡献(周贞亮，298；王立群，21，e)。李详有《文选》学著述五种，如《杜诗证选》《韩诗证选》，以杜甫、韩愈诗为例，详尽考察唐代文人熟读《文选》的具体例证，极富学术价值(李详，166；穆克宏，531，g)。

三、《文选》在域外的流传与研究

《文选》至迟在唐代即已流传到日本，深受欢迎，甚至成为选士拔擢的必读书。岛田翰《古文旧书考》载："《文选》之见于史者，以《续日本书纪》为首，曰：袁晋卿，唐人也。天平七年从遣唐使来归，通《尔雅》《文选音》，因授大学音博士。"天平七年，即唐玄宗开元二十三年(735 年)。据严绍璗说，日本《十七条宪法》已多采用《昭明文选》(严绍璗，252)。大约成于唐代的《日本国见在书目》已著录了《文选》多部。日本正式将《文选》作为一门独立的学科加以研究，大约始于大正末年(二十世纪二十年代)。当时仅有斯波六郎和吉川幸次郎二人在京都大学聆听铃木虎雄《文选》讲座。正是在这个时期，京都帝国大学文学部影印了《文选集注》，为日本《文选》学开创了新纪元。斯波六郎毕业后赴广岛，以这个《集注》本为主攻方向，继续潜心研究《文选》，在日本成为《文选》学的权威，《文选》也因此成为广岛大学中国文学专业的"家传文艺"。斯波六郎的《〈文选〉索引》是一部《文选》中全部作品的便览索引，1954 年初刊于广岛大学中文研究丛刊，1959 年再刊于京都大学人文科学研究所，对《文选》的研究提供了极大的便利。该书已由李庆翻译，上海古籍出版社1997 年出版。由于有了这样的影印本、索引，又有了冈田正之和佐久节的《文选》全译本，所以《文选》的研究很快发展起来。这主要表现在两个方面：一是基本资料的建设，二是专题研究的深入。基本资料是指除《文选集注》影印外，还有《敦煌本〈文选〉注》、足利本《文选》（南宋本六臣注）、江户时代刻本《文选》（六臣注）、三条本《五臣注〈文选〉》残一卷（平安朝于五臣注刚刚完成不久的抄本的重抄本，大约保留了五臣注的原貌）、天理图书馆善本丛书所收《文选》三种（无注本、五臣本和集注三种）。

李庆《日本的〈昭明文选〉研究》（163，a）重点介绍了《文选》在日本的流传过程、日本研究《文选》的主要学者、《文选》研究的论证焦点，涉及《文选》版本研究，斯波六郎有《关于〈文选集注〉》《关于〈文选〉的版本》等一系列论文。1957 年广岛文理大学斯波六郎退官纪念事业会出版了《〈文选〉诸本研究》一书，集中了他对包括集注本在内的诸本研究成果。中文版《文选索引》第一册即《〈文选〉诸本研究》，上篇分为李善单注本、五臣李善注、李善五臣注三个系统讨论三十三种版本。下篇三种旧抄本，包括唐抄李善单注本残卷二种和《文选集注》残卷。冈村繁《〈文选集注〉与宋明版本的李善注》（56，a）根据程毅中、白化文《略谈李善注〈文选〉的尤刻本》（487），认为尤本、胡刻本与六家注、六臣注本为并列的两个系统，否定了斯波六郎据《四库全书总目》所说李注单行本是从六臣注本中单独抽出来而成书的传统看法。还涉及《文选》的编者及成书年代问题，清水凯夫《〈文选〉编纂的周围》《关于〈文选〉中梁代作品的撰录问题》《〈文选〉编纂的目的与撰录标准》等文，力主编者为刘孝绰。这些文章已由韩基国翻译成中文，收在《六朝文学论文集》中（445，a）。又有《〈文选〉编纂实况研究》等，收入周文海编译《清水凯夫〈诗品〉〈文选〉论文集》中（445，l）。清水凯夫《〈梁书〉"携少妹于华省，弃老母于下宅"考》分析这两句话背后的道德与法律含义,推断《文选》中所以收录很多表现万念俱灰思想作品与刘孝绰的遭遇有密切关系(445,q)。这个结论可能不一定得到多数学者的认可,但是结合南朝的礼制进行研究,还是一个值得注意的思路。韩基国认为,说清水凯夫是日本"新《文选》学"的代表人物,并不为过(505)。冈村繁《〈文选〉编纂的实态与编纂当初的〈文选〉评价》也认为《文选》是刘孝绰一人所编,是从原有的各种选集中采编而成的。还涉及《文选》李善注的成书问题,斯波六郎有《四部丛刊本〈文选〉书类》(《立命馆文学》1—12)。1942年成《〈文选〉李善注所引〈尚书〉考证》,油印发行。1982年汲古书院正式出版。小尾郊一《〈文选〉李善注引书考证稿》、小林俊雄《〈文选〉李善注引刘熙本孟子考》、小林靖幸《〈文选〉李善注所引〈说文解字〉》、富永一登《〈文选〉李善注引〈楚辞〉考》等,在此基础上,由小尾郊一、富永一登、衣川贤次合撰的《〈文选〉李善注引书考证》已由研文出版社出版,分上下两卷。上卷除凡例、解题及《文选》李善注引书一览表外,是《文选》卷一至卷三十的李善注引书考证。下卷是卷三十一至卷六十的李善注引书考证及上卷的补正表。此书问世后得到日本汉学界的赞誉,石川忠久、兴膳宏等撰文予以介绍。此外,《文选》编著的资料来源、《文选》的性质和选录标准、关于《文选》对陶渊明的评价、《文选》李善注和《汉书》颜师古注、《后汉书》李贤注的关系、有关胡刻本《文选》的流变等问题,也都是讨论的热点,线索清晰,具体而微,很有参考价值(牧角悦子,188)。日本学者的《文选》研究,常常提出一些很新颖的见解,且论证细密,有时虽不免偏颇,却有启发性,值得重视。

欧美《文选》研究虽不及日本那样广泛和深入,但也受到了越来越多的重视,翻译、介绍及研究专论日渐增多(康达维,441,a)。特别应当提及的是,西雅图华盛顿大学的康达维潜心英译《文选》,字斟句酌,功力较深。全书八巨册,现已由普林斯顿大学出版了其中两册(康达维,441,b)。

白承锡《韩国〈文选〉研究的历史和现况》(71)介绍,高丽传入《文选》,当也在唐代,《旧唐书·东夷列传》说:"(高丽)俗爱书籍,至于衡门厮养之家,各于街衢造大屋,谓之扃堂,子弟未婚之前,昼夜于此读书习射。其书有《五经》及《史记》、《汉书》、范晔《后汉书》、《三国志》、孙盛《晋春秋》、《玉篇》、《字统》、《字林》；又有《文选》，尤爱重之。"《旧唐书》成于晚唐，则《文选》之传入高丽，必在此之前。如前所述，现存比较完整的三部朝鲜活字本《六臣注文选》，比较忠实地保留了秀州州学本的五臣、李善注原貌，也最大限度地保留了北宋国子监刻李善注面貌，以及平昌孟氏刻五臣单注本面貌，具有非常珍贵的价值（傅刚，492，e）。这也说明朝鲜对五臣注格外重视。

四、当代《文选》研究的新课题

综观二十世纪《文选》研究，前五十年虽有一些学者如黄侃、高步瀛、骆鸿凯等作出了令人瞩目的成绩，但是由于社会、历史的原因，现代"选学"毕竟还未能形成声势，不过是清代"选学"的余波而已。五十年代以后，"选学"日益受到冷落。最近四十余年，经过一些学者的努力，"选学"又开始引起学者的重视。1988 年和 1992 年在长春召开了两届《文选》国际学术研讨会，出版了《〈昭明文选〉研究论文集》和《〈文选〉学论集》（354，a；353）。学者们就《文选》的编者版本、选录标准等问题展开了广泛深入的讨论，并成立了全国性的《文选》研究会（110，z）。截至 2018 年，以学会名义组织的《文选》学研讨会，已经举办了十二届，并皆有论文集出版。总结旧"选学"，创建新"选学"，这是历史赋予当代学者的新使命。

（一）《文选》的文献学研究

新的版本不断被发现，为系统性的研究提供了前所未有的学术际遇。过去三十年重点讨论的《文选》作者问题、成书年代问题、分类问题、版本问题、传播问题等，都还有进一步拓展的空间。傅刚《〈昭明文选〉研究》《〈文选〉版本研究》（傅刚，492，a，b）已经有很好的示范。

一是延续前辈学者李详的研究思路进一步拓展。近年有专文论政治家乾隆皇帝与《文选》（江庆柏，134），当代伟人毛泽东与《文选》（吴晓峰,230;钱永波,394),文学家鲁迅与《文选》(王同策,30)、钱锺书与《文选》(陈复兴,211;陈延嘉,200,c),学问家顾炎武与《文选》(徐正英,402)、段玉裁与《文选》(刘跃进、徐华,112)等,具体而微,很有开拓性。

二是对《文选》作具体而微的解读考证。2009 年至 2013 年,《古典文学知识》开辟专栏,连续发表《文选》解读文章。2016 年,《文史知识》又开辟"《文选》中的中国文学批评史料"专栏。这项工作值得继续做下去。蔡丹君《独山莫氏复刻缩宋本〈陶渊明集〉源流探疑》涉及萧统收录陶渊明诗的来源问题(517),宋展云《〈文选〉所录谢灵运行旅诗的情感内蕴及诗歌史意义》涉及刘宋人所塑造谢灵运孤傲的形象问题(186),徐建伟《唐以前集注的便捷之途——以〈汉书注〉〈文选注〉为例》认为蔡谟的《汉书》是李善注引汉代史实的重要来源。此说,民国年间段凌衣已有论述(段凌衣,376)。此文的意义在于,作者由此推断,《文选》注引书多用集注本,很多属于间接引用,并非逐本直接引用(徐建委,408)。赵建成《经典注释征引范式的确立与四大名注引书》(348,b)疏理了经典注释范式,并讨论了"四大名注"引书的相关问题。黄燕平《张衡〈二京赋〉问题发微》(464)认为张衡写作此赋实际是抒发个人情感,非关朝廷。蒋晓光《〈文选·西京赋〉秦穆公故事源流考》与史记的记载略有不同,说明来源不一致(500)。孙少华《试论中古文学的"文体流动"现象——以萧统、刘勰"吊文"认识为中心》比较了《文心雕龙》论及"吊"体的十位作家作品,而《文选》选录了头尾两篇,他还辨析了吊文与赋的关系,认为伤人为吊,伤情为赋。由此看出,《文心雕龙》辨体,而《文选》定名(137)。

三是传统的考证方法依然不可或缺。韩晖《〈文选〉编辑及作品系年考证》涉及《文选》的全部作家作品,在以往研究基础上,对《文选》中收录的可以系年的作品逐一考证,提出自己的见解。从某种意义上,又可以当作一部工具书来查阅(504)。

四是对《文选》音注进行系统的整理。如萧该是《切韵》一书编成的"多所决定"者。他的《汉书音义》今存一半以上是反切,有的是不同时期的同一韵,有的是前分后合或前合后分,有的是合韵现象,有的是方言韵异。对照罗常培和周祖谟《汉魏晋南北朝韵部演变研究》(第一分册)、周祖谟《魏晋宋时期诗文韵部的演变》和《齐梁陈隋时期诗文韵部研究》的结论,萧该同义异音的这些韵变,显示其音切的传承性、多维性和泛时性特点。《文选集注》所收陆善经注音和《〈文选〉音决》距《切韵》相去不远,通过比较,可以看到《切韵》音系在当时的影响和地位。曹宪、李善、公孙罗等人都生活在扬州等地。与陆德明地域相近,比较《切韵》与《〈文选〉音决》声母上的异同,有助于了解隋唐期间南北方音系在声母方面的差异。马燕鑫编纂《〈文选〉音注辑考》(将由凤凰出版社出版)从通转、声纽未分化、互转等方面,分析了文选音注中所存在的古音现象,借此可以校订音注反切字的讹误。

五是拓展《文选》文献研究范围。刘明《觕说拓展〈文选〉研究的三种视角》,强调实物版本与文本版本相结合的研究理念、《文选》与六朝别集的编纂研究、《文选》之选的溯源与比勘等(107)。

(二)《文选》的集成式研究

许逸民、俞绍初都提出以《〈文选〉汇注》为中心的《〈文选〉学研究集成》的设想。这一课题包括:(1)《〈文选〉学书录》;(2)《〈文选〉学论著索引》;(3)《〈文选〉学论文集》;(4)《〈文选〉学研究资料汇编》;(5)《〈文选〉集校》;(6)《〈文选〉汇注》;(7)《唐人注选引书考》;(8)《〈文选〉版本研究》;(9)《〈文选〉学史》;(10)《〈文选〉学史料学》;(11)《〈文选〉今注今译》;(12)《〈文选〉学概论》;(13)《〈文选〉字头篇名人名地名引书索引》;(14)《〈文选〉学大字典》等(雨辰,303)。此后,游志诚提出新《文选》学应包括:《文选》版本学、《文选》校勘学、《文选》注释学、《文选》评点学、《文选》学史和《文选》综合学(476),简明扼要,具有指导性。

清代著名学者阮元提出一种设想,重编《皇清经解》,即将各家的具体解说分别辑录在相关经文之下,按时间排列。王先谦整理三家《诗》说、游国恩整理《楚辞》,实际上也用了这种文献方法。从目前所见资料看,依据这样的方法,可以重新对《文选》加以整理。我试图寻找一条重新研读《文选》的途径,辑录旧注,客观胪列,编纂一部《〈文选〉旧注辑存》。所谓《文选》旧注，我的理解，有五个方面的含义，一是李善所引旧注，如薛综的《两京赋注》，刘逵的《吴都赋注》和《蜀都赋注》，[①]张载的《魏都赋注》和《鲁灵光殿赋注》，郭璞的《子虚赋注》和《上林赋注》，徐爰《射雉赋》，颜延年和沈约的《咏怀诗注》，王逸的《楚辞注》，蔡邕的《典引注》，刘孝标的《演连珠注》等。有一些旧注只是部分征引，如曹大家《幽通赋注》、项岱《幽通赋注》、綦毋邃《两京赋音》、曹毗《魏都赋注》、颜延之的《射雉赋注》[②]以及无名氏《思玄赋注》等都是如此。张衡《思玄赋》题下标为"旧注"。此外，《史记》《汉书》收录的作品，如《史记》三家注，《汉书》颜师古注等，李善亦多照录旧注。二是李善独自注释。三是五臣注。四是《文选集注》所引各家注释。五是后来陆续发现的若干古注。这部著作的最大特点，是将清代学者所未见、未知的注释资料辑录下来，有助于考订六臣注成书之前，李善注本和五臣注本的流传系统。此书已由凤凰出版社 2017 年出版。

（三）《文选》的文艺学研究

最重要的是与《文心雕龙》的比较研究。根据穆克宏的考察，《文选》选录的作家一百三十人，见于《文心雕龙》者五分之四。《文选》选录作品，在《文心雕龙》中指出篇名的有百余篇（531,f）。所以，骆鸿凯《文选学》说："《文心》一书，本与《文选》相辅。今宜据彦和所述四义，以观《文选》纂录之篇，用资证明。"刘师培在《秦汉专家文研究》中，反复征引刘勰之说以为佐证，说明刘师培所归纳的这些写作要求，在很大程度上是总结了汉魏六朝文学批评的业绩。尤其是《文心雕龙》，更是刘师培有关中古文学史研究的重要学术资源（刘跃进,110,t）。如果把《文选》与《文心雕龙》结合起来阅读，就可以清楚地看出中国文学从先秦到齐梁间文体发展与演变的轨迹（郭绍虞,417,i；莫砺锋,439）。不过，也有截然不同的

---

① 《文选》卷四左思《三都赋》中的《蜀都赋》有刘渊林注。李善曰："《三都赋》成，张载为注魏都，刘逵为注吴、蜀，自是之后，渐行于俗也。"

② 《射雉赋》"雉鷕鷕而朝雊"句下，徐爰注："雌雉不得言雊。颜延年以潘为误用也。"说明颜延之亦对此赋有注。

观点。从现存史籍看,还没有发现两者有必然的、直接的联系。如果说两者主张相同,也只能说是在同样文化背景下的不谋而合。清水凯夫发表了系列文章,如《〈文选〉与〈文心雕龙〉的相互关系》《〈文选〉与〈文心雕龙〉的关系——关于韵文的研讨》《〈文心雕龙〉对〈文选〉的影响——关于散文的研讨》(445),坚持认为《文选》的编纂与《文心雕龙》没有关系。这就需要对两书进行地毯式的资料整理工作。

《文选》所收作品,均为名篇佳作,其写作特点,历来受到重视,多有评赏,如清代著名学者傅山、邵晋涵等都有评点。国家图书馆出版社陆续影印出版若干种,如方廷珪评点、陈云程增补,邵晋涵评点的《增订〈昭明文选〉集成评注》等(范子烨,332,a)。赵俊玲辑著《〈文选〉汇评》,选录明清(主要是明代)二十五家《文选》评点著作,以胡克家本《文选》为底本,将各家评点文字随文小字辑录在相关句子之下,极便阅读,有助理解。该书已由凤凰出版社2017年出版。

(四)《文选》的文章学研究

《文选》编选之初,本身就体现出当朝的文化理念,是一定政治文化背景下的产物。"《文选》学"作为一门学科的成立,也与科举制度的建立密切相关。唐代科举考试分试律诗和试策文两大类,《文选》所收作品也可以分为诗赋和文章两类,很多篇章用典,多可以从《文选》中找到源头。唐人读《文选》,多半是从中学习诗赋骈文的写作技巧。宋代以后,《文选》作为文章典范,成为历代读书人的案头读物。同时,《文选》注释博大精深,蕴含着丰富的学术信息,这又成为清代学者潜心研究的对象。我们今天为什么研究《文选》? 又如何研究《文选》?"《文选》学"如何实现创新性转化,创造性发展? 这是当代学者必须面对且必须给予回答的问题。追溯这个问题的来龙去脉,绕不开二十世纪初叶《文选》所面临的窘境。"五四"运动时,"选学妖孽,桐城谬种"成为一把利剑,把中国的文章成就一笔勾销。又引进西洋的文学观念,将文学分为四大类:诗歌、戏曲、小说、散文。前三类都有理论的借鉴,也有作品的比较。唯独中国的文章,不知从何说起,也不知如何评说。传统文章学的隔绝与失落,是我们这个时代文学发展的最大困境。如何吸取《文选》文章写作精华,历代学者为此也下了很多功夫。如宋代的苏易简《〈文选〉双字类要》、刘攽《〈文选〉类林》、高似孙《〈文选〉句图》,明代的凌迪知《〈文选〉锦字》、方弘静《〈文选〉拔萃》、陈与郊《〈文选〉章句》,清代的杭世骏《〈文选〉课虚》、石韫玉《〈文选〉编珠》等,近似于类书,比较切合文章写作实际。类似的著作,如清代程先甲编《选雅》、近代丁福保编《〈文选〉类诂》等,是与《文选》密切相关的工具书。近代刘师培精研《文选》,他的《汉魏六朝专家文研究》主要是《文选》作品为主,讨论文章的各种做法。今天研究《文选》,或许可以从中汲取有益的启示。刘师培《汉魏六朝专家文研究》除绪论和各家总论外,归为二十个专题:(1) 学文四忌(忌奇僻、忌驳杂、忌浮泛、忌繁冗)。(2) 谋篇之术。(3) 文章之转折与贯串。(4) 文章之音节。(5) 文章有生死之别。(6)《史》《汉》之句读。(7) 蔡邕精雅与陆机清新。(8) 各家文章与经子之关系。(9) 文章有主观客观之别。(10) 神似与形似。(11) 文质与显晦。(12) 文章变化与文体迁讹。(13) 汉魏六朝之写实文学。(14) 研究文学不可为地理及时代之见所囿。(15) 各家文章之得失应以当时人之批评为准。(16) 洁与整。(17) 记事文之夹叙夹议。(18) 传赞碑铭之繁简有当。(19) 轻滑与蹇涩。(20) 文章宜调称。就题目而言,或涉及一个时代的文学,或论及某一作家,或旁及某一文体,更多的是文章的具体修辞写作的方法,与文学理论方面的一些基本问题,譬如神似与形似问题,文质与显晦问题,还有如何处理简洁与完整的关系等问题,不仅是中国古代文话、诗话每每论及的话题,也是现代文学理论常常要触及的问题。从这个角度看,编纂《〈文选〉实用文体叙说》也正逢其时。

(五)《文选》的普及工作

在此基础上,文选的普及工作也在开展,除上文介绍过的几部影印出版的《文选》不同版本外,上海古籍出版社又组织力量将《文选》李善注本重新标点排印出版,为读者提供了一个方便的读本。凤凰出版社也在组织力量,对其他重要版本进行点校整理。吉林文史出版社又出版了

《〈昭明文选〉译注》六大册。① 屈守元《〈昭明文选〉杂述及选讲》和《〈文
选〉导读》（屈守元,283,b,d）,具体论述了《文选》产生的时代文化氛围、
《文选》的编辑、《文选》研究史况、清代《文选》研究代表著作等,是对传统
《文选》学研究的继承和重要发展（王立群,21,c）。此外,借鉴历代《文
选》辞藻类编的经验,编选《〈文选〉学辞典》的时机业已成熟。

---

① 1994年出齐,凡六巨册。左振坤《新〈选〉学的开路者》（《〈文选〉学散论》,吉
林大学出版社2004年）回顾了这套书的缘起。尽管还存在这样或那样的问题,必须
承认,翻译《文选》,难度极大,开创之功值得称赞。近年,课题组充分吸收各方面意
见,修订再版。

第二章 《玉台新咏》

中大通三年(531年)昭明太子萧统死,萧衍次子萧纲立为皇太子。据说,如同乃兄编纂《文选》一样,萧纲也下令编选了一部文学总集,题名《玉台新咏》,唯收录仅限于诗。

第一节 《玉台新咏》的编者、名称及成书年代

一、《玉台新咏》的编者

徐陵编《玉台新咏》不见《陈书》本传记载,加之版本系统比较紊乱,在传抄传刻过程中,有意无意加以附益,结果失去原有面目。在明代刻本中,像吴兆宜注本所据的那种通行本子,竟比原来宋刻本多出近二百首。比较明显的问题是,明刻本收有庾信入北、阴铿入陈以后的作品。另外,称萧衍为"梁武帝",徐陵本人署曰"徐孝穆"而不称名(其实,古人自称字之例很多,见宋叶《爱日斋蘽抄》"自称字"条、①顾炎武《日知录》卷二十三"自称字"条)。所有这些情况,都足以使人怀疑《玉台新咏》的编者不像是徐陵。推终原始,这种怀疑肇自明代。明代寒山赵均覆宋本跋曰:"凡为十卷,得诗七百六十九篇。世所通行妄增又几二百。惟庾子山

---

① 《说郛三种》(宛委山堂一百二十卷本)卷十七,上海古籍出版社1988年出版。

《七夕》一诗，本集俱缺，独存此宋刻耳。虞山冯已苍未见旧本时，常病此书原始梁朝，何缘子山厕入北之诗，孝穆滥擘笺之咏？"①至近代，甚至有人将此种种怀疑坐实。四十年代，詹锳撰文推论《玉台新咏》编纂缘由，认为梁元帝萧绎在徐妃失宠后，徐陵专门编成此集以"供其排遣"（詹锳，514,d）。《隋书·经籍志》著录《西府新文》十一卷为梁萧淑撰，也是在萧绎的指导下编纂的。两书应当同一性质（胡大雷，361,b）。《日本国见在书目》著录此书作者徐瑗。据此，胡大雷认为《玉台新咏》就是徐妃所编，因为徐妃本名瑗，字昭佩。她懂文学，与《玉台新咏》中的重要作者徐君蒨为同胞兄妹，且在西府有撰录艳歌的经历（361,a）。章培恒、谈蓓芳则认为《玉台新咏》的作者为陈后主宠妃张丽华（443,a;433,a）。如果承认此书编成于中大通五六年至大同初年间，则序中开头一段都是有关皇宫的典故，与荆州刺史萧绎身份不符。如果说成书于梁末，至少萧绎在位时，当时梁未亡而简文已亡，元帝追谥"太宗简文皇帝"，徐妃却称为"皇太子"，显然不可信。所有这些问题，主要是由于版本问题引起的。这个问题下面还要谈到。据《隋书·经籍志》和《艺文类聚》卷五十五，都说《玉台新咏》是徐陵所编。《隋书》《艺文类聚》都是初唐人编的书，尤其是《艺文类聚》的编者欧阳询乃陈代官员欧阳纥之子。欧阳纥于陈宣帝太建二年（570年）因叛陈被杀，欧阳询虽"以年幼免"（《陈书·欧阳纥传》），但从这一年起到陈亡，还有十九年的时间。至于徐陵之死，则在陈后主至德元年（583年）。就是说，公元570年欧阳询"年幼"至583年已过去十三年。徐陵死时，欧阳询已成为青少年，而且徐陵的官位文名均显赫一时，欧阳询对徐陵的情况不大可能弄错。因此，《四库全书总目》中批驳一些人怀疑《玉台新咏》非徐陵编的意见，是信而有征的。至于此书的编选，萧纲为什么没有选用追随他二十多年、且以宫体诗创作闻名的徐摛，反而起用比自己还年轻五岁的徐陵？而且，在《玉台新咏》十卷中只有徐摛的诗一篇也未采录，而萧纲文学集团中其他人如庾肩吾、刘遵、刘

---

①　明赵均小宛堂覆宋本《玉台新咏》，文学古籍刊行社1955年出版。

孝仪、刘孝威等人作品,或多或少均有入选,这确实是一个值得注意的问题。《梁书·庾肩吾传》载:"初,太宗在藩,雅好文章士。时肩吾与东海徐摛,吴郡陆杲,彭城刘遵、刘孝仪、仪弟孝威,同被赏接。及居东宫,又开文德省,置学士,肩吾子信、摛子陵、吴郡张长公、北地傅弘、东海鲍至等充其选。"[①]在这些人中,徐摛在萧纲七岁时就由周舍推荐而最早追随的,其后始终相随。不仅如此,据《梁书》记载,"宫体诗"的名号也是以他为起点的:"摛文体既别,春坊尽学之,宫体之号,自斯而起。"这样一个人物,确实应当是编辑这部以同人诗为核心的艳诗选集的最合适人物。徐摛所以未能参加编选,可能的解释是,在编《玉台新咏》时,他不在京城。据《〈法宝联璧〉序》中说,中大通六年,徐摛的官职是"新安太守前家令"。就是说在写序时,他还在外地。那么,大致同时或稍后成书的《玉台新咏》的编纂,他自然是不可能参加了(曹道衡,451,p)。至于《玉台新咏》何以不选徐摛任何一首诗歌,这就比较难于理解了。梁武帝曾为徐摛的宫体诗创作大为不满,专门召对质问,但徐摛前来见时,"应对明敏,辞义可观,高祖意释。因问五经大义,次问历代史及百家杂说,末论释教,摛商较纵横,应答如响,高祖甚加叹异,更被亲狎,宠遇日隆"(《梁书·徐摛传》)。以宫体诗名世,而徐摛现存诗仅六首,几乎都是咏物,是靠类书零碎保存下来的。《梁书》《南史》本传都没有记载他有别集行世,《隋书·经籍志》更是无从著录了。对此,兴膳宏有两种推测:或者是徐陵避嫌而有意不选父亲的作品,或者徐摛的作品在此之前已遭销毁。看来,这永远只能是一个谜了(兴膳宏,120,a)。

二、《玉台新咏》的名称

《玉台新咏》是最通行的书名。最早著录此书的《隋书·经籍志》即

---

① 《梁书·文学·庾肩吾传》,中华书局 1973 年版,第 690 页。下引《梁书》并据此版。

用这一书名："《玉台新咏》十卷，徐陵撰。"《旧唐书·经籍志》《新唐书·艺文志》并同。《郡斋读书志》《直斋书录解题》也著录为《玉台新咏》。其后，各家著录，大都如此。因此《玉台新咏》是原书名，这一看法似乎历来无人怀疑。不过，徐陵编辑这部诗集，未见《陈书》《南史》记载，其原名是否即为《隋书·经籍志》所著录的《玉台新咏》？如果这部书没有所谓的异称，这也许就不成问题了。但是，唐宋学者多次称《玉台新咏》为《玉台集》，而且，还有称《玉台新咏集》者，何者为原名？似乎可以把它作为一个问题给予关注。先说《玉台集》之称。

最早见于刘肃《大唐新语》"公直第五"记载："梁简文帝为太子……乃令徐陵撰《玉台集》以大其体。"《元和姓纂》亦称梁有闻人蒨，诗载《玉台集》。又严羽《沧浪诗话·诗体》中又有"玉台体"条。作者解说曰："《玉台集》乃徐陵所序，汉魏六朝之诗皆有之。或者但谓纤艳者为玉台体，其实则不然。"又"盘中"体条："《玉台集》有此诗，苏伯玉妻作，写之盘中，屈曲成文也。"①则严羽所见《玉台新咏》很可能即题名《玉台集》。又，《直斋书录解题》著录《刘孝绰集》也称："其三妹亦并有才学，适徐悱者，文尤清拔，所谓刘三娘者也。今《玉台集》中有悱妻诗。"②陈振孙在同书中或称《玉台新咏》，或称《玉台集》，或许当时即有此两种名称。上文曾指出，《郡斋读书志》在著录《玉台新咏》同时还著录了唐代李康成《玉台后集》，《直斋书录解题》亦然。从这部书名来推断，《玉台新咏》又名《玉台集》唐时已如此。《宋秘书省续编到四库阙目》卷一著录有《广玉台集》三十卷，当也是承《玉台集》书名而来的。③《四库全书总目》以为："《隋志》已称《玉台新咏》，则《玉台集》乃相沿之省文。"此说未必尽然。既然是省文，就不应该再加"集"字，因为《玉台新咏》和《玉台集》两者间似未有省文关系。

第二个名称是《玉台新咏集》。

---

① （宋）严羽著，郭绍虞注释《沧浪诗话校释·诗体》，人民文学出版社 1983 年版，分别见第 69 页和 100 页。

② （宋）陈振孙《直斋书录解题》，上海古籍出版社 1987 年版，第 556 页。

③ （清）叶德辉辑校《观古堂书目丛刻》，光绪壬寅（二十八年）刻本。

最早见于赵均覆宋本陈玉父跋："右《玉台新咏集》十卷。幼时至外家李氏，于废书中得之，旧京本也。"于敏中《天禄琳琅书目》说："所云旧京本，当为北宋时所遗而此乃重刊于南宋者。"①这至少说明，在北宋即有此名。钱曾《读书敏求记》也著录有《玉台新咏集》，章钰校："《读书志》《直斋书录》均无'集'字，集字应删。"②此校未必妥当。因为北宋本即有此书名，当渊源有自。

第三是《玉台新咏》。

这个书目很可能是《玉台新咏集》的省称，《玉台集》也是《玉台新咏集》的省称。从中古文学总集的编纂情况来看，同一书名增加字数，多数情况下是加入作者名，如《文选》又称《昭明文选》。从这个时期的材料来看，在书名后增字似还不多见。因此，《玉台新咏集》很可能就是原名，而《玉台新咏》和《玉台集》并为其省文。

历代著录《玉台新咏》，核心词"玉台"二字没有变化。"玉台"二字始见于张衡《西京赋》："朝堂承东，温调延北。西有玉台，联以昆德。"薛综注："皆殿与台之名也。"《汉书·礼志二》："游闿阖，观玉台。"颜师古注引应劭曰："玉台，上帝之所居。"③王逸《九思》也提到"玉台"，同样是指天帝所居的地方。魏晋之后，"玉台"的含义有所变化，主要是指贵族妇女的居所。梁简文帝《临安公主集序》："若夫托构陈之贵，出玉台之尊。"由此推断，《玉台新咏》是为后宫妇女阅读而编。

三、《玉台新咏》的成书年代

唐代刘肃《大唐新语》卷三"公直第五"载：

> （唐）太宗谓侍臣曰："朕戏作艳诗。"虞世南便谏曰："圣作虽工，

---

① 《天禄琳琅书目》，江苏广陵古籍刻印社影印光绪甲申（十年）王先谦校刊本。
② 章钰《钱遵王读书敏求记校正》，江苏广陵古籍刻印社1987年影印长洲章氏丙寅年间刊本。
③ 《汉书·礼志》，中华书局1962年版，第1062页。

体制非雅。上之所好,下必随之。此文一行,恐致风靡。而今而后,请不奉诏。"太宗曰:"卿恳诚如此,朕用嘉之。群臣皆若世南,天下何忧不理。"乃赐绢五十四。先是,梁简文帝为太子,好作艳诗,境内化之,浸以成俗,谓之宫体。晚年改作,追之不及,乃令徐陵撰《玉台集》,以大其体。①

研究《玉台新咏》,从明代的赵均到今天的研究者,都引用此说作为考订《玉台新咏》的编定时间、编撰作者及编选目的的重要原始材料。

刘肃唐人,上距梁代约近三百年,其记载最可值得注意的有两点,一是萧纲"晚年改作"说,一是所谓"令徐陵撰《玉台集》以大其体"。萧纲二十九岁至四十七岁为太子,如果上述材料所说的"晚年"是指四十岁前后,则可以推知《玉台新咏》当编成于公元 542 年前后(穆克宏,531,e)。但是刘肃的记载有一个明显的矛盾之处:说萧纲晚年悔作艳诗,欲追改之,何以又编"但辑闺房一体"②"撰录艳诗"(徐陵《玉台新咏序》)为十卷的《玉台新咏》呢? 这里所说的"以大其体"是什么意思呢? 对此,学者们有过种种推测。最通常的解释是,这是将宫体诗推广到前代,将历代同类言情之作也收录进来,使这个选本既包括了宫体,也包括了其他一些流派和风格,这样就扩大了艳诗的范围和影响,为宫体诗找到了历史的根据。总而言之,"以大其体"就是为宫体诗张目。然而我们从书中却丝毫看不出萧纲有任何"追悔"的迹象。《南史·简文帝纪》说他"雅好赋诗,其自序云七岁有诗癖,长而不倦,然帝文伤于轻靡,时号宫体"。③ 如果萧纲晚年确实悔其少作,并见于言行,自是他平生亡羊补牢、改弦更张的一件大事,本纪似乎不应按下不表。又《南史·徐陵传》先说:"简文帝在东宫,撰《长春殿义记》,使陵为序。"又说:"令于少傅府述今所制《庄子义》。"但偏于徐陵编《玉台新咏》事不著一字;今本所载陵序,对成书本末

① (唐)刘肃《大唐新语》,许德楠、李鼎霞点校,中华书局 1984 年版,第 42 页。
② (明)胡应麟《诗薮·外编》卷二,上海古籍出版社 1979 年版,第 146 页。
③ (唐)李延寿《南史》卷六十二,中华书局 1975 年版,第 1523 页。

有所交代,却丝毫不提他受命编书并负担着矫正文风的责任(章必功,442)。看到这些矛盾,于是又有种种新的推测:有的以为此集编成于萧纲为太子之初,即公元531年前后(张涤华,275);有的以为成书于太清二年,即公元548年,萧纲死去的前一年(林田慎之助,203,c)。在诸多考述文章中,兴膳宏《〈玉台新咏〉成年考》最值得重视。兴膳宏敏锐地注意到,萧绎《〈法宝联璧〉序》后罗列的三十八位编者的名单,有六人同时出现在《玉台新咏》卷七、卷八。《法宝联璧》与《玉台新咏》虽同为萧纲下令编写,但两书之间并没有什么必然的联系。他们的名字在两书中重出,本来也许是一种巧合。但问题是,湘东王萧绎、萧子显、刘遵、王训、庾肩吾、刘孝威这六人的顺序,《玉台新咏》《〈法宝联璧〉序》所载完全一样。再看卷九所收杂言诗,所据原则与此前五言诗部分相同,最初是从汉代到梁代按照时代逐一排列,但到了梁代中途皇太子圣制诗出现以后,情况便发生了变化,成为由皇族而臣下顺序排列。这使人很容易联想到《〈法宝联璧〉序》中三十八人是按照各人在朝廷的地位排列的。而《玉台新咏》卷八正是将《〈法宝联璧〉序》中还活着的人们按照地位的高下相随排列。《〈法宝联璧〉序》有明确记载,作于中大通六年(534年),因此,“《玉台新咏》卷七、卷八是在距中大通六年前后不久的时期进行编纂的,收集了当时还活着的人们的作品”(兴膳宏,120,a)。“或者还可以扩而广之,说全部《玉台新咏》编定于中大通五六年间,至少我个人认为可成铁案”(沈玉成,177,b)。

当然,《〈法宝联璧〉序》所列三十八人,也有少数例外情况。如王规、褚球、徐喈等的职位次序,就与《隋书·百官志》的次序有所不合。因此也不能排除此书编纂或前或后于中大通六年(534年)的可能。从这部书所录作品来看,似确有大同初年的作品。如卷九有刘孝绰《元广州景仲座见故姬》诗,据有些学者考证,疑是别人嘲刘孝绰之作。不管是否如此,据《梁书·刘孝绰传》,刘孝绰卒于大同五年(539年),而元景仲任广州刺史时间,据《梁书·元法僧传》载,是大通三年(529年),被征还则是“大同中”。那么,此书所选作品,大约最迟作于大同初。再就编者徐陵的行迹看,徐陵曾任上虞令,被御史中丞刘孝仪所劾,免官。此后过了较长时间,他才"起为南平王府行参军"。其后又与萧纲有所往来。再往后,他还做过"镇西湘东王中记室参军"。太清二年(548年)出使东魏,直到承圣四年(555年)北齐送萧渊明还梁时,他才回到南方。至于他出任"镇西湘东王中记室参军"的时间,《陈书》本传没有明确记载,但据有关史料可以推断在大同三年至五年(537—539)之间,因为湘东王即梁元帝萧绎任镇西将军,前后凡两次。第一次是在大同三年。那时他在江陵做荆州刺史,大同五年被征还建康,直到太清三年才第二次任镇西将军,又赴荆州。考《梁书·侯景传》,梁元帝与东魏连和是太清二年二月的事。如萧绎第二次赴荆州时徐陵在江陵,朝廷不可能远从江陵调一个藩王的僚属去充任使节。所以他赴萧绎幕下的时间,应在大同三年至五年这个时期。再说《梁书·刘潜传》载,刘潜(字孝仪)为御史中丞,正是大同年间的事。那么,徐陵被劾前,还曾任上虞令。以此推知,他编定《玉台新咏》应在大同初年(曹道衡,450,p)。也有学者从《玉台新咏》的编撰目的、编辑体例推断徐陵能为萧纲编《玉台新咏》的时间就在中大通三年至大同二、三年之间(傅刚,492,d;黄威,462)。还有学者从徐陵任东宫抄撰学士在大同二年,而《玉台新咏》所收作品又有大同二年以后的作品,则《玉台新咏》的成书,不得早于大同三年(詹锳,514,d)。

　　不过,终究有一个问题令人费解,徐陵的父亲徐摛作为东宫的重要诗人,而且是宫体诗的核心人物,徐陵在编撰《玉台新咏》却没有收录其父亲的诗歌,这是该书成于梁代最可值得怀疑的一点。徐摛写诗文好为新变,不拘旧体,当他任职东宫后,东宫的同僚争相效仿他,甚至皇太子萧纲也倾心模拟他的风格。如果说徐陵编撰《玉台新咏》是奉皇太子萧纲之命,那么这时徐陵父子俱事东宫,徐摛作为宫体诗的代表人物,徐陵将他遗漏无疑是难以理解的。但是,假如我们能跳出唐人设置的藩篱,将《玉台新咏》的成书年代往后推,上述一些疑问就比较容易得到解释了。

　　徐摛除了出任新安太守外,直到大宝二年去世,他的后半生主要是在东宫度过的。而他的作品主要是在宫廷内部流传,这些作品,正如徐陵序所说"分诸麟阁，散在鸿都"，属于深宫之秘籍。然而这些典籍在侯景之乱，特别是江陵之乱中几乎毁灭殆尽。据唐人张彦远《历代名画记》卷一记载：侯景之乱时，简文帝萧纲数次梦见秦始皇又要焚烧天下书籍，等到侯景攻入首都建康后，果然将秘书省所藏的图画书籍付之一炬。幸而文德殿内的藏书完好无恙，于是侯景之乱平定后，梁元帝萧绎便将这些图书数万卷全部搬运到江陵。然而过了三年多后，西魏于谨率兵攻陷江陵，萧绎被魏兵执拿，于是降魏。就在萧绎投降前，聚集了名画法书及典籍二十四万卷，遣后阁舍人高善宝全部烧毁。见到烈烈火焰，嗜书如命的梁元帝悲从中来，冲动之下就要投火俱焚，被宫嫔牵衣才得幸免，于是举起吴越宝剑要将殿柱砍折，长叹一声说："萧世诚竟落到如此地步！儒雅之道，今夜就要断绝了。"焚书的火焰熄灭后，于谨等从灰烬之中，又收检出书画四千余轴，送回长安。

从此记载来看，徐摛文集很可能在江南之乱的两次毁书中消亡。所以没有在《梁书》本传、《隋书·经籍志》中著录。从现存诸本《玉台新咏》的作品收录情况来推测，它的编选，至少应当是在公元554年的江陵之乱后。而徐陵在梁敬帝绍泰元年（555年）才从北方随萧渊明回到江南，则此集的编纂又在其后。从本年到陈霸先代梁称帝的公元557年，其间兵戈相继，战火未熄。徐陵作为军中幕府，参议戎事，草写军书，是断无此种雅兴去"撰录艳诗"的。由此来看，《玉台新咏》之编录，只能在徐陵入陈之后才有可能。徐陵在《玉台新咏序》中谈到，他编选的缘由，是因为"往世名篇，当今巧制，分诸麟阁，散在鸿都，不籍篇章，无由披览。于是燃脂暝写，弄笔晨书，撰录艳歌，凡为十卷"。他似乎有意网罗众制，用以保存一代诗歌文献。不过，这时已经有许多作品散佚失传，就包括像徐摛这样最能反映梁代诗风的诗人作品，当时也已邈不可得。徐陵编辑《玉台新咏》时，自然无从收录①，只能付之阙如。这是此集不收徐摛诗歌

---

① （宋）黄朝英《靖康缃素杂记》卷八"摸索"条引苏轼《杂记》曰："徐陵多忘，每不识人，人以此咎之。"一别故园七年，又经侯景、江陵之乱，文集散佚，追忆不及，"多忘"者如徐陵更难一一详记。

唯一可能的解释（刘跃进，110，o）。对于上述推测，傅刚又提出反驳意见，他从《玉台新咏》的编纂目的、编纂体例、现存版本以及徐摛不入《玉台新咏》的原因等方面，坚持认为《玉台新咏》编成于中大通四年（532年）至大同元年（535年）之间（傅刚，492，f）。

晏殊《类要》卷二一引李康成《〈玉台〉后集序》："太清之后以迄今朝，虽未直置，简我古人，而凝艳过之远矣。"①李康成唐人，所见材料证明《玉台新咏》至少成于梁代末期（唐雯，432）。明末清初的著名学者和诗人冯舒曾怀疑道：既然《玉台新咏》编成于梁代，可书中为什么收录了庾信入北和徐陵入陈的作品呢？同时的寒山赵均在小宛堂覆宋本《玉台新咏》的跋语中解释说，这是后人有所更定改动造成的。如果此书编于陈代，则冯舒的疑问也就比较容易得到解释了。因为当时徐陵之子徐报（徐陵之子徐俭，《南史》本传说"俭一名报"）曾出使北方，见过庾信，庾信为此作了《徐报使来止得一见》一诗，所以《玉台新咏》中所收录的庾信在北方的作品，不一定就是后人缀拾，极有可能是被徐报带回南方的。庾信《寄徐陵诗》"故人倘思我，及此平生时。莫待山阳路，空闻吹笛悲"，运用魏晋之际向秀为嵇康枉死而作《思旧赋》的典故给徐陵写此诗，似有托付之意。徐陵编辑《玉台新咏》收录庾信后来入北之诗，也是在情理之中。至于此书具体编于陈代何时，文献不足，只好存疑。

当然，还有另外一种可能，即《玉台新咏》十卷不一定是一次完成的，有可能产生于不同时间，成于不同人之手。从目前排序看，前六卷所收基本上是梁代以前的诗作，大体以作者年代先后排序，五、六、七、八卷所收皆梁代作品，但是又有区别，五、六两卷的编排基本维持前四卷的齿序标准。而七、八两卷确有可能是依各自身份地位排列。第十卷是五言古绝句，以梁武帝为界，前面的诗人排序与前六卷相同，此后排序又同于第七、八卷。其中，何曼才之后的五人可能都是入陈之人，虽对他们的官职情况多不了解，但王叔英妻后又有戴皓，亦不同于第八卷将妇人置于最

---

① 《四库存目丛书》子部第167册，齐鲁书社1995年版，第252页。

末的做法,可能考虑到卒年先后这一因素,估计这部分应经过陈人的又一次编辑(查屏球、任雅芳,360)。

第二节　《玉台新咏》的版本

一、《玉台新咏》版本概述

有关《玉台新咏》的版本情况,刘跃进《〈玉台新咏〉版本叙录》(110,q)、昝亮《〈玉台新咏〉版本探索》(339)、傅刚《〈玉台新咏〉版本补录》(492,c)、谈蓓芳《〈玉台新咏〉版本考》《补考》(433,a,b)等文,论列非常详备。各家所见,都推收在《鸣沙石室古籍丛残》中的唐代写本残卷《玉台新咏》为传世最早版本。该本起张华《情诗》第五篇,讫《王明君辞》,共五十一行,前后尚有残字七行。书题已佚,据所录诸诗,都在《玉台新咏》第二卷之末,其次第顺序与今各本相同,由此可知这是《玉台新咏》的残卷。与今本比勘,歧异之处甚多。

宋刻迄今未得一见。这使人感到有些遗憾,因为有清一代,宋版犹有流传,而且还不止一部。清初著名诗人王士禛,博洽多闻,他在《香祖笔记》中称“此集(即《玉台新咏》)余在京师曾见宋刻,今吴中寒山赵氏翻刻本可谓逼真”[①]。又,《天禄琳琅书目》也著录了四部宋刻。前集“宋版集部”卷三著录了两部宋刻,于敏中称:“前陵序,后宋陈玉父序。永嘉陈

---

① (清)王士禛《香祖笔记》卷十。此条录自王绍曾、杜泽逊《渔洋读书记》,青岛出版社1991年出版。按:清人所著录宋刻未必尽然。如道光时韩应陛《韩氏读有用斋书目》称藏有“宋椠宋印本,每半叶十五行,行三十字”。又丁日昌《持静斋书目》也著录有“宋刊本,半叶十五行,行三十字,古雅可宝”等,恐怕就不是宋刻,而是明崇祯寒山赵氏刻本,因为据目验过宋刻的冯舒、冯班说,宋刻版式是由赵均“整齐之”,然摹刻精好,足以乱真。翁同书跋崇祯二年冯班抄本《玉台新咏》称:“明寒山赵宧光曾得嘉定乙亥永嘉陈玉父本,影写授梓,足以乱真。今之书贾以宋刻欺人者,皆是物也。”王士禛曾比较过宋刻与赵氏本,故所说当可信据。

玉父后序称《玉台新咏集》十卷，幼时至外家李氏废书中得之，旧京本也……所云旧京本，当为北宋时所遗而此乃重刊于南宋者。陈玉父无考。按宋永嘉陈埴、陈宜中诸人，或以道学称，或以风节著，则知永嘉陈氏系宋望族。玉父之刻是书，雠校周详，摹刻精好，亦可谓深于好古，不陨家声矣。"另一部宋刻《玉台新咏》"与前部系出一版，密行细字，仿巾箱本式而尺寸加盈，制极精雅，其摹印亦属良工，故清朗照人，可谓合璧。明王鏊藏本，有济之印"。又"后集"卷七又著录了另外两部，彭元瑞称"诗前有陵自序，后有嘉定乙亥永嘉陈玉父跋。是书明代刻本增益颇多，此本真宋椠可信"。第二部"同上系一版摹印，后跋脱佚。泰兴季氏藏本"[①]。由此来看，后来所传宋本《玉台新咏》，多本于陈玉父刻本。于敏中谓陈玉父无考，今人陈乐素认为即南宋著名目录学家陈振孙（陈乐素，196）。其言甚辩。

于敏中《天禄琳琅书目》著录的是当时皇宫内的藏书。令人遗憾的是，据1926年故宫博物院所编《故宫已佚书籍书画目录》载，二百余种宋元明板书籍及一千余件唐宋元明清五朝字画皆属天禄琳琅秘籍精品，大都移运宫外，不知下落。其中就包括《天禄琳琅书目》记载的四部宋版《玉台新咏》。就今日所知，其前集著录的两部宋版《玉台新咏》已毁于嘉庆二年（1797年）秋乾清宫大火之中，而后集的另外两部宋版则至今在全国各大图书馆还未发现有收藏。其下落如何，仍不得而知。

从目前资料看，除一部唐写本残卷外，现存早期《玉台新咏》版本都是明代刻本，以明代五云溪馆本为较早，明崇祯寒山赵均覆宋本最为学者重视。清代刻本在版本方面，多从明刻而来，没有更新的发现。《汉魏六朝集部珍本丛刊》择要收录八种：

1. （明）嘉靖十九年（1540年）郑玄抚刻本《玉台新咏》十卷。

2. （明）汲古阁刻本《玉台新咏》十卷。

3. 袁宏道批，明天启二年（1622年）沈逢春刻本《玉台新咏》十卷。

---

① （清）于敏中《天禄琳琅书目》，江苏广陵古籍刻印社据王先谦校刊本影印。

4. (明)冯班、何士龙校,明崇祯二年(1629年)冯班钞本《玉台新咏》十卷。

5. (明)崇祯六年(1633年)赵均小宛堂刻本。后有钱谦益跋《玉台新咏》十卷。

6. (明)五云溪馆铜活字印本。有邓邦述批校,并附多家跋语《玉台新咏》十卷。

7. (清)纪昀清稿本《玉台新咏(校正)》十卷。

8. 徐乃昌稿本《玉台新咏札记》十卷。

从现存三十多种版本看,关于《玉台新咏》的卷数,各家著录均为十卷,并无异词。但各卷分篇却颇有异同。根据现有明刻,《玉台新咏》的版本系统大体上不出陈玉父刻本和郑玄抚刻本这两个版本系统。

二、陈玉父本系统

就刻本而言,目前所知,陈玉父本为现存最早的版本。陈玉父跋见于赵均小宛堂覆宋本、五云溪馆本及万历张嗣修巾箱本:

> 右《玉台新咏集》十卷。幼时至外家李氏,于废书中得之,旧京本也。宋已失一叶,间复多错谬,版亦时有刓者,欲求他本是正,多不获。嘉定乙亥,在会稽,始从人借得豫章刻本,财五卷。盖至刻者中徙,故弗毕也。又闻有得石氏所藏录本者,复求观之,以补亡校脱。于是其书复全,可缮写。

由此来看,《玉台新咏》至少在南宋初年即已残佚。陈玉父刻本所依据的是豫章刻本,而且仅残存五卷。这五卷,据说是"旧京本",当是指北宋刻本。五卷之中还有缺页。至于后五卷是从另一"录本"配齐的。这录本据何而来,是否也是北宋旧本,就很成问题了。从现存诸明刻来考察,分歧最大的主要在后五卷中。这就不能不使人怀疑现存诸本后五卷早已非旧刻原貌,也许经过了宋人的篡改。

（一）五云溪馆本

邓邦述寒瘦山房旧藏，现归入中国国家图书馆庋藏。一函四册，每半叶十行，行十九字。在各卷目录中，诗题在上，作者在下，有失名校正，如在《歌诗》《怨诗》下均补有"并序"二字，似乎是依据崇祯六年的赵均覆宋本。但此本校勘又称有宋本作某，颇与赵均本相异。如《古诗为焦仲卿妻作》中"留待作遗施"，"遗"字，此本作"遗"。眉批"宋本作'遗'"，而赵均本作"遣"，不知所据宋本详细情况如何。该本的又一个特点是在每卷末，补记宋本每卷收诗的数目，很值得参考，如卷一末记"四十五首"，说明在宋代第一卷收诗为四十五首。其下有邓邦述跋："壬子五月廿八日，开始校写此本，纸墨多渝敝，恐不能精也。凡与钞本异同写于行侧，其在栏上下者，皆依原校移录。正暗（邓邦述号正暗居士）。绿笔所写系校寒山赵氏翻陈玉父本，与钞本同出一源。绿笔所称'宋本作某'，与活字本相符，知此本所据亦宋本也。且有胜于赵氏而据者，不可以其为活字本而轻之。正闇又记。"说明该本源出宋本，且有胜于赵均覆宋本之处。又卷九后注："一百首。"邓邦述称："朱笔校改，屡引屠本，多与此合，然则此固出于屠本者耶？群碧楼校毕。乙卯八月廿六日。"按此批校语，又见于清初抄本曹炎批校征引，内容基本相同。所称"屠本"不知为何本。书后引录有冯班、李维桢、叶万等人跋，最后为邓邦述跋："此活字本亦不常见，而所据乃宋本，与赵灵均翻陈本又不同。亡友吴佩伯得曹彬侯庄钞本，又非灵均底本，系冯二痴（二痴为冯班之号）辈同时传钞，见于钱遵王《敏求记》。冯李等三跋劳巽卿曾录于钱氏《敏求记》中，故偶有与灵均刻本同异处，其非据赵本移写，盖可知也。余假佩伯过录四年之久，将及录竟而佩伯墓木已拱，追念曩日，得从考订之雅，益深怆然。丙辰长至正闇学人。书中绿笔，又一人手校者，未书名字，不可知为何氏，且亦未卒业，至五卷为止，据《文选》校异同处为多，间采《艺文》《初学记》者。其中言宋本作某，则不知据何本也。因附记之。"①

---

① 此跋又收入邓邦述《寒瘦山房鬻存善本书目》，文字略有差异。

此本残损较大,阅读不便。相比较而言,《四部丛刊》据无锡孙氏小绿天藏本影印的五云溪馆本书品较好,也易获见。卷首为徐陵序,题署:"陈尚书左仆射太子少傅东海徐陵字孝穆撰。"其次为卷一目录,原书下有"吴郡吴氏之书"数字。书尾有永嘉陈玉父跋,末低二格补记曰:"右徐陵纂。唐李康成云:'昔陵在梁世,父子俱事东朝,特见优遇,时承平好文,雅尚宫体,故采西汉以来词人所著乐府艳诗以备讽览。'见《读书记》。"这段话为赵均摹宋刻本所无。此本收入《四部丛刊》后流传较广。该本底本今藏南京图书馆。中国国家图书馆藏有王国维批校本,悉依赵均刻本,如卷五末潘黄门《述哀》:"宋本无此篇。"卷五末:"辛酉十一月以明覆陈玉父本校。"卷六目录依赵本改动颇多。卷末跋云:"此本虽有永嘉陈玉父跋,然似别是一本,颇有数字胜于陈本者,然终不及陈本体裁之善。又臆改妄删处不一而足,石印时又加以描失,极为可憾。辛酉十月抄以明覆陈本校之,庶几可读矣。观堂记。"辛酉为一九二一年。莫友芝《郘亭知见传本书目》卷十六上亦有著录。傅增湘订补曰:"明五云溪馆铜活字印本,十行十九字。白口,左右双栏,版心上方有'五云溪馆活字'六字,此本已入《四部丛刊》初编。"[①]陈树杓编《带经堂书目》(陈徵芝藏书)也著录了五云溪馆本,称"前有自序,后有嘉定乙亥永嘉陈仁父序"。此"仁"字当是"玉"字之误。

五云溪馆铜活字本的问世年代现已不得确考。冯班崇祯二年抄本后跋云:"余十六岁时,尝见五云溪馆活字本于孙氏,后有宋本一序,甚雅致。今年又见华氏活字本于赵灵均,华本视五云溪馆颇有改易,为稍下矣。然较之杨、茅则尚为旧书也。"按冯班大约生于明神宗万历三十年(1603年)前后,其十六岁时是万历四十六年(1618年)。[②]由此可见,五云溪馆铜活字本早在此前即已问世。又据冯舒跋《玉台新咏》称"此书今世所行,共有四本:一为五云溪馆活字本,一为华允刚兰雪堂活字本,一

---

① 傅增湘《藏园订补郘亭知见传本书目》,中华书局 1993 年出版。

② 参见周小艳《冯舒冯班诗学研究》,人民出版社 2019 年出版。

为华亭杨元钥本,一为归安茅氏重刻本。活字本不知出于何时,后有嘉定乙亥陈玉父序,小为朴雅,讹谬层出矣。华氏本刻于正德甲戌(1514年),大率是杨本之祖。杨本出万历中,则又以华本意儳者。茅本一本华亭,误逾三写。”兰雪堂本,今亦无从稽考,但是据崇祯二年冯班抄本后跋,兰雪堂本是由五云溪馆本而来,冯舒此跋亦将兰雪堂本置诸五云溪馆本后,似亦以为出于其后。由此推测,五云溪馆本更早在正德以前即已问世,比万历茅元祯刻本要早得多。如果这种推断可以成立的话,那么,在现存诸明版《玉台新咏》中,此本问世当推为最早的一种。

(二)崇祯六年赵均刻早期印本

此本历来为藏书家所珍重。中国科学院图书馆藏邓之诚本跋称:“艺风丈(即缪荃孙)昔年见语,世贵赵刻如宋元,其直昂甚,不可问津。”此本所据为南宋陈玉父刻本,莫友芝《邵亭知见传本书目》卷十六著录云:“明天启中翻宋本,每页三十行,行三十字,最佳,他刊皆不足道。”《增订四库简明目录标注》也称有“明天启中翻宋本,十五行三十字,最佳”,均误,实即崇祯六年赵均刻本,而误作天启刻。由此也可以看出,赵均翻宋陈玉父本在诸明刻中,确实一直为人推崇。四库全书即据此本收录,纪昀《〈玉台新咏〉考异》亦以此本为据。不过,据目验过宋刻的冯班说,“宋刻是麻沙本,故不佳”①。更何况,陈玉父跋称此本原本残存五卷,后五卷是据另一抄本补缀而成。因此,即使赵均刻本如叶启发所说,“板刻古雅,规矩谨严,无明人刻书窜乱臆改恶习”②,也未必可称为今存《玉台新咏》诸本之首屈。不知为什么,此本在世间流传甚稀,诸家宝之,秘不示人。其实,据《中国古籍善本书目》集部著录,现存赵均刻本《玉台新咏》,没有任何批校的就多达二十四种,另外,还有前人批校本又有十种,总计三十余种。而且,这个著录并不完备,因据笔者所知,还有些赵刻本并未入善,如中国国家图书馆分馆就藏有三部赵刻,可能是因为印刷较

---

① 麻沙本,原是指宋元时福建建阳县西麻沙镇书坊所刻的书。但因校勘不精,粗制滥造,所以被视为劣本。

② 叶启发跋赵刻《玉台新咏》,见中华书局校点本《玉台新咏笺注》后附录。

差而未入善；有些书商，割裂赵均跋以充古本，故近时著录，多有称明刻云云，而实际就是赵刻者，其例颇夥。如北京大学图书馆收录有明刻《玉台新咏》，仅有陈玉父跋，其实就是赵刻本。另外，日本森立之《经籍访古志》卷六著录有"明嘉靖中翻雕宋本，求古楼藏本。首有徐陵序，每半板十五行，行三十字。界长六寸七分，幅四寸五分。末有嘉定乙亥陈玉久（当作"父"）跋，知依嘉定本重雕者"。此云嘉靖重雕本，实与赵均本完全相同，疑即赵本。现存嘉靖本，与上述并无一处相同。如果把这些版本都计算在内，则今存赵刻之多，实在不足为时人贵。

（三）两种版本的异同

赵刻有文学古籍刊行社影印本，《四部丛刊》所影印的则为五云溪馆本。这两种版本当然以前者为好，但也各有所长，不能完全否定后者。王国维曾用五云溪馆本详校赵本，举例来说，比如：

第一，五云溪馆本所收作品数量基本上与赵本相同（有十几首不同，出入不大），说明在明代，除赵本外，也还有一些版本，内容接近徐陵原貌，与通行本不同。

第二，五云溪馆本虽不像赵本那样是覆宋本，但总有它的根据。它所依据的底本和赵氏所据宋本似非出一源。第一卷所谓"枚乘杂诗九首"，五云溪馆本有"去去日已远"而无"庭中有奇树"。徐幹《室思》，赵本作六章，五云溪馆本则把前五章分作五首，称《杂诗》，末首称《室思》。第五卷庚丹《夜梦还家》后附有"潘岳黄门《述哀》"一首，是江淹杂体诗三十首中的作品。赵本无，显系五云溪馆本误入。第六卷吴均《和萧洗马子显古意》六首，五云溪馆本只有"匈奴数欲尽"和"贱妾思不堪"两首，又多出《梅花落》一首，与赵本异。第七卷梁武帝《古意》二首的"当春有一草"在《有所思》之下，又缺《临高台》一首。"皇太子诗"缺《娈童》一首。第八卷五云溪馆本比赵本少庾肩吾《和湘东王》二首中"邻鸡声已传"一首和庾信《七夕》。纪少瑜《春日》，五云溪馆本作闻人倩诗。第九卷"歌辞"中"河中之水向东流"，五云溪馆本作梁武帝诗。沈约《八咏》，赵本在前面只录《望秋月》和《临春风》二首，其他六首附在本卷之末，而五云溪馆本则《八咏》全在一起。此外,卷末王叔英妇《赠答》一首下多出沈约《白纻曲》两首。第十卷刘孝威《古体杂意》及《咏佳丽》两首,赵本在卷末,五云溪馆本则置于刘孝威《和定襄侯八绝初笄》之后,江伯摇《和定襄侯八绝楚越衫》之前。

第三,五云溪馆本的次序以及漏去作者名字处较多,似不如赵本接近徐陵原貌。从篇目的异同来看,有些可能是所据底本原有差别,说不定宋时《玉台新咏》已有多种版本,而到明代,以五云溪馆本和赵氏本流衍而成为两大系统(曹道衡,450,p)。《玉台新咏》的版本系统之所以如此复杂,其原因恐怕是:(一)此书编成后,在唐宋不受重视,不像《文选》早有定本;(二)明刻据不同系统的抄本或刻本;(三)明本与宋本不同,明人附益是重要原因。但实际上,宋本恐怕亦非原貌。即以寒山赵氏覆宋本为例,第六卷中所收徐悱妻刘令娴诗共三首,而前二首在何思澄诗之前,另一首则在何之后。说明后一首或系后人附益。又第九卷中所收《盘中诗》列在傅玄、张载《拟四愁诗》之间,也不伦不类(刘跃进,110,q)。

三、郑玄抚本系统

(一)嘉靖十九年郑玄抚刻本

正编十卷。缺续编五卷,中国国家图书馆藏,一函六册,每半叶九行,行十六字。卷首新安吴世忠撰《刻玉台新咏序》,万历七年茅元祯刻本亦存此序,唯"嘉靖己亥(十八年)十二月八日"数字多为删去。次为新安方弘静撰《刻玉台新咏序》,称郑玄抚得抄本于上都,又广逸拾遗,续为外集,并刻山堂。此序版心下有"黄琏"二字。据各家之序跋,此本于嘉靖十八年始由方敬明购于金陵,翌年刊刻。因此,就目前所知,嘉靖十九年刻本是现存明版《玉台新咏》中有刊刻年代可以稽考的最早的一种版本。根据版本学家的看法,在明嘉靖以前所刻的古书中,尚多保留有宋元旧貌,较少改易。日本著名学者岛田翰《古文旧书考》卷四写道:"尝考刻书之事,至宋而精,元则衰,明初以至嘉靖,是为盛"①,邓邦述《群碧楼善本书目》《瘦寒山房鬻存善本书目》于明刻中专辟"嘉靖刻本"一类,足见版本学家对于嘉靖本的重视。其续编五卷,多为后来刻印《玉台新咏》所因袭,影响较大。

(二)嘉靖二十二年张世美刻本

正编十卷,续编五卷,中国社会科学院文学研究所藏,一函十册,每半叶十行,行十八字。首徐陵序,署"陈尚书左仆射太子少傅东海徐陵"。次名家世序,与嘉靖十九年刻本全同。卷一下题署"陈东海徐陵编"。书尾有嘉靖二十二年张世美跋,称:"吾松旧有宋刻本,杨君士开遂购而校刻,颇为精善,概欲与吾后之人求见古人制作之全也。"按明代周弘祖《古今书刻》上编著录内府及各直省所刻书籍,下编著录各直省所存石刻,《文选》《乐府诗集》等多有著录,而《玉台新咏》只有松江府刻过,仅此一例,足以证明张世美所说为不诬。不过,此本又有些蹊跷。郑玄抚刻本问世于三年前,张世美当知此书,因为其"名家世序"及续编五卷,分明为郑玄抚所辑,而此本却未及一言,似乎宋刻即有此续编,颇有大言欺人之嫌。问题是,说他全袭郑刻又不尽然。如第十卷王融《咏火》,此本作《咏秋》。尤其值得注意的是,自谢朓以下,其排列次第又时有差异。由此可见,张刻所依据的似乎还不仅是郑刻,而是另有所本。张跋称得宋刻而校之,也许有一定的根据。

(三)万历七年茅元祯刻本

正编十卷,缺续编五卷,清华大学图书馆藏,一函八册,每半叶九行,行十八字。卷首为吴世忠序,除了序后无署名及年月日外,其余与嘉靖十九年郑玄抚刻本全同。其次为徐陵序。次为吴门研山方大年《重校〈玉台新咏〉跋》,称:"《玉台新咏》之编传于世者,今盖千有余年矣。中间板既湮亡,而其书每至残且蠹者,十或八九。我皇明嘉靖己亥间,徽州郑

---

① (日)岛田翰《古文旧书考》,北京国家图书馆出版社 2003 年据日本东京民友社本影印,改名《汉籍善本考》,第 495 页。

君玄抚,重陈代之集绮,慨今兹之没宝,遍搜区内,所获者皆断简废篇,久之甫得抄本一帙,因复选附陈、隋外集于后,付梓人刻而传诸永久,甚盛心也。逮今才阅四十许年,而其板竟散弛无存矣。锦帙阽亡,贵者共惜。万历己卯季冬,余过吴兴华林里故友茅稚延所居,其子元祯虑其书如郑君之日也,爰命工重刻之而复加雠校,于其间正其鲁鱼亥豕者百每一二,比郑为精且至矣。"次名家世序,罗列有北齐、北周、陈、隋等,但正文仅刻有《玉台新咏》十卷,而续编五卷未收,由是知此非全帙。又,此本多有书写者及刻工姓名,可以为我们辨别版本提供较大的方便。此本在篇章次第上与嘉靖二十二年张世美刻本大体相同,但在第十卷谢朓之后发生变化,而与嘉靖十九年郑玄抚刻本相同。在版本方面,它至少可以说明,茅元祯刻本所依据的是嘉靖十九年刻本,而不是二十二年刻本。

（四）汲古阁本

中国社会科学院文学研究所藏书,一函四册,每半叶八行,行十九字,版心上书"玉台新咏",中间记为卷数,下为"汲古阁"。卷首系徐陵序,题署"陈尚书左仆射太子少傅东海徐陵字孝穆撰"。此外无其他序跋。此本卷一至卷七与嘉靖二十二年本全同,但是从第八卷和第十卷则差异颇大。主要表现在作者的排列顺序及篇章次第方面,此本与嘉靖本、万历本及天启本等各有异同,所据似乎并不相同。据康熙五十三年冯鳌刻虞山二冯校阅本跋尾称:"偶得汲古阁藏本,字句一遵宋刻,复有黄笔点定,翻阅后跋知为钝吟公笔也。"由此来看,汲古阁本亦据宋刻,而且一定不是南宋陈玉父所刻印的本子。《明毛氏汲古阁刻书目录》录有"《玉台新咏》十卷,徐陵编,有自序",大约就是此本。《增订四库简明目录标注》、莫友芝《邵亭知见传本书目》等也有著录。

四、陈、郑两大版本系统的比较

1996 年,刘跃进发表《〈玉台新咏〉版本研究》,对于《玉台新咏》的版本系统,有比较详尽的论列(110,q)。就其荦荦大者而言,陈玉父本与郑玄抚本两大版本系统的异同可以分为下列几个方面：

第一，就收录篇数而言，陈本六百五十四篇，较郑本八百一十七篇似更接近于《玉台新咏》的原貌。

第二，就作者而言，陈本共一百一十二人，郑本一百二十七人，多十五人。这比李康成《玉台后集》所收作者二百九人都要少得多。

第三，就编排次第而言，郑本从第五卷开始以梁武帝居首，以下依次为皇太子、诸王及王公大臣，依照古代编书的体例，这较之陈本似更合情理。

第四，就具体篇目收录而言，两本各有所长。如《盘中诗》，陈本收在卷九傅玄《拟四愁诗》之后，张载《拟四愁诗》之前，在编排上颇显得突兀，照诗的顺序，傅玄、张载为同题作品，时代又紧承，二人同为西晋人，并且诗体又完全相同，理应紧接，何以中间插进《盘中诗》呢？这甚至会使人怀疑《盘中诗》是宋人的补遗，并非徐陵所编《玉台新咏》所原有，故目录不载。《北堂书钞》卷一四五引三韵，题作"古诗"，也许并非没有道理。今传郑玄抚刻本系统，《盘中诗》均列在汉武帝时乌孙公主《悲歌》之后，汉成帝时童谣之前，据此可以推断《盘中诗》也许成于西汉中期。又比如，陈本未收梁昭明太子萧统的诗歌，无论如何都难以理解。而郑本则收录了五篇。尽管作者还有异说，但是总还为我们提供了继续研讨的线索。过去，对于郑玄抚刻本系统评价不高，现在看来需要重新审视（张蕾，282，a）。

五、《玉台新咏》校订本

（一）乾隆三十九年纪昀校正本

中国国家图书馆藏稿本，一函二册，每半叶十行，行十九字。卷首有纪昀序，末署"壬辰（1772 年）二月廿一日河间纪昀书"。次为徐陵序，校正多所删改。卷端题"玉台新咏卷第一，河间纪昀校正"。卷十末有"癸巳正月三十七日观弈道人记"，书末有陈玉父《后叙》。此本主要依据赵

刻，同时又参校了其他版本，特别是稿本中时常有"宋本作某"字样，对于
赵刻多有校正。又有眉批，主要分析诗义，间作校正。这部书广泛参考
了清前众本《玉台新咏》，详加校订，补正了宋明诸本不少错误，在《玉台
新咏》校勘上很有成绩。此本后来收进四库全书，书名改作《玉台新咏考
异》，署名也换成了纪昀的父亲纪容舒，可能是因为《四库全书》不收录在
世之人的著作，所以纪晓岚便将其书改托在其父纪容舒名下。《四库全
书总目》提要称：

> 《玉台新咏》自明代以来，刊本不一，非惟字句异同，即所载诸
> 诗，亦复参差不一。万历中，张嗣修本多所增窜，茅氏刊本又并其次
> 第乱之，而原书之本真益失。惟寒山赵宧光所传嘉定乙亥永嘉陈玉
> 父本最为近古。近时冯舒本据以校正，差为清整。然舒所校，有宋
> 刻本误而坚执以为不误者，如张衡《同声歌》，讹"恐慄"为"恐瞟"，讹
> "莞蒻"为"苑蒻"之类，亦以古字假借，曲为之说，既牵强而难通；有
> 宋刻本不误而反以为误者，如苏武诗一首，旧本无题，而妄题为《留
> 别妻》之类，复伪妄而无据；又有宋刻已误，因所改而益误者，如《塘
> 上行》，据《宋书·乐志》改为魏武帝之类，全与原书相左，弥失其真，
> 皆不可以为定。故容舒是编，参考诸书，裒合各本，仿《韩文考异》之
> 例，两可者并存之，不可通者阙之，明人刊本虽于义可通而于古无征
> 者，则附见之。各笺其弃取之由，附之句下，引证颇为赅备。他如
> 《塘上行》之有四说，刘勋妻诗之有三说，苏伯玉妻诗误作傅玄，吴兴
> 妖神诗误作妓童，徐悱诗误作悱妻，其妻诗又误作悱，梁武帝诗误作
> 古歌，以及徐幹《室思》本为六首，杨方《合欢》实共五篇，与王融、徐
> 陵之独书字，昭明太子之不入选，梁代帝王与诸臣并列之类，考辨亦
> 颇详悉，虽未必一一复徐陵之旧，而较明人任臆窜乱之本，则为有据
> 之文矣。

邵懿辰《增订四库简明目录标注》却认为："容舒乃纪文达之父。此书实

文达自撰，归之父也。"①可惜他并未提出具体实证，人们也就将信将疑。幸好北京图书馆藏有纪昀《〈玉台新咏〉校正》稿本，这一问题才水落石出。现存刻本《考异》与稿本相比较，结果两书的正文和考订文字也都完全相同。无疑，这是同一部著作。稍有不同的只是《考异》并没有稿本天头位置的评论文字。又，稿本书末有"观弈道人记"："余既粗为校正，勒为《考异》十卷，会汾阳曹子受之问诗于余，属为评点以便省鉴，因夺书简端以应之，与《考异》各自为书，不相杂也……癸巳正月二十七日观弈道人记。"观弈道人就是纪昀，说明纪昀先作了《〈玉台新咏〉考异》十卷，然后又为"汾阳曹子受之"作了评点，这就是稿本每页天头上的评论。后来《考异》部分单独梓行于世。此记书于癸巳正月，即乾隆三十八年(1773年)正月。这时纪昀已经开始了总纂《四库全书》工作。但是根据稿本和后记分析，纪昀完成对《玉台新咏》的校正和评点时，尚未想到要把这一成果归之于父，后来才出于某种考虑将《〈玉台新咏〉考异》的撰者换上父亲的名字并收进《四库全书》中。评点部分未见刻本流传，也许正是为了掩盖嫁名真相才不让它传世(隽雪艳，393，b)。

此书又收进《畿辅丛书》，流传更广。可惜，这种书均没有收录眉端批语。好在稿本尚在，另外还有抄本流传，所以不难看到。国家图书馆另藏有撷英书屋抄本，一函二册，悉依稿本，几可乱真。卷一夹有浮签："委校诗集，间有笔误，均剪小纸粘上改写，未敢涂坏法楷也。惟目录一页，小字似以重写为妥。老眼昏花，恐有不到处，仍祈原谅。此请鹤住老兄即安。弟勋安。"卷六封面上题："辛巳秋于虎林得《续玉台新咏》五卷，不详撰人名氏。卷后刻明人跋一首，亦不详编辑者年代。所录诸诗，自陈逮隋而止。疑是唐人所选。偶读纪氏本，因并及之。"由是而知，郑玄抚续选尚有单行本。又卷六跋："是书向以陈玉父刻本为最善，自明以来绝少佳本。馆名《〈玉台新咏〉考异》十卷，纪容舒撰。检是编，首题河间纪某校正，末题观弈道人书，均无容舒名。考《知足斋集》载纪文达墓志，则云文达父讳容舒,曾官姚安太守。乃知代其先人所作也。序中记壬辰癸巳,公官侍读总纂四库全书时所作也。考订精审,不减两卢公曾手编镜炯堂十书,惜未经刊入尔。"稿本、撷英书屋抄本,现并已摄成缩微胶卷,然而眉端批语阅读颇为困难,很多就根本无法读到。不过在国家图书馆分馆还藏有一部抄本,未入善,此本对于阅读纪氏眉批提供了极大的方便。有关此书的价值及具体内容,张蕾《〈玉台新咏校正〉整理与研究》辨析了《玉台新咏校正》与《玉台新咏考异》的关系,现存稿本及抄本的异同,并以稿本为底本,对全书作了详尽的校订,已由上海古籍出版社2019年出版。

(二) 乾隆三十九年吴兆宜注、程琰删补本

清华大学图书馆藏。这是清代《玉台新咏》的唯一注本,清乾隆三十九年程琰删补刊行,一函五册,每半叶十行,行二十一字。扉页"玉台新咏笺注　本衙藏板"。卷首徐陵序,其次为乾隆三十九年程际盛东冶氏跋、阮学濬跋,其次过录陈玉父、赵均、李维桢、冯舒、冯班、道人法顶、南阳毂道人跋及朱彝尊《玉台新咏书后》。此本把每卷中明人滥增的作品退归每卷之末,注明"已下诸诗,宋刻不收",是很有可取之处的。程琰的删补工作主要是"讹者悉正""删繁补阙"和"参以评点"。时人以"善本"目之。上海扫叶山房于民国四年、十年、十五年等多次出版过石印本。中华书局1985年又出版了穆克宏据乾隆三十九年原刊本校点的排印本,并附录了各家序跋,较便于阅读。

此外,傅刚《〈玉台新咏〉版本补录》还著录一部清乾隆壬辰三十七年(1772年)纪昀朱墨批校吴兆宜原注本,乌丝栏旧抄本,中国台湾"中央图书馆"藏,存卷九、卷十两卷。吴兆宜原注本未见刊刻,仅以抄本流传于世,后程琰据以删补,刊刻行世,而吴氏原本则湮没不传了。吴兆宜原注的体例,经程琰删改后,已不复能详考,幸纪昀此批本,以吴氏原注本为底本,保留了吴氏原貌。从此本可以见出吴氏本注例与程琰删补本有许多不同(492,c)。

(三) 徐乃昌稿本《玉台新咏札记》

未附全书原文,只摘录有异文的句子,施以校记。徐乃昌序云:"明

寒山赵氏刊本《玉台新咏》十卷,半叶十五行三十字,后有嘉定乙亥永嘉陈玉父序。此书在宋时已不只一本,明以来传刻尤夥。五云溪馆活字本、孟璟刊本皆源出天水,而逊于此本,二冯评点本、纪氏《考异》本、吴氏笺注本则各以己意校改。敦煌唐写本颇足以订宋本之讹,惜仅存四页耳。他若《文选》《汉书》《太平御览》《艺文类聚》《文苑英华》《乐府诗集》《初学记》《东观余论》《西溪丛语》《垣斋通编》《沧浪诗话》《古乐府》《古诗类苑》《诗纪》诸书所引各有异同,合而校之,成札记一卷。"

(四)吴冠文、谈蓓芳、章培恒《玉台新咏汇校》

该书以郑玄抚本为底本,校以铜活字本、冯班抄本、赵均刻本,并根据史书、总集、类书等文献,统摄融铸,是近年最新成果,已由上海古籍出版社 2011 年出版。傅刚《〈玉台新咏〉与南朝文学》下册为《〈玉台新咏〉校笺》,以赵氏覆宋陈玉父本为底本,以明清流传的各种版本校订整理,主要是校,没有注,也凝聚了作者多年的心血,中华书局 2018 年出版。此外,广西师范大学出版社 2007 年出版的张葆全《玉台新咏译注》,用现代白话全译全注《玉台新咏》,便于普及。

第三节 《玉台新咏》的性质与价值

一、《玉台新咏》的性质

关于《玉台新咏》的性质,传统的看法认为它是一部诗歌总集,历来的史传目录均将其归入集部"总集类",这自是题中之义。唯有晁公武的《郡斋读书志》例外,将《玉台新咏》与《乐府诗集》《古乐府》并列收入"乐类"中。这种分类似本于唐朝李康成。李氏《玉台后集序》称:"昔陵在梁世,父子俱事东朝,特见优遇。时承平好文,雅尚宫体,故采西汉以来所著乐府艳诗,以备讽览。"晁公武著录《玉台后集》时说:"唐李康成采梁萧子范迄唐张赴二百九人所著乐府歌诗六百七十首,以续陵编。"这里,李康成说《玉台新咏》收录的是"乐府艳诗",晁公武说《玉台后集》收录的是"乐府歌诗",强调的都是"乐府",即从入乐的角度来看《玉台新咏》。以往论及《玉台新咏》的特点,往往关注所收诗歌的描写内容,即以女性为主,而忽略了这部诗集的入乐特点。从某种意义上说,《玉台新咏》实际上是一部歌辞总集。

这一点与《文选》迥然有别。我们看《玉台新咏序》,所论多与歌辞演唱有关:

> 弟兄协律,生小学歌;少长河阳,由来能舞;琵琶新曲,无待石崇;箜篌杂引,非关曹植。传鼓瑟于杨家,得吹箫于秦女。……陪游馺娑,骋纤腰于《结风》;长乐鸳鸯,奏新声于度曲。……但往世名篇,当今巧制,分诸麟阁,散在鸿都。不籍篇章,无由披览。于是燃脂暝写,弄笔晨书,撰录艳歌,凡为十卷。曾无参于雅颂,亦靡滥于风人。

序中引用了大量的典故,无论是汉代李延年女弟的能歌,还是赵飞燕姊妹的善舞,以及石崇所造的琵琶新曲,曹植所作的箜篌引诗,或者是杨恽妻子的鼓瑟,秦王小女的吹箫,都与音乐和歌唱有着密切的关系。徐陵使用这么多优美的典故,目的便是揭示该书中所收录的"艳歌"与乐歌是同一性质的。可见,《玉台新咏》的编录,本意在度曲,并非像萧统那样有更多的目的性。

正因为作为歌辞,而不是案头的读物,所以《玉台新咏》所收的诗歌,在内容方面主要是以歌咏恋情爱意、离思别绪为主要题材,而不可能像《文选》那样总是表现较为严肃凝重的主题。在形式方面,更加注重自然流丽,便于传唱,而不可能过于雕琢,这些都是由它的性质所决定的。譬如卷三所收晋杨方《合欢诗》,卷十贾充《与妻李夫人联句》、孙绰《情人碧玉歌》、王献之《诗二首》、桃叶《答王团扇歌三首》、谢灵运《东阳溪中赠答》等都是典型的对歌,其体裁为一酬一答,各唱两句或四句,每句为五言。如贾充与夫人联句,贾先唱五言两句一联,夫人唱两句答联;贾又唱两句一联,李再答;贾再唱,李再续。内容是两情的互相保证:贾说:"我心子所达,子心我所知。"李说:"若能不食言,与子同所宜。"全诗六联十二句六十字。又如谢灵运诗,只有一酬一答,每首四句,每句也是五言,也是男唱女答。杨方《合欢诗》同样是俩人作品,一酬一答,每联意义相当。体裁是当时盛行的五言。[①] 把握住《玉台新咏》的这种特殊性质,我们也就容易理解为什么要把古乐府列在卷首的原因了。最后一卷是绝句,也是古乐府列于卷首。并且在中间各卷中也收录了许多各个朝代的文人拟乐府诗歌。有了这编歌辞集子,宫姬们轻歌巧声,其绮丽华美的情景将远胜前代。所以徐陵在序末说:"因胜西蜀豪家,托情穷于《鲁殿》;东储甲馆,流咏止于《洞箫》。"三国时西蜀的刘琰教侍婢诵《鲁灵光殿赋》,西汉的元帝为太子时令宫娥咏《洞箫赋》,比起今日的清歌艳曲来,不免有些寒陋。

东晋以来,因政治、经济和文化的中心由北方的洛阳转移至江南的建邺、荆州,所以起源于这两个地区的吴歌、西曲等民间音乐也因之盛行起来。这些流行于市井的民间音乐对上层宫廷生活产生了很深的影响。南朝皇室多出自社会下层,所以俗乐对其审美情趣的决定作用不可忽视。比如《乐府诗集》卷四八《估客乐》,便是齐武帝所作,当他还是布衣时,曾生活在樊(今湖北襄樊)、邓(今河南邓县)一带,受到当地民间文化的浸染很深,所以登基以后,怀念当时的情景,于是写了《估客乐》。梁武帝萧衍在南齐时代可以说始终与民间音乐有着密切的关系。早年他生活仕宦于建康、吴郡,对吴歌十分熟悉。永明九年(491年)后,他作为萧子隆镇西谘议参军又随王赴荆州,此后很长一段时间居住在西曲流行的荆襄雍邓地区。他登基后,还经常拟作或改造民歌,甚至让臣子一同创作。如他在雍镇时,曾有童谣《襄阳白铜鞮》,"故即位以后,更造新声,帝自为之词三曲,又令沈约为三曲,以被弦管"(《隋书·音乐志上》)。有时

---

① 参见吴世昌《晋杨方〈合欢诗〉发微》,《文史》第二十五辑,中华书局1985年出版。另外,朱谦之《中国音乐文学史》第五章"论乐府"也对《玉台新咏》的音乐性质作了初步的探索,见1989年重印本。

他还命精通音律的僧人一起改作民歌，如《古今乐录》记载《懊侬歌》说：
"《懊侬歌》者，晋石崇绿珠所作，唯'丝布涩难缝'一曲而已。后皆隆安初
民间讹谣之曲。宋少帝更制新歌三十六曲。齐太祖常谓之《中朝曲》。
梁天监十一年，武帝敕法云改为《相思曲》。"①以上所举，一为西曲，一为
吴歌，可见梁武帝以至整个南朝帝王受民歌的影响之深。

　　因为帝王对民歌的喜爱，所以南朝设有乐府机构，其作用就是采集
民歌，配乐演唱，为皇室娱乐服务。乐府中的女乐经常在饮宴、游乐时施
用，有时还作为殊荣赐予臣子，如《南史·徐勉传》说："普通末，武帝自算
择后宫吴声、西曲女伎各一部，并华少，赉勉，因此颇好声酒。"其中所载，
将吴歌、西曲各设一个乐部，可见民歌在宫廷中颇受重视。帝王对民歌
的提倡和热爱，更加助长了民间歌乐在士大夫中间的流传，当时许多权
贵便多迷恋歌舞。民间音乐在宫廷与士大夫中的流行同时影响了诗歌
的新变，越来越注重诗歌的音乐之美。南朝文人大量拟作民歌乐府诗，
在《玉台新咏》和《乐府诗集》中收录的作品可以为证。这些诗歌并非只
是吟诵的徒诗，而是入乐歌唱的歌辞。既然入乐，便不能不注意到其
音调节奏的调配和谐。当文士对诗歌中字音与乐调的关系有了一定的
熟悉和了解后，自然会将这些技巧运用到其他非乐府诗歌的写作中。
永明体和宫体诗的形成过程中，民间音乐所起的作用极为巨大，二者
之间有着很密切的关系。不仅在音调声韵上力求谐畅合乐，在内容和
趣味上也十分接近。永明体和宫体诗可以说是更加精致化了的"新声
艳曲"，是《玉台新咏》编选的中心所在（刘跃进、马燕鑫，111）。

二、《玉台新咏》的价值

（一）《文选》《玉台新咏》同收的作品

　　如果说《文选》的编纂体现了当朝复古思潮的话，《玉台新咏》的编

---

① 　（宋）郭茂倩《乐府诗集》卷四六，中华书局 1979 年出版。下引读书版本同此。

选,直接目的是为后宫而备以披览,因为"往世名篇,当今巧制,分诸麟阁,散在鸿都,不籍篇章,无由披览"(徐陵《玉台新咏序》)。但是更深一层的目的,恐怕还是为了反对以萧统为代表的复古诗风,宣扬自己的文学观念。《文选》收录的作品,有一些亦见于《玉台新咏》。如:

《文选》卷二十一 颜延年《秋胡诗》,见《玉台新咏》卷四。

《文选》卷二十三 阮嗣宗《咏怀诗》"二妃游江滨""昔日繁华子",见《玉台新咏》卷二。

《文选》卷二十三 曹子建《七哀诗》,见《玉台新咏》卷二《杂诗》五首。

《文选》卷二十三 潘安仁《悼亡诗》"荏苒冬春谢""皎皎窗中月",见《玉台新咏》卷二,并法藏敦煌本《玉台新咏》pel. chin. 2503(上海古籍出版社 2001 年版,第 14 册,第 357 页)。

《文选》卷二十三 谢玄晖《同谢咨议铜爵台诗》,见《玉台新咏》卷四作《铜雀台妓》。

《文选》卷二十四 陆士衡《为顾彦先赠妇》二首,见《玉台新咏》卷三。

《文选》卷二十五 陆士龙《为顾彦先赠妇》二首,见《玉台新咏》卷三,作《为顾彦先赠妇往还》。

《文选》卷二十七《乐府四首》"饮马长城窟",见《玉台新咏》卷一作蔡邕诗。

《文选》卷二十七 班婕妤《怨歌行》,见《玉台新咏》卷一。

《文选》卷二十七 魏文帝乐府二首《燕歌行》,见《玉台新咏》卷九。

《文选》卷二十七 曹子建乐府四首《美女篇》,见《玉台新咏》卷二。

《文选》卷二十七 石季伦《王明君词》,见《玉台新咏》卷二,并法藏敦煌本《玉台新咏》pel. chin. 2503,题作《石崇王明君辞一首并序》。

《文选》卷二十八 陆士衡乐府十七首《日出东南隅行》《前缓声歌》《塘上行》,见《玉台新咏》卷三,其中《日出东南隅行》作《艳歌行》。

《文选》卷二十八 鲍明远乐府八首《白头吟》,见《玉台新咏》卷四。

《文选》卷二十八 陆韩卿《中山王孺子妾歌》,见《玉台新咏》卷四。

《文选》卷二十九 古诗十九首《凛凛岁云暮》《冉冉孤生竹》《孟冬寒气

至》《客从远方来》，见《玉台新咏》卷一。

《文选》卷二十九 苏子卿四首《结发为夫妇》，见《玉台新咏》卷一。

《文选》卷二十九 张平子《四愁诗》四首，见《玉台新咏》卷九。

《文选》卷二十九 曹子建《杂诗》六首"西北有织妇"，见《玉台新咏》卷二《杂诗》五首。

《文选》卷二十九 曹子建《情诗》一首，见《玉台新咏》卷二《杂诗》五首

《文选》卷二十九 张茂先《情诗》二首，见《玉台新咏》卷二，并法藏敦煌本《玉台新咏》pel. chin. 2503 有残片。

《文选》卷二十九 张景阳《杂诗》"秋夜凉风起"，见《玉台新咏》卷三。

《文选》卷三十 谢惠连《七月七日夜咏牛女》，见《玉台新咏》卷三。

《文选》卷三十 谢惠连《捣衣诗》，见《玉台新咏》卷三。

《文选》卷三十 王景玄《杂诗》，见《玉台新咏》卷三。

《文选》卷三十 鲍明远《玩月城西门解中》一首，见《玉台新咏》卷四。

《文选》卷三十 谢玄晖《和王主簿怨情》一首，见《玉台新咏》卷四。

《文选》卷三十 陆士衡《拟古诗·拟西北有高楼》《拟东城一何高》《拟兰若生春阳》《拟苕苕牵牛星》《拟青青河畔草》《拟庭中有奇树》《拟涉江采芙蓉》，见《玉台新咏》卷三。

《文选》卷三十 张孟阳《拟四愁诗》一首，见《玉台新咏》卷九。

《文选》卷三十 陶渊明《拟古诗》，见《玉台新咏》卷三。

《文选》卷三十一 刘休玄《拟古》二首，见《玉台新咏》卷三《代行行重行行》《代明月何皎皎》。

《文选》卷三十一 江文通《杂体诗·古离别》《班婕妤》《张司空离情》《休上人怨别》，见《玉台新咏》卷五。

（二）《玉台新咏》与《文选》相比较

《文选》诗文兼收，诗歌数量有限，而《玉台新咏》专收诗，是《诗》《骚》以后最古的一部诗歌总集，保存大量的诗歌资料。《四库全书总目》曾提道："其中如曹植《弃妇篇》、庾信《七夕诗》，今本集皆失载，据此可补阙佚。"其实在现存先唐典籍中，汉魏六朝诗歌作品只保存在《玉台新咏》中

的还有很多。《玉台新咏》前三卷和第九卷所收汉魏古诗和乐府就有很多首最早见于此书。如卷一：辛延年《羽林郎》，宋子侯《董娇娆》，古乐府诗六首中之《艳歌行》《皑如山上雪》，张衡《同声歌》，秦嘉《赠妇诗三首》（五言），徐淑《答秦嘉诗》，陈琳《饮马长城窟行》，徐干《室思》《情诗》，繁钦《定情诗》，《古诗为焦仲卿妻作》。①卷二：曹丕《清河作》，甄皇后《乐府塘上行》，曹植《弃妇诗》，曹睿《种瓜篇》，傅玄乐府诗七首《青青河边草篇》《苦相篇豫章行》《有女篇艳歌行》《朝时篇怨歌行》《明月篇》《秋兰篇》《西长安兴》，还有《和班氏诗》（一作《秋胡行》），张华《情诗》三首（北方有佳人、明月曜清景、君居北海阳）、《杂诗》二首，潘岳《内顾诗》二首，左思《娇女诗》。卷三：杨方《合欢诗》，王鉴《七夕观织女》，李充《嘲友人》，曹毗《夜听捣衣》。卷九：秦嘉《赠妇诗》（四言），傅玄《历九秋篇》《车遥遥篇》《燕人美篇》，张载《拟四愁诗》，苏伯玉妻《盘中诗》。卷十：《古绝句四首》，孙绰《情人碧玉歌二首》，王献之《情人桃叶歌二首》，桃叶《答王团扇歌三首》。又，《玉台新咏》卷三至卷六收录了从晋到梁的艳情诗歌，也为文学史保留大量资料。其中文人拟乐府创作与魏时不同的是，寄寓的志意逐渐淡薄，而更重在辞采的增饰上，并且文人拟作的模仿对象也从汉魏乐府更多地转变到江南民歌上来。汉魏乐府与江南民歌不仅在内容上差异颇大，在风情神态上更是有着庄重与轻灵之别。卷七、卷八两卷选录了梁代以宫体诗为中心的作品，这些作品也是在现存先唐典籍中首次被汇集保存，比如梁简文帝萧纲今存诗歌280余首，②其中有76首存于《玉台新咏》中，占了其作品总数的四分之一。其他著名诗人的部分作品保存在此书中，如庾肩吾、萧子显、王筠等。更有一些作家，其作品本来就不多，能流传至今，全依赖于《玉台新咏》的收录，如施荣泰、姚翻、鲍

---

① 另外卷一《古诗八首》中"上山采蘼芜""四坐且莫喧""悲与亲友别""穆穆清风至""兰若生阳春"五首也属相同情况，然而逯钦立《先秦汉魏晋南北朝诗》引《古诗存目》说："《玉台》古本无。"不知所据"古本"为何。

② 据逯钦立《先秦汉魏晋南北朝诗》统计。因某些篇目的归属尚有疑问，故此处仅言其约数。

子卿、王枢等人，其现存诗歌均是从《玉台新咏》中辑出的。

（三）《玉台新咏》的校订价值

所收古诗多失传，可以校订其他古籍。《四库全书总目》提要说："冯惟讷《诗纪》载苏伯玉妻《盘中诗》作汉人，据此知为晋代。梅鼎祚《诗乘》载苏武妻《答外诗》，据此知为魏文帝作。古诗《西北有高楼》等九首，《文选》无名氏，据此知为枚乘作。①《饮马长城窟行》，《文选》亦无名氏，据此知为蔡邕作。其有资考证者亦不一。"②这是因为这部书的编撰者的年代更早，接近汉魏时代，即使期间有过书籍载记的散佚残毁，但他们一定见到过许多我们未见甚至是未闻的资料，因此即便当时对某一问题已有不同的看法，如《文选》和《玉台新咏》两书的编撰年代虽然相距很近，然而对古诗的作者是谁却存在歧见，但当时他们一定有所依据才会这样断言的。尽管是传闻之辞，对我们来说也是一种有益的启示。古籍在流传过程中，因为传抄刻写的原因，往往会出现字句上的差异，鲁鱼亥豕，因此导致本来的意义发生变化，甚至讹误。在诗歌上，这种异文的情况非常普遍，不同的字句所表现出的意境韵味也往往悬殊迥异。《玉台新咏》中的一些作品，在《文选》、六朝作家本集，或后世类书等文献中也有保存，但各本的字句却经常存在差异，这一方面可能是抄写者的粗心造成的，一方面又可能是编撰者的细心择定的。无论是出于何种原因，各本的异文需要经过比较才能看出其优劣来。《玉台新咏》中的有些诗歌，在与其他典籍对比时，我们会发现它有时确实要胜过他本。

---

①　《文心雕龙·明诗》："古诗佳丽，或称枚叔。"此或是《玉台新咏》所本。但《玉台新咏》与《文心雕龙》亦不完全一致。《文心》有"其《孤竹》一篇，则傅毅之词。"而《玉台》以"冉冉孤生竹"为无名氏古诗。

②　《水经注·河水三》："余每读《琴操》，见《琴慎相和雅歌录》云：饮马长城窟。及其拔陟斯途，远怀古事，始知信矣，非虚言也。"《文选·饮马长城窟行》，李善标为古辞，云不知作者。《玉台新咏》谓此诗蔡邕所作，而郦道元引《琴操》有是名，《琴操》蔡邕撰，说明《玉台新咏》著录有据。赵一清云："李善《文选注》引郦善长《水经注》曰：余至长城，其下往往有泉窟可饮马，古诗《饮马长城窟行》，信不虚也。盖隐括其辞，此引书钞变之例也。"

（四）《玉台新咏》在诗体分类方面的创新

《诗经》以风、雅、颂分类，《文选》按文体分类，本书则依时代先后编排。《玉台新咏》卷七卷八主要收录梁代诗人的宫体作品。卷七是皇室成员之作，以萧纲为中心；卷八则是臣子的作品，以东宫侍臣为重点。徐陵编选《玉台新咏》的目的，据唐代刘肃《大唐新语》记载，是奉太子萧纲之命，来扩大宫体诗的影响。因此，七八两卷可以说是《玉台新咏》一书的中心所在。

（五）《玉台新咏》在诗歌句式研究方面的特殊意义

从句式上说，《玉台新咏》中所收南朝诗歌以十句、八句、六句的作品居多。从卷四到卷八这五卷作品中，以十句、八句、六句为主要形式的新体诗占全卷诗篇总数的比重，卷四为 48%，而卷五至卷八则分别达到了75.4%、78.3%、71.4%、76.8%，这很直观地说明新体诗的创作在齐梁时期显著增加。而在这三种形式中，又以四韵八句这一格式最为重要。八句格的诗体在刘宋时期还是偶一为之，比如卷四内刘宋诗人中仅有王僧达、鲍照、鲍令晖三人的四首作品是八句体。而到了南齐永明时期，这一形式便开始迅速增多，谢朓、沈约都曾作过为数不少的八句体诗，如卷四收谢朓八句诗 8 首，卷五收沈约八句诗 11 首。卷五卷六两卷中八句体诗的比重分别为 52.2% 和 51.7%，均达到了总篇数的一半以上。到了梁代，诗体实验的热情更加高涨，十句、八句、六句形式均受到关注，其中尤以八句和六句体为多。六句体诗在卷四、卷五和卷六中均无，而在卷七中收录 16 首，大约占总篇数的 30%。然而无论如何，八句体始终占据中心地位，得到了更多诗人的认同。卷九主要是以七言为主的杂言歌行体诗歌，其中有三言、四言、五言、六言等体式，比如秦嘉《赠妇》为四言，曹植乐府《妾薄命行》、萧纲《倡楼怨节》为六言，而《汉成帝时童谣歌》二首，第一首以三言为主，杂有一句五言；第二首则全为五言。另外还有一种体式也受到很多诗人的关注，那就是四句体小诗，卷十一共收录了南齐以来文人作品 113 首，可见这种格式所受的重视。这是当时诗歌的新体，是诗人在探索诗歌最佳体式的过程中，所做的实验性探索。我们知道，从古体向近体的演变，除了声韵方面的讲求外，最重要的特征莫过于句式的定型。《玉台新咏》为我们提供了具体可考的作品，这对于我们研究齐梁诗向隋唐近体诗的演变，具有极重要的参考价值（穆克宏，531，e）。

（六）《玉台新咏》专收歌咏妇女的作品

专收歌咏妇女的作品，在秦汉时期尚不多见，魏晋之后，日渐涌现，南朝时期成为风气。《隋书·经籍志》著录四部《妇人集》外，《梁书》《旧唐书》《新唐书》《通志》还著录张率、徐勉、颜峻、殷淳各自撰有《妇人集》或《妇人诗集》等。这些著作多已亡佚，只能在《世说新语》刘孝标注中还有略窥吉光片羽。从现存片段看，这些作品主要"撰妇人事"（《梁书·张率传》语）。《玉台新咏》也"但辑闺房一体"，可见是同一类型的作品（许云和，129，b）。在写弃妇的诗篇中，不仅以感情沉挚取胜的居多，而且也不乏辞采粲然之作，比如脍炙千年的《古诗为焦仲卿妻作》。此诗又名《孔雀东南飞》，是取诗的首句为题。诗歌讲述了汉末建安年间，庐江府小吏焦仲卿的妻子刘兰芝被婆婆逼迫还家，最终矢志不渝、含恨自尽的故事。诗歌本身的内容已足以令人感慨唏嘘，千载同叹，而作为"古今第一首长诗"（沈德潜《古诗源》），该诗在艺术上也有着久而弥著的耀眼魅力。

（七）《玉台新咏》的入乐特点

这部诗集主要是从入乐的角度收录作品，所以所收作品在声韵对偶、用典方面较之《文选》就更为讲求。《文镜秘府论·西卷·文二十八种病》载："吴人徐陵，东南之秀，所作文笔，未曾犯声。"可见在隋唐人心目中，徐陵的创作在声韵方面非常考究。《玉台新咏》的编选，也体现了徐陵的这种艺术追求。如卷九所收的作品大都是乐府诗，本来是入乐歌唱的，这种情形在南朝时或许还如此。只是其曲调唱法今已失传，所以详细情形不得而知。在这些乐府体诗歌中，以《行路难》《白纻曲》的拟作最多，其次还有《乌栖曲》《燕歌行》等。另外《四愁诗》也值得注意。如果我们用一句话来贯穿这些作品感情基调的话，应当就是其共同表达了一种阻隔的忧伤。卷十收录的均为五言绝句，其中既有乐府曲调，也有文人作品。这些诗歌,清丽活泼,如出水芙蓉一般,清新可爱。四句小绝本是吴楚民歌,其声调柔媚,情辞灵动,与北方民歌风格迥异。东晋南迁之后,北方士人侨居江南,深为此地的言语歌曲所吸引,当时有很多人都学说吴语。桓玄曾问羊孚,何以士人共重吴声? 羊孚说:大概因其妖而浮。妖是软媚的意思,浮是轻柔的意思。吴音与重浊的洛阳音相比,的确有着惹人怜爱的地方。南宋辛弃疾《清平乐·村居》说:"醉里吴音相媚好。"辛弃疾是山东人,他的感受正与东晋人相同。不仅吴侬软语为人喜爱,吴地的民歌也因此深受士人钟情。效仿吴歌写诗的风气便由此逐渐兴盛起来。东晋文人效仿民歌的作品,以本书所收孙绰的《情人碧玉歌》和王献之《情人桃叶歌》及桃叶《答王团扇歌》最有名。这些诗歌都是对唱体,有着民歌典型的形式特征,同时其内容与风格也有着浓郁的民歌气息(刘跃进、马燕鑫,111)。

第四节 《玉台新咏》的影响

《玉台新咏》的编撰目的,据徐陵序言,是给后宫妃娥消愁解闷,用以排遣的。像这样编撰故事,集录文章,来给后宫姬人观览的事例,梁陈之时并不鲜见。

因此它的影响最初主要是在后宫范围内。

一、《玉台新咏》在唐代的流传及其影响

在唐代,它的影响远远不能与《文选》相比。但是毕竟有人还抄录过它。敦煌石室所出唐写本残卷就是明证。隋炀帝杨广与唐太宗李世民以帝王之尊,好作艳诗,君臣唱和,蔚成风气。隋末唐初的宫廷中有许多由南朝入北的文士,他们文采风流,倍受帝王的喜爱。此时宫廷内饮宴赋诗的风气与梁陈两代并无太大分别,他们作诗也是着意在辞藻音声上

的琢饰，从而娱悦耳目，满座同欢。唐太宗虽出身行伍，久伴戎马，但他对南朝清绮的诗文同样心焉好之，甚至耽溺流连，颇有玩物丧志的样子，以致有《大唐新语》中虞世南劝诫的记载。当时大臣中，虞世南、褚亮和许敬宗均为南方人，虞世南是越州（今浙江绍兴地区）人，褚亮与许敬宗为杭州人，地处南朝文化的中心。在这三人中，虞世南与褚亮便是《玉台新咏》编撰者徐陵的弟子。他们虽然也受到了隋末唐初批判宫体轻艳之风的影响，但只是侧重在内容上的否定，至于作诗的技巧仍然沿承梁陈诗人的步子。因此虞世南尽管曾委婉地批评过唐太宗艳诗的不当之处，但他本人的诗歌在辞藻音律上依然追求精巧华美。

《玉台新咏》的影响，在初唐，不仅传布在宫廷内，而且流行在宫廷之外的文士之中。唐代开元时期的李康成曾经依照《玉台新咏》的体例，编选了十卷续集，名为《玉台后集》，收录了梁、陈至唐的 209 位诗人的 670 首作品。① 这是《玉台新咏》的第一部续集。如前所述，宋人晁公武《郡斋读书志》卷二"乐类"曾有著录：

> 《玉台后集》十卷。右唐李康成采梁萧子范迄唐张赴二百九人所著乐府歌诗六百七十首，以续陵编。序谓"名登前集者今并不录。惟庾信、徐陵仕周、陈，既为异代，理不可遗"云。②

又《玉台新咏》条也引录有李康成序："昔陵在梁世，父子俱事东朝，特见优遇。时承平好文，雅尚宫体，故采西汉以来词人所著乐府艳诗以备讽览，且为之序。"刘克庄《后村诗话》续集卷一也提到了此书：

> 郑左司子敬家有《玉台后集》，天宝间李康成所选，自陈后主、隋炀帝、江总、庾信、沈、宋、王、杨、卢、骆而下二百九人，诗六百七十首，汇为十卷，与前集等，皆徐陵所遗落者。往往其时诸人之集尚

---

① "李康成"，一作"李康"。见《新唐书》卷六〇《艺文志》，中华书局 1975 年出版。

② （宋）晁公武著，孙猛校证《郡斋读书志校证》卷二，上海古籍出版社 1990 年版，第 97 页。

存。今不能悉录，姑摘其可存者于后。①

由上述材料推测，第一，此书与《玉台新咏》一样都收诗六百七十首；第二，除庾信、徐陵外，凡见于《玉台新咏》收录的，此书概不重选；第三，此书如同《玉台新咏》一样，也收录了编者自己的诗。

李康成续集又见于《新唐书·艺文志》及《直斋书录解题》著录。《新唐书》作李康。但在李康名下同时又著录有《明皇政录》十卷。傅璇琮、张忱石、许逸民编《唐五代人物传记资料综合索引》以为撰《明皇政录》之李康似为中唐时人，而天宝时之李康似非一人。《全唐文》卷三五八收录李康成文一篇，小传称："康成，天宝时人，尝使江东。"《全唐诗》卷二○三收录李康成诗五首，其中《自君之出矣》及《河阳店家女》末句"因缘苟会合"云云亦收录，②知此李康成即编《玉台后集》者。作者小传云："李康成，天宝中，与李、杜同时。其赴使江东，刘长卿有诗赠之。尝撰《玉台后集》。自陈后主、隋炀帝、江总、庾信、沈、宋、王、杨、卢、骆而下二百九人。诗六百七十首。汇为十卷。自载其诗八篇，今存四首。"此约略《郡斋读书志》而言。

此书明初似仍有流传。《永乐大典》卷九○七"诸家诗目"有著录。③据陈尚君考证，明末吴琯《唐诗纪》、胡震亨《唐音统签》均多次引及该集，但据两书考察，吴、胡均未见到该集原本，所引系据他书转引。此集之亡，当在明中叶前后。陈尚君据《乐府诗集》《后村诗话》《草堂诗笺》《永乐大典》等书，考知作者七十余人，辑诗一百又六首（其中十首仅存残句，一首仅存题，另存疑二题），收入《唐人选唐诗新编》（陈尚君，206，a）。南宋人刘克庄虽然有过摘录，然而去取之间，不免有他个人的喜好在其间，所以仍不能由此窥见《玉台后集》的原貌。不过我们通过比较，可以大略

① （宋）刘克庄《后村诗话》，中华书局1983年版，第84页。

② 《河阳店家女》诗，《全唐诗》失题，仅云"句"，后引《经籍考》云："康成编《玉台后集》，中间自载其诗八首。如《河阳店家女》长篇一首，押五十二韵。若欲与《木兰》及《孔雀东南飞》之作方驾者。末四句云云，亦佳。"此实刘克庄语。

③ 见中华书局1986年影印本第一册第392页，其引节刘克庄语。

从中看出《玉台新咏》作为一部艳体诗歌集的巨大影响。《玉台新咏》所收录的作者人数约为一百二十人,而《玉台后集》则包括二〇九位诗人。《玉台新咏》选诗时代跨度从汉至梁,约七百余年,而《玉台后集》的时代跨度则从梁末至唐初,仅一百年左右。二书时间跨度如此悬殊,而所收诗人的数量,后者比前者多,说明《玉台新咏》之后,模仿艳诗的作者大有人在。

　　从《玉台后集》可以宏观地看到《玉台新咏》在唐代的深远影响,至于其具体的影响,则可从现存唐人诗集中窥见一斑。盛唐诗人中,以古朴冲淡诗风著称的孟浩然,有《崔明府斋夜观妓》诗,是十足的艳体。杜甫风格多姿,虽自称"沉郁顿挫",但偶效艳歌,也能逼肖古人。如其《数陪李梓州泛江有女乐在诸舫戏为艳曲二首》,不论是意象,还是趣味,置入《玉台新咏》中,不相伯仲。其友毕耀去世后,他特意写诗追忆道"毕耀仍传旧小诗",据王洙注云:"毕耀善为小诗,见《玉台集》。"①可见他对这一风格的欣赏。

　　尤其值得注意的是,唐代诗人已明确提出"玉台体",并将其视为一种风格而加以效仿。权德舆有《玉台体十二首》,②其中一首为五言六句,一首为七言四句,其余十首为五言四句,均为"小诗",与《玉台新咏》所录齐梁新体诗的体式相同。其风格或轻倩,或秾丽,也与《玉台新咏》如合符契。如"隐映罗衫薄,轻盈玉腕圆。相逢不肯语,微笑画屏前",格调轻盈活泼。又如"昨夜裙带解,今朝蟢子飞。铅华不可弃,莫是藁砧归",修辞上有吴歌的特点,情感上又有古诗的温厚。摹拟该体的还有罗隐,他有《仿玉台体》一诗。③尽管诗歌本身并不出色,但对认识唐人心目中的"玉台体",仍有不可忽视的诗体意义。

---

　　① 《分门集注杜工部诗》卷二二《存殁口号二首》其一,四部丛刊第 29 册,文物出版社 2015 年版,第 779 页。

　　② 《权载之文集》卷九,四部丛刊 31 册,文物出版社 2015 年版,第 59 页。

　　③ 《全唐诗》卷六六一,上海古籍出版社 1986 年版,第 1667 页。

二、《玉台新咏》在宋元以后的流传及其影响

南宋严羽《沧浪诗话》在列述古今诗体时便说道:"又有所谓……玉台体。"注曰:"《玉台集》,乃徐陵所序。汉魏六朝之诗皆有之。或者但谓纤艳者为'玉台体',其实则不然。"在宋代对"玉台体"的认识还有分歧,有人认为"玉台体"便是"纤艳"的诗,似乎仍含有轻视和批评的意味。但在严羽看来,这种看法太过狭隘,只是从形貌上来判断。严羽对"玉台体"的具体内涵是什么没有说明,只是说《玉台新咏》中"汉魏六朝之诗皆有之"。如果依照严羽对汉魏六朝诗歌整体评价较高的倾向来看,严羽对"玉台体"内涵的理解,与权德舆等人的看法应当是一脉相承的。由此来看,应当对《玉台新咏》有赞赏的意思,而并非将其一概抹杀的。

《玉台新咏》在宋元以来的影响程度,只要看看当时刻印的三十多种版本便能窥其一斑。其中有两部续修选本值得注意,一是郑玄抚《续玉台新咏》五卷,二是朱存孝唐诗《玉台新咏》十卷。

《续玉台新咏》在徐陵原编十卷基础上,"删其余篇,理其落翰",并"进俪陈隋,演为十五卷"。增加的五卷内容,作者63人,诗歌160首,均为陈到隋间的作家作品。就其史料价值而言,它至少为我们保留了许多这一时期的作品,其中有些为逯钦立《先秦汉魏晋南北朝诗》所未收。如江总《长安九日》、陈叔遂《咏空镜台》、陈伯材《七夕看新妇隔巷停车》《咏春雪》等。此外,此书还可以作校勘的资料来使用,毕竟是明代嘉靖时期的刻本。通过这部选本,还可以考察明代嘉靖前后文学思潮的变迁(张蕾,282,a)。

朱存孝唐诗《玉台新咏》十卷,首都图书馆藏一函四册,北京大学图书馆藏一函六册,中国社会科学院文学研究所图书馆藏一函四册,但是,文学所藏本前后序跋均已被割去。朱存孝序称:

> 陈徐孝穆撰汉魏六朝艳诗十卷为《玉台新咏》。唐李康成亦撰陈、隋、初唐诗十卷,为《玉台后集》。盖唐以诗取士,作者号称极盛,而艳诗之撰止于初唐,殊有不全不备之感。予不揣疏陋,因仿孝穆

之例撰自初至晚唐诗八百余首,分为十卷,仍以《玉台新咏》为名,亦犹续《骚》者不废三闾之义,续《史》者一准龙门之规云尔。吴郡朱存孝识。

此书第一卷为初唐古诗,二卷为盛唐古诗,三卷为中唐古诗,四卷为晚唐古诗,五卷为初唐律诗,六卷为盛唐律诗,七卷为中唐律诗,八卷为晚唐律诗,九卷为初盛唐绝句,十卷为中晚唐绝句。根据《四库全书总目》,朱存孝生活在康熙年间。他还编有《回文类聚补遗》,入《四库全书》。

如果说唐宋人在对《玉台新咏》的重视中还不时流露出对其艳体诗歌的批评和不满,明清人则更多是对它的喜爱之情。尽管他们评价《玉台新咏》的方式依然与前代大体一样,即用风雅传统的继承者、孔子删诗尚存郑卫之作来为《玉台新咏》作辩解,然而明清学者更多地流露出对《玉台新咏》的袒护和偏爱,对其不合圣人之旨的地方已经轻描淡写,而且大力表扬其文学艺术上的特色。

三、《玉台新咏》在域外的流传

《玉台新咏》在海外也曾引人瞩目,尤其在日本,不仅收藏、刊刻,而且还有深入的研究。日本现存最早关于《玉台新咏》的收藏记载大概首推藤原佐世《日本国见在书目录》的著录。该书编于日本宽平年间(889—898),大致相当于中国唐昭宗时(888—904)。由此可知《玉台新咏》传入日本更当在宽平之前。另据森立之《经籍访古志》卷六著录,求古楼藏有明代嘉靖年间翻雕宋本《玉台新咏》。其实它与赵均小宛堂本完全相同,或许即是赵本。关于刊印方面,日本昌平学在文化三年(1805年)依赵均本重刻行世。森立之说:"今所传盖以此本为最古云。"此外,佐久节昭和十一年(1936年)辑印《汉诗大观》,其中也收入了《玉台新咏》。日本在《玉台新咏》研究方面也颇有建树,如当代著名的学者内田泉之助、兴膳宏可称代表。内田泉之助主持的日本版《玉台新咏》翻译,前有解说,论及《文选》与《玉台新咏》的关系、《玉台新咏》的编撰、题名、体裁、刊本等。每题下有叙说,每篇前要旨,篇后有通释、语释、余说等。正文分上下两栏,上栏为原文,下栏为译文。该书由明治书院 1975 年印制出版。《玉台新咏》近年业已翻译成韩文。

在欧美,英国翻译家安妮·柏丽尔博士(Dr. Anne Birrell)曾将《玉台新咏》译为英文(*New Songs from a Jade Terrace*),企鹅出版社 1986 年出版。

第三章　唐宋以来所编中古文学总集

第一节　唐宋所编中古文学总集

一、《文馆词林》与《古文苑》

（一）《文馆词林》

《旧唐书·经籍志》"总集"类所载凡一百二十四家,除去魏晋六朝人所编外,唐人所编亦占不少,惜多已失传。今天所能看到的与中古文学研究密切相关的仅有《文馆词林》和《古文苑》了。

《文馆词林》原有一千卷,许敬宗等于唐高宗显庆三年(658年)编成,分类纂辑先秦至唐初各体诗文,系次于《文选》的大型中古文学总集。可惜原书在宋初即已散佚,唯日本尚传有残本约数十卷,清末传回国内,分别刊入《佚存丛书》(四卷)、《粤雅堂丛书》(四卷)、《古逸丛书》(十四卷)、《适园丛书》(二十三卷)、《丛书集成初编》(十八卷)中,日本古典研究会阿部隆一主持影印弘仁本《文馆词林》,汇总各种抄本、摹写本、摹刻本,择善去重,得三十卷,1969年出版,最为详尽。据罗国威统计,该书收录诗文四百三十二篇,诗八十六首,文三百四十六篇,绝大多数是汉魏六朝诗文。其中,见于《文选》者四篇,《文苑英华》者三篇,《古文苑》者一篇,可见与唐宋以前总集的载文并不重复。严可均编《全上古三代秦汉三国六朝文》时仅见四卷,其他不曾寓目。据此不仅可以辑出近二百篇先唐遗文(林家骊,310,a,b;罗国威,317,e),还可以校订已有文章的异文,辑补缺漏。此书有林家骊、邓成林校注本,题《日藏弘仁本〈文馆词林〉校注》,中国社会科学出版社 2021 年版。

(二)《古文苑》

《通志》著录:"《古文苑》十卷。"《直斋书录解题》有题解云:

> 《古文苑》九卷,不知何人集。皆汉以来遗文、史传及《文选》所无者。世传孙洙巨源于佛寺经龛中得之,唐人所藏也。韩无咎类次为九卷,刻之婺州。

本书所收自东周迄于南齐八十五位文人的二百六十四篇作品,虽不见于史传、《文选》,但所录汉魏诗文似多据《艺文类聚》《初学记》等类书删节的本子。如开卷第一篇《石鼓文》,也与今本相近。因此,多数学者认为它不可能是唐代著作,而是南宋时期的作品。再根据《木兰诗》《石鼓文》《诅楚文》《峄山刻石文》的辑录、宋元时期的著录等文献,可以推断该书应当成于南宋高宗绍兴二十一年(1151 年)至绍兴三十一年(1161 年)之间,编者很可能是金石学家王厚之,他依据孙洙(1031—1079)《杂文章》而编,并托名孙洙(王晓鹃,44)。① 该书所采辑的文章多是北宋以前的人所作,其中不少可能是魏晋六朝时期的作品,如后世颇多争议的《木兰诗》就赖此书得以保存。由此来看,它在保存上古、中古文学史料方面确有值得重视的价值。原因很简单,魏晋六朝时期的文学专集能流传至今的仅有为数不多的几家,大部分都以单篇散见于类书或选集中,到明代才有人辑成专集。因此,即使把《古文苑》权且视为北宋人伪编,其价值亦如此前类书一样,具有校勘和辑佚的作用。

北宋淳熙六年(1179 年)婺州刻《古文苑》九卷,应是最早的刻本。韩元吉有文记述其事:"世传孙巨源于佛寺经龛中得唐人所藏古文章一编。

---

① 参见王晓鹃所著《孙洙年表》,陕西师大文学院编《长安学术》第九辑,高等教育出版社 2016 年出版。

莫知谁氏录也,皆史传所不载,《文选》所未取,而间见于诸集及乐府,好
事者因以《古文苑》目之。今次为九卷,可类观。"落款是"淳熙六年六月
颍川韩元吉记"。

南宋理宗绍定五年(1232年),章樵注释韩元吉九卷本,重编为二十
一卷,更为流行。《汉魏六朝集部珍本丛刊》收录了宋端平三年(1236年)
常州军刻淳祐七年(1247年)盛如杞重修本《古文苑》二十卷末一卷。卷
首有绍定壬辰(1232年)章樵《〈古文苑〉序》,次同年吴渊《注古文苑后
序》,次淳熙六年(1179年)韩元吉序、《〈古文苑〉目录》。卷一是文,如《石
鼓文》《诅楚文》等;卷二至七是赋,卷八至九是诗歌,卷十至二十是杂文,
卷二十一是附录,收入十几篇残缺不全的文章。文体共有二十类,其中
赋、诗、箴三类所收篇数较多,其余各类则很少,有些类如敕、启、状、述、
记等只收一篇文章。卷末有嘉熙丁酉(1237年)江师心跋,次淳祐丁未
(1247年)盛如杞跋。章樵的注释,根据唐宋类书所引,补遗刊误,做了不
少工作,但也有些地方颇有问题。《四库全书总目》评此书云:

> 樵序称有首尾残阙者,姑从旧编。复取史册所遗,以补其数,厘
> 为二十卷。又有杂赋十四首、颂三首,以其文多不全,别为一卷,附
> 于书末,共为二十一卷,则已非经笾之旧本矣。中间王融二诗题为
> 谢朓,盖因附见朓集而误。又《文木赋》出《西京杂记》,乃吴均所为,
> 见段成式《酉阳杂俎》,亦不能辨别,则编录未为精核。至《柏梁》一
> 诗,顾炎武《日知录》据所注姓名,驳其依托。钱曾《读书敏求记》谓
> 旧本但称官位。自樵增注,妄以其人实之,因启后人之疑。又如宋
> 玉《钓赋》,"蜎渊"误作"元洲";曹夫人书,"官绵"误作"官锦",皆传
> 写之讹,而注复详为之解。王应麟《困学纪闻》亦辨之,则注释亦不
> 能无失。然唐以前散佚之文,间赖是书以传,故前人多著于录,亦过
> 而存之之意与?

尽管如此,章樵确实也做了很多文献整理工作,包括增加篇目、编订目
次,考订作者篇名及写作背景,并注音释义,校订版本异同,还在典章制

度、名物地理等方面,辑录资料,略有疏证,极便阅读。章樵本问世后,屡经翻刻,越到后来错漏越多。清乾隆中钱熙祚用韩无咎九卷本校勘一次,又遍检类书,查对出处,分篇注明。除本文舛误没有他书可以核校的以外,其余都一一加以补正,成《校勘记》一卷,附所刻《守山阁丛书》本《古文苑》之后。有关《古文苑》的版本流传、章樵注释得失,王晓鹃《〈古文苑〉论稿》论列详尽。该书已由中国社会科学出版社 2010 年出版。

在钱氏校勘此书以后又三十多年,清代著名学者孙星衍又辑录金石、传记、地志、类书中的遗文,自周秦至元,以续补《古文苑》,题名《续〈古文苑〉》,凡二十卷,刊入《平津馆丛书》中。其编排次序为:钟鼎文、赋、诗、诏、册、敕、赐书、令、表、疏、奏、对策、启、笺、状、议、书、奏记、檄、七、对、论、说、记、序、颂、赞、箴、铭、碑志、诔、吊文、哀词、祭文、杂文等,凡二十卷,五百三十余篇,较《古文苑》有较大的扩充。这些文章的辑录,颇费编者心力。凡是见于正史、《文选》、《文苑英华》、《宋文监》、《元文类》以及各家专集、《汉魏六朝百三名家集》、《古诗纪》等大型图书的资料,本书均不再辑录。因此,本书之编,带有拾遗补缺的性质。特别值得称道的是,所有文章,均注明出处,颇便于阅读。此书体例有胜于《古文苑》旧本处,但没有注释,又是不及章樵本的地方。现有清顾广圻校九卷本《古文苑》,由福建人民出版社 2020 年影印出版。

二、《文苑英华》

《宋史·艺文志》"总集"类载四百三十五部,其中多数为宋人所编。但全帙流传下来的也已微乎其微了,与中古文学研究关系最为密切的总集首推《文苑英华》。

根据《宋会要辑稿·崇儒》记载,这部书始编于宋太宗太平兴国七年(982 年)九月,太宗以"诸家文集其数实繁,虽各擅所长,以秦芜相间",乃命李昉等人"阅前代文集,撮其精要,以类分之,为千卷。雍熙三年(987年)十二月书成,号曰《文苑英华》"。则是书之编,首尾历时五年。其目的意欲上继《文选》，故收录作品上自梁末，下迄唐五代，是一部多达千卷的大型文学总集。其分类多依《文选》，成三十八类，即：赋、诗、歌行、杂文、中书制诰、翰林制诰、策问、策、判、表、笺、状、檄、露布、弹文、移文、启、书、疏、序、论、议、连珠、喻对、颂、赞、铭、箴、传、记、哀册、谥议、诔、碑、志、墓表、行状、祭文等。收录作家近二千二百人，作品近两万篇。虽然其中以唐代作品居多，约占十分之九，而南北朝不过十分之一，但它仍保留了大量中古文学史料。① 明清两代所编中古诗文总集，很多辑自此书。这样的例子不胜枚举。仅核以严可均编《全上古三代秦汉三国六朝文》即可知其梗概。像裴子野《宋略》、何之元《梁典》，《文选》李注多所称引，而全书久佚，幸赖《文苑英华》载其总论，后人得以知其编书原委，为考据家所珍视。至于单篇诗文，保存尤多，称之为辑佚之渊薮似不为过。即使有些作品同为他书所收，但据本书仍可以考订异同，辨析真伪。如陆倕《以诗代书别后寄赠诗》，《诗纪》引作："俯偻从王事，缅舟出淮泗。朋友远追寻，暝宿清江阴。"这里提到"淮泗"，就是说陆倕到过淮水、泗水之间。可是考证陆倕生平，却找不到任何旁证说明他到过泗水流域。泗水流经山东、江苏等地，陆倕不可能过江做官。考《文苑英华》，原来"淮泗"作"淮涘"。涘，指河畔；淮，系指秦淮河，即唐人刘禹锡诗"淮水河边旧时月"之淮水②。这样，陆倕的行迹就比较清楚了。在古诗的流传过程中，不仅字词鲁鱼亥豕，诸本差异殊大，就连作者也常常张冠李戴。在这种情况下，早期的版本记载往往就很值得重视了。比如《乐府诗集》卷六十三载有孔稚珪《白马篇》两首，然细审两诗内容、风格，不似孔稚珪所作，倒像北朝后期与隋代的作品。孔稚珪主张同北魏言和，反对用兵，事见《南齐书》本传所载《上和虏表》。而此诗却极写立功边陲的雄心壮志，与孔稚珪思想大相径庭，故疑《乐府诗集》记载有误。考《文苑英华》，这两首诗的第二首署名隋炀帝，庶几近于事实。即使不是隋炀帝，但属于

---

　　① 《四库全书总目》称："盖六朝及唐代文章，南宋初存者尚多，故必大之言如是。迄今四五百年，唐代诗集已渐减于旧，文集则《宋志》所著录者，殆十不存一。"
　　② 此处有异文："河"字，一本作"东"。

这个时期的作品大致是不错的。因此,逯钦立编《先秦汉魏晋南北朝诗》将第二首列入隋诗,而第一首虽有疑问,但由于没有版本依据,仍列在南齐孔稚珪名下。类似这样的例子可以举出很多,因为《文苑英华》所引诗文很多见于其他典籍中,又多异文,这样就可以作为重要的校勘依据而为我们所常用。

本书主要由李昉、宋白、徐铉、吕蒙正、杨砺等二十多人编选,卷帙十分浩大,加之编者多是词章之士而非渊博的学者,中间人事又多所变动,所以造成了数以千计的学术上、技术上的错误,包括脱漏、重复、割裂、颠倒等错误。宋真宗景德四年(1007 年)①、大中祥符二年(1009 年),再三命文臣校勘,仍未能彻底订正。②南宋孝宗淳熙八年(1181 年)周必大奉命校进,结果仍不能令人满意。宁宗嘉泰元年(1195 年),周必大退休,遍求别本,复事校勘。至四年(1204 年)秋,与彭叔夏重校完毕,这次校订比较仔细,校出的错误,分别用小字夹注或篇末黑地大字的形式一一标明,然后予以上版刊行。彭叔夏又写成《〈文苑英华〉辨证》十卷,分二十一例,大致分承讹当改、别有依据不可妄改、义可两存不必遽改三项,体例严谨,论断精确,在校勘学史上不失为有代表性的名著。③

此书在南宋以来仅刻过两次:第一次即上文所述周必大退休后组织刊刻于吉州(今江西吉安)者,宁宗嘉泰元年(1201 年)开雕,到嘉泰四年秋天完成,蝶装广幅。全帙为一千卷,每十卷为一册,总共应为一百册。

---

①　《宋会要辑稿》:"景德四年八月丁巳,命直馆校理校勘《文苑英华》及《文选》,摹印颁行。"王应麟《玉海》卷五四:"景德四年八月丁巳,诏三馆分校《文苑英华》,以前所编次,未尽允惬,遂令文臣,择前贤文章,重加编录,芟繁补缺,换易之,卷数如旧。"并加注曰:"今方外学者少书诵读,不能广博。《文苑英华》先帝缵次,当择馆阁文学之士校正,与李善《文选》并镂板颁布,庶有益于学者。"

②　(宋)王应麟《玉海》卷五四引(真宗)《实录》:"祥符二年十月己亥,命太常博士石待问校勘(《文苑英华》),十二月辛未又命张秉、薛映、戚纶、陈彭年复校。"姚铉还从《文苑英华》中辑录百卷《唐文粹》,因简故精,所以盛行。

③　见彭叔夏《〈文苑英华〉辨证》,见中华书局出版《文苑英华》附录,中华书局1966 年版,第 5255 页。

今天看到的宋本《文苑英华》尚存十五册凡一百五十卷,即卷二〇一至二一〇,①二三一至二四〇,二五一至二六〇,二九一至三〇〇,六〇一至七〇〇。此外,还有十卷藏于台湾"中央研究院历史语言研究所",即卷二七一至二八〇暨二〇七卷残存七叶。② 据傅斯年题记,该书为徐森玉在1946年所购。2008年影印出版。③

第二次是明世宗嘉靖四十五年(1566年)由福建巡按御史胡维新的倡议,又得到巡抚涂泽民和总兵戚继光的赞助,当年六月上版,第二年(穆宗隆庆元年)成书,万历间又重印,对原版作了修补,此后就一直没有重刊。据傅增湘说,隆庆刻本的底本并非吉州宋本,而是当时的传抄本。④

商务印书馆曾将宋刊本和明刊本缩小制版。中华书局1966年除用宋刊一百四十卷以外,其余用八百六十卷明刊作底本加以重新影印,并附以彭叔夏《〈文苑英华〉辨证》和劳格《〈文苑英华〉辨证拾遗》,较易借阅。⑤ 有关《文苑英华》编纂背景、版本流传、文献价值等,凌朝栋《〈文苑英华〉研究》有系统的论述,上海古籍出版社2005年出版。

---

① 这十卷中华书局影印时曾经采用,但是在1995年嘉德拍卖会上,被境外购走。

② 傅增湘有题记:"宋刊《文苑英华》自二百七十一卷起,至二百八十卷止,凡十卷,共一百叶。取隆庆刻本对校,凡补正一千一百八十一字。顷荷泽民兄假阅,因记此归之。沅叔志。己卯冬至日。"

③ 傅斯年题记:"宋刊《文苑英华》一册,徐森玉先生为历史语言研究所购之上海。此本所收购宋刊本之始也。是书零本自内阁大库散出,北平图书馆犹存五册。傅沅叔亦有之,并他家所藏不逾十数。书虽刊于宁宗,缘是内府开雕,刊工装潢之美,两宋刊本皆若未逮。每卷之始有一纸签,半在内,半在外,如欧籍之 Thumb Index。此册在外者已失,在内者犹存。凡此装潢,今日见之犹为神往。七百五十年之法物,所割虽不过一窗,固胜于补版累累者万万也。此书传本渊源,详傅氏藏园题记,不具述也。书价三百万,约当黄荛圃时三十五番,东虏猾夏前二百圆耳。民国三十六年四月,傅斯年记于南京亭林精舍。"

④ 傅增湘《藏园群书题记》,上海古籍出版社1989年版,第895页。

⑤ 中华书局影印时,尚不知台湾所藏这十卷本,因此未能收录,不无遗憾。此十卷,现已由台湾"中央研究院"2008年影印出版。

现存宋人所编收录中古文学作品较多的文学总集,还有郭茂倩《乐府诗集》。请参阅本书中编第四章"乐府诗研究文献"。此外,桑世昌所编《回文类聚》以苏若兰《璇玑图》为本,也收录了有关的中古诗歌史料。请参阅本书中编第五章"中古其他诗歌研究文献"。

第二节　明代所编中古文学总集

明代刻书事业发达,大体不出宋元格局,分官刻、私刻、坊刻三大类别。官刻着重于经史典籍,私刻以名家诗文为多,坊刻除经史读本、诗文别集外,还大量刻印了小说、戏曲、酬世便笺、百科大全之类的民间读物,特别到了明代中后期,尤以后两项最为发达(魏隐儒,533,a,b)。中古文学总集的编刻,既不及经史受到文人学者的重视,也不如戏曲小说受到大众的欢迎,因此,在明代它算不上书肆的热点。尽管如此,我们今天能看到的中古文学总集、别集之类,大多数又都是明人所编刻。不可否认,明人刻书欠精,但毕竟为后人保留了大量的材料,其功永不可没(杨煦,289)。清人所编中古文学总集、别集虽较前代后出转精,但毕竟是明人奠定了基础。

一、诗歌总集

明人辑诗,往往上溯秦汉,且判然分成两类:一是鉴赏类,一是辑校类。

(一)鉴赏类

不以网罗放失为目的,不重考据,多以意为之,不免门户之见。如钟惺《诗归》五十一卷,收古诗十五卷,唐诗三十六卷,"大旨以纤诡幽渺为宗,点逗一二新隽字句,矜为玄妙。又力排选诗惜群之说,于连篇之诗随意割裂。古来诗法于是尽亡。至于古诗字句,多随意窜改"。顾炎武《日知录》曰:"近日盛行《诗归》一书,尤为妄诞。魏文帝《短歌行》:'长吟永叹，思我圣考。'圣考谓其父武帝也，改为圣老，评之曰：'圣老字奇。'此皆不考古而肆臆之说，岂非小人而无忌惮者哉！朱彝尊《诗话》谓书乃其乡人托名。今观二人所作，其门径不过如是，殆彝尊曲为之词也。"（《四库全书总目》）四库馆臣的这段批评，匡惑正谬，自有道理。但也不必对钟惺等人全然否定。钟惺之说，也并非一无是处。否则，他在当时也难以有这么大的影响。顾炎武说，钟惺"好行小慧，自主新说，天下之士，靡然从之"。① 唯其如此，这类披文摘句式的鉴赏之书颇为流行。唐汝谔《古诗解》二十四卷亦可归诸此类。全书分为五类：一、古歌谣辞；二、古逸杂篇；三、汉歌谣辞；四、乐府；五、诗。《四库全书总目》评曰："其训诂字义，颇为简略，所发明作意，亦皆敷衍。又乐府之类声词合写者，汝谔不究其源，一一强为之说，尤多牵强。其凡例谓五言起于邹、枚。考枚乘之说，见《文心雕龙》及《玉台新咏》。邹不知其所指，亦不知其所本，汉郊祀歌注：邹子乐名，又非五言，所言已为荒诞。又以《十九首》冠于苏李之前，不知'冉冉孤生竹'一篇，《文心雕龙》称为傅毅作，毅固东汉人。'去者日以疏''客从远方来'二首，钟嵘称为旧疑建安中陈王所制，则时代尤后。乃俱跻之苏李以前，殊为失考，所注解抑可知矣。"不过，《四库提要》的这些批评也未必为定论。"冉冉孤生竹"，刘勰说是傅毅作，而《文选》《玉台新咏》并作无名氏。《古诗十九首》置于苏李前也未必大误。《苏李诗》为伪托，甚至有人怀疑是汉魏之间的作品，见本书中编第五章。现在很难确考《古诗十九首》与《苏李诗》孰先孰后。

　　在这种鉴赏类诗歌总集中，陆时雍《古诗镜》三十卷尚有可取之处。该书选录汉至隋代诗歌，采摭较精，注释亦核，借此可以粗略考见中古诗歌源流。书前有总论，在明代诗歌评论中较具特色。丁福保辑《历代诗话续编》以《诗镜总论》为题悉以录入。其论诗，以神韵为宗，情韵为主，如："诗须观其自得，古人佳处不在言语间。""气太重、意太深、声太宏、色

---

① 顾炎武《日知录》卷十八，见花山文艺出版社 1991 年出版《日知录集释》，第 835 页。

太厉,佳而不佳,反以此病。""诗不患无材,而患材之扬;不患无情,而患情之肆;不患无言,而患言之尽;不患无景,而患景之烦。"可谓妙解诗理、切中肯綮之言。书中亦有评语,摘赏佳句。沈德潜《说诗晬语》中有的意见即本之陆氏。

此外,徐献忠有《六朝声偶》七卷,邵一儒又有《〈六朝声偶〉删补》七卷,因袭杨慎《五言律祖》,选取南北朝诗人作品,用以阐明唐代律诗之渊源。这种带有鉴赏性质的选本总集,往往攻其一点不及其余,相对而言,比较粗疏浮竞,具有浓重的明代学风色彩。从文学史料价值来衡量,值得借鉴的地方不多;而从文学批评的角度看,则不乏可采之处。

(二)辑校类

这类中古诗歌总集的编撰较少门户之见,也不作无谓的评析,而仅以辑录佚诗为目的。薛应旂作序的《六朝诗集》为较早的一部著作。该书按人头辑书二十四种计五十五卷,帝王居首,始于《梁武帝集》一卷,以下依次为:《梁简文帝集》二卷、《梁元帝集》一卷、《梁宣帝集》一卷、《后周明帝集》一卷、《陈后主集》一卷、《隋炀帝集》一卷、《陈思王集》四卷、《阮嗣宗集》三卷、《嵇中散集》一卷、《陆士衡集》七卷、《陆士龙集》四卷、《谢康乐集》一卷、《谢惠连集》一卷、《谢宣城集》五卷、《江文通集》四卷、《鲍氏集》八卷、《梁沈约集》一卷、《梁刘孝绰集》一卷、《梁刘孝威集》一卷、《何水部集》二卷、《阴常侍集》一卷、《王子渊集》一卷和《庾开府集》二卷。《汉魏六朝集部珍本丛刊》收录嘉靖刻本,卷首有嘉靖癸卯(1543 年)薛应旂《六朝诗集序》,同时还有咸淳庚午(1270 年)谢枋得序,似是宋人所编,但宋元以来史志书目未见著录,只见于明人书目记载,学者认为系明人所编刻。①

冯惟讷《古诗纪》为其中翘楚。该书分前集、正集、外集、别集四部分:前集十卷,载先汉铭、赞、箴、诔、歌、繇、逸诗;正集一百三十卷,载汉魏以下、陈隋以前诗;外集四卷为鬼仙杂诗;别集十二卷,载前人论诗之

---

① 《说郛续》卷四收录《方山纪述》,题署"武进薛应旂"。《说郛三种》,上海古籍出版社 1988 年出版。广西师范大学出版社 2021 年据上海图书馆藏明刻本影印出版,署名"佚名"。

语。时代绵渺，采摭繁富，该书向来为学者称道。《四库全书总目》称："上薄古初，下迄六代，有韵之作，无不兼收，溯诗家之渊源者，不能外是书而别求，固亦采珠之沧海，伐木之邓林也。"这是当之无愧的。客观地说，这部巨制的纂集实是中古诗歌第一次真正的清理，开创之功不可泯没。其后，臧懋循有《古诗所》五十六卷，张之象有《古诗类苑》一百二十卷，梅鼎祚有《汉魏诗乘》二十卷等相继刊印，无不以此书为蓝本，但终究不能取代此书。臧书虽称补此书之阙，但援拾繁猥，珠砾混淆，甚至庾信诸赋以句杂七言亦复收入。又割裂分体，成"郊祀歌辞""庙祀歌辞"等二十三门，不以时代相先后，使读者茫然难寻诗歌源流演变之迹。张书首自上古，下迄陈隋，一枝片玉，搜括无遗，可惜又以题编，竟作类书，且门目繁乱。如全书既以古诗为名，而第七十七卷人部又立古诗一门，自乱体例。又冯惟讷虽不录汉以后箴铭颂赞，但于先汉箴铭颂赞及封禅文等概加收录，已属不妥，而张书却连汉以后又增而补之，不免伤于嗜博。至于梅书，仅录汉魏诗篇，晋以下诗皆弃而不辑，而所辑又真伪不辨，如在汉魏诗中又增加所谓苏武妻诗，颇为学人所讥。此书虽然成书在冯辑之后，本意是想补充冯著之佚缺，可惜由于上述缺失而事与愿违。因此，要说明代中古诗歌总集的编纂，仍以冯著为圭臬，似不为过。当然，以一人之力，且属草创之作，抵牾脱漏在所不免。其最主要的问题是：

第一，前集杂糅，多见混收，如杂入铭、颂、箴、诔之类，欠加分辨，还误录后人伪托之《琴操》诸诗。

第二，各集先以类分，各类又以体分，颠乱了旧集的原序。即使同题各章，割分数处，又强以句数多寡，以定次序之前后。

第三，各家诗篇大率辑自类书，概不注出处，使人感到好像都辑自本集。又在各诗明显残缺处，以小字注之曰"阙"，好像无注者均为完篇，其实并不尽然。

第四，滥收误收，杜撰题目，年代混乱，撰人错杂等，更是不胜枚举。

唯其如此，清初冯舒特作《〈诗纪〉匡谬》以纠其缺失。是书凡一百一十二条，其中如《于忽操》三章为宋王令诗，"两头纤纤青玉块"一章为唐王建诗,《休洗红》二章为杨慎诗,如此等等,原原本本,一一辨考,证据确凿,论证精审,于读古诗者大有所裨。不过,是书也不无可议之处,如杨慎《石鼓文》伪本全载卷中,冯舒不置一辞,又如补缺仍不注明出处。有鉴于此,晚清杨守敬著《古诗存目》一百四十四卷,用以补辑冯惟讷未注出处之缺失,不仅逐篇为之索引,又补其未见之诗,用力甚勤。逯钦立攻读研究生时(1939—1942)著有《〈古诗纪〉补》,以杨氏《古诗存目》为参考,博取群籍,悉心校补,且一一注明出处,堪称冯辑之功臣。在此基础上,完成《汉诗别录》(刘跃进,110,cc)。

《古诗纪》有吴琯刊本,入《四库全书》。《〈诗纪〉匡谬》有冯氏原刊本、《知不足斋丛书》本。杨守敬校补成果已悉收入逯钦立《先秦汉魏晋南北朝诗》的辑校中。逯辑在本章第四节还要有所评述,此不赘论。

二、文章总集

在明代,辑录先唐文章编成总集的主要有两类:一是单篇文章的汇总,二是专书类的汇编。

文章汇总有陈继儒《秦汉文脍》五卷、冯有翼《秦汉文钞》十二卷、童养正《史汉文统》十五卷、张运泰《汉魏名文乘》以及梅鼎祚《历代文纪》等。陈书杂选秦汉之文,如《战国策》《史记》《汉书》等,皆不标本书之名。又如留侯致四皓定太子、霍光废昌邑、李陵降敌始末、苏武出使始末等,则杜撰篇名,不用原书标题。改《管晏列传》为《管仲传》,改《屈原贾生列传》为《屈原传》,改《滑稽列传》为《淳于髡传》。又,曹植《求自试表》、钟会《檄蜀文》等亦收录此书中,以为秦汉之文,殊为失当。冯书秦文二卷、西汉文五卷、东汉文三卷,但又将《楚辞》置于卷首,录《卜居》《渔父》,题为秦文,不知何据。童书包括《〈史记〉文统》五卷,多删节《史记》,《西汉文统》五卷、《东汉文统》五卷,分录两汉之文,而《汉书》则附于东汉中,与《史记》例不同。又有评点,多浮华不实。张书则杂取当时人所编总集合并而成,讹误颇多。相比较而言,梅书卷帙既多,收录亦精,是其中较有价值的一种。全书十二编：(一)《皇霸文纪》十三卷，上起古初，下迄于秦，收文较滥，真伪杂错，不免炫博之讥。(二)《西汉文纪》二十四卷，以《史记》《汉书》为主，杂采他书附益。(三)《东汉文纪》三十二卷，仍以正史为宗，但杂书之作始盛于东汉，伪托之作，亦收录不少。但不可否认，用功甚勤，收录亦广，如出土较晚的《曹全碑》即已采录。(四)《西晋文纪》二十卷，多取自《晋书》。(五)《宋文纪》十八卷，多取自《宋书》等。(六)《南齐文纪》十卷，多取自《南齐书》。(七)《梁文纪》十四卷，多录自《梁书》《南史》。(八)《陈文纪》八卷。(九)《北齐文纪》三卷，邢劭、魏收居首，其余零篇短札亦取自类书、《文苑英华》等。(十)《后周文纪》八卷，庾信一人即占五卷，次则王褒十八篇。(十一)《隋文纪》八卷，收录较杂，多有伪托之作。(十二)《释文纪》四十五卷。此外，据《千顷堂书目》，尚有《三国文纪》《东晋文纪》《后陈文纪》三种。《三国文纪》《东晋文纪》传刻已稀，《后陈文纪》当系《后魏文纪》之误。①梅氏所辑，以广博著称，其中两汉《文纪》等亦颇精要，据此大体可以看出先唐文学风尚变化的轮廓。只是此书流传不广，影响有限，但是它确实为后来者如严可均等人辑录先唐文章总集奠定了比较坚实的基础。

专书汇编有程荣编《汉魏丛书》，以汉魏时期的著作为主，兼及嬴秦及六朝，诚如屠隆序言："汉魏以前间收秦，明汉有秦之风也。魏以后间收六朝，明魏为六朝之滥觞也。"书分经史子三类，经籍收书十一种：汉京房著、吴陆绩注《京房易传》三卷，晋王弼著、唐邢璹注《周易略例》一卷，《三坟书》一卷，汉申培著《诗说》一卷，汉韩婴著《韩诗外传》十卷，汉戴德著《大戴礼记》十三卷，汉董仲舒著《春秋繁露》十七卷，汉班固著《白虎通德论》二卷，汉蔡邕著《独断》二卷，汉马融著《忠经》一卷，汉扬雄纪、晋郭璞解《方言》十三卷。史籍收书四种：隋王通经、唐薛收传、宋阮逸注《元

---

①　参见《四库全书总目》集部总集类四提要。张之洞《书目答问》卷四集部总集类曰："《三国文纪》亦有刻本，四库未收。"范希曾补正："原刻本明末刻。《后魏文纪》二十卷，江宁龙蟠里图书馆有钞本。《文纪》足本内尚有《东晋文纪》一种，今罕见。《三国文纪》凡二十四卷，魏十八卷，吴四卷，蜀汉二卷。"

经薛氏传》十卷，晋孔晁注《汲冢周书》十卷，晋郭璞注《穆天子传》六卷，晋葛洪集《西京杂记》六卷。子籍二十三种：汉黄石公著、宋张商英注《素书》一卷，汉陆贾著《新语》二卷，汉孔鲋著《孔丛子》三卷，汉刘向著《新序》十卷，汉刘向著《说苑》二十卷，汉贾谊著《新书》十卷，汉扬雄著《法言》十卷，汉王符著《潜夫论》十卷，汉荀悦著、明黄省曾注《申鉴》五卷，汉徐幹著《中论》二卷，北齐颜之推著《颜氏家训》二卷，秦公孙商著《商子》五卷，魏刘邵著、凉刘昞注《人物志》三卷，汉应劭著《风俗通义》十卷，梁刘勰著、袁孝政注《刘子新论》，汉东方朔著《神异经》一卷，汉郭宪著《洞冥记》四卷，梁任昉著《述异记》二卷，晋王嘉著、梁萧绮录《王子年拾遗记》，汉甘公、石申著《甘石星经》二卷，汉伶玄著《飞燕外传》一卷，梁陶弘景著《古今刀剑录》一卷，汉王充著《论衡》三十卷。吉林大学出版社1992年据明万历新安程氏刊本影印。明万历二十年(1592年)何允中编《广汉魏丛书》，收书七十六种，乾隆五十六年(1791年)王谟编《增订汉魏丛书》，收书至八十六种。

三、诗文总集

先唐诗与文合辑，在明代亦有数家。大致而言，约有两种主要形式，一种是续补《文选》，如刘节《广〈文选〉》六十卷就是一例。这项工作宋代即有人做过，如今存陈仁子编《〈文选〉补遗》四十卷，就将《文选》未收的《后出师表》《九歌》《九章》与《史记》论赞、《论六家要旨》、鲁仲连《遗燕将书》及《鸿鹄歌》《反离骚》《胡笳十八拍》《越人歌》《李延年歌》《燕然铭》《火灾对》(董仲舒)等收录成帙。刘节此书亦系拾补《文选》而成。据书末陈蕙跋，旧本收录作品一千七百九十六篇，陈氏删去二百七十四篇，增入三十篇，编次亦如《文选》。此后，周应治又编《广〈广文选〉》二十三卷，系补刘节之遗。

另一种形式是按专书按人头来辑，以时代先后排列。较著名的大型丛书如黄澍《汉魏别解》十六卷、叶绍泰《增定〈汉魏六朝别解〉》六十二卷、汪士贤《汉魏名家集》、张燮《七十二家集》等均属此类。黄澍辑书包括两汉文八卷，收书二十二种，后汉三国文二卷，收书七种，两晋文二卷，收书十六种，南北朝文四卷，收书十二种。总之汉魏六朝一些重要的别集大体收录已备。叶绍泰辑书分经、史、子、集四部，集部起自《贾长沙集》，终于《薛司隶集》，凡四十九种。汪士贤辑书上自董仲舒，下迄庾信，凡二十二集。张燮辑书收录七十二家。在此基础上明末张溥又广事增补，辑《汉魏六朝一百三家集》一百一十八卷，上自贾谊，下迄薛道衡，凡一百零三家：

（一）汉代二十家：《贾长沙集》（贾谊）、《司马文园集》（司马相如）、《董胶西集》（董仲舒）、《东方大中集》（东方朔）、《褚先生集》（褚少孙）、《王谏议集》（王褒）、《刘子政集》（刘向）、《扬侍郎集》（扬雄）、《刘子骏集》（刘歆）、《冯曲阳集》（冯衍）、《班兰台集》（班固）、《崔亭白集》（崔骃）、《张河间集》（张衡）、《李伯仁集》（李尤）、《马季长集》（马融）、《荀侍中集》（荀悦）、《蔡中郎集》（蔡邕）、《王叔师集》（王逸）、《孔少府集》（孔融）、《诸葛丞相集》（诸葛亮）。

（二）魏代十二家：《魏武帝集》（曹操）、《魏文帝集》（曹丕）、《陈思王集》（曹植）、《陈记室集》（陈琳）、《王侍中集》（王粲）、《阮元瑜集》（阮瑀）、《刘公幹集》（刘桢）、《应德琏休琏集》（应玚、应璩）、《阮步兵集》（阮籍）、《嵇中散集》（嵇康）、《钟司徒集》（钟会）。

（三）晋代二十二家：《杜征南集》（杜预）、《荀公曾集》（荀勖）、《傅鹑觚集》（傅玄）、《张茂先集》（张华）、《孙子荆集》（孙楚）、《挚太常集》（挚虞）、《束阳平集》（束皙）、《夏侯常侍集》（夏侯湛）、《潘黄门集》（潘岳）、《傅中丞集》（傅咸）、《潘太常集》（潘尼）、《陆平原集》（陆机）、《陆清河集》（陆云）、《成公子安集》（成公绥）、《张孟阳景阳集》（张载、张协）、《刘中山集》（刘琨）、《郭弘农集》（郭璞）、《王右军集》（王羲之）、《王大令集》（王献之）、《孙廷尉集》（孙绰）、《陶彭泽集》（陶渊明）。

（四）刘宋八家：《何衡阳集》（何承天）、《傅光禄集》（傅亮）、《谢康乐集》（谢灵运）、《颜光禄集》（颜延之）、《鲍参军集》（鲍照）、《袁忠宪集》（袁淑)、《谢法曹集》(谢惠连)、《谢光禄集》(谢庄)。

(五)南齐六家:《萧竟陵集》(萧子良)、《王文宪集》(王俭)、《王宁朔集》(王融)、《谢宣城集》(谢朓)、《张长史集》(张融)、《孔詹事集》(孔稚珪)。

(六)萧梁十九家:《梁武帝集》(萧衍)、《梁昭明集》(萧统)、《梁简文集》(萧纲)、《梁元帝集》(萧绎)、《江醴陵集》(江淹)、《沈隐侯集》(沈约)、《陶隐居集》(陶弘景)、《丘中郎集》(丘迟)、《任彦昇集》(任昉)、《王左丞集》(王僧孺)、《陆太常集》(陆倕)、《刘户曹集》(刘峻)、《王詹事集》(王筠)、《刘秘书集》(刘孝绰)、《刘孝仪孝威集》(刘孝仪、刘孝威)、《庾度支集》(庾肩吾)、《何记室集》(何逊)、《吴朝请集》(吴均)。

(七)陈代五家:《陈后主集》(陈叔宝)、《徐仆射集》(徐陵)、《沈侍中集》(沈炯)、《江令君集》(江总)、《张散骑集》(张正见)。

(八)北魏二家:《高令公集》(高允)、《温侍读集》(温子昇)。

(九)北齐二家:《邢特进集》(邢劭)、《魏特进集》(魏收)。

(十)北周二家:《庾开府集》(庾信)、《王司空集》(王褒)。

(十一)隋代五家:《隋炀帝集》(杨广)、《卢武阳集》(卢思道)、《李怀州集》(李德林)、《牛奇章集》(牛弘)、《薛司隶集》(薛道衡)。

总叙论列及此集宗旨有二,一是编者看到唐前作家文集不到三十家,感到散佚过多,于是有意搜罗汇辑。二是他的收集可谓空前,借此可以考订文风变迁。全书以时代先后编排,每集前有编者对作家作品的总评,具体反映出"兴复古学"的文学思想,也不乏精到的意见。这部分内容,已由殷孟伦辑出注释,单独行世(387,b)。每集的具体编排次序是,先赋,次文,次诗,次作者本传等。在总集有张溥原刊本、汲古阁重刻本。

当然,是书卷帙浩繁,不免混杂错乱,编次失于断限,考证亦有未周,所在多有。《四库全书总目》举例评曰:

> 有本系经说而入之集者,如董仲舒集录《春秋》阴阳,刘向、刘歆集录《洪范五行传》之类是也。有本系史传类而入之集者,如褚少孙集全录补《史记》,荀悦集全录《汉纪论》之类是也。有本系子书而入之集者,如诸葛亮集录《心书》、萧子云集(按当系萧子良)录《净住

子》是也。有牴牾显然而不辨者,如张衡集录《周天大象赋》称魏武黄星之类是也。有是非疑似而臆断者,如陈琳传中有袁绍使掌书记一语,遂以《三国志》注绍《册乌桓单于》文录之琳集是也。有伪妄无稽而滥收者,如东方朔集录《真仙通鉴》所载《与友人书》及《十洲记序》之类是也。有移甲入乙而不觉者,如庾信集录杨炯文二篇之类是也。有采摭未尽者,如束皙集所录《饼赋》,寥寥数语,不知祝穆《事文类聚》所载尚多之类是也。有割裂失次者,如钟会集《成侯命妇传》,《三国志》注载载两处,遂分其首尾,各为一篇之类是也。有可以成集而遗之者,如枚乘《七发》《忘忧馆柳赋》《谏吴王书》及《玉台新咏》所载古诗可成一卷,左思《三都赋》《白发赋》《髑髅赋》及《文选》所载《咏史诗》亦可成一卷,而摈落不载之类是也。

四库馆臣所论,颇中肯綮。但不可否认,是书问世已逾三百多年,在中古文学研究方面确实起到重要的作用。

第三节　清代所编中古文学总集

清代是中国封建社会的最后一个历史时期,也是传统文化的总结时期,历代文学作品,都有总结性的巨著出现。

一、诗歌总集

中古文学总集的辑校,在清代没有出现像汪士贤、张燮、张溥等人所编的那种大型先唐作家专集,但诗与文的分别辑刻,既精且博,质量超过明代。诗歌总集方面,清代前期问世的《采菽堂古诗选》《古诗源》《古诗赏析》《汉魏诗钞》等,均有特色。

《采菽堂古诗选》三十八卷,补遗四卷,陈祚明编。收诗范围上自汉代,下至隋代,凡四千余首。前四卷为汉诗,包括乐府诗、无名氏诗及为数不多的署名作品,下至蜀汉。卷五至卷八为魏诗。卷九至卷十五为晋诗,包括苻秦。卷十六至卷十九为宋诗。卷二十至卷二十一为齐诗。卷二十二至卷二十八为梁诗。卷二十九至卷三十为陈诗。卷三十一为北魏、北齐诗。卷三十二至卷三十四为北周诗。卷三十五至卷三十六为隋诗,又有列仙诗、鬼诗。卷三十七至卷三十八为古逸诗。补遗四卷辑入四百余首。本书有三个明显的特点:第一,打破传统的《文选》分类,为避免一人作品分作四五处,改作以时代而分,全诗列在该该作者名下"辨风气以时,辨手笔以人"。第二,将《诗纪》卷首之伪托诗乃至不当列为诗的古歌谣、琴操逸诗、铭、箴、辞等列于全书最后,虽未完全剔出诗歌范围,而诗歌的概念远比冯惟讷清晰。第三,编者于各诗均有圈点,并有较为细微的评语,其中关于诗歌意境的阐释、风格的描述、技巧的分析等,确有不少独到的见解。但编者对于诗歌本事、典实则较少作深入的考索,是其所短。该书最早刊行于康熙丙戌年(1706年),上海古籍出版社编纂的《续修四库全书》收录此书,即据康熙本影印。此外,还有乾隆二十三年(1758年)刻本,过去较为通行。上海古籍出版社2008年出版了李金松的点校本,最便阅读。

《古诗源》十四卷,沈德潜编。是在陈祚明诗选基础上精选的一部唐代以前历代诗歌选集,凡七百余首,选录范围较广。唐前一些重要诗篇,除《诗经》《楚辞》外,大多数都已收录在内。此外,编者还从古书中辑录不少民歌谣谚,其中自然免不了真伪混杂、菁芜不分之作。各诗下多有解题,诗后常有评语,多采陈祚明之说。中华书局1963年排印本最为通行。

《古诗赏析》二十二卷,张玉毂编。自唐虞三代、两周时代,以迄隋代,凡散见诗篇,无不采辑,然后披沙拣金,从中精选七百余首,详加笺注,理丝入扣,欲探求古诗意趣所在。本书在陈祚明、沈德潜诗选后,可以说是沈德潜格调派的产物。该书不重博收,意务取精,近于举隅。四言诗多登古作,五言诗以曹植、左思、陶渊明、谢灵运、鲍照、谢朓为主。每诗之后有详尽解说,考核故事,印证时事,疏解名物,条达意义。用编者自己的话说:"沉潜反复,实见得是诗因何而作,立定主意,然后逐节批导其却疑，务使当时作者用意深曲、运笔诡变、制局奇横、措辞精警之处，无不显割呈露而止。"（凡例）是书初刻于乾隆三十七年（1772 年）。中华书局 2017 年出版了许逸民的点校本，最便阅读。

《古诗选》三十二卷，王士禛编。名曰古诗，是指与近体诗相对的文体概念，故选诗下至唐及元，而以唐前为主，是一部五、七言古诗的读本。五言诗十七卷：汉诗一卷，魏诗二卷，晋诗三卷，宋诗二卷，齐诗一卷，梁诗二卷，陈、北魏及北齐、北周、隋诗各一卷，唐二卷。编者以为五言古诗上接《诗经》，所以两汉之作几乎全选，魏晋以下，选择逐渐严格，但也不废南北朝和隋诗，于唐代只选陈子昂、张九龄、李白、韦应物、柳宗元等五家，其用意在于"明其变而不失于古"。七言诗分十五卷，大多为唐宋之作。唐前仅两卷，即古逸一卷，汉魏六朝一卷。该书有闻人倓笺注本，对于作品有关的时代背景和本事多所阐释，对于诗中难以理解的字句和段落也作了扼要的疏解。有上海古籍出版社 1980 年排印本。

《汉魏诗选》五卷，钮孝思编，收录汉魏诗歌。许燦晦序称："汉魏者，诗运之转关也，不习乎此则源流正变之故不明。"编者自序："窃以为五言侣于汉魏，本干也；衍于六季，枝叶也；大昌于三唐，发而为华实者也。"此为选诗缘起。汉魏较著名的诗篇均入选，惜无注。有乾隆二十五年（1760 年）刻本。

有清一代，古学复兴。学者探究魏晋诗歌流变，往往上溯两汉，于是专事汉诗研究者大有人在。李因笃《汉诗音注》《汉诗评》、费锡璜《汉诗说》、钱二白《汉诗释》、董若雨《汉铙歌发》、陈本礼《汉诗统笺》、王先谦《汉铙歌释文》等，都是中古诗学辑校研究的重要参考著作。因为汉代诗歌多与乐府有关，请参见本书中编第四章。

比较而言，清人对南北朝诗不甚重视，多所贬抑，故从事辑校、研究者较少。晚清王闿运《八代诗选》于南北朝诗则多所属意。该书编选实本于冯惟讷《古诗纪》，披沙拣金，精选为二十卷，不按时代排列，而分四言、五言、杂言、郊庙乐章、颂德乐词、歌谣、杂体等类别。值得注意的是，卷十二至十四有三卷"齐已后新体诗"，将南北朝新变诗歌摆在一个较醒目的位置，较少复古意味。

二、文章总集

清人所编中古文章总集较著名的有两部：一是李兆洛《骈体文钞》，一是严可均《全上古三代秦汉三国六朝文》。

（一）《骈体文钞》

《骈体文钞》三十一卷，选录晚周至隋文章共计七百五十五篇，分为三编：上编十八卷，包括铭刻、颂、杂飏颂、箴、谥诔哀策、诏书、策命、告祭、教令、策对、奏事、驳议、劝进、贺庆、荐达、陈谢、檄移、弹劾等十八类，"皆庙堂之制、奏进之篇，垂诸典章，播诸金石者也"。中编八卷，包括书、论、序、杂颂赞箴铭、碑记、墓碑、志状、诔祭等八类，都是"指事述意之作"。下编五卷，包括设辞、七、连珠、笺牍、杂文等五类，多是"缘情托兴之作"。

此书编选宗旨见于自作总序及题庄绶甲所作序。在李兆洛看来，古人作文，骈散不分，唐代以后始有"古文"名目，作古文的称六朝的文章为骈体，作骈体的也自以为同古文不一样，于是骈散二体同源而分流。明清人作古文，只知宗尚唐宋。李氏以为，古文不应仅宗尚唐宋，应当以秦汉为本，而宗尚秦汉，又必须从骈体入手。于是此书编选始于秦代李斯《峄山刻石》，而终于萧大圜《言志》，用以推阐这个道理。在李氏选编此集时，以方苞、姚鼐为代表的桐城古文派及以阮元为代表的仪征骈文派正针锋相对。姚鼐辑有《古文辞类纂》七十五卷，选录从战国到清代文章七百余篇，阮元倡导骈文，所辑丛书即名《文选楼丛书》。李兆洛此选出入二家之间，既纠二家之偏颇，力主骈散合一之说。在具体编选方面，选录了秦汉六朝较有代表性的作品。即以序类而言，《文选》只收九篇，本书则收入二十四篇（三篇与《文选》同），涉及面广；在有些地方还加有评语，尽管很简单，但都相当的精到。从这种编选与评语中，确实可以辨明学术，探索骈体源流。

当然，此书亦不无可议之处，譬如书名曰《骈体文钞》，而书中所收如司马迁《报任安书》、诸葛亮《出师表》之类，时有骈语，但从整体上说仍属散文（张涤华，275）。此书问世后版本较多，其中较为著名的是谭献的评本。又有中州古籍出版社 1990 年影印本亦较易得。

　　清代有名的骈文选本，除《骈体文钞》外，较为流行的还有《汉魏六朝集部珍本丛刊》所收许梿评选的《六朝文絜》十二卷，有黎经诰注，系清光绪十五年（1889 年）枕溢书屋刻本。道光五年许梿序云：“岁庚寅（1830年）辑选斯帙，不揆谫陋，为甄别其义，迄今二十祀矣。易稿者数四，凡雠句比字，捃理务核，犹未哜其胾为歉歉也。”光绪十五年黎经诰序：“许君诚历观文囿，泛览词林，品盈尺之珍，搜经寸之宝，由博而反约者乎……雠句比字，务求精核，历二十祀，易稿者数四，用心可谓至矣。”以下为光绪戊子（1888 年）谢章铤序、张澍序和《六朝文絜笺注目录》。卷末有光绪戊子汪宗沂跋、己丑（1889 年）黎经诰跋称：“余注《文絜》合成十二卷，卷首不作凡例……余所征引，今多散佚，或采选注，或出近儒辑本，初未敢妄伪。”这部选本收录赋、诏、令、敕、教、策、表、疏、启、笺、书、移文、序、论、铭、碑、诔、祭文等 18 类作品 72 篇，作者 36 人。晋和隋各选一篇，主要是南北朝作家。所选作品偏重于精练简洁的小品，突出骈文特色，附以眉批解题，勾选提要，便于阅读。沈鸿、汪政据此本校注，删去原本序跋。书后附道光五年海昌许氏享金宝石斋朱墨套印的影印本，装帧典雅，注释详明，由浙江古籍出版社 2020 年出版。世间通行本为中华书局上海编辑部 1962 年出版的吴丕绩校点本。①

----

① 此书卷十一萧纲《相官（一作“宫”）寺碑》有这样一段：“皇太子萧纬，自昔藩邸，便结善缘。”查《艺文类聚》《全梁文》等均作“萧纬”。检《南朝五史人名索引》又无“萧纬”其人。曹明纲《六朝文絜译注》（上海古籍出版社 2019 年版）推断萧纬当作萧伟，不足信据。起初我径以为萧纬或即“萧绎”之误，又据《南史·袁昂传》《周弘正传》等妄测萧纲、萧绎有谁为皇太子之争。曹道衡师以为此说不能成立。“纬”字当系“讳”字之误。百衲本二十四史中刘裕常作“刘讳”。疑本为“纲”字，后为帝，抄写者以本字改为“讳”。或是原稿出学士手即如此。萧氏父子信奉佛法，故作释教碑而自称名。梁武帝《舍道归佛文》：“梁国皇帝兰陵萧衍。”《断酒肉文》：“弟子萧衍。”可见在佛前称名，即天子亦然。六朝唐人好作草书，“言”旁与“纟”旁易误，故由“讳”误成“纬”。沈鸿、汪政注《六朝文絜》亦以为“萧纬”当是“萧纲”之误。后来读顾炎武《日知录》，益信此说之确切不移。看来，仅仅依据今人校点本来考证某些问题，有时是很不可靠的。

（二）《全上古三代秦汉三国六朝文》

全书七百四十六卷，为十五集：全上古三代文十六卷，全秦文一卷，全汉文六十三卷，全后汉文一百六卷，全三国文七十五卷，全晋文一百六十七卷，全宋文六十四卷，全齐文二十六卷，全梁文七十四卷，全陈文十八卷，全后魏文六十卷，全北齐文十卷，全后周文二十四卷，全隋文三十六卷，先唐文一卷。最后是《韵编全文姓氏》五卷，原缺。

严可均在总叙中论及编书缘起曰：

> 嘉庆十三年开全唐文馆。不才越在草茅，无能为役，慨然曰：唐之文盛矣哉！唐已前要当有总集。斯事体大，是不才之责也。其秋始草创之，广搜三分书与夫收藏家秘笈金石文字，远而九译，旁及释道鬼神。起上古迄隋，鸿裁巨制。片语单辞，罔弗综录，省并复叠，联类畸零。作者三千四百九十七人，分代编次为十五集，合七百四十六卷。肆力九年，草创粗定。又肆力十八年，拾遗补阙，抽换之，整齐之，画一之，已，于事而骏，挚五厄之散亡，扬万古之天声。唐已前文，咸萃于此。

《凡例》亦有类似叙述："肆力七八年，积草稿等身，再省并复重，得厚一寸者百余册。一手校雠，不假众力。"可见为编此书，作者独立花费了二十七年的心血，毅力实在惊人。原稿本一百五十六册，现仍存在上海图书馆，涂乙满纸，还加上许多校签，可见作者至生命终结都没有停止对本书的修补拾遗。可惜严氏生前无力刊行，直到死后三十六年（1879年）才由他的同县蒋壑父子为刻目录一百零三卷。[①] 又过了八年，王毓藻出资次第刻印，集合二十八人，经过八年功夫，八次校雠，至1892年全书才刻成，共一百册。上距严氏成书之时，已经将近六十年过去。

此书刻印行世后，影响越来越大，同时也招来了一些疑议。俞正燮《癸巳存稿》卷十二《全上古至隋文目录不全本识语》中说，在当时，孙星

---

① 刘盼遂有《严铁桥〈全上古三代秦汉文〉补目》，载《北平图书馆馆刊》五卷一期，1931年2月。

衍、孙星衡、李兆洛、吴鼒、顾千里等也做过编次唐以前文章的工作，有的且已成书（如李兆洛的《八代文》），有的也已草成初稿（如孙星衍），因此，这部书是否完全出自严氏一人之手，就成了疑案。蒋彤《养一先生年谱》（李兆洛）、张绍南《孙渊如先生年谱》（孙星衍）及谭献《复堂日记》等甚至明确说，严氏此著实盗窃孙星衍的遗稿，据为己有。近人傅增湘《藏园群书题记》卷八就此问题辑录众说，详加核考，以为草创辑录先唐文，确非始于严氏，孙、李诸人已辑有八代文，"起汉魏，迄于隋"，"严氏又补辑上古三代、先秦，遂改题今名，其为功至伟。前古后今，相得益彰"。钱锺书则又提出不同意见，认为"严、孙或始欲协作，渐即隙末，而严不舍以底于大成，孙则中道废置，故严叙绝不道孙，以原有共辑之议，恐人以己为掠美也；而孙谱必道严，亦正以初议共辑，而终让严氏独为，恐其书成而专美也。俞氏《识语》当是惑于悠悠之口"。钱锺书的主要根据是：

第一，王毓藻刊行此书是根据严氏手稿，并在序文中断言："点窜涂乙，丹墨纷如，皆广文手笔。"

第二，严氏《铁桥漫稿》卷三《上提学陈硕士同年书》《答徐星伯同年书》，述说草创此书之勤劬，决非因人成事。

第三，同书卷四《答孙氏问》面斥孙星衍的不学，辞气轻薄，可见严氏对孙星衍很鄙视，决不致攘夺其书。

第四，《全三国文》卷三十五对杨泉《物理论》不辑只字，不按片语，一反全书通例，这是因为《平津馆丛书》已有此书辑本，故不屑享人之成。

第五，严氏致徐星伯书，欲得梁永阳王前墓志及隋高丽碑。今书中已有梁墓志，是徐氏录寄，而此志系海内孤本，孙氏《寰宇访碑录》未收，此尤为书非孙作的切证（钱锺书，397，b）。

这部书的价值主要体现在下列三个方面：

第一，收录丰富。

本书除吸收明代所编总集成果之外，还广泛搜求各种类书、总集、别集、经史子书、金石、碑刻等。收录范围包括：经传中的誓、诰、箴、铭和逸经（除诗外）、史序、史评、佚史的论赞、诸子佚文以及集部的文、赋。凡属

辑录范围内的作品，既收整篇文章，也收残篇集句，甚至像司马相如《鱼
菹赋》那样只保留一个篇目的也收入。无论是保存作者的数目，还是收
罗作品的完备程度，都大大超过了此前的同类著作。如《全汉文》收录作
者三百三十四人，作品六十三卷，而《汉魏六朝百三名家集》只收九人，
《西汉文纪》只有二十四卷。又如刘向的作品，张溥只辑出二十一篇，严
书则收录了三十二篇。《历代文纪》不但没有收赋，而且所辑缺漏甚多。
《汉魏六朝百三名家集》只收重要的作家一百零三家，其他作者作品则不
收，与这两书相比，严书的丰富全面则远超其上。它不仅使名家作品得
到集中，而且还存录了大量的无名作家作品以及已散佚的作品。这就为
我们研究唐代以前中国思想史、中国文学史等提供了极大的便利。举例
来说，嵇康《圣贤高士传》久已散佚，严氏从各种类书古注中辑出五十二
传（其中有合传）、五赞共六十一人，是研究魏晋思想、研究嵇康作品的重
要材料。挚虞《文章流别论》是中国较早的一篇专论各种文体的重要文
献，但业已散佚殆尽。严氏从《艺文类聚》《太平御览》等类书中潜心钩
沉，为中国文学批评史的研究提供了直接的论据。又，四声重要发现者
之一的周颙，其生卒年史传失载。《南齐书》本传仅云："颙卒官时，会王
俭讲《孝经》未毕。"王俭永明三年（485 年）领国子祭酒，七年五月卒，详见
《南齐书·王俭传》。据此，陈寅恪《四声三问》推断周颙卒年："当在永明
七年五月王俭薨逝之前，永明三年王俭领国子祭酒及太子少傅之后。"
日本学者铃木虎雄据沈约《与约法师书》中"去冬今岁，人鬼见分"一句
考订周颙卒于永明六年冬天（见《沈约年谱》）。严氏《全梁文》辑有释
僧祐《略成实论记》，文中明确记载永明八年正月周颙曾为此书作序，
而该序也幸运保存下来，被严氏辑入《全齐文》周颙名下。再根据严氏
所辑其他材料及史书，就可以断定，周颙卒年至少在永明八年冬天以
后、隆昌元年（494 年）之前这三年间（刘跃进，110，b）。类似这样取资于
严书的考证，还可以举出很多。姚振宗《〈隋书·经籍志〉考证后序》称：
"严氏深于目录考证之学。所辑……虽曰总集，而兼包四部，于子部之
书，所辑尤多；集部则佚文皆在，实为考据之渊薮。"任何利用过此书的

人，无不深有同感。

第二，考订详密。

《清史稿·儒林传》说他编辑此书时，"覆检群书，一字一句，稍有异同，无不校订"。从全书的实际编订来看，严氏在考订作者先后、作品异称等方面，确实做了不少富有创见的工作。他为三千四百多位作者作了小传，一一考其爵里事迹，是非常繁难的一项工作，因为其中"多有不见于史"的无名作者，非遍检群籍，则无从着笔。这项工作得到了清代著名目录学家姚振宗等人的极高评价。陆心源《与缪筱珊太史书》贬低严氏，说他"仅有校释之能，未得旁通曲证，盖第二流也。即如所辑《全上古三代六朝文》，以《百三家集》、梅氏《文纪》为蓝本，增益无多；而以洪筠轩《经曲集林》及从《群书治要》中辑出各种附益之，余无所得"。（《仪顾堂集》卷四）未免意气用事，轩轾过当。这里仅举一例，就足以说明陆氏的批评并不符合实际情况。《全晋文》有谢琨《秋夜长》辞，《艺文类聚》卷三说琨曾任"博令"。严可均指出"琨"实为"混"之误，"博令"当为"博中令"之误，遂将此文附在谢混之后。由于深入考订了作者事迹，所以严氏能为众多的作者和文章大体按时代、年辈相排，为上古到中古文学的发展大致清理出个头绪。这部书包括历史时间如此之长，能以时代先后准确排列，实在是不容易的工作。如袁涣、应场、徐幹、刘桢等人死于建安年间，而两唐《志》本于《三国志·魏志》将他们都列入魏代，是不妥当的，因为建安是汉献帝年号，严氏收入后汉，时代就清晰了。又如沈骥士，卒于梁天监二年（503 年），而其传记却入《南齐书》。严氏将他归入《全梁文》中，断限十分准确。

第三，体例严谨。

张溥《汉魏六朝百三名家集》不注出处，是一大问题。梅鼎祚《历代文纪》虽注出处，却极简略。严书不仅详注出处，而且见于不同书的，还注明各书书名、卷数，存有异说的还将异说附注在下面。这在总集编纂上似属创举。如《全后汉文》卷十三桓谭《新论·霸王》见于《意林》《史记·秦本纪》正文、《长短经》《太平御览》等，一一注在篇末。又如《全晋文》卷八十四牵秀小传,严可均据《晋书》本传言其为杨腾所杀,同时又注明《晋书·河间王颙传》言牵秀为糜晃所杀。这些都为读者查找资料、考核史实提供了极大的便利。

曾朴著《补〈后汉书·艺文志〉》征引《水经注》《初学记》等书,说有些佚文严氏未辑。对此,姚振宗很不以为然,以为"此非严氏失采,实曾失考矣。严氏考订精密,非前后检照,未可轻议其失也"。[①]但是不可否认,这部书确实还存在着不少问题。近现代不少学者,如杨守敬、余嘉锡、陈垣、刘盼遂、钱锺书等人都曾做过补遗订误的工作。概括起来,存在的问题主要表现在这样几个方面:

第一,漏辑。

因为以"全"相标榜,所以这个问题就显得举足轻重。求全很难,严可均的阙失大致有五种情形:其一,虽有辑考而失之眉睫者。如严氏于正史和类书最用功,所辑文章也最多,但《史记·滑稽列传》集解引钟繇和华歆及王朗同对魏文帝《论三不欺》、《后汉书·律历志》引贾逵《论历》逾千言、《宋书·乐志》引荀万秋议等失之眉睫,《北堂书钞》亦可辑出不少佚文。其他如《列子·天瑞》篇注引何晏《道论》、《世说新语·赏誉》篇注引谢鲲《元化论序》、《周礼》贾公彦疏引马融、郑玄《周官传序》各一段、《洛阳伽蓝记》"平等寺"节载前废帝《让受禅表》、王晖《禅文》等字数均有不少。至于零碎文句,如《金楼子·立言》引诸葛亮《论光武》、挚虞《文章流别论》、《文心雕龙·风骨》引刘桢四句等,都可补辑。《弘明集》《广弘明集》亦为严氏所辑,但《弘明集》中丘道护《道士支昙谛诔》(赵厚均)、《广弘明集》中齐虞羲《庐山景法师行状》、梁都讲法彪《发般若经题论议》等却失辑。此外,《云笈七签》卷五载孔稚珪《与李果之书》,建议陆修静徒弟李果之收罗先师遗文而广大之,亦可补进来。其二,有传本可以见到而未加披览者。如《历代名画记》载顾恺之《论画》《魏晋胜流画赞》《画

---

① 《〈隋书·经籍志〉考证后序》,《二十五史补编》,中华书局1955年影印开明书店版。

云山水记》三文及王微《序画》,《建康实录》中有裴子野《宋略》佚文多则,又《韵补》征引曹魏时文人之作尤多,惜均未利用。后汉张仲景《伤寒论序》,亦应补辑。方志当中也记载了很多文章,如卢镇《重修琴川志》收有萧统《虞山招真治碑》(王兆鹏,25),只是这类文字,往往真伪难辨,或者张冠李戴。[①]　其三,当时国内有书而难以借阅者,如《永乐大典》《四库全书》、全帙《大藏经》《道藏》等。还有一些著作可能作者没有机会披览。如晏殊《类要》征引先唐典籍,多可以补严著不足。唐雯《〈类要〉研究》据所引隋庾自直《类文》辑录七篇。该书下编第八章《〈类要〉所引珍秘文献考》辑录逸句十六则(唐雯,432)。其四,当时国内无书而无从观览者,如后来传回国内的《文馆词林》(严氏仅见四卷)、《玉烛宝典》残本(并见《古逸丛书》)以及他身后出土的帛书、简牍、石刻、碑铭等。其五,前人文章已佚而篇名尚存者,严氏辑录不少,但仍有续辑之余地(俞绍初,358,a;程章灿,485,a)。

　　第二,失考。

　　其一,伪作羼入者。如太昊、炎帝、颛顼以及鬼谷先生之流,其本身就很可疑,更不要说他们的文章了。严氏在炎帝条的按语中也指出了这一点,但在凡例里仍坚持"宋以前依托毕登,无所去取",所以还是把这类佚文与其他真实可靠的文字等量齐观。按严氏所说,刘宋以后的作品考订严格,伪托之作不再登录。但《全梁文》所收沈骘士《沈氏述祖德碑》一文,无论从文章风格或遣词用字上都足以证明不是梁代沈骘士所作。最明显的证据是文中有"诰曰"二字,追封称诰,是赵宋以后的制度,可见依托的时代已在赵宋以后。其二,史传混入者。《全后汉文》王粲《荆州文学记官志》"百氏备矣"句下,又杂入《文心雕龙·宗经》一百八十八字。《全晋文》卷五十傅玄《傅子》叙管宁所乘海船夜失方向后脱险事,注中说辑自《三国志·魏书·管宁传》裴注。其中据《太平御览》补入"一门人忿然曰"三十一字,实为《太平御览》纂抄者从《笑林》羼入,严氏不察,遂用

---

　　①　此文已在《全梁文》萧纲名下收录。

以充作裴注。《全齐文》卷二十一王俭《答王逡之问》："皇太子穆妃服,尚书左丞兼著作郎王逡之问左仆射王俭:中军南郡王小祥……未审当有此疑不? 俭曰……"云云,实是《南齐书·礼志》叙述并王逡之问话,而误作王俭之作。《全梁文》卷十九昭明太子《议东宫礼绝傍亲令》:"普通三年十一月……仆射徐勉、左率周捨、家令陆襄并同孝绰议。太子令曰……"云云,共一百五十余字,实是《梁书·昭明太子传》文,而误入萧统作品。《全后魏文》卫操《桓帝功德颂碑》中有"言桓穆二帝""桓穆二帝""二帝到镇"等语,实为《魏书·卫操传》文,非碑原文。其三,作者小传舛误者。《全晋文》以张俊、张悛为二人,而不知"俊"是"悛"的舛讹。又"谢琨",严氏以为爵里未详,其实当是谢鲲之误。谢鲲,谢衡之子,见《晋书·王廙传》。《全宋文》卷五十一有范义恭《殷祭议》,实无"义恭其人","恭"字衍,当作范义。文见《宋书》本传,又见《宋书·礼志三》。《全陈文》卷十七录杨辇《奏流拘那罗陀》文,并注:"辇未详。"按《续高僧传·拘那罗陀传》云:"会杨辇硕望,恐夺时荣。"显然,杨辇非人名,是指扬都,也就是建业。"杨辇硕望"是指建业和尚有声望的。《全周文》卷二十二释宗猷《遗琼法师书》,把宗猷误作人名。按《续高僧传·道庄传》:"宗猷顾命,众咸揖谢于庄。"宗猷是推荐的意思。这封书信是琼法师自己的话。其四,篇题及注讹误者。《全梁文》卷二十八沈约《与约法师书悼周捨》,按周捨卒于梁普通七年(526年),沈约卒于梁天监十二年(513年),早捨十余年,沈约何由悼念周捨? 此必是"周颙"之误。周颙,周捨父,南齐永明末卒。《全梁文》卷三梁武帝《赠谥周捨诏》注云普通五年作,误,应在周捨卒时之普通七年作。《梁书·裴子野传》载周捨普通七年仍在世,其年卒。

第三,误编。

《全晋文》卷四十七嵇康《蚕赋》,辑自《太平御览》卷八一四,本题荀卿作。《全后汉文》卷四十三应玚《奕势》中"寇动北叠,备在南尾"二句下注:"二语从《御览》补。"但隔不到两行,正文又见此二语,足见从《御览》补辑的这两句是多余的。晋桓玄《答会稽王道子笺》中有一句话,《晋书》

作"虽逼嫌谤"，《太平御览》作"逼于同异"。但《全晋文》卷一一九却把两处异文缀合成"虽逼于同异嫌谤"一句，不知何据。《全后汉文》卷九和熹邓后《恭陵次序诏》《宽罚诏》，应列在顺烈梁后名下。《全晋文》卷二十八王澄《与友人书》应列在字平子的王澄名下。《全宋文》收入孔璠佚文，据《隋书·经籍志》及新、旧唐《志》，均题孔璠为晋人。《全梁文》卷十九昭明太子《与东宫官属令》实是萧纲作品，此文系悼念王规而作。规卒于大同二年（536年），此时萧统早卒。此令未注出处，实出《梁书·王规传》。《全隋文》卷三十三释彦悰《沙门不应拜俗总论》，此文实是唐代释彦悰的作品。

第四，重出。

严氏凡例称此书"无因袭，无重出，各篇之末，皆注明见某书某卷"。其实，仍有重出作品，漏注出处亦不少。《全梁文》卷十三简文帝《戎昭将军刘显墓铭》失注出处，而在刘之遴名下又收此文，题《应皇太子令为刘显墓志铭》，注出自《梁书·刘显传》。卷六十刘孝绰《为鄱阳嗣王初让雍州表》，考史实此是大同七年事，而孝绰卒于大同五年，当然不会是孝绰所作。此文又在刘孝仪名下收录。卷七十三释慧皎《〈高僧传〉序》《〈高僧传〉序录》两文，文字完全相同，实为一篇。卷七十四释法云《上昭明太子启请开讲》和《与王公朝贵书》两文也都前后两见。《全后魏文》卷三十五李崇《请减佛寺功材以修学校表》，又见《全北齐文》卷二杨愔名下收录，题作《奏请置学及修立明堂》。卷三邢劭《奏立明堂太学》只比此篇少三十七字，其余全都一样。《全后魏文》卷五十四慕容绍宗《檄梁文》，又见《全北齐文》卷五杜弼名下收录，内容全同。

除上述四类明显失误外，还有大量的校勘问题。严氏所用之书，多数为坊间刻本，鲁鱼亥豕，所在不少，严氏不可能逐一校录，而且在抄录校刻过程中，讹误无疑又会增加许多。因此，引用此书材料，必须核对原本或汇校本，否则很容易致误。如果整理此书，最好选择更好的底本逐一替换，校订异文。从目前情况看，尽管严书存在着这些缺失，但它毕竟是到目前为止收录先唐文献最集中的一部巨制，称之为"极学海之大观，为艺林之宝籍"（王毓藻序），总体上说是恰当的。此书刊行后，《汉魏六朝百三名家集》因收录诗歌，体例尚有可取，故还不时为人所用外，其他文章总集，像《历代文纪》之类则几乎可以说无人问津了。学问之事，如积薪传火，后来者居上，确非虚语。中华书局1958年据医学书局本影印出版。1965年再版时编制了篇目、著者索引，较易阅读。

韩理洲等在严可均辑文基础上，又多有辑补，由三秦出版社分别出版《全三国两晋南朝文补遗》（2013年）、《全北魏东魏西魏文补遗》（2010年）、《全北齐北周文补遗》（2008年）、《全隋文补遗》（2004年）等，其中三国两晋南朝文共收录962篇，作者96人。北魏东魏西魏文共收录1547篇，其中有作者可考的89篇。北齐北周文共收录939篇。全隋文750篇（存目124篇）。这些单篇文字，有些来自严氏曾经查阅而有所遗漏的古籍（如唐宋类书、古籍旧注所引资料），有些是严氏身后从域外传回及发现的资料（如《文馆词林》《文镜秘府论》），更多是近一百多年来全国各地出土碑刻墓志、造像记、杂著等。作者可考者有小传，每篇详注资料来源。每册都附有《年表》。随着新资料不断发现，一定还需要新的补充。所谓新资料，主要是地域特色明显的出土文献。北魏之后，东魏、北齐都以邺城为中心，西魏、北周均以长安为中心。比较理想的编排，是东魏、北齐为一编，西魏、北周为另一编。北魏首都是洛阳，如果合编，可以和东魏、北齐合为一编。隋代实际是西魏、北周的沿续，有相近的文化传承和区域特色。

第四节　近现代所编中古文学总集

近现代编撰中古文学总集用力较勤影响较大者，当首推丁福保。他在主持上海医学书局期间，不仅组织力量重新校勘断句排印严可均《全上古三代秦汉三国六朝文》，而且还编印了《〈文选〉类诂》《汉魏六朝名家集》《全汉三国晋南北朝诗》等。

一、诗歌总集

丁福保编《全汉三国晋南北朝诗》54 卷,自汉至隋诗人 700 多,依次为全汉、全三国、全晋、全宋、全齐、全梁、全陈、全北魏、全北齐、全北周、全隋 11 集。编排体例本于冯惟讷,删去其前集中先秦铭、赞、箴、诔、歌谣、逸诗及外集鬼仙诗和别集诗评,同时补入《文馆词林》所载各诗,又《全三国诗》卷二陈思王植诗里的《七步诗》详标出处,并从《太平广记》中又辑出《死牛诗》,而这些材料就连后出的逯钦立《先秦汉魏晋南北朝诗》、赵幼文《曹植集校注》也多所忽略,这是叫人赞叹的地方(黄永年,459)。但没有参考杨守敬《古诗存目》,所以补缀不多;又没有通校一过,匡谬补阙,特别是杂采众说又不做任何说明,所以讹误甚多。譬如凡诗见于《玉台新咏》者,本书则以署名纪容舒《〈玉台新咏〉考异》为本,却又不注明根据。有时,考异同取众说,本书经采一书而不作校记;校勘仅取李善注《文选》,凡《诗纪》有与李善注本不同之处,就直接称"《文选》作某"。殊不知《诗纪》很多本于五臣注《文选》。因此,《古诗纪》和《诗纪匡谬》原有的错误及各诗不注出处的缺憾仍因循从旧。如《魏书·韩麒麟传》所载麒麟子韩显宗赠李彪诗,本书依然误从《诗纪》,将作者误作晋末由南方入魏的韩延之。其实延之虽字显宗,但生活年代与李彪相去甚远,丁氏失考甚明。又如丁氏在辑补冯氏所未见的材料时有照录原书注语未加说明的情况。谢庄《长笛弄》见于《戏鸿堂帖》及《续〈古文苑〉》,末附志语曰:"此篇《诗纪》《百三名家集》皆不载。石刻有识云:《瑞雪咏》《山庭忧》《怀园引》《长笛弄》,庄集中不载,诚秘异之文,故庄手书珍惜不传于世也。"这段话,原见《续〈古文苑〉》,当是孙星衍在《戏鸿堂帖》中辑录此诗时所加按语,而丁书照录,不免有掠美之嫌(曹道衡,450,q)。唯本书编排清晰,所以过去几十年一直是学人案头的重要参考书。中华书局 1959 年又据原排印本断句排印,流传更广。

本书所存在的问题,很多学者从不同方面不断地加以订正补充。逯钦立自四十年代起开始辑校《古诗纪》,至六十年代,完成《先秦汉魏晋南北朝诗》一百三十五卷的辑校工作,既博且精,成绩远在丁书之上,是目前辑录先唐诗歌最完备、考订最精密、编排最得宜的集大成巨制。

这部书的价值具体可以从下列三方面来看:

第一,辑录完备。

先唐诗歌大多散佚,见于流传下来的《文选》《玉台新咏》等文学总集者毕竟是少数。很多诗散见于《艺文类聚》《初学记》等类书中,往往已经删节,并非全文;至于像《北堂书钞》等类书以及李善《文选》注一类书所引佚文更是片言只语。丁福保对前一类佚文多予收入,而对后一类则略。其实这些零星佚文,有时也能略窥一个作家的风貌。如东晋玄言诗人许询的五言诗,丁书仅收《竹扇诗》四句,并不足见其玄风,而《文选》江淹《杂体诗》注所引"亹亹玄思得,濯濯情累除"两句,倒更能代表其特色。可是这两句丁书不收,而逯书则予收入。这种佚文在搜集时,难度往往更高,更能见出编者的学识和功力(曹道衡,450,q)。可以说,唐以前歌诗谣谚,除《诗》《骚》外,绝大多数已入此编。像阮籍四言《咏怀诗》十三首,第三首以下皆冯、丁二书所失收。逯氏则据明刻本补入。又《韵补》所引陈琳等人诗,《法书要录》所载王羲之《兰亭诗》,《宋书》所录刘义隆诗,地方志所收谢灵运诗以及经、史、子、类书、碑、志、佛藏、道藏所记歌谣谚语等,都是冯、丁二书可以辑到而未收的。此外,还有近世才发现的汉简《风雨诗》、敦煌石室《老子化胡经》的玄歌等亦一一补入。其引书近三百种,收录广博,无疑是后来居上。

特别值得称道的是,作者遍检有关古籍,把全部诗歌核校一遍,标明全部诗歌的出处,凡各书异文,或一书不同版本的异文,甚至前人校勘成果,均予记录,异文齐备,极便研究。这种做法在严可均编《全上古三代秦汉三国六朝文》时已有先例,但在诗歌方面,不论冯惟讷或丁福保都没有做到。其实这是真正见功力处。因为把前人已搜罗的材料加以汇编,还不是很繁难的;但是逐一钩沉索隐,考订出处及诸本异同,则必须博极群书,考列排比,这是极为艰巨的工作。但是这种工作既有利读者征引,亦便复查,大大提高了这部书的科学价值。

　　第二，考订精密。

　　如果说网罗佚文、排比资料还仅仅显示作者之博学，那么考订作品真伪、确定作者年代则更见作者的功力。其一，辨证真伪，如所谓苏李诗，古人已有疑辞，而冯、丁两书仍以苏李自作而列在西汉卷。逯钦立早年作《汉诗别录》，征引古今论析，从内容、题旨和修辞用语等方面考订"李陵诗之为东汉末年士大夫之作"（444，a），因而编入东汉卷中。其二，确定时代，如《琴操》诸诗，本书考订为后汉琴工所作，从而归属东汉无名氏作品。又丁氏《全梁诗》有任豫《夏潦省宅》诗，本书据《隋书·经籍志》，确定为南朝宋人，作有《益州记》，故归入宋代。其三，考明作者，如考明原列谢灵运名下的《折杨柳行》第一首为曹丕所作。又《北周诗》卷一李昶两首，丁福保将《陪驾幸终南山诗》归入北周，作者署宇文昶，《奉和重适阳关》归入隋，题李那。其实这是一人之作。李昶为北魏李彪孙，小名那，仕西魏，赐姓宇文氏，故又名宇文昶因此本书考归李昶名下。其四，改正题目，如宋刻《陆云集》有《从事中郎张彦明为中护军》诗，割"奚世都为汲郡太守"以下六十一字为序，并在题下注"并序"二字，冯书以为欠妥，将"奚世都"以下移至下文《赠汲郡太守》诗下为序，丁书因循其例。本书则以诗和序互证，认为"奚世都为汲郡太守"以下六十一字当与《从事中郎张彦明为中护军》诗题相接，勘正了宋刻陆集和冯、丁两书的淆乱。其五，分合篇目，例如把古辞"步出夏门行"与"陇西行"合为一首，应璩"年命在桑榆"一诗分为两篇。其六，剖析体裁，例如论定刘邦《鸿鹄歌》表面为四言，实际是楚歌体诗。由上述六端来看，这部书不仅是资料丰富，而且在学术研究上也能给人以不少的启迪。

　　第三，体例得宜。

　　本书的编排次序改变了冯、丁两书的固有程式，一以时代先后为准。《诗纪》分前集、正集、外集、别集。丁福保较之过去有所改变，但仍以帝王居先，妇女在后。如编《全汉诗》把东汉的东平宪王（刘）苍置于前面，而把西汉的唐山夫人、戚夫人置于东汉末男作家之后。对一代作家的排列，次序也很混乱，如《全宋诗》中，卒于宋明帝时的谢庄放在卷二，而早于谢庄、卒于宋文帝元嘉十年（433年）的谢灵运却放在卷三。这不但不利于读者了解作品的历史背景，也不便于翻阅。本书编次则"略以卒年为准"，这就比冯、丁两书更为恰当。先唐史料有限，很多作家生卒年，甚至生活的年代都难以确考，工作十分繁难。编者为此花费了极大的功夫，排比梳理，不仅能显示同期作家之间的联系和影响，也易于比较不同诗风和流派，为文学史的研究提供方便。

当然，像这样一部囊括千余年诗歌篇什、引用数百种子史文集的巨制，个别辑佚上的遗漏、考证上的欠妥、校勘上的不当等，都是难以避免的。譬如作家排列虽以时代为先后，且略以卒年为佳，宋诗部分的鲍令晖，卒于鲍照之前，而书中却置诸鲍照之后。当然这也可以理解，鲍令晖是鲍照妹妹，而梁诗首列梁武帝萧衍，而年长且又卒于他之前的沈约、范云、任昉等人反置其后，这就是自乱体例了。

问题比较集中的是下列三个方面：

第一，漏辑。

本书漏辑主要有两种情况：其一是未曾寓目之书，其二是已见而失辑者。前者问题较少，因近世有关汉魏六朝文献的发现实在太少，略可例举的不过一二种而已。北京图书馆所藏明人稿本《诗渊》按类辑录了大量的诗歌，其中有不少署名为中古作家的作品。应当明确指出的是，这部稿本讹误极多，张冠李戴，触目皆是，不注出处，难以复核，因此使人难以尽信。不过，这些诗若能一一辑出备考，也还是一项有意义的工作。又如晏殊《类要》，唐雯《〈类要〉研究》据该书所引僧慧静《续古今诗苑英华》辑出四篇，据所引《广乐记》补逯书所不足。该书下编《〈类要〉所引珍秘文献考》辑录诗歌及旧注残句六则（432）。元、明、清三代所编方志，也可供稽考。逯钦立从方志中辑出不少作品，但仍有漏辑者，或以为可疑，或未曾寓目。《万历黄岩县志》卷一收有谢灵运诗，犹似唐宋时代的绝句。又康熙二十四年《温州府志》卷二十三收有谢灵运《行田登海口盘屿山诗》，比今本多出八句。又《仙岩志》收有谢灵运《舟向仙岩寺三皇井仙迹诗》。又周天锡《慎江诗类》卷一收有谢灵运《往松阳始发至三洲》等，均为今本所无(胡雪冈,367;张靖龙,279)。但这类方志、地方诗集所收所谓佚诗亦颇难甄别,因为方志等常常贪多务得,不免真伪混杂。因此所谓佚诗也只能辑出存疑。还有一些新近出土的文物如秦汉竹简、六朝墓志等,也偶尔可以辑出一些。书已寓目而失辑的情况比前者略多一些。历代笔记、诗话、类书、地理书、古注,如黄朝英《靖康缃素杂记》"摻挝"条有王僧孺诗、王楙《野客丛书》卷十六"丞相叠用数语"载纪少喻、萧纲的佚诗,虽作者尚需辨析,仍可以作为辑录考证的对象。南北朝几部史书以及敦煌吐鲁番遗书,海外古抄逸书等,也可从中辑出不少佚诗(陈尚君,206,d;陈尚君、骆玉明,207)。此外庾元威《论书》称:"有寒士自陈简于掌选诗云:伎能自寡薄……"又任昉《〈王文宪集〉序》载袁粲《答王俭诗》等亦可补辑。

第二,失考。

其一,编订错乱。如上文评丁书时提到北魏诗中有韩延之诗,实乃北魏后期韩显宗(字延之)作,此书则误以为北魏前期由南入魏的韩延之作品,其误与丁书同。又王献之《桃叶歌》三首在《晋诗》卷十三、卷十九两见。又《晋诗》卷十四谢混《游西池》,最早见于《文选》,即题谢混作。本书《宋诗》卷一又据《艺文类聚》误收此诗在谢瞻名下。又江淹有四首《杂体诗》误入他人名下:(1)《魏诗》卷七曹植名下:"君王礼英贤,不吝千金璧。从容冰井台,清池映华薄。"此系江淹拟曹植《赠友》诗开头四句;(2)《晋诗》卷三张华名下:"阑径少行迹,玉台坐网丝。"此系江淹拟张华《离情》诗中二句;(3)《宋诗》卷五颜延之名下:"太微凝帝宇,瑶光正神县。"此系江淹拟颜延之《侍宴》诗开头两句;(4)颜延之名下:"信矣劳物化,忧襟未能整。"此系江淹拟谢混《游西池》开头两句;(5)《宋诗》卷五颜延之名下:"且泛桂水潮,映月游海澨。"此系江淹拟谢灵运《游山》诗;(6)《宋诗》卷九鲍照名下:"竖儒守一经,未足识行藏。"此系江淹拟鲍照《戎行》诗;(7)《宋诗》卷九鲍照名下:"中坐溢朱组,步檐篕琼弁。礼登伫睿情,乐阙延黄昞。"此系江淹拟颜延之《侍宴》诗。因此,这七首诗应从曹植、张华、颜延之、鲍照作品中剔除。

其二，伪作混入。比较典型的要数沈约名下的《登北固楼》诗了。此诗出自晚唐张读《宣室志》"陆乔"条，系唐人伪托之作。[①] 北宋初编《太平广记》在卷三四三辑录了此条。南宋王象之《舆地纪胜》也辑录了此诗，误题沈约作。此书失察，因循《舆地纪胜》之误将诗收录在沈约名下。

其三，出处有误。《先秦诗》卷二《邺民歌》引"《史记》曰：魏襄王以吴起为邺令"。此实出《汉书·沟洫志》，《汉诗》卷九《巾舞歌诗》注出《乐府诗集》卷五十，实际在卷四十六。《宋诗》卷三谢灵运《临终诗》解题引"《梁书》本传"云云，当作《宋书》本传。《宋诗》卷五刘铄《白纻曲》注出《乐府诗集》卷五十三，实际在卷五十五。《北齐诗》卷一高昂《征行诗》《从军与相州刺史孙腾作行路难》注出《太平广记》卷三百引《谈薮》，实在卷二百。《隋诗》卷一杨坚《宴秦孝王于并作诗》解题曰："《隋书》本纪曰：开皇十年，高祖幸并州，宴秦孝王子相，帝为四言诗。"按：此段文字不在《隋书·高祖本纪》，而在《五行志》。又，依此标点，似秦孝王与子相为一人，误。《五行志》作："高祖幸并州，宴秦孝王及子相。"解题当补"及"字。又卷三隋炀帝广《云中受突厥主朝宴席赋诗》注："《隋书》曰：大业三年八月。"按：此非《隋书》文，而是略采自《通鉴》第一百八十卷文。

其四，校点不当。这部分问题相对多些，近来不断有学者匡谬补正，论析较详（刘跃进，110，c；张亚权，262；陈庆元，197，a）。举其要者，《魏诗》卷十一《克官渡》："王师尚寡沙塪旁。"按"尚寡"下断。寡，与上文"马""野"叶韵，自"沙塪旁"换韵。《晋诗》卷十四谢混《诫族子诗》解题"因宴饮之余，为韵语以奖励。灵运等曰"云云。按"灵运"前不当断。再看校勘，《汉诗》卷九《妇病行》："有过慎莫笪笞。"按"笪"误，当作"筀"。

---

① 《宣室志》"陆乔"条："元和初，有进士陆乔者，好为歌诗……一夕，风月清莹，有扣门者，出视之，见一丈夫……曰我沈约也，闻君善诗，故来候耳……久之，约呼左右曰：往召青箱来。俄有一儿至，年可十余岁，风貌明秀，约指谓乔曰：此吾爱子也。少聪敏，好读书，吾甚怜之……此子亦好为诗，近从吾与仆射（范云）同过台城，因命为感旧，援笔立成，甚有可观。即讽之曰'六代旧江川，兴亡几百年'。"云云。又见张敦颐《六朝事迹编类》卷三"城阙"门所载。

《宋诗》卷十二《宋明堂歌九首》解题："《通典》曰：孝武建元元年，使谢庄造。"按：当作"孝武孝建元年"。《梁诗》卷十吴均《行路难》："倾心颠倒想恋慕。"按："想"字，《文苑英华》《乐府诗集》并引作"相"，是。《隋诗》卷四杨素《赠薛播州诗》，同卷薛道衡小传谓"转播州刺史"。按"播"字误，当作"番"，播州至唐贞观十三年始置。

　　第三，小传。

　　作者小传错误可以分为两类，一类是史传不误而小传误录，如谓曹丕是曹操长子，说陆机在太安元年（302年）随成都王起兵之类都是显而易见的错误。因为曹丕并非长子，陆机卷入成都王与长沙王之争也不是太安元年，而在二年。史书均有确凿记载，覆按可得。其他如张衡、卢谌、王融、江淹、王暕、王训、王锡、萧子云、刘孝仪、萧纪、萧综、裴让之、萧悫、王褒、蔡凝、史万岁、杨素、崔仲方等人的小传，或生卒年误，或职官误，或年号误，或地名误，均可以据正史本传加以订正。另一类是有的作者仕历及生卒年，正史本身记载就很模糊，有的甚至是错误的。本书小传或臆断致误，或承袭旧误，有必要拈出讨论。《梁书》卷十三王僧孺小传称其普通三年（522年）卒时五十八岁，本《梁书》本传，实不可靠。《梁书·王暕传》亦载齐明帝时萧遥光表荐王暕、王僧孺，文称王暕二十一，王僧孺三十五。若依普通三年僧孺卒年五十八岁计，则此表作于永元元年（499年），实不可能，因永元元年，齐明帝已死。荐表必作于明帝死时的建武五年七月之前。王暕生卒年史有明文，其二十一岁时为建武四年（497年）。这一年王僧孺三十五，至普通三年（522年）卒时便是六十岁。《梁诗》卷十五萧琛小传以为卒年五十二，误。《梁书·武帝纪》明载萧琛中大通三年（531年）二月卒。若五十二岁，则生于南齐建元二年（480年）。据《梁书·武帝纪》《沈约传》及《资治通鉴》等书记载，萧琛为"竟陵八友"之一。若以通常认可的永明五年（487年）为八友结交时间而论，这年沈约五十岁，而萧琛才五岁。此不可能之一。《梁书·萧琛传》载其永明九年出使北魏，若依五十二岁卒年而推，这年才九岁。此不可能之二。又萧琛作《难范缜〈神灭论〉》《答释法云书难范缜〈神灭论〉》。前者约作于齐永明中(邱明洲,156),其时萧琛不过十岁上下,很难想象这样的小孩竟能参与众多名僧硕学的论辩。此不可能之三。类似的讹误,还有《宋诗》卷四王微小传称卒年二十九,《梁诗》卷十五陶弘景小传称卒年八十五,均误。中华书局校点本征引考证,以为王微当三十九,陶弘景当八十一,论据切实。又《梁诗》卷十五萧子显小传称其"大同三年出为吴兴太守,旋卒,年四十九"。此说恐亦未确。若大同三年(537年)四十九,则生于永明七年(489年)。但这里有一个明显的矛盾:萧子显竟比弟弟萧子云小好几岁,因《梁书·萧子云传》说"年十二,齐建武四年也",逆推生于永明四年(486年)。中大通六年(534年)萧绎作《〈法宝联璧〉序》后载萧子显年龄四十八岁。若依此,则第一,大同三年不是四十九,而应五十一岁。第二,逆推生于永明六年(488年),还是比萧子云小一岁。这些问题即使一时不能解决,也应有所说明,至少可以为读者提供一条继续研讨的线索(刘跃进,110,c)。

尽管上面举出了这样一些问题,但平心而论,与全书巨大价值相比,称之白璧微瑕,殆不为过。近年,中华书局委托陈尚君重订《先秦汉魏晋南北朝诗》(206,e),可以期待为先唐最为完备的诗歌总集。

二、文章总集

近现代在中古文章总集的编纂方面,还没有出现一部可以取代严可均《全上古三代秦汉三国六朝文》那样的巨著,但在专精方面,偶有过之。

先唐文章总集的辑补,学者呼吁已久,迄今未见成书出版。据悉四川大学古籍研究所经过五年多的努力,已初步完成《〈全上古三代秦汉三国六朝文〉补编》,凡一百五十卷,二百余万字,由序、前言、目录、正文、附录、索引六部分组成。体例一仍严著,凡唐前小说概不收入,拟另编《汉魏晋南北朝人物别传辑存》一书。所做补辑,材料来源大致有三个方面:一是严氏已检之书,加以重新补辑;二是严氏未检之书,包括当时严氏未能见到的《玉烛宝典》《永乐大典》等以及严氏失于眉睫的《历代名画记》

《韵补》等;三是地下出土的文献,包括帛书、简书、石刻碑铭等。至于严书自身存在的问题,则不在本书整理范围(罗国威,317,a)。

赵逵夫主持《全先秦汉魏晋南北朝文》列入国家社科基金重点资助项目,即将出版。毕万忱、何沛雄《中国历代赋选》(江苏教育出版社,1990年)中的"先秦两汉卷""魏晋南北朝卷"和赵逵夫主编《历代赋评注》(巴蜀书社,2010年版)中的"先秦卷""汉代卷""魏晋卷""南北朝卷"等,虽为选本,重要作品亦收录其中。此外,还有一些断代的辞赋总集,如费振刚、胡双宝、宗明华辑校《全汉赋》(北京大学出版社,1993年版),韩格平、沈薇薇、韩璐、袁敏合著的《全魏晋赋校注》(吉林文史出版社,2008年版)等。

三、诗文丛书

丁福保编《汉魏六朝名家集》初刻186卷,收录40家,诗文兼采。诗主要以冯惟讷《古诗纪》为本,文则多采自严可均《全上古三代秦汉三国六朝文》,取材不出前人范围,考订亦不精,所以质量还不如冯、严二书。此外,北京大学中文系编《两汉文学史参考资料》《魏晋南北朝文学史参考资料》将中古重要作品及有关史料择要汇为一编,翻检方便。朱自清《古诗歌笺释三种》,收录了《古逸歌谣集说》《诗名著笺》《古诗十九首释》,大都是汉及汉前无主名诗歌的笺注和解释,剖析极为精微。余冠英《汉魏六朝诗选》选录300余首诗,注释简明扼要,是一部影响很大的中古诗歌选注本。李修余、陈朝辉主编《唐前帝王诗文集校注》(中国文史出版社,2013年版)对唐前203位帝王的800余首诗歌、近5000篇文章进行了全面系统的汇集、校释,为学术界提供了重要的参考资料。

刘跃进主编、孙少华、刘明副主编《汉魏六朝集部珍本丛刊》(下简称《丛刊》)为国家社科基金重大项目"汉魏六朝集部文献集成"的重要成果之一,国家图书馆出版社2019年出版。所收典籍,起于北宋天圣、明道(天圣,1023—1031;明道,1032—1033)刻本《文选》,迄于清抄本《文章缘起》,总计261种。包括宋元刻本15种,明刻本154种,明活字本3种,名家稿钞本31种,其他版本58种。其中有名家批校的有110多种,精椠名校,汇为百册,蔚为大观,是迄今为止收录汉魏六朝集部文献最为系统、最为丰赡的大型丛书。在选目方面,《丛刊》尽可能地呈现存世汉魏六朝集部典籍的整体风貌,所选底本绝大多数是现存最早,或有名家批校题跋的版本,兼具研究和收藏价值。

　　总集20种。其中,《文选》4种,包括北宋天圣、明道间刻递修本残卷、南宋杭州开笺纸马铺钟家刻本残卷、南宋赣州州学刻宋元明递修本、南宋建阳崇化书坊陈八郎宅刻本等,这将会极大地满足《文选》研究的基本需求。《玉台新咏》八种,包括明嘉靖十九年(1540年)郑玄抚刻本、明汲古阁本、袁宏道批明天启刻本、明崇祯二年(1629年)冯班抄本(冯班、何士龙校跋)、明崇祯六年(1633年)赵均刻本、明五云溪馆铜活字印本、清纪昀校正稿本、近人徐乃昌札记稿本等,都是校理《玉台新咏》不可或缺的文献资料。《古文苑》用南宋端平三年(1236年)常州军刻、淳祐六年(1246年)盛如杞重修本,是传世最早的《古文苑》章樵注本。《六朝诗集》用明嘉靖刻本,学者或认为出自宋本,或认为是明人所编,结论虽有不同,但此书在研究汉魏六朝集部成书层次和文本变异方面所具有的参考价值,已成为学界共识。《古诗十九首》诠释著述五种,集中展现了清人研究《古诗十九首》的成果。此外,还收录了清光绪十五年(1889年)枕溢书屋刻本《六朝文絜笺注》。

　　别集226种。明清以来,汉魏六朝别集的汇编,主要有汪士贤《汉魏六朝二十一名家集》、张燮《七十二家集》和张溥《汉魏六朝百三家集》等。其中,《汉魏六朝百三家集》最为完备,上自贾谊,下迄薛道衡,凡103家。《丛刊》又有所调整,多有增补,不仅作者人数增加到126人,且同一著作,在兼顾系统性的同时,特别注重传世稀见本、精校精刻本、批校评点本或重要研究著述的广泛收录,总数多达200余种。珍稀版本方面,如《曹子建集》用现存最早的宋刻本,《陆士衡集》用清影宋抄本《晋二俊文集》作底本,既保留宋本陆机集面貌,且约略可见陆机集据《文选》、类书重编的内证。《陆士龙文集》十卷,用南宋庆元六年(1200年)华亭县学刻本,是现存陆云集最早的版本。明崇祯年间潘璁刻《阮陶合集》本之《阮嗣宗集》二卷,保留了阮籍13首完整的四言《咏怀诗》,为存世版本中所独有。明毛氏汲古阁影宋抄本《鲍氏集》,可以让读者直接了解到宋本鲍照集的原貌,明刻本《江文通文集》保留了删削未尽的宋代讳字,或是出自宋本的旁证。明抄本《梁陶贞白先生文集》,所据为南宋绍兴本。《常州先哲遗书》和《玉海堂影宋丛书》中的《梁昭明太子文集》,皆云出自宋本。《王司空诗集注》不分卷(北周王褒撰),为清段朝端注,是王褒研究的草创性著作,收录初稿和二稿两个版本。精校精刻方面,编者尽力搜罗存世的精善之本。如明正德十年(1515年)华坚兰雪堂铜活字印本《蔡中郎文集》十卷,有黄丕烈跋,是现存蔡邕集最早版本,也是存世比较早的中国活字印刷本之一。清咸丰二年(1852年)杨氏海源阁所刻《蔡中郎集》,校勘精审,辑录篇目齐备,有赵之谦跋,庶几可作为整理蔡邕集的底本使用。略感遗憾的是,由于原书装订太紧,有几处夹字现象。清人吴志忠《校蔡中郎文集疏证》,既可反映乾嘉时期的治学风气,也为今人的校注整理奠定了基础。《丛刊》收录的陶渊明集多达十种,其中宋元刻本五种,包括宋刻递修本(明州本)《陶渊明集》,为现存陶渊明集最早的版本,保存了大量的古本陶集异文。另外还收录清代重要的陶集注疏著作,如詹夔锡《陶诗集注》(管庭芬过录何焯、查慎行批)、吴瞻泰辑《陶诗汇注》、马璞辑注《陶诗本义》、陶澍集注《靖节先生集》(莫友芝校并跋)、陈澧撰《陶诗编年》等。批校评点方面,《丛刊》选入版本中多有名家批校题跋,有赵怀玉、翁同书、傅以礼、盛凤翔、傅增湘等人的校记;有何绍基的评点;有吴骞、黄丕烈、邵渊耀、翁同书、莫友芝、唐翰题、赵之谦、丁丙、汪骏昌、宋康济、缪荃孙、王颂蔚、莫棠、傅增湘、郑振铎、赵元方等人的题跋;也有出自冯舒、周亮工、毛扆、王芑孙、严元照、莫友芝、周星诒、傅增湘等人之手校跋并存的著作。还有些版本过录以往的题跋批校成果,包括文嘉、叶奕、彭元瑞、张燕昌、黄丕烈等人的题跋以及陆贻典、查慎行、何焯、卢文弨等人的批校。汉魏六朝作家别集经过这些名家巨擘的评校赏析,足以让人萌生一种先睹为快的阅读激情。

诗文评 15 种。其中,《文心雕龙》7 种,《诗品》5 种,《文章缘起》3 种。敦煌石室所藏唐写本《文心雕龙》残卷,为现存最早的《文心雕龙》版本,可以说最接近《文心雕龙》原貌。宋刊《太平御览》所收《文心雕龙》,所据可能就是隋唐以来的抄本,故将其所涉页面按《太平御览》卷次顺序辑出。元代至正本《文心雕龙》则保留元刊本旧貌。明人注释或评点的《文心雕龙》,也收录三种。《诗品》有明正德元年(1506 年)退翁书院抄本(黄丕烈跋),曾被视为"影宋钞本"。元本《山堂考索》全文收录《诗品》,保留了《诗品》的宋元旧本面貌。《得天爵斋丛书》本中的《文章缘起订误》一卷、《文章缘起补》一卷,为清人钱方琦校订本,很有参考价值。另外,明陈懋仁补注、清吴骞校的《文章缘起》,亦为世人所稀见。

所收 261 种文献均有提要,刘明撰写,单独汇集成册。

第四章　有关中古文学研究其他资料

第一节　正史

研究中古文学,除大量阅读原作外,最重要的参考资料当然是史书。二十四史中的《后汉书》《三国志》《晋书》是关于后汉魏晋的史书;《宋书》《南齐书》《梁书》《陈书》《魏书》《北齐书》《周书》《隋书》以及《南史》《北史》等八书二史是记述南北朝史事的。这几种史书的作者、成书年代、编纂体例、成就与不足,诸多史籍概论之类的著作都有或详或略的介绍,没有必要一一复述。这里只提出与中古文学研究关系最为密切的几点,略陈浅见。

一、作家生平研究的渊薮

与唐宋以后的文学研究有所不同,中古文学家生平事迹的研究除上述几部正史以外,可供参考的资料,实在非常有限。因此,研究这个时期的文学,还非得从这几部史书入手,没有其他的选择。中古文学,一般是指魏晋南北朝文学,按理应从《三国志》说起,但曹魏文学最辉煌的时代是汉末建安的二十五年间;而建安文学的兴盛又不仅仅是在建安年间突然出现,而是东汉以来渐渐演变而成的。所以,研究中古文学至少应当从东汉做起。

用纪传体编撰后汉一朝的历史,除属于官史性质的《东观汉纪》外,私人编撰而著录于《隋书·经籍志》的有三国时吴国谢承《后汉书》、晋薛莹《后汉记》、晋司马彪《续汉书》、晋华峤《后汉书》、晋谢沈《后汉书》、晋张莹《后汉南记》、晋袁山松《后汉书》。[①] 但是,由于后来范晔《后汉书》出,取代众家,这些后汉史书便被淘汰,唯范书作为正史,与《史记》《汉书》《三国志》合称前四史。范书列传共八十卷,一些重要的作家、学者如桓谭、冯衍、郑玄、贾逵、班彪、班固、王充、王符、仲长统、崔骃、崔瑗、张衡、马融、蔡邕、孔融、荀彧等列有专传。最引人注目的是,范书首先在正史中列有《文苑传》,与《儒林传》并列。《儒林传》是学者专传,而《文苑传》则主要是作家小传。这种编排反映出了当时文学观念的日益明确。这是范晔《后汉书》的一大特点。

自范晔之后,《晋书》《南齐书》《梁书》《陈书》《北齐书》《魏书》《隋书》《南史》《北史》等均列有《文苑传》或《文学传》。列入《文苑传》的作家,大多政治地位不高,而文学上卓有成就。他们的地位虽然不如各史列入专传的大家那样显赫,但他们的存在却又给后人提供了观察一个时代作家群体及创作风尚的窗口。而且,其中有些作家,随着时间的推移,他们的文学成就得到了越来越多的重视。刘勰与钟嵘就是比较典型的一例。如果不特辟《文学传》,这两个人在当时政坛没有什么地位,也许他们的生平事迹就永远淹没无闻了。

利用《文苑传》,还可以确定众多作家的生卒年代。还以刘勰为例。其卒年有普通(520—527)初年、中大通三四年(531—532)、大同(535—546)初年三种说法。杨明照《〈梁书·刘勰传〉笺注》根据刘勰在《梁书·文学传》中列在谢几卿之后、王籍之前的位置,推定刘勰卒于大同五年(539年)左右。这是因为,史家撰作类传通常是以卒年为序。谢几卿卒于大

---

① 《史通·摸拟》载袁山松云:"书之为难也有五:烦而不整,一难也;俗而不典,二难也;书不实录,三难也;赏罚不中,四难也;文不胜质,五难也。"刘知幾补充曰:"夫拟古而不类,此乃难之极者。"可见袁山松对自己有很高的期许。

同四年(538 年)冬,王籍卒于大同二年(536 年)谢征卒后,大同五年(539年)七月萧绎未离荆州之前这三年间。刘劭在史传中的位置居于二人之间,因此其卒年不应先于谢几卿或晚于王籍,大约在大同四五年间(286,b)。① 当然,这也不必胶柱鼓瑟。《梁书·文学传》共列十四人,亦有先后失序者。如刘峻与刘沼、王籍与刘杳、谢征即是典型之例。刘峻卒于普通二年(521 年),刘沼卒于天监(502—519)初年,而刘峻在前;刘杳、谢征均卒于大同二年(536 年)。《谢征传》说:"友人琅邪王籍集其文为二十卷。"说明王籍必卒于谢征、刘杳之后,而《文学传》却把王籍列在二人之前。尽管如此,《文学传》的排列次序毕竟还是提供了一些可资参照的旁证。

在上述诸史中,唯有《三国志》《宋书》《周书》未列《文苑传》或《文学传》。《三国志》成书于晋初,当时的文学观念也许还不十分明确,文史也并未完全独立开来,这在当时的史籍分类、文论片断以及史书记载中都还不难找到例证。再说,陈寿此书也是继承前人成果而成。他在修史时,魏、吴两国已先有史,官修的有王沈《魏书》、韦昭《吴书》,私撰的有鱼豢《魏略》。这三种书是陈寿所根据的基本史料。陈寿是蜀人,又是史学家谯周的弟子,在蜀未亡时即注意蜀事。他所采集的虽不及魏、吴官史那样丰富,也终于完成《蜀书》,与魏、吴两书并列。也许陈寿所依据的三书本来就没有《文苑传》。而《宋书》《周书》不列《文苑传》或《文学传》就令人费解了。《宋书》成于南齐永明六年(488 年),虽亦因袭而成,(《宋书·自序》)但当时的文学观念已经十分明确,文学独立一科,不仅见于时人的论述,而且前有范晔《后汉书》作先例;四部分类也已成为当时越来越多的目录学家的共识;在文学界,文笔的辨析、四声的发现、近体诗的萌生,都已把文学推到历史的前台,漠视它的存在确实难于推测解释。而《周书》成于初唐,年代更靠后。尽管两书为当时重要作家列有专传,

① 此说不一定对,曹道衡、沈玉成先生有商榷意见。请参见本书下编第三章第一节。

而一些政治地位不高的作家，只能被遗弃了。像鲍照这样在当时和后世都有重要影响的作家，限于体例，却只能附在《刘义庆传》后，三言两语，一笔带过，留下了永远不可弥补的缺憾。史书作者也许意识到了这一点，在《宋书·谢灵运传论》《周书·王褒庾信传论》一反史论通例，不仅仅论及传主，而且纵论前此历代作家的成就和特点，具有文学传论的性质。

二、作品背景考索的依据

魏晋南北朝是中华各民族广泛融合的时期。汉族大姓纷纷南渡，占据高位，又聚族而居；北方五胡入主中原，或自高门第，标榜正宗；或推行汉化政策，统一姓氏。在这样一个背景下，姓氏族谱类图书剧增。南渡士族多有世功，贵为宦族。为了维持其既往的利益，自高门第，所以，关于人的族属、身份，也就是我们今天所说的户籍，就非常重要了。南北朝史书中，关于姓氏族谱的记载非常丰富。《隋书·经籍志》："晋世，挚虞作族姓昭穆记十卷，齐、梁之间，其书转广。后魏迁洛，有八氏十姓，咸出帝族。又有三十六族，则诸国之从魏者；九十二姓，世为部落大人者，并为河南洛阳人。其中国士人，则第其门阀，有四海大姓、郡姓、州姓、县姓。及周太祖入关，诸姓子孙有功者，并令为其宗长，仍撰谱录，纪其所承。又以关内诸州，为其本望。"如京兆韦氏谱、谢氏谱、北地傅氏谱。同一姓，也有不同分支，形成杨氏血脉谱、杨氏家谱状、杨氏枝分谱之类。这类家谱姓氏谱历经战乱，初唐时依然保留"四十一部，三百六十卷。通计亡书，合五十三部，一千二百八十卷"。

纸张发明之后，户籍多用黄纸记录，《齐民要术》卷三《杂议》说黄纸经过药物浸染防虫，可以保存较长时间。宋祁《宋景文公笔记》"释俗"条称："古人写书尽用黄纸，故谓之黄卷。颜之推曰：读天下书未遍，不得妄下雌黄。雌黄与纸色类，故用之以减误。"东晋初年，为确保南渡侨户的利益，用白纸登记户籍，称为"白籍"，在一定程度上享有免税免役的特权，这个时期比较突出的南北与士庶问题便特别彰显出来。后来，为平息南北矛盾，解决户口不实问题，东晋乃至南朝曾多次"土断"，即以现居住地作为依据断定其户籍，一律改为黄籍，土著、侨户都要纳入政府征税服役的统一管理。这一措施，必然引起一部分特权阶层的反弹，也会对社会民众产生重要影响（高敏，438，b）。这些背景材料，在《晋书》中多有记录。门阀士族与文学的关系，现在成为研究的热点，这些切实的政策背景，是不能不关注的。王伊同《五朝门第》①详细统计晋宋齐梁陈高门名族的源流，论述士族的优遇，探讨谱学的繁荣，并附以 75 家高门权门世袭婚姻表，执此一书，六朝的门阀制度与婚宦关系，一目了然。

在北方，少数民族入主中原，很多氏族取名缘时不同，并无定则，或取地名，或用国号，或借官爵，或凭事物。《魏书·官氏志》载："初，安帝统国，诸部有九十九姓。至献帝时，七分国人，使诸兄弟各摄领之，乃分其氏。"姚薇元《北朝胡姓考》（中华书局 1962 年初版，2012 年修订版）分内外编，其中内编所考为《魏书·官氏志》所载诸胡姓，包括宗族十姓，勋臣八姓，内入诸姓，四方诸姓，总计 118 姓。外篇所考为未见《官氏志》诸胡 75 姓，包括东胡 13 姓，东夷 3 姓，匈奴 13 姓，高车 9 姓，羌族 12 姓，氐族 5 姓，賨族 1 姓，羯族 6 姓，西域 13 姓。书后附有作者所撰《〈宋书·索虏传〉〈南齐书·魏虏传〉北人姓名考证》，作者参照碑铭、石刻以及文集、杂著等文献，对 193 个姓氏作了详尽的考述，正如陈寅恪序所称："迄今犹有他人未能言者。"由此类推，陈寅恪进一步指出："吾国史乘不止胡姓须考，胡名亦急待研讨是也。凡入居中国之胡人及汉人之染胡化者，兼有本来之胡名及雅译之汉名。"他以胡化汉人高欢为例，史称其字为贺六浑，其实"欢"乃胡言"浑"之对音，亦即贺六浑本是其胡名，并非其字。

魏晋南北朝又是中国历史上少有的混乱时期，朝政更迭频繁，政治斗争惨烈，疆域反复划分、人口迁徙流动，南北对立情绪、士庶分野心态，

---

① 　该本在洪业的指导下编纂完成，1943 年由成都金陵大学中国文化研究所油印初版，1978 年香港中文大学出版社修订再版，2006 年中华书局再作校订重新排版。

种种错综复杂的现象,背后都有深刻的政治制度与文化背景的原素。作为社会生活、作家心态反映的文学艺术,不可能不对这样变化多端的现实作出深刻的反映;同样,研究这段历史时期的文学艺术,也不可能不对这段历史背景作深入的了解,否则,难免近于隔靴搔痒。沈约有《豫章文献王碑》,铃木虎雄编《沈约年谱》时,仅据《南齐书·豫章文献王传》系于萧嶷死时的永明十年(389,a)。看似有据,但是如果深入了解当时的政治背景,就不难知道,这是不可能的事。萧嶷是齐高帝萧道成次子。当时皇太子是萧赜[①],宠信佞臣张景真,"朝事大小皆专断"。此事为司空谘议荀伯玉所密启。萧道成怒杀张景真,并召萧长懋、萧子良负敕诘责其父萧赜。此后,萧道成甚至有"以豫章嶷代太子之意"。本来,萧嶷就深得乃父赏识,已使萧赜不快,这件事使得豫章王萧嶷和皇太子萧赜及其两个儿子的关系变得愈加紧张。萧赜即位后,为显示自己宽宏大量,曾作出一些和解的姿态,譬如,把自己的儿子萧子响过继给萧嶷作为嫡嗣,又为之晋升官爵。但双方心里明白,心存芥蒂,成见已很难排除了。永明八年(490年),萧子响因杀典签,被萧赜所剿杀,这无疑给萧嶷一个更强烈的震动,终日如履薄冰。由于这种政治上的原因,萧子良幕下的文人如竟陵八友等,没有一个人敢再入萧嶷府中任职。甚至与萧嶷府中的文人如刘绘、乐蔼、张稷等在永明年间始终保持着若即若离的关系,不敢越雷池一步。在这种情况下,生性谨慎的沈约怎敢冒犯大忌而为府主的政敌萧嶷去写歌功颂德的碑文呢? 这些隐情,《南齐书》均略而不载,因为史书作者萧子显就是萧嶷的儿子,当然会极尽隐讳之能事。若仅据《南齐书》考述此段公案,必然误入歧途。幸而有《南史》披露,得以略窥真相。今存《齐丞相豫章文宪王碑》不可能作于永明年间,而是作于建武(494—498)年间,是应萧嶷第二子萧子恪之请而作。其时,萧赜与萧长懋、萧子良都已不在人世,且齐明帝萧鸾又深恨萧赜父子,自然不再存在什么违碍。由此可见,孤立地看一篇作品,忽略了当时的政治背景和作

---

① 　参见林晓光《萧赜评传》,上海古籍出版社2018年出版。

家的处境，是颇易致误的。

　　这个例子还给我们提供了一个有益的启示：研究中古文学，必须比勘众书，前后披寻，庶几可以梳理出某些进一步研讨的线索。仅凭一本书、几条材料来立论，那是很危险的。中古诸史，有几部史书，如南朝四史《宋书》《南齐书》《梁书》《陈书》，北朝四史《魏书》《北齐书》《周书》《隋书》等①，都是断代史，且由于各种原因，许多史事回避不谈，甚至给予曲解。梁代重要作家吴均作《齐春秋》三十卷，"书成奏之，高祖以其书不实，使中书舍人刘之遴诘问数条，竟支离无对，敕付省焚之，坐免官"（《梁书·吴均传》）。萧衍为什么对齐史的修撰如此慎重？因为他是当事者。本来他起家于南齐永明年间，文惠太子、竟陵王萧子良等待他也不薄，但在永明末，他却背叛了萧子良等，协助齐明帝大杀武帝子孙。个中原由，当时人不是不知，吴均《齐春秋》也未必不载，但作为当事人的萧衍必须回护。这段历史，今存《南齐书》已删削殆尽，要不是《南史》的记载，我们很难知晓此中蹊跷。萧衍的父亲萧顺之辅佐萧道成废宋建齐，创立军功。萧赜曾对弟萧嶷说："无此翁，吾辈无以致今日。"因此，萧赜对这位老臣颇有忌惮之感，时常抑制他。永明八年（490 年），萧赜派萧顺之剿杀萧子响，"顺之惭惧成病，遂以忧卒"。这段话颇耐人寻味，它至少使我们知道，萧顺之死与萧赜有直接关系。在萧衍看来，他与萧赜父子实有杀父之仇，只是苦于没有机会，只得屈伏在萧子良门下。后来，他助明帝夺权乃至自己登基，都可以在这里找到最初的动机。研究齐梁文学，绕不开萧衍，他不仅是组织者，更是重要的参与者。联系这段历史背景，再研读他的诗文，也就比较容易看出哪些是真心的流露，哪些是虚伪的应酬了。鉴于这种情形，唐人李延寿集合南北朝诸史而成《南史》八十卷、《北史》一百卷，南起刘宋，终于陈；北起元魏，止于隋。材料大体来源于上述各史，也有很多增删修订，比对阅读，多有文章可做。沈茗苏、朱昆田有《南北史识小录》，李清有《南北史合注》，高敏有《南北史掇琐》等。

―――――――――

　　①　（唐）李延寿修《南史》《北史》，将隋朝视为北朝，见本书中编第三章。

三、文学风尚变迁的标记

文学风尚的变迁往往与社会风尚、哲学思潮、学术风气紧密相关。这些都可以从正史中寻找到变化的标记。

（一）隐逸之风与尚文之风及其与文学的关系

仕与隐是中国知识分子内心依违之两端。"达则兼济天下，穷则独善其身"。匡世济民固然为大义所彰，避世高蹈未尝不是浊世清流。隐逸人物，正史为之立传，始于范晔《后汉书·逸民传》。其后，《晋书》《宋书》《南齐书》等都列有《隐逸传》《高逸传》或《逸士传》之类。一些文学家的生平事迹及其作品赖此得以保存，如《后汉书·逸民传》载梁鸿与妻孟光的事迹、《宋书·隐逸传》载陶渊明生平，都是显而易见的例子。此外，隐逸之风何以至东汉而益盛？它对魏晋士人心态及其文学创作产生了哪些重要影响？这些都是研究界反复讨论的问题（魏敏慧，534；韦凤娟，57，a）。

尚文之风，也是魏晋南北朝时期比较突出的现象。秦汉时期，许多文士多以武功相尚，如司马相如不仅"好读书"，也好"学击剑"（《史记·司马相如传》）。班超投笔从戎，其少子班勇"少有父风"。其他如赵充国、马援、张骞、东方朔等，都以修习战备、勇武慷慨而为世人所称道。东方朔曾不无自负地说："十九学孙吴兵法，战阵之具、征鼓之教，亦诵二十二万言。"（《汉书·东方朔传》）但是，自汉末以来，这种尚武精神发生了逆转，那些创立了赫赫战功的兵家将子，竟时常为人所轻视，十分尴尬。刘巴不愿与张飞为伍，称："大丈夫处世，当交四海英雄，如何与兵子共语乎？"（《三国志·蜀志·刘巴传》）王睿与孙坚共击"零桂贼，以坚武官，言颇轻之"（《三国志·吴志·孙坚传》）。晋武帝娶手下大将胡奋女为贵妃，却鄙视她为"将种"（《晋书·后妃传》）。刘绘"常恶武事，雅善博射，未尝跨马"（《南齐书·刘绘传》）。丘灵鞠领骁骑将军，却"不乐武位"，大骂顾荣"忽引诸伧渡，妨我辈涂辙，死有余罪"（《南齐书·丘灵鞠传》）。与此形成鲜明对照的是，魏晋以来尚文之风日益兴盛。曹丕称"文章经国之大业，不朽之盛事"（《典论·论文》），颇能反映当时士人的一般心理状态。

再后，不仅士人如此，就是起自行伍、"本无学术"的刘裕，在以文章相尚的时代也要表现出"颇慕风流"的样子（《宋书》"刘穆之传"与"郑鲜之传"）。至于那些阀阅世家，则多以能文相标榜。王筠祖上"爵位相继"固然值得夸耀，但最使他自豪的还是琅邪王氏累世有文才，以至"人人有集"（《梁书·王筠传》）。江左士人如此尚文鄙武，在很大程度上决定了社会风尚的转变。那些兵家将种欲厕身于上流社会，势必要企慕风流，涉猎文苑，借此显示其文经武纬的济世之才（曹文柱，446；刘跃进，110，d；王卫平，17）。对这种现象的描述，对其深层原因的探讨，以及这种风气对文学创作产生多大影响的分析，都要凭借史书，而没有其他途径。

　　（二）玄学的兴衰与文学的发展

　　东汉后期，儒学衰微，至魏晋，玄学振起。这种哲学思潮的变迁对魏晋士人心态与文学创作产生了巨大的影响。至晋宋之际，陶渊明为玄学人生观划了一个句号（罗宗强，316，a）。但玄学对于文学的影响并未消歇。元嘉十六年（439年）立五学馆，玄学即其中之一。这在《宋书·文帝纪》等纪传中多有记载。元嘉二十二年，以儒学相尚的颜延之为国子祭酒，重扇玄风。《南齐书·陆澄传》载其《与王俭书》说："元嘉建学之始，玄、弼两立。逮颜延之为祭酒，黜郑置王，意在贵玄，事成败儒。"此"黜郑置王"是指《周易》郑玄注被黜而立王弼注于学官。郑玄是汉学，王弼是玄学，所以说"贵玄""败儒"。此说或有根据，鲁迅《古小说钩沉》辑录《幽明录》曰："王辅嗣注《易》，辄笑郑玄为儒，云老奴甚无意。于时夜分，忽然闻门外阁有著屐声，须臾进，自云是郑玄，责之曰：'君年少，何以轻穿文凿句，而妄讥诮老子邪？'极有忿色，言竟便退。辅嗣心生畏恶，经少时，遇厉疾卒。"按《幽明录》作者刘义庆卒于元嘉二十一年。则这个故事成于此前，恐怕是当时儒生编造出来骂王弼，用以抵制玄风的故事。由此可见，元嘉时代，汉学、玄学之争确实存在。泰始二年（466年），王僧虔作《诫子书》论及当时贵玄人物，袁粲长于《易》，谢庄长于《庄》，张灵兴长于《老》，颇能反映当时玄风的兴盛。从正史中还可以找到许多材料，说明从元嘉文学的"文多经史"（裴子野《雕虫论》），向永明文学的"清丽居宗"的过渡（《文心雕龙·明诗》），玄学的兴起确实起到了先导作用。同样的情形，梁代中后期，萧纲、萧绎兄弟也有意以玄学相号召，扼制梁代中期文学复古潮流，推动梁陈文风转变。玄学的兴衰与文学的发展，两者到底是怎样一种关系，是一个很值得探讨的重要课题。而这，也需要首先对史书作一番梳理工作，才能理出一些继续研讨的线索。

（三）"熟读《离骚》"与晋宋创作风气

学术风气影响到文学创作风尚，这在正史中也可以看到不少标记。举例来说，东晋偏安江左以来，一种长短相间、韵律灵活多变的杂言诗颇为盛行。有趣的是，许多诗人似乎有意采用《楚辞》句式入诗，显得文雅峭拔，不同凡俗。这类作品，如谌方生《怀归谣》《游园诗》《秋夜诗》、谢庄《怀园引》《山夜忧》等，形式上颇近于赋，却也难否认是诗。不管归类如何，有一点是可以肯定的，即这类作品明显受到《楚辞》的影响。这种现象的出现，可能与晋宋士人偏爱《楚辞》有很大关系。"名士不必须奇才，但使常得无事，痛饮酒，熟读《离骚》，便可称名士"（《世说新语·任诞》引王恭语）。可见，能熟读《离骚》是充当名士的一个起码条件。也许是这个缘故，晋宋时代的《楚辞》研究也很盛行。我们从《隋书·经籍志》中看到，魏晋南北朝时期《楚辞》研究著作，绝大多数是晋宋人所著。郭璞、何偃有《〈楚辞〉注》，皇甫遵在王逸、郭璞、何偃三家注基础上又撰《参解〈楚辞〉》七卷，徐邈、诸葛氏又各撰有《〈楚辞〉音》等，这些是较有代表性的著述。这种风尚，从鲍照到江淹，持续不断。但是到了永明以后，情形则发生很大变化，沈约《八咏诗》还带有骚体的影响，其他作家则很少用骚体从事杂言诗创作。沈约生长在刘宋中后期，诗歌创作多少还受到元嘉诗风的影响，《八咏诗》又是他在出任东阳太守期间所作，失意烦闷，借用骚体以抒写自己抑郁不平的思绪，也在情理之中。但是，这种情形在沈约以及其他永明诗人的杂言诗创作中毕竟是个例外（刘跃进，110，f）。把《隋书·经籍志》的著录与现存作品略作比较，从一个侧面可以看出元嘉诗风向永明诗风变迁的轨迹。

当然，廿四史中的前四史，按照传统看法，本身又是史传文学的代表。《史通·核才》："昔尼父有言：文胜质则史。盖史者当时之文也，然朴散淳销，时移世异，文之于史，较然异辙。故以张衡之文，而不闲于史；以陈寿之史，而不习于文。其有赋述《两都》，诗裁《八咏》，而能编次汉册，勒成宋典。若斯人者，其流几何？"唐代以后，文史分家。

第二节　中古文献收藏与整理

一、中古时期的藏书

（一）魏晋藏书

《隋书·经籍志序》：

> 魏氏代汉，采掇遗亡，藏在秘书中、外三阁。魏秘书郎郑默，始制中经，秘书监荀勖，又因《中经》，更著《新簿》，分为四部，总括群书。一曰甲部，纪六艺及小学等书；二曰乙部，有古诸子家、近世子家、兵书、兵家、术数；三曰丙部，有史记、旧事、皇览簿、杂事；四曰丁部，有诗赋、图赞、《汲冢书》，大凡四部合二万九千九百四十五卷。但录题及言，盛以缥囊，书用缃素。至于作者之意，无所论辩。惠、怀之乱，京华荡覆，渠阁文籍，靡有孑遗。

泰始十年（274 年）荀勖领秘书监，与中书令张华等依刘向《别录》整理宫内藏书。仿魏秘书郎郑默所编的宫廷藏书目录《中经》成《中经新簿》。据阮孝绪《古今书最》记载，该书共 16 卷，著录图书 1885 部，20935 卷。又据《隋书·经籍志》记载，这部目录共分甲、乙、丙、丁四部，其中汲冢书乃指荀勖等所整理的咸宁五年（279 年）在汲郡（今河南汲县）古墓中发现的古文简牍文献。《晋书·荀勖传》载："及汲郡冢中古文竹书，诏勖撰次之，以为《中经》，列在秘书。"朝鲜正德本《文选·王文宪集序》张铣注："荀勖，字公曾，领秘书监，与中书令张华依刘向《别录》，整治书籍乱者，以为《中经》。"①阮孝绪《七录序目》："魏晋之世,文籍逾广,皆藏在秘书中外三阁。魏秘书郎郑默,删定旧文,时之论者,谓为朱紫有别。晋领秘书监荀勖,因魏《中经》,更著《新簿》,虽分为十有余卷,而总目四部别之。惠、怀之世,其书略尽。"朱希祖有《汲冢书考》,包括《汲冢书来历考》《汲冢书文字考》《汲冢书篇目考》《汲冢书校理年月考》《汲冢书校理人物考》,中华书局1960年出版。

(二) 南朝藏书

《隋书·经籍志》:

> 东晋之初,渐更鸠聚。著作郎李充,以勖旧簿校之,其见存者,但有三千一十四卷。充遂总没众篇之名,但以甲乙为次。自尔因循,无所变革。其后中朝遗书,稍流江左。宋元嘉八年,秘书监谢灵运造《四部目录》,大凡六万四千五百八十二卷。元徽元年,秘书丞王俭又造《目录》,大凡一万五千七百四卷。俭又别撰《七志》:一曰《经典志》,纪六艺、小学、史记、杂传;二曰《诸子志》,纪今古诸子;三曰《文翰志》,纪诗赋;四曰《军书志》,纪兵书;五曰《阴阳志》,纪阴阳图纬;六曰《术艺志》,纪方技;七曰《图谱志》,纪地域及图书。其道、佛附见,合九条。然亦不述作者之意,但于书名之下,每立一传,而又作九篇条例,编乎首卷之中。文义浅近,未为典则。齐永明中,秘书丞王亮、监谢朏,又造《四部书目》,大凡一万八千一十卷。齐末兵火,延烧秘阁,经籍遗散。梁初,秘书监任昉,躬加部集,又于文德殿内列藏众书,华林园中总集释典,大凡二万三千一百六卷,而释氏不豫焉。梁有秘书监任昉、殷钧《四部目录》,又《文德殿目录》。其术数之书,更为一部,使奉朝请祖暅撰其名。故梁有五部目录。普通中,有处士阮孝绪,沉静寡欲,笃好坟史,博采宋、齐已来,王公之家凡有书记,参校官簿,更为《七录》:一曰《经典录》,纪六艺;二曰《记

传录》,纪史传;三曰《子兵录》,纪子书、兵书;四曰《文集录》,纪诗赋;五曰《技术录》,纪数术;六曰《佛录》;七曰《道录》。其分部题目,颇有次序,割析辞义,浅薄不经。梁武敦悦诗书,下化其上,四境之内,家有文史。元帝克平侯景,收文德之书及公私经籍,归于江陵,大凡七万余卷。周师入郢,咸自焚之。陈天嘉中,又更鸠集,考其篇目,遗阙尚多。

1. 京城藏书

《隋书·经籍志》著录王俭著《今书七志》七十卷、殷钧著《梁天监六年四部书目》四卷、刘遵著《梁东宫四部录》四卷、刘孝标著《梁文德殿四部目录》四卷等,反映了齐梁以来京城藏书情况。秘书阁、文德殿、东宫为京城三大藏书中心。

秘书阁藏书。据《梁书·殷钧传》载:"天监初拜驸马都尉,起家秘书郎、太子舍人、司徒主簿、秘书丞。钧在职启校定秘阁四部书,更为目录。"据阮孝绪《七录序目·古今书最》载:"秘书丞殷钧撰《秘阁四部书》,少于文德殿书,故不录其数也。"

文德殿藏书。《梁书·刘峻传》载:"天监初召入西省,与学士贺纵典校秘书。"《梁书·任昉传》:"自齐永元以来,秘书阁四部篇卷纷杂,昉手自雠校,由是篇目定焉。"又《七录序》曰:"齐末兵火,延及秘阁。有梁之初,缺亡甚众。爰命秘书监任昉躬加部集。又于文德殿别藏众书,使学士刘孝标等重加校进,乃分术数之文更为一部,使奉朝请祖暅撰其名录。其尚书阁内别藏经史杂著。华林园又集释氏经论。自江左篇章之盛,未有逾于当今者也。"又《古今书最》载:"《梁天监四年文德殿四部及术数书目录》合二千九百六十八帙二万三千一百六卷。"《隋书·经籍志序》称:"梁初秘阁经籍,任昉躬加部集。又于文德殿列藏众书,大凡二万三千一百六卷,而释氏不豫焉。"据《隋书·牛弘传》载,侯景之乱时,文德殿书犹存,"萧绎据有江陵,遣将破平侯景,收文德殿之书及公私典籍,重本七万余卷,悉送荆州"。

东宫藏书。据《南史·昭明太子传》"于时东宫有书几三万卷"。昭明太子编《文选》主要利用了东宫的藏书。

2. 江陵藏书

从《金楼子·聚书篇》来看，萧绎始居西省，即得到父亲萧衍的第一批赠书，这是萧绎藏书之始。而他的最大一批藏书，也得之于京城，即侯景之乱后，移文德殿七万卷书于江陵，加上自聚的八万卷图书，总共十五万卷。又据《梁书·简文帝纪》载，萧纲在荆州，组织三十余名学士编写《法宝联璧》三百卷，其藏书之盛可以想见。这批书后来很可能也到了萧绎手中。萧绎在江陵经营多年，利用丰富的藏书，完成了许多大部头的著作，并见《金楼子·著书》篇。此外，还有萧淑协助撰写的《西府新文》，见于《颜氏家训·文章》篇。可惜，这些藏书，江陵陷落后，萧绎付之一炬。这些，见于《隋书·牛弘传》、张彦远《法书要录》《历代名画记》等记载，也是文化史上的浩劫。①

3. 寺院藏书

从《金楼子·聚书篇》考知，萧绎从头陀寺、长沙寺、东林寺及僧侣招

---

① 《隋书·牛弘传》载："及侯景渡江，破灭梁室，秘省经籍，虽从兵火，其文德殿内书史，宛然犹存。萧绎据有江陵，遣将破平侯景，收文德之书及公私典籍，重本七万余卷，悉送荆州。故江表图书，因斯尽萃于绎矣。及周师入郢，绎悉焚之于外城，所收十才一二。"唐代张彦远《法书要录》卷三《唐武平一徐氏法书记》："梁大同中，武帝敕周兴嗣撰《千字文》，使殷铁石模次羲之之迹，以赐八王，右军之书咸归梁室。属侯景之乱，兵火之后，多从湮缺。而西台诸宫，尚积余宝，元帝之死，一皆自焚。"同书卷四张怀瓘《二王等书录》载："侯景篡逆，藏在书府，平侯景后，王僧辩搜括，并送江陵。承圣末，魏师袭荆州，城陷，元帝将降，其夜乃聚古今图书十四万卷并大小二王遗迹，遣后阁舍人高善宝焚之。"又《历代名画记》卷一《叙画之兴废》载："侯景之乱，太子纲数梦秦皇更欲焚天下书，既而内府图书数百函果为景所焚也。及景之平，所有皆载入江陵，为西魏将于谨所陷，元帝将降，乃聚名画法书及典籍二十四万卷，遣后阁舍人高善宝焚之。帝欲投火俱焚，宫嫔牵衣得免，吴越宝剑，并将斫柱令折，乃叹曰：'萧世诚遂至于此。儒雅之道，今夜穷矣。'于谨等于煨烬之中，收其书画四千余轴，归于长安。故颜之推《观我生赋》云：'人民百万而囚虏，书史千两而烟扬。'史籍已来，未之有也。溥天之下，斯文尽丧。陈天嘉中，陈主肆意搜求，所得不少。及隋平陈，名元帅记室参军裴矩、高颖收之，得八百余卷。"

提琰法师、昙智法师、智表法师、宏普、慧皎等人手中收集到许多典籍。
六朝以来，寺院藏书亦丰。如刘勰居定林寺撰著"弥纶古今"的《文心雕
龙》来，僧祐也主要根据定林寺的藏书著《出三藏记集》及《弘明集》。这
是现存最早的佛教目录及论文集。慧皎编著的《高僧传》为现存最早的
高僧传纪。至于道观的藏书亦复不少。陆修静整理众经，制定新论，多
得益于寺院道观藏书，成为道教史中划时代的历史人物。翻检《高僧传》
及《续高僧传》，几乎所有著名的高僧都有论著流传。许多寺院远离京
城，那些高僧撰写论著，倘若寺院里没有丰富的藏书是很难想象的。

　　4. 私人藏书

　　《金楼子·聚书篇》提到的著名人物有：刘孺、谢彦远、夏侯亶、徐勉、
鲍泉、刘之遴、刘之亨、乐法才、江革、孔昂、萧贲、刘缓、周弘直、张缵、张
绾等人，多见于《梁书》各传记载，其中又多喜藏书著书。譬如徐勉"该综
百氏，皆为避讳……博通经史，多识前载。朝仪国典，婚冠吉凶，勉皆预
图议"，主持完成了五礼的修订工作。自著书三百余卷。又张缵、张绾二
人并为张缅之弟。"缅性爱坟籍，聚书至万余卷。抄《后汉》《晋书》众家
异同，为《后汉纪》四十卷，《晋书》三十卷。又抄《江左集》未及成。文集
五卷。"张缵"好学，兄缅有书万余卷，昼夜披读，殆不辍手。秘书郎有四
员，宋齐以来，为甲族起家之选，待次入补，其居职，例数十百日便迁任。
缵固求不徙，欲遍观阁内图籍。尝执四部书目曰：'若读此毕，乃可言优
仕矣。'如此数载"。刘之遴、刘之亨兄弟为南齐著名学者刘虬之子。"之
遴好古爱奇，在荆州聚古器数十百种"，也是著名的收藏家。梁朝其他著
名的藏书家还有任昉、沈约、阮孝绪等人。任昉于"坟籍无所不见，家虽
贫，聚书至万余卷，率多异本。昉卒后，高祖使学士贺纵共沈约勘其书目，
官所无者，就昉家取之"（《梁书》本传）。沈约"好坟籍，聚书至二万卷，京师
莫比"（《梁书》本传）。阮孝绪隐居钟山，著书二百五十余卷，其中《七录》最
为著名。《广弘明集》载其自序称："孝绪少爱坟籍，长而弗倦。卧病闲居，
傍无尘杂，朝光才启，缃囊已散；霄漏既分，绿帙方掩。犹不能穷究流略，探
尽秘奥。每披录内省，多有缺然。其遗文隐记，颇好搜集。凡自宋齐已来，

王公缙绅之馆,苟能蓄聚坟籍,必思致其名簿。凡在所遇,若见若闻,校之官目,多所遗漏,遂总集众家,更为新录。"又《古今书最》曰:"新集七录内外篇图书凡五十五部、六千二百八十八种、八千五百四十七帙、四万四千五百二十六卷。"

（三）北方藏书

图书是最脆弱的文化载体。每当战乱,受害最深重的就是图籍。像八王之乱,洛阳成为各派势力争斗的中心,图书损失最为惨重。故《隋书·经籍志序》称:

> 其中原则战争相寻,干戈是务,文教之盛,苻、姚而已。宋武入关,收其图籍,府藏所有,才四千卷。赤轴青纸,文字古拙。后魏始都燕、代,南略中原,粗收经史,未能全具。孝文徙都洛邑,借书于齐,秘府之中,稍以充实。暨于尔朱之乱,散落人间。后齐迁邺,颇更搜聚,迄于天统、武平,校写不辍。后周始基关右,外逼强邻,戎马生郊,日不暇给。保定之始,书止八千,后稍加增,方盈万卷。周武平齐,先封书府,所加旧本,才至五千。

> 隋开皇三年,秘书监牛弘,表请分遣使人,搜访异本。每书一卷,赏绢一匹,校写既定,本即归主。于是民间异书,往往间出。及平陈已后,经籍渐备。检其所得,多太建时书,纸墨不精,书亦拙恶。于是总集编次,存为古本。召天下工书之士,京兆韦霈、南阳杜頵等,于秘书内补续残缺,为正副二本,藏于宫中,其余以实秘书内、外之阁,凡三万余卷。炀帝即位,秘阁之书,限写五十副本,分为三品:上品红琉璃轴,中品绀琉璃轴,下品漆轴。于东都观文殿东西厢构屋以贮之,东屋藏甲乙,西屋藏丙丁。又聚魏已来古迹名画,于殿后起二台,东曰妙楷台,藏古迹;西曰宝迹台,藏古画。又于内道场集道、佛经,别撰目录。

长安虽历经战乱,但图书资料还是有部分艰难地保存下来。故《隋书·经籍志序》说:"文教之盛,苻、姚而已。"是指长安还保留了一定数量的图书。东晋安帝司马德宗义熙十三年（417 年）八月，刘裕攻下长安，灭后秦。在押送后秦主姚泓回江南时，还掠走图籍四千多卷。《隋书·经籍志序》说，"宋武入关，收其图籍，府藏所有，才四千卷。赤轴青纸，文字古拙"，就指此而言。此外，河西地区也保存了大量的图书。《宋书·大沮渠蒙逊传》载，北凉沮渠牧犍永和五年（437 年）十一月，西河王茂虔封表献方物，并献图书二十种一百五十四卷。这二十种图书是：《周生子》十三卷，《时物论》十二卷，《三国总论》二十卷，《俗问》十一卷，《十三州志》十卷，《文检》六卷，《四科传》四卷，《敦煌实录》十卷，《凉书》十卷，《汉皇德传》二十五卷，《亡典》七卷，《魏耗》九卷，《谢艾集》八卷，《古今字》二卷，《乘丘先生》三卷，《周髀》一卷，《皇帝王历三合纪》一卷，《赵酞传》并《甲寅元历》一卷，《孔子赞》一卷。又求晋、赵《起居注》诸杂书数十种。这是西晋亡后南北最早的图书交流活动。

马端临《文献通考·经籍考》曰："后魏始都燕、代，南略中原，粗收经史，未能全具。道武尝问博士李先曰：'天下何物最善，可以益人神智？'对曰：'莫若书籍。'帝曰：'书籍凡有几何？ 如何可集？'对曰：'自书契以来，世有滋益，以至于今，不可胜计。苟人主所好，何忧不集？'乃命郡县大收书籍，悉送平城。孝文徙都洛邑，借书于齐，秘府之中，稍以充实。暨于尔朱之乱，散落人间。后齐迁邺，颇更搜聚，迄于天统、武平，校写不辍。"

《北齐书·文苑·樊逊传》载，高洋天保七年（556 年），"诏令校定群书，供皇太子。逊与冀州秀才高干和、瀛州秀才马敬德、许散愁、韩同宝、洛州秀才傅怀德、怀州秀才古道子、广平郡孝廉李汉子、渤海郡孝廉鲍长暄、阳平郡孝廉景孙、前梁州府主簿王九元、前开府水曹参军周子深等十一人同被尚书召共刊定。时秘府书籍纰缪者多，逊乃议曰：'按汉中垒校尉刘向受诏校书，每一书竟，表上，辄言：臣向书、长水校尉臣参书、太史公、太常博士书、中外书合若干本以相比校，然后杀青。今所雠校，供拟极重，出自兰台，御诸甲馆。向之故事，见存府合，即欲刊定，必借众本。太常卿邢子才、太子少傅魏收、吏部尚书辛术、司农少卿穆子容、前黄门郎司马子瑞、故国子祭酒李业兴并是多书之家，请牒借本参校得失。'秘书监尉瑾移尚书都坐,凡得别本三千余卷,五经诸史,殆无遗阙"。当时一些著名文人学者邢劭、魏收、辛术、穆子容、司马子瑞、李业兴家藏书参校。

　　邺城建有文林馆,长安设立麟趾殿,都是专门从事典籍收藏整理工作的地方。《隋书·经籍志》记载:"保定之始,书止八千,后稍加增,方盈万卷。周武平齐,先封书府,所加旧本,才至五千。"《隋书·牛弘传》:"保定之始,书止八千,后加收集,方盈万卷。高氏据有山东,初亦采访,验其本目,残缺犹多。及东夏初平,获其经史,四部重杂,三万余卷。所益旧书,五千而已。"各地收书,汇集到麟趾殿,系统校订,这大约就是麟趾学士的主要工作。

　　隋代统一全国后,文化重臣牛弘极力推动图书收集整理工作。牛弘,字里仁,安定鹑觚(今甘肃省灵台县一带)人,本姓寮氏。祖炽,郡中正。父允,魏侍中、工部尚书、临泾公、赐姓为牛氏。封临泾公。少好学,博览群书,多所通涉。在周,起家中外府记室、内史上士。与弘农杨素多所交往。俄转纳言上士,专掌文翰,甚有美称。加威烈将军、员外散骑侍郎,修起居注。其后袭封临泾公,宣政元年,转内史下大夫,进位使持节、大将军、仪同三司。他是在河西文化的氛围中成长起来的,对于文化事业非常重视。隋代建立之初,上表请开献书之路,"请分遣使人,搜访异本"。隋文帝杨坚下诏购求遗书于天下。这个时候,南方尚未平定,主要收集散落在北方各地的图书。长安、河西保留的图书资料,显得弥足珍贵。

二、与中古史研究相关的目录

(一)《汉书·艺文志》系统

　　《汉书·艺文志》在学术史上的意义,如同《说文解字》对于古文字研究的意义。要想了解上古文字的发展演变,只能从《说文》入手。要想研究先秦两汉学术发展的情况,当然也离不开《汉书·艺文志》。《汉书·艺文志》:"迄孝武世,书缺简脱,礼坏乐崩,圣上喟然而称曰:'朕甚闵焉!'于是建藏书之策,置写书之官,下及诸子传说,皆充秘府。至成帝时,以书颇散亡,使谒者陈农求遗书于天下。诏光禄大夫刘向校经传诸子诗

赋,步兵校尉任宏校兵书,太史令尹咸校数术。侍医李柱国校方技。每
一书已,向辄条其篇目,撮其指意,录而奏之。"刘向《别录》凡二十卷,但
已久佚,今存《战国策叙录》《晏子叙录》《荀卿叙录》《管子叙录》《列子叙
录》《韩非子叙录》《邓析子叙录》《说苑叙录》。"会向卒,哀帝复使向子侍
中奉车都尉歆卒父业。歆于是总群书而奏其《七略》,故有辑略,有六艺
略,有诸子略,有诗赋略,有兵书略,有术数略,有方技略。今删其要,以
备篇籍"。刘歆《七略》业已亡佚。《隋书·经籍志》以为"大凡三万三千
九十卷"。而阮孝绪《七录》记载说收书 630 家,13219 卷。

班固《汉书·艺文志》就是在《七略》基础上编纂而成,也是现存最古
老的书目,收书三十八种,五百九十六家,一万三千二百六十九卷。每种
之后有小序,每略之后有总序,是考察先秦西汉学术变迁的最重要的依
据。更重要的是,近世很多出土文献,也往往要参考这部著作确定其名
称。王应麟《〈汉书·艺文志〉考证》收录在《玉海》中,重点探讨各书的内
容及存佚情况,辨别其得失。清代学者钱大昕、钱大昭、周寿昌、王先谦
及近代学者顾实、杨树达等均有考订。陈国庆汇集各家之说,编成《〈汉
书·艺文志〉注释汇编》,中华书局 1983 年出版。

按照这种体例编纂的书目,王俭《七志》,阮孝绪《七录》等最为著名。
阮孝绪《七录》已佚,[①]其序及目录保留在《广弘明集》卷三。《七录》分内
外两篇。内为五录:经典录,记传录,子兵录,文集录,技术录。外篇有
二:佛法录,仙道录。该书将佛教、道教著作编入目录中,反映了当时宗
教文化的盛行。《隋书·经籍志》对其评价有所保留,认为其"割析辞义,
浅薄不经",但不可否认,该书确是目录学史的重要著作,也是《隋书·经
籍志》撰著的重要参照。

(二)《隋书·经籍志》系统

《汉书·艺文志》之后的史书目录最重要的当推《隋书·经籍志》。

《隋书·经籍志》是继《汉书·艺文志》后第二部重要的目录。这部

---

① 任莉莉有《〈七录〉辑证》,上海古籍出版社 2011 年出版。

目录的价值主要体现在三个方面。第一,反映了东汉魏晋南北朝时期的思想文化状况。第二,确立了史家目录四部分类的规范。从序中知道,按照经、史、子、集四部分类,始于郑默而成于荀勖,《隋书·经籍志》乃集其大成,凡著录存书3127部,佚书1064部。附录佛、道二录。新中国成立以后古籍目录虽然曾用刘国钧分类法,但是终究不能取代四分法。第三,在《汉书·艺文志》的基础上著录各书的存佚情况。

《隋书》以后的史志目录,①价值已经远不能与上述两种相比。基本原因在于,唐代以后,典籍日益丰富,而正史著录,多所缺略。如《旧唐书·经籍志》仅据《古今书录》而编,开元以后二百多年间重要作家如李白、杜甫、韩愈、柳宗元的作品都未著录,差失之远,可想而知。《新唐书·艺文志》根据《开元四库书目》多所订补,特别是在一些书名下间有作者小传,较有价值。《宋史·艺文志》被四库馆臣讥为"诸史志中之最丛脞者"。《明史·艺文志》系根据明清之际著名藏书家黄虞稷的《千顷堂书目》编成的②。清代著述更多,而《清史稿·艺文志》仅收录九千余种,显然多有缺失。二十世纪五十年代,武作成作《清史稿艺文志补编》在原有基础上又增补一万余种,而王绍曾主编《清史稿艺文志拾遗》(中华书局,2000年版)则多达五万四千余种。

(三)《二十五史艺文经籍志考补萃编》

王承略、刘心明主编《二十五史艺文经籍志考补萃编》(清华大学出版社,2014年套装版)收录二十五史中的艺文志或经籍志及其相关考证、注释与补遗著作,包括:一是二十五史中原有的艺文志、经籍志7种,即《汉书·艺文志》《隋书·经籍志》《旧唐书·经籍志》《新唐书·艺文志》

---

①　新旧《五代史》及《辽》《金》《元》三史没有《艺文志》,后人多所辑补,并见于《二十五史补编》。今人雒竹筠辑录前人成果而成《元史艺文志辑本》(北京燕山出版社,1999年出版)收录较全。

②　《千顷堂书目》三十二卷,所录以明代为主,兼附宋、辽、金、元著述。每条下附录作者集里、字号、科第等,多可补史传之缺。上海古籍出版社2001年出版的由瞿凤起、潘景郑校点的本子最详。

《宋史·艺文志》《明史·艺文志》《清史稿·艺文志》。二是宋代至民国年间对这七种艺文志、经籍志的考证、补遗、注释著作。三是清代以来补撰的艺文志、经籍志等。四是宋代国史艺文志的辑本以及明清两代的国史艺文志、经籍志等八十余种，按照时代和篇幅分为 27 卷，分装 31 册。每一种都作了标点、校勘。其中大宗是《汉书·艺文志》《隋书·经籍志》及其补遗考证注释著作。譬如关于《汉书·艺文志》就占五册，收录《汉书·艺文志》在内的十五种著作。《隋书·经籍志》占七册，收录《隋书·经籍志》在内的著作八种。这就为贯通考察典籍的成书、著者、卷帙、真伪、流传等情况，提供了最基本、最可靠的依据。这是目前收录最为全面的史志目录，在一定程度上反映了中国历代著述的情况。

第三节　其他史籍

一、司马光《资治通鉴》

这部编年体通史，上起周威烈王二十三年（前 403 年），下至后周显德六年（959 年），共一千三百六十二年的历史时间。全书包括三部分，即正文二百九十四卷；目录三十卷，是《资治通鉴》的提纲；考异三十卷，辨证有不同记载的各种史事。原来都是单行本，经宋元间著名史学家胡三省分门别类整理，把它们分注在《资治通鉴》之内。全书以朝为纪，共分十六纪。与中古文学研究有密切关系的有《汉纪》六十卷、《魏纪》十卷、《晋纪》四十卷、《宋纪》十六卷、《齐纪》十卷、《梁纪》二十二卷、《陈纪》十卷、《隋纪》八卷。蜀、吴、后魏、北齐、北周没有专纪，而在叙述魏晋南朝史实过程中，将这些朝代的史事穿插其中。就中古文学研究而言，这部书最重要的价值是编年。这一时代并无专业作家，他们多在朝中任职；有些帝王大臣本身就是文学家，他们的政治活动、社会活动多记载在史书中，这些活动又与他们的创作有相当的关系。了解这些活动的背景，对研究他们的作品有直接帮助。以永明十一年(493年)萧子良、王融等参与的宫廷政变为例,这件事在《南齐书》《梁书》《南史》等正史中记载虽详,但却分散在各个纪传中,而《资治通鉴》则取舍剪裁,都系于永明十一年。这样,各种人的政治态度便一目了然。这部书的另一重要价值是网罗宏富,信而可征。以往正史本纪也采用编年体,但仅以帝王为中心。《资治通鉴》则扩而广之,举凡政治制度、社会风俗、人员变迁等都有记载,加之它绝不是本纪的扩大,而是"遍阅旧史,旁采小说,简牍盈积,浩然烟海"(司马光《进书表》)。这是正史无法替代的优点。不仅如此,编者还对这些史料考订辨析,"有一事用三四出处纂成者"。[①] 因此,就不仅仅是资料的客观堆列,而带有研究考订的性质,视之为中国第一部系统全面的考史专著,殆不为过(张志哲,266)。

二、诸家前汉史书

前汉史除正史《汉书》外,还有东汉荀悦《汉纪》及宋人王益之《西汉年纪》。

(一) 荀悦《汉纪》

荀悦(148—209)字仲豫,颍川颍阴(今河南许昌)人,东汉史学家、政论家、文学家。年十二,能说《春秋》,家贫无书,凡于世间所见书辄过目成诵。汉灵帝时,托疾隐居。汉献帝时,初为镇东将军曹操幕府,与孔融等人侍讲禁中,朝夕论谈。建安三年(198年)汉献帝以班固《汉书》文繁难省,令荀悦依《左氏传》体编为《汉纪》三十篇,诏尚书给笔札。建安五年完成,辞约事详,论辩多美。其书今存。荀悦志在献替,而谋无所用,建安八年(203年),撰写《申鉴》以论政治得失,既成而奏之,其书亦存。两书写作年代见《玉海》卷四七"艺文"及袁宏《后汉纪》卷二十九。《后汉书》本传又称"(悦)又著《崇德》《正论》及诸论数十篇"。然而这些篇章已

---

① 《四库全书总目》史部编年类《〈资治通鉴〉考异提要》。

经不见《隋书·经籍志》著录，当久已亡佚。《册府元龟》卷八百五十四《总录·立言》："又著《崇德》《政论》及诸论数十篇。"生平事迹见《后汉书·荀韩钟陈列传》。中华书局合《汉纪》《后汉纪》为一编，题曰《两汉纪》，2002 年出版校点本。

（二）王益之《西汉年纪》

王益之《西汉年纪》三十卷，是一部编年体西汉断代史，起于高祖元年（前 208 年），终于汉平帝元始五年（5 年）。作者不是简单地编年叙述历史，而是比较《汉书》《资治通鉴》及相关史料，比对订正。如汉文帝前元三年（前 177 年），贾谊二十四岁，文帝议以为公卿之位，周勃、灌婴、张相如、冯敬之属尽反对。贾谊被徙为长沙王太傅，及渡湘水，作《吊屈原赋》。《汉书》未载确切年份。《资治通鉴》系于文帝前元四年，王益之《西汉年纪》卷六考曰："《考异》曰：荀《纪》《通鉴》并载于四年。按谊至长沙三年，始作《服赋》，首称单阏之岁，盖丁卯岁也。如此，则贾谊之谪去，在甲子岁。盖文帝之三年也。若载于四年，则绛侯已就国，灌婴已死，无由谮之。今附于甲子岁之末。"类似这样的考证比比皆是，多言而有据。我在从事《秦汉文学编年史》编纂过程中，多所取材，沿用的是丛书集成本。中华书局 2018 年出版有校点本，阅读便利。

三、诸家后汉史书

（一）刘珍等《东观汉纪》

这是以纪传体撰写的一部记载东汉历史的史书。《隋书·经籍志》著录为一百四十三卷，分纪、表、志、传、载记等五部分，记事起于光武帝，终于灵帝。此书在流传初期颇为世人所重，人们把它与《史记》《汉书》合称为"三史"，但唐时已有散佚，至元代已无完篇传世。至清初始有姚之骃辑本，但采辑有限，且编排未精，而四库馆臣所辑则较为完备，成二十四卷。问题是人物事迹编排失次，而且不注出处，难以复核。吴树平《〈东观汉纪〉校注》在前人基础上又辑出数百条遗文，而且又利用各种资料比勘互校,并对人物事迹重新编排,成二十二卷,其中纪三卷,表一卷,志一卷,传十五卷,载记一卷,散句一卷(229)。这部新辑本对每条材料都标注出处,纪传中人物一般按年代先后排列,以人成篇,尽量恢复原貌,使本书的辑佚工作日臻完善(赵智海,258;刘景毛,71)。因为这是较早的一部后汉史书,为当时人所著,故具有较高的史料价值。魏晋以来修撰东汉史籍,许多材料取自《东观汉纪》,所以,此书具有重要的考订史实的作用。在《东观汉纪》基础上修撰而成的后汉史书,可考知的多达十余家,包括吴谢承《后汉书》一百三十卷、晋薛莹《后汉纪》一百卷、晋司马彪《续〈汉书〉》八十三卷、晋华峤《后汉书》九十七卷、晋谢沈《后汉书》一百二十二卷、晋张莹《后汉南记》五十五卷、晋袁山松《后汉书》一百卷、晋张璠《后汉纪》三十卷、宋刘义庆《后汉书》五十八卷、梁萧子显《后汉书》一百卷等。可惜这些著作多已散佚。清代汪文台辑有《七家〈后汉书〉》。周天游在汪文台辑本基础上再作爬梳,重新整理而成《八家〈后汉书〉辑注》,足资参订(295,b)。

后汉史书完整保存下来的有两部,一是袁宏的《后汉纪》,二是范晔《后汉书》。后者列入官方正史流传最广。

(二)袁宏《后汉纪》

袁宏(约328—约376)字彦伯,小字虎,陈郡阳夏(今河南太康)人。少有逸才,文章绝美。《隋书·经籍志》著录“晋东阳太守《袁宏集》十五卷梁二十卷,录一卷”。刘勰《文心雕龙·才略》称“袁宏发轸以高骧,故卓出而多偏”。钟嵘《诗品》列袁宏诗为中品。今存的二首《咏史诗》,骨力劲健,颇得讽喻之致,是其风情所寄。《晋书·文苑·袁宏传》载:“谢尚时镇牛渚,秋夜乘月,率尔与左右微服泛江。会宏在舫中讽咏,声既清会,辞又藻拔,遂驻听久之,遣问焉。答云:‘是袁临汝郎诵诗。’即其咏史之作也。”曾为桓温府记室,《东征赋》和《北征赋》时人诵之,以为“当今文章之美,故当共推此生”。袁宏精于史学,《文选》所录《三国名臣序赞》(《晋书·文苑·袁宏传》作《三国名臣颂》),选取三国时期名臣20人加以咏赞,骈散间行。太元初卒于东阳,时年四十九岁。《晋书·文苑传》说袁宏有《后汉纪》三十卷及《竹林名士传》三卷,诗赋诔表等杂文三百首。《隋书·经籍志》载有《袁宏集》十五卷,多已散佚。今存《后汉纪》三十卷。

　　袁宏《后汉纪》效仿荀悦《前汉纪》,把东汉一百九十五年大事编在十一帝纪中,起于刘秀称帝建武元年(25 年),终于曹丕废献帝代汉的建安二十五年(220 年),共三十卷。此书早于范晔《后汉书》数十年而与范书并行于世。《史通·古今正史》称:“世言汉中兴史者,唯袁、范二家。”两书在史料方面可以互相参证。周天游《〈后汉纪〉校注》在辑佚校勘方面较旧本为优,且后附录有《〈后汉纪〉佚文》《袁宏传及其轶事》《历代著录及杂论》及《叙跋》,较有参考价值(295,a)。中华书局又合编《两汉纪》收录此书,2002 年出版。其余十书,刘义庆、萧子显两史已全佚于隋唐,因刘知幾《史通》已无片言论及,且今已无存残文剩字。另外八书虽也散佚,但从各种古注、类书中还可略窥其梗概。

四、鱼豢《三国典略》《九家旧晋书辑本》与《蛮书》

（一）鱼豢《三国典略》

《典略》(又称《三国典略》),《隋书·经籍志》著录魏郎中鱼豢撰,八十九卷,主要记述曹魏、东吴、西蜀三国历史,故《三国志》裴松之注多所引用。此书与丘悦撰《三国典略》易混淆。《新唐书·艺文志》著录丘悦撰《三国典略》三十卷,以关中、邺都、江南为三国,起西魏,终后周。王应麟《玉海·艺文》:“《中兴书目》二十卷,唐汾州司户参军丘悦撰。自元魏分而为东、西,西魏都关中,后周因之。东魏都邺,北齐因之,梁、陈则皆都江左。悦之书首标西魏元而叙宇文泰。”《说郛三种》(宛委山堂一百二十卷本)卷五十九辑录《三国典略》若干则。杜德桥、赵超《〈三国典略〉辑校》(台湾东大图书公司,1998 年)辑录丘悦所著 394 条。另有 16 条也见《太平御览》,疑似鱼豢《典略》,附在书后。此书多为《资治通鉴》所征引,还有相当一部分见于《太平御览》,辑录在一起,有助于我们对东魏、西魏及北周历史的研究。尽管江南的资料有限,但是也有一些为他书失载。

如萧绎在江陵陷落之际烧毁十四万卷图书,《梁书》本纪就没有记载,此书最早记录了这段历史。

（二）汤球《九家旧晋书辑本》

在初唐修撰正史《晋书》之前,从晋到南北朝编撰《晋书》的人很多,前后超过二十余家,或用纪传体,或用编年体,至初唐还在流传,时称"十八家晋书"。自唐修《晋书》问世后,其他《晋书》都散佚不传。不过,残籍零笺,仍不绝如缕。研究两晋文史,这些残篇亦是重要的参考资料。清代汤球、黄奭分别在《广雅丛书》和《汉学堂丛书》中收录晋史辑本。汤球"读史用力于《晋书》尤深,广搜载籍,补《晋书》之缺,成书数种"(《清史稿·文苑传》)。较重要的首推《九家旧晋书辑本》,包括:臧荣绪《晋书》、王隐《晋书》、朱凤《晋书》、虞预《晋书》、何法盛《晋中兴书》、谢灵运《晋书》、萧子显《晋史草》、萧子云《晋书》、沈约《晋书》。此书现有杨朝明校补本,较易参阅(288)。黄奭《黄氏逸书考》、陶栋《辑佚丛刊》、王仁俊《玉函山房辑佚书补编》、毕沅《经训堂丛书》、王谟《汉唐地理书钞》等也有相当可观的晋史辑本,乔治忠曾参考前人辑本,取其编年体晋史,重新辑录了习凿齿《汉晋春秋》、孙盛《晋阳秋》、檀道鸾《续〈晋阳秋〉》、干宝《晋纪》、陆机《晋纪》《晋惠帝起居注》、曹嘉之《晋纪》、邓粲《晋纪》、徐广《晋纪》、郭季产《晋录》、刘谦之《晋纪》、裴松之《晋纪》、王韶之《晋安帝纪》、刘道荟《晋起居注》、李轨等《晋各朝起居注》等,亦为研究晋史提供了莫大便利(127)。

（三）樊绰《蛮书》

了解汉唐时期西南地区,尤其是云南地区的历史地理,唐代樊绰《蛮书》(又名《云南志》)也是重要的参考书。该书十卷,述及行政沿革、山川河流、风土人情等,由向达校释,中华书局 2018 年新版。

五、许嵩《建康实录》与张敦颐《六朝事迹编类》

（一）许嵩《建康实录》

这部书记述吴、东晋、宋、齐、梁、陈六朝史事,因六朝皆建都建康,故以为名。全书二十卷，吴至宋顺帝之前，用实录体，即编年记录，但宋顺帝后又改用纪传体，宋齐统称"列传"，梁又分《后妃传略》《太子诸王传略》《功臣传》，陈又标《陈朝功臣传》，体例不纯，是一大问题。又，记吴、晋、宋三朝较详，记陈较略，记齐梁最为疏简。这是编撰方面的问题。但此书对研治魏晋南北朝历史与文学仍有重要参考价值：（一）补充史实，订正讹误。有不少史料出自正史之外，是本书一大特点。如东晋著名诗人许询，晋简文帝称其"五言诗可谓妙绝时人"。可是他既不见《晋书·隐逸传》，亦不载《文苑传》，其事迹仅散见于孙绰、郗愔、谢安、王羲之等传中。而本书卷八则列有专传，颇为详尽，可以补他书之不足。又与许询并称为"一时文宗"的孙绰，《晋书》本传说"年五十八卒"，没有指出具体卒于何年，因此，研究文学史和哲学史的人皆未能考定他的准确生卒年。而本书卷八明确记载孙绰卒于晋简文帝咸安元年（371 年），由此可以推知孙绰生于晋愍帝建兴二年（314 年）。又如《晋纪》和《搜神记》的作者干宝，是东晋著名的史学家和文学家，由于他的生卒年《晋书》本传没有记载，因而历来无法考知。而本书卷七则明载：咸康二年"三月散骑常侍干宝卒"。咸康二年即公元 336 年。（二）保存唐前大量地记史料。自隋灭陈至本书作者许嵩生活的唐肃宗时代，还不到二百年，不少六朝遗迹濒于湮废。本书则有意记录了这些古迹。古诗中常常叙及的建康宫、苑城、台城、华林园、乐游苑、青溪以及陆机宅、光宅寺、同泰寺等，本书均有记载。（三）具有辑佚价值。严可均《全上古三代秦汉三国六朝文》收罗宏富，但未能利用此书辑佚，故遗漏不少。如《全宋文》可补辑宋文帝《赠殷景仁常侍司空诏》、江夏王刘义恭《率百官请奏封禅事奏》、顾法秀《对制问》等；《全梁文》可补辑裴子野《宋略传论》十余则。据统计，此书引唐初及唐前典籍达五十余种，有几种甚至为两唐《志》所未著录。这些书除少数今存外，余皆亡佚。今人张忱石汇集众本，详加校证，并汇集历代著录及清代以来诸种提要序跋，资料较为丰富。前有"点校说明"，详尽论述了本书的特点、价值及其缺失，是一篇重要的参考论文(264)。《说郛三种》（宛委山堂一百二十卷本）卷五十九辑录《建康实录》六则。这六则与今辑校本详略不同。像"得鱼作脍"条、"行火"条等,注明出自《建康实录》,辑校作"案语"附在相关条下。又,"署纸尾"条《通典》"选举""职官"中采录,《太平广记》卷一百八十五径称出自《建康实录》,题名"蔡廓",今辑校本未收。

（二）张敦颐《六朝事迹编类》

《六朝事迹编类》十四卷,宋代张敦颐著。全书分总叙、形势、城阙、楼台、江河、山冈、宅舍、谶记、灵异、神仙、寺院、庙宇、坟陵、碑刻十四门,汇集六朝的历史文化及兴衰故实。《说郛三种》（宛委山堂一百二十卷本）卷六十八辑录《六朝事迹》三十则,极有参考价值。张忱石在前人研究基础上重新整理,上海古籍出版社 1995 年出版。如顾野王《舆地志》,王谟辑出 335 条,此书引顾书 40 条,其中有 37 条皆为王谟所未收。卷六"山冈门·千佛岭"条:"在摄山栖霞寺之侧。按江总《栖霞寺碑》:明僧绍居士子仲璋为临沂令,于西峰石壁与度禅师铸造无量寿佛。大同二年,龛放光。齐文惠太子、豫章文宣王、始安王及宋江夏王、霍姬、齐田焕等琢石造像,梁临川靖惠王复加莹饰。岭之中道石壁有沈傅师、徐铉、张稚圭、王雱题名。"卷十一"寺院门"又有"栖霞禅寺"条。按:卷十四"碑刻门"专有"南唐徐铉题名,在栖霞寺千佛岭"。这些题字至今犹存。毕竟去南朝数百年,有些记载未必确切。如卷十三"坟陵门·晋温峤夫人墓"条:"《建康实录》:晋温峤初葬豫章,朝廷追思之,乃为造大墓,迁葬元、明陵北,幕府山之阳。按《晋书》:峤拜骠骑将军、开府仪同三司、散骑常侍,封始安郡公,初葬豫章,后朝廷追峤勋德,将为造大墓于元、明二帝陵之北。陶侃上表愿停移葬,诏从之。其后峤妻何氏卒,子放之便载丧还,诏葬建平陵北,即是峤妻何氏墓,非峤墓也。"2001 年 2 月在南京下关区郭家山出土《温峤墓志》（收录在《新出魏晋南北朝墓志疏证》,中华书局 2005 年版）,说明确实有移葬之举,《建康实录》不诬。

六、其他地方文献

（一）综说

汉唐时期,地方文献著作大量涌现。这是因为,第一,东汉初年,光武帝下诏纂辑其故乡南阳风俗,作为西汉首善之地的三辅地区,还有高祖故乡丰沛以及中国文化重镇齐鲁等地也兴起编修地方文献之风①。特别是随着地方门阀势力的崛起,地理、谱系类著述更是成为人们炫耀门第的一种风尚。家乘郡书、名流传记等乘势而起。第二,三国以下,各地割据政权多有史官,博采旧闻,推奉正朔,官修史书依然兴盛。前述《隋书·经籍志》霸史类著录的《赵书》《华阳国志》《南燕录》《秦记》《凉书》等均属于这一类的著述。正史如《史记》《汉书》《后汉书》《三国志》等有数十家注释本,征引史籍数百种。杂传类著述、州郡地志更是层出不穷,包括山水描述、都城建设、地名源流、异域风情、宗教地志等。第三,魏晋南北朝时期,战乱频仍,区域割裂。左思写《三都赋》,没有去过吴、蜀二地,因此他便请教张载,寻访岷邛之事。据唐写本《文选集注》所载《文选钞》注引王隐《晋书》说,他还曾访问陆机询问有关吴地的事。由于这个缘故,各种地理书便应时而出。南齐陆澄将《山海经》以下一百六十家的地理著作,按照地区编成《地理书》一百四十九卷,梁任昉又增加八十四家,编成《地纪》二百五十二卷。这些著作,多已失传。清代王谟《汉唐地理书钞》辑录相关著作。中华书局 1962 年据原刻和抄本影印,收录七十种,后附陈运溶《麓山精舍辑本》六十六种,合为一册。2006 年重新印刷发行。

此前,《汉书·艺文志》将《国语》《世本》《战国策》《楚汉春秋》《太史公书》《太古以来年纪》《汉著记》《汉大年纪》等别史杂传收录在六艺类《春秋》经传中。《春秋》主要记述的是鲁国的历史,也属于广泛意义上的地方文献,但是这部分图书所存非常有限。而到了《隋书·经籍志》中,情况则发生了很大的变化:原来作为依附经书的史部著述骤然增加,因此在目录中独立开来。不仅如此,像《史记》《汉书》这样的带有官方修史的通史性质或者断代史著作放在了史部前列,首次称之曰"正史",凡六

---

① 《隋书·经籍志》:"后汉光武,始诏南阳,撰作风俗,故沛、三辅耆旧节士之序,鲁、庐江有名德先贤之赞。郡国之书,由是而作。"

十七部,加上亡佚的凡八十部。以下则又细分"古史"三十四部、"杂史"七十三部、"霸史"三十三部、"起居注"四十四部、"旧事篇"二十五部、"职官篇"三十六部、"仪注篇"六十九部、"刑法篇"三十八部、"杂传"二百一十九部、"地理之记"一百四十部、"谱系篇"五十三部、"簿录篇"三十部,"凡史之所记,八百一十七部,一万三千二百六十四卷。通计亡者,合八百七十四部,一万六千五百五十八卷"。其中与地方文献关系最为密切的是"霸史""旧事篇""杂传""地理之记"及"谱系篇"五类,总计四百七十部,四千九百六十七卷,占史部一半之多。《史通·杂述》分为十类:"一曰偏记,二曰小录,三曰逸事,四曰琐言,五曰郡书,六曰家史,其曰别传,八曰杂记,九曰地理书,十曰都邑簿。"史学著述之发达,由此可见一斑。对此,胡宝国《汉唐间史学的发展》(364)有充分的论述。

与中古文学研究密切主要有方志、行记和杂传。

(二) 方志

随着大唐帝国的统一,各地图书文献逐渐集中起来,这就为地方文献的集中整理提供了一个基本条件。当然,任何事物总是有它的两面性,集大成的论述纷纷问世的同时,各地方的乡邦文献也随之而散佚。这几乎是中国古代著述学史上的一种必然的现象。《隋书·经籍志》著录的各种地方文献,绝大部分已经失传。我们今天只能通过《太平御览》《山堂考索》《说郛》这样的大型类书和《三国志》裴松之注、《世说新语》刘孝标注、《文选》李善注、《汉书》颜师古注、《水经注》乃至《齐民要术》等征引得以管窥蠡测。清代辑佚学家如徐松从《永乐大典》中辑出《河南志》,王谟辑出《汉唐地理书钞》,马国瀚辑《玉函山房辑佚书》、孙星衍辑《平津馆丛书》乃至近人周树人(鲁迅)辑《会稽郡故书杂集》等,保存了相当丰富的地方文献资料。近年,刘纬毅有《汉唐方志辑佚》(北京图书馆出版社,1997),辑录汉唐方志四百四十种,确有汇辑之功。可惜"未能充分尊重和利用前人已有的辑佚成绩"乃是最大的问题(陈尚君,206,c)。本书既然辑录了《河南十二县境簿》,那么,朱祖延《北魏佚书考》(125,a)地理类辑录的《十三州志》(阚骃著)就应当辑录。《三晋记》(王遵业撰)仅据

《太平寰宇记》辑录一条，而朱书从《太平御览》又辑得一条。又如刘芳《徐州人地录》据《太平寰宇记》辑录三条，而朱书又从《北堂书钞》辑得一条。有一些典籍，特别是域外所存古籍，依然可以辑录许多资料。如唐代张楚金编《翰苑》，《新唐书·艺文志》著录七卷，《日本国见在书目》著录三十卷。南渡以后不复著录，估计已经在中土佚失，而在日本尚保存旧抄本①，其中收录了大量的地方文献，如《隋东藩风俗记》《括地志》《东夷记》《肃慎国记》《邺中记》《高丽记》等。类似这样的著作在韩国、日本等受汉化影响较深的国家尚保存许多。② 很多常见书，如《史记》三家注、《三国志》裴注、《后汉书》李贤注等多所漏失。像《三辅决录》这样的书，序言仍存。③ 至于校勘等问题，更多商榷（刘跃进，110，w）。目前，各地结合地方文献陆续整理出版相关典籍，如三秦出版社组织编纂的"古长安丛书""长安史迹丛刊"等已出版十余种。李步嘉《越绝书校释》（中华书局，2013 年）、姜彦稚辑校《荆楚岁时记》（中华书局，2018 年）也是较成功的范例。将这些文献汇集一编，是一项很重要、同时也是很艰巨的文献整理工作。

（三）行记

清人钱大昕《廿二史考异》说："予谓魏晋诸儒，地理之学极精。"魏晋

① 日本弘文馆 1977 年影印，竹内理三校订解说。

② 如成于五代的《笺注倭名类聚钞》，日本京都大学文学部编，临川书店 1971 年影印。相关资料还可以参考《奎章阁图书中国本综合目录》等域外书目。

③ 《后汉书·吴延史卢赵传》："年九十余，建安六年卒。先自为寿藏，图季札、子产、晏婴、叔向四像居宾位，又自画其像居主位，皆为赞颂。敕其子曰：'我死之日，墓中聚沙为床，布簟白衣，散发其上，覆以单被，即日便下，下讫便掩。'岐多所述作，著《孟子章句》《三辅决录》传于时。"注引《决录序》云："三辅者，本雍州之地，世世徙公卿吏二千石及高赀，皆以陪诸陵。五方之俗杂会，非一国之风，不但系于诗秦、幽也。其为士好尚义，贵于名行。其俗失则趣势进权，唯利是视。余以不才，生于西土，耳能听而闻故老之言，目能视而见衣冠之畴，心能识而观其贤愚。常以玄冬，梦黄发之士，姓玄名明，字子真，与余寤言，言必有中，善否之间，无所依违，命操笔者书之。近从建武以来，暨于斯今，其人既亡，行乃可书，玉石朱紫，由此定矣，故谓之决录矣。"《说郛三种》（宛委山堂一百二十卷本）卷五十九辑录《三辅决录》。

地理之学与当时的行记发达密切相关。这里包括僧人行记(如《法显行传》、道安《释氏西域记》)、聘使行记(如陆贾《南越行纪》)、文臣行记(如戴延之《宋武帝北征记》)等。至于山水游记文字,更是不计其数(王立群,21,g)。李德辉《晋唐两宋行记辑校》(辽海出版社,2009年)始于释道安《释氏西域记》,唐前作品至孙畅之《述征记》,凡36种,作了初步整理。唐宋部分文献,也有值得参考的内容。如《文选》五臣之一的吕向,《全唐文》辑录三篇,《晋唐两宋行记辑校》据《大正藏》辑录《金刚智行纪》(题目为辑者拟),对我们了解吕向思想颇有参考价值。正如《辑校》作者所说,确定哪些是行记作品,其实是很难的,如陆机《洛阳记》,就是他北上洛阳的闻见,非常有名,似乎也应辑录进来。

(四) 杂传

传记文学在中国有着悠久的传统。[1] 熊明《汉魏六朝杂传集》收录汉魏六朝别传杂叙,近于胡应麟所说的"杂录"和《四库全书总目》所说的"杂事",按照时代分为四编:两汉部分,始于《东方朔传》,[2]止于侯瑾《皇德传》,凡26种,附编8种。三国部分始于《曹操别传》,止于徐整《豫章烈士传》,凡56种,附编13种。两晋部分始于《卫玠别传》,止于《高逸沙门传》,凡202种,附编44种。南北朝部分始于《陶渊明传》,止于《嵇氏世家》,凡42种,附编10种。每种杂传前有题解,后标出处,附有校勘,便于翻阅。有些杂传的年代,尚有探讨的余地。此书由中华书局2017年出版。这类杂传的最大问题,就是年代不详,因此讨论问题就比较困难。譬如《东方朔传》记载了《柏梁台诗》,如果确定是东汉之前的作品,《柏梁台诗》的年代就可以确定。此外,还有一些杂传如《英雄记》《高士传》《隐士传》等,也特别发达,可能是限于体例《杂传集》没有收录。

---

[1]　参见朱东润《中国传叙文学之变迁》,复旦大学出版社2016年新版。川合康三《中国的自传文学》,中央编译出版社1999年出版。

[2]　该书题解说此书历代著录均无撰人,其实《说郛三种》(宛委山堂一百二十卷本)卷一百十一收录《东方朔传》作者题署郭宪。

七、中古佛教传记

从《金楼子·聚书篇》考知,萧绎从头陀寺、长沙寺、东林寺及僧侣招提琰法师、昙智法师、智表法师、宏普、慧皎等人手中收集到许多典籍。六朝以来,寺院藏书亦丰。如刘勰居定林寺撰著"弥纶古今"的《文心雕龙》来,僧祐也主要根据定林寺的藏书著《出三藏记集》及《弘明集》。《高僧传》及《续高僧传》,几乎所有著名的高僧都有论著流传。许多寺院远离京城,那些高僧撰写论著,包括慧皎编著的《高僧传》依据的主要是寺院里丰富的藏书。

(一)释慧皎《高僧传》

《高僧传》十四卷是中国现存佛教传记中最早的一部,记叙了自汉明帝永平十年(67年)至梁初天监十八年(519年)间的高僧二百五十七人,另附见二百余人。作者为梁代高僧慧皎(497—554),会稽上虞人。生平事迹见《续高僧传》。慧皎《序录》说,从汉代至梁,将近五百年,此间佛门"含章秀起,群英间出,迭有其人",但是没有一部平允详实的传记资料。这是作者撰书缘起。全书分为十门,即:译经、义解、神异、习禅、明律、亡身、诵经、兴福、经师、唱导。每门之后系以评论。可惜当时南北对峙,所记南北朝部分多为江南诸僧,北方高僧只有僧渊、昙度、昙始、玄高、法羽等和附见者数人。

本书的史料价值主要有:(一)补充新的史料。书中所载僧人,初期多来自西域,因传教进入中土,有的还冠以国姓,如月氏支姓的支谦,康居国人的康僧会,安息国人的安清,天竺国人的竺法兰等。这是中外文化交流史中的重要史料。如《世说新语》涉及晋僧二十人,见于《晋书·艺术传》者仅有《佛图澄传》,而绝大多数都在本书中有记载。比如支遁在当时负有重名,《世说新语》有四五十处记载,而《晋书》却无传。本书则有长传。又竺法深亦名重一时,刘孝标注《世说新语》却说:"法深不知其俗姓,盖衣冠之胤也。"而本书亦有详载,知其名潜,晋丞相王敦弟,年十八出家。又庾法畅,见于《世说新语·言语》。刘注:"法畅氏族所出未详。"

本书有记载,可以考知姓康,不是庚姓。(二)考订作家行年与作品系年有重要参考价值。自晋以来,上自帝王贵胄,下至平民百姓,与僧徒交往日益频繁,许多作家行年及作品系年都可以据本书考订出来。(三)有助于文学背景的考释。如陈寅恪《四声三问》这篇著名文章,很多材料取自本书。又如天监初年梁武帝宣布舍道事佛,并广泛译经,组织礼佛活动,舍身同泰寺等,正史记载非常简略,而在本书中多有具体的记述,这对于研究梁代文学背景有重要参考价值。(四)《唱导论》记载慧远"每至斋集,辄自升高座,躬为道者。先明三世因果,却辩一斋大意,后代传受,遂成永则"。再结合《高僧传·慧远传》《弘明集》《广弘明集》等资料,很多专家认为这些都是敦煌变文的前身,通过讲历史故事或者现实故事,来弘扬佛法。(五)此书对中国传记文学的写作,也有一定的参考意义(刘湘兰,113)。特别是《晋长安鸠摩罗什传》《晋庐山释慧远传》,是传记文学中不可多得的名篇(朱东润,121,b)。中华书局1992年出版了汤用彤的校注本。

(二) 释道宣《续〈高僧传〉》三十卷

唐代释道宣《续〈高僧传〉》三十卷,[①]是继《高僧传》而作,故名《续〈高僧传〉》,又因为成书于唐代,又被称作《唐高僧传》(还有《宋高僧传》《明高僧传》)。[②] 其体例与慧皎书略同,亦分十门,改"神异"为"感通",改"亡身"为"遗身",改"诵经"为"读诵",增加"护法",合并"经师""唱导"为"杂科"。释道宣(596—667),俗姓钱,一说吴兴人,一说丹徒人,是中国佛教律宗三派之一南山宗的创始人。《开元释教录》称其:"外博九流,内精三学。"他一生著述二百二十多卷,包括《广〈弘明集〉》《续〈高僧传〉》《大唐内典录》《集古今佛道论衡》等,生平见《宋高僧传》。慧皎著书时正南北

---

① 《续〈高僧传〉》有三十卷、三十一卷,乃至四十卷本之分,见郭绍林《续〈高僧传〉》点校本前言,中华书局2014年出版。

② 上海书店1989年依《大正大藏经》本影印梁慧皎撰《高僧传》十四卷,唐道宣撰《续高僧传》三十卷,宋赞宁等撰《宋高僧传》三十卷,明如惺撰《大明高僧传》八卷,总题《历代高僧传》,较便查阅。

对峙,故详于江南而略于北方,且慧皎身后又过去一个世纪,涌现出许多高僧大德。本书著于唐代,天下一统,文献较备,搜罗亦广,这是优于慧皎之处。自序曰:"始岠梁之初运,终唐贞观十有九年,一百四十四载。包括岳渎,历访华夷,正传三百四十人,附见一百六十人。"根据陈垣的统计,正传、附见中外籍僧人多达七百余人。① 加上相关的世俗道人士、道教人士,总数超过千人。他们的交流活动,对研究南朝陈及北魏、隋代历史与文学具有重要史料价值。《全隋文》载释真观《愁赋》,其写作时间及背景不见正文及史传记载,唯见此书卷三十一《真观传》:"开皇十一年,江南叛反,王师临吊,乃拒官军,羽檄竞驰,兵声逾盛,时元帅杨素……以观名声昌盛,光扬江表,谓其造檄,不问将诛,既被严系,无由申雪。金陵才士鲍亨、谢瑀之徒,并被拥略。将欲斩决,来过素前,责曰:'道人当坐禅读经,何因妄忏军甲,乃作檄书,罪当死不?'观曰:'道人所学,诚如公言,然观不作檄书,无辜受死。'素大怒,将檄以示:'是尔作不?'观读曰:'斯文浅陋,未能动人,观实不作,若作过此。'乃指摘五三处曰:'如此语言,何得上纸?'素既解文,信其言。"乃令作《愁赋》而释之。又《全陈文》载智文《格倩僧转输运力词》,严注:"智文未详。"而实际智文生平见于本书卷二十二。又陈释洪偃,为当时有名的才僧,《隋书·经籍志》著录别集八卷,今不存一文。姚振宗作《〈隋书·经籍志〉考证》未见本书,不能置辞。本书卷七有传,知道"洪偃俗姓谢氏,会稽山阴人",风神颖秀,弱龄悟道,英词锦烂,又善草隶,"故貌、义、诗、书号为四绝"。"偃始离俗,迄于迁化,惟学是务","每缘情触兴,辄叙其致",成二十余卷,"值乱零

---

① 《高丽大藏经》作"三百四十人"。还有作三百三十一人者。陈垣《中国佛教史籍概论》考曰:"今考本书正传凡四百八十五人,附见二百十九人,与自序绝异,是当注意者也。"又,此序当系初成书之序,因为"本书记载,有至麟德二年(665年)者。卷四《玄奘传》,奘卒于麟德元年,明藏本卷廿八《明导传》,麟德元年犹未卒。《昙光传》叙事称:'今麟德二年。'又卷廿五《法冲传》云:'今麟德,年七十九矣。'其他卒于贞观十九年后,永徽、显庆、龙朔年间者二十余人,则是书实止于麟德二年,即宣公之卒前二年,距初成书之时,已二十年矣"。

失,犹存八轴,陈太建年学士何俊上之"。此即《隋书·经籍志》所著录八卷书的由来(陈垣,205,a)。中华书局2014年出版郭绍林点校本《续〈高僧传〉》,便于阅读。

（三）释宝唱《比丘尼传》

梁代释宝唱《比丘尼传》为现存最早的一部记述东晋、宋、齐、梁四代出家女性传记。《释氏稽古略》著录四卷:"天监十六年,敕沙门宝唱撰《比丘尼传》,二本四卷。"《开元释教录》著录亦四卷。《比丘尼传序》称:"始乃博采碑颂,广搜记集,或讯之博闻,或访之故老,诠序始终,为之立传。起晋升平,讫梁天监,凡六十五人。不尚繁华,务存要实。"其中晋代13人,刘宋23人,南齐15人,梁代14人。语言上"不尚繁华",如《延兴寺僧基尼传》"人各有志,不可夺也",出自《论语》各言其志。增补史料,如《简静寺支妙音尼传》:"幼而志道,居处京华,博学内外,善为文章。晋孝武皇帝、太傅会稽王道子、孟𫖮等,并相敬信。每与帝及太傅中朝学士谈论属文,雅有才致,借甚有声。"是可以进入《世说新语》中的材料。又如《山阴招明寺释法宣尼传》载:"吴郡张援、颍川庾咏、汝南周顒,皆时之名秀,莫不躬往礼敬。"南齐尼传,很多与文惠太子萧长懋、竟陵王萧子良等有交往。如萧长懋、萧子良对僧敬尼"并钦风慕",永明四年卒时,"弟子造碑,中书侍郎吴兴沈约制其文焉"(《崇圣寺僧敬尼传》)。他们对净秀尼亦"厚相礼待,供施无废"(《禅林寺净秀尼传》)。天监五年卒时,又有沈约作行状,收录在《广〈弘明集〉》中。宝唱所说"博采碑颂"指的就是这些资料。齐梁之际,诗风盛行,也在此书有所反映。如《集善寺慧绪尼传》载其临终诗:"世人或不知,呼我作老周。忽请作七日,禅斋不得休。"也为逯钦立《先秦汉魏晋南北朝诗》失载。王孺童《比丘尼传校注》以《大正藏》本为底本,汇集众本,详加校正。此外,每篇之后附录与传主相关的资料,是其价值所在。中华书局2006年出版。

第四节　文献类编及考订

一、《弘明集》与《广〈弘明集〉》

（一）释僧祐《弘明集》

梁代释僧祐《弘明集》十四卷收录了从东汉末到南朝梁颂扬佛教的论著。序称："夫道以人弘，教以文明，弘道明教，故谓之《弘明集》。"卷一收录牟子《理惑论》及未详作者的《正诬论》，是中国最早的综述佛学的著作，对研究佛教传入中国具有重要价值，[①]卷二是宗炳《明佛论》（一名《神不灭论》），卷三为孙绰《喻道论》以及宗炳、何承天关于"白黑论"的辨析文字，[②]卷四为何承天与颜延之关于"达性论"的探讨，卷五收录罗君章、桓谭、慧远等十一人关于"更生论""形神论""沙门不敬王者论"的文章，卷六收录释道恒、明绍僧等四人关于"二教论""夷夏论"及张融《门律》的讨论文章，[③]卷七收录朱昭之等四人关于"夷夏论"的文章，卷八收录释玄光、刘勰、释僧顺等三人关于"灭惑论"的文章，卷九收录梁武帝《立神明成佛义记》、萧琛、曹思文等驳难《神灭论》文章，并附范缜《神灭论》，卷十收录梁武帝《敕答臣下神灭论》及围绕"神灭论"等，释法云应旨与朝臣六十二人的问答。可见这个问题触动了佛教传播过程中的神经中枢。史

---

① 《隋书·经籍志》儒家类著录《牟子》二卷，"汉太尉牟融撰。"周叔迦辑《牟子丛残》收录洪颐煊、孙诒让、梁启超、胡适及周叔迦本人研究《理惑论》的文章共六篇，又从《世说新语》刘峻注、《文选》李善注、《摩诃止观辅行传》宏决引、《太平御览》、《一切经音义》等书辑出有关牟子资料，汇为一编。周绍良又增录伯希和、余嘉锡、松本文三郎、周一良等四位学者的专论，编为《牟子丛残新编》，中国书店 2001 年出版。

② 《汉魏六朝集部珍本丛刊》收录《宋何衡阳集》一卷，张溥辑《汉魏六朝百三名家集》本，有何绍基评点。

③ 《汉魏六朝集部珍本丛刊》收录《齐张长史集》一卷，张溥辑《汉魏六朝百三名家集》本，有何绍基评点。

载，南齐竟陵王萧子良奉佛甚勤，而范缜却盛称无佛，作《神灭论》。此论一出，朝野哗然。萧子良集众人相难，范缜不为所屈。入梁之后，论战依然继续，梁武帝以帝王之尊下旨讨论。这些文字是研究南朝文化思想的重要史料。卷十一收录何尚之等人关于弘扬佛教的书信、奏启等。卷十二收录释僧祐《弘明集重序》、习凿齿《释道安书》、论孔释异同以及"沙门不敬王者"论方面的文章。卷十三收录郗嘉宾《奉法要》、颜延之《庭诰》、王该《日烛》等文，卷十四收录竺道爽《檄太山文》、释智静《檄魔文》、释宝林《破魔露布文》以及释僧祐《弘明论后序》等。释僧祐（445—518），俗姓俞，祖籍彭城下邳（今江苏徐州）人，著《出三藏记集》《法苑传》《世界记》《释迦谱》及《弘明集》等，生平事迹见慧皎《高僧传》卷十一。李小荣有《弘明集校笺》，上海古籍出版社2013年出版，有详校，有笺注。

（二）释道宣《广〈弘明集〉》

唐代释道宣《广〈弘明集〉》三十卷，是在僧祐基础上所编的一部佛教思想资料汇编，但体例与《弘明集》略异，故不称"续"而称"广"。《弘明集》不分篇，此则分为十篇：一归正、二辨惑、三佛德、四法义、五僧行、六慈济、七戒功、八启福、九悔罪、十统归。每篇前各有序。《弘明集》皆选辑古今人论文，自撰仅卷末《弘明论》一篇；本书则叙述论辩与选辑并重。全书作者一百三十余人，仅南北朝即百余人，唐近三十人。编者叙述中所引用的不计。如卷六"列代王臣滞惑解"，列举兴隆佛教者十四人、毁灭佛教者十一人，都是佛教史上的重要材料。卷三"归正篇"载阮孝绪《七录序》是目录学史上重要的文献。据此而知，《七录》分内外两篇。内为五录：经典录，记传录，子兵录，文集录，技术录。外篇有二：佛法录，仙道录。将佛教、道教著作编入目录中，反映了当时宗教文化的盛行。除编者本人的序、记外，所收篇章多达二百七十多篇。冯惟讷《古诗纪》、梅鼎祚《历代文纪》、张溥《汉魏六朝百三家集》等从这部书中辑得大量诗文。[①] 重

---

① 严可均、逯钦立辑录先唐诗文，此书已充分利用。唯严辑仍有遗漏。陈垣《中国佛教史籍概论》据此书仍有补辑。

要的是校勘价值。本书卷二十三收有《法纲法师诔》,题宋释慧琳撰,又有《玄运法师诔》,题南齐释慧琳撰,二人同名,同在一卷。卷二十五有《福田论》,题隋释彦琮撰,又有《沙门不应拜俗总论》,题唐释彦悰撰。琮、悰形近字异,后世多有混同。《新唐书·艺文志》释氏类彦悰《沙门不拜俗议》六卷夹在彦琮《崇正论》与《福田论》中间,均以为彦琮所作。严可均亦将彦悰误作彦琮,将《沙门不拜俗议》录入《全隋文》中(陈垣,205,a)。上海古籍出版社 1989 年据《宋碛砂藏》将《弘明集》《广弘明集》缩叶影印。

二、《出三藏记集》与《经律异相》

(一) 释僧祐《出三藏记集》

梁代释僧祐《出三藏记集》十五卷是中国现存最早的佛教目录。正文由四部分组成:(一)《撰缘记》一卷,缘记即佛经及译经的起源;(二)《铨名录》四卷,名录即历代出经名目;(三)《总经序》七卷,经序即各经之前序与后记,为文一百二十篇;(四)《述列传》三卷,即记叙译经人的生平事迹。三卷中,二卷外国二十二人,后一卷中国人十人。由后汉到萧齐,其史料虽为慧皎《高僧传》所采集,然而此集仍为今存最古的高僧传记。在中古文学研究方面,本书的价值至少体现在三个方面:一是保存了大量的原始资料,特别是经序及后记,都是六朝人的著作,严可均辑南北朝文将此书七卷全部采入。二是考订史实,如经序及列传,涉及各朝帝王及士庶,吴主孙权之于支谦,宋文帝之于求那跋陀罗,以及宋彭城王刘义康、谯王刘义宣、齐竟陵王萧子良等,都与当时高僧多所交往,据此可以了解当时文化界的许多细节。三是有助于研究刘勰及《文心雕龙》。刘勰与僧祐居处十余年,协助撰著经录。此书之成,恐刘勰之力为多。因此该书与《文心雕龙》在语汇与成句方面颇多相通之处,结合此书可以更进一步探讨刘勰的思想及《文心雕龙》的价值(兴膳宏,120,b)。此书最通行的本子是苏晋仁、萧𬭎子的点校本,中华书局 1995 年出版。

（二）释宝唱《经律异相》

《经律异相》是一部佛教类书。全书五十卷，释宝唱撰。宝唱，俗姓岑，吴郡人。生卒年不详，大约生于宋明帝泰始二年至三年之间（466—467），卒于梁代中大通六年（534年）前后（白化文，70，b）。生平事迹见《续〈高僧传〉》及董志翘《经律异相校注前言》（董志翘）。《历代三宝记》卷十一载："至天监七年（508年），以为正像渐末，信乐弥衰，三藏浩漫，鲜能该洽。敕沙门僧旻、宝唱等录经律要事，以类相从，名《经律异相》，凡五十卷。至十四年，又敕沙门僧绍撰《华林佛殿众经目录》四卷，犹以未委。至十七年，又敕沙门宝唱更撰《经目》四卷。"同卷集录宝唱著作八种。释宝唱《经律异相序》："又以十五年末，敕宝唱钞经律要事，皆使以类相从，令览者易了。又敕新安寺释僧豪、兴皇寺释法生等相助检读。于是博综经籍，择采秘要，上询神虑，取则成规，凡为五十卷，又目录五卷，分为五秩，名为《经律异相》。"经律，指佛经分类中的经、律、论三藏。异相，与"同相"相对而言，同相讲事物共性，异相讲事物个性，亦即"差别相"。此书带有佛教类书性质，按照天、地、佛等二十二部，细分五十一类，引用二百七十多种佛教典籍，收录各种故事、寓言、譬喻、传说约七百余事。既然是现存最早的一部佛教类书，就具有校勘和辑佚作用。同时，该书采录很多故事传说，也具有了文学的价值。现存最早的入藏刻本是北京图书馆藏南宋绍兴十八年（1148年）福州开元寺刻《毗卢藏》本残卷三卷，比较完整的宋本有《资福藏》本。董志翘、刘晓兴等《经律异相校注》以《大正藏》为底本，广事雠校，略加注释，已由巴蜀书社2018年出版。

三、《太平经》与《真诰》

魏晋南北朝道教发达，对于文学的影响主要表现在两个方面，一是文学思想，二是神仙小说。关于前者，本书下编介绍中古小说文献多有论及。关于文学思想方面的研究，赵益《六朝南方神仙道教与文学》有系统的讨论(350)。南北道观藏书应当不少。陆修静整理众经，制定新论，多得益于寺院道观藏书，成为道教史中划时代的历史人物。《太平经》也是这样一部著作。

（一）《太平经》

《太平经》，又名《太平清领书》。《后汉书·郎颛襄楷传》载，桓帝延熹九年，襄楷诣阙上疏，首次提到了《太平经》，说："臣前上琅邪宫崇受干吉神书，不合明听。"李贤注："干姓，吉名也。神书，即今道家《太平经》也。其经以甲、乙、丙、丁、戊、己、庚、辛、壬、癸为部，每部一十七卷也。"这里说此书为干吉所授。宋人《四库阙书目》《宋史·艺文志》著录径称"襄楷《太平经》"。《道藏提要》认为今传是书非出于一时一人之手，涉及内容非常庞杂，包括奉天法道、阴阳五行、政治主张、善恶报应、长寿成仙等内容，也提供了很多有趣的史料，譬如其中有很多韵文，对于我们探讨七言诗的流变，很有参考价值（刘跃进，110，y）。此书有王明《太平经合校》（中华书局，1960 年）、俞理明《太平经正读》（巴蜀书社，2001 年），均便于阅读。

（二）陶弘景与《真诰》

陶弘景(456—536)字通明，自号华阳隐居。南朝齐梁时代著名的学者、隐士、文人。丹阳秣陵（今江苏南京）人。十岁得葛洪《神仙传》，读后便有隐居之志。生平事迹见《梁书》本传。① 陶弘景聪颖谦谨，勤于著述。举凡经史文学、阴阳五行、历数星算、山川地理、矿产药物，无不通晓。又擅长书法，与梁武帝讨论历代书法名家，其书法作品被庾肩吾《书品》列为中之下品，称其"仙才翰采，拔于山谷。"（兴膳宏，120，j）其著述多达数

---

① 　陶弘景生平事迹除《梁书》本传外，还有萧纶《隐居贞白先生陶君碑》、萧纲《华阳陶先生墓志铭》、陶翊《华阳隐居先生本起录》（《云笈七签》卷一百七"传录"部收录该文，撰者题曰"从子翊字木羽"）、谢瀹《陶先生小传》（《云笈七签》卷一百七）、李渤《梁茅山贞白先生》（《云笈七签》卷五及卷一百七）等。今人罗国威著有《华阳隐居陶弘景年谱》，收录在刘跃进、范子烨编《六朝作家年谱辑要》中，黑龙江教育出版社 1998 年出版。

十种。^① 有《隋书·经籍志》著录"梁隐居先生《陶弘景集》三十卷,《陶弘景内集》十五卷",为陈武帝命江总所编。《艺文类聚》载所撰《陶贞白先生集序》云:"文集缺亡,未有编录。门人补辑,若逢辽东之本;好事研搜,如诵河西之箧。奉敕校之铅墨,缄以缇缃。藏彼鸿都,副在延阁。"《寻山志》(原注:年十五)"既穷目以无阅"下无名氏注:"先生去世后,久无人编录文集。至陈武帝桢明二年(588年)敕令侍中尚书令江总始撰文集。先生以梁大同二年(536年)解驾,至是五十三载矣。文章颇多散落。"此集业已久佚。王京洲《陶弘景集校注》系重新辑录校注本,上海古籍出版社2021年出版修订本。^② 前人辑校本,《汉魏六朝集部珍本丛刊》收录四种:

1. (明)黄省曾辑,明嘉靖三十一年(1552年)萧斯馨刻本《梁陶贞白先生文集》二卷。

2. (明)嘉靖史臣纪抄本《贞白先生陶隐居文集》一卷,传记一卷。封面劳健题署:"史叔载手钞宋本。戊辰二月笃文署检。"卷首有傅增湘、吴士鉴、袁克文和劳健题识。"贞白先生陶隐居文集"题下署:昭台弟子傅霄编集,大洞弟子陈楠校勘镂版。前有江总序。《贞白先生陶隐居文集》末有傅霄跋云:"先生文集三十卷,内集十五卷,今皆亡失不传。故礼部侍郎王公钦臣哀其遗文三十二篇以为一卷。南丰曾恂复得《寒夜愁》《胡笳》二诗于古乐府集中,《难沈镇军均圣论》于《弘明集》中。因考其制作先后之次,以类相从,并残文附于后。"其后为传记资

---

① 陶弘景著作略举其要:《学苑》《孝经集注》《论语集注》《三礼序》《尚书注》《毛诗序注》《老子内外集注》《三国志赞述》《抱朴子注》《世语阙字》《续临川康王世说》《太公孙吴书略注》《古今州郡记》《帝王年历》《玉匮记》《七曜新旧术》《占筮略要》《风雨水旱饥疫占要》《数艺术杂事》《举百事吉凶历》《本草经注》《肘后百一方》《效验施用药方》《登真隐诀》《梦记》《真灵位业图》《相经》《古今刀剑录》《鬼谷子注》《周氏冥通记》《真诰》等。这些作品大都已经亡佚。四库全书收录《真诰》《古今刀剑录》《真灵位业图》三种。参见王家葵《陶弘景丛考》,齐鲁书社2003年出版。

② 《说郛三种》(宛委山堂一百二十卷本)卷五十七收录陶弘景《真灵位业图》,未见此书收录,未知真伪。上海古籍出版社1988年出版。

料一卷。卷末有陈栝绍兴癸亥十三年（1143年）后序云："栝顷闲居汝山，数游三秀，追慕灵躅，得隐居山世二传，并文集碑记及桓真人事实，总成上下……今粗叙于卷集之末，姑示同志，兼恐尚有遗篇逸事，藏之于贤德隐者，愿发箧以示，当续其传焉。"说明此集抄自绍兴本陶弘景集。

3. （明）汪士贤辑，明万历十一年（1583年）新安汪氏刻《汉魏六朝二十一名家集》本《陶贞白集》二卷。卷首有《贞白先生陶隐居传》，黄注《陶贞白集序》，黄序末有傅增湘过录彭元瑞跋及自撰跋语。《陶贞白集目录》后抄录江总序。正文有傅增湘校订。书尾补集外两篇。又有傅增湘过录文嘉、史臣纪、周天球、徐济忠和叶奕跋。

4. （明）傅霄辑，明末汲古阁刻本《华阳陶隐居集》二卷。卷首有江总《华阳陶隐居集序》。卷首有黄注《刻陶贞白集序》，胡直《梁陶贞白先生文集序》、江总《梁陶贞白先生文集序》及《南史列传》。卷末有嘉靖壬子（1552年）俞献可跋。

《真诰》，见于《旧唐书·经籍志》著录，是中古道教文学的重要著作。高似孙《真诰序》："诰者，告也。《书》有《汤诰》《洛诰》诸篇。"根据专家考证，此书为晋代扶乩降笔，杨羲、许谧、许翙手书、顾欢撰辑、陶弘景又收集叙录，略加注释而成。此书分为二十卷，陈国符《道藏源流考》（中华书局，1963年版）认为卷一至十八确为晋人撰述，卷十九及二十为陶弘景所述。此书虽多道教上清派所热衷的神仙服气之说，但是也提供了很多史料，包括一些诗歌和文章，对于我们探讨道教在江南的流传与诗歌隐语很有启发（刘跃进，110，b）。此书版本很多，中华书局2011年出版的赵益点校本较便阅读。

《云笈七签》是著名的道教类书，宋代张君房所编，收录很多颂赞歌赋。上海古籍出版社1989年出版的《道藏要籍选刊》作为第一种收录。我曾根据这些史料编纂《南方道教系年》，并选择部分资料收进《南北朝文学编年史》。

四、《编珠》与《北堂书钞》

（一）杜公瞻《编珠》

隋代杜公瞻《编珠》四卷，现存一二卷，是古代类书存世较早的一部。虽已残缺，但是比辑佚而存的《皇览》、敦煌石窟发现的《修文殿御览》（或《华林遍略》）还是完整多了。此书流传甚少，几无人及之。清康熙年间，高士奇始于内库书籍废纸堆中寻得一册。因出现较晚，很多学者表示怀疑，以为高氏在故弄玄虚。经余嘉锡、胡道静等学者考订，此书不是清初人伪造，也不是南宋以来的伪托，而确是杜公瞻原著（余嘉锡，234，b；胡道静，368）。本书原为写作近体诗提供材料而编，隶事为对，下注出处，与后来《初学记》中的"事对"大体相近，而与"征事""叙事"的类书不同。其引书一百九十四种，因为很多学者怀疑此书伪作，故较少征引利用。其实，可辑佚者尚有不少。如卷一山川部谢灵运《游名山志》"枫林岭""石潭溪"条，严可均据《初学记》《太平御览》辑十二则，而漏辑此条。又卷二音乐部引《语林》"祢衡被武帝谪为鼓吏"条，鲁迅《古小说钩沉》中《裴子语林》失辑。在校勘方面亦有参考价值，如章宗源、孙星衍辑杨泉《物理论》据《太平御览》天部及《事类赋》天部辑有"风怒则飞沙扬砾，喜则不摇枝动草"。据《编珠》卷一所引，"不"当为衍文，"草"作"花"（胡道静，368）。

（二）虞世南《北堂书钞》

在敦煌石窟唐写本古类书残卷被发现之前，在《编珠》的真伪问题被澄清之前，学者多以虞世南《北堂书钞》为现存最早的古代类书。此书被列为"唐代四大类书"之一，但实际上，此书是虞世南在隋代大业年间（605—618）为秘书郎时所作。书名"北堂"二字即反映了这一基本事实。[①] 所以，实际它是一部隋代类书。今本一百六十卷，分十九部八百五

---

① 唐刘悚《隋唐嘉话》曰："虞公之为秘书，于省后堂集群书中事可为文用者，号为《北堂书钞》。今此堂犹存，而《书钞》盛传于世。"《大唐新语》也有类似记载。晁公武《郡斋读书志》卷十四亦称"北堂者，省中虞世南钞书之所也"。陈振孙《直斋书录解题》卷十四："其书成于隋世。"

十一类,在每类目下,把古籍中有关材料汇集起来。引书除集部外约八百多种(孔校本卷首《凡例》)。引书断限,"皆三代汉魏,迄于宋齐,其最晚者沈约《宋书》、萧方等《三十国春秋》、崔鸿《十六国春秋》、魏收《后魏书》;其诗赋颂则颜、谢、鲍为最晚,陈隋只字不钞"。①因此,本书在校勘、辑佚等方面最值得重视。此书晚明陈禹谟刻本通行,清孔广陶以各种旧抄,重校付梓,并有校注,远胜陈本。中国书店 1989 年据光绪十四年刊本影印,较易借阅。

五、《艺文类聚》与《初学记》

(一) 欧阳询等编《艺文类聚》

欧阳询、令狐德棻等十余人编《艺文类聚》一百卷,始于唐武德五年(622 年),七年奏上。全书约百万言,分四十六部(卷八十一、八十二作一部计),有子目七百二十七个。引书达一千四百三十余种②,经史子集皆有辑录。在编排方面,先天地帝王,次典章制度,然后是衣食住行及动植灾祥。具体到每一部类,先列"事类",后引诗文,将"事"与"文"合为一篇,不仅为读者临事取索提供便利,而且在文献保存方面越发显示出其重要性。"其所载诗文赋颂之属,多今世所无之文集"(《直斋书录解题》卷十四)。故自晚明以下,冯惟讷、梅鼎祚、张溥、严可均等辑录先唐诗文无不以此书为宝山玉海。据汪绍楹考证,此书传本大体完整,但并非完善无缺,远在宋代就可能有了缺佚,例如书中有苏味道、李峤、沈佺期、宋之问的诗,而这四人都在欧阳询之后,本书不可能预收,这是宋人增补的痕迹(汪绍楹,238)。1959 年中华书局上海编辑所影印了上海图书馆藏宋绍兴刊本。1965 年该所又排印了汪绍楹的校点本,1982 年重印时又在书后附录了《人名索引》《书名篇名索引》,极便核检。

---

①　严可均《书陈禹谟刻本〈北堂书钞〉后》,转引自孔校本卷首《叙录》。

②　据北京大学研究所 1923 年的统计,收书为一四三一种,文载《北京大学二十五周年纪念研究所国学门临时特刊》。

（二）徐坚等编《初学记》

徐坚等奉敕撰《初学记》晚于《艺文类聚》一百余年，原为唐玄宗诸子检索辞藻典故用的，故比别的类书简括。《四库全书总目》称此书"在唐人类书中，博不及《艺文类聚》，而精则胜之。若《北堂书钞》及《六帖》，则出此书之下远矣"。全书六十多万言，分二十三部，下属三百一十三个子目。类目的划分大致与《艺文类聚》相近。不同的是，《初学记》把各类资料按"叙事""事对""诗文"三部分排列。"叙事"部分虽杂取众书，但经过精心编排，前后若相连属。"事对"部分，把引用的资料概括为对偶，以备写诗缀文时使用。"诗文"部分，先赋后诗，再接引其他文体。这是为初学者提供的范文。本书的价值与《艺文类聚》一样，保存了丰富的初唐以前的古代文献，既可以用来辑佚，也可以当作校勘资料。同时，又是一部各种专题文献资料的汇编，所引之书多已亡佚，很多资料已经起到了第一手资料的作用（许逸民，131，a）。中华书局校点本《初学记》附有详细校记。许逸民为重印本又编制了事对和引书索引。

六、《通典》《通志》与《文献通考》

刘知几《史通·古今正史》："江淹始受诏著述，以修史之难，无出于志，故先著其志，以见其才。"钱大昕《廿二史考异》卷四十《北史三》："予尝论史家先通官制，次精舆地，次辨氏族，否则涉笔便误。"《史记》开创通代"八书"，《汉书》改为"十志"。此后正史中的志书，多为断代，各志不能相互衔接，或者竟无"志""书"。中国学术史上著名的"三通"将散见于各类史书的相关材料，分门别类，重新组织编排，使读者容易得到完整系统的概念。它实际是纪传体史籍中"书""志"部分的扩大和贯通。

（一）杜佑《通典》

唐代杜佑《通典》二百卷是中国最早一部记载历代典章制度的通史，李翰《通典序》："采五经群史，上自黄帝，至于有唐天宝之末，每事以类相从，举其始终，历代沿革废置，及当时群士论议得失，靡不条载，附之于事，如人支脉散缀于体，凡有八门，号曰《通典》。"今本九典：《食货》《选举》《职官》《礼》《乐》《兵》《刑》《州郡》《边防》。它的价值主要不在保存了特殊的史料，而是编辑组织材料体例的创新。典章制度和社会经济的发展具有较强的连续性，不能像政治史那样以朝代为断限。《通典》则很好地解决了这个问题。《四库全书总目》说它"博取五经、群史及汉魏六朝人文集奏疏之有裨得失者，每事以类相从，凡历代沿革悉为记载，详而不烦，简而有要，元元本本，皆为有用之实学，非徒资记问者可比。考唐以前之掌故者，兹编其渊海矣"。《食货》典论及历代户口、钱币、赋税、漕运等。《选举》典涉及选举制度，如谓"炀帝始建进士科。又制大业三年始置吏部侍郎"等。《官职》典分为二十二类，论及中央与地方官吏的设置、历史沿革等。《礼》典一百类，前六十五类以唐代开元以前的五礼（吉礼、嘉礼、宾礼、军礼和凶礼）为中心论历代沿革。从第六十六类起为《开元礼纂类》。除序例外，亦按五礼论述。《乐》典是《宋书·乐志》以后最重要的载录先唐乐府资料专篇。《兵》典论及兵制、兵法等。《刑》典论及刑制，收录汉魏以来有关刑法的讨论文字。《州郡》典大体按照十道编排。《边防》主要论及边疆各个民族的历史。所有这些资料，对于考订中古作家社会地位、作品系年及文学背景有重要参考价值。不过，此书重视经济和政治，而忽略文化，因而未设"艺文"或"经籍"一典，这与《汉书·艺文志》或《隋书·经籍志》相比，当然是一个重要缺陷。这一缺陷在宋代郑樵编《通志》中得到了弥补。

（二）郑樵《通志》

《通志》二百卷，所叙述的内容，各部分的时间断限并不一致，开篇"本纪"自三皇五帝到隋，"后妃"传自汉至隋。其后是"年谱"，始于《三皇世谱》，终于《隋年谱》。然后是"二十略"：《氏族略》《六书略》《七音略》《天文略》《地理略》《都邑略》《礼略》《谥略》《器服略》《乐略》《职官略》《选举略》《刑法略》《食货略》《艺文略》《校雠略》《图谱略》《金石略》《灾祥略》《昆虫草木略》等。年谱和二十略类似于正史中的"志"，其后是世家和列传，自周至隋。严格意义上说，这是一部唐前的纪、传、表（谱）、志俱全的通史。作者序称:"百川异趋,必会于海,然后九州无浸淫之患;万国殊途,必通诸夏,然后八荒无壅滞之忧。会通之义大矣哉。"

史传部分多辑录此前史书,作者称:"编年纪事,自有成规。"而"二十略皆臣自有所得,不用旧史之文。"这部分内容,"总天下之大学术,而条贯其纲目","百代之宪章,学者之能事尽于此矣"。在宗法制度极为古老的中国,门阀士族对于文学艺术的控制和深层影响,从东汉以迄南北朝,表现得越来越明显。东汉王符《潜夫论》有"志氏姓"一篇,《新唐书》有《宰相世系表》等,推溯姓氏源流及家族变迁情况,为文献研究者提供了方便,但王符书多本《左传》,较为简略,《新唐书》又限于身居唐代宰相之位者。而本书《氏族略》则收录范围更宽,考订也较审慎。即以吴兴沈氏为例,其源流颇多歧说:沈约《宋书·自序》以为出自少皞金天氏之后;王符《潜夫论》则以为楚国的后裔;《新唐书·宰相世系》又以为周文王子季聃之后。郑樵征引诸说,认为沈约之说虽不无攀附之嫌,但《宋书》明明有"自兹以降,谱牒罔存"的话,说明还是有一定根据的。而《新唐书》"皆野书之言,无足取也"。郑樵的批评是对的。[①] 但仍有人依《新唐书》等伪造的《吴兴述祖德碑》立说,不当尤甚。由此也可看出,从宗族与区域文化的角度研究中古文学,《氏族略》确有重要的参考价值。《校雠略》论整理和著录图书的方法,强调不仅著录有者,更应著录无者,以便明其源流,称之为中国第一部校雠学专著似不为过。余嘉锡《古书通例》多本此立说。《图谱略》《金石略》不仅指出图谱、金石的重要性,还著录了历代的钟鼎碑刻。《艺文略》分为十二类,每类下又有子目,较以前仅四部分类更加细致。可惜收录虽广,却没有解题,没有著录亡佚情况。这与他的理想有较大距离。《校雠略》"编次必记亡书论三篇"说:"古人编书皆记其亡阙……古人亡书有记,故本所记而求之。"但《艺文略》却没有贯彻这一主张,这就不及《隋书·经籍志》。元代马端临《文献通考》对此有所弥补。

---

① 《梁书·武帝纪上》:"魏晋之后,谱牒讹误,诈伪多绪。……冒袭良家,即成冠族;妄修边幅,便为雅士。"

（三）马端临《文献通考》

《文献通考》三百四十八卷,分二十四考,即:《田赋考》《钱币考》《户口考》《职役考》《征榷考》《市籴考》《土贡考》《国用考》《选举考》《学校考》《职官考》《郊社考》《宗庙考》《王礼考》《乐考》《兵考》《刑考》《经籍考》《帝系考》《封建考》《象纬考》《物异考》《舆地考》《四裔考》。其内容起自上古,终于南宋嘉定年间。就其体例和内容而言,实为《通典》的扩大和续作。譬如《通典》中的《食货》典,《文献通考》扩充为《田赋考》《钱币考》《户口考》《征榷考》《市籴考》《土贡考》等,《礼》典扩充为《郊社考》《宗庙考》《王礼考》等,涉及的内容更加广泛。《乐考》分雅部、胡部、俗部论述历代乐制、乐论、乐歌、乐舞等,很有时代特色。《象纬考》《物异考》《舆地考》类似于史书中《天文志》《五行志》《地理志》,又多与星占、谶纬相关。《四裔考》类似于《晋书·载记》,为边疆民族专史。《经籍考》对文学史研究参考价值最大。本篇除尽录晁公武《郡斋读书志》、陈振孙《直斋书录解题》内容外,还兼引《汉书·艺文志》《隋书·经籍志》《新唐书·艺文志》《崇文总目》《宋中兴志》《通志·艺文略》高似孙《子略》、诸史列传、群书序跋和一些文集、语录中的有关文字以助证说。每书名下都有解题,每部类前都有小序,各种学术源流,各书内容梗概,都可以考见大略。

这三书有中华书局 1984 年据商务印书馆万有文库十通影印本,较易参阅。

七、《独断》与《晋令》

（一）蔡邕《独断》

典章制度律令方面的专著,早期的著作有蔡邕《独断》二卷,《说郛三种》(百卷本)卷七十六收录较简,宛委山堂一百二十卷本第十一卷收录颇详。又见《汉魏丛书》《四部丛刊三编》收录。四十年代(癸未年,1943年),李瑞敏著《独断疏证》作为学位论文(未刊)。俞静庵评曰:"中郎《独断》,详于经制典章,卷帙虽简,实导'三通'之先河。近世儒先于《白虎通义》《广雅》《方言》《释名》诸书均有疏证，而未及是书，亦未免识小而遗大。作者感于卢抱经校语为《疏证》，征引繁博，案断谨严，具见绩学之功。间有遗漏，未为大疵。起草誊真，皆出己手，已视抄袭替代纰谬可疑者，尤为难能可贵。"又曰："张文襄《书目答问》《独断》二卷下注有'扬州局刻附疏证'之语，厥后重刻本删此七字，足征是书尚无著疏之本。此编依陈立《白虎通疏证》之例，分条疏解，指意简明，义取确诂，无资辩难，一洗汉学家博而寡要之弊。全书稿本再易皆躬自钞录，不假手于人。初学得此，良非易易。拟予足分，用昭奖劝。"《独断》向无注本，当据经传类书及王应麟《汉制考》等后世研究成果校补此书，应有助于学术。与此相关的还有《汉官六种》，收录东汉时期陆续问世的关于汉代官职仪式的著作。最早一部是作者不详的《汉官》一卷。其他五种：王隆《汉官解诂》三篇、卫宏《汉旧仪》四卷、应劭《汉官仪》十卷、蔡质《汉官典职仪式选用》二卷、丁孚《汉仪》一卷等。上述六种均已散佚，自宋代高似孙以来，多有辑本。周天游汇集众本，点校整理，由中华书局1990年出版。

（二）贾充《晋令》

西晋贾充著有《晋令》四十篇，见《隋书·经籍志》，已佚。张鹏一《晋令辑存》分为六卷，徐清廉校补，三秦出版社1989年出版。这著作对研究西晋的典章制度，很有参考价值。程树德《九朝律考》汇总九朝各种律令，并将原始材料辑录在相关条目下，便于查询，具有工具书性质。所谓九朝指汉、魏、晋、梁、陈、后魏、北齐、后周、隋。此书撰写于二十世纪初，中华书局2003年出版。近一个世纪以来，出土文献多有涉及此一方面的内容，还有很多补充的空间。《说郛三种》（宛委山堂一百二十卷本）卷十二收录宋代王键撰《刑书释名》，将古书中常见的各种刑罚名称汇集一处，给予简要说明，对阅读古书，颇有助益。

八、诸家中古会要

会要是以事体为中心，记述一定时期的史事发展。与中古文学研究有关系的主要有：南宋徐天麟《西汉会要》七十五卷，三百六十七事；《东汉会要》四十卷，三百八十四事；清代杨晨《三国会要》二十二卷，十五类；清代朱铭盘《西晋会要》八十卷、《南朝宋会要》五十卷、《南朝齐会要》四十卷、《南朝梁会要》四十卷、《南朝陈会要》三十卷；近代汪兆镛《稿本晋会要》五十六卷。这些会要取材虽大体不出正史，但分类编排，将有关史料分别辑入有关子目下，便于研究者检索。《西汉会要》《东汉会要》有中华书局 1955 年版，《三国会要》有中华书局 1956 年版，"南朝会要"系列有上海古籍出版社 1982 年版，《稿本晋会要》有书目文献出版社 1988 年版。邓骏捷、陈才又对此稿本详加校理，交由上海古籍出版社 2020 年出版。目前所见"魏晋南朝会要"已出版，"北朝会要"尚未见。①　王仲荦《北周六典》亦属于会要一体。

九、《两汉三国学案》

汉魏之际，学术风气大变，由儒学的鼎盛到儒学的衰微，这对士人的思想、心态以及创作都曾产生了难以估量的影响。因此，研究中古文学风气的变迁，研究某一作家的思想创作，都不能不涉及学术思想，特别是儒家思想的影响。在这方面，晚清唐晏《两汉三国学案》给我们提供了极大便利。本书以资料汇编的形式，揭示了两汉至三国思想由盛而衰的发展趋势。取材虽以正史为主，还兼采别史、杂传、字书、古注，内容比较广泛。在编排上，首列《周易》，以下按次序列《书》《诗》《礼》《春秋》《论语》《孝经》《孟子》《尔雅》等，每经之下，则以汉儒家法为断，区分经学派别；一派之内，又依据师承关系或时代先后进行排列，凡宗派不明的则系于每经之末。这种编排有助于了解儒家经师的传承关系。本书有中华书局吴东民校点本，1986 年出版，书后附人名索引。

---

① 刘琳《北朝艺文志简编》说"此编乃正编纂中之《北朝会要》之一部分"。见《中古泥鸿》，巴蜀书社 1999 年出版。

十、《汉魏南北朝墓志集释》《汉魏南北朝墓志汇编》及其他

石刻文献是魏晋南北朝最富有特色的文献资料。《集古录》《金石录》《通志·金石略》《宝刻丛编》《隶释》《金石例》《寰宇访碑录》《金石萃编》《八琼室金石补正》等传统金石学著作中对这个时期的墓志多有收录。自二十世纪八十年代以来,考古发掘迅速发展,加速了魏晋南北朝石刻文献的出土和整理。赵超在赵万里《汉魏南北朝墓志集释》基础上校订的《汉魏南北朝墓志汇编》,罗新、叶炜《新出魏晋南北朝墓志疏证》以及《洛阳新获墓志》《洛阳新获七朝墓志》《新中国出土墓志》《西安碑林博物馆新藏墓志汇编》《北京图书馆藏墓志拓片目录》《西安碑林博物馆藏碑刻总目提要》《河洛墓刻拾零》《秦晋豫新出土墓志搜佚》《秦晋豫新出土墓志搜佚续编》等墓志汇编是其中较有代表性的著作。

赵万里编《汉魏南北朝墓志集释》收录自汉迄隋共六百余种墓志,拓本影印,为中古文学研究提供了许多新的史料,特别值得重视。譬如《左棻墓志》,1931 年洛阳出土,是研究左思、左棻的重要文物史料。《晋书·左思传》载其父名雍,墓志则曰:"左熹,字彦雍,太原相弋阳太守。""左棻字兰芝。齐国临淄人,晋武帝贵人也。永康元年(300 年)三月十八日薨,四月廿五日葬峻阳陵西徼道内。"这些内容,均为《晋书》所不载。记载左思事迹:"兄思,字泰冲。兄子髦,字英髦。兄女芳,字惠芳。兄女媛,字纨素。兄子聪奇,字骠卿,奉贵人祭祠。嫂翟氏。"此书 1956 年科学出版社出版。其后又有新的墓志出土,如 1969 年出土的《刘岱墓志》,据此可以增订刘勰世系,在刘爽名上应增刘抚,在刘粹名下应增刘岱。刘抚当为东莞刘氏之远祖,而刘岱则为刘勰的堂叔(王元化,19,a)。据此墓志,有的学者还推翻了已为多数学者接受的所谓刘勰出身于庶族的看法(周绍恒,299,a)。有鉴于此,赵超在赵万里旧著基础上广泛收罗北京图书馆、北京大学图书馆所藏拓片及 1949 年至 1986 年间全国各地出土的墓志,辑录而成《汉魏南北朝墓志汇编》,由天津古籍出版社 1992 年排印出版。中华书局 2021 年出版了修订本。罗新、叶炜《新出魏晋南北朝墓志疏

证》所收皆赵万里、赵超两书未收者，起三国之始（220 年），迄隋末（618年），收录墓志 231 方，中华书局 2005 年出版。其中，《李敬族墓志》《杨素墓志》等墓志提供了很多重要资料。

十一、《四库全书总目》《〈四库提要〉辨证》及其他

《四库全书》收书三千余种（《四库全书总目》提要著录 3461 种），在编修过程中，出于政治的需要，编者多有删改，仅禁毁的书籍就多达三千种左右（陈乃乾统计：全毁 2453 种、抽毁 402 种），加之限于当时的条件，很多该收的书没有收录，如《四库全书存目》就有六千余种（陈乃乾统计6739 种）。因此，光绪以来，不断有学者和社会名流提出续修的建议。1925 年成立"东方文化事业总委员会"，1927 年又成立"人文科学研究所"，这些机构组织当时在北平的一大批专家学者编写了《续修四库全书总目提要》，共收录古籍三万余种，其中经部标点本已由中华书局 1993年出版。齐鲁书社将全部提要稿影印成三十七册出版，另附索引一册。1992 年，《四库全书存目丛书》也列入出版计划，1997 年由齐鲁书社出齐，共 1200 册，共收四库全目书 4500 种，多为世所罕见的重要版本。该社还出版了《补编》100 册，收录历代典籍 219 种。而最大的工程是上海古籍出版社 2002 年出版的《续修四库全书》，收书 5213 种，包括对四库全书成书前传世图书的补选，也包括四库全书成书后续选，装订成 1800册，其中经部 260 册，史部 670 册，子部 370 册，集部 500 册。可以说，中国历史上的重要典籍，大多网罗殆尽。这些著作，都有书目提要。这些提要，对于我们了解中国典籍的源流，有重要参考价值。

《四库全书总目》二百卷，分经史子集四部，每部书的提要都介绍其大旨及著作源流，同时还要"列作者之爵里""考本书之得失"，以及辨订文字增删、篇章分合等。当时参加纂修四库全书和撰写提要的人，像戴震、邵晋涵、周永年、姚鼐等，都在某方面有所专长，他们对一些古籍的考订，也在一定程度上吸取了当时的研究成果，订正了前人的某些缺失，加

之有系统的编排,对于我们了解古代各类著作提供不少方便。关于四库全书的编纂及提要的重要价值,过去的一百多年出版了很多著作。1925年,北京慈祥工厂印行《四库全书叙》。1980年,中国台湾存萃学社将此前相关重要论文收录在《四库全书之纂修研究》(大东图书公司1980年印行)中,包括郭伯恭《四库全书纂修考》、张崟《七阁四库成书之次第及其异同》、王树楷《七阁四库全书之存毁及其行世印本》、叶恭绰《跋文津阁四库全书册数页数表》、鞠增钰《四库总目索引与四库撰人录》、袁同礼《四库全书中永乐大典辑本之缺点》、陈垣《书于文襄论四库全书手札后》《四库提要中之周亮工》、余嘉锡《四库提要辨证序》、岑仲勉《四库提要古器物铭非金石录辨》、叶德禄《四库提要宣室志考证》、蒙文通《四库珍本十先生奥论读后记》、王德毅《四库提要范石湖诗提要书后》、陈乐素《四库提要与宋史艺文志之关系》、庾持《四库琐话》、孟森《字贯案》、黄云眉《从学者作用上估计四库全书之价值》等文章。司马朝军的《〈四库全书总目〉研究》(社会科学文献出版社,2004年)和《四库全书总目提要编纂考》(武汉大学出版社,2005年)等则汇集了前人的研究成果又有新的拓展。

　　这样一部包罗一万多种书的巨制,其中引书错误、考证疏舛、评论失当、予夺不公,极难避免,故匡谬补缺的著作时有问世。胡玉缙撰《四库全书总目提要补正》(上海书店出版社,1998年)、《续四库提要三种》(《四库未收书目提要续编》《许廎经籍题跋》《续修四库全书总目提要礼类稿》,上海书店出版社,2002年)等,或补遗,或匡正,为一时名著。余嘉锡《〈四库提要〉辨证》二十四卷为集大成之作。即以王通《中说》为例,其人其书,历来有质疑,如果不澄清这个问题,则隋代思想史、文学史很难写好。余嘉锡参阅了大量的文献资料,从作品内容、版本到作者生平都做了翔实的考证,从而论证了隋末确有王通其人,唐初确有《中说》一书。另外,研究汉魏晋南北朝小说,碰到的首要问题便是辨析真伪。而说部历来不为学者重视,作者、版本、年代等,问题成堆,稍有不慎,便容易为旧说所误。余嘉锡详于说部,仅从《余嘉锡论学杂著》《〈世说新语〉笺疏》

两书中不难看出，他在说部方面有极深的功底，反映在这部《辨证》稿中，便是大量的关于汉魏六朝小说的考证。每一则考证都力求穷本溯源，汇集古今众说，断以己意。其资料之丰富，论断之精确，已为学术界一致公认。

十二、考史诸作

阅读中古有关史籍，应特别注意后代考订史书的著作，特别是清代学者的研究成果。这些成果大致可分成三类：一是史论，二是考订，三是补遗。

史论类著作以《史通》为代表。刘知幾（661—721），字子玄，彭城（今徐州）人，生活在初唐时期。《史通》成书于唐中宗景龙四年（710 年），共二十卷，目录列五十二篇，其中《体统》《纰缪》《弛张》三篇佚失，实际四十九篇。前五卷论史书源流、体例及编纂方法。作者认为，史书之体，分为六家：一曰《尚书》家，二曰《春秋》家，三曰《左传》家，四曰《国语》家，五曰《史记》家，六曰《汉书》家。以下各卷论史书撰写，如《言语》《浮词》《叙事》《直书》《曲笔》《摸拟》等对古文写作颇有影响。卷十一《史官建置》以下论述史官建置和史书得失。其中，《疑古》《惑经》与王充《论衡》中的《问孔》《非韩》《刺孟》相近，具有异端思想。

考订类著作，以顾炎武《日知录》三十二卷、钱大昕《十驾斋养新录》二十卷、《廿二史考异》一百卷、王鸣盛《十七史商榷》一百卷、《蛾术编》八十二卷、赵翼《廿二史札记》三十六卷、《陔余丛考》四十三卷等为杰出代表。《日知录》包括作者三十多年读书心得，涉及经义、故事、世风、礼制、科举、艺文、训释名义、辨古事真妄、论史书笔记、论古书注释等。《四库全书总目》称其"博赡而能贯通，每一事必详其始末，参以证佐，而后笔之于书，故引据浩博而抵牾者少"。其中论及中古文学的内容，如卷二十一"庾子山赋误""于仲文诗误""郭璞诗误""陆机文误"等，卷二十六论及中古各史诸条，均有重要价值。上海古籍出版社 1985 年影印黄汝成《〈日知录〉集释》，花山文艺出版社1990年又有排印本，将李遇孙《〈日知录〉续补正》、丁晏《〈日知录〉校正》、俞樾《〈日知录〉小笺》、黄侃《〈日知录〉校记》四种分别插入"集释"各条之后，检阅极便。《十驾斋养新录》大致分经学、小学、史学、官制、地理、姓名、古书、金石、词章、术数、儒学、杂考等类，在考订文义、制度等方面成就很大。其中卷十六论"古诗律诗之别""双声亦韵""沈约韵不同于今韵"等，对永明文学研究有参考作用。《十七史商榷》审定事件虚实，考辨经传异同，寻绎文人心迹，用思较为细密，如卷五十九"王融屡陈北伐"条、卷五十五"沈约劝杀巴陵王"条等，对此二人的分析非常精细，很有见解。赵翼《廿二史札记》与钱大昕《廿二史考异》有所不同，钱氏重于训诂、典章制度，而赵书则重在考订史实，寻绎概括，如"九品中正"条、"六朝清谈之习"条等，对魏晋六朝时期的选举制度和社会风气作了细致的分析，颇能启发思考。

补遗类著作，比较有价值的均已收入1936年开明书店编《〈二十五史〉补编》中，这部书汇集宋、清和近代学者的续补考订正史表志著作二百四十五种，其中不仅包括一百八十多种世有流传的，而且还有六十多种堪称"海内孤本"的稿本、抄本。在这二百多种书中，关于东汉以迄隋代的考订续补专著就多达一百四十余种，占全书一半以上。其中像章宗源、姚振宗《〈隋书·经籍志〉考证》等尤为举世所公认的力作。

文献类编著作，《白孔六帖》及《太平御览》对中古文学研究亦有重要参考价值。特别是《太平御览》，引用书目一千多种，其中十之七八今已失传，赖是书得以保存断篇残简。不论辑佚或是校勘，历代研究者都把它当作宝山。中华书局1959年据商务印书馆影宋本缩印行世，为研究者提供了方便。

第五章　中古文学的综合研究

二十世纪以来,对中古文学的综合研究已明显地走向多元化。这是中古文学研究逐步走向成熟的标志。

第一节　原始资料的考订排比

这是古代文学研究的基础性工作。过去侧重于总集的编撰、作品的选释,或按人而编,或以类而辑,虽然提供了大量的原始资料,但缺少深入细致的考订整理。真正为这项学科奠定坚实研究基础的当首推刘师培《中国中古文学史》。

一、刘师培《中国中古文学史》

这部书原是北京大学讲义,为便于教学,辑录排比了很多当时的文学评论,并有引论和按语。史传中的文论材料很多,虽然只言片语的占有不少,但集中起来,确实可以看出流行一时的文学观念,这可能比专门的一家之言更具有代表性。系统地把这些散见的材料搜集起来,这对于中古文学史的研究,确有极大的启发意义。鲁迅《魏晋风度及文章与药及酒之关系》评价此书说:"研究那时的文学,现在较为容易了,因为已经有人做过工作……辑录这时代的文学评论有刘师培的《中国中古文学史》……对于我们的研究有很大的帮助,能使我们看出这时代的文学的确有点异彩。"全书五讲:一、概论;二、文学辨体;三、论汉魏之际文学变迁;四、魏晋文学之变迁;五、宋齐梁陈文学概论。五讲中,每子目下分门别类地辑录有关史料,系统而周详。更重要的是每讲前的题解和辑录后的按语,议论不多,却自成体系。如总论部分,论及"声律说之发明、文学之区别",系统地辑出当时所能看到的绝大多数的原始材料,排比考订,细心辨析,基本上勾勒出汉魏六朝文学发展的概貌。又如第三讲,阐释了建安文学的四个特点,即:清峻、通脱、骋词、华靡。鲁迅本此而论曰:"汉末魏初的文章可以说是'清峻、通脱、华丽、壮大'。"这一观点已为当今大多数研究者所认同。不无遗憾的是,此书仍存在着明显的缺陷,即上不详东汉,下不论北朝及隋代,称之为中古文学史,当然是不完备的。另外,鲁迅当年就感叹此书错字太多,1959 年人民文学出版社整理出版的新校正本,仍有不少错引书名、卷数、误述史料的讹误未能消灭干净(田汉云,74)。征引书中材料,最好应覆核原书,以免以讹传讹。

按照这种体例而编撰的专著还有刘永济的《十四朝文学要略》,四十年代初由中国文化服务社出版,1984 年黑龙江人民出版社重版。全书二卷:卷一述论先秦及秦代文学,分十个专题;卷二论汉代到隋代文学,分十一个专题。每题下先有概说,尔后征引历代有关材料,并加按语。材料比较丰富,是本书的一个特点。另外,注重史的渊源关系,如论汉乐府三声的消长,便附以汉至后周铙歌曲目表;论南北风谣兴盛及乐声流徙的影响,便附以《旧唐书·音乐志》所载清乐曲目表等,便于比较研寻。

二、陆侃如《中古文学系年》

对中古文学史料作全面系统考订的著作,陆侃如的《中古文学系年》堪称代表。全书八十余万字,上自公元前 53 年扬雄生,下迄公元 351 年卢谌卒,以年为纲,以人为目,详细考录了一百五十二位作家的生平事件、著作篇目及著作年代。征引史籍多达数百种,资料极为丰富,对史书记载和旧说不确之处,多有订正,解决了不少疑年问题。譬如左思《三都赋》,《晋书》《〈世说新语〉注》记载分歧很大。《晋书》说《三都赋》成于皇甫谧卒前,曾由皇甫谧作序。《〈世说新语〉注》引《左思别传》则说皇甫谧死于《三都赋》作成前,故未能作序。陆书据《晋书》提到左思作《三都赋》时曾向张载询问岷蜀之事,指出张载赴蜀省父在皇甫谧死后,《晋书》记载不免自相矛盾,因此皇甫谧作序不可信。此赋当成于晋惠帝太安二年(303 年)左右。但又考虑到另一种情况,即《世说新语》注引《蜀都赋》,其中"鬼弹"二句为今本所无,文字也不同,因此认为"其《三都赋》改定至终乃止",也不排斥《三都赋》初稿完成较早而后来又加改写的可能。这样的考订是有说服力的。但此书有两个明显的问题:第一,有些系年过于牵强。如桓谭生卒年系在公元前23年生,卒于 56 年,曹道衡考订此说有误(450,s)。又卷一建武二十年(44 年)"班固为王充所称"条,称"其实充本年二十八岁,较固长十五岁",恐误。《后汉书·王充传》未载其生年,但《论衡·自纪》称"建武三年充生"。至建武二十年,为十八岁,非二十八。第二,这是一部未完稿,只写到公元 351 年,即东晋永和七年。东晋还有六十九年未编,南北朝则未涉及。近来,张可礼续补而成的《东晋文艺系年》,近六十万字,把东晋(包括北方的十六国)时期有关文学、书法、绘画、雕塑和音乐等方面的史实,以时间为线索,分别系于各年。全书收录了一百七十多位文学家、书法家、美术家和音乐家,对其生卒、行迹和著述等,详加考订,同时对民间文艺也收录较全。此书已由山东教育出版社 1992 年出版。

第二节　文学风尚的阐释概括

一、鲁迅的"药·酒·女·佛"说

鲁迅《魏晋风度及文章与药及酒之关系》《汉文学史纲要》以及计划撰写的中国文学史的有关章目,注意研究能够体现一定历史时期文学特征的具体现象,从中阐明文学发展的过程和规律。他用"药、酒、女、佛"四字概括魏晋六朝文学现象。这四个字,是可以反映和概括魏晋六朝文学的历史特征的。药与酒同文学的关系,他在《魏晋风度及文章与药及酒之关系》的著名讲演中作了精湛的阐释,而"女"与"佛"当然是指弥漫于齐梁的宫体诗和崇尚佛教以及佛教翻译文学的流行。虽然鲁迅没有展开讨论,却为后来的研究指点了方向。

关于"药"与"酒"与文学的关系,鲁迅的研究非常深细。药,主要是指寒食散,或曰五石散,盛行于魏晋时期,以何晏为代表,北方也有流行。[①] 余嘉锡《寒食散考》对此有详尽征引论证(234,e)。四十年代,王瑶沿着鲁迅的方向,注意联系时代背景和社会生活,系统深入地广泛收罗了中古文学的有关史料,并进行分类、归纳和整理,将研究视角转向整个中古文学尚未开垦的领域,从研究社会经济、政治状况、文人生活、学术思潮与文学的关系入手,完成了为中古文学学科的现代化奠定扎实基础的《中古文学史论》(51,d)。全书由十四篇文章组成,大致分"文学思想""文

---

① 《世说新语·言语》篇注引《寒食散论》:"寒食散之方,虽出汉代,而用之者寡,靡有传焉。魏尚书何晏,首获神效,由是大行于世,服者相寻也。"《启颜录》:"后魏孝文帝时,诸王及贵臣多服石药,皆称石发。乃有热者,非富贵者,亦云:'服石发热。'时人多嫌其诈作富贵体。有一人于市门前卧,宛转称热。因众人竞看,同伴怪之。报曰:'我石发。'同伴人曰:'君何时服石,今得石发?'曰:'我昨在市得米,米中有石,食之,乃今发。'众人大笑。"

人生活""文学风貌"三个范围,论及了中古文学除乐府之外几乎所有重要学术问题。其范围之广,几乎是将这段文学史中的重要文学现象全部囊括在内;其材料之实,差不多将凡能作为论据的史料皆搜罗无遗;而其论点则一直影响着五十年代到八十年代的中古文学研究。譬如九品中正制和门阀制度造成的士庶之隔,是魏晋南北朝特有的一种政治现象,也是史学家研究这段历史所关注的重点之一。汉魏六朝文学主要是士大夫的文学,而对于士人来说,政治上的趋进乃是他们最重要的人生目标。所以如果脱离这一背景来孤立地研究文学,势必无法透彻理解文士在作品中所表现的思想感情。《政治社会情况与文士地位》对东汉士族形成的背景、华素之隔的渊源,作了详尽的分析,指出门阀势力在政治经济上享有绝对的特权,同时也以绝对的优势操纵着整个社会,因而也是文化的保存者和继承者。这就构成了他们独特的享有承继文化传统的特权。"所以,每一种文学潮流,作风或表现内容的推移变化,都是起于名门贵胄们自己的改变,寒素出身的人是只能追随的。"这种观点直到今天仍有启发意义(葛晓音,490,a)。现在一些青年学者已经比较注意前辈学者的开创之功,不再把目光仅仅局限在政治、经济领域,而是特别着意于考察中古时期比较突出的宗族文化和区域文化的种种复杂现象,从宗族文化批评的角度研究中古文学。王瑶的论著给人们以深刻的启示,所以特别值得注意。① 此外,《文人与药》《文人与酒》《玄言·山水·田园——论东晋诗》《隶事·声律·宫体——论齐梁诗》等,从整体上勾画出魏晋南朝文学的发展脉络,而《论希企隐逸之风》《拟古与作伪》《徐庾

---

　　① 　这个研究思路得到了越来越多学者的重视。近年发表的有关文章主要有:萧华荣《论东晋南朝陈郡谢氏的文学传统——兼论山水诗的产生》、井上一之《陶潜与浔阳》、谢文学《颖川长社钟氏家族研究》《钟嵘家世考》、曹旭《钟嵘身世考》、刘跃进《从武力强宗到文化士族——吴兴沈氏的衰微与沈约的振起》《吴兴沈氏考略》以及相关论著如王永平《六朝江东世家之家风家学研究》《中古士人迁移与文化交流》、吴正岚《六朝江东士族的家学门风》、萧华荣《簪缨世家——两晋南朝琅琊王氏传奇》《华丽家族——两晋南朝陈郡谢氏家族传奇》、佐藤正光《南朝的门阀贵族与文学研究》等。

与骈体》等则就某一时期文学现象加以剖析,要言不繁,探微知著,有较高的学术价值。

二、关于"女·佛"的研究

关于"女"即宫体诗的研究,过去学术界对此类研究对象多持批判的态度。近年,又出现另外一种较为极端的评价,即从审美意识的新变到艺术技巧的考究等多方面给予肯定,强烈要求重新评价宫体诗的呼声日益见诸报端。当然,最稳妥的办法是各打五十大板,说它功过参半。文学研究要透过现象窥探本质,深入地开掘某种文学现象出现的深层原因,客观地展现其发展演变的清晰轨迹。根据这样的思路,研究宫体诗,似乎也应当首先关注其兴起的时间和背景,这一点至关重要。关于这个问题,本书中编有专论,可以参看。

关于"佛"教及其影响研究,也是二十世纪研究的一个重点。通常认为,佛教的传入,始于东汉明帝时期。[①]《后汉书·西域传》汉明帝夜梦金人飞空而至,于是召集大臣以占卜所梦。或曰:"西方有神,名曰佛,其形长丈六尺而黄金色。"梁代高僧慧皎《高僧传》将此事系于永平十年(67年),[②]"或曰"坐实为傅毅。于是,明帝派遣郎中蔡愔、秦景等十八人前往天竺寻访佛法,邀请天竺法师摄摩腾及竺法兰等到中土传法。他们携带梵本经六十万言,经过千辛万苦,终于抵达洛阳,并创建白马寺,在

---

① 印度著名佛教史专家觉月(Bhagchi)《中印佛教交流史》根据《淮南子》记载的一个故事与梵文故事相近,认为佛教在西汉即已传入中土。不同地区流传相近的故事,这在早期文明发展史上很常见,不能据此一定说中国的故事源于佛教。但是,佛教的传入,应当早于汉明帝。有学者说,张骞凿空西域,那个时候,佛教很可能就传入中国。只是现在还找不到直接的证据,所以学术界通常以《后汉书》的记载为准。

② 宋代高僧志磐《佛祖统纪》、元代高僧觉岸《释氏稽古略》并系于七年,十年返回。而元代另一高僧念常《佛祖通载》则将此事系于永平四年。可能的情况,永平十年为回到东土的时间。

此翻译《十地断结》《佛本生》《法海藏》《佛本行》《四十二章》等五部。早期的研究者一致认为,这是"佛教流通东土之始"。慧皎认为前"四部失本,不传江左,唯《四十二章经》今见在,可二千余言。汉地见存诸经,唯此为始也"。

　　我们知道,佛教发源于古印度,进入中国,大约有四条途径:一条在云南西部边境,经缅甸接壤地区传入,主要影响于西南地区;一条经过尼泊尔传入西藏地区;一条经过中亚、西亚,传入新疆,并辐射到中原地区;一条是海上弘法之路,由南海到达广州,登岸后进入东南地区。如求那跋摩、求那跋陀罗等就从南海到广州。(《高僧传·宋京师祇洹寺求那跋摩》《宋京师中兴寺阿求那跋陀罗》)昙无竭从罽宾国取经回来,也是从南天竺随舶泛海达广州,回到内地的。四条线路中,经过中亚、西亚进入新疆的这条传播路径涉及范围最广,影响也最大。这条路径的西南端往往是天竺和罽宾,而东端则是由中国的西北地区向中原、关中和东南地区辐射。天竺在今印度境内。[①] 罽宾,在今印控克什米尔地区。史载,佛图澄、竺法兰、竺佛朔、康僧会、维祇难、鸠摩罗什、真谛等著名高僧均天竺人。佛图澄由陆路进入中原,[②]而真谛则由海路抵达建康(《续高僧传·陈南海郡西天竺沙门拘那罗陀传》)。由陆路通常先要涉辛头河,越过葱岭(现称帕米尔高原),进入新疆,往北沿着葱岭河到达龟兹。

　　早期传法的安世高,原本安息国人,汉桓帝初年即抵达中原,后来振锡江南,到达广州。(《高僧传·汉洛阳安清》)支娄迦谶、释昙迁等为月支人。除上述弘法高僧来自异域外,还有许多中土高僧西天取经,最著名者莫过于法显、宝云、智猛、勇法、昙无竭、法献等人。法显从隆安三年(399年)与同学慧景等发自长安,西度流沙,到高昌郡,经历龟兹、沙勒诸国,攀登葱岭,越度雪山,进罽宾国。抵达天竺,经历三十余国求得经书,

---

　　① 《续高僧传·隋东都上林园翻经馆沙门释彦琮传》载,隋代大业二年,裴炬与彦琮等修缮《天竺记》。

　　② 《高僧传》《晋书》记载佛图澄事,多诞妄难信。然佛图澄乃释道安之师,道安又慧远之师,则其于佛学之传播,实有功绩。

他把自己的经历记录下来,这就是流传至今的《法显传》。[①] 法献回来后也著有《别记》,可惜已经失传。而智猛从弘始六年(404 年)发迹长安,西天取经,整整经历二十年的时间。

佛教文化传入中国后,魏晋时期形成一个高潮。这首先表现在佛经翻译、佛教舞乐和造像艺术三个方面。现存汉译佛经,相当一部分始译于魏晋南北朝时期。带有浓郁佛教色彩的龟兹乐也广泛传播于中古时期的大江南北。十六国、北魏时期的造像艺术也达到了很高的水平。十六国五凉时期,开凿了莫高窟。北魏前期的云冈石窟,北魏后期的龙门石窟,自北魏以迄隋唐的敦煌千佛洞和天水麦积山,都是中国佛教艺术史上的巅峰之作。北魏前期,即自和平初年昙曜奏请建窟起至太和十八年孝文帝迁都洛阳止(460—494),以云冈昙曜五窟为代表,充分反映出当时北魏君权从原始公社向封建社会转化时期的无上权威,强调"佛就是皇帝,皇帝就是佛",不论立像、坐像,都具有刚毅不拔、挺然大丈夫的风度,有压倒宇宙一切的威力之感和昂扬气势。北魏后期,即孝文帝迁都洛阳,龙门石窟修建到北魏末年(495—533),龙门石窟反映出那个时代北方民族在迁移到汉民族文化中心洛阳之后,一切都汉化了的风格,不论坐佛、立像,都是秀骨清姿、宽袍大衲,具有六朝名士风度(罗卡子,314;龙门,79)。西部的敦煌千佛洞和天水麦积山则更发展了泥塑的艺术,这在北方佛教艺术史上,是中国自己的创造(姜亮夫,384,d;常任侠,468,a,b;敦煌文物研究所,510)。

孙昌武《中国佛教文化史》凡五巨册,180 万字,中华书局 2010 年出版。该书按照时代先后论述了印度佛教对于中国的巨大影响,主要有六个方面:一、佛教向中国输入一种新的社会组织——僧团;二、佛教向中国输入一种新的信仰;三、佛教的教理、教义包含复杂而细致的学理论证,其核心部分是宗教(佛学)哲学;四、佛教教化以提升人的精神品质为

---

　　① 《法显传校注》,章巽注。中华书局 1982 年出版。其他几人传记见《出三藏记集》及《高僧传》等。

主旨，目的在塑造理想的人格（当然是按宗教的标准）；五、佛教向中国传播了外来的文学艺术，给中国的艺术、文学、工艺、建筑等领域提供了丰富的借鉴，外来的滋养与本土传统相结合，促进了中土这些领域的进展，取得了极其辉煌的成果；六、佛教乃是历史上中华民族各民族间文化交流的津梁，对于促进和巩固中华民族的团结与融合起了极其巨大的、不可替代的作用。

三、佛教文学研究

佛教如何影响到中国文学的发展，过去所论不多。台静农《中国文学史》（上海古籍出版社，2012 年版）较早地论及中古文学与佛学的关系。该书专辟《佛典翻译文学》，论后汉魏六朝的佛典翻译以及译经的文体问题。作者认为，马鸣的《佛本行赞》就是一首三万多字的长篇诗歌，戏剧性很强。译本虽然没有用韵，但是阅读起来，那感觉就像是读《孔雀东南飞》等古代乐府诗歌。佛经《大乘庄严论》，类似于《儒林外史》。二十世纪以来的重要学者，如郭绍虞、罗根泽、饶宗颐等对中古文论的研究，钱锺书、季羡林、王瑶等对中古诗文的阐释，都论及佛学对于中古文学的深刻影响。佛教的影响，最重要的是潜移默化地改变着人们的思想观念。张中行《佛教与中国文学》以通俗流畅的语言，表述了佛教对中国文学的影响，可惜只写到东晋（257）。孙昌武《佛教与中国文学》则全面得多。全书四章，即：汉译佛典及其文学价值；佛教与中国文人；佛教与中国文学创作；佛教与中国文学思想，都以大量篇幅论及中古文学与佛学的关系（138，a）。孙昌武还有《汉译佛典翻译文学选》（南开大学出版社，2005年版），按照佛传、本生故事、譬喻故事、因缘经、法句经等方面选择了三十四部佛典，辑录或者节录，为我们提供了一部全面反映这类佛典概貌的基本选本。黄宝生、郭良鋆有《佛本生》（增订本），中西书局 2022年版。

此外，王晓平《佛典·志怪·物语》（江西人民出版社，1990 年版）、蒋述卓《佛经传译与中古文学思潮》（江西人民出版社，1990 年版）、吴焯《佛教东传与中国佛教艺术》（浙江人民出版社，1991 年版）、普慧《南朝佛教与文学》（中华书局，2002 年版）、吴海勇《中古汉译佛经叙事文学研究》（学苑出版社，2004 年版）、陈允吉《古典文学佛教溯源十论》（复旦大学出版社，2002 年版）、《佛经文学研究论集》（复旦大学出版社，2004 年版）、孙昌武《佛教与中国文学》（上海人民出版社，1988 年版）、《汉译佛典翻译文学选》（南开大学出版社，2005 年版）、《中国佛教文化史》（中华书局，2010 年版）、陈洪《佛教与中国小说》（学林出版社，2007 年版）、李小荣《敦煌佛教音乐文学研究》（福建人民出版社，2007 年版）、《汉译佛典文体及其影响研究》（上海古籍出版社，2010 年版）、《晋宋宗教文学辨思录》（人民出版社，2014 年版）、《图像与文体——汉唐佛经叙事文学之传播研究》（福建人民出版社，2015 年版）、陈引弛《中古文学与佛教》（商务印书馆，2017 年版）等为近年有代表性的论著。吴海勇的著作从佛教文学题材入手，进而揭示佛教文学的民间成分及其宗教特性，阐释了佛教翻译对于中国古代文学叙事理论与实践的重大影响。陈允吉《古典文学佛教溯源十论》收录作者论述东晋至唐代韩柳文学与佛教关系的诗篇论文，其中《东晋玄言诗与佛偈》《中古七言诗体的发展与佛偈翻译》是较为系统地分析佛偈与中古文学关系的文章。《佛经文学研究论集》是一部论文选集，收录三十四篇论文，广泛地探讨了汉译佛典经、律、论三藏中与文学相关的论题。李小荣对汉译佛典之十二部经这一自成体系的佛经文体进行比较系统的梳理，对在中国文学史上产生过较大影响的偈颂、本生、譬喻、因缘、论议、未曾有、授记诸经之文体性质、功能作了较为全面的探讨，进而又以个案形式检讨了它们对中国各体文学的具体影响。

第三节　诸家中古文学史

近一个世纪以来，有关中古文学通论、中古文学史的著作，海内外出版了许多部,二十年代有上文已经叙及的刘师培《中国中古文学史》及徐嘉瑞《中古文学概论》(412);三十年代有陈钟凡《汉魏六朝文学》(208)、陈家庆《汉魏六朝诗研究》(212)、洪为法《古诗论》(369,a);四十年代有上文已述的刘永济《十四朝文学要略》、罗常培《汉魏六朝专家文研究》(319);五十年代有王瑶《中古文学史论》的前身《中古文学思想》《中古文人生活》《中古文学风貌》(51,c);六十年代有文学研究所及游国恩等主编的两部《中国文学史》之《魏晋南北朝文学》部分;七十年代有邓仕梁《两晋诗论》(58)、洪顺隆《六朝诗论》(371);八十年代有胡国瑞《魏晋南北朝文学史》(365)、王钟陵《中国中古诗歌史》(40)、葛晓音《八代诗史》(490,b)、王次澄《南朝诗研究》(32);九十年代有程章灿《魏晋南北朝赋史》(486,b)、曹道衡和沈玉成《南北朝文学史》(451)、徐公持《魏晋文学史》;二十一世纪有刘怀荣《魏晋南北朝大文学史》(102)等,近百年的不断拓展,中古文学的综合研究已从沉寂走向活跃,从零星走向系统,展现了广阔的前景。

一、徐嘉瑞《中古文学概论》

徐嘉瑞《中古文学概论》包括唐代,但在五编中唐代仅占一编,所以主要还是汉魏六朝文学史。这五编是:第一编绪论,五章,论贵族文学与平民文学、平民化之文学、音乐与文学、中国音乐与西域文化的关系、诗与散文。以下四编依次为:平民文学、舞曲、贵族文学和唐代平民化文学。本书最重要的特点是把平民文学摆在突出位置。作者认为:"六朝文学的正统不在一班文人学士,而在当时的一班平民和外国人。"论南方文学则远溯汉相和曲,分吴越文学和荆楚文学;吴越文学以吴声歌曲为主,以为其中的神的理想与希腊很类似,只是缺乏伟大的艺术和普遍的信仰,中国神秘思想多源于南方。荆楚文学以西曲歌为主,认为最有特色的作品是描写商人的生活。胡适为此书作序,称赞这种研究"是一部开先路的书"。本书另一重要特点是强调音乐与文学的关系,因为所论大抵以民间歌曲为主，所以探讨了音乐与文学所共有的直观化和感觉类推（也就是钱锺书后来提出的著名的"通感"说），论及了乐器和音调以及乐府诗在音乐上的特点，都有很大的启迪意义。

二、王钟陵《中国中古诗歌史》与葛晓音《八代诗史》

王钟陵《中国中古诗歌史》，全书近七十万字，分上下两卷：上卷五编着意于从宏观的角度去把握中古文学发展的进程，论述其审美情趣的转变。下卷七编则结合文学史的具体发展过程，论述其最具代表性的文学理论及诗歌发展的概况。这部书问世后，得到了学术界的关注，有热烈的赞誉（傅璇琮、钟元凯，495；徐宗文，406），也有不以为然的。一部学术著作能得到学术界或褒或贬的关注与评论，说明中国学术界已逐渐从僵化单一的模式中走向成熟。

葛晓音《八代诗史》以时代先后为序，以问题研究为纲，把自汉至隋八代诗歌作为研究对象。除陶渊明和南北朝乐府民歌作专章论述外，其余八章分别是八个文学分期，即：两汉诗歌的源流、建安风骨、正始之音、西晋诗歌的雅化、晋宋诗运的转关、齐梁诗风的功过、北朝诗歌的演进、隋诗的过渡状态。各章第一节均为总论，主要结合各个时代的社会政治、学术思想、文化背景等论述这一时期的文学风貌的基本特征，以及诗歌题材、内容、形式、风格的变化原因和发展轨迹，力求相对集中地展示每一时代横断面上的文学现象。书末又以题为《关于八代诗史中若干问题的再认识》的文章作为小结，着重对八代诗史中某些带有规律性的现象进行探讨。这样，每一章的总论与书末的小节便构成贯穿全书的明晰的经纬线，使各个时期的文学现象、不同作家乃至一篇具体作品都可以在这由经纬线织成的纵横交叉点上找到自己的坐标（张明非，272）。

三、徐公持《魏晋文学史》

徐公持《魏晋文学史》，人民文学出版社1999年出版，是中国社会科学院文学研究所总编的中国文学通史系列中的一种,分为三编:第一编三国文学,第二编西晋文学,第三编东晋文学。在体例上较之以往的文学史没有太大的突破,但是在内容方面有所创新。譬如论嵇康,就从他的人格魅力写起,这是以前的文学史所忽略的一个重要方面。论曹丕"盖文章经国之大业,不朽之盛事",指出这是杨修最早提出来的,曹丕只是作了发挥补充而已。另外,本书以"宽松夷旷"作为西晋社会文化环境的重要内容来谈,这对于研究西晋文学是有启发意义的。魏晋文学,研究者不乏其人,成果也很多,但是,依然留下许多空白点。从地域上说,吴蜀文学过去就较少涉及,本书则专辟章节。再从时段上说,曹魏后期文学、东晋文学,以往论述也较泛泛。本书不仅对文学现象、作家作品进行了清理,还对各时段作家的交替过渡的情况多所论列。至于大量的中、小作家,本书涉及之广,也是此前文学史所未曾有过的。它几乎涉及《汉魏六朝百三名家集》及《隋书·经籍志》内凡有诗、文、赋创作的所有作家。许多重要作家被忽略的方面,如曹操、曹丕整理图书的贡献,也有精到的论述。再从大的方面来看,有关这一时期的社会文化背景的研究,也作了有意义的探索,譬如西晋文化中的佛教、道教的影响,史学与文学的关系等,均要言不烦,线索清晰。

在体例方面,本书的章节设计,详略得当,显示了著者的匠心。注文方面容量很大,每一条资料都能发掘出新意来,如对杨修、李密生卒年的考证,对于"二十四友"的有关史料的梳理,对戴良及其《失父零丁》诗的开掘等,翔实、稳妥、准确。全书的语言也富于学术个性,典雅、清新、明快。如写到曹植,分析他性格时写道:"曹植正是这样一种人:在顺境中意气风发,志气高扬,不知有所检抑;在逆境下则沮丧颓唐,志意摧折,难以保持自尊气骨。"这里显然已经跳出曹植研究,进而在作人性评论。

四、曹道衡、沈玉成《南北朝文学史》

曹道衡、沈玉成《南北朝文学史》,人民文学出版社1991年出版,也是中国社会科学院文学研究所总编的中国文学通史系列中的一种。全书二十七章，一百零一节，断限上起刘宋，下迄隋代。其中"十六国"文学大部分产生于东晋，陶渊明的不少重要作品则在刘裕代晋以后。为了叙述的方便，"十六国"文学划归本书，而陶渊明则划归徐公持编撰的《魏晋文学史》。

从容量上说，1962年中国科学院文学研究所编《中国文学史》，南北朝文学只有65页，这部《南北朝文学史》扩充到536页，是前者的近八倍。它不但开辟了十六国文学、北魏北齐、西魏北周文学的专章研究，而且全书中设置的大部分作家专节，除了过去常常论及的重要作家如谢灵运、颜延之、鲍照、江淹、谢朓、何逊、庾信等外，一些过去所忽略的作家作品在这部书中也专门见之于有关章节中，如王俭、虞炎、虞羲、张融、刘绘、沈炯、周弘正、张正见、姚察、苻朗等。特别值得重视的是北朝文学部分，从作家生平事迹的考索到作品内容风格的评价，大都是前人和当代研究者极少触及的。

难能可贵的是，本书评述每一个作家，在通常的介绍生平事迹和文学活动之外，特意标举文集的存佚、版本的流传等情况，不仅拓宽了文学史家眼光，而且大大提高了文学史的文献和实用价值。还应当特别注意的是每章后面的注释，不论是对作家生平的考证，还是对作品的辨析，或者是关于某一问题的异说的介绍，很见功力。可以使正文简明清晰，同时又可以补充正文叙述的不足，不枝不蔓。至于注解中为新说补充论据，为诸说并存俟考的例子尤其多得不胜枚举。如鲍照一章中，关于鲍照的注释，既有关于他的生年、郡望的种种推测、考释，也有关于《芜城赋》写作用意及写作时间的历代看法的介绍，为读者提供了进一步研究的线索。又如第二十四章介绍北朝民歌《木兰诗》，正文只是论述其产生的大致背景和语言艺术特色，关于这首诗的著录、流传的过程，产生的时代、地域的争论等情况，均在注解中加以考述。这一篇注解，实际就是一篇短小精悍的考据文章。因此说，这部书最重要的价值在于它全面详尽地论述了南北朝文学发展的总体面貌以及有关的政治、社会、学术文化的背景，填补了文学史分期研究和大量作家研究的空白。

从体例框架上说，它基本上采用了传统的文学史的写法，以时代先后为纲，以作家作品为目，将二十七章大体划分为两大部分：南朝文学十七章，北朝及隋代文学十章，眉目清晰、严整、有序，是其显而易见的特点，也可以称之曰优点。但是以作家作品为线索又不免有"块块结构"的弱点，为此，这部书加强了概说章节，同时加强了对文风流变的研究。如第二章"晋宋之间的诗文风气的嬗变"，第七章"永明诗风的新变"，第十三章"从永明体到宫体"，第二十七章"南北文风的融合"等，从宏观上描述了南朝文学从元嘉体到永明体、再到宫体以及南北朝文学从隔绝走向融合的发展脉络，再配合大量的作家作品论，形成了以块为主，条块结合，经纬相织的新面貌。使读者在作家作品的介绍之外，看到文学发展的线索，体现了史的特色。

这部书在具体文学背景的阐释、对南北朝文学观念的辨析以及对作家作品的分析等也有许多精彩之见。就文学发展背景的阐释而言，本书论文学创作在南朝统治者心目中的分量、南朝文人集团的作用、陈代诗歌中赋得体的流行、北朝文人尊儒务实的特点对其文学复古观念的影响、李谔的主张与北齐世家大族观念的关系、隋文帝与隋炀帝的不同文学观基于山东文化和南方文化的不同背景等，都使这段文学史中一些重要现象得到了深入一层的阐发；就文学观念的辨析而言，本书分析谢朓"圆美流转"说与沈约"三易"说的关系；指出刘勰和萧统在人事和思想上的密切联系促使《文心雕龙》和《文选》在文体分类和基本观念方面的相互呼应；通过分析《文选》所录作品和不录作品的作家，论述其选编的标准；在详考《玉台新咏》编纂时间、目的和背景之后，与《文选》加以比较，指出这两种选集是萧统、萧纲两种不同文学观的体现，从而纠正了从刘肃《大唐新语》到《四库全书总目》提要的传统看法。这些都是在文学批评方面的重要进展。再就作家作品的分析而言，本书指出颜延之是最早提出文笔对举的作家，他在性格上近于阮籍而文风却典雅重拙，并分析其原因。江淹与鲍照代表着元嘉体向永明体过渡的诗风。沈约在文坛上的领导作用对永明体的影响。谢朓受谢灵运、曹植、鲍照影响的另一面。孔稚珪《北山移文》的主旨不在讥刺而在游戏嘲谑。吴均大力写作边塞诗是对鲍照的继承。宫体诗形成与萧纲入主东宫之前。绝句名称起源于宋齐之际等。这些论述，不仅使得南北朝文学发展的内在联系和转化轨迹显得格外清晰，而且体现了著者并不刻意求新，却处处都能在辩证、求实的分析中自见新意的特色。所以，学术界评论其特点是"在平实中创新"。（刘跃进，110，e；钱志熙，396，a）这是恰如其分的。

五、其他中古文学史

2000 年，湖北教育出版社出版顾农《建安文学史》，是作者计划中的中古文学史写作中的第一部。《从孔融到陶渊明：汉末三国两晋文学史论衡》是顾农中古文学史写作的第二部（390，d）。该书详尽考察了汉末三国两晋时期的作家、作品以及当时文学发展的种种迹象和趋势，是继徐公持《魏晋文学史》之后有关魏晋文学的又一综合性研究成果。全书八十余万字，共分四章。第一章"建安慷慨"，论述孔融及祢衡、曹操、蔡琰、邺下文人集团、曹丕、曹植、其他建安作家；第二章"正始玄远"，论述何晏与钟会、"七贤"林下之游、嵇康、阮籍、向秀及其他；第三章"西晋绮靡"，论述傅玄与张华、陆机、石崇和潘岳、左思、"三张"、刘琨；第四章"东晋风流"，论述郭璞、葛洪、晋代小说家、袁宏、孙绰及许询、王羲之与兰亭集、陶渊明、谢混与"乌衣之游"。附录"汉末三国两晋文学大事记"及"书目"两种。作者通过具体作家、作品的研究，揭示了汉晋两百年间文人的心灵世界与精神世界，其中颇多精彩的个案分析，如认为阮籍的五言《咏怀诗》八十余首原题《陈留》，是正始十年（249 年）春高平陵之变以前不久他隐居于故乡时的作品，其中有许多篇什是讽刺批判当时的政治明星何晏及其后台曹爽的，同时也抒写了诗人深沉的人生体悟。又如认为嵇康的《养生论》全面阐述了嵇康自己的人生哲学，其不过问政治、坚决不肯出仕等可以由此得到解释，嵇康的《声无哀乐论》高度重视欣赏者的主体性，将传统观念加在纯音乐上的教化负担予以剥离，表现了一位大思想家的丰采，而嵇康的《琴赋》虽然章法完全是传统的，但内容则焕然一新，嵇康认为音乐只有审美的作用，让人们得到感情和心理上的满足，与政教无关。这样的纯艺术论具有反儒家旧传统、体现人性解放和文艺自觉的重大意义，这是之前的"乐器赋"未曾涉及的。2022年初，凤凰出版社又推出顾农《中国中古文学史》，是作者有关魏晋南北朝文学史写作的收官之作。前六章按照时代先后，以"建安慷慨""正始玄远""西晋绮靡""东晋风流""南朝新变""北朝贞刚"为题，系统论述了汉末三国两晋南北朝至隋这一历史阶段的作家作品，也包括文学发展中的种种迹象、掌故、趋势和规律。最后一章讨论中古口头创作与批评。书后附录《中古文学大事记》和《中古文学书目》，便于读者参考。

　　此外，中古文人集团研究，也是热点之一。胡大雷《中古文人集团》（广西师大出版社，1996年版）、阮忠《中古诗人群体及其诗风演化》（武汉出版社，2004年版）都是综合性的论著。

中　编
中古诗文研究文献

第一章　魏晋诗文研究文献

　　魏晋诗文的断限,如果严格按照字面的理解,应从魏文帝曹丕登基并改元黄初元年(220 年)算起,到晋武帝司马炎灭吴统一中国并改元太康元年(280 年)为曹魏时期;从太康元年到晋惠帝以后爆发的八王之乱并导致西晋败亡的建兴四年(316 年)为西晋时期;从晋元帝南渡,偏安江左,并改元建武元年(317 年)到刘裕代晋建宋的永初元年(420年)这期间为东晋时期。但是,文学的发展有其相对于政治制度变化的独立性。在政治上,黄初元年,是一个明显的历史断限,而在文学上却不尽然;魏晋诗文的发展并不以此为基始,而应远溯东汉中期。在历史上久负盛誉的建安文学,如果执着于历史时期的划分,当归属东汉,因为"建安"是汉献帝的年号。因此,研究魏晋诗文,汉魏之际的变迁理应作为一个特定的时期;建安以迄黄初、太和为第二时期;司马氏已掌实权的魏正始(240—249)以迄西晋灭亡为第三时期;东晋偏安江左为第四时期。

第一节　汉魏文风变迁研究

刘师培《中国中古文学史》将汉魏文风的流变分为四个方面:

　　两汉之世,户习七经,虽及子家,必缘经术。魏武治国,颇杂刑名,文体因之,渐趋清峻,一也;建武以还,士民秉礼,迫及建安,渐尚通侻,侻则侈陈哀乐,通则渐藻玄思,二也;献帝之初,诸方棋峙,乘时之士,颇慕纵横,骋词之风,肇端于此,三也;又汉之灵帝,颇好俳词,下习其风,益尚华靡,虽迄魏初,其风未革,四也。

余嘉锡《〈世说新语〉笺疏》引证了丰富的材料,用以说明魏晋士风之变均肇始于东汉。《德行》篇"客有问陈季方"条,陈季方夸饰其父陈寔"如桂树生泰山之阿"云云,全本于枚乘《七发》,发言吐词,莫不风流蕴藉,文采斐然,已近魏晋风度。《伤逝》篇"王仲宣好驴鸣"条,曹丕命吊客在王粲墓前学驴叫为王粲送葬,只因王粲生前好闻驴鸣。刘孝标注:"戴叔鸾母好驴鸣,叔鸾每为驴鸣以说其母。"按戴叔鸾名良,见《后汉书·逸民传》:"母卒,兄伯鸾居庐啜粥,非礼不行。良独食肉饮酒,哀至乃哭。而二人俱有毁容。或问良曰:'子之居丧,礼乎?'良曰:'然。礼所以制情佚也,情苟不佚,何礼之论!夫食旨不甘,故致毁容之实。若味不存口,食之可也。'论者不能夺之。"该篇第三条孙楚作驴鸣为王济送葬,亦类此。这些与《世说新语·德行》篇"王戎、和峤同时遭大丧"条刘注所载二人不拘礼制、饮酒食肉之风不谋而合。由此来看,魏晋士风无不肇自东汉,这一论点已得到学术界的广泛认同。

但是这种风气具体始于何时,变于何因,却有不同的看法。陆侃如以为中古文风之变起自西汉后期之扬雄(235,a),王钟陵则以为当始于东汉王充(40),而齐天举则把马融视为一个关键人物,因为东汉前期讲厚葬,他却"遗令薄葬"。作为儒者,他又第一个为《老子》作注,"不拘儒者之节"。这些都对东汉后期的一些著名人物如赵壹、祢衡、孔融、蔡邕等的放达甚至狂傲产生重要影响,称之为汉末"通达"的先驱、正始玄风的远祖并不过分(132,a)。王夫之《读〈通鉴〉论》、刘师培《中国中古文学史》以及中国社会科学院文学研究所编《中国文学史》等则对鸿都门学的建立及其对汉末风气的影响作了充分的肯定。从《后汉书·蔡邕传》《魏书·江式传》等史籍记载看,在太学之外另立鸿都门学,而且参加者多是艺术家,这无疑是儒家章句衰落、文风兴盛的必然结果。又《后汉书·酷吏·阳球传》载,鸿都门学不仅有孔子及七十二弟子像,还有乐松等三十二人画像,说明当时已把文学艺术及文人摆在相当重要的位置。加之各种艺术形式都很发达,通俗的东西也很流行,促进了文学从内容到形式的更新。魏晋文学便是在这样的历史背景下发展起来的。

在有关汉魏文风变迁的研究著作中,有两类很值得注意:一是资料编年,二是综合叙述。

一、资料编年

张可礼《三曹年谱》始于曹操出生的汉桓帝永寿元年(155年),终于曹植死时的魏明帝太和六年(232年)(260,a)。刘知渐《建安文学编年史》分为三编:前编为建安前数十年,正编从建安元年系起,至建安二十五年止,后编为建安后十余年(73年)(103)。傅璇琮、沈玉成《建安文学史料系年》起于汉献帝初平元年(190年),每年下先系政治大事,后列文学大事,较为详尽,可惜只到建安十三年(363年)。[①] 徐公持《建安七子诗文系年考证》始于中平三年(186年)孔融《告高密相立郑公乡教》,终于建安二十一年(216年)陈琳《檄吴将校部曲文》,共考得七十篇(398,a)。俞绍初《建安七子年谱》始于永兴元年(153年)孔融生,终于建安二十三年(218年)徐干卒(265,b)。这些资料编年,不限一时一人,于此可以考见汉魏风尚的流变。

二、综合叙述

二十年代有陈延杰《魏晋诗研究》,分五期论列,即:曹氏父子、建安七子、正始体、太康体、永嘉以后体(201,a)。此文虽甚简括,但综合叙述,似以此为早。三十年代沈达材《建安文学概论》分为十一篇,内容较

---

① 按作者原稿截至建安二十五年,原拟分两辑刊出,因《艺文志》杂志停刊而被割裂。

为丰富，而且注意"以历史学上进化律的眼光去部勒一切文学史料"（该书引言），肯定建安文学的民俗化倾向，较见新意（179，a）。四十年代郭麟阁《魏晋风流及其文潮》分为十章，涉及问题颇多，最值得注意的是他提出的关于文艺思潮研究的两大内容："一是评论魏晋时代之主要文艺理论；二是阐发作品中所蕴之思想"（该书绪论）。在过去相当长的时期里，人们过于重视理论的表述，而对于作品中所反映出来的文艺思想则较少注意。① 仅此而言，这部书就有值得重视的一面（424）。此外，郭伯恭《魏晋诗歌概论》也是较为系统地论述这一时期诗歌创作的专著（415）。近四十年，研究汉魏文风流变，较有特色的专著还不多见，而单篇论文甚多。这在中国社会科学院文学研究所资料室编《中国古典文学研究论文索引》中有详细著录。

第二节　三曹

　　曹操和曹丕、曹植父子三人至迟到南齐之时已经并称。《宋书·谢灵运传论》说："至于建安，曹氏基命，二祖、陈王，咸蓄盛藻，甫乃以情纬文，以文被质。"《文心雕龙·时序》亦称："自献帝播迁，文学蓬转，建安之末，区宇方辑。魏武以相王之尊，雅好诗章；文帝以副君之重，妙善辞赋；陈思以公子之豪，下笔琳琅。"

---

　　① 这种情形近年有所改变，七十年代末叶，罗宗强著《李杜论略》（内蒙古人民出版社 1980 年版）时就已指出："探讨一个时期的文艺思潮，有必要从理论和创作实践两个方面进行考察，作出评价。"1986 年他在《隋唐五代文学思想史》中又提出："文学思想不仅仅反映在文学批评和文学理论著作里，它还大量反映在文学创作中。"1992 年他在为张毅《两宋文学思想史》作序时明确提出建立文学思想史独立学科问题，认为文学思想史的研究对象显然比文学理论批评史更为广泛，它不仅要研究文学批评和文学理论，更要研究大量的创作实际所反映出来的文学思想（载《南开学报》1992 年 3 期）。这些主张日益得到学术界的肯定。傅璇琮序《玄学与魏晋士人心态》特别着重指出这一点。

一、曹操

曹操(155—220)字孟德,小字阿瞒,沛国谯(今安徽亳县)人。其父曹嵩,本姓夏侯,为中常侍曹腾养子。① 汉灵帝熹平三年(174 年),曹操二十岁举孝廉为郎,除洛阳北部尉。光和末(184 年),黄巾事起,为骑都尉,讨颍川黄巾。迁为济南相,在任惩治贪赃,又禁断淫祀,郡界清平。灵帝中平(184—189)中征为典军校尉。初平元年(190 年),袁绍等起兵讨伐董卓,曹操为奋武将军。建安元年(196 年),曹操迎献帝还洛阳,不久又迁都许昌。建安五年(200 年)大破袁绍于官渡,奠定了曹操的霸业。建安十八年(213 年),曹操封魏公,二十一年(216 年),进爵魏王。建安二十五年(220 年)曹操卒于洛阳,时年六十六岁。曹丕代汉,追谥武帝,故后世称魏武帝。生平事迹见《三国志·魏书·武帝纪》及江耦《曹操年表》(136)、徐公持《曹操评传》(398,c)。在政治上,曹操一直是有争议的人物,这里可以略而不论。对于其文学成就的评价,历史上也有一个由抑而扬的过程。在南朝,曹操的地位并不高,钟嵘《诗品》只把他列在"下品"。入唐以后,曹操的文学成就得到了越来越多的重视,评价也越来越高。这在中华书局 1980 年出版的《三曹资料汇编·曹操卷》中不难考知。

曹操在文学艺术方面有着广泛的兴趣,"雅好诗书文籍,虽在军旅,手不释卷,每每定省从容,常言人少好学则思专,长则善忘,长大而能勤学者,唯吾与袁伯业耳"。(《三国志·魏书·文帝纪》注引《典论·自叙》)在漫长的军旅生涯中,"昼则讲武策,夜则思经传,登高必赋。及造新诗,被之管弦,皆成乐章"。(《三国志·魏书·武帝纪》注引《魏书》)对经传、兵法、诸子百家、书法、围棋、药理、建筑等都颇精熟,平生著述甚丰。据清代姚振宗《三国艺文志》考证,后代流传的著作有十九种之多。

---

① 　由此可见曹氏家族出身相对卑微,故为大家所忽视。参见周勋初《魏氏"三世立贱"的分析》,见《魏晋南北朝文学论丛》,江苏古籍出版社 1999 年出版。

而影响最大的,是开一代文风,鲁迅称他"是一个改造文章的祖师",如《让县自明本志令》,"清峻","通脱","简约严明","想写的便写出来"(《魏晋风度及文章与药及酒之关系》)。他的诗存世二十余首,全是乐府诗。其成就之高,世所公认。在写法上也有特点,一是多有所本,常常把前人诗句大意照搬到自己的作品中而又融为一体,不露痕迹,甚至所谓"经典"也照引不误,子史更不必说了(游国恩,477,a)。二是多有所指,因为他毕竟是身居要职的政治家、军事家,与一般的文人学士有很大的不同;研读他的作品,尤其应当结合当时的重大事件、重要人物来理解,才不至于得其皮毛。《短歌行》即是其中一例(杨宝林,287;王福民,49)。

《隋书·经籍志》载"魏武帝集二十六卷",注"梁三十卷,录一卷。梁又有《武皇帝逸集》十卷,亡"。又《魏武帝集新撰》十卷。可惜这些均已散佚。明人张溥辑《魏武帝集》一卷,包括:令、教、表、奏事、策、书、尺牍、序、祭文、乐府古辞等一百四十余篇。《汉魏六朝集部珍本丛刊》收录何绍基评点本。如评《祀桥太尉文》"祭文绝调"。又如评《上献帝器物表》"铜镟今尚有传者,粉锹不知何物"。丁福保据严可均《全三国文》、冯惟讷《古诗纪》重辑为四卷。1959年中华书局根据丁本校订补充,增加了《〈孙子〉注》、附录《三国志·魏书·武帝纪》及裴注、江耦《曹操年表》及姚振宗《三国艺文志》中曹操著作考,编成《曹操集》,其中诗二十二首,文一百五十二篇,另有补遗六则。这是目前较为详备的本子。1962年、2009年等多次重印。1979年中华书局出版的《曹操集译注》也是在此本基础上加以分段标点注译的。夏传才有《曹操集校注》,河北教育出版社2013年出版。黄节有《魏武帝魏文帝诗注》,辑录曹操诗二十四首,注仿李善,注明用辞出处,间或解释字义,另外别采史传和各家成说考证诗的本事和阐发诗的主题,2008年,中华书局重新校订收入"黄节诗学选刊"《曹子建诗注》附录中(458,a)。余冠英有《三曹诗选》,选录曹操诗八首,综述诗歌大意,注释难懂字词,是较可信据的注本(233,a)。

二、曹丕

曹丕(187—226)字子桓,曹操卞氏所生长子,是曹操的第二子,与曹植为同母兄。年八岁,能属文,博贯古今经传诸子百家之书。建安十六年(211年)曹操以曹丕为五官中郎将,副丞相。建安二十二年(217年)十月被立为魏国太子。建安二十五年(220年),曹操病逝,曹丕继位为魏王,十月,汉献帝禅位于曹丕,改元黄初。① 即位后,他三次征吴,都无功而返。黄初七年(226年)五月病卒,时年四十。生平见《三国志·魏书·文帝纪》及徐公持《曹丕评传》(398,d)、宋战利《魏文帝曹丕传论》(河南大学出版社,2009年)。

曹丕在政治上不足与乃父相比,在文学上不足与胞弟曹植媲美,但这并不意味着他在魏晋文学史上无足轻重,恰恰相反,曹丕在文学上至少有三个方面的重要贡献:一是他的文学组织工作。建安时期,他与曹植同为邺下文人集团的核心,而在登基称帝之后,以帝王之尊,组织了不少文化活动,重要的是主编了中国第一部类书《皇览》。二是他的文学批评工作。现存《典论·论文》是中国现存最早一篇文学专论,开文学批评风气。三是他的文学创作。邺下时期保存下来的作品颇多,诗、赋和各体文章均有佳作,与曹植各有所长。如诗歌仅存四十余首,三言、四言、五言、六言、七言、杂言诸体具备。其中《燕歌行》被公认是中国保存下来的最早最完整的七言作品。黄初(220—226)以后,也许政务在身,创作似不及前期,但组织编纂《皇览》亦是其贡献。《三国志》本纪载:"初帝好文学,以著述为务,自所勒成,垂百篇。又使诸儒撰集经传,随类相从,凡千余篇,号曰《皇览》。"

《隋书·经籍志》著录"魏文帝集十卷",注曰"梁二十三卷,唐时仅存十卷"。《宋史·艺文志》仅著录一卷。又《列异传》三卷,《士操》一卷,均

---

① 魏受禅碑仍立在许昌。《刘宾客嘉话录》:"魏受禅碑,王朗文,梁鹄书,钟繇镌字,谓之三绝。"

佚。明人张溥辑《汉魏六朝百三名家集》有《魏文帝集》二卷,赋、诏、令、策、表、书、序等一百九十余篇。《汉魏六朝集部珍本丛刊》收录有何绍基评点本。夏传才、唐绍忠有《曹丕集校注》,河北教育出版社2013年出版。黄节《魏文帝诗注》辑录二十八首,余冠英《三曹诗选》选注二十一首,注释详明。

关于曹丕的研究,主要集中在综合评价和文学思想两个方面。

(一)评价。与曹植相比较,曹丕在政治上深沉老练,矫情自饰,是胜者。而曹植则任性而行,饮酒不节,是败者。在文学方面,曹丕属于理智型的,虑详力缓,而曹植则属于审美型的,思捷才俊。也许正因为如此,过去很多论者在文学方面抑丕扬植。刘勰就曾提到过一种"旧谈",认为曹丕文才"去植千里",而表示不以为然,他说:"子建思捷而才俊,诗丽而表逸;子桓虑详而力缓,故不竞于先鸣。而乐府清越,《典论》辩要,迭用短长,亦无懵焉。"刘勰还分析了这种"旧谈"的根源,认为是"俗情抑扬,雷同一响,遂令文帝以位尊减才,思王以势窘益价,未为笃论也"。(《文心雕龙·才略》)还有一种贬抑曹丕的意见,说他的诗歌语言过于通俗质朴。《诗品》列之于中品,认为丕诗"所计百十许篇,率皆鄙质如偶语"。《薑斋诗话》(104、116页)则扬丕抑植。近现代,郭沫若更是变本加厉抑植扬丕,甚至认为曹丕"不是一位寻常的材料",各个方面都无可非议。而曹植无论在政治上、品质作风上、文学创作上都不及曹丕,他在文学史上的地位,"一大半是封建意识凑成了他"等(416,a)。不过,这种抑扬失当的评价并不具有普遍性。应当说,历来多数论者还是能够比较客观地评价曹丕、曹植兄弟各自的文学成就的。这些材料,在《三曹资料汇编·曹丕卷》中有详尽辑录。

(二)文学思想。近几十年关于曹丕《典论·论文》中提出的"文气"说、批评标准、文体论、批评态度等问题,学术界曾展开过讨论,争议颇多,一时难以取得一致的意见。这正说明,这些问题尚有深入探讨的余地。请参见本书下编第二章第一节。

三、曹植

曹植(192—232)字子建,后世又称陈思王。为争太子之位,曹丕、曹植兄弟二人各自网罗了一个谋士班子。依附曹植的有杨修、丁仪、丁廙等;依附曹丕的主要是吴质、贾诩等。曹植主要依靠自己的聪明和才华,曹丕却得益于他身边的谋士。曹丕即位后,对待诸王非常苛刻,严命诸王立即离开洛阳到各人的封国。黄初三年(222年)三月,曹植进封为鄄城王。黄初四年(223年)五月,曹植与其他诸王一起到洛阳"会节气",朝会期间,任城王曹彰突然死亡,这在曹植的心理上投下了浓重的阴影。这年七月,诸王还国,曹植与白马王曹彪同路东归,二人想同行以叙兄弟之情,不料竟不为监国和使者所允许,曹植愤而写下了《赠白马王彪》一诗。[①] 太和六年(232年)二月,曹植又被封为陈王,不久郁郁寡欢而死。被追谥"思",故后人称他"陈思王",或"陈王"。曹植任东阿王时,"每登鱼山,有终焉之志"。故虽在太和六年十一月死于陈(今河南睢阳),翌年即迁葬东阿鱼山。[②] 生平见《三国志·魏书·陈思王植传》及丁晏、朱绪曾、古直、闵孝吉、叶柏村、俞绍初等人所编年谱(杨殿珣,291)。又,徐公持《曹植评传》《曹植生平八考》《曹植诗歌的写作年代问题》《曹植年谱考证》有详尽考证,最后又汇编成《曹植年谱考证》(398,e,f,g,h,i)。

《三国志》本传说他十多岁即能背诵《诗经》《论语》以及辞赋等十多万字,文笔亦斐然可观。《隋书·经籍志》著录:"画赞五卷,汉明帝殿阁画,魏陈思王赞。梁五十卷。"生前曾自编成集,收录作品七十八篇。见

---

① （清）丁晏《曹集诠评》谓曹彪任白马王在黄初七年。曹道衡、沈玉成《中古文学丛考》认为"此序当为植编定《前录》时所补作"。中华书局2003年版,第43页。

② 1977年东阿县文物普查时在曹植墓中发现铭文砖,记述曹植墓修建过程,称"太和七年三月一日壬戌朔十五日丙午兖州刺史侯昶遣朱周等二百人作毕陈王陵各赐休二百日别督郎中王纳主者司徒从掾位张顺"云云。此外,曹植墓中出土隋开皇十三年(593年)所立《曹植墓碑》,对此段历史有详载。见刘玉新《曹植与曹植墓》及刘玉新、张振华主编《东阿文物》,两书由香港天马出版有限公司分别在2000年和2006年出版。

《前录自序》。魏明帝于景初（237—239）中下诏编定云："陈思王昔虽有过失，既克己慎行，以补前阙，且自少至终，篇籍不离于手，诚难能也。其收黄初中诸奏植罪状，公卿已下议尚书、秘书、中书三府、大鸿胪者皆削除之。撰录植前后所著赋、颂、诗、铭、杂论，凡百余篇，副藏内外。"但由于史料匮乏，现已无从考察这两种集子的具体内容了。《隋书·经籍志》著录"陈思王曹植集三十卷"，在史部杂传又著录《列女传颂》一卷，在总集类又著录《画赞》五卷。两《唐志》著录别集二十卷，又有三十卷本。《四库全书总目》以为三十卷本是隋唐旧本，二十卷本是后来合并编定的。《文献通考》著录十卷。据陈振孙《直斋书录解题》，宋人所见《曹植集》已有"采《御览》《书钞》《类聚》诸书中所有者，意皆后人附益，然则亦非当时全书矣。其间或引挚虞《流别集》。此书国初已亡，犹是唐人旧传也"。今存最早的本子是南宋嘉定六年（1208—1224）刻《曹子建集》十卷本，合诗赋各体文章二百余篇，有上海涵芬楼《续〈古逸丛书〉》本。《四库全书总目》称："唐以前旧本既佚，后来刻植集者率以是编为祖，别无更古于斯者。"明人郭云鹏、汪士贤、薛应旂、张溥所刻《陈思王集》，大多据宋本稍加厘定而成（余嘉锡，234，b）。《汉魏六朝集部珍本丛刊》据上海图书馆藏本影印。此外，该书还有其他十种曹集，目录如下：

1. 明正德五年（1510 年）舒贞刻《陈思王集》十卷。以附录方式将《七步诗》和《述行赋》两篇辑入曹植集卷九、卷十末。

2. （明）李梦阳、王世贞等评，（清）周星诒校并跋，明天启元年（1621年）凌性德刻朱墨套印本《曹子建集》十卷。卷首有李梦阳《曹子建集序》，次徐伯虬《曹子建集序》、天启改元施宬宾《曹子建集（序）》、"朗庵主人"（凌性德之号）《凡例》、周星诒抄录正德五年田澜序、《总评》《陈思王传》《外纪》和《曹子建集目录》。

3. （明）杨德周编，明崇祯十一年（1638 年）陈朝辅《汇刻建安七子集》刻本《曹子建集》十卷。卷首有崇祯戊寅（1638 年）陈朝辅《汇刻建安七子集序》，次杨承鲲《建安七子诗集序》、张燮《陈思王集序》、李梦阳《曹子建集序》和《曹子建集目录》。

4. 明铜活字印本《曹子建集》十卷。扉页有乙酉（1945 年）赵元方跋，根据明正德五年（1510 年）天澜序，此本当刻于正德年间，绝非明初本。

5. 明抄本《曹子建文集》十卷。扉页有丁巳（1857 年）翁同书跋，称"此本当系从宋椠录出"。又云："此册内有吴枚庵收藏印。枚庵名翌凤，藏书最精。红笔此册故有也。黄笔乃予依明人阅本所点。"

6. （清）卓尔堪编，张潮、张师孔等评点，清康熙刻《合刻曹陶谢三家诗》本《曹子建集》二卷。卷首有张潮《合刻曹陶谢三家诗序》，次张师孔序、卓尔堪序，次陈寿《陈思王传》、《魏曹子建总评》和《魏曹子建集目录》。张潮序："卓子鹿墟及家柘园以合刻三家诗商之于予。"张师孔序："刻既竣，余为之左右雠校。"卓尔堪序："余与张子山来、印宣体其意，辑三家之集，并汇古人评骘传序，且搜求本集遗失篇章合而梓之。"扉页题："曹子建陶元亮谢康乐三家诗卓子任张山来印宣全阅。"正文"三家诗 曹集卷一"题下署"张潮山来　卓尔堪子任全阅　张师孔印宣"。说明三人参与编纂评赏。清梅植之旧藏。

7. （清）丁晏评，清宣统三年（1911 年）上海文明书局铅印无锡丁氏《汉魏六朝名家集初刻》本《曹集铨评》十卷、《逸文》一卷、《魏陈思王年谱》一卷。书后有同治己巳（1869 年）刘寿曾跋。丁晏同治四年（1865 年）序称，他未见宋刻，只是"依程氏十卷之本、张本以掇拾类书，非其原本，兹乃两本雠校，择善而从。曹集向无注本，其已见《文选》李善注，家有其书，不复殚述，义或隐滞，略加表明。取刘彦和'铨评昭整'之言，撰次十卷"。此书价值在两本对校，收集遗文，注释比较简略，连李善注都不取，但毕竟有眉批，提示大意，姑算《曹植集》有注本之始。

8. （清）朱绪曾辑，翁同书校，清抄本《曹子建集》十卷、《叙录》一卷、《年谱》一卷、《补遗》一卷。扉页有光绪辛巳（1881 年）王颂蔚跋，称曹集近刻以"丁氏《铨评》为最善，但丁氏所据只休阳程氏、娄东张氏二本，而此本叙录历举十数家本，除张溥本外，丁氏俱未之见，故篇中考释亦视彼为详"。朱绪曾序末有莫友芝同治丁卯（1867 年）跋。据此而知，《曹集考异》刊刻之前，世间已有抄本流传。

9.（清）朱绪曾著，民国三至五年（1914—1916）上元蒋氏慎修书屋铅印《金陵丛书》丙集本《曹集考异》十卷、《叙录》一卷、《年谱》一卷，总十二卷。卷首有朱绪曾《曹集考异序》，次《曹子建集考异目录》。卷末有光绪元年（1875年）朱绪曾之子朱桂模跋："先君校辑曹子建集，托始于道光庚子（1840年），历十余年甫成书。咸丰癸丑冬于役袁江，聊城杨至堂侍郎索观之，善之，将付筑氏。先君以尚待商榷辞，携稿返浙。甲寅（1854年）冬别录副本寄侍郎，未及锓木而侍郎归道山。"《曹集考异》首次收录到蒋国榜刻《金陵丛书》中。书首内扉叶题"曹集考异，蒋氏慎修书屋校印，甲寅如月著始，丙辰涂月告成"。

10. 古直撰，民国二十四年（1935年）中华书局铅印《层冰堂五种》本《曹子建诗笺定本》四卷，卷首有《陈散原先生手简》，次民国乙亥（1935年）古直题辞。本书只收录诗歌，分为"诗上""诗下""乐府诗上""乐府诗下"四卷，大致按照诗作的创作时期编排。注释方面比较细致，是其所长。

近现代曹集注释本较有影响的首推黄节二十世纪二十年代所作《曹子建诗注》，以朱绪曾《曹集考异》为底本，凡传讹、误入、疑存、段落不全及后人增附者均不取录，共取诗与乐府七十一首，略依朱氏目次，详加笺注，引证丰富，取舍谨严。有商务印书馆《兼葭楼丛书》本。1957年人民文学出版社据此再版，2008年，中华书局重新校订收入"黄节诗学选刊"中（458，b）。曹植文旧注除《文选》所注十余篇外，均未有注释，赵幼文《曹植集校注》重新补注，并有解题。另外，过去的编次，多据文体而分为十卷，本书则根据作品写作时间的先后分为建安、黄初、太和三卷。这样编排有助于理解作者思想感情的变化历程。但是，由于有关史料贫乏，作品又残毁太甚，试图确定每一首作品的年代，显然存在困难，因而存在的问题也较多。譬如论据不足，对有关作品产生时间的背景情况考察不周，某些作品因编者掌握标准不一而造成编年混乱，有些作品被定于某一时期却提不出任何编年的理由等（江殷，135）。该书有人民文学出版社 1984 年排印本。此外，王巍有《曹植集校注》，河北教育出版社 2013年出版。

对曹植及其作品作综合研究始于二十世纪初叶。二十年代，陈一百有《曹子建研究》分上下两编：上编综论曹植文学渊源、曹植生平、曹集传本、曹诗特色及诸家评语；下编是曹诗选读(189)。三十年代，洪为法有《曹子建及其诗》分《三国志》本传、年谱、诗选、校勘、诠释、研究及附录七部分(369,b)。这两书都很简略。此外，李宝均《曹氏父子和建安文学》(168)、钟京铎《曹氏父子诗研究》(375)、钟优民《曹植新探》(374,a)等，都对曹植作了全面的探讨，略有新意。

关于曹植作品争议最大的，恐怕要算是《洛神赋》了。顾恺之《洛神赋图》流传至今(陈绶祥，215)。《文选》把《洛神赋》归入赋中的情类，很可能就认为这是一篇普通的写情之作。但尤刻李善注引《记》曰：

> 魏东阿王汉末求甄逸女，既不遂。太祖回与五官中郎将，植殊不平。昼思夜想，废寝与食。黄初中入朝，帝示植甄后玉镂金带枕，植见之，不觉泣，时已为郭后谗死。帝意亦寻悟，因令太子留宴饮，仍以枕赍植。植还，度辕辕，少许时，将息洛水上，思甄后，忽见女来，自云："我本托心君王，其心不遂，此枕是我在家时从嫁前与五官中郎将，今与君王，遂用荐枕席，欢情交集，岂常辞能具，为郭后以糠塞口，今被发，羞将此形貌重睹君王尔。"言讫，遂不复见所在。遣人献珠于王，王答以玉佩，悲喜不能自胜，遂作《感甄赋》。后明帝见之，改为《洛神赋》。

胡克家《〈文选〉考异》认为尤刻本这段话恐非李注，何焯《义门读书记》、张云璈《选学胶言》、丁晏《曹集铨评》并以为此说既不合常情，也不合史实。二十世纪三十年代沈达材集诸家之说而著《曹植与〈洛神赋〉传说》，以数万言的篇幅考证了洛神传说的渊源流变，力辩此赋与甄后无关。此书的后半部分又详细解剖了曹植为什么作《洛神赋》以及邺下文人创作以描写男女恋情为主的抒情小赋的风气，认为这是"平常的创作，并且是古来说宓妃故事的集大成者"。就其文学渊源上说，"是摹拟《神女赋》，而在内容上则是集古来抒情的大成"（179，b）。这是很值得阅读的一部著述。传统的看法认为，《洛神赋》与《赠白马王彪诗》都作于黄初四年。也有学者认为，《洛神赋》当作于黄初三年四月曹植封鄄城王离京归藩之时。正如清人何焯所言，《洛神赋》写作之寓意在"植既不得于君，因济洛川作为此赋，托辞宓妃以寄心文帝"（俞绍初，358，h；刘玉新，93，a）。戴燕《〈洛神赋〉九章》是一部综合论著，讨论了《洛神赋》的写作年代、本事、流传及其影响。该书由商务印书馆 2021 年出版。

其次是关于曹植与音乐的关系，①曹植创立梵呗与佛教音乐的关系，相关记载很多。《广弘明集》载录其《辨道论》后附编者按语云："植每读佛经，辄流连嗟玩，以为至道宗极也。遂制转读七声升降曲折之响。故世之讽诵，咸宪章焉。尝游鱼山，闻空中梵天之赞。乃摹而传于后。则备见梁《法苑集》。"《法苑珠林》卷三十六："陈思王曹植，字子建。……凡有六契。"梁代释慧皎《高僧传》卷第十三《兴福经师导师》记载道：

> 金言有译，梵响无授。始有魏陈思王曹植，深爱声律，属意经音。既通般遮之瑞响，又感鱼山之神制。于是删治《瑞应本起》，以为学者之宗。

同时代的释僧祐撰《出三藏记集·杂录》卷第十二也著录了"陈思王感鱼山梵声制呗记第八"。另外，还著录竟陵王萧子良《赞梵呗偈文》《梵呗序》等。《广弘明集》卷三十有王融《法乐辞》十二章。而早于慧皎的刘义庆的《宣验记》、刘敬叔《异苑》卷五等也有记载。唐释慧琳《一切经音义》卷第二十七"歌呗"条论及梵呗，乃被之管弦，歌咏偈颂。并引《宣验记》曰："陈思王曹植登鱼山，忽闻岩岫有诵经声，清婉遒亮，远谷流响，遂依拟其声而制梵呗，至今传之。"说明刘宋时代，这个传说即已流行江南。

---

① 《亳州志》记载谯望楼，魏武帝所筑，曹植作"画角三弄"。据清代周亮工《书影》所载，这三弄是：1. 初弄曰：为君难，为臣亦难，难又难。2. 再弄曰：创业难，守成亦难，难又难。3. 三弄曰：起家难，保家亦难，难又难。

刘玉新《曹植散论》用了大量的篇幅论述曹植与"鱼山闻梵"及其佛教音乐的关系,从东阿方志文献和实地考察中获得不少资料(93)。

宋代以后,曹植和佛教及佛教音乐的关系,宋释志磐撰《佛祖统纪》卷第三十五、宋释念常《佛祖历代通载》卷第五、元释觉岸编《释氏稽古略》卷一等都有比较详细的记载,这个问题尚有较大的研究空间。

第三节　建安七子及其他

一、建安七子

(一)"建安七子"的称谓及七子合集

"七子"这一名称,始见于曹丕《典论·论文》:"今之文章,鲁国孔融文举,广陵陈琳孔璋,山阳王粲仲宣,北海徐幹伟长,陈留阮瑀元瑜,汝南应玚德琏,东平刘桢公幹。斯七子者,于学无所遗,于辞无所假,咸以自骋骥騄于千里,仰齐足以并驰,以此相服,亦良难矣。"七子中,孔融的情况与其他六人颇有不同,他不是曹氏父子的僚属,也未及参与邺下文人集团的活动,何以与其他六人并称? 作为汉末名士而能与出身卑微的曹操合作,最终又被杀,这里的背景也很值得注意(徐公持,398,h)。再者,汉末建安中重视诗赋,而孔融的文章却为人推许,这也值得研寻(宋景昌,187)。

建安七子最早的合集当推始于曹丕所纂。《与吴质书》称:"昔年疾疫,亲故多离其灾,徐陈应刘,一时俱逝……何图数年之间,零落略尽,言之伤心。顷撰其遗文,都为一集,观其姓名,已为鬼录。"而后就徐幹、应玚、陈琳、刘桢、阮瑀、王粲六人之文依次加以评述,又说:"诸子但为未及古人,自一时之隽也。"是书作于建安二十四年,也就是说,诸子合集是七子最后一个死时(徐幹)的建安二十三年的第二年所辑。《隋书·经籍志》未著录,知久已亡佚。明代杨德周《汇刻建安七子集》为至今存世较早者，但此集有曹植而无孔融。清人杨逢辰《建安七子集》则补入孔融而去掉曹植。俞绍初《建安七子集》（中华书局，2015 年版）参稽群书，辨伪订误，是目前收录最全的辑本。所收七子诗文，人各一集，合为七卷。一卷之中，孔融无赋外，均按诗赋文分类编排，每类下的编目大体依丁福保《汉魏六朝名家集》编次。每篇作品均注明出处。书末还附有《建安七子佚文存目考》《建安七子杂著汇编》《建安七子著作考》和《建安七子年谱》。此书出版后曾得到学术界的好评（田北，75）。吴云主编的《建安七子集校注》（天津古籍出版社，1991 年版），文以严可均辑本为底本，诗以逯钦立辑本为底本，又参照俞绍初辑本，详加注释，便于初学者。可惜删去俞本中所附《英雄记》《中论》《毛诗义问》三种。韩格平《建安七子诗文集校注译析》（吉林文史出版社，1991 年版）是比较通俗的注释本。

（二）孔融

孔融（153—208）字文举，鲁国（今山东曲阜）人，孔子二十世孙。灵帝时，入司徒杨赐府。中平初举高第，为侍御史。后以病免，又被辟为司空掾，拜中军侯，迁虎贲中郎将。献帝初，以忤董卓左转议郎，出为北海（今山东寿光）相，世称孔北海。刘备表为青州刺史。建安元年（196 年），为袁谭所攻，城陷出奔。曹操召为将作大匠，又迁少府。性刚正，直言敢谏。建安十三年（208 年）为曹操所杀，时年六十五岁。生平见《后汉书》本传及缪荃孙、龚道耕、孔至诚诸家编年谱（杨殿珣，291）及卢达《孔融评传》（72）。

曹丕《典论·论文》称其“体气高妙有过人者，然不能持论，理不胜词”。《后汉书》本传称其有“诗、颂、碑文、论议、六言、策文、表、檄、教令、书记凡二十五篇”。《后汉书》本传又说：“魏文帝深好融文辞，每叹曰：‘扬、班俦也。’募天下有上融文章者辄赏以金帛。所著诗、颂、碑文、论议、六言、策文、表、檄、教令、书记凡二十五篇。”可见他的作品当时已流传不多。《隋书·经籍志》著录“后汉少府孔融集九卷”，注梁十卷，录一卷。已散佚。张溥辑《孔少府集》一卷。《汉魏六朝集部珍本丛刊》收录何绍基评点本。如评《与曹操论盛孝章书》“情文兼至”，评《汝颖优劣论》

曰："奇作"。严可均《全后汉文》辑文三十八篇。散文辞藻华美，骈丽气息较浓，不善说理，以气盛见长。冯惟讷《古诗纪》辑诗四篇七首，即《离合作郡姓名字诗》、《六言》(三首)、《临终诗》、《杂诗》(二首)。其中，《杂诗》二首，《古文苑》题作孔融诗，而《文选》李善注引作李陵诗。近人孔至诚《孔北海集评注》是较为通行的本子，以潘锡恩校本为底本，收录四十篇作品，注释务求详明，辅以评点(61)。杜志勇有《孔融陈琳合集校注》，河北教育出版社 2013 年出版。此外，孔融尚有《春秋杂议难》五卷，也见《隋书·经籍志》著录。

(三) 王粲

七子中，王粲年辈最轻，而文学成就最大，刘勰称其为"七子之冠冕"。王粲(177—217)字仲宣，山阳高平(今属山东)人，生于汉灵帝熹平六年(177 年)。王粲出身名门，曾祖父王龚、祖父王畅均为汉代三公。父亲王谦为何进长史。但他幼年丧父，十三岁时逢董卓之乱。十七岁时南下荆州，依附刘表，长达十五年。建安十三年(208 年)，曹操南征刘表，会刘表病死，刘表之子刘琮继守荆州，后降曹操。王粲亦投归曹操，被征为丞相掾，赐爵关内侯，后为军谋祭酒，参与政务。魏国既建，拜为侍中。建安二十二年(217 年)，染疾身亡，时年四十一岁。生平见《三国志》本传及缪钺《王粲行年考》(518,a)、俞绍初《王粲年谱》(358,d)及沈玉成《王粲评传》(177,c)。

《三国志》本传："善属文，举笔便成，无所改定，时人常以为宿构，然正复精意覃思，亦不能加也。著诗、赋、论、议垂六十篇。"《隋书·经籍志》著录"后汉侍中王粲集十一卷"，亡佚。此外，王粲还有《尚书释问》四卷、《汉末英雄记》八卷、《去伐论集》三卷等，业已散佚。晁公武《郡斋读书志》作八卷，题曰"今集有八十一首"。明人张溥《汉魏六朝百三家集》辑《王侍中集》一卷。冯惟讷辑诗二十三首，严可均辑文四十四篇。俞绍初辑《王粲集》以丁福保《汉魏六朝名家集》初刻中《王仲宣集》三卷为底本，亦分三卷，另附《英雄记》，是以黄奭《黄氏逸书考》为底本。[①] 该书又附《王粲年谱》，是目前收录最完备的校订本，中华书局1980年出版。吴云、唐绍忠又以俞本为底本作《王粲集注》，由中州古籍出版社出版。张蕾《王粲集校注》，河北教育出版社2013年出版。

（四）陈琳

陈琳（？—217）字孔璋，广陵射阳（今江苏宝应县）人。[②] 早年在何进幕下任职，曾作《谏何进召外兵》书，认为"今将军总皇威，握兵要，龙骧虎步，高下在心，以此行事，无异于鼓洪炉以燎毛发。但当速发雷霆，行权立断"。他认为如果招纳董卓进京，"大兵合聚，强者为雄，所谓倒持干戈，授人以柄，功必不成，只为乱阶"。事实证明陈琳的判断是对的，说明他很有政治眼光。后又追随袁绍，曾作《为袁绍檄豫州文》讨伐曹操。文章气势磅礴，排江倒海。《文心雕龙·檄移》称其"壮有骨鲠"。官渡之战后，曹操灭袁绍，不计前嫌，将陈琳纳入幕府，任命为司空军谋祭酒，管记室，主管军国书檄。《三国志》卷二十一《王粲传》注引《典略》说："琳作诸书及檄，草成呈太祖。太祖先苦头风，是日疾发，卧读琳所作，翕然而起曰：'此愈我病。'数加厚赐。"陈琳的文章被《文选》收录的有四篇，除上述《为袁绍檄豫州》外，还有《答东阿王笺》《檄吴将校部曲文》《为曹洪与魏文帝书》等。此外，《文选》还收录其《饮马长城窟行》作为诗歌代表。这

---

① 《说郛三种》（宛委山堂一百二十卷本）卷五十七辑《英雄记钞》，辑录刘表、刘焉、刘范、刘璋、刘备、袁成、袁绍、袁谭、董卓、公孙瓒、周毖、伍琼、诸葛亮、逢纪、闵贡、何苗、李傕、郭汜、丁原、吕布、杨及、高顺、刘虞、张瓒、关靖、杨性、贾纯、张辽、文聘、许褚、韩馥、孔伷、王匡、桥瑁、王修、孔融、华歆、张昭、顾雍、张纮、周瑜、鲁肃、黄盖、甘宁、丁奉、虞翻等，远远多于近年出版的辑本。英雄这个概念，是汉末津津乐道的话题。徐冲《中古时代的历史书写与皇帝权力起源》（上海古籍出版社，2017年）专辟《开国群雄传》一章，描述这一现象，可惜没有深入的阐释。刘邵《人物志·英雄》："夫草之精秀者为英，兽之特群者为雄。故人之文武茂异，取名于此。是故聪明秀出谓之英，胆力过人谓之雄，此其大体之别名也。"见伏俊琏《人物志译注》，上海古籍出版社2018年版，第111页。
② 徐公持以为陈琳籍贯在今江苏淮安县东南。见《中国大百科全书》中《中国文学卷》。此说本俞绍初《建安七子年谱》。

篇作品,有些学者认为是真正的乐府古辞,绝非陈琳所作(傅如一,491)。
建安二十二年(217年),疾疫流行,陈琳与徐幹、应场、刘桢等,一时俱逝。
俞绍初据《三国志·吴书·张昭传》《后汉书·臧洪传》推断陈琳与张昭、
臧洪年龄相若,约生于汉桓帝永寿三年(157年)前后(358,b)。沈玉成、
傅璇琮《中古文学丛考》中"陈琳的籍贯、年岁及佚文考索"条所据材料大
致相同,考陈琳生年"当不晚于公元160年,即略后于孔融而早于王粲诸
人"(178)。署名沉思《陈琳年岁的探索》(242)亦有近似的结论。生平见
《三国志·王粲传》附传及何满子《陈琳评传》(183)。陈琳的作品,梁时
尚存十卷,《隋书·经籍志》仅著录三卷,注梁十卷,录一卷,说明早佚。
明人杨德周《汇刻建安七子集》辑其佚文为《陈孔璋集》,张溥《汉魏六朝
百三家集》亦辑有《陈记室集》一卷,共二十二篇。严可均辑文十九篇。
今人俞绍初《建安七子集》较前人又续有增补,颇便使用。杜志勇有《孔
融陈琳合集校注》,河北教育出版社2013年出版。

(五) 阮瑀

阮瑀(167? —212),字元瑜,陈留尉氏(今属河南)人。约生于永康
元年(167年)前后(俞绍初,358,b)。年轻时曾随蔡邕问学。建安初,曹
操召为司空军谋祭酒,管记室。建安十七年(212年),因病去世。生平见
《三国志·王粲传》附传及魏明安《阮瑀评传》(532,a)。

阮瑀擅长章表书记,曹丕《又与吴质书》说他"书记翩翩,致足乐也",
与陈琳负责军国书檄文字。故《文心雕龙·才略》篇称陈琳、阮瑀"以符
檄擅声"。《为曹公作书与孙权》为其代表作,文气顺畅,舒卷自如。《隋
书·经籍志》著录《阮瑀集》五卷,梁有录一卷。已佚。明代张溥辑有《阮
元瑜集》,收入《汉魏六朝百三家集》中。《汉魏六朝集部珍本丛刊》收录
了杨德周编,明崇祯十一年(1638年)陈朝辅《汇刻建安七子集》本《阮元
瑜集》二卷。冯惟讷辑诗十二首,其名篇有《驾出北郭门行》《杂诗》《公讌
诗》《苦雨诗》《怨诗》《琴歌》《咏史诗》二首、《七哀诗》二首及失题若干。
阮瑀的赋作包括《纪征赋》《止欲赋》《筝赋》《鹦鹉赋》等,多为应诏之作。
他的《文质论》,认为文"远不可识",质则"近而得察","文虚质实,远疏近

密",故主张"意崇敦朴",即以质实为上。这些观点在当时也有一定代表性。

(六)应玚

应玚(175?—217)字德琏。汝南南顿(今河南项城)人,约生于汉灵帝熹平四年(175年)前后。应玚出身于世代官宦之家,祖父应奉、伯父应劭,均为汉末著名文士、学者。其后人应亨《让著作表》称:"自司隶校尉奉至臣父(应贞),五世著作不绝,邦族以为美谈。"应玚父亲应珣,曾任司空掾。应玚早年流寓南北,建安初入曹操幕府为掾属。曹植为平原侯,应玚为平原侯庶子,后转为曹丕的五官中郎将文学。建安二十二年(217年),因病卒。生平附见《三国志·魏书·王粲传》。

《三国志》称应玚"著文赋数十篇"。《隋书·经籍志》著录"魏太子文学应玚集一卷",梁有五卷,录一卷,亡。《汉魏六朝集部珍本丛刊》收录两种应玚集:一是杨德周编,明崇祯十一年(1638年)陈朝辅《汇刻建安七子集》本《应德琏集》二卷。二是张溥辑《汉魏六朝百三名家集》本《应德琏集》一卷。曹丕《与吴质书》:"德琏常斐然有述作之意,其才学足以著书。"《文心雕龙·才略》:"应玚学优以得文。"《艺文类聚》卷二十二载其《文质论》,篇幅较之徐幹为长。《文心雕龙·序志》称:"至于魏文述《典》,陈思序《书》,应玚《文论》,陆机《文赋》,仲治《流别》,宏范《翰林》,各照隅隙,鲜观衢路,或臧否当时之才,或铨品前修之文,或泛举雅俗之旨,或撮题篇章之意。魏《典》密而不周,陈《书》辩而无当,应《论》华而疏略,陆《赋》巧而碎乱,《流别》精而少巧,《翰林》浅而寡要。"其文论,或指《文质论》,与《典论》《流别论》《翰林论》《文赋》等相提并论,说明其重要性;同时又指出其所短,主要问题是"华而疏略"。

应玚之弟应璩,弱冠为曹丕所欣赏,曾参加邺下之游。曹丕代汉(220年)后,曾官散骑侍郎、散骑常侍。魏齐王曹芳时迁侍中,又任大将军曹爽长史。时曹爽与太傅司马懿辅政,各树党羽。而曹爽秉政,危机四伏,却不知裁度,应璩因作《百一诗》讥切时事。据东晋李充《翰林论》说,应璩《百一诗》以风规治道,合于《诗经》作者之意。又据东晋孙盛《晋阳秋》说,《百一诗》言时事颇有补益,世多传之(《文选》李善注引)。关于《百一诗》的含义,当时便有争议。或说是应璩作一百零一首诗,故称"百一诗"(李善注引张方贤《楚国先贤传》);或说是以百言为一篇(李善注引王俭《今书七志》)。李善根据《百一诗序》所说:"时谓曹爽云:公今闻周公巍巍之称,安知百虑有失乎?"因此推断说:"百一之名,盖兴于此。"五臣吕向则说:"意者以为百分有一补于时政。"李善和五臣两种说解释较为合乎诗题。《百一诗》今仅存一首完整的,见《文选》卷二十一。《汉魏六朝集部珍本丛刊》收录张溥编《魏应休琏集》一卷,有清何绍基评点。

(七) 刘桢

刘桢(?—217年)字公幹,东平宁阳(今属山东)人,约生于熹平四年(175年)前后。史载,其年少时即以才学知名,十岁前能诵读《论语》、《诗》、赋数万言。汉献帝建安(196—220)初归曹操,为司空军谋祭酒。建安十三年(208年),曹操大军南征孙权,刘桢从行。建安十六年(211年),刘桢任曹丕五官中郎将文学。建安二十二年(217年)冬,在当时疫疬中患病去世。生平见《三国志·王粲传》附传及王运熙《刘桢评传》(27,a)和沈玉成、傅璇琮《刘桢事迹钩沉》(178)。

《隋书·经籍志》著录"魏太子文学刘桢集四卷",已佚。明人张溥《汉魏六朝百三家集》辑其佚文为《刘公幹集》一卷。《汉魏六朝集部珍本丛刊》据以影印。该书又收录了杨德周编,明崇祯十一年(1638年)陈朝辅《汇刻建安七子集》本《刘公幹集》二卷。曹丕在《与吴质书》中说他"五言诗之善者,妙绝时人"。钟嵘《诗品》列他为上品,称他:"仗气爱奇,动多振绝,真骨凌霜,高风跨俗。但气过其文,雕润恨少。"《文选》选录了十首,在建安诗人中仅次于曹植(25首)、王粲(13首)。今人俞绍初《建安七子集》辑存文十一篇,诗十三首并佚句。其中十首见于《文选》,说明他以诗著名。《文心雕龙·书记》说:"公幹笺记,丽而规益,子桓弗论,故世所共遗;若略名取实,则有美于为诗矣。"子桓不论其笺记,只论其诗,指其《与吴质书》评刘桢:"五言诗之善者,妙绝时人。"后人把他和王粲比较,如南朝江淹《杂体诗序》说:"及公幹、仲宣之论,家有曲直。"还有人将他与曹植并称，称"曹刘"（钟嵘《诗品》）。此外，刘桢还有《毛诗义问》十卷，尚存残篇，可见其学术之一端。林家骊《阮瑀应玚刘桢合集校注》，河北教育出版社 2013 年出版。

（八）徐幹

徐幹（171—218）字伟长，北海剧（今属山东）人。生于汉灵帝建宁四年（171 年），[①]生平仅见《三国志·王粲传》附传，极简略："幹为司空军谋祭酒掾属，五官中郎将文学。"裴注引《先贤行状》曰："幹清立体道，六行修备，聪识洽闻，操翰成章，轻官忽禄，不耽世荣。"根据史料得知，建安十年（205 年），曹操平定袁绍，徐幹应诏入曹操幕，为司空军谋祭酒掾属。建安十三年（208 年），随曹操南征，作《序征赋》。建安十六年（211 年），曹丕受封为五官中郎将，徐幹为五官中郎将文学。建安十八年（213 年）前后，因病隐退，潜心写作《中论》。建安二十三年（218 年）二月，遇疫卒，年四十八。

《隋书·经籍志》著录"魏太子文学徐幹集五卷"，梁有录一卷。宋以后已佚。张溥辑本无《徐幹集》。《汉魏六朝集部珍本丛刊》收录了杨德周编，明崇祯十一年（1638 年）陈朝辅《汇刻建安七子集》本《徐伟长集》六卷。丁福保辑《徐伟长集》一卷。徐幹存诗有三首，即《答刘桢诗》《情诗》《室思》等，其中《室思》最为传诵。建安七子中，《文选》收录王粲九题十四篇，刘桢五题十首，陈琳四题四首，孔融二题二首，应玚、阮瑀各一首，唯独没有收录徐幹作品。徐幹的代表作是《室思》，《玉台新咏》收录。由此可以推测，《文选》编者在强调"类型"和"典范"的同时，也不能不考虑当时的文化氛围，也就是梁代初年选文标准中的正统思想（胡旭，362，a）。其《中论》二十篇亦存，曹丕视为不朽之作。他在《与吴质书》中说："伟长独怀文抱质，恬惔寡欲，有箕山之志，可谓彬彬君子者矣。著《中论》二十余篇，成一家之言，辞义典雅，足传于后，此子为不朽矣。"《四部

---

①　徐幹生卒年又有公元 170 至 217 年说，见张可礼《三曹年谱》、陆侃如《中古文学系年》、余嘉锡《〈疑年录〉稽疑》等。此说本俞绍初《建安七子年谱》及王依民《徐幹生卒年考辨》，载《文学遗产》1988 年 2 期。

丛刊》据双鉴楼刊行的《中论》有二十篇,《丛书集成初编》又补入《复三年丧篇》《制役篇》。卢仁龙、武秀成有《徐幹〈中论〉校证》(《古典文献研究》第 93—94 页,南京大学出版社 1995 年版)。徐湘霖有《〈中论〉校注》,巴蜀书社 2000 年出版。孙启治有《〈中论〉解诂》,中华书局 2014 年出版。林家骊《徐幹集校注》,河北教育出版社 2013 年出版。

二、建安其他作家

《三国志·王粲传》称:"颍川邯郸淳、繁钦、陈留路粹、沛国丁仪、丁廙、弘农杨修、河内荀纬等,亦有文采,而不在此七人之例。"可惜这些作者没有比较出色的作品存世。张兰花、程晓菡《三曹七子之外建安作家诗文合集校注》收录祢衡、臧洪、繁钦、路粹、丁仪、丁廙、杨彪、杨修、邯郸淳[1]、吴质、卞兰、缪袭、应璩、蔡琰、曹操妻卞氏、杨彪妻袁氏、曹丕妻甄氏、丁廙妻、田琼、刘廙、钟繇、王朗、华歆、左延年、仲长统、潘勖、卫凯、荀攸、荀彧、刘劭、荀悦(附《申鉴》)等人的作品,河北教育出版社 2013 年出版。在这些作家中,蔡琰、左延年、诸葛亮等,凭借出色作品而在文学史上占有一席之地。

(一)蔡琰

蔡文姬(177？—？),本名琰,字文姬,又字昭姬。陈留圉(今河南杞县)人。蔡邕之女。生卒年不详。蔡邕熹平六年(177 年)因作《对诏问灾异八事》而获罪,被黜戍边。此时蔡文姬可能刚刚出生。两年后朝廷大赦,蔡邕有机会回到中原,无意中又得罪中常侍王甫之弟王智,被迫亡命江海,远迹吴会,长达十二年之久。蔡文姬很可能随父流亡江南。蔡文姬十六岁时,远嫁河东(今山西运城北部)卫仲道。此后不久,蔡邕被王允所杀,卫仲道也短命死去。蔡文姬只好回到家乡。不久就逢丧乱,被

---

[1]　这部《合集校注》简介提到《艺经》二卷,注明已佚。《说郛三种》(宛委山堂一百二十卷本)卷一百二引录八则,不过最后一则是"象戏:周武帝造象戏",显然不是邯郸淳作品。

掳入南匈奴,嫁左贤王,身陷南匈十二年,生有二子。蔡文姬后为曹操赎回,再嫁同郡董祀。其晚年生活,限于材料,已不得详知。生平见《后汉书·列女传》及陈祖美《蔡琰评传》(210)。

《隋书·经籍志》著录"后汉董祀妻蔡文姬集一卷",已不传。今传署名蔡琰的作品共三篇:《悲愤诗》两篇,一是五言,一是骚体,并见《后汉书》本传。又有《胡笳十八拍》,见于郭茂倩《乐府诗集》和朱熹《楚辞集注》附录《楚辞后语》中。这三首诗的真伪,历来争论极大。

关于两首《悲愤诗》,苏轼最早怀疑《后汉书》所载这两首《悲愤诗》是晋宋人所伪造,因"东京无此格也"。(《东坡题跋》卷二)此后形成主真与主伪两大派,成为历史上聚讼纷纭的一桩公案。二十世纪以来,争论仍持续不绝。郑振铎以为骚体是蔡琰所作,而五言为伪(321)。余冠英正相反,认为五言为真,骚体则伪(233,d)。张长弓则从八个方面详细论证了两首均系后人伪托(253)。卞孝萱、蔡义江又都补充了新的材料,以证成张说。刘文忠又推翻前说,认为两首《悲愤诗》均为蔡琰所作(91,a)。上述诸说,引证丰富,一时难以取得一致的意见。

关于《胡笳十八拍》,1959年,郭沫若创作历史剧《蔡文姬》,并发表了《谈蔡文姬的〈胡笳十八拍〉》,认为这篇作品确为蔡文姬所作,遂引起学术界热烈的讨论,考述史实,理清原委,形成了针锋相对的两大阵营。持肯定论者除郭沫若外,还有张德钧、胡念贻、熊德基、黄诚一、叶玉华、王竹楼、高亨、萧涤非等;持否定论者有刘大杰、王运熙、王达津、刘盼遂、胡国瑞、卞孝萱、谭其骧、黄瑞云、王先进、逯钦立、刘开扬、李鼎文等。这些争论文章已收入中华书局1959年出版的《〈胡笳十八拍〉讨论集》中。此外,游国恩《论蔡琰〈胡笳十八拍〉》(477,b)、王小盾《琴曲歌辞〈胡笳十八拍〉新考》(18)等也都认为《胡笳十八拍》是唐人所作。看来,这个问题也难以取得相近的看法。

(二)左延年《秦女休行》

胡适《白话文学史》、郑振铎《插图本中国文学史》、陆侃如、冯沅君《中国诗史》等对这首诗评价较高。关于这首诗的本事,吴世昌根据《三国志·魏书·庞淯传》《后汉书·庞淯母传》及皇甫谧《列女传》(裴松之注《三国志》引)推断此诗是描述东汉庞娥为父报仇的故事(220,a,b)。俞绍初则提出异议,认为左延年诗及傅玄同题诗是"写不同题材的作品"(358,e)。葛晓音又据《全后汉文》载申屠蟠《奏记外黄令梁配》的线索,认为河南陈留郡外黄县女子缑玉为父报仇的故事"与左延年《秦女休行》的内容较相近"。又参证以曹植《精微篇》,"可以初步确定缑玉事当为左延年《秦女休行》最早的本事"(490,c)。左延年事迹见《三国志·魏书·杜夔传》附传,知其活跃在黄初年间(220—226)。

(三)诸葛亮《出师表》

诸葛亮(181—234)字孔明,琅邪阳都(今山东沂水县南)人。汉末往依荆州牧刘表,躬耕于南阳隆中(湖北襄阳城西)。建安十二年(207年),经刘备三顾茅庐邀请,出山辅佐刘备建立蜀汉政权。章武三年(223年),刘备托孤于诸葛亮。此后,蜀汉政事,无论巨细,都取决于他。谥忠武侯。生平事迹见《三国志》本传。

《三国志·蜀书·诸葛亮传》载,晋武帝泰始十年(274年),陈寿曾辑《诸葛氏集》24篇,共有104112字。《隋书·经籍志》著录有《兵法》五卷,集二十五卷,久佚。《汉魏六朝集部珍本丛刊》收录三种诸葛亮集:一是明正德十二年(1517年)阎钦刻本《蜀丞相诸葛亮文集》六卷(存三卷,即卷四、五、六),为现存诸葛亮集较早的一种,有朱文钧跋。二是明代钱世垚、王士骐辑,明万历四十五年(1617年)刻《武侯集》十六卷。三是明代诸葛清辑,明天启元年(1621年)诸葛清刻本《汉诸葛武侯全集》四卷。张溥《汉魏六朝百三家集》中有《诸葛亮丞相集》一卷,多从《三国志》及类书、方志中辑出,不辨真伪。张澍《诸葛忠武侯文集》辑录较完备且不芜杂。1960年中华书局出版段熙仲、闻旭初编校《诸葛亮集》即以张澍本为基础,做了重校、辨伪、辑佚等工作,文集四卷,附录二卷,故事五卷,总十一卷,是通行且较精审的本子。1974年中华书局又将此书再版。张连科、管淑珍有《诸葛亮集校注》,天津古籍出版社2008年出版。

作为著名的政治家和军事家,诸葛亮虽不以文学著称,但他的《出师

表》却颇为后人称道。《出师表》最初见于《三国志·诸葛亮传》，并无篇
名，篇名是后人加的，最初见于《文选》。此文又称《前出师表》。这是因
为后一年（建兴六年，公元228年）诸葛亮出征前又上过一道表文，见《三
国志》本传裴松之注引习凿齿《汉晋春秋》，后人遂分称为前后《出师表》。
表文说理透彻，表现出为蜀汉政权"鞠躬尽力，死而后已"（《建兴六年上
言》）的坚定精神和高风亮节，颇似诸葛亮的为人。但《后出师表》是否为
诸葛亮所撰，尚多异议。裴松之注引《汉晋春秋》说："此表亮集所无，出张
俨《默记》。"而近来仍有学者力主《后出师表》为诸葛亮所作（庞怀清，323）。

　　《三国志》本传说他"好为梁父吟"。《乐府诗集·相和歌辞十六》载
有其辞"步出齐城门"，是诸葛亮唯一的诗作。但此诗也有人怀疑并非诸
葛亮所作。

　　（四）仲长统与缪袭

　　仲长统（180—220）字公理，东汉哲学家、政论家。山阳高平（今山东
金乡西北）人。二十余岁，漫游青、徐、并、冀诸州之间。州郡多次召用，
皆不就。献帝时被举为尚书郎，后参曹操军事。每论说古今，及时俗行
事。常发愤叹息，因著《昌言》凡三十四篇，十余万字。书中批判了天命
观和谶纬迷信，提出了"人事为本，天命为末"的论点。文章结构严谨，语
言质朴，由于辞赋的影响，也带有善于铺陈，多用骈偶的特点。此书久
佚，唯《后汉书》本传载有《理乱》《损益》《法诫》三篇，《群书治要》中亦有
断章残篇。清人严可均《全上古三代秦汉三国六朝文》辑有两卷。另有
《述志》诗两首，抒发了对现实的愤慨和对儒家统治思想的不满。

　　缪袭（186—245）字熙伯，汉、魏间诗人。东海（今山东郯城）人。建
安（196—220）中辟御史大夫府，参与修撰《皇览》。仲长统卒，缪袭表奏
《昌言》二十四篇。缪袭颇精礼乐，曾与王肃等论乐，建议改《安世歌》为
《享神歌》。又作《魏鼓吹曲》十二曲，见《宋书·乐志》。太和六年（232
年）明帝于许昌修治宫殿，缪袭作《许昌宫赋》。次年，改元青龙，缪袭作
有《青龙赋》。正始六年（245年）卒。生平事迹见《三国志》。《隋书·经
籍志》著录"魏散骑常侍《缪袭集》五卷，梁有录一卷"。另有《列女传赞》

一卷,均佚。《说郛三种》(宛委山堂一百二十卷本)卷一百一收录缪袭《尤射》,凡二十篇:稽观、报聘、遇射、尤戒、赠玉、学训、东役、腆致、糊言、志服、赤帝、紫帏、承泽、卜会、实至、华虫、追扪、雨会、命史、复射等。《三曹七子之外建安作家诗文合集校注》未曾著录。目前尚不知这些文献的真伪。缪袭的文章,今存十四篇,诗存一首《挽歌》,见《文选》卷二十八。清人何焯《义门读书记》评价说:"缪熙伯《挽歌诗》,词极峭促,亦淡以悲。"钟嵘《诗品》将缪袭列为下品,说:"熙伯《挽歌》,唯以造哀尔。"

（五）刘邵

刘邵字孔才,广平邯郸人(今河北邯郸),约生于汉灵帝光和年间(178—184),卒于魏齐王曹芳正始年间(245年左右)。《三国志》将其与王粲、刘廙、缪袭、仲长统、傅嘏等并列一起。王粲为建安七子,刘廙"著书数十篇,及与丁仪共论刑礼,皆传于世"。缪袭入当时《文章志》,仲长统为汉末著名文学家,著有《昌言》,傅嘏首倡才性异同之说,后为钟会"集而论之"等,由此可见,刘邵生活在建安文学向魏晋玄学转变时期,参与编纂《皇览》。《三国志·刘邵传》载:"黄初中,为尚书郎、散骑常侍。受诏集五经群书,以类相从,作《皇览》。"《隋书·经籍志》著有"光录勋刘邵集二卷,录一卷"。"晋中丞刘邵《奏事》六卷"另有《人物志》三卷。

《人物志》主要讲如何"识人",属于人才学方面的论著,以往的文学史很少专门论述。清代学者臧琳《拜经堂丛书》论曰:"刘勰《文心雕龙》之论文章,刘劭《人物论》之论人,刘知幾《史通》之论史,可称千古绝唱,余所深嗜而快读者。著书人皆刘姓,亦奇事也。"[①]姑且不论后者姓刘一事,就说论文、论人、论史之三书,确有很多可比性。都说文史不分,又说文学是人学。讨论文学,不能离开历史,更不能离开人。《人物志》专门分析"人",凡十二章:九征、体别、流业、材理、材能、利害、接识、英雄、八观、七缪、效难、释争等。在他的著作中,对于人才的判断,具有过渡色

---

① 刘邵著,伏俊琏注《〈人物志·自序〉译注》附录,上海古籍出版社2018年版,第207页。

彩。汉末以来清议之风，以及曹操唯才是举的政策，使人们对人才的现实需求日益迫切，强调"聪明之所贵，莫贵乎知人"。(《自序》)只有做到知人，才能"量能授官"(《材能》)。而魏晋之际的清谈之风，又推波助澜，将这种风气推向玄学化，所以他特别强调心声之辨，如《九征》："夫容之动作，发乎心气。心气之征，则声变是也。"于是作者分析和平之声、清畅之声、回衍之声等。在此基础上又谈到形神之辨："夫色见于貌，所谓慎神。征神见貌，则情发于目。"同时代的蒋济著有《眸子论》，"谓观其眸子，足以知人"(见《世说新语·言语》)。东晋顾恺之说"四体妍蚩，本无关于妙处，传神写照，正在阿睹中"，到齐梁时期的张僧繇有"画龙点睛"的故事，均为一脉相承的思想。还有一些概念，常见后来的文学论著，如《体别》论"体"，就是《文心雕龙·体性》中的"体"，不同者，刘邵论人的风格，刘勰论文的风格。还有《八观》是观人，而刘勰观文有"六观"。《效难》又谈到知人难、推荐人也难的问题，与此相关联，涉及"知音"，知音难，能把知音的爱表达出来更难，这就是《文心雕龙·知音》一篇的价值。把《人物志》《文心雕龙》《史通》联系起来，确实有很多课题值得探讨。《汉魏丛书》本《人物志》较为通行。伏俊琏有《〈人物志〉研究》《〈人物志〉译注》，极便阅读(伏俊琏，119，a，b)。

(六)皇甫谧

皇甫谧(215—282)字士安，幼名静，自号玄晏先生，安定朝那(今甘肃平凉)人，徙居新安。年少时不好学，游动无度。后来幡然悔悟，致力于学，博综典籍，有高尚之志，以著述为务。他在魏晋政局中的特立独行，开创河西学术，在中古思想史上占据重要地位(景蜀慧，480)。惟其如此，他得到了时人的尊重，左思《三都赋》，请他作序(刘跃进，110，jj)。太康三年(282 年)卒，六十八岁。

《晋书》本传说他"所著诗赋诔颂论难甚多，又撰《帝王世纪》《年历》《高士》《逸士》《列女》等传、《玄晏春秋》，并重于世。门人挚虞、张轨、牛综、席纯，皆为晋名臣"。《隋书·经籍志》著录"晋征士皇甫谧集二卷，录一卷"。又有《帝王世纪》十卷，上起三皇，下迄汉魏，《说郛三种》(宛委山堂一百二十卷本）卷五十九收录《帝王世纪》，清人宋翔凤有辑本。《年历》六卷，《开元占经》卷十一、三十八、六十一、六十七等多有引录。《逸士传》一卷，署名陶潜《群辅录》"右舜七友"条有征引。《列女传》六卷，《三国志·魏书·庞淯传》裴注引《列女传·庞娥亲论》，《说郛三种》（宛委山堂一百二十卷本）卷五十八收录《列女传》九人传纪，卷五十九收录《玄晏春秋》五则（原本三卷）等，还曾注释《鬼谷子》。这些著作多已散佚不存。今存文十三篇，重要的有《晋书》本传所载《玄守论》《释劝论》《笃终论》和《文选》所收《三都赋序》。其中《高士传》最具有代表性。

　　《高士传》六卷，记载三代秦汉至魏晋高隐之士的事迹。《隋书·经籍志》著录：《圣贤高士传赞》三卷，嵇康撰，周续之注《逸士传》一卷。皇甫谧《高士传序》见《太平御览》卷五一〇。晁公武《郡斋读书志》说载有96人，陈振孙《直斋书录解题》则说有87人。《说郛三种》（宛委山堂一百二十卷本）第五十七卷收录《高士传》28人传记。今存明刊本三卷。明吴弘基《史拾》本收录90人。"披裘公""老莱子""荣启期""原宪""列御寇""庄周""颜阖""张仲蔚""向长""闵贡""梁鸿""郭太"等附《贫士传赞》。《史拾》校注者吴敏霞认为是明人黄姬永撰。最后一则《焦先传》，《三国志·魏书·管宁传》注引《高士传·焦先论》，是有传有论。此外"河上丈人"条首次提到河上公著有《老子章句》，河上公书今存。① 汉魏部分，《高士传》多取赵岐《三辅决录》。有学者称，嵇康的《圣贤高士传赞》是第一部以"高士"命名的类传。② 嵇康采撷史传、寓言等，收录古今"圣贤高士"，借他们的行事，寄寓与投射自我的生命理念，对后世传记乃至小说创作都产生了很大的影响（熊明，519）。其实，从年辈来讲，皇甫谧略早于嵇康，因此很难说嵇康的著作一定早于皇甫谧。不过这种说法，起源

---

　　① 《老子道德经河上公章句》，中华书局1993年出版。又参见王明《〈老子河上公章句〉考》，收在作者《道家和道教思想研究》，中国社会科学出版社1984年出版。

　　② 《三国志·魏书·王粲传》注引嵇喜《嵇康传》："撰录上古以来圣贤、隐逸、遁心、遗名者，集为传赞，自混沌至于管宁，凡百一十有九人，盖求之于宇宙之内，而发之乎千载之外者矣，故世人莫得而名焉。"

很早。《史通·采撰》:"嵇康《高士传》,好聚七国寓言。玄晏《帝王纪》,多采《六经》图谶,引书之误,其萌于此矣。"

第四节　魏晋之际诗文研究

魏晋之际是一个特殊的时间断限,主要是指正始十年(249年)高平陵之变前后至晋初的一段时期,约二十年。其时名义上还是曹氏掌权,但实际上大权旁落,司马氏只是还未公开篡位而已。司马氏排除异己,罗织各种罪名压制士人的反抗,在士人心理上引起巨大反响,文学风貌也发生巨大变化。刘师培《中国中古文学史》论及魏晋文学之变迁说:

> 魏代自太和以迄正始,文士辈出。其文约分两派:一为王弼、何晏之文,清峻简约,文质兼备,虽阐发道家之绪,实与名法家言为近者也。此派之文,盖成于傅嘏,而王、何集其大成。夏侯玄、钟会之流,亦属此派。溯其远源,则孔融、王粲实开其基。一为嵇康、阮籍之文,文章壮丽,总采骋辞,虽阐发道家之绪,实与纵横家言为近者也。此派之文,盛于竹林诸贤。溯其远源,则阮瑀、陈琳已开其始。

两派文章,阮籍、嵇康等人的作品历来是中古文学研究的一个热点。而另一派,即王弼、何晏等人的文章则更多地受到中国思想史研究者的重视。

一、阮籍

(一)阮籍生平

阮籍(210—263)字嗣宗,陈留尉氏(今河南尉氏县)人,是建安七子之一阮瑀的儿子。阮籍生活在曹氏与司马氏明争暗斗的时期,内心苦闷。《晋书》阮籍本传说:"籍本有济世志,属魏晋之际,天下多故,名士少有全者,籍由是不与世事,遂酣饮为常。"他听说步兵厨营人善酿酒,即求为步兵校尉,故人称"阮步兵"。生平事迹见《晋书》本传、《三国志·王粲传》注及董众、朱偰等人所撰年谱(董众,475;朱偰126;樊荣525,c)、罗竹风《阮籍评传》(315)。韩传达亦有《阮籍评传》,北京大学出版社1997年出版。

(二)阮籍著述

《晋书》本传说:"籍能属文,初不留思,作《咏怀诗》八十余篇,为世所重。著《达庄论》,叙无为之贵,文多不录。"《隋书·经籍志》著录"魏步兵校尉阮籍集十卷梁十三卷,录一卷",两唐《志》仅五卷,宋代又有十卷出现,是否为唐初旧本已不得而知。最早为阮籍诗文作注的是颜延之、沈约,均散见在李善《文选》注中。诗十七首,文二篇,李善有注。李注慨叹:"嗣宗身仕乱朝,常恐罹谤遇祸,因兹发咏,故每有忧生之嗟。虽志在刺讥,而文多隐避。百代之下,难以情测。"可见注释阮籍作品,难度相当之大。

《汉魏六朝集部珍本丛刊》收录七种,皆为后人所辑:

1. 明嘉靖二十二年(1543年)范钦、陈德文刻,傅增湘校《阮嗣宗集》二卷。卷首有嘉靖二十二年癸卯陈德文《刻阮嗣宗集叙》。卷上为文,卷下为《咏怀诗》八十一首,书眉、行间多有批校。学术界普遍认为,通行明刻以此本为最早。1978年上海古籍出版社出版了李志钧等点校本二卷,即以范、陈刻本为底本,校以别刻、总集、类书,就版本而言,堪称较为完备。

2. (明)程荣刻本《阮嗣宗集》二卷。卷首有嘉靖癸卯(1543年)陈德文《阮嗣宗集叙》,次《晋书·阮籍传》。著者题署:魏陈留阮籍著,明新安称荣校。

3. (明)崇祯潘璁刻《阮陶合集》本《阮嗣宗集》二卷。此本大致依范、陈刻本,但在《阮籍传》后有《总论》,《咏怀诗》八十二首,多"幽兰不可佩"。目录载"《又咏怀诗十三首》"(四言),是存世唯一一载有完整四言《咏怀诗》的本子。

4.（明）张溥辑刻《汉魏六朝百三名家集》本《阮步兵集》一卷，有清代何绍基评点。卷末有何氏题识"丙寅嘉平六日猿叟阅"。

5.（清）蒋师爚撰，清嘉庆四年（1799年）敦艮堂刻本《阮嗣宗咏怀诗注》四卷。卷首有嘉庆二年（1797年）蒋师爚《阮嗣宗咏怀诗注叙录》："李空同序嗣宗《咏怀诗》八十篇，讹缺姑仍之，未见其本。冯具区《诗纪》所录八十二篇，颇文从字顺矣。誊录一过，为校以张天如百三名家本，谬为笺注，不知其是否。"版权标注："咏怀诗注，敦艮堂藏板，嘉庆四年秋七月。"

6. 黄节撰，民国十五年（1926年）铅印本《阮步兵咏怀诗注》一卷。卷首有乙丑（1925年）诸宗元序说："吾友顺德黄君以史言诗，复通经术。既尝为汉魏风诗、鲍谢二集之笺注，循诵阮诗，奋然命笔草创，迄今时越三载，甄综众说，标举单词，明旨慎择，吾无憾焉。"黄节自叙称："余既笺汉魏乐府风诗，复为鲍谢二家诗注。以癸亥（1923年）之春南归过武林，访诸君贞壮，湖上得见仁和蒋东桥所注阮嗣宗《咏怀诗》，假归卒读，窃以东桥是事感我无穷……东桥是注为益讵少，然有附会失实者，有为旧说所误者，有未明嗣宗用古之趣者。茗茗千载，余取而重注之。"黄注以蒋师爚注为基础，集合各家注释和评语，折衷去取，在阮诗的注本中比较详备。它最主要的特点是能够结合历史事实来阐明诗意，有重要参考价值。通行本有1957年人民文学出版社排印本。1984年重印时又增补了黄节所作的十三首四言《咏怀诗》的补注。书前有注者自序、《晋书·阮籍传》。书后附录有伏义《与阮嗣宗书》，嵇叔良《魏散骑常侍步兵校尉东平相阮嗣宗碑》、李康《家诫》、戴逵《竹林七贤论》及袁宏《七贤序》等材料。

7. 古直撰，民国二十四年（1935年）中华书局铅印《层冰堂五种》本《阮嗣宗咏怀诗笺定本》一卷。卷首有曾运乾序称"梅县古层冰先生知人论世，卷溢缃囊，陆赋钟评，业垂青简，尤嗜阮公咏怀诗，实始详为笺注，钩潜鳞而出重渊，萦翰鸟而坠层云"。

现代注本中，陈伯君《阮籍集校注》是对阮籍著作所做的全面整理，亦分二卷，上卷分赋、笺、奏记、书、论、传、赞、诔帖、文等凡二十一篇；下卷收《咏怀诗》四言三首、五言八十二首、采薪者歌、大人先生歌。附录四种：（一）《阮籍集》主要版本序跋，（二）阮籍传记资料，（三）阮籍年表，（四）阮籍四言诗十首。这部书的特点主要体现在四个方面：一是篇章后有解题，对读者了解作品背景、理解作品有助益；二是原文下有校勘，通校各本，择善而成；三是诗文后有笺注，订补旧注，增加新注，颇见功力；四是诗文后有集评，凡对诗文立意、主题及其背景的理解有所启发的旧评均予辑录（孙通海，141）。此外，萧涤非有《读阮嗣宗诗札记》（456，d），黄侃有《咏怀诗笺》（460，d），朱偰有《阮籍咏怀诗之研究》（126），沈祖棻有《阮嗣宗咏怀诗初论》（180），陈赓平有《阮籍〈咏怀诗〉探解》（217）等，对于理解《咏怀诗》亦有重要参考价值。

二、嵇康

（一）嵇康生平

嵇康（223—262）字叔夜，谯郡铚（今安徽宿县）人。嵇康本姓奚，祖上因避仇而迁徙改姓。嵇喜《嵇康传》说"家世儒学"（《魏志·王粲传》注引），估计身世比较卑微。嵇康成年后，娶沛穆王曹林孙女（或云女儿）为妻。又与阮籍、山涛、向秀、刘伶、阮咸、王戎隐居于山阳，常作竹林之游，世称"竹林七贤"。

嵇康好友吕安为其兄所诬入狱，辞及嵇康，司马昭借机将嵇康关押入狱。《晋书》本传这样记载："康将刑东市，太学生三千人请以为师，弗许。康顾视日影，索琴弹之，曰：'昔袁孝尼尝从吾学《广陵散》，吾每靳固之。《广陵散》于今绝矣！'时年四十。海内之士，莫不痛之。"生平事迹见《晋书》本传、《三国志·王粲传》注及戴明杨辑《嵇康事迹》（535）、刘汝霖《大文学家嵇叔夜年谱》（97）、庄万寿《嵇康年谱》（144）、郭维森《嵇康评传》（422）及樊荣《嵇康年谱》（525，b）等。王晓毅有《嵇康评传》，广西教育出版社1994年出版。《资治通鉴》将嵇康被杀系在景元三年（262年），郎瑛《七修类稿》、钱大昕《疑年录》本之，推其生年为黄初四年（223年）。

而干宝《晋纪》、孙盛《魏氏春秋》或《晋阳秋》、习凿齿《汉晋春秋》则以为嵇康、吕安是在高贵乡公正元二年（255年）被杀，则其生年当在建安二十一年（216年）。裴松之《三国志·王粲传》注驳之甚详，以为嵇康被杀是在邓艾、钟会平蜀、司马昭授相国后的景元四年（263年）冬，遂可以定其生年为黄初五年（224年）。戴明扬《嵇康事迹》引孙志祖《读书脞语》按语以为"叔夜之死当在景元四年也"。陆侃如《中古文学系年》本之。《晋书·忠义·嵇绍传》载，"嵇绍字延祖，魏中散大夫康之子也。十岁而孤，事母孝谨"。李剑国考定《与山巨源绝交书》作于景元三年，时年嵇绍八岁，两年后父亡，正是十岁，故定其父被杀在景元五年（264年），则生于黄初六年（225年）（171，a），沈玉成著文驳之，仍维持景元四年被杀说（177，e）。

（二）嵇康被杀原因

传统的看法是，嵇康娶了曹操儿子曹林的女儿长乐亭主为妻（一说是曹林的孙女），属于曹党，故为司马氏所不容，吕兆禧《吕锡侯笔记》称："嵇叔夜以宗室联姻，一拜中散，便无意章绶者，诚见主屠国危，不欲俯首司马氏耳。故山涛欲举以自代，辄与绝交。观其书有非汤、武之语，因有所指；而作《高士传》，取龚胜者，岂非以其不仕新莽也。《世说》谓康欲起兵应毋丘俭，言虽近诬，要亦叔夜意中事也。"此云起兵事见《三国志·王粲传》注引《世说》："毋丘俭反，康有力，且欲起兵应之，以问山涛，涛曰：'不可。'俭亦已败。"这种说法虽然大多数学者不以为然，但仍有信从者。庄万寿以为嵇康起兵助毋丘俭可能会发动太学生占领洛阳城。这些观点的基本依据建立在嵇康为曹魏政权效力这样一种认识上。但这里有明显的问题：第一，毋丘俭仓促起兵于寿春，与在洛阳的嵇康联系不可能。第二，嵇康为中散大夫，闲散位置，没有实权，因此不可能介入。第三，毋丘俭起兵在正元二年（255年），而嵇康被杀却远在其后数年，如果真的卷入反对司马氏政权斗争，早应被杀，何以拖至景元四年之后呢（罗宗强，316，a）？

另一种通行的看法是嵇康作了《与山巨源绝交书》而被杀。鲁迅《魏晋风度及文章与药及酒之关系》说："最引起许多人的注意，而且于生命有危险的是《与山巨源绝交书》中的'非汤武而薄周孔'。司马懿(按当作昭)因这篇文章,就将嵇康杀了。""汤武是以武定天下的,周公是辅成王的,孔子是祖述尧舜,而尧舜是禅让天下。嵇康都说不好,那么教司马懿(昭)篡位的时候,怎么办才好呢? 没有办法,在这一点上,嵇康于司马氏的办事上有了直接的影响,因此就非死不可了。"这种看法影响至大,现在多数学者已接受此说。罗宗强《玄学与魏晋士人心态》引《颜氏家训》"养生""勉学"、《太平御览》引《竹林七贤论》、《世说新语》注引《文士传》等作了补充发展,认为"康之被杀,要在违俗,乱群惑众。特别是这'乱群惑众',于行名教之朝廷实大有妨碍,是非杀不可的了"(316,a)。但这种看法似值得商榷。从《三国志·王粲传》注引《魏氏春秋》记载看,嵇康作书与山涛只是拒绝做官,因为史籍明载:"及山涛为选曹郎,举康自代,康答书拒绝。"显然不是绝交。唯《世说新语·栖逸》注引《康别传》在"山巨源为吏部郎,迁散骑常侍,举康,康辞之"之外,另有"并与山绝"四字,便由辞官变成了绝交。但是如果两人真是绝交,有两个问题不好解释:第一,尽管嵇康率性方直,但观其《家诫》,知其至慎。《世说新语·德行》篇载:"王戎云:与嵇康居二十年,未尝见其喜愠之色。"《三国志·王粲传》注引《魏氏春秋》曰:"与之游者,未尝见其喜愠之色。"在魏末高压之下,他不能不有所顾虑,而此信如此激烈,如果以此事而对山涛斥责以至反目绝交,必然立即招致灾难,何以两年后见杀? 第二,如果真是绝交,《晋书·山涛传》所载嵇康临刑前对儿子说"巨源在,汝不孤矣"就不大好理解。这两点可以说明,嵇康之死,和《与山巨源绝交书》似无必然联系。也许,《与山巨源绝交书》纯是戏笔,这与孔稚珪写作《北山移文》嘲谑周颙有相近之处。在当时,确有一种写作谐谑文章的风气(王运熙,27,b;沈玉成、傅璇琮,178)。

　　还有一种说法,嵇康之被杀,是因为吕安《与嵇生书》中有"李叟入秦,及关而叹"诸语,致使吕安下狱,嵇康受牵连而被杀。这封书信收在《文选》中,题赵景真《与嵇茂齐书》。李善注:"《嵇绍集》曰:'赵景真与从兄茂齐书,时人误谓吕仲悌与先君书,故具列本末。赵至字景真,代郡人。州辟辽东从事。从兄太子舍人蕃,字茂齐,与至同年相亲。至始诣辽东时作此书与茂齐。'干宝《晋纪》以为吕安《与嵇康书》。二说不同,故题云景真而书曰安。"《晋书·文苑·赵至传》也收录了这封信:"初,至与康兄子蕃友善,及将远适,乃与蕃书叙离,并陈其志曰:昔李叟入秦,及关而叹;梁生适越,登岳长谣。""嵇生"指嵇蕃,与嵇康无涉。从《晋书》记载看,赵至也是嵇康的晚辈。[①]《文选集注》引《〈文选〉钞》曰:"嵇康之死,实为吕安事相连,吕安不为此书言太祖,何为至死? 当死之时,人即称为此书而死。"戴明扬力主此书为吕安所作,并结合嵇康《幽愤诗》中"实耻讼免"之语,认为此"正可疑吕安既非不孝非谤兄,嵇康更属旁证之人,于情于理,自当讼免,何乃反云耻之? 岂竟默承不孝谤兄等罪乎? 盖嵇、吕原有声讨司马之心,惟尚未见于实行。今狱吏以此书词相讯,彼本可置辩,而又义不出此,故云'实耻讼免,时不我与',否则此言难以索解矣。"周振甫《嵇康为什么被杀?》亦申此说(302,a)。

当然还有学者认为嵇康不能晦迹韬光和真正隐居不仕也是被祸的原因之一。其实,嵇康之被杀,有社会的因素,也有思想的原因,还有皇权与士人之间的较量,总之,是综合因素造成的。嵇康死后,各种力量达到了一种微妙的平衡,历史进入新的阶段(牛贵琥,66,b)。

(三) 嵇康著述

《晋书》本传称:"学不师受,博览,无不该通,长好《庄》《老》。""康善

---

① 《晋书·文苑·赵至传》:"赵至字景真,代郡人也。寓居洛阳。缑氏令初到官,至年十三,与母同观。母曰:'汝先世本非微贱,世乱流离,遂为士伍耳。尔后能如此不?'至感母言,诣师受业。闻父耕叱牛声,投书而泣。师怪问之,至曰:'我小未能荣养,使老父不免勤苦。'师甚异之。年十四,诣洛阳,游太学,遇嵇康于学写石经,徘徊视之不能去,而请问姓名。康曰:'年少何以问邪?'曰:'观君风器非常,所以问耳。'康异而告之。后乃亡到山阳,求康不得而还。又将远学,母禁之,至遂阳狂,走三五里,辄追得之。年十六,游邺,复与康相遇,随康还山阳,改名浚,字允元。康每曰:'卿头小而锐,童子白黑分明,有白起之风矣。'及康卒,至诣魏兴见太守张嗣宗,甚被优遇。"赵至太康中卒,时年三十七岁。太康凡十年,以太康五年计,上推其生年约在正始九年(248 年),少嵇康二十五年,显然是嵇康晚辈。

谈理,不能属文,其高情远趣,率然玄远。"本传载其《与山巨源绝交书》
《养生论》《幽愤诗》。据丁国钧、文廷式《补〈晋书·艺文志〉》还载有《〈春
秋左氏传〉音》三卷、《〈周易〉言不尽意论》等。《隋书·经籍志》著录"魏
中散大夫嵇康集十三卷,梁十五卷,录一卷",宋代目录十卷。《汉魏六朝
集部珍本丛刊》收录五种嵇康集:

1. 明嘉靖四年(1525 年)黄省曾南星精舍刻本《嵇中散集》十卷。卷
首有嘉靖乙酉(1525 年)黄省曾《嵇中散文集叙》。

2. (明)程荣刻《嵇中散集》十卷。卷首有嘉靖乙酉黄省曾《嵇中散集
叙》,次《嵇康传》《嵇中散集目录》。缪荃孙校并录清黄丕烈、张燕昌题
识。张燕昌清乾隆戊子(1768 年)题:"《中散集》十卷,吴匏庵先生家钞
本,卷中讹误之字皆先生亲手改定。自板本盛而人始不复写书,即有书
不知校雠,与无书等,只供蠹损浥烂耳。"黄丕烈嘉庆丙寅(1806 年)跋:
"《嵇康集》十卷为《丛书堂》钞本,且匏庵手自雠校,尤足宝贵。"缪荃荪用
朱墨两色批校,据刘明比对,发现均与明吴宽家《丛书堂》抄本同,推断缪
氏所据校之本即此抄本,而当非宋本,只是将此抄本视为据宋本而抄。

3. 明刻本《嵇中散集》一卷。卷十《家诫》有抄补,版心题"沅叔手
钞",则出自傅增湘之手。

4. 明抄本,夏□校《嵇中散集》十卷。"嵇中散集卷第一"题下有"五
月廿六日较,公远"。卷十末有崇祯己巳(1629 年)题:"崇祯己巳五月弟
夏为僧弥世兄较。时避暑云东净室,骤雨初过,北窗凉气如秋中,啜茗两
杯,捉笔记此。"应是明末抄本。

5. 鲁迅辑校《嵇康集》十卷,1955 年文学古籍刊行社影印稿本。鲁
迅辑《嵇康集》十卷,系从明吴宽丛书堂本抄出,用黄省曾、汪士贤、程荣、
张溥等刻本相校,以《文选》《太平御览》《艺文类聚》参校,颇称精善。

叶渭清有《嵇康集校记》(82)。戴明扬《嵇康集校注》在注释及汇总
资料方面堪称齐备,亦分十卷。正文依黄省曾嘉靖仿宋刻本而以别本及
诸书所引校正。在注释方面,有旧注者先录旧注,次为自注,中间以黑围
间之。明清以来的评语,分别附在每篇之后,便于参阅。附录分十个部

分：佚文、目录、著作考、序跋、事迹、谏评、《圣贤高士传赞》《〈春秋左氏传〉音》《吕安集》《广陵散考》。此书人民文学出版社 1962 年出版。殷翔、郭全芝有《嵇康集注》，黄山书社 1986 年出版。夏明钊《嵇康集译注》是一部普及读本，分译诗、原诗、解题、注释四个部分，并附有嵇康年表述要、嵇康集整理与嵇康研究述要二篇。此书黑龙江人民出版社 1987 年出版。张亚新《嵇康集详校详注》（中华书局，2021 年版）最为详备。

三、"竹林七贤"之有无及其他作家

所谓竹林七贤，是指曹魏正始年间（240—249）阮籍、嵇康、山涛、向秀、阮咸、王戎、刘伶七人，这个名称最早见于东晋时期，孙盛《魏氏春秋》、袁宏《竹林七贤传》、戴逵《竹林七贤论》等并有叙及。东晋时期，《竹林七贤图》也曾流行，如南京博物馆所藏《竹林七贤与荣启期》南朝墓壁画。陈寅恪《清谈误国》引《世说新语》"文学""伤逝"正文及注考曰："竹林七贤是先有七贤而后有竹林。七贤所取为《论语》'作者七人'的事数，意义与东汉末年'三君''八俊'等名称相同，即为标榜之义。西晋末年，僧徒比附内典、外书的'格义'风气盛行，东晋之初，乃取天竺'竹林'之名，加于'七贤'之上，成为竹林七贤。"（149，d）这一观点为当今大多数学者所接受，并且补充了不少新的论据，譬如当时党锢阴影重重，文人不敢结社，再说当时文人从游显然不仅七人，因此当时不可能有这样一个实体（刘康德，109）。还有学者具体考察了这一名称始于东晋谢安（周凤章，296）。当然，也有学者主张，在没有更充分的证据情况下，推翻传统的"竹林七贤"说似还不够有力（沈玉成，177，f）。庄万寿甚至说："东汉名士集团如三君、八俊、八顾、八及、八厨与魏时名士四聪、八达，都是当这些人活着时的称号。竹林七贤恐怕在正始前后已有此名"（144）。看来，在没有发现更有力的材料之前，这个争论也是不会结束的。江建俊主编《竹林风致之反思与视域拓延》收录的十七篇论文（台北，里仁书局，2011 年）。此外，在河南焦作，召开多次研讨会，延伸到思想史研究、学术史研究。

竹林七贤中,文学成就较大的,除阮籍、嵇康外要数向秀。向秀字子期,河内怀县(今河南武陟县)人。生卒年不详。生平事迹见《晋书》本传。《隋书·经籍志》著录梁有《向秀集》二卷,录一卷,久佚。又有《〈周易〉注》《〈庄子〉音》《〈庄子〉隐解》,在魏晋玄学形成过程中,向秀起到重要作用。他是在嵇康被杀后被迫出仕的。《晋书》收录其名作《思旧赋》,是应征到洛阳,返家路过山阳嵇康故居时所作,欲言又止,含有无尽的哀伤,是文学史上的名篇。《文选》收入哀伤类。山涛也是一个很复杂的人,后人多把他视为变节的无耻文人,以致使嵇康怒与绝交。但正如上文所说,事实上恐怕还不那么简单。他是一个值得研究的人物。徐高阮《山涛论》(410)、顾竺《论山涛》(391)对山涛的生平思想有所论述,可以参阅。《说郛三种》(宛委山堂一百二十卷本)第五十九卷收录山涛《山公启事》,收录七人行事。刘伶字伯伦,沛国人,著有《酒德颂》,收在《晋书》本传。

四、何晏与王弼及其他

正始十年(249年)高平陵之变后,何晏为司马懿所杀,时年约六十岁。同年,王弼暴卒,年仅二十四岁。《世说新语·文学》:"(袁)宏以夏侯太初(玄)、何平叔(晏)、王辅嗣(弼)为正始名士。"夏侯玄、何晏、王弼崇尚"三玄"(《周易》《老子》《庄子》),开启玄学风气。尤其是何晏、王弼二人,"立论以为天地万物皆以无为本"(《晋书·王衍传》),在魏晋文化史上占有重要地位。

(一) 何晏

何晏(189？—249)字平叔。南阳宛人。汉末大将军何进之孙。父早亡,母尹氏为曹操所纳,何晏亦被收养,为曹操所欣赏,娶曹操女金乡公主,拜驸马都尉。其容貌白美,观者盈路,何晏亦常顾影自怜。何晏常恃宠无忌,曹丕不满,斥为"假子"。曹丕当政,何晏无所事事。他在《言志诗》中说：“常恐夭网罗，忧祸一旦并。……逍遥放志意，何为怵惕惊？”齐王曹芳正始（240—249）初年，始得重用，官至吏部尚书。正始十年（249 年）司马懿发动政变，何晏被杀。

《三国志·魏书·曹爽传》附《何晏传》著文赋数十篇。《三国志·魏书·何晏传》载，何晏“好《老》《庄》言，作《道德论》及诸文赋著述凡数十篇”。倡导“以无为本”。《老子》第四十章：“天下万物生于有，有生于无。”何晏《道论》说：“有之为有，恃无以生；事而为事，由无以成。夫道之而无语，名之而无名，视之而无形，听之而无声，则道之全焉。故能昭音响而出气物，包形神而彰光影；玄以之黑，素以之白，矩以之方，规以之圆。圆方得形而此无形，白黑得名而此无名也。”①《隋书·经籍志》著录“魏尚书何晏集十一卷梁十卷，录一卷”，已佚。又著录《孝经注》一卷、《魏晋谥议》十三卷、《道德论》二卷，并佚。与孙邕等撰《论语集解》十卷，今存。《文心雕龙·论说》说何晏“师心独见，锋颖精密”。今存文十四篇，见《全上古三代秦汉三国六朝文》，存诗二首及佚句，并见《先秦汉魏晋南北朝诗》辑录。《景福殿赋》为其代表作，收录在《文选》卷十一赋“宫殿”类。李善注引《典略》曰：“何晏，字平叔，南阳人也。尚金乡公主。有奇才，颇有材能，美容貌。魏明帝将东巡，恐夏热，故许昌作殿，名曰‘景福’。既成，命人赋之，平叔遂有此作。”《文心雕龙·才略》：“何晏《景福》，克光于后进。”《文心雕龙·明诗》：“正始明道，诗杂仙心，何晏之徒，率多浮浅”，开启玄言诗的先河。

（二）王弼

王弼（226—249）字辅嗣，魏山阳（今河南焦作）人。何晏为吏部尚书，非常欣赏他，说：“后生可畏。若斯人者，可与言天人之际矣。”何晏倡导圣人无情，王弼作《难何晏圣人无喜怒哀乐论》，以为“圣人茂于人者神明也，同于人者五情也。神明茂，故能体冲和以通无；五情同，故不能无

---

① 《列子·天瑞》张湛注引，见杨伯峻著《列子集释》，中华书局 1979 年版，第 10 页。此文未见严可均《全三国文》收录。

哀乐以应物,然则圣人之情,应物而无累于物者也"。王弼作《大衍义》,他的好友荀融又与他往来论辩,他特作《戏答荀融书》。可见他思想新锐,性好辩论。这些文字均见《三国志·魏书·钟会传》注引何劭撰《王弼传》。王弼的核心主张是"以无为本""举本统末"。《老子》说:"天下万物生于有,有生于无。"王弼注:"天下之物,皆以有为生。有之所始,以无为本。将欲全有,泌反于无也。"王弼卒于正始十年(249 年),年仅 24 岁。

《隋书·经籍志》著录《周易注》十卷,《论语释疑》三卷,《老子道德经注》二卷,又有《王弼集》五卷。其中,唐修《五经正义》,王弼《周易注》被列为官方注本,《老子道德经注》也历来为人所重视,流传至今。《王弼集》五卷则早已散佚。楼宇烈将现存的《老子道德经注》《老子指略》《周易注》《周易略例》《论语释疑》等汇为一编,沿用《隋书·经籍志》旧称曰《王弼集》,中华书局 1980 年出版。

(三)郭象

与王弼齐名的还有郭象(? —313 年?)。《晋书·庾敳传》:"豫州牧长史河南郭象善《老》《庄》,时人以为王弼之亚。"《晋书·郭象传》:"郭象字子云,少有才理,好《老》《庄》,能清言。太尉王衍每云:'听象语,如悬河泄水,注而不竭。'……著碑论十二篇。"郭象《庄子注》三十卷驰名当时,但是作者有异说。《世说新语·文学》记载,郭象之注实本于向秀:"初,注《庄子》者数十家,莫能究其旨要。向秀于旧注外为解义,妙析奇致,大畅玄风。唯《秋水》《至乐》二篇未竟而秀卒。秀子幼,义遂零落,然犹有别本。郭象者,为人薄行,有隽才。见秀义不传于世,遂窃以己注。乃自注《秋水》《乐至》二篇,又易《马蹄》一篇,其余众篇,或定点文句而已。后秀义别本出,故今有向、郭二《庄》义,其义一也。"唐人编修《晋书》全采其说。《四库全书总目提要》尝就《列子》张湛注、陆德明《经典释文》所引向秀注以校郭象注,有向注有而郭注无者,有绝不相同者,有互相出入者,有郭注与向注全同者,有郭增减字句大同小异者。由此而知,郭象点定文句,或许有一定的根据。

五、傅玄与傅咸

（一）傅玄

魏晋之际还有一个重要作家傅玄,郑振铎《插图本中国文学史》、刘大杰《中国文学发展史》、胡国瑞《魏晋南北朝文学史》等都把他列入太康作家,恐不确,因为他卒后两年才改元太康元年（魏明安,532,b）,实与竹林七贤不相先后。《晋书》将他列在阮籍和嵇康之前。

傅玄（217—278）字休奕,北地泥阳（今陕西耀县）人。魏正始年间与王沈等共撰《魏书》。晋武帝受禅,进爵为子,加驸马都尉。官至司隶校尉,封鹑觚男。故又称傅鹑觚。傅玄性刚直而峻急,不能容人之短。泰始初年,晋武帝广开言路,傅玄上疏言政事,其中有"近者魏武好法术而天下贵刑名,魏文慕通达而天下贱守节。其后纲维不振,而虚无放诞之论盈于朝野,使天下无复清议,而亡秦之病复发于今"。这段话站在名教的立场,针砭前朝,鞭辟入里,多为引用。咸宁四年（278 年）卒于家,年六十二。谥刚,追封清泉侯。生平事迹见《晋书》。

《晋书》本传记载傅玄"少时避难于河内,专心诵学,后虽显贵,而著述不废。撰论经国九流及三史故事,评断得失,各为区例,名为《傅子》,为内、外、中篇,凡有四部、六录,合百四十首,数十万言,并文集百余卷行于世。玄初作《内篇》成,子咸以示司空王沈。沈与玄书曰:省足下所著书,言富理济,经纶政体,存重儒教,足以塞杨、墨之流遁,齐孙、孟于往代。每开卷,未尝不叹息也。'不见贾生,自以过之,乃今不及',信矣!"《傅子》全书佚,严可均辑文六卷,《傅子》占四卷。魏徵等《群书治要》选辑二十四则,《四库全书总目》亦评价较高。其文集在刘宋时有流传。鲍照《松柏篇》序云:"余患脚上气四十余日,知旧先借《傅玄集》,以余病剧,遂见还。"《隋书·经籍志》著录"《相风赋》七卷,傅玄等撰",《北堂书钞》《艺文类聚》载其《相风赋》序残片。其子傅咸亦有《相风赋》,可见此集乃汇集多人同题之作。《隋书·经籍志》又著录"晋司隶校尉傅玄集十五卷,梁五十卷,录一卷,亡"。此本散佚已久。《汉魏六朝集部珍本丛刊》

收录傅玄集三种：一是明人张溥辑《汉魏六朝百三家集》本《傅鹑觚集》一卷，有何绍基评点本。卷末有何氏题识"丙寅嘉平月十六日晨阅至此，蜷记，冬暖"。二是清人方浚师辑，清光绪二年（1876 年）广州书局刻本《傅鹑觚集》五卷，《补遗》一卷附《傅子校勘记》一卷。前两卷为《傅子》，卷三为赋、疏、杂文，卷四为乐府，卷五为诗。书眉有墨笔、朱笔批校。其诗今存一百十八首，残篇三十九首。三是清代叶德辉辑，清光绪刻《观古堂所著书》本《晋司隶校尉傅玄集》三卷。傅玄长于辞赋，今存包括残篇在内各类辞赋五十余篇。他的奏议亦有特色。《文心雕龙·议对》说："晋代能议，则傅玄为宗。"傅玄还精通音乐，以乐器为题的辞赋就有《琴赋》《琵琶赋》《筝赋》《箛赋》《节赋》等，另有乐府诗八十七首，多为庙堂之作，居魏晋诗人之首。《艳歌行》模仿古乐府《陌上桑》，但在结尾却借罗敷的口说："天地厥正位，愿君改其图。"这种说教特点，正合刘勰《文心雕龙·才略》所说"傅玄篇章，义多规镜"。妇女问题是傅玄诗作的中心主题之一。张溥称其诗"辛婉温丽，善言儿女"。清人陈沆《诗比兴笺》也说："昔人称休奕刚正疾恶，而善言儿女之情。"《苦相篇》《秋胡行》《秦女休行》等等，都曾名著一时。蹇长春、王会绍、余贤杰《傅玄阴铿诗注》，并附有诸家评语，甘肃人民出版社 1987 年出版。

（二）傅咸

傅玄之子傅咸（239—294）字长虞，亦为当时著名作家。咸宁初，袭父爵，拜太子洗马，累迁尚书右丞，出为冀州刺史，后官至尚书左丞。元康初转太子中庶子，累官至御史中丞。元康四年卒，时年五十六岁。萧子显《南齐书·文学传论》论述齐梁文学有三派，其中便有傅咸和应璩一派，称其"缉事比类，非对不发，博物可嘉，职成拘制。或全借古语，用申今情，崎岖牵引，直为偶说。唯睹事例，顿失清采"。其辞赋三十六篇多咏物之作，符合"博物可嘉"的评价。

《隋书·经籍志》著录有集三十卷，已佚。《汉魏六朝集部珍本丛刊》收录张溥辑《汉魏六朝百三名家集》本《傅中丞集》一卷，有何绍基评点。又收录张鹏一辑《中丞集》一卷。《晋书》本传说他的诗文"绮丽不足而言成规鉴"。庾纯称其文"近乎诗人之作"。《文心雕龙·奏启》说："傅咸劲直,而按辞坚深"。《答潘尼诗序》说："余性直,而处清论褒贬之任,作诗以见规。"钟嵘《诗品》置于下品,称其"繁富可嘉"。《孝经》《论语》等六诗,有如注疏,质木无文,无足称道。

第五节　西晋诗文研究

钟嵘《〈诗品〉序》："太康中,三张二陆两潘一左,勃尔复兴,踵武前王,风流未沫,亦文章之中兴也。永嘉时,贵黄、老,尚虚谈,于时篇什,理过其辞,淡乎寡味。爰及江表,微波尚传。孙绰、许询、桓、庾诸公诗,皆平典似《道德论》,建安风力尽矣。先是郭景纯用隽上之才,变创其体;刘越石仗清刚之气,赞成厥美。"这段话言简而义赅,两晋主要作家概见于此。

太康时期的文坛领袖是张华。

一、张华

张华(232—300)字茂先,范阳方城(今河北固安)人。晋武帝司马炎禅魏,拜黄门侍郎,封关内侯。晋初重制庙堂乐章,多出自他和傅玄之手。他与荀勖依刘向《别录》整理典籍,八王之乱起被杀,时年六十九。生平事迹见《晋书》本传及姜亮夫《张华年谱》(384,a)、徐公持《张华评传》(398,b)。《隋书·经籍志》著录有集十卷,录一卷。宋代公私著录仅三卷。《汉魏六朝集部珍本丛刊》收录张溥辑《汉魏六朝百三名家集》本《晋张司空集》一卷,有何绍基评点。钟嵘《诗品》列他为中品,评曰："其体华艳,兴托不奇,巧用文字,务为妍冶。虽名高曩代,而疏亮之士,犹恨其儿女情多,风云气少。"

张华最值得注意的有三点:第一,他是西晋初年政坛、文坛上一位有影响的人物,执文坛牛耳。他的文学主张及其奖掖后进的做法对当时文坛颇有影响。成公绥入仕[①]、陆机兄弟初到北方,都得到他的褒誉。第二,他是一位学者,所著《博物志》一书影响极大,本书下编有专题介绍。第三,他又是一位有成就的作家,诗文均有佳作。《晋书》本传收录《鹪鹩赋》是其辞赋代表。骈文《女史箴》,顾恺之为之作画,流传至今(陈绥祥,215)。其诗今存三十多首,也有进入《文选》者,整饬、雕琢、铺排,对西晋一代文风的形成,起到推波助澜的作用。

二、三张

(一)"三张"异说

《文心雕龙·时序》:"茂先摇笔而散珠,太冲动墨而横锦……应傅三张之徒。"别张华于"三张"之外,可见此云"三张"亦即后来《晋书·张载传》中所说的张载、张协、张亢兄弟三人。《诗品》所说"三张"当亦如此。但是,刘大杰《中国文学发展史》、胡国瑞《魏晋南北朝文学史》、郑孟彤《中国诗歌发展史略》、北京大学《魏晋南北朝文学史参考资料》、林庚和冯沅君主编《中国历代诗歌选》等又提出异说,以为"三张"是指张载、张协、张华。其主要理由是张亢的创作成就无法与张华相比。但这种看法不时得到学术界的诘难,所以还是维系旧说为稳妥(房日晰,328)。

(二)张载

张载字孟阳,安平武邑(今属河北)人。生卒年不详。晋武帝泰始九

---

①　《晋书·文苑·成公绥传》:成公绥字子安,东郡白马人。"张华雅重绥,每见其文,叹伏以为绝伦,荐之太常,征为博士。历秘书郎,转丞,迁中书郎。每与华受诏并为诗赋,又与贾充等参定法律。泰始九年卒,年四十三,所著诗赋杂笔十余卷行于世。"《全晋文》卷五十八收录其《移书太常荐成公绥》。《晋书》本传载其《天地赋》《啸赋》。《汉魏六朝集部珍本丛刊》收录张溥辑《汉魏六朝百三名家集》本《成公子安集》一卷,有何绍基评点。

年（273年）入蜀省父，道经剑阁，作《剑阁铭》，益州刺史见而奇之，表奏朝廷，武帝派人镌于剑阁山。又作《榷论》述士人进退之由；作《濛汜赋》，受到司隶校尉傅玄的欣赏。太康元年（280年），作《平吴颂》。惠帝太安二年（303年）长沙王司马乂杀齐王司马冏，请为记室督，拜中书郎，复领著作。当时诸王之乱已很明显，张载遂无复进仕之意，因而称疾归里，卒于家。生平事迹见《晋书》本传及韩泉欣《张载评传》（503，a）、沈玉成、傅璇琮《三张小考》（178）。

《隋书·经籍志》著录"晋中书郎张载集七卷，梁一本二卷，录一卷"，已佚。《文选》收录其《拟四愁诗》和《七哀诗》二首。《汉魏六朝集部珍本丛刊》收录《晋张孟阳集》一卷，张溥《汉魏六朝百三名家集》本，有何绍基评点。《诗品》列为下品，说："孟阳诗，乃远惭厥弟，而近超两傅。""厥弟"指张协，"两傅"指傅玄、傅咸。但清人陈祚明《采菽堂古诗选》说："孟阳长于言愁，触绪哀生，岔涓不能自止。笔颇古质，不落建安后。"

（三）张协与张亢

张协字景阳，生卒年亦不详。张协少有隽才，与其兄张载齐名。约于武帝咸宁（275—280）中辟公府掾，转秘书郎，华阴令。惠帝永宁元年（301年）或稍后，入征北大将军成都王司马颖府为从事中郎，迁中书侍郎，转河间内史。其时天下已乱，张协遂弃绝人事，屏居草泽，守道不竞，以文咏自娱。怀帝永嘉（307—313）中，复征为黄门侍郎，张协托疾不就，卒于家。生平事迹见《晋书·张协传》及今人韩泉欣《张协评传》（503，b）。

《隋书·经籍志》著录"晋黄门郎张协集三卷，梁四卷，录一卷"，久佚。张溥辑《汉魏六朝百三名家集》有《张景阳集》一卷，《汉魏六朝集部珍本丛刊》据以影印，有何绍基评点。钟嵘《诗品》列为上品，称他"文体华净，少病累。又巧构形似之言。雄于潘岳，靡于太冲，风流调达，实旷代之高手。词采葱蒨，音韵铿锵，使人味之，亹亹不绝"。代表作是《晋书》本传所收《七命》及《杂诗》十首。张协善于写苦雨，钟嵘《诗品序》所举"五言警策"之例，就有张协《苦雨》诗。南朝江淹《杂体诗三十首》模写张协的作品，即是《苦雨》之诗。

张亢字季阳。《晋书·张亢传》说他"才藻不逮二昆，亦有属缀，又解音乐伎术。时人谓载、协、亢、陆机、云曰'二陆''三张。'中兴初过江，拜散骑侍郎。秘书监荀崧举亢领佐著作郎，出补乌程令，入为散骑常侍，复领佐著作。述《历赞》一篇，见《律历志》"。然今传《晋书·律历志》并无其文。

三、二陆

二陆指陆机、陆云兄弟，并无异议。

（一）陆机

陆机（261—303）字士衡，其籍贯，《晋书》本传作"吴郡人"。吴郡即今苏州。近来一些论著有称之为华亭人（金涛声，327；黄葵，465；蒋祖怡、韩泉欣，499）。华亭即上海松江县。所据或本于《晋书》本传所载他临死前说过的"华亭鹤唳，岂可复闻乎"的话。但问题是，三国和晋代并无华亭县之名（曹道衡，450，t）。二陆的祖父陆逊是吴国的丞相。父亲陆抗为吴国的大司马。陆机《吴趋行》说："属城咸有士，吴邑最为多。八族未足侈，四姓实名家。"（见《文选》卷二十八）所谓"八族""四姓"，李善注引张勃《吴录》说："八族：陈、桓、吕、窦、公孙、司马、徐、傅也。四姓：朱、张、顾、陆也。"《世说新语·赏誉》"吴四姓"条刘孝标引《吴录士林》说："吴郡有顾、陆、朱、张为四姓，三国之间，四姓盛焉。"同书《赏誉》中有一条旧目云："张文、朱武、陆忠、顾厚。"说明当时的四大家族，各有特点：张文、朱武、陆忠、顾厚。陆家忠诚，称誉吴地。太康末年，晋武帝下诏举清能、拔寒素，有着强烈家族观念的二陆，踏上了北上的路途，告别家乡。张华素重二陆之名，称之为"东南之宝"，一见如故，并说："伐吴之役，利获二俊。"①在张华的荐举之下，二陆兄弟迅速在洛阳成名，其文学才能为

---

① 见《世说新语·言语》注引《晋阳秋》。《晋书·陆机传》还附有陆云弟陆耽传记，亦有清誉，与陆机、陆云同时遇害，时人痛惜"三陆""一旦湮灭，道业沦丧"。

世人所重。其后跻身于贾谧"二十四友"。① 西晋末年,社会矛盾急剧恶化,终于酿成"八王之乱",陆机先为赵王司马伦中书郎,伦败,陆机受牵连入狱,赖成都王司马颖和吴王司马晏救理。其后陆机感成都王活命之恩,遂力事成都王颖。颖以陆机参大将军军事,后复以陆机为平原内史,故世称陆机为"陆平原"。太安二年(303 年),在"八王之乱"中被杀。《世说新语·尤悔》记:"陆平原河桥败,为卢志所谗,被诛。临刑,叹曰:'欲闻华亭鹤唳,可复得乎?'"时年四十三。② 生平事迹见《晋书》本传及李泽仁、何融、朱东润、姜亮夫等所编年谱(杨殿珣,291)。俞士玲《陆机陆云年谱》综合各家之说,最为详尽,人民文学出版社 2009 年出版。这些年谱歧异颇多,应当综合比较。

刘勰《文心雕龙》论及陆机的创作,常常用"繁"字来形容。如《史传》:"至于晋代之书,繁乎著作,陆机肇始而未备。"《议对》:"及陆机断议,亦有锋颖,而谀辞弗剪,颇累文骨。"《体性》:"士衡矜重,故情繁而辞隐。"《镕裁》:"至如士衡才优,而缀辞尤繁;士龙思劣,而雅好清省。"《才略》:"陆机才欲窥深,辞务索广,故思能入巧,而不制繁。"《序志》:"陆机(《文赋》)巧而碎乱。"在刘勰看来,陆机创作之"繁"主要集中在三个方面:第一是著作之繁,第二是文情之繁,第三是辞藻之繁。

先说著作之繁。据姜亮夫《陆平原年谱》附录《陆机著述考》,陆机著

---

① 《晋书·贾谧传》:"开合延宾,海内辐凑,贵游豪戚及浮竞之徒,莫不尽礼事之。或著文章称美谧,以方贾谊。渤海石崇欧阳建、荥阳潘岳、吴国陆机陆云、兰陵缪征、京兆杜斌挚虞、琅邪诸葛诠、弘农王粹、襄城杜育、南阳邹捷、齐国左思、清河崔基、沛国刘瓌、汝南和郁周恢、安平牵秀、颍川陈眕、太原郭彰、高阳许猛、彭城刘讷、中山刘舆刘琨皆傅会于谧,号曰二十四友,其余不得预焉。"徐公持《浮华人生》专论"二十四友"。天津古籍出版社 2010 年出版。

② 唐太宗李世民《晋书·陆机传论》对此深表遗憾:"睹其文章之诚,何知易而行难? 自以智足安时,才堪佐命,庶保名位,无忝前基。不知世属未通,运钟方否,进不能辟昏匡乱,退不能屏迹全身,而奋力危邦,竭心庸主,忠抱实而不谅,谤缘虚而见疑,生在己而难长,死因人而易促。上蔡之犬,不诫于前;华亭之鹤,方悔于后。卒令覆宗绝祀,良可悲夫!" 知易行难,是帝王眼中的文人特性。

作除个人文集外,还有《晋纪》四卷、《洛阳记》一卷、《要览》若干卷、《晋惠帝百官名》三卷、《吴章》二卷、《吴书》《连珠》若干卷及《文集》四十七卷。《晋书》本传又称:"所著文章凡二百余篇,并行于世。"陆云曾为之编文集二十卷,在《与兄平原书》中说:"集兄文为二十卷。"《北堂书钞》卷一百引晋代葛洪《抱朴子》云:"吾见二陆之文百许卷,似未尽也。"《昭明文选》收录陆机52首诗,列全部作家之首。钟嵘《诗品》将陆机与曹植、谢灵运并列,分别作为三个时期的代表,陆机被称为"太康之英"。《隋书·经籍志》著录陆机有集十四卷,注云:"梁四十七卷,录一卷,亡。"[①]《旧唐书·经籍志》著录陆机有集十五卷。《新唐书·艺文志》同。《宋史·艺文志》、晁公武《郡斋读书志》、陈振孙《直斋书录解题》并著录《陆机集》十卷。晁公武言:"所著之章凡三百余篇,今存诗、赋、论、议、笺、表、碑、诔一百七十余首,以《晋书》《文选》校正外,余多舛误。"由此看来,宋人所见已是一个辑本,原来唐人的十五卷本已经散佚。今存最早的有明代陆元大翻宋本,另有知不足斋所藏影宋本。明代张燮辑《汉魏六朝七十二家集》、张溥辑《汉魏六朝百三家集》中皆有《陆平原集》。《汉魏六朝集部珍本丛刊》收录三种:

一是(清)赵怀玉等校,清影抄宋刻《晋二俊文集》本《陆士衡文》集十卷。卷首有南宋庆元庚申(1200年)徐民瞻《晋二俊文集叙》称:"每以未见其全集为恨。闻之乡老曰士衡有集十卷,以《文赋》为首,士龙集六卷,以《逸民赋》为首。虽知之,求之未遂,……因访其遗文于乡曲,得《士衡集》十卷。"因在华亭县学刊刻《晋二俊文集》,世称宋华亭县学本。

二是(清)陆贻典校,明正德十四年(1519年)陆元大刻《晋二俊文集》本《陆士衡文集》十卷。卷十末有正德己卯(1519年)都穆跋称:"《士衡集》十卷,宋庆元中尝刻华亭县斋,岁久其书不传。予家旧有藏本,吴士陆元大为重刻之。"据宋华亭县学本陆机集重刻。跋末有黄丕烈跋,并附

---

① 上引《北堂书钞》卷一百引《抱朴子》佚文,则较《隋志》所记梁代卷数,已超出数十卷。

有陈鳢信札一通。

三是（清）钱培名撰，清光绪四年（1878 年）刻《小万卷楼丛书》本《陆士衡文集》十卷。卷十末有咸丰二年（1852 年）钱培名跋称："集中残篇断简，杂出不伦，大要出《艺文类聚》《初学记》诸书，而不无罣漏，疑亦北宋人捃撦而成。徐刊本已不可得，此本乃明正德间陆元大重刻，后有都穆跋，昭文张氏《爱日精庐藏书志》遂以为都刻，非也。书贾居奇，去其跋以为宋椠。文达所得影抄本，疑即据此。新安汪士贤辑晋二十家集亦从此翻刻，舛误悉同。今重校绣梓，凡确见为写刻之误者，径改之。其义可两通及他书所引有异同者，著之札记。"卷末为《札记》一卷。

1982 年，中华书局出版了今人金涛声点校的《陆机集》，以《四部丛刊》中《陆士衡文集》为底本，校以他本及总集、类书、史传之有关部分而成，亦分十卷。后附补遗三卷、陆机的专著（《晋纪》《洛阳记》《要览》等）、陆机传记资料、陆机集序跋等。郝立权《陆士衡诗注》收诗九十九首，分四卷，《文选》收录的用李善注，另添补注于后，是陆机诗歌的全注本。1958 年人民文学出版社据原印本校点排印。陆机全集新版校注本有两种，一是刘运好《陆士衡文集校注》（上、下），该书以"四部丛刊"影印陆元大翻刻宋本《晋二俊文集》之《陆士衡文集》为底本，校以其他善本，对陆机的诗、文及其他著述作了全面搜集、整理和校注。凤凰出版社 2007 年出版。二是杨明《陆机集校笺》，包括前言、例言、陆机诗文（各篇之校勘、笺注、集评）、作品辑佚（包括赋、诗、文及专著，亦均施以校勘、笺注）、作品总评、附录（包括陆机年表、传记资料、序跋题识、引用及参考书目四种）等内容，上海古籍出版社 2016 年出版。

再说文情之繁，莫如《叹逝赋》。其中"悲夫，川阅水以成川，水滔滔而日度；世阅人而为世，人冉冉而行暮。人何世而弗新，世何人之能故？"其境界犹如张若虚《春江花月夜》、刘希夷《代悲白头吟》，借用闻一多的评价，即充满了所谓宇宙意识。《赴洛二首》《赴洛道中作二首》更是文学史上的名篇，颇为感人。《吴趋行》夸耀吴地之美，劝说"楚妃""齐娥"暂且停唱，倾听"我歌吴趋"，自"吴趋自有始，请从阊门起"开始，从城、楼、阁、轩、山泽土风、八族四姓诸方面,颂扬吴地吴人之美,发端立意,铺陈排比,无不模仿汉赋。《世说新语·文学》引张华对陆机的评语:"人之作文患于不才,至子为文,乃患太多。"钟嵘《诗品》也说:"余常言陆才如海,潘才如江。"

最后看辞藻之繁。清人叶矫然说:"六朝排偶,始于士衡。"①客观地说,排偶句式,在陆机以前偶有所见,但如《猛虎行》《从军行》《招隐》《于承明作与士龙》那样对仗工整,铺陈繁富,确实不多见。这与建安文学"不求纤密之巧"(《文心雕龙·明诗》)的粗疏文风不同。这应当说是陆机对于文学的贡献。其他如《赠冯文罴迁斥丘令》比喻之别致,《文赋》分析之细密,《赠尚书顾彦先》用字之考究,如此等等,也赢得后人推崇。梁元帝萧绎《金楼子·立言篇》说他:"辞致侧密,事语坚明,意匠有序,遣言无失。"评价很高。才华横溢而又"不逾矩"乃是最高之境界。恰恰在这一点上,刘勰对于陆机似乎有所不满,说其"情繁""缀辞尤繁"。即辞藻过于繁茂,缺乏剪裁。用《世说新语·文学篇》引孙绰的话来说,欣赏陆机的文章需要"排沙简金"的功夫,才能"见宝",因为"陆文深而芜"。这"芜"即"繁"的另一种说法,多少含有贬义(刘跃进,110,ee)。

陆机研究,问题主要集中在下列五个方面:

一是《文赋》的写作年代及其评价。这个问题,下编第二章第二节还有专节评述,此不赘述。

二是入洛时间。《晋书》本传曰:"年二十而吴灭,退居旧里,闭门勤学,积有十年……至太康末与弟云俱入洛。"《南史·彭城王义康传》载袁淑云:"邓禹拜兖之岁,陆机入洛之年。"这两处记载有矛盾。按袁淑说法,陆机二十四岁入洛。吴亡时陆机二十岁,四年后即太康五年。太康共十年,太康五年不得称"太康末"。且本传明云"积有十年",故入洛之年定在太康十年为妥(姜亮夫,384,b)。又《资治通鉴》卷八十二元康元年(291年)已把陆机列在二十四友中,而史传载陆机与张华、杨骏关系密

---

① 《清诗话续编·龙性堂诗话》,上海古籍出版社1988年出版。

切，且《文选》载《谢平原内史表》李善注引臧荣绪《晋书》曰："太熙末，杨骏辟机为祭酒。"太熙仅三个月，即289年，仍是太康末年，逾年杨即被杀（王梦鸥，47，b）。但据臧荣绪《晋书》："年二十而灭吴，退临旧里，与弟云勤学，积十一年。"则入洛时间当在元康元年（291年）。又据陆机《〈思归赋〉序》："余牵役京室，去家四载，以元康六年冬取急归，而羌虏作乱。"元康六年前四年去家，即元康二年（292年），与《谢平原内史表》"入朝九载，历官有六"云云合，因为《资治通鉴》系机为平原内史在301年，上溯九年正为292年。

三是《平复帖》，是现存最早的名人墨迹。王世襄《西晋陆机平复帖流传考略》、姜亮夫《陆平原年谱》等辑录历代著录、题跋、考释之资料，颇为丰富（23；384，b）。唯此帖释文颇多歧异，迄无定论。

四是《晋平西将军孝侯周处碑》，顾炎武《金石文字考》斥为伪碑，姜亮夫《陆平原年谱》以为真伪参半。现在大多数学者斥为伪作。

五是生平系年考证，如二陆赠答诗的年代、陆机《为顾彦先赠妇》、陆机之谄事贾谧等问题，学术界也有不少讨论（曹道衡，450，v；沈玉成，177，g）。

（二）陆云

陆云（262—303）字士龙。太康元年（280年），吴为晋所平，举家徙寿阳。太康十年（289年），与兄陆机以及同郡顾荣被征入洛。元康六年（296年）与兄陆机参加贾谧"二十四友"。永宁二年（302年）春，司马颖表陆云为清河内史，后人习称"陆清河"。太安二年（303年），与兄陆机一起被杀，时年四十二。

陆云少与兄陆机齐名，虽文章不及而持论过之，时号"二陆"。《诗品》列中品："清河之方平原，殆如陈思之匹白马。"《文心雕龙·才略》则称"陆机才欲窥深，辞务索广，故思能入巧，而不制繁；士龙朗练，以识检乱，故能布采鲜净，敏于短篇"，说明兄弟性格、诗风各有不同。《晋书》本传记其著有文章三百四十九篇，又撰《新书》十篇。《新书》、《隋书·经籍志》著录作《陆子》，入子部道家类，佚。《隋书·经籍志》著录《陆云集》十二卷，久佚。现存最早的是宋庆元六年（1200年）刻十卷本。前引清影抄宋刻《晋二俊文集》本《陆士衡文》集十卷。卷首有南宋庆元庚申（1200年）徐民瞻《晋二俊文集叙》称："因访其遗文于乡曲，得《士衡集》十卷于新淮西抚干林君，其首篇冠以《文赋》，《士龙集》十卷则无之。明年移书故人秘书郎钟君，得之于册府，首篇《逸民赋》悉如所闻。亟缮写命工锓之木以行，目曰《晋二俊文集》……又明年书成，谨述于篇首。"据此而知是宋庆元六年刻本。卷十有项元汴跋："宋板《晋陆云集》五册，墨林项元汴珍秘。明万历二年（1574年）秋八月重装于天籁阁中。"此本现藏国家图书馆，《汉魏六朝集部珍本丛刊》据以影印。1988年中华书局出版的校点本《陆云集》即以庆元六年刻本为底本，又参校了别本、总集等，亦分十卷，书末附录了有关资料，便于读者参考。刘运好《陆士龙文集校注》也以此本为底本校注，凤凰出版社2010年出版。《汉魏六朝集部珍本丛刊》还收录明刻本《陆士龙集》四卷，扉页有周贞亮题记："《陆士龙集》四卷，乃明万历静红斋校本，笔力端方，刀法遒劲，胜今坊校者多矣。兼所采择精详，真有以少为贵者。康熙戊子同堕胸度太史游金陵书肆同购藏之。栎园老人识。"

二陆出身高门，有着强烈的门第意识；同时，又都有着很高的文学造诣，都比较自负。这在《世说新语》中多有记载。但二陆在性格上又有很大的不同。陆云为人弘静，文弱可爱，时人称为当代颜渊，所以怡然为士友所宗。而陆机则风格凌厉，言多慷慨，声如洪钟。这种性格，如果仅仅局限于文人圈内，也许是有才的表现，但是如果在官场还是这样口无遮拦，当然就很危险。性格的不同，表现在文学创作上，就形成了不同的风貌。《文心雕龙·才略》说："陆机才欲窥深，辞务索广，故思能入巧，而不制繁。士龙朗练，以识检乱，故能布采鲜净，敏于短篇。"陆机繁缛，陆云鲜净，这是二陆在文学风貌方面的明显的不同（刘跃进，110，ee）。

陆云说《与平原书》，谈到若干创作问题，他说自己"四言、五言非所长，颇能作赋。"今天保存下来的作品，如《岁暮赋》《愁霖赋》《寒蝉赋》，作者自云"情言深至"。他评价陆机的章表也是"深情远旨，可耽味，高文也"。陆云推崇"清新相接"。他曾不无自省地写道："往日论文，先辞而后情，尚洁而不取悦泽。"从这里看出，陆云的创作有个变化的过程，年轻的时候注重辞藻，而后来则强调情深、旨远，主张清省，注重洁简（傅刚，492，h）。

四、两潘

两潘即潘岳、潘尼。论文学成就，潘尼不及潘岳。

（一）潘岳

潘岳（247—300）字安仁，祖籍荥阳中牟（今属河南）。约在晋武帝泰始二年（266年）潘岳被荀顗辟为司空掾。故族侄潘尼给他诗说他"颉颃将相，高揖王侯"（《赠司空掾安仁》），泰始四年（268年）晋武帝躬耕籍田，潘岳以司空掾身份作《籍田赋》歌颂，一时称美。《晋书·潘岳传》及《文选》都全文载录。《晋书》本传说他"才名冠世，为众所嫉，遂栖迟十年"。这对他不能不说是个打击。大约在咸宁二年（276年），贾充转太尉，辟潘岳为太尉掾，又兼虎贲中郎将，然而仍不得意。咸宁四年（278年），潘岳作有《秋兴赋》，说自己"摄官承乏，猥厕朝列。夙兴宴寝，匪遑底宁。譬犹池鱼笼鸟，有江湖山薮之思"。其后攀附贾谧，为"二十四友"。元康二年（292年）起为长安令，作有《西征赋》。晋惠帝永康元年（300年）被赵王司马伦杀害。生平事迹见《晋书》本传及何融《潘陆年谱》（184，b）、邹文《潘安仁年谱初稿》（176）、傅璇琮《潘岳系年考证》（493，a）、韦凤娟《潘岳评传》（57，b）、兴膳宏《潘岳年谱稿》（120，i）及王晓东《潘岳研究》（43）。

在中古文学史上，潘岳还以《悼亡诗》而出名。他的妻子是杨肇之女，属名门闺秀，元康八年（298年）卒。他写下《哀永逝文》后又作三首《悼亡诗》，开创了中国古典诗歌的"悼亡"传统（俞士玲，356）。后世写悼念亡妻之诗文都用"悼亡"为题，正是受了潘岳的影响。刘勰《文心雕龙·才略》说他"贾余于哀诔"，又在《诔碑》中说他"巧于序悲，易入新切"。潘岳的辞赋为一代宗。《文选》选潘岳八篇辞赋作品，分别列在"耕籍""畋猎""纪行""物色""志""哀伤""音乐"等类中。《隋书·经籍志》著录潘岳有集十卷,久佚。明人吕兆禧辑有《潘黄门集》六卷,被汪士贤收入《汉魏诸名家集》,张溥辑《汉魏六朝百三家集》有《潘黄门集》一卷。《汉魏六朝集部珍本丛刊》收录明刻《汉魏六朝诸家文集》本《潘黄门集》六卷。目录末有戊寅(1938年)傅增湘跋:"安仁集无专刻本,取《文选》《艺文类聚》《太平御览》合校,卷中讹夺得以正定。此集差可诵矣。戊寅九月初七夜藏园老人记。"此本为现存较早的潘岳作品集重编本,傅增湘有详校。又一部是张溥辑《汉魏六朝集部珍本丛刊》本《潘黄门集》一卷,有何绍基评点。严可均辑文六十一篇,逯钦立辑诗十七篇,另有残句。董志广有《潘岳集校注》,天津人民出版社1993年初版,天津古籍出版社修订版。书后附有《潘岳年表》。此外,《水经注》《文选》李善注引潘岳《关中记》,刘庆柱有辑录(刘庆柱,96)。

对于潘岳的评价,历来褒贬不一。《晋书》本传载:"岳性轻躁,趋世利,与石崇等谄事贾谧,每候其出,与崇辄望尘而拜。构愍怀之文,岳之辞也。谧二十四友,岳为其首。谧《〈晋书〉限断》,亦岳之辞也。其母数诮之曰:'尔当知足,而干没不已乎?'而岳终不能改。既仕宦不达,乃作《闲居赋》。"这里涉及潘岳的人品及二十四友的评价问题,对此学术界议论纷纷(张国星,269,a;沈玉成,177,f)。元好问《论诗三十首》称:"心画心声总失真,文章宁复见为人?高情千古《闲居赋》,争信安仁拜路尘。"抨击相当尖刻。缪钺则提出异议,认为此赋非作于其谄事贾谧之后,而作于"征补博士,未召,以母疾辄去官免"之时。"其自伤仕宦不偶,以偏宕之笔,发愤慨之思"(518,b)。

(二)潘尼

潘尼(247?—311)字正叔。史载,其少有清才,性静退不竞,惟以勤学著述为务。《晋书·潘尼传》载其《安身论》足以见其性情。太康五年(284年)左右,举秀才,为太常博士。傅咸《答潘尼诗序》称:"司州秀才潘正叔,识通术高,以文学温雅为博士。"太康十年(289年)为淮南王司马允镇东参军。惠帝元康初,拜太子舍人,上《释奠颂》。这一年潘岳出为长安令,潘尼作《献长安君安仁诗》。元康四年(294年)陆机出为吴王郎中令,潘尼作《赠陆机出为吴王郎中令》诗。永嘉四年(310 年)冬,刘曜攻洛阳,潘尼携家东出成皋,欲还乡里,大约病卒于次年,六十余。

《隋书·经籍志》有集十卷,佚。张溥辑《汉魏六朝百三名家集》有《潘太常集》一卷,《汉魏六朝集部珍本丛刊》收录本有何绍基评点。钟嵘《诗品》列为中品,称赞他的《迎大驾》诗,说:"虽不具美,而文采高丽。"萧统编《文选》选录他四首诗歌。清人陈祚明《采菽堂古诗选》称其"手笔高苍,情绪警切,而轨于雅正"。

五、一左(附左棻)

(一) 左思

一左即左思。左思(252?—306?),字太冲(一作泰冲),齐国临淄(今山东淄博)人。生卒年史无明载。从左棻入宫时间,即泰始八年(272年)可以约略推断,左思大约生于公元 250 年前后,史载,左思少年时学过钟繇、胡昭的书法,并学鼓琴,均未学成。左熹对友人说:"思所晓解,不及我少时。"左思受到刺激,发愤勤学,博览名文,遍阅百家,兼通阴阳之术,受到张华的奖掖。张华为司空时又曾辟他祭酒。左思还参与贾谧"二十四友",为贾谧讲授《汉书》。永康元年(300 年),赵王司马伦发动政变,左思退居洛阳宜春里。太安三年(303 年),河间王司马颙的部将张方作乱,左思遂举家迁往冀州。数年以后,约在 306 年以疾卒,年五十余(徐传武,404,b)。生平事迹见《晋书·文苑·左思传》及刘文忠《左思评传》(91,b)。

《隋书·经籍志》著录"晋齐王府记室左思集二卷,梁有五卷,录一卷",久佚。《汉魏六朝集部珍本丛刊》收录两种,一是清代周世敬辑,清嘉庆周氏目耕楼抄本《左秘书集》二卷附录一卷。卷首有嘉庆十六年(1811 年)周世敬序:"左秘书集,衷成二卷,上卷《三都》《白发》诸赋四首,下卷诗十三首,序一首。钟伟长谓其诗出于公幹,文典以怨,颇为精切,得讽喻之致。史称太冲又造《齐都赋》,一年乃成,盖辞藻壮丽,实非虚誉,惜不得传于世。案《隋志》二卷,《唐志》五卷。今书乃《文选》《玉台新咏》《艺文类聚》《古文苑》《太平御览》《古诗纪》中录出者,非当时本也。嘉庆十六年十二月祀灶日长洲周世敬识。"其次为《左秘书集目录》。二是丁福保辑《左太冲集》一卷,收在《汉魏六朝名家集》初刻中,即据《文选》《玉台新咏》及类书编辑而成,清宣统三年(1911 年)由上海文明书局铅印。①

左思的代表作是《三都赋》《咏史诗》《招隐诗》《杂诗》《娇女诗》等。《诗品》列上品,称其"文典以怨,颇为精切,得讽谕之致"。又在评陶渊明时说他"协左思风力",又引谢灵运的话说:"左太冲诗,潘安仁诗,古今难比。"

一是《三都赋》的写作年代。

第一,作于公元 272 年至 282 年间说。《晋书》本传说,左思二十岁左右,写过一篇《齐都赋》,"一年乃成,复欲赋三都。会妹芬入宫,移家京师,乃诣著作郎张载访岷邛之事。遂构思十年,门庭藩溷皆著笔纸,遇得一句,即便疏之。自以所见不博,求为秘书郎"。赋成,皇甫谧作序,张载注《魏都赋》,刘逵注《吴都赋》《蜀都赋》,并有序说。② 皇甫谧死于 282年,他为《三都赋》作序不得晚于是年。这种看法在学术界占主流,高步

---

① 张溥辑《汉魏六朝百三名家集》无《左太冲集》。郑振铎《插图本中国文学史》第 151 页注:"《左太冲集》有《汉魏六朝百三家集》本。"实误,应是丁福保刻《汉魏六朝名家集》初刻本。《四库全书总目》称张溥辑本"有可成集而遗之者"即举左思集为例,说:"左思《三都赋》《白发赋》《髑髅赋》及《文选》所载《咏史诗》亦可成一卷。"

② 《晋书·文苑·左思传》载刘逵、卫权序。刘逵序曰:"观中古以来为赋者多矣,相如《子虚》擅名于前,班固《两都》理胜其辞,张衡《二京》文过其意。至若此赋,拟议数家,傅辞会义,抑多精致,非夫研核者不能练其旨,非夫博物者不能统其异。世咸贵远而贱近,莫肯用心于明物。斯文吾有异焉,故聊以余思为其引诂,亦犹胡广之于《官箴》,蔡邕之于《典引》也。"陈留卫权为左思赋作《略解》,序曰:"余观《三都》之赋,言不苟华,必经典要,品物殊类,禀之图籍;辞义瑰玮,良可贵也。有晋征士故太子中庶子安定皇甫谧,西州之逸士,耽籍乐道,高尚其事,览斯文而慷慨,为之都序。中书著作郎安平张载、中书郎济南刘逵,并以经学洽博,才章美茂,咸皆悦玩,为之训诂;其山川土域,草木鸟兽,奇怪珍异,金皆研精所由,纷散其义矣。余嘉其文,不能默已,聊藉二子之遗忘,又为之略解,只增烦重,览者阙焉。"曹毗亦曾为《魏都赋》作注。

瀛《〈文选〉李注义疏》、游国恩《〈三都赋〉序注》(477,a)、李长之《西晋太诗人左思及其妹左棻》(161)、傅璇琮《左思〈三都赋〉写作年代质疑》(493,b)等并认为《晋书》记载不误，而且从内容上也可以考订此赋作于平吴统一中国前夕，即公元280年前。《文馆词林》卷三四八还有张载《平吴颂》，当亦作于公元280年平定东吴之后。其注《魏都赋》似与当时政治相关。《文馆词林》卷三四七还有曹毗《伐蜀颂》，颂称"我皇继祚，克明克圣"。"微微小臣，遇蒙朝恩。再染文翰，弹管儒门。"据《晋书·穆帝纪》，永和三年(347年)春，桓温攻克成都。《伐蜀颂》当作于此年。其注释《魏都赋》可能也在此前后。这时已经距离西晋统一，过去六十多年。所以曹毗注《魏都赋》应与西晋统一并无关联，但这些辞赋都与当时的政治和军事活动密切相关。

第二，作于公元290年或稍后。《晋书》本传载，陆机曾想写《二京赋》(见陆云《与兄平原书》)，听说其貌不扬的左思要写《三都赋》，颇为不屑。《晋书·左思传》说："初，陆机入洛，欲为此赋，闻思作之，抚掌而笑，与弟云书曰：'此间有伧父，欲作《三都赋》，须其成，当以覆酒瓮耳。'"陆机入洛至少是在晋武帝太康十年(289年)前后。这时应是左思得句便疏之时，所以又可以推断此赋作于公元290年或稍后。但此时皇甫谧死去已近十年，怎么可能为之作序呢？故皇甫谧作序之说不可信(姜亮夫,398,b)。

第三，作于公元295年左右。牟世金、徐传武《左思文学业绩新论》认为《三都赋》不可能完成在公元280年前，"而当成于秘书郎任上，张华见而赞叹之前，即295年左右"(146)。其后，牟世金又撰写《〈三都赋〉的撰年及其他》坚持认为左思《三都赋》撰于晋惠帝元康五年(295年)。《晋书·皇甫谧传》载其卒于太康三年(282年)与此说不符，故徐传武又作《皇甫谧卒年新考》，认为《晋书》记载不可靠，太康的"太"字误，当作"元"。元康三年(293年)是皇甫谧的卒年(404,a)。此说比较牵强，因为《三都赋》的写作前后十年，甚至不止，前后不断修订。

第四，作于公元300年以后。《世说新语·文学》注引《左思别传》

曰："(贾)谧诛,归乡里,专思著述。齐王冏请为记室参军,不起,时为《三都赋》未成也。后数年,以疾终。其《三都赋》改定,至终乃止。"贾谧被诛在晋惠帝永康元年(300年),则《三都赋》作于此年之后。陆侃如《中古文学系年》即系此赋于公元303年(235,b)。

二是《咏史诗》的写作年代。

第一首"左眄澄江湘,右盼定羌胡"。江湘当指东吴,羌胡指北方少数民族。鲜卑首领树机能在咸宁五年(279年)春曾攻陷凉州。又据《晋书·武帝纪》,这年底,平定凉州,并大举伐吴,翌年降孙皓。在这首诗中,左思表示他在政治上要有所作为。像他这样出身寒门的人,在一般情况下很难产生这种幻想,只有他妹妹被选入宫,他才会有这种幻想,故"《咏史》诸诗,作于咸宁五年(279年)以前,泰始八年(272年)以后"这几年间(刘大杰,90)。

刘文忠《左思和他的〈咏史诗〉》则以为这八首诗并非写于一时,第一首可能写作时间最早,多数是中年作品,而第八首可能写于公元300年以后(91,c)。与此相反的看法,认为这是集中作的组诗,是晚年的作品,一生的总结,作于《三都赋》(元康四、五年,即公元294、295年)之后(牟世金、徐传武,146)。

(二)左棻

左思妹左棻(256?—300)字兰芝。《晋书》本传作"左芬",无记载字号。《左棻墓志》则作"棻",字兰芝。泰始八年(272年)以文名于武帝,入宫为美人。其年作《白鸠赋》,又受诏作愁思之文,因作《离思赋》。这时左思因妹妹入宫的原因也迁居洛阳,内廷阻隔,作《悼赠离妹》,有"自我不见,于今二龄",又说"咏尔文辞,玩尔手笔"。左棻回赠《感离诗》。可见兄妹二人颇多酬和的作品。《晋书·左后妃传》说她"言及文义,辞对清华,左右侍听,莫不称美"。泰始十年(274年)杨皇后去世,左棻献诔。咸宁二年(276年)武帝纳悼后,左棻受诏作颂。这两篇作品全文著载于《晋书》。卒于永康元年(300年)三月,年四十余(浦江清,434,b)。《晋书》本传说她有答兄思诗及杂赋颂数十篇,并行于世。《隋书·经籍志》

著录"晋武帝左九嫔集四卷"，已佚。《汉魏六朝集部珍本丛刊》收录《左棻集》两种：一是清代周世敬辑，清嘉庆周氏目耕楼抄本《左九嫔集》一卷附录一卷。卷首有嘉庆十七年（1812 年）周世敬序："曩尝于《太平御览》见左贵嫔集篇目一则，有《相风赋》《芍药花颂》《神武颂》、四言诗诸作，疑李昉、徐铉、宋白、吴淑、舒雅等尚见其集。按目而求，亦少《神武颂》一篇、四言诗三首。此本皆于史传、类书钞出，零章断句，以备一家之作，充藏书之数而已。至太冲文自《三都》《白发》诸赋外，罕有他作。余又从《昭明文选》《玉台新咏》搜葺其诗，分编上下，合《隋志》二卷之数，兼补西铭《汉魏六朝百三家》所未及。嘉庆十七年三月朔日长洲周世敬谢庵氏识。"二是清抄本《左九嫔集》一卷附录一卷，篇目次序与周世敬辑录抄本略同，《相风赋》和《芍药花颂》两篇注明"阙"。徐乃昌藏书。

六、西晋其他作家

（一）孙楚（附东晋孙绰）

孙楚（？—293），字子荆，太原中都（今山西平遥）人。孙楚恃才傲物，不为乡里所容。年四十余始为镇东将军石苞参军。时司马昭遣使东吴，石苞命孙楚作书与孙皓，文辞锋利，使者不敢通于孙皓。这封书信收在《晋书》本传，后又收录在《文选》中，题曰《为石仲容与孙皓书》。惠帝初，为冯翊太守。元康三年（293 年）卒，年七十余。生平事迹见《晋书》本传。《隋书·经籍志》著录"晋冯翊太守《孙楚集》六卷梁十二卷，录一卷"，久佚。《汉魏六朝集部珍本丛刊》收录明代张溥辑《汉魏六朝百三名家集》本《孙冯翊集》一卷，有何绍基评点。孙楚诗以《文选》"祖饯"所收《征西官属送于陟阳候作诗》著名。其中"晨风飘岐路，零雨被秋草"两句，《诗品》《宋书·谢灵运传论》均引为名句。《晋书》卷五十六传论说它"谅曩代之佳笔也"。孙楚另一首《除妇服诗》，受到王济的称赞："未之文生于情，情生于文，览之凄然，增伉俪之重。"此外，还有《笑赋》佚句，见《能改斋漫录》。

孙绰为孙楚之孙，东晋诗人。其生卒年过去失于确考。或以为301至385(谭正璧，521)，或以为320至377，314至371(姜亮夫，384，c)，或以为320至380(石峻，77)。实际上，据《建康实录》可以定其生于晋愍帝建兴二年(314年)，卒于简文帝咸安元年(371年)(曹道衡，450，e)。但此说仍有疑议，李文初《东晋诗人孙绰考议》以为孙绰当生于晋惠帝永康元年(304年)，卒年实难确证，因为有许多材料证明在咸安元年以后相当长的时间里他仍在活动(159)。孙绰与当时著名文人许询齐名，著有《遂初赋》表达志趣。晋成帝咸和中(326—334)，授佐著作郎，袭爵长乐侯。康帝建元元年(343年)为庾冰车骑参军，拜太学博士。穆帝永和初年(345年)迁尚书郎。王羲之为右军将军、会稽内史，征他为右军长史。永和九年(353年)参与兰亭集会。卒时年五十八岁。生平事迹见《晋书》本传。

《隋书·经籍志》著录"晋卫尉卿孙绰集十五卷，梁二十五卷"。又有《至人高士传赞》二卷；《列仙传赞》三卷，刘向撰，郭续，孙绰赞；《孙子》十二卷；并佚。《孙绰集》十五卷，梁二十五卷，久佚。《汉魏六朝集部珍本丛刊》收录张溥辑《汉魏六朝百三名家集》本《孙廷尉集》一卷，有何绍基评点。又有《集解论语》十卷、《至人高士传赞》二卷、《列仙传赞》三卷、《孙子》十二卷，均佚。

《晋书》本传说他擅长辞赋碑诔："于时文士，绰为其冠，温、王、郗、庾诸公之薨，必须绰为碑文，然后刊石焉。"他自己也很自负，"每至佳句，辄云：应是我辈语"。《文心雕龙·诔碑》称："孙绰为文，志在碑诔，温、王、郗、庾，辞多枝杂，桓彝一篇，最为辩裁。"《诗品》将他与许询并列下品，称："孙、许弥善恬淡之词。"孙绰对支遁说："一吟一咏，许将北面。"他最著名的作品是收录在《文选》中的《游天台山赋》。从序文看，他似乎并未到过天台山，只是"驰神运思，昼咏宵兴，俯仰之间，若已再升者也"，近似于李白的《梦游天姥吟留别》。《世说新语·文学》载，赋初成，以示友人范荣期，云："卿试掷地，当作金石声也。"荣期曰："恐此金石非中宫商。"在文学批评方面，孙绰也有自己的见解(王醒，54；李文初，159)。

（二）石崇与欧阳建

石崇(249—300)字季伦。渤海南皮(今属河北)人。史载，其少敏惠,勇而有谋。二十余岁为修武令,入为散骑郎,迁城阳太守。因伐吴有功,封安阳乡侯。元康六年(296年)出为征虏将军,假节、监徐州诸军事,镇下邳。石崇有别馆在洛阳城南金谷涧,时征西将军王诩当还长安,洛阳文人名士三十人因集金谷送行。昼夜游宴,并各赋诗,不能者罚酒三斗。石崇将集会所作诗集为《金谷集》,亲为作序。不久又拜卫尉。与潘岳等预为“二十四友”。永康元年(300年),赵王司马伦政变,诛杀贾谧。石崇亦被害。时年五十二。生平事迹见《晋书》本传。

《隋书·经籍志》著录有集六卷,佚。今存文八篇,见《全上古三代秦汉三国六朝文》,代表作是《金谷诗序》和《思归引序》。前者可与《兰亭集序》比美。后者为《文选》所收录。诗存九首,见《先秦汉魏晋南北朝诗》,代表作是《明君辞》。明代王世贞《艺苑卮言》评他的《思归引》和《明君辞》说:“情质未离,不在潘、陆下。”

欧阳建(261?—300)字坚石。渤海重合(今河北乐陵)人,世为当地豪族。当时人说:“渤海赫赫,欧阳坚石。”惠帝元康六年(296年),匈奴扰边,欧阳建迎战失利。迁顿丘太守。罢职,居洛阳,与舅父石崇及潘岳等谄事贾谧,预“二十四友”。永康元年(300年)赵王伦政变,贾谧被杀。欧阳建与石崇、潘岳等人俱被收杀,时年四十左右。生平事迹见《晋书》本传,特别强调“临命作诗,文甚哀楚”。

钟嵘《诗品》列入下品,称其“平典不失古体”。《隋书·经籍志》有文集二卷,佚。《文选》“临终”类收录他的《临终诗》。欧阳建是当时的玄学家,《艺文类聚》十九收录其《言尽意论》,是当时玄谈重要命题之一。《世说新语·文学》载,王导南渡,“止道声无哀乐、养生、言尽意三理”。

(三) 王赞与张翰

王赞(?—311)字正长。义阳(今河南信阳北)人。生年不详。大约在晋武帝咸宁(275—280)中被辟为司空掾。太康三年(282年)前,为太子舍人。太康三年,太子命令王赞为人作谍,文义极美,颇见称赏。太康十年(289年),又作《梨树颂》《侍皇太子祖道楚淮南二王诗》。晋惠帝(290—306)中,历任侍中、著作郎等,后出为陈留太守。怀帝永嘉元年

(307年），刘灵进犯赵、魏，王赞率兵迎战，获得胜利。永嘉四年（310年），石勒南侵，将王赞包围在仓垣，为王赞所败。五年初，奉命至项城，逼令东海王越归降。同年十月，与苟晞均为石勒所擒，伪为归顺，王赞被命为从事中郎。不久，秘密谋反，为石勒所杀，享年五十余岁。生平事迹散见《晋书》。

《隋书·经籍志》著录文集五卷，已经佚失。今存诗4首以及一些残句。见《先秦汉魏晋南北朝诗》。文存《梨树颂》并序1篇，见《初学记》卷二八、《艺文类聚》卷八六。钟嵘《诗品》将其列入中品，在序中称赞其《杂诗》"朔风动秋草，边马有归心"二句。《宋书·谢灵运传论》亦以此二句"直举胸情，非傍诗史"。

张翰字季鹰，吴郡吴（今江苏省苏州市）人。生卒年不详。幼有才辨，博学善文，时人号曰"江东步兵"。晋惠帝元康（292—299）末，贺循因为陆机的荐举，踏入仕途，经过吴阊门，在船中弹琴。张翰听到琴声后，下船与本不相识的贺循谈论，彼此钦佩。经询问，张翰知道贺循入洛赴任。于是张翰亦同舟北上。永宁元年（301年）六月，齐王冏为大司马，征张翰为东曹掾。张翰认为人生贵在适意，不能羁宦千里来追求虚名。当时正值秋风乍起，于是他推托思念家乡的菰菜、莼羹、鲈鱼，不辞而别，著《首丘赋》。常言："使我有身后名，不如即时一杯酒。"永嘉六年（312年），张翰吊唁亡友，于灵前鼓琴数曲而返。返里后又遭母忧，哀痛过甚，忧心而卒。享年五十七岁。生平事迹见《晋书》本传。

《诗品》认为张翰"虽不具美，而文采高丽"，"得虬龙片甲，凤凰一毛"。《文心雕龙·才略》则称"曹摅清靡于长篇，季鹰辨切于短韵，各其善也"。存诗凡4首，见《先秦汉魏晋南北朝诗》，其中《杂诗》一首《文选》收录。存文3篇，见《全上古三代秦汉三国六朝文》。

（四）刘琨与郭璞

刘琨（271—318）字越石，中山魏昌（今河北定县）人。《晋书》本传载建武二年（318年）卒时年四十八岁，上推生于晋武帝泰始七年（271年）。这与元康六年（296年）石崇为征虏时刘琨年二十六岁之说亦合。但王隐

《晋书》载永宁元年（301 年）刘琨为太子詹事时二十九岁，永嘉元年（307年）为并州刺史时三十五岁，[①]上推则生于公元 273 年，与《晋书》本传不合。现在多数学者遵从唐修《晋书》的记载（陆侃如，235，a）。史载，其少负才气，得时人"俊朗"之评。与祖逖为友，夜半闻荒鸡鸣，祖逖说："此非恶声也。"遂共起舞。后听说祖逖被用，与亲友信中说："吾枕戈待旦，志枭逆虏，常恐祖生先吾著鞭。"他也曾游于石崇金谷涧别墅，招致宾客，日以赋诗。又侧身于贾谧"二十四友"。永康元年（300 年）赵王司马伦执政，以刘琨为记室督，转从事中郎。永嘉元年（307 年）为并州刺史。晋愍帝建兴二年（314 年），拜刘琨大将军、都督并州诸军事，加散骑常侍、假节。后为王敦密使段匹磾谋害，时年四十八。太兴三年（320 年），卢谌、崔悦、温峤等上书理冤，赠刘琨侍中、太尉，谥愍。生平事迹见《晋书》本传及刘文忠《刘琨评传》（91，d）。

《隋书·经籍志》著录"晋太尉刘琨集九卷，梁十卷。刘琨别集十二卷"。严可均辑文二十四篇，诗存五篇。其中一首，逯钦立题《重赠刘琨》（璧由识者显）收在卢谌名下，此说尚有争议，有学者以为这首诗实是刘琨所作（刘文忠，91，e）。《汉魏六朝集部珍本丛刊》收录张溥辑《汉魏六朝百三名家集》本《晋刘越石集》一卷，有何绍基评点。钟嵘《诗品》列于中品，说他"善为悽戾之词，自有清拔之气。琨既体良才，又罹厄运，故善叙丧乱，多感恨之词"。与刘琨关系最为密切的是卢谌，《隋书·经籍志》著录"晋司空从事中郎《卢谌集》十卷，梁有录一卷"。

郭璞（276—324）字景纯，河东闻喜（今山西闻喜）人。有郭公者，授之《青囊中书》九卷，遂通五行、天文、卜筮之学。闻喜距匈奴首领刘渊的根据地平阳（今山西临汾）不远。史书说郭璞通过卜筮预知家乡将乱，就

---

① 二十九岁事出自《北堂书钞》。三十五岁事出自《世说新语》注。又汤球辑《晋书》时注云出自"六臣本《文选·答卢谌》注"。然检善注，未定年岁。此盖见《世说新语·言语》注，即汤球所标"《世说》注二"。

避难到东南去,创作《江赋》,名著一时,被收录在《文选》中。① 又献《南郊赋》,被任为著作佐郎,后来又被任为尚书郎之职。王敦将起兵,令郭璞占之,郭璞却说:"无成。"王敦大怒,收而斩之。郭璞死后,朝廷追赠他为弘农太守,故后人称他为郭弘农。生平事迹见《晋书》本传及游信利《郭璞正传》(479)、曹道衡《郭璞评传》(450,w)、连镇标《郭璞研究》(243)。关于他的生平有许多怪异的记载,《晋书》本传很大一部分内容记述他卜筮应验,或玩弄法术的故事,多荒诞不经,这是因为唐初人修撰《晋书》喜广采小说异闻之故。刘知幾早已指出这点(曹道衡,450,c)。《隋书·经籍志》著录郭璞有集十七卷,梁十卷,录一卷,久佚。《汉魏六朝集部珍本丛刊》收录张溥辑《汉魏六朝百三名家集》本《郭弘农集》一卷,有何绍基评点。代表作为《游仙诗》《江赋》《客傲》,尤以《游仙诗》著名。《文心雕龙·时序》篇说:"自中朝贵玄,江左称盛,因谈余气,流成文体。"说明两晋之际,玄言诗盛行。《世说新语·文学》注引宋檀道鸾《续晋阳秋》说:"故郭璞五言,始会合道家之言而韵之",认为郭璞是玄言诗的最早作者,其实未必如此。钟嵘《诗品》则称郭诗"宪章潘岳,文体相辉,彪炳可玩,始变永嘉之体。"郭璞的作品,虽以游仙为题,但多现实感慨。所以《诗品》说:"《游仙》之作,辞多慷慨,乖远玄宗,而云'奈何虎豹姿',又云'戢翼栖榛梗',乃是坎壈咏怀,非列仙之趣也。"钟嵘所引这两句诗不见于十四首《游仙诗》,可知郭璞的《游仙》不止十四首。此外,他对《周易》《尔雅》《山海经》《楚辞》《穆天子传》作过注释,其中《〈尔雅〉注》《〈山海经〉注》《〈穆天子传〉注》流传至今,成为研究这三部书的主要根据。此外,《隋书·经籍志》还著录《山海经图赞》二卷。②

---

　　① 萧统《文选》"江海"类,选木华《海赋》,郭璞《江赋》二篇,李善注引傅亮之言,说木华此赋"文甚俊丽"。李善又引《晋中兴书》说:"璞以中兴,三宅江外,乃著《江赋》,述川渎之美。"

　　② 王谟《汉唐地理书钞》辑录其《山海经图赞》若干条。

第六节　东晋诗文研究

　　按照钟嵘意见,西晋末叶,玄风已吹进诗坛,至东晋,孙绰、许询、庾阐、王羲之等推波助澜,致使玄言诗风盛极一时。与此同时,随着江南的开发,山水之美日益为诗人们所欣赏,山水诗、山水画、山水散文等亦开始成批地涌进文坛。这是东晋文坛的两大特点。作为一个偏安江南的朝代,这个时期涌现出很多作家,产生了一些具有特色的作品(张可礼,260,c)。有关东晋文学研究,何肯《在汉帝国的阴影下》跳出了传统文学研究的路数,从社会经济秩序、士族特权的制度结构以及佛教道教的文化理念等方面展开论述,视野非常开阔(182)。陈道贵《东晋诗歌论稿》(安徽教育出版社,2002 年版)、《六朝唐代文学论丛》(凤凰出版社,2019年版)等,在玄言诗、陶渊明、谢灵运的诗歌创作成就方面有深入的论述。

一、曹毗与葛洪

　　曹毗字辅佐,谯国(今安徽亳县)人,生卒年不详。史载其少好文籍,擅长于辞赋。东晋穆帝司马聃永和三年(347 年)三月,桓温攻克成都,成汉李势作《降晋文》。东晋曹毗作《伐蜀颂》,见《文馆词林》卷三四七。这是较早的颂扬伐蜀的作品。成帝咸和年间,郡察孝廉,曹毗入佐为郎中,蔡谟举为佐著作郎。父忧去职。服阕,起为句章令,入为太学博士。当时盛传桂阳张硕为神女杜兰香所降,曹毗作诗二篇嘲之,续兰香歌诗十篇,并作《神女杜兰香传》,虚实相间,颇富文采。又著《扬都赋》,时人以为亚于庾阐同名之作,可惜其文佚失,不能比较其高低。累迁尚书郎、镇军大将军从事中郎,出为下邳太守。太和咸安年间,作《宗庙歌辞》十一首,载《晋书·乐志》。迁中书郎、黄门郎、左卫将军、光禄勋。约孝武帝太元年中卒。其生平事迹见《晋书·文苑传》及曹道衡《晋代作家六考》(收在《中古文学史论文集》,中华书局,1986 年版)。《晋书·文苑传》论及两晋文士时说："至于吉甫、太冲，江右之才杰；曹毗、庾阐，中兴之时秀。信乃金相玉润，林荟川冲。"《世说新语·文学》载孙绰称曹毗"才如白地明光锦，裁为负版袴，非无文才，酷无裁制"。说明曹毗为东晋初年有代表性的文学家。《晋书·文苑·曹毗传》称其"凡所著文笔十五卷，传于世"。《隋书·经籍志》著录《曹氏家传》一卷，"晋光禄勋曹毗集十卷梁十五卷，录一卷"，另著录有"晋曹毗集四卷"，久佚。今存文十九篇，诗二十首及残句。其诗以《夜听捣衣诗》为同一题材较早之作，颇为后来文士所效仿。如谢惠连、鲍令晖、谢朓、柳恽、吴均、萧衍、江洪、王筠等均有同题之作。《晋书·文苑·曹毗传》载，曹毗自视甚高，著《对儒》，假设客辞，称其"奇发幼龄，翰披儒童。吐辞则藻落扬班，抗心则志拟高鸿"。本传史论称："曹毗沉研秘籍，跧足下僚，绮靡降神之歌，朗畅对儒之论。"亦视杜兰香歌和《对儒》是曹毗的代表性作品。《艺文类聚》卷七十九载有《杜兰香传别传》，其中收录所谓杜兰香诗二首，当亦曹毗所作。

葛洪（283—363）字稚川，自号抱朴子。丹阳句容（今属江苏）人。少好学，耕田务农，暇时读书，好神仙方术，从郑思远游，学习《关尹子》九篇。晋惠帝太安二年（303年）张昌陷江南，遣石冰攻扬州，前吴兴太守顾秘率军拒之，以葛洪为将，大获全胜。论功行赏，葛洪不受，径至洛阳搜求异书，以广其学。晋怀帝永嘉末年（313年）返回乡里。愍帝（313—316）时入琅琊王司马睿府为丞相掾。司马睿称帝江东，赐葛洪为关内侯。明帝咸和初（326年），司徒王导召补州主簿迁谘议参军。与干宝相友善。后为干宝推荐，为散骑常侍，领大著作，固辞不就，在山积年，著述不辍。哀帝隆和二年（363年）卒。刘汝霖《东晋南北朝学术编年》据《太平寰宇记》卷一六零引袁彦伯《罗浮记》谓卒时六十一岁。而钱穆《葛洪年历》谓葛洪年不出六十。余嘉锡《疑年录稽疑》、王明《抱朴子内篇校释》、杨明照《抱朴子外篇校释》谓八十一岁。

葛洪博闻多识，著述极富。而今人王利器《葛洪著述考》（33，f）钩稽群籍考证较详。主要有《神仙传》十卷、《隐逸传》十卷、碑颂诗赋一百卷、表章笺记三十卷、又抄经史百家方技等三百余卷、《良吏传》十卷、《集异传》十卷、《金匮药方》一百卷，[①]等等。在这些著作中，最重要的首推《抱朴子》。《晋书》本传引其自序："故予所著子，言黄白之事，名曰《内篇》；其余驳难通释，名曰《外篇》。大凡内外一百一十六篇。"《内篇》谈神仙家言，《外篇》"言人间得失，世事臧否"。其中《钧世》《尚博》《应嘲》《百家》《文行》等篇，涉及文学问题，其文学思想的最基本主张是今胜于古，反对贵远贱近。其外篇有杨明照校释本，内篇王明校释本，均由中华书局出版。《晋书·葛洪传》又载："所著碑诔诗赋百卷，移檄章表三十卷，神仙、良吏、隐逸、集异等传各十卷，又抄《五经》《史》《汉》、百家之言、方技杂事三百一十卷，《金匮药方》一百卷，《肘后要急方》四卷。"

与葛洪同时代有交往的一位诗人杨方也值得注意。他可能出身卑微，不愿寄居京城，遂求外任，专心著述。明帝太宁元年（323 年）补高梁太守。在郡多年，年老归乡。史载，其在高梁时著有《五经钩沉》十卷、《吴越春秋削繁》若干卷。《隋书·经籍志》著录"梁有高凉太守杨方集二卷，亡"。今存文二篇，诗五首。分别见于严可均《全上古三代秦汉三国六朝文》及《先秦汉魏晋南北朝诗》。这五首诗最早见于《玉台新咏》卷三，题《合欢诗》，实际上是夫妻对唱的歌词（吴世昌，220，c）。

二、庾亮与庾阐

庾亮（289—340）字元规。颍川鄢陵（今河南鄢陵）人。晋明帝明穆皇后之兄。美姿容，善谈论，喜好老庄之学。初仕镇东将军西曹掾，后转丞相参军，封都亭侯。东晋初，拜中书郎，领著作，侍讲东宫。晋明帝薨，庾亮与王导受明帝遗命，辅佐年幼的成帝。庾亮为给事中，中书令。苏峻、祖约之乱时，与温峤共推荆州刺史陶侃为盟主，弥平叛乱。庾亮有恢复中原之谋，未成，忧慨发疾而终。追赠太尉，谥曰文康。生平事迹见《晋书》本传。

---

① 《说郛三种》（宛委山堂一百二十卷本）卷七收录葛洪《枕中书》，未知真伪。上海古籍出版社 1988 年出版。

钟嵘《诗品序》云："孙绰、许询、桓、庾诸公诗,皆平典似《道德论》。"庾亮诗今无存。散文作品以《文选》卷38所录《让中书令表》(《晋书·庾亮传》作"中书监")较为知名。该表没有一般奏疏的典重,而是写得真诚晓畅。《晋书》本传收录的庾亮《上疏乞骸骨》和《与郗鉴笺》也都叙理明白晓畅,不事华藻,体现了严谨务实的政治家风格。《隋书·经籍志》著录"晋太尉庾亮集二十一卷,梁二十卷,录一卷",今佚。现存文章悉收在严可均《全上古三代秦汉三国六朝文》中。

庾阐,字仲初。颍川鄢陵(今河南鄢陵)人。其生卒年不详。曹道衡认为生于晋惠帝元康七八年(297—298),卒年不晚于穆帝永和七年(351年)(450,e)。庾阐少孤,九岁能属文,为乡里所重。少随舅父孙氏过江。建武元年(317年),晋元帝辟为官属,不应。永昌元年或稍后,为西阳王太宰掾。明帝时,迁尚书郎。成帝绥和二年(327年),苏峻反叛,入据京师,庾阐逃奔徐州刺史郗鉴,为司空参军,作檄文讨伐苏峻。后以文名召入为散骑侍郎,领著作,综国史。咸康五年(339年)出为零陵太守。途中作《吊贾谊文》称"中兴二十三年,余忝守衡南"。又作《为庾稚恭(翼)檄石虎文》《为庾稚恭檄蜀文》等。后以疾征入,授给事中,复领著作。大约卒于穆帝永和中(350年左右),时年五十四岁。

《晋书》本传称其"所著诗赋铭颂十卷行于世"。《隋书·经籍志》著录《庾阐集》九卷,久佚。严可均辑文二十二篇,逯钦立辑诗十篇。辞赋以《扬都赋》为代表,意在颂扬"扬都"建康。《世说新语》中多次提到这篇作品。庾亮以为这篇作品可与《两京赋》《三都赋》相媲美。"于此人人竞写,都下纸为之贵"。而谢安则以为这篇作品不过"屋下架屋"而已。此外,还有《海赋》《涉江赋》《狭室赋》《浮查赋》《恶饼赋》等,也具特色。范文澜《〈文心雕龙〉注》认为写景诗作较多的以庾阐为最早。这个时期的诗歌,多平典似《道德论》(《老子》),而庾阐的诗如《三月三日临曲水诗》《三月三日诗》《观石鼓诗》《登楚山诗》《衡山诗》等,却融进许多动人的景物描写。《游仙诗》有五言、六言,也多景物描写,在这当时,也可推为特异之作。曹道衡《魏晋南北朝文学史札记·庾阐的诗歌》则有较多的论述(450,f)。

三、许询与支遁

许询字玄度,高阳(今属河北)人。生卒年不详。以中宗元帝欲征为议郎事推断,其时亦年近弱冠,上推其生年,当与王羲之相近(303 年),许嵩《建康实录》系其事于《穆帝纪》中,约卒于永和(345—356)年间(曹道衡、沈玉成,451,i)。其父为琅琊太守,怀帝永嘉中随元帝过江,迁会稽内史,因在山阴定居。许询幼而聪慧,时号神童。性好山水,隐居不仕,与会稽高门名士王羲之、孙绰、谢安、支遁等纵游啸咏。穆帝永和中,司徒蔡谟辟为掾,不就。时刘惔为丹阳尹,许询尝就惔宿,床帷新丽,饮食精美,惔、询俱以为胜过东山隐居之时,致为王羲之所讥讽。后又奉佛,舍永兴、山阴二宅为寺,穆帝赐名山阴旧宅为祗洹寺,永兴新居为崇化寺。后移居皋屯之岩。后人称许玄度岩。其卒时年约三十岁。生平事迹主要见于《建康实录》。《世说新语》刘注引檀道鸾《续〈晋阳秋〉》等亦有零星记载。

在东晋文坛,许询地位极高,与刘惔、支遁等并称一时谈宗。《世说新语·文学》刘孝标注引檀道鸾《续〈晋阳秋〉》云:"(许)询有才藻,善属文。自司马相如、王褒、扬雄诸贤,世尚赋颂,皆体则《诗》《骚》,傍综百家之言。及至建安,而诗章大盛。逮乎西朝之末,潘、陆之徒虽时有质文,而宗归不异也。正始中,王弼、何晏好《庄》《老》玄胜之谈,而世遂贵焉。至过江,佛理尤盛。故郭璞五言始会合道家之言而韵之。询及太原孙绰转相祖尚,又加以三世之辞,而《诗》《骚》之体尽矣。询、绰并为一时文宗,自此作者悉体之。至义熙中,谢混始改。"

《诗品》以孙绰、许询并列在下品,称"孙、许弥善恬淡之词"。晋简文帝称"许玄度五言诗,可谓妙绝时人"。《隋书·经籍志》著录"晋征士许询集三卷梁八卷,录一卷",久佚。今存诗二首,见《先秦汉魏晋南北朝诗》,已经很难看出影响一代文风的玄言风貌。存文二篇,都是铭文。其一《墨麈尾铭》,其二《白麈尾铭》,表现魏晋清谈时名士必备的麈尾的物态,寄托其委运自然的情思,也颇见情志。见《全上古三代秦汉三国六朝文》。

支遁(314—366)字道林,俗姓关,陈留(今河南开封一带)人。或云河东林虑人。《高僧传》卷四《支遁传》:"以晋太和元年闰四月四日终于所在,春秋五十有三。"上推生于西晋建兴二年(314 年)。支遁幼聪明有神理,家世事佛,隐居余杭山,二十五岁时出家。为谢安所善,与当时名流相狎。曾在剡山立寺行道,又移石城山立栖光寺。晋哀帝即位(361年),征召于东安寺讲经。淹留京师近三年,又回东山,东晋废帝太和元年(366 年)卒。支遁将老庄思想融入佛理,曾在白马寺谈《庄子·逍遥篇》,群儒旧学为之叹服。又创"即色义"为当时佛教"七宗"之一。支遁与当时名流如王洽、刘恢、殷浩、许询、孙绰、王羲之等均有往来,为当时清谈领袖。《高僧传·支遁传》:"乃著《切悟章》,临亡成之,落笔而卒。凡遁所著文翰,集有十卷,盛行于世。"《隋书·经籍志》著录"晋沙门支遁集八卷梁十三卷",佚失。《汉魏六朝集部珍本丛刊》收录支遁集四种:

1. (明)嘉靖十四年(1535 年)杨氏七桧山房抄本《支遁集》二卷。版心上镌"嘉靖乙未七桧山房"。扉页有莫棠朱笔题跋:"此明嘉靖中吴郡杨仪钞本。光绪辛卯得于苏州。顷又获嘉庆十年潘奕隽序支硎山僧寒石刊本,盖即从此本转写者。阮氏进本乃据汲古旧钞,篇卷相同。近人有藏叶石君钞本者,亦据此本校过,然则此盖吴下最古者之钞本也,无意遇之,欣赏曷已。"傅增湘题款:"丙辰八月影钞二卷毕,江安傅增湘谨志。"

2. (明)嘉靖十九年(1540 年)皇甫涍刻本《支道林集》一卷。卷首有皇甫涍《支道林集序》,称:"庚子(1540 年)之秋,予既淹迹魏墟,旋迈江渚,徜徉西山,乃眷考卜,颇悦幽人之辞而玩焉。往岁获觏支篇,时复兴咏,自得于怀,并拾遗文附为一集,刊示同好,用寄遐想。"

3. (明)皇甫涍编,(明)史玄辑,明末吴家骝刻本《支道林集》一卷、《外集》一卷。扉页有丁丙题记。卷首为皇甫涍《支道林集序》,书后有吴家骝《读支道林外集后》称"支公集始于子安"。

4. (清)蒋清翊辑,清光绪十年甲申(1884 年)刻《邵武徐氏丛书》本《支遁集》二卷,《补遗》一卷。卷首有《支遁集目录》《四库未收书目提要》及释慧皎《高僧传·支遁传》。《补遗》卷末有同治甲戌(1874 年)蒋清翊

跋："余家藏明人钞本,尾有都穆藏书朱印,仅二卷,凡诗文三十二首,似出
后人钞辑。读《研经室·四库未收书目提要》,又校吾郡支硎山寺刊本,其
卷目皆与家藏本相符,知支公集存世者只有此本。余病其尚多遗漏,需次
多暇,广加搜集,得集外文十首,为书二,序二,赞四,论二及零诗句,编为
《支遁集补遗》一卷。"书末有徐干跋："支公所著文翰十卷久佚弗传,乾隆时
修四库亦无支集。仪征阮相国得毛扆汲古阁钞本,始以进呈。……蒋君敬
臣同官浙垣,见示所辑《补遗》一卷,皆集外文遂并付诸梓。蒋君名清翊,
澹于荣利,以著述自娱,所注《王勃集》二十卷,援引该博,最为学者所重。
此特其片甲耳。光绪甲申九月邵武徐干识。"

四、习凿齿与殷仲文

习凿齿(?—383),字彦威,襄阳(今湖北襄樊)人。初为荆州刺史桓
温辟为从事。桓温北伐时,也随从参与机要。《晋书·习凿齿传》所收
《与桓秘书》,可见其风期俊迈。道安法师定居襄阳十五年,先致书通好。
(见《弘明集》卷十二《与释道安书》)往见凿齿。就座以后,凿齿自通姓名
曰："四海习凿齿。"道安应声曰："弥天释道安。"时人以为名对。孝武帝
太元四年(379年),符坚攻克襄阳,将凿齿和道安法师二人接往长安,与
诸镇书云："昔晋氏平吴,利在二陆;今破汉南,获士裁一人有半耳。"一人
指释道安,半指凿齿,盖以脚疾偏废而戏称。(《高僧传》卷五)太元九年
(384年),襄阳又为晋将赵统所克,朝廷欲征之典国史,会卒,不果。终年
约六十。

《隋书》著录《汉晋阳秋》四十卷,《襄阳耆旧记》五卷,《习凿齿集》五
卷等。《晋书·习凿齿传》："是时温觊觎非望,凿齿在郡,著《汉晋春秋》
以裁正之。起汉光武,终于晋愍帝。于三国之时,蜀以宗室为正,魏武虽
受汉禅晋,尚为篡逆,至文帝平蜀,乃为汉亡而晋始兴焉。引世祖讳炎兴
而为禅受,明天心不可以势力强也。凡五十四卷。"该书收录了孔明的
《后出师表》,对考证此文提供了有力的佐证。《四库全书总目》评道:《三
国志》"以魏为正统,至习凿齿作《汉晋春秋》,始立异议。自朱子以来,无

不是凿齿而非寿。然以理而论，寿之谬万万无辞，以势而论，则凿齿帝汉顺而易，寿欲帝汉逆而难。《襄阳耆旧记》是中国最早的人物志之一。《郡斋读书后志》曰："记五卷。前载襄阳人物，中载山川城邑，后载牧守。观其记录丛杂，非传体也，名当从《隋志》。"《说郛三种》（宛委山堂一百二十卷本）卷五十八收录《襄阳耆旧传》十七人。

殷仲文（？—407）字仲文，陈郡（今河南淮阳）人，生年不详。他是桓温的女婿，曾为骠骑行参军，桓玄长史。桓玄篡位时，他曾受重用，为侍中，领左卫将军，总诏命，授九锡文即出其手。刘裕起兵，他从巴陵归刘，调任东阳太守，意绪不平，神志恍惚。义熙三年（407 年），以谋反罪被刘裕所杀。生平事迹见《晋书》本传。《世说新语·文学》注引《续〈晋阳秋〉》谓其"雅有才藻，著文数十篇"。《隋书·经籍志》著录"晋东阳太守殷仲文集七卷，梁五卷"，久佚。谢灵运称："若殷仲文读书半袁豹，由文才不减班固。"言下之意，殷仲文才多学少。《文选》卷三十八收录其《解尚书表》，自称罪重，却又用"洪波振壑，川无恬鳞；惊飙拂野，林无静柯"来比喻自己在桓玄时任要职的原因，可以看出他在桓玄失败后对那段经历并未真心服气，这必然会使刘裕对他难以容忍。他的诗以《南州桓公九井作》为最著名。这首诗确如萧子显所说"仲文玄气，犹不尽除"，但写景之句较之玄言诗已显然增加，而且四句至八句写秋景，形象性很鲜明，是由玄言诗向山水诗过渡的产物。《诗品》将他列入下品，称"义熙中，以谢益寿、殷仲文为华绮之冠，殷不竞矣"。《宋书·谢灵运传论》言"仲文始革孙、许之风"。江淹《杂体诗》有拟殷仲文《兴瞩》诗一首。

五、王羲之

（一）关于王羲之的生平

王羲之（303—361）字逸少，琅邪（今山东诸城一带）人。其父王旷始创元帝过江之议。过江后，家居会稽山阴（今浙江绍兴）。王羲之十三岁时为周顗所异。善隶书、行书。起家秘书郎。这里有个问题，王羲之父王旷不见《晋书》立传,且史料极少。以王氏特殊的家族地位及王羲之的声望,这有些不可思议,可能的解释是王旷在长平战败时未亡,而是投降了刘聪(王汝涛,29;刘茂辰,105)。这也是影响到王羲之出仕甚晚的重要原因。初为征西将军庾亮参军,迁长史、宁远将军、江州刺史,召为侍中、吏部尚书,不就,拜右军将军,求宣城郡不许,乃为会稽内史。年五十九岁卒。(《晋书·王羲之传》)《隋书·经籍志》著录有集九卷,《旧唐书·经籍志》著录其《小学篇》一卷。《说郛三种》(宛委山堂一百二十卷本)卷八十六收录王羲之《笔势论略》,论书法要点。《墨池编》收录其《用笔赋》,述运笔意境。《汉魏六朝集部珍本丛刊》收录张溥辑《汉魏六朝百三家集》本王羲之《晋王右军集》二卷和他儿子王献之《晋王大令集》一卷,有清代何绍基评点。严可均辑其文五卷,包括杂帖在内凡二十七篇。逯钦立辑其《兰亭诗》二首、《答许询》一首。

《晋书》仅载其年龄,未说明其生卒年。这就引起后世争议。题名陶弘景《真诰》卷十六《阐幽微》注:“逸少……至升平五年辛酉岁亡,年五十九。”[①]余嘉锡引此曰:“《真诰》虽不可信,而隐居之注,考证不苟,必有所据。”[②]唐人张怀瓘《书断中》亦云其“升平五年卒,年五十九”。[③] 徐邦达《王羲之生卒年岁旧说的平议》亦以此说为近是(405)。据此,王羲之生于晋太安二年(303 年),卒于东晋升平五年(361 年)。此说已为多数学者所认同。

徐邦达《历代书画家传记考辨·王羲之生卒年岁旧说的平议》另载三说:

其一,《太平广记》二百七引羊欣《笔阵图》曰:“王羲之三十三书《兰亭序》。”据此,宋代桑世昌《兰亭博议》推其生卒年为东晋太兴四年至太元四

年(321—379),①钱大昕《疑年录》、吴荣光《历代名人年谱》同此说;

其二,据王羲之《题卫夫人笔阵图后》:"时年五十有三,或恐风烛奄及,遗教子孙耳,可藏石室,千金勿传。永和十四年四月十三日书。"依《晋书》卒时五十九岁而推,则生于晋惠帝光熙元年(306年),卒于哀帝兴宁二年(364年);

其三,清人鲁一同《右军年谱》以为永嘉元年至兴宁三年(307—365),潘祖炎《王羲之生卒年辨证》亦赞同此说(527)。

（二）围绕《兰亭集序》的论争

《兰亭集序》的文字,有两个版本,一是收录在《世说新语·企慕》中:"王右军得人以《兰亭集序》方《金谷诗序》,又以已敌石崇,甚有欣色。"刘孝标注引王羲之《临河序》。②另外就是现今最为流行的版本,最早收录在相传是唐太宗亲自撰写的《晋书·王羲之传》,称其"雅好服食养性,不乐在京师,初渡浙江,便有终焉之志。会稽有佳山水,名士多居之。谢安未仕时亦居焉。孙绰、李充、许询、支遁等皆以文义冠世,并筑室东土,与羲之同好。尝与同志集于会稽山阴之兰亭,羲之自为之序以申其志曰……"云云。(《晋书·王羲之传》)围绕着这篇序,主要有三个方面的论争:

第一,这篇作品是王羲之写的吗?这篇文字未见载于萧梁时代的《昭明文选》,实际上,《文选》分别收录了同类作品,包括颜延之和王融两人分别撰写的《三月三日曲水诗序》,文辞艳丽,典雅庄重。王羲之也有类似的作品,即《世说新语·企慕》注引《临河序》,但是很短。比世传《兰亭集序》少"夫人之相与"至"悲夫"为止的一百六十七字。《初学记》卷四、《艺文类聚》卷四所引都止于"信可乐也",亦无这一百余字。而我们在阅读过程中,会鲜明感觉到,如果缺少这段文字,就少了很多神韵。问题由此而来:这段文字是原来有而为刘孝标所删节呢,还是本来就没有?相信《兰亭集序》真迹为王羲之所作的人,自然都会选择前者。但如果是

---

①　《说郛三种》(百卷本)卷六十二,上海古籍出版社1988年版,第956页。

②　《世说新语笺疏》卷十六,中华书局1983年版,第631页。

后者呢？是何人所加？从目前资料看,这段文字最早见于《晋书·王羲之传》,由此可以确定,至少是在唐太宗之前就加进去的。《临河序》虽然没有《兰亭集序》中间这段文字,但是文末却又多出以下四十字:"右将军司马太原孙丞公等二十六人,赋诗如左。前余姚令会稽谢胜等十五人,不能赋诗,罚酒各三斗。"这里可能会有两种解释:一是《兰亭集序》不符合《文选》强调的"事出乎沉思,义归乎翰藻"的收录标准,完全是散文体。同样是这类作品,颜延之和王融的《三月三日曲水诗序》就骈丽典雅,当时就盛传于大江南北,故而为《文选》所收录。① 另外一种可能,《文选》的编者没有看到《兰亭集序》,或者看到的不是现在流传的《兰亭集序》。他所见到的只是《临河序》。《世说新语·企慕》载,有人把王羲之《兰亭序》和石崇的《金谷序》作比较,王羲之很高兴这样的比拟。《世说新语·品藻篇》注引石崇《金谷诗叙》②,文字不多,与《临河序》相近,说明至少在刘宋初年所见《临河序》可能就是这样的篇幅。从现存文字看,《临河序》确实未见出色。所以他没有收录在《文选》中。如果是这样的话,现在流行的《兰亭序》很可能就不是王羲之所写,而是后人根据《临河序》增补而成。近代学者李文田应端方之请作《定武兰亭跋》即提出这样的疑问。他认为,现存非梁以前《兰亭》,因为《世说新语》及刘孝标注只题作《临河序》。

第二,参加这次盛会及写诗的人数问题,根据《临河序》,当时有四十二人参加盛会,其中十五人未赋诗。另外二十六人赋诗情况,《玉海》卷一七五"宫室·亭"记载:"《书目》:兰亭诗一卷。晋永和九年上巳右将军王羲之会群贤于会稽山阴之兰亭,一十一人诗各二篇,一十五人诗各一

---

① (唐)李善注引裴子野《宋略》云:"文帝元嘉十一年三月丙申,禊饮于乐游苑,且祖道江夏王义恭、衡阳王义季。有诏会者咸赋诗。"参加此诗会者当不在少数。据《高僧传》卷七《宋京师道场寺释慧观传》载:"元嘉初三月上巳车驾临曲水宴会,命观与朝士赋诗。观即坐先献,文旨清婉,事适当时。琅琊王僧达、庐江何尚之并以清言致辉,结赏尘外。"此序颇为有名。《南齐书·王融传》载:"(永明)十一年,使兼主客,接房使房景高、宋弁。弁……因问:'在朝闻主客作《曲水诗序》。'景高又云:'在北闻主客此制,胜于颜延年,实愿一见。'"可见此诗序流播北方。

② 《世说新语笺疏》卷九,中华书局1983年版,第530页。

篇,羲之为序、孙绰为后序。"按照这个记载,当时的诗篇凡三十三篇。《说郛三种》(宛委山堂一百二十卷本)卷七十五辑录《兰亭集》,辑录二十六位诗人的三十六篇作品。而今却存四十一首,包括:孙绰、谢安、谢万、孙统、袁峤之、王凝之、王肃之、王徽之、王彬之、徐丰之等五言、四言各一首,孙嗣、郗昙、庾蕴、曹茂之、桓伟、王玄之、王涣之、王蕴之、魏滂、虞说、谢铎、曹华等五言各一首,庾友、华茂、王丰之等四言各一首。另外,孙绰又有《三月三日诗》不知是否同时所作。另外王羲之五言五首,四言一首。按照《兰亭考》的说法,当时要求四言、五言各一首的。王羲之又多写了四首五言诗,凡五首,另外一篇前序。从现存诗歌总量看,其他人未必遵循一人两首的规定。幸运的是,孙绰的《三月三日兰亭诗序》见载于《初学记》和《艺文类聚》得以保存下来。[①] 从这篇后序看,确实写得比较一般,看不出多少真情实感。在某种程度上看,还确实与《临河序》相近。

第三,有学者提出,王羲之等人所作《兰亭诗》,"当时实未辑录成集。在唐代,《艺文类聚》有零星辑录。到了宋代桑世昌作《兰亭考》一书,才于《兰亭修禊序》一文之后作了全面的汇编"(文永泽,65)。既然诗歌没有被汇编起来,序的问题就值得怀疑。尤其是《文选》未收《兰亭序》,更容易起疑。日本学者清水凯夫著《王羲之〈兰亭序〉不入选问题研究》认为王羲之《兰亭集序》所以没有被收入《文选》,主要原因该文不符合"事出于沉思"这条选文标准(清水凯夫,445,r)。这实际涉及对《兰亭序》的理解,也涉及对当时玄言诗风的评价(张亚新,263,a),理所当然地引起学者的关注。1989 年 8 月在山东临沂召开的首届王羲之学术研讨会,就有关生卒年、南渡时间,书法评价、王羲之思想、《兰亭序》真伪等问题展开了有益的学术讨论(许锋,130)。

(三) 关于《兰亭集序》的书法问题

王羲之书法作品一直为后世所重,《宣和书谱》载当时御藏书作二百四十三幅。现存《淳化阁帖》卷六、七、八载其书一百六十帖。

---

① 《艺文类聚》卷四,上海古籍出版社 1982 年版,第 71 页。

　　李文田认为《兰亭集序》与《爨宝子》《爨龙颜》字体相近，时代较晚。《爨宝子》，全称《晋故振威将军建宁太守爨府君之墓》碑，立于大亨四年（405年），迄今依然存放于曲靖一中校园内。《爨龙颜》全称《宋故龙骧将军护镇蛮校尉宁州刺史邛都县侯爨使君之墓》碑，立于南朝刘宋大明二年（458年），亦在云南曲靖。这两方碑文，确实还保留着汉隶的风格。

　　20世纪60年代，南京出土了几方东晋墓志，其中最重要的是王兴之夫妇墓志和谢鲲墓志，字体都未脱离汉代隶书风貌。1965年，郭沫若在《文物》第6期上刊登《由王谢墓志的出土论到〈兰亭序〉的真伪》，认为《兰亭集序》的思想感情与王羲之本人不相符合。诗很乐观，而序悲观。另外，《兰亭序》的笔法和唐以后的楷法相一致。再就书法布局看，《兰亭序》开头"岁在癸丑"的"癸丑"二字看出来是后来加进去的，原来是空白。如果不是王羲之所书，郭沫若认为最有可能的写手是王羲之七世孙隋僧智永和尚所为，依托王羲之。且"修短随化，终期于尽"，是禅师的口吻。问题是，王羲之的诗中明明有"合散固无常，修短定无始"，就是这种意思（416，b）。这就引发了一场讨论。

　　高二适《〈兰亭序〉的真伪驳议》认为，初唐诸家都学王书，没有理由否定他们的鉴别力。现存《兰亭集序》和其他传世的王字相比，风格基本一致。《法书要录》收录的王羲之、王献之《杂帖》，凡数百则，说明二王的字帖在唐代非常流行。其中又有部分见于《淳化阁帖》，字体风格与《兰亭集序》几乎一致，难道都是后人所模拟？王羲之就是开风气之先的人物，不能用东晋一般书风苛求他。而且，更重要的是，《兰亭序》的美学趣味与魏晋风度相一致。

　　这些论争文字，均收录在文物出版社1977年出版的《兰亭论辩》，共收论文十八篇，其中十五篇倾向于郭沫若否定《兰亭序》的观点，另收章士钊、高二适、商承祚的三篇反驳性文章。1991年喻蘅发表《〈兰亭序〉论战廿五年综析与辨思》，回顾了争议的渊源与得失，值得参阅（488）。

第七节　陶渊明

陶渊明,又名潜,字元亮,私谥靖节,别号五柳先生。其卒年,《宋书》本传载曰元嘉四年(427年)。其生年及里居历来有不同的意见,下面还要叙及。生平见《宋书·隐逸传》、颜延之《陶征士诔》、萧统《陶渊明传》以及宋代以后诸家所编年谱,主要的已辑录在许逸民编《陶渊明年谱》中,包括王质、吴仁杰、张演、顾易、丁晏、陶澍、杨希闵、梁启超、古直等编九种,卷末附录朱自清、宋云彬、赖义辉的三篇专论,也都论及行年考订问题(131,c)。关于陶渊明的研究,钟书林《陶渊明研究学术档案》(武汉大学出版社,2014年版)收录梁启超、鲁迅、古直、郭绍虞、朱光潜、朱自清、李长之、逯钦立、王瑶、袁行霈的专题论文,附有钟优民的综述文章以及近四十年陶渊明研究论著提要、大事记等,便于浏览。

一、《陶渊明集》的传世版本

《隋书·经籍志》著录"宋征士陶潜集九卷梁五卷,录一卷"。《旧唐书·经籍志》和《新唐书·艺文志》著录五卷。宋代官私目录有八卷、十卷本。据北齐阳休之《序录》称:"其集先有两本行于世,一本八卷,无序。一本六卷,并序目。编比颠乱,兼复缺少。萧统所撰八卷,合序目传诔而少《五孝传》及《四八目》。然编录有体,次第可寻。余颇赏潜文,以为三本不同,恐终致忘失。今录统所阙,并序目等合为一秩十卷,以遗好事君子焉。"因为最初传本各有不同,故唐宋著录卷数各异。及至北宋,始经宋庠重新刊定为十卷本。宋元以来,传本颇多。郭绍虞《陶集考辨》著录一百四十九种(417,a)。所收号称详备,但还可以补充一些。① 《汉魏六

---

① 即以明刻本为例,李卓吾批本二卷、万历三十一年吴汝纪仿宋刊本八卷、凌氏朱墨本八卷、崇祯本四卷、张祐弘治十二年校编本、张存诚嘉靖二十七年刻十卷本、崇德堂刻八卷本、明公炤子刻八卷本等均未见考述。

朝集部珍本丛刊》收录较有学术价值的陶集凡十一种：

（一）汲古阁所藏宋刻递修本《陶渊明集》十卷，金俊明、孙延题签，扉页有道光二十八年（1848年）汪骏昌跋。此本无刊刻年代，《汲古阁真藏秘本书目》著录为宋版。傅增湘《藏园订补邵亭知见传本书目》推断为南宋初杭本。《中国版刻图录》据中刻工如施章、王伸、洪茂、方成等皆为南宋初年杭州地区良工，绍兴十七年（1147年）又与刻明州本《徐铉文集》、补版刻工则与明州本《白氏六帖》、六臣注《文选》多同，亦推断为绍兴初年本。据此来看，这应当是现存最早的陶集刻本。《述酒》题解："仪狄造，杜康润色之。宋本云：此篇与题非本意，诸本如此，误。黄庭坚曰：《述酒》一篇盖阙。此篇似是读异书所作，其中多不可解。"第八卷最后一篇是《自祭文》。第九、十卷为《集圣贤群辅录》上下。此外，还有：一，颜延之《静节征士诔》明确称："春秋六十有三，元嘉四年某月日卒于浔阳柴桑里。"二，昭明太子撰《陶渊明传》亦称："元嘉四年将复征命，会卒，时年六十三，世号靖节先生。"三，北齐杨仆射休之《序录》。四，《本朝宋丞相私记》。五，《曾纮说》。

（二）南宋绍熙三年（1192年）赣川曾集辑本《陶渊明集》分为《陶渊明诗》《陶渊明杂文》，实际为两卷。卷首有末署："书后附颜延之《静节征士诔》"，称"春秋六十有三，元嘉四年民月日卒于浔阳县柴桑里"。又附萧统所撰《陶渊明传》，也明确记载："元嘉四年将复征命，会卒，时年六十三，世号靖节先生。"卷末有曾跋云："窃不自揆，模写诗文，辑为一编，去其卷第与夫《五孝传》以下《四八目》杂著……绍熙壬子立冬日赣川曾集题。"《续古逸丛书》亦收录此本，有牌记称"戊辰冬日涵芬楼据宋绍熙本影印"。

（三）北宋淳祐元年（1241年）汤汉刻本《陶靖节先生诗注》四卷，补注一卷，北宋汤汉注。有孙廷甲戌春题签。有周春于乾隆辛丑（1781年）题记，称"是书乃世间所希有，宋刻之最精者也"。又有"淳祐初元（1241年）九月九日潘阳汤汉敬书"序，称陶诗"精深高妙"，他特别指出："至《述酒》之作，始直吐忠愤，然犹乱以瘦词，千载之下，读者不省为何语……余偶窥见其指,因加笺释,以表暴其心事,及他篇有可发明者亦并著之。"
《述酒》解题与汲古阁本略同:"旧注:仪狄造,杜康润色之。宋本云:此篇
与题非本意,诸本如此,误。黄庭坚曰:《述酒》一篇盖阙。此篇似是读异
书所作,其中多不可解。"多"旧注"二字。汤汉又有补:"按晋元熙二年六
月,刘裕废恭帝为零陵王。明年以毒酒一罂授张伟使酖王,伟自饮而卒。
继又令兵人逾垣进药,王不肯饮,遂掩杀之。此诗所为作,故以《述酒》名
篇也。诗辞隐语,故观者弗省。独韩子苍以山阳下国一语疑是义熙后有
感而赋。予反复详考而后知为零陵哀诗也,因疏其可晓者,以发此老未
白之忠愤。昔苏子读《述史》九章曰:去之五百岁,吾犹见其人也。岂虚
言哉?仪狄杜康,乃自注,故为疑词耳。"此书注释尤详,可与自序对照,
是汤汉自诩发明处。《归去来兮辞》《杂诗》《联句》《归园田居》《问来使》
附在四卷之外。按《杂诗》("嫋嫋松摽崖")下注:"东坡和陶无此篇。"《退
园田居》下注:"此江淹拟作,见《文选》。其音节文貌绝似,至'但愿桑麻
成,蚕月得纺绩',则与陶公语判然矣。"《问来使》下注:"此盖晚唐人因太
白感秋诗而伪为之。"又有"补注"一卷,注者失名。卷末有顾自修、黄丕
烈跋,记述此书流传经过,亦书林清话。

　　(四)《陶靖节先生集》十卷,附《年谱》一卷(存四卷,即卷一至卷四、
《年谱》),(晋)陶潜撰,(宋)吴仁杰撰,宋刻递修本。陈振孙《直斋书录解
题》著录,题"《陶靖节年谱》一卷《年谱辨证》一卷《杂记》一卷",云:"吴郡
吴仁杰斗南为《年谱》,蜀人张演季长辨证之,又杂记前贤论靖节语。此
蜀本也。"版面漫漶,《年谱辨证》一卷、《杂记》一卷已佚。

　　(五)《笺注陶渊明集》十卷、《总论》一卷,(晋)陶潜撰,(元)李公焕
辑,笺元刻本。卷首有萧统《陶渊明集序》,后有道光壬辰(1832年)邵渊
耀跋。次《笺注陶渊明集目录》。又,汇集诸家评语,以此书《补注陶渊明
集总论》为最早。卷十为《群辅录》及颜延之《靖节征士诔》,称"春秋六十有
三,元嘉四年月日卒于浔阳县之某里"。又有昭明太子《传》,亦作"年六十
三"。卷末有《北齐杨休之序录》《宋朝宋丞相私记》《书靖节先生集后》。

　　(六)《陶诗集注》四卷、附《东坡和陶诗》一卷,(清)詹夔锡撰,(宋)苏

轼撰，（清）管庭芬录，（清）何焯、（清）查慎行批，清康熙三十三年（1694年）詹氏宝墨堂刻本。卷首有康熙甲戌（1694年）詹夔锡序，次《陶诗集注目录》、萧统《陶渊明集序》《陶渊明传》和《陶靖节集总论》。眉端有管庭芬录何焯、查慎行批。《东坡和陶诗》末有康熙甲戌陆弘跋。又有同治二年癸亥（1863年）管庭芬跋。书末有癸卯（1963年）八十九叟沙彦楷《读何义门先生陶诗校注定本》题记。

（七）《陶诗汇注》四卷、首一卷、末一卷、《论陶》一卷，（清）吴瞻泰辑，（清）吴菘撰，（清）郑午生录，（清）钱陆灿等批校，清康熙四十四年（1705年）程鉴刻本。卷首有康熙甲申（1704年）宋荦序、康熙乙酉（1705年）吴瞻泰序，以及《陶诗汇注》"目录""凡例"、萧统《陶渊明传》和吴仁杰《陶靖节先生年谱》。《目录》末有光绪十年（1884年）黄景洛跋。书眉有清陈本礼过录诸家批语，并有说明："何义门、查初白，墨笔。卓子任，紫笔。陈胤倩，绿笔。沈归愚，朱笔。"批校内容丰富，可谓琳琅满目。卷末附诸家诗话。

（八）《陶靖节集》四卷，（晋）陶潜撰，（清）卓尔堪编，（清）梅植之批点，清康熙《合刻曹陶谢三家诗》刻本。卷首有萧统《晋陶渊明传》《晋陶靖节集总论》和《晋陶靖节集目录》。正文"三家诗陶集卷一"题下署"张潮山来，卓尔堪子任全阅，张师孔印宣"。说明三人参与编纂评赏。

（九）《陶诗本义》四卷，（晋）陶潜撰，（清）马璞辑注，清乾隆三十五年（1770年）庚寅吴肇元与善堂刻本。卷首有吴肇元序，称马璞"穷居独处，手陶诗一编，钩稽岁月，疏沦章句，思诣微入，神理冥符，撰成《本义》四卷"。次《陶诗本义目录》。目录末有清王大鹤题诗一首。

（十）《陶诗编年》一卷，（清）陈澧撰，清抄本。扉页题"陈兰甫先生陶诗编年"。第一篇是《始作镇军参军经曲阿》。第二篇《归园田居》五首，眉批："甲午，三十岁。"第三篇《庚子岁五月中从都还阻风于规林》二首，眉批："庚子，三十六岁。"说明系编年抄录。

（十一）《靖节先生集》十卷、首一卷、《靖节先生年谱考异》二卷，（晋）陶潜撰，（清）陶澍集注，（清）莫友芝校，清道光二十五年（1845年）惜阴书

舍刻本。卷首有道光庚子(1840年)周诒朴序，称："外舅陶文毅公以道光
己亥(1839年)夏卒于位。秋，夫人奉丧归，以公注《靖节先生集》十卷、
《年谱考异》二卷授余，曰：'公于从政之暇，不知几寒暑而成是书。今公
归道山，子且幼，能成公志者必汝，其毋忘公意乎！'诒朴谨受命，校雠数
过，椠于金陵。"次《靖节先生集总目》、道光己亥(1839年)陶澍撰《例言》
《钦定四库全书总目》、陶澍编《靖节先生集诸本序录》《靖节先生集诔传
杂识》。卷十末附《诸本评陶汇集》。书眉有莫友芝批校，正文有圈点，
《年谱考异》末有莫友芝跋："同治丁卯春收此本于扬州。庚午冬于淮南
书局重哀读一过。邵亭眣叟。"

　　此外，线装书局2003年据京江鲁氏嘉庆十二年藏板影印鲁铨刻苏
体大字本《陶渊明集》十卷亦有价值。毛宬跋称其外祖"有北宋本陶集，
系苏文忠手书以入墨板者，为吾乡有力者致之。其后卒烬于火"。后来
从钱遵王处又见苏体大字版《陶渊明集》，从书后跋知是南宋翻刻本。他
又倩其师重摩付刊。京江鲁铨在嘉庆十二年据此刊刻，卷十有颜延之
《靖节征士诔》、昭明太子撰《传》。北齐杨仆射休之《序录》《本朝宋丞相
私记》则置于附录中。书最后还有两则跋语，一是题"宋治平三年五月"
思悦撰《书靖节先生集后》及不详何人跋语，称"仆近得先生集，乃群贤所
校定者，因镂于木，以传不朽云。绍兴十年十一月日书"。二是毛宬康熙
三十三年(1694年)甲戌四月跋。

　　二十世纪陶渊明诗歌注本，以古直《陶靖节诗笺定本》、王瑶《陶渊明
集》、逯钦立《陶渊明集》影响最大。古书四卷，释词释义兼备。"读了他
的书才觉得陶诗并不如一般人所想的那么平易，平易里有的是'多义'"
(朱自清，122)。该书原称《陶靖节诗笺》，1926年印行，收入《隅楼丛书》
中。增定本入《层冰堂五种》。此后，古直一直在修订，后经李剑锋整理，
山东大学出版社2016年出版《重定陶渊明诗笺》。王书按年代编排，注
释简明，不载评语。作家出版社1956年出版。逯书在校勘方面有特点，
但不无粗疏之处，尤其是不注文词出处，不收历代评语，不无遗憾。末附
《关于陶渊明》《陶渊明事迹诗文系年》。中华书局1979年出版。此外，

丁福保有《陶渊明诗笺注》，引用古直之说很多。王孟白有《陶渊明诗文校笺》主要针对逯书复校，对逯书之“漏校、误校、改字不立所据”等问题多所匡补。黑龙江人民出版社 1985 年出版。孙钧锡有《陶渊明集校注》，校注本于陶澍，编排本于王瑶。中州古籍出版社 1986 年出版。唐满先有《陶渊明集笺注》大致亦以年代而编，分诗、文两类，后附陶渊明生平与著作年表。百花洲文艺出版社 1990 年出版。龚斌《陶渊明集校笺》以陶澍《陶靖节先生集》为底本，分为七卷，剔除《五孝传》《四八目》（即《圣贤群辅录》），上海古籍出版社 1996 年出版。袁行霈《陶渊明集笺注》以毛氏汲古阁藏宋刻《陶渊明集》十卷本为底本，但分为七卷，外集收录《五孝传》《集圣贤群辅录》《归园田居其六》《问来使》《尚长禽庆赞》。附录两种，一是诔传序跋，二是和陶诗九种（十家）。另编有《陶渊明年谱》《陶渊明作品系年》，力主七十六岁之说。中华书局 2003年出版。

二、关于陶渊明的研究热点

陶渊明生前声名不显，死后几十年间亦不为世人所重视，故有关史料极为贫乏。唯其如此，在许多问题上，都存在着相当的分歧。

（一）关于名字

陶氏《晋故征西大将军长史孟府君传》《祭程氏妹文》等皆自名渊明，颜延之《陶征士诔并序》称“有晋征士浔阳陶渊明”等亦如此。沈约《宋书·陶潜传》载：“陶潜字渊明，或云渊明字元亮。”始见歧异。萧统《陶渊明传》载：“陶渊明字元亮，或云潜字渊明。”名与字已混淆不清。《南史·陶潜传》：“陶潜字渊明，或云字深明，名元亮。”深明当是避讳，改“渊”为“深”，自来无异说。其名则迄今未有一致的意见。梁启超《陶渊明年谱》以为：“渊明必先生名无疑，故颜《诔》直书为‘有晋征士浔阳陶渊明’也。然则潜之名从何来？李《笺》引《年谱》云：‘在晋名渊明，在宋名潜，元亮之字则未尝易。’然古者‘君子已孤不更名’，谓先生晚年改名，殆不近理。

考先生五子俨、俟、份、佚、佟,而《责子》诗则举其小名曰舒、宣、雍、端、通。是先生诸子,皆有两名也。先生盖亦尔尔,渊明其名,而潜其小名欤?"朱自清《陶渊明年谱中之问题》则不以为然,仍主张"渊明字元亮,入宋更名潜"。今人刘禹昌申朱说,以为"陶渊明字元亮,入宋后更名潜,字渊明"(122,d),而王振泰则申梁说(45)。

(二) 关于年龄

一说五十一岁,逯钦立早年著《陶渊明行年简考》(1942 年版)认为陶渊明弃官为义熙元年,当时陶渊明年当"向立",为二十九岁,上溯生年为太元二年(377 年),下推至元嘉四年(428 年)卒时五十一岁,此与"年过五十""识运知命""年在中身"等相应。稍后又作《陶渊明年谱》(1945 年版)持五十二岁说,将生年提前到太元元年(376 年)。再后来整理《陶渊明集》,又回到传统的六十三岁说,参见《陶渊明事迹诗文系年》。

二说五十二岁,古直《重定陶渊明诗笺》附《陶渊明年表》《陶渊明的年纪问题》(80,c),赖义辉《陶渊明生平事迹及其年岁新考》均主此说。

三说五十六岁,梁启超《年谱》举出八条例证,力主此说。游国恩《陶潜年纪辨疑》则逐条辩驳(477,d)。两说针锋相对。

四说六十岁左右,宋云彬《陶渊明年谱中的几个问题》以为"在未得新证据以前,渊明生年尚无法考定"。邓安生《陶渊明年谱》主五十九岁说。

五说六十三岁,见沈约《宋书·陶潜传》、汤汉本颜延之《陶渊明诔》、萧统《陶渊明传》,宋人王质、吴仁杰,清人顾易、陶澍、杨希闵,今人傅东华等都持此说,现为多数研究者所接受。当然,此说也有难圆之处,因为在《文选》中所收颜延之《诔》止作"春秋若干",并无确切年龄之记载。另一处又说"年在中身"。这"中身"二字出于《尚书·无逸》:"文王受命惟中身,厥享国五十年。"而据《礼记·文王世子》说:"文王九十七而终。"依此而论,似乎又暗示传统所说陶渊明卒年六十三之说未必确切。

六说七十六岁,宋张演据《游斜川》"开岁倏五十",以为辛丑年(401 年)五十岁,迄元嘉四年(427 年)终,得七十六岁。清人黄璋、今人袁行霈亦持此说(425,d)。

综上诸说,梁启超、古直的立论,多属推测,很难推翻传统的看法,因此,现在很少有人信从。不过,他们提出的一些论据可能还有值得考虑的地方。六十三岁之说实难轻易否定。沈约《宋书》的撰著距陶渊明之死的元嘉四年不过八十年,萧统距陶氏不过一百余年,他们的记载当有所信据。

(三) 关于里居

一曰楚城,见北宋乐史《太平寰宇记》;

二曰栗里,也见《太平寰宇记》;

三曰南康,见李公焕注《还旧居诗》;

四曰始家宜丰,见胡思敬编《盐乘》(《宜丰县志》);

五曰柴桑,见颜延之《诔》、《宋书》及萧统《传》。今人多以为始居柴桑,继迁上京,复迁南村。栗里在柴桑,为尝游之地(吴宗慈,223;逯钦立,444,b;邓安生,59)。

(四) 关于折腰五斗

最通行的看法,是把五斗米作为微薄薪俸的代称。孟浩然《京还赠张维诗》:"欲徇五斗禄,其如七不堪。"即用此意。《后汉书·百官志》注引荀绰《晋百官表注》曰:"四百石(斛),月钱二千五百,米十五斛。"依此而折算,"每日正好是五斗米","因此,陶渊明不为折腰的五斗米仍应是指县令的俸禄,确切地说,是晋时县令一日之食俸,也就是日俸的禄米部分"(吴郁芳,224;黄炳麟,461)。从诗人出仕彭泽县令的原因,当时县令俸禄、陶传五斗米出处、单位词在修辞学上的用法以及后代诗人作家袭用五斗米所认识的意义等方面也可以证明五斗米为薄禄的代称(陈怡良,204)。

另一种看法,认为五斗米为诗人每月食量,与东晋县令官俸绝无关涉,而史书所载当时士大夫每月食量恰是五斗米左右,因此不为五斗米折腰解作"我不能为求一饱之饭之故折腰"(缪钺,518,c;杨联陞,290)。

还有一种新说,认为五斗米系指五斗米教。陶渊明第一次出仕为江州祭酒是在太元十八年(393年),上司江州刺史是王凝之,是东晋著名的门阀世族官僚。不久解职,其真实原因是因为他不屑于向门阀世族王凝之这个五斗米道徒卑躬屈节。因此,不为五斗米折腰可以解作:"我过去不能对五斗米道下腰鞠躬,今天还能诚诚恳恳地侍候乡里小人?"(逯钦立,444,c)卫聚贤《不为五斗米折腰新考》亦主此说(8)。

(五)关于《诗品》"陶诗源于应璩"说

这段话见于钟嵘《诗品》中品,叶梦得《石林诗话》不同意此说,以为应璩诗与陶渊明诗不相类。袁行霈列举详尽论据加以证实(425,e)。古直《钟记室诗品笺》则以为,应璩诗以讥切时事、风规治道为长,陶诗亦多讽刺,故萧统序曰:"语时事则指而可想。"陶诗"源出于璩,殆指此耳"。许学夷《诗源辨体》从风格上立论,王运熙《钟嵘诗品陶诗源出应璩解》从内容上考察,用以证明钟嵘之论言而有据(27,c)。林葆玲另辟蹊径,从《文选》所收应璩尺牍入手,发现《与从弟君苗冑书》《与侍郎曹长思书》所表现出来的归隐田园的思想、饥寒贫困的生活以及平淡的文风,与陶渊明的生活与创作确有很多相近相通的地方(林葆玲,313)。

(六)关于《五孝传》《四八目》

今传《陶渊明集》多有《圣贤群辅录》和《五孝传》。据潘重规《圣贤群辅录新笺》,《圣贤群辅录》本名《四八目》(526,b)。阳休之《陶集序》:"其集先有两本行于世,一本八卷无序,一本六卷并序目,编比颠乱,兼复阙少。萧统所撰八卷,合序目传诔,而又少《五孝传》及《四八目》。"阳休之在萧统八卷本基础上,增编《五孝传》《四八目》,成十卷本。可见,萧统整理的南方传本并没有这两篇,所以多数学者认为这两组作品不可靠。袁行霈《陶渊明集笺注》以"外集"形式收录。潘重规认为《圣贤群辅录》为陶渊明平日读书之札记。陶渊明最先完成了先秦时期的三十二条,故称之为"四八目",后来补录的两汉魏晋人物,因为附在先秦人物之后,便总称为"四八目"(胡祥云,366)。《说郛三种》(宛委山堂一百二十卷本)卷五十七收录《圣贤群辅录》,可以作为校勘之资。

《五孝传》十八人,上至上古,下及东汉。皇甫谧有《高士传》,与陶渊明的《圣贤群辅录》比对，发现多有重叠的地方。而这类著作，在世间又多有流传。因此有学者称，东晋朝廷征聘陶渊明为著作郎或著作佐郎，反映了当时主流社会对陶渊明史学才能的认可。而《五孝传》及《圣贤群辅录》作为具有一定史传性质的作品及平日读书笔记，可与陶渊明作品相比对，看出其密切关系，具有一定可信性，"未可轻易断定其为伪作"（钟书林，372，a）。

（七）陶渊明的思想

陶渊明的创作与思想对后代产生重要影响，这方面的文章、专著很多。1961年中华书局出版的《陶渊明讨论集》《古典文学资料汇编·陶渊明卷》汇集了主要的论点及资料。钟优民《三十年陶渊明讨论和研究的回顾》也作了初步的梳理（374，b），可以参阅。袁行霈的《陶渊明影像》（中华书局，2009年版）一书，从文学史与绘画史交叉的角度研究陶渊明，开拓了一个新领域，有可资借鉴之处。全书精选了四十七幅有关陶渊明的绘画，引证大量文献资料，对绘画内容、题跋及其传达的文化意蕴作了考证和分析。这里，再就陶渊明与佛学的关系略作评述，因为这个问题近来较引人注目，且取得了新的进展。四十年代，陈寅恪著《陶渊明之思想与清谈之关系》，认为陶渊明的思想实承袭魏晋清谈之旨，"外儒而内道，舍释迦而宗天师者也"，"于同时同地慧远诸佛教之学说竟若充耳不闻"，"绝对未受远公佛教之影响"（216，a）。同时，逯钦立著《〈形影神〉诗与东晋之佛道思想》，不仅认为陶渊明思想与佛学无关，而且"渊明之见解宗旨，与慧远适得其反，《形影神》诗，实此反佛论之代表作品"（444，d）。六十年代著《读陶管见》仍坚持这个看法，说陶渊明"运用玄学自然之义来反对佛道迷信"（444，e）。这种看法已为学术界广泛接受，罗宗强《玄学与魏晋士人心态》、袁行霈《陶渊明与慧远》（425，a）并持此说，甚至有的学者论及《文心雕龙》不提陶渊明的原因，是因为刘勰与陶渊明在思想上对立，刘勰信佛，而陶渊明反佛（杜道明，244；易健贤，329）。

但问题并不那么简单。日本学者吉冈义丰据敦煌文书《金刚般若经》纸背抄录的佛曲《归极乐赞》题下附注"皈去来，皈去来"，结合日本

《圣武天宝宸翰杂集》卷末存释僧亮佛曲《归去来》《隐去来》五首考证，僧亮为晋末宋初僧人，与陶渊明同时。两人所写《归去来》反映了东晋佛教的净土信仰。东晋时，庐山是南方佛教新知识的中心，慧远与刘遗民、陶渊明均有交谊。陶渊明作为思想广泛的人物，又生活在这样的环境中，接受佛教的"新思想"也是必然之事。若结合陶渊明本人经历及家庭背景，他与佛教的关系可以找到许多例证(148；李剑锋，172)。国内学者丁永忠也发表了好几篇文章证成此说(1)，特别是他的《〈归去来兮辞〉与〈归去来〉佛曲》一文，从任半塘《敦煌佛曲初探》中辑出有关《归去来》佛曲，并综合各家之说，认为陶渊明的思想不能简单地视为纯正的老庄玄理的翻版，而是"佛玄合流"(1，e)。相关资料，还有晋无名氏《东林莲社十八高贤传》，在十八位外，另辟"不入社诸贤传"，就包括陶渊明、谢灵运、范宁诸人。此书收在《说郛三种》(宛委山堂一百二十卷本)第五十七卷中。

第二章　南朝诗文研究文献

晋元帝元熙二年(420 年)六月,刘裕称皇帝,建元永初,废晋帝为零陵王、晋王,历史上的南朝由此开端。为与赵宋区别,习称刘宋,延续 59 年。宋顺帝升明三年(479 年)四月,萧道成称皇帝,改元建元,宋亡。为与北齐区别,习称南齐,与同宗萧氏主政的梁朝区别,又称萧齐,延续 23 年。齐和帝萧宝融中兴二年(502 年)四月,萧衍称皇帝,改元天监,齐亡。为与后梁区别,习称萧梁,延续 55 年。① 梁敬帝萧方智太平二年(557 年)十月,陈霸先称皇帝,改元永定,梁亡。至陈后主祯明三年(589 年)隋文帝杨坚称帝改元开皇元年,陈代延续 33 年。从公元 420 年至 589 年,南朝前后延续 170 年。

南朝文学与魏晋文学大不相同。从汉到魏,政权从大一统分散到三家手中,思想上由儒家正统转向诸说纷呈;从魏到西晋,又从分裂走上短暂的统一,思想界则倡导回归正统,实际却是玄学盛极一时;从八王之乱到东晋偏安,政权中心又由北方移至江南,文化也随之而南。《史通·言语》:"江左为礼乐之乡,金陵实图书之府。故其俗犹能语存规检,言喜风流,颠沛造次,不忘经籍。"魏晋政治、经济的变化对文学的影响既深且广,可以说,文学的每一次变化首先都是随着政治的变迁而启动的,用刘勰的话说,即"歌谣文理,与世推移"。进入南朝以后,四朝二十四帝,一

---

① 南齐和萧梁,均出自兰陵萧氏,系同宗。《齐梁文化研究丛书》收录《南兰陵萧氏著作综录》《南兰陵萧氏人物评传》《南兰陵萧氏家族文化史稿》《齐梁萧氏文化概论》《齐梁故里与文化》等有系统的研究,上海古籍出版社 2015 年出版。

百七十余年间,政权虽屡经变换,而文学却始终保持着相对的稳定性和连续性。这是因为,第一,政治文化中心始终在江南建业一带;第二,南朝最高统治者都是渡江后起或生于南方的士族;第三,思想界没有发生太大的波动;第四,南朝帝王多好文学,留有别集。[①] 所有这些,使得南朝文学的发展有其相对独立于政治发展的特殊性,即南朝政坛虽经四朝,而文学上却大致只有三段,亦即元嘉文学、永明文学和宫体诗赋。

第一节　元嘉诗文研究

一、元嘉文学的特点

(一)文学独立一科

《宋书》"文帝纪""雷次宗传"都记载,宋文帝元嘉十六年(439年)在儒学、玄学、史学三馆外,别立文学馆。嗣后,宋明帝立总明观,分儒、道、子、史、阴阳五部。从此,文学作为独立学科而与经史等划分开来。这种划分在当时的史学著作以及古籍目录中都曾留下鲜明的印记。刘宋以前,现存正史并没有记载文学家生平事迹的所谓《文苑传》或《文学传》,他们的事迹有的入《儒林传》中,说明那时学术文章与文学创作并无明显分野。到刘宋元嘉时,范晔著《后汉书》始辟《文苑传》,同时仍保留《儒林传》,词章与学术已明显区分开来。再就古籍目录分类来看,《汉书·艺文志》分为六部,诗赋略为其中之一部;以下又细分屈原赋之属、陆贾赋之属、荀卿赋之属以及杂赋和歌诗等五类,可以说主要反映了赋体的流变情况。至于其他文体的创作风貌却没有得到反映。曹魏时期郑默编《中经》,晋人荀勖因之而成《新簿》,变《汉书·艺文志》六部为甲乙丙丁

---

① 以刘宋为例:《隋书·经籍志》著录《宋武帝集》十二卷,梁二十卷,录一卷。《宋文帝集》七卷梁十卷,亡。《宋孝武帝集》二十五卷梁三十一卷,宋废帝《景和集》十卷,《明帝集》三十三卷。

四部。丁部除诗赋外，另有图赞、汲冢书等（张舜徽，277）。文学似乎只有诗赋，其他文体依然没有从广义文章中独立出来。刘宋末叶，王俭撰《七志》，将"诗赋"改为"文翰"，以为"诗赋之名，不兼余制，故改为文翰"（阮孝绪《七录序目》），文学观念日趋明确。其所以如此，正反映了元嘉以来文学创作的兴盛与繁荣。

（二）文笔的辨析

从现存材料看，文笔之分最早见载于这个时期的史籍。《南史·颜延之传》："帝尝问以诸子才能，延之曰：'竣得臣笔，测得臣文。'"又载："长子竣为孝武造书檄，元凶劭召延之，示以檄文，问曰：'此笔谁造？'延之曰：'竣之笔也。'又曰：'何以知之？'曰：'竣笔体，臣不容不识。'"[①]由此不难推想，所谓"笔"主要是指符、檄、笺、奏、表、启、书、札、弹事、议对等应用文字；至于"文"大约是指诗赋之类的有韵文字。这一点可以从范晔《狱中与诸甥侄书》得到证实。他说："年少中谢庄最有其分，手笔差易，于文不拘韵故也。"《文心雕龙·总术》也说："今之常言，有文有笔，以为无韵者笔也，有韵者文也。夫文以足言，理兼诗书，别目两名，自近代耳。"这个问题一直是六朝文学研究中的一个热点（郭绍虞，417，h；逯钦立，444，k）。

（三）山水文学的成熟

早在先秦，山水文学已见萌芽，但成批地涌上文坛，却是从东晋开始的。其所以如此，可以作多方面探讨（王国璎，39），譬如汉末的动乱、士人精神寄托的失落、江南的开发，这是山水文学兴盛的历史前提和文化背景（高尔太，436；王达津，26，a）。山水文学传统、晋宋地记的丰富，是山水文学走向繁荣的内在原因（韦凤娟，57，c；王立群，21，a；赵昌平，347）。还有一种更通行的看法，把山水文学的兴起与玄言诗联系起来。刘勰以为："庄老告退而山水方滋。"把两者对立起来。近现代学者多不以

---

① 《隋书·经籍志》著录"宋东扬州刺史颜竣集十四卷并目录，宋大司马录事颜测集十一卷并目录"。

为然,认为山水诗多脱胎于玄言诗,两者至少有密切的关系(王瑶,51,b;王毅,53)。当然,这种探讨还有不少困难,除了山水诗的发展是一个相当长的过程外,还有一个重要的原因,即我们今天所能看到的材料较之前人要少得多,例如在晋宋时期山水文学发生过程起过重要作用的殷仲文,有集七卷,今存完整的诗仅一首;谢混集五卷,今存诗仅四首。这就使得我们难以理解檀道鸾《续〈晋阳秋〉》、刘勰《文心雕龙》、钟嵘《诗品》对这些人的评价。

(四)江南民歌对文人的影响

裴子野《雕虫论》称,以颜、谢为代表的元嘉诗歌比较注重经史,而大明(457—464)、泰始(432—437)以后,以鲍照为代表的一批后起诗人则把目光转向新兴的江南民歌上,这便与恪守传统窠臼的颜延之等发生矛盾。《诗品》颜延之条载:"汤惠休曰:谢诗如芙蓉出水,颜诗如错采镂金。颜终身病之。"此语,《南史》作鲍照:"延之尝问鲍照己与灵运优劣,照曰:'谢五言如初发芙蓉,自然可爱;君诗若铺锦列绣,亦雕绘满眼。'"不管是汤惠休,抑或是鲍照,两人对颜延之的诗风大为不恭,恐怕是相近的。颜延之当然不甘示弱。《南史》本传载:"延之每薄汤惠休,谓人曰:'惠休制作,委巷中歌谣耳,方当误后生。'"《诗品》汤惠休条:"惠休淫靡,情过其才,世遂匹之鲍照,恐商、周矣。羊曜璠云:'是颜公忌鲍之文,故立休、鲍之论。'"事实上,到了刘宋后期,"鲍、休美文,殊已动俗"。永明文学受此影响最大,亦从江南民歌中汲取养分。钟嵘《诗品》说沈约"宪章鲍明远",所指大约在此。

汤惠休,字茂远。生卒年、年岁及籍贯均不详。元嘉后期,汤惠休出家为僧,能属文,词采艳丽,为徐湛之所重。孝武帝即位,下令汤惠休还俗,历任扬州从事史、宛朐令。《南齐书·谢超宗》记载,谢灵运孙子谢超宗在元嘉末年曾和汤惠休有过交往。据此,可以推断,汤惠休的生活和创作年代大致在元嘉后期到孝武帝时代,和鲍照大约同时代。《隋书·经籍志》著录"宋宛朐令汤惠休集三卷,梁四卷",久佚。今存诗十一首,见《先秦汉魏晋南北朝诗》辑录,明显受到江南民歌的影响。

（五）从"文多经史"到大明诗风的转变

《南齐书·文学传论》说：

> 江左风味，盛道家之言。郭璞举其灵变，许询极其名理，仲文玄气，犹不尽除，谢混情新，得名未盛。颜谢并起，乃各擅奇。休鲍后出，咸亦标世。朱蓝共妍，不相祖述。今之文章，作者虽众，总而为论，略有三体：一则启心闲绎，托辞华旷，虽存巧绮，终致迂回。宜登公宴，本非准的。而疏慢阐缓，膏肓之病，典正可採，酷不入情。此体之源，出灵运而成也。次则辑事比类，非对不发，博物可嘉，职成拘制。或全借古语，用申今情，崎岖牵引，直为偶说。唯睹事例，顿失精采。此则傅咸（实应包括颜延之）五经，应璩指事，虽不全似，可以类从。次则发唱惊挺，操调险急，雕藻淫艳，倾炫心魂，亦犹五色之有红紫，八音之有郑、卫，斯鲍照之遗烈也。

上述三派，颜、谢并起，鲍照后来居上，代表了刘宋元嘉时期诗坛逐渐向大明、泰始风气的转变。

裴子野《雕虫论序》亦称："宋初迄于元嘉，多为经史。大明之代，实好斯文。高才逸韵，颇谢前哲，波流同尚，滋有笃焉。自是闾阎少年，贵游总角，罔不摈落六艺，吟咏情性。学者以博依为急务，谓章句为专鲁。淫文破典，斐尔为曹。无被于管弦，非止乎礼义。深心主卉木，远致极风云。其兴浮，其志弱，巧而不要，隐而不深，讨其宗途，亦有宋之遗风也。"《建康实录》也说："武帝自永初迄于元嘉，多为经史之学，自大明之代，好作词赋。"《诗品序》也称："观古今胜语，多非补假，皆由直寻。颜延、谢庄，尤为繁密，于时化之。故大明、泰始中，文章殆同书钞。"这里都提到大明（457—464）、泰始（465—471）年间文风的转变。这是宋孝武帝刘骏、宋明帝刘彧的年号。《建康实录》载，大明六年八月建置清台令官，用以考其清浊。《宋书·临川王道规传》附《鲍照传》称："孝武好为文章，自谓物莫能及。"这说明，孝武帝刘骏亦好文学，《隋书·经籍志》著录有集三十一卷，久佚。今存文二卷，除诏、诰、表等应用文体外，尚有赋、赞、颂、铭等文学色彩很重的作品。其诗今存二十七首,居刘宋帝王之首。《诗品》评:"孝武诗,雕文织采,过为积密。"他积极推动诗风演变,是南朝诗歌发展史上的重要诗人。

刘宋时期的文学,通常以元嘉三大家为代表。谢灵运、颜延之、鲍照的创作,相通之处颇多,又有各自不同的历史背景。谢灵运带有宋初"文多经史"的色彩,"典正可采,酷不入情";颜延之则"辑事比类,非对不发";鲍照是"发唱惊挺,操调险急",努力摆脱刘宋前期诗风。

二、谢灵运

谢灵运(385—433),谢玄之孙,生于会稽始宁(浙江上虞),幼时寄养在钱塘杜明师的道馆里,故小名客儿,后人又称谢客。[①] 袭爵康乐公,故名谢康乐。由于出身名门,加之才能过人,故甚为狂傲。他曾狂言:天下才能十斗,曹植分八斗,他独得一斗,其余一斗天下共分之。谢灵运十四五岁回到建康(南京),他的文学得到族叔谢混的赏识。东晋末年开始踏上仕途,曾为抚军将军刘毅的记室参军,又为刘裕太尉参军。入宋后,谢灵运曾依附庐陵王刘义真,义真失势后被免,归居老家始宁,作《山居赋》。元嘉三年(426年),谢灵运被宋文帝召回京城,授为秘书监,整理史料,修撰《晋书》。后出为临川内史。元嘉十年(433年),以谋反罪被杀,时年四十九岁。生平事迹见《宋书》本传及叶瑛、丁陶庵、郝立权等所编年谱(杨殿珣,291)和沈玉成《谢灵运评传》(177,d)。

谢灵运在南朝享有盛誉。《宋书》本传说他罢官居始宁,"每有一诗至都邑,贵贱莫不传写,宿昔之间,士庶皆遍,远近钦慕,名动京师"。《隋书·经籍志》著录"《赋集》九十二卷,谢灵运撰",当系辞赋总集;"《诗集》五十卷,谢灵运撰。梁五十一卷。又有宋侍中张敷、袁淑补谢灵运《诗

---

① 清水凯夫《〈诗品〉谢灵运条逸话考》认为谢家信奉五斗米教,谢灵运寄养地是钱塘杜明师之治,这对谢灵运擅长描写山水"名章迥句"与道家思辨文句合为一体的诗风形成具有更大意义。

集》一百卷", "《诗集钞》十卷谢灵运撰。梁有《杂诗钞》十卷, 录一卷, 谢灵运撰", "《诗英》九卷谢灵运集, 梁十卷"等, 当系诗歌总集; "《七集》十卷, 谢灵运集", 当系"七体"总集; "谢灵运撰《连珠集》五卷"。别集有"宋临川内史《谢灵运集》十九卷, 梁二十卷, 录一卷", 两唐《志》作十五卷。晁公武、陈振孙书目不载。现存最早的谢诗刻本是南宋嘉泰年间宣城刻《三谢诗》, 收录谢灵运诗四十首(另有谢惠连诗五首、谢朓诗二十一首), 系唐庚从《文选》中辑出,《郡斋读书志》《直斋书录解题》等均有著录。当时"选学"盛行, 唐庚辑录此书可能是备学习之用, 但这一辑录却为我们留下三谢诗作的最早本子, 其刊刻年代早于现存《文选》较早的尤袤刻本, 因而具有重要的校勘价值, 即以嘉泰重修《三谢诗》与胡克家校刻尤本《文选》, 不同之处多达一百五十余处, 皆《考异》所无(顾美华, 392)。此本有上海古籍出版社影印本。

《汉魏六朝集部珍本丛刊》收录四种:

1. (明)黄省曾辑, 明嘉靖黄省曾刻本《谢灵运诗集》二卷。这是谢灵运诗集较早的刊本。卷首有黄省曾《谢灵运诗集序》: "予南游会稽, 偶于山人家见旧写本, 取展读之。又得登游之诗自《永嘉绿嶂山》以下十三首, 皆世所未睹。精驳固存, 而格体象兴词致咸与所集无别, 美哉丽矣! 三复遗篇, 如获至宝。窃念不与广流, 必尔亡逸, 乃合其旧新, 并入乐府, 录为二卷。诗凡六十九首, 刻之斋中, 俾传布不朽焉。"

2. (明)辽藩朱宠瀼梅南书屋刻《三谢诗集》本《谢灵运诗》二卷。卷首有蔡汝楠《刻三谢诗集序》: "吴郡黄勉之亦表灵运诗云, 自《永嘉绿嶂山》以下十三首世皆未睹。"当据黄省曾本重刻。

3. (明)沈启原辑, 明万历十一年(1583 年)沈启原刻本《谢康乐集》四卷。此本是现存较早的谢灵运诗文合编本, 卷首有万历癸未(1583 年)焦竑《谢康乐集题辞》: "谢康乐集世久不传, 其见《文选》者诗四十首止耳。后李献吉增乐府若干首, 黄勉之增诗若干首。吾师沈道初先生冥搜博访, 复得赋若干首、诗若干首、杂文若干首。譬之哀虬龙之片甲, 集旃檀之寸枝, 总为奇香异采, 不可弃也。辑成合刻之以传, 而以校事委余。"

知李梦阳辑录乐府,黄省曾辑录诗歌,沈启原在此基础上辑其他文体,在焦竑的协助下,刻为《谢康乐集》共四卷。

4.(清)卓尔堪编,(清)梅植之批校,清康熙间刻《合刻曹陶谢三家诗》本《谢康乐集》二卷。扉页有梅植之道光十八年(1838年)跋,《宋谢灵运传》末有己亥(1839年)梅跋、卷二末有道光五年(1825年)梅跋称沈约"谓骚人以来,此秘未睹,则吾不服也"。书尾又有梅跋各一则。"三家诗　谢集卷一"下作者题署:"张潮山来,卓尔堪子任全阅,张师孔印宣"。是张潮、卓尔堪、张师孔并参与编选评论。

黄节《谢康乐诗注》是谢诗的全注本,据焦竑刊本中诗歌部分重编而成。注文除采用李善注外,另加补注,力求详尽,并附录各家评语,多有助于理解谢诗之精微。人民文学出版社1958年据清华大学讲义本排印。2008年中华书局重新修订收入"黄节诗学选刊"中(458,c)。叶笑雪又从黄节注本中选出六十五首加以注释,编成《谢灵运诗选》,选择范围以山水诗为主,但又不仅限于此,如《拟魏太子邺中集》八首也加以选录。于生僻字的音义、意义隐晦的词语加以浅显的解说,并对全诗略加诠释,除明白晓畅的几首外,几乎每一首后都有一段评述,是便于初学的选注本,古典文学出版社1957年出版。谢灵运集的全注本是顾绍柏的《谢灵运集校注》,收录一百三十九篇作品,大都以写作年代编排,每篇都有内容提要。注释、校勘比较简括。诗的部分有依据,较细,而文的部分没有多少前人注释可供参考,因此注得很简略,有的连一般典故也不出注。另外,在前言中论及谢灵运年谱的编撰,把郝立权、郝昺衡误作二人。[①]书后附有《谢灵运生平事迹及作品系年》《谢氏家族成员简介》《〈隋书〉等古籍中所著录的灵运著作及所纂总集》《评丛》《辑录所据底本及参校本一览表》《主要参考书目篇目》等,中州古籍出版社1987年出版。

---

①　钟优民《探颐索隐、搜罗丰赡——〈谢灵运集注〉述评》(《社会科学战线》1988年4期)亦将郝立权、郝昺衡误作二人。

三、颜延之

颜延之（384—456）字延年。原籍琅琊临沂（今属山东）。史载，其少孤贫，晋末与谢瞻同在吴郡太守刘柳幕下为行参军，转主簿。后随府至江州，因得结识陶渊明。义熙十二年，刘裕北伐，颜延之奉豫章公世子刘义符之命北上庆贺，旋奉刘裕命至洛阳，写下他的成名作《北使洛》《还至梁城作》二诗。少帝即位，谢灵运出为永嘉太守；次年颜延之亦出为始安太守。过浔阳，与陶渊明酣饮致醉，颇相契合。经屈原投水处，为刺史张劭作《祭屈原文》，其中有"兰薰而摧，玉缜则折，物忌坚芳，人讳明洁"诸语，亦属自况。宋文帝元嘉三年（426 年），徐羡之、傅亮等被诛，颜延之与谢灵运等被征还京城，被授中书侍郎，又领步兵校尉。元嘉十一年（434年），以刘湛之谮，出为永嘉太守。颜延之愤恨而作《五君咏》，这是他的代表作。元嘉十九年重建国子学，三年后，颜延之任国子祭酒。据陆澄《与王俭书》（见《南齐书》本传）载："元嘉建学之始，玄、弼两立。逮颜延之为祭酒，黜郑置王，意在贵玄，事成败儒。"说明颜延之的思想与传统的儒家体系尚有区别，魏晋玄学在他的思想中仍占有一定的地位。此外，他也信奉佛教，和一些著名的僧人来往。可见，儒、释、道三家之说，都在颜延之的思想中打下烙印。生平事迹见《宋书》本传及季冰、缪钺各自所撰《颜延之年谱》（331；518，d）、蒋祖怡《颜延之评传》（498，a）、曹道衡《论颜延之的思想和创作》（450，aa）、沈玉成《关于颜延之的生平和作品》（177，h）等。

《隋书·经籍志》著录"宋特进颜延之集二十五卷梁三十卷。又有颜延之逸集一卷，亡"。明人缀拾遗文，辑为一卷。《汉魏六朝集部珍本丛刊》收录颜欲章编《颜光禄集》三卷，万历三十六年（1608 年）刻《颜氏传书》本，为现存颜延之作品较早的辑本。卷三《答问》下后吕兆禧跋："按隋唐《艺文》，宋颜延之集三十卷，至检《通考》遂无其目，岂宋世此集已不可见邪？然《太平御览》所载《庭诰》多今传文之所不载，盖宋初尚存，亡于南迁耳。禧以光禄，刘宋名家，推重南北，而篇章散落，慕古者惜焉。

爰采自《文选》及诸史集藏典，都为三卷。"书末有姚士粦《颜光禄集跋》：
"昔吾友吕锡侯手辑此编十八而夭，幸因翻录得附《传书》。兹承师命，与
包生鹤龄分授点校，辄寄姓名。不意吕生浚死，不朽于光禄也。海盐姚
士粦跋。"王学军《颜延之集编年笺注》是颜延之现存作品的校注本，书后
附有辑佚、辨伪、评论资料汇编等材料，人民文学出版社 2021 年出版。

　　萧统编《文选》，收录作品最多的作家是陆机，凡七十六首（篇），其次
是谢灵运，四十一首，再次是曹植，三十九首，江淹三十五首。其后就是
颜延之了，二十七首。在这五人中，谢灵运没有收录一篇文章，说明他主
要是以诗歌闻名，而颜延之的文章却收录了六篇。如《赭白马赋》，作于
元嘉十八年，原本是奉诏而作，和那些应制诗的性质相近。写作起因只
是皇帝的一匹骏马死了，就要臣下作赋。颜延之的赋从马说起，既描写
了马的神骏，又借此说到因为皇帝有恩德，才能得到良马；最后又归结为
修文德、戒规劝之意。这篇赋所以为当时及后代所重视，除了辞藻华美
外，还与其精妙的构思有关系。赋的序言开始说马，几句话就转到歌颂
帝王的话题上面。这种笔法对于古代骈文家和散文家们写作应制文章，
确实有莫大的启发意义。杜甫《高都护骢马行》《魏将军歌》《瘦马行》等
诗篇也屡屡化用这篇赋中的词语，可见其影响之深。骈文如《陶征士诔》
《阳给事诔》《祭屈原文》《三月三日曲水诗序》《宋文帝皇后哀策文》等并
见于《文选》收录，可以想见这些文章在齐梁文人心目中的地位。《陶征
士诔》是现存最早的论及陶渊明的文字，其史料价值之高姑且不说，就文
章而论，作者以极简练的语言写出了陶渊明"薄身厚志"的一生和"高蹈
独善"的情怀，感人至深。又如《三月三日曲水诗序》，《南齐书·王融传》
载北使宋弁、房景高求观王融《曲水诗序》说："在朝闻主客作《曲水诗
序》。"又说："在北闻主客此制，胜于颜延年，实愿一见。"由此来看，颜延
之的作品已远播北方，影响之大，于此可见一斑。

　　从这种选录篇目来看，当时人认为，谢灵运与颜延之一样，他们的创
作，主要是继承了魏晋时期潘岳、陆机等人开创的典雅的文学传统，都讲
究雕琢字句，铺陈典故，比较注意诗歌的形式美，使诗歌的语言增加了色

泽和光彩。这说明,在元嘉文学乃至整个南朝文学发展过程中,颜延之所扮演的角色、所起的作用,都还有进一步研讨的余地,因为他是南朝文风演变的一个重要环节,可惜过去给予的重视远远不够。

四、鲍照

鲍照(?—466)字明远,家本上党,后迁于东海(今山东郯城)。出身应当比较接近寒族,是衰微士人(殷雪征,388)。宗室刘义庆爱好文义,鲍照曾经求见但未被任用,宋文帝元嘉十六年(439年),鲍照又想献诗言志,人或止之,说:"卿位尚卑,不可轻忤大王。"鲍照勃然说:"千载上有英才异士沉没而不闻者,安可数哉?大丈夫岂可遂蕴智能,使兰艾不辨,终日碌碌,与燕雀相随乎!"刘义庆见而奇之,赐帛二十匹。生卒年史无明文,约卒于宋明帝泰始二年(466年)。据虞炎《〈鲍照集〉序》说,宋明帝泰始二年(466年),孝武帝子晋安王刘子勋起兵反对明帝,刘子顼于江陵响应。及子勋兵败,子顼赐死,江陵人宋景等作乱,鲍照遂死于乱兵之中,时年五十余。据此推算,当生于东晋安帝义熙十年(414年)前后。生平事迹仅见《宋书·刘义庆传》附传,寥寥数语。《南史》稍详,却又增加疏误。较可信的史料是虞炎《〈鲍照集〉序》,然亦语焉不详。近人所编年谱,以缪钺《鲍明远年谱》(518,e)、吴丕绩《鲍照年谱》(221,b)、钱仲联《鲍照年表》(395)为较详。关于鲍照的家世、生卒年等情况,丁福林《鲍照研究》有详尽的考证,凤凰出版社2009年出版。

鲍照死于南齐末年的乱兵之中,文多散佚。齐武帝儿子萧长懋命令虞炎为鲍照编辑文集,所收很不全。虞炎序说:"(鲍照)身既遇难,篇章无遗,流迁人间者往往见在。储皇博采群言,游好文艺,片辞只韵罔不收集……年代稍远,零落者多,今所存者倘能半焉。"从现存作品看,其内容主要包括辞赋、骈文、乐府、山水诗、抒情诗等五大类(苏瑞隆,249)。

《隋书·经籍志》著录"宋征虏记室参军鲍照集十卷,梁六卷",是否即虞炎所编,不得而知。现存版本,以《汉魏六朝集部珍本丛刊》所收明人毛扆据宋本校勘的《鲍氏集》为较好,亦分十卷,与《隋书·经籍志》同。毛扆校勘时所用宋本,面目基本上和他用作底本的明刻本相同。另收明正德五年(1510 年)朱应登刻本,有毛扆校并跋:"丙辰七夕后三日借吴趋友人宋本比校一过,扆。"卷一书眉有毛扆校语:"宋本每幅廿行,每行十六字,小字不等。"与影宋抄本行款相同,当即影抄所据之宋本。缪荃孙跋:"此书见《爱日精庐藏书志》,斧季校宋本于明刻上,钩勒行款,不拘正俗,一笔一画,无不改从宋本面目,一望即见。可为校宋良法。殷、朗、让、贞、筐、树、亘、恒皆为字不成,愍、世则袭唐讳也。按《隋志》,梁六卷,隋十卷,似后人增益也,非虞奉叔所序之本。惟开卷署鲍氏集,不曰鲍参军集,诗赋间有自序自注,与他集从类书中辑出者不同,加以斧季精心校雠,可谓至善之本,临校一过,书此志欣幸。癸丑三月荃孙。"《四库全书》收录的是明正德朱应登刊本,与毛扆所用明本大同小异,故《提要》怀疑此书已非梁时本来面目,但理由似不很充分(曹道衡,450,f)。现存另一通行版本是张溥辑《鲍参军集》二卷,但内容差不多(曹道衡、沈玉成,451,b)。

鲍集注本以清人钱振伦《鲍参军集注》六卷为最早,部分取李善《文选》注、吴兆宜《〈玉台新咏〉注》、闻人倓《古诗笺》,余则钱氏补注。钱仲联又在钱振伦、黄节基础上广事增补,以张溥本为底本分为十卷,并附有《鲍照年表》和历代关于鲍照的评语,仍用《鲍参军集注》名,由古典文学出版社 1958 年出版,上海古籍出版社 1980 年再版。黄节在钱振伦《鲍参军集注》基础上对诗歌部分作了补注,编为《鲍参军诗注》四卷。1957年人民文学出版社据原印本排印。2008 年中华书局重新修订收入"黄节诗学选刊"中(458,c)。朱晓海《鲍参军诗注补正》以黄注为据,补缺正讹。该书由中州古籍出版社 2018 年出版。

近一个世纪以来,关于鲍照的研究始终得到学术界的重视。可惜由于史料的极端匮乏,很多问题争执不一,迄无定论。

(一)生年

吴丕绩《年谱》采用清人陈沆《诗比兴笺》的说法,认为《拟行路难》第七首"愁思忽而至"是悼念宋庐陵王刘义真之作，推测此诗作于元嘉元年（424年），又据第十八首"余当二十弱冠辰"一语断定元嘉三年鲍照二十岁，由此推论，鲍照生于东晋安帝义熙元年（405年）。余冠英《乐府诗选》、曹道衡《论鲍照诗歌的几个问题》则认为《拟行路难》并非一时之作，其第七首也未必是哀悼刘义真的诗，第十八首只不过说明鲍照写这诗时年当二十左右，不能作为鲍照此时定为二十岁的确证（450，o）。清人陆心源《三续疑年录》则认为鲍照生于宋武帝永初年间（420—422），但未提出证据，而此说与虞炎序所说"时年五十余"不合，最不可信。钱仲联《鲍照年表》据鲍照《在江陵叹年伤老》，认为古人一般以五十岁称"老"，推测这首诗大约作于大明七年（463年）。根据这种推测，鲍照得年五十三岁，和虞炎说法相近，据此，鲍照生年当是东晋安帝义熙十年（414年）左右，从情理而论，论断较妥，但毕竟也只是推测而已。

（二）籍贯

虞炎《〈鲍照集〉序》说鲍照是上党（山西长治）人，《宋书》《南史》则说是东海人。陈振孙《直斋书录解题》以为虞炎"云上党人非也"，所以大多数学者都不大相信虞说。事实上，虞说与《宋书》《南史》并不矛盾，因为据《元和姓纂》，东海鲍氏的祖先是东汉的鲍德，从上党迁居东海。南北朝人讲籍贯，往往说的是祖籍，所以也可以说是"上党人"（曹道衡，450，f）。至于东海郡今属何地，也歧说不一：或以为在江苏灌云（刘大杰，90）；或以为在江苏涟水（朱东润，121，a；游国恩，477，a；杨生枝，284；吕德申，158）；或以为在江苏徐州（袁行霈，425，b）；或以为在江苏镇江（季广贤、贾瑞青，330）；或以为在山东郯城县（余冠英，233，c；张志岳，265），等等，所有这些，都是根据东海郡的不同属县来考订的。

（三）家世

鲍照是士族出身还是庶族出身也是学术界讨论的热点。鲍照二十余岁就能写出《拟行路难》那样的杰作，"这似乎不是后世一般贫贱之家所能够培养出来的；同时，鲍照在二十余岁时出仕，即为王国侍郎，相当于郡守的僚佐，这在九品官人制度已经固定的时代，如果没有家世的凭借,似乎也难以索解",因此可以推断他出身于世族(张志岳,265)。与此截然相反的看法是,《南齐书·幸臣传》和《南史·恩幸传》都把鲍照和巢尚之、戴法兴等庶族人物相提并论,而这种情况,在其他作家身上却没有发生过。这多少说明鲍照的出身比起左思、陶渊明等出身于所谓"寒门"的作家还要贫寒得多。鲍照在《拜侍郎上疏》自称:"臣北州衰沦,身地孤贱。"又在《解褐谢侍郎表》中说:"臣孤门贱生。"虞炎序也说他"家世贫贱"。钟嵘《诗品》说鲍照:"嗟其才秀人微,故取湮当代。"这样的家世背景,鲍照不可能是世族出身,而只能是庶族(曹道衡,450,g;季广贤、贾瑞青,330)。

(四)《芜城赋》写作年代

对此篇写作意图作出解释,以《文选》五臣注中李周翰之说为最早,他认为此篇借西汉吴王刘濞故事对临海王刘子顼进行讽谏。但临海王当时还是小孩,不可能有背叛的密谋,于是清人何焯又另立一说,认为是凭吊刘诞作乱后广陵城残破的景象。吴丕绩、钱仲联等基本上同意何说,认定此赋作于大明四年至五年(460—461)。但此说也有明显矛盾之处。刘诞起兵后,沈庆之所采用的残酷镇压的方法完全出于孝武帝本人的意志,鲍照在这时写作《芜城赋》去凭吊广陵城,这实际上是对孝武帝本人表示不满,特别是在大明三年即刘诞被镇压的当年或次年,即大明四年,鲍照甘冒"大逆不道"的风险,这种可能性很小。因此,曹道衡又提出第三种看法,认为此篇作于元嘉二十七八年(450—451)左右,因那时他到过广陵,而广陵在元嘉二十七年拒魏之战时,也在一定程度上受过破坏,再说他借刘濞故事讽谏刘濬、刘劭的阴谋,也完全近乎情理(曹道衡,450,h;康达维,441,c)。

鲍照《登大雷岸与妹书》是写给妹妹鲍令晖的一封书信,在文学史上也很有影响。鲍令晖,生卒年已不可详考。在宋齐之际与韩兰英并称。钟嵘《诗品》将她列入齐代,恐失准确。鲍照《请假启》说到自己"天伦同气,实唯一妹,存没永诀,不获生见"。据此则鲍令晖卒在鲍照之前,似无疑义。鲍令晖的诗今存七首,都收在《玉台新咏》中。钟嵘《诗品》曰:"齐鲍令晖歌诗,往往崭绝清巧,拟古尤胜,唯百愿淫矣。……(鲍)照尝答孝武云：'臣妹才自亚于左芬，臣才不及太冲耳。'"根据《小名录》记载，鲍令晖还著有《香茗赋集》，行于世。她的诗具有女性的细腻，如《拟客从远方来》："客从远方来，赠我漆鸣琴。木有相思文，弦有别离音。终身执此调，岁寒不改心。愿作阳春曲，宫商长相寻。"此诗虽然是模仿《古诗十九首》中的《客从远方来》，却写得更像思妇，表现对爱情的坚贞，风格也还带着古朴的气息。至于另外一些诗，如《题诗后寄行人》则较为注意炼句，和刘宋以后的诗风比较接近。这些诗风比较符合钟嵘所作的"崭绝清巧"的评价。

五、刘宋其他作家

当时著名作家除颜延之、谢灵运、鲍照这三大家外，其他如谢混、谢晦、谢瞻、谢惠连、谢庄等谢氏家族文学，成为当时亮点。谢晦在《悲人道》诗中自述其家世云："懿华宗之冠胄，固清流而远源。树文德于庭户，立操学于衡门。"（《宋书·谢晦传》）可见文学本来是谢氏家学门风的重要内涵之一。傅亮、范晔、袁淑、何尚之、王微、颜竣、袁粲等在创作方面也得到了时人和后世的推崇，名重一时。

（一）谢混

谢混（？—412）字叔源，小字益寿，陈郡阳夏（今河南太康）人，谢安（320—385）之孙，谢灵运族叔。晋安帝元兴年间（402—404）为中书令，曾入刘裕（363—422）幕府，参与讨伐桓玄的战役。义熙二年（407年），扬州刺史王谧卒，刘毅等推举谢混继任，而刘裕却自领此职。义熙五年前后，谢混升为尚书左仆射，领吏部尚书。义熙七年（411年），刘裕为太尉，朝臣毕集致贺，唯谢混衣冠不整，有傲慢之色。义熙八年（412年）刘裕攻伐刘毅，谢混亦被杀。生平事迹见《宋书》本传。

《隋书·经籍志》著录谢混原集五卷，久佚，今存诗5首，见《先秦汉魏晋南北朝诗》，存文1篇，见《宋书·礼志》。又撰辑《文章流别本》十二卷，久佚。《宋书·谢弘微传》记载："混风格高峻，少所交纳，唯与族子灵运、瞻、曜、弘微并以文义赏会。尝共宴处居乌衣巷,故谓之乌衣之游。混五言诗所云'昔为乌衣游,戚戚皆亲侄'者也。"乌衣巷在建康(今江苏南京)的朱雀桥边,聚集着谢家和王家两大家族。晋宋之际,谢混为谢家中心人物,也为当时政界和文坛的中心人物。谢混很有政治眼光。为了维护家族利益,不致使门户中衰,他十分注意于本族子弟的培养。《续晋阳秋》称诗风"至义熙中谢混始改"。《宋书·谢灵运传论》称:"叔源大变太元之气。"《南齐书·文学传论》又说:"谢混情新,得名未胜。"

(二)谢瞻、谢惠连与谢庄

谢瞻是谢灵运的族弟。《隋书·经籍志》著录"宋豫章太守《谢瞻集》三卷"。《宋书》本传说他:"善于文章,辞采之美,与族叔混、族弟灵运相抗。"钟嵘《诗品》评谢瞻说:"课其实录,则豫章(谢瞻)、仆射(谢混),宜分庭抗礼。"足见其在南朝士人心目中的地位。《文选》收录的《答灵运》是谢瞻的代表作。

谢惠连被时人称为"小谢"。《宋书·谢灵运传》又载:"(元嘉五年)灵运既东归,与族弟惠连,东海何长瑜、颍川荀雍、泰山羊睿之,以文章赏会,共为山泽之游,时人谓之四友。惠连幼有才悟,而轻薄不为父方明所知。灵运去永嘉还始宁,时方明为会稽郡。灵运尝自始宁至会稽,造方明,过视惠连,大相知赏。时长瑜教惠连读书,亦在郡内,灵运又以为绝伦,谓方明曰:'阿连才悟如此而尊作常儿遇之。何长瑜当今仲宣,而饴以下客之食。尊既不能礼贤,宜以长瑜还灵运。'灵运载之而去。"《隋书·经籍志》著录:"宋司徒府参军《谢惠连集》六卷梁五卷,录一卷。"今存诗三十余首,文词清丽典雅,遣词造句颇似谢灵运,然而不及"大谢"精警。钟嵘《诗品》称:"小谢才思富捷,恨其兰玉凤凋,故长辔未骋。《秋怀》《捣衣》之作,虽复灵运锐思,亦何以加焉。又工为绮丽歌谣,风人第一。"《西陵遇风献康乐》以及谢灵运的答诗《酬从弟惠连》并载之《文选》而流传颇广。最有名的诗歌当推深为钟嵘所赏识的《秋怀》诗。《汉魏六朝集部珍本丛刊》收录张溥辑《汉魏六朝百三家名家集》本《谢法曹集》一卷,有何绍基评点。又收明代辽藩朱宠瀼梅南书屋刻《三谢诗集》本《谢惠连诗》一卷。

　　谢庄(421—468)字希逸。原籍陈郡阳夏人(今河南太康),谢弘微之子。元嘉十七年或稍后,入仕为始兴王刘濬法曹行参军,转太子舍人。他青年时期曾做木制《左传分国图》。又通音韵,王玄谟问以双声,应声而答。二十九年,朝臣共作《赤鹦鹉赋》,谢庄之作冠绝一时,名声鹊起。大明二年河南献舞马,诏群臣作赋。谢庄作《舞马歌》,被于乐府。泰始二年卒,年四十七。生平事迹见《宋书》本传及孙明君《谢庄生平事迹辑录》(139,b)。谢庄多才多艺,《诗品序》将他与颜延之并称,视为元嘉后期的代表。《隋书·经籍志》著录“《赞集》五卷,谢庄撰”“《诔集》十五卷,谢庄撰”“《杂碑集》二十二卷,梁有《碑集》十卷,谢庄撰”“宋金紫光禄大夫《谢庄集》十九卷梁十五卷”。谢庄最有名的辞赋是《月赋》,拟托曹植在清夜怀念亡故的应玚、刘桢,命王粲作赋,开启了后代描写明月题材的先河。谢庄的诔文为时人所推重:“谢庄之诔,起安仁之尘。”(《南齐书·文学传论》)沈约赞叹萧几的《杨公则诔》,就说“不减希逸之作”(《梁书·萧几传》)他最有名的诔文首推《殷贵妃诔》。只是这是应诏之作,矫揉造作,并无多少新意。谢庄的杂言诗比较值得注意,如《怀园引》《山夜忧》等,借于诗赋之间,在诗体演变方面占据重要地位。他的抒情写景诗,不乏幽怨之作。比较著名的作品当推《北宅秘园》,标志着中国古典诗歌正从刘宋初年的“元嘉体”向萧齐中叶的“永明体”的过渡。《汉魏六朝集部珍本丛刊》《谢光禄集》一卷,张溥辑《汉魏六朝百三名家集》本,有何绍基评点等。

　　(三) 傅亮

　　傅亮(374—426)字季友,北地灵州(今属宁夏灵武)人。晋司隶校尉傅咸玄孙,刘宋初年政治家、文人。《隋书·经籍志》著录“宋尚书令《傅亮集》三十一卷梁二十卷,录一卷”。《汉魏六朝集部珍本丛刊》收录明代张溥辑明刻《汉魏六朝百三名家集》两种《宋傅光禄集》一卷,分别是清代傅以礼批校本与何绍基评点本。傅以礼批校本的内容非常丰富,值得整理。除诗文外,还辑录《观世音应验记》之类的小说创作,详见本书下编。

（四）范晔

范晔（398—445）字蔚宗，顺阳（河南省淅川县）人，曾任尚书吏部郎、宣城太守、左卫将军等，参与国家机要。后卷入孔熙先密谋拥立彭城王刘义康为帝一案，被捕入狱，处死。生平事迹见《宋书·范晔传》。《隋书·经籍志》著录《范晔集》十五卷，录一卷。他的代表著是《后汉书》，上起新莽灭亡（23 年），下迄汉献帝建安二十五年（220 年），记载了东汉 195 年的历史。该书虽题名范晔撰，但实际上范氏只写了纪、传。梁代刘昭取晋司马彪（？—291）所作《续汉书》的八志三十卷，与范书的纪、传，合成一部。范晔及其《后汉书》研究，是史学研究的热点之一。中古文学研究者更加关注的是《后汉书·文苑列传》，不仅开辟了正史《文苑传》的先河，也是研究范晔及其刘宋时期文学思想、文学创作的重要史料。赞称："情志既动，篇辞为贵。抽心呈貌，非雕非蔚。殊状共体，同声异气。言观丽则，永监淫费。"讲究文采，以情志和心灵作为文学的本体，反对淫靡，自有其独特的认识价值。对此，钟书林《范晔之人格与风格》《〈后汉书〉文学初探》较为系统地探讨了文学家的范晔和《后汉书》的文学价值（272）。

（五）袁淑

袁淑（408—453）字阳源，陈郡阳夏人。先后任彭城王义康军司祭酒、补衡阳王义季右军主簿等，迁司徒左西属。出为宣城太守，累官至侍中太尉，谥曰忠宪公。《宋书》卷七十、《南史》卷二十六有传。

《宋书》本传称"淑文集行于世"，则南朝宋时已编有作品集。《隋书·经籍志》著录"《诽谐文》十卷，袁淑撰。梁有《续俳谐文集》十卷"，"宋太尉《袁淑集》十一卷并目录。梁十卷，录一卷"，均已佚。《汉魏六朝集部珍本丛刊》收录《宋袁阳源集》一卷，张溥辑《汉魏六朝百三名家集》本。其中，《驴山公九锡文》别成一体、嬉笑怒骂，与孔稚珪《北山移文》、沈约《修竹弹甘蕉文》相类似，都是当时流行的一种俳谐之文。

（六）王微

王微（415—453）字景玄。琅琊临沂（今属山东）人。王微幼年好学，擅长书画，又通晓音律、医方、术数。元嘉十年（434 年）前后，他起家彭城王刘义康司徒祭酒,转主簿。元嘉二十九年(453年)前后,吏部尚书江湛推荐他作吏部郎,被王微辞却,言辞颇见傲骨,与嵇康《与山巨源绝交书》相类似。王微素无宦情,常住门屋一间,寻书玩古,共数十年。元嘉三十年(454年)王微的弟弟生病,王微为他治疗,用药不当而致死。王微悔恨不已,一个月左右后也辞世,时年三十九岁。生平事迹见《宋书》本传。

《隋书·经籍志》著录"宋秘书监王微集十卷,梁有录一卷",久佚。今存文九篇,见于《全上古三代秦汉三国六朝文》。诗五首,见于《先秦汉魏晋南北朝诗》。其《杂诗》一首为《文选》所收录。又有《鸿宝》十卷,久已亡佚。王微创作的最大特点是好作古文,不尚骈俪,颇得抑仰之致,袁淑谓为"诉屈"。王微与从弟王僧绰书,称:"文词不怨思抑仰,则流澹无味。文好古,贵能连类可悲,一往视之,似如多意。当见居非求志,清论所排,便是通辞诉屈邪?"钟嵘《诗品》将他和谢瞻、谢混、袁淑等列在中品,评为"务其清浅,殊得风流媚趣"。

第二节　永明诗文研究

《南齐书·陆厥传》:

> 永明末盛为文章,吴兴沈约、陈郡谢朓、琅邪王融以气类相推毂。汝南周颙善识声韵,约等文皆用宫商,以平上去入为四声,以此制韵,不可增减,世呼为"永明体"。

史载,沈约作有《四声谱》,周颙作有《四声切韵》,王融作有《知音论》,王斌作有《四声论》等,说明声韵的重要发现及其在文学创作中的运用,是永明文学的最重要特征,自然也就成为永明诗文研究的中心课题。可惜上述诸书早已不存。清人纪昀作《沈氏四声考》认为:"《广韵》本《唐韵》,《唐韵》本《切韵》,《切韵》本《四声谱》。"现在,有关《切韵》《唐韵》的资料,周祖谟根据敦煌吐鲁番写本残卷,汇编而成《唐五代韵书集存》,上册所收均为《切韵》资料,下册则为唐、五代韵书,并附有考释(300,e)。而唐前韵书资料所存无几,仅有的除了永明诗人的创作外,便只有《文镜秘府论》了。

一、《文镜秘府论》

在《文镜秘府论》之前,《宋书·谢灵运传论》《南齐书·陆厥传》《梁书·王筠传》等均有论及声律问题的片断,只是吉光片羽,不成系统。限于资料,许多问题也只能悬在那里,不得确解。清末,《文镜秘府论》传回国内,人们才有较多的可能据此了解一些六朝声律论的概貌。这部书是唐时到中国求学的日本僧人遍照金刚(又名空海、弘法)所编,目的是为日本有志于诗文创作的初学者提供资料,因而辑录了六朝至中唐十余种诗文理论著作中的有关材料,整理排比为天、地、东、南、西、北六卷,集中了三个方面的内容,即:(一)论声律,主要见于天卷的《调四声谱》《调声》《八种韵》《四声论》《诗章中用声法式》和西卷的《文二十八种病》《文笔十病得失》。这些材料详细阐述了诗歌调声协律、克服病犯的要求和法则。(二)论对偶,主要见于东卷的《二十九种对》和北卷的《论对属》。这部分探讨了对偶的种类和使用方法。(三)论文章体制,主要见于地卷的《十七势》《十四例》《十体》《六义》《八阶》《六志》和南卷的《论文意》《论体》《定位》等。这些材料对于诗文的立意、题材、文势、风格、谋篇、用典等方面都作了详尽的说明。

《〈文镜秘府论〉序》说:"沈侯(约)、刘善(经)之后,王(昌龄)、皎(然)、崔(融)、元(兢)之前,盛谈四声,争吐病犯,黄卷溢箧,缃帙满车。"[1]可见从南朝到唐代研讨诗歌声律问题确实盛况空前,但这些探讨诗歌声律的著作流传下来的却极少,本书的最重要价值就在于它保存了从南北朝时沈约《四声谱》、王斌《五格四声论》、甄琛《磔四声》、常景《四声赞》、

---

① 王利器《文镜秘府论校注》,中国社会科学出版社1983年版,第9页。

刘绘《声律论》到隋唐时刘善经《四声指归》、王昌龄《诗格》、皎然《诗式》、崔融《诗体》、元兢《诗骨髓》等专著的大量材料，展示了从永明体的形成到近体诗的确立这段中国诗歌发展史的格律理论演进过程，所以历来得到学者的重视（刘渼，116）。《北卷》之《论对属》《帝德录》，前者论诗歌创作的对仗，例举古代常用句式。后者论文章写作程式，包括如何叙写功业、礼乐、政化恩德、天下安平、元方归向、瑞物感致等，虽是套话，也是学习的范本，非常实用。

此书日本有多种版本流传，小西甚一《〈文镜秘府论〉考》为集大成之作。这是系统整理研究《文镜秘府论》的开创之作，分《研究篇》和《考文篇》两部分，《研究篇》主要是综合论述了《文镜秘府论》的成书年代、版本情况以及与《文笔眼心钞》的关系等问题。《考文篇》汇集十七种古抄本和两种刻本，汇校而成。国内于1980年和1983年先后出版周维德的校点本和王利器的校注本（33，d）。卢盛江《文镜秘府论汇校汇考》充分吸收了中日两国相关研究成果，有校正，有考释，还有多种附录，对《文镜秘府论》作了比较全面的带有总结性的整理（卢盛江，73，a）。在文献整理同时，作者还有《〈文镜秘府论〉研究》，回顾了《文镜秘府论》研究的历史与研究现状、《文镜秘府论》的原典出处、《文镜秘府论》的编纂过程、版本流传以及书中有关声病理论和创作论等问题，也是目前国内最为系统的《文镜秘府论》综合研究著作（卢盛江，73，b，c）。

二、声病说与永明体

（一）辨声

清人钱大昕《论三十字母》《论西域四十七字》，近人刘复《论守温字母与梵文字母》并认为：“守温的方法，是从梵文中得来的。”这时已经是宋元时代的事了。事实上，在汉末，西域辨声之法即为中土士人所掌握，最有趣的事例莫过于“反切”之说。《颜氏家训·音辞》《书证》说：郑玄以前，全不解反语。“孙叔言创《尔雅音义》，是汉末人独知反语。至于魏世,此事大行"。陆德明《经典释文序录》说:"古人音书,止为譬况之说。孙炎始为反语,魏朝以降,蔓衍实繁。"颜师古注《汉书》颇引服虔、应劭反语,这两人均卒于汉末建安中,与郑玄不相先后,说明汉末以来已经流传反切之说。但是为什么要用"反切",历代的研究者均语焉未详。宋人沈括《梦溪笔谈》卷十五说:"切韵之学本出西域,汉人训字止曰读如某字,未用反切。然古语已有二声合为一字者,如'不可'为'叵','何不'为'盍','如是'为'尔','而已'为'耳','之乎'为'诸'之类,似西域二合之音。"清代学者顾炎武《音学五书》、陈澧《切韵考》等对于反切的考辨既深且细。近世著名学者吴承仕《经籍旧音序录》《经籍旧音辨证》、王力《汉语音韵学》、魏建功《古音系研究》也对此作了钩沉索隐的工作,但是,他们均没有回答"反切"为什么会在汉末突然兴起这个基本问题。

宋代著名学者郑樵在《通志·六书略》"论华梵下"中写道:"切韵之学,自汉以前,人皆不识。实自西域流入中土。所以韵图之类,释子多能言之,而儒者皆不识起例,以其源流出于彼耳。"宋代著名目录学家陈振孙《直斋书录解题》卷三也明确写道:"反切之学,自西域入中国,至齐梁间盛行,然后声病之说详焉。"这段话说明了反切自西域传入中国的事实,同时指出了它与声病之学的兴起的重要关系,确实具有相当的价值。现代著名学者罗常培《汉语音韵学导论》也指出:"惟象教东来,始自后汉。释子移译梵策,兼理'声明',影响所及,遂启反切之法。"周祖谟《〈颜氏家训·音辞〉篇补注》也说:"至若反切之所以兴于汉末者,当与佛教东来有关。清人乃谓反切之语,自汉以上即已有之,近人又谓郑玄以前已有反语,皆不足信也。"大的框架确定之后,需要作具体的论证。而要论证这样一个棘手的问题,就必须论证印度原始语言与反切到底有什么具体的关系。为此,美国著名学者梅维恒(Victor H. Mair)撰写了《关于反切源起的一个假设》(A Hypothesis Concerning the Origin of the Term Fanqie)认为"反切"与梵文"varna-bheda-vidhi"有直接的关系。这三术语的组合在语义学的意义是"字母切读的原则"(Letter-Cutting-Rules)。其中最有意思的是"bheda"恰恰与汉语"切"字的意思相符;而"varna"不仅仅声音与汉语"反"字相近，而且在意义上也非常接近。"varna"有覆盖、隐蔽、隐藏、围绕、阻塞之意，可以被译成"覆"。而环绕等义，在汉语中又可以写成"复"，它的同义词便是"反"。因此，不论是从语义学还是从语音学的角度看，在梵文"varna"和汉语"反"字之间具有相当多的重叠之处。[①] 这篇文章认为，当时了解梵语"varna-bheda-vidhi"意义的僧侣和学者受到这组术语的启发而发明了"反切"之说，这是很有启发意义的推论。

魏晋以来反切概念的提出，说明当时人对于声音的辨析意识日益明确。这可能与转读佛经有内在联系。慧皎《高僧传》卷十三"经师传"及后面的《经师论》，多次论及善声沙门诵读时的音乐之美。如《释昙智传》："既有高亮之声，雅好转读，虽依拟前宗，而独拔新异，高调清彻，写送有余。"又如《释道慧传》："禀自然之声，故偏好转读，发响含奇，制无定准，条章折句，绮丽分明。"又如《释昙迁传》："巧于转读，有无穷声韵。梵制新奇，特拔终古。"同卷末附有善声沙门名单："释法邻，平调牒句，殊有宫商。释昙辩，一往无奇，弥久弥胜。释慧念，少气调，殊有细美。释昙幹，爽快碎磕，传写有法。释昙进，亦入能流，偏善还国品。释慧超，善于三契，后不能称。释道首，怯于一往，长道可观。释昙调，写送清雅，恨功夫未足。凡此诸人，并齐代知名。其浙左、江西、荆陕、庸蜀亦颇有转读，然止是当时咏歌，乃无高誉，故不足而传也。"

（二）四声

清代段玉裁在《六书音均表·论古四声》说："考周秦汉初之文，有平上入而无去。洎乎魏晋，上入声多转而为去声，平声多转为仄声，于是乎四声大备，而与古不侔。有古平而今仄者，有古上入而今为去者，细意搜寻，随在可得其条理。"周祖谟撰《魏晋与齐梁音》，逐一分析了魏晋音与齐梁音的不同，认为段玉裁说上古音无去声未必确切，但是他指出魏晋以后四声大备，"还是大体符合事实的"（300，f）。《高僧传》多次论及"小

①　该文刊于《Sino-Platoni Papers》34，1992 年 10 月。

缓、击切、侧调、飞声"之说，与《文心雕龙·声律篇》中的"声有飞沉""响有双叠"的说法不无相通之处。他们都把汉语的声音分为两类，即平声与仄声。这与"四声"之说只有一步之遥。

钟嵘《诗品序》中说："至平上去入，则余病未能；蜂腰鹤膝，闾里已具。""四声"之说刚刚兴起，很多人还没有掌握，就连"竟陵八友"之一的梁武帝也要向周捨询问四声的问题。而据阳松玠《谈薮》载："重公尝谒高祖，问曰：'弟子闻在外有四声，何者为是？'重公应声答曰：'天保寺刹。'及出，逢刘孝绰，说以为能。绰曰：'何如道天子万福？'"这说明，"四声"在当时还很不普及。四声是平仄的细化。陆厥用魏晋以来诗人论音的只言片语来论证所谓"四声"古已有之，其实是很牵强的。其实，这些概念，是在齐梁时期才被正式提出的。从释慧皎《高僧传·经师论》《唱导论》、释僧祐《梵汉译经音义同异记》等文献记载来看，齐梁人在辨析梵文与汉字语音方面的差异曾投下极深的功夫，目的是转读佛经，翻译佛教经典。梵文是拼音文字，梵文字母称为"悉昙"。将梵文经典翻译成汉语，难免要涉及声调抑扬搭配问题。慧皎《高僧传》卷十三就指出："若能精达经旨，洞晓音律，三位七声，次而无乱，五言四句，契而莫爽，其间起掷荡举，平折放杀，游飞却转，反叠娇哢，动韵则流靡弗穷，张喉则变态无尽。"

关于"四声"，至少有三个问题需要讨论：一是"四声"之目是谁最早提出的？二是四声是如何发现并确立的？三是对四声的具体理解。

关于"四声"之目的提出者，目前所知有四种看法，其一是王融首创说。钟嵘《〈诗品〉序》说："王元长创其首，谢朓、沈约扬其波。"又《梁书·庾肩吾传》："齐永明中，文士王融、谢朓、沈约文章始用四声，以为新变。"把王融置于首位，似亦主此说。其二是沈约首创说。王通《中说·天地》篇称李百药说诗"上陈应刘，下述沈谢，四声八病，刚柔清浊，各有端序"。阮逸注："四声韵起自沈约。"这种看法目前居于主流。北京大学编《魏晋南北朝文学史参考资料》、郭绍虞主编《中国历代文论选》并以为沈约利用了前人声韵研究的成果，从文学的角度，正式确定四声的名目。其三是周颙首创说。《文镜秘府论·天卷》引刘善经《四声指归》曰:"宋末以来,始有四声之目,沈氏乃著其谱论,云起自周颙。"唐封演《封氏闻见记》:"周颙好为韵语,因此切字皆有纽,皆有平上去人之异。永明中,沈约文辞清拔,盛解音律,遂撰《四声谱》。"唐皎然《诗式·明四声》也说前人"不闻四声,近自周颙、刘绘流出,宫商畅于诗体,轻重低昂之节,韵合清高,此未损文格"。其四是周颙、沈约同时创立说。1934 年,陈寅恪《四声三问》(216,b)中说:"佛教输入中国,其教徒转读经典时,此三声之分别亦当随之输入。"周颙、沈约,"一为文惠之东宫掾属,一为竟陵王之西邸宾僚,皆在佛化文学环境陶冶之中,四声说之创始于此二人者,诚非偶然也"(刘跃进,110,g)。

　　四声的发现与确立,陈寅恪提出的四声肇始于佛经转读的观点最有影响。永明年间,竟陵王萧子良、文惠太子萧长懋多次召集善声沙门,造经呗新声。特别是在永明七年的二月和十月,有两次集会,参加人数众多,《四声切韵》的作者周颙、《四声谱》的作者沈约、《四声论》的作者王斌更是其中活跃人物。所有这些,在《高僧传》《续〈高僧传〉》及僧祐《略成实论记》中有明确记载。万绳楠整理的《陈寅恪魏晋南北朝史讲演录》中再次强调指出,这些文士都生长在"佛化文学环境陶冶之中,都熟知转读佛经的三声。中国声韵学中的四声发明于此时,并此时运用是自然之理"(216,d)。但是,俞敏长篇论文《后汉三国梵汉对音谱》力排众议,根据僧律中有关禁止"外书音声"的规定,强调指出:"谁要拿这种调儿念佛经谁就是犯罪。陈先生大约不知道他一句话就让全体佛教僧侣犯了偷兰遮罪或突吉罗了。这太可怕了。"所以,他认为陈寅恪的说法"简直太荒谬了"。他还说:"汉人语言里本有四声,受了声明影响,从理性上认识了这个现象,并且给它起了名字,这才是事实。"(359)

　　近来还有学者提出,四声的发现不仅受转读佛经的影响,还与魏晋以来的"诵诗"之风颇有关系。如果根据这个思路推究,江南民歌的影响似乎也不能低估,因为从这种新声杂曲中,他们可能会在"歌者之抑扬高下"之间发现"四声可以并用"(顾炎武《音学五书·音论中》)。换句话说,在歌唱中同样一个字,是可以"随其声讽诵咏歌"而有不同的音调,其结果"亦皆谐适"(江永《古韵标准》)。当然这些结论在很大程度上带有推测的性质(刘跃进,110,f)。

至于对四声含义的具体理解和评价,学术界的讨论也很热烈。詹锳《漫谈四声》《四声与五音及其应用》具体辨析声调问题,论及五音的应用(514,f);逯钦立《四声考》详细讨论了所谓"纽"的问题、四声与五声的异同等(518,f);郭绍虞《永明声病说》《声律说考辨》《声律说续考》等也论及了四声与五声的关系,以及四声趋于二元化的问题等(417,b,c);黄耀堃还就此问题与郭绍虞展开讨论(466)。饶宗颐《〈文心雕龙·声律篇〉与鸠摩罗什〈通韵〉》论及声韵说兴起与印度文化的关系(340,d)。此外,日本学者兴膳宏《从四声八病到四声二元化》也论及了四声中抑扬高下与平仄的对应关系(120,c),都是很见功力的学术论文,有重要参考价值。

(二)八病

在隋唐以前的文献记载中未见"八病"一词,唯《〈诗品〉序》提到"蜂腰""鹤膝"二名。隋末王通《中说》可能是中国最早提到"八病"的文献资料。上文引述过的李百药论诗,阮逸注"四声韵起自沈约,八病未详",说明隋末时"八病"之目似已在世间流传,但未见具体解说,也未有确指创始者。从现存材料看,较早将八病的创始归诸沈约的当推初唐卢照邻。他在《〈南阳公集〉序》中说:"八病爰起,沈隐侯永作拘囚。"皎然《诗式》也说:"沈休文酷裁八病,碎用四声,故风雅殆尽。"宋代以来,沈约创为"八病"的说法似已为世人普遍接受。北宋李淑《诗苑类格》、南宋魏庆之《诗人玉屑》都载有八病说,并题曰沈约。不过,由于还有许多疑问,怀疑者始终大有人在。杨慎集六朝五言诗为《五言律祖》,序称:"岂得云切响浮声兴于梁代,平头上尾创自唐年乎?"①纪昀《沈氏四声考》亦称:"齐梁诸

---

① (明)杨慎《五言律祖序》,王振奇编《杨升庵先生文集》。

史,休文但言四声五音,不言八病,言八病自唐人始。"①今人启功《诗文声律论稿》对此亦表示怀疑,认为唐宋学者对八病的解释"多不尽情理"(240,a)。上述诸人大都稍带一提,并未做过专门深入的讨论。

1985年,日本学者清水凯夫发表《沈约声律论考——探讨平头上尾蜂腰鹤膝》,翌年又发表《沈约韵纽四病考——考察大韵小韵傍纽正纽》(445,f,g,h),清水的结论依据在这样几个原则基础之上:第一,沈约的诗是忠实遵守其理论的,以此见解为立足点,从沈诗中归纳声律谐和论。第二,以《宋书·谢灵运传论》的原则和《文镜秘府论》中的声病说为基础,在这个范围内探究以"八病"为中心的声律谐和论的实际状况。这是不将"八病"看作是一成不变的,而将它看作是变迁的。第三,考察沈诗的音韵时,视情况亦从古音上加以考察。结论是:"八病为沈约创始是不言自明的事实。"②

对此,笔者在1988年撰写了《八病四问》提出异议。我的四问是:第一,永明诗人,特别是沈约何以不言"八病"? 第二,关于"八病"的文献记载何以越来越详? 第三,沈约所推崇的作家作品何以多犯"八病"? 第四,沈约自己的创作何以多不拘"八病"(刘跃进,110,h)?③

现在来看,拙文尚有不少问题。最根本的问题是,笔者所依据的声韵主要是《广韵》;《广韵》虽然隶属于《切韵》系统,但是,毕竟已经过去数百年,音韵的变化颇为明显,只要我们将《切韵》《唐韵》和《广韵》稍加比较就可以明了这一点。而且退一步说,我们所用的确实反映了真实的《切韵》音系,那么问题来了:《切韵》系统反映的是哪一种音系? 是江南音,是南渡洛阳音,抑或是长安音? 音韵学家和历史学家对这些问题是有很多争论的。如果没有较有力的根据,在引用《切韵》系统的韵书来说明某一时代、某一地域的用韵情况,其立论的根据是颇可怀疑的。另一

---

① (清)纪昀《沈氏四声考》卷上,《畿辅丛书》本三十八。
② 清水凯夫诸文并载《六朝文学论文集》,重庆出版社1989年出版。
③ 《门阀士族与永明文学》附录,生活·读书·新知三联书店1996年出版。

方面的问题是，我所依据的材料主要是大家耳熟能详的正史和各家诗文集，没有条件关注更新的研究成果。

譬如说，关于声病的概念，成书于公元纪元初叶的印度著名的文艺理论专著《舞论》（又译作《戏剧论》）第十七章就专门论述过三十六种诗相、四种诗的庄严、十种诗病和十种诗德。这是梵语诗学的雏形。后来的梵语诗学普遍运用庄严、诗病和诗德三种概念而淘汰了诗相概念。"病"（dosa），在梵文中，其原义是错误或缺点。在汉译佛经中，一般译作"过失"，有时也译作"病"。黄宝生《印度古典诗学》对此有过详尽的论述。[①] 钟嵘《诗品》也常用病的概念品评诗人。如上品"晋黄门郎张协诗：其源出于王粲。文体华净，少病累。又巧构形似之言"。有时又单称"累"，如序称："若专用比兴，患在意深，意深则词踬。若但用赋体，患在意浮，意浮则文散，嬉成流移，文无止泊，有芜漫之累矣。"中品称何晏、孙楚、王赞："平叔鸿鹄之篇，风规见矣。子荆零雨之外，正长朔风之后，虽有累札，良亦无闻。"在齐梁时期，诗病也是一个重要的概念。

问题是，中土士人所倡导的声病之说，与印度是否有某种关联？美国学者梅维恒、梅祖麟撰写了《近体诗源于梵文考论》（The Sanskrit Origins of Recent Style Prosody）对此给予了确切肯定的回答。这篇文章主要讨论了三个问题：第一，印度古典诗歌理论中的"病"（dosa）的概念问题，也就是前面已经介绍过的《舞论》的记载。第二，关于沈约在《谢灵运传论》中提到的"一简之内，音韵尽殊；两句之中，轻重悉异"，结合谢灵运、鲍照、王融、萧纲、庾肩吾、庾信、徐陵等人的作品探讨了"轻"与"重"的问题，从而详细描述了中国古典诗歌从元嘉体、到永明体、到宫体，再到近体的嬗变轨迹。第三，详细论证了佛经翻译过程中经常用到的"首卢"（sloka）概念问题。这里的中心问题是，是什么原因刺激了中土文士对于声律问题突然发生浓厚的兴趣？作者特别注意到了前引《高僧传·鸠摩罗什传》中的那段话，认为沈约等人提出的"病"的概念即源于印度《舞

---

① 　黄宝生《印度古典美学》，北京大学出版社 1999 年出版，第 266 页。

论》中的 dosa，传入的时间最有可能是在公元 450 年至 550 年之间，而传播这种观念的核心人物是鸠摩罗什等人。①

　　在此基础上，日本学者平田昌司根据德国《德国所藏敦煌吐鲁番出土梵文文献》(Sanskrithand schriften aus den Turfanfunden)收录《诗律考辨》(Chandoviciti)残叶，认为印度的诗律知识很有可能是通过外国精通音韵的僧侣传入中土的，同时由于《诗律考辨》有许多内容与《舞论》中的观点相一致，那么也应该有理由相信，沈约及其追随者除了接触到"首卢"之外，也一定接触到《舞论》方面的有关资料。永明声病说以四句为单位规定病犯，跟"首卢"相像。"首卢"的诗律只管一偈四句，不考虑粘法。拙著《门阀士族与永明文学》曾指出"律句大量涌现，平仄相对的观念已经十分明确。十字之中，'颠倒相配'，联与联之间同样强调平仄相对；'粘'的原则尚未确立"。这个结论似乎可以和梅维恒、梅祖麟、平田昌司等学者的论证相互印证。

　　关于八病的具体解说，唐前未见记载。《文镜秘府论》西卷《文二十八种病》首列这八病，并有详尽的解说，这也许是最早的解说，自然成为解释"八病"说的最原始的权威资料。宋代以来，对于八病的理解分歧越来越大。纪昀《沈氏四声考》综合诸家之说而断以己意，颇为详赡。刘大白又作《关于"八病"的诸说》，罗列中外异说，其中平头三说、上尾二说、蜂腰三说、鹤膝四说、大韵小韵各二说、旁纽、正纽与古说无异(89)。这只是反映了三十年代以前的研究情况。近五十年，正如上述，八病问题的讨论时常见诸书刊，就大陆而言，郭绍虞《蜂腰鹤膝解》(417，e)、杨明《蜂腰鹤膝旁纽正辨》(285，a)是近年发表的力作，尽管只是一家之言，却有重要参考价值。

　　（三）永明体

　　永明体之称在齐末梁初似已形成，这在《南齐书·陆厥传》《梁书·庾

---

　　①　原载《哈佛亚洲研究》1991 年第 2 期，总 51 卷。后收入《梅祖麟语言学论文集》，商务印书馆 2000 年版。

肩吾传》等有明确记载,都说永明诗人"始用四声"并"以此制韵不可增减"。《宋书·谢灵运传论》在叙及晋宋以来文学发展时,主要着眼点也在声律问题,说明当时文学界主要从声律的角度来理解永明体的。其后又有"八病"说,且越释越详,于是在人们观念中形成一种印象,即永明体的内涵仅限于四声八病。现代学者已不拘于这种成见,而是放开视野,从广义的角度来理解永明体。譬如说,永明体包含四项内容:一是声韵的研讨和篇幅的缩短;二是对流转圆美和平易艺术风格的追求;三是诗境的婉美与巧思;四是自觉的意境诗的初步形成(王钟陵,40)。从理论上说,这些分析和概括是相当完美的,可以说涵盖面极广。但不无缺憾的是,这种分析又过于宽泛,因为艺术风格的流转平易及诗境的婉美巧思显然并不是永明诗体所独有的特征,因此它仍不能给永明体以具体准确的概括。研究永明体似应以声律说为中心,从当时的创作入手,比较永明诗人与元嘉诗人、宫体诗人的异同,这样才可以对永明体特征作某些概括。至少我们可以知道,第一,句式渐趋于定型,以五言四句、八句为主;第二,律句大量涌现,平仄相对的观念十分明确。那些非律句也并非茫然无绪,而是贯穿着平仄颠倒相配的原则,只是"粘"的观念还未形成。就是说,永明诗人已注意到两句之间的"对",还未顾及联与联之间的"粘";第三,用韵已相当考究,主要表现在押平声韵居多,押本韵很严,至于通韵,很多已接近唐人;第四,在对仗方面追求自然与情理的完美结合。这些特征可以说是永明诗人孜孜以求"新变"的具体内容(刘跃进,110,j)。

至于永明体在近体诗形成过程中的作用,从《新唐书·文苑传序》到近现代朱光潜《诗论》(123)、郭绍虞《从永明体到律诗》(417,f)及其他学者的论著(管雄,520;张永鑫,261;吴小平,218)都曾做过清晰的描述和深入的论述。近年,张国安《律诗文体建构与礼乐文化传统》(中华书局,2021年版)从文化史的角度系统地阐释了这个问题,有一定的总结意义。

三、永明文坛综说

永明诗坛,以萧长懋、萧子良为中心,以"竟陵八友"沈约、范云、谢朓、王融、任昉、萧衍、陆倕、萧琛为羽翼,活跃一时。其中,以沈约、范云、谢朓、王融、刘绘为杰出代表。此外,江淹、任昉、王俭、孔稚珪等亦在其中扮演重要角色。

永明诗坛的中心人物萧长懋、萧子良留存作品不多。《南齐书·竟陵文宣王传》称"所著内外文笔数十卷,虽无文采,多是劝诫"。据任昉《齐竟陵文宣王行状》称"所造箴铭,积成卷轴",大约生前即已成编。《汉魏六朝集部珍本丛刊》收录《南齐竟陵王集》二卷,张溥辑《汉魏六朝百三名家集》本,有何绍基评点。关于竟陵八友的文学研究,何伟棠《永明体到近体》(广东高等教育出版社,1994 年版),刘跃进《门阀士族与永明文学》(三联书店,1997 年版),谭洁《南朝佛学与文学——以竟陵八友为中心》(宗教文化出版社,2009 年版),柏俊才《竟陵八友考辨》(中国社会科学出版社,2011 年)等都有论述。

(一)沈约

沈约年辈最长,历宋、齐、梁三朝,号"一代辞宗",在当时影响最大。沈约(441—513)字休文,吴兴武康(今浙江德清)人。沈约入仕于宋代,但是官位并不显要。宋齐禅代之际,他有幸在齐嫡孙萧长懋幕府中任记室,为日后发展奠定基础。齐武帝永明(483—491)年间,沈约成为竟陵王萧子良西邸宾僚,在文化上创获较多,居于"竟陵八友"之首,时人称之为"一代词宗"。齐末,他投靠到西邸旧友萧衍门下,成为萧梁开国重臣之一。梁天监十二年(513 年)卒,谥号曰"怀隐"。生平事迹见《梁书》本传及伍俶傥、铃木虎雄所编年谱,陈庆元所著作品系年,王达津、刘静夫所写《沈约评传》(伍俶傥,88,b;铃木虎雄 389,a;陈庆元,197,e;王达津,26,b;刘静夫,118)。沈约在文化方面的贡献主要体现在两个方面:一是史学,二是文学。早在二十岁左右,他就立志修撰《晋书》,当时他的幕主蔡兴宗替他向宋明帝奏请,获得批准,开始正式修著,逾二十年而成一百二十卷。建元四年(482年),《晋书》尚未竣事,又奉命"撰国史",成《齐纪》二十卷。永明二年(484年)又编撰齐《起居注》。永明五年(487年)又奉命撰《宋书》,共一百卷。梁天监初,又作《高祖记》十四卷。可见沈约曾为晋宋齐梁四朝修史。他颇以此自负,曾对王筠说:"吾少好百家之言,身为四代之史。"(《梁书·王筠传》)可惜"四代之史"仅存《宋书》一种,其他三种都已经失传。《宋书》的修撰是在何承天、徐爰等人旧著基础上增删润色而成,由于时代连接,许多史事必然有所回护。但像刘知幾所说"《宋书》多妄",似乎有些苛求了。《宋书》毕竟给后人留下了许多宝贵资料,特别是《列传》六十卷,辑录了大量的原始奏稿书札,宋人单篇著述多赖此书保存下来。另外,《隐逸传》为陶渊明立传,并辑录了两篇作品。陶渊明在宋齐之际名声不显,作于齐末的《文心雕龙》评述历代作家,竟只字不提陶渊明就是明证。沈约却把他列入正史,这是沈约的一大功绩。还值得一提的是《五行志》和《乐志》。前者辑录了许多古代民俗方面的史料,为后人研究南朝风俗民情提供了极大便利;后者则记录自汉至刘宋庙堂乐舞和民间歌舞资料,为后世保留了许多瑰丽的诗篇。

与其史学相比较,沈约在文学方面的成就更大,影响也更为久远。沈约的文学活动可大致分为两个时期。南齐永明前后为前期,主要从事诗歌理论与诗歌创作活动。在诗歌理论方面,沈约最重要的贡献是提出了较为系统的声律主张,而且有意识地将这种声律主张运用到诗文创作中去。不仅如此,沈约还著《宋书·谢灵运传论》专以声律论为准绳评骘历代作家。在诗歌创作方面,沈约也留下许多清新可诵的作品,大都对仗精整,音律考究,已初具唐人风味。沈约文学活动的另一个时期是齐梁换代之际。这一时期,他的创作成就已远远不及前期,主要贡献是在文学组织方面,举贤进能,虚怀若谷。在竟陵八友中,沈约年辈最长,但从来不自矜伐,而是倾心结交。齐梁文学的发展与繁荣是多方面因素促成的,作为一代文宗,沈约在进能劝贤,奖掖后进方面的功绩,也是其中一个不可忽视的因素。

沈约集,《梁书》本传著录百卷,《隋书·经籍志》亦著录"梁特进《沈约集》一百一卷并录"。其数量之多冠于南朝，惜久已失传。《汉魏六朝集部珍本丛刊》收录两种沈约集，一是明万历十三年（1585 年）沈启原刻本《沈隐侯集》四卷。卷首有万历乙酉（1585 年）张之象《沈隐侯集序》及《梁书》本传、诸家评语和《沈隐侯集目录》。二是明代阮元声评点。明崇祯六年（1633 年）刻《刘沈合集》本《沈隐侯集》十六卷。附录有《梁书·沈约传》、谢朓《酬德赋》、范云《赠沈左卫》《送沈记室夜别》及唐崔颢《题沈隐侯八咏楼》和《遗事》《集评》。郝立权有《沈休文诗注》，颇详赡。陈庆元《沈约集校笺》是目前收罗沈约作品最全且精者（197，d）。《说郛三种》（宛委山堂一百二十卷本）卷一百二收录其《棋品》，序见于《艺文类聚》，本书已收，尚有江霏、羊玄保、到溉、陆琼四则评论，本书失收。

（二）范云

范云（451—503）字彦龙。南乡舞阴（今河南泌阳）人。史载，范云六岁能读《毛诗》，八岁时遇宋豫州刺史殷琰，琰令赋诗，范云操笔便成。其父范抗，宋时与沈约同为萧赜郢府参军，范云随父在府，与沈约、庾杲之等时相过从。入仕为郢州西曹书佐，转法曹行参军。宋、齐易代之际，竟陵王萧子良为会稽太守，范云入萧子良幕中，因为能识读秦代刻石大篆，得到萧子良的赏识。齐武帝萧赜即皇帝位（482 年），任命萧子良为南徐州刺史，次年迁南兖州刺史，范云并随府迁转，并常向萧子良陈述朝政得失。齐武帝听说范云谗事萧子良，故来查问。萧子良将范云谏书百余纸进呈，武帝颇加赞赏。永明五年（487 年），萧子良为司徒，任命范云为记室参军。当时萧子良大集文士，范云、沈约与萧衍等皆为座上客，号曰"竟陵八友"。永明十年，奉使北魏。次年出为零陵内史，又出为始兴内史。东昏侯萧宝卷永元二年（500 年），为国子博士。萧衍自雍州起兵东下，范云入幕与沈约等参预机密。萧衍代齐，迁散骑常侍，吏部尚书，封霄城县侯。又迁尚书右仆射。天监二年（503 年）卒，时年五十三岁。谥曰"文"。生平事迹见《梁书》本传。

《梁书》本传著录范云有集三十卷，而在《隋书·经籍志》中著录"梁尚书仆射范云集十一卷并录"，或在唐初已有散佚。今存诗四十余首，见

《先秦汉魏晋南北朝诗》。文仅三篇,见《全上古三代秦汉三国六朝文》。《建康实录》记其有《策略》三十卷,而在《隋书·经籍志》中未见著录,当已久佚。范云与沈约等同为齐梁文坛领袖人物,诗文具工。钟嵘《诗品》将其与丘迟并列,称"范诗清便宛转,如流风回雪""故当浅于江淹而秀于任昉"。其《赠张徐州稷》,陈祚明评"命旨古雅,造章警快",沈德潜评"跌宕有神"。其《别诗》云:"昔去雪如花,今来花似雪"历来被推为名句。

(三)谢朓

谢朓(464—499)字玄晖,祖籍陈郡阳夏(今河南太康)人,徙居建康(今江苏南京)。史载其少年好学,年十六,以文章清丽闻名于京师。齐武帝永明初年,解褐为豫章王萧嶷太尉行参军。永明四年(486年)以后,历任随王萧子隆东中郎参军、王俭卫军东门祭酒及太子舍人等职。当时竟陵王萧子良开西邸,招文学,与萧衍、沈约、王融、萧琛、范云、任昉、陆倕等并称"竟陵八友"。永明八年(490年),复为随王萧子隆镇西功曹,转文学,后人因称其"谢文学"。大约第二年春天,随萧子隆赴任荆州。同他前去的还有萧衍。萧子隆本人也好文学,由于谢朓文才出众,萧子隆对他的赏识信任超过一般文士,"流连晤对,不舍日夕"。于是引起了同僚间的嫉妒,一时流言四起。永明十一年夏秋被召还京城,补新安王萧昭文中军记室。齐明帝即位后,谢朓出为宣城太守,寄情山水,寓意归隐。建武四年(497年)出为晋安王萧宝义镇北谘议、南东海太守、行南徐州事。当时他的岳父王敬则正任会稽太守。齐明帝即位后杀戮宗室,猜忌旧臣,王敬则是齐高帝的旧部,感到不能自保,于是密谋起兵,并派人与谢朓联络。谢朓却向朝廷告发王敬则谋反事。因此,他又得到升迁,任尚书吏部郎。齐东昏侯永元元年(499年),始安王萧遥光阴谋废东昏侯自立,谢朓不愿参与其事,反遭诬陷下狱,死于狱中,时年三十六岁。其生平事迹见《南齐书》本传及伍俶傥《谢朓年谱》(88,a)、陈庆元《谢朓诗歌系年》(197,b)、林东海《谢朓评传》(307)。

谢朓是"永明体"最重要的诗人,沈约称"二百年来无此诗"(《南齐书》本传)。梁武帝谓"三日不读谢诗,便觉口臭"(《本事诗》)。梁简文帝称其"实文章之冠冕，述作之楷模"（《梁书·庾肩吾传》）。在唐代著名诗人中，李白对于谢朓最为推崇，多次提到他，并在创作上直接取法乎谢朓的诗句，如"解道澄江静如练，令人长忆谢玄晖"就是众所周知的例子。《隋书·经籍志》著录"齐吏部郎谢朓集十二卷"，又有《逸集》一卷。到宋代，据陈振孙《直斋书录解题》著录有五卷本，注："《谢宣城集》五卷，齐中书郎陈郡谢朓玄晖撰。集本十卷，楼炤知宣州，止以上五卷赋与诗刊之，下卷皆当时应用之文、衰世之事，可采者已见本传及《文选》，余视诗劣焉，无传可也。"楼炤在绍兴二十七年（1157年）序《谢宣城集》五卷本原刻已佚，今存最早版本为宋嘉定十三年（1220年）洪伋宣州郡斋重刻本，现藏台湾"国家图书馆"，仅存卷一至二两卷。《汉魏六朝集部珍本丛刊》收录三种，最重要的就是明毛氏汲古阁影宋抄本《谢宣城诗集》五卷，为全本。卷末有绍兴丁丑（1157年）楼炤跋："余至郡视事之，暇衰取郡舍石刻并宣城集所载谢诗，才得二十余首。继得蒋公之奇所集小谢诗以昭亭庙叠嶂楼、绮霞阁所刻及《文选》《玉台新咏》本集所有，合成一编，共五十八篇，自谓备矣。然小谢自有全集十卷，但世所罕传。如宋海陵王墓志集中有之，而《笔谈》乃曰：'此铭集中不载。'盖虽存中之博，亦未之见也。而余家旧藏偶有之，考其上五卷，赋与乐章之外，诗乃百有二首，而唱和联句、他人所附见者不与焉。以是知蒋公所谓本集者，非全集矣。于是属之僚士，参校谬误。虽是正已多，而有无他本可证者，故犹有阙文。锓板传之，目曰《谢宣城诗集》。其下五卷，则皆当时应用之文，衰世之事，其可采者已载于本传、《文选》，余视诗劣焉，无传可也，遂置之。绍兴丁丑秋七月朔东阳娄炤。"推断陈振孙著录本，即娄炤所刻五卷本《谢宣城诗集》。嘉定庚辰（1220年）洪伋跋："在宣城宜有公之集矣。后公六百五十余年，枢密楼公始克锓之木，距今又六十四年，字画漫毁，几不可读。是用再刻于郡斋以永其传。嘉定庚辰冬十二月望鄱阳洪伋识。"该书还收录另外两种谢朓集，一是明正德六年（1511年）刘绍刻本《谢朓集》五卷。卷首有正德辛未(1511 年)康海《谢宣城集序》。[①] 此书是谢朓集较早的单行本。二是明辽藩朱宠瀼梅南书屋刻《三谢诗集》本《谢朓集》五卷。

注本以郝立权《谢宣城诗注》为最早,1956 年人民文学出版社排印。全校注本以曹融南《谢宣城集校注》最为完备,亦分五卷。所用底本,文取严可均《全齐文》,诗赋取吴骞拜经楼本《谢宣城集》。书后附录有佚文、版本卷帙、旧刻序跋、诸家评论、《南齐书》本传、《宣城郡志·良吏列传》等资料及《谢朓事迹诗文系年》,上海古籍出版社 1991 年出版。

(四)王融

王融(467—493)字元长,祖籍琅琊临沂(今属山东)。王融以父官不达,颇欲振兴家业,曾上书齐武帝求自试,迁丹阳丞、中书郎,又为"竟陵八友"之一。当时,北魏曾派遣使臣到南齐求取书籍,朝议不许,王融以为当许,并断言书籍入北魏后,可促使北魏汉化,引起北方汉族与鲜卑贵族的矛盾,以便坐收渔人之利。此议虽未实行,但颇为齐武帝所赞赏。永明九年三月,齐武帝在芳林园宴请群臣,命王融作《曲水诗序》,以文藻富丽,为当时所称赞,而且扬名北魏。此外,像永明九年和十一年的《策秀才文》也出于王融之手。这些文章是骈文的名作,被收入《文选》。王融自持门第,颇有政治抱负。永明十一年夏秋间,齐武帝病重,萧子良入侍医药,以王融等人为军主,王融因武帝将死欲立子良为帝,不果,卒于齐武帝永明十一年(493 年)。生平事迹见《南齐书》本传、陈庆元《王融年谱》及林晓光《王融与永明时代》(197,c;林晓光,311)。

《隋书·经籍志》著录"齐中书郎王融集十卷",久已不传。《汉魏六朝集部珍本丛刊》收录《王宁朔集》一卷,张溥辑《汉魏六朝百三名家集》本,有何绍基评点。王融的诗所存不多,钟嵘《诗品》把他列入下品,认为王融和刘绘"并有盛才,词美英净。至于五言之作,几乎尺有所短"。钟

嵘的评价之所以不高,大约因为王融写诗好用典故,所以说"近任昉、王元长等,辞不贵奇,竞须新事",这正是《诗品》所反对的一种倾向。但钟嵘又认为"永明体"的创立,与王融有密切关系。他说"王元长创其首,谢朓、沈约扬其波"。王融的年龄比沈约、谢朓小,所存作品也远不如沈、谢多,但钟嵘和王融曾有交谊,还亲闻王融对宫商音律的议论,可见这一结论当有根据。林晓光《王融与永明时代》对此有全面系统的论述(311)。

(五) 刘绘与丘迟

刘绘(458—502)字士章,祖籍彭城(今江苏徐州)人。刘绘少时善应对,为其父刘勔所赏识。宋顺帝升明初年,入仕为著作郎,任太尉萧道成行参军。后为江州刺史左将军萧嶷主簿。入齐后,萧嶷被征为骠骑将军,刘绘随之入都,任主簿,寻为太子洗马。永明五年(487年),萧嶷为大司马,刘绘又为其谘议领录事。因为萧嶷与文惠太子萧长懋之间有隔阂,刘绘遂求外任,为南康相。永明八年,为中书郎,出入竟陵王萧子良西邸,与谢朓、沈约等游处。郁林王隆昌时,为萧赜镇军长史,转黄门郎。东昏侯永元二年,转建安王萧宝夤车骑长史。永元三年,王国珍等杀东昏侯,刘绘参与其事,并与范云等将东昏侯首级送给梁武帝。次年病卒。

钟嵘《诗品》把刘绘和王融同列下品,并说:"元长、士章并有盛才,词美英净。至于五言之作,几乎尺有所短。譬应变将略,非武侯所长,未足以贬卧龙。"言下之意似乎刘绘所擅长的是骈文。但是,刘绘现存完整的文章仅有一篇,即《为豫章王乞收葬萧子响表》,还不足以看出刘绘骈文创作特色。他的诗虽然不为钟嵘所欣赏,还是很有特色的。《饯谢文学离夜》一诗则又受到沈约、谢朓的影响,遣辞追求平易。《隋书·经籍志》著录"梁国从事中郎刘绘集十卷,亡",今诗八首。

丘迟(464—508)字希范,吴兴乌程(今浙江湖州)人。史载,他八岁能文,齐武帝永明初,举秀才,授太学博士。萧衍代齐建梁,甚受礼遇,劝进萧衍为梁王诸文,皆出丘迟之手。天监四年(505年),丘迟随萧宏北伐,为谘议参军,领记室。萧宏命丘迟写信招降陈伯之,劝其重返江南。

这就是著名的《与陈伯之书》。陈伯之本是南朝将军，信中责之以大义，示之以恩惠，晓之以利害，动之以情感，用事精切确当，遣辞委婉曲折，尤其最后一段，以"暮春三月，江南草长，杂花生树，群莺乱飞"的江南风物，来触动陈伯之的故土之情，家国之思，十分感人。这封情文并至的书信，最后终于打动了陈伯之，使其率部归降了梁朝。生平事迹见《梁书》本传。

《隋书·经籍志》著录："梁国子博士丘迟集十卷并录，梁十一卷。"另记载"梁有《集钞》四十卷，丘迟撰，亡"，今已佚。明人张溥《汉魏六朝百三家集》中有《丘中郎集》。《汉魏六朝集部珍本丛刊》收录有何绍基评点本。钟嵘《诗品》列为中品，说他的诗"点缀妍媚，似落花依草"。

上述五位作家代表了永明诗坛的主流，讲究声律，崇尚清丽，属于"新体"派。而江淹、任昉、王俭、孔稚珪等则与此相反，典雅古质，保留着"古体"风貌。

（六）江淹

江淹（444—505）字文通，祖籍济阳考城（今河南兰考）。二十岁时，入始安王刘子真幕，教授五经，并代作章奏，前后约四年。建平王刘景素夙闻江淹才名，于是招入幕下，待以"布衣之礼"。江淹恃才傲物，为同僚所不容，被诬受贿，下狱。在狱中作《诣建平王上书》，自陈冤屈，文婉理直，历来都被视为名篇。宋顺帝升明元年（477年），萧道成辅政，召为参军。及萧道成代宋建齐，除豫章王萧嶷记室，任东武令，参掌诏策。与檀超同修《齐史》，撰十志。寻迁中书侍郎，稍后，作《自序传》，并自编文集前集。萧衍代梁，江淹官运隆通，至金紫光禄大夫，封醴陵伯。天监四年（505年）卒，年六十二，谥"宪"。生平事迹见《梁书》本传及吴丕绩所编《年谱》（221，a）、曹道衡《江淹评传》《江淹作品写作年代考》（450，u）以及俞绍初先生《江淹年谱》（358，f）。《隋书·经籍志》著录"梁金紫光禄大夫江淹集九卷，梁二十卷。江淹后集十卷"，均已不存。今存各本都是明人所辑。或按赋、诗、文的大类编次，作品大致按写作年代排列，如《四部丛刊》影印乌程蒋氏密韵楼藏明翻宋刻本；或不仅分大类，诗赋文又做了重

新编排,如文按章、表、启、诏等文体分了小类,张溥即如是。《汉魏六朝集部珍本丛刊》收录四种:

1.《梁江文通文集》十卷,南朝(梁)江淹撰。明抄本。卷首有《梁江文通文集目录》。卷十末有《南史列传》,另有元至正四年(1344年)赵箮翁《江文通集后序》称:"顷岁余领国子学,阅崇文阁旧书,得江文通文集。欣然曰:梦笔之验,其在是乎! 录以示寺僧有成辈,咸请刻梓以传……工告讫功,谨志于左。至正四年良月初吉,中大夫蕲州路总管兼馆内劝农事赵箮翁跋。"又弘济跋云:"继清总管赵公校全书于崇文之阁,归诸萧山旧宅梦笔之寺,成上人梓传以惠学者。……至正甲午三月念一日舜江沙门弘济天岸八十三岁书。"所据底本当为元人所刻。此本收录有《牲出入歌辞》《荐豆呈毛血歌辞》《奏宣列之乐歌辞》三章。

2.《梁江文通集》十卷,南朝梁江淹撰,(明)胡之骥注。明万历二十六年(1598年)刻本。扉页有清黄彭年过录清郑虔跋:"三十年来觅文通集善本,不可得。此本足可宝贵。七卷十四五叶阙,俟得与此本以律者钞补可耳。郑虔记。"黄彭年跋:"庚戌人日得此于厂肆,郑君记在卷端,以磨灭,仅可辨识。重装裱之,补录于此。黄彭年书。"又有丁氏题记称:"余别藏乾隆乙亥裔孙炎校刊《醴陵集》十卷中多歌辞三章,殆即敏求所云也。"此三篇歌辞(《牲出入歌辞》《荐豆呈毛血歌辞》《奏宣列之乐歌辞》)当即出自上述明抄本。此书有中华书局1984年有校点本。

3.《江光禄集》十卷集遗一卷,南朝(梁)江淹撰。明万历梅鼎祚玄白堂刻本。卷首有《江光禄集卷目录》,卷末有《集遗》三篇即《遂古篇》《咏美人春游》和《征怨》。书后附姚察《梁书列传》和李延寿《南史列传》。

4.《梁江文通文集》十卷,南朝(梁)江淹撰。明刻本。卷首为《梁江文通文集》目录,补《牲出入歌辞》《荐豆呈毛血歌辞》《奏宣列之乐歌辞》三首。卷末有冯舒过录元至正四年(1344年)赵箮翁《江文通集后序》。又跋云:"戊子秋仲之晦,初得元人抄本。至季秋之十二日始校完元本,多乐府三章,此本不知何以删去,而元本所缺,此本又以意填增,文理荒悖可笑。今尽囗之。凡囗者,元本所无也。旁注者,元本如而文可两通者也。屡守老人。"据此而知,冯舒于顺治五年戊子(1648 年)曾用元钞本校订。

新注本有俞绍初、张亚新《江淹集校注》,中州古籍出版社 1994 年出版。丁福林、杨胜明《江文通集校注》较为详尽,上海古籍出版社 2017 年出版。

钟嵘《诗品》说江淹"诗体总杂,善于摹拟"。代表作《杂体诗》三十首,意在"敩其文体"。郭晨光《江淹〈杂体诗三十首〉研究》(中国社会科学出版社,2021 年)探讨了这组诗的写作背景、创作特色及其批评史意义。江淹又有《效阮公诗十五首》模拟阮籍《咏怀诗》。据《文选》李善注引颜延之、沈约等人注:"嗣宗身仕乱朝,常恐罹谤遇祸,因兹发咏,故每有忧生之嗟。虽志在刺讥,而文多隐避,百代之下,难以情测。"江淹的拟作,亦有忧生之嗟。拟阮籍诗,在实质上正与阮籍相同,他一方面对刘景素进行讽谏,一方面颇怀忧生之嗟。

(七)任昉

任昉(460—508)字彦昇,小名阿堆。祖籍乐安博昌(今山东博兴)人。十六岁为宋丹阳尹刘秉主簿。入齐,为奉朝请,举兖州秀才,拜太学博士。齐武帝永明二年(484 年),为丹阳尹王俭主簿。深受王俭器重,认为当时无与伦比。后随竟陵王萧子良游,为"竟陵八友"之一。齐末,入萧衍幕府,为骠骑记室参军,专主文翰。天监六年(507 年)春,出为宁朔将军、新安太守,在郡亲近百姓,为政清静。一年后卒官,郡中百姓立祠于城南。时年四十九岁。王僧孺有《太常敬子任府君传》。生平事迹见《梁书》本传。罗国威有《任昉年谱》(《六朝年谱辑要》,黑龙江教育出版社,1999 年),李兆禄有《任昉研究》(中国社会科学出版社,2014 年)、杨赛有《任昉与南朝士风》(上海古籍出版社,2011 年)、谭家健有《试论任昉》(522)等研究成果。

任昉是齐梁时期著名的文章大家,长于诏册、章奏、碑传,所著凡数十万言。时人将他与沈约并称为"沈诗任笔"(钟嵘《诗品》)。《梁书·庾肩吾传》载萧纲《与湘东王书》也说:"至如近世谢朓、沈约之诗,任昉、陆倕之笔,斯实文章之冠冕,述作之楷模。"又《梁书》本传云:"当世王公表奏，莫不请焉。起草即成，不加点窜。"《文选》收录其文十七篇，数量冠于全书。按照现在的观点来看，他的那些文章主要是些应用文。后来由于人们对于诗歌的重视，任昉就越来越不为人所重视，这也是可以理解的。不过在文学史上，任昉自有其不可或替的历史地位。第一，从某种意义上说，他是当时文坛领袖之一，在提倡某种文风和奖励许多后进方面，起到相当大的作用。《梁书》本传说他"好交结，奖进士友，得其延誉者，率多升擢，故衣冠贵游，莫不争与交好，坐上宾客，恒有数十"。这些宾客，其中不少人颇享文名，其成名又多少和任昉的奖掖有关，如陆倕、到溉、到洽、王僧孺、张率、刘孝绰等，均受到奖掖，时相宴聚，号为"龙门之游"。第二，他的文章，即使是所谓的应用文，很多作品也写得情文并茂。最有代表性的要数《奏弹曹景宗》，夹叙夹议，揭露曹景宗渎职，痛快淋漓。清人谭献评此文"可谓笔挟风霜"，实非过誉，《奏弹刘整》一文主要是弹劾刘整因争家产和寡嫂范氏争执以至殴斗的事情，其中征引奴仆的证词，全用当时的口语，与任昉其他骈四骊六的文章很不一样。除奏弹、章表等纯属应用文性质的文章外，还有一些传状之类的文章，虽亦有实用目的，却以写某个人物为主，文中也写出了这些人物的个性特点，如《王文宪集序》《齐竟陵文宣王行状》等就具有较强的可读性，有些段落写得颇为动人。第三，他的诗今存二十余首，钟嵘《诗品》列为中品，称"彦升少年为诗不工，故世称沈诗任笔。昉深恨之。晚节爱好既笃，文亦遒变，善铨事理，拓体渊雅，得国士之风，故擢居中品。但昉既博物，动辄用事，所以诗不得奇"。今观其诗作，典质有余，风神不足。但是也有像《出郡传舍哭范仆射》这样情韵兼备的佳作，因而在六朝诗歌发展史上仍占有一席之地。

　　任昉生平好聚书，多达一万余卷，与沈约、王僧孺同为当时著名藏书家。不仅如此，他还亲自参加国家藏书的整理工作。《梁书·任昉传》："自齐永元以来，秘书阁四部篇卷纷杂，昉手自雠校，由是篇目定焉。"《隋书·经籍志》著录《四部目录》即此。《七录序》曰："齐末兵火，延及秘阁。有梁之初，缺亡甚众。爰命秘书监任昉躬加部集。又于文德殿别藏众书，使学士刘孝标等重加校进，乃分数术之文更为一部，使奉朝请祖暅撰其名录。其尚书阁内别藏经史杂书。华林园又集释氏经论。自江左篇章之盛，未有逾于当今者也。"又《古今书最》载："梁天监四年文德殿四部及数术书目录合二千九百六十八帙二万三千一百六卷。"史载，任昉著有《杂传》二百余卷，《地记》二百余卷，《文章缘起》一卷，还有《述异记》等小说文献，确实基于这些文献积累的工夫。《隋书·经籍志》著录"梁太常卿任昉集三十四卷"，久佚。《汉魏六朝集部珍本丛刊》收录(明)汪士贤辑，(明)吕兆禧校，明万历十一年(1583年)新安汪氏刻《汉魏六朝二十一名家集》本《任彦升集》六卷。卷首有《任昉传》《任彦升集目录》。卷末有万历庚寅(1590年)吕兆禧《跋任彦升集后》称："近檇李特哀沈文，不及任集，慕古者阙焉。爰搜载集，得诗若文七十有奇篇，次为六卷，庶使后之品二君子者有所质云。万历庚寅夏廿九日河东吕兆禧跋。"又收录张溥《汉魏六朝百三名家集》本《任中丞集》一卷，有何绍基评点。如《王文宪集序》眉端何批"知己之感，有此雄笔"。

（八）王俭与孔稚珪

王俭(452—489)字仲宝，祖籍琅琊临沂，袭父王僧绰爵豫宁侯，自幼勤学，手不释卷。宋明帝时，尚阳羡公主，拜驸马都尉。为秘书郎，历任秘书丞、义兴太守、太尉右长史等职。史称王俭"手笔典裁，为当时所重"（《南齐书·王俭传》）。辅佐齐太祖萧道成即位，礼仪诏策，皆出其手。以佐命之功封南昌县公，升尚书左仆射，领吏部、兼丹阳尹。永明初为国子祭酒、太子少傅、本周中正。在政治上，他代表着高门的势力，与萧子良两大集团在政治、文化上是很有抵触的，甚至不免冲突，这对齐梁文学的走向影响至深（汪春泓，239，b）。生平事迹见《南齐书》本传。王俭是齐初文坛的核心人物，曾主持学士馆，以其家为馆舍。他大力倡导、殷勤奖掖，"虽单门后进，必加善诱"（《王文宪集序》）。任昉、王融、萧衍、钟嵘、萧子恪等人，都曾得到他的赏识。他的诗如《春诗》典雅，王夫之称赞其说"二十字如一片云，因日成彩"，"允为绝句先声"（《古诗选评》卷三）。钟嵘《诗品》列为下品，谓"既经国远鄙，或忽是雕虫"。其文多用散体，更事用典。《南史·王谌简传》说："王俭尝集才学之士，总校虚实，类物隶之，谓之隶事，自此始也。"《文选》所载《太宰文简褚公彦回碑》为其代表作，《文中子》说他"有君子之心焉，其文约以则"。他又是当时著名学者，曾校勘古籍，依刘歆《七略》，撰《七志》七十卷，突破刘歆收书不收图的旧例，新增《图谱志》；又始创"文翰"一目，以诗赋文集属之，即后世之集部。又著有《吊答仪》十卷，《吉书仪》二卷，《百家订谱》十卷等。任昉《王文宪集序》云："昉尝以笔札见知，思以薄技效德，是用缀辑遗文，永贻世范。为如干秩如干卷，所撰《古今集记》《今书七志》为一家言，不列于集，集录如左。"说明《王俭集》为任昉所编。《隋书·经籍志》著录"齐太尉王俭集五十一卷，梁六十卷"。已不传。《汉魏六朝集部珍本丛刊》收录《王文宪集》一卷，张溥《汉魏六朝百三家名家集》本，有何绍基评点。

孔稚珪（447—501）字德璋，会稽山阴（今浙江绍兴）人。其父杜京产，是南齐著名的道教信徒。宋明帝泰始中，时年二十多岁，为王僧虔所器重，引为主簿。后废帝时入仕为安成王车骑行参军，转尚书殿中郎。宋顺帝升明元年（477 年），萧道成惟骠骑大将军，引孔稚珪为记室参军，与江淹对掌辞笔，迁尚书左丞。齐武帝永明初年为竟陵王萧子良从事中郎。永明七年（489 年）转为骁骑将军，复领尚书左丞，转太子中庶子、廷尉诸职。永明末转御史中丞。王融拟拥立萧子良，事败，朝廷令孔稚珪上表弹劾，致王融于死地。齐明帝初，为冠军将军，曾上表议论南北通和之策，是一篇重要的文章。东昏侯永元元年（499 年）为都官尚书，迁太子詹事。永元三年（501 年）卒。《隋书·经籍志》著录"齐金紫光禄大夫孔稚珪集十卷"，久佚。《汉魏六朝集部珍本丛刊》收录《南齐孔詹事集》一卷，张溥辑《汉魏六朝百三名家集》本，有何绍基评点。收录在《文选》中的《北山移文》是孔稚珪骈文创作的代表，托山灵的口吻，嘲讽周颙不能坚守志操，出任海盐县令。而据《南齐书·周颙传》，周颙并未做过海盐令。所以清代以来的选学家们对此表示怀疑。今人王运熙著《孔稚珪与〈北山移文〉》以为这是一篇戏谑之文。其诗，选家多推崇《游太平山》，写山中幽深寂静之趣。

（九）陆厥与虞羲

陆厥（472—499）字韩卿，吴郡吴（今江苏苏州）人，南齐诗人。齐武帝永明九年(491年),下诏令百官荐举文士,顾暠之推荐陆厥,州举秀才。明帝建武元年(494年),为太子少傅王晏主簿。建武二年,迁后将军劭陵王萧子贞行参军。后废帝永元元年(499年)始安王萧遥光反,陆厥之父陆闲被杀。陆厥受到牵连,坐系尚方。寻为赦免,感恸而卒。生平事迹见《南齐书》本传,谓其"好属文,五言诗体甚新变"。《隋书·经籍志》著录"齐后军法曹参军陆厥集八卷,梁十卷"。今存诗十首,多系乐府诗。在南齐众多诗人中,陆厥的诗歌创作并没有太大的影响。在中国文学发展史上,陆厥能够占据一席之地,主要还在他的文学主张。沈约作《宋书·谢灵运传论》提倡声病理论,认为:"若前有浮声,则后须切响。一简之内,音韵尽殊;两句之中,轻重悉异。妙达此旨,始可言文。"最后,沈约自负地说:"自骚人以来,此秘未睹。"对此,陆厥作书论难,以为"夫思有合离,前哲同不免,文有开塞,即事不得无之。"又说:"意者亦质文时异,古今好殊,将急在情物,而缓于章句。情物,文之所及,美恶犹且相半;章句,意之所缓,故合多而谬少。义兼于斯,必非不知明矣。"陆厥又说:"一人之思,迟速天悬;一家之文,工拙壤隔。何独宫商律吕,必责其如一邪?论者乃可言未穷其致,曾不得言曾无先觉也。"言下之意,古人早知分别宫商之说,所以有不合者,乃是其未尽其工而已,非不知也。这些观点,从文学发展的实际情况来看,有其合理的一面,但是,作为新生事物的永明声病理论主张,确有其进步意义,这是陆厥所未能充分估计到的。

　　虞羲字士光,一说字子阳。会稽余姚(今属浙江)人。生卒年不详。《虞羲集序》及钟嵘《诗品》并称其"梁常侍虞羲",据此则卒于梁天监中。而《隋书·经籍志》著录其文集,称"齐前军参军虞羲集九卷残缺。梁十一卷"。曹道衡、沈玉成《南北朝文学史》认为《隋书·经籍志》记载有误,当从《虞羲集序》,定其为梁代诗人。① 据该集序:"羲字子和,会稽人也。七岁能属文,后始安王引为侍郎,寻兼建安王征虏府主簿功曹,又兼记室

　　① 有一可能,就是《隋书·经籍志》的编者所见《虞羲集》,题署就是"齐前军参军",有可能编于齐代。

参军事。天监中卒。"又，《南史·王僧孺传》记载："司徒竟陵王子良开西邸，招文学，僧孺与太学生虞羲、丘国宾、萧文琰、丘令楷、江洪、刘孝孙并以善辞藻游焉。……江洪，济阳人。竟陵王子良尝夜集学士，刻烛为诗，四韵者则刻一寸，以此为率。文琰曰：'顿烧一寸烛，而成四韵诗，何难之有？'乃与令楷、江洪等共打铜钵立韵，响灭则诗成，皆可观览。"则虞羲在永明年间为太学生，表现出很高的文学才华，而入竟陵王萧子良府。永明末，王融想发动政变拥立萧子良，虞羲与丘国宾在一旁预言此事必败，果然不出所料。见《南史·王融传》。可见有一定的政治眼光。郁林王隆昌元年（494 年），袁象卒时，虞羲致书明帝萧鸾及尚书左丞仆射王晏，为袁象求谥。齐明帝建武元年（494 年），为晋安王萧宝义前军参军，后萧宝义以废疾去职，遂为晋安国侍郎。虞羲诗存十三首，其中以《咏霍将军北伐诗》最为出名，被收录在《文选》中，此诗当是永明中齐武帝命令毛惠秀画《汉武北伐图》前后所作，以边塞为主题，咏史抒情，"大有建安风骨，何从得之"（胡应麟《诗薮》外编二）？

四、永明诗人创作与新体古体之争

新体与古体之争，主要体现在下面三个事例上：

（一）江淹才尽

《诗品》《南史》都记载江淹在齐明帝建武四年（497 年）离宣城太守职还都之际有"江郎才尽"之说。可能有两个原因：一是创作上的守成。现存江淹创作的最有成就的作品，主要写于宋末齐初，依然带有宋末谢灵运、颜延之和鲍照等人诗风，不讲求声律。入齐以后官居高位，难以专心创作，加之仕途顺利，亦无心创作。二是文坛风尚变迁。以沈约、谢朓、王融等人为代表的新变一派一度成为文坛主流，相比较而言，江淹创作明显地受到元嘉诗风的影响，这便与当时盛行的清丽诗风形成鲜明对照，显得很不协调（曹道衡，450，gg）。

（二）隶事用典

王俭学问渊博，"专心笃学，手不释卷"，对历代典籍十分熟悉，二十多岁即撰《七志》及《元徽四部书目》，"其中朝遗书，收集稍广"（阮孝绪《七录序》）。宋齐之际，"俭为佐命，礼仪诏策，皆出于俭"。永明三年（485年）又于王俭宅"开学士馆，悉以四部书充俭家"（《南齐书·王俭传》）。王俭研究学问带有明显的功利目的，这里可以略而不论。重要的是，王俭博闻强记，每以隶事用典相炫耀。《南史·王摛传》载王俭广集"才学之士，总校虚实，类物隶之，谓之隶事自此始也"。可以说，卖弄学问，辑事比类，是王俭及其追随者一个显著特征，这也与永明诗人所倡导的平易自然之风相左（刘跃进，110，i）。

（三）沈诗任笔

《诗品》："彦升少年为诗不工，故世称沈诗任笔，昉深恨之，晚节爱好既笃，文亦遒变，善铨事理。""但昉既博物，动辄用事，所以诗不得奇。少年士子，效其如此，弊矣。"《南史·任昉传》也说他"用事过多，属词不得流便。自尔都下士子慕之者，转为穿凿，于是有才尽之谈矣"。这种诗风与王俭相近。任昉确也追随王俭，曾以旧属身份写下《王文宪集序》则为世人所重。

永明年间，齐武帝问王俭当今五言诗之佳者，王俭不推举诗名已高的沈约，[①]却推举了江淹。这多少可以说明，江淹、王俭、任昉三人与当时诗坛主流保持着相当的距离。如果站在这个角度来考察永明诗风的特点，也许看得更清晰一些；若再能联系梁代中期文学复古思潮，于南朝文风的流变，当会有更多的体认。

---

① 《梁书·张率传》："率年十二，能属文，常日限为诗一篇，稍进作赋颂。至年十六，向作二千余首。"《南史》本传还载："有虞讷者见而诋之，率乃一旦焚毁，更为诗示焉，托之沈约。讷便句句嗟称，无字不善。"张率生卒年史有明文，其十六岁为永明八年。由此而知，沈约在永明年间已诗名大盛，为时人仰重。

第三节　梁代前期文学研究

关于梁代文学的分期，主要有三种意见：第一种是以中大通三年（531年）萧统死为界，分前后两期。第二种是把梁代文学分为三期，天监年间（502—519）为前期，从普通年间到中大通年间（520—534）为中期，以湘东王萧绎于中大通六年（534年）撰写的《〈法宝联璧〉序》为标志，梁代文学进入后期（清水凯夫，445，p）。第三种意见，认为天监十二年以前是永明文学的延续，沈约、任昉、萧琛、陆倕等永明作家还活跃一时，而他们的创作，正如兴膳宏在《沈约与艳体诗》所论，实已初具宫体诗的某些特征，称之为宫体诗的先河似不为过（120，d）。这是梁代文学前期。从天监十二年沈约之死到中大通三年萧统之死为中期。钟嵘《诗品》、萧统《文选》都把沈约之死视为文学史上一个历史段落的结束，从此，梁代文坛逐渐兴起一股文学复古思潮，有继承永明文学的一面，但更多的是对永明诗风的反拨（刘跃进，110，a）。中大通三年萧纲继为太子，又否定梁代中期文学，遥接永明诗风，变本加厉，推动轻艳诗风的形成，是为后期。

一、萧衍与萧统

（一）萧衍

萧衍（464—549）即梁武帝，字叔达，小字练儿。南兰陵（今江苏常州）人。南齐时为王俭东阁祭酒，历官宁朔将军、给事黄门侍郎、雍州刺史、中书监、大司马等。在永明末，萧衍协助齐明帝夺权，尽诛齐高帝、武帝子孙，并逐渐扩充了自己的实力。东昏侯萧宝卷荒淫无道，萧衍乃自雍州率兵东下，最终代齐建梁，是为梁武帝。在位四十八年，勤于政务，经济发展。改定《百家谱》，重用士族。大兴佛教，所费无度。晚年昏聩有加，皇室内部争权激烈。太清二年（548年），养子萧正德勾结东魏降将侯景叛乱。萧衍被囚建康台城，次年饿死，时年八十六岁。生平见《梁书》本纪及庄辉明《萧衍评传》（上海古籍出版社，2018年版）。

在魏晋南北朝文学发展史上，梁武帝萧衍的地位略似于曹操。首先他在政治上很有眼光，在南齐后期抓住历史机遇，扭转被动局面，建立梁朝，是南朝执政最长的帝王。他活了八十六岁，执政四十七年。其次是他的文学业绩。南齐永明中，竟陵王萧子良广接文士，萧衍与沈约、谢朓、王融、萧琛、范云、任昉、陆倕等并预门下，时号"竟陵八友"。作为一个文人出身的皇帝，即位后倡导文学，可谓不遗余力。故《南史·梁本纪》说："自江左以来，年逾二百，文物之盛，独美于前。"《北齐书·杜弼传》记载高欢尝云："吴儿老翁萧衍，专事衣冠礼乐，中原士大夫望之以为正朔所在。"其家族子孙多有文学成就，如三个儿子萧统、萧纲、萧绎等，亦均右文好古，礼接文士，领袖文坛，可与曹操父子并比。[①]

萧衍博学善文，政务之暇，手不释卷。《南史》称其"六艺备闲，棋登逸品，阴阳、纬候、卜筮、占决、草隶、尺牍、骑射，莫不称妙"。虽为史家谀颂之辞，但是揆诸事实，相去尚不为远。萧衍的著述，儒释经史，皆所涉及。据《梁书·武帝纪》《隋书·经籍志》著录，凡署名梁武帝撰著者，已逾千卷。《通史》六百卷，《寿光书苑》二百卷，《华林遍略》七百卷以及《梁律》如《梁令》《梁科》《五礼仪注》等。有《周易》《尚书》《毛诗》《礼记》《孝经》诸经"大义"，《通史》六百卷（《隋书·经籍志》作四八〇卷），又有佛经义记，虽然多出自臣下手笔，而自总其成，见于经录者，亦颇可观。[②] 王世贞《艺苑卮言》说："自三代而后，人主文章之美，无过于汉武帝、魏文帝者……而著作之盛，则无如萧梁父子。高祖著《孝经》《周易》《乐社》《春秋》《中庸》《孔》《老》义疏，《正言》《答问》二百卷，《涅槃》《大品》《净名》《三慧》等经义后数百卷，《通史》六百卷，文集百二十卷，《金海》三十卷，《三礼断疑》一千卷。"周一良《论梁武帝及其时代》论述萧衍的时代与学

---

① 　阎采平有《齐梁诗研究》，北京大学出版社1994年出版。胡怀德有《齐梁文坛与四萧研究》（四萧：萧衍、萧纲、萧绎、萧统），南京大学出版社1997年出版。

② 　四库全书本《海录碎事》卷六"曲阿酒"条载有梁武帝《东行记》遗文。

术贡献，是非常重要的一篇论文（周一良，293，c）。

萧衍的文学，《梁书》本纪说他"下笔成章，千赋百诗，直疏便就"，"制赞、序、诏、诰、铭、诔、说、箴、颂、笺、奏诸文，又百二十卷"。《隋书·经籍志》著录的文学作品专集有："《梁武帝集》二十六卷梁三十二卷、《梁武帝诗赋集》二十卷、《梁武帝杂文集》九卷、《梁武帝别集目录》二卷、《梁武帝净业赋》三卷。"《汉魏六朝集部珍本丛刊》收录两种梁武帝集，一是张燮辑《七十二家集》本《梁武帝御制集》十二卷附录一卷，有沈约《梁武帝集序》，另外附录内容比较丰富；二是张溥辑《汉魏六朝百三名家集》本《梁武帝御制集》一卷。此本有何绍基评点。有关萧衍的文学，可参看柏俊才《梁武帝萧衍考略》，收集了丰富的资料，上海古籍出版社 2008 年出版。

（二）萧统

萧统（501—531）字德施，小字维摩。梁武帝萧衍长子。天监元年（502 年）立为皇太子，未及即位而卒。谥号"昭明"。生平事迹见曹道衡、傅刚《萧统评传》（南京大学出版社，2001 年版），陈延嘉、王大恒、孙浩宇《萧统评传》（上海古籍出版社，2018 年版）等。《梁书》本传载："所著文集二十卷，又撰古今典诰文言，为《正序》十卷；五言诗之善者，为《文章英华》二十卷，《文选》三十卷。"萧统文集，最初由刘孝绰编，久佚。他所撰写的序言依然保存。《隋书·经籍志》著录二十卷，由萧纲主持编纂，业已散佚。俞绍初《昭明太子集校》依诗、赋、文三类，大体按照写作时间重新编排。书后附有《萧统年谱》。该书已由中州古籍出版社 2001 年出版。《汉魏六朝集部珍本丛刊》收录署名萧统的著作六种：

1. （明）嘉靖三十四年（1555 年）周满刻本《梁昭明太子文集》五卷。卷首有梁简文帝《昭明太子集序》，梁刘孝绰《昭明太子集序》。卷末有南宋淳熙八年（1181 年）袁说友跋："池阳郡斋既刊《文选》与《双字》二书，于以示敬事昭明之意。今又得昭明文集五卷，而并刊焉。"

2. （明）杨慎校注，明辽国宝训堂刻本《梁昭明太子文集》五卷。卷首除萧纲、刘孝绰序外，还有萧纲《上昭明太子集别传等表》、梁萧子范《求撰昭明太子集表》。卷末除袁说友跋外，还有云南按察使前进士成都周满于嘉靖乙卯(1555年)作《昭明太子集序》，称："昭明集，世鲜概见。余得之百泉皇甫公者，文多讹阙未整，乃正之升庵杨公、木泾周公，间以己意订补，亦略成书。三复遗篇，如获至宝，乃刻之斋中，传诸其人。"

3. 明末叶绍泰刻《萧梁文苑》本《梁昭明太子集》六卷。

4. 清光绪二十三年(1897年)武进盛宣怀刻《常州先哲遗书》本《梁昭明太子文集》五卷补遗一卷。《补遗》末有光绪丁酉(1897年)盛宣怀跋："右《昭明太子集》五卷，梁昭明太子统撰。按《梁书》本传云有集二十卷，《隋·经籍志》《唐·艺文志》同。《宋·艺文志》则云五卷，已非其旧。此怡府藏影宋抄本，为宋淳熙辛丑袁说友池阳郡斋所刊，卷数与《宋志》同。"

5. 民国八年(1919年)贵池刘世珩影宋刻本《梁昭明太子文集》五卷，《札记》一卷。卷五末有刘世珩己未(1919年)跋云："《昭明太子集》二十卷，载于《梁书》本传，至宋已无传本。宋人所刊者有淳熙辛丑池阳郡斋五卷本。……此集则罕见。今从昭仁殿请出，即宋池阳郡斋五卷本，每半叶八行，行十六字，载在《天禄琳琅书目》，世称为祠堂本。余已景刻宋淳熙池阳郡斋尤、袁原刻本《文选》，又摹得此《昭明集》宋刻真本，附刊于后。"《札记》一卷，前有刘世珩跋称："余景刻宋郡刺史袁说友、仓使尤袤淳熙辛丑三月池阳郡斋所刻本《文选》毕，又从昭仁殿请出淳熙辛丑八月池阳郡斋刻本昭明集五卷，附刻于后。此本载于钦定《天禄琳琅书目》后编，有与明叶绍泰《萧梁文苑》本、张溥《汉魏六朝百三家集》本及国朝严可均辑《全梁文》本、盛宣怀刻《常州先哲遗书》本所不同处，略校一过，爰请常熟丁君秉衡覆核，经其同里庞君祝潮为其勘订，成《考异》《补遗》《叙录》《附录》，可谓详尽矣！余复稍加研寻，更有钻味于庞氏之外者，次为《札记》一卷。"据此而知，《札记》为刘世珩撰，《考异》《补遗》《叙录》《附录》并庞祝潮撰，刘世珩有补注。

6. (清)释行景注，清康熙刻本《梁昭明太子六律六吕文启》一卷。卷首有康熙壬寅(1722年)罗淇序、释宗尚序、释行景序和《凡例》。所谓"六律六吕文启"，释行景注："律者，阳管之总名，其名有六曰太蔟、曰姑洗、曰蕤宾、曰夷则、曰无射、曰黄钟。""吕者，阴管之总名，其名亦有六，曰夹钟、曰仲吕、曰林钟、曰南吕、曰应钟、曰太吕。""文者，法也。启者，开也。"《四库全书总目》提要疑此书非萧统所著。

二、何逊、阴铿与吴均

（一）何逊

何逊（472？—519？）字仲言，祖籍东海郯人（今山东郯城）。刘宋著名学者何承天曾孙。弱冠举秀才，范云见其对策，大相称赏，结为忘年之交，赋诗酬答。范云罢广州刺史家居，复与逊时相过从，宴饮联句。入梁，起家奉朝请。天监六年（507 年），迁建安王萧伟水曹行参军，兼记室。萧伟喜爱文士，日与游宴。时吴均亦在萧伟幕，萧伟俱荐之于梁武帝，初被宠信，后稍失意，致使梁武帝不满地说："何逊不逊，吴均不均。"十二年九月，萧伟被召入京，乃转为郢州刺史安成王萧秀幕，为参军，旋返京授尚书水部郎。后人据此而称之"何水部"。天监十八年（519 年）左右卒。生平事迹见《梁书》本传及何融《何水部年谱》（184，c）、李伯齐《何逊行年考》（165）、张忠纲《何逊评传》（271）等。

何逊卒后，王僧孺为编文集八卷，《隋书·经籍志》著录"梁仁威记室何逊集七卷"，久佚。现存诸本均明清人所辑，以张纮《何水部集》、张燮《何记室集》三卷、张溥《何记室集》为较早且全。《汉魏六朝集部珍本丛刊》分别收录了上述三种。张纮辑《何水部集》一卷为正德十二年（1517 年）刻，书后有张纮跋。张燮本选自《七十二家集》，有傅增湘校以正德本。张溥选自《汉魏六朝百三名家集》，有何绍基评点本。此外，还收录民国黄节校订抄本三卷。书末附有南宋理宗端平三年（1236 年）赵与懃跋云："诗自《文选》以后至唐初，其间作者阴、何为巨擘。今观其词致婉约，清深有足味者。后来藻缋之流，发扬滋甚而古意益薄，少陵时道二子不厌有以。夫近世学诗者，乃概谓不足观，往往世亦罕留本，久远岂遂埋废耶！因刻置郡斋以寿其传。端平丙申（1236 年）下元日古汴赵与懃德懃识。"又有黄伯思跋。黄节于壬戌（1922 年）跋称"校乾隆甲戌橙里江昉覆刻钱唐洪清远本，以小字旁注"。注本有郝立权、何融编注的两种《何水部诗集》，郝注有齐鲁大学 1937 年印本，何注有 1947 年印本，但均限于注诗。李伯齐《何逊集校注》以张溥本为底本，按写作时间分为齐末、梁天监中、未编年三卷，对现存全部作品做了校注工作。书后附有历代著录、序跋题识、评论、传记资料及《何逊行年考》，可惜遗漏赵与懃跋，也未能参考黄节校订成果。该书由中华书局 2013 年修订出版。

关于何逊生平事迹研究的焦点，一是生卒年，二是举秀才时间，三是诗风及其影响。关于生卒年，《梁书》本传载："服阕，除仁威庐陵王记室，复随府江州，未几卒。"庐陵王萧续天监十六年（517 年）六月为江州刺史，当年或次年秋何逊有《赠江长史（革）别诗》。又《玉台新咏》卷五列何逊于柳恽后、吴均前，柳恽卒于天监十六年，吴均卒于普通元年（520 年）。《玉台新咏》前六卷据卒年为序。由此二证，何逊当卒于天监十七年或十八年（518 年或 519 年）。其生年更难推断，但从《赠江长史别诗》："况事兼年德"看，江革（464 年左右生）年长于何逊。又何逊有《酬范记室云》作于永明五年至十年（487—492）间，时已成年，上下相推，何逊可能生于宋泰豫元徽年间（472 年或 473 年），终年四十七八岁（曹道衡，450，a，b）。何融则以为生于建元二年（480 年）左右，中华书局《何逊集》出版说明、张忠纲《何逊评传》本之。李伯齐据本传"弱冠州举秀才"一句，考订他举秀才在永明四年，由此上推生年在宋明帝泰始二年（466 年）。这里，举秀才时间也成为考订何逊生年的关键。

关于举秀才时间，何逊有《与建安王谢秀才笺》，李伯齐以为建安王指齐武帝子萧子真，永明五年受封建安王，领南豫州刺史，兼领南徐州。何逊原籍属南徐州东海郡，举秀才依例应在原籍，而《南齐书·武帝纪》载永明四年"策秀才"，故知应在四年举秀才。曹道衡《何逊三题》认为"建安王"当是"晋安王"之误，晋安王萧宝义是齐明帝之子，永元元年八月前为南徐州刺史，因此何逊举秀才当在建武四年至永元元年（497—

499)(450,b)。

关于诗风及其影响,范云评论说:"倾观文人,质则过儒,丽则伤俗。其能会清浊,中今古,见之何生矣。"梁元帝以为:"诗多而能者沈约,少而能者谢朓、何逊。"(并见《梁书·何逊传》)不过,当时人的评价并不一致。如《颜氏家训·文章》载:"何逊诗,实为清巧,多形似之言。扬都论者,恨其每病苦辛,饶贫寒气,不及刘孝绰之雍容也。"若就影响而论,刘孝绰远在何逊之下。杜甫说"颇学阴何苦用心"(《解闷》之三),"能诗何水曹"(《北邻》)。杜诗中有不少句子出于何诗,如《宿江边阁》"薄云岩际宿,江中浪中翻",就直用了何逊《入西塞示南府同僚》"薄云岩际出,初月波中上",等等。

(二) 阴铿

阴铿字子坚,祖籍武威姑臧(今甘肃武威)。生卒年不详。从南朝五史中可以约略推知,其祖父阴智伯在南齐时与梁武帝萧衍毗邻而居。其父阴子春,梁时官至梁秦二州刺史。阴铿在梁武帝时曾为湘东王萧绎法曹行参军。今存《和登百花亭荆楚》系和湘东王萧绎《登江州百花亭怀荆楚》之作。可见他在梁代后期,已经显示出创作才华。陈文帝天嘉中,曾为始兴王陈伯茂府中录事参军。文帝设宴招待群臣,席间赋诗,徐陵向文帝推荐阴铿,即日得预朝宴,并赋《新成安乐宫诗》,深为文帝所赏识。其后为招远将军、晋陵太守,后为员外散骑常侍。其后卒。其生平事迹见《陈书》本传及今人赵以武《阴铿与近体诗》(六朝文学丛书,黑龙江教育出版社,1999年版)。

《陈书》本传谓阴铿有集三卷,而《隋书·经籍志》著录"陈镇南府司马阴铿集一卷",说明至唐初已有残佚,今存三十多首诗,多是后人从类书中辑得。现存阴铿集最早的辑本是明洪瞻祖编刻的《阴常侍诗集》一卷。《汉魏六朝集部珍本丛刊》收录抄本《阴常侍诗集》一卷,卷首《阴常侍小传》。编选此书时,著录为民国抄本。刘明撰写提要时发现此本《何水部诗集》合订为二册,扉页上题:"辛未四月既望从抱经堂写校本钞录",说明是同治辛未(1871年)蒋维基茹古精舍抄本。抄本收诗共三十三首。卷末附黄节校勘记一卷。《阴常侍诗集》下题"校明嘉靖刻本,以小字旁注",可能就是以明洪瞻祖刻《阴何诗集》为校本。校勘记卷末题:"壬戌四月黄节校于蒹葭楼。"壬戌为 1922 年。《汉魏六朝集部珍本丛刊》还收录有清人张澍辑,清道光元年(1821 年)张氏刻《二酉堂丛书》本《阴常侍诗集》一卷,首《阴常侍诗集序》,次《梁书》本传,次《诗话》八则。全书收诗三十四篇,较上录抄本多一篇《咏鹤》诗。此本阴铿的诗歌创作历来与何逊相提并论,其《渡青草湖》《晚泊五洲》《五洲夜发》《晚出新亭》诸诗亦为历代选家所重视。杨晓斌有《阴铿诗集》,中华书局 2019 年版。杜甫多次在诗中推崇"阴何",如"颇学阴何苦用心"。又称李白"李侯有佳句,往往似阴铿"。其在唐人心目中的地位于此可见一斑。

（三）吴均

吴均(469—520)字叔庠,吴兴故鄣(浙江安吉)人,生于宋明帝泰始五年(469 年),天监四五年间,由于柳恽的推荐,先入临川王萧宏幕府,后入建安王萧伟府为记室,与何逊、王筠、王僧孺、萧子云等游处,深得梁武帝的赏识。后来,由于私撰《齐春秋》,进呈于梁武帝,为梁武帝所斥,把书稿付之一炬,并因此而免官。《说郛三种》(宛委山堂一百二十卷本)卷五十九有吴均《齐春秋》佚文多则。① 后来梁武帝主持编撰《通史》,又召见吴均参与其事,吴均起草本纪、世家部分,于普通元年(520 年)病卒。生平事迹见《梁书》本传及曹道衡《吴均评传》(450,y)。

《隋书·经籍志》著录"梁奉朝请吴均集二十卷",久佚。《汉魏六朝集部珍本丛刊》收录张溥辑《汉魏六朝百三名家集》本《吴朝请集》一卷,有何绍基评点。《梁书》本传称:"(吴均)文体清拔有古气,好事者或效之,谓为吴均体。"《玉台新咏》卷即录有纪少瑜《拟吴均体应教》一首,就

---

① 《史通·古今正史》:"时奉朝请吴均亦表请撰齐史,乞给起居注并群臣行状。有诏:齐氏故事,布在流俗,闻见既多,可自搜访也。均遂撰《齐春秋》三十篇。其书称梁帝为齐明佐命,帝恶其实,诏燔之。然其私本竟能与萧氏所撰并传于后。"《法苑珠林》卷三十六载"南齐晋安王萧子懋,字云昌,武帝之子……",注:"事出吴均《春秋》。"

足以看出吴均诗在梁代之影响。乐府民歌那种刚健清新的气息，在当时颇具特色。曾经有一些人模仿他，号为"吴均体"。他以骈文写的一些短小的书信如《与朱元思书》《与顾章书》等，都是有名的小品文。

三、柳恽与王僧孺

（一）柳恽

柳恽（465—517）字文畅。原籍河东解（今山西永济）人。南齐大将柳世隆第三子。史载其少有志行，善于尺牍。齐武帝永明中，竟陵王萧子良引为法曹参军。累迁太子洗马。永明九年（491 年）丁父忧，著《述先颂》以申悲痛，文极哀丽。东昏侯永元三年（501 年），萧衍起兵东下，柳恽候于石头，萧衍任命为冠军将军、征东府司马。时建康城尚未破，柳恽上书请入城后先收图籍，并请效汉高祖宽大爱民之义。奉命西上迎齐和帝。除给事黄门侍郎，领步兵校尉，迁相国右司马。萧衍代齐，天监元年（502 年），任命柳恽为长兼侍中，与沈约等人共定新律。次年，出为吴兴太守，故后人习称"柳吴兴"。在郡召吴均为主簿，相与宴饮，赋诗酬赠。吴均恃才傲物，以不得志，拂衣而去，后又返回。柳恽遇之如故。天监六年，征入建康为散骑常侍，迁左民尚书。天监八年，出为广州刺史。又征为秘书监。复为吴兴太守。在郡六年，为政清廉。天监十六年卒，时年五十三岁。生平事迹见《梁书》本传。

《隋书·经籍志》著录"中护军柳恽集十二卷"，佚。今存诗十八首，见《先秦汉魏晋南北朝诗》。《答释法云书难范缜〈神灭论〉》一篇，当作于天监七年。见僧祐编《弘明集》卷十。陈祚明《采菽堂古诗选》卷二十五评柳恽说："柳吴兴诗，音调高亮，取裁于古而调适自然，全类唐音，无六朝纤靡之习，颇开太白之先。杂入太白五言中，几不可辨。"南齐永明中，作《捣衣诗》，其中有"亭皋木叶下，陇首秋云飞"两句，得到王融的赞赏，将这两句诗书写在墙壁上及所执白团扇中。梁武帝宴集群臣，柳恽必应诏赋诗。曾作《登景阳楼》诗以和梁武帝，其中有"太液沧波起，长杨高树秋。翠华承汉运,雕辇逐风游"数句,一时在士林传诵。他的乐府诗《江南曲》更是南朝文人乐府诗中的一篇杰作,为许多选本所选录。柳世隆还善琴艺,世称士品第一。尝赋诗未就,以笔捶琴,客过以箸扣之,柳恽为其哀韵所动,故制作雅韵。后世所传击琴即起于此。又以时重新声而弃古法,故著《清调论》。《隋书·经籍志》还著录其《棋品》一卷。梁武帝好弈,使柳恽品定棋艺。梁武帝曾对周捨说:"吾闻子不可求备,至如柳恽,可谓具美,分其才艺,足了十人。"柳恽还善投壶、博射、占卜、弈棋,可惜这些著述均已失传。

（二）王僧孺

王僧孺(465—522)字僧孺,祖籍东海郯(今山东郯城)人。南朝梁代诗人。《梁书》本传谓其"魏卫将军肃八世孙。曾祖雅,晋左光禄大夫、仪同三司。祖准,宋司徒左长史"。王僧孺年五岁读《孝经》,六岁能属文,家贫,常为人抄书以供养母,所写既毕,讽诵亦通。仕齐,起家王国左常侍、太学博士。尚书仆射王晏深相赏好。晏为丹阳尹,召为补郡功曹,使僧孺撰《东宫新记》。迁大司马豫章王行参军,又兼太学博士。司徒竟陵王子良开西邸招文学,僧孺亦游焉。文惠太子闻其名,召入东宫,直崇明殿。建武初,有诏举士,扬州刺史始安王遥光表荐秘书丞王僧孺,除尚书仪曹郎,迁治书侍御史,出为钱唐令。天监初,除临川王后军记室参军,待诏文德省。寻出为南海太守。还拜中书郎、领著作,复直文德省,撰《中表簿》及《起居注》。迁尚书左丞,领著作如故。俄除游击将军,兼御史中丞。僧孺幼贫,其母鬻纱布以自业,尝携僧孺至市,道遇中丞卤簿,驱迫沟中。及是拜日,引驱清道,悲感不自胜。寻以公事降为云骑将军,兼职如故,顷之即真。是时高祖制《春景明志诗》五百字,敕在朝之人沈约已下同作,高祖以僧孺诗为工。迁少府卿,出监吴郡。还除尚书吏部郎,参大选,请谒不行。出为仁威南康王长史,行府、州、国事。普通三年(522年)卒,时年五十八岁。生平事迹见《梁书》本传。

王僧孺好书籍,聚书至万余卷,率多异本,与沈约、任昉并称江左三大藏书家。家书相埒。少笃志精力,于书无所不睹。其文丽逸,多用新事，集《十八州谱》七百一十卷，《百家谱集》十五卷，《东南谱集抄》十卷，《两台弹事》不入集内为五卷，《东宫新记》，及文集三十卷。上述诸书久佚。明人张溥辑有《王左丞集》。《元和姓纂》《姓解》（邵思著，《古逸丛书》本）《钜宋广韵》等数引王僧孺《百家谱》。《隋书·经籍志》著录"梁中军府谘议《王僧孺集》三十卷"已佚。《汉魏六朝集部珍本丛刊》收录张溥辑《汉魏六朝百三名家集》本《王左丞集》一卷，有何绍基评点。

四、刘孝标与裴子野

（一）刘孝标

刘峻（462—521）字孝标，原名法虎，唐人避讳，改作法武。祖籍平原（今山东德州），生于宋孝武帝大明六年（462年）。父亲病故后，他的母亲许氏携刘峻兄弟还平原，居东阳（今山东益都）。宋明帝泰始五年（469年），北魏攻破东阳，刘峻被掠北上至中山，卖身为奴。后为人所赎，母子出家为尼僧。见《梁书·刘孝标传》。从延兴三年（473年）至太和十年（486年），即刘孝标十二岁至二十五岁这十四年间，在北魏曾协助西域三藏吉迦夜及释昙曜在大同译《杂宝藏经》《付法藏因缘经》《方便心论》等，并见《出三藏记集》卷二。史学家陈垣著有《云冈石窟寺之译经与刘孝标》（载《燕京学报》第六期，1929年12月）对此有所考论。南齐武帝永明四年（486年）举家逃到江南，改名峻。卒于梁武帝普通二年（521年）。门人谥"玄靖先生"。生平事迹见《梁书》本传及罗国威《书〈梁书·刘峻传〉后》（317，b）。

《隋书·经籍志》著录"梁平西刑狱参军刘孝标集六卷"，久佚。明人张溥辑为《刘户曹集》，收在《汉魏六朝百三家集》中。《汉魏六朝集部珍本丛刊》收录明代阮元声评，明崇祯六年（1633年）刻《刘沈合集》本《刘孝标集》二卷，附录一卷。卷首有崇祯壬申（1632年）李日华《刘沈合集叙》及韩敬于辛未（1631年）年作《合刻刘孝标沈休文集序》。附录有姚察《刘峻传》、李延寿《刘峻传》、张燮《读史》、何基跋与张燮《读史考误》和屠隆《题刘孝标紫薇岩》及《遗事》。书末有阮元声《题刘孝标紫薇岩》《读刘孝标集》。罗国威《刘孝标集校注》辑录书、志、启、论、序、诗六类十六篇，又附录刘峻注陆机《演连珠》五十首及佚文，又有作者《书〈梁书·刘峻传〉后》和张溥《刘户曹集题辞》。1988年上海古籍出版社出版。2003年学苑出版社出版修订本。

刘孝标曾应安成王萧秀之请，主持编修《类苑》一百二十卷。《隋书·经籍志》还著录有《汉书注》《文德殿四部目录》。他还曾为陆机的《演连珠》和刘义庆《世说新语》作注，今并存。《世说新语注》引书多至四百余种，后人考据，多所取资。与《三国志》裴松之注、《文选》李善注并称学林名著，历来为学林所仰重。

（二）裴子野

裴子野（469—530）字几原，河东闻喜（今山西闻喜）人。著名历史学家裴松之的曾孙。裴松之字世期，曾任国子博士。注解《三国志》，引用魏晋人著述多达二百多种，条其异同，正其谬误，订其疏漏，补其阙略，所引材料大都首尾完整，不加剪裁割裂，文字超过正文的三倍，与郦道元《水经注》、刘孝标《世说新语注》、李善《文选注》并列，成为学术史上的名注。裴子野生长在史学氛围浓郁的家庭，少好学，善属文，在齐即有盛名。入梁后，初为安成王参军，后历任诸暨令、著作郎、中书侍郎等职，典掌过国史和起居注、中书诏诰等，当时符檄，多出其手。死于鸿胪卿领步兵校尉任上。生平事迹见《梁书》本传。

《隋书·经籍志》著录"梁鸿胪卿裴子野集十四卷"，今已散佚。严可均才辑得十四篇，逯钦立辑诗仅四首。《梁书·裴子野传》说他"为文典而速，不尚丽靡之词，其制作多法古，与今文体异"。他的代表作为《宋略》二十卷，《雕虫论》即是其中的传论，猛烈地抨击了文坛"深心主卉木，远致极风云"的颓靡风气，批评当时专讲词藻的文风，认为华靡的文风是"淫文破典""乱代之征"。这些看法似是针对永明以来轻靡之风而发的，他得不到永明作家和宫体诗人的理解和欢迎也是自然而然的事。① 他的《咏雪》"拂草如连蝶，落树似飞花"等诗句，依然不脱当时风华。他的文章比较质朴无华。

五、刘孝绰兄弟及其他

梁代前期文坛最有影响的作家是刘孝绰、王筠和裴子野，这三位作家之所以值得重视，是因为：（一）刘孝绰、王筠可能是《文选》的主要编纂者之一，而清水凯夫认为《文选》就是刘孝绰一人所编。（二）刘孝绰与王筠的文学主张不仅影响到《文选》的编撰，而且他们的创作对当时文坛产生过重要影响。二人与永明文学、宫体诗有着密切的关系，而又活跃在文学复古思潮盛极一时的梁代中期，故他们的文学活动在梁代文风流变中实际起到了承前启后的作用。（三）裴子野与刘孝绰、王筠不同，既不攀附永明作家，也不见重于宫体诗人，②因此在梁代文学前期和后期都不

---

　　① 《雕虫论》前有《通典》编者按语，称"梁鸿胪卿裴子野论曰"云云，《文苑英华》收录此文，将此按语作《雕虫论》序。裴子野为鸿胪卿是在大通元年，于是学者多以为此论作于大通元年或二年左右。朱自清《诗言志辨》称"梁代裴子野作《雕虫论》抨击当时作诗的人"。郭绍虞主编《中国历代文论选》："调协宫商，淫词艳曲的靡靡之音，每变愈新而每下愈况。到萧梁时代可说是发展到了顶点，裴子野这篇《雕虫论》就是针对这种文风给予猛烈的批判。"罗根泽《中国文学批评史》、沈玉成《宫体诗与〈玉台新咏〉》也主此说。日本学者林田慎之助则提出新说，以为《雕虫论》是《宋略》的一部分，作于齐末。曹道衡对此结论表示"完全赞同"。见曹文《关于裴子野诗文的几个问题》。

　　② 永明作家任昉奖掖后进，不遗余力，但有个前提，是别人主动上门求荐。唯裴子野不买这个账，任昉颇以为憾。又《南史》载《宋略》之作非删削《宋书》而成，而是对沈约《宋书》攻击裴松之后人无闻的说法不满而作。又竟陵八友在思想上是死对头的范缜却与裴子野一见如故，入梁后还主动将国子博士让给裴子野。可见裴子野与永明作家关系疏远。而宫体诗人领袖萧纲对裴子野也不以为然，以为"质不宜慕"，有良史之才，却"了无篇什之美"。见《与湘东王书》。

受重视,而在中期却深得梁武帝赏识而名重一时,①这本身就是一个很值得注意的现象。

（一）刘孝绰

刘孝绰(481—539)本名冉,小字阿士。祖籍彭城(今江苏徐州),南齐作家刘绘之子。七岁即能文,时号神童。天监六年(507年),出为安成王萧秀记室,随府至江州。后入为太子洗马,掌东宫管记。出为上虞令,有《上虞乡亭观涛津渚学潘安仁河阳县诗》。还建康后授秘书丞。梁武帝说这是"第一官当用第一人"。天监十三年(514年)出为萧秀谘议,赴郢州,又以事免官,闲居建康。后起为安西记室。天监末,累迁萧宏骠骑谘议参军,权知司徒右长史。普通初迁太子仆,复掌东宫管记。时东宫文士云集,刘孝绰与王筠最受昭明太子萧统赏识。起乐贤堂,萧统使画工先画刘孝绰像,又执王筠衣袖,抚刘孝绰肩,引用郭璞的《游仙诗》说:"所谓'左把浮丘袖,右拍洪崖肩'。"普通三年(522年),又为昭明太子萧统编辑文集,并为之序,时人以为荣。大同五年(539年)卒,时年五十九岁。萧绎为墓志铭尚存。生平事迹见《梁书》本传及后人所编年谱(曹道衡、沈玉成,451,j;詹鸿,515)。据《隋书·经籍志》著录"梁廷尉卿刘孝绰集十四卷",已佚。明人张溥辑为《刘秘书集》,收在《汉魏六朝百三家集》中。《汉魏六朝集部珍本丛刊》收录本有何绍基评点。

（二）刘孝仪

刘孝仪(486—550),刘孝绰三弟。《梁书》本传记载其本名潜,字孝仪。大宝元年(550年)卒,时年六十七岁。据此而推当生于齐武帝永明二年。但是萧绎《法宝联璧序》载,刘孝仪字孝仪,中大通六年(534年)时四十九岁。上推当生于齐武帝永明四年(486年)。天监五年(506年)举秀才,九年,起家镇右始兴王法曹行参军。随府益州,兼记室。天监十四

----

① 《梁书·裴子野传》载武帝"敕子野为喻魏文,受诏立成",武帝以为"其文甚壮"。"自是凡诸符檄皆令草创"。当时著名学者作家很多与裴子野"深相赏好","每讨论坟籍,咸折中于子野焉"。"当时或有诋诃者,及其末皆翕然重之"。

年,始兴王入为中抚军,转主簿,迁尚书殿中郎。敕令制《雍州平等寺金像碑》,文甚宏丽。普通四年(523年),晋安王萧纲出镇襄阳,引为安北功曹史,以母忧去职。中大通三年(531年),萧纲立为皇太子,孝仪服阕,仍补洗马,迁中舍人。出为戎昭将军、阳羡令,甚有称绩,擢为建康令。大同三年(537年),迁中书郎,以公事左迁安西谘议参军,兼散骑常侍。使魏还,复除中书郎。大同十年,出为伏波将军、临海太守。太清元年(547年)出为明威将军、豫章内史。大宝元年病卒,时年六十五岁。《隋书·经籍志》著录:"梁都官尚书刘孝仪集二十卷。"原集久佚。明人张溥辑有《刘豫章集》一卷,《汉魏六朝集部珍本丛刊》收录本有何绍基评点。

（三）刘孝威

刘孝威(496—549),刘孝绰六弟。普通四年(523年)为安北晋安王法曹,转主簿。以母忧去职。服阕,除太子洗马,累迁中舍人、庶子、率更令,并掌书记。大同九年(543年),白雀集东宫,孝威上颂,其辞甚美。太清中(547—549),迁中庶子,兼通事舍人。及侯景寇乱,孝威于围城得出,随司州刺史柳仲礼西上,至安陆,遇疾卒,时年五十五岁。生平事迹详见《梁书》本传。《隋书·经籍志》著录:"梁太子庶子刘孝威集十卷。"原集久佚。明人张溥辑有《刘庶子集》一卷,《汉魏六朝集部珍本丛刊》收录本有何绍基评点。《艺文类聚》收残篇断简凡十五篇。孝威工诗,其兄刘孝绰常称"三笔六诗",六即孝威。诗风清丽,多奉和侍宴之作。其名作《望隔墙花诗》:"隔墙花半隐,犹见动花枝。当由美人摘,岂止春风吹。"就为《莺莺传》"隔墙花影动"所本。

（四）徐悱与刘令娴

刘令娴,刘孝绰三妹,后嫁徐悱。生卒年不详。《梁书·刘孝绰传》:"其三妹适琅琊王叔英、吴郡张嵊、东海徐悱,并有才学;悱妻文尤清拔。悱,仆射徐勉子,为晋安郡,卒,丧还京师,妻为祭文,辞甚凄怆。勉本欲为哀文,既睹此文,于是阁笔。"其文见于《艺文类聚》卷三十八,题《祭夫文》。《隋书·经籍志》著录:"梁太子洗马徐悱妻刘令娴集三卷。"今久佚。赵本《玉台新咏》收诗六首。

徐悱（494？—524），祖籍东海郯（今山东郯城）人，女诗人刘令娴之夫。史载，徐悱幼年聪慧，能文善诗。天监（502—519）中起家著作郎，转太子舍人，掌书记。历任洗马、中舍人，仍掌管书记。以足疾出为湘东王萧绎友，迁晋安王萧纲内史。普通五年（524年）卒于雍州。其父徐勉著《答客难》称其子曰："文章之美，得之天然，好学不倦，居无尘杂。多所著述，盈帙满笥。"这些著述多所散佚。今存诗仅为四首，见《先秦汉魏晋南北朝诗》。其中《古意酬到长史溉登琅琊城》诗为《文选》所收。又有《赠内》二首，风华摇曳，可见夫妻之情。

六、王筠与王籍

（一）王筠

王筠（481—549）字元礼，一字德柔，小字养。原籍琅琊临沂（今属山东）。南齐作家王僧虔之孙。史载其少好学，喜欢摘抄书籍，曾经手抄《左传》《周礼》《仪礼》《山海经》《国语》及子史诸集，共百余卷。十六岁，作《芍药赋》，文辞富赡。累迁太子洗马，中舍人，掌东宫管记。时东宫文士如林，王筠、刘孝绰最为昭明太子所重。天监十三年（514年）后兼湘东王萧绎长史，行会稽郡事。复授太子家令。普通六年（525年），授尚书吏部郎，迁太子中庶子。中大通二年（530年），迁司徒左长史。三年，昭明太子卒，出为临海太守，在郡颇事聚敛，被讼，不调累年。大同初年，起为豫章王萧欢长史，迁秘书监。大同五年（539年），迁度支尚书，与刘之遴、张缵、江总等结为忘年之交。中大同元年（546年），出为永嘉太守，以疾辞官，徙光禄大夫，迁司徒左长史。太清二年（549年）授太子詹事。夜有盗而受惊惧，投井卒，时年六十九岁。王筠自负家世，认为安平崔氏、汝南应氏，虽世擅雕龙，然而不过两三世，而"非有七叶之中，名德重光，爵位相继，人人有集，如吾门世者也"（《梁书》本传）。王筠曾奉敕撰《开善寺宝志大师碑文》，辞义艳丽，为时人所重；昭明太子卒，又作哀册文，名重一时。该文现存，见《梁书·昭明太子传》。晚年自编文集，以历任官职为名：《洗马集》《中书集》《中庶子集》《吏部集》《左佐集》《临海集》《太府集》等，各为十卷，《尚书集》三十卷。《隋书·经籍志》著录："王筠《中书集》十一卷并录，王筠《临海集》十一卷并录。王筠《左佐集》十一卷并录，王筠《尚书集》九卷并录。"这些均已佚失。《汉魏六朝集部珍本丛刊》收录张溥辑《汉魏六朝百三名家集》本《王詹事集》一卷，有何绍基评点。黄大宏有《王筠集校注》，中华书局 2013 年出版。

（二）王籍

王籍(480—547?)字文海，祖籍琅琊临沂（今属山东）人。史传未载其卒年。萧绎中大通六年(534 年)作《法宝联璧序》称王籍时年五十五岁，上推生于齐高帝建元二年(480 年)。《梁书》本传载，七岁能属文，博学有才气，为任昉所知。南齐末，为冠军行参军，累迁外兵、记室。梁武帝天监初年，为安成王萧秀主簿。天监末为萧绎参军，随府至会稽。郡境有云门、天柱山，王籍纵游其中，或累日不返。至若邪溪赋诗，其略云："蝉噪林逾静，鸟鸣山更幽。"当时以为文外独绝。还为大司马从事中郎，迁中散大夫，尤不得志，遂徒行市道，不择交游。"湘东王为荆州，引为安西府谘议参军，带作塘令，不理县事，日饮酒，人有讼者，鞭而遣之，少时卒"。萧绎第二次出为荆州刺史是在太清元年(547 年)。而王籍乃本年从湘东王府谘议参军，"少时卒"，当卒于本年或稍后。生平事迹见《梁书》本传。庾肩吾《书品》允为下之中品，是收录最晚的书法家。史载，萧绎曾集其文集为十卷，今已久佚。其诗仅存二首。

七、萧子显与萧子云

（一）萧子显

萧子显(487—535)字景阳。南兰陵（今江苏常州）人。南齐豫章文献王萧嶷第八子。在齐封为宁都县侯，入梁降为子。除司徒主簿，太尉录事。曾著《鸿序赋》沈约以为可以和班固《幽通赋》前后媲美。又曾采录诸家《后汉书》，考证异同，成一家之书，共有百卷。又撰《齐史》，书成后诏藏秘阁,即现存二十四史之一的《南齐书》六十卷。累迁太子中舍人,建康令,劭陵王友,丹阳尹丞,出为临川内史,授黄门郎。中大通二年(530年),迁长兼侍中。三年,领国子博士,奏启为梁武帝编纂文集。又撰《普通北伐记》五卷,并在太学讲述武帝所著《五经义》。萧子显恃才傲物,自比宋玉、贾谊,深为士大夫所嫉恨,然而工于迎合。梁武帝尝谓"我造《通史》,此书若成,众史可废"。萧子显对曰:"圣制可以符同孔子。"昭明太子死后,萧子显刻意表现自己,终于成了东宫新主人萧纲眼中的"异人"。五年,迁吏部尚书。大同元年(535年),出为吴兴太守,旋卒,时年四十九岁。生平事迹见《梁书》本传。

《梁书》本传记载萧子显有集二十卷,今存文二篇,诗二十余首,辑录在《全上古三代秦汉三国六朝文》及《先秦汉魏晋南北朝诗》中。曾为《自序》称"追寻平生,颇好辞藻",作诗应有感而发,"有来斯应,每不能已","需其自来,不以力构"。所撰《南齐书》多据檀超、江淹等人所撰《国史》、沈约《齐纪》及吴均《齐春秋》。其本人又为南齐宗室,系当代人记当代事,材料丰富,文字简洁,是其所长,但是又颇多忌讳,如对其祖萧道成的记载就多见其所长而忽略所短,为他父亲萧嶷所作传记,甚至称"周公以来,则未知所匹也",就过于赞美了。读此书必须与《南史》等有关史料相比勘,庶几不为所误。该书《文学传论》评述历代作家,强调创新,认为文章"弥患凡旧,若无新变,不能代雄",洵为至论。童岭《南齐时代的文学与思想》对此有详尽论述(506)。

（二）萧子云

萧子云(487—549)字景侨,南兰陵(今江苏常州)人。二十岁撰《晋书》,计一百一十卷。天监十五年(516年)任秘书郎,为昭明太子萧统东宫舍人,撰《东宫新记》二十卷。天监十七年,迁晋安王萧纲府文学、丹阳尹丞。普通五年(524年),湘东王萧绎入建康领石头戍军事,对于萧子云深加赏异。翌年,迁庐陵王萧续谘议参军,兼尚书左丞。大通年间(527—529)迁轻车将军,入为吏部、侍中。中大通三年(531年),出为贞威将军、临川内史。大同二年(536年),迁国子祭酒,领南徐州大中正。

大同七年出为东阳太守。太清元年(547年)还建康复为侍中、国子祭酒、领南徐州大中正。二年,侯景之乱中,逃奔民间。三年,又东奔晋陵,饿死于僧房。时年六十三岁。生平事迹见《梁书》本传。

《隋书·经籍志》著录文集十九首,久已亡佚。今存诗六首。梁天监初年,沈约受敕撰郊庙歌词。大同年间,萧子云以为词不典雅,奏请改作。梁武帝即命其撰著新词,全用典诰而不杂子史浅近之言。这些作品,今尚存十九首。又有文章五篇,见严可均《全上古三代秦汉三国六朝文》辑录。萧子云又擅长于草隶。梁武帝《古今书人优劣评》称:"萧子云书如危峰阻日,孤松一枝,荆轲负剑,壮士弯弓,雄人猎虎,心胸猛烈,锋刃难当。"

第四节　梁代后期及陈代文学研究

梁武帝中大通三年(531年)四月,昭明太子死,谁继为太子,萧衍似迟迟不能定夺。起初欲立萧统长子华容公萧欢为太子,但是,由于萧统为母发丧求道士埋鹅镇灾事,萧衍非常愤怒,遂改立萧纲为太子。为安抚萧统诸子,立华容公萧欢为豫章王,枝江公萧誉为河东王,曲阿公萧詧为岳阳王。因为人言不息,故封萧统的三个儿子为大郡,此事也为梁末内乱埋下祸根。

从中大通三年(531年)至太清三年(550年)萧纲即位为帝,前后整整二十年,南朝文坛主要以萧纲为中心,主要作家有庾肩吾和庾信父子、徐摛和徐陵父子。《梁书·庾肩吾传》载:"初,太宗在藩,雅好文章士,时肩吾与东海徐摛、吴郡陆杲、彭城刘遵、刘孝仪、仪弟孝威,同被赏接。及居东宫,又开文德省,置学士,肩吾子信、摛子陵、吴郡张长公、北地傅弘、东海鲍至等充其选。"《梁书·徐摛传》:"王入为皇太子,转家令,兼掌管记,寻带领直。文体既别,春坊尽学之,'宫体'之号,自斯而起。高祖闻之怒,召摛加让。及见,应对明敏,辞义可观,高祖意释。因问五经大义,次问历代史及百家杂说,末论释教。摛商较纵横,应答如响,高祖甚加叹异,更被亲狎,宠遇日隆。"这一年,萧纲二十九岁,徐摛六十一岁,庾肩吾四十五岁,庾信二十九岁,徐陵二十五岁,创作上均已进入相对成熟时期。

一、萧纲与萧绎

(一)萧纲

萧纲(503—551)即梁简文帝,字世缵,梁武帝第三子,小字六通。六岁能作文,梁武帝面试,誉为"吾家之东阿(指曹植)"。继立为皇太子,在东宫前后二十年,倡导轻艳诗风,东宫文士竞相效仿,时号为"宫体"。在东宫开文德省,置学士,庾肩吾庾信父子、徐摛徐陵父子、张长弓、傅弘、鲍至等皆充其选,一时称盛。中大通六年(534 年),命众学士抄撰释氏类书《法宝联璧》。太清三年(549 年)梁武帝死,萧纲被侯景立为傀儡皇帝,是为梁简文帝,改元大宝。两年后被侯景所害。在囚中书壁板为文,自序云:"有梁正士兰陵萧世缵,立身行道,终始如一。风雨如晦,鸡鸣不已。弗欺暗室,岂况三光。数至于此,命也如何。"又有诗、连珠、文并凄怆。生平事迹见《梁书》本纪及曹旭、田鸿毛《萧纲评传》(上海古籍出版社,2018 年版)。萧纲著述丰富,据《梁书》本纪有《法宝联璧》三百卷,《长春义记》一百卷,《昭明太子传》五卷,《诸王传》三十卷及《老子义》《庄子义》等多种。这些著述虽多出自宫僚,然自总其成,亦颇有助于学林文苑。据《隋书·经籍志》著录"梁简文帝集八十五卷,陆罩撰,并录",久佚。《汉魏六朝集部珍本丛刊》收录张燮辑《七十二家集》本《梁简文帝御制集》十六卷,《附录》一卷,又收录张溥辑《汉魏六朝百三名家集》本《梁简文御制集》二卷,有何绍基评点。所存诗文,在梁代作家中仍为数较富。肖占鹏、董志广《梁简文帝集校注》,南开大学出版社 2012 年出版。

(二)萧绎

萧绎(508—555)即梁元帝,字世诚,梁武帝第七子,小字七符。自号金楼子。七岁,封为湘东王。普通七年(526年)到大同五年(539年),任荆州刺史,在任十四年。后来再度出任荆州刺史。经营江陵前后十余年。所以当太清三年(549年)侯景叛乱时,萧绎据守长江上流的江陵拥兵观望,企图坐收渔利。后来迫于时论,乃遣王僧辩率水军前往救援。时萧纲受侯景挟持即位为帝,萧绎不予承认,暗示僧辩一旦攻破建康即可杀死萧纲。萧绎手握重兵,不顾国家安危,残害兄弟,诛戮部将,先翦除劭陵王萧伦,后又与武陵王萧纪相互攻杀。大宝三年(552年),侯景之乱平,萧绎称帝于江陵,是为梁元帝。寻即与西魏合力攻杀萧纪。是时梁、益两州及襄阳已为西魏攻占。承圣三年(554年)十一月,西魏攻陷江陵。破城前,萧绎焚烧多年所聚图书十余万卷,为古代图书所遭大厄之一。城破被杀,时年四十七岁。生平见《梁书》本纪及陈志平、熊清元《萧绎评传》(上海古籍出版社,2018年版)。萧绎在文学方面的成就主要表现在三个方面:第一,留下了一部《金楼子》,其中《立言》篇着重辨析了当时人讨论的"文""笔"问题,认为章奏一类的实用文字当谓之"笔",而"吟咏风谣、流连哀思"的抒情性作品谓之"文"。这种辨析在南朝带有总结的性质(刘跃进,110,s)。第二,萧绎的文章今存一百三十余篇,各体皆备。其中抒情小赋最具特色。《北史·艺术·庾质传》记载质子行修,八岁能诵梁元帝《玄览》《言志》等十赋,可见在北朝流传之广。第三,他的诗歌今存一百余首,风姿逊于萧纲,然亦称清丽。至于大量的《屋名诗》《药名诗》等则纯属文字游戏。《隋书·经籍志》著录有集五十二卷,《梁元帝小集》十卷,佚。《汉魏六朝集部珍本丛刊》收录张燮辑《七十二家集》本《梁元帝御制集》十卷,《附录》一卷。还收录有张溥辑《汉魏六朝百三名家集》本《梁元帝集》一卷,有何绍基评点。陈志平、熊清元《萧绎集校注》,上海古籍出版社2018年出版。研究专著有钟仕伦《萧绎文学思想论稿》(电子科技大学出版社,1997年版)等可以参看。

吴光兴《萧纲萧绎年谱》是近年较详细的二萧年谱考述,卷前的《萧氏世系表》以及附录《萧纲著述考》《萧绎著述考》《金楼子·聚书篇疏证》,社会科学文献出版社2006年出版。

二、庾肩吾与徐摛、徐陵父子

（一）庾肩吾

庾肩吾（487—551）字子慎，又作叔慎。祖籍新野（今属河南）。《梁书》本传载："八岁能赋诗，特为兄於陵所友爱。初为晋安王国常侍，仍迁王宣惠府行参军，自是每王徙镇，肩吾常随府。历王府中郎、云麾参军，并兼记室参军。中大通三年（531年），王为皇太子，兼东宫通事舍人，除安西湘东王录事参军，俄以本官领荆州大中正。累迁中录事谘议参军，太子率更令、中庶子。初，太宗在藩，雅好文章士，时肩吾与东海徐摛、吴郡陆杲、彭城刘遵、刘孝仪、仪弟孝威，同被赏接。及居东宫，又开文德省，置学士，肩吾子信、摛子陵、吴郡张长公、北地傅弘、东海鲍至等充其选。……太清中，侯景寇陷京都，及太宗即位，以肩吾为度支尚书。时上流诸藩，并据州拒景，景矫诏遣肩吾使江州，喻当阳公大心，大心寻举州降贼，肩吾因逃入建昌界，久之，方得赴江陵，未几卒。文集行于世。"《太平广记》卷三三六引《广异记》谓"庾肩吾少事陶先生，颇多艺术"。由是而知，庾肩吾亦潜心于道教。

《隋书·经籍志》著录："梁度支尚书庾肩吾集十卷。"原集久佚。《汉魏六朝集部珍本丛刊》收录张溥辑《汉魏六朝百三名家集》本《庾度支集》一卷，有何绍基评点。李贺已经感叹不得见其遗文（李贺《还自会稽歌序》）。明人张溥辑有《庾度支集》。此外，《隋书·经籍志》著录尚有《采璧》三卷为"梁中书舍人庾肩吾撰"。其诗今存八十多首，多应酬侍宴之作。其中在侯景之乱中所作部分诗歌，不乏苍凉之感。庾肩吾又是书法家，著有《书品》今存于世，历述书法源流，评论张芝、钟繇、王羲之以来书法家一百二十八人，分列九品。其作品唐代犹有流传。《法书要录》卷三收录唐李嗣真《书品后》"下上品"品评到庾肩吾，称之为"庾尚书"。卷五唐窦臮《述书赋》称"肩吾通塞，并乏天性，工归文华，拙见草正，徒闻师阮（指阮研），何至辽琼，使铅刀之均锋，称并利而则佞"。其卷下又称其《书品》"庾中庶失品格，拘以文华"。又卷九《书断下》："庾肩吾字叔慎，新野人。官至度支尚书，才华既秀，草隶兼善，累纪专精，遍探名法，可谓赡闻之士也。变态殊妍，多惭质素，虽有奇尚，手不称情，乏于筋力，文胜质则史，是之谓乎？尝作《书品》，亦有佳致，大宝元年卒。肩吾隶、草入能。子信亦工草书。时有殷钧、范怀约、颜协等，并善隶书，有名于世。"

其子庾信，北周文学部分再作介绍。

（二）徐摛与徐陵

徐摛（471—551）字士秀，一字士缋，祖籍东海郯（今山东东郯城）人。天监八年（509 年），梁武帝为晋安王萧纲寻求文学德行兼善的学者作为侍读，徐摛获得表兄周舍的推荐，得以踏入仕途。普通四年（523 年），萧纲出镇襄阳，徐摛随往，在郡与刘孝威、庾肩吾等十人抄撰典籍，号曰"高斋学士"。大通初年，参赞军务，教命军书，多出其手。中大通三年（531 年），萧纲立为太子，徐摛为太子家令，兼掌管记，参与修撰大型佛教典籍《法宝联璧》。徐摛作诗好为新变，诗风靡丽，在萧纲部下又年长，因而影响较大，其他文士多所效仿，至萧纲入主东宫，因而有"宫体"之号。梁武帝召见徐摛欲加责备，但是徐摛在梁武帝面前应对自如，经史百家释氏之学，无不精通，反而受到梁武帝的宠信。新贵朱异见其日渐得志，于是进谗言，说徐摛年老，性爱山泉，欲出为郡守，梁武帝于是任命他为新安太守。在任期间，为政清廉，颇得好评。任期满，回到建康，授中庶子、太子左卫率等职，深得萧纲的信任，不离左右。萧纲在给其弟萧绎的信中说："徐摛肩吾，羌恒旦夕。"梁末侯景之乱，京城陷落，众皆奔走，徐摛侍立萧纲左右，怒斥侯景无礼。萧纲即位，授与徐摛为左卫将军，固辞。大宝二年（551 年），侯景囚禁简文帝，徐摛气愤而卒，时年八十一岁。生平事迹见《梁书》本传。徐摛诗今存五首，除乐府《胡无人行》，其余皆咏物诗。《咏笔》一首，对仗平仄已经接近唐人。

徐陵（507—583）字孝穆，祖籍东海郯（今山东郯城）人。梁代著名诗人徐摛之子。徐陵八岁能属文，博文好学，精通老庄，旁涉佛道。中大通三年（531 年）萧纲立为太子，徐陵被引为东宫学士。后迁尚书度支郎。大同前期，出为上虞令，后又为南平王府行参军，仍出入东宫。萧纲作

《长春殿义记》，徐陵为序。不久，迁镇西湘东王萧绎府记室，赴荆州。太清二年（548 年）奉命出使东魏，随后在江南发生侯景之乱，徐陵被稽留在邺城，长达七年之久。北齐文宣帝天保五年（554 年），北周攻陷江陵，杀梁元帝萧绎。翌年，王僧辩、陈霸先立萧绎子萧方智于建康。这时，北齐遣送梁宗室萧渊明南归为梁嗣，使徐陵随行。王僧辩据境抵抗，萧渊明使徐陵作书与王僧辩。后王僧辩同意萧渊明入境，徐陵得以南返。入陈后，加散骑常侍，历任五兵尚书、御史中丞、吏部尚书、尚书右仆射、迁左仆射、左光禄大夫、太子少傅等职，在政治上可谓一帆风顺，在文学上，也号"一代文宗"。其生平事迹见《陈书》本传及刘跃进《徐陵事迹编年丛考》（收在笔者《玉台新咏研究》中，中华书局，2000 年版）。

徐陵的创作以宫体诗及骈文著名。早在梁代，时人号徐摛、徐陵及庾肩吾、庾信的创作为"徐庾体"，为宫体诗的主要作者，流丽轻艳，风靡一时。后来庾信入北，备尝颠沛流离之苦，其创作风格发生巨大变化。徐陵虽也曾入北，晚年也曾创作出《别毛永嘉》那样朴实苍老的作品，但是并没有庾信晚年那种雄浑遒劲力度。徐陵的骈文"颇变旧体，缉裁巧密，多有新意"（《陈书》本传），但是多数是应用之文。《玉台新咏序》被公认是徐陵骈文的代表作。又有《文府》七卷、《玉台新咏》十卷、《六代诗集钞》六卷。同时，徐陵还是著名书法家。其作品唐代犹有流传，见《法书要录》所收《述书赋》。

《陈书·徐陵传》说："每一文出，好事者已传写成诵，遂被之华夷，家藏其本。后逢丧乱，多散失，存者三十卷。"今传皆为后人辑本。《汉魏六朝集部珍本丛刊》收录三种：一是（明）文漪堂抄本《徐孝穆集》七卷，有清人吴骞、唐翰题跋，傅增湘跋。二是（明）屠隆刻《徐庾集》本《徐孝穆集》十卷，天头有编者评语。三是清人吴兆宜注《徐孝穆全集》六卷。《备考》一卷，清徐文炳补辑。《备考》末有陈锐《徐孝穆集后跋》。书首副叶有嘉庆辛未（1811 年）王芑孙跋，《目录》末又有庚午（1810 年）朱笔跋云："孝穆之文，自不足与子山方驾，然正以文境平浅，蹊径历然，脉络呈露，初学读之易于得力。今选定九篇，以待录付家塾。庚午五月十四日。"所作的批注或在书眉,或在篇尾。今人校注以许逸民《徐陵集校笺》十二卷为最详,列十八种文体,凡一百三十篇。前有解题,后有笺注、集说。书末是书目著录、版本序跋、传记资料和历代评论,已由中华书局2008年出版。

三、宫体诗研究文献

一个文学流派、一种文学风气的形成,应当具备三个基本条件:一是明确的理论主张,二是相当的创作队伍,三是有影响力的创作成果。宫体诗研究的基本文献,就指这三个方面。创作队伍、创作成果,这一节已有具体论列,这里主要分析理论主张。萧纲《与湘东王书》实际是萧纲主持文坛后的一篇宣言;萧绎《〈法宝联璧〉序》所列三十八位作家实际是这一文学流派的主干名单[①];徐陵编《玉台新咏》是这一文学派别创作的集大成之著作。关于《玉台新咏》,上编已有叙及,这里集中介绍前两篇文献。

(一)《与湘东王书》

1. 出处。此信见于《梁书·庾肩吾传》:"齐永明中,文士王融、谢朓、沈约文章始用四声,以为新变。至是转拘声韵,弥尚丽靡,复逾于往时。时太子与湘东王书论之曰……"《诫当阳公大心书》也说:"立身先须谨重,文章且须放荡。"这里所谓"放荡",指的是不主故常,任性而行的意思。这与萧绎《金楼子·立言篇》主张"性灵摇荡"可谓相互呼应。

2. 写作时间。兴膳宏《〈玉台新咏〉成书考》认为"萧纲写此文的时间必定是被立为皇太子后不久"。"在这封信中受到褒贬的诸人,以裴子野为最后,到萧纲立为太子的前一年(中大通二年)为止,都已经不在人世了"。"而萧纲在信中正面批判了裴子野,所以在裴死后做的可能性极大"(120,a)。清水凯夫《简文帝萧纲〈与湘东王书〉考》则认为《梁书》所

---

① 这三十八人,并非人人有集,而有些重要诗人,并未入此三十八人中。此只是约略言之。

说的"至是转拘声韵"的"是"是指大同元年(535年)以后数年间,此信"批判京师沉沦于模拟裴、谢文体,是要促成回归本派文体,继承永明体——谢朓和沈约"。因此,"《与湘东王书》是于梁代文学转变时期的大同年间(535—545)的最初几年撰写的,是'宫体'文学发展的转机"(445,i)。

3. 写作目的。林田慎之助《南朝放荡文学论之美学意识——简文帝的文章观》认为这封信"充满着充当时代的文学旗手的自豪感","站在历史时代发展变化的立场上主张梁代文学表现风格的独特性"(306,b)。森野繁夫《简文帝的文章观——以〈与湘东王书〉为中心》则与此相反,认为这是"简文帝提倡恢复古代的诗精神而否定当代之文章"(509)。清水凯夫认为这封信"是企图排斥'古体派'及'谢灵运派'的文体、为扩大和发展'宫体'而作"(445,p)。曹道衡、沈玉成《南北朝文学史》则以为信中所谓"懦钝"的实际含义是"当时的建康一带,诗风依然沿袭永明以来的风格体制而没有发生多大变化,甚至还有退到学习元嘉体的现象。在萧纲'更新'了的文学观念中,这种诗风就显得陈腐落后"(451,c)。

(二)《〈法宝联璧〉序》

《南史·陆罩传》载,《法宝联璧》是萧纲任雍州刺史时组织编写的佛教书籍,凡二百二十卷,中大通六年(534年)始告完成,由萧绎作序。此书在《隋书·经籍志》中没有著录,看来早已亡佚,而萧绎序却收在《广弘明集》中而被保存下来。序后列举了三十八名参与"抄纂"的文士的爵位、名字和年龄。这篇序的重要性在于:第一,借此可以考察梁代后期萧纲文人集团的构成情况,清水凯夫《梁代中期文坛考》即本此而立论,颇为详赡(445,p)。第二,可以订正史传之误。王达津《梁代作家生卒年代考二题》即据此考订许多作家的生卒年代和官爵,如王籍生年,史传不载,据此考知生于齐建元二年(480年)。又如徐摛年龄,史传作七十八,但卒年不详,故生年难以考订,而据此传序则可以考知生于宋明帝泰始七年(471年)(26,c)。第三,有助于考订《玉台新咏》成书年代。如上编所述,兴膳宏《〈玉台新咏〉成书考》即据此序考订《玉台新咏》成书于中大通六年(120,a)。

四、宫体诗研究热点

关于宫体诗这一名称的最早记载,不外下列四条:

> （徐摛）属文好为新变,不拘旧体……王（萧纲）入为皇太子,转家令,兼掌书记,寻带领直。摛文体既别,春坊尽学之,"宫体"之号,自斯而起。
>
> ——《梁书·徐摛传》

> （萧纲）雅好诗赋,其自序云:"七岁有诗癖,长而不倦。"然帝文伤于轻靡,时号"宫体"。
>
> ——《梁书·简文帝纪》

> 梁简文之在东宫,亦好篇什。清辞巧制,止乎衽席之间;雕琢蔓藻,思极闺闱之内。后生好事,递相放习,朝野纷纷,号为"宫体"。
>
> ——《隋书·经籍志》

> 简文帝为太子,好作艳诗,境内化之,浸以成俗,谓之"宫体"。
>
> ——《大唐新语·方正》

上述材料记载略有不同,因此,对宫体诗形成时间、概念及其评价自然也存在着不少分歧意见。

（一）宫体诗兴起的背景

宫体诗兴起的背景,或可以从永明体的发展上找到源头,也可以从江南民歌那里寻找原因,其实,还可以从佛教思想的影响上寻找答案。根据传统的看法,僧侣本来不准观看一切娱乐性的节目。《四分律》卷三十四就明确记载佛教戒律,其中之一就是"不得歌舞倡伎及往观听"。隋代智顗《童蒙止观》也说,凡欲坐禅修习,必须诃责五欲,即色、声、香、味、触。声欲排在第二,"所谓箜篌、筝、笛、丝竹、金石音乐之声及男女歌咏赞诵等声",均谓之声欲。《摩诃僧祇律》《十诵律》等都有相近内容。在佛教看来,声欲足以使人心醉狂乱。但是,我们对这些戒律也不能过分绝对化。佛教传入中国以后,为了让更多的人理解教义、接近教义，往往利用变文、宝卷等民间说唱手段以及雕塑绘画等艺术吸引大众。英国学者约翰·马歇尔的名著《犍陀罗佛教艺术》（王冀青译，甘肃教育出版社1989年版）有几组彩女睡眠浮雕，雕出的女像体态匀称丰满，薄薄的紧身外衣能很好地透出她们苗条的身段，极富韵味。这种描写女性睡眠的艺术，我们在《玉台新咏》中经常看到。需要说明的是，梁武帝时期，犍陀罗艺术已经衰落，梁武帝直接接触到的是继犍陀罗艺术之后属于印度本土的笈多艺术范式。但笈多艺术与犍陀罗关系密切，可以说没有犍陀罗艺术就没有笈多艺术。由此可以推断，印度传来的佛教文化与梁代中期盛行的宫体诗创作，应当有着某种内在联系。

（二）形成时间

《梁书》"徐摛传""庾肩吾传"都谈到徐、庾等人"属文好新变，不拘旧体""至是（指萧纲入主东宫）转拘声韵，弥尚丽靡，复逾于往时"。在姚察看来，宫体诗在永明体基础上，形式更加丽靡，声韵更加考究。根据《梁书·徐摛传》记载，从唐代开始，多认为宫体诗的形成时间是在萧纲为太子的中大通三年，亦即公元531年。其实，从庾肩吾、萧纲所存诗作可以考知，萧纲有不少类似于宫体之作早在入主东宫之前即已完成，只是随着萧纲的被继立为皇太子才正式获得"宫体"这一名称。这个过程似乎并不很长。再从永明重要作家沈约的创作变化也可以印证这个结论。在南齐永明年间，沈约、谢朓、王融等人的创作表现这方面题材并不是很多。但是齐梁之际，沈约开始染指这个题材。那时，沈约已经是六十开外的老人了。依据常情，似不合逻辑。因此，不能简单地从沈约个人身上找原因。再说萧纲，他也曾明确说："立身先须谨重，文章且须放荡。"（萧纲《诫当阳公大心书》）也是把做人和写诗分别开来。因此，萧纲醉心于宫体诗也不是个人品性使然。从齐梁换代到萧纲继立为皇太子，前后不过三十年；就在这三十年间，众多文人似乎不约而同地对此一题材抱有浓厚兴趣，这显然不是哪一个人所能倡导决定的，一定是有某种外在的影响,推动了这一思潮的形成。①

根据前引材料,说明自唐代起就已经认为,宫体诗形成于萧纲立为皇太子的中大通三年(531年)以后。这是传统的看法,至今仍有沿袭者。但是,根据《梁书·徐摛传》,"宫体诗的发明权应归于徐摛"(周振甫,302,b)。"宫体之名,最早起于人们对徐摛作品的称呼"(商伟,467)。徐摛诗今存五首,创作时间不可考,但另一宫体诗人庾肩吾不少奉和萧纲的作品都作于萧纲入主东宫之前,却"已是相当典型的宫体诗风格。因此可以说,宫体诗开始形成于萧纲入东宫之前,只是随着萧纲的被继立才正式获得了'宫体'这一名称"(沈玉成,177,b)。

(三) 内涵与外延

通常的看法,宫体诗是指梁代那些用纤巧艳丽的词句去描写女性和闺情的诗歌(吴云、董志广,219)。其作者群范围仅限于东宫、春坊、玉台(汪春泓,239,a)。有些虽不属于其文学集团,但作品在内容格调上只要符合于宫体诗的风格要求,也应列入(杨明,285,b)。还有学者认为:"确定宫体诗定义和范围,既不能将它扩大到整个梁陈时代作品,也不能仅从字面上理解艳歌的意思,局限于艳情诗的范围。"(商伟,467)沈玉成给宫体诗概括为三个方面的特点,一是声韵格律在永明体基础上更为细致,二是风格更为秾丽,三是内容更为狭窄,以艳情为主,其他则是咏物、吟风月一类的作品(177,b)。

(四) 宫体诗的评价

隋唐以来,对宫体诗评价一直很低,李谔、陈子昂、李白、白居易、韩愈等都有过激烈的批评。二十世纪以来,客观地评价宫体诗的利弊得失,朱光潜《诗论》给学术界作出了很好的榜样。但是到了五十年代后期,"民间文学主流论"一度成为文学史研究中的指导思想,宫体诗自然又受到严厉的批判。直至近十余年,仍有论著说它是"中国封建时代高

---

① 归青著《南朝宫体诗研究》(上海古籍出版社,2006年版)、胡大雷《宫体诗研究》(商务印书馆,2004年版)对此有系统的梳理。

级的色情文学"(李泽厚、刘纲纪,169)。但与此同时,对宫体诗的评价又出现另一极端,认为宫体诗为"中国诗歌的发展创造了一个划时代的功绩",它与南朝民歌"宛如双璧映辉,各领风骚,共同构成南朝社会的艺术风采"(刘启云,101)。当然,近来更多的是功过参半的评价,很多学者都感到意犹未尽,却又无从谈起。看来,对宫体诗的评价,总是随着时代的政治思潮和审美情趣而变化,不可能有一个亘古不变的定评。现在亟待做的工作,不应停留在怎样评价它的阶段,而应沉下心来,心平气和地对每一具体概念,如"放荡""懦钝""浮疏"等,进行深入的剖析。这是有价值的学术积累工作。

五、周弘正与江总

(一) 周弘正

周弘正(496—574)字思行,祖籍汝南安成(今河南平舆)人,梁、陈著名学者、诗人。"四声"之说创立者周颙之子。周弘正少通《周易》《老子》,为史学家裴子野所赏识。年十五补国子生,于国学讲《周易》。起家梁太学博士。梁武帝天监十二年(513 年),晋安王萧纲为丹阳尹,引为主簿。后为曲阿、安吉令、司义侍郎等职。梁武帝中大通三年(531 年),昭明太子卒,萧纲被立为太子,周弘正上奏记于萧纲,劝以谦让之道。大同七年(541 年),立士林馆,周弘正居以讲授,听者倾朝野。大同末年,朝政日乱,周弘正预见时局将发生变乱,及梁武帝纳侯景,周弘正对其弟周弘直说:"乱阶此矣。"侯景攻陷京城后,周弘正在建康藏匿得以免于一死。侯景乱平,周弘正校雠王僧辩所启送书籍,并力劝萧绎还都建康。梁元帝萧绎不从。江陵陷,周弘正归遁建康,为梁敬帝侍中、太常卿、都官尚书。陈武帝代梁,授太子詹事。文帝天嘉元年(560 年)迁侍中、国子祭酒,使长安迎接安成王陈顼(宣帝),天嘉三年(562 年)自周还,授金紫光禄大夫。陈宣帝太建五年(573 年)授尚书右仆射。太建六年(574 年)卒,时年七十九岁。《陈书》本传:"六年,卒于官,时年七十九。……谥曰简子。所著《周易讲疏》十六卷，《论语疏》十一卷，《庄子疏》八卷，《老子疏》五卷，《孝经疏》两卷，集二十卷，行于世。"《隋书·经籍志》亦著录文集二十卷，久已亡佚。今存文八篇，多数为应用文字，属于骈丽文风。诗十四首，比较质朴。比较有名的是《陇头送征客》："朝霜侵汉草，流沙度陇飞。一闻流水曲，行住两沾衣。"全诗简练遒劲，似乎受到北方民歌的影响。

（二）江总

江总（519—594）字总持，祖籍济阳考城（今河南兰考）人。历梁陈隋三代，是梁代后期重要诗人。梁武帝大同三年（537 年），江总十八岁，解褐为宣威将军武陵王萧纪府法曹参军。大同八年（542 年），梁武帝撰《孔子正言》，作述怀诗，江总作诗奉和，深受赞赏。与当时文士如张缵、刘之遴相过从，结为忘年交。后迁太子洗马，出为临安令。太清二年（548 年），朝廷拟议徐陵、江总出使东魏，以病未行。侯景反，避地会稽龙华寺。后赴广州依其舅萧勃，遂流寓广州多年。陈文帝天嘉四年（563 年）被征回到建康，任中书侍郎。陈宣帝时累迁司徒右长史、太子中庶子，太子詹事等职，与太子陈叔宝相接近。陈叔宝即位后，擢江总为吏部尚书、尚书仆射、尚书令等要职。他曾作《自叙》称"官陈以来，未尝逢迎一人，干预一事"。并引晋代陆玩的话说："以我为三公，知天下无人矣。"《陈》本传谓其"宽和温裕"，但是不务政事，日与后主游狎，当时谓之狎客。陈后主祯明三年（589 年），隋军南下平陈，江总入隋，拜上开府，其年致仕。不久以年老求南还。开皇十四年卒于江都（今江苏扬州）。生平事迹见《陈书》本传。

《陈书》本传称"有文集三十卷行于世"，又《姚察传》称："徐公后谓江曰：'我所和弟五十韵，寄弟集内'。及江编次文章，无复察所和本。"则陈时江总曾自编其集。《隋书·经籍志》并著录江总有文集三十卷，或即本传所称的三十卷本。然是集久佚。《汉魏六朝集部珍本丛刊》收录《江令君集》一卷，为《汉魏六朝百三家集》本，有何绍基评点。如《借刘太常〈说文〉》何氏眉批称"借〈说文〉，好题目"。江总创作各体皆备，存诗与陈后主的唱和之作,诚如《陈书》本传所说:"然伤于浮艳,故为后主所爱幸。多有侧篇,好事者相传讽玩,于今不绝。"何批"侧篇"二字,点出关注重点。还有一些是避乱及入隋后的作品。最叫人称道的作品是《哭鲁广达》:"黄泉虽抱恨,白日自流名。悲君感义死,不作负恩生。"据《陈书·鲁广达传》记载,鲁广达原为陈朝将领,拼死抵抗隋军,终因寡不敌众而被生擒,愤慨而死。江总乃在鲁广达棺头题写此诗,可谓一往悲长。

第三章　十六国北魏至隋诗文研究文献

第一节　从山河破碎到南北一统

晋武帝在公元 280 年统一中国，不过二十年就发生内乱。晋惠帝司马衷永康元年（300 年）四月，赵王司马伦起兵杀贾后及其追随者，自封相国。次年废晋惠帝，自立为帝。齐王、成都王、河间王等起兵讨伐，赵王败死，同盟者又相互火并，"八王之乱"由此拉开大幕。此后十余年，内忧外患，五胡乱华，最终导致西晋衰亡，"五马渡江"。公元 317 年，在南渡大族的拥戴下，司马睿在建康（今南京）称帝，改元建武元年，是为偏安江南的东晋政权。

一、十六国政权的更替

晋室乱起，直至北魏统一华北大部分地区，各地前后出现二十多个相对独立的政权，其中由匈奴、鲜卑、羯、氐、羌等主要少数民族建立的王朝，史称五胡。北魏崔鸿呈奏《十六国春秋》表，所指十六国为前赵、后赵、前燕、前秦、后燕、后秦、南燕、夏、前凉、蜀、后凉、西秦、南凉、西凉、北凉、北燕等。为便于记诵，十六国可简称为：一蜀一夏，二赵，三秦，四燕，五凉。

（一）"一蜀一夏"：成汉与大夏。

1. 成汉政权，以成都中心。

《晋书·李特载记》载，晋惠帝太安元年（302年），李特自称益州牧、都督梁益二州诸军事、大将军、大都督。[①] 翌年（303年）正月改元建初，二月李特被杀。十月，李特子李雄称成都王，越年，改元建兴元年，史称成汉。该政权统治前后四十六年，管辖今四川及陕西汉中地区。东晋穆帝司马聃永和三年，即成汉李势嘉宁二年（347年）三月，桓温攻克成都，李势作《降晋文》，成汉亡。《降晋文》载于《晋书·李势载记》，写得很有意思，文曰："伪嘉宁二年三月十七日，略阳李势叩头死罪。伏惟大将军节下，先人播流，恃险因衅，窃自汶、蜀。势以暗弱，复统末绪，偷安荏苒，未能改图。猥烦朱轩，践冒险阻。将士狂愚，干犯天威。仰惭俯愧，精魂飞散，甘受斧锧，以衅军鼓。伏惟大晋，天网恢弘，泽及四海，恩过阳日。逼迫仓卒，自投草野。即日到白水城，谨遣私署散骑常侍王幼奉笺以闻，并敕州郡投戈释杖。穷池之鱼，待命漏刻。"[②]对此重大事件，东晋文人曹毗特作《伐蜀颂》表而彰之，成为一时名文。

2. 大夏政权，以统万城为中心。

东晋安帝司马德宗义熙三年（407年）六月，大夏赫连勃勃袭杀后秦没弈干，自称大夏天王、大单于，建元龙升。后改姓赫连，以今陕西榆林为政治中心。这里地处黄土高原和毛乌素沙地交界处，是黄土高原与内蒙古高原的过渡区。东临黄河与山西省隔河相望，西连宁夏、甘肃，南接延安，北与鄂尔多斯相连，系陕、甘、宁、蒙、晋五省区交界地，自古就是兵家必争之地。公元413年，大夏以汉奢延城为基础，改筑统万城，五年后

---

① 《通鉴》八五此事系于太安二年正月，《通鉴考异》云："《帝纪》：'太安元年五月，特自号大将军。'《载记》：'太安元年，特称大将军改元。'《后魏书·李雄传》曰：'昭帝七年，特称大将军，号年建初。'昭帝七年，太安元年也。祖孝征《修文殿御览》云：'太安二年，特大赦，改年建初元年。特见杀。'《三十国晋春秋》云：'太安二年正月特僭位改年。'今从《御览》等书。"

② 《晋书·李势载记》，中华书局1974年版，第3048页。

竣工。因其城墙为白色，当地人称白城子。又因系赫连勃勃所建，故又称为赫连城。义熙十四年（418年）十一月，晋刘义真弃长安而归，赫连勃勃入长安，关中悉入于夏。《晋书·赫连勃勃载记》说，大臣劝他都长安，赫连勃勃认为："朕岂不知长安累帝旧都，有山河四塞之固！但荆吴僻远，势不能为人之患。东魏与我同壤境，去北京裁数百余里，若都长安，北京恐有不守之忧。朕在统万，彼终不敢济河，诸卿适未见此耳！"①翌年（419年）二月，赫连勃勃还都统万，命胡义周作《统万城功德铭》，刻石颂德。《魏书·胡方回传》又说是胡方回作铭。胡方回为胡义周之子。此文为胡义周撰写，胡方回修改定稿的可能性很大。《统万城功德铭》为十六国时期的名文，见载于《晋书·赫连勃勃载记》，萧方等《三十国春秋》亦有论及，《周书·王褒庾信传论》给予好评。大夏政权在此执政二十余年，管辖今陕西榆林、宁夏等地。北魏太武帝拓跋焘神䴥四年、夏赫连定胜光四年（431年）六月，夏赫连定北袭沮渠蒙逊，为吐谷浑慕璝所执，慕璝奉表送于魏，夏亡。大夏虽亡，但大夏国都统万城遗址尚存，这是匈奴族在人类历史长河中留下的唯一一座都城遗址，是中国北方最早、最著名的都城，距今已有近1600年历史。②

（二）"二赵"：前赵与后赵，以陕西、山西、甘肃为中心

1. 前赵：晋武帝司马炎咸宁五年（279年）正月，匈奴左部帅刘豹卒，子刘渊继位。晋惠帝建武元年（304年）八月，刘渊（《晋书·载记》避唐讳称字元海）据离石（今山西离石）称大单于，十月在平阳（今山西临汾西部）称汉王。晋怀帝司马炽永嘉二年（308年）十月，刘渊称帝，改元永凤，国号为汉。刘渊为历史上所谓"五胡乱华"第一个少数民族

①　《晋书·赫连勃勃载记》，中华书局1974年版，第3210页。

②　2019年秋天，中华文学史料学学会和南京大学中国文学与东亚文明协同创新中心、榆林学院文学院在统万城故址联合举办了"大夏与北魏文化史暨统万城考古国际学术论坛"，就大夏王国的历史、考古与文学等问题展开讨论，并将论文汇集成《大夏与北魏文化史论丛》一书，由中国社会科学出版社2020年出版。

政权刘汉的创建者。《晋书·刘元海载记》:"幼好学,师事上党崔游,习《毛诗》《京氏易》《马氏尚书》,尤好《春秋左氏传》《孙吴兵法》,略皆诵之,《史》、《汉》、诸子,无不综览。"①具有较高的文化修养。其子刘聪"年十四,究通经史,兼综百家之言,《孙吴兵法》靡不诵之。工草隶,善属文,著《述怀诗》百余篇、赋颂五十余篇"。② 觐见怀帝时呈《盛德颂》。刘渊族子刘曜于光初元年(318年)六月继位。翌年六月,改国号曰赵,史称前赵。光初十一年(328年)八月,刘曜围困金墉。十二月,石勒救金墉,擒刘曜,前赵亡。前赵执政前后近三十年,管辖今陕西、山西、甘肃部分地区。

2. 后赵:前赵光初二年(319年)迁都长安。刘曜与石勒关系交恶,常相攻伐。十一月,石勒自称赵王,都襄国(今河北邢台),史称后赵、石赵。公元329年,石勒灭前赵,曾占据除东北、河西、新疆以外的北方广大地区。翌年,石勒自号赵天王,行皇帝事。同年九月,正式称皇帝,改元建平,自襄国徙都临漳(今河北临漳),以洛阳为南都。公元350年初,石闵更国号曰卫,易姓李,改元青龙元年。不久,李闵杀石鉴,并杀石虎二十八孙,石氏几尽。李闵自立为皇帝,改元永兴元年,国号大魏,仍都邺城。二月,李闵复姓冉氏,是为冉魏。至此,后赵石氏尽亡。后赵执政三十余年,主要管辖今河北、山东及陕西部分地区。后赵、冉魏之后,前燕、东魏、北齐等割据政权先后在临漳建都。这里地处晋、冀、鲁、豫四省要冲,文化十分发达。《水经注·浊漳水》说:"魏文侯七年,始封此地,故曰魏也。"③西门豹治邺,破除了当地"为河伯娶妇"的陋习,大力发展生产,邺城也因此名扬后世。曹魏政权在此经营十七年。西晋愍帝司马邺建兴元年(313年),为避晋帝讳,改建邺为建康,邺为临漳。临漳者,临漳

---

① 《晋书·刘元海载记》,中华书局1974年版,第2645页。

② 《晋书·刘聪载记》,中华书局1974年版,第2657页。

③ (北魏)郦道元撰,陈桥驿点校《水经注》,上海古籍出版社1990年版,第212页。

河而为名也。①

（三）"三秦"：前秦、后秦与西秦，以关中、秦陇地区为中心

1. 前秦：东晋穆帝司马聃永和六年（350 年），氐人苻健夺下关中地区。翌年正月，苻健自称天王，建元皇始（351 年），国号秦，都长安。永兴元年（357 年）六月，苻坚称"大秦天王"，连续灭掉前燕、前凉、姚羌、代国，攻占巴蜀、南中，以淮河、汉江与东晋为界，曾短暂统一北方。新罗、高句丽以及西域各国都曾遣使朝贡。苻坚试图南下平定江东，淝水战败，前秦政权衰败，北方再度分裂。东晋孝武帝司马曜太元十九年，也就是前秦苻崇延初元年（394 年）十月，乞伏乾归破苻崇及氐帅杨定，尽杀之。陇西道尽入西秦，前秦亡。前秦执政四十多年，涌现出了苻融、王猛、王嘉等重要文人。《晋书·苻坚载记》附苻融传曰："融聪辩明慧，下笔成章，至于谈玄论道，虽道安无以出之。耳闻则诵，过目不忘，时人拟之王粲。尝著《浮图赋》，壮丽清赡，世咸珍之。未有升高不赋，临丧不诔，朱彤、赵整等推其妙速。"②今传《梁鼓角横吹曲·企喻歌》第四首，传为苻融作。《隋书·经籍志》著录："晋苻坚丞相王猛集九卷录一卷。"王嘉著有《拾遗记》流传至今。

2. 后秦：东晋孝武帝司马曜太元九年（384 年）四月，苻坚大将姚苌趁前秦政权空虚之际，在渭北集羌人自立。后擒杀苻坚，并在长安称帝，自号大秦，史称后秦，都长安。东晋安帝司马德宗义熙十三年、后秦姚泓永和二年（417 年）八月，晋将王镇恶破长安，姚泓出降，后秦灭亡。后秦

---

① 　2012 年，中国社会科学院考古研究所在邺城漳河的河滩内发现了北齐佛教造像埋藏坑，共有 2895 件，部分精品收入《邺城北吴庄出土佛教造像》，科学出版社 2019 年出版。2018 年，在临漳县委的支持下，中华文学史料学学会与中国社会科学院考古研究所邺城考古队在邺城故址召开首届中国"邺城·建安·诗歌"文化节，论文集《邺城考古与文化论集》已由中国社会科学出版社 2021 年出版。涉县漳河北岸中皇上又有北齐摩崖刻经，始刻于北齐天保末年，洋洋十三万字，当地文化部门编为《涉县北齐摩崖刻经》。此外，磁县响堂山石窟，可与云冈石窟、龙门石窟、巩县石窟相媲美。参见《响堂山石窟艺术》，中国文史出版社 2010 年出版。

② 　《晋书·苻坚载记》，中华书局 1974 年版，第 2934 页。

执政三十多年,主要管辖今宁夏大部、陕西北部、甘肃西部地区。从魏姚和都《后秦纪》(佚文见清人汤球《三十国春秋辑本》和今人朱祖延《北魏佚书考》)、唐修《晋书·载记》来看,姚苌、姚兴以及姚泓三代秦主,皆重视文人,或好文学。后秦一代在十六国中可算是文学兴盛之世。姚苌的《下书禁复私仇》等,虽是诏书,义正词严。姚兴的诏令文书,数量、质量远超其父。史书说他"讲论经籍,不以兵难废业,时人咸化之"。① 其《与桓、标二公劝罢道书》《与僧迁等书》等文,风韵秀举,确然不群。又据《出三藏记集》卷十四《佛驮跋陀传》记载,姚兴佞佛,供养沙门三千余人。中古北方地区佛教兴盛,十六国君主多崇尚佛教,后秦姚兴用力尤甚。姚泓"博学善谈论,尤好诗咏。尚书王尚、黄门郎段章、尚书郎富允文以儒术侍讲,胡义周、夏侯稚以文章游集"②。姚泓的诗歌虽不见传,但后秦民歌如《琅琊王歌辞》和《巨鹿公主歌辞》等,传唱至今。王尚后来为凉州刺史,与金城(今甘肃兰州)文学家宗敞、宗钦兄弟交往颇密。胡义周后来为大夏著名文人,《统万城功德铭》即出其手。姚泓《下书复死事士卒》以及后秦其他姚氏文章,如姚嵩的《上后秦主姚兴佛义表》,姚弋仲的《上石勒书》等,其文采虽不及江南文士那样摇曳多姿,也都情感真挚,骈散相间,算得上散文中的上品。

3. 西秦:东晋孝武帝司马曜太元十年(385 年),乞伏国仁自称大单于、秦、河二州牧。是为西秦,建元建义元年,以金城为中心。夏赫连定胜光四年(431 年)二月,夏赫连定攻南安,乞伏暮末穷蹙出降,西秦亡。西秦前后执政近五十年,管辖范围较小,主要在今甘肃兰州、陇西、定西地区。

(四)"四燕":前燕、后燕、南燕、北燕,以华北、辽东地区为中心

1. 前燕:东晋成帝司马衍咸康三年(337 年)十月,辽东鲜卑人慕容皝称燕王,史称前燕,称藩于后赵石虎。初都和龙(今辽宁朝阳市),后徙蓟,又徙邺。前燕慕容暐建熙十一年(370 年),前秦王猛率师伐前燕,俘

---

① 《晋书·姚兴载记》,中华书局 1974 年版,第 2975 页。
② 《晋书·姚泓载记》,中华书局 1974 年版,第 3007 页。

慕容暐,前燕灭亡。前燕以邺城(今河北临漳)为中心,执政三十余年,主要管辖辽东半岛、山东半岛等地。前燕创始人慕容廆自有文才,曾作《阿干之歌》,虽系鲜卑语,也在历史上留下一笔。他还重用汉人,"平原刘赞儒学该通,引为东庠祭酒,其世子皝率国胄束脩受业焉。廆览政之暇,亲临听之。于是路有颂声,礼让兴焉"。皇甫真、宋该等均在前燕文化发展过程中发挥过重要作用。

2. 后燕:东晋孝武帝司马曜太元九年(384年)正月,后燕慕容垂率丁零、乌丸之众自洛阳与翟辽攻苻坚子丕于邺。自立为王,都中山。是为后燕。东晋安帝司马德宗义熙三年、后燕慕容熙建始元年(407年)七月,慕容熙被冯跋所杀,后燕灭亡。后燕执政二十余年,主要继承的是前燕的地盘。郝晷、崔逞、崔宏、张卓、夔腾、路纂等著名文人,初仕前秦,前秦败,尝欲仕晋,后皆仕于后燕。《晋书·慕容盛载记》记慕容盛在丧乱之世,仍引中书令常忠、尚书阳璆、秘书监郎敷于东堂,问周公、伊尹之事,"因而谈宴赋诗",①不废文学。

3. 南燕:东晋安帝司马德宗隆安二年、南燕慕容德燕平元年(398年)正月,北魏道武帝拓跋珪克后燕邺城。慕容德从邺城南迁,称燕王,改元燕平。后以广固(今山东淄博和潍坊之间)为中心,是为南燕。东晋安帝司马德宗义熙六年、南燕慕容超太上六年(410年)二月,刘裕破广固,俘慕容超,南燕亡。南燕独立存在十余年,主要管辖今山东济南以东地区。《隋书·经籍志》著录:伪燕尚书郎张诠撰《南燕录》五卷,记慕容德事;伪燕中书郎王景晖撰《南燕录》六卷,记慕容德事;游览先生撰《南燕书》七卷,此外还著录有《南燕起居注》一卷。

4. 北燕:东晋安帝司马德宗义熙三年(407年),冯跋杀后燕慕容熙,亡后燕。冯跋称帝,都和龙,史称北燕。北燕冯弘太兴八年(438年)三月,冯弘遣使请迎于宋,高句丽杀冯弘,北燕亡。北燕执政三十余年,以和龙(今辽宁朝阳市)为中心,管辖今河北北部、辽宁东部地区。

---

① 《晋书·慕容盛载记》,中华书局1974年版,第3100页。

（五）"五凉"：前凉、后凉、南凉、北凉、西凉，以河西走廊为中心

1. 前凉：西晋惠帝司马衷永康二年（301年），张轨为凉州刺史，为建立前凉奠定基础。晋愍帝司马邺建兴二年（314年），张轨卒，张寔在姑臧（今甘肃武威）继立，史称前凉。[①] 虽奉晋帝正朔，实已独立，管辖今甘肃大部分地区。前凉张天锡太清十四年（376年），前秦苻坚遣将姚苌等伐前凉，尽有其地。前凉亡，共存在六十三年（314—376）。苻坚灭前凉，也就基本统一了北方。

2. 后凉：东晋孝武帝司马曜太元十年（385年），氐人吕光自龟兹还师，知苻坚死，遂据姑臧（凉州），自称使持节、侍中、中外大都督、督陇右河西诸军事、大将军、领护匈奴中郎将、凉州牧、酒泉公。是为后凉建立之始，基本继承了前凉的广大地盘。后凉神鼎三年（403年）七月，吕隆降后秦姚兴，后凉亡，共存在十九年（385—403）。

3. 南凉：东晋安帝司马德宗隆安元年（397年）二月，河西鲜卑秃发乌孤自称大将军、西平王，建元太初。都乐都（今青海乐都），秃发乌孤死，其弟秃发利鹿孤迁都西平（今青海西宁），其后，又徙都姑臧，是为南凉。南凉嘉平七年（414年）六月，秃发傉檀迫于内外压力，遂降乞伏炽盘，南凉亡。南凉共存在十八年（397—414），管辖今甘肃武威、青海西宁等地。

4. 西凉：东晋安帝司马德宗隆安四年（400年）二月，北凉段业以陇西人李暠为敦煌太守，十一月，李暠为沙洲刺史、凉公，改元庚子，在敦煌创立西凉，后迁都酒泉。西凉李恂永建二年（421年）三月，北凉沮渠蒙逊克敦煌。李恂自杀，西凉亡。西凉共存在二十二年（400—421），主要管辖今甘肃酒泉、玉门、敦煌及新疆哈密等地。

5. 北凉：东晋安帝司马德宗隆安元年（397年）四月，卢水胡沮渠蒙逊起兵，先推段业为凉州牧，公元401年自代为帝，创建北凉，都张掖，后迁都姑臧。北凉沮渠牧犍永和七年（439年）六月，北魏大举进攻北凉，沮

---

① 《晋书·张轨传》："姑臧，其城本匈奴所筑也，南北七里，东西三里，地有龙形，故名卧龙城。"

渠牧犍降,北凉亡。北凉共存在三十九年(401—439),主要管辖今甘肃
阿拉善、张掖、祁连等地。北凉是五凉政权中的最后一个政权。

二、其他分裂政权的短暂命运

在南北分裂之际,各地还有若干较小政权,如继前燕政权而起的还
有慕容泓建立的西燕(与诸燕并称五燕),因国祚过短且国力不盛,崔鸿
《十六国春秋》未单列,在文学方面也没有特别贡献。又如五凉高昌郡,
后来建立了高昌国政权(460—640)。冯承钧《高昌事辑》(《冯承钧学术
论文集》,上海古籍出版社,2015年版)辑录排比资料,有助阅读。法国学
者莫尼克·玛雅尔《古代高昌王国物质文明史》(中华书局,1995年版)为
综合性的论著。王素《高昌史稿》按照统治、交通、政制、经济、文化五编
系统论述,现已出版《统治编》和《交通编》(文物出版社,1998年版、2000
年版)。广袤的西域地区,从玉门关以西到帕米尔高原,地方政权割据,
各种文明交织,极大地影响着汉唐文化的发展方向。对此,林梅村《西域
文明》(文物出版社,1995年版)、《汉唐西域与中国文明》(文物出版社,
1998年版)等有精彩的论述。在今新疆吐鲁番地区出土了不少文书,唐
长孺主编《吐鲁番出土文书》多有收录,已由文物出版社陆续出版。卢向
前《敦煌吐鲁番文书论稿》(江西人民出版社,1992年版)由八篇专题论文
组成,讨论深入。梅维恒《绘画与表演》(北京燕山出版社,2000年版)论
敦煌壁画经卷,视野开阔。《德国所藏敦煌吐鲁番梵文文献》[①]以及由三
秦出版社分别出版《全三国两晋南朝文补遗》(2013年版)、《全北魏东魏
西魏文补遗》(2010年版)、《全北齐北周文补遗》(2008年版)、《全隋文补
遗》(2004年版)等新资料的汇集,为今后的研究奠定牢固基础。如韩理
洲负责整理的三国两晋南朝文共收录962篇,作者96人。北魏东魏西

---

① 此书在德国陆续出版,具体内容参见《别求新声于异邦——介绍近年永明声
病理论研究的重要进展》,《文学遗产》1999年第4期。

魏文共收录 1547 篇,其中有作者可考的 89 篇。北齐北周文共收录 939
篇。全隋文 750 篇(存目 124)这些单篇文字,有些来自严氏曾经查阅而
有所遗漏的古籍(如唐宋类书、古籍旧注所引资料),有些是严氏身后从
域外传回及发现的资料(如《文馆词林》《文镜秘府论》),更多是近一百多
年来全国各地出土碑刻墓志、造像记、杂著等。王青《西域文化影响下的
中古小说》(中国社会科学出版社,2006 年版)、高人雄《汉唐西域文学研
究》(新疆人民出版社,2017 年版)论及西域文学的成就和特色以及西域
文化对中国小说创作的影响,《仇池国志》(李祖恒著,书目文献出版社,
1986 年版)记载氐人杨氏最初在今甘肃成县仇池山附近建立割据政权以
及在今陕西汉中、甘肃武都、四川广元地区等地的活动,前后绵延二、三
百余年,多有值得注意的文学现象。

梁元帝萧绎承圣三年、西魏恭帝元廓元年(554 年)十一月,西魏柱国
于谨陷江陵,擒杀梁元帝,并虏其百官及士民以归,没为奴婢者十余万,
其免者仅二百余家。十二月,立萧詧为梁主,居江陵,为魏附庸。西魏以
荆州之地给予梁王萧詧。此后,这个偏安政权经历萧岿、萧琮,直至开皇七
年(587 年)废,前后存在三十四年(554—587)。三代梁主,皆好文学,在他
们的带动下,以江陵为中心,形成了一个颇有影响的江南文人群体。《周
书·萧詧传》记载了该政权的文士情况,多有文集撰述,足见其文学盛貌。

三、从北魏到隋代

十六国虽始于李特在成都称帝的晋惠帝太安二年(303 年)正月,但
真正成为独立割据政权是这年八月刘渊创立的刘汉政权。鲜卑族拓跋
氏崛起于大兴安岭地区。太平真君四年(443 年)四月,鲜卑人刻石祈祷,
逐渐向中原挺进。[①] 晋太元十一年(386 年)正月,拓跋珪即代王位,建元

---

① 祝文部分收录在《魏书·礼记》。参见米文平《大兴安岭鲜卑石室是怎样发
现的》,载《黑龙江文物丛刊》创刊号。米文平另有《嘎仙洞北魏石刻祝文考释》,收在
《魏晋南北朝史研究》中,四川人民出版社 1986 年版,第 353 页。

登国,徙居盛乐(今内蒙古呼和浩特市北部),后改国号曰“魏”。这一年,各地军阀势力纷纷独立,或称帝号。如后燕慕容垂称帝,改元建兴。西燕段辽为燕王,改元昌平。后秦姚苌称帝,国号秦,史称后秦,改元建初。苻登称帝,改元太初。李延寿修《北史》将这一年视为北朝开端。北魏道武拓跋珪天兴元年(398年)七月,迁都平城(今山西大同市),建宗庙,立社稷。公元424年,北魏太武帝拓跋焘即位,改元始光元年。他依靠北方大族的支持,势力逐渐强盛。北魏太武帝拓跋焘太延五年(439年)九月,北魏兵攻陷姑臧,北凉亡,北魏统一北方绝大部分地区,终止了十六国长达一百三十六年的混乱局面。公元439年,北魏孝文帝迁都洛阳,大力推进汉化改革。虽然民族矛盾此时得以缓和,但是北魏政治此后不断走向吏治腐败,社会矛盾激化。至北魏末年,六镇起义爆发,尔朱荣直攻洛阳,无恶不作,并一手造成了河阴之乱,其目的就是消灭迁到洛阳的汉化鲜卑贵族和出仕北魏政权的汉族大家,激起民愤。这之后,晋州刺史高欢于公元531年趁机攻入洛阳,消灭了尔朱荣,控制朝政。

通观北魏一朝,文学发展常以孝文帝迁洛为界,分为前后两个阶段。前期的文学发展带有浓厚的继承汉代文学传统之特色,后期则展开了向南朝文学的主动融合。魏齐之际的文学家如邢劭、温子昇和魏收,都是当时的名家。北魏郦道元《水经注》、贾思勰《齐民要术》,东魏杨衒之撰写的《洛阳伽蓝记》,署名北齐刘昼所撰的《刘子》等,代表了北朝文学艺术成就。此外,由南入北的颜之推撰写了一部《颜氏家训》,也影响久远。

北魏孝武帝元修永熙三年(534年),北魏分裂。这样,当时版图主要有三个中心:一是高欢家族以邺城(今邯郸市临漳县)为中心,控制东魏、北齐政权。① 二是宇文泰家族以长安(今西安)为中心,控制西魏、

---

① 公元528年,平定恒代六镇叛乱的尔朱荣屠杀灵太后及文武大臣一千三百多人,史称“河阴事变”。从此,北魏迅速分裂。陈寅恪《隋唐制度渊源略论稿》:“高欢得六镇流民之大部,贺拔岳、宇文泰得其少数,东西两国俱以六镇流民创业。”生活·读书·新知三联书店2015年版,第48页。

北周。① 三是以建康(今南京)为中心,控制江南大部分地区。北齐武成帝以后,国力开始衰落,一度为陈朝兵力占领淮南地区,并在577年亡于北周。北齐接续北魏的发展,建立文林馆,组织编纂大型类书,文化气氛活跃。北周则相对保守,文章辞采,力倡复古。庾信、王褒入北周后,为长安地区带去了新的南北文学融合。

北周后期,政权落于外戚杨坚之手。公元581年,杨坚代周自立,改元开皇,是为隋文帝。隋建之初,南方尚有南朝陈政权。开皇八年(588年)冬,隋文帝以杨广、杨俊、杨素为行军元帅,出兵伐陈。次年春,陈亡,从而结束了近三百年来南北分裂的局面。很多史学家把隋代视为中国统一的一个新纪元,常常隋唐并称。而李延寿是站在唐人的立场,将隋朝看作北朝的延续。他说:"起魏登国元年,尽隋义宁二年,凡三代二百四十四年,兼自东魏天平元年,尽齐隆化二年,又四十四年行事,总编为本纪十二卷,列传八十八卷,谓之《北史》。"②义宁二年(618年)是隋朝灭亡的时间。就是说,隋代亦视为北朝的组成部分,故严可均编《全上古三代秦汉三国六朝文》、逯钦立编《先秦汉魏晋南北朝诗》,都将隋代文学置于周秦汉魏六朝系统中。

①　《隋唐制度渊源略论稿》:"宇文泰凭藉六镇一小部分之武力,割据关陇,与山东、江左鼎足而三,然以物质论,其人力财富远不及高欢所辖之境域,固不待言;以文化言,则魏孝文以来之洛阳及洛阳之继承者邺都之典章制度,亦岂荒残僻陋之关陇所可相比。至于江左,则自晋室南迁以后,本神州文化正统之所在,况值梁武之时庾子山所谓'五十年间江表无事'之盛世乎? 故宇文苟欲抗衡高氏及萧梁,除整军务农、力图富强等充实物资之政策外,必应别有精神上独立有自成一系统之文化政策,其作用既能文饰辅助其物质即整军务农政策之进行,更可以维系其关陇辖境以内胡汉诸族之人心,使其融合成为一家,以关陇地域为本位之坚强团体。"生活・读书・新知三联书店2015年版,第100—101页。

②　(唐)李延寿《北史・序传》,中华书局1974年版,第3345页。实际是233年,而非244年。

第二节　文学史研究的艰辛拓展

一、中古北方文学的评价

十六国北魏至隋代的文学研究一直是相对沉寂的领域，倒不是研究者有意冷落，而是它自身的成就，缺乏内在的生机与魅力，特别是前期的创作情况不容人们给予乐观的评价。正如《隋书·经籍志》称："其中原则兵乱积年，文章道尽。后魏文帝，颇效属辞，未能变俗，例皆淳古。齐宅漳滨，辞人间起，高言累句，纷纭络绎，清辞雅致，是所未闻。后周草创，干戈不戢，君臣戮力，专事经营，风流文雅，我则未暇。其后南平汉、沔，东定河朔，讫于有隋，四海一统，采荆南之杞梓，收会稽之箭竹。辞人才士，总萃京师。属以高祖少文，炀帝多忌，当路执权，递相摈压。于是握灵蛇之珠，蕴荆山之玉，转死沟壑之内者，不可胜数，草泽怨刺，于是兴焉。"①这段话对北魏晚期至隋代文学整体评价不高。《北史·文苑传》也有类似的看法："既而中原板荡，戎狄交侵。僭伪相属，生灵涂炭，故文章黜焉。"②北朝前期的文学创作确实比不上南朝，其所以如此，有的研究者认为"并非在于历来所论的种种物质性的客观条件，而在各种文化因素'合力'所形成的以儒教复古主义为特征的社会文化主潮，在于这个潮流作用下，由外部文化环境禁制和内部作家观念、文学理论向道德化、非美化演变，使文学在北朝的三百年历史中，失去了创作的自由和自由的创作，士人为文中的思想精神准则对文学审美本质的历史性背离"（269）。不过此说有明显的矛盾之处，因为北方儒学的发展是与文学发展同步的。文学式微之际，也是儒学一蹶不振之时。儒学在北方的真正

① 《隋书·经籍志》，中华书局 1973 年版，第 1090—1091 页。
② 《北史》，中华书局 1975 年版，第 2778 页。

发展是在中古北方的后期,而这时,文学业已有了长足的进步。还有研究者认为最主要的原因是这一时期严酷的政治环境,当时鲜卑武人政权对汉族门第士人进行无情杀戮,而且是从文化上(如所谓崔浩史案)的缺口作为导火线的,所以导致了汉族士人对文化创造的强烈恐惧心理,销匿甚至烧毁自己的作品,以弥灾消祸,因而没有探索诗歌、提高写作水平的心境。但是此说亦不过皮相而已,清代文字狱十分残酷,照此逻辑,清代文学应是一片沙漠。事实显然不是这样。到了北朝后期,"许多诗人的创作已赶上了南方,而南朝自梁后期由于士人生活的腐朽以及宫体出现,再加上侯景之乱及江陵的陷落,大批文人北迁,诗歌创作已经衰落"(曹道衡,450,k)。这其中的原因很值得探讨。

第一,从西晋末叶开始的战乱,致使北方政权更迭频繁,图书资料损失严重,文人学者缺少安定的环境。永嘉元年(307年),刘琨为并州刺史时作《为并州刺史到壶口关上表》,描写了当地"鬻卖妻子,生相捐弃,死亡委危,白骨横野,哀呼之声,感伤和气"[①]的惨状。在这样的背景下,何遑文学创作? 所以《周书·王褒庾信传论》说他们"皆迫于仓卒,牵于战争,章奏符檄,则粲然可观;体物缘情,则寂寥于世。非其才有优劣,时运然也"。[②] 当然,战乱频仍与文学兴衰的关系比较复杂。有的时候,国家不幸诗家幸,赋到沧桑句便工。譬如三国时期的建安文学,盛唐时期的杜甫创作,战乱反而玉成了他们。因此,战乱的历史背景,这不是中古北方文学衰落的唯一原因。

第二,文化的传承被破坏。永嘉元年(307年)五月,汲桑、石勒起兵攻陷邺城,焚烧邺宫,火旬日不灭。羯人石勒即后赵创建者,九月兵败,投靠刘渊。他不学无术,却很有自尊心,石勒经常自称"胡"字,如《载记》自称"勒本小胡"却不能容忍别人说此字,"胡物皆改名,胡饼曰麻饼,胡荽曰香荽,胡豆曰国豆"。[③] 樊坦当面说"羯贼无道",最后被勒赦免。永

---

① 《晋书·刘琨传》,中华书局1974年版,第1680页。

② 《周书·王褒庾信传论》,中华书局1971年版,第743页。

③ 《说郛》(百卷本)卷七十三引《邺中记》,上海古籍出版社,1988年出版。

嘉五年（311年）四月，汉王刘聪命刘曜、王弥、石勒等攻洛阳。六月，俘获晋怀帝，曜纵火焚烧洛阳宫庙，滥杀百官士庶死者三万余人。文化传承被迫中断。当然，北方也并不是一无所有。王猛平邺城后，收集大量图集和乐器。永和十一年（383年），淝水之战后，谢尚镇寿阳，于是采拾乐人，以备太乐，并制石磬，雅乐始颇具。曹毗等依据北方获得的资料创作宗庙歌词，多载于《晋书·乐志下》。现存最早的参军戏出于石赵政权，其演出形态资料，见于唐初类书《北堂书钞》及《艺文类聚》所引《赵书》。如谓"石勒参军周雅，为馆陶令，盗官绢数百匹，下狱。后每设大会，使与俳儿，著介帻，绢单衣。优问曰：'汝为何官？在我俳中？'曰：'本馆陶令，计二十数单衣。'曰：'政坐耳，是故入辈中。'以为大笑"。[①] 历史仿佛重演。北魏宣武帝元恪景明元年（500年）八月，魏大破齐兵于肥口，齐淮南之地多陷于魏。北魏也在江淮之间收集到很多江左所传中原旧曲如《明君》《圣主》《公莫》《白鸠》之属，及江南吴歌、荆楚四声等。南北文化就是在这种交融中修补断裂的链条。

第三，西晋末叶十六国时期，北方处在动荡变化中，为了自保，北方大家往往聚族而居，城市中心的辐射作用被乡村的坞堡所取代，与南方相比较，庄园式的经济结构限制了文人彼此间的广泛交流。不仅自身交流少，南北交流也受到制约。南方文学中心集中在建康一带，文人之间彼此唱和、切磋，相互促进。而北方文学在其发轫之初缺乏这样的中心。北魏孝文帝推行汉化，迁都洛阳，来到了具有悠久文化传统的文化圈中，逐渐形成了一个文化中心，南北文化开始较大规模的交流。

第四，家族内部交流相对频繁，出现了若干大的家族，如清河和博陵崔氏家族，渤海高氏家族、封氏家族，涿郡范氏家族，范阳卢氏家族，赵郡李氏家族，河间邢氏家族，敦煌索氏家族，姑臧刘氏家族，河东裴氏家族等，他们往往以学术为中心，对文学确实不很重视。北朝四史《文学传》或《文苑传》所收文人，社会地位、文学影响都相对较低。那

---

① 《宋本艺文类聚》下册，上海古籍出版社2013年版，第2179页。

些位居高官的文人学者，往往是以学术为晋升的阶梯。到了北魏后期，北方新起文化家族，文人的地位逐渐上升。如河间邢氏家族，邢峦、邢晏，《魏书》有专传。邢峦字洪宾，"少而好学，负帙寻师，家贫历节，遂博览书传"。邢伟，邢峦弟，尚书郎中。邢晏，字幼平，"博涉经史，善谈释老，雅好文咏"。① 邢昕、邢臧，并在《文苑传》。邢亢，"字子高，颇有文学"。② 邢产，"字神宝。好学，善属文。少时作《孤蓬赋》，为时所称"。③ 邢虬"字神虎。少为《三礼》郑氏学，明经有文思"。④ 当然最有名的是邢劭。又如代人陆氏也异军突起，陆凯及其子陆昕、陆恭之，还有陆恭之之子陆晔等并有文采。这个家族还有陆卬、陆爽以及《切韵》作者陆法言等。

　　第五，北魏中期，南北文化交流日益频繁。北魏献文帝拓跋弘皇兴元年(467年)正月，魏大破宋将张永、沈攸之。宋青州刺史沈文秀、冀州刺史崔道固等闻刘子勋已败，欲复归宋。魏出兵攻之，降魏。魏使慕容白曜取宋之齐地。遂有"平齐民"之称。刘峻(孝标)、崔光、崔亮、袁宣(袁翻父)、蒋少游、刘芳等由宋入魏，北魏置平齐郡以处之。刘芳入北后并不得志，为诸僧佣写经论自给，著《穷通论》以自慰。后来，他随从孝文帝至洛阳与王肃论礼，王肃服其博雅，呼之为"刘石经"。刘峻在北魏生活了十八年，曾协助西域三藏吉迦夜及释昙曜在大同译《杂宝藏经》《付法藏因缘经》《方便心论》等，后南逃，入梁后也不得志，作《广绝交论》《辨命论》。他们对南北文化的交流起到积极的推动作用。北魏迁都洛阳之后，中古北方文学得到极大的发展，南北文化也得到广泛的交流。北方文化充分吸收了南方的特点，又保持了北方的特色，才逐渐后来居上。《文镜秘府论》引《四声论》盛称元宏以后的文坛，是"才子比肩，声韵抑

---

① 《魏书》卷六十五，中华书局1974年版，第1448页。科学出版社2007年出版的《沧州出土墓志》收录有《邢峦墓志》《邢伟墓志》《邢晏墓志》，可与史传参证。

② 《魏书》卷六十五，中华书局1974年版，第1449页。

③ 《魏书》卷六十五，中华书局1974年版，第1449页。

④ 《魏书》卷六十五，中华书局1974年版，第1450页。

扬，文情婉丽，洛阳之下，吟讽成群。及徙宅邺中，辞人间出，风流弘雅，泉涌云奔，动合宫商，韵谐金石者，盖以千数，海内莫之比也。郁哉焕乎，于斯为盛"。① 评价还是比较高的。这说明对北朝文学的评价，要有一个历史发展的观点，不能一概而论。还有一点需要提及，即我们用什么样的标准评价中古北方文学。如果用"南朝化"的标准，北方文学确实不及南方。但是这个标准就一定是天然合理的吗？ 这个问题是可以讨论的。

长期以来，文学史研究多重视南方，而对北方文学鲜有研讨。宋代以后，一些重要诗话文评如范晞文《对床夜语》、胡应麟《诗薮》等多有涉及北方文学者，但不是专论北方文学，而是与南方文学比较时才有所论述。

二十世纪三十年代陈钟凡著《汉魏六朝文学》，将南朝文学与北朝文学各分一章，所论十分简括（208）。对北方文学初步进行系统研讨，始于五六十年代。游国恩等主编的《中国文学史》，有三章涉及北朝文学，但都与南朝文学合论，如"南北朝乐府民歌""南北朝诗人""南北朝的骈文和散文"。中国科学院文学研究所编《中国文学史》则专辟两章："北方乐府民歌""北朝（魏齐周隋）作家"，较有特点，评价也客观。近四十年，北方文学研究有了突飞猛进的拓展，曹道衡在中古北方文学这块荒芜的领域勤奋耕耘，做了大量的拓荒性的研究。在《试论北朝文学》、《十六国文学家考略》、《关于北朝乐府民歌》、《东晋南北朝时代北方对南方文学的影响》（450，k，jj，n，ll）及《略论北朝辞赋及其与南朝辞赋的异同》（450，bb）、《论北魏诗歌的发展》（450，cc）、《论北齐诗歌的历史地位》（450，ee）、《再论北朝诗赋》（450，dd）、《从〈切韵序〉推论隋代文人的几个问题》（450，ff）等论文中，作者将过去视为"文学作品几乎绝迹"的十六国以及其后的北方文学分为不同的发展阶段，并作纵横比较，提出下列新的看法：第一，十六国文学并不像人们想象的那么荒凉；第二，北方文学并不

---

① （日）遍照金刚著，王利器校注《文镜秘府论校注》，中国社会科学出版社1983年版，第81页。

是停留在一个水平，"到南北朝后期，北方作家在某些方面甚至超过了南方"。这些研究成果，多已收录在《中古文学史论文集》（北京中华书局，1986 年版）、《中古文学史论文集续编》（台湾文津出版社，1994 年版）以及《汉魏六朝文学论文集》（广西师范大学出版社，1999 年版）、《中古文史丛稿》（河北大学出版社，2003 年版）等，代表着近四十年来魏晋南北朝文学研究的最高成就。学术界认为，曹道衡对中古北方文学的研究"较为详尽地勾勒了北方文学的全貌"（刘丽文，100）。

经过学者们的不懈努力，到 1991 年底曹道衡、沈玉成合著的《南北朝文学史》的出版，中古北方文学研究的基本框架已大体划定下来。

二、中古北方文学的分期

西晋末叶的"八王之乱"，导致东晋政府的南迁，北中国开始了五胡十六国的混战时期，北方文学就是在这样的荒原上起步，经过二百年的复苏、演变，竟又走向兴盛。

在这二百多年间，北方文学经历了四个发展时期：

（一）十六国时期。文化式微，没有疑义，但今天见到的这个时期的文告，其中似亦不乏文采。《魏书·卫操传》载，西晋惠帝司马衷永兴三年（306 年）代人卫操为鲜卑拓跋猗㐌著《桓帝功德颂碑》，立于大邗城南。文虽非丽，载事详焉，此为北魏拓跋氏有文章之始。此外还有前秦王嘉《拾遗记》、苻朗《苻子》、①苏蕙《回文诗》、后秦僧肇《肇论》、鸠摩罗什的译经等，也在中国文学史上占有一定的地位。但总体来说，这个时期的文学价值主要体现在实用方面。故《文镜秘府论·天卷·四声论》："昔永嘉之末，天下分崩，关、河之地，文章殄灭。魏昭成、道武之世，明元、太武之时，经营四方，所未遑也。虽复网罗俊民，献纳左右；而文多古质，未营

---

①　《隋书·经籍志》著录有《苻子》二十卷，佚，严可均《全上古三代秦汉三国六朝文》辑有佚文。谭家健有《氏族作家苻朗及其〈苻子〉》，载中国台湾台中市东海大学主办《中国文化月刊》1997 年第 206 期。

声调耳。"①

　　（二）北魏初到孝文帝迁都洛阳前。孝文帝积极推动汉化，太和十年（486 年）九月，北魏起明堂、辟雍，改中书学曰国子学，又开皇子之学。北魏孝文帝拓跋宏善文章，"自太和十年已后诏册，皆帝之文也"。② 他还编辑成册分发部下。③ 这个时期，南方正是永明文学发展得如火如荼的阶段，而在北方，文章尚多散体，崔浩、高允等是当时重要作家，古质有余，而文采不足。崔浩注《五经》，修《晋后书》，参与《国记》撰写。《隋书·经籍志》著录："崔浩撰《急就章》二卷、《历术》一卷、《赋集》八十六卷。"此外，还有《汉纪音义》《女仪》《五行论》《食经》等。高允有一些赠答四言诗赋，虽没有多大文学价值，却标志着北人创作诗赋的开始。《乐府诗集》收录高允《罗敷行》，《文馆词林》卷三四六载高允《南巡颂》，与马融、崔骃、刘珍等大家并列，可见其人其文在唐人心目中的地位。不仅如此，后来出土无名氏《文成帝南巡碑》，记录众多随从官员名字，与高允的作品相比对，是研究北朝官职的重要资料。

　　（三）孝文帝迁洛以后到隋统一。北方文学开始了一个新的阶段，出现了郑道昭、程骏、袁翻、温子昇、郦道元等重要作家。孝文帝下诏禁止同姓通婚，"迁洛之民，死葬河南，不得还北。于是代人南迁者，悉为河南洛阳人"，改拓跋氏为元氏。④ 孝文帝还与文士赋诗唱和，纵论山水与读书之乐，颇有太平之风。北魏后期，很多北方文人对于南方文化已经不再仰视。譬如卒于北魏孝明帝元诩正光五年（524 年）的甄琛，曾著《磔四声》，盖不满沈约"四声说"者。《魏书·甄琛传》载："所著文章，鄙碎无大体，时有理诣，《磔四声》《姓族废兴》《会通缁素三论》，及《家诲》二十篇，

---

　　① （日）遍照金刚著，王利器校注《文镜秘府论校注》，中国社会科学出版社 1983 年版，第 80—81 页。

　　② 《魏书》，中华书局 1974 年版，第 187 页。

　　③ 《魏书·崔挺传》称孝文帝"问挺治边之略，因及文章，高祖甚悦，谓挺曰：'别卿已来，倏焉二载，吾所缀文，已成一集，今当给卿副本，时可观之'"。

　　④ 《魏书》卷七下，中华书局 1974 年版，第 178 页。

《笃学文》一卷,颇行于世。"①甄琛驳沈约"四声说"之事,及沈约答书事,并见《文镜秘府论·天卷·四声论》,甄思伯《难四声谱》残篇,或即此文。② 常景对沈约等人提出的四声论就表示赞赏,著有《四声赞》。阳休之曾在南方生活过两年,对江南文学多有了解。故《文镜秘府论·天卷·四声论》载:"齐仆射阳休之,当世之文匠也,乃以音有楚、夏,韵有讹切,辞人代用,今古不同,遂辨其尤相涉者五十六韵,科以四声,名曰《韵略》。制作之士,咸取则焉,后生晚学,所赖多矣。"对此,遍照金刚表示欣赏。这说明,唐代评价文学的高低,主要是看文采和声韵,因此对南方文学评价较高。北魏文学的真正兴起,是在孝文帝后期至宣武帝元恪、孝明帝元诩时期。因为这个时期,文采与声韵都已成为北方士人追求的目标。《文镜秘府论·天卷·四声论》:"及太和任运,志在辞彩,上之化下,风俗俄移。故《后魏·文苑序》云:高祖驭天镜,锐情文学,盖以颉颃汉彻,淹跨曹丕,气远韵高,艳藻独构。衣冠仰止,咸慕新风,律调颇殊,曲度遂改,辞罕渊源,言多胸臆,练古雕今,有所未值。至于雅言丽则之奇,绮合绣联之美,眇历年岁,未闻独得。既而陈郡袁翻、河内常景,晚拔畴类,稍革其风。及肃宗御历,文雅大盛,学者如牛毛,成者如麟角。孔子曰:才难,不其然乎! 从此之后,才子比肩,声韵抑扬,文情婉丽,洛阳之下,吟讽成群。及徙宅邺中,辞人间出,风流弘雅,泉涌云奔,动合宫商,韵谐金石者,盖以千数,海内莫之比也。郁哉焕乎,于斯为盛! 乃瓮牖绳枢之士,绮襦纨绔之童,习俗已久,渐以成性。假使对宾谈论,听讼断决,运笔吐辞,皆莫之犯。"③此后,东魏北齐有文林馆,西魏北周有麟趾殿,汇集大

---

① 《魏书》卷六十八,中华书局 1974 年版,第 1516—1517 页。

② 《文镜秘府论·天卷·四声论》:"魏定州刺史甄思伯,一代伟人,以为沈氏《四声谱》不依古典,妄自穿凿,乃取沈君少时文咏犯声处以诘难之。又云:'若计四声为纽,则天下众声无不入纽,万声万纽,不可止为四也。'"为此,沈约特作《答甄公论》辩驳。见王利器校注本,中国社会科学出版社 1983 年版,第 97 页。

③ (日)遍照金刚著,王利器校注《文镜秘府论校注》,中国社会科学出版社 1983 年版,第 81 页。

批文人学者,邢劭、魏收及由南入北的王肃、颜之推、萧悫、庾信、王褒等
人,都曾在这些机构中扮演了重要的角色。

(四)隋统一以后。二百八十年分裂局面已告结束,文学上也随之进
入兼融南北的崭新时代,一些重要作家如卢思道、薛道衡、李德林、虞世
基、杨素、孙万寿等从南北各地云集到长安。隋代虽然出现了几位重要
作家,但是在研究上仍存在一些难点。譬如,隋代文学该如何划分,属上
还是归下,各家争执不一。研治唐宋文学的视隋代文学为开端、为序幕;
而研治魏晋南北朝文学的又以隋代文学为总结。这说明,隋代文学在中
国文学发展史上呈现过渡状态,既是南北朝文学的总结,又是唐代文学
的序幕,具有明显的承上启下的特点。有隋一代,没有出现一个像谢灵
运、鲍照、谢朓那样的杰出作家。人们对它较少兴趣,确实不能埋怨研究
者怀有偏见。

三、中古北方文学的特色

北方文学的最大特点就是多民族的融合性。西晋末叶,入主中原的
少数民族氐、羌、羯、匈奴、鲜卑等文学写作呈现出独特的风貌。除汉字
文学外,还有粟特文书、摩尼教忏悔词、突厥碑铭文、胡僧的译经文学、西域
的佛教戏剧等,极大地丰富了中国文学史的叙述内容。与中古南方文学相
比较,北方文学不是精英文学,它更多地反映了北方各个民族对自然、对生
命、对历史的理解,他们的形式也多具有口头史诗程式特征。这在文学史
上有着格外的意义。北方少数民族文学无论用民族语言还是汉语言创作,
它们都是中古北方文学的组成部分,体现了密切的文化交流和文学方面的
互动,影响着中国文学发展的轨迹(高人雄,435,a)。可以说,北方各民族
的文化血脉依然在延续着,并融入盛唐文化中,故鲁迅说,"唐室大有胡气"
(鲁迅《致曹聚仁书》,1933年)。甚至,我们还可以扩大说来,正是东汉末叶
以来北方各民族文化的交汇融合,造就了灿烂的唐代文明。

南北政权的对峙,形成了空间的隔绝,南北文化的差异越发明显。

由南入北的颜之推在《颜氏家训·音辞》中说："南方水土和柔，其音清举而切诣，失之浮浅，其辞多鄙俗。北方山川深厚，其音沉浊而钝钝，得其质直，其辞多古语。"①此说论音辞而关系文学风格。李延寿《北史·文苑传》称：

> 自汉魏以来，迄乎晋、宋，其体屡变，前哲论之详矣。暨永明、天监之际，太和、天保之间，洛阳、江左，文雅尤盛，彼此好尚，互有异同。江左宫商发越，贵于清绮；河朔词义贞刚，重乎气质。气质则理胜其词，清绮则文过其意。理深者便于时用，文华者宜于咏歌。此其南北词人得失之大较也。②

《隋书·文学传》亦有近似的看法：

> 暨永明、天监之际，太和、天保之间，洛阳、江左，文雅尤盛。于时作者，济阳江淹、吴郡沈约、乐安任昉、济阴温子昇、河间邢子才、钜鹿魏伯起等，并学穷书圃，思极人文，缛彩郁于云霞，逸响振于金石。英华秀发，波澜浩荡，笔有余力，词无竭源。方诸张、蔡、曹、王，亦各一时之选也。③

东晋时期，北方正处在五胡十六国时期。南方到了永明（483—493）、天监（502—519）之际，文贵清绮，诗文俱佳。而在北方，随着北魏孝文帝的改革，太和（477—499）到北齐高洋天保（550—559）之间，文学风尚为之一变，气质理胜，笔有余力。这突出表现在实用文体的写作上。马立军《北朝墓志文体与北朝文化》（中国社会科学出版社，2015 年版）、黄金明《汉魏晋南北朝诔碑文研究》（人民文学出版社，2005 年版）、魏宏利《北朝碑志文研究》（中国社会科学出版社，2016 年版）、张鹏《北朝石刻文献的文学研究》（中国社会科学出版社，2015 年版）等，都有很好的概

---

① （日）遍照金刚著，王利器校注《颜氏家训集解》，中国社会科学出版社 1983 年版，第 473 页。

② 《北史》，中华书局 1975 年版，第 2781—2782 页。

③ 《隋书》，中华书局 1973 年版，第 1729—1730 页。

括,充分揭示出中古北方文学的重要特色。

近现代学者对北方文学的评价,也多在比较中客观评价其优劣得失。如刘师培《南北学派不同论》中有《南北文风不同论》,称:"梁陈以降,文体日靡。惟北朝文人,舍文尚质。崔浩、高允之文,咸硗确自雄。温子昇长于碑版,叙事简直,得张、蔡之遗规。卢思道长于歌词,发音刚劲,嗣建安之佚响。子才、伯起,亦工记事之文。岂非北方文体,固与南方文体不同哉? 自子山、总持身旅北方,而南方轻绮之文,渐为北人所崇尚。又初明、子渊,身居北土,耻操南音,诗歌劲直,习为北鄙之声,而六朝文体,亦自是而稍更矣。"①钱锺书《管锥编》论《全北齐文》邢劭《〈萧仁祖集〉序》引用大量资料比较南北文风的异同优劣,信而可征(397,c)。

其实,中古北方后期,南北文学的融合已成必然趋势。北齐后主高纬武平三年(572年),由南入北的徐之才卒,赵超著《汉魏南北朝墓志汇编》收录《徐之才墓志铭》,提供了很多史传所没有的内容,还可以订补史传之误,如《北齐书》谓其卒年八十,而墓志明载"武平三年岁次壬辰六月辛未朔四日甲戌,遘疾薨于清风里第,春秋六十八",②这些都可以暂且不论。这里我所关注的是这篇墓志铭的写法。应当说,这是我所见中古北方墓志写得最有特点的一方。它与一般的墓志不同,文字较长,且每叙述一事,总要跟着一段四六句,引经据典。这样的文字,非了解内情的人不能写,没有特别的才华也不能写。我甚至怀疑这篇文字出自他的弟弟徐之范之手,典型的江南文笔。徐之才死后十二年(开皇四年,公元584年),徐之范也离开人世。1976年在山东嘉祥出土了《徐之范墓志铭》,这篇墓志就缺少特色了。这是由南入北的文人写作状况。

隋代灭亡的那一年(618年),北方大族博陵崔氏家族成员崔赜卒于江都,开皇年间,曾作《答豫章王书》,齐王杨暕有《遗崔赜书》,完全的四

---

① 刘师培《刘申叔遗书》,江苏古籍出版社1997年版,第561—562页。
② 赵超著《汉魏南北朝墓志汇编》,天津古籍出版社2008年版,第458页。

六句式,引经据典,与南方绮丽文风已无区别。《北史·隐逸·崔赜传》载,崔赜"与洛阳元善、河东柳䛒、太原王劭、吴兴姚察、琅邪诸葛颖、信都刘焯、河间刘炫相善,每因休假,清谈竟日。所著词、赋、碑、志十余万言,撰《洽闻志》七卷,《八代四科志》三十卷,未及施行,江都倾覆,咸为煨烬"。① 崔赜的这些著作都已在隋末战乱中损毁殆尽。赖《隋书》本传的记载,崔赜与豫章王杨暕的书信,却保留下来,为我们留下分裂时代的最后踪影。杨暕有《遗崔赜书》曰:

> 昔汉氏西京,梁王建国,平台、东苑,慕义如林。马卿辞武骑之官,枚乘罢弘农之守。每览史传,尝窃怪之,何乃脱略官荣,栖迟藩邸? 以今望古,方知雅志。彼二子者,岂徒然哉! 足下博闻强记,钩深致远,视汉臣之三箧,似涉蒙山;对梁相之五车,若吞云梦。吾兄钦贤重士,敬爱忘疲,先筑郭隗之宫,常置穆生之醴。今者重开土宇,更誓山河,地方七百,牢笼曲阜;城兼七十,包举临淄。大启南阳,方开东阁。想得奉飞盖,曳长裾,藉玳筵,蹑珠履,歌山桂之偃蹇,赋池竹之檀栾。其崇贵也如彼,其风流也如此,幸甚幸甚,何乐如之! 高视上京,有怀德祖;才谢天人,多惭子建,书不尽意,宁俟繁辞。②

崔赜《答豫章王书》曰:

> 一昨伏奉教书,荣贶非恒,心灵自失。若乃理高《象》、《系》,管辂思而不解;事富《山海》,郭璞注而未详。至于五色相宣,八音繁会,凤鸣不足喻,龙章莫之比。吴札之论《周颂》,讵尽揄扬;郢客之奏阳春,谁堪赴节! 伏惟令王殿下,禀润天潢,承辉日观,雅道贵于东平,文艺高于北海。汉则马迁、萧望,晋则裴楷、张华,鸡树腾声,鹓池播美,望我清尘,悠然路绝。祖濬燕南赘客,河朔惰游,本无意于希颜,岂有心于慕蔺! 未尝聚萤映雪,悬头刺股,读《论》唯取一

---

① 《北史》,中华书局,1975年版,第1758页。
② 《隋书》,中华书局1973年版,第1755—1756页。

篇,披《庄》不过盈尺。复况桑榆渐暮,藜藿屡空,举烛无成,穿杨尽弃。但以燕求马首,薛养鸡鸣,谬齿鸿仪,虚班骥皂。挟太山而超北海,比报德而非难;堙昆仑以为池,匹酬恩而反易。忽属周桐锡瑞,唐水承家,门有将相,树宜桃李。真龙将下,谁好有名,滥吹先逃,何须别听! 但慈旨抑扬,损上益下,江海所以称王,丘陵为之不逮。曹植傥预闻高论,则不隙令名;杨修若切在下风,亦讵亏淳德。无任荷戴之至,谨奉启以闻。

杨暕与崔赜,我们的文学史可能不会提到这两个人,他们的创作却成为从西晋末到隋唐三百年文学发展的一个缩影。从此,文学也从南北走向一统,走向盛唐。

第三节　十六国诗文研究文献

一、十六国文学家

晋惠帝太安二年(303年),李雄称成都王,改元建兴元年,从这时起到北魏太武帝拓跋焘太平真君元年(440年)三月平凉州,北魏基本统一北方,十六国前后存在约一百三十年。这一时期,军阀割据,战乱频仍,文学难有较大的发展空间,但文学仍在生长中。《周书·庾信王褒传论》论及十六国文学家时指出:

　　若乃鲁徽、杜广、徐光、尹弼之畴,知名于二赵;宋谚、封奕、朱彤、梁谠之属,见重于燕、秦。然皆迫于仓卒,牵于战争。竞奏符檄,则粲然可观;体物缘情,则寂寥于世。非其才有优劣,时运然也。至朔漠之地,蕞尔夷俗,胡义周之颂国都,足称宏丽;区区河右,而学者坿于中原,刘延明之铭酒泉,可谓清典。子曰:"十室之邑,必有忠信"，岂徒言哉。①

《北史·文苑传》也有类似的评论：

> 　　其能潜思于战争之间，挥翰于锋镝之下，亦有时而间出矣。若乃鲁徽、杜广、徐光、尹弼之俦，知名于二赵；宋该、封弈、朱彤、梁谠之属，见重于燕、秦。然皆迫于仓卒，牵于战阵，章奏符檄，则粲然可观；体物缘情，则寂寥于世。非其才有优劣，时运然也。至于朔方之地，蕞尔夷俗，胡义周之颂国都，足称宏丽。区区河右，而学者埒于中原，刘延明之铭酒泉，可谓清典。②

《周书》《北史》所列文学家名单完全相同，包括：鲁徽、杜广、徐光、尹弼、宋该、封弈、朱彤、梁谠、胡义周、刘延明。略有不同处，《周书》作"鲁徽"，《北史》作"鲁徽"；《周书》作"宋谚"，《北史》作"宋该"；《周书》作"封奕"，《北史》作"封弈"等，这些都是代表作家。

按照通常的理解，十六国时期的作品，至今仍有文章留存，且具有文学意味；《隋书·经籍志》也著录了这一时期的集子，虽已散佚，但至少说明他们曾写过文学作品；史传中还记录一些文人学者长于文章，精于文史。即以河西文人学者而言，前凉主张骏擅长五言诗，有集八卷。西凉主李暠创作《述志赋》《槐树赋》《大酒客赋》等。文人学士宋繇、张湛、宗钦、段成根、阚骃、赵柔、索敞、阴仲达、张斌、祈嘉、索袭、宋纤、郭荷等，都曾在历史上留下他们的文学业绩。有些题材很有地方特色，如张斌"作《葡萄酒赋》，文致甚美"。③　所有这些作者，理应纳入文学史的视野。曹道衡《十六国文学家考略》考述了六十九位文人的生平事迹和作品写作情况，实际上是一部《补十六国文苑传》(450,kk)。

一蜀一夏2人：龚壮、胡方回。

二赵16人：刘聪、鲁徽、杜广、赵光、尹弼、傅畅、卢谌、荀绰、裴抯、裴

---

① 《周书》卷四十一，中华书局1971年版，第743页。
② 《北史》卷八十三，中华书局1974年版，第2778页。
③ 《太平御览》卷九七三引《十六国春秋》。

毂、刘群、崔悦、续咸、韦谡、王读、辛谧。

四燕 12 人：慕容庞、慕容皝、慕容儁、封弈、宋该、皇甫岌、皇甫真、缪恺、韩恒、慕容宝、崔宏、佟万。

三秦 25 人：王猛、苻坚、苻融、苻朗、苏慧、赵整、朱肜、梁谠、梁熙、王飏、王嘉、许谦、董荣、洛阳少年、释道安、古成诜、王尚、马岱、杜挺、相云、宗敞、鸠摩罗什、僧肇、胡义周、赵逸。

五凉 14 人：张骏、谢艾、张斌、宋纤、杨宣、马岌、索绥、吕光、段业、李暠、刘昞、秃发归、张湛、宗钦。

根据现有资料，十六国文学家似远不止于此。譬如曹道衡在文章开头提到的宋繇、段成根、阚骃、赵柔、索敞、阴仲达、祈嘉、索袭、郭荷，虽以学术著称，也多有文才。还有《周书》《北史》论及的文人鲁徽（徽）、徐广等，《考略》就没有列入。又譬如李雄进入成都，启用范长生（蜀才）为丞相。《华阳国志》卷九载其"迎范贤为丞相……贤名长生，一名延久，又名九重，一曰支，字元，涪陵丹兴人也"。[①]汤球《三十国春秋辑本》之常璩《蜀李书》："蜀才姓范，名长生，一名贤，隐居青城山，自号蜀才。李雄以为丞相。"[②]《颜氏家训·书证》："《易》有蜀才注，江南学士，遂不知是何人。王俭《四部目录》，不言姓名，题云：'王弼后人。'谢炅、夏侯该，并读数千卷书，皆疑是谯周；而《李蜀书》，一名《汉之书》，云：'姓范名长生，自称蜀才。'南方以晋家渡江后，北间传记，皆名为伪书，不贵省读，故不见也。"[③]范长生亦是当地著名文人。《隋书·经籍志》著录："蜀才注《周易》十卷、《老子道德经》二卷。"其地位有如前秦王猛。大夏也人才辈出。《说郛三种》（宛委山堂一百二十卷本）卷五十八收录常璩《西州后贤志》《梓潼士女志》《汉中士女志》等，多有文人的传纪。

北魏太武帝灭统万城，将著名文学家张渊、赵逸、毛脩之、胡方回等掠至平城，毛脩之曾与崔浩论《三国志》，算是当时著名文人。

①　刘琳《华阳国志校注》，巴蜀书社 1984 年版，第 663 页

②　（清）汤球辑《三十国春秋辑本》，中华书局 1985 年版，第 19 页。

③　王利器《颜氏家训集解》，中国社会科学出版社 1983 年版，第 402 页。

二、十六国文学史料

（一）萧方等《三十国春秋》

《三十国春秋》，《新唐书·艺文志》著录有两部，一为武敏之《三十国春秋》一百卷；另外一部为萧方等著，三十卷。两书均记述西晋末叶以来各地分裂政权的史事。武敏之，刘宋时人，生平事迹不详。萧方等，《梁书》有传，梁元帝萧绎与徐妃之子。清代汤球以这两部为中心，辑录成书，除武敏之、萧方等《三十国春秋》著作外，还包括了常璩《蜀李书》、和苞《汉赵记》、田融《赵书》、吴笃《赵书》、王度《二石传》、范亨《燕书》、车频《秦书》、王景晖《南燕录》、裴景仁《秦记》、姚和都《后秦记》、张谘《凉记》、喻归《西河记》、段龟龙《凉记》、刘昞《敦煌实录》、张诠《南燕书》、高闾《燕志》等十八种。此书有吴振清校注，天津古籍出版社 2009 年出版。该书仍有辑补空间，如《四库全书》本《开元占经·地占》引《前秦录》："初，秦之未乱也，关中大燃，无火而烟气大起，月余不灭。"后空一格，又曰："慕容熙光始四年，辽东新郡地燃。五年八月为辽西太守邵颜聚徒反。至九月败诛。熙建始元年正月，华阳郡地燃。是岁熙僭号之七年也。其年五月，为尚书郎符进谋反，事觉诛。至九月，熙出逸妻瘗，进余党推之贼高和为主，据城反。熙驰还，不得入，遂逃，不免，为和所诛。后三年，宋高祖平齐，冬尽，坑其众。二燕并灭，慕容氏歼焉。此皆不祥之应也。"[1]这段文字虽非出自《前秦录》，当也出自上述诸史书中。

（二）崔鸿《十六国春秋》

《十六国春秋》，崔鸿著，记载西晋末年以后至北魏太武帝统一北方约一百四十多年间北方的历史。《魏书·崔鸿传》载：崔鸿，字彦鸾，齐州清河人。北魏名臣崔光之侄。史书称其"少好读书，博综经史"。《汉魏南北朝墓志汇编》载《崔鸿墓志铭》称其"春秋卌有八，粤孝昌元年十一月

---

[1] 《开元占经》一百二十卷，卷四地占，清文渊阁四库全书本。

壬辰朔廿九日庚午薨于洛阳仁信里"。① 孝昌元年为公元525年。上推，崔鸿生于北魏孝文帝太和二年(478年)。据此崔鸿在魏宣武帝景明年间(500—503)奉敕撰起居注。其后撰著《十六国春秋》，至正始三年(506年)，草成95篇，唯缺成汉李氏据蜀始末。常璩《蜀李书》一直求购不得，因而长期辍笔。直到正光二年(522年)，方从江东获得，"讨论适讫"，②增其篇目，又作《序例》一卷、《年表》一卷，完成了一百零二卷的巨著。《十六国春秋》序称："自晋永宁(301—302)以后，虽所在称兵，竞自尊树，而能建邦命氏成为战国者，十有六家"，③故取为书名。《隋书·经籍志》著录一百卷，同时还著录了《十六国春秋纂录》十六卷。史书如《魏书》《晋书》《资治通鉴》等直接使用了《十六国春秋》的大量资料。类书如《北堂书钞》《艺文类聚》《初学记》《太平御览》等，其他史籍如《通典》《开元占经》等也多所引录。

　　明代有两部流行的刊本，第一是何允中《广汉魏丛书》十六卷本，主要辑自《太平御览·偏霸部》和《晋书·载记》，流传较广。《四库全书》收录此本，取名《别本十六国春秋》。第二个版本是万历三十七年(1609年)屠乔孙、项琳之一百卷本。《四库全书》也收录了这个本子，提要称此本"连缀古书，非由杜撰。考十六国之事者，固宜以是编为总汇焉"，④可见所辑范围更加广泛。据专家考证，屠乔孙、项琳从五十余种古籍中辑出有关材料，并依据崔鸿所定体例编纂而成，相对来讲价值更高(刘琳，115，cc)。汤球《十六国春秋辑补》充分利用了上述两种版本资料，又有自己的辑考，编为一百卷，包括：《前赵录》十卷，《后赵录》十二卷，《前燕录》八卷，《前秦录》十一卷，《后燕录》七卷，《后秦录》九卷，《南燕录》六卷，《夏录》三卷，《前凉录》九卷，《蜀录》五卷，《后凉录》四卷，《西秦录》四

　　① 赵超著《汉魏南北朝墓志汇编》，天津古籍出版社2008年版，第186页。

　　② 《魏书》卷四十七，中华书局1974年版，第1505页。

　　③ 《魏书》卷四十七，中华书局1974年版，第1505页。

　　④ (清)永瑢等撰，《四库全书总目》卷六六《史部二二·载记类》"十六国春秋一百卷"下提要，中华书局1965年版，上册，第584页。

卷,《南凉录》三卷,《西凉录》三卷,《北凉录》三卷,《北燕录》三卷。聂溦萌、罗新、华喆校点本《十六国春秋辑补》,即以此为底本,[①]已由中华书局2020年出版。当然,十六国历史波谲云诡,十六国史料错综复杂,《十六国春秋》又散佚严重,在流传的过程中,各种史料混淆错乱,很难辨析。如《太平御览·偏霸部》引《十六国春秋》一则:"太平元年,(高)云为离班、桃仁所杀。"《晋书·载记》同,唯缺"太平元年"四字。《开元占经》卷十二引崔鸿《春秋·燕录》则曰:"正始三年秋八月,太白入月中,冬十月戊辰,(高)云临东堂。幸臣杂班、姚仁怀剑执袋而入,称有所启。剑击云,(高)云以反拒仁,仁进而杀。"相比较而言,《开元占经》所引较详,但这是否为《十六国春秋》原文,颇难确定。

（三）常璩《蜀李书》与《华阳国志》

关于十六国时期巴蜀地区的史料,常璩著有《蜀李书》,《隋书·经籍志》著录十卷,记述李氏据蜀始末,可惜久佚,汤球今辑得七则,收录在《三十国春秋辑本》中。

常璩撰写的有关蜀地历史的另外一部著作《华阳国志》基本保存下来。该书共十二卷,约十一万字,是中国现存较早的一部地方志,记载了从远古到公元347年间今四川、云南、贵州三省以及甘肃、陕西、湖北部分地区的历史、人物、地理,具有很高的史料价值。如以写《陈情表》而著名的李密是西蜀人,他的生平材料除见于《三国志·蜀志·杨戏传》裴注及《晋书·孝友传》外,还有就是这部《华阳国志》了。从这些材料中可以知道,他确实有较高的文化修养,曾著有《述理论》十篇,为皇甫谧所称赞。又如前四卷记载四川、云南、贵州地区郡县的沿革、治城的所在、著名的山川、重要的道路、一方的物产、各地的风俗、主要的民族,乃至名宦的政绩、各县的大姓等,内容极为丰富,很多可以补正史的不足。中间五卷,以编年体的形式叙述公孙述、刘焉刘璋父子、蜀汉、成汉四个割据政

---

①　参见聂溦萌《辑佚的加减法:汤球〈十六国春秋辑补〉的工作方法》,载《文史》2020年第1辑。

权以及西晋统一时期的历史，多为一般史籍所未载。本书还保存了许多
古代传说，如蜀之先王有蚕丛、鱼凫、杜宇、开明等；又有力能排山的五丁
力士，为蜀之佐，秦惠王时，遗蜀之五石牛，诡称可以便金。蜀王遣五丁
力士开山路迎它们至蜀，秦军随其后，才灭蜀，后人因称其路为石牛道
（刘琳，115，a）。这些神话或传说，常常成为后来诗人喜爱引用的故实。
任乃强《〈华阳国志〉校补图注》以清廖寅题襟馆本为底本，校以现存所有
版本，参考大量相关文献，详加注释。作者熟悉西南地区历史地理、民族
风俗，又能运用文字、音韵、训诂等传统方法，对书中涉及的内容，积铢累
锱，博征旁引，很多注释近似于专题论述。在行文中附有 18 幅图，有些
卷帙下附有作者专题考证，如卷一附《说盐》，卷二附《常志梁州郡县与两
汉志及晋志对照表》，卷三附《蚕丛考》《成都七桥考》，卷四附《庄蹻入滇
考》《蜀枸酱入番禺考》《蜀布、邛竹杖入大夏考》，卷十上附《巴郡士女赞
注残文辑佚》等。全书后附旧本序跋 23 篇及莫与俦著作两篇（《牂牁考》
《庄蹻考》）等。该书已由上海古籍出版社 1987 年出版。刘琳《〈华阳国
志〉校注》参校诸本，训释考订，较为通俗。书后附有示意图五幅及附录四
种：《〈华阳国志〉佚文》《〈华阳国志〉梁益宁三州地名族名索引》《本书校注
辑佚引用书目及简称》以及吕大防、李㙓序（115，b）。《说郛三种》（宛委山
堂一百二十卷本）卷五十八收录常璩《西州后贤志》《梓潼士女志》《汉中士
女志》等，应取自《华阳国志》，是可以作为整理《华阳国志》的参校资料的。

三、十六国文学贡献

如果根据现有文学标准来衡量，十六国文学确实不能和江南文学相
比，但是他们的存在又有其特殊的意义。这主要表现在三个方面，一是
河西地区保留了大量的读书种子，二是北方地区保留了丰富的图书资
料，三是西域鸠摩罗什对中国文化的发展起到重要影响。

从保存中国文化的战略角度看，河西走廊占据重要的历史地位。

河西走廊北边是一望无际的戈壁滩，南边是连绵起伏的祁连山，唯

有河西走廊是一马平川,东起西汉核心地区,西接西域门户,同时又南"接陇、蜀"(《后汉书·窦融传》),是当时最重要的战略通道之一。历史上,这里水草丰茂,气候宜人,向来有所谓金张掖、银武威之美誉。战国以来,这里长期为匈奴所占据,在获取丰富给养的同时,又与西羌联手,不断地骚扰中原。秦始皇曾派蒙恬统帅三十万大军设防戍边,还将原来秦、赵、燕北边境的长城连接起来,西起临洮(今甘肃岷县),东至辽东(今辽宁丹东),绵延万里。尽管如此兴师动众,却并没有遏制住匈奴向内地扩张的野心和实力。随着河西四郡设立,大规模的移民活动,彻底改变了这里的人口状况,极大地提升了这里的战略地位,在客观上也促进了当地文化的发展和交流。西北地区,秦汉时称山西,主要指太行山以西的天水、陇西、安定、北地等地,向来崇尚武功。诚如《汉书·赵充国辛庆忌传赞》所说:"秦汉已来,山东出相,山西出将。"这里发迹的历史人物,多以武功扬名,如陇西李氏、赵氏、辛氏等,皆有将帅之风。而在文化方面,几乎没有什么值得记述的传统可言。随着内地文人向西北的流动聚集,迅速带动了这个地区的文化发展。东汉时期,"凉州三明"皇甫规、张奂、段颍等人登上历史舞台,显示出了这个地区文化发展的最初业绩。

关于河西走廊的战略地位及其文化意义,我在《班彪与两汉之际的河西文化》《河西四郡的建置与西北文学的繁荣》等文中多有论述(110,hh,ii),并揭示出一个文化现象,即在秦汉之际、两汉之际、魏晋之际,每当中原战乱,"唯河西独安"(《后汉书·孔奋传》)。"八王之乱"后,中原狼藉一片。《晋书·食货志》:"及惠帝之后,政教陵夷,至于永嘉,丧乱弥甚。雍州以东,人多饥乏,更相鬻卖,奔迸流移,不可胜数。幽、并、司、冀、秦、雍六州大蝗,草木及牛马毛皆尽。又大疾疫,兼以饥馑,百姓又为寇贼所杀,流尸满河,白骨蔽野。"[1]在这样的背景下,河西走廊成为内地文人学者避难首选之地,成为当时文化版图上最具特色的区域之一,这些文人不仅带动了当地文化的发展,也在客观上保存了很多中原

---

[1]　《晋书·食货志》,中华书局1974年版,第791页。

由于战乱而佚失的文化典籍。魏晋交替时期，以洛阳为中心的中原地区玄风大盛，而西北地区却依然保留着汉代以来相沿不绝的儒学与史学传统。如所谓漆书《古文尚书》即得之于西州，郑兴、卫宏、徐巡等习诵一时，古文由此流行开来。（《后汉书·宣张二王杜郭吴承郑赵传》）敦煌人周生烈不仅著有《周生子》十三卷，还注解《论语》，保存若干古注。①

前凉创建者张轨，安定人，与同郡的皇甫谧交往颇多。从"八王之乱"到永嘉之乱，大批流民涌入河西。张轨任凉州刺史后，上表西晋政府，设置侨郡，安置这些流民。他还"征九郡胄子五百人，立学校，始置崇文祭酒，位视别驾，春秋行乡射之礼"。② 所以，《魏书·胡叟传》说："凉州虽地处戎域，然自张氏以来，号有华风。"胡三省注《通鉴》卷一二三也说："永嘉之乱，中州人士避地河西，张氏礼而用之，子孙相承，衣冠不坠，故凉州号为多士。"③

后凉的建立，始于前秦苻坚建元二十一年（385 年）。这年三月，氐人吕光自龟兹还师，知苻坚死。时梁熙为凉州刺史，拒之，光遂攻入凉州，杀梁熙，遂据凉州。九月，至姑臧，自称使持节、侍中、中外大都督、督陇右河西诸军事、大将军、领护匈奴中郎将、凉州牧、酒泉公。是为后凉建立之始。鸠摩罗什被吕光掠至凉州。在这里，吕光将鸠摩罗什控制手中，翻译佛教，对后世影响久远。

西凉主李暠喜爱文学，亲自修缮书籍。汤球《三十国春秋辑本》之萧方等《三十国春秋》："李暠于南门外临水起堂，名曰靖恭堂，以议朝政，阅武事。堂成，图赞自古明王、忠臣、孝子、贞女，暠自为序，以明鉴戒。文武群僚亦皆图焉。是月，白雀翔于靖恭堂，暠颂之。"他还善待文士，时常与文士同题共作，李暠与刘昞、梁中庸等并作《槐树赋》以寄性。刘昞名作《酒泉

---

① 《三国志·魏志·钟繇华歆王朗传》："自魏初征士敦煌周生烈，明帝时大司农弘农董遇等，亦历注经传，颇传于世。"裴松之按："此人姓周生，名烈。何晏《论语集解》有烈《义例》，余所著述，见晋武帝《中经簿》。"

② 《晋书·张轨传》，中华书局 1974 年版，第 2222 页。

③ 《资治通鉴》卷一二三，元嘉十六年十二月条胡注，中华书局 1956 年版，第 3877 页。

铭》,大约就作于李暠当政时期,前引《周书·王褒庾信传论》称其"清典"。刘昞是敦煌人,世居姑臧(武威),以儒学教授,弟子数百人。《魏书·刘昞传》载其有《靖恭堂铭》一卷,大约与李暠作于同时。《隋书·经籍志》著录晋凉王李暠撰《靖恭堂颂》一卷。大约作颂者不止一人,故汇为一编。刘昞还著有《略记》百三十篇、八十四卷,《凉书》十卷,《敦煌实录》二十卷,《方言》三卷,还为《周易》《韩子》《人物志》《黄石公三略》等书作注。

南凉史暠进言立学,以田玄冲、赵诞为博士祭酒,以教胄子,见于《晋书·秃发利鹿孤载记》等书记载。

北凉与刘宋保持着密切的文化接触。元嘉三年(426年),北凉遣使奉表求《周易》《搜神记》等书,合四百七十五卷。元嘉十四年(437年),亦即北凉沮渠牧犍永和五年十一月,西河王茂虔封表献方物,并献图书二十种一百五十四卷。这二十种图书是:《周生子》十三卷,《时务论》十二卷,《三国总略》二十卷,《俗问》十一卷,《十三州志》十卷,《文检》六卷,《四科传》四卷,《敦煌实录》十卷,《凉书》十卷,《汉皇德传》二十五卷,《亡典》七卷,《魏驳》九卷,《谢艾集》八卷,《古今字》二卷,《乘丘先生》三卷,《周髀》一卷,《皇帝王历三合纪》一卷,《赵歇传》并《甲寅元历》一卷,《孔子赞》一卷。这些都见载于《宋书·大且渠蒙逊传》。这说明,在南北分裂时期,五凉地区的藏书,曾引人瞩目。

北凉被灭之日,正是北魏统一北方之时。很多河西作家进入中原。如《北齐书·宋显传》附宋绘传:宋绘,敦煌效谷人,"少勤学,多所博览,好撰述。魏时,张缅《晋书》未入国,绘依准裴松之注《国志》体,注王隐《晋书》及何法盛《中兴书》。又撰《中朝多士传》十卷,《姓系谱录》五十篇。以诸家年历不同,多有纰缪,乃刊正异同,撰《年谱录》,未成。河清五年并遭水漂失。绘虽博闻强记,而天性恍惚,晚又遇风疾,言论迟缓。及失所撰之书,乃抚膺恸哭曰:'可谓天丧予也'"。有关五凉时期的文学创作情况,赵以武《五凉文化述论》(甘肃人民出版社,1989年版)、洪涛《五凉史略》(中国社会科学出版社,1992年版)、赵向群《五凉史探》(甘肃人民出版社,1996年版)有详尽的考论。

四、鸠摩罗什的文化意义

关于鸠摩罗什的生平事迹，佛教载记多有著录，曹道衡《十六国文学家考略》也就其文学方面的价值有所论证。鸠摩罗什（344—413），十六国后秦高僧。梁释僧祐《出三藏记集》卷十四《鸠摩罗什传》记载：“鸠摩罗什，齐言童寿，天竺人也。家世国相。”①又梁释慧皎（497—554）《高僧传》卷二《晋长安鸠摩罗什传》载：“初什一名鸠摩罗耆婆。外国制名，多以父母为本。什父鸠摩炎，母字耆婆。故兼取为名。”②他从小就生活在龟兹（今新疆库车一带），父亲鸠摩炎系印度贵族，他的母亲是龟兹王妹。他七岁从母出家，至天竺学习大乘经典及四《吠陀》以及五明诸论，深受龟兹等地佛教学风的影响，同时精通外书，深明梵文修辞学。后来又在于阗学习大乘。他回龟兹时已名震西域。

两晋、南北朝时期，龟兹居住了很多华人，是西域文化中心之一。唐代慧超《往五天竺国传》有龟兹国，古书又有作归兹、丘兹、屈兹、屈茨等名。慧超称：“即是安西大都护府，汉国兵马大都集处。此龟兹国，足寺、足僧。行小乘法。食肉及葱韭等也。汉僧行大乘法。”③张毅《往五天竺国传笺释》指出，龟兹人对佛教的传播与佛典的翻译有杰出贡献。佛教传入龟兹可能早于汉地。在魏晋南北朝时期西域各国佛教就很昌盛，尤其是龟兹。《晋书·四夷传》：“龟兹国有城郭，其城三重，中有佛塔庙千所。”④而汉地的统治者，无论是北方的苻坚、姚兴，或是南朝的梁武帝，都大力提倡佛教。于是在这个时期，佛教遂以空前的规模从西域向汉地传播。不少龟兹人也相继东来传法或译经。从龟兹一直往东，第一站就是河西走廊西端的第一大郡敦煌。沿河西走廊向东，以凉州为中转站，分张两路：一则南下巴郡，沿着长江，抵达荆州、扬州等地。求那跋摩、佛驮

---

①　（梁）释僧祐《出三藏记集》，中华书局1995年版，第530页。
②　汤用彤校注《高僧传》，中华书局1992年版，第54页。
③　（唐）慧超著，张毅笺释《往五天竺国传笺释》，中华书局1994年版，第159页。
④　《晋书》卷九十七，中华书局1974年版，第2593页。

什多、昙摩蜜多就由此弘法江南。二是东进关陇。僧伽提婆即从此弘法长安(《高僧传·晋庐山僧伽提婆》)。① 此外,西亚的安息国、月支国等也成为弘法高僧的聚集地。

为了弘法的需要,前秦苻坚派遣吕光伐龟兹,其中一个动机就是争取鸠摩罗什。经过长达十五年的周折,他终于在后秦姚兴弘始三年(402年)底到达长安,从事讲经与传译。他先后共译出经论三百余卷,所译数量既多,范围也广,而且译文流畅。东汉至西晋期间所译经典崇尚直译,颇为生硬难读,鸠摩罗什弟子僧肇就批判过这种旧译本:"支(谦)竺(法兰)所出,理滞于文。而罗什转能汉言,音译流便,既览旧经,义多纰僻,皆由先度失旨,不与梵本相应。"②鸠摩罗什兼通梵汉,所以,他提出许多翻译重要的理论。《高僧传·鸠摩罗什传》中的一段记载:"初沙门僧睿,才识高明,常随什传写。什每为睿论西方辞体,商略同异,云:'天竺国俗,甚重文制,其宫商体韵,以入弦为善。凡觐国王,必有赞德,见佛之仪,以歌叹为贵,经中偈颂,皆其式也。但改梵为秦,失其藻蔚,虽得大意,殊隔文体。有似嚼饭与人,非徒失味,乃令呕秽也。'"③这里,鸠摩罗什所谓"西方辞体",多数学者认为就是指印度诗律。因为要想写出梵赞歌颂如来,当然需要一定的诗律知识。梁释慧皎《高僧传》记载其所颂及偈各一首。其中《赠法和颂》以孤鸾自喻,颇有文采。《赠慧远偈》则质木无文。从这里可以看出,鸠摩罗什对于印度古典诗律及文体是有深入研究的。

鸠摩罗什在讲经传道的同时,为译经的需要,也一定会向弟子传授印度标准的诗歌理论。敦煌写卷《鸠摩罗什师赞》云:"草堂青眼,葱岭白眉。瓶藏一镜,针吞数匙。生肇受业,融睿为资。四方游化,两国人师。"这里提到了鸠摩罗什四大弟子:道生、僧肇、僧融和慧叡。元释决岸《释

① 《高僧传·宋京师瓦官寺求那跋摩传》《宋上定林寺昙摩蜜多》《宋建康龙光寺佛驮什》等。
② 汤用彤校注《高僧传》,中华书局1992年版,第52页。
③ 汤用彤校注《高僧传》,中华书局1992年版,第53页。

氏稽古略》云:"师之弟子曰生、肇、融、叡,谓之什门四圣。"①《高僧传》卷七《慧睿传》:"元嘉中,陈郡谢灵运语睿以经中诸字并众音异同。著《十四音训叙》,条例梵汉,昭然可了。"②据此知谢灵运《十四音训叙》,实论梵音之作。这部书在中土早已失传,而在日本安然《悉昙藏》中多所摘录。日本学者平田昌司《谢灵运〈十四音训叙〉的系谱》(78)、中国学者王邦维《谢灵运〈十四音训叙〉辑考》(31)、周广荣《梵语〈悉昙章〉在中国的传播与影响》(294)有过深细论证。《高僧传·慧叡传》载:"至南天竺界,音义诂训,殊方异义,无不必晓。后还憩庐山,俄又入关从什公谘禀。后适京师(建康),止乌衣寺讲说众经。"③说明慧睿的梵文知识一部分得于他在印度,尤其在南印度的经历,还有一部分得于鸠摩罗什的传授。谢灵运曾从慧叡问学,应当是鸠摩罗什的再传弟子。作为文学家的谢灵运对于西域传入的印度文化必有所了解,这对于他的诗歌创作、文学思想产生了哪些方面的影响? 为什么沈约阐述他的声律理论要放在《宋书·谢灵运传》中详加论述? 这些都是非常有意义的论题。再从慧皎《高僧传·释道猷传》记载看,释道猷"初为生公弟子,随师之庐山",④则他也是鸠摩罗什的再传弟子,而钟嵘《诗品》将他与释宝月并列,称他们"亦有清句"。⑤ 这至少说明,像释道猷这样的人,不仅从鸠摩罗什那里学到了印度古典诗律,而且对汉诗创作也时有染指,颇有造诣。从这些线索来看,那么,鸠摩罗什的学说(当然包括诗学理论之类的学问)已经由他的弟子而传至江南,并且与中国传统的诗歌创作结合起来,别开新的天地。

----

①　(元)释觉岸《释氏稽古略》卷二,江苏广陵古籍刻印社 1992 年版,第 166 页。

②　汤用彤校注《高僧传》,中华书局 1992 年版,第 260 页。

③　汤用彤校注《高僧传》,中华书局 1992 年版,第 259 页。

④　汤用彤校注《高僧传》卷七,中华书局 1992 年版,第 260、259、299 页。

⑤　(南朝梁)钟嵘著,曹旭集注《诗品集注》,上海古籍出版社 2011 年版,第560 页。

第四节　北魏诗文研究文献

一、北魏文人群体

北魏史,严格说始于拓跋珪登国元年(386年)。这年正月,拓跋珪即代王位,作《即位告祭天地祝文》,改元登国。四月,改称魏王,徙居盛乐(今内蒙古呼和浩特市北)。北魏孝武帝(出帝)元脩永熙三年(534年),北魏分裂为东、西魏。东魏都邺城,西魏都长安。北魏历史前后149年。

北魏历史很长,但是有成就的作家不多。诗歌九十余首,其中四言就有四十多首。《魏书·文苑传序》论及北魏文学时,文字比较简略,几乎没有举出具体的作家作品。《北史·文苑传序》稍详:

> 洎乎有魏,定鼎沙朔。南包河、淮,西吞关、陇。当时之士,有许谦、崔宏、宏子浩、高允、高闾、游雅等,先后之间,声实俱茂,词义典正,有永嘉之遗烈焉。及太和在运,锐情文学,固以颉颃汉彻,跨蹑曹丕,气韵高远,艳藻独构。衣冠仰止,咸慕新风,律调颇殊,曲度遂改。辞罕泉源,言多胸臆,润古雕今,有所未遇。是故雅言丽则之奇,绮合绣联之美,眇历岁年,未闻独得。既而陈郡袁翻、河内常景,晚拔畴类,稍革其风。及明皇御历,文雅大盛,学者如牛毛,成者如麟角。孔子曰:"才难。"不其然也? 于时陈郡袁翻、翻弟跃、河东裴敬宪、弟庄伯、庄伯族弟伯茂、范阳卢观、弟仲宣、顿丘李谐、渤海高肃、河间邢臧、赵国李骞,雕琢琼瑶,刻削杞梓,并为龙光,俱称鸿翼。乐安孙彦举、济阴温子昇,并自孤寒,郁然特起。咸能综采繁缛,兴属清华。比于建安之徐、陈、应、刘,元康之潘、张、左、束,各一时也。[①]

---

① 《北史》卷八十三,中华书局1974年版,第2779页。

《周书·庾信王褒传论》有一段北魏文学的论述，提到了许谦、崔宏、崔浩、高允、高闾、游雅等人，并没有增加新的内容，可以忽略不计。现存文章，徐谦文 2 篇，崔宏文 1 篇，崔浩文 8 篇，高允文 16 篇，高闾文 15 篇，游雅文 2 篇。现存诗歌，高允诗 4 首、游雅诗 1 首。

　　按照《北史》的叙述，北魏文学分为前后两个时期，前期代表作家以许谦、崔宏、崔浩、高允、高闾、游雅等为代表，"声实俱茂，词义典正"，慷慨悲凉，颇"有永嘉之遗烈"。北魏孝文帝拓跋宏太和年间，实施了一系列的重大改革措施。特别是太和十八年（493 年）迁都洛阳以后，孝文帝身体力行，不遗余力地推进汉化，成果显著，北魏文学随之进入后期。《魏书·高祖纪》说：孝文帝"雅好读书，手不释卷。《五经》之义，览之便讲，学不师授，探其精奥。史传百家，不无该涉。善谈《庄》《老》，尤精释义。才藻富赡，好为文章，诗赋铭颂，任兴而作。有大文笔，马上口授，及其成也，不改一字。自太和十年（486）已后，诏册皆帝之文也。自余文章，百有余篇。"①在孝文帝积极的文化政策影响下，"衣冠仰止，咸慕新风，律调颇殊，曲度遂改"，北魏文学迎来崭新的局面。《北史·文苑传序》列举的十四位文人，如袁翻、常景、袁跃、裴敬宪、裴庄伯、裴伯茂、卢观、卢仲宣、李谐、高肃、邢臧、李骞、孙彦举、温子昇等，大多在这个时期登上文坛，"咸能综采繁缛，兴属清华"。有些作家还进入到东魏，影响到北齐。如李谐卒于东魏孝静帝元善见武定二年（544 年），高肃、温子昇卒于武定五年（547 年），李骞卒于武定七年（549 年）。②常景卒于武定八年（550 年）。所以，温子昇虽活跃于北魏，但我们还是把他放在东魏、北齐一讲中来论述。

　　《魏书·文苑传》胪列八位作家，③多生活在"明皇御历，文雅大盛"的

---

　　①　《北史》卷三，中华书局 1974 年版，第 121 页。

　　②　韩理洲主编《全北齐北周文补遗》收录《高肃碑》，谓"王讳肃，字长恭，渤海倏人"。碑文有残缺，卒日不详，武定五年正月下葬，记载无误。三秦出版社 2008 年版，第 49 页。李谐、温子昇、李骞等人生平事迹并见《魏书》记载。

　　③　《魏书》卷八十五，中华书局 1974 年版，第 1870—1874 页。

时代。

1. 袁跃,字景腾,陈郡人,尚书翻弟也。

2. 裴敬宪,字孝虞,河东闻喜人也。益州刺史宣第二子。

3. 卢观,字伯举,范阳涿人也。

4. 封肃,字元邕,渤海人,尚书回之兄子也。

5. 邢臧,字子良,河间人,光禄少卿长孙也。

6. 裴伯茂,河东人,司空中郎叔义第二子。

7. 邢昕,字子明,河间人,尚书峦弟伟之子。

8. 温子昇,字鹏举,自云太原人,晋大将军峤之后也。

其中,袁跃、裴敬宪、卢观、邢臧、裴伯茂、温子昇等人见于《北史·文苑传序》,邢昕、封肃不在其中。如果将《魏书·文苑传》《北史·文苑传》所提到的作家加起来,总共二十二人。《北史·文苑传序》说当时"学者如牛毛,成者如麟角",这些应当都属于"成者"。当然,卓有成就者,尚不止于此,如郑道昭。但第一流的作家,多在上述名单中了。

《魏书·儒林传》还胪列了十七位学者,也是著名文人。①

1. 梁越,字玄览,新兴人也。少而好学,博综经传,无所不通。

2. 卢丑,昌黎徒河人,襄城王鲁元之族。世祖之为监国,丑以笃学博闻入授世祖经。

3. 张伟,字仲业,小名翠螭,太原中都人。高祖敏,晋秘书监。伟学通诸经,讲授乡里,受业者常数百人。儒谨泛纳,勤于教训,虽有顽固不晓,问至数十,伟告喻殷勤,曾无愠色。

4. 梁祚,北地泥阳人。父劭,皇始二年(397 年)归国,拜吏部郎,出为济阳太守。至祚居赵郡。祚笃志好学,历治诸经,尤善《公羊春秋》、郑氏《易》,常以教授。

5. 平恒,字继叔,燕国蓟人。祖视,父儒,并仕慕容为通宦。恒耽勤读诵,研综经籍,钩深致远,多所博闻。

――――――――

① 《魏书》卷八十五,中华书局 1974 年版,第 1843—1865 页。

6. 陈奇,字脩奇,河北人,自云晋凉州刺史骧之八世孙。祖刃,仕慕容垂。奇少孤,家贫,而奉母至孝。

7. 常爽,字仕明,河内温人,魏太常卿林六世孙。祖珍,苻坚南安太守,因世乱遂居凉州。父坦,乞伏世镇远将军、大夏镇将、显美侯。爽少而聪敏,严正有志概,虽家人僮隶未尝见其宽诞之容。笃志好学,博闻强识,明习纬候,五经百家多所研综。

8. 刘献之,博陵饶阳人。少而孤贫,雅好《诗》《传》,曾受业于渤海程玄,后遂博观众籍。

9. 张吾贵,字吴子,中山人。少聪惠口辩,身长八尺,容貌奇伟。

10. 刘兰,武邑人。年三十余,始入小学,书《急就篇》。

11. 孙惠蔚,字叔炳,武邑武遂人,小字陀罗。自言六世祖道恭为晋长秋卿,自道恭至惠蔚世以儒学相传。惠蔚年十三,粗通《诗》《书》及《孝经》《论语》;年十八,师董道季讲《易》;年十九,师程玄读《礼》经及《春秋》三《传》。

12. 徐遵明,字子判,华阴人。身长八尺,幼孤好学。

13. 董征,字文发,顿丘卫国人。祖英,高平太守。父虬,郡功曹。征身长七尺二寸,好古,学尚雅素。

14. 刁冲,字文朗,渤海饶安人,镇东将军雍之曾孙。

15. 卢景裕,字仲儒,小字白头,范阳涿人。章武伯同之兄子。少聪敏,专经为学。

16. 李同轨,赵郡高邑人,阳夏太守义深之弟。

17. 李业兴,上党长子人。祖虬,父玄纪,并以儒学举孝廉。玄纪卒于金乡令。业兴少耿介,志学精力,负帙从师,不惮勤苦。

上述十七位学者在政治上地位不是很高,所以没有单独立传。他们培养的弟子,多活跃于当时政坛,影响到政治的走向。可以说,北魏的学术较之文学更为发达。单纯的文学家,其影响就更小了,不被时人看好。这些文人多来自燕赵地区,带有传统北方文化的特点。北魏献文帝拓跋弘皇兴元年(467 年)攻破青州、徐州之后,尽取宋之齐地,当地一些文人如崔光、高聪、崔亮、袁翻、蒋少游、刘芳、刘峻、贾思伯等,年幼时作为"平齐民"来到北魏政治中心平城(今山西大同),将齐鲁文化带到北方,融入代北文化传统中。他们多具有双重身份,既是文学家,又是学者。此外,由河西迁入平城的文人,像酒泉、张掖一带的郭瑀、刘昞弟子,还有李暠的追随者,多有从政经历,留下不少作品。宋繇就是如此。

北魏文人中,还有一个巨大的群体,那就是北魏佛教信徒。元释觉岸《释氏稽古略》卷二也说:"魏译佛经师十九人,出经律论四百十九部。凡一千九百余卷。僧至二百万。国家大寺四十七所。三公等寺八百四十所。百姓所造寺院三万一千所。"寺庙三万余所,僧尼二百多万,应当本于《魏书·释老志》的记载。《洛阳伽蓝记》载,仅洛阳城内就有一千三百六十七所寺庙。很多僧尼在这里翻译佛教,阐释佛典,很有文学修养。与先师曹道衡合著《南北朝文学编年史》时,我辑录了很多相关资料,并撰写《六朝佛教:文化交流的特殊使者》,论述佛教徒对南北文化交流的特殊贡献(110,ff)。《洛阳伽蓝记》的作者进入东魏时期,所以将在下一节专门论述。

综上所述,研究北魏文学文献,要秉持广义的文学观。

朱祖延《北魏佚书考》几乎将北魏一代佚文囊括无余,是北魏文学文献研究的重要参考书。它取材广泛,征引书籍一百一十多种,共辑佚书六十二部。其中利用前人辑佚成果的有三十二种,在前人辑佚基础上有所增补的十九种,作者新辑的有十一种。所辑佚书,多则二百七十余条,少则一条;多则三万余字,少则一字。虽残篇断简,但管中窥豹,自足珍重,故巨细不遗。所辑各书,按《隋书·经籍志》以经、史、子、集四部排列,四部之中,又各以子目分类。每种佚书,书名之下首列史传,介绍佚文作者生平事迹;继之以作者的考证,其后逐条列出佚文。凡佚文有异同者,取比较详尽的入正文,余则列入子注。甄采旧说,俱注出处,断以己意。在具体考述佚文过程中,时常订补前人辑佚的不足。如本书以张澍《十三州志》辑本为底本,辑录阚骃《十三州志》佚文,其中"弘农有桃丘聚""漆乡邻邑"二条,作者考证辨析,定为汉应劭同名之作佚文;又"御苑有含消梨""兰池陂即古兰池"二条系《三秦记》佚文。这些，张氏均误以为阚骃之文而辑入，而本书悉予剔除。又史部地理类辑有《后魏舆地图风土记》佚文八十二条，分别辑自《水经注》《初学记》《史记正义》《太平御览》《太平寰宇记》等书，或称《魏土地记》，或称《魏氏风土记》，或称《后魏风土记》等，俱不署撰者姓名。本书考证这些俱是《后魏舆地图风土记》一书的省称。王谟《汉唐地理书钞》将此书与《大魏诸州记》二书合为一书是不妥的，因后者与唐宋文籍所引《后魏舆地图风土记》《魏土地记》《后魏风土记》多不相同。这种"辨章学术、考镜源流"地汇集一代文编，没有相当的功力和广博的学识是难以取得成就的。在辑佚体例方面，"悉以魏人撰述为限"，凡是北魏的佚书，经史子集，概予辑入，从而开创了断代辑佚书的先例，借此可以了解一代学风。集部辑录《魏孝文帝集》《宗钦集》《高允集》《韩显宗集》《高闾集》《李彪集》《崔光集》《程骏集》《阳固集》《常景集》《卢元明集》《李骞集》《袁翻集》《袁跃集》《祖莹集》《高谦之集》《李谐集》《薛孝通集》《冯元兴集》《温子昇集》《郑道昭集》等。当然也存在遗憾，如开篇辑刘昞《周易注》《敦煌实录》，却没有辑录《人物志注》，还有郑道昭的碑刻也有遗漏。这部书由中州古籍出版社 1985 年出版，第二年作者又发表了补正文章，得到学术界的好评（张林川，270）。

北魏文学史的研究，主要有李开元、管芙蓉著《北魏文学简史》（山西人民出版社，1993 年版）。全书分为五编，具体论述了北魏诗歌、乐府民歌、散文创作以及《洛阳伽蓝记》《水经注》的成就，最后分析北魏文学对隋唐文学的影响，有筚路蓝缕之功。柏俊才《北魏士人迁徙与文学演进》（中华书局，2019 年版）从一个更大的背景论述了北魏人口流动现象对其文学发展的影响。从北魏文学的艰难发展历程中，我们注意到，第一，早期的诗歌多为四言，以高允的创作为代表。此外还有一种近乎词的形式。如拓跋飐《应制赋铜鞮山松》："问松林，松林经几冬？ 山川何如昔，风云与古同。"王肃《悲平城》："悲平城，驱马入云中。阴山常晦雪，荒松无罢风。"祖莹《悲彭城》："悲彭城，楚歌四面起，尸积石梁亭，血流睢水里。"早期较好的五言诗多经由南方传来，如宋文帝第九子刘昶《断句》："白云满障来,黄尘暗天起。关山四面绝,故乡几千里。"此外,韩显宗、李彪、袁翻、常景多有杰出的五言作品。第二,《仇池国志》(170)辑录了仇池国的历史文献,其中第六卷《仇池人物列传·杨白华事略》,记录北魏胡太后失恋于杨白花后所作《杨白华歌》:"阳春二三月,杨柳齐作花。春风一夜入闺闼,杨花飘荡落南家。含情出户脚无力,拾得杨花泪沾臆。春去秋来双燕子,愿衔杨花入窠里。"杨白花,仇池人,这也是一段文学史话。第三,北魏乐府民歌见于《魏书·乐志》《乐府诗集》等,如《企喻歌》《慕容垂歌》《陇头歌》《隔谷歌》以及《木兰辞》等。关于这些乐府诗的文献资料,拟专章介绍。

二、北魏重要作家

(一)崔浩

《魏书·释老志》载,崔浩卒于太平真君十一年(450年),"时年七十",则崔浩当生于东晋孝武帝司马曜太元六年(381年)。《魏书·崔浩传》:"崔浩,字伯渊,清河人也,白马公玄伯之长子。少好文学,博览经史,玄象阴阳,百家之言,无不关综,研精义理,时人莫及。"[①]其父崔宏,字玄伯,被封爵为白马公,在前燕时已称"冀州神童"。北魏皇始三年(398年)正月,北魏道武帝拓跋珪攻克后燕邺城。六月,议国号,群臣以为当称代,崔宏作《国号议》,以为当称魏,拓跋珪从之。七月,迁都平城,建宗庙、社稷。十一月,"尚书吏部郎中邓彦海典官制,立爵品,定律吕,协音乐;仪曹郎中董谧撰郊庙、社稷、朝觐、飨宴之仪;三公郎中王德定律令,申科禁;太史令晁崇造浑仪,考天象;吏部尚书崔宏总裁之"。[②]可见,北魏官僚体制的建立,清河崔氏起到重要作用。

崔浩生活在这样的家庭,耳濡目染,弱冠为直郎。天兴(398—402)中,给事秘书,转著作郎。三十八岁那年(418年),其父卒,袭爵白马公。

①　《魏书》卷三十五,中华书局1974年版,第807页。

②　《北史》卷一,中华书局1974年版,第18页。

崔氏家族皆工书法,当时影响很大,北魏道武帝拓跋珪常置左右。明元帝拓跋嗣即位之初,拜崔浩为博士祭酒,赐爵武城子。借此机会,崔浩常授以经书。每至郊祠,父子并乘轩轺,时人荣之。拓跋嗣好阴阳术数,听说崔浩擅长《易》学及《洪范五行》,因命崔浩卜筮吉凶,观察天象,考定疑惑。公元423年,北魏明元帝卒,太武帝拓跋焘即位,对崔浩更加重用。崔浩不好老庄,尤不信佛。他曾从寇谦之论道,著书二十余篇,上推太初,下尽秦汉变弊之迹,其所预测,多有应验,深为拓跋焘赏识,军国大谋,多所参与。因此,崔浩常自比张良,谓前无古人。拓跋焘曾诏尚书郎邓渊著《国记》十余卷,编年次事,体例未成。又诏集诸文人撰录《国书》,浩及弟览、高谠、邓颖、晁继、范亨、黄辅等共参著作,叙成《国书》三十卷。崔浩在北魏汉族士人心目中有崇高的地位,引起了鲜卑贵族的猜忌,因此获罪,太平真君十一年(450年)六月被杀。清河崔氏无论远近,范阳卢氏、太原郭氏、河东柳氏,皆浩之姻亲,尽夷其族。

表面看,崔浩被杀与修史有关。《史通·古今正史》说,崔浩修史"务从实录。……叙述国事,无隐所恶,而刊石写之,以示行路。浩坐此夷三族,同作死者百二十八人。自是遂废史官"。① 其实还有更深层的原因,譬如崔浩仰慕南方文化,在北方少数民族融入中原文化的过程中,积极推动中原文化的复兴,势必引起鲜卑贵族的嫉恨。② 此外,当时道教、佛教为争得正统,彼此倾轧,斗争也很血腥。加之统治阶级内部的纷争,都

---

① (唐)刘知幾著,(清)浦起龙通释《史通通释》,上海古籍出版社2009年版,第338页。

② 当时,汉族与鲜卑族之间仍存较深偏见。《北齐书·杜弼传》云:"显祖尝问弼云:'治国当用何人?'对曰:'鲜卑车马客,会须用中国人。'显祖以为此言讥我。高德政居要,不能下之,乃于众前面折云:'黄门在帝左右,何得闻善不惊,唯好减削抑挫!'德政深以为恨,数言其短。又令主书杜永珍密问启弼在长史日,受人请属,大营婚嫁。显祖内衔之。弼恃旧仍有公事陈请。十年夏,上因饮酒,积其愆失,遂遣就州斩之,时年六十九。"

是导致崔浩之死的重要原因。①

《北史·崔浩传》称："浩既工书，人多托写《急就章》，从少至老，初不惮劳，所书盖以百数，必称'冯代强'，以示不敢犯国。其谨也如此。浩书体势及其先人，而妙巧不如也。世宝其迹，多裁割缀连，以为摹楷。"②崔浩注《论语》，多与郑玄异。《魏书·儒林·陈奇传》："奇所注《论语》，矫之传掌，未能行于世，其义多异郑玄，往往与司徒崔浩同。"《北史·崔浩传》："浩又以《晋书》诸家并多误，著《晋后书》，未就，传世者五十余卷。"③《隋书·经籍志》著录：崔浩撰《急就章》二卷、《历术》一卷、《赋集》八十六卷。朱祖延《北魏佚书考》辑录有《周易注》《汉纪音义》《女仪》《五行论》《食经》佚文。

（二）高允

高允（390—487）字伯恭，渤海人。性好文学，担笈负书，千里就业。博通经史天文术数，尤好《春秋公羊》。北魏始光三年（426年），太武帝拓跋焘在平城东起太学，祀孔子，以颜渊配。其后，卢玄、高允等应征前往，拜中书博士。人多砥砺，儒术转兴（见《魏书·儒林传序》《通典·选举略》等）。又与司徒崔浩述成国记，以本官领著作郎，与侍郎公孙质、李虚、胡方回共定律令，又上表请郡立国学。北魏孝文帝拓跋宏太和十一年（487年）卒，享年九十八。《魏书·高允传》："允所制诗、赋、诔、颂、箴、论、表、赞，《左氏》《公羊释》《毛诗拾遗》《论杂解》《议何郑膏肓事》，凡百余篇，别有集仍行于世。允明算法，为《算术》三卷。"《隋书·经籍志》著录高允有文集二十一卷，今佚，存诗四首，都为四言，以《答宗钦诗》十二章为代表，见《魏书·宗钦传》。又《魏书·列女·封卓妻刘氏传》还载有《咏贞妇彭城刘氏诗》八章。崔浩案发，他夹在崔浩与其政敌太子晃之间，幸免于难，从此惊恐，处世更为谨慎。快八十岁那年，自忖"不为文二

---

① 参见牟润孙《崔浩与其政敌》，载《注史斋丛稿》，中华书局1987年版，第80页。另见刘国石《近20年来崔浩之死研究概观》，《中国史研究动态》1998年第9期。

② 《北史》卷二十一，中华书局1974年版，第790页。

③ 《北史》卷二十一，中华书局1974年版，第789页。

十年矣，然事切于心，岂可默乎"？① 更何况，昔岁同征，零落将尽，感逝怀人，遂作《征士颂》，怀念卢玄、崔倬等三十四人，这是高允赋颂的代表作。这些诗赋都已收录在《汉魏六朝集部珍本丛刊》中的《高令公集》中，有清何绍基批校。

（三）郑道昭

郑道昭（？—516）字僖伯，荥阳开封（今河南开封）人。《魏书·郑羲附郑道昭传》："初为中书学生，迁秘书郎，拜主文中散，徙员外散骑侍郎、秘书丞、兼中书侍郎。"② 太和十九年（495 年），从征沔汉，孝文帝在悬瓠方丈竹堂与群臣联句，类似于汉武帝柏梁台联句，均为七言，传为佳话。《魏书·郑羲传附郑道昭传》说他"好为诗赋，凡数十篇"。今仅存诗四首，北魏宣武帝元恪景明二年（501 年），郑道昭为国子祭酒时，上表求重树已毁坏的汉魏石经。为司州都时，又上表请置学官生徒。《魏书》本传所载两篇章表，是应用文字，缺乏文采。道昭又是当时著名书法家。北魏宣武帝元恪永平四年（511 年），郑道昭有《云峰山题刻十七种》，包括五言诗《与道俗□人出莱城东南九里登云峰山论经书一首》（简称《论经书诗》）《登云峰山观海童》《咏飞仙室》等。又有《太基山题刻十五种》，包括五言诗《于莱城东十里与诸门徒登青阳岭太基山上四面及中顶扫石置仙坛一首》（简称《仙坛诗》）。

《魏书·儒林传》载，永嘉之后，"礼乐文章，扫地将尽"。③ 郑道昭之父郑羲，之子郑述祖都曾担任秘书监，掌管国家图书的搜集、整理与传播工作，在北朝经学教育、图书整理等方面，做出了贡献。故当时百姓歌曰："大郑公（道昭），小郑公（述祖），相去五十载，风教犹尚同。"④ 北魏宣武帝永平四年（511 年），郑道昭书丹的《郑羲碑》摩崖刻为上下二碑。上碑云："季子道昭，博学名俊，才冠秘颖，研注图史。"下碑云："季子道昭，

---

① 《魏书》卷四十八，中华书局 1974 年版，第 1081 页。
② 《魏书》卷五十六，中华书局 1974 年版，第 1240 页。
③ 《魏书》卷八十四，中华书局 1974 年版，第 1841 页。
④ （宋）郭茂倩编撰《乐府诗集》，上海古籍出版社 2016 年版，第 1038 页。

博学名俊,才冠秘颖,研图注篆。”

可惜这个家族某些成员口碑不佳。郑羲的五个兄弟“并恃豪门,多行无礼,乡党之内,疾之若仇”,[①]不知是魏收偏见还是事实。《八琼室金石补正》卷十四还收录《镇远将军郑道昭墓志》,此志则提供很多细节。《汉魏南北朝墓志汇编》亦收录此碑。

郑述祖字恭文,郑道昭之子,亦为当时著名文人。《北齐书·郑述祖传》称其“好属文,有风检,为先达所称誉。……能鼓琴,自造《龙吟十弄》,云尝梦人弹琴,寤而写得。当时以为绝妙”。[②]其文章较有文采。王昶《金石萃编》卷三十三辑录《夫子庙碑》。郑道昭为光州刺史时来谒孔庙,后来,郑述祖亦为光州刺史,访父遗迹,刊碑祠堂以纪之。代表作是《光州刺史郑述祖天柱山铭》《云居馆题记》,并见《八琼室金石补正》卷二十二。

三、郦道元与《水经注》

郦道元字善长,其籍贯,《魏书·酷吏传》作范阳人,《北史》作范阳涿鹿人。《魏书·郦范传》:“郦范,字世则,小名记祖,范阳涿鹿人。”[③]按《魏书·地形志》,范阳郡有涿县而无涿鹿县,北魏涿鹿属广宁郡。《水经注·巨马河》载:“巨马水又东,郦亭沟水……于遒县东,东南流,历紫渊东,余六世祖乐浪府君,自涿之先贤乡,爰宅其阴。”[④]据此而推测,郦道元当为涿县郦亭人而非涿鹿人(辛志贤,182)。其生年史无明文。《水经注·巨洋水注》有“余总角之年,侍节东川”一句,有的学者以为这是用《三国志·周瑜传》裴注引《江表传》的典故,系指十六岁左右,郦范于孝

---

① 《魏书》卷五十六,中华书局 1974 年版,第 1243 页。
② 《北齐书》卷二十九,中华书局 1972 年版,第 397—398 页。
③ 游国恩等主编《中国文学史》以为涿鹿即今涿县,误。朱东润《中国历代文学作品选》作怀来县。朱说当是。
④ 辛志贤《郦道元籍贯考辨》,《山西师范学院学报》1982 年第 2 期。

文帝太和八年(484年)曾再度任平东将军青州刺史,其时郦道元十六岁,则生于皇兴三年(469年)(赵永复,343;段熙仲,377,a)。又有学者认为"总角"云云系出《礼记·内则》"拂发总角",用以比喻童年。郦范第一次出任青州刺史约在拓跋宏延兴年间(471—476),"假设延兴的最后一年郦道元为五岁,则他可能出生于公元472年"(陈桥驿,213,a)。赵贞信《郦道元生卒年考》又以为生于和平六年或皇兴元年左右(465年或467年)。关于其卒年,赵文考订在孝昌三年(527年),这一点已为学术界所认可(赵贞信,344)。其生平事迹见《魏书》本传及段熙仲《郦道元评传》(377,a)。

(一)现存钞本

《永乐大典》本是现存最早的抄本,庋存北京图书馆,[①]具有重要的学术价值,而且还保存郦氏四百七十七字原序,多为各本缺佚。这个本子所据原本当然是宋元遗物,具有极重要的校勘价值。清初四库馆臣校订《水经注》主要是以此本为参校本。又有《小山堂五校钞本》,藏于天津图书馆,成于乾隆三年(1738年),是全祖望三十三岁的作品,正文外,批注甚多,其要旨与赵一清《〈水经注〉释》完全符合,所以批注出于赵一清《释》当无疑问。这部抄本实融清代著名郦学家全祖望和赵一清二人业绩于一炉,很值得重视。[②]又有沈钦韩《〈水经注〉疏证》稿本,藏在南京图书馆。又有抄本两部分别藏在北京图书馆和上海图书馆。此书取殿本、赵《释》本,在佚文辑录和疑难疏证方面有独到之处,上接赵、戴而下与杨守敬、熊会贞《疏》殊途同归,可惜杨氏未见其书。

(二)现存刻本

现存最早的《水经注》刻本是南宋版,仅存十二卷,收藏在北京图书馆。《说郛三种》(宛委山堂一百二十卷本)卷一百八辑录汉桑钦撰《水经》二卷,是没有注的经文,也很有参考价值。明刊存世较多,多以经注混淆。朱谋㙔《〈水经注〉笺》努力分清经注,订正讹误,简要释义,使这部

---

① 赵万里《永乐大典本〈水经注〉破镜重圆记》,《人民日报》1958年12月5日。

② 陈桥驿《小山堂钞本全榭山五校〈水经注〉》,《杭州大学学报》1981年第4期。

当时不堪卒读的古书,渐能通读。顾炎武推崇其为"三百年来一部书"。①近代国学大师王国维曾以此书为底本,参校宋元明众本,加以批校,成《〈水经注〉校》,上海人民出版社1985年整理排印,最易获读。可惜此书标点错误多得惊人,使用起来反而不便(110,k)。

在朱本基础上而成的赵一清《〈水经注〉释》为清代郦学名著,刊于乾隆十九年(1754年)(范希曾《书目答问补正》),属"数十年考订苦心"的结晶(王先谦《合校〈水经注〉》)。二十年后,四库馆臣戴震完成武英殿本《水经注》,汇集世间不易看到的各种版本,特别是《永乐大典》本,所以可以这样认为,殿本是历来所有刻本中最好的版本。1990年上海古籍出版社出版了此本的校点本。问题是,这两部清代郦学名著在体例、内容等方面十分接近,当时不少学者纷纷披露戴本实抄袭赵释的证据,而戴震的学生段玉裁为本师回护。这也是清代学术史上一桩著名公案。二十世纪以来,由于《永乐大典》本的影印流传,人们发现戴震所说的很多出自大典本之例多不可信据。莫友芝《邵亭知见传本书目》、范希曾《书目答问补正》等均著录有乾隆十九年赵氏家刻本,而赵本又确实呈进四库,戴震当然寓目,因此,王国维、杨守敬、孟森、钟凤年、余嘉锡、郑德坤等纷纷介入论战,认为戴书袭赵殆无疑义。唯胡适前后用了近二十年的时间多方考证,为乡贤戴震辨诬。胡适纪念馆出版十集《胡适手稿》,前六集都是讨论《水经注》赵、戴疑案的文字,包括戴震部分,全祖望部分,赵一清部分,《水经注》版本考,关于张穆至孟森几家对戴震的指控的评论,与洪煨莲(业)、杨联陞讨论本案的往来书信,文华出版公司1966年出版。

王先谦《合校〈水经注〉》是清代最后一种刻本,以殿本为底本,把朱笺、赵释及孙星衍校的成果收录一书,是清代《水经注》研究的总结之作,有光绪十八年刻本。巴蜀书社1985年据光绪二十三年(1897年)重刊本影印,极便阅读。

---

① 《说郛续》卷八收录《藩献记》,题署"南州朱谋㙔"。《说郛三种》,上海古籍出版社1988年出版。

（三）现代注本

杨守敬、熊会贞合撰《〈水经注〉疏》是近现代最著名的校释本。杨守敬毕生从事《水经注》研究工作，民国初年完成一百二十万字的疏证初稿。他辞世后，助手熊会贞又用二十余年修订补充，经过六七次的校勘改定，终于基本上完成了最后的定稿本。可惜此本竟被人私自盗卖，至今下落不明。不过，在他最后定稿以前，曾陆续有几部抄本传出。1957年科学出版社据其中一个抄本影印出版。另有一抄本辗转至台湾，1971年由台北中华书局影印出版。台北本比北京本后出，是目前所知最接近其最后定稿本的本子，由是可以考知北京本有不少错误。江苏古籍出版社委托段熙仲校订北京本，又约请陈桥驿复校台北本，逐字对勘，将台北本成果逐一移录，于 1989 年排印出版。

陈桥驿《水经注校释》以殿本为底本点校，由上海古籍出版社 1990年出版，简明扼要，方便参阅。此后，作者参校三十三种版本、一百二十多种地方志以及其他三百多种文献，包括前人郦学研究成果，汇为一编，交由杭州大学出版社 1999 年出版。在此基础上，作者系统总结以往的研究成果，如岑仲勉《〈水经注〉卷一笺校》，杨守敬《〈水经注〉疏》，还有《胡适手稿》中有关《水经注》的研究等，完成《〈水经注〉校证》，中华书局2007 年出版。此外，作者还有《〈水经注〉地名汇编》，以河川、伏流、水口、坞、堡等名目，分为六十五类，辑录文献，书后附有地名索引，亦有助于《水经注》研究。该书由中华书局 2012 年出版。

李晓杰主编《〈水经注〉校笺图释——渭水流域诸篇》突破了传统的版本校勘和郦学史梳理两个方面，对其中涉及的地理方面的问题做了深入研究，以《水经注》渭水流域诸篇（包括卷十六的漆水、浐水、沮水等三篇，卷十七至十九的渭水篇以及所辑补的丰水、泾水、芮水、洛水等四篇）作为研究对象，在前人既有考订的基础之上，运用相关的传世文献和出土资料，以历史学、地理学、文献学的方法进行了深入而细致的探究，对《水经注》所载渭水流域的文本重作系统的校勘与辑佚。该书虽为历史地理学角度的研究，但颇多创获，可资参考。该书 2017 年由复旦大学出版社出版。

（四）如何从文学的角度研究《水经注》

作为一部包罗各种学问近于百科全书式的《水经注》，历代学者对它进行了各方面的研究。从文学的角度研究《水经注》自然是文学史家的任务。不过，脱离了《水经注》研究的其他方面内容，空洞地从词章方面研究《水经注》，是很容易流于空疏的。明人欣赏《水经注》就不免此弊。朱之臣曾把《水经注》在词章上特别出色的卷篇摘成一书名为《〈水经注〉删》，仍存刻本于北京图书馆。钟惺、谭元春甚至认为《水经注》除了词章之外，就"空无一物"，于是以《〈水经注〉笺》为底本，对各卷各篇，品词评句，任意发挥，有崇祯二年（1629年）刊本，这就是现藏北京图书馆的钟、谭评点本《水经注》。这种学风自然受到清初征实学派的严厉批评。黄宗羲《今水经序》称："今世读是书者，大抵钟伯敬（钟惺）其人，则简朴之诮，有所不辞尔。"[1]这是我们从文学角度研究《水经注》应特别引起警觉的一点。

当然我们不是研究《水经注》的科学价值，而是考察它的文学价值。但是，对这样一部流传千古而又讹误百出的历史地理学巨著，如果不在版本校勘、历史地理等方面有所涉猎，如果不对《水经注》研究的过去和现状有所了解，如果不具备其他相关文化知识，要想对它作出有深度的研究几乎是不可能的。正因为如此，文学研究者需要关注考据学派和地理学派的研究成果，用以开阔我们的研究视野。这方面，范文澜《〈水经注〉写景文钞》（333，a），郑德坤《〈水经注〉故事略说》（322），谭家健、李知文《〈水经注〉选注》（523）做得比较理想，唯只是选注本，且所选集中在山川描写及故事传说的片断。我们期待着从一个更高层次上考论《水经注》在中古北方出现的历史必然性及其审美价值的专著早日问世。

---

① 郑德坤辑纂《〈水经注〉研究史料汇编》，台湾艺文印书馆1984年版，上册，第53页。

第五节   东魏北齐诗文研究文献

一、东魏北齐文人群体

从时间上看,公元534年,北魏分裂为东、西魏。549年,高洋即位称齐,东魏亡,东魏存在16年。577年,北周攻陷邺城,北齐亡,北齐存在28年。东魏、北齐,前后总共有44年的历史。

从空间上看,东魏、北齐均以邺城为中心,所辖地区主要包括今河北、河南、淮南地区,行政区域分为105个州、412个郡、1095个县。①

东魏、北齐表面上是两个朝代,实际统治者皆为已经高度汉化的鲜卑高氏贵族集团。这两个朝代虽然历史时间不长,但是文学成就很高。《北齐书·文苑传》对此盛况有如下描绘:②

> 有齐自霸图云启,广延髦俊,开四门以纳之,举八纮以掩之,邺京之下,烟霏雾集,河间邢子才、巨鹿魏伯起、范阳卢元明、巨鹿魏季景、清河崔长儒、河间邢子明、范阳祖孝徵、乐安孙彦举、中山杜辅玄、北平阳子烈并其流也。复有范阳祖鸿勋,亦参文士之列。天保中,李愔、陆邛、崔瞻、陆元规并在中书,参掌纶诰。其李广、樊逊、李德林、卢询祖、卢思道始以文章著名。皇建之朝,常侍王晞独擅其美。河清、天统之辰,杜台卿、刘逖、魏骞亦参知诏敕。自愔以下,在省唯撰述除官诏旨,其关涉军国文翰,多是魏收作之。及在武平,李若、荀士逊、李德林、薛道衡为中书侍郎,诸军国文书及大诏诰俱是德林之笔,道衡诸人皆不预也。

> 后主虽溺于群小,然颇好讽咏,幼稚时,曾读诗赋,语人云:"终

---

① 参见施和金《北齐地理志》,中华书局2008年出版。
② (唐)李百药《北齐书》卷四十五,中华书局1972年版,第602—603页。

有解作此理不?"及长亦少留意。初因画屏风,敕通直郎兰陵萧放及晋陵王孝式录古名贤烈士及近代轻艳诸诗以充图画,帝弥重之。后复追齐州录事参军萧愨、赵州功曹参军颜之推同入撰次,犹依霸朝,谓之馆客。放及之推意欲更广其事,又祖珽辅政,爱重之推,又托邓长颙渐说后主,属意斯文。三年,祖珽奏立文林馆,于是更召引文学士,谓之待诏文林馆焉。珽又奏撰《御览》,诏珽及特进魏收、太子太师徐之才、中书令崔劼、散骑常侍张雕、中书监阳休之监撰。珽等奏追通直散骑侍郎韦道逊、陆乂、太子舍人王劭、卫尉丞李孝基、殿中侍御史魏澹、中散大夫刘仲威、袁奭、国子博士朱才、奉车都尉眭道闲、考功郎中崔子枢、左外兵郎薛道衡、并省主客郎中卢思道、司空东阁祭酒崔德、太学博士诸葛汉、奉朝请郑公超、殿中侍御史郑子信等入馆撰书,并敕放、愨、之推等同入撰例。复令散骑常侍封孝琰、前乐陵太守郑元礼、卫尉少卿杜台卿、通直散骑常侍王训、前南兖州长史羊肃、通直散骑常侍马元熙、并省三公郎中刘珉、开府行参军李师上、温君悠入馆,亦令撰书。后复命特进崔季舒、前仁州刺史刘逖、散骑常侍李孝贞、中书侍郎李德林续入待诏。寻又诏诸人各举所知,又有前济州长史李翥、前广武太守魏骞、前西兖州司马萧溉、前幽州长史陆仁惠、郑州司马江旰、前通直散骑侍郎辛德源、陆开明、通直郎封孝謇、太尉掾张德冲、并省右民郎高行恭、司徒户曹参军古道子、前司空功曹参军刘颙、获嘉令崔德儒、给事中李元楷、晋州治中阳师孝、太尉中兵参军刘儒行、司空祭酒阳辟疆、司空士曹参军卢公顺、司徒中兵参军周子深、开府参军王友伯、崔君洽、魏师謇并入馆待诏。又敕右仆射段孝言亦入焉。《御览》成后,所撰录人亦有不时待诏,付所司处分者。凡此诸人,亦有文学肤浅,附会亲识,妄相推荐者十三四焉。虽然,当时操笔之徒,搜求略尽。其外如广平宋孝王、信都刘善经辈三数人,论其才性,入馆诸贤亦十三四不逮之也。

这篇序言比较全面地论及了当时重要的文人学者,包括邢劭(字子才)、魏收（字伯起）、卢元明（字幼章）、魏季景、崔㥄（字长儒）、邢昕（字子明）、杜弼（字辅玄）、阳休之（字子烈）、祖鸿勋、孙搴（字彦举）、李愔、陆邛（字云驹）、崔瞻（字彦通）、陆元规、李广（字弘基）、樊逊（字孝谦）、李德林（字公辅）、卢询祖、卢思道（字子行）、王晞（字叔朗）、杜台卿（字少山）、刘逖（字子长）、魏骞、李若、荀士逊、薛道衡（字玄卿）、萧放（字希逸）、萧慤（字仁祖）、颜之推（字介）、祖珽（孝征）、邓长颙、徐之才（字士茂）、崔劼（字彦玄）、张雕、韦道逊、陆乂、王劭（字君懋）、李孝基、魏澹（字彦深）、刘仲威、袁奭（字符明）、朱才（字待问）、眭豫（字道闲）、崔子枢、崔德（《北史》作“崔德立”，其后又多“太傅行军崔儦”一人）、诸葛汉、郑公超、郑抗（字子信）、封孝琰（字士光）、郑元礼（字文规）、王训、羊肃、马元熙（字长明）、刘珉、李师上、温君悠、崔季舒（字叔正）、李孝贞（字符操）、李壽（字彦鸿）、萧溉、陆宽（字仁惠）、马江旰（字季）、辛德源（字孝基）、陆爽（字开明）、封孝謇、张德冲、元行恭（元伟字猷道，《史通》作“行恭”）、古道子、刘颙、崔德儒、李元楷、阳师孝、刘儒行、阳辟疆、卢公顺、周子深、王友伯、崔液（字君洽）、魏师謇、段孝言、宋孝王、刘善经等。

　　上述作家中，卢思道、薛道衡、李德林等重要文人都已入隋，并见《隋书》，这里姑且不论。邢劭、魏收、祖珽、孙搴、陆卬、王晞、崔季舒、阳休之、崔㥄、萧放、徐之才、崔劼、卢元明等在《北齐书》《北史》中都有专传。祖珽，为文林馆的创始人，可称为当时文坛盟主。范阳卢氏为北方大族，卢元明为其代表。撰《幽居赋》《剧鼠赋》等。《隋书·经籍志》著录后魏太常卿卢元明有集六卷，《通志》著录为十七卷。卢询祖最有名的作品是《筑长城赋》。魏季景为史学家魏澹之父，魏收之叔，所著文笔二百余篇。崔㥄、崔瞻父子，系出北方高门清河崔氏。崔㥄政治地位高，崔瞻文学成就大。卢思道称曰：“崔瞻文词之美，实有可称，但举世重其风流，所以才华见没。”①王晞“母清河崔氏，学识有风训，生九子，并风流蕴藉，世号王

---

①　《北齐书》卷二十三，中华书局 1972 年版，第 336 页。

氏九龙”，[①]其中，王昕、王晞兄弟最为著名。

《北齐书·文苑传》收录14位文学家，序言多数提及。

1. 祖鸿勋：涿郡范阳人也。父慎，仕魏历雁门、咸阳太守，治有能名。卒于金紫光禄大夫，赠中书监、幽州刺史，谥惠侯。《与阳休之书》为北朝骈文名篇。另有《晋祠记》。

2. 李广：范阳人也，其先自辽东徙焉。亦参与国史修撰，其文学与赵郡李謇齐名，为邢、魏之亚。卒后，毕义云集其文笔十卷。

3. 樊逊：河东北猗氏人。祖琰，父衡，并无官宦。而衡性至孝，丧父，负土成坟，植柏方数十亩，朝夕号慕。有《清德颂》十首，樊逊常服东方朔之言，拟《客难》，制《客诲》。《北齐书》录其天保五年举秀才对策数篇。

4. 刘逖：彭城丛亭里人也。祖芳，魏太常卿。父俭，金紫光禄大夫。刘逖曾除假仪同三司，聘周使副。两国始通，礼仪未定，刘逖与周朝议论往复，斟酌古今，事多合礼，兼文辞可观。

5. 荀士逊：广平人。以文辞见长，与李若等撰《典言》行于世。

6. 颜之推：字介，琅琊临沂人也。九世祖含，从晋元东渡，官至侍中、右光禄、西平侯。父勰，梁湘东王绎镇西府咨议参军。世善《周官》《左氏》，之推早传家业。下一节对他有具体的论述。

7. 袁奭：陈郡人，梁司空昂之孙。父君方，梁侍中。

8. 韦道逊：京兆杜陵人。曾祖肃，随刘义真渡江。祖崇，自宋入魏，寓居河南洛阳，官至华山太守。

9. 江旰：济阳人。祖柔之，萧齐尚书右丞。叔父革，梁都官尚书。

10. 眭豫：赵郡高邑人。父寂，梁北平太守。

11. 朱才：吴都人。

12. 荀仲举：字士高，颍川人，世江南。未见《北齐书·文苑传序》提及。《乐府诗集》卷卅一收录其《铜雀台》。工于咏诗，曾作五言诗十六韵以伤李概，词甚悲切，世称其美。

---

① 《北齐书》卷三十一，中华书局1972年版，第417页。

13. 萧悫:梁上黄侯萧晔之子。《颜氏家训·文章》:"兰陵萧悫,梁室上黄侯之子,工于篇什。尝有《秋诗》云:'芙蓉露下落,杨柳月中疏。'时人未之赏也。吾爱其萧散,宛然在目。颍川荀仲举、琅邪诸葛汉,亦以为尔。而卢思道之徒,雅所不惬。"《隋书·经籍志》记有萧悫有集九卷。

14. 古道子:河内人。父起,魏太中大夫。

《北齐书·儒林传》还收录了 16 位重要学者,也是当时著名文人。他们的成就主要在经学研究方面。

1. 李铉:字宝鼎,渤海南皮人。习《毛诗》《尚书》《礼记》《周官》《仪礼《左氏春秋》,从大儒徐遵明授业,撰定《孝经》《论语》《毛诗》《三礼义疏》《三传异同》《周易义例》合三十余卷。

2. 刁柔:字子温,渤海人也。父整,魏车骑将军、赠司空。

3. 冯伟:字伟节,中山安喜人。宗习经史,留心礼仪。

4. 张买奴:平原人。

5. 刘轨思:渤海人。说《诗》甚精。

6. 鲍季详:渤海人。明《礼》兼通《左氏春秋》。

7. 邢峙:字士峻,河间郑人。通三礼、《左氏春秋》。

8. 刘昼:字孔昭,渤海阜城人。

9. 马敬德:河间人。随大儒徐遵明学《诗》《礼》,通《左氏春秋》。

10. 马元熙:字长明,少传父业,兼事文藻。以《孝经》授皇太子。

11. 张景仁:济北人。

12. 权会:字正理,河间郑人。习《郑易》《诗》《书》《三礼》,文义该洽,妙识玄象。

13. 张思伯:河间乐城人。善说《左氏传》,撰《刊例》十卷。亦治《毛诗》。

14. 张雕(虎):中山北平人。遍通五经,尤明《三传》。

15. 孙灵晖:长乐武强人也。魏大儒秘书监惠蔚,灵晖之族曾王父。《三礼》《三传》皆通宗旨。

16. 石曜:字白曜,中山安喜人,亦以儒学进。著《石子》。

与北魏相比,东魏、北齐的文学家和学者,数量相侔。当然,文人的出身和构成大不相同。多数文人来自北魏,有些生活到隋代。也有的文人来自江南,如江陵陷落后,一些江南文人如颜之推等,也加入北齐作家行列中。还有梁朝皇室成员萧悫流落北方。一些作家,名不见经传,却留下非常重要的作品。《文苑英华》卷六百八十五所收尹义尚《与徐仆射书》就是典型的骈体。作者生平事迹不详。写这封书信的时候,作者年近半百,流落北方经年。徐陵曾滞留邺下多年,也许与他有所交往。陈初,作为交换,徐陵回到南方。后来,徐陵又一次出使邺下。尹义尚看到希望,在邺下给徐陵写了一封长信,情深意切,词采华茂,希望感动徐陵,让他回到南方。文章说:"漳滨江涘,眇若天涯,去雁归鸿,云飞难寄。瞻言乡国,泣珠泪而盈怀;寤寐德音,仰烟霞而疾首。既而暑往寒来,愁云满塞。河冰自结,非由汉后之军;草露恒严,宁假公超之术。霜飘虎渠,距知朔野之寒;雪覆龙岑,徒忆清江之煖。眷言畴昔,邈矣遐哉。系仰清颜,愿常丰胜。雍容廊庙,时宣匡奉之风;偃息康庄,无废怡神之道。义尚望国穷魂,繁忧积岁,虽共未殒,岂曰生年?……昔杨朱岐路,悲始末之长离;苏武河梁,叹平生之永别。虽复音尘可嗣,终隔风云,梦想时通,无因觌止,依依望楚,寸阴有待,百年将半,轻生若是,命也如何。今车书同轨,行李相继,猥荷文移,通赐论及,轺轩既以复命,义尚未被哀矜,窃以晋楚释囚,共成亲好;今乃拘彼来此,不亦难乎?"徐陵是否被感动,我们不得而知。千载之下捧读此文,依然叫人心惊不已。

经过几十年的努力,北方文人温子昇、邢劭、魏收逐步成熟,独步北方文坛。

二、北齐三才:温子昇、邢劭、魏收

《魏书·自序》:"初,齐献武王固让天柱大将军,帝敕收为诏,令遂所请,欲加相国,问收相国品秩,收以实对,帝遂止。收既未测主相之意,以前事不安,求解,诏许焉。久之,除帝兄子广平王赞开府从事中郎,收不敢辞,乃为《庭竹赋》以致己意。寻兼中书舍人,与济阴温子昇、河间邢子才齐誉,世号三才。"①

（一）温子昇

《魏书·文苑传》收录了8位文人,《北史·文苑传》仅保留温子昇一人。在《魏书》中,温子昇列在最后。这是因为,他的创作活动虽主要在北魏,但卒于东魏。严格说,应当算作东魏作家。就像陶渊明,卒于刘宋元嘉四年(427),已入宋,故列入《宋书》,但是《晋书》也有他的传记。

温子昇(496—547)字鹏举。济阴冤句(今山东菏泽)人。自称是东晋大将军温峤(288—329)之后,"世居江左。祖恭之,刘义隆彭城王义康户曹,避难归国,家于济阴冤句,因为其郡县人焉"。② 他早年贫贱,曾从崔灵恩、刘兰等问学,博览百家,文章清婉。曾为广阳王元渊门下不起眼的门客,作《为广阳王渊让吏部尚书表》《为广阳王渊北征请大将军》《为广阳王渊上书言边事》《广阳王渊具言城阳王微构隙意状》等,论及六镇起兵之由,在于官吏之虐使士兵,很有见解。后得常景赏识,称为大才士,由是知名。二十二岁补御史,衙门中的文书,都是出自温子昇的手笔。孝明帝熙平二年(517年),东平王元匡试选御史,应试者八百多人,温子昇中选,从此文名大著。东魏孝静帝和臣下密谋反对当时权臣高澄,高澄怀疑温子昇参与,将他囚禁于晋阳(今山西太原)狱中,遂饿死。生平事迹见《魏书·文苑·温子昇传》。

《魏书·温子昇传》载其集编为三十五卷,《隋书·经籍志》著录三十九卷。另著录《永安记》三卷。《汉魏六朝集部珍本丛刊》收录张溥辑《汉魏六朝百三名家集》本《温侍读集》一卷,有何绍基评点。牟华林《温子昇集校注》收录诗十一首,文二十七篇。书后附罗国威撰《温子昇年谱》,新疆人民出版社2003年出版。

温子昇"全不作赋"(《北齐书·魏收传》),主要写作骈体章表碑志,

---

① 《魏书》卷一百四,中华书局1974年版,第2324—2325页。

② 《魏书》卷八十五,中华书局1974年版,第1874页。

其中以《寒陵山寺碑》最有名,大约作于北魏后废帝元朗中兴二年(532年)。这年正月,高欢据邺城,为大丞相、柱国大将军、太师。三月,高欢大败尔天光等。四月,高欢前部至洛阳河桥,尽杀尔朱氏之党羽。韩陵山之战打得很残酷。《北齐书·神武纪》等有详细描绘。《史通·模拟》:"至王劭《齐志》述高季式破敌于韩陵,追奔逐北,而云:'夜半方归,槊血满袖。'夫不言奋槊深入,击刺甚多,而但称'槊血满袖',则闻者亦知其义矣。"①《北齐书·神武纪》:"高季式以七骑追奔,度野马岗,与兆遇。高昂望之不见,哭曰:'丧吾弟矣!'夜久,季式还,血满袖。"②北魏孝武帝元脩有《报高欢请迁都邺诏》:"初,神武自京师将北,以为洛阳久经丧乱,王气衰尽,虽有山河之固,土地褊狭,不如邺,请迁都。魏帝曰:'高祖定鼎河洛,为永永之基,经营制度,至世宗乃毕。王既功在社稷,宜遵太和旧事。'"两年以后,北魏分裂,高欢拥孝静帝元善静迁都邺城,大约缘于此次战役。

　　《寒陵山寺碑》收在《艺文类聚》卷七十七,是为高欢纪功而作。今观碑文,未及孝武西迁事,当在得势之初。《太平寰宇记》卷五十五"河北道·相州·安阳县下":韩陵山在县东北十七里。刘公幹诗云:"朝发白马,暮宿韩陵。东魏丞相高欢破尔朱兆兄弟于此。山下仍立碑,即温子昇之词。陈尚书徐陵尝北使邺,读《韩陵碑》,爱其才丽,手自录之归陈。士人问陵:'北朝人物何如?'曰:'唯韩陵片石耳。'"③张鷟《朝野金载》卷六载:"梁庾信从南朝初至北方,文士多轻之。信将《枯树赋》以示之,于后无敢言者。时温子昇作《韩陵山寺碑》,信读而写其本。南人问信曰:'北方文字如何?'信曰:'惟有韩陵一片石堪共语。'薛道衡、卢思道少解把笔,自余驴鸣犬吠,聒耳而已。"④

《魏书·温子昇传》载,萧衍使张皋写温子昇文笔,传于江外。萧衍云:"曹植、陆机复生于北土。恨我辞人,数穷百六。"济阴王晖云:"江左文人,宋有颜延之、谢灵运,梁有沈约、任昉,我子昇足以陵颜轹谢,含任吐沈。"杨遵彦作《文德论》以为"古今辞人,皆负才遗行,浇薄险忌,唯有邢子才、王元景、温子昇,彬彬有德素"。① 他的文笔流传到西域吐谷浑,甚至吐谷浑国主床头也置温子昇文数卷,可见当时极负盛誉。

(二) 邢劭

邢劭②(496—?)字子才,小字吉。河间鄚(今河北雄县)人,五岁时即得到当时名士崔亮的赏识。十岁已能作文,聪明强记,日诵万言,时人比之王粲。据《北齐书·杜弼传》载,他曾和杜弼辩论过生死问题,认为"人死还生,恐为蛇画足";"神之在人,犹光之在烛,烛尽则光穷,人死则神灭"。这种论点,与南朝范缜的《神灭论》的见解一致。还与散骑常侍温子昇撰《麟趾新制》十五篇。生平事迹见《北齐书·邢劭传》。

《洛阳伽蓝记》载:"所制诗赋诏策章表碑颂赞记五百篇,皆传于世。邻国钦其模楷,朝野以为美谈也。"③《隋书·经籍志》著录北齐特进邢子才有集三十一卷,久佚。《汉魏六朝集部珍本丛刊》收录张溥辑《汉魏六朝百三名家集》本《邢特进集》一卷,有何绍基评点。邢劭推崇江南沈约文风,认为"沈侯文章,用事不使人觉,若胸臆语也"。(《颜氏家训·文章》)但他不主张一味模仿南朝,认为:"昔潘陆齐轨,不袭建安之风;颜谢同声,遂革太原之气。自汉逮晋,情赏犹自不谐;江北江南,意制本应相诡。"④其文典雅富丽,既博且速,每一文出,京师为之纸贵,可谓独步当

---

① 《魏书》卷八十五,中华书局 1974 年版,第 1876—1877 页。

② 王鸣盛《十七史商榷》卷六十八:"邢劭当从力,而《北史》及《北齐书》皆作邵,误也。"

③ (北魏)杨衒之撰,范祥雍校注《洛阳伽蓝记校注》,上海古籍出版社 1978 年版,第 134 页。

④ (北齐)邢劭《萧仁祖集序》,见《全北齐文》卷三,严可均《全上古三代秦汉三国六朝文》。

时，与济阴温子昇为文士之冠，世称"温邢"。据说邢劭很少作赋，魏收想用赋来压倒他，但魏收已无赋传世，而邢则当有《新宫赋》佚文见于《艺文类聚》，有些铺陈文字汲取汉赋夸饰手法，避免了堆砌奇字之弊。《景明寺碑》，见于《艺文类聚》卷七十七。《洛阳伽蓝记》卷三"景明寺"："正光年中，太后始造七层浮图一所，去地百仞。是以邢子才碑文云：'俯闻激电，旁属奔星'，是也。"然《艺文类聚》所载碑文无此二句。《北史·序传》曾载邢劭撰有《李礼之墓志》，其中有"食有奇味，相待乃餐，衣无常主，易之而出"，近年在河南安阳出土《李礼之墓志》，亦有这几句，并称李礼之"天保六年岁次乙亥七月乙卯朔十一日己丑薨于并州乐平郡乐平县。其年九月戊寅朔八日乙酉归殡于邺城北十里候东北二里大冢之东"。据此，此志或是邢劭所撰。文末空两格，又有"至开皇六年，岁次丙午十二月丁未朔三日己酉，安厝邺西廿里"。[①] 也许这最后一句乃迁葬时所补刻。

（三）魏收

魏收（506—572）字伯起，小字佛助。巨鹿下曲阳（今河北晋县）人。年十五即能作文，折节苦读，以文华显。为太学博士，主客郎中，魏节闵帝立，使魏收作《封禅书》，一挥而就，为时人称颂，迁散骑侍郎，寻敕典起注，并修国史兼中书侍郎。不到三十岁，就与年长他十余岁的温子昇、邢劭齐名，并称"三才"。后与温子昇等参掌文诰。武定五年（547年），高澄辅政，侯景与高澄有隙，遂据河南反。萧渊明率众寇徐州以应侯景。高澄时在晋阳，命魏收作五十纸檄文，一日而成。又檄梁朝，令送侯景，初夜执笔，三更便成，文过七纸。[②] 齐文宣帝高洋继立，魏收与崔季舒等掌

---

① 参见张同利《新见北齐李礼之、李倩之墓志及相关问题考论》，载《兰台世界》2016 年第 10 期。

② 《檄梁文》见《魏书·岛夷·萧衍传》，严可均据此辑出，置于《全后魏文》慕容绍宗名下。《全北齐文》杜弼名下又据《文苑英华》六四五收录。魏收名下据《艺文类聚》五十八也收录。一文三收，亦是无可奈何之事。钱锺书《管锥编》第四册第 1509 页有专论。

机密,又撰《为孝静帝下诏禅位》《册命齐王九锡文》《禅位册》等诏册、九锡、建台及劝进文表。除中书令,仍兼著作郎,封富平县子。天保初,与邢劭等参议礼律,兼国子博士,奉诏撰魏史,改邓渊《代记》诸书为纪传本。至天保五年(554 年)奏上,同年又上十志。但是这部书历来受到攻击,称为"秽史"。然而叙事技巧多有可观。孝昭帝时,魏收兼侍中、右光禄大夫。武成帝河清二年(563 年)兼右仆射。后主天统元年(565 年)为左光禄大夫,卒。生平事迹见《北齐书》本传。

《太平御览》引《三国典略》载,魏收对于名利比较看重,不仅与年长于他的邢劭争名逐利,[①]还与南方文人试比高低。唐刘𬤇《隋唐嘉话》载,徐陵出使北齐时正逢江南战乱,稽留邺下长达七年。这期间,他与魏收等北方文人时有过从。"魏收文学北朝之秀,收录其文集以遗陵,令传之江左。陵还,济江而沉之,从者以问,陵曰:'吾为魏公藏拙。'"[②]魏收对徐陵评价也不佳。《太平御览》引《三国典略》:"齐主尝问于魏收曰:'卿才何如徐陵?'收对曰:'臣大国之才,典以雅。徐陵亡国之才,丽以艳。'""魏收言及《沈休文集》,毁短之。徐之才怒曰:'卿读《沈文集》半不能解,何事论其得失?'谓收曰:'未有与卿谈。'收去,避之。"[③]魏收很看重自己的公文,生前已编就文集。他为高澄所作檄梁之文,说侯景"豺声蜂目之首,狼心狐魅之徒,义无父子,弃国即异,捐亲背德,于我尚反目而去,在梁则何施可怀",对侯景的行径既说得很切会,行文也很有力。《北齐书·魏收传》载其文集七十卷,《隋书·经籍志》著录"北齐尚书仆射魏收集六十八卷",久佚。今有文十三篇,辑入《全上古三代秦汉三国六朝文》中;诗十六首,辑入《先秦汉魏晋南北朝诗》。《汉魏六朝集部珍本丛刊》

---

　　① 《颜氏家训·文章》:"邢子才、魏收俱有重名,时俗准的,以为师匠。邢赏服沈约而轻任昉,魏爱慕任昉而毁沈约,每于谈宴,辞色以之。邺下纷纭,各有朋党。祖孝征尝谓吾曰:'任、沈之是非,乃邢、魏之优劣也。'"见王利器《颜氏家训集解》,上海古籍出版社 1980 年版,第 254 页。

　　② 唐刘𬤇撰,程毅中点校《隋唐嘉话》,中华书局 1979 年版,下册,第 55 页。

　　③ 杜德桥、赵超《三国典略辑校》,东大图书公司 1998 年版,第 178 页。

收录《魏特进集》一卷，魏收撰，明人张溥辑《汉魏六朝百三名家集》本，有清何绍基批校。

魏收晚年曾与阳休之、赵彦深、马敬德等议定律令，又与阳休之、熊安生同修五礼。他最重要的贡献是修撰史书，包括现在流传的《魏书》，还参与过《齐书》写作的讨论。如前所述，魏收恃才傲物，评价历史人物往往取决于个人好恶，故时人对《魏书》的评价不高。其实《魏书》保存了丰富的史料，尤其是"十志"，《食货志》记载了北魏均田、租赋的材料，《释老志》记载了佛教、道教在北方的流传，《官氏志》不仅记官职，还记载氏族的变化，《乐志》记载了北魏时期的音乐机构及其演奏情况。这些，都为后人研究北魏历史提供重要参考。

三、文林馆的建立

（一）文林馆的设置

《北齐书·后主纪》载，武平三年（572 年）祖珽拜尚书左仆射，监国史，奏立文林馆，并奏议在梁朝所编《华林遍略》基础上修撰《玄洲苑御览》，主要增补的就是《十六国春秋》与"魏史"。此书后改名《圣寿堂御览》，又改为《修文殿御览》。祖珽《上〈修文殿御览〉表》见《太平御览》六百一引《三国典略》："昔魏文帝命韦诞诸人撰著《皇览》，包括群言，区分义别。陛下听览余日，眷言缃素，究兰台之籍，穷策府之文。以为观书贵博，博而贵要，省日兼功，期于易简。前者修文殿令臣等讨寻旧典，撰录斯书，谨馨庸短，登即编次，放天地之数为五十部，象乾坤之策成三百六十卷。昔汉世诸儒，集论经传，奏之白虎阁，因名《白虎通》，窃缘斯义，仍曰《修文殿御览》。今缮写已毕，并目上呈，伏愿天鉴，赐垂裁览。"[①]《隋

---

① （宋）李昉等《太平御览》卷六〇一《文部十七·著书上》，中华书局 1960 年版，第 2706—2707 页。《法苑珠林》卷六引《韩诗外传》《礼记》《十六国春秋》《神异经》，注："右此四验出其《御览》。"当指《修文殿御览》。中华书局 2003 年版，第 201 页。

书·经籍志》著录:《圣寿堂御览》三百六十卷。

敦煌石窟发现残卷,有学者认为或即《修文殿御览》,也有学者认为是《华林遍略》(洪业,370,b)。

（二）文林馆学士

文林馆成立于武平四年（573年）春。《北齐书·文苑传序》:"三年,祖珽奏立文林馆,于是更召引文学士,谓之待诏文林馆焉。"①史传"存录其姓名"有六十余人,包括魏收、徐之才、崔劼、张雕、阳休之、韦道逊、陆乂、王劭、李孝基、魏澹、刘仲威、袁奭、朱才、眭豫、崔子枢、薛道衡、卢思道、崔德立、诸葛汉、郑公超、郑子信、萧放、萧慤、颜之推、封孝琰、郑元礼、杜台卿、王训、羊肃、马元熙、刘珉、李师上、温君悠、崔季舒、刘逖、李孝贞、李德林、李翥、魏骞、辛德源、陆爽、封孝謇、张德冲、高行恭、古道子、刘颙、崔德儒、李元楷、阳师孝、刘儒行、阳辟疆、卢公顺、周子深、王友伯、崔液、魏师謇、段孝言、宋孝王、刘善经等。他们"待诏文林,亦是一时盛事"。前引《北史·文苑传序》所论及的作家,包括传纪所收,主要以文林馆学士为主。《隋书·经籍志》著录《文林馆诗府》八卷,后齐文林馆作。可见,这是一个文学机构,负责文史修撰工作,为文学的进步提供了便利的交流环境。

魏收、颜之推、李德林、薛道衡、卢思道等,都是文学史必须论及的人物,徐之才的创作,我们在第一节也有涉及。

崔劼,崔光之子,系出清河崔氏,为当时望族。崔光、崔劼父子参与了当时重要的礼乐制度建设,与邢劭、魏收、阳休之、徐之才等齐名。博陵崔氏,亦为北方大族。崔季舒为杰出代表,与阳休之、祖孝徵、颜之推、王友伯、段孝言等一起修撰《修文殿御览》。颜之推《观我生赋》自注:"齐武平中,署文林馆待诏者仆射阳休之、祖孝徵以下三十余人,之推专掌,其撰《修文殿御览》《续文章流别》等皆诣进贤门奏之。"②《北史·崔季舒

---

① 《北齐书》卷四十五,中华书局1972年版,第603页。

② 《北齐书》卷四十五,中华书局1972年版,第624页。

传》："加左光禄大夫，待诏文林馆，监撰御览。加特进，监国史。季舒素好图籍，暮年转更精勤，兼推荐人士，奖劝文学，议声翕然，远近称美。"①崔液（字君洽）为北齐重臣崔昂之子，亦出博陵崔氏家族。李孝贞、卢公顺为崔昂的女婿，都以文才著称。②

　　宋孝王，广平人。《北齐书·循吏·宋世良传》载，宋孝王为宋世良从子，"亦好缉缀文藻。形貌短陋而好臧否人物，时论甚疾之。为段孝言开府参军，又荐为北平王文学。求入文林馆不遂，因非毁朝士，撰《别录》二十卷，会平齐，改为《关东风俗传》，更广见闻，勒成三十卷以上之。言多妄谬，篇第冗杂，无著述体"。③ 宋孝王《关东风俗传》记录邺城故事，刘知幾《史通》称"抗词正笔，务存直道，方言世语，由此毕彰"。④ 有较好的评价。《史通·书志》："近者宋孝王《关东风俗传》亦有《坟籍志》，其所录皆邺下文儒之士，雠校之司。所列书名，唯取当时撰者。"⑤当然，该书失之于繁。《史通·书志》又说："近者宋氏，年唯五纪，地止江淮，书满百篇，号为繁富。作者犹广之以《拾遗》，加之以《语录》。"⑥《史通·杂说中》："观休文《宋典》，诚曰不工，必比伯起《魏书》，更为良史。而收每云：'我视沈约，正如奴耳。'"原注："出《关东风俗传》。"⑦其从叔宋世良，《北齐书·循吏传》载，撰《字略》五篇、《宋氏别录》十卷等。

---

　　①　《北史》卷三十二，中华书局1974年版，第1185页。

　　②　《汉魏南北朝墓志汇编》（天津古籍出版社，1992年）所收《崔昂墓志铭》："长子谋，字君赞。第二子恪，字君和。第三子液，字君洽。第四子天师。第五子人师。长女适荥阳郑思仁。第二女适赵郡李孝贞。第三女适范阳卢公顺。"

　　③　《北齐书》卷四十六，中华书局1972年版，第640页。

　　④　（唐）刘知幾撰，（清）浦起龙注《史通通释》，上海古籍出版社1978年版，第151页。

　　⑤　（唐）刘知幾撰，（清）浦起龙注《史通通释》，上海古籍出版社1978年版，第62页。

　　⑥　（唐）刘知幾撰，（清）浦起龙注《史通通释》，上海古籍出版社1978年版，第64页。

　　⑦　（唐）刘知幾撰，（清）浦起龙注《史通通释》，上海古籍出版社1978年版，第488页。

张雕是著名学者,入《北齐书·儒林传》。王劭、魏澹,著名史学家,参与多部史书的撰写,刘知幾《史通》多有论及。杜台卿,有《淮赋》等辞赋创作,还是大型类书《玉烛宝典》的作者,另有《韵略》《齐纪》等作。辛德源《幽居赋》与卢思道《孤鸿赋》齐名。又著《集注春秋三传》三十卷,《注扬子法言》二十三卷,又撰《政训》《内训》各二十卷。更重要的是他还参与了隋代《切韵》的撰写。袁奭亦当时著名文人。由桓柚撰序、袁奭制铭的《元洪敬墓志》重见于世(见韩理洲主编《全北齐北周文补遗》)。渤海封氏家族多出文人,这里提到的封孝琰、封孝謇、段孝言等皆为代表。①萧放、萧悫为流落北方的江南才子。陆爽(字开明)与古道子曾为隋代重臣李德林的父母各撰墓志铭,其文学地位可想而知。② 古道子入《隋书·文苑传》,与袁奭、荀仲举、萧悫等齐名,并工于诗。周子深参与秘府藏书的整理。刘善经,著名诗人,入《隋书·文学传》,著有《酬德传》三十卷,《诸刘谱》三十卷,《四声指归》一卷。《文镜秘府论》多次征引刘善经的《四声指归》。

文林馆学士中,阳休之最值得注意。

(三) 阳休之的贡献

阳休之(509—582)字子烈,右北平无终人也。父固,魏洛阳令,赠太常少卿。阳休之好学不倦,博综经史,文章虽不华靡,亦为典正。北魏孝明帝元诩孝昌二年(526 年),阳休之十八岁。杜洛周破蓟城,休之与宗室及乡人数千家南奔章武,转至青州。两年后,逃亡洛阳避害。孝庄帝立,解褐员外散骑侍郎,寻以本官领御史,迁给事中、太尉记室参军,加轻车将军。北魏孝武帝(出帝)元脩永熙三年(534 年),阳休之二十六岁,随贺拔胜奔梁建业。两年后返回邺城。齐受禅,除散骑常侍,修起居注。禅让之际,参定礼仪,别封始平县开国男,以本官兼领军司马。邢、魏殂后,

---

① 《封孝琰墓志》也已出土,收录在罗新、叶炜《新出魏晋南北朝墓志疏证》,中华书局 2005 年出版。

② 罗新、叶炜《新出魏晋南北朝墓志疏证(修订版)》(中华书局,2016 年版)所收陆开明《李敬族墓志》、古道子《赵兰姿墓志》。

以先达见推。他位望虽高，虚怀接物，为缙绅所爱重。北齐亡，以阳休之为代表的三十八人入北周。寻除开府仪同，历纳言中大夫、太子少保。大象末，进位上开府，除和州刺史。隋开皇二年（582年），罢任，终于洛阳，年七十四。所著文集三十卷，又撰《幽州人物志》并行于世。

《北齐书·阳休之传》："以天平二年（536年）达邺。"①则阳休之时年二十八岁。阳休之返回北方这一年，上距梁昭明太子萧统卒不过四年。萧统编《陶渊明集》，在江南流传。阳休之在建业生活一年多，看到过这个本子。他后来重编十卷本《陶渊明集》，并非另起炉灶，而是有所依据。他在序中说："余览陶潜之文，辞采虽未优，而往往有奇绝异语，放逸之致，栖托仍高。其集先有两本行于世，一本八卷无序，一本六卷并序目，编比颠乱，兼复阙少。萧统所撰八卷，合序目传诔，而少《五孝传》及四八目，然编次有体，次第可寻。余颇赏潜文，以为三本不同，恐终致忘失。今录统所阙，并序目等，合为一帙十卷，以遗好事君子。"②萧统、阳休之分别编纂《陶渊明集》，这是南北文化交流的成果之一。上编第一章介绍《文选》的流传，曾引署名侯白的《启颜录》载："高祖尝令人读《文选》，有郭璞《游仙诗》，嗟叹称善诸学士皆云：'此诗极工，诚如圣旨。'动筒即起云：'此诗有何能？若令臣作，即胜伊一倍。'高祖不悦，良久语云：'汝是何人，自言作诗胜郭璞一倍，岂不合死？'动筒即云：'大家即令臣作，若不胜一倍，甘心合死。'即令作之。动筒曰：'郭璞《游仙诗》云：青溪千余仞，中有一道士。'臣作云：青溪二千仞，中有两道士。岂不胜伊一倍？'高祖始大笑。"③北齐高祖高欢晚萧统十六年卒，生前已读到《文选》。由此看来，当时虽南北对峙，文化的交流却不绝如缕，未曾中止。编纂《陶渊明集》，也是阳休之的重要贡献之一。《昭明文选》最初在北方的流传，会不会也与阳休之有关呢？这是值得探讨的问题。

---

① 《北齐书》卷四二，中华书局1972年版，第561页。

② 阳休之《陶渊明集序》，见《全梁文》卷二十，严可均《全上古三代秦汉三国六朝文》。

③ 《太平广记》卷二四七"石动筒"条，中华书局1986年版，第1916页。

第六节　东魏北齐三书

一、杨衒之与《洛阳伽蓝记》

杨衒之，《史通·补注》《郡斋读书志》《百川书志》作"羊衒之"。羊字疑误，《四库全书总目》辨之。《新唐书·艺文志》作"阳衒之"。周延年《杨衒之事实考》补证此说曰："详考《北史》及《魏书》，杨氏达者无北平籍，而《魏书·阳固传》：固字敬安，北平无终人，有三子，长休之，次诠，三未详。《北史》固传称有五子。长子休之传云：弟琳之，次俊之，与衒之名字排行颇为相近。休之且长文学，为史官，有声当时，则北平之阳氏以文章传家，已可概见。衒之若果为阳姓，其为休之弟或族昆弟，必无疑矣。"①但最通行的还是作"杨衒之"，这可以从《洛阳伽蓝记》书中作者自书及《历代三宝记》《隋书·经籍志》的著录得到证实。范祥雍《杨衒之传略》力主杨姓(335)。

杨衒之原籍北平（今河北定县，一说河北遵化），②生卒年不详。据书中自述和书首所署官衔，知道他于北魏永安（528—530）中为奉朝请，参与魏孝庄帝在华林园举行的马射，当时孝庄帝见到三国时魏明帝的"苗茨之碑"，因问"苗茨"二字的解释，杨衒之答称："苗"乃"茅"之假借，是"以蒿覆之"的意思，得到众人称赞。奉朝请在元魏时为从第七品，官阶甚低，其时杨衒之当在二十余岁，所以可以推测其生年大约在公元 500 年。

---

① 周延年《杨衒之事实考》，周祖谟《〈洛阳伽蓝记〉校释》附，科学出版社 1958 年出版。

② "杨衒之的祖籍为平州其可能性当大于定州，把他说成遵化附近人似比说成今保定或定州市人为妥。"见曹道衡《关于杨衒之和〈洛阳伽蓝记〉的几个问题》，《文学遗产》2001 年第 3 期。

　　书中又讲到他曾和河南尹胡世孝共登永宁寺塔。唐释道宣《续高僧传》、释道世《法苑珠林》卷一百等书称之为"期城郡守"。书中记事最晚为魏孝静帝武定五年(547年)，今各本《洛阳伽蓝记》则题"魏抚军府司马杨衒之"。据此知道，杨著书时为抚军府司马，可能是他晚年著书时所居官职。至于期城郡守，当在此前。史载，期城在元象元年(538年)已为西魏攻克，不再属于东魏。《广弘明集》卷六收录他《叙历代王臣滞惑解》，署衔"杨衒之，北平人，元魏末为秘书监"。据《魏书·百氏志》，抚军将军属从第二品，从第二品将军司马属第五品，秘书监属第三品。但北齐代东魏在公元550年，与杨衒之行役洛阳仅相去三年，如果署衔和《广〈弘明集〉》的记载均不误，就可以推知此书大约成于公元547年之后一、二年，而外任秘书监则已是东魏亡国的前夕。由此还可以推测作者当卒于北齐时期，年过五十(曹道衡、沈玉成，451，d)。杨氏生平，《魏书》《北齐书》及《北史》均无传，生平资料仅见《〈洛阳伽蓝记〉序例》及上引周延年《杨衒之事实考》、范祥雍《杨衒之传略》等。

　　北魏时代佛教极盛。魏孝文帝迁都洛阳后，仅洛阳一地寺庙最多时曾达一千余所。[①] 魏末，六镇军人尔朱荣进入洛阳，大肆屠杀公卿；尔朱世隆又诛杀孝庄帝；高欢击败尔朱氏，又与孝武帝元修争权，元修逃亡关中，北魏灭亡。东魏政权控制在高欢手中。元象元年(538年)，东魏将领高昂、侯景焚毁了洛阳。杨衒之在《洛阳伽蓝记》自序中说，他在武定五年(547年)因行役重游洛阳，见"城郭崩毁，宫室倾覆，寺观灰烬，庙塔丘墟"，[②]有感而作《洛阳伽蓝记》。《历代三宝记》《法苑珠林》《直斋书录解题》等均作五卷，与今本同。这五卷是：城内、城东、城南、城西、城北。每卷以著名的佛寺为纲，兼及有关的宫殿、邸宅、园林、佛塔、塑像以及有关人物的轶事掌故，甚至还有类似志怪传说等。如卷一"景乐寺"："至于大

---

　　① 《洛阳伽蓝记》卷五明确记载是1367所。相关论述可参见贺玉萍《北魏洛阳石窟文化研究》，河南大学出版社2010年出版。

　　② (北魏)杨衒之撰，范祥雍校注《洛阳伽蓝记校注》，上海古籍出版社2011年版，第2页。

斋,常设女乐,歌声绕梁,舞袖徐转,丝管寥亮,谐妙入神。"①最著名的片
段就是对永宁寺的描写:"永宁寺,熙平元年(516 年)灵太后胡氏所立也,
在宫前闾阖门南一里御道西。……中有九层浮图一所,架木为之,举高
九十丈,有刹,复高十丈,合去地一千尺,去京师百里,已遥见之。"②杨衒
之曾亲自登临,"下临云雨,信哉不虚",不仅描写其高大雄伟,还描写了
当年大火焚烧的情形。中国社会科学院考古研究所曾对该寺进行过考
古发掘,在永宁寺遗址发现彩色泥塑等,甚至还能看到当年焚烧后留下
的焦土。作者将这场大火与"京师迁邺"联系起来,乍看起来似有传奇色
彩,其实与历史事实不远。

　　《洛阳伽蓝记》在过去正史的《经籍志》或《艺文志》中属于史部地理
类,是一部有关北魏洛阳的重要历史资料。《洛阳伽蓝记》从不同侧面展
示了北魏时期洛阳的工商业的发达以及贵族的豪奢生活等。如河间王
元琛自夸富豪,大言不惭地说:"不恨我不见石崇,恨石崇不见我。"颇近
似于《世说新语》的风格。书中还有不少北朝文学史料,如祖莹代北海王
元颢致孝庄帝的信,常景的《汭颂》,姜质的《庭山赋》等作品,还有常景、
邢劭、王肃等人的生平事迹以及萧综作《听钟歌》的本末等,都有文学史
料价值。其叙事结构、描写语言等方面在东魏北齐三书中最富有文学性
(林文月,305,a)。譬如关于王肃的故事,就很感人。王肃本江南著名文
人。三十岁时,其父王奂被齐武帝所杀,他只身逃亡北魏。妻子谢氏留
在江南。后来,谢氏携二女及子王绍到王肃任职的寿春,才知道王肃已
另娶陈留公主,悲伤不已。赵超编《汉魏南北朝墓志汇编》收录了王肃之
子王绍、其女王普贤的两方墓志,所述与《魏书·王肃传》的记载基本吻
合。史书所记仅此而已。《洛阳伽蓝记》卷三还记载了谢氏给王肃写的

---

　　①　(北魏)杨衒之撰,范祥雍校注《洛阳伽蓝记校注》,上海古籍出版社 2011 年
版,第 52 页。

　　②　(北魏)杨衒之撰,范祥雍校注《洛阳伽蓝记校注》,上海古籍出版社 2011 年
版,第 1 页。

诗,这位陈留公主还代王肃作诗回应谢氏。①王肃感愧兼及,专门为谢氏在洛阳造正觉寺以憩之,遂不相见。该书是这样记载的:"(王)肃在江南之日,聘谢氏女为妻。及至京师,复尚公主。其后谢氏入道为尼,亦来奔肃。见肃尚主,谢作五言诗以赠之。其诗曰:'本为箔上蚕,今作机上丝,得路逐胜去,颇忆缠绵时?'公主代肃答谢云:'针是贯线物,目中恒任丝。得帛缝新去,何能衲故时!'肃甚愧谢之色,遂造正觉寺以憩之。"②谢氏与陈留公主的赠答诗颇具南朝乐府民歌的风格。王肃死于寿春任上,谢氏携子女自洛阳前往寿春奔丧,留下一段永久的伤痛。

明代如隐堂刻本《洛阳伽蓝记》是现今传世最早的一种,《四部丛刊》据以影印。后来所有注本,皆以此本为底本。此外还有明吴琯《古今逸史》本及毛氏汲古阁所刻《津逮秘书》本。据刘知幾《史通》所说,杨衒之著书时曾自为子注,但后来子注与本文混在一起,吴琯《古今逸史》本遂试将分别,就像区别《水经注》本文和注文一样,但不尽如人意。吴若准《〈洛阳伽蓝记〉集证》、唐晏《〈洛阳伽蓝记〉钩沉》亦试行分析,虽有创获,亦不无舛误。张宗祥《〈洛阳伽蓝记〉合校》另辟蹊径,不主一本。自序称:"此本既不敢据一本认为定本,亦不敢据他书妄改本书,今合校诸书,择其长者,倘有异文,下注某刊作某,存而不论,但使学者不愿妄断,故名之曰合校本。"该书最初由商务印书馆1930年石印出版。书后附有《四库全书总目》提要、各本序跋录及吴若准《〈洛阳伽蓝记〉集证》和张宗祥的校补。江苏广陵古籍刻印社将此本与唐晏《〈洛阳伽蓝记〉钩沉》五卷合为一书,1997年影印出版。

周祖谟《〈洛阳伽蓝记〉校释》以如隐堂本为底本,校以《永乐大典》所

---

① 《颜氏家训·治家》:"江东妇女,略无交游,其婚姻之家,或十数年间,未相识者,唯以信命赠遗,致殷勤焉。邺下风俗,专以妇持门户,争讼曲直,造请逢迎,车乘填街衢,绮罗盈府寺,代子求官,为夫诉屈。此乃恒、代之遗风乎?"见王利器《颜氏家训集解》,上海古籍出版社1980年版,第60页。陈留公主代王肃写诗,可为一证。

② (北魏)杨衒之撰,范祥雍校注《洛阳伽蓝记校注》,上海古籍出版社2011年版,第147页。

引本及《大正藏》所收校本，科学出版社 1958 年出版，中华书局 1963 年再版，上海书店 2000 年重版，中华书局 2010 年三版。该书注重文字训释，较为简括。书后附有《年表》《引用书目》《人名索引》及作者《漫谈校注〈洛阳伽蓝记〉的经过》《北魏的佛教与政治》《周祖谟自传》等。

范祥雍《〈洛阳伽蓝记〉校注》也以如隐堂本为底本，校以吴琯本等，古典文学出版社 1958 年出版，上海古籍出版社 1978 年再版，除解释文字外，尤注重于北魏政治、宗教、社会史实的补充考订，又附录有佚文、杨衔之传略、历代著录、序跋题识和绘图与图说及年表等，内容颇为丰富，同时也失之繁缛。

徐高阮《重刊〈洛阳伽蓝记〉》，为台北“中央研究院”历史语言研究所专刊，1960 年在台北出版，中华书局 2013 年据此本影印。该书分段亦依如隐堂本，书后附有《洛阳伽蓝记》人名、地名、佛典索引。陈寅恪力主六朝人“合本子注之书”的体例来自佛典，即以《洛阳伽蓝记》为证。他在给徐高阮的《重刊〈洛阳伽蓝记〉》作序时称：“裴氏《三国志》注实一广义之合本子注也。刘孝标《世说新语》注经后人删略，非复原本。幸日本犹存残卷，得借以窥见刘注之旧，知其书亦广义之合本子注也。郦善长之注《水经》，其体制盖同裴、刘。而此书传世，久无善本。虽清儒校勘至勤，蔚成显学，惜合本子注之义迄未阐发。然则徐君是本之出，不独能恢复杨记之旧，兼可推明古人治学之方法。”书后附陈寅恪《读〈洛阳伽蓝记〉书后》及作者《〈洛阳伽蓝记〉补注体例辨》，特别注意正文和注文的区别。

杨勇《〈洛阳伽蓝记〉校笺》也以如隐堂本为底本，重点在区分正文与注语，以为：“1. 凡记伽蓝者为正文，涉及官署者为子注。2. 正文简要，但及某人某事而止，后不重举；注则多旁涉，又必重举。3. 有衔之按语者为注文。4. 歧出赘语，与上下文意重复，文气不贯者为子注。5. 卷五《道荣传》云云及诸按语，此是注文并载之笔，不当视为注中之注。6. 正文顺序而书，条贯有序；遇有时代与上下文倒逆者，必为子注。”书后所附《〈洛阳伽蓝记〉之旨趣与体例》具体论述上述观点。亦附有年表及《北魏洛阳伽蓝图》《宋云使西域行程图》，台北正文书局 1982 年出版。中华书局 2006 年修订再版。

近年,学术界对于上述著作中试图区分正文与注文的差别,也提出一些中肯的意见。陈寅恪提出的"合本子注"只适用于该书部分章节,整体上并非"合本子注"体。徐高阮、周祖谟、杨勇等学者所定条例在分理中无法真正贯彻,说明不可依据内容分别所谓正文与子注。[①]

二、贾思勰与《齐民要术》

北魏末年至东魏贾思勰所著的《齐民要术》,是中国现存最古老、最完整的农书。关于作者的生平,只有书序作者所署"后魏高阳太守贾思勰撰"。专家考订,贾思勰大约仕进于孝明正光孝昌(520—527)之际,出守于孝静兴和武定(539—550)之年(王仲荦,28,a)。贾思勰疑为贾思伯同宗,亦为齐郡益都(今山东寿光)人。《齐民要术序》称:"今采捃经传,爰及歌谣,询之老成,验之行事,起自耕农,终于醯醢。资生之业,靡不毕书,号曰《齐民要术》,凡九十二篇,分为十卷,卷首皆有目录。于文虽烦,寻览差易。"未说明"齐民"之意。通常认为,"齐民"二字是平民的意思,也有可能是"平齐民"之意,记录齐地风俗民情,隐含故国情怀。全书十卷,九十二篇,大约作于公元 530 年至 540 年之间。其内容主要包括粮食、蔬菜、果树、竹木的耕种,油料、纤物、染料、桑蚕的制作,畜牧鱼类的养殖,农副产品的加工,造纸制墨的工艺以及中原之外地区、尤其是南方热带、亚热带植物等。除了种植养畜等方面知识外,还有一些经济史方面的资料,如树木的价格等(王仲荦,28,b)。最后还列举了很多的"非中国(此处"中国"指中国中部中原地区)物",就是北方不出产的蔬菜和瓜果。此书与《水经注》《洛阳伽蓝记》一样,也是正文和注文并行,后来也多有混淆。全书所引用的古籍将近二百种之多,其中所引的《四民月令》等很有价值的农书现已佚散,本书为后人的研究提供了宝贵的参考资料。

---

① 吴晶《〈洛阳伽蓝记〉体例质疑》,《文学遗产》2009 年第 5 期。

此书表面看来与文学较远，其实密切相关。第一，我们的辞赋多有涉及草木鸟兽之名，类书虽有记载，但缺少解说。此书可补不足，正符合孔子所说"多识鸟兽草木之名"。第二，此书征引资料极其丰富，占全书半数以上，主要是方志、字书以及一些文学作品。作者序引曹植"寒者不贪尺玉而思短褐，饥者不愿千金而美一食。千金、尺玉至贵，而不若一食、短褐之恶者，物时有所急也"。这段话就不见于传世《曹植集》。《文选》卷五十三收录嵇康《养生论》，本书卷六引嵇康《养生论》云："鸡肉不可食小儿，食令生蛔虫，又令体消瘦。鼠肉味甘，无毒，令小儿消谷，除寒热，炙食之，良也。"①蚘虫即蛔虫。这条未见《文选》所录。按《隋书·经籍志》道家类《符子》下注称："梁有《养生论》三卷，嵇康撰。亡。"可见是一部著述，《文选》所录仅是其中论的部分，一定还有更多具体养生方法。又如涉及瓜果，就有王逸、陆机、张孟阳的《瓜赋》。② 第三，卷七论述酿酒，征引《祝麴文》类似于温子昇《上梁文》之类，也是一种祝词文体。③ 第四，卷十"鹿葱"条，引周处《风土记》、曹植《宜男花颂》、嵇含《宜男花赋序》，④当时是一种南方植物，又称忘忧草。在中国古典古诗、古代小说中，我们会经常见到这种植物。第五，此书提供了很多与文史研究密切相关的资料，如卷三"杂说"谈到纸张防虫问题，专论"入潢"之法，还论及用"雌黄"治书之法；也涉及图书的形制，如"卷头首纸"之类。由此可以理解《颜氏家训·勉学》所说"观天下书未遍，不得妄下雌黄"的涵义。第六，作者序称："鄙意晓示家童，未敢闻之有识，故丁宁周至，言提其耳，每事指斥，不尚浮辞。览者无或嗤焉。"说明此书的撰写，实为普通读者着想，文字浅显，描述周详。作者不仅采掇经传，还寻诸故老，证之歌谣。如序引谚曰："一年之计，莫如树谷；十年之计，莫如树木。"种庄稼植树木有多重要呢？作者又援引经典："《书》曰：稼穑之艰难。《孝经》曰：用天

---

① 缪启愉《齐民要术校释》，中国农业出版社 1998 年版，第 450 页。
② 缪启愉《齐民要术校释》，中国农业出版社 1998 年版，第 152 页。
③ 缪启愉《齐民要术校释》，中国农业出版社 1998 年版，第 479 页。
④ 缪启愉《齐民要术校释》，中国农业出版社 1998 年版，第 826 页。

之道,因地之利,谨身节用,以养父母。《论语》曰:百姓不足,君孰与足?汉文帝曰:朕为天下守财矣,安敢妄用哉! 孔子曰:居家理,治可移于官。然则家犹国,国犹家,是以家贫则思良妻,国乱则思良相,其义一也。"这些论述,正可谓"丁宁周至,言提其耳"。卷四讲种树,作者说:"先为深坑,内树讫,以水沃之,著土令如薄泥,东西南北摇之良久(摇,则泥入根间,无不活者;不摇,根虚多死。其小树,则不烦耳),然后下土坚筑(近上三寸不筑,取其柔润也)。时时溉灌,常令润泽(每浇水尽,即以燥土覆之,覆则保泽,不然则干涸)。埋之欲深,勿令挠动。"这些语言,几乎是口语。

六朝文学,主要是精英文学,而《齐民要术》则主要是给大众看的,文字通俗,同样值得注意。就像王褒的《僮约》《责髯奴辞》等,多别字俗语,时人容易理解,后人就比较困难了。特别是在流传过程中,又多有错讹。《文献通考》载李焘《孙氏〈齐民要术〉音义解释序》:"贾思勰著此书,专主民事,又旁摭异闻,多可观,在农家最岿然出其类,而近世学者忽焉。……第奇字错见往往艰读。今运使、秘丞孙公为之音义,解释略备,其正名辨物,盖与扬雄、郭璞相上下,不但借助于思勰也。"[1]《说郛三种》(宛委山堂一百二十卷本)卷七十五引有若干则。石声汉《齐民要术今释》,有校释,还串讲大意,便于阅读。该书由科学出版社 1958 年出版,中华书局 2022 年再版。缪启愉《齐民要术校释》,不仅考校异文,尤其重视内容的注解,中国农业出版社 1998 年出版。

三、颜之推与《颜氏家训》

颜之推(531—591)字介,祖籍琅琊临沂(今属山东)。研究者根据《颜氏家训·终制篇》中"吾年十九,值梁家丧乱"一语,推断颜之推生于梁武帝中大通三年(531 年),卒于公元 591 年之后。不过,这个推断也有矛盾之处。《周书·颜之仪传》称颜之仪开皇十一年卒,年六十九,则生

---

[1] 《文献通考·经籍考》下册,华东师范大学出版社 1985 年版,第 1037 页。

在普通四年,反而比颜之推长八岁,与《北史》说"颜之仪即之推之弟"相矛盾。据此,《颜氏家训》中的这段话应是"吾年二十九"或"吾年廿九"。其生年当在梁武帝普通二年(521 年),其卒年在隋开皇九年(590 年)或十年(591 年)左右,享年六十九或七十。但此说也有问题。《颜氏家训·序致》篇说:"年始九岁,便丁荼蓼。"颜之推父颜协卒于梁大同五年(539年),与《序致》正合,且"十九"岁,正侯景陷台城之年。因此,其生年仍以中大通三年(531 年)为宜。

颜氏为侨姓高门。[①]《颜氏家训·序致》称:"吾家风教,素为整密。"其父颜协是梁代文人,曾在萧绎幕下,《梁书·文学传》有传。颜之推九岁丧父,在兄长抚养下长大,继承家学,同时又喜好文学。梁武帝太清初(547 年),曾任湘东王萧绎国常侍,加镇西墨曹参军。太清三年(549年),侯景攻陷台城。萧绎使其子萧方诸出镇郢州(今湖北武昌),以颜之推掌管记,随行。侯景之乱平,颜之推还江陵,奉元帝萧绎命校勘王僧辩自建康运至江陵的典籍。西魏攻克江陵,颜之推又被掳至关中,在弘农为西魏阳平公李远掌书翰。后闻在北齐的梁代旧臣有人被遣送回南,又逃奔北齐,想由此南返。但不久陈霸先代梁称帝,他就滞留于北齐,颇得文宣帝高洋的信任,官奉朝请。后主武平中,待诏文林馆,为司徒录事参军,撰《修文殿御览》。又任通直散骑常侍、黄门侍郎诸职。齐亡入周,为御史上士。隋文帝开皇中,太子杨勇曾召以为文学,颇加优礼,不久病卒。生平事迹见《北齐书》本传及缪钺《颜之推年谱》《颜之推评传》(518,f,g)。

颜之推平生著述甚多,其中最著名而又流传至今的当首推《颜氏家训》二十篇,又有《冤魂志》三卷、《证俗文字》五卷,文集三十卷。除《颜氏家训》及《冤魂志》外,[②]其余均早佚。颜之推的诗歌尚存四首,辞赋有《观我生赋》。颜之推在《颜氏家训·文章》中,称"吾家世文章,甚为典正,不

---

　　①　颜氏为侨姓高门,东晋以来历朝均有显要人物。颜氏墓葬,近来有部分被发掘。1958 年在南京市郊老虎山发掘晋墓四座,根据出土的墓志考证,是西晋末年渡江的颜之推远祖颜含仲子颜谦夫妇、季子颜约、孙颜绅之墓。见《考古》1959 年第 6 期。
　　②　罗国威有《冤魂志校注》,巴蜀书社 2001 年出版。

从流俗"，并说萧绎作《西府新文》，不收录颜协之作，因为"不偶于世，无郑、卫之音故也"。他自己的诗文，大约以他父亲为榜样，不作艳诗，而且辞藻也远不像一般南朝文人诗那样华丽。但是和北齐同时文人之作相比，则又略见藻绘，所以《北史》本传评为"辞情典丽"。《观我生赋》是一篇自叙性的辞赋，具有史诗的特色。和庾信《哀江南赋》相比，《观我生赋》的描写更加具体，脉络更为清晰。

第一，它是颜之推用辞赋体撰写的一篇自传，并有详细的自注，具有重要的史料价值。[①] 如江陵沦陷后，颜之推被西魏所俘。《北齐书·文苑·颜之推传》载："后为周军所破。大将军李显庆重之，荐往弘农，令掌其兄阳平公远书翰。"[②]《观我生赋》的描述更为惊心动魄："怜婴孺之何辜，矜老疾之无状，夺诸怀而弃草，踣于涂而受掠。冤乘舆之残酷，轸人神之无状，载下车以黜丧，掩桐棺之藁葬。云无心以容与，风怀愤而慅恨。井伯饮牛于秦中，子卿牧羊于海上。留钏之妻，人衔其断绝；击磬之子，家缠其悲怆。小臣耻其独死，实有愧于胡颜，牵疴痕而就路。策驽蹇以入关。下无景而属蹐，上有寻而亚搴，嗟飞蓬之日永，恨流梗之无还。若乃玄牛之旌，九龙之路，土圭测影，璿玑审度，或先圣之规模，乍前王之典故，与神鼎而偕没，切仙弓之永慕。尔其十六国之风教，七十代之州壤，接耳目而不通，咏图书而可想，何黎氓之匪昔，徒山川之犹曩。每结思于江湖，将取弊于罗网，聆代竹之哀怨，听出塞之嘹朗，对皓月以增愁，临芳樽而无赏。"前部分写官疲马瘦、"牵疴痕而就路"的流离之状，后写自己"策驽蹇以入关"的悲苦。可与《悲愤诗》比拟。

第二，它表现了颜之推的民族思想，如《教子》篇讽刺北齐士大夫教

① 谢灵运《山居赋》、张渊《观象赋》并有自注，见《宋书·谢灵运传》和《魏书·张渊传》。《管锥编·全隋文》论《观我生赋》："按之推自注此《赋》，严谨不苟，仅明本事，不阑入典故。盖本事无自注，是使读者昧而不知；典故有自注，是疑读者陋而不学。之推《家训》论文甚精，观此篇自注，亦征其深解著作义法，非若谢灵运、张渊徒能命笔，不识体要也。"

② 《北齐书》卷四十五，中华书局 1972 年版，第 617 页。

其子弟学习鲜卑语,他深不以为然,认为"若由此业,自致卿相,亦不愿汝曹为之"。他还对梁朝与北齐的腐朽政治进行了揭发和谴责。《北史·儒林传》载何洪珍有宠于齐后主,权倾一时,腐败至极。张景仁、张雕等文人极力攀附,亦为人所不齿。《观我生赋》"亦佞臣之云使"句下自注有具体的表述:"武成奢侈,后宫御者数百人,食于水陆贡献珍异,至乃厌饱,弃于厕中。裈衣悉罗缬锦绣珍玉,织成五百一段。尔后宫掖遂为旧事。后主之在宫,乃使骆提婆母陆氏为之,又胡人何洪珍等为左右,后皆预政乱国焉。"

第三,颜之推的《观我生赋》与同时代描写乡关之思的代表性作品,如沈炯的《归魂赋》,庾信的《哀江南赋》等,有异曲同工之妙,彼此之间或有微妙的联系。公元 577 年,北周灭齐,颜之推被迫由邺城迁到长安。《观我生赋》写道:"予一生而三化,备荼苦而蓼辛。"该句下注:"在扬都值侯景杀简文而篡位,于江陵逢孝元覆灭,至此而三为亡国之人。"严格说,颜之推不止有三次亡国经历。他到长安的第四年(581 年),隋朝灭周。他死前的头一年,即隋文帝开皇九年(589 年),隋朝灭陈。这些内容,《观我生赋》都没有写到,仅言及北齐自高洋代魏至周武灭齐,凡二十八年。据此推断,这篇作品大约作于北周静帝宇文衍大象二年(580 年)。这一年,颜之推五十岁,他来到长安已经三个年头。这期间,他应当见过庾信,也应当读过庾信的《哀江南赋》。颜之推与庾信在江南时就已相识,且同朝为官,彼此熟悉。公元 552 年,梁元帝萧绎在江陵称帝。颜之推为散骑侍郎,奏舍人事,与王褒、庾信等校订梁室藏书。故《观我生赋》:"或校石渠之文,时参柏梁之唱。"作者自注云:"王司徒表送秘阁旧事八万卷,乃诏比校,部分为正御、副御、重杂三本。左民尚书周弘正、黄门郎彭僧朗、直省学士王珪、戴陵校经部,左仆射王褒、吏部尚书宗怀正、员外郎颜之推、直学士刘仁英校史部,廷尉卿殷不害、御史中丞王孝纯、中书郎邓荩、金部郎中徐报校子部,右卫将军庾信、中书郎王固、晋安王文学宗菩善、直省学士周确校集部也。"颜氏又云"时参柏梁之唱",则萧绎还与颜之推、王褒、庾信相互唱和。因此,我们有充分理由相信,颜之推的

《观我生赋》很有可能受到过庾信《哀江南赋》的影响。

《颜氏家训》在北朝散文中占有很重要的地位。由于儒家的广泛宣传、佛教的多方征引以及颜氏后人的多次翻刻,此书在历史上影响极为深远,以至有人说此书"篇篇药石,言言龟鉴,凡为人子弟者,可家置一册,奉为明训,不独颜氏"。(王钺《读书丛残》)。全书凡二十篇:《序致》《教子》《兄弟》《后娶》《治家》《风操》《慕贤》《勉子》《文章》《名实》《涉务》《省事》《止足》《诫兵》《养生》《归心》《书证》《音辞》《杂艺》《终制》。书中内容虽然主要是教训子弟修身、治家、勉学、处世之道,同时也涉及其他许多方面,如记述南北风俗、人物事迹、讨论学术、品第文艺等。

就中古文学研究而言,它最重要的参考价值表现在五个方面:

第一是它自身的文风,"平而不流于凡庸,实而多异于世俗,在南方浮华北方粗野的气氛中,《颜氏家训》保持平实的作风,自成一家之言",[①]自是散文的上乘之作。如《文章》篇云:"别易会难,古人所重;江南饯送,下泣言离。有王子侯,梁武帝弟,出为东郡,与武帝别,帝曰:'我年已老,与汝分张,甚以恻怆。'数行泪下。"寥寥数字,将分别之际的种种复杂情感表达得淋漓尽致。

第二是《文章》一篇,是中古文学批评的重要文献。颜之推以文学为小道,认为"行有余力,则可习之"。文学的作用不过是"陶冶性灵,从容讽谏",然而自古文人,"多陷轻薄",往往遭到杀身之祸,原因乃是"文章之体,标举兴会,发引性灵,使人矜伐,故忽于持操,果于进取",并例举从屈原到谢朓等三十余人的不幸遭遇作为证明。这种看法,一方面反映了正统的儒家立场,另一方面又反映了生当乱世,看到自古文人多遭厄难所引起的不安。但是一进入具体的议论,颜之推又兴致盎然,提出创作需要天才,"必乏天才,勿强操笔"。这些看法,和《文心雕龙·附会》中的提法大体一致,不妨认为就是受到刘勰的影响。如与《文心雕龙》相比

---

① 范文澜《中国通史》第 2 册(修订本),人民出版社 1978 年版,第 665—666 页。

较,两者多可互相发明。①

　　第三是《涉务》等篇,对研究梁代中后期士人精神状态有重要参考价值。如谓:"梁世士大夫,皆尚褒衣博带,大冠高履。出则车舆,入则扶持,郊郭之内,无乘马者。周弘正为宣城王所爱,给一果下马,常服御之,举朝以为放达。至乃尚书郎乘马,则纠效之。及侯景之乱,肤脆骨柔,不堪行步,体羸气弱,不耐寒暑,坐死仓猝者,往往而然。建康令王复,性既儒雅,未尝乘骑,见马嘶喷陆梁,莫不震慑,乃谓人曰:'正是虎,何故名为马乎?'"此类故事,常见于《世说新语·任诞》篇。又如《归心》,乃"归心释教",反映了东晋以来佛教兴盛的状况。释道宣《广弘明集序》:"颜之推之《归心》,词采卓然,迥张物表。"王应麟《困学纪闻》九:"颜之推《归心》篇,仿屈子《天问》之意。"②

　　第四是由于他思想通博,阅历深广,尤精于文字、训诂、音韵、校勘之学。《勉学》篇说:"夫文字者,坟籍根本。"《书证》《音辞》等篇,校订经书、史传、诸子等书中文字异同,多有独到见解。③ 与其后人颜师古《匡谬正俗》相近。譬如《风操》载:"吾尝问周弘让曰:'父母中外姊妹,何以称之?'周曰:'亦呼为丈人。'自古未见丈人之称施于妇人也。吾亲表所行,若父属者,为某姓姑;母属者,为某姓姨。中外丈人之妇,猥俗呼为丈母,士大夫谓之王母、谢母云。而陆机集有《与长沙顾母书》,乃其从叔母也,今所不行。"《古诗为焦仲卿妻作》曰:"三日断五匹,丈人故嫌迟。"此仲卿妻刘兰芝谓其姑嫜。《史记·刺客列传》有"家丈人"一语,《索隐》引韦昭曰:"古者,名男子为丈夫,尊妇妪为丈人,故汉书宣元六王传所云丈人,谓淮阳宪王外王母,即张博母也。故古诗曰:'三日断五匹,丈人故嫌迟。'"都可以相互印证。

---

　　① 　王利器《〈颜氏家训〉集解》序,上海古籍出版社,1980 年版。

　　② 　王利器《〈颜氏家训〉集解》,上海古籍出版社,1980 年版,第 335 页。

　　③ 　参见周祖谟《〈颜氏家训·音辞〉篇补注》,载《问学集》,中华书局 1981 年出版。又见缪钺《颜之推的文字训诂声韵校勘之学》,收入作者著《冰茧庵丛稿》,上海古籍出版社 1985 年出版。

第五是《教子》《兄弟》《后娶》《治家》《风操》等篇,论及传统习俗、南北风土民情等,可与《风俗通》等文献相互参照研读。如《风操》论避讳,"凡避讳者,皆须得其同训以代换之",如汉人以"国"代"邦"、以"满"代"盈"、以"常"代"恒"、以"开"代"启"之类。《淮南子》凡"长"字俱作"修"。高注《淮南子序》:"以父讳长,故所著诸'长'字皆曰'修'。"

该书传世版本较多,以元代廉台田氏补修重印之宋淳熙台州公库本为较好。注本以王利器《集解》最详。它以卢文弨抱经堂校定本为底本,校以宋本、董正功《续〈家训〉》等十余种宋元以至明、清刻抄本,并附录各本序跋,还对《北齐书·颜之推传》和颜氏流传下来的作品,均详加校注,因此本书实际是颜之推研究资料之渊薮,自1980年上海古籍出版社出版后,一版再版,为学林称道(于微,7)。

第七节 西魏北周诗文研究文献

一、西魏、北周的历史文献

公元534年,对北魏而言是极不平凡的一年。

这年二月,发生了三件大事。第一件大事是孝武帝元修释奠于国学。李谐等有《释奠诗》,并见《初学记》等类书记载。同时,孝武帝又于显阳殿诏祭酒刘廞讲《孝经》,黄门李郁说《礼记》,中书舍人卢景宣讲《大戴礼·夏小正》篇,复置生七十二人,义高旨远,穆如清风。这本来是一个吉祥的征兆,没有想到发生了第二件大事,就是洛阳永宁寺为大火所焚,大火三月不绝。《洛阳伽蓝记》卷一记载:"火初从第八级中,平旦大发。当时雷雨晦冥,杂下霰雪。百姓道俗,咸来观火,悲哀之声,振动京邑。时有三比丘赴火而死。火经三月不灭,有火入地寻柱,周年犹有烟气。"①现今永宁寺遗址仍能看到焦土，可见当年大火之猛烈。第三件大事，宇文泰、高欢各拥兵自重，局面几近失控，恰在此时，拥兵关陇的贺拔岳为高欢部下侯莫陈悦所杀，其部下又拥戴鲜卑人宇文泰继任为帅，强力反击高欢。北魏孝武帝也想借机摆脱高欢的控制，支持宇文泰。宇文泰命申徽作《责侯莫陈悦书》，②因利乘便，大破侯莫陈悦，迫使对手自杀。此后，宇文泰又命申徽作檄文讨伐高欢，披坚执锐，莫不动听。至此，北魏统治集团内部的纷争遂公开于天下。后来的结果，现已成为历史的常识，人所共知：北魏孝武帝讨伐高欢失败，遂率众十余万人投奔宇文泰。同时，高欢入洛阳，大肆杀戮北魏大臣，后立元善见为帝，是为东魏孝静帝。为避西魏锋芒，高欢迁都于邺。这年底，北魏孝武帝为宇文泰所鸩。宇文泰立元宝炬，是为西魏文帝，都长安。

西魏文帝元宝炬大统元年（535年）正月，西魏正式建国，改元大统。西魏恭帝元廓三年（556年）十二月，宇文护废元廓，西魏亡。西魏政权前后存在二十三年。北周纪年从孝闵帝宇文觉元年（557年）开始，至北周静帝宇文衍大定元年（581年）二月隋文帝杨坚代周为止，北周政权共存在二十五年。

西魏、北周虽然是两个朝代，实际统治者为鲜卑人宇文氏，前后统治四十八年。

有关西魏、北周史的基本资料，除《周书》《北史》外，唐代丘悦撰《三国典略》是重要的参考书。③《旧唐书·丘悦传》载，丘悦者，河南陆浑人，撰《三国典略》三十卷。然《旧唐书·经籍志》未著录，《新唐书·艺文志》

---

① （北魏）杨衒之撰，范祥雍校注《洛阳伽蓝记校注》，上海古籍出版社2011年版，第12页。

② 申徽字世仪，魏郡人。勤敏廉慎，曾画杨震像于寝室以自戒。凡所居官，案牍无大小，皆亲自省览。其诗赋为人传诵。生平事迹见《周书·申徽传》。

③ （唐）丘悦《三国典略》与（魏）鱼豢撰《典略》很容易混淆。《隋书·经籍志》著录魏郎中鱼豢撰《典略》八十九卷，《旧唐书·经籍志》著录五十卷，主要记述魏蜀吴三国历史，故《三国志》裴松之注多所引用。

有著录,也是三十卷,以关中、邺都、江南为三国,起西魏,终后周。王应麟《玉海·艺文》:"《中兴书目》二十卷,唐汾州司户参军丘悦撰。自元魏分而为东、西,西魏都关中,后周因之。东魏都邺,北齐因之。梁、陈则皆都江左。悦之书首标西魏元而叙宇文泰。"①《说郛三种》(宛委山堂一百二十卷本)卷五十九辑录《三国典略》若干则。杜德乔、赵超《三国典略辑校》(台湾东大图书公司,1998 年版)辑录丘悦所著 394 条。《三国典略》多已为《资治通鉴》所征引,还有相当一部见于《太平御览》,辑录在一起,有助于我们对东魏、西魏及北周历史的研究。尽管江南的资料本来有限,但是也有一些为他书失载。如萧绎在江陵陷落后烧毁十四万卷图书,《梁书》本纪就没有记载,《三国典略》却最早记录了这件史事。

关于西魏、北周的历史文献研究,王仲荦贡献最多。他的《北周地理志》(中华书局,1980 年版)以北周武帝宣政元年(578 年)、宣帝大象元年(579 年)为准,分为关中、陇右、剑南、山南上、山南下、淮南、河南上、河南下、河北上、河北下等十卷,辑录史料,比类成编,是我们了解西魏北周文化空间的重要参考。他的另外一部名著是《北周六典》,主要讨论北周曾推行的六官制度,按照天官、地官、春官、秋官、夏官、冬官等,编成《北周职官志》,后来又扩大内容,将传统"会要"的内容加进来。职官之外,还包括五礼、舆服、音乐、历算、著述、选举、封爵、民政、食货、部曲奴婢、刑狱、兵制、朝聘、宗教等内容,成为考察北周王朝典章制度的专书。譬如麟趾殿学士有一个工作职责,就是主管著述。这便与文学建立了密切关系。

西魏、东魏的文章与诗歌,主要收录在逯钦立《先秦汉魏晋南北朝诗》、严可均《全上古三代秦汉三国六朝文》、韩理洲《全北魏东魏西魏文补遗》《全北齐北周文补遗》中。

---

①　(宋)王应麟《玉海》卷四七《艺文》"唐三国典略"条,见《景印文渊阁四库全书·子部二五〇·类书类》,第九四四册,第 278 页。

二、西魏、北周的文人群体

《周书》没有《文苑传》或《文学传》，《周书·庾信王褒传论》论及西魏北周文学：

> 周氏创业，运属陵夷。纂遗文于既丧，聘奇士如弗及。是以苏亮、苏绰、卢柔、唐瑾、元伟、李昶之徒，咸奋鳞翼，自致青紫。然绰建言务存质朴，遂糠粃魏、晋，宪章虞、夏。虽属词有师古之美，矫枉非适时之用，故莫能常行焉。既而革车电迈，渚宫云撤。尔其荆、衡杞梓，东南竹箭，备器用于庙堂者众矣。唯王褒、庾信奇才秀出，牢笼于一代。是时，世宗雅词云委，滕、赵二王雕章间发。咸筑宫虚馆，有如布衣之交。由是朝廷之人，闾阎之士，莫不忘味于遗韵，眩精于末光。犹丘陵之仰嵩、岱，川流之宗溟、渤也。①

《北史·文苑传》：

> 周氏创业，运属陵夷，纂遗文于既丧，聘奇士如弗及。是以苏亮、苏绰、卢柔、唐瑾、元伟、李昶之徒，咸奋鳞翼，自致青紫。然绰之建言，务存质朴，遂糠粃魏、晋，宪章虞、夏，虽属辞有师古之美，矫枉非适时之用，故莫能常行焉。既而革车电迈，渚宫云撤，梁、荆之风，扇于关右，狂简之徒，斐然成俗，流宕忘反，无所取裁。②

这里提到的文人有苏亮、苏绰、卢柔、唐瑾、元伟、李昶、滕王、赵王、王褒、庾信等十人。《周书·儒林传》为七位学者立传，两个传纪相加共十七人，除王褒、庾信是江南文人外，其余十五人均为本地作家。这是西魏北周的第一个文人群体。

北周灭齐，以阳休之为代表的十八位文人同时西上。《北齐书·阳休之传》载："周武平齐，与吏部尚书袁聿修、卫尉卿李祖钦、度支尚书元

---

① 《周书》卷四十一，中华书局 1971 年版，第 744 页。
② 《北史》卷八十三，中华书局 1974 年版，第 2781 页。

修伯、大理卿司马幼之、司农卿崔达拏、秘书监源文宗、散骑常侍兼中书侍郎李若、散骑常侍给事黄门侍郎李孝贞、给事黄门侍郎卢思道、给事黄门侍郎颜之推、通直散骑常侍兼中书侍郎李德林、通直散骑常侍兼中书舍人陆乂、中书侍郎薛道衡、中书舍人元行恭、辛德源、王劭、陆开明十八人同征，令随驾后赴长安。卢思道有所撰录，止云休之与孝贞、思道同被召者是其诬罔焉。"①这是西魏、北周的第二个文人群体。

除庾信、王褒等大批江南文人外，设在江陵的后梁王朝是西魏、北周控制下的傀儡政权，也云集了不少来自江南文人。这是西魏、北周的第三个文人群体。

上述三个文人群体，呈现出三种不同的文化风貌。

（一）本土文人

关陇地区是宗周故地，有着深厚的礼乐文化的传统。宇文氏立足关陇，以传承两周文化为号召。宇文泰认为汉魏官僚系统繁琐，思革前弊。于是在大统中命苏绰、卢辩依周制改创其事，置六卿官，至西魏恭帝元廓三年（556年）才完成六官体系建设，初行周礼。这些做法，迅速地获得了关陇望族的拥戴。武功苏氏家族，京兆韦氏、杜氏家族，陇右辛氏家族等，乘势而起，登台亮相。在他们的影响下，河东柳氏、范阳卢氏、北魏皇族元氏，乃至江南流人等，也加入西魏、北周的文化建设中。宇文氏皇室成员在文化上也不甘落后，培养出不少杰出文人。《周书·王褒庾信传论》论及的苏亮、苏绰、卢柔、唐瑾、元伟、李昶、滕王、赵王等八人，只是其中很不全面的代表。最初，这些文人为配合政治需要，以复古为先导。随着庾信、王褒等南方作家的北上，西魏、北周文人纷纷向他们学习，六朝骈俪的文体文风逐渐盛行开来。

苏绰（498—546）字令绰，武功（今陕西武功）人。史载，其少好学，博览群书，尤善算术。与周惠达议政，遂为宇文泰所赏识，拜行台郎中。西迁长安后，参典机密，深得西魏权臣、后来的北周太祖皇帝宇文泰宠遇，

---

①　《北齐书》卷四十二，中华书局1972年版，第563—564页。

加卫将军、右光禄大夫，封美阳县子，大行台度支尚书，领著作，兼司农卿。《周书·苏绰传》称其"以海内未平，常以天下为己任"。① 西魏文帝大统十一年(545年)，奉宇文泰之命，作治心、敦教化、尽地利、擢贤良、恤狱讼、均赋役等《六条诏书》。史载："太祖甚重之，常置诸座右。又令百司习诵之。其牧守令长，非通六条及计帐者，不得居官。"②

宇文泰认为，自两晋以来，文章竞为浮华，成为时尚，很想革除这种风气，遂命苏绰作《大诰》。《大诰》原文今尚存，和当时流行的骈文不同，用语模仿《尚书》，质朴无文。《周书·苏绰传》云："自是之后，文笔皆依此体。"③ 譬如河东柳庆就意会心谋，如法炮制，得到了苏绰赏识。《周书·柳庆传》："时北雍州献白鹿，群臣欲草表陈贺。尚书苏绰谓庆曰：'近代以来，文章华靡，逮于江左，弥复轻薄。洛阳后进，祖述不已。相公柄民轨物，君职典文房，宜制此表，以革前弊。'庆操笔立成，辞兼文质。绰读而笑曰：'枳橘犹自可移，况才子也。'寻以本官兼雍州别驾。"④《史通·言语》："近有敦煌张太素、中山郎余令，并称述者，自负史才。郎著《孝德传》，张著《隋后略》。凡所撰今语，皆依仿旧辞。"所谓"旧辞"大约就是苏绰所欣赏的"辞兼文质"的风格。张太素，唐代龙朔中人，为著名学者，著有《北齐书》《隋书》《隋后略》《敦煌张氏家传》等。萧绎著有《孝德传》，张太素更撰《后传》。可见，苏绰推行文风改革，对初唐尚有影响。当然，时移世异，完全尊奉虞、夏文风，也有很多弊端。前引《周书·王褒庾信传论》称："然绰建言务存质朴，遂糠秕魏、晋，宪章虞、夏。虽属词有师古之美，矫枉非适时之用，故莫能常行焉。"

苏亮字从顺，苏绰从兄。《周书·苏亮传》称其"少通敏，博学，好属文，善章奏"。⑤ 初仕北魏，得到常景赏识。魏齐王萧宝夤引为参军。凡

---

① 《周书》卷二十三，中华书局1971年版，第394页。
② 《周书》卷二十三，中华书局1971年版，第391页。
③ 《周书》卷二十三，中华书局1971年版，第394页。
④ 《周书》卷二十二，中华书局1971年版，第370页。
⑤ 《周书》卷三十八，中华书局1971年版，第677页。

有文檄谋议,皆以委之。史载:"亮少与从弟绰俱知名。然绰文章少不逮亮,至于经画进趣,亮又减之。故世称二苏焉。亮自大统以来,无岁不转官,一年或至三迁。佥曰才至,不怪其速也。所著文笔数十篇,颇行于世。"①

卢柔字子刚。性聪敏,好学,未弱冠,解属文,口吃不能持论,但文采飞扬。《周书·薛寘传》载:"时前中书监卢柔,学业优深,文藻华赡,而寘与之方驾,故世号曰卢、薛焉。"②《周书·卢柔传》谓"孝闵帝践阼,拜小内史,迁内史大夫,进位开府。卒于位。所作诗、颂、碑、铭、檄、表、启、行于世者数十篇"。③

唐瑾字附璘。《北史》称其"博涉经史,雅好属文"。④ 曾随于谨平定江陵,江南士人"并没为仆隶。瑾察其才行,有片善者,辄议免之,赖瑾获济者甚众。时论多焉。及军还,诸将多因房掠,大获财物。瑾一无所取,唯得书两车,载之以归"。⑤《周书·唐瑾传》说他"撰《新仪》十篇。所著赋颂碑诔二十余万言"。⑥他最著名的作品是收录在《金石萃编》卷三十七的《华岳颂》,为一代名文。

元伟字猷道,河南洛阳人,实际是鲜卑人。少好学,有文雅。为尉迟迥司录,尉迟迥伐蜀,书檄文记,皆元伟之词。后出使北齐,被留,暨齐平,方还。加授上开府。《周书·元伟传》:"伟性温柔,好虚静。居家不治生业。笃学爱文,政事之暇,未尝弃书。谨慎小心,与物无忤。时人以此称之。初自邺还也,庾信赠其诗曰:'虢亡垂棘反,齐平宝鼎归。'其为辞人所重如此。"⑦《史通·浮词》:"《周史》称元行恭因齐灭得回,庾信赠

---

① 《周书》卷三十八,中华书局1971年版,第678页。
② 《周书》卷三十八,中华书局1971年版,第685页。
③ 《周书》卷三十二,中华书局1971年版,第563页。
④ 《北史》卷六十七,中华书局1974年版,第2355页。
⑤ 《周书》卷三十二,中华书局1971年版,第564页。
⑥ 《周书》卷三十二,中华书局1971年版,第565页。
⑦ 《周书》卷三十八,中华书局1971年版,第689页。

其诗曰：'虢亡垂棘反，齐平宝鼎归。'陈周弘正来聘，在馆赠韦夐诗曰：'德星犹未动，真车讵肯来？'其为信、弘所重如此。夫文以害意，自古而然，拟非其伦，由来尚矣。必以庾、周所作，皆为实录，则其所褒贬，非止一人，咸宜取其指归，何止采其四句而已？"①

李昶，小名那，顿丘临黄人，祖李彪，名重魏朝。李昶幼年已解属文，有声洛下。赐姓宇文氏。多与庾信唱和，被称作"宇文内史"。徐陵《与李那书》："常在公筵，敬析名作。获殷公所借《陪驾终南入重阳阁诗》及《荆州大乘寺》《宜阳石像碑》四首。"②《答徐陵书》见《文苑英华》六百七十九卷。文称："仆世传经术，才谢刘歆，家有赐书，学匪班嗣。弱年有意，频爱雕虫；岁月三余，无忘肄业。户牖之间，时安笔砚，颦眉难巧，学步非工，恒经牧孺之讥，屡被陈思之诮。"文字极为考究。《周书·王昶传》载王昶名言："文章之事，不足流于后世，经邦致治，庶及古人。"③故李昶所作文笔，了无稿草，唯留心政事而已。这是北周本土文人的特点。

滕闻王宇文逌字尔固突。赵王宇文招字豆卢突。他们并为北周皇室子弟，少好经史，博涉群书。庾信等江南文人入北后，他们倾心向慕，学庾信体，词多轻艳。滕闻王逌还为庾信编辑文集，并作序，庾信有《谢滕王集序启》表示感谢。庾信还有《上益州上柱国赵王二首》《奉报赵王出师在道赠诗》《和赵王送峡中军》《和赵王途中王韵》《奉和赵王隐士》《奉和赵王游仙》等，都是与赵王唱和送别之作。北周静帝宇文衍大象二年（580 年），二人并为杨坚所杀。《周书·赵王传》载其"所著文集十卷，行于世"。④《隋书·经籍志》著录后周《滕简王集》八卷、后周《赵王集》八卷。除《庾信集序》外，宇文逌还有《道教实花序》，见《初学记》卷二十三。宇文招现存诗一首，见《乐府诗集》。

---

① （唐）刘知幾撰，（清）浦起龙注释《史通通释》，上海古籍出版社 2015 年版，第 160 页。按《史通》作元行恭，疑误，当依《周书》作元伟。

② （陈）徐陵著，许逸民校笺《徐陵集校笺》，中华书局 2008 年版，第 830 页。

③ 《周书》卷三十八，中华书局 1971 年版，第 687 页。

④ 《周书》卷十三，中华书局 1971 年版，第 203 页。

北周武帝宇文邕保定四年（564 年），北周大将军、大冢宰宇文护伐齐，出潼关。十一月，柱国、蜀国公尉迟迥围洛阳。此前，宇文护母亲阎氏被稽留在北齐，请人作书与宇文护，大概是根据口述记录下来，略加修饰，文情并茂，通俗易懂。这封信见于《周书·晋荡公护传》："天地隔塞，子母异所，三十余年，存亡断绝，肝肠之痛，不能自胜。想汝悲思之怀，复何可处。吾自念十九入汝家，今已八十矣。既逢丧乱，备尝艰阻。恒冀汝等长成，得见一日安乐。何期罪衅深重，存没分离。吾凡生汝辈三男三女，今日目下，不睹一人。兴言及此，悲缠肌骨……"史载宇文护"性至孝，得书，悲不自胜，左右莫能仰视。报书曰：'区宇分崩，遭遇灾祸，违离膝下，三十五年……'"[①]阎母的信，严可均归入《全北齐文》卷九，题曰《为阎姬与子宇文护书》，作者阙名。宇文护的回复收录到《全后周文》卷四，题曰《报母阎姬书》，四六成骈，装饰很浓，应是当时文士所作。无论作者是谁，就书信体而言，这也可以算作西魏、北周的代表作之一。

（二）北齐遗民

《北齐书·阳休之传》所载十八位著名文人同赴长安，卢思道、颜之推、李德林、薛道衡、辛德源、王劭、陆开明、李若、袁聿修、司马幼之、源彪（字文宗）、李孝贞等入隋。司马幼之曾任泗州刺史，开皇四年（584 年），竟以"文表华艳"获罪。袁聿修（516—587），字叔德，北魏中书令袁翻之子。袁聿修为平齐民后代。他卒于隋代开皇七年（587 年），按理说应当作为隋代作家，但其主要活动在北齐、北周时期，故《魏书》附在其养父袁跃传中，《北齐书》有传纪。袁聿修随阳休之北上长安后，授仪同大将军、吏部下大夫，除东京司宗中大夫。隋开皇初，加上仪同，迁东京都官尚书。李祖钦、元修伯、崔达拏等三人并未留下作品，姑且不论。

（三）后梁文人

十六国以来，江南入北作家很多。高人雄根据《魏书》《北齐书》《周书》统计，仅萧氏就有 41 人（435,c）。其他文人就更多了。

---

①　《周书》卷十一，中华书局 1971 年版，第 169—171 页。

　　江南文人入北的原因和时间各不相同。由于梁朝与东魏交好,时有使臣互聘进行文化交流,最初从江南逃避的文人更愿意逃往邺下,如王肃、萧放、萧慤、颜之推、徐之才等多如此。早期流落到长安的江南文人,多是作为使节扣留下来的。如庾信在江陵之乱前入北,萧大圜与萧大封充使西周请和,于谨已攻下江陵,遂客留长安。更多是在江陵之乱后被胁迫到长安,如宗懔、沈炯、王褒、庾季才、姚僧垣、姚最父子等。他们自幼深受江南文风的浸染,而后来不同的境遇彻底地改变了他们各自的创作风貌。徐陵由梁入陈,诗艺精密,词采华丽,被时人推为一代词宗,但在文学史上的地位却受到极大限制。沈炯虽有仕北的经历,也写下《归魂赋》这样著名的作品,但是后来南归,沉浸于绮丽之风,一蹶不振。而庾、王二人由南入北,生活经历发生巨大变故,深刻地体验到了人生的种种悲欢离合之情,所以诗赋创作进入了新的境界,特别是庾信,成为南北朝诗赋创作的集大成者。

　　梁元帝萧绎承圣三年(554年)十一月,西魏于谨、宇文护、杨忠、韦孝宽等率步骑五万人讨平江陵,擒杀萧绎。梁朝又冒出四个皇帝。第一个是西魏扶持的萧詧,居江陵,称藩于西魏,史称后梁。萧詧庙号中宗,追其父萧统为昭明皇帝,庙号高宗。立其子萧岿为皇太子。第二个是北齐扶持的萧渊明,齐送贞阳侯萧渊明为梁嗣,派遣徐陵随还江南,最初,梁将王僧辩拒绝接受,徐陵作《为梁贞阳侯与太尉王僧辩书》《为梁贞阳侯答王僧辩书》《为梁贞阳侯重答王太尉书》《为梁贞阳侯答王太尉书》《为梁贞阳侯重答王太尉书》《又为梁贞阳侯答王太尉书》《为梁贞阳侯与陈司空书》《为梁贞阳侯重与裴之横书》《为梁贞阳侯与荀昂兄弟书》等。五月,王僧辩纳贞阳侯萧渊明,徐陵随萧渊明自采石济江,入于建业。改承圣四年(555年)为天成元年。第三个是陈霸先扶持的萧方智,在丹阳称帝,是为敬帝。十月,改元绍泰元年。公元557年,陈霸先废梁帝,改元永定元年。第四个是北齐扶持的萧庄。王琳请援于齐,请纳梁永嘉王萧庄主梁祀,王昕(元景)送萧庄于江州(今安徽潜山),以奉梁祀,改元天启。袁奭(字元明)、朱才(字待问)都曾是萧庄幕僚,庄败,留在邺城。

四个萧梁政权,最后只有后梁政权苟延残喘地保留下来。萧詧把自己的儿子萧窥送到长安作为人质,在西魏、北周的庇护下,萧詧、萧岿、萧琮三代在江陵作了三十三年的傀儡皇帝。① 萧詧在位八载,年四十四岁死。《周书·萧詧传》说他"笃好文义,所著文集十五卷,内典《华严》《般若》《法华》《金光明义疏》四十六卷,并行于世。詧疆土既狭,居常怏怏。每诵'老马伏枥,志在千里。烈士暮年,壮心不已',未尝不盱衡扼腕,叹咤者久之。遂以忧愤发背而殂"。②《隋书·经籍志》著录梁《岳阳王詧集》十卷。其子萧岿即位,也享年四十四岁。《周书·萧岿传》载:"所著文集及《孝经》《周易义记》及《大小乘幽微》并行于世。"③《隋书·经籍志》著录《梁王萧岿集》十卷。萧岿子萧琮即位。《隋书·经籍志》著录梁《萧琮集》七卷。今存《奉和御制夜观星示百僚诗》。关于后梁历史,《史通》著录蔡允恭《后梁春秋》。《隋书·经籍志》著录姚勖《梁后略》十卷。今人龚斌《南兰陵萧氏家族文化史稿》"梁亡后萧氏家族的文化贡献"一章有"后梁文化"一节,主要论及后梁萧氏创作。《南兰陵萧氏人物评传》有奚彤云撰写的《萧詧、萧岿、萧琮评传》,两书并由上海古籍出版社2015年出版。

萧詧是萧统第三子。中大通三年(531年),萧统死,萧衍犹豫许久立萧统弟萧纲为皇太子。萧衍为平息萧统三个儿子的不满,让他们各自辖大境。侯景之乱中,他们拥兵自重,作壁上观。萧衍饿死台城,萧詧等甚至引魏兵攻江陵。萧绎死后,萧詧被扶为傀儡皇帝,于大定元年正月(555年)在江陵称帝,改元大定。后梁被废于在隋文帝开皇七年(587年),梁国在江陵偏安三十三年。萧詧、萧岿、萧琮为萧统的后代,本身就是文学家,文章学识,固不待言。观其周围文人,亦可见江南文风之承

---

① 《十七史商榷》卷六十八"后梁最难位置",专门讨论后梁的尴尬,既不能入《魏书》,又不能入《梁书》,也不能入《周书》,更不能入《隋书》,最后,萧詧、萧岿、萧琮附在《周书》之末。郑樵《通志》专列《后梁》一朝。

② 《周书》卷四十八,中华书局1971年版,第865页。

③ 《周书》卷四十八,中华书局1971年版,第865页。

传。我甚至推测，《文选》曾经由他们的称引，在江陵等地广为流行。

后梁文人尹德毅最有政治眼光。立足江陵之初，他建议袭杀于谨，招致王僧辩为增援，独立称帝。萧詧没有接受这个建议。后来，萧詧失襄阳之地，西魏又虏江陵民入关。萧詧悔恨未听尹德毅劝告，作《愍时赋》，但大势已去。蔡大宝是萧詧的重要幕僚，凡章表书记教令诏册，均出自蔡大宝之手，他还著文集三十卷，《尚书义疏》三十卷。刘臻曾为萧詧中书侍郎。河东柳誓很早就仕后梁。《隋书·柳誓传》："誓少聪敏，解属文，好读书，所览将万卷。仕梁，释褐著作佐郎。"①柳霞亦为后梁文人，作《辞梁宣帝启》，因留乡里，以经籍自娱。死后，庾信还作《周大将军闻喜公柳遐墓志铭》，②可见在当时很有社会地位。王操为后梁大臣，其子王衡最知名，有才学，位中书、黄门侍郎。今存《玩雪诗》《宿郊外晓作诗》等。

江陵文人，多有文集传世。中山甄玄成文集二十卷，南阳岑善方文集十卷，北地傅准文集二十卷，沈君游文集十卷，范迪文集十卷，萧欣文集三十卷，并《梁史》百卷。在众多文人中，沈重的地位更为重要，北周武帝还专门派柳裘到江陵，接应沈重到长安，整理五经，校定钟律。

三、麟趾学士的文化活动

沈重本来在江南为官，后居江陵。入北后，为露门学士，主持五经的整理工作。《周书·沈重传》《隋书·经籍志》记载沈重多种著作：《周官礼义疏》四十卷、《仪礼义》三十五卷、《礼记义》三十卷、《毛诗义疏》二十八卷、《丧服经义》五卷、《礼记义疏》四十卷、《仪礼音》一卷、《礼记音》二卷、《毛诗音》二卷、《乐律义》四卷。

---

① 《隋书》卷五十八，中华书局 1973 年版，第 1423 页。
② 《周书》作"柳霞字子升"。《北史》作"遐"，也是字子升。庾信《周大将军闻喜公柳遐墓志》《三国典略》作"遐"。遐，与子升二字相配，当是。盖《周书》因避讳改字"霞"。

与此同时,北周明帝开麟趾殿也开启了系列的文化活动。《周书·明帝纪》云:

> 帝宽明仁厚,敦睦九族,有君人之量。幼而好学,博览群书,善属文,词采温丽。及即位,集公卿已下有文学者八十余人于麟趾殿,刊校经史。又捃采众书,自羲、农以来,讫于魏末,叙为《世谱》,凡五百卷云。所著文章十卷。①

《周书·于翼传》:"世宗(周明帝)雅爱文史,立麟趾学,在朝有艺业者,不限贵贱,皆预听焉,乃至萧㧑,王褒等与卑鄙之徒同为学士。翼言于帝曰:'萧㧑,梁之宗子;王褒,梁之公卿。今与趋走同侪,恐非尚贤贵爵之义。'帝纳之,诏翼定其班次,于是有等差矣。"②所谓"卑鄙之徒",应当是地位卑微之人。可见,麟趾学士并无多高的政治地位,只不过是安置部分读书人的岗位而已。尽管如此,它在客观上还是有着积极的意义的。明帝开设麟趾殿的时间虽然不能确考,大致可以推断是在明帝即位之初(557 年)。③ 在麟趾殿校书的文人很多,很多来自江南。

1. 鲍宏,字润身,东海郯人。江陵既平,归于周。明帝甚礼之,引为麟趾殿学士。《隋书·鲍宏传》:"初,周武帝敕宏修《皇室谱》一部,分为《帝绪》《疏属》《赐姓》三篇。有集十卷,行于世。"④

2. 姚最,字士会,吴兴武康人。幼而聪敏,及长,博通经史,尤好著述。十九岁就随父一起至长安。世宗盛聚学徒,校书于麟趾殿,最亦预为学士。撰《梁后略》十卷行于世。见《周书·艺术·姚僧垣传》。

---

① 《周书》卷四,中华书局 1971 年版,第 60 页。

② 《周书》卷三十,中华书局 1971 年版,第 523—524 页。

③ 明帝时期麟趾殿设立的时间目前尚有较大争议,但不出明帝年间(557—560)。关于麟趾殿建立的意义,任冬善《北周麟趾殿的设立构成及其历史意义》(《社科纵横》2007 年第 6 期),宋燕鹏、张素格《北周麟趾学士的设置、学术活动及其意义》(《河北科技大学学报》2008 年第 2 期),张婷婷、李建栋《论北周麟趾殿设立的文学史意义》(《文艺评论》2015 年第 2 期)等多有论及。

④ 《隋书》卷六十六,中华书局 1973 年版,第 1548 页。

3. 庾季才,新野人。八世祖滔,隋晋元帝过江,官至散骑常侍,封遂昌侯,因家于南郡江陵县,后与王褒、庾信同补麟趾学士。《隋书·艺术·庾季才传》:"季才局量宽弘,术业优博,笃于信义,志好宾游。常吉日良辰,与琅琊王褒、彭城刘毅、河东裴政及宗人信等,为文酒之会。次有刘臻、明克让、柳䛒之徒,虽为后进,亦申游款。撰《灵台秘苑》一百二十卷,《垂象志》一百四十二卷,《地形志》八十七卷,并行于世。"①

4. 庾信,字子山,南阳新野人。祖易,齐征士。父肩吾,梁散骑常侍、中书令。有《预麟趾殿校书和刘仪同诗》,刘仪同疑为刘璠。庾信生平事迹见《周书·庾信传》。

5. 王褒,字子渊,祖籍琅琊临沂,江陵落陷,王褒作为战俘,与王克、刘毅、宗懔、殷不害等数十人被带到长安,后以文才和门第受到重视,入麟趾殿。生平事迹见《周书·王褒传》。

6. 刘璠,字宝义,沛国沛人。入北后,亦入麟趾殿,与庾信、王褒等交往。

7. 萧圆肃,字明恭,梁武帝之孙,武陵王纪之子。入北后亦入麟趾殿。著《文海》四十卷,《广堪》十卷,《淮海乱离志》四卷等。

8. 柳裘,字茂和,河东解人,齐司空世隆之曾孙。江陵陷,遂入关中。周明、武间,自麟趾学士累迁太子侍读,封昌乐县侯。见《隋书·柳裘传》。

9. 明克让,字弘道,平原鬲人也。父山宾,梁侍中。克让少好儒雅,善谈论,博涉书史,所览将万卷。《三礼》礼论,尤所研精,龟策历象,咸得其妙。年十四,释褐湘东王法曹参军。梁灭,归于长安,周明帝引为麟趾殿学士,俄授著作上士。《隋书·明克让传》云:"著《孝经义疏》一部,《古今帝代记》一卷,《文类》四卷,《续名僧记》一卷,《集》二十卷。"②

10. 颜之仪,字子升,琅琊临沂人。九世祖含,晋侍中,从晋元东渡,

---

① 《隋书》卷七十八,中华书局1973年版,第1767页。
② 《隋书》卷五十八,中华书局1973年版,第1416页。

官至侍中、右光禄、西平侯。祖见远,齐御史治书。正色立朝,有当官之称。及梁武帝执政,遂以疾辞。父协(《颜之推传》作"勰"),梁湘东王绎镇西府咨议参军。为麟趾学士,稍迁司书上士。有文集十卷行于世。见《周书·颜之仪传》。

11. 萧捴,字智遐,兰陵人。梁武帝弟安成王秀之子。年十二,入国学,博观经史,雅好属文。在梁,封永丰县侯,邑一千户。入北后,世宗令诸文儒于麟趾殿校定经史,仍撰《世谱》。捴善草隶,名亚于王褒。算数医方,咸亦留意。所著诗赋杂文数万言,颇行于世。见《周书·萧捴传》。

12. 萧大圜,字仁显,梁简文帝之子。幼而聪敏,神情俊悟。年四岁,能诵《三都赋》及《孝经》《论语》。七岁居母丧,便有成人之性。梁大宝元年(550年),封乐梁郡王,邑二千户,除宣惠将军、丹阳尹。属侯景肆虐,简文见弑,大圜潜遁获免。明年,侯景平,大圜归建康。丧乱之后,无所依托,乃寓居善觉佛寺。萧大圜曾为梁使出西魏,梁亡留北,为麟趾殿学士。江南战乱,萧大圜连自己祖父和父亲的著作都没看过,入麟趾殿,才得见《梁武帝集》四十卷、《简文帝集》九十卷,乃手写《梁武帝集》《简文帝集》,一年并毕。《周书·萧大圜传》:"大圜性好学,务于著述。撰《梁旧事》三十卷,《寓记》三卷、《士丧仪注》五卷、《要决》两卷,并文集二十卷。"[1]

13. 宗懔,字元懔,南阳涅阳人也。八世祖承,永嘉之乱,讨陈敏有功,封柴桑县侯,除宜都郡守。懔少聪敏,好读书,昼夜不倦。语辄引古事,乡里呼为小儿学士。梁普通六年,举秀才,以不及二宫元会,例不对策。及江陵平,与王褒等入关。世宗即位,又与王褒等在麟趾殿刊定群书。作《麟趾殿咏新井诗》。有文集二十卷。见《周书·宗懔传》。

14. 韦孝宽,本名韦叔裕,字孝宽,少以字行。京兆杜陵人也。世为三辅著姓。祖直善,魏冯翊、扶风二郡守。《韦孝宽墓志》称:"公讳宽,字

---

① 《周书》卷四十二,中华书局1971年版,第759页。

孝宽。本姓韦氏,京兆杜陵人。"①祖直善,墓志作"直憙"。史载其沉敏和正,涉猎经史。"虽在军中,笃意文史,政事之余,每自披阅"。②参麟趾殿学士,考校图籍。他最著名的作品是《上武帝疏陈平齐三策》。见《周书·韦孝宽传》。

15. 元伟,字猷道,鲜卑人。史称其少好学,有文雅。受诏于麟趾殿刊正经籍。与庾信多所唱和。见《周书·元伟传》。

16. 杨宽,字景仁,弘农华阴人,武成二年入麟趾殿校书。《周书·杨宽传》:"宽性通敏,有器识。频牧数州,号为清简。历居台阁,有当官之誉。"③

麟趾殿学士远不止于此。如殷英童,南北诸史中未见其传。颜真卿《曹州司法参军秘书省丽正殿二学士殷君墓碣铭》则明确记载:"五代祖不害,以孝见《梁书》;高祖英童,周御正大夫,麟趾学士。"④入殿人员的主要工作是校刊经史。从史传看,韦孝宽、元伟、杨宽为本土文人,他们入麟趾殿,似乎更重在管理。《元伟传》记载大将军名录,《杨宽传》称其善于当官。《韦孝宽传》载其在政事之余,每自披阅。他们在文史研究方面乏善可陈。

《隋书·经籍志》记载:"保定之始,书止八千,后稍加增,方盈万卷。周武平齐,先封书府,所加旧本,才至五千。"⑤《隋书·牛弘传》:"保定之始,书止八千,后加收集,方盈万卷。高氏据有山东,初亦采访,验其本目,残缺犹多。及东夏初平,获其经史,四部重杂,三万余卷。所益旧书,五千而已。"⑥各地收书,汇集到麟趾殿,系统校订,这大约就是麟趾学士

---

① 罗新、叶炜著《新出魏晋南北朝墓志疏证(修订版)》,中华书局 2016 年版,第296 页。

② 《周书》卷三十一,中华书局 1971 年版,第 544 页。

③ 《周书》卷二十二,中华书局 1971 年版,第 357 页。

④ 颜真卿《曹州司法参军秘书省丽正殿二学士殷君墓碣铭》,见四部丛刊景明本《颜鲁公文集》卷十一。

⑤ 《隋书》卷三十二,中华书局 1973 年版,第 908 页。

⑥ 《隋书》卷四十九,中华书局 1973 年版,第 1299 页。

的主要工作。从萧大圜手抄《梁武帝集》《梁简文帝集》看,侯景之乱,江南典籍损毁惨重。江陵之乱,萧绎焚毁图书十四万卷(110,s)。唐瑾等抢救下来的图书,不过十之一二。陈代文化,建树不多,这与图书的缺失不无关系。麟趾殿的建立,广泛收集和整理历代图书资料,组织编撰大型著作如《世谱》等;还制定历法,如《隋书·律历制》载明克让、庾季才于武成时期制定周历等。至于文学唱和等活动自不用说。这些活动,为隋代文化的发展繁荣奠定了基础。

第八节 庾信、王褒及其他

一、庾信

庾信(513—581)字子山,小字兰成。祖籍南阳新野(今属河南)人。《哀江南赋》自述其家族历史,谓"禀嵩、华之玉石,润河、洛之波澜;居负洛而重世,邑临河而宴安"。清人倪璠注以为"言庾氏本鄢陵人,再世之后,分徙新野,故又为南阳新野人也"。[1] 北周宇文逌《庾信集序》亦有"皇晋之代,太尉阐其宗谱"之语,以庾信与庾亮为同族。此说或有根据,但已无确证。祖庾易,齐征士。父庾肩吾,梁散骑常侍、中书令。庾信生年史无明文,滕王逌《庾信集序》云:"自梁朝筮仕,周氏驱驰,至今岁在屠维,龙居渊献,春秋六十有七。"[2]己亥岁,即北周宣帝大象元年(579年),庾信六十七岁,上推生于天监十二年(513年)。

滕王逌《庾信集序》:"信年十五,侍梁东宫讲读。"《周书·庾信传》:

---

① (北周)庾信撰,(清)倪璠注《庾子山集注》,中华书局 1980 年版,第 104—105 页。

② 滕王宇文逌《庾信集序》,见严可均《全后周文》卷四,《全上古三代秦汉三国六朝文》,中华书局 1958 年影印本,第 3902 页。

"起家湘东国常侍。"①萧纲为雍州刺史,庾肩吾等十人奉命抄撰典籍,当时号"高斋十学士"。《北史·文苑·庾信传》:"信幼而俊迈,聪敏绝伦,博览群书,尤善《春秋左氏传》。身长八尺,腰带十围,容止颓然,有过人者。父肩吾,为梁太子中庶子,掌管记。东海徐摛为右卫率。摛子陵及信并为抄撰学士。父子在东宫,出入禁闼,恩礼莫与比隆。既文并绮艳,故世号为'徐庾体'焉。当时后进,竞相模范,每有一文,都下莫不传诵。"②梁武帝大同十一年(545年),庾信为通直散骑常侍,为员外郎,聘于东魏邺城,作《将命至邺》《将命至邺酬祖正员》《入彭城馆》《西门豹庙》诸诗,盛为邺下所传。

梁武帝太清元年(547年),东魏司徒侯景率河南十三州降梁,梁大臣多劝武帝不纳,但武帝不听,准其投降,并封为大将军、河南王。侯景果然于太清二年(548年)反梁。当时庾信为建康令,受萧纲之命,率宫中文武千余人营于朱雀航北。梁武帝饿死台城,梁简文帝又被废,庾信遂弃郢州,奔江陵,一路备历艰辛险阻,"过漂渚而寄食,托芦中而渡水,届于七泽,滨于十死"(《哀江南赋》)。公元552年,萧绎自立于江陵,任命庾信为右卫将军,御史中丞,封武康县侯,加散骑侍郎,与颜之推等共校典籍。

承圣三年(554年),庾信四十二岁,奉命出使于西魏。适逢西魏大军进攻江陵,江陵陷落,元帝被执,不久即遇害,庾信遂羁留长安,从此以后,庾信一直在西魏、北周为官。庾信先后为使持节、抚军将军、右金紫光禄大夫、大都督。北周立,庾信被封为临清县子,除官司水下大夫。后出为弘农郡太守,迁骠骑大将军、开府仪同三司、司宪中大夫、进爵义城县侯。俄拜洛州刺史。《周书·杜杲传》载,北周武帝宇文邕建德初年,周、陈通好,北周杜杲使陈,陈宣帝曾提议交换人质,让南北流寓之士各许还其旧国,周武帝唯放王克、殷不害等南归,庾信及王褒并留不遣。寻

---

① 《周书》卷四十一,中华书局1971年版,第733页。

② 《北史》卷八十三,中华书局1974年版,第2793页。

又征入为司宗中大夫。周静帝大象初（579 年）以疾去职，开皇元年（581年），庾信卒于长安，时年六十九岁。从四十二岁到六十九岁，庾信在北方整整生活了二十八年。生平见《周书》本传及宇文逌序。

（一）庾集的流传与版本

庾信的作品，生前已有结集，后在战乱中损毁殆尽。北周滕王宇文逌在大象元年（579 年）重新编定《庾信集》，作序称："昔在扬都，有集十四卷，值太清罹乱，百不一存。及到江陵，又有三卷，即重遭军火，一字无遗。今之所撰，止入魏以来，爰洎皇代。凡所著述，合二十卷。"可知在梁时有一部十四卷的《庾信集》，"值太清罹乱，百不一存"。在江陵时又编过一部三卷本《庾信集》，又"重遭军火，一字无遗"。《隋书·经籍志》著录为二十一卷，或以为多出的一卷是隋平陈以后搜集到作者在南方的旧作补入的。但两唐《志》则仍为二十卷。庾信集的失传，清人倪璠推测以为在赵宋以前："世之所谓《庾开府集》，本宋太宗诸臣所辑，分类鸠聚，后人抄撰成书，故其中多不诠次。"①此说受到现代学者的怀疑，从《能改斋漫录》《诚斋诗话》《藏海诗话》《古今岁时杂咏》《漫叟诗话》《海录碎事》《观堂诗话》《潘子真诗话》等书中可以辑出今本以外佚文数十则，说明庾信集二十卷本在宋代不但存在，而且流传较广，因而能为当时的文人士子广泛称引。庾集犹存，自然就用不着"宋太宗诸臣"们再去辑佚了。《四库全书总目》引元倪瓒《清閟阁集·与彝斋学士书》云："闻执事新收得《庾子山集》，在州郭时，欲借以示仆，不时也。兹专一力致左右，千万暂借一观。"可见元末明初仍有流传，只是比较稀见。到了明代，《庾子山集》就完全散佚了（许逸民，131，d）。今传诸本如天启元年（1621 年）张燮辑七十二家集《庾开府集》十六卷，天启六年（1626 年）汪士贤校刊《汉魏六朝名家集·庾开府集》十二卷以及张溥《汉魏六朝百三家集·庾信集》，都是在宋抄（刊）诗集本基础上抄撮《艺文类聚》《初学记》《文苑英华》等类书而成的辑本。

---

①　倪璠《注释庾集题辞》，《〈庾子山集〉注》卷首，中华书局 1980 年版，第 2 页。

　　庾信集之有注,最早见载于《隋书·魏澹传》,废太子杨勇,曾命魏澹注释《庾信集》。《旧唐志》仍著录为二十卷。《通志略》八载魏彦渊《哀江南赋》注一卷,余嘉锡《四库提要辨证》以为即魏澹注。《新唐书·艺文志》总集类有张庭芳与崔令钦注《哀江南赋》,《崇文总目》《宋史·艺文志》别集类载王道珪、张庭秀《哀江南赋》注各一卷。晏殊《类要》引庾信诗文,《哀江南赋》《马射赋》皆有注,由此推测,以上注家并非仅注《哀江南赋》。《类要》引旧注十一条,吴兆宜《庾开府集笺注》据《类要》节引三条,另外皆未引用。清初胡渭始为作注,而未及成帙。吴兆宜《庾开府集笺注》十卷、倪璠《庾子山集注》十六卷是比较通行的全集校注本。

　　《汉魏六朝集部珍本丛刊》收录《庾信集》六种:

　　1.(明)正德十六年(1521年)朱承爵存余堂刻本《庾开府诗集》四卷,这是最早的明人辑庾诗本。卷首有《庾开府诗集序》,不著撰人。书末有正德十六年辛巳(1521年)朱承爵跋:"右集止录其诗而文不载,观序末引少陵语为正,其刻在唐之后无疑……余因重刻其集于存余堂,故识其略云。正德辛巳首夏晋陵朱承爵子儋拜记。"

　　2.明代屠隆评《徐庾集》本《庾子山集》十六卷。卷首有《周书·庾信本传》,次《庾子山集目录》,为诗文全集,书眉有屠隆评点。《四部丛刊》亦有影印本。后来阎光世《文选遗集》本及倪璠《庾子山集注》均原出此本。

　　3.(明)嘉靖刻《六朝诗集》本《庾开府集》二卷,清代黄丕烈校以存余堂刻本。卷首有黄丕烈过录存余堂刻本《庾开府诗集序》,卷首书眉有黄丕烈题:"存余堂刻本校。"卷末次过录正德辛巳朱承爵跋,又有黄丕烈跋。该书亦存诗不录文。

　　4.明代朱曰藩刻本《庾开府诗集》六卷,是在朱承爵本基础上增加十二首佚诗,删除两首伪作,并加校订整理而成。卷首有朱曰藩《庾开府诗集序》称:"予家故有抄本《庾信诗》二卷,卷次无序且篇章重复,字画舛脱,盖好事家所藏备种数者尔。戊戌冬读礼环楼之东阁,偶诵信《哀江南赋》伤焉,因取是本为之校雠。"据刘明考证,所谓抄本《庾信诗》二卷即

《六朝诗集》本《庾信集》。

5. (清)康熙二十六年(1687年)崇岫堂刻本《庾子山集》十六卷、《年谱》一卷、《总释》一卷,倪璠注。卷首有张溥序,以下依次为倪璠《注释庾集题辞》《庾子山年谱》及倪注《北史·庾信本传》、宇文逌序和《庾子山集目录》。卷末有倪璠《庾集总释》。此本源于明屠隆评本,其注释考订较吴注为详,基本包括庾信全部作品。除崇岫堂刻本《庾子山集》十六卷外,还有道光十九年(1839年)同文堂刻本、光绪二十年(1894年)儒雅堂刻本等,后来的《四部备要》即用崇岫堂本排印。1980年中华书局又出版了许逸民的校点本,复核引书,校正错字,卷末附有新辑佚文十余条。

6. (清)康熙二十七年(1688年)吴郡宝翰楼刻本《庾开府集笺注》十卷。卷首有《附录旧序》两篇(即康熙壬戌徐树穀序和徐炯序),又康熙戊辰(1688年)吴兆宜《自叙》:"凡心思所未及,耳目所或遗,则蓄疑摘句,旁询博识,凡五易稿,稍有可据。庚申登东海先生家塾,益得泛览传是楼所藏。且日偕艺初、章仲昆弟斟酌讨论,而二集笺注始备。吴门宝翰主人知好古,请余书寿之梓。予深愧固陋,不足传远,辞之。既而有慨庾赋三家注之淹没,遂以付之,述其始末如此。康熙戊辰蒲月吴江吴兆宜识。"其次为《附录诸家诗评》《凡例》《庾子山全集目录》《本传》和《庾子山集序》。

(二)庾信早期作品考述

庾信的诗歌今存三百二十首左右,宇文逌当时就说过,其入北以前之作"百不存一"。即使今集中有后人搜集的遗佚,为数也很少。倪璠从现存庾信创作中析出庾信前期作品有赋七、诗九、铭六,总计二十二首。不仅从作品风格、内容着眼,而且多结合南朝诸君同题之作,或从和作上着眼,或从地理上立论,或从行踪上考察,大多言之成理,持之有故,比较可信。清水凯夫考证其前期诗五十七首、赋七篇、铭五篇,总计六十九篇(445,j)。刘文忠在倪璠基础上又析出十余首,即:1. 大同十一年(545年)出使东魏时所写诗歌不是两首,而是五首,即《将命使北始渡瓜步江》《入彭城馆》《将命至邺》《将命至邺酬祖正员》《反命河朔始入武州》。2. 通行的明刻《玉台新咏》比宋刻多收近二百首,吴注收诗八百七十首,比宋刻多一百七十九首。就庾诗而论,在卷八、九中多出十首,即《昭君辞》《明君辞》《结客少年场行》《对酒》《看妓》《春日题屏风》《燕歌行》《乌夜啼》《怨诗》《舞媚娘》,一般认为明人妄增,但这十首并无明显的入北之作。① 3. 寒山赵均翻刻宋嘉定陈玉父刻本《玉台新咏》卷八又有庾信《奉和咏舞》《七夕》《仰和何仆射还宅怀故》三首,自然"全为前期之作"(91,f)。

(三) 后期创作与《哀江南赋》

庾信入北以后的作品有两大主题:一是乡关之思,一是隐遁之念。这两大主题在《拟咏怀诗》二十七首、《奉和永丰殿下言志》十首、《拟连珠》四十四首、《伤心赋》、《小园赋》、《枯树赋》中多有反映。特别是《哀江南赋》,两大主题交融一体,成为庾信后期创作的高峰。清人倪璠认为这篇作品写于周武帝天和年间(556—572)。还有学者将作品系年在557年至560年这四年之间(139,a)。日本学者网祐次《论庾信》提出这是庾信入北的早期作品(150)。鲁同群《庾信入北仕历及其主要作品的写作年代》亦持此说。他认为,庾信出使西魏在公元554年,三年后即557年十二月作此赋,论据是梁敬帝之死不见反映(558年4月被杀),而且从557年以后的大小史事均未言及,说明所谓赋史的《哀江南赋》的写作时间不可能在557年以后(512)。不过,这种看法并不代表大多数学者的意见。现在多数学者多信从陈寅恪的考证,认为《哀江南赋》作于周武帝宣政元年(578年)十二月。《哀江南赋》有"中兴道销,穷于甲戌""天道周星,物极不反""况复零落将尽,灵光岿然。日穷于纪,岁将复始。逼切危虑,端忧暮齿。践长乐之神皋,望宣平之贵里"等语,陈寅恪考曰:

> 西魏之取江陵在梁元帝承圣三年甲戌,即西魏恭帝元年。岁星一周,为周武帝天和元年丙戌,即陈文帝天嘉七年。是岁子山五十三,虽或可云暮齿,然是年王褒未卒,子山入关与石泉齐名,荀子渊

---

① 通行本《玉台新咏》所收庾诗,说这十余首并无明显的入北之作也许过于绝对。《怨诗》:"家住金陵县前,嫁得长安少年。"恐难解释入北前作。又《燕歌行》当与王褒、萧绎同时作,虽非入北后,亦当在台城陷落之后。

健在,必不宜有"灵光岿然"之语,明矣。若岁星再周,则为周武帝宣政元年戊戌,即陈宣帝太建十年。是年子山已由洛州刺史征还长安为司宗中大夫,年已六十五岁,即符"暮齿"之语。且其时王褒已逝,灵光独存。任职司宗,身在长安,亦与践望长乐宣平等句尤合。又据其"日穷于纪,岁将复始"之语,则《哀江南赋》作成之时,其在周武帝宣政元年十二月乎?①

这一看法,刘开扬《论庾信及其诗赋》(92)、刘文忠《庾信评传》(91,g)等表示赞同。

关于这篇赋的写作动机,历来也有不同看法。梁敬帝绍泰二年,即西魏恭帝三年(556 年),沈炯由长安还建康。此前作《归魂赋》,影响颇大。据此,陈寅恪推测"颇疑南北通使,江左文章本可以流传关右,何况初明(沈炯字)失喜南归之作,尤为子山思归北客亟欲一观者耶? 子山殆因缘机会,得见初明此赋。其作《哀江南赋》之直接动机,实在于是"。就是说,庾信此赋强烈地表达了思归江南之情。对此,有学者表示异议,因为《哀江南赋》有几处对南朝陈表示蔑视与敌意,即使"无赖子弟"不是指陈霸先而是指侯景,但"锄耰棘矜者,因利乘便,将非江表王气,终于三百年乎"及"昔天下之一家,遭东南之反气"等处,则明明是在指责陈霸先篡位。② 如果要谋归南朝的话,怎能在赋中屡骂南朝陈呢? 庾信虽时有"乡关之思",但未必想回到南朝陈做他的臣民,他的"乡关之思"是建立在对梁王朝的回忆与思念上的(91,e)。

关于庾信及其《哀江南赋》的评价,古今分歧更大。令狐德棻《周书·庾信传》诋为"淫放""轻险""词赋罪人"。金代王若虚《滹南遗老

---

①　陈寅恪《读〈哀江南赋〉》,收入作者著《金明馆丛稿初编》,上海古籍出版社1980 年版,第 210 页。

②　此言亦过于绝对。这几句话究竟指谁,似可有不同解释。"无赖子弟"既非陈霸先,亦非侯景,而是临贺王正德。"锄耰棘矜"或可指陈霸先,但也不能排除其他解释,因与"头会箕敛"句上下对文。"东南之反气"与上文"昔天下之一家"上下相连,作别的解释亦可。

集·文辨》也说"庾信《哀江南赋》堆垛故实，以寓时事，虽记闻为实，笔力亦壮，而荒芜不雅，了不足观"。[①] 清代全祖望斥责庾信仕北是无耻的失节行为："甚矣，庾信之无耻也！失身宇文，而犹指鹑首赐秦为天醉，信则已先天而醉矣，何以怨天？后世有裂冠毁冕之余，蒙面而谈，不难于斥新朝颂故国以自文者，皆本之天醉之说者也。"[②]如此等等，或是从民族气节出发，或是见解偏颇，指责都很激烈。不过这种批评并不占主流，唐宋以来多数诗人学者对庾信及其《哀江南赋》作了较高的评价，特别是杜甫，多次予以赞美，可以算是比较典型的事例。

（四）现代选注本及研究论著

选本较有代表性的是谭正璧、纪馥华《庾信诗赋选》，古典文学出版社 1958 年出版，选赋十篇，诗八十九首，乐府八首，总计一○七首。此书注释很详，卷首有前言，详论诗人生平、时代、作品内容等，适合于一般读者阅读。

研究论著这里介绍两部，一是刘文忠《鲍照与庾信》，上海古籍出版社 1986 年出版，其中论庾信分十五节，论及庾信的家世与生平、前后期创作、庾信的艺术风格、艺术成就及其在文学史上的地位等问题，是近四十年中国大陆第一部研究庾信的专著。另一部是张霭、曹萌的《历史的庾信与庾信的历史》，辽宁教育出版社 1989 年出版。全书十一章，第一章是历史对庾信的评说，纵论历代关于庾信的评价、论争情况，具有较高的文献参考价值。以下十章依次论庾信生长的环境，包括自然环境、政治环境、家庭环境、工作环境等；庾信的生活经历，包括奠基期、具形期、发展期、丰富期、压抑期（江陵宫廷）、扭曲期（扣留北方）、完成期；庾信的性格，即双重性：庄重儒雅与温文懦弱、忠君爱国与贪生怕死、行为的卑鄙与心灵的崇高，匿怨仕敌的虚伪与坦露心灵的真诚，豪壮正义与苟且自安，孝慈两全与孤傲不群；庾信的思想，包括所处时代的思想特点、进

---

① （金）王若虚《滹南遗老集附续诗集》第二册，中华书局 1985 年版，第 216 页。

② （清）全祖望撰《全祖望集汇校集注》中册，上海古籍出版社 2000 年版，第 1410 页。

取意识、高世意识、来世意识、忧患意识、留恋意识、批判意识、反省意识、麻醉意识、门阀意识、评价意识等；庾信的创作历史；庾信的文学史观；庾信的创作风格、艺术特色及其在中国文学史上的地位等。书后附录有庾信行年考和庾信世系图。总的来看，全书篇幅虽不是很大，但涉及的问题非常之多，论述的角度也多有新意，值得参阅。鲁同群《庾信传论》（天津人民出版社，1997年）系统地论述了庾信的生平创作。

近年，同类著作又出版多种，如林怡《庾信研究》（人民文学出版社，2000年）、徐宝余《庾信研究》（学林出版社，2003年）、吉定《庾信研究》（上海古籍出版社，2008年）等，都是综合性的论著。

二、王褒

王褒字子渊，祖籍琅琊临沂（今山东临沂），是南齐名臣王俭曾孙，祖父王骞，梁侍中、金紫光禄大夫、南昌安侯。父亲王规，梁侍中、左民尚书、南昌章侯，还与袁昂为儿女亲家。姑父萧子云是梁代著名作家、书法家。[①] 王褒家族并有重名于江左。《周书》本传载，王褒早年博学多才，起家秘书郎，转太子舍人，袭爵南昌县侯。萧绎在江陵称帝，王褒赴江陵，以旧交为忠武将军、南平内史、吏部尚书、侍中。江陵落陷，王褒作为战俘，与王克、刘珏、宗懔、殷不害等数十人被带到长安，后以文才和门第受到重视，曾为太子少保、少司空。死在宜州任上。生平事迹见《周书》及《北史》。

王褒研究的焦点之一是其生卒年。《周书》本传仅云卒年六十四岁，不知卒于何年。曹道衡《关于王褒的生卒年问题》根据王褒《太子太保中都公陆逞碑铭》及庾信《周太子太保步陆逞神道碑》等文考证，陆逞是建

---

① 《周书·赵文深传》："及平江陵之后，王褒入关，贵游等翕然并学褒书。文深之书，遂被遐弃。文深惭恨，形于言色。后知好尚难反，亦攻习褒书，然竟无所成，转被讥议，谓之学步邯郸焉。至于碑牓，余人犹莫之逮。王褒亦每推先之。宫殿楼阁，皆其迹也。"

德二年(573年)五月十一日死，三年正月十日下葬，"这说明陆逞死时，王褒还能给他写碑，即使这篇碑文在三年正月陆逞下葬前即已写成，那么，王褒至少在二年下半年尚在。就算此文是他的绝笔，那应是建德二年底左右的事了。所以王褒的卒年可能性最大的还是建德三年(574年)；照六十四年上推，他当生于梁武帝天监十年(511年)"(450,l)。其父王规卒于梁武帝大同二年(536年)，时年四十五岁，王褒出生时，王规二十五岁。对此，牛贵琥提出异议。他根据《周书·庾信传》的记载，陈请王褒、庾信、殷不害等十数人还其旧国，"高祖唯放王克、殷不害等"。《南史·殷不害传》载此事在"太建七年自北还陈"。而太建七年(575年)是周武帝建德四年，"说明这一年王褒还在世，故建德三年之说难以成立"。他又根据《周书·王褒传》载王褒"出为宜州刺史，卒于位"的线索，考证王褒在建德五年穆提婆继任前为宜州刺史，从而考定王褒卒于周武帝建德五年，上推生于梁武帝天监十二年(513年)，与庾信同龄。清水凯夫也据《陈书·殷不害传》事实上否定建德三年之说，认为"王褒在建德四年七月以后去世是可靠的"。但卒于建德五年之说也有诸多矛盾之点，他的结论是："王褒的卒年当为建德六年(577年)。"(445,k)陈洪认为生于梁武帝天监十六年(517年)，卒于周静帝大象二年(580年)。[1]

王褒在梁时即以诗名，与诸文士并有唱和。《周书·王褒传》载："褒曾作《燕歌行》，妙尽关塞寒苦之状，元帝及诸文士并和之，而竞为凄切之词。至此方验焉。"[2]入北后，王褒的创作风格发生重要变化，代表作如《渡河北》等，充满故国之思。王褒还擅长各类文章。《与周弘让书》是其代表作。《隋书·经籍志》著录《王褒集》二十一卷，久佚，《汉魏六朝集部珍本丛刊》收录张溥辑《汉魏六朝百三名家集》本《王司空集》一卷，有何绍基评点。又收录清人段朝端《王司空诗集注不分卷》初稿本和誊稿本两种。初稿本上册封面题："佛影龛笺注周司空王褒集上。"下册封面题

① 陈洪《王褒生卒年小考》，《徐州师范学院学报》1989年第2期，第97页。
② 《周书》卷四十一，中华书局1971年版，第731页。

"习隐籚笺注王褒集下,光绪丙子(1876年)夏五月,小异自署"。誊稿本卷首有《王氏世系图》,次《北史本传》《周书本传》《梁书本传》和《附录》。①牛贵琥《王褒集校注》是今人整理的一部王褒诗文集注本,新华出版社1993年出版。2021年中华书局又出版了该书的修订本。

三、沈炯与刘璠

沈炯(502—561),字初明(一作礼明),吴兴武康(今浙江省德清县)人。少有隽才,为当时所重。释褐王国常侍,迁为尚书左民侍郎,出为吴令。侯景之难,吴郡太守袁君正入援京师,以炯监郡。京城陷,侯景将宋子仙据吴兴,欲委炯以书记之任。沈炯固辞以疾。宋子仙为王僧辩所败,僧辩素闻其名,征为幕僚,自是羽檄军书皆出于沈炯。萧绎即位江陵,征沈炯为给事黄门侍郎,领尚书左丞。

西魏平江陵,被俘至长安。沈炯恐以文才被留,闭门却扫,无所交接。时有文章,随即弃毁,不令流布。曾独行经过汉武通天台,作《经通天台奏汉武帝表》陈己思归之意。《陈书·沈炯传》载:"少日,便与王克等并获东归。"《资治通鉴》谓宇文泰放沈炯、王克南归在西魏恭帝三年(556年)三月,则《经通天台奏汉武帝表》当作于年初。返梁后,沈炯作《归魂赋》。沈炯卒于天嘉二年(561年)②

《经通天台奏汉武帝表》收录在《陈书·沈炯传》:

> 臣闻乔山虽掩,鼎湖之灵可祠,有鲁既荒,大庭之迹无泯。伏惟
> 陛下降德猗兰,纂灵丰谷。汉道既登,神仙可望,射之罘于海浦,礼

---

① 详细情况参见刘明为该书撰写的提要,见《汉魏六朝集部珍本丛刊提要》,国家图书馆出版社2020年出版。

② 《陈书·沈炯传》:"会王琳入寇大雷,留异拥据东境,……(沈炯)以疾卒于吴中,时年五十九。"据《陈书·文帝纪》"王琳寇大雷"在永定三年(559)十一月,沈炯患病在560年前后,时年五十九岁,上推生于502年。参见曹道衡、沈玉成《中古文学史料丛考》"沈炯卒年"条考,中华书局2003年版,第645页。

日观而称功，横中流于汾河，指柏梁而高宴，何其乐也，岂不然欤！既而运属上仙，道穷晏驾，甲帐珠帘，一朝零落，茂陵玉椀，宛出人间，陵云故基，共原田而膴膴，别风余址，对陵阜而茫茫，羁旅缧臣，能不落泪。昔承明既厌，严助东归，驷马可乘，长卿西返，恭闻故实，窃有愚心。黍稷非馨，敢忘徽福。但雀台之吊，空怆魏君，雍丘之祠，未光夏后，瞻仰烟霞，伏增凄恋。①

《归魂赋》篇幅较长，收在《艺文类聚》卷七十九，又二十七题作《魂归赋》，其中有"嗟五十之踰年，忽流离于凶忒"之语。沈炯在北方滞留一年多，这两篇作年与这段经历有关。陈寅恪《读〈哀江南赋〉》推断，沈炯的《归魂赋》可能对庾信创作《哀江南赋》有影响。② 陈庆元《羁旅缧臣的奇特表文——沈炯及其〈经通天台奏汉武帝表〉》对沈炯这篇名文有专门讨论。文收在《中古文学论稿续编》中，上海古籍出版社 2020 年版。

刘璠（510—568）字宝义，沛国沛人。六世祖敏，以永嘉丧乱，徙居广陵。梁天监初，为著作郎。年十七，为上黄侯萧晔所器重。后随晔在淮南。宜丰侯萧循出为北徐州刺史，即请为其轻车府主簿，兼记室参军。③侯景叛梁，刘璠喟然赋诗以见志。其末章曰："随会平王室，夷吾匡霸功。虚薄无时用，徒然慕昔风。"④萧绎在江陵称帝，授刘璠为树功将军、镇西府谘议参军。及武陵王萧纪在成都称帝，命刘璠为中书侍郎。萧循为益州刺史，命刘璠为循府长史，加蜀郡太守。萧循在汉中与萧纪笺，及答萧绎书、移襄阳文等，均为刘璠辞。西魏平南郑，遂与萧循降，被掠至长安。后宇文泰许萧循南归。萧循求与刘璠同行，宇文泰不许，刘璠忧伤不已，"尝卧疾居家，对雪兴感，乃作《雪赋》以遂志"。赋曰：

---

① 《陈书》卷十九，中华书局 1972 年版，第 254 页。《陈书》脱后六句，据《南史》补。

② 见《金明馆丛稿初编》中《读〈哀江南赋〉》一文。上海古籍出版社 1982 年出版。

③ 萧循，《北史》作"萧脩"。

④ 《周书》卷四十二，中华书局 1971 年版，第 761 页。

天地否闭，凝而成雪。应乎玄冬之辰，在于沍寒之节。苍云暮同，严风晓别。散乱徘徊，雾霏皎洁。违朝阳之暄煦，就陵阴之惨烈。

若乃雪山峙于流沙之右，雪宫建于碣石之东。混二仪而并色，覆万有而皆空。埋没河山之上，笼罩寰宇之中。日驭潜于濛汜，地险失于华、嵩。既夺朱而成素，实矫异而为同。始飘飘而稍落，遂纷糅而无穷。萦回兮琐散，矗皓兮溟濛。绥绥兮飒飒，漉漉兮飌飌。因高兮累仞，藉少兮成丰。晓分光而映净，夜合影而通胧。似北荒之明月，若西昆之阆风。

尔乃凭集异区，遭随所适。遇物沦形，触途湮迹。何净秽之可分，岂高卑之能择。体不常消，质无定白。深谷夏凝，小山春积。偶仙宫而为绛，值河滨而成赤。广则弥纶而交四海，小则浙沥而缘间隙。浅则不过二寸，大则平地一尺。乃为五谷之精，寔长众川之魄。大壑所以朝宗，洪波资其消释。

家有赵王之璧，人聚汉帝之金。既藏牛而没马，又冰木而凋林。已堕白登之指，实怆黄竹之心。楚客埋魂于树里，汉使迁饥于海阴。毙云中之狡兽，落海上之惊禽。庚辰有七尺之厚，甲子有一丈之深。无复垂霙与云合，唯有变白作泥沉。

本为白雪唱，翻作《白头吟》。吟曰：昔从天山来，忽与狂风阔。溯河阴而散漫，望衡阳而委绝。朝朝自消尽，夜夜空凝结。徒云雪之可赋，竟何赋之能雪。[①]

在长安，刘璠与庾信等有唱和。庾信有《预麟趾殿校书和刘仪同》。[②] 他们有着相同的经历，相近的情感。因此，刘璠《雪赋》与沈炯《归魂赋》、庾

---

① 《周书》卷四十二，中华书局1971年版，第763—764页。
② 刘仪同，倪璠《庾子山年谱》以为是刘臻。非是。刘臻为仪同三司在隋文帝杨坚受禅之后。此诗当作于周明帝命学士校书时，刘仪同疑为刘璠。据《周书·刘璠传》，宇文泰时，刘璠迁黄门侍郎、仪同三司。刘臻为仪同时，宇文逌已被害，宇文逌无从以"仪同"称刘臻。

信《哀江南赋》、颜之推《观我生赋》等作品一样，可称为乡关之思的代表。

刘璠晚年在羌地生活多年。妻子并随羌俗，食麦衣皮，始终不改。天和三年（568 年）卒，享年五十九岁。《隋书·经籍志》著录魏秘书郎刘璠撰《毛诗义》四卷、《毛诗笺传是非》二卷，刘璠撰《梁典》三十卷。另有文集二十卷。

第九节　隋代诗文研究文献

一、百川归海的文学人才

隋代统一中国后，各地文人汇集到长安，人数众多，但创作成就平平，没有特别突出者。南北融合，承前启后，是隋代文学的意义所在。《隋书·文学传序》云：

> 高祖初统万机，每念研雕为朴，发号施令，咸去浮华。然时俗词藻，犹多淫丽，故宪台执法，屡飞霜简。炀帝初习艺文，有非轻侧之论，暨乎即位，一变其风。其《与越公书》《建东都诏》《冬至受朝诗》及《拟饮马长城窟》，并存雅体，归于典制。虽意在骄淫，而词无浮荡，故当时缀文之士，遂得依而取正焉。所谓能言者未必能行，盖亦君子不以人废言也。

> 爰自东帝归秦，逮乎青盖入洛，四陬咸暨，九州攸同，江、汉英灵，燕、赵奇俊，并该天网之中，俱为大国之宝。言刈其楚，片善无遗，润木圆流，不能十数，才之难也，不其然乎！时之文人，见称当世，则范阳卢思道、安平李德林、河东薛道衡、赵郡李元操、巨鹿魏澹、会稽虞世基、河东柳䛒、高阳许善心等，或鹰扬河朔，或独步汉南，俱骋龙光，并驱云路，各有本传，论而叙之。其潘徽、万寿之徒，或学优而不切，或才高而无贵仕，其位可得而卑，其名不可埋没。今总之

于此,为《文学传》云。①

(一)《隋书·文学传》所录文人

1. 刘臻(527—598),字宣挚,沛国相人也。父刘显,梁浔阳太守。臻年十八,在梁举秀才。江陵陷没,复归萧詧,以为中书侍郎。周冢宰宇文护辟为中外府记室,军书羽檄,多成其手。后为露门学士,授大都督,封饶阳县子,历蓝田令、畿伯下大夫。隋文帝初年,进位仪同三司、为皇太子杨勇学士。曾与薛道衡、颜之推、魏澹、卢思道、李若、萧该、辛德源等八人会于陆爽家,议音韵,后陆爽子法言据以作《切韵》。刘臻精于《两汉书》,时人称为汉圣。开皇十八年(598年)卒,年七十二。史书记载有集十卷行于世,已佚。现存《河边枯树诗》一首。《隋书·音乐志》载刘臻与牛弘、姚察、许善心、虞世基议云:《周礼》"四声非直无商,又律管乖次,以其为乐,无克谐之理。"抛却经学义理讨论不谈,或许可见四声效用及音乐与经学研究之关系。

2. 王颋(551—604)字景文,齐州刺史颁之弟也。江陵陷,随诸兄入关。二十岁时,勤学累载,遍通五经,大为儒者所称。解缀文,善谈论。周武帝引为露门学士。开皇五年(585年),授著作佐郎。寻令于国子讲授。会高祖亲临释奠,国子祭酒元善讲《孝经》,颋与相论难,词义锋起,超授国子博士。隋文帝仁寿四年(604年),参与汉王杨谅谋反,兵败自杀。时年五十四岁,著有《五经大义》三十卷。《北史》著录别集二十卷,《隋书·经籍志》著录十卷,已佚。

3. 崔儦(532—603)字岐叔,清河武城人也。祖休,魏青州刺史。父仲文,齐高阳太守。世为著姓。崔儦少与范阳卢思道、陇西辛德源同志友善。博览群言,多所通涉。北齐时举秀才,为员外散骑侍郎,迁殿中侍御史。寻与熊安生、马敬德等议"五礼",兼修律令。寻兼散骑侍郎,聘于陈。使还,待诏文林馆。历殿中、膳部、员外三曹郎中。儦与顿丘李若俱

---

① 《隋书·文苑传》,中华书局1973年版,第1730—1731页。

见称重,时人为之语曰:"京师灼灼,崔儦、李若。"①齐亡,归乡里,仕郡为功曹,州补主簿。开皇四年(584 年),征授给事郎,寻兼内史舍人。隋文帝仁寿中,卒于京师,时年七十二。

4. 诸葛颍(535—611)字汉,丹阳建康人也。祖铨,梁零陵太守。父规,义阳太守。起家梁邵陵王参军事,转记室。侯景之乱,奔齐。待诏文林馆。入隋,与虞世南、王胄等文人一起为晋王杨广学士。大业七年卒。《隋书》本传著录其有《銮驾北巡记》三卷,《幸江都道里记》一卷,《洛阳古今记》一卷,《马名录》二卷,别集二十卷。《隋书·经籍志》著录《北伐记》七卷,《巡抚扬州记》七卷,《诸葛颍集》十四卷。今存诗六首,见逯钦立《先秦汉魏晋南北朝诗》。

5. 孙万寿(557—608)字仙期,信都武强人。祖宝,魏散骑常侍。父灵晖,齐国子博士。《北齐书·儒林传》有传记。曾从熊安生学习五经,在齐得到李德林赏识,为奉朝请。入隋后,为滕穆王文学,获罪发配江南为官,十年不调。抑郁不得志,作长篇五言诗赠京邑知友,传至京师,"盛为当时之所吟诵,天下好事者多书壁而玩之"。② 大业四年(608 年)卒,五十二岁,有集十卷行于世,今存诗九首。

6. 王贞字孝逸,梁郡陈留人。七岁好学,善《毛诗》《礼记》《左氏传》《周易》,诸子百家,无不毕览。善属文词,不治产业,每以讽读为娱。开皇初,汴州刺史樊叔略引为主簿。隋炀帝即位,齐王暕以书招之,并索文集。王贞作谢笺,复上《江都赋》,文词甚美。可惜其文集,《隋书·经籍志》未著录,久佚。

7. 虞绰字士裕,会稽余姚人也。父孝曾,陈始兴王谘议。绰身长八尺,姿仪甚伟,博学有俊才,尤工草隶。陈左卫将军傅縡有盛名于世,见绰词赋,叹谓人曰:"虞郎之文,无以尚也!"③仕陈为太学博士,迁永阳王

---

① 《隋书》卷七十六,中华书局 1973 年版,第 1730—1733 页。
② 《隋书》卷七十六,中华书局 1973 年版,第 1736 页。
③ 《隋书》卷七十六,中华书局 1973 年版,第 1738 页。

记室。及陈亡,晋王广引为学士。大业初,转为秘书学士,奉诏与秘书郎虞世南、著作佐郎庾自直等撰《长洲玉镜》等书十余部。代表作《大鸟铭》,见《隋书》本传。迁著作佐郎,与虞世南、庾自直、蔡允恭等四人常居禁中,以文翰待诏。受杨玄感案牵连被杀。《隋书·经籍志》著录《帝王世纪音》四卷。今存《于婺州被囚诗》见《初学记》二十。

8. 王胄字承基,琅琊临沂人。祖王筠,梁太子詹事。父王祥,陈黄门侍郎。王胄少有逸才,仕陈,起家鄱阳王法曹参军,历太子舍人、东阳王文学。及陈灭,晋王广引为学士。大业初,为著作佐郎,以文词为炀帝所重。受杨玄感案牵连被杀。时年五十六岁。《隋书·经籍志》著录著作郎王胄有集十卷。存诗二十余首。其兄王瞮,字元恭,博学多通。少有盛名于江左。仕陈,历太子洗马、中舍人。陈亡,与胄俱为学士。炀帝即位,授秘书郎。

9. 庾自直颍川人。父庾持,陈羽林监。仕陈,历豫章王府外兵参军、宣惠记室。陈亡,入关,不得调。晋王广闻之,引为学士。大业初,授著作佐郎。自直解属文,于五言诗尤善。大业十四年(618年)忧愤而卒。史传记载其有文集十卷行于世,已佚。

10. 潘徽字伯彦,吴郡人。青少年时期从郑灼学《礼》,从施公学《毛诗》,从张冲学《书》,从张讥讲《庄》《老》,并通大义。尤精三史。善属文,能持论。及陈灭,为州博士,秦孝王杨俊闻其名,召为学士。著《述恩赋》《万字文》及《韵纂》。杨广为晋王,召与诸儒作《江都集礼》,及继位,诏潘徽与著作佐郎陆从典、太常博士褚亮、欧阳询等助越公杨素撰《魏书》。

11. 杜正玄字慎徽,其先本京兆人,八世祖曼,为石赵从事中郎,因家于邺。自曼至正玄,世以文学相授。正玄尤聪敏,博涉多通。兄弟数人,俱未弱冠,并以文章才辩籍甚三河之间。

12. 杜正藏字为善,尤好学,善属文。弱冠举秀才,授纯州行参军,历下邑正。大业中,应诏举秀才,兄弟三人俱以文章一时诣阙,论者荣之。著碑、诔、铭、颂、诗、赋百余篇。又著《文章体式》,大为后进所宝,时人号为"文轨",乃至海外高丽、百济,亦共传习,称为《杜家新书》。

13. 常得志京兆人。博学善属文,官至秦王杨俊记室。秦王卒,过故宫,为五言诗,辞理悲壮,甚为时人所重。复为《兄弟论》,义理可称。《兄弟论》见于《文苑英华》卷七百四十八,托陆机之口述之,文字颇长,近似辞赋。

14. 尹式河间人。博学解属文,少有令问。仁寿中,官至汉王杨谅记室,汉王谋反兵败,尹式自杀。今存二首:《别宋常侍诗》《送留熙公别诗》,并见《文苑英华》卷二百六十六。

15. 刘善经河间人。博物洽闻,尤善词笔。历仕著作佐郎、太子舍人。著《酬德传》三十卷,《诸刘谱》三十卷,《四声指归》一卷,行于世。《隋书·经籍志》著录刘善经撰《四声指归》一卷,多见《文镜秘府论》征引。

16. 祖君彦范阳人,齐尚书仆射祖珽(字孝征)之子。大业末,官至东平郡书佐。郡陷于翟让,因为李密所得。密甚礼之,署为记室,军书羽檄,皆成于其手。及密败,为王世充所杀。祖君彦,《北齐书·祖珽传》附作"君信"。

17. 孔德绍会稽人。有清才,官至景城县丞。窦建德称王,署为中书令,专典书檄。今存诗十一首。

18. 刘斌南阳人,颇有词藻,官至信都郡司功书佐。窦建德署为中书舍人。窦建德败,复为刘闼中书侍郎,与刘闼亡归突厥,今存诗三首。

上述十八人中,有四个来源:第一是由北齐入周,再入隋,如崔儦、孙万寿、杜正玄、杜正藏、祖君彦、刘斌等七人。第二梁亡以及陈亡时直接到长安的文人,如刘臻、王頍、王贞、虞绰、王胄、庾自直、潘徽、孔德绍等八人。第三是由江南到北齐,齐亡入隋者,如诸葛颖。第四是关陇本地人,如尹式、常得志等。可见隋代作家主要来源是北齐和江南。

(二)《隋书·儒林传序》所录学者

1. 元善,河南洛阳人。祖叉,魏侍中。父罗,初为梁州刺史,及叉被诛,奔于梁,官至征北大将军、青冀二州刺史。善少随父至江南,性好学,遂通涉五经,尤明《左氏传》。及侯景之乱,善归于周。

2. 辛彦之,陇西狄道人。祖世叙,魏凉州刺史。父灵辅,周渭州刺史。博涉经史,与天水牛弘同志好学。后入关,遂家京兆。时国家草创,百度伊始,朝贵多出武人,修定仪注,唯彦之而已。寻拜中书侍郎。及周闵帝受禅,彦之与少宗伯卢辩专掌仪制。明、武时,历职典祀、太祝、乐部、御正四曹大夫,开府仪同三司。撰《坟典》一部,《六官》一部,《祝文》一部,《礼要》一部,《新礼》一部,《五经异义》一部,并行于世。

3. 何妥字栖凤,西城人。父细胡,通商入蜀,遂家郫县,事梁武陵王纪,主知金帛,因致巨富,号为西州大贾。何妥侍湘东王萧绎,江陵陷,周武帝尤重之,授太学博士。《上书谏文帝八事》《定乐舞表》《奉敕于太常寺修正古乐诗》《乐部曹观乐诗》为其重要文章,并载《隋书·儒林·何妥传》,又作清、平、瑟三调声,又作八佾、《鞞》《铎》《巾》《拂》四舞。撰《周易讲疏》十三卷,《孝经义疏》三卷,《庄子义疏》四卷,及与沈重等撰《三十六科鬼神感应等大义》九卷,《封禅书》一卷,《乐要》一卷,文集十卷,并行于世。

4. 萧该兰陵人,梁都阳王恢之孙。少封攸侯。梁荆州陷,与何妥同至长安。性笃学,《诗》《书》《春秋》《礼记》并通大义,尤精《汉书》,甚为贵游所礼。《隋书·经籍志》著录萧该撰《文选音义》三卷。

5. 包恺字和乐。东海人。其兄愉,明"五经",恺悉传其业。又从王仲通受《史记》《汉书》,尤称精究。大业中,为国子助教。于时《汉书》学者,以萧、包二人为宗匠。

6. 房晖远字崇儒,恒山真定人。世传儒学。世治《三礼》《春秋三传》《诗》《书》《周易》,兼善图纬,恒以教授为务。太常卿牛弘每称为"五经库"。

7. 马光字荣伯,武安人。从师数十年,昼夜不息,图书谶纬,莫不毕览,尤明"三礼",为儒者所宗。"三礼"学者,自熊安生后,唯宗马光一人。

8. 刘焯字士元,信都昌亭人。父洽,郡功曹。焯犀额龟背,望高视远,聪敏沈深,弱不好弄。与河间刘炫结盟为友,同受《诗》于同郡刘轨思,受《左传》于广平郭懋当,问《礼》于阜城熊安生。武强刘智海富于藏书,刘焯、刘炫又前往读书,前后十载,遂以儒学知名,时人称"二刘"焉。论者以为数百年已来,博学通儒,无能出其右者。慕名求学者,不愿千里而至。刘焯著《稽极》十卷,《历书》十卷,《五经述议》等。

9. 刘炫字光伯,河间景城人。曾受命与王劭同修国史。又与诸儒修天文律历,考定群言,为李德林所赏识。著《论语述议》十卷,《春秋攻昧》十卷,《五经正名》十二卷,《孝经述议》五卷,《春秋述议》四十卷,《尚书述议》二十卷,《毛诗述议》四十卷,《注诗序》一卷,《算术》一卷等。刘炫自为状曰:"《周礼》《礼记》《毛诗》《尚书》《公羊》《左传》《孝经》《论语》孔、郑、王、何、服、杜等注,凡十三家,虽义有精粗,并堪讲授。《周易》《仪礼》《穀梁》,用功差少。史子文集,嘉言美事,咸诵于心。天文律历,穷核微妙。至于公私文翰,未尝假手。"①

10. 褚辉字高明,吴郡人,以"三礼"学称于江南。炀帝时,征天下儒术之士,悉集内史省,相次讲论。辉博辩,无能屈者,由是擢为太学博士。撰《礼疏》一百卷。

11. 顾彪字仲文,余杭人,明《尚书》《春秋》。炀帝时为秘书学士,撰《古文尚书疏》二十卷。

12. 鲁世达余杭人。炀帝时为国子助教,撰《毛诗章句义疏》四十二卷,行于世。

13. 张冲字叔玄。吴郡人。撰《春秋义略》,异于杜氏七十余事,《丧服义》三卷,《孝经义》三卷,《论语义》十卷,《前汉音义》十二卷。

14. 王孝籍平原人,少好学,博览群言,遍治五经,颇有文翰。注《尚书》及《诗》,遭乱零落。

上述十四人,主要集中在三个地区。北齐统辖的中原地区有元善、房晖远、马光、刘绰、刘炫、王孝籍等六人。江南地区有何妥、萧该、包恺、褚辉、顾彪、鲁世达、张冲等七人。关陇地区仅辛彦之。说明学术人才也以江南为主,中原次之。

（三）《隋书》单独列传文人

《隋书》单独列传的文人学者很多,譬如隋炀帝杨广,就文学组织与创作而言,在隋代文坛,他是一个绕不过去的人物。又如杨素、李德林等,由北齐入周,至隋代成为一代文宗。他们的事迹,除《隋书》记载外,

---

① 《隋书》卷七十五,中华书局 1973 年版,第 1720 页。

又发现了他们的墓志,提供了新的史料。①《汉魏六朝集部珍本丛刊》收录了撰《卢武阳集》(卢思道撰)一卷,《隋炀帝集》(杨广撰)一卷,《薛司隶集》(薛道衡撰)一卷,《牛奇章集》(牛弘撰)三卷等,均为明人张溥辑刻《汉魏六朝百三名家集》本,有清何绍基批校。这些作家,代表着隋代文学的最高成就。

还有一些文人,在通行的文学史中并没有述及,但在当时很有影响。如李孝贞,赵郡平棘人,字元操,好学善属文。周武帝平齐,授仪同三司、小典祀下大夫。宣帝即位,转吏部下大夫。隋文帝为丞相,孝贞从韦孝宽讨尉迟迥,以功授上仪同三司。《北史》:"开皇初,拜冯翊太守,为犯庙讳,于是称字元操。后数岁,迁蒙州刺史,吏人安之。自此不复留意文笔。人问其故,慨然叹曰:'五十之年,倏焉已过,鬓垂素发,筋力已衰,宦意文情,一时尽矣,悲夫!'然每暇日,辄引宾客,弦歌对酒,终日为欢。后征拜内史侍郎,与内史令李德林参典文翰。"②"所著文集三十卷行于世"。③《隋书·音乐志》载其与卢思道等"列清庙歌辞十二曲。令齐乐人曹妙达,于太乐教习,以代周歌。……至仁寿元年,炀帝初为太子,从飨于太庙,闻而非之。乃上言曰:'清庙歌辞,文多浮丽,不足以述宣功德,请更议定。'"由此可见隋初清歌的风格。今存《为周宣帝祭比干文》等。其弟李孝基,"亦有才学,风词甚美"。这样的文学家,在隋代还有很多。

二、促进文学繁荣的科举制度

朝廷设置各种科目,通过考试,选拔优秀人才,这是国家聚拢人才的重要手段。汉代设立五经博士,培养人才,形式多样。梁武帝天监八年(510年)下诏:"其有能通一经、始末无倦者,策实之后,选可量加叙录。

虽复牛监羊肆，寒品后门，并随才试吏，勿有遗隔。"①这就为寒门入仕开辟了一条通道。

南北统一之后，隋文帝曾下诏鼓励"武力之子，俱可学文，人间甲仗，悉皆除毁。有功之臣，降情文艺，家门子侄，各守一经"②，在尚武风气盛行的北朝社会，这一政策的导向意义十分明显。隋炀帝对文化建设更加重视，即位之初的大业元年正月就下诏："若有名行显著，操履修洁，及学业才能，一艺可取，咸宜访采，将身入朝。"③在他们的倡导下，隋代文化政策发生了很多变化。科举制的确立就是其中一项重要措施。

《北史·杜正玄传》载："隋开皇十五年，举秀才，试策高第。曹司以策过左仆射杨素，怒曰：'周孔更生，尚不得为秀才，刺史何忽妄举此人？可附下考。'乃以策抵地，不视。时海内唯正玄一人应秀才，余常贡者，随例铨注讫，正玄独不得进止。曹司以选期将尽，重以启素。素志在试退正玄，乃手题使拟司马相如《上林赋》、王褒《圣主得贤臣颂》、班固《燕然山铭》、张载《剑阁铭》《白鹦鹉赋》，曰：'我不能为君住宿，可至未时令就。'正玄及时并了。素读数遍，大惊曰：'诚好秀才！'命曹司录奏。"④该书又载其弟杜正藏于开皇十六年举秀才。"时苏威监选，试拟贾谊《过秦论》及《尚书·汤誓》《匠人箴》《连理树赋》《几赋》《弓铭》，应时并就，又无点窜。时射策甲第者合奏，曹司难为别奏，抑为乙科。正藏诉屈，威怒，改为丙第，授纯州行参军"。⑤ 王应麟《辞学指南》（《玉海》附）注曰："此拟题试士之始也。"⑥

开皇十五年，全国只有杜正玄一人应秀才，可见秀才中第很难。故《通典·选举三》说："初，秀才科等最高，试方略策五，有上上、上中、上

---

① 《梁书·武帝纪》，中华书局1973年版，第49页。
② 《隋书·高祖纪下》，中华书局，1973年版，第33页。
③ 《隋书·炀帝纪上》，中华书局，1973年版，第63页。
④ 《北史》卷二十六，中华书局1974年版，第961—962页。
⑤ 《北史》卷二十六，中华书局1974年版，第962页。
⑥ 王应麟《辞学指南》，见《玉海》卷二百一，清光绪九年浙江书局刊本。

下、中上,凡四等。"隋炀帝大业二年(606 年),炀帝诏令置明经科、进士科,大约也是为了解决这个难题。① 王定保《唐摭言》卷一:

> 进士科始于隋大业中,盛于贞观、永徽之际;缙绅虽位极人臣,不由进士者,终不为美,以至岁贡常不减八九百人。其推重谓之"白衣公卿",又曰"一品白衫";其艰难谓之"三十老明经,五十少进士";其负倜傥之才,变通之术,苏、张之辨说,荆、聂之胆气,仲由之武勇,子房之筹划,弘羊之书计,方朔之诙谐,咸以是而晦之,修身慎行,虽处子之不若;其有老死于文场者,亦所无恨。故有诗云:"太宗皇帝真长策,赚得英雄尽白头。"②

明经为国子生,进士为外县考生。国子生多贵族子弟,考试内容为帖经和策论。进士科最初以试策(时务)为主,《新唐书·选举志》载,唐高宗永隆二年(681 年),刘思立建言:"明经多抄义条,进士惟诵旧策,皆亡实才,而有司以人数充第。乃诏自今明经试帖粗十得六以上,进士试杂文二篇,通文律者然后试策。"③所谓"杂文"虽非诗赋,亦箴、铭、论、表之类。这时已距大业二年过去七十五年。关于科举考试与文学的不解之缘,程千帆《唐代进士行卷与文学》(上海古籍出版社,1980 年版),傅璇琮《唐代科举与文学》(陕西人民出版社,2003 年版),陈飞《唐代试策考述》(中华书局,2002 年版),徐晓峰《唐代科举与应试诗研究》(北京大学出版社,2015 年版),王勋成《唐代铨选与文学》(中华书局,2021 年版)等有细致深刻的论述。

---

① 沈兼士《选士与科举——中国考试制度史》,漓江出版社 2017 年版,第 76 页。又见唐长孺《魏晋南北朝隋唐史三论》,武汉大学出版社 1993 年版,第 396 页。

② (宋)王定保《唐摭言》卷一、《唐五代笔记小说大观》,上海古籍出版社 2000 年版,第 1578—1579 页。

③ 《新唐书·选举制上》,中华书局 1976 年版,第 1163 页。又,《说郛三种》(百卷本)卷十收录《事始》"试杂文"条:"贞观八年始令贡士试杂文。"上海古籍出版社 1988 年出版。吴在庆《科举试赋及对唐赋创作影响的几个问题》(载《听涛斋中古文史论稿》,黄山书社,2011 年)对此有深入讨论。

三、推动唐诗发展的声韵之学

（一）文化制度建设

在思想舆论方面，佛教、道教与儒家思想，都很活跃。北周武帝灭佛之后，隋代佛教又迎来新的发展。在制度建设方面，隋代的秘书省以编校图书、制作礼乐、考订制度、编纂图书、修撰文史、会通语音为主要工作，汇集众多文士，培养储备人才，对隋代文学的发展，产生积极影响。

开皇二年（582年），颜之推建议隋文帝依照梁乐来修订雅乐，文帝以梁乐乃"亡国之音"加以拒绝。平陈后，当时著名学者、文人牛弘以"中国旧音多在江左"为由再次建议文帝根据梁、陈旧乐修订雅乐。所谓"中国旧音多在江左"实际上是肯定江左音乐的"正统"地位，于是文帝"诏弘与许善心、姚察及通直郎虞世基参定雅乐"。①

早在1920年，吴承仕辑录汉魏六朝注音资料，参照《经籍纂诂》体例，编《经籍旧音》二十五卷，可惜，此书未曾问世。吴承仕生前刊行《经籍旧音序录》一卷，《经籍旧音辨证》七卷，中华书局1986年整理出版。吴承仕《经典释文序录疏证》，旁征博引，汇集古书相关记载，要言不烦，线索清晰。中华书局1984年出版。

姜亮夫、殷焕先曾计划编《经籍纂音》，1985年我在杭州大学求学时，曾参与这项工作，抄录《老子释文》卡片。可惜，这项工作迄今未见结果。继《故训汇纂》（商务印书馆，2003年版）之后，宗福邦又主编《古音汇纂》（商务印书馆，2019年版）相与配套，已由商务印书馆出版。

（二）陆德明《经典释文》

在经学方面，有陆德明的《经典释文》三十卷，校订了十四部经典：《周易》《古文尚书》《毛诗》《周礼》《仪礼》《礼记》《春秋左传》《春秋公羊传》《春秋榖梁传》《孝经》《论语》《老子》《庄子》《尔雅》等。其中不仅有儒家经典，也有道家著作。除《经典释文》外，陆德明还有《老子疏》十五卷，

---

① （宋）司马光《资治通鉴》卷一七七，中华书局1974年版。

《易疏》二十卷。可见他的学术视野是很开阔的。陆德明整理《经典释文》，兼采众本，保存异文，考察字音，辨正字形，分析字义，对于阅读古书，具有重要的参考价值。黄焯有《经典释文汇校》，中华书局 2006 年出版。书后附有《关于〈经典释文〉》《〈经典释文〉略例》卷上、卷中。

《经典释文》卷首所列为唐代官职。序称："粤以癸卯之岁，承乏上庠，循省旧音，苦其太简……校以《苍雅》，辄撰集《五典》《孝经》《论语》及《老》《庄》《尔雅》等音，合为三十秩三十卷，号曰《经典释文》。"（吴承仕，226）陆德明经历的癸卯之岁，有陈后主至德元年（583 年）和唐贞观十七年（643 年）两种可能。《四库全书总目》提要谓："考癸卯为陈后主至德元年，岂德明年甫弱冠，即能如是淹博耶？或积久成书之后，追记其草创之始也。"①钱大昕跋文称："元朗（陆德明字）于高祖朝已任博士，史虽不言其卒年，大约在太宗贞观之初，若癸卯岁则贞观十七年也，恐元朗已先卒，即或尚存，亦年近九十，不复能著书矣。"②吴承仕《经典释文叙录疏证》认为"至德癸卯，年近三十矣"（226）。王利器又引《册府元龟》卷九十七云："贞观十六年四月甲辰，太宗阅德明《经典释文》，美其弘益学者，叹曰：德明虽亡，此书足看传习。因赐其家布帛百匹。"确信《释文》成书于至德元年者"（33，e）。南方陈朝的至德元年，北方已是隋文帝开皇三年（583 年）。无论具体年月如何，《经典释文》三十卷成于文化走向一统的时期，是无可置疑的。

（三）陆法言《切韵》

经典重释，需要有语言文字的统一基础。《切韵》的编纂，顺应了时代的潮流。《切韵序》称："昔开皇初，有刘仪同臻，颜外史之推，卢武阳思道，魏著作彦渊，李常侍若，萧国子该，辛咨议德源，薛吏部道衡等八人，同诣法言门宿，夜永酒阑，论及音韵。"③八位文人，在隋代均为一时人选。

---

① （清）永瑢等撰《四库全书总目》，中华书局 1965 年版，卷三十三。
② （清）钱大昕撰《潜研堂序跋》，上海古籍出版社 2010 年版，第 91 页。
③ 《陆法言〈切韵·序〉释要》，参见殷焕先《语言学论文集》，商务印书馆 2015 年版，第 59 页。

1. 刘臻(527—598)，字宣挚，沛国相人。其生平事迹略见上述。

2. 颜之推(531—590)，《北齐书》本传："隋开皇初，太子召为文学，深见礼重，寻以疾终，有文集三十卷。"① 颜之推卒于开皇元年。其生平事迹已见第六讲《东魏北齐三书》。

3. 卢思道(535—586)，《隋书·卢思道传》："卢思道字子行，范阳人也。祖阳乌，魏秘书监。父道亮，隐居不仕。思道聪爽俊辩，通倪不羁。"《北史·卢子真传》："玄孙思道，字子行，……才学兼著，然不持操行，好轻侮人物。"② 后折节苦读，师事邢劭。文宣帝崩，当朝人各作挽歌十首，择其善者而用之。魏收等不过得一二首，惟思道独有八篇，故时人称为"八米卢郎"。③ 后入文林馆。北周灭齐，与同辈阳休之等赴长安，与颜之推奉和阳休之《听蝉鸣篇》，词意清切，为时人所重。又作《赠李若诗》《孤鸿赋》《劳生论》等，颇有不平之气。《北齐兴亡论》《后周兴亡论》作于隋初，梳理两朝历史，分析历代政治得失。卢思道卒于开皇六年(586 年)。《隋书》本传载其文集三十卷(《隋书·经籍志》同)，《北史》作二十卷。今存诗二十八首，以乐府为多，也具有特色。《隋书·经籍志》还著录卢思道《知己传》一卷。另有《西征记》，李德辉《晋唐两宋行记辑校》据《太平寰宇记》辑录一则。祝尚书有《卢思道集校注》，巴蜀书社 2001 年出版。

4. 魏澹(532—596)，字彦深，巨鹿下曲阳(今晋县)人。《古逸丛书》本《广韵》序前列撰集人姓名，有"著作郎魏渊"。刘盼遂认为即魏澹。《隋书·魏澹传》载，魏澹专心好学，博涉经史，善属文，词采赡逸。在齐为博陵王济记室。与尚书左仆射魏收、吏部尚书阳休之、国子博士熊安生同修《五礼》。参与《修文殿御览》编修工作。书成，除殿中郎中、中书

---

① 《北齐书》卷四十五，中华书局 1972 年版，第 618 页。

② 《隋书》卷五十七，中华书局 1973 年版，第 1397 页。

③ 《北史·刘逖传》："其姊为任氏妇，没入宫，敕以赐魏收，收所提携，后为开府参军。及文宣崩，文士并作挽歌，杨遵彦择之，员外郎卢思道用八首，逖用二首，余人多者不过三四。中书郎李愔戏逖曰：'卢八问讯刘二。'逖衔之。"《北齐书》无此细节。《启颜录》亦载这个故事，称卢思道为"八咏卢郎"。

舍人。复与李德林俱修国史。后入文林馆。北齐亡，入周，为纳言中士。晚年著《魏书》，《隋书·经籍志》著录作《后魏书》一百卷。今亡，仅存《魏史议例》。《史通·古今正史》："至隋开皇，敕著作郎魏澹与颜之推、辛德源更撰《魏书》，矫正收失。澹以西魏为真，东魏为伪，故文、恭列纪，孝靖称传，合纪传论列，总九十二篇。炀帝以澹书犹未能善，又敕左仆射杨素别撰，学士潘徽、褚亮、欧阳询等佐之。"①开皇十六年（596 年）卒。魏澹撰《诸书要略》《笑苑》《词林集》等书，注《庾信集》。《隋书·经籍志》著录《魏彦深集》三卷，已佚。今存《鹰赋》（《初学记》三十）及诗五首。

5. 李若，顿丘人。《北齐书·卢潜传》附卢昌衡传称其"与顿丘李若、彭城刘泰珉、河南陆彦师、陇西辛德源、太原王修并为后进风流之士"。②后来参与《切韵》编修工作。《隋书·崔儦传》："儦在齐时，与顿丘李若俱见称重，时人谓之曰：'京师灼灼，崔儦、李若。'"③

6. 萧该，《隋书》《北史》有传。著有《文选音义》《汉书音义》。生平事迹已见上述。

7. 辛德源，字孝基，陇西狄道人。祖穆，魏平原太守。父子馥，尚书右丞，德源沉静好学，博览书记，少有重名。得到齐尚书仆射杨愔（字遵彦）、殿中尚书辛术的赏识。起家奉朝请，后为兼员外散骑侍郎，聘梁使副。受命与颜之推、魏澹等修《魏书》。后入文林馆，参与《修文殿御览》编写工作。齐亡，仕周为宣纳上士。隋初，隐林虑山，作《幽居赋》。秘书监牛弘以德源才学显著，奏与著作郎王劭同修国史。德源每于务隙撰《集注春秋三传》三十卷，注扬子《法言》二十三卷。又撰《政训》《内训》各二十卷。《隋书·经籍志》著录蜀王府记室《辛德源集》三十卷。今存诗十一首（包括残句）。

8. 薛道衡（535—604），字玄卿，河东汾阴人也。祖聪，魏齐州刺史。父孝通，常山太守。薛道衡少以才名著称，为杨愔所赏识。在齐，与魏

---

①　（唐）刘知幾撰，（清）浦起龙释《史通通释》，上海古籍出版社 1978 年版，第 365 页。

②　《北齐书》卷四十二，中华书局 1972 年版，第 557 页。

③　《隋书》卷七十六，中华书局 1973 年版，第 1733 页。

收、阳休之、熊安生、魏澹等修定《五礼》。陈使傅縡聘齐，以道衡兼主客郎接对之。縡赠诗五十韵，道衡和之，南北称美，后入文林馆。齐亡，归隐乡里。隋初，授仪同，摄卬州刺史。参与《内典文会集》编写。五十岁时后再次使陈，作《人日思归》。返回北方后，任淮南道行台尚书吏部，兼掌文翰。隋师临江，高颎向薛道衡以此举可克江东否，答以必克。伐陈凯旋，作《祭淮文》《祭江文》。仁寿四年（604 年）末被杀。《隋书·经籍志》著录《司隶大夫薛道衡集》三十卷。今存诗二十一首。

上述八人中，卢思道、李若、辛德源、薛道衡、魏澹等五人来自北齐，颜之推和萧该、刘臻三人来自江南。陆法言为陆爽之子，祖上为代人。这个家族涌现出不少文化名人。陆法言在《切韵》编纂中起到组织协调作用，真正发挥作用的是颜之推和萧该。所以序言说："欲更捃选精切，除削疏缓，颜外史、萧国子多所决定。"①

颜之推和萧该所以能够发挥核心作用，是因为江南的音韵学经南齐末年永明文学的洗礼，已经相当普及。周颙有《四声切韵》，沈约有《四声谱》，《文心雕龙》专辟《声律》一篇，说："凡切韵之动，势若转圆。讹音之作，甚于枘方。"②《颜氏家训》也有《音辞》，论各地语言现象。说明他们都是知音者。萧该注意从音和义两个方面研究古书，著《汉书音义》《文选音义》，不是偶然的现象。从江式《求撰集古今文字表》看，语言学在北方也有发展，但是音韵学不及南方。《颜氏家训·音辞》提到了阳休之撰《切韵》一事，这大概与阳休之在南方生活学习有关。他不仅看到萧统编《陶渊明集》，也应当看到周颙的《四声切韵》。他自己编了一部实用韵书，书名也叫《切韵》。但在南方人颜之推看来，"阳休之造《切韵》，殊为

---

① 《陆法言〈切韵·序〉释要》，参见殷焕先《语言学论文集》，商务印书馆 2015年版，第 60 页。

② （梁）刘勰著，范文澜注《文心雕龙注》，人民文学出版社 1958 年版，第 553—554 页。

疏野"。① 阳休之的书又名《韵略》,大约同书异名。《文镜秘府论》云:"齐仆射阳休之,当世之文匠也,乃以音有楚、夏,韵有讹切,辞人代用,今古不同,遂辨其尤相涉者五十六韵,科以四声,名曰《韵略》。制作之士,咸取则焉,后生晚学,所赖多矣。"②尽管颜之推认为阳著粗疏,但在北方还是产生了影响。说明大家都需要这样的著作。萧该入长安,颜之推到邺下,把江南的音韵学知识传到北方。隋朝统一全国后,以他们俩为核心的八人聚集在一起,总结历代成果,汇集南北方音,最后由陆法言完成《切韵》一书,独享其名。李涪《李氏刊误》"切韵"条称:"精音切韵,始于后魏。校书令李启撰《声韵》十卷,夏侯咏撰《四声韵略》十二卷,撰集非一,不可具载。至陆法言采诸家纂述,而为己有。"③这个看法不无道理。

既然是南北方音的汇总,终究要有一条主线,也就是音韵学所强调的音系。《颜氏家训•音辞》篇说:"摧而量之,独金陵与洛下耳。"④是以金陵音和洛阳音为主。两者又不是完全对等,应当是以金陵音为主,洛阳音为辅(王启涛,34)。当然,所谓金陵音,业已不是纯粹的江南音,南渡士人把洛阳音带到江南,与江南音合成为南渡洛阳音。对此,陈寅恪《从史实论〈切韵〉》说:"洛阳旧音,为金陵士族所保存沿用,自东晋历宋、齐以至颜黄门时,已达二百数十年之久,则沾染吴音,自所难免也。"(216,e)因此,《切韵》音系,确如周祖谟所断言:"《切韵》音系的基础,应当是公元六世纪南北士人通用的雅言,而审音方面的细微差别,主要根据的是南北士人的书音。""《切韵》是一部极有系统而且审音从严的韵书。它的音系不是单纯用某一地行用的方音为准,而是根据南方士大夫

---

① (北齐)颜之推撰,王利器集解《颜氏家训集解》,上海古籍出版社1980年版,第474页。

② [日]遍照金刚,王利器校注《文镜秘府论校注》,中国社会科学出版社1983年版,第104页。

③ 《李氏刊误》,《说郛三种》(宛委山堂一百二十卷本)卷十三,上海古籍出版社1988年出版。

④ (北齐)颜之推撰,王利器校注《〈颜氏家训〉集解》,上海古籍出版社1980年版,第473页。

如颜、萧等人承用的雅言、书音,折衷南北的异同而定的"。(300,g)这个
音系确定之后,很快就成为官方的标准,唐代韵书多由此书(300,e)。王
国维《书吴县蒋氏藏唐写本唐韵后》:"唐人盛为诗赋,韵书当家置一部。
故陆(《切韵》)、孙(《唐韵》)二韵,当时写本当以万计。"[1]音韵学知识的普
及,为唐诗的繁荣发展奠定了语音方面的基础。

　　《切韵》久佚。目前发现"王仁昫刊谬补缺切韵"唐五代抄本共六种。
徐朝东《切韵汇校》按照王韵三种排列,加注标点,附有字头索引,极便读
者使用。该书由中华书局 2021 年出版。

---

　　① 　王国维《观堂集林》第二册,中华书局 1959 年版,第 370 页。

第四章　乐府诗研究文献

第一节　乐府诗的起源、含义及其分类

乐府诗是一个较为复杂的概念,自产生之时以迄后世,衍变发展,多有不同,不能笼统言之。且不说魏晋南北朝时期的乐府诗与唐宋以后的概念有很大的区别,就是两汉与魏晋对乐府诗概念的理解,也有很大差异。因此,要理清乐府诗的基本史料,首要的工作是弄清乐府诗的内涵与外延,这样才有可能对它的基本史料予以考述。

一、乐府诗的起源

《汉书·礼乐志》载:"武帝定郊祀之礼……乃立乐府,采诗夜诵。"刘勰《文心雕龙·乐府》本此立说,径称"武帝崇礼,始立乐府"。唐人颜师古注《汉书》时也肯定这种说法,在"乃立乐府"下注曰:"始置之也。乐府之名,盖起于此。"宋人郭茂倩《乐府诗集》中叙述乐府诗的起源时也说:"乐府之名,起于汉魏,自孝惠帝时,夏侯宽为乐府令,始以名官。至武帝,乃立乐府,采诗夜诵,有赵、代、秦、楚之讴。"但是,《汉书》关于乐府起源的记载也有自相矛盾之处。他一方面说武帝"乃立乐府",另一方面却又记载:"《房中乐》,楚声也。孝惠二年,使乐府令夏侯宽备其箫管,更名

曰《安世乐》。"据此，沈钦韩《〈汉书〉疏证》以为"乐府令夏侯宽"云云，是"以后制追述前事"。何焯《义门读书记》又以为班固把乐府和太乐搞混了，认为这里的"乐府令疑作太乐令"。当然，早在宋代，王应麟作《〈汉书·艺文志〉考证》就已怀疑汉《志》的记载，以为"乐府似非始于武帝"。

王应麟用"似非"表示存疑，是审慎的态度。1977 年陕西临潼县秦始皇墓附近，出土有秦代编钟，上刻秦篆"乐府"二字，这就为王应麟"乐府似非始于武帝"之说找到直接的物证，证明至迟在秦代已有乐府（寇效信，469）。汉承秦制，汉代的乐府机关是从秦代沿袭下来的。杜佑《通典·职官七》："秦汉奉常属官，有太乐令丞。又少府属官，并有乐府令丞。"说明自秦迄汉，太乐和乐府是两个分立的机构，任务不同，隶属有别。《汉书·百官公卿表》记载有"太乐寺"和"乐府"两种官职，太乐寺掌管着传统祭祀的雅乐，归奉常主管；乐府掌管当世民间俗乐，归少府主管。秦代虽然设立有乐府官署，只不过如《宋书·乐志》所说："秦汉阙采诗之官，歌咏多因前代，与时事既不相应，且无以垂示后昆。"既无采集民间歌谣的制度，又多歌唱前代流传的旧曲，所以真正的乐府诗歌是从汉代开始。特别是公元前 112 年汉武帝在"定郊祀之礼""作郊祀之乐"的基础上"乃立乐府，采诗夜诵"，揭开了乐府诗史的新篇章（杨生枝，284）。

二、乐府诗的含义

顾炎武《日知录》称："乐府是官署之名。"从上述资料看，乐府的初始含义确实是指官署之名。在汉代，从民间采集来的诗篇通常叫"歌诗"，如"吴、楚、汝南歌诗""燕代讴雁门、云中、陇西歌诗""邯郸、河间歌诗""淮南歌诗"等等；而贵族文人的作品一般叫"歌"，如汉高祖刘邦《楚歌》、汉武帝刘彻《李夫人歌》、司马相如《汉郊祀歌》等。这些诗歌都曾在乐府机关合过乐，而且又被演唱，所以后来的人们把这些歌辞称为"乐府"。这是一种转变，即由官署之名变成歌辞通称。可以说明，汉代乐府包括两大类，一是民间的歌诗，二是贵族文人的歌辞。魏晋以后，"乐府"又由歌辞通称变成一种诗体的专称，如《宋书·自序》载沈林子著述，除诗、赋、赞等文体外，别有"乐府"一类。《文选》《玉台新咏》除诗赋之外，均设"乐府"一门。刘勰《文心雕龙》于《明诗》《诠赋》外，有《乐府》专篇，明确称"乐府者，声依永，律和声也"。说明魏晋南北朝人仍从音乐上着眼，用以辨析乐府。就是说，凡能入乐，具有音乐特点的诗篇，统称为"乐府"。唐代的"乐府"概念则已逐渐脱离音乐特征，更注重内容，有所谓"新乐府"之称；至宋元，又称词或散曲为乐府，如《东坡乐府》《小山乐府》等，实际距乐府诗的原始含义相去更远了。

三、乐府诗的分类

乐府诗的分类，种类很多，可以根据作者来分，因乐府中有民间作者，有贵族文人，也有配乐制辞的音乐家。问题是，乐府诗作者大多失传，且有名字作家也很难归类，有些作者出身贵族，既是文人，又是音乐家，所以单靠作者分类难度较大。还可以从体制上来分，有创制者，有模拟者，但它们的界限也难划定。就创制而言，通晓音律而创制新曲固然有，但更多的是加入新声而修改旧曲，或依旧曲而创作新辞。就模拟而言，有袭用曲谱而拟古，有依标题而拟古，有仿旧辞而拟古，情形非一，遽难一概而论。也可以从声辞上来分，有因声而作歌者，如魏晋多是借汉乐府古曲以造新诗被之管弦，有因歌而造声者，如"吴声西曲"始为徒歌，既而以之入乐；又有一类，即有声有辞者，如祭祀、相和、铙歌、横吹等，或有辞无声者，如后人述作，等等，均难以划分（杨生枝，284）。

上述分类，历代学者都有尝试，但总不理想，所以人们多所不取，而按乐曲性质进行分类，基本上为历来学者所认可接受。

唐人吴兢《乐府古题要解》说早在汉明帝刘庄时代就"定乐有四品"。可是"四品"之名，仅录最末一种，余者均阙。《乐府古题要解》说："最末曰《短箫铙歌》，军中鼓吹之曲。"（见《历代诗话续编》第38页，中华书局，1983年版）据《隋书·乐志》当时"乐有四品"，其名称是：

（一）大予乐：郊庙上陵之所用焉。

（二）雅颂乐：辟雍飨射之所用焉。

（三）黄门鼓吹乐：天子宴群臣之所用焉。

（四）短箫铙歌乐：军中之所用焉。

这四种名称是否即汉明帝时"乐有四品"之名，现已不能考知，不过与东汉蔡邕的分类大致相近：

（一）郊庙神灵。

（二）天子享宴。

（三）大射辟雍。

（四）短箫铙歌。

这种分类，见于《宋书·乐志》记载，称"蔡邕论叙汉乐曰"云云。除第四种名同外，其余三种名称有异，但所用相近是可以推知的。

《晋书·乐志》分为六类：

（一）五方之乐。

（二）宗庙之乐。

（三）社稷之乐。

（四）辟雍之乐。

（五）黄门之乐。

（六）短箫之乐。

前两类近于《隋书》中的"大予乐"，三四类同于"雅颂乐"。故所分虽细，但内容无大变化，而且没有把民间歌曲包括在内。

唐人吴兢《乐府古题要解》分为八类，把民间乐歌区分开来：

（一）相和歌：汉世街陌讴谣之词，丝竹更相和，执节者歌之。

（二）拂舞歌：出自江右。

（三）白纻歌：吴地所出。

（四）铙歌：军中鼓吹之曲。

（五）横吹曲：军事用角（鼓角）。

（六）清商曲：南朝旧乐。

（七）杂题。

（八）琴曲：多出《琴操》等书。

宋人郑樵《通志·乐略》将乐府分为五大类：正声、遗声、祀飨正声、祀飨别声、文武舞。每大类下又分若干类，总计五十三类，学者多以为繁琐而不取，而认为郭茂倩《乐府诗集》十二大类较为清晰：

（一）郊庙歌辞：用以祀天地、太庙、明堂、藉田、社稷。

（二）燕射歌辞：用在宴会上以饮食之礼亲宗族，以宾射之礼亲故旧，以飨宴之礼亲四方宾客，是辟雍飨射所用。

（三）鼓吹曲辞：是用短箫铙鼓的军乐。

（四）横吹曲辞：是用鼓角在马上吹奏的军乐。

（五）相和歌辞，是用丝竹相和，都属汉时的街陌讴谣。

（六）清商曲辞：源出于相和三调（平调、清调、瑟调），其辞皆古调及曹魏时魏之三祖所作。江南吴歌、西曲，总称清商乐。

（七）舞曲歌辞：有雅舞，用于郊庙、朝飨；有杂舞，用于宴会。

（八）琴曲歌辞：有五曲、九引、十二操。

（九）杂曲歌辞：内容有写心志、抒情思、叙宴游、发怨愤、言征战行役，或缘于佛老，或出于"夷虏"，兼收并载，故称杂曲。

（十）近代曲辞：也属杂曲，因是隋唐的杂曲，故称近代。

（十一）杂歌谣辞：徒歌、谣、谶、谚语。

（十二）新乐府辞：是唐代新歌，辞拟乐府而未配乐，或寓意古题，美刺人事，或即事名篇，无复依傍（《乐府诗集》中华书局校点本出版说明）。

这十二种分类影响较大，元代左克明《古乐府》分八类，明徐献忠《乐府原》分九类，清冯班《钝吟杂录》分七类，尽管具体名目不同，但总体上大抵因袭郭氏。当然，任何分类总有不完备之处，梁启超《中国之美文及其历史》就指出，近代曲辞及隋唐以后新谱，与汉魏乐府无涉；新乐府辞为唐以后诗家自创的新题，并不一定都曾入乐；杂歌谣辞皆属徒歌，"以上三种，严格论之，皆不能谓为乐府"。再者，舞曲、琴曲，历代有曲无辞，大率六朝人的补作，因而也当略去不计。乐府只应分为"郊庙、燕射、鼓吹、横吹、相和、清商、杂曲"七种。陆侃如《乐府古辞考》也认为琴曲多伪作，杂曲、近代曲辞不重要，杂歌谣、新乐府不入乐，应删去这五类，余下七类，即梁启超所谓的七种除"杂曲"外再加上"舞曲"一类，均为唐以前作品。杨生枝《乐府诗史》则分五类：

（一）雅乐歌：郊庙歌辞、燕射歌辞、雅舞曲辞。

（二）军乐歌：鼓吹曲辞、横吹曲辞。

（三）俗乐歌：相和歌辞、清商曲辞、杂舞曲辞。

（四）杂曲歌：杂曲歌辞，杂歌谣辞。

（五）新乐府：近代曲辞，新题乐府。

第二节　乐府诗研究基本材料

所谓基本材料，主要是指历代有关乐府诗的著录、带有总集性质的乐府诗汇编及综合研究著作。这些内容，王运熙《汉魏六朝乐府诗研究书目提要》取精用宏，至为明晰。本节所述，多据其说，间有补充。

一、历代著录

（一）《史记·乐书》

《史记·乐书》一卷，概述自先秦至汉武帝时音乐的情况，文虽短约，但指出郑声流行，不能"助流政教"，却从另一侧面反映民间乐歌兴盛于汉初的情况，此外还著录了贵族文人雅歌，如"高祖过沛诗三侯之章""至今上（指武帝）即位，作十九章"，司马贞《索隐》以为是唐山夫人《安世房中乐》，王运熙《汉魏六朝乐府诗研究书目提要》以为是《郊祀歌》，总之《史记·乐书》为后人提供了研究线索。此外，如《太一之歌》《天马之歌》等亦见载于此。关于乐的起源、演变，乐与礼的关系，乐与政治的关系等，《乐书》均有精到的论述。

（二）《汉书·礼乐志》

《汉书·礼乐志》一卷，除纵论乐歌作用及历代音乐情况外，作为文献资料，至少还有三个方面重要作用：第一，篇中全录《安世房中歌》十七章、《郊祀歌》十九章，是研究汉代贵族文人音乐歌诗的最原始材料（赵敏俐，351）。第二，篇中叙述哀帝罢乐府时，孔光、何武奏罢乐府人员四百余人，奏表中列举各种俗乐人员，可以据以考见当时宫廷中俗乐之盛况。第三，班固对西汉乐府所采民间歌谣，概屏弗录，致使大多失传，造成无法弥补的损失，但他在篇中还是比较具体全面地记载了当时乐府采诗的范围和数量，如标明流传地区的民歌达一百三十八篇，而且说明这些作品"皆感于哀乐，缘事而发，亦可以观风俗，知薄厚"，对这些作品的艺术特色和政治功用作了较为恰当的概括和评价。

（三）《宋书·乐志》

《宋书·乐志》四卷，不仅记载统治阶级关于歌舞的各项措施和雅颂之类的作品，而且还用相当的篇幅记录了历代下层人民喜闻乐见的乐舞形式和富有民间生活气息的诗歌，不但给后人保留了自汉至宋庙堂乐舞和民间歌舞的丰富资料，也为后世编写《乐志》开创了良好的先例。现存唐人编写的《晋书·乐志》，很大一部分内容取资于《宋书·乐志》。后来几部重要史志如《南齐书·乐志》《魏书·乐志》《隋书·音乐志》《旧唐书·音乐志》等在体例、内容上，都可以看到其明显的影响。沈约在各志的总序中谈到《乐志》时写道：

> 《乐经》残缺，其来已远，班氏所述，政抄举《乐记》，马彪《后书》，又不备续。至于八音众器，并不见书，虽略见《世本》，所阙犹众。爰及雅、郑，讴谣之节，一皆屏落，曾无概见。郊庙乐章，每随世改，雅声旧典，咸有遗文。又案今鼓吹铙歌，虽有章曲，乐人传习，口相师祖，所务者声，不先训以义。今乐府铙歌，校汉、魏旧曲，曲名时同，文字永异，寻文求义，无一可了。不知今之铙章，何代曲也。今《志》自郊庙以下，凡诸乐章，非淫哇之辞，并皆详载。

这说明他对司马迁、班固只录旧文,既不载讴谣,又不载乐器,感到不足,同时对司马彪《续〈汉书〉》不续《乐志》更引以为憾,所以他作《乐志》四卷,其一叙述自汉至宋音乐情况,先述雅乐(郊庙乐及朝享乐),次述俗乐(分散乐、杂歌曲、杂舞曲诸项),次述八音乐器。其二录郊庙及朝享乐章,有魏晋宋三代歌辞。其三录汉魏相和歌辞。其四录汉魏晋宋杂舞曲辞与鼓吹铙歌。由此看出,沈约除记录魏晋至宋朝廷关于祠祀天地宗庙和正旦行礼音乐舞蹈的沿革、礼制、歌辞外,又增加了许多新的内容,包括:(一) 关于音乐的起源、发展以及民间歌曲由独唱、伴唱配乐和诗人倚声造歌、乐人按调裁曲的过程,并记录了汉代讴谣和晋宋吴歌的一些篇目;(二) 由民歌发展而来的以丝竹乐器伴奏的相和歌曲,进一步发展成为清调、平调、瑟调的清商三调,更进而发展成为多章节的大曲的歌辞及其结构;(三) 除记录一些歌唱的乐章外,还记录了某些音乐的曲调,虽然由于声辞杂糅,不易了解,但还是保留了一部分最古的乐谱;(四) 由军乐发展而来的鼓吹乐,用在殿庭宴享名短箫铙歌,用在仪仗卤簿则名骑吹,《志》中记录了汉代的古铙歌和魏吴晋宋拟作的铙歌歌辞;(五) 施于宴享的鞞、拂、巾、铎、杯盘、白纻等舞的起源和舞蹈的姿态以及舞时伴唱的歌辞;(六) 朝廷在节日演奏的杂技百戏的各种项目;(七) 各代群臣关于乐舞的讨论以及歌舞的人数和服饰;(八) 自古以来演奏用的八音乐器的创造和形制。因为有这样许多新的内容,后人对汉魏时期乐府中民谣情况才有可能有较为切实的了解。但是由于恪守贵远贱近的原则,沈约对于晋宋两代清商新声,即吴声歌曲和西曲各调,虽述其作者、本事等,但认为其"歌辞多淫哇不典正",不予著录。这当然是偏见。不过,《宋书》成于南齐永明中,以后,沈约对清商新声的态度有所变化,也曾尝试拟作,但民间新作,他却再也没有机会记录下来,否则又该增加多少新的诗篇(苏晋仁、萧炼子,248)。

(四)《古今乐录》

《古今乐录》十二卷,南朝陈释智匠著,叙录郊庙、燕射、恺乐、相和、清商、舞曲、琴曲等曲辞以至乐律、乐器等。论相和部分多引晋荀勖《荀氏录》、刘宋张永《元嘉正声伎录》、萧齐王僧虔《大明三年宴乐伎录》中有关曲调类别、体制及流传的记载，是研究魏晋南北朝时期音乐、文学、艺术极为重要的文献。郭茂倩编《乐府诗集》，对于汉魏六朝乐府诗的编纂，主要依据的就是这部著作。此书最早著录于《隋书·经籍志》："《古今乐录》十二卷，陈沙门智匠撰。"《日本国见在书目录》《旧唐书·经籍志》《新唐书·艺文志》《中兴馆阁书目》《宋史·艺文志》皆著录为十三卷。宋以后亡佚。《玉海》卷一〇五"音乐"载："唐《中兴书目》:《古今乐录》十三卷，陈光大二年僧智匠撰，起汉迄陈。后周王朴上疏曰:宣示《古今乐录》。"陈废帝光大二年为公元568年，后周王朴上疏见《资治通鉴》卷二九四，足见此书在唐、五代、两宋时期影响之大。二十年前，笔者研究《玉台新咏》乐歌总集的性质，读到三十年代朱谦之《中国音乐文学史》第五章"论乐府"对《古今乐录》"本意在度曲"的评价，深表赞同，也因此注意到其与《玉台新咏》的关系，希望在这方面能有所立说。朱谦之说《古今乐录》"失传，现有马国翰《玉函山房辑佚本》，可惜不全，我很望有人出来重辑，因为这是一部研究两晋六朝乐府，顶重要的参考书"。确实，马国翰辑本很不全，因为摘录《古今乐录》最多的《乐府诗集》，马氏竟失之眉睫。相比较而言，王谟《汉魏遗书钞》的辑录比较详尽："宋世此书犹存……宋人郭茂倩所编《乐府诗集》……大率据此书及吴兢《乐府解题》为多。而此书又多引张永、王僧虔二家《技录》……今并钞出。郭氏《乐府》一百三十二条，又《御览》十三条，《初学记》七条，《书钞》一条，《白帖》一条，《事类赋注》六条，《后汉书》注一条。"马国翰所采间亦有溢出王辑之外者，如《太平御览》引"晋宋已后歌曲"一条，《文选》注引"鸡鸣高树颠，古辞"一条，《路史》注引"大琴二十七弦"一条，均为王谟辑本所无。又辑《后汉书》注引"横吹，胡乐也"一则，其文较王谟辑自《玉海》所引者详备。其序称："信都芳候气及隋文帝问律气于牛弘二节，《隋书·历志》取之。都昙答腊鼓，大周正乐本之。其书见重于当时，从可知矣。"此外，黄氏《汉学堂丛书》也有辑本，但未超出王辑范围。本人在前人辑录的基础上对《古今乐录》重新加以辑补，最初的文本作为附录收在拙著《玉台新咏研究》上。此后，我又请赵建成对旧作有所增补修订，如补充了《白氏六帖事类集》、晏殊《类要》所引之内容。《类要》共引《古今乐录》十六则，其中十一则为诗作，皆可见于《乐府诗集》，五则为解题。由此确信，《古今乐录》为乐歌总集。《类要》之引录对于我们认识《古今乐录》大有裨益（110，v）。

（五）《隋书·音乐志》

《隋书·音乐志》共三卷，上卷述梁陈两朝的雅俗之乐，中卷主要述北齐、北周两朝的雅俗之乐，下卷述隋代的雅俗之乐，每卷均详于雅乐而略于俗乐，雅乐著录歌辞，俗乐则否。唐人所编另一部乐志是《通典·乐典》七卷，前两卷叙述历代制乐沿革，大抵本于诸代正史乐志。卷三、卷四述律吕、八音、乐器。卷五述各类杂歌、杂舞，对俗乐与俗曲有系统的介绍，其中杂歌曲一项，对六朝吴声、西曲各起源，介绍较为详细，很有参考价值。卷六述清乐、坐立部伎、四方乐、散乐、前代杂乐。卷七述历代雅乐方面的重要议论。在阅读这两部唐人所编的乐志时，应当参考《南齐书·乐志》《魏书·乐志》《旧唐书·音乐志》和《新唐书·礼乐志》，因诸志所述内容虽各有重点，但多有互相发明之处，如《南齐书·乐志》所著录之杂舞曲辞中，拂舞曲之《白鸠》《济济》《独禄》三种，均摘录晋辞之一解；《淮南王》一种，摘录晋辞之两解，说明当时较长的乐府歌辞，可以摘唱其中一解或数解。又如《魏书·乐志》悉依北魏诸帝年次历述各代音乐方面重要事件，虽不录乐章是其缺失，但按年编排，可以考见乐府的兴衰，这与其他乐志不同。又如《旧唐书·音乐志》采录了清乐吴歌、西曲歌辞，又足以补《宋书·乐志》的不足。

二、总集编撰

（一）郭茂倩《乐府诗集》

宋代郭茂倩编。我们只知作者其名，其事迹正史无传，已难详考。梁启超《中国之美文及其历史》论及乐府分类时说："郑樵把自汉至唐的曲调搜辑完备,严密分类……其后郭茂倩虽稍有分合,然大体皆与樵同。"言下之意,郭茂倩生活在郑樵之后,学者大多因之,迄无异议。曹道衡据《直斋书录解题》等文献,以为梁说有误,所见极是。《直斋书录解题》卷十五载:"今按:茂倩,侍读学士郭仲褒之孙,昭陵名臣也,本郓州须城人,有子曰源中、源明。茂倩,源中之子也。但未详其官位所至。"《四库全书总目》称:"《建炎以来系年要录》载郭茂倩为侍读学士郭褒之孙、源中之子,其仕履未详。"这两条材料都说明郭茂倩是郭源中之子。郭源中,《宋史》未列专传,其弟郭源明见《宋史·郭劝传》[①]后,称:"子源明,治平中为太常博士。"治平为宋英宗年号,即 1064—1067 年。太常博士为郭源明起家之职,假设其时年龄在三十岁左右,其兄年龄与之相差当不至过远。郭茂倩既为源中之子,其生年当不至晚于神宗年间(1069—1086)。郑樵生卒年可以确知,生于徽宗崇宁二年(1103 年),其时距治平年间已近四十年。郑樵生在郭茂倩之后几十年,当无疑义。

　　《乐府诗集》一百卷,总括历代乐府,上起陶唐,下迄五代,其中郊庙歌辞十二卷,燕射歌辞三卷,鼓吹曲辞五卷,横吹曲辞五卷,相和歌辞十八卷,清商曲辞八卷,舞曲歌辞五卷,琴曲歌辞四卷,杂曲歌辞十八卷,近代曲辞四卷,杂歌谣辞七卷,新乐府辞十一卷。这种分类历代为多数学者所称道,为乐府诗的研究奠定了基础。汉代乐府诗歌的精华,大都收录在"相和歌辞""杂曲歌辞"和"鼓吹曲辞"中,而贵族文人之作主要见于"郊庙歌辞"中。此外,"杂歌谣辞"中也收录了不少汉代民歌,因为未能入乐,所以,很多学者认为这类乐府诗,与民歌有较大的距离。此书最大的特点是齐全,而且编排较为合理。诚如《四库全书总目》所说:"每题以古词居前,拟作居后,使同一曲调,而诸格毕备,不相沿袭,可以药剿窃形似之失,其古词多前列本词,后列入乐所改,得以考知孰为侧,孰为趋,孰为艳,孰为增字减字。其声词合写,不可训诂者,亦皆题下注明,尤可以药摹拟聱牙之弊。"此书另外一个重要特点是作者对每类乐府诗写了题

---

　　①　郭劝字仲褒,《四库全书总目》作"郭衷",似误。

解。他的题解，"征引浩博，援据精审，宋以来考乐府者，无能出其范围"。（同上）这种题解不仅给后人提供丰富的原始材料，而且其中征引的书籍如《古今乐录》等多已失传，更成为校勘辑佚的渊薮。

收录既全，编排又合理，解题征引资料极为丰富，所以这部书历来为学者所重视，评价甚高。当然此书依然存在着这样或那样的缺点，比如分类上的问题，标准的统一，有些类别过于牵强，有些类别似收过滥，而且后代拟作收录过多，有喧宾夺主之嫌。但是这些毕竟大醇小疵而已。

本书有宋元刊本，历来以汲古阁本为优，因为它以宋刊本为依据，后来清代翻刻本和《四部丛刊》影印本，大多以此为底本。文学古籍刊印社影印过一个宋刊残本，所缺卷帙，用元刊和旧抄补配。1979年中华书局出版了校点本，吸取汲古阁和文学古籍刊行社影印宋本的优点，又校以别集总集等，是至今最为完善之本（尚丽新，304）。

（二）左克明《古乐府》

元代左克明《古乐府》十卷是继郭茂倩之后另一重要的乐府诗总集。此书只录唐以前古乐府，分为八类：古歌谣辞、鼓吹曲歌辞、横吹曲歌辞、相和曲歌辞、清商曲歌辞、舞曲歌辞、琴曲歌辞、杂曲歌辞。而于郊庙、燕射歌辞则屏而不录，其原由见自序："冠以古歌谣辞者，贵其发乎自然也。终以杂曲者，著其渐流于新声也。"说明其文学旨趣重在新声，对庙堂的雅乐不甚感兴趣，具有某种叛逆精神。《四库全书总目》称此书："所重在于古题古辞，而变体拟作，则去取颇慎。"因省览较便，此书颇为后人所重视。中华书局2016年出版点校本。

（三）明清编乐府总集

明人所编乐府诗歌总集，其资料、编排大体不出郭、左二家范围，偶有拾遗补缺。梅鼎祚《古乐苑》五十二卷大体因循郭书，略有增补。收录范围从左书，止于隋代，对郭书之近代曲辞、新乐府辞两类不收，仅存十类，末两卷却增出仙歌曲辞、鬼歌曲辞两类，殊为不伦。徐献忠《乐府原》十五卷分房中曲安世乐、汉郊祀歌、汉铙歌、横吹曲、相和歌、清商曲、杂曲、近代曲八类，于各曲调题目，均有所考释，但多漫为臆说。

清人所编乐府诗选,多重注释考订,学风较为严谨,如朱嘉徵《乐府广序》三十卷,分为三大类,以相和歌辞、杂曲歌辞为"风",鼓吹、横吹、汉雅舞为"雅",魏雅舞、汉魏杂舞为"变雅",郊庙歌辞为"颂",最后附以歌诗(即杂歌谣辞)、琴曲两类。以《诗经》体例分乐府为"风、雅、颂"三大类,且仿诗序之例,每篇各为小序以明其旨意,未免失之拘泥。但此书在注释方面,除小序解题之外,时复采录诸家评论文字,又有"集考"一项,专释词句,足资参考。顾有孝《乐府英华》十卷,分为十类,除杂歌谣、新乐府两类不录外,悉依《乐府诗集》,对乐府体制无所考订,于字句间作注释,尤重文辞的评论,多采钟惺、谭元春《诗归》之论,纤巧空泛。

上述诸书,均为《四库全书》收录,《提要》中评论其得失利弊,分析详明。总的来看,宋、元收录精详,因为所见原始材料多,而明清人则缺少这种优势,故所编创获不多。值得注意的是《四库全书》以后的朱乾《乐府正义》。全书十五卷,分郊庙、燕射、鼓吹、横吹、相和、清商、舞曲、杂曲、歌谣等九类,取汉魏六朝乐府详为注释,除注释词句外,尤注意诗中事实、背景及作者身世的考订。作者学识渊博,书中考订,援引繁富,议论翔实,如论汉铙歌《上陵》等为汉宣时作,言而有据。类似这样的例子殊多,不必一一例举。总之,在明清诸多乐府选本中,王运熙认为此书"当推为材料最丰富,见解最突出之著作"。

(四)近现代编乐府诗选

近现代乐府诗歌汇辑注释之作较多,以黄节《汉魏乐府风笺》、余冠英《乐府诗选》以及曹道衡增订本最具代表性。

黄书《汉魏乐府风笺》初版于1924年,北京大学出版社排印,1958年人民文学出版社再版,凡十五卷。2008年中华书局重新修订收入"黄节诗学选刊"中(458,d)。卷一至卷七为汉风相和歌辞,卷八至卷十三为魏风相和歌辞,卷十四为汉风杂曲歌辞,卷十五为魏风杂曲歌辞。另有补遗,总计一百五十六首,以乐府古辞为主,另外还收录有辛延年《羽林郎》到嵇康等十余位文人模拟民歌的作品。诗题下均有解题,详述源流。笺注部分,见于《文选》的取李善注而又有补正,此外又引有五臣注及《玉台新咏》吴兆宜注、《古诗笺》闻人倓注。音释部分，根据古韵相通的原理来分析每诗的用韵，引证颇为详确。诗末援引古今各家评论，用以帮助读者加深对诗的理解。书名"风笺"，因"兹篇所采，皆汉魏乐府风诗，故曰风笺"（作者自序）。

余冠英《乐府诗选》1953 年人民文学出版社出版，此后多次重印。该书分五个部分：（一）汉魏乐府古辞，选鼓吹铙歌、相和歌、杂曲歌三类；（二）南朝乐府民歌，选吴声歌、神弦歌、西曲歌、杂曲四类；（三）北朝乐府民歌，选鼓角横吹曲；（四）附录一：汉至隋歌谣；（五）附录二：汉魏晋宋乐府中的文人作品。注释简明易晓，先释字句，后述诗意，关于本事或背景的说明、作者的介绍等附在后边，是近几十年影响最大的乐府选注本。余冠英的《乐府诗选》以民歌为主，只采录了少量文人作品作为附录，再版时附录也给删去，留有遗憾。曹道衡的《乐府诗选》增补了大量的文人作品，分为六个部分：一是汉魏西晋郊庙乐曲及民歌，二是汉魏西晋文人乐府诗，三是东晋南朝乐府民歌，四是东晋南朝文人乐府诗，五是北朝乐府民歌，六是北朝文人乐府诗（450，mm）。

郭丽、吴相洲编撰《乐府续集》仿郭茂倩著述体例，录宋、辽、金、元乐府诗，亦各分十二类。所录虽为宋元作品，但其诗题、本事多与汉魏六朝乐府文学的影响研究有关。该书已由上海古籍出版社 2020 年出版。

三、综合研究

（一）《琴操》

《琴操》二卷，旧题蔡邕撰。上卷述古琴曲五曲、十二操、九引，其名与《乐府诗集》卷五九琴曲歌辞题解相合。下卷述河间杂歌二十一章，但实际有二十四曲，因《处女吟》《流澌咽》《双燕离》三曲名目缺叙述。吴兢《乐府古题要解》称："《琴操》纪事，好与本传相违，今两存者，以广异闻也。"说明此书好采怪异之说，但也多可以与古书相互发明，佐证经传。《隋书·经籍志》著录《琴操》为晋广陵相孔衍撰。《新唐书·艺文志》又有桓谭《琴操》二卷。阮元《四库未收书目提要》以为桓谭未闻撰《琴操》。刘师培《〈琴操〉补释序》："蔡氏于经治今文，尤精鲁诗，其所诠引，多今文经说。"并以此书为蔡邕撰。逯钦立以为除引《诗经》外，其余"皆两汉琴家拟作"，故"一律编入两汉歌辞"。此书刊本以孙星衍《平津馆丛书》本为最优。《说郛三种》（宛委山堂一百二十卷本）卷十二所收宋代马缟《中华古今注》卷下"古今音乐鸟兽鱼虫龟鳖等部"辑录若干与《琴操》有关的背景材料。元代杨维桢的乐府诗创作，多用《琴操》题材。

（二）《乐府古题要解》

《乐府古题要解》二卷，唐吴兢撰，采集史传及各家文集中有关乐府古题命名缘起的记载，分相和歌、鞞舞歌、拂舞歌、白纻歌、铙歌、横吹曲、清商曲、杂题、琴曲等，各列曲题，每题大致说明其起源，古辞内容及后人拟作等。每类又有总说，颇为详核，是研究汉魏乐府诗歌极重要的文献。《郡斋读书志》称"《古乐府》十卷，并《乐府古题要解》二卷，右唐吴兢纂。杂采汉魏以来古乐府辞，凡十卷。又于传记洎诸家文集中采乐府所起本义，以释解古题云"。《古乐府》十卷已佚，而《乐府古题要解》尚存。《四库全书总目》怀疑今传已非原书，是元人掇拾《乐府诗集》引文而成，因卷末载诸杂体诗与乐府不同类，"其为掇拾以足两卷之数，灼然可知矣"。王运熙据唐王叡《炙毂子杂录·序乐府篇》引此书，认为内容与今本相同，"《提要》之说不足凭信"，"此书每类各有总说，但琴曲类后自《长门怨》起至《六府》止，尚有数十题，无总说，而王叡引《解题》文则有总说，又建除、风人诗两条，为今本所无，是提要之说虽不必确，但今本已有阙失，乃属无疑之事矣"。此书有《津逮秘书》《学津讨原》本，而《〈历代诗话〉续编》本最易得。

宋、元、明、清对乐府诗作综合研究似乎不很重视，比较有价值的首推北宋后期陈旸《乐书》二百卷。该书由两大部分组成。第一部分自第一卷至九十五卷，引《礼记》《周礼》《仪礼》《诗》《书》《春秋》《周易》《孝经》《论语》《孟子》中有关音乐的论述，各为之"训义"。第二部分自第九十六至二百卷为《乐图论》，又以雅、胡、俗分类论述律吕本义、十二律、各种乐器、歌、舞、杂乐以及吉礼、凶礼、宾礼、军礼、嘉礼等仪注。该书引证丰富，不仅包括经史典籍，还有大量的野史笔记。更有意义的是，雅乐、胡乐、俗乐中的大量乐器，不仅论述其缘起、功用，还附以图形，一目了然。该书有张国强的点校本，中州古籍出版社 2019 年出版。二十世纪以来，平民文学日益受到重视，对乐府诗作综合研究也成为时代的必然要求。就披览所及，较为著名的有下列几种。

（三）《乐府古辞考》

《乐府古辞考》，陆侃如著，商务印书馆 1926 年出版。《乐府诗集》在编排上有一些不足，比如（一）虽以类相从，但属于侧调的《伤歌行》误入杂曲，属于舞曲的《石城乐》《乌夜啼》误入清商；（二）虽先载古辞，而《上留田行》《猛虎行》虽存古辞，却首列曹丕拟作，而以古辞作注，《公无渡河》入《箜篌引》注中；（三）乐府本协律，却误入多篇不入乐的诗，又有伪托之作亦收入；（四）古乐府亡者不能据此书考见；（五）宋后七百年研究成果不能反映。有鉴于此，陆侃如编成此书，以订补《乐府诗集》的不足。全书分为八篇：首列引言，解释乐府定义，将其分为创制、模拟、入乐、不入乐四种，本书所论仅限于创制和入乐两种。以下七篇依次考订郊庙歌、燕射歌、舞曲、鼓吹曲、横吹曲、相和歌、清商曲，均为唐前作品。其考证的方法是，征引古今诸说，间以按语方式表示作者意见及异说，每类歌辞考订讫，附以总表，注明各曲调存佚情况，便于检阅。

（四）罗根泽《乐府文学史》

《乐府文学史》，罗根泽著，北平文化学社 1931 年出版。作者拟编《中国文学史类编》，按体裁分歌谣、乐府、词、戏曲、小说、诗、赋、骈散文等。此书即其中一种。分六章：首章论述乐府诗的义界、类别，次章论述两汉乐府，以《房中歌》《郊祀歌》《铙歌》及乐府古辞为重点，中间三章依次论述魏晋南北朝及隋唐乐府，其中隋唐乐府叙述最详，最后是结论。本书的最大特点是注重文学背景的研究，作者认为，政治经济文化的背景不同，各个时代的文学便呈现出不同的风貌，就乐府诗而言，汉乐府重在社会问题，魏代则浸入颓丧的人生观的意味，六朝则情歌最多，初唐则多叙空中楼阁式的理想境界,中唐以后又渐渐回归社会问题上来。在三十年代初,这样的议论可以认为是难能的识见。

（五）萧涤非《汉魏六朝乐府文学史》

《汉魏六朝乐府文学史》,萧涤非著,中国文化服务社 1944 年出版,人民文学出版社 1984 年重版。这是作者在清华研究院毕业论文基础上修改而成的专著,分六编:第一编叙论,叙述乐府诗的起源与先秦乐教、乐府诗的产生及其沿革、乐府诗的界说与分类、乐府诗与五言诗兴起的关系、乐府诗变迁的趋势。第二编为两汉乐府,分贵族乐府、民间乐府和文人乐府三大类别,依时代先后叙列。第三编为曹魏乐府,以三曹、王粲、左延年为重点。第四编为两晋乐府,分故事、拟古和讽刺三类。第五编为南朝乐府,前期以吴声、西曲、神弦为重点,后期以萧纲、沈约、吴均、柳恽等文人拟作为重点,特别突出了鲍照,有专节论述。第六编为北朝乐府,分民间乐府与文人乐府两类叙述。书中对陆侃如和罗根泽的某些论点提出了批评。本书最值得重视的地方,是对乐府诗内容的阐释,钩稽史实,相互印证,颇为详赡。

（六）王易《乐府通论》

《乐府通论》,王易著,中国文化服务社 1946 年出版,分述原、明流、辨体、征辞、斠律五篇。"述原"论及乐府的起源、乐府的建立。"明流"将乐府沿革分为四个时期,汉至晋,国乐为主,夷乐为辅;东晋至陈,国乐夷乐相长;隋至唐,夷乐为主,国乐为辅;五代以下,夷夏混流,习久不辨。所谓夷乐,即《周礼·春官》"鞮鞻氏掌四夷之乐与其声歌",亦即少数民族及异域内渐的音乐。"辨体"将乐府分为十体:郊庙、燕飨、舞乐、恺乐、横吹曲、相和曲、清商曲、琴曲、近代曲、新题乐府诗。"征辞"以为乐府系《诗经》的胤嗣,其辞大体为三类:"祀鬼神"为颂之遗;"述功德"为雅之遗;"存旧俗"为风之遗。"斠律"非指音韵,而是《周礼》中十二音律及后人的阐述,用以推究六代之乐律,最后又以中乐和西乐作了比较,认为燕乐、西乐实出一源,同出印度,故"徵十二律当求之西乐"。此书时时结合音乐来论及乐府诗,是其一大特点。

　　（七）王运熙《乐府诗述论》

　　《乐府诗述论》，王运熙著，上海古籍出版社 1996 年出版。分上、中、下三编。上编《六朝乐府与民歌》，原由上海文艺联合出版社 1955 年出版，收录六篇论文：《吴声西曲的产生时代》《吴声西曲的地点》《吴声西曲的渊源》《吴声西曲杂考》《论六朝清商曲中之和送声》《论吴声西曲与谐音双关语》。书末附《"神弦歌"考》。如作者概括的那样："六朝民歌大部分保存于乐府吴声歌曲和西曲歌中，本书即以吴声西曲为研究对象，考察它们产生的时代、地域及其渊源，说明它们怎样从里巷风谣发展成为贵族阶级的乐曲，以及它们在那个时代的进步意义。对《子夜》《读曲》等重要曲调的作者，本事等问题，作了详细考证；并通对乐曲中和送声作用的阐明，解释了现存许多歌词内容与原始传说不相符合的疑问。对歌辞的一种重要修辞手段——谐音双关语的运用，收集了丰富的材料，作了比较详细的分析。"此书专论六朝乐府，材料之丰富，考订之细密超越前此以往的论著。中编《乐府诗论丛》，原由古典文学出版社 1958 年出版，收录论文七篇：《汉魏两晋南北朝乐府官署沿革考略》《汉武帝始立乐府说》《清乐考略》《说黄门鼓吹乐》《汉代鼓吹曲考》《杂舞曲辞杂考》《汉代的俗乐和民歌》《〈孔雀东南飞〉的产生时代、思想、艺术及其问题》《南北朝乐府中的民歌》《汉魏六朝乐府诗研究书目提要》，又附录《七言诗形式的发展和完成》。这些论文讨论了乐府官署的起始与沿革，考证了乐府某些曲调、歌辞的演变、乐府与民歌的关系等，收集了大量的原始材料，考订相当细致，研究汉魏乐府，这是重要的参考著作。下编《乐府诗再论》是在上述两个单行本之外撰写的论文，凡十三篇：《略谈乐府诗的曲名本事与思想内容的关系》《乐府民歌和作家作品的关系》《相和歌、清商三调、清商曲》《读汉乐府相和、杂曲札记》《蔡琰与〈胡笳十八拍〉》《论吴声与西曲》《吴声、西曲中的扬州》《谢惠连体和〈西洲曲〉》《柳恽的〈江南曲〉》《梁鼓角横吹曲杂谈》《读〈汉魏六朝乐府文学史〉》《论乐府诗绝句四首》《离合诗考》。另有附录一篇《研究乐府诗的一些情况和体会》。作者潜心研究乐府诗达半个世纪之久，为学术界提供了许多精品。可以这样认为,王运熙的这部论文集代表了当今乐府诗研究的最高水准。

（八）《乐府诗研究论文集》及其他

《乐府诗研究论文集》,作家出版社编辑部编,1957年出版。汇集当时报刊发表的有关论文二十九篇,大致分成六辑:第一辑综论乐府诗的内容、形式及意义;第二辑论《陌上桑》;第三辑论《羽林郎》;第四辑论《孔雀东南飞》;第五辑论《木兰辞》;第六辑评余冠英《乐府诗选》,从这里大致可以看出五十年代关于乐府诗研究的概况。

《乐府诗史》,杨生枝著,青海人民出版社1985年出版。全书分为六章:一、乐府官署与乐府诗歌,论及乐府起源、演变、特点、分类。二、汉代——乐府创始期,分若干题目:民间楚声之入宫、祭祀雅歌之新变、舞曲乐歌之新盛、外族歌曲之影响、民间乐歌之采用、文人拟作之兴起,等等,逐一考论。三、魏晋——乐府拟作期,分建安、黄初、正始、太康、永嘉等各个时期;四、六朝——乐府新变期,以江南民歌及文人拟作为重点;五、北朝——乐府渐兴期;六、隋唐——乐府完成期。此书从一代有一代之乐的观点出发,揭示各个时代乐府诗的不同特点,并从诗和乐的结合中论述乐府发展演变的过程及其特殊规律,注意吸收学术界的研究成果,具有新的内容。

第三节　汉代乐府研究

如上所述,汉代乐府诗有两大类别,一是乐府民歌,一是贵族文人作品。这两类作品都已收在《乐府诗集》中。乐府民歌主要见于"相和曲辞""杂曲歌辞"和"鼓吹曲辞"中,而贵族文人之作主要见于"郊庙歌辞"中。此外,"杂歌谣辞"也收录不少汉代民歌,因为未能入乐,所以多数学者认为不能称之为乐府民歌,再说,这类作品后世争议也不大,可以略而不论。

一、郊庙歌辞

（一）《郊祀歌》十九章二十首

《乐府诗集》卷一："郊乐者，《易》所谓先王以作乐崇德，殷荐上帝。"是用以祀天神地祇的郊乐。其作者，《汉书·礼乐志》："武帝定郊祀之礼……以李延年为协律都尉，多举司马相如等数十人造为诗赋，略论律吕，以合八音之调，作十九章之歌。"又《李延年传》："延年善歌，为新变声，是时，上方兴天地诸祠，欲造乐，令司马相如等作诗颂，延年则承意弦歌所造诗，为之新声曲。"由是知其作者非一。其年代，似以《朝陇首》为最早，作于元狩元年（前 122 年），以《象载瑜》为最晚，作于太始三年（前 94 年），两作前后相距达二十八年，知十九章至太始末年始论定（萧涤非，456，a）。

（二）《安世房中歌》十七首

《汉书·礼乐志》："房中祠乐，高祖唐山夫人所作也。……高祖乐楚声，故《房中乐》楚声也。惠帝二年（前 193 年）使乐府令夏侯宽备其箫管，更名《安世乐》。"是用以祭祖考的庙乐。作者事迹不详，只知为高祖姬而唐山为其姓而已。其写作年代，或以为作于高帝六年至十年秋七月间，是对汉初政策的概括和歌颂（郑文，217，a）。其诗的特点，虽标榜出于楚声，但删去"兮"字，其句遂与《诗经》中的大小雅有相近之处，而与《楚辞》不同。

（三）关于这两首诗的笺注

陈本礼《汉乐府三歌笺注》①收《郊祀歌》《铙歌》《安世房中歌》，征引史传，疏通字义，总括要旨，但依然粗略。较有参考价值的是王先谦《〈汉书〉补注》，颇为核实，有中华书局影印本。曲滢生《汉代乐府笺注》首列《郊祀歌》《房中歌》，以为"中国文学恒重庙堂歌颂而轻于民间吟咏。故《安世房中乐》《郊祀歌》立著录于《汉志》"（151）。唯所注多本朱乾《乐府

---

① 通称《汉诗统笺》，裹轩刻版扉页题《汉乐府三歌笺注》。

正义》、陈本礼《汉乐府三歌笺注》,发明不多。现代一反传统,重视民间乐歌,而对这些堂庙之音多摒弃不顾,各家《乐府诗选》多不登录。唯郑文《汉诗选笺》对这两组诗有较详细的笺注(320,d)。

二、鼓吹曲辞

今存《铙歌》十八篇,历来解说不一:

（一）释名

《乐府诗集》卷十六“鼓吹曲辞”题解曰:“《黄门鼓吹》《短箫铙歌》与《横吹曲》得通名《鼓吹》,但所用异尔”。其根据有三:一、《晋中兴书》曰:“汉武帝时,南越加置交趾、九真、日南、合浦、南海、郁林、苍梧七郡,皆假鼓吹。”二、《东观汉纪》:“建武中,班超拜长史,假鼓吹、麾幢。”则《短箫铙歌》汉时已名《鼓吹》,不自魏晋始也。三、《古今注》曰:“汉乐有《黄门鼓吹》,天子所以宴乐群臣也。《短箫铙歌》,《鼓吹》之一章尔,亦以赐有功诸侯。”

马端临则怀疑《鼓吹》与《铙歌》即为二乐,两不相同。《文献通考·乐考二十》:“《鼓吹》与《铙歌》自是二乐,其用亦殊,然蔡邕言鼓吹者,盖《短箫铙歌》,而俱以为军乐,则似汉人已合而为一。但《短箫铙歌》,汉有其乐章,魏晋以来因之,大概皆叙述颂美时主之功德;而《鼓吹》则魏晋以来,以给赐臣下,上自王公,下至牙门督将皆有之,且以为葬仪。盖《铙歌》上同乎国家之雅颂,而《鼓吹》下侪于臣下之卤簿。非为所用尊卑悬绝,而俱不以为军中之乐矣。”(中华书局1986年版,第1292页)

（二）施用

《宋书·乐志》引蔡邕之说,以为《短箫铙歌》为军乐,后世学者多有因之者,直到近代夏敬观作《汉〈短箫铙歌〉注》(430),当代萧亢达《汉代乐舞百戏艺术研究》并主军乐说。如萧著说:“黄门鼓吹是包括了武乐,而《短箫铙歌》也是一种武乐。”“正因为《短箫铙歌》是军乐,是鼓吹乐的一部分,以后在史籍中也常径直称为‘鼓吹’。”(452)但历来也有截然相反的意见。上引马端临之说，就"不以为军中之乐"。清人庄述祖也称："《短箫铙歌》之为军乐，特其声耳，其辞不必皆序战阵之事。"（《汉短箫铙歌曲句解总序》）萧涤非也认为"旧云军乐，实不尽然"（456，a）。郑文又据缪袭、韦昭拟作不全是军乐，认为《短箫铙歌》不全是军乐（320，b）。

（三）注释

《铙歌》素以难读著称，连博雅如沈约也自叹不解。历来注释的较多，主要有：

《汉〈铙歌〉发》，明董说撰，收入《四库全书》。《提要》称："是书取汉《铙歌》十八章，反复解说，首论大意，次论韵，次论音。其论韵则有伏有击，有进退，有同摄，有同母同入。论音本《周礼》三宫之说，按宫商角徵羽，篇分章位，章分句位，立说殊为创辟。然沈约尝言汉铙歌大字为词，细字为声，后来声词合写，不复可辨，遂无文义可寻，但存其声而已。自唐后乐府失传，新题迭作，于是并声而亦亡之。（董）说不知声词合写之源，而强为索解，已迷宗旨。至铙歌乃鼓吹之曲，但奏其音，而不歌其词，故十八章或韵或不韵，亦犹风雅皆有韵，或颂不尽韵止。（董）说一概强为叶读，非惟不知古音，亦并不知乐府体裁矣。"尽管有如许弊端，但前人专释汉《铙歌》之专著，似以此书为嚆矢。

《汉〈短箫铙歌〉曲句解》，清庄述祖撰，有《珍艺宦遗书》本。此书是作者为幼子所作的训蒙读物，释义求详，故名句解。如对《有所思》《上邪》等诗，解为男女情歌，不比附忠君爱国的迂论，见解较新。但牵强附会的解释也所在多有。

《〈铙歌〉笺》，陈本礼撰，收在《汉诗统笺》中，多引《古今注》《宋书·乐志》等古书而施以己意，疏解典实。序称："汉诗难读，而《郊祀》《铙歌》尤难读。"实为甘苦之言。

《汉〈铙歌十八曲〉集解》一卷，谭仪撰，《灵鹣阁丛书》本，本于张琦《古诗录》、庄述祖《句解》、陈沆《诗比兴笺》而略断己意，大抵较为平实。

《汉〈铙歌〉释文笺正》，王先谦撰，有原刻本。此书在清代最晚出而内容最详备。每曲解题后列原作，其文字校勘，古音叶读即注于正文之下。歌辞后首为释文，通释全篇大意，次笺正，采录或驳正旧说，申述己意。最后附录自魏至明各代拟作。

《汉〈短箫铙歌〉注》，夏敬观撰，商务印书馆1932年出版。作者对声韵有研究，故十八曲古韵通协处的解释有参考价值。但作者坚持认为汉世铙歌不名鼓吹，纯是王师大捷大献所奏之恺乐，故十八曲歌词内容，专以扬德、建武、劝士、讽敌为主旨，由此而加以解释，学者多以为附会。

《乐府诗笺》，闻一多撰，收在《闻一多全集》(382)。作者长于训诂，于字义诠释、诗意阐发颇有独到之处。

《汉〈鼓吹铙歌十八曲〉别解》，徐仁甫撰，收在《古诗别解》(400)，凡四十三则，就各诗中之具体字词别出新解，较见思致。

《汉诗选笺》，郑文撰，其中《铙歌》选录十一首而加以笺释，较为平实，便于初学。每诗后又有评说，提纲挈领，阐释背景材料及诗歌大意。上海古籍出版社1986年出版。

三、相和歌辞

《宋书·乐志》："相和，汉旧曲也，丝竹更相和，执节者歌。""凡乐章古词，今之存者，并汉世街陌谣讴，《江南可采莲》《乌生十五子》《白头吟》之属是也。"《乐府诗集》收录汉代"古辞"近三十首。争议较多的是下列诸问题。

（一）相和三调

《乐府诗集》中的《相和歌辞》一类，包括有魏晋所奏"清商曲"。梁启超《中国之美文及其历史》认为郭茂倩承袭郑樵之误："把'清商'与'相和'混为一谈，均于'相和歌'三十曲以外，复列相和平调、清调、瑟调、楚调四种，而'清商'则仅列七曲，附三十三曲，皆南朝新歌，一若汉魏只有'相和'别无'清商'者。殊不知惟清商为有清、平、瑟三调（楚调是别出的，是否为清商未可知），而相和则未闻有之。"陆侃如、冯沅君《中国诗史》本之(235,b)。黄节则提出异议，以为"三调中有相和也"，因为汉代

"清商曲"久已不传,魏晋清商曲中包含"相和歌"十一曲。所以郑樵仅录南朝乐府民歌。朱自清又撰文与黄节商榷,以为"清商与三调可以分言,自汉已然。盖清商固不限三调也"(122,b)。王运熙《清商考略》又补正了黄节的观点,以为相和歌包括相和曲、吟叹曲、清商三调、楚调曲等,故《隋书·经籍志》有《三调相和歌辞》五卷,而郑樵未尝错误,错误的倒是梁启超自己(27,d)。逯钦立《相和歌曲调考》也持同样观点:"清商三调仍然属于相和歌,清商三调是相和歌变体(444,i)。"曹道衡则承梁启超之说,认为清商三调与相和歌并非一事,根据《宋书·乐志》、张永《元嘉正声技录》、陈释智匠《古今乐录》等记载,三国魏时,两组并非一种乐曲,在演奏时所用乐器似乎也不大一样,《宋书·乐志》说相和"丝竹更相和,执末节者歌",只用管乐、弦乐伴奏,至于清商似乎除管弦外,还可用钟磬来伴奏(450,m)。

(二)《陌上桑》

此诗最早著录于《宋书·乐志》,题为《艳歌罗敷行》,属大曲类。原注:"三解,前有艳词曲,后有趋。"据《乐府诗集》卷五十六引《古今乐录》解说,艳是乐曲的序曲,趋附于曲后,相当于今之尾声,解为乐歌段落。《玉台新咏》收录此诗,题《日出东南隅行》,《乐府诗集》题《陌上桑》。

其本事最早见载于《乐府诗集》卷二十八引崔豹《古今注》:"《陌上桑》者,出秦氏女子。秦氏,邯郸人,有女名罗敷,为邑人千乘王仁妻。王仁后为赵王家令,罗敷出采桑于陌上,赵王登台,见而悦之,因置酒欲夺焉,罗敷乃弹筝,乃作《陌上歌》之歌以自明,赵王乃止。"吴兢《乐府古题要解》引此说后又案曰:"案其歌辞,称罗敷采桑陌上,为使君所邀,罗敷盛夸其夫为侍中郎以拒之,与旧说不同。"郑樵《通志·乐典》又云:"古辞《陌上桑》有二,此则为罗敷也……另有《秋胡行》,其事与此不同。以其亦名《陌上桑》,致后人差互相说,如王筠《陌上桑》云:'秋胡始停马,罗敷未满筐。'盖合为一事也。"秋胡故事见刘向《列女传》,两个故事在当时本不相同,王筠将两个故事并列讨论,未必视为一事,但是郑樵却以为"合为一事也"。

　　此诗是否为民间作品，近几十年争议极大，但《宋书·乐志》《古今乐录》《乐府诗集》并云古辞，没有直接标明某人所作。五六十年代，关于此诗的讨论焦点多集中在人民性问题上。《乐府诗研究论文集》所收胡人龙、王季思、任哲维、彭梅盛等人文章集中讨论如何评价罗敷及其夫的形象问题。王文根据"东方千余骑"考证说明罗敷丈夫是历史上抵御外来侵略的英雄，在历史上起了进步作用，因而肯定此诗具有"人民性内容"（37）。任文则用"不能让资产阶级思想向我们进攻了"为题，将学术问题上升为政治问题，批判王文"用胡适派实用主义的思想方法"和"主观唯心的趣味主义"以及"大汉族主义的狭隘民族观点"歪曲此诗（152）。最近一些年的讨论开始摒弃了这种简单粗暴的方法，集中谈艺术性问题。不过，又较少涉及本事和评价。

　　（三）《妇病行》

　　此诗如何句读，影响到理解和评价。余冠英《乐府诗选》、北京大学《两汉文学史参考资料》、逯钦立《先秦汉魏晋南北朝诗》、郑文《汉诗选笺》对诗的后半部分这样句读："乱曰：抱时无衣，襦复无里，闭门塞牖，舍孤儿到市。道逢亲交，泣坐不能起。从乞求与孤买饵。对交啼泣，泪不可止。我欲不伤悲不能已。探怀中钱持授交。入门见孤儿，啼索其母抱，徘徊空舍中：行复尔耳，弃置勿复道。"依此句读，"丈人"确实令人同情。问题是，"道逢亲交，泣坐不能起"不像一个成年男子的举止。又，"从乞求与孤买饵"是说父亲无钱，故有"从乞"之举，但下文又有"探怀中钱持授交"，与上句矛盾。退一步说，姑且认为做父亲的有钱，"舍孤儿到市"，奇怪的是，既来了为何不自己买，却要"亲交"代买？早在三十年代，萧涤非《汉魏六朝乐府文学史》是这样标点的：

　　　　乱曰：抱时无衣，襦复无里。闭门塞牖舍，孤儿到市，道逢亲交，泣坐不能起。从乞求与孤买饵。对交啼泣，泪不可止。我欲不伤悲不能已。探怀中钱持授。交入门，见孤儿啼索其母抱。徘徊空舍中，行复尔耳，弃置勿复道！

如此句读，有胜于一般说法之处。关键是"舍"和"交"的不同标点。通行看法，舍，作离开讲，是说父亲到市上买东西。但"舍"又可作房舍讲，与"闭门塞牖舍"连读。这样，诗中写的便不是父亲离开孤儿到市上买东西，而是孤儿离开空舍到市上乞讨食物。"交"应下属与"入门"连读，是说亲交听完孤儿的泣诉，给孤儿一些钱，又陪孤儿来到空舍，见幼儿啼索母抱，因而感慨不已。在诗的后半部分，作为父亲的根本未露面，仅有孤儿与亲交的对话。这样，诗中的"丈人"显然就不是一个被同情的人物了，相反，而是一个漠然不顾孤儿凄苦的被谴责、被批判的对象（刘跃进，110，1）。当然，这种断句也有扞格不通之处。如"舍"上属，译成白话："关门关窗房屋"，舍字多余。现在还未发现"牖舍"连用之例。因此，这两种标点似都可并存。

四、杂曲歌辞

《乐府诗集》卷六十一曰："杂曲者，历代有之：或心志之所存，或情思之所感，或宴游欢乐之所发，或忧愁愤怨之所兴，或叙离别悲伤之怀，或言征战行役之苦，或缘于佛老，或出自夷虏，兼收备载，故总谓之杂曲。"

在这一类中争论比较多的是辛延年的《羽林郎》。此诗最早见于《玉台新咏》，作者身世不详。《乐府诗集》卷六十三题解："《汉书》曰：武帝太初元年，初置建章营骑，属光禄勋。又取从军死事之子孙，养羽林官，教以五兵，号'羽林孤儿'。颜师古曰：'羽林宿卫之官，言其如羽毛之疾，如林之多。一说羽所以为主者羽翼也。'《后汉书·百官志》曰：'羽林郎，掌宿卫侍从，常选汉阳、陇西、安定、北地、上郡、西河六郡良家辅之。'《地理志》曰：'汉兴，六郡良家子选给羽林'是也。又有《胡姬年十五》亦出于此。"朱乾《乐府正义》疑此诗为讽刺窦宪、窦景兄弟而作，"盖托往事以讽今也"。1951年俞平伯撰文，认为"贻我青铜镜"四句是评价此诗的关键，因为它提出"贵贱"的分别，并说到"不相逾"，自有凛然难犯之意，因此"诗人的立场可以说是接近人民的"（357）。1954年卞慧又就此四句作出新解："一是不负丈夫，二是贵贱的界限不相逾越，含有阶级敌意。"（64）

随后,就此诗学术界展开了较为正常的学术讨论,俞平伯、卞慧分别写了《再说乐府诗的〈羽林郎〉》《关于〈羽林郎〉的解释》继续阐述自己的观点。但不久,柳虞慧《〈羽林郎〉解释中的资产阶级唯心论的训诂》、葛楚英《对于〈再说乐府诗的《羽林郎》〉的意见》、萧涤非《评俞平伯在汉乐府〈羽林郎〉解说中的错误立场》等就已结合批判俞平伯《〈红楼梦〉研究》而上升为政治批判。如萧文结尾:"让我们以'不惜红罗裂'的毫不妥协的姿态来对资产阶级思想进行斗争(456,b)。"火药味十足,与他早年研究乐府《羽林郎》的态度全然不同。① 这些争论文章多已收进作家出版社编《乐府诗研究论文集》中。

第四节　魏晋南北朝乐府研究

魏晋南北朝时期,文人拟作乐府,一时成为风气。一些重要的作品,上三章已有所涉及,这节仅就无名氏作品的争论情况略作评述。

一、《孔雀东南飞》

此诗最早收入《玉台新咏》中,归入古辞。《乐府诗集》卷七十三归入杂曲歌辞。前有小序:

> 汉末建安中,庐江府小吏焦仲卿妻刘氏,为仲卿母所遣,自誓不嫁,其家逼之,乃投水而死。仲卿闻之,亦自缢于庭树。时人伤之,为诗云尔。

这里交代得比较明确,故事发生在汉末建安中,从地理背景看,以发生在

---

① 此文又收入作者论文集《乐府诗词论薮》中,题目改成《评〈羽林郎〉解说中的错误》,删去了这段刺眼的话,但大批判的味道不减当年。这部论文集编于1983年,1985年齐鲁书社出版。

建安十四年至十九年之间的可能性最大（孙望，143）。"时人伤之，为诗云尔"，具体为何时，历来有汉末与六朝和递修而成的三种不同看法。

（一）汉代创作说

《玉台新咏》将此诗列在繁钦后、曹丕前，隐然视为汉末作品。《乐府诗集》称为"古辞"，《古诗源》标明"汉代"，说明古代持汉代创作说为多。针对近现代不少学者以为是六朝人所作，古直《〈焦仲卿诗〉辨证》则从用韵、风格、名物等方面论证此诗为汉代作品，考证颇为细密（80，a）。王越《〈孔雀东南飞〉年代考》（48）、萧涤非《汉魏六朝乐府文学史》（456，a）、王运熙《〈孔雀东南飞〉的产生时代、思想、艺术及其问题》（27，e）、蒋逸雪《关于〈孔雀东南飞〉的写作时代问题》（501）、林剑鸣《中国古代官吏的休假制度与婚姻家庭——从〈孔雀东南飞〉的爱情悲剧谈起》（309）等并肯定汉代创作说。林文从汉代官吏出勤与休假制度论证此诗作于汉代，较有说服力。像焦仲卿这样的府吏，"按规定平时只能居于舍内……除特殊的婚丧大事外，只有'五日一休沐'的假期才能与妻子见面。而作为媳妇的刘兰芝，绝大部分的时光，乃是守着婆婆过日子。这种状况绝非焦、刘夫妇特例，实是古代小吏家庭生活的普遍情形。由于这样的客观条件，代表一家之长的婆婆，不满意自己的儿媳，而令其子'休'妻，则易如反掌"。蒋文以为此诗早在汉末即在民间传诵，经魏晋宋齐不断加工，成为今天看到的定型作品。近现代一些选本也多把此诗列在汉代。

（二）六朝创作说

宋人刘克庄《后村诗话》认为汉代没有这样的长篇叙事诗，应是六朝人的拟作。梁启超《印度与中国文化之亲属关系》以为此说新奇，颇表赞同，不过，后来著《中国之美文及其历史》又否定自己的看法。他说："仔细研究，六朝人总不会有此朴拙笔墨。原序说焦仲卿是建安时人，若此诗作于建安末年，便与魏的黄初紧相衔接。那时候如蔡琰的《悲愤诗》、曹植的《赠白马王彪》都是篇幅很长。然则《孔雀东南飞》也有在那时代成立的可能性，我们还是不翻旧案的好。"（470）主张六朝创作说最有力的是张为麟，他曾列举"交广市鲑珍""下官奉使命""足下蹑丝履""初七及下九""六合正相应""处分适兄意""诺诺复尔尔""承籍有宦官""堂上启阿母""小子无所畏"等句子说明诗中有许多建安以后的词汇,所以认定它列入《玉台新咏》时才是最后写定的(259)。陆侃如、冯沅君《中国诗史》亦主六朝创作说(235,b)。徐复从用韵的情况推定,它完全没有受到六朝声律的影响,因此是东晋时代的作品(409,b)。

（三）汉魏六朝递修说

《孔雀东南飞》的创作发端于东汉,最有可能就是建安时期,主要部分却是后来逐渐形成的。较早的文本就是《艺文类聚》所收的开篇"孔雀东南飞"到"妾有绣腰襦,葳蕤金缕光。红罗复斗帐,四角垂香囊。交文象牙簟,宛转素丝绳。鄙贱虽可薄,犹中迎后人"。而经过改造的文本成为"妾有绣腰襦,葳蕤自生光。红罗复斗帐,四角垂香囊。箱帘六七十,绿碧青丝绳。物物各自异,种种在其中。人贱物亦鄙,不足迎后人。留待作遗施,于今无会因。时时为安慰,久久莫相忘"。刘氏自求遣归以及后来被逼改嫁、自杀等内容,当是到了南朝以后加工而成的(章培恒,443,b)。

二、《木兰辞》

此诗最早著录于陈释智匠《古今乐录》,最早收录在《古文苑》中。曾慥《类说》辑录吴兢《古乐府》三十一条,包括此诗,题作《木兰促织》。《乐府诗集》卷二十五归入"横吹曲辞"一类。其写作年代历来是争论的焦点。

（一）汉代创作说

近年在河北完县发现元至顺三年(1332年)立《汉孝烈将军记》碑,称:"神姓魏,字木兰,亳州人。汉文帝时,单于侵境,大括天下,民以御,神父当从戍。父极痛无一男子可代己者,哀叹良久,竟行。神自闺中闵其父,志既洗铅粉,脱梳珥,变戎服,贯甲胄,趋赴军中。"又唐人编《独异志》"木兰从军"条把木兰排在汉代、三国人物之中,又明代《重修汉孝烈将军庙记》也载:"而孝烈颠末,且复见之汉之词、唐之歌、元之记焉。"所谓"汉之词"当是《木兰辞》。就是说，《木兰辞》在汉代就产生了，后经三国以后歌手的演唱修饰，到南北朝才被智匠收入《古今乐录》中的（李绍义，167）。但此说基本上可以否定，元朝人据传说写成的碑文怎能作为根据考订中古史实呢？

（二）三国创作说

宋魏泰《临汉隐居诗话》云："古乐府中，《木兰诗》《焦仲卿诗》皆有高致。盖世传《木兰诗》为曹子建作，似矣。然其中云'可汗问所欲'，汉魏时，夷狄未有'可汗'之名，不知果谁之词也。"当时传说为三国曹植所作，连魏泰自己也抱存疑态度，后世几乎就没人再相信此说了。

（三）北朝创作说

《乐府诗集》引《古今乐录》云："木兰不知名。浙江西道观察史兼御史中丞韦元甫续附入。"据王应麟《玉海》引《中兴书目》说，《古今乐录》是陈代释智匠于光大二年（568年）所作，由此而知，此诗必产生于光大二年前；又南人不知木兰名，可推断作于北方。综合各家之说，根据是：

第一，从北朝《李波小妹歌》看，北朝女子确有能征惯战、崇尚武勇的风气（游国恩等，478；余冠英，233，c）。

第二，苏轼提及此诗，谓直叙无含蓄，在蔡氏《悲愤》之下。《悲愤》二诗，东坡以为非出建安，乃后人作，然后人不能在范晔之后无疑。《木兰诗》当亦在南北朝时代（游国恩，477，a）。

第三，从体制风格上说，《木兰诗》天真活泼，如起头数句，"东市"四句，"旦辞"四句，"爷娘"以下数句等，显然是民歌口吻，断非文人之笔（游国恩，477，a；张为麟，259，b）。

第四，此诗有后人润色语，如同《孔雀东南飞》，但不能据诗中一二语断其起于何时。"朔气数语，固类唐人，然齐梁间人每为唐语，惟唐人必不能为汉魏语，以此知其真古辞也"（陈祚明《古诗选》），"余观其叙事布辞，苍括近古，决非唐手所及"（吴景旭《历代诗话》）。对此，胡适《白话文学史》、陆侃如《中国诗史》、萧涤非《汉魏六朝乐府文学史》及《从杜甫、白居易、元稹诗看木兰诗的时代》（456，c）等都补充了许多例证，用以说明是北朝之作。

作于北朝何时？又有北魏、西魏的分歧。

清人姚莹《康辅纪行》①说木兰是魏孝文帝时人。近人多有补充其说者。根据是：第一，"天子"是北魏孝文帝太和十年后的新称，"可汗"还是旧称。第二，"明堂"太和十五年三月始建，十月成，十八年从平城迁都洛阳。故此诗所写是十五年至十八年间事。第三，太和九年（485年）有"蠕蠕犯塞，诏任城王澄讨云"，到十八年约十年，《木兰辞》所写正是这数年间事，尤以后几年的可能性更大。第四，诗中"策勋"反映了北魏的史实。"十二转"并非转升十二级，因《魏书·李先传》："转七兵郎"，与木兰转尚书郎同（王达津，26，d）。

主张西魏创作说的根据是：第一，"愿为市鞍马"四句与《新唐书·兵志》所说："十人为火，火有长"一致，反映应征者要自备战具。又云："府兵之制，起自西魏、后周，而备于隋，唐兴因之。"故诗产生在西魏后、初唐前，因唐玄宗以后府兵制废除。第二，"可汗问所欲"云云证明"可汗""天子"为一人，定是外族在中国当了皇帝，可以证明不是隋唐，而在西魏或北周。第三，《古今乐录》两次提及此诗，并列在"梁鼓角横吹曲"中，证明梁代已经采用。西魏亡于公元556年，梁亡于公元557年，说明公元557年前已有此诗，因此不会晚至北周（罗根泽，318，a）。

（四）南朝至初唐人写定说

张玉穀《古诗赏析》说，诗中用"可汗"字，木兰当是北朝人，而诗则南朝人所作。黄庭坚说此诗是唐朝方节度使韦元甫得自朔方，恐未确。因据《旧唐书·韦元甫传》，韦氏长期在南方做官，未任朔方节度使。即使此曲是韦元甫发现的，也应得自南方，还是经南朝人写定之说较近事实（曹道衡，450，n）。如"对镜贴花黄"句，即是南朝后期至唐初妇女的装饰。梁简文帝《倡妇怨十二韵》："生情新约黄。"《戏赠丽人》："异作额间黄。"唐卢照邻《长安古意》："纤纤初月上鹅黄。"诗中"朔气传金柝"诸句，

---

①　姚莹《康辅纪行》，同治六年刊本。

用词华丽,对仗工整,亦似梁陈以后体格(曹道衡、沈玉成,451,e)。

(五) 隋代创作说

宋程大昌《演繁露》首倡此说:"据'可汗大点兵',当为隋唐人所作。"近人姚大荣《木兰从军时地表微》亦力主此说(378),而论证最详尽的是齐天举。根据是,第一,诗中自市鞍马情节可以认定诗产生在府兵制实行后。府兵制始自西魏、北周,但未见有成文,当时的情况是"自相督率,不编户贯",与诗中所写不合。寓兵于农的府兵制度是隋以后事。这可以从《隋书·食货志》《高祖纪》《新唐书·兵志》中找到很多例证。第二,隋文帝受禅让于北周,统一中国,但由于北方长达二三百年的异族分裂统治,政治制度很难一朝统一,关于"天子"和"可汗"的混称,刚好说明隋天子和各部胡人的关系。第三,诗中写木兰脱戎装著旧装云"对镜贴花黄"句,风俗源于北周。《资治通鉴》陈纪太建十一年载,周宣帝时,"禁天下妇人不得施粉黛,自非宫人,皆黄眉墨妆",说明此诗上限不早于北周宣武帝末年(579 年)。第四,《木兰辞》风格是尚武精神,不止于北朝,隋代承北周而起,在精神上直接继承北朝尚武精神。结论是:"木兰故事从隋代开始流传,《木兰诗》成于隋末或者唐初。"(132,c,d)

(六) 唐代创作说

最早收录此诗的《古文苑》称唐人作,《文苑英华》以为韦元甫作。《沧浪诗话》称:"《木兰诗》,《文苑英华》直作韦元甫名字,郭茂倩《乐府诗集》有两篇,其后篇乃元甫所作也。"刘克庄《后村诗话》说:"《木兰诗》,唐人所作也。"近世学人徐中舒、逯钦立、唐长孺等并以为《木兰诗》为唐人所作。唐长孺《〈木兰诗〉补证》(431,a)说:

第一,"昨夜见军帖"句:帖作为一种文书形式在南北朝时罕见,而在唐代却普遍盛行。吐鲁番阿塔斯那七八号墓出土《唐西州高昌县粮帖》三件、《唐西州蒲昌县下赤亭烽帖》六件、《唐残帖》一件,可以为证。

第二,"可汗大点兵"句:以征召入伍兵士为"点兵"亦唐代习用语。《唐律疏义》"吴卫士不平"条:"拣点卫士,取舍不平者,一人杖七十,三人加一等。"《贞观政要》"贞观二年"条有"简点"语。杜甫《新安吏》《兵车行》亦有"点兵"语,说明是唐代用语,前代未见。

第三,"策勋十二转"句:《旧唐书·职官志》知周、隋十一等,只有唐代十二等。木兰由白丁酬员加十二转至上柱国。在隋代上柱国是难得的。唐高宗以后,战事日多,以功高勋也多,故实际地位渐低,见《旧唐书·职官志》记载。由此来看,"诗人叙木兰策勋十二转的时代背景应在高宗以后"。

第四,"出门看火伴"句:《新唐书·兵志》载:"十人为火,火有长。"是唐代编制。王梵志诗:"同火共纡。"《木兰诗》说的"火伴"亦即同火的兵士。

三、《敕勒歌》

此诗最早收录在《乐府诗集》卷八十六"杂歌谣辞"中。学术界对下列问题一直争论不休:

（一）作者

宋人王灼《碧鸡漫志》据《乐府诗集》载此歌唱者为斛律金,从而推定作者亦即斛律金。胡应麟《诗薮》亦云:"齐梁后七言无复古意,独斛律《敕勒歌》……大有汉魏风骨。"王夫之《古诗评选》、沈德潜《古诗源》亦持此说。但黄庭坚《山谷题跋》以为诗为斛律金之子斛律光的即兴之作。但此说也受到洪迈的怀疑。（洪迈《容斋随笔》卷一）

近现代学者又有据元人乃贤《金台集》序作者李好文的考证,认为作者为贺六浑,即高欢（陈垣,205,b;杨生枝,284）。最为通行的看法,认为这是敕勒族的一首民歌,现今学者,多主此说。

（二）背景

郭茂倩引《乐府广题》曰:

> 北齐神武攻周玉壁,士卒死者十四五,神武恚愤,疾发。周王下令曰:"高欢鼠子,亲犯玉壁,剑弩一发,元凶自毙。"神武闻之,勉坐以安士众。悉引诸贵,使斛律金唱《敕勒》,神武自和之。

据《北史·齐本纪》，神武帝高欢进攻西魏玉壁城有两次，一次在公元542年，一次在546年，但近世很多学者认为此诗所写的历史背景不可能在此数年间（何白松，181）。高欢在世时，还未有北齐政权，因此《乐府广题》说此诗产生于北齐的说法靠不住。敕勒为古代民族，秦汉时叫丁零、丁灵，南北朝时叫敕勒高车，居住在北海（今贝加尔湖一带）。斛律氏是这个民族早期六大部之一。北魏正光五年（524年）斛律金还在阴山下参加了破六韩拔陵的反北魏政权的起义，直至孝昌元年（525年）看到起义要失败，才率斛律部背叛破六韩拔陵而投向北魏的云州。因此，此诗产生年代上限不会早于北魏初年，因为那之前漠南"阴山下"还不是敕勒族的驻牧地，不能叫"敕勒川"。下限不会晚于北魏孝昌元年（525年），因那以后斛律金已离开漠南大草原，生活在晋北的敕勒族不会再歌唱此内容（吴庚舜、侯尔瑞，225）。

当然，还有许多其他推测，或说作于五世纪二三十年代至六十年代（刘先照，98；曹文心，446）；或说作于孝文帝改革的五世纪末（王曙光，55）；或说作于北魏统一北方（439年）至东西魏分裂（534年）之间（李景华，174），等等，均未有较为切实的论据，故言人人殊。

（三）语言

《乐府诗集》卷八十六题解称："其歌本鲜卑语，易为齐言，故其句长短不齐。"这里所说的"齐言"是什么语言？汉语，抑或鲜卑、敕勒语？通常的看法是汉语，"不管《乐府广题》所根据的资料是从哪里来的，它肯定是汉人的记录，恐怕没有注意到鲜卑语与敕勒语之间的区别"（小川环树，15）。

《容斋随笔》则以为当时传唱为鲜卑语："斛律金唱《敕勒歌》，本鲜卑语。"姚薇元《北朝胡姓考》考定高欢为鲜卑人（379），不管此说是否能成立，但有一点可以成定论：高欢确已鲜卑化。公元524年北镇起义后，北镇边民纷纷南下，高欢主要依靠北镇边民的力量夺取了北魏的统治权力。为了夺取和巩固政权，高欢竭力笼络鲜卑人，一反北魏孝文帝以来的汉化政策，极力排除汉族文化，于是鲜卑语又重新流行起来，成为上层中通行的语言。当时一些汉族士大夫为其子弟求得一官半职，教他们学习鲜卑语,这在《颜氏家训·教子》中有例证。在这种情况下,身为敕勒人的斛律金用鲜卑语在营幕咏唱《敕勒歌》是可以理解的;同时,斛律金也只能用鲜卑语咏唱,高欢才能和之(邢丙彦,153)。

《资治通鉴》卷一五九胡三省注不同意洪迈的看法,认为当时用鲜卑语传唱《敕勒歌》是"后人妄为之耳"。因为"敕勒与鲜卑殊种,斛律金出于敕勒,故使之作《敕勒歌》,若高欢则习鲜卑之俗者也"。据《北史·高车传》《旧唐书》"回纥""铁勒"两传,斛律金是入居朔州落户的敕勒人,与回纥出同一种族,而部落不同。斛律金传唱的这首歌是敕勒许多部落同唱的维吾尔族古老民歌,当然用敕勒语。"高欢应和,也是应和其声"(王达津,26,e)。

（四）诗歌形式

通行本作"敕勒川,阴山下。天似穹庐,笼盖四野。天苍苍,野茫茫,风吹草低见牛羊"。明代钟惺、谭元春二人合编的《古诗归》、胡应麟《诗薮》、王夫之《古诗评选》等引此诗即无"笼",成"敕勒川,阴山下。天似穹庐盖四野。天苍苍,野茫茫,风吹草低见牛羊"。启功撰《池塘春草、敕勒牛羊》一文(启功,241,c),即对"天似穹庐,笼盖四野"两句提出质疑。他说:"'野'韵句式为三三四。而'羊'韵句式则为三三七,读之似欠匀称。"启功进而推测:"'庐'字、'笼'字有一衍文,或其一为急读之衬字。"原因是"三三七字,为民间歌谣习用之句式。"关于《敕勒歌》的经典化过程,柏俊才《〈敕勒歌〉作时、流传与文本经典化》有比较详细的介绍(381,b)。

四、东晋南朝乐府民歌

东晋南朝乐府民歌主要收在《乐府诗集》"清商曲辞"一类中。在《乐府诗集》卷四十四题解中,郭茂倩说:

> 清商乐,一日清乐。清乐者,九代之遗声,其始即"相和三调"是也。并汉魏已来旧曲,其辞皆古调及魏三祖所作。自晋朝播迁,其音分散,符坚灭凉得之,传于前后二秦。及宋武定关中,因而入南,

不复存于内地。自时已后,南朝文物号为最盛。民谣旧俗,亦世有新声。故王僧虔论"三调歌"曰:"今之清商,实由铜雀。"

"清商曲辞"中的歌诗,郭茂倩分为六类:吴声歌、神弦歌、西曲歌、江南弄、上云乐、梁雅歌。其中"上云乐""梁雅歌"都是梁以后文人所作,"江南弄"亦梁武帝改"西曲"而作,故在此可以略而不论。其余三种:

(一)吴声歌

今存二百二十六首,顾名思义是吴人之歌,多产生在长江下游,以京城建邺为中心。但孙吴时并无记载。《宋书·乐志》曰:"吴歌杂曲,并出江东。晋宋以来,稍有增广。"其始皆徒歌,其后被诸弦管。

(二)神弦歌

今存共有十八首,是民间祠神乐歌。《乐府诗集》卷四十七没有注明时代,但既然列在吴歌、西曲之间,当亦产生在东晋、刘宋时代。《宋书·乐志》曰:"何承天曰:或云今之'神弦',孙氏以为《宗庙登歌》也。史臣按:陆机《孙权诔》:'肆夏在庙,云翘承口。'机不容虚设此言。又韦昭、孙休世上《鼓吹铙歌》十二曲表曰:'当付乐官善歌者习歌。'然则吴朝非无乐官,善歌者乃能以歌辞被丝管,宁容止以《神弦》为庙乐而已乎?"这组诗近于《九歌》,但《九歌》所祀的系天地山川的大神,《神弦》所祀的多是地方性的杂鬼神,是比较渺小的神道,威严小,因此也易于与平常人站在平等的地位,以致发生不少神人恋爱的故事传说(王运熙,27,f)。

(三)西曲歌

今存一百四十二首,又称"荆楚西声",顾名思义,是荆州地区的民歌,多产生在长江流域中部和汉水流域,而以江陵为中心。《乐府诗集》卷四十七题解说:"《西曲歌》出于荆、郢、樊、邓之间,而其声节送和与《吴歌》亦异,故依其方俗谓之西曲。"《通志·乐略》说:"宋代以荆、雍为南方重镇,皆王子为之牧,江左辞咏,莫不称之以为乐土。故宋随王诞作《襄阳乐》,齐武追忆樊、邓作《估客乐》是也。"

这些乐府民歌看似普通风谣,但实际上,它既有其明显的渊源系统(王运熙,27,g),又多有本事可考(罗根泽,318,b),与上层阶级的生活关系颇为密切。如《前溪歌》七首,相传是晋沈充作品,而据《太平寰宇记》可以定为宋少帝的作品。又如《懊侬歌》多以为民间作品,但有许多材料证明是大富豪石崇所作(王运熙,27,h)。在艺术方面,这些诗歌成功地运用谐音手法,表达丰富的意蕴,既有"同音同字",又有"同音异字",变化颇多(王运熙,27,i),是这些民歌的最大特色。此外,因为要演唱,就有送声、和声的区别,一人唱多人和,形式非常活泼,这些,王运熙《论六朝清商曲中之和送声》都有详细的论述(27,j)。

第五章　中古其他诗歌研究文献

第一节　苏李诗文辨伪

　　所谓苏武、李陵诗,《文选》收录七首(苏武四首、李陵三首),《古文苑》载十首(苏武二首、李陵八首),此外还有残句若干。李陵《与苏武书》亦见载于《文选》。《史通·外篇·杂说下》:"《李陵集》有《与苏武书》,词采壮丽,音句流靡,观其文体,不类西汉人,殆后来所为,假称陵作也。迁《史》缺而不载,良有以焉,编于《李集》中,斯为谬矣。"此外,敦煌残卷《李陵苏武往还书》五件,有校订本收录在《敦煌语言文学论文集》(李丹禾,160)。这些诗文,自颜延之《庭诰》以下,多疑其伪。

一、历代辨伪辑要

《太平御览》卷五八六引《庭诰》:

　　逮李陵众作,总杂不类,元是假托,非尽陵制。至其善篇,有足悲者。

《文心雕龙·明诗》:

　　汉初四言,韦孟首唱,匡谏之义,继轨周人。孝武爱文,《柏梁》

列韵,严马之徒,属辞无方。至成帝品录,三百余篇,朝章国采,亦云周备。而辞人遗翰,莫见五言,所以李陵、班婕妤见疑于后代也。

苏轼《答刘沔都曹书》:

梁萧统集《文选》,世以为工。以轼观之,拙于文而陋于识者,莫统若也……李陵苏武赠别长安,而诗有"江汉"之语。及陵与武书,辞句儇浅,正齐梁间小儿所拟作,决非西汉人,而统不悟。

洪迈《容斋随笔》卷十四:

《文选》编李陵、苏武诗凡七篇。人多疑"俯观江汉流"之语,以为苏武在长安所作,何为乃及江、汉? 东坡云:"皆后人所拟也。"予观李诗云:"独有盈觞酒,与子结绸缪。"盈字正惠帝讳,汉法触讳者有罪,不应陵敢用之。益知坡公之言为可信也。

顾炎武《日知录》卷二十三"已祧不讳"条:

(唐)文宗开成中刻石经,凡高祖、太宗及肃、代、德、顺、宪、穆、敬七宗讳,并缺点画。高、中、睿、玄四宗,已祧则不缺。……汉时祧庙之制不传,窃意亦当如此,故孝惠讳盈,而《说苑·敬慎》篇引《易》"天道亏盈而益谦"四句,盈字皆作满,在七世之内故也。……若李陵诗"独有盈觞酒,与子结绸缪",枚乘《柳赋》"盈玉缥之清酒",又诗"盈盈一水间",二人皆在武、昭之世而不避讳,又可知其为后人之拟作,而不出于西京矣。

钱大昕《十驾斋养新录》卷十六:

其七言之始乎,至汉而《大风》《瓠子》见于帝制。《柏梁》联句,一时称盛,而五言靡闻……要之,此体之兴,必不在景、武之世。观《汉书·李陵传》置酒起舞作歌,初非五言,则知河梁唱和,出于后人依托,不待"盈觞"之语触犯汉讳,始决其作伪也。

梁章钜《〈文选〉旁证》卷二十五引翁方纲语:

　　自昔相传苏李河梁赠别之诗，苏武四章，李陵三章，皆载《昭明文选》。然《文选》题云"苏子卿古诗四首"，不言与李陵别也。李诗则明题曰"李少卿《与苏武诗》"三首，而其中有"携手上河梁"之语，所以后人相传为苏李河梁赠别之作。今即以此三诗论之，皆与苏李当日情事不切。史载陵与武别，陵起舞作歌"径万里兮"五句，此当日真诗也，何尝有"携手上河梁"之事？即以河梁一首言之，其曰"安知非日月，弦望自有时"，此谓离别之后，或尚可冀其会合耳。不知武既南归，即无再北之理，而陵云："丈夫不能再辱。"亦自知决无还汉之期。此则"日月""弦望"为虚词矣。又云："嘉会难再遇，三载为千秋。"苏李二子之留匈奴，皆在天汉初年，其相别则在始元五年，是二子同居者十八九年之久矣，安得仅云"三载嘉会"乎？就此三首，其题明为与苏武者，而语意尚不合如此，况苏四诗之全不与李相涉者乎！

二、作品年代考述

　　"盈"字犯惠帝讳，但汉世亦有不避者。扬雄《解嘲》"观雷观火，为盈为溢"，即是一例。唐人作诗亦有不避讳者，杜甫《北征》"猛虎立我前"，白居易"唯歌生民病"。如果仅据讳字讨论苏李诗的时代还不足以说服人。近现代学者又从多方面考订，认为苏李诗文当系伪托，已昭然若揭，可成定谳。随之而来的问题是，这组诗出现在什么年代呢？

　　（一）成于东汉灵帝、献帝之际说

　　诗中有"山海隔中州，相去悠且长"，"中州"一语，西汉文章极罕见之，到东汉后期渐渐习用，指中原区域，是为一证。又"清言振东序，良时著西庠"二句已涉及清言，实始于汉末，是为二证。诗中所叙习俗，多与汉末相合，是为三证。东汉末叶，人伦臧否风气盛行，矫情厉志，互相标榜，品目杂沓，诗中所写多近此风，是为四证（逯钦立，444，a）。

　　（二）成于曹魏时代说

　　李陵诗早在东汉以前即已流行，而苏武诗当出现在魏晋时代。《诗品》叙论中有"子卿双凫"一语,似指苏武之"双凫俱北飞"一首,但钟嵘此文历举曹植至谢惠连十二家,都以年代为先后,"子卿双凫"句在阮籍《咏怀》句之下,嵇康《双鸾》句之上,则子卿当为魏人,非汉代苏武。梁启超怀疑魏代别有一人字子卿者,今所传苏武六首皆其所作。自后人以诸诗全归苏武,连其人的姓名亦不传(470)。

如果再具体考订诗中称呼还可以证成此说。建安诗中间有称"子",但多数呼"君"。汉乐府及称为古诗的五言亦如此。今存苏李诗,除"愿君崇令德"外,其余之称,皆作"子"。今考建安时代称"子"者凡四见,及太和、正始间,称"子"渐多,已取"君"字而代之。阮德如《答嵇康》诗中凡八称"子",苏李诗当晚不过此。阮氏生卒无考,但必与嵇康同时,推想此诗之作当在正始(240—249)初年。由此而推,苏李诗当成于公元240年左右,为曹魏后期作品(马雍,13)。还有学者根据苏李诗的用韵情况,认为这组诗在鱼、虞、模韵上界限明晰,不加混淆,与东吴方音相合;且诗中的"山海"一词,也与会稽的地理形态相符,据此可以断定其作于三国时期的江南地区,作者可能是《会稽典录》中的李陵(马燕鑫,14)。①

（三）成于两晋之际说

郑文《论李陵与苏武三首诗的假托》认为这组诗是西晋末到东晋初年的淹留北方的士人所作,借他人酒杯浇自己块垒(320,c)。

《诗品》序有"子卿《双凫》"之语,《初学记》《古文苑》都载有苏武的"二凫俱北飞"诗。西汉的苏武字子卿,六朝也有一个苏子卿,"他们误把六朝的苏子卿当作了西汉的苏子卿了"。再从"河梁"一词的广泛运用,可以推测"河梁诗或苏李诗的产生,大约总在东晋以后"(徐中舒,401,b)。不过,这种意见古直早就有所辩驳:"使果出于东晋以后,则至早亦延年同时之作耳。延年博学之人,冠绝江左,何以同时之作,不能分别,而归其名李陵邪? 且东晋以后,声律暂启,群趋新丽,俪采百字之偶,争价一句

---

①　汤球《三十国春秋辑本》之高闾《燕志》亦有李陵的记载:"李陵居长谷之东,先主与高云游宴往来,每憩其家。陵与其妻王氏每夜自赍酒馔而至。"

之奇，其时工于拟古者，无过谢灵运、鲍照、刘铄，今持其诗与《文选》李诗相较，则去之不啻天渊矣。使苏李出于东晋以后，试问谁能操此笔也？"（80，a）但此说还不足以服人，百字之偶云云，是指其人本色之作，而并非指拟古诗。陆机、谢灵运、江淹的拟古诗，逼肖原作，难说有天渊之别。苏李诗出于后人拟作无疑，但确实难以考证出现的时代。

第二节　《古诗十九首》

这组诗最早收入《文选》，题无名氏古诗，《玉台新咏》选取九首，署名枚乘。从此，这组诗的作者及年代也成为中古诗学讨论的热点。《文心雕龙·明诗》《诗品》《文选》注均以为这组诗非西汉枚乘所作。逯钦立《汉诗别录》根据《玉台新咏》的体例断言所题枚乘九首"纯系后人之所增入"（444，a）。其说甚详，当可信据。李善以为当是东汉作品："诗云'驱马上东门'，又云'游戏宛与洛'。此则辞兼东都，非尽是乘，明矣。昭明以失其姓氏，故编在李陵之上。"现代学者基本上同意李善的判断，将这组诗定为东汉后期的作品。

一、考辨述要

（一）从唐前文献记载看，刘勰、钟嵘都提出了疑问。《文心雕龙·明诗》："又古诗佳丽，或称枚叔，其'孤竹'一篇，则傅毅之词，比采而推，两汉之作乎？"《诗品》："旧疑是建安中曹王所制。'客从远方来''桔柚垂华实'，亦为惊绝矣。人代冥灭，而清音独远，悲夫！"可见在齐梁时代甚至有人怀疑是建安时作品。

（二）从避讳角度看，诗中有"盈盈楼上女""馨香盈怀袖"触惠帝讳，不可能作于西汉。这一点早为顾炎武、梁启超所指出。

（三）从诗体演进方面看，五言诗至东汉班固始见着意写作，然质木无文。至安、顺、桓、灵之后,张衡、秦嘉、蔡邕、赵壹、孔融等才有较多的五言诗传世,音节日趋谐畅,格律日趋严密。其时五言体制已经通行于世(梁启超,470)。

(四) 从用字造词来看,诗中"促织"之名不见《尔雅》《方言》,汉末纬书始见。"胡马""越鸟"之对亦非西汉手笔(徐中舒,401,a)。又"洛"字,西汉作"雒",因为根据《魏略》及《博物志》等书,汉于五行属水,忌水,故改"洛"为"雒"。魏属土,水得土而流,土得水而柔,故复原字,故"洛"字为两汉所讳。① 诗中"游戏宛与洛",钟嵘载旧说疑建安中曹王所作,不无道理(胡怀琛,363,a)。又,古诗十九首多有隐括乐府诗篇而成者,如"相去日已远"出自《古歌》"离家日已远","青青河畔草"出自《饮马长城窟》,"磊磊涧中石"出自《艳歌行》等。现存乐府诗多成于东汉,《古诗十九首》既受影响,理应出现其后(罗根泽,318,c)。

(五) 从诗中所写内容来看,"驱车策驽马,游戏宛与洛。洛中何郁郁,冠带自相索。长衢罗夹巷,王侯多第宅"所写分明是洛阳的繁盛,决非西汉京城景象。"驱车上东门,遥望郭北墓",上东门为洛城门,郭北即北邙,亦是东京人语。又诗中"服食求神仙,多为药所误""生年不满百,常怀千岁忧"等忧生之嗟及企慕神仙之语,亦是汉末魏晋的风气(罗根泽,318,d)。

(六) 对上述考辨亦有异议者,因为西汉人作品亦有不避"盈"字,像贾谊《陈政事疏》、邹阳《狱中上书》均有"盈"字。又如西汉人所作辞赋,其中鸟兽之名,即有不见于《尔雅》《方言》者,不能以此证明成诗年代。而"雒""洛"二字,自魏以来,亦多有妄改,依此立说多不可靠(隋树森,473)。特别是《古诗十九首》之七有"玉衡指孟冬"句,李善注:"《春秋运斗枢》曰:北斗七星,第五曰玉衡。《淮南子》曰:孟秋之月,招摇指申。然

---

① 汉属水德,为《公羊》家三统说,董仲舒《春秋繁露》申之。参见沈玉成、刘宁《〈左传〉学史》60 至 61 页,不必引晋人书为证。问题是:(一) 汉朝到底所据的哪一德?连汉朝人也弄不清。不过东汉人自认为是"火"德,是经光武帝钦定的。见《后汉书·祭祀志》。(二)"洛"与"雒"在后世传抄中常有混淆。东汉《雁门太守行》就作"洛"字。

上云促织,下云秋蝉,明是汉之孟冬,非夏之孟冬矣。《汉书》曰:高祖十月至霸上,故以十月为岁首。汉之孟冬,今之七月矣。"若据此说,可证这首诗是西汉太初改历以前作。对此,许多学者以为这是李善的错误:第一,他把"玉衡"与"招摇"混为一谈;第二,他把孟冬误作季节而言,实际是指时辰,指天上十二方位中相当孟冬的"亥"的方位;第三,他把汉初改历误解为将夏历十月改为正月,实际汉初以十月为岁首,仅是把十月当作一年的开始,而季节与月份的名称未尝改易(金克木,325,a;叶嘉莹,84)。

二、论著举要

(一)《汉魏六朝集部珍本丛刊》收录清代著述五种:

1.《古诗十九首说》一卷,(清)朱筠河(筼)口授,徐昆笔述,有总说一则,并对每首作解说,诚如钱大昕序所说,"其亦古诗之功臣而足裨李善诸家训诂之未备者"。清乾隆三十七年(1772年)徐氏贮书楼刻本。

2.《古诗十九首附笺》一卷,(清)张庚原解,李兆元附笺,清嘉庆二十四年(1819年)李氏十二笔舫刻《诗笺三种》本。

3.《古诗十九首解》一卷,(清)张庚撰,清嘉庆间吴省兰听彝堂刻道光三十年(1850年)金山钱氏漱石轩重印《艺海珠尘》本。

4.《古诗十九首笺注》一卷,(清)陈敬畏撰,清管庭芬编稿本《花近楼丛书》本,有管庭芬跋。

5.《古诗十九首注》一卷,(清)刘光蕡撰,民国九年(1920年)王典章思过斋刻《烟霞草堂遗书》本。

(二)贺扬灵《〈古诗十九首〉研究》

上海大光书局1926年印行,分五个部分:一是《古诗十九首》之作者问题,以为非一人一时之作,持论平允。二是《古诗十九首》所著之时代考,几乎逐篇考订各诗时代,多推测之词。三是《古诗十九首》之艺术上的鉴赏,征引历代之说,同时用后世诗作及前代古乐府加以印证。四是

《古诗十九首》与各家之拟作,列陆机、谢惠连、刘休玄、鲍令晖、江淹、沈约等作品,对鲍、江评价较高,以为"在各家杂拟中总算是最上乘作品"。五是《古诗十九首》之校勘记,仅以《文选》五臣注本与李善注本互校,得十例。本书虽然搜集排比了一些资料,但论述较浅,且又信笔妄书,如评"冉冉孤生竹"时说:"钟嵘乃刘勰的前辈,钟嵘所不知道的,刘勰又何从而知之呢?"即不知何据。

（三）隋树森《〈古诗十九首〉集释》

上海中华书局1936年出版,1955年、2018年中华书局再版。全书由考证、笺注、汇解、评论四部分组成。考证本于刘勰"比采而推,两汉之作",推定十九首出于两汉无名氏之手,历来认为全系东汉人或汉魏间人作的理由还不充分。笺注多集《文选》李善注、五臣注以来诸家之说,事义兼释,务求详备,每诗下附以评说以为鉴赏之助。汇解辑录有刘履《〈古诗十九首〉旨意》、吴淇《〈古诗十九首〉定论》、张庚《〈古诗十九首〉解》、姜任修《〈古诗十九首〉绎》、朱筠《〈古诗十九首〉说》、张玉穀《〈古诗十九首〉赏析》、方东树《论〈古诗十九首〉》、饶学斌《〈古诗十九首〉详解》等,体味诗意,阐发意蕴,迂曲之论,透彻之旨,概加收录。评论辑自诗话、文评,始于《诗品》《文心雕龙》,终于《人间词话》,凡五十则。

（四）马茂元《〈古诗十九首〉探索》

作家出版社1957年出版,陕西人民出版社1981年修订再版,改名《〈古诗十九首〉初探》。全书三部分:一是长篇前言,评论了乐府与古诗、古诗与《古诗十九首》的关系、《古诗十九首》的作者和时代及其在中国诗歌发展史上的重大意义、它的基本内容与艺术特色等。二是逐篇注释讲解。三是历代评论辑录,不出隋树森所辑范围,可惜未有任何说明。注释部分字词兼释,除说明它的意义或加注音外,对词的变化和性质、句的结构和组织,以及它和上下文的关系、作者在这里所表现的思想感情,也都作了必要的阐释。说明部分较有特点,显示了作者自己的体会和理解。

（五）木斋《古诗十九首与建安诗歌研究》

人民出版社2009年12月出版。该书的核心观点认为,《古诗十九首》属于建安时代，是建安诗歌的重要组成部分。其中绝大多数作品作于曹丕登基之后，并认为"《古诗十九首》中的部分作品，其作者就应该是曹植"（页150），是曹植、甄夫人恋情的反应。对此，我持谨慎态度。根据现有的资料，对于某些作品作硬性的时代界定，往往容易顾此失彼，很难周全。作者认为，两汉之际，直到孔融之前，都还是五言诗的发生期而非成立期，也就是说，是五言诗漫长的萌芽发生时代，五言诗没有真正诞生；曹操开辟的建安诗歌，标志了五言诗的成立。从大的方面而言，这种看法应当可以成立。但是，如果把五言诗的成立一定归结到某一个人，则容易作茧自缚。像《古诗十九首》中的上东门、中州等，并不能作为铁证，证明是东汉的作品。这是因为，很多文献已经失传，怎能断然认为这些词汇一定是东汉时期才出现的呢？同样，根据相近的词汇，就证明与某某作者有关，也多有风险。《三辅黄图·汉宫》记载一首古歌曰："长安城西有双阙，上有双铜雀。一鸣五谷生，再鸣五谷熟。"《太平寰宇记》卷二十五引《长安记》所载古歌辞与此相同。而《太平御览》卷一百七十九却把这首歌的作者写成曹丕。其歌词只是在头句上多了一个字，作"长安城西有双圆阙"。这种情形似乎不是特例，在三曹乐府中还很常见。譬如，"三曹"乐府诗还写到文人在南方奔波的背景。从现在掌握的材料看，曹氏父子似乎没有在江南游历或出仕的经历。他们的诗歌中所以会蕴涵着若干江南的因素，最有可能的原因，这些作品只是当时流行的乐歌，三曹不是原创者，而是改造者，用于乐府的演唱。因为三曹的地位太特殊，乐工们就将这些记录下来歌词归属到三曹名下。从三曹乃至拟乐府诸名家如陆机、傅玄等人的创作中，似乎依然可以领略到汉乐府乃至魏晋乐府的影子。研究中国的文史，我们都希望能够得出比较确切的结论，但在很多情况下，这只是一厢情愿。有些问题，限于资料，可能永远没有结论。与其遽作论断，还不如多闻阙疑。

第三节　《盘中诗》与《回文诗》

一、《盘中诗》

最早收录在《玉台新咏》卷九，但各本署名不同，有失名者，有称汉诗者，有称苏伯玉妻者，有称傅玄者。

（一）晋苏伯玉妻作

《沧浪诗话》有盘中诗一体，注：“《玉台集》有此诗，苏伯玉妻作，写之盘中，屈曲成文也。”《〈玉台新咏〉考异》说：“据此则此诗出处以《玉台新咏》为最古，当时旧本亦必明署苏伯玉妻之名，故沧浪云尔。宋刻于题上误佚其名，因而目录失载。冯氏校本遂改题傅玄之诗，殊为疏乖。又此诗列傅玄、张载之间，其为晋人无疑。《诗纪》《诗乘》并列之汉诗，亦未详所据。”逯钦立赞同此说，故列此诗于《晋诗》卷八，署名苏伯玉妻。

（二）晋傅玄作

《〈诗纪〉匡谬》引《乐府古题要解》载《盘中诗》“盘屈书之，傅休奕云‘山树高鸟悲’。末云：‘当从中央周四角。’是也”，认为《玉台新咏》第九卷有此诗亦曰傅玄，故断言：“其为休奕诗无疑也。”但《四库全书总目》称冯氏此说实谬：“苏伯玉妻《盘中诗》，《诗纪》作汉人固谬，宋本《玉台新咏》列于傅休奕诗后，不别题苏伯玉妻，乃嘉定间陈玉父刻本，偶佚其名。观《沧浪诗话》称苏伯玉妻有此体，见《玉台集》。则严羽所见之本，实题伯玉妻名。”

（三）汉代古诗

《北堂书钞》卷一四五引三韵，[①]题“古诗”，《古诗纪》亦列为汉诗。寒山赵氏刊本《玉台新咏》将《盘中诗》列在傅玄《拟四愁诗》后、张载《拟四

_____

① 见“酒食部·肉·十五”羊肉千斤条。

愁诗》前,从排列上有些突兀,照诗的顺序,傅玄、张载为同题作品,时代紧承,诗体又同,理应紧接,何以中间插进《盘中诗》? 这确实让人怀疑《盘中诗》是别人的补遗,并非陈代徐陵所编《玉台新咏》所原有,故目录不载。不能根据《盘中诗》在《玉台新咏》中的排列顺序推定为晋代作品,应依《北堂书钞》作古诗,当为东汉时的作品(郭沫若,416,c,d;刘跃进,110,r)。

二、《回文诗》

唐吴兢《乐府古题要解》说:回文诗"回复读之,皆歌而成文也"。此诗起于何时,历来歧说不一。

(一) 始于三国魏曹植

《四库全书总目》:"《曹子建集》十卷……《镜铭》八字,反复颠倒,皆叶韵成文,实回文之祖。见《艺文类聚》。"又《回文类聚》条提要:"《艺文类聚》载曹植《镜铭》八字,回环读之,无不成文,实在苏蕙以前,乃不标以为始,是亦稍疏。"丁晏《曹集铨评》云:"案今本《艺文类聚》七十二有殷仲堪《酒盘铭》八字,颠倒成文,并无《镜铭》,未知所据何本。"丁说是。

(二) 始于晋苏伯玉妻

胡震亨《唐音癸签》卷二十九:"《盘中诗》始于苏伯玉妻寄夫诗,写从中央周四角,屈曲成文,名《盘中》,至窦妻苏氏,益衍为璇玑图。"

(三) 始于晋窦滔妻苏蕙

王隐《晋书·列女传》载,窦滔因事被徙流沙,苏蕙思念丈夫,"织锦为《回文璇玑图诗》以赠,循环宛转以读之,词甚凄切"。[①] 唐修《晋书》以为凡八百四十字。《隋书·经籍志》著录《织锦回文诗》一卷,署名"苻坚秦州刺史窦氏妻苏氏作"。同时著录"又《回文诗》八卷",谢灵运撰《回文集》十卷。《沧浪诗话·诗体》称:"回文起于窦滔之妻,织锦以寄其夫

---

① 《太平御览》卷八一五引。对这段记载,曹道衡以为《太平御览》编者把材料来源弄错了,王隐早于窦滔很多,不可能记载窦滔事。见《十六国文学家考略》。

也。"南宋桑世昌《回文类聚》亦主此说："(刘义庆)《诗苑》云：'回文始于窦滔妻，反复皆可成章。旧为二体，今合为一。止两韵者谓之回文，而举一字皆可读者，谓之反复。'又上官仪曰：'凡诗对有八，其七曰回文对，"情亲因得意，意得因亲情"是也。'自尔或四言，或六言，或唐律，或短语，既极其工，且流而为乐章，盖情词交通，妙均造化，此文之所以为无穷也。"黄伯思《东观余论》卷下有"跋织锦回文图后"亦持此说。明徐师曾《文体明辨》"杂体诗"类："按《回文诗》始于苻秦窦滔妻苏氏，反复成章，而陆龟蒙则曰：'悠悠远道独茕茕。'由是反复兴焉。及考《诗苑》云：'回文、反复，旧本二体，止两韵者谓之回文，举一字皆成读者谓之反复。'则苏氏诗正反复体也。后人所作，直可谓之回文耳。"按苏蕙《回文诗》最早收录在《初学记》卷二十七，非全文，又见《文苑英华》卷八三四。《说郛三种》(宛委山堂一百二十卷本)卷七十八有《织锦璇玑图》的各种读法。逯钦立归入《晋诗》卷十五。

（四）始于晋温峤

皮日休《杂体诗序》："晋傅咸有反复回文诗，反复其文者，以示忧展转也。'悠悠远迈，我独茕茕'是也。由是反复兴焉。温峤有回文虚言诗，云'宁神静泊，损有崇亡'，由是回文兴焉。"

（五）始于南朝贺道庆

《文心雕龙·明诗》："回文所兴，则道原为始。"明人梅庆生《〈文心雕龙〉音注》以为宋有贺道庆作四言回文诗一首，计十二句，从首至结尾，读亦成韵，勰所谓"道原"或即"道庆"之讹。[①] 李详《黄注补正》："案道庆之前回文作者已众，不得定'原'为'庆'之误。"[②]即使刘勰所说确指贺道庆，其年代亦在苏蕙之后。赵翼《陔余丛考》卷二十三称，道庆宋人而苏蕙苻秦人，则蕙仍在道庆前，"而勰谓始自道原，意或当时南北分裂，蕙所作尚未传播江南，而道庆在南朝实创此体，故以为首耳"。此说亦不确。宋末

---

① 梅氏所说回文诗今已不存。逯钦立辑贺道庆诗仅有《离合诗》一首，见《宋诗》卷十。

② 转引自周振甫《〈文心雕龙〉注释》。

江淹作《别赋》已称引苏蕙《织锦回文诗》典故："织锦曲分泣已尽，回文诗兮影独伤。"唐人李善及五臣注《文选》并以为江淹用的是苏蕙诗典故，可见在刘宋末苏蕙诗已有流传。《文心雕龙》成于齐末梁初，又在江淹《别赋》之后，其时苏蕙诗早已流播江南。

回文诗对后世影响较大，《魏书·文学·邢臧传》："与裴敬宪、卢观兄弟并结交分，曾共读《回文集》，臧独先通之。"此《回文集》，是否为回文诗集，待考。《全后魏文》卷六十收录菩提达磨《真性颂》，凡二十字，回环读成五言四十首，每首用韵，四至俱通。萧祇《和回文诗》（和湘东王后园），见《艺文类聚》卷五十六。庾信、白居易、皮日休、陆龟蒙、王安石、苏轼、黄庭坚、秦观、汪元量、高启、杨慎、徐渭、王士禛等并有续作，桑世昌于宋孝宗乾道元年（1165 年）编成《回文类聚》四卷，为回文诗张目。清初朱存孝有补遗一卷，可视为回文诗研究的资料渊薮，殆不为过。二十世纪对回文诗考论不多，近年有学者又就此问题作了进一步的考释（潘涌，528；徐元，399）。

第四节　《柏梁台诗》真伪

一、原始著录及辨真说

《世说新语·排调》刘孝标注引《东方朔传》："汉武帝在柏梁台上，使群臣作七言诗。"但未引诗。《艺文类聚·杂文部》引曰："汉孝武皇帝元封三年作柏梁台，诏群臣二千石有能为七言者，乃得上坐，皇帝曰……"《初学记·职官部》"御史大夫"条引《汉武帝集》曰："武帝作柏梁台，诏群臣二千石有能为七言者乃得上座。御史大夫曰：'刀笔之吏臣执之。'"《古文苑》卷八收录此诗。每句下称官位，与《艺文类聚》同。又吴兢《乐府古题要解》称连句"起汉武帝柏梁宴作，人为一句，连以成文，本七言诗。诗有七言始于此也"。这五条材料说明，在唐代及其以前，人们对

《柏梁台诗》的年代并未怀疑，原因可能是《文心雕龙·明诗》、旧题任昉
《文章缘起》等都已言及此诗。宋代严羽《沧浪诗话·诗体》也说"七言起
于汉武《柏梁》"，并注"柏梁体"说："汉武帝与群臣共赋七言，每句用韵，
后人谓此体为'柏梁体'。"清初顾炎武始提出五条论据否定此诗是汉武
帝时代的作品（详后），但似乎并未引起时人的重视。钱大昕《十驾斋养
新录》依然称："荀子《成相》、荆轲《送别》，其七言之始乎？至汉而《大风》
《瓠子》见于帝制，《柏梁》联句，一时称盛，而五言靡闻。"赵翼《陔余丛
考》："联句当以汉武《柏梁》为始。"

　　近代丁福保编《全汉三国晋南北朝诗》，绪言称宋本《古文苑》之无注
者，每句下但称官位而无名氏。有姓有名者，唯郭舍人、东方朔耳。自章
樵增注，妄以其人实之，以致前后矛盾，因启后人之疑，故妄增之姓名宜
删。就是说，顾炎武据所注之名，驳其依托，实据俗本立论，未可尽信。

　　逯钦立著《汉诗别录》专有"《柏梁台诗》"一则考证，认为最早著录此
诗的《东方朔传》成于西汉，班固《汉书·东方朔传》多本此书而作，而抄
录之迹，宛然可见。他从"两传文字异同""两传故实繁简""两传谬误雷
同"等方面推论《汉书·东方朔传》实抄袭《东方朔别传》。而"《东方朔
传》既系西京之旧记，其中又鲜后人之所增益，则此《柏梁台诗》自为当时
所传之篇，年代、官名记载之不合，并不足否定其时代性"。再就此诗语
言而言，"辞句朴拙，亦不似后人拟作"。在《先秦汉魏晋南北朝诗》中，他
又考曰："顾炎武《日知录》据史汉纪传年表，辨此诗年代官人皆相抵牾，
因定为后世依托。然考《汉书·武帝纪》，于建元六年即出大司农一官
名，与此抵牾相同。吾人如信班书，不得独疑此诗；且此诗出《东方朔别
传》，此别传即班书朔传所本也。"（444，a）据此，他将《柏梁台诗》归入《汉
诗》卷一汉武帝刘彻名下。问题是，《说郛三种》（宛委山堂一百二十卷
本）卷一百十一收录《东方朔传》作者题署郭宪。郭宪为东汉时人。逯钦
立认为《东方朔传》是西汉文人所著，故《柏梁台诗》的年代为西汉作品。
如果《东方朔传》为郭宪所著，则此一结论就可存疑。

二、从顾炎武到游国恩的斥伪说

《日知录》卷二十一：

> 汉武《柏梁台诗》，本出《三秦记》，云是元封三年作，而考之于
> 史，则多不符。按《史记》及《汉书·孝景纪》中六年夏四月，梁王薨，
> 《诸侯王表》：梁孝王武立三十五年薨。孝景后元年，共王买嗣，七年
> 薨。建元五年，平王襄嗣，四十年薨。《文三王传》同。又按《孝武
> 纪》元鼎二年春起柏梁台，是为梁平王之二十二年，而孝王之薨至此
> 已二十九年，又七年始为元封三年。又按平王襄元朔中以与太母争
> 樽，公卿请废为庶人。天子曰："梁王襄无良师傅，故陷不义。"乃削
> 梁八城，梁余尚有十城。又按平王襄之十年为元朔二年，来朝，其三
> 十六年为太初四年，来朝，皆不当元封时。又按《百官公卿表》，郎中
> 令，武帝太初元年更名光禄勋。典客，景帝中六年更名大行令，武帝
> 太初元年更名大鸿胪。治粟内史，景帝后元年更名大农令，武帝太
> 初元年更名大司农。中尉，武帝太初元年更名执金吾。内史，景帝
> 二年分置左内史、右内史。武帝太初元年更名京兆尹，左内史更名
> 左冯翊。主爵中尉，景帝中六年更名都尉，武帝太初元年更名右扶
> 风。凡此六官，皆太初以后之名，不应预书于元封之时。又按《孝武
> 纪》，太初元年冬十一月乙酉，柏梁台灾，夏五月正历，以正月为岁
> 首，定官名。则是柏梁既灾之后，又半岁而始改官名，而大司马、大
> 将军青则薨于元封之五年，距此已二年矣。反复考证，无一合者，盖
> 是后人拟作，剽取武帝以来官名及《梁孝王世家》乘舆驷马之事以合
> 之，而不悟时代之乖舛也。

罗根泽称"顾亭林这一篇辨正的文字，精当异常，不容不信"(318,e)。而游
国恩则举出新的例证逐一驳倒顾说，但游国恩的目的不是为《柏梁台诗》
辨诬，而是举新证以斥伪。他举出的新证有四条：

（一）关于柏梁台赋诗的事，《汉书》未载。

（二）《汉书》记载不少汉武帝作品，如《瓠子之歌》《李夫人歌》《西极天马之歌》等，独不载《柏梁台诗》，令人生疑。

（三）诗中以大司马、大将军分属两人也露出破绽，因为武帝初设大司马时，只是用"以冠军之号"的，而诗中却是大司马一句，大将军一句，把职官分属两人，这不是武帝朝的职官情况。

（四）柏梁台连句的次第，丞相反居大司马后，也不是当时的实录。

根据上述考证，《柏梁台诗》非始于汉武帝时代，游国恩以为确切不疑。从文学史发展角度看，大规模登台联句、同题共咏的活动始于建安，而《柏梁台诗》最早是见称于西晋挚虞《文章流别论》，①而最早模拟是刘宋孝武帝《华林都亭曲水联句》。因此，《柏梁台诗》的时代大抵不能早于魏晋之世（477，c）。

---

① 《太平御览》卷五八六引颜延之《庭诰》："挚虞文论，足称优合，《柏梁》以来，继作非一，所纂至七言而已。"

下　编
中古小说文论研究文献

第一章　中古小说研究文献

第一节　古小说的概念与分类

一、古小说概念

"小说"一词,最早见于《庄子·外物》:"饰小说以干县令,其于大达亦远矣。"鲁迅《中国小说史略》解释说:"然案其实际,乃谓琐屑之言,非道术所在,与后来说者不同。"

汉代人所谓"小说"的含义,是指出自民间,形式短小,具有观赏性的一种文字样式。《文选》卷三十一江淹《拟李都尉从军》李善注引桓谭《新论》:"小说家合残丛小语,近取譬喻,以作短书,治身理家,有可观之辞。"《汉书·艺文志》:"小说家者流,盖出于稗官。街谈巷语,道听途说者之所造也。孔子曰:'虽小道必有可观者焉,致远恐泥,是以君子弗为也。'然亦弗灭也。闾里小知者之所及,亦使缀而不忘,如或一言可采,此亦刍荛狂夫之议也。"颜师古注引如淳说:"《九章》:'细米为稗。'街谈巷说,其细碎之言也。王者欲知闾巷风俗,故立稗官使称说之。"颜氏补注:"稗官,小官。《汉名臣奏》唐林请省置吏,公卿大夫至都官稗官各减什三是也。"余嘉锡则以为稗官非小官,而是天子之士(234,c)。刘信芳、梁柱《云梦龙岗秦简》(科学出版社1997年版)有这样一段话:"取传书乡部稗官。其田及作五勿以论。"（编号185）根据秦简来看，稗官确实是小官，但是并非"无此专官"，而是乡里小官。《秦律十八种》也称"令与其稗官分"。所谓"稗官"与《汉书·百官公卿表》中所列"乡有三老、右秩、啬夫、游徼"是并列而称的乡里小官。天水放马滩秦简、睡虎地秦简多次出现"小啬夫""大啬夫"，是月薪不过百石的小官吏，设职面很广，上至县府，下至乡府以及县属各单位。大啬夫，似专指县令、长而说的，小啬夫则是乡政府和仓啬夫、库啬夫、田啬夫等。《史记·殷本纪》"舍我啬事而割政"。张守节《正义佚文》"穗曰稼，敛曰啬"。《史记·司马相如列传》"让三老孝弟以不教诲之过"。张守节《正义佚文》"《百官表》云：十里一亭，亭有长。十亭一乡，乡有三老、又秩、啬夫、游徼。三老掌教化，啬夫职听讼、收赋税，游徼备盗贼"。[①] 又据李振宏、孙英民《居延汉简人名编年》（中国社会科学出版社，1997年版）"始元年间（前86—前80）"诸人名的考察，认为候长秩比二百石，月奉一千二百，而关啬夫秩比百石，而月奉七百二十。至于"令史之职，一般应与尉史、候史、啬夫、亭长、燧长为同一秩级，属百石以下的斗食、佐史之秩，月奉钱是六百"。但是303·45简有"令史覃嬴始元二年三月乙丑除，未得始元六年九月奉用钱四百口"。303·21简"书佐樊奉，始元三年六月丁丑除，未得始元六年八月奉用钱三百六十"。可见在啬夫以下尚有属令史、书佐一类更低的官吏，月奉在三四百之间（刘跃进，110，gg；陈广宏，191，a）。

二、古小说分类

《艺文志》首先把"小说"作为一种体裁独立列于诸子之末。班固在诸子类的序中说："诸子十家，其可观者九家而已。"小说家并未入"可观者"之列。

明代胡应麟《少室山房笔丛·九流绪论下》将小说分成六类：

---

① 并见张衍田辑《史记正义佚文辑校》，北京大学出版社1985年出版。

小说家一类又自分数种：一曰志怪，《搜神》《述异》《宣室》《酉阳》之类是也；一曰传奇，《飞燕》《太真》《崔莺》《霍玉》之类是也；一曰杂录，《世说》《语林》《琐言》《因话》之类是也；一曰丛谈，《容斋》《梦溪》《东谷》《道山》之类是也；一曰辨订，《鼠璞》《鸡肋》《资暇》《辨疑》之类是也；一曰箴规，《家训》《世范》《劝善》《省心》之类是也。

他把志怪列在首位，与现代的看法相接近。但后三类与现在的看法相去较远。由此来看，自小说产生之日起的一千多年间，虽然小说的定义大体上没有变动，但是范围扩大了，新的文学样式占据了重要的位置，而从前所看重的东西退为附庸。这里面就包含有观念的变化（浦江清，434，a）。

《四库全书总目》简化为三派：

迹其流派，凡有三派：其一叙述杂事，其一记录异闻，其一缀辑琐语也。

实际收录仅《西京杂志》《世说新语》《山海经》《穆天子传》《神异经》《搜神记》《续齐谐记》《博物志》《述异记》《酉阳杂俎》等，即胡应麟所分"志怪""传奇""杂录"三类，而考订类人子部杂家。

鲁迅《中国小说史略》把汉魏六朝小说概分为两类：一是"六朝之鬼神志怪书"，二是"《世说新语》及其前后"作品。在《中国小说的历史的变迁》这篇讲演中，他索性标举"志怪""志人"两个名称概括汉魏六朝小说，但我认为"杂录"一类，在文学史上依然占有一席之地。

第二节　古小说的著录与综合研究

一、历代著录

《汉书·艺文志》著录十五家，一千三百八十篇。这些作品，梁代仅存《青史子》一卷，见载于《隋书·经籍志》。至隋时尽亡。

今存旧题为汉人小说的大多为《隋书·经籍志》著录。鲁迅以为"见存汉人小说皆伪托"。至于何时伪托,各家考订不同,但大体不出魏晋南北朝范围。论及中古小说研究文献,这些所谓汉人小说不能不涉及。至于魏晋南北朝小说作品,见于唐宋著录的尤多,不下数十种。这些在程毅中《古小说简目》、袁行霈与侯忠义《中国文言小说书目》中有较详细的著录。魏晋以下小说,程著始于邯郸淳《笑林》,讫于唐五代,以文学性较强的志怪、传奇为主,每书目下著录作者、考订存佚,标举版本(486)。袁、侯之著以先秦至隋为一编,以下依次为唐五代、宋辽金元、明、清各一编。魏晋六朝小说始于曹丕《列异传》,收录约八十余种,除著录卷数、存佚、撰者、版本等内容外,还附以必要的考证说明(426)。有这样两部书在手,于汉魏六朝小说的编撰、著录、版刻、流传等情况便可大致了解。

二、钩沉选编

对中古小说进行一番整理,钩沉选编,以广流传,最重要的首推李昉等编《太平广记》。这部书专门收集自汉代以至宋初的野史小说,引书近五百种。这些书半数以上都已散佚,就是留存下来的也有不少残缺和错乱之处,现在就只能依据《太平广记》来作辑佚和校勘了。全书五百卷,目录十卷,按题材分为九十二大类,如神仙、女仙、道术、方士、异人等,又有一百五十余细目,不仅便于翻检,而且给小说史研究提供很大方便。该书前有引用书目,统计为三百四十三种。按照现在学者的统计,实际引书在五百种左右。鲁迅评论此书说:"我以为《太平广记》的好处有二:一是从六朝到宋初的小说几乎全收在内,倘若大略的研究,即可以不必别买许多书。二是精怪、鬼神、和尚、道士每一类分得很清楚,聚得很多,可以使我们看到厌而又厌,对于现在谈狐鬼的《太平广记》的子孙,再没有拜读的勇气。"(511,a)浦江清说:"元明以后,笔记小说虽依旧盛行,出来了不少著作,但体制和门类再不能超出宋以前所有。依据现代的观点,唐人传奇已经到了文言小说的最高峰,九七八年《太平广记》的结集,

可以作为小说史上的分水岭，此后是白话小说浸灌而成长江大河的局面。"（434,a）

此书较通行的是明嘉靖四十五年（1566年）无锡谈恺刻本。1959年人民文学出版社出版的汪绍楹的校点本，即以谈本为底本，广校而成。1961年中华书局又据以重新印行，流传较广。

元、明、清三朝所编丛书丛钞，收录不少中古小说，但"或擅改篇名，或妄题撰者"（汪辟疆,240），裁篇别出，巧立名目，书名作者多不可尽信。鲁迅曾一再指出《古今说海》《五朝小说》《唐人说荟》的谬误，因而这类书使用起来应当慎重。但其中也有一些值得注意的丛书，如陶宗仪《说郛三种》收录古籍一千多种，多为说部，尽管所收是节本，但是"古书之不传于今者，断简残编往往而在，佚文琐事时有征焉，固亦考证之渊海也"（《四库全书总目》）。

二十世纪初，鲁迅筚路蓝缕，对汉魏六朝小说进行了深入的研究。他的《古小说钩沉》将隋唐以前三十六种已经散佚的小说辑录考索，为汉魏六朝小说史料的清理研究奠定了基础。1951年人民文学出版社有排印本，该书又收入人民文学出版社1999年出版的《鲁迅辑录古籍丛编》中。

对汉魏六朝小说的选编注释，较具特点的有两部：一是徐震堮《汉魏六朝小说选》，一是李剑国《唐前志怪小说辑释》。徐著的特点是各篇后边的说明，叙述故事要点，并阐发其影响。如《幽明录》"焦湖庙祝"条，作者指出："这一篇故事虽短，却是后来许多同性质故事的来源。最著名的如唐沈既济的《枕中记》，明代大戏曲家汤显祖又把它演为《邯郸记》传奇。此外如李公佐的《南柯太守传》《太平广记》所引的《樱桃青衣》，一直到《聊斋志异》的《续黄粱》都是同一题材的故事。"（413）李著分为三辑：先秦两汉为一辑，魏晋为二辑，南北朝为三辑，从四十多种志怪中别择佳作，摄取菁英，加以校释。本书的特点是解题，博采群籍，追溯源流，考订真伪（171,b）。

三、综合研究

二十世纪有关汉魏六朝小说的综合研究，其成果主要反映在各个时期所编的小说通史中。二十世纪二三十年代是第一个收获期：张静庐《中国小说史大纲》(280)、郭希汾《中国小说史》(414)、鲁迅《中国小说史略》及《中国小说的历史的变迁》、范烟桥《中国小说史》(336)、胡怀琛《中国小说的起源及其演变》(363，b)、郭箴一《中国小说史》(423)等都有关于中古小说的论述。如鲁迅"小说史"二十八篇，前七篇为唐前小说史：一、史家对于小说之著录及论述；二、神话与传说；三、《汉书·艺文志》所载小说；四、今所见汉人小说；五、六：六朝之鬼神志怪书（上，下）；七、《世说新语》与其前后。又如郭箴一"小说史"八章，汉魏六朝为其中一章，论及汉代神仙故事的起源、今所见汉人小说、六朝鬼神志怪书、笑话集、清言集等，内容较为丰富。二十世纪六七十年代为第二个收获期：北京大学中文系编《中国小说史稿》、南开大学中文系编《中国小说史简编》等先后由人民文学出版社出版，在当时影响较大。近十年又有数种小说通史出版，对汉魏六朝小说多有论述（吉平平、黄晓静，149），但这些通史类著作研究的重点往往是唐宋以下的小说。

把汉魏六朝小说作为独立的研究对象，刘叶秋《魏晋南北朝小说》是较早的著作。作者把这时期小说分成神仙鬼怪故事和志怪志人小说两大类，分别考述这些小说的作者、故事的本事及产生的背景，叙述简括，线索明晰(94)。李剑国有《唐前志怪小说史》、侯忠义著《汉魏六朝小说史》，综合近些年的研究成果，而又有新的拓展。李著把志怪小说分成地理博物体、杂史杂传体、杂记体三类，着重论述了魏晋南北朝志怪小说的繁荣背景及其时代蕴涵，开掘较为深入(171，c)。侯著以志怪、志人小说为研究重点。志怪分成记怪、博物、神仙三类，志人改称轶事小说，分成笑话、琐言、轶事三类。作者较为系统论述了这些作品的源流关系，并对一些重要作品作了较深入的阐释(380)。

第三节 现存旧题汉人小说

一、《燕丹子传》

见于《隋书·经籍志》子部小说家类，不著撰人姓名，注："丹，燕王喜太子。"一卷。《旧唐书·经籍志》作三卷，题燕太子丹撰。此书传本不多。《四库提要》以为此书"至明遂佚"。余嘉锡考曰："此书著录于明陈第《世善堂书目》卷上，则当明之中叶，犹未佚也。"（234,b）单传本世人已不及见，今传乃四库馆臣自《永乐大典》辑出本。孙星衍从纪昀处得传抄本，先后刻入《岱南阁丛书》《问经堂丛书》《平津馆丛书》中，又有《四部备要》《丛书集成初编》本。中华书局1985年出版的程毅中校点本较为通行。关于此书的撰著年代，历来是研究的热点，众说纷纭。

（一）成于先秦

孙星衍序："其书长于叙事，娴于词令，审是先秦古书，亦略与《左氏》《国策》相似，学在纵横、小说两家之间。"又考书中多古字古义，"足证此书作在史迁、刘向之前，或以为后人割裂诸书杂缀成之，未必然矣"。按《文献通考·经籍考》引《周氏涉笔》说："燕丹、荆轲，事既卓傀，传记所载亦甚崛奇。今观《燕丹子》三篇而与《史记》所载皆相合，似是《史记》事本也。"实际亦认为是秦汉前古书。宋濂《诸子辨》说它"决为秦汉间人作"。周中孚《郑堂读书记》："当由六国游士哀太子之志，综其事迹，加之缘饰……太史公作《燕世家》《荆轲列传》，俱削之不载焉。"

（二）成于秦代

有的学者认为《燕丹子》是在取材历史事实的基础上汲取民间传说而写成的，从对秦王"虎狼其行"的揭露来看，从对燕丹子、荆轲刺秦王及其失败所流露的赞颂、同情和惋惜的强烈情绪来看，"它应该是秦并天下以后至覆亡前十余年间的产物"（霍松林，530）。不过，笔者以为这种考证证据不足,随意性太大,难以叫人信服。

（三）成于两汉

胡应麟《少室山房笔丛·四部正讹》说:"《燕丹子》三卷,当是古今小说杂传之祖,然《汉·艺文志》无之,《周氏涉笔》谓太史《荆轲传》本此,宋承旨亦以决秦汉人所作。余读之,其文采诚有足观,而词气颇与东京类,盖汉末文士因太史《庆卿传》增益怪诞为此书,正如《越绝》等编,掇拾前人遗帙而托于子胥、子贡云尔。"《四库提要》亦称:"其文实割裂诸书燕丹、荆轲事杂缀而成。其可信者,已见《史记》,其他多鄙诞不可信,殊无足采。"又据《史记》裴骃《集解》、司马贞《索隐》引应劭、王充记载,不引此书,断曰:"诸家引书,以在前者为据,知此书在应劭、王充后矣。"

（四）成于宋齐

李慈铭《越缦堂读书记》子部(上海书店出版社 2000 年版):《燕丹子》"末篇记荆轲刺秦王事……所言与《国策》《史记》大异,以情理度之,皆非事实。然文甚古雅,孙氏谓:审是先秦古书,诚未必然,要出于宋齐以前高手所为,故至《隋志》始著录"。罗根泽力辩此书晚出,上不过刘宋,因裴骃《集解》未引。下不过梁,可以梁庾仲容《子钞》目录为证,其时代当在萧齐之世(318,f)。

二、《西京杂记》

见于《隋书·经籍志》史部旧事类,不著撰人,二卷。宋分为六卷,见《直斋书录解题》。《四部丛刊》影印明嘉靖本较好。《西京杂记》有中华书局 1985 年出版的罗根泽校点本,还有三秦出版社 2006 年出版的周天游校注本。关于此书的价值,鲁迅《中国小说史略》言简意赅:"若论文学,则此在古小说中固亦意绪秀异,文笔可观。"争论的焦点,主要是作者问题。

（一）无名氏

《隋志》不著撰人名氏。《汉书·匡衡传》颜注:"今有《西京杂记》者,其书浅俗,出于里巷,多有妄说。"亦不言作者。

（二）刘歆

葛洪《〈西京杂记〉跋》："洪家世有刘子骏《汉书》一百卷,无首尾题目,但以甲乙丙丁纪其卷数。先父传之。歆欲撰《汉书》,编录汉事,未得缔构而亡,故书无完本,止杂记而已,失前后之次,无事类之辨……今抄出为二卷,名曰《西京杂记》以裨《汉书》之阙。"清人卢文弨《新雕〈西京杂记〉缘起》："余则以此汉人所记无疑也。《说苑》《新序》其书皆在刘向前,向校而传之,后人因名二书为刘向著。今此书之果出于歆,别无可考,即当以葛洪之言为据。"姚振宗《〈隋书·经籍志〉考证》、张心澂《伪书通考》等并以为刘歆著。但此说有明显的矛盾处,如《四库提要》指出,刘向、刘歆父子作《汉书》,史无明文,此书所记与班固书又往往错互不合,其例殊多。马叙伦《读书续记》、余嘉锡《四库提要辨证》等又找出许多例证否定刘歆著书说。

（三）葛洪

两唐《志》并题葛洪撰。唐代几部书如《史通》《酉阳杂俎》《历代名画记》等并称为葛洪作。《册府元龟》卷五五五："葛洪选为散骑常侍,领大著作,因辞不就,撰《神仙传》十卷、《西京杂记》一卷。"沈钦韩《〈汉书〉疏证》、孙诒让《札迻》并信此书为葛洪假托。又,今传《抱朴子·外篇自序》所载："凡著《内篇》二十卷,《外篇》五十卷,碑、颂、诗、赋百卷,军书、檄、移、章表、笺记三十卷,又撰俗所不列者为《神仙传》,又撰高尚不仕者为《隐逸传》十卷,又抄五经七史、百家之言、兵事方伎、短杂奇要三百一十卷,别有目录。"余嘉锡以为："洪既尝抄百家及短杂奇要之书,则此书据洪自称,亦是从《汉书》中钞出,安见不在三百一十卷之中？特因别有目录,自叙不载其篇名。"（234,b）洪业评列众说,又补充许多例证,断为葛洪所作（370,a）。但此说宋人即有怀疑。《直斋书录解题》："洪博闻深学,江左绝伦,所著书几五百卷,本传具载其目,不闻有此书,而向、歆父子亦不闻其尝作史传于世,使班固有所因述,亦不应全没不著也。殆有可疑者,岂惟非向、歆所传,亦未必洪之作也。"《四库提要》亦否定葛洪著书说。潘岳《闲居赋》："张公大谷之梨，梁侯乌椑之柿。"李善注引《西京杂记》曰："上林苑有乌椑木。""大谷未详。"今本《西京杂记》卷一"初修上林苑"条有"大谷梨""乌椑"。潘岳（247—300）比葛洪早数十年，则《西京杂记》非葛洪所撰。

（四）吴均

《酉阳杂俎·语资》篇："庾信作诗，用《西京杂记》事，旋自追改，曰：'此吴均语，恐不足用也。'"《郡斋读书志》："江左人或以吴均依托为之。"《四库简明目录》称此书"实则吴均撰，托言葛洪得刘歆《汉书》遗稿"。四库馆臣认为《酉阳杂俎》载"庾信指为吴均，别无他证"（《四库全书总目》）。鲁迅《中国小说史略》指出："所谓吴均语者，恐指文句而言，非谓《西京杂记》也。梁武帝敕殷芸撰《小说》，皆钞撮故书，已引《西京杂记》甚多，则梁初已流行世间，固以葛洪所造为近是。"余嘉锡《四库提要辨证》详考吴均、殷芸二人事迹及生卒年断限，认为"二人仕同朝，同以博学知名，虑无不相识者；使此书果出于吴均依托，芸岂不知，何至遽信为古书，从而采入其著作中乎"？再说吴均博学，曾撰《通史》、注范晔《后汉书》等，不至于连《史记》《汉书》转未覆照，致斯舛误"（234，b）。

（五）萧贲

《南史·齐武帝诸子传》记载萧贲著有《西京杂记》六十卷。但此本早佚。今本《西京杂记》与六十卷本是否一种，宋代以来学者有两种意见。意见认为，此是另一部同名著作。王应麟《困学纪闻》："今案《南史》，萧贲著《西京杂记》六十卷，然则依托为书，不止吴均也。"余嘉锡考证说："古今书名相同者多矣，萧贲虽生葛洪之后，彼自著一书，亦名《西京杂记》，既未题古人之名，则不得谓之依托。"（234，b）洪业进一步推测说，萧贲所说"西京"非指西汉，可能是指江陵城内西京湖，因萧贲在此著书而名，很可能记述太清（547—549）、承圣年间（552—555）在江陵发生的军政朝野大事（370）。但是，洪业对此书内容的推测似无据。从《南史·萧贲传》来看，萧贲似未活到承圣年间。

近现代学者也有相信今传《西京杂记》为萧贲所作，因为书中有《柳赋》《月赋》之类的文章，句法多类六朝，且作者是南方人，对北方地理不甚清楚，因此可以排除刘歆、葛洪的可能性。其成书时代在齐梁间殆无疑问，萧贲最有可能是《西京杂记》的作者（劳干，246）。还可以从书中找到一些内证，譬如"画工弃市"条，与《汉书·匈奴传》所载王昭君故事颇有不同：昭君故事在最初流传时没有画工作祟情节，而《玉台新咏》所收王淑英妻刘氏《和昭君怨》、范靖妻沈氏《王昭君叹》则有这个情节。刘、沈为齐梁时人，说明昭君不肯屈从画工的情节流行于齐梁时代，这样，刘歆、葛洪著书说不攻自破。至于吴均，仅见《酉阳杂俎》，找不到任何旁证。唯萧贲最可值得注意。萧贲为湘东王萧绎文学侍从。其时，萧绎门下文人多醉心于道学和前汉历史，又善于辞赋，他们的作品含有较多的政治讽喻意义。《西京杂记》卷四收录的几篇小赋，表面上托之于议者向梁孝王进言，实际传达了作者对于政治功名的渴望之情。从当时的政治背景、文化环境以及作品的内容、作者的生平等方面考察比较，只有萧贲编撰此书的可能性为最大。可惜萧贲后来为萧绎所杀，身败名裂，《西京杂记》因此也只能以佚名方式流传世间。后人不察，遂托名于博学多识的刘歆或葛洪（Willam H. Nienhauser, Jr. , 539）。

三、《神异经》与《十洲记》

并见于《隋书·经籍志》史部地理类，题名东方朔撰。各一卷。但是《汉书·东方朔传》赞称："朔之诙谐，逢占射覆，其事浮浅，行于众庶。童儿牧竖，类不眩耀。而后世好事者因取奇言怪语，附著之朔，故详录焉。"颜注："言此传所以详录朔之辞语者，为俗人多以奇异妄附于朔故耳。欲明传所不记者皆非其实也。"所录即为《答客难》等十余种，而这二种并不在内，说明非东方朔所著。

（一）《神异经》

《神异经》，或称《神异记》《神异录》《神异传》等，旧题东方朔撰，仿《山海经》叙述神仙境土的神人、异物、奇闻、山川、道里等。全书分东荒经、东南荒经、南荒经、西南荒经、西荒经、西北荒经、北荒经、东北荒经和中荒经等，想象奇特，文笔流畅。郦道元《水经注》引《神异经》，《三国志·齐王纪》裴松之注引《神异经》，《隋书·经籍志》地理类，均题东方朔撰。唐以降大率沿用旧说，《中兴馆阁书目》并说"朔周游天下，所见神异，《山海经》所不载者，列之"。高似孙《史略》卷六亦持同样见解。题东方朔传显系假托。东方朔因其"诙谐"和"逢占射覆"之类的"浮浅"事情"行于众庶"，成为街谈巷语中托名编造奇言怪事的人物，班固有鉴于此，故在《汉书》中特意加以说明。所以南宋陈振孙《直斋书录解题》卷十一引《汉书·东方朔传》说"史家欲祛妄惑，可为明矣"。

另一种盛行的说法是断言《神异经》为六朝人所作。胡应麟《少室山房笔丛·丹铅新录》说："《神异经》《十洲记》之属，大抵六朝赝作者。"《四库全书总目》小说家类："观其词华缛丽，格近齐、梁，当由六朝文士影撰而成，与《洞冥》《拾遗》诸记先后并出。"鲁迅《中国小说史略》第四篇说："称东方朔撰者有《神异经》一卷，仿《山海经》，然略于山川道里而详于异物，间有嘲讽之辞。《山海经》稍显于汉而盛行于晋，则此书当为晋以后人作。"这样的推论也不准确。段玉裁《古文尚书撰异》卷一、胡玉缙《四库全书总目提要补正》卷四二、陶宪曾《灵华馆丛稿·神异经辑校序》、余嘉锡《四库提要辨证》卷一八均注意到一条材料：《左传》文公十八年孔颖达疏曰："服虔按《神异经》云：梼杌，状似虎，毫长二尺，人面虎足猪牙，尾长七八尺，能斗不退。"服虔是东汉末年人，已引《神异经》注释《左传》，可见《神异经》至迟当产生于东汉灵帝之前。李剑国《唐前志怪小说史》第三章又补充了若干考证材料，推测《神异经》"出于西汉成、哀前后"。他所举出的证据是东汉初郭宪《洞冥记》卷二有云："昔西王母乘灵光辇，以适东王公之舍。"此正本于《神异经》(171,c)。又《汉书·东方朔传》谓"后世好事者取奇言怪语附著之朔"，刘歆《上山海经表》云宣帝后文学大儒皆读学《山海经》，《神异经》刻意模仿《山海经》，且托名东方朔，"看来出于成、哀前后"。李剑国的结论可备一说。

《神异经》有注，《水经注》卷一《河水注》称"张华叙东方朔《神异经》",《齐民要术》卷一引《神异经》并张茂先注,《隋书·经籍志》称张华注。昔人多疑张华注亦系伪托,如陈振孙《直斋书录解题》《四库全书总目》、鲁迅《中国小说史略》。李剑国《唐前志怪小说史》则以为:"《西荒经》西方山中有蛇名率然条,张华注云:'会稽常山最多此蛇。《孙子兵法》"三军势如率然"者也。'与《博物志》卷三'常山之蛇名率然'云云全合。又'鹄国'条注云'陈章与齐桓公小儿'。《御览》卷三七八引《博物志》逸文详记此事,与注文正相吻合,皆可证注出张华之手。"

《神异经》今本一卷,与《隋志》地理类、《日本国见在书目》土地家、《文献通考》小说家、《四库全书总目》小说家著录相同。《旧唐书·经籍志》地理类、《新唐书·艺文志》道家类、《崇文总目》地理类、《中兴书目》小说家、《宋史·艺文志》小说家、《通志》传记冥异类及地理方物类均析为二卷。通行本据其条数多寡可分为两类,一为五十八则本,如何允中《广汉魏丛书》本、陶宗仪《说郛三种》本、王谟《增订汉魏丛书》本、马俊良《龙威秘书》本、王文濡《说库》本、扫叶山房《百子全书》本;一为四十七则本,如明程荣《汉魏丛书》本、胡文焕《格致丛书》本、阙名《五朝小说》本,四库所采即为此本。又张宗祥校明本《说郛三种》卷六五、民国吴曾祺《旧小说》甲集节选十五则。陶宪曾《神异经辑校》辑佚文九条,清王仁俊辑有佚文一卷,载于《经籍佚文》。

(二)《十洲记》

《十洲记》,或名《海内十洲记》,仿《山海经》,记汉武帝既闻西王母言八方巨海之中有十洲后,又向东方朔问十洲所在及所有之物名。这十洲是:祖洲、瀛洲、玄洲、炎洲、长洲、元洲、流洲、生洲、凤麟洲、聚窟洲。东方朔详道十洲及沧海岛、方丈洲、扶桑、蓬丘、昆仑的奇珍异宝,诸如火浣布、续弦胶、反生香、火光兽、切玉刀、夜光杯等,辞藻丰蔚,别具情致。

《隋书·经籍志》史部地理类著录一卷,题东方朔撰。其后史志书有异。《旧唐书·经籍志》史部地理类、《新唐书·艺文志》子部道家类作《海内十洲记》,《宋史·艺文志》子部道家类作《十洲三岛记》,其他如《云笈七签》作《十洲三岛》,《道藏精华录》作《海内十洲三岛记》等。此书刘向别录不载，《汉书·东方朔传》所列朔书中未见此作，题东方朔撰，不可信。《直斋书录解题》云："亦称东方朔撰。二书（按：上条为《神异经》）诡诞不经，皆假托也。《汉书》本传叙朔之辞，末言刘向所录朔书具是矣，世所传他事皆非也。赞又言朔之诙谐，其事浮浅，行于众庶。而后世好事者因取奇言怪语，附著之朔，故详录焉。史家欲祛妄惑，可谓明矣。"《直斋书录解题》《四库全书总目》著录于小说家类。

关于《十洲记》的产生年代，有两种主要的说法。第一种说法认为这是六朝人的伪作。《四库全书总目》云："书中载武帝幸华林园射虎事。按《文选》应贞《晋武帝华林园集诗》李善注引《洛阳图经》曰：'华林园在城南东北隅，魏明帝起名芳林园，齐王芳改为华林。'武帝安有是号？盖六朝词人所依托。观其引卫叔卿事，知出《神仙传》后；引《五岳真形图》事，知出《汉武内传》后也。"该说法共列举了三条证据：其一，魏齐王芳始改芳林园为华林园，汉武帝时怎么会有华林园之称呢？其二，卫叔卿是《神仙传》中的仙人之一，《十洲记》既然引有卫叔卿事，当产生于《神仙传》之后。其三，《汉武内传》中有《五岳真形图》，《十洲记》提及此书，当产生于《汉武内传》之后。但这三条证据都并非确凿无疑。第一，《晋书·文苑·应贞传》："应贞字吉甫，汝南南顿人，魏侍中璩之子也。""帝于华林园宴射，贞赋诗最美。"云云。李善所引《洛阳图经》，与此同一本事，均指晋武帝。但并未言及射虎事。四库馆臣将此事系于晋武帝，实属毫不相干。《十洲记》记天汉三年"武帝幸华林园射虎"，《太平御览》卷七六六引作"帝幸上林苑射虎"，《续谈助》本亦作上林苑，可证今本华林园乃上林苑之讹。上林苑本秦宫苑，武帝建元三年重修，在长安以西，不在洛阳。第二，卫叔卿为汉武帝时人，《十洲记》采其传闻，不一定从《神仙传》取材。第三，《五岳真形图》本神仙家编造的神仙图经，流行很早，并不始于《汉武内传》，不能因《汉武内传》中有《五岳真形图》，遂以为《十洲记》出于其后。参见李剑国《唐前志怪小说史》第三章有关考证。第二种说法认为《十洲记》出于魏晋之前。宋晁载之《〈十洲记〉跋》云："朔虽多怪诞诋欺，然不著书妄言若此之甚，疑后人借朔以求信耳。然李善注《文选》郭景纯《游仙诗》,已云东方朔《十洲记》曰:'臣故韬隐逸而赴王庭,藏养生而侍朱门矣',则此书亦近古所传也。"《十洲记》或为东汉人所作,亦未可知。《十洲记》,今本一卷,与前人著录相同,主要传本有宋张君房《云笈七签》本及《道藏》《顾氏文房小说》《广汉魏丛书》《龙威秘书》诸本。

四、《汉武故事》与《汉武内传》

(一)《汉武故事》

《汉武故事》杂记汉武帝一生的遗闻轶事,尤以求仙事迹为多。在求仙过程中,他与西王母、东方朔之间的琐闻轶事最富情趣,明显受到《穆天子传》的影响。[①] 关于作者有三说。一是《隋书·经籍志》史部旧事类著录二卷本的无名氏说。《旧唐书·经籍志》作《汉武故事》,列入故事类。二是《玉海》引《崇文总目》著录五卷本的班固说。三是晁载之《续谈助》卷一《洞冥记·跋》引初唐张柬之语的王俭说,曰:"王俭造《汉武故事》。"同书卷三《汉武故事·跋》又云:"世所传班固所撰《汉武故事》,其事与《汉书》时相出入而文不逮,疑非固所撰也。"晁公武《郡斋读书志》卷九传记类亦云:"世言班固撰。唐张柬之《书洞冥记后》云:《汉武故事》,王俭造。"四是葛洪说。葛洪《〈西京杂记〉跋》自称:"洪家复有《汉武帝禁中起居注》一卷、《汉武帝故事》二卷,世人希有之也。"孙诒让《札迻》卷十一据《西京杂记》序,考为葛洪依托。其说云:"此书(指《西京杂记》)确为稚川所假托。《汉武帝禁中起居注》《汉武故事》盖亦同,故序并及之。《抱朴子·论仙篇》引《汉武帝禁中起居注》说李少君事,与今本《汉武帝内传》末附《李少君传》略同。(自注云:《道藏》本作外传,此从晁载之《续谈助》校)张柬之《洞冥记·跋》云:'昔葛洪造《汉武内传》《西京杂记》。'(自注云:今本《洞冥记》无。此跋亦见《续谈助》)疑《内传》即《起居注》,

---

① 《穆天子传》是晋代咸宁五年(279年)在河南汲县境内魏襄王古墓中出土的一部著作,经过荀勖、束皙等人的整理定名,郭璞作注,流传至今。《说郛三种》(宛委山堂一百二十卷本)卷一百十三收录古本《穆天子传》,未知是否即为当时整理本。

后改题今名。《汉武故事》似亦即今所传本。盖诸书皆出稚川手,故文亦互相出入也。"余嘉锡推断说:"班固后汉人,时代不相及,安得称成帝为今上?是班固撰之说,可不攻自破。""疑葛洪别有《汉武故事》,其后日久散佚,王俭更作此以补之。书名虽同而撰者非一人,不必牵合为一。"(234,b)

《汉武故事》为班固所撰的说法缺少依据。《汉武故事》中有云:"女子长陵徐氏,号仪君,至今上元延中,已百三十七岁矣,视之如童女,京中好淫乱者争就之。翟丞相奏坏风俗,请缪尤乱恶者。今上勿听,徙女子于敦煌,后遂入胡,不知所终。"元延是汉成帝年号,班固是东汉人,故司马光《通鉴考异》卷一曰:"《汉武故事》,语多诞妄,非班固书,盖后人为之,托固名耳。"时代远不相及,怎么可能称"成帝"为"今上"呢?黄廷鉴《第六弦溪文钞》卷三《跋重辑汉武故事》以为:"疑此书本成、哀间人所记,而孟坚修《汉书》时所尝采录者……而后人复有附益耳。"

《四库全书》列入小说家类异闻之属,一卷,提要并列班固、王俭二说:"《汉武故事》一卷,旧本题汉班固撰。然史不云固有此书,《隋书·经籍志》著录传记类中,亦不云固作。晁公武《读书志》引张柬之《洞冥记跋》,谓出于王俭。唐初去齐、梁未远,当有所考也。"然而王俭的著作权也一再受到质疑。姚振宗《隋书经籍志考证》云:"按此书为葛稚川家所传,而诸家著录皆不考其所始。六朝人每喜抄合古书,而王俭有《古今集记》。疑俭抄入《记》中,故张柬之以为王俭造,殆亦不探其本意为之说欤?"

潘岳《西征赋》"汉六叶而拓畿"数句,李善注以为用《汉武故事》中汉武帝微行柏谷事,说明潘岳已见过此书,并引为典实,已在葛洪前,更远在王俭前。游国恩《居学偶记》云:"《汉武故事》即不出班氏,至晚当亦建安、正始间人所作无疑也。"(游国恩,477,a)又书中有佛家内容,有图谶语言,当可断定为汉末建安时期的作品(刘文忠,91,h)。

《汉武故事》本二卷,后散佚甚多。今存《古今说海》本、《历代小史》本、《古今逸史》本、《说库》本均为一卷;《粤雅堂丛书》本、《十万卷楼丛书》本、《丛书集成初编》本无卷数。另有鲁迅《古小说钩沉》辑本等。

（二）《汉武内传》

《汉武内传》，《隋书·经籍志》杂传类著录三卷，不著撰人。《旧唐书·经籍志》作《汉武帝传》二卷。《新唐书·艺文志》同，列入道家类神仙之属。皆不署撰人。《郡斋读书志》卷九云"不题撰人"，《宋史·艺文志》云"不知作者"。其后，作者出现异说。一是葛洪说。《续〈谈助〉》本晁载之跋引张崈之《洞冥记跋》，谓晋葛洪撰。姚振宗《隋书经籍志考证》云："案唐张崈之跋《洞冥记》云：'昔葛洪造《汉武内传》《西京杂记》。'案葛稚川《西京杂记序》末云：'洪家复有《汉武帝禁中起居注》一卷，《汉武故事》二卷，世人希有之者。'崈之云云，殆因是欤？"孙诒让《札迻》卷十一则谓《汉武内传》即《汉武帝禁中起居注》，出葛洪依托。余嘉锡《四库提要辨证》亦从其说，并提供了另一例证："愚谓张崈之语必非无据，证以《抱朴子》所言，与此书相出入，尤觉信而有征，当从崈之定为葛洪所依托。""日本人藤原佐世《见在书目》杂传内，有《汉武内传》二卷，注云'葛洪撰'。佐世书著于中唐昭宗时，是必唐以前目录书有题葛洪撰者，乃得据以著录。是则张崈之之言，不为单文孤证矣。"（佐氏于《洞冥记》仍题郭子横撰，不用崈之之说，故知其于此书题葛洪，必别有所据也）（234，b）二是班固说。明清诸本大都题班固撰，也许是因误传班固作《汉武故事》，连类而及《内传》。故《四库全书总目》曰："旧本题汉班固撰，……不知何据。"明道士白云霁《道藏目录详注》卷一作"东方朔述"，亦不知何据。

关于《汉武内传》的产生时代，有四种推测：一，齐、梁年间。胡应麟《少室山房笔丛·四部正讹下》："《汉武内传》，不著名氏，详其文体，是六朝人作，盖齐、梁间好事者为之也。"据文字风格立论，与从事考据的人思路不同。二，魏晋年间。《四库全书总目》："其文排偶华丽，与王嘉《拾遗记》、陶弘景《真诰》体格相同。考徐陵《玉台新咏》序，有'灵飞六甲，高擅玉函'之句，实用此传六甲灵飞十二事，封以白玉函语，则其伪在齐、梁以前。又考郭璞《游仙诗》，有'汉武非仙才'句，与传中王母所云'殆恐非仙才'语相合。葛洪《神仙传》所载孔元方告冯遇语，与传中称'受之者四十年传一人，无其人，八十年可顿受二人；非其人谓之泄天道，得其人不传是谓蔽天宝'云云相合。张华《博物志》载'汉武帝好道，西王母七月七日漏七刻，乘紫云车来'云云，与此传亦合。今本《博物志》虽真伪相参，不足为证，而李善注《文选·洛神赋》已引《博物志》此语，足信为张华之旧文。其殆魏、晋间文士所为乎？"三、东晋以后。钱熙祚《〈汉武帝内传〉校勘记序》："书中年月日名，依附本纪，其论神仙服食及《五岳真形图》，四十年一传，与《抱朴子》《仙药》《遐览》诸篇相涉，首记景帝梦赤彘事，即《洞冥记》之文，若欲与《汉武故事》'景帝梦高祖曰：王美人生子当名为彘'互证者。又《御览》引渐台、神屋等五条，亦绝似《洞冥记》。大约东晋以后，浮华之士，造作诞妄，转相祖述，其谁氏所作，不足深究也。"四、东汉末年。李剑国《唐前志怪小说史》第三章："汉时，武帝、西王母传说十分盛行，《汉武故事》《洞冥记》《十洲记》都以此为主要内容。《内传》全书系敷衍、增饰《汉武故事》中武帝会王母诸事，其景帝梦赤彘事，又抄《洞冥》文而稍作改易，文中又用《十洲记》上元夫人及十洲之说，是则在《故事》《洞冥》《十洲》后。《博物志》卷八记武帝会王母事，兼采《故事》和《内传》，中若'武帝好仙道，祭祀名山大泽以求神仙之道''此桃三千年一生实''东方朔从殿南厢朱鸟牖中窥母''尝三来盗吾此桃'诸语，皆出《汉武内传》，惟文字小异。《博物志》皆取古书旧说，是则《内传》极可能出于东汉末。"

《汉武内传》流传版本凡二种：一为《道藏》本，一为《广汉魏丛书》本。《道藏》本题作《汉武帝内传》，较为完备，《道藏举要》载此本，钱熙祚《守山阁丛书》，亦出此本，并附校勘记及佚文八则。《广汉魏丛书》本系从《太平广记》卷三录出，《五朝小说》《说郛三种》《增订汉魏丛书》《龙威秘书》《墨海金壶》等皆收此本。又《续谈助》卷四抄《汉孝武内传》六则，情事多为今本所不载，可补缺佚。

《汉武内传》的材料多出自《洞冥记》《十洲记》《汉武故事》，但运之以绚烂夺目的辞藻，错彩镂金，典型地体现了融杂传、博物、藻饰等因素为一体的风格，别有一种吸引读者的魅力。

五、《列仙传》与《神仙传》

汉魏六朝时期,出现了很多别传,如《高逸传》《高士传》《隐士传》《列仙传》《神仙传》之类,与道家思想盛行有关。

(一)《列仙传》

《列仙传》二卷,旧题西汉刘向撰。《汉书·艺文志》未见著录。《隋书·经籍志》史部杂传类著录:"《列仙传赞》三卷,刘向撰,鬷续,孙绰赞。《列仙传赞》二卷,刘向撰,晋郭元祖赞。"杂传类小序又云:"又汉(按:应为'秦')时阮仓作《列仙图》,刘向典校经籍,始作《列仙》《列士》《列女》之传。"

唐前典籍中,最早提及《列仙传》者为东汉末王逸《楚辞·天问》注及应劭《汉书音义》,但不云撰人。最早称刘向作《列仙传》者为东晋葛洪。其《神仙传自序》曰:"秦大夫阮仓所记,有数百人。刘向所撰,又七十余人。"《抱朴子·论仙篇》曰:"刘向博学则究微极妙,经深涉远,思理则清澄真伪,研覆有无。其所传《列仙传》仙人七十有余,诚无其事,妄造何为乎?……刘向为汉世之名儒贤人,其所记述,庸可弃哉?"《世说新语》注、《水经注·洛水注》、《颜氏家训·书证篇》、陶弘景《真诰》卷一七《握真辅篇》《法苑珠林》卷十二等咸谓刘向作《列仙传》。《太平御览》卷六七二所引佚名《列仙传叙》亦曰:"《列仙传》,汉光禄大夫刘向所撰也。"《史通·杂说》称:"《新序》《说苑》《列女》《神仙》诸传,而皆广陈虚事,多构伪辞,非其识不周而才不足,盖以世人多可欺故也。"鲁迅《中国小说的历史的变迁》也说:"惟此外有刘向的《列仙传》是真的。"

也有学者不以此书为刘向撰者,或以为东汉方士所托,或以为六朝文士所撰。陈振孙以为不类西汉文字,必非向撰。陈振孙《直斋书录解题》卷一二神仙类云:"似非向本书,西汉人文章不尔也。"黄伯思《东观余论》谓是书虽非向撰,但事详语约,词旨明润,疑为东汉人所作。胡应麟《少室山房笔丛·四部正讹下》以班固《汉志》不载为据,疑为六朝人伪撰。《四库全书》入子部道家类,提要曰:"黄伯思《东观余论》谓是书虽非向笔,而事详语约,词旨明润,疑东京人作。今考是书,《隋志》著录,则出于梁前。又葛洪《神仙传》序亦称此书为向作,则晋时已有其本。然《汉志》列刘向所序六十七篇,但有《新序》《说苑》《世说》《列女传图颂》,无《列仙传》之名。又《汉志》所录皆因《七略》,其总赞引《孝经援神契》,为《汉志》所不载。《蜎子传》称其《琴心》三篇有条理,与《汉志》《蜎子》十三篇不合。《老子传》称'作《道德经》上下二篇',与《汉志》但称《老子》亦不合。均不应自相违异。或魏、晋间方士为之,托名于向耶?"

　　杨守敬《日本访书志》卷六疑《列仙传》为东汉作,并提出了三条新证据:一,《世说新语》注引《列仙传序》:"七十四人已在佛经,故撰得七十四人,可以多闻博识者遐观焉。各本皆脱此序。然称七十四人在佛经,此岂西汉人口吻?"二,"《文宾传》大邱乡人也,前汉无太邱县,后汉属沛国。《木羽传》巨鹿南和平乡人也,前汉南和属广平国,后汉改属巨鹿"。三,"《瑕邱传》宁人也,两汉上谷郡有宁县,魏、晋以下省废"。余嘉锡《四库提要辨证》综合诸说,以为"此书盖明帝以后顺帝以前人之所作也"。

　　(二)《神仙传》

　　据《神仙传》自序,此书是受刘向《列仙传》启发而作,采集仙经、道书、百家之说以及当世口传神仙故事所成,有大量的服食、炼丹、隐遁、成仙等内容,是道教研究的重要资料。《隋书·经籍志》史部杂传类著录。《抱朴子·外篇》自序:"又撰俗所不列者为《神仙传》十卷。"据唐代梁肃《神仙传论》,此书凡一百九十人,五代王松年《仙苑编珠序》以为一百一十七人,今本不足一百人。疑葛洪原书已经散佚,今本系后人掇拾而成(余嘉锡,234,b)。《四库全书总目》入子部道家类。《道藏精华录》《说郛三种》等均收录。胡守为撰《神仙传校释》以四库本为底本,中华书局2010 年出版。

六、《汉武洞冥记》

　　《汉武洞冥记》一卷,《隋书·经籍志》杂传类著录,题郭氏撰。《旧唐书·经籍志》传记类作郭宪《洞冥记》四卷。《新唐书·艺文志》道家类作郭宪《汉武帝别国洞冥记》四卷。《直斋书录解题》著录《洞冥记》四卷，拾遗一卷，云："东汉光禄大夫郭宪子横撰。题《汉武别国洞冥记》，其《别录》又于《御览》中抄出。然则四卷亦非全书也。凡若是者，藏书之家，备名数而已，无之不足为损，有之不足为益，况于详略，尤非所计也。《唐志》入神仙家。"《崇文总目》《通志》作一卷，晁公武《郡斋读书志》作五卷，并引郭宪自序："汉武明隽特异之主，东方朔因滑稽浮诞以匡谏，洞心于道教，使冥迹之奥，昭然显著，故曰《洞冥》。"《四库全书》列入小说家类异闻之属，云："《汉武洞冥记》四卷，旧本题后汉郭宪撰。"前人多疑《汉武洞冥记》非郭宪作。胡应麟《少室山房笔丛·四部正讹下》："《洞冥记》四卷，题郭宪子横，亦恐赝也。宪事世祖，以直谏闻。忍描饰汉武、东方事，以导后世人君之欲？且子横生西京末，其文字未应遽尔，盖六朝假托，若《汉武故事》之类也。（《后汉书》宪列方技类，后人盖缘是托之）"《四库全书总目》："考范史载，宪初以不臣王莽，至焚其所赐之衣，逃匿海滨。后以直谏忤光武帝，时有'关东觥觥郭子横'之语，盖亦刚正忠直之士，徒以溅酒救火一事，遂抑之方术之中。其事之有无，已不可定；至于此书所载，皆怪诞不根之谈，未必真出宪手。又词句缛艳，亦迥异东京，或六朝人依托为之。"鲁迅《中国小说史略》亦曰："《洞冥记》称宪作，实始于刘昫《唐书》，《隋志》但云郭氏，无名。六朝人虚造神仙家言，每好称郭氏，殆以影射郭璞，故有《郭氏玄中记》，有《郭氏洞冥记》。"惟李剑国《唐前志怪小说史》以为郭宪作《洞冥记》不应有疑。其言曰："《隋志》虽仅题郭氏，未言名号，但唐时普遍以为《洞冥记》撰人系郭宪，刘知幾《史通·杂述篇》、徐坚《初学记》、《日本国见在书目》、顾况《戴氏广异记序》皆云郭子横撰《洞冥记》，段公路《北户录》引郭子横语三则，均出《洞冥记》。看他的自序，言之凿凿，并无纰漏，不似伪作。郭氏好方术，与《记》主旨正合。"

　　《续〈谈助〉》引张柬之语，以《洞冥记》为梁元帝萧绎著。余嘉锡《四库提要辨证》赞同此说："宋晁载之《续〈谈助〉》卷一，录《洞冥记》廿余条，载之跋云：'张柬之言随其父在江南拜父友孙义强、李知续，二公言似非子横所录。其父乃言后梁尚书蔡天宝《与岳阳王启》，称湘东昔造《洞冥记》一卷，则《洞冥记》梁元帝所作。其后上官仪《应诏诗》中用影娥池，学士时无知者。祭酒彭阳公令狐德棻召柬之等十余人，问此出何书。柬之对在江南见《洞冥记》云：汉武穿影娥池于望鹤台西。于是天下学徒无不缮写。而寻刘歆（案郭宪后汉人，即令此书真出于宪，安得著录于刘歆《七略》，此语殊误）、阮籍（案"籍"字误，当作"阮孝绪"）《七录》，了无题目。贞观中，撰《文思博要》《艺文类聚》，紫台丹笥之秘，罔不咸集，亦无采掇。则此书伪起江左，行于永祯，明矣。昔葛洪造《汉武内传》《西京杂记》，虞义造《王子年拾遗录》（王嘉著《拾遗录》，见于《晋书·艺术传》及《隋书·经籍志》。此云虞义造，未知何据），王俭造《汉武故事》，并操觚凿空，恣情迂诞。而学者耽阅，以广闻见，亦各有志，庸何伤乎？案柬之所称湘东所造《洞冥记》一卷，而此分为四。然则此书，亦未知定何人所撰也。'据其所考，则此书出于六朝人依托，非郭宪所撰，唐人已言之矣。其所引蔡天宝《与岳阳王启》，唐去六朝不远，必无舛误。惟蔡天宝应作蔡大宝，《周书》《北史》均附见《萧詧传》，尝为詧使江陵见元帝，令注所制《玄览赋》。岳阳王即詧也。大宝叙其耳目所闻见，其言最可征信，然则此书实梁元帝作也。（顷见苏时学《爻山笔话》卷七云：后梁尚书蔡天宝《上岳阳王启》言湘东昔造《洞冥》一卷。按天宝与湘东同时，而所言若此，必非妄谈。然则今之《洞冥记》实出梁元帝手，而藉名郭宪云）载之乃以卷数不合为疑。不知《隋志》著录原止一卷，今分为四者，后人所析耳，元帝《金楼子·著书篇》，备载平生著作，无此书之名，则以既托名郭宪，不可复自名以实其伪也"（234，b）。李剑国《唐前志怪小说史》对此说质疑，以为："梁陈间人顾野王曾作《续洞冥记》一卷，我怀疑蔡大宝所云湘东王造《洞冥记》一卷，盖野王之续作，野王曾仕梁，与湘东王同时，时人或误传为湘东王作耳。"

　　《洞冥记》，又称《汉武洞冥记》《汉武帝别国洞冥记》《别国洞冥记》《汉武帝列国洞冥记》等。通行的版本有《顾氏文房小说》《古今逸史》《汉魏丛书》《龙威秘书》《道藏精华录》《说库》等本。凡六十条,分四卷。明陈继儒《宝颜堂秘籍》本,条目与上述诸本相同,但合为一卷。《续〈谈助〉》本亦为一卷,条目分合及文句多异于通行本。《类说》《五朝小说》《旧小说》等节抄此书而条目多寡不等。

七、《赵飞燕外传》

《赵飞燕外传》记述西汉成帝时皇后赵飞燕、昭仪赵合德姐妹的宫中生活。《顾氏文房小说》本有伶玄自序,称与扬雄同时,官至淮南相、河东都尉。但史无记载。《隋书·经籍志》《旧唐书·经籍志》《新唐书·艺文志》也未著录此书。《郡斋读书志》传记类著录一卷:"汉伶玄子于撰。茂陵卜理藏之于金縢漆柜。王莽之乱,刘恭得之,传于世。晋荀勖校上。"《直斋书录解题》传记类著录作《飞燕外传》,云:"称汉河东都尉伶玄子于撰。自言与扬雄同时,而史无所见,或云伪书也。然通德拥髻等事,文士多用之,而'祸水灭火'一语,司马公载之《通鉴》矣。"《宋史·艺文志》史部传记类著录一卷,题伶玄撰。《四库全书》列入子部小说家类存目一,作《飞燕外传》,一卷:"旧本题汉伶玄撰。"一般认为,此书及伶玄自序并桓谭、荀勖题语,大抵皆出于假托。洪迈《容斋五笔》卷七《盛衰不可常》云:"《飞燕外传》以为伶玄所作,又有玄自叙及桓谭跋语,予窃有疑焉。不惟其书太媟,至云扬雄独知之,雄贪名矫激,谢不与交;为河东都尉,捽辱决曹班躅,躅从兄子彪续司马《史记》,绌子于无所叙录。皆恐不然。而自云:'成哀之世,为淮南相。'案是时淮南国绝久矣,可昭其妄也。"胡应麟《少室山房笔丛·四部正讹下》:"《赵飞燕外传》,称河东都尉伶玄撰。宋人或谓为伪书,以史无所见也。"《四库全书总目》考辨甚详,足以成为定论:"其文纤靡,不类西汉人语。序末又称玄为河东都尉时,辱班彪之从父躅,故彪续史记不见收录。其文不相属,亦不类玄所自言。后又载桓谭语一则,言更始二年刘恭得其书于茂陵卜理,建武二年贾子诩以示谭。所称埋藏之金縢漆柜者,似不应如此之珍贵。又载荀勖校书奏一篇,《中经簿》所录,今不可考,然所校他书,无载勘奏者,何独此书有之? 又首尾仅六十字,亦无此体。大抵皆出于依托。且闺帏媟亵之状,媪虽亲狎,无目击理。即万一窃得之,亦无娓娓为通德缕陈理。其伪妄殆不疑也。晁公武颇信之。陈振孙虽有或云伪书之说,而又云通德拥髻等事,文士多用;而'祸水灭火'之语,司马公载之《通鉴》。夫文士引用,不为典据,采淖方成语以入史,自是《通鉴》之失。乃援以证实是书,纰缪殊甚。且祸水灭火,其语亦有可疑。"下引王懋竑《白田杂著·汉火德考》中"前汉自王莽、刘歆以前,未有以汉为火德者"等语,推论道:"淖方成在莽、歆之前,安得预有灭火之说,其为后人依托,即此二语,亦可以见。安得以《通鉴》误引,遂指为真古书哉!"关于《赵飞燕外传》的产生时代,胡应麟《少室山房笔丛·四部正讹下》说:"文体颇浑朴,不类六朝。"似乎承认这是汉代作品。但仅从风格着眼,不一定能说服他人,程毅中《古小说简目》就说:"本篇不似汉人文笔。"鲁迅《中国小说史略》推测"是唐宋人所为"。周中孚《郑堂读书记》以为"当出于北宋之世",可能是错误的。因为,如果是宋人所为,司马光不会信而不疑;且唐人李商隐《可叹》诗有云:"梁家宅里秦宫人,赵后楼中赤凤来。""赤凤"指赵飞燕私通的宫奴燕赤凤,足见唐人已熟知这个故事,《赵飞燕外传》的撰写最晚也在唐代。估计是六朝至唐初的作品。

《赵飞燕外传》的明清传本颇多。《顾氏文房小说》《汉魏丛书》作《赵飞燕外传》,《古今逸史》作《赵后外传》。《广汉魏丛书》《龙威秘书》作《飞燕外传》。

八、《杂事秘辛》

《杂事秘辛》一卷,不著撰人姓氏。末有杨慎跋,称"得于安宁州土知州董氏,前有义乌王子充印,盖子充使云南时箧中书也"。明沈德符《野获编》卷二十三云:"此书本杨用修伪撰,托名王忠文得之土酋家者,杨不过一时游戏,后人信书太过,遂为所惑耳。"胡震亨、姚士粦二跋,辨其与史实舛谬之处甚详,然未断为赝作。《四库全书》著录一卷,不著撰人姓氏,称:"其文淫艳,亦类传奇,汉人无是体裁也。"李慈铭《越缦堂读书记》:"描写吴姁审视一段,自是六朝佳致,唐人小说,高者间有及之。升庵深于六朝,故能最其隽永,不足致疑。"周中孚《郑堂读书记》"谓此书即升庵谪居云南时所伪作"。杨慎(1488—1559)字用修,号升庵。新都(今属四川)人。正德进士,授翰林修撰。嘉靖甲申(1524年),因议大礼谪戍云南永昌,投荒三十余年。愤激自放,曾醉后胡粉傅面,绾髻插花扮丫环,游行城市。其诗少见知于李东阳,得其指授颇多。与何景明等友善。所作以六朝、晚唐为宗,渊博靡丽,不满于前七子专主盛唐的主张。又能文、词及散曲。其论古考证之作,范围极广,舛错亦多。著作多达一百余种,当推明代之首。后人辑有《升庵集》。散曲集有《陶情乐府》。《杂事秘辛》亦出其手,有《广汉魏丛书》《增订汉魏丛书》《龙威秘书》《绿窗女史》《说郛三种》《五朝小说》诸本,均题《汉杂事秘辛》。"秘辛"二字不可解,当是卷帙甲乙名目。

《西王母传》,旧题汉桓驎撰,《说郛三种》(宛委山堂一百二十卷本)卷一百十三收录,程毅中考订实出杜光庭《墉城集仙录》(486)。

第四节　杂录小说

在魏晋南北朝小说发展史上,杂录一类比较庞杂。《博物志》《玄中记》《述异记》《拾遗记》《启颜录》《小说》等属于博物杂传之类,《列仙传》《神仙传》等多受道家思想影响,甚至含有道教成分。

一、《博物志》

《博物志》十卷,亦名《博物记》,晋张华撰。《晋书》张华本传及《隋书·经籍志》杂家类著录。《旧唐书·经籍志》《新唐书·艺文志》移入小说家类,《宋史·艺文志》入杂家类,卷帙皆同。《郡斋读书志》小说类著录,有周日用注。《直斋书录解题》小说类著录,又有卢氏注六卷。《四库全书》小说家类琐记之属著录十卷。中华书局1980年出版的范宁《〈博物志〉校正》是目前最通行的本子,资料较为丰富。全书分别用地、山、水、物产、异俗、异鸟、异虫、异兽等名目分类,显示博物的特点,近似类书,分类抄录相关文献,多数比较零碎,也有一些故事有一定影响,如"八月槎""刘玄石"等,常为后来诗文引作典故。

(一)《博物志》编者

唐宋书目都著录《博物志》张华撰。裴松之《三国志注》、李善《文选注》、段公路《北户录》、赵彦卫《云麓漫抄》等书引《博物志》之文,今本多无。故周密《齐东野语》引其中"日南野女"条谓"《博物志》当是秦汉间古书"。杨慎《丹铅录》据《续〈汉志〉》刘昭注考"为唐蒙所著"。姚际恒《古今伪书考》称"此书浅猥无足观,决非华作"。《四库全书总目》说:"或原书散佚,好事者掇取诸书所引《博物志》,而杂采他小说以足之。故证以《艺文类聚》《太平御览》所引,亦往往相符。其余为他书所未引者,则大抵剿掇《大戴礼》《春秋繁露》《孔子家语》《本草经》《山海经》《拾遗记》《搜神记》《异苑》《西京杂记》《汉武内传》《列子》诸书,饾饤成帙,不尽华之原文也。"孙志祖《读书脞录》驳杨慎之说,以为唐蒙著书说荒谬不经,仍主张华著书说。

(二)《博物志》删者

《拾遗记》载:"张华……好观秘异图纬之部,采掇天下遗逸,自书契之始,考验神怪及世间闾里所说,造《博物志》四百卷,奏于武帝,帝诏诘问:'卿才综万代,博识无伦,远冠羲皇,近次夫子,然记事采言,亦多浮妄,宜更删剪,无以冗长成文。昔仲尼删《诗》,尚不及鬼神幽昧之事以言怪力乱神。今卿《博物志》,惊所未闻,异所未见,将恐惑乱于后生,繁芜于耳目,可更删截浮疑。'分为十卷。"意为此书系张华自删。但是武帝在泰始三年(267年)下令"禁星气谶纬之学",而张华这部十卷本《博物志》就有许多谶纬之谈,不仅是言多"浮妄",而且直接违忤了这个禁令,因此王嘉这个记载不可信(范宁,334,b)。《魏书·常景传》载:"景所著述数百篇,见行于世。删正晋司空张华《博物志》及撰《儒林》、《列女传》数十篇。"丁国钧《补〈晋书·艺文志〉》说:"考《北史·常景传》有删正《博物志》语,是世所传本已非张氏之旧,段公路《北户录》及《文选》注所引各条,多出今本之外,疑据景未删之本。"

《说郛三种》(宛委山堂一百二十卷本)卷一百七载张华《禽经》,不知是否为《博物志》中的内容,还是专书。

二、《玄中记》与《述异记》

(一)《玄中记》

《玄中记》,又题《郭氏玄中记》《玄中要记》。不见《隋书·经籍志》《旧唐书·经籍志》《新唐书·艺文志》著录。《太平御览》引有佚文,作《郭氏玄中记》。《崇文总目》地理类著录一卷,不题撰人,《通志·艺文略》同。南宋绍兴间所颁《秘书省续编到四库阙书目》仙家类著录《玄中记》一卷,注云阙,可见其时书已难觅。明末毛扆《汲古阁珍藏秘本书目》著录精抄《玄中记》一本,当系辑佚本。此书作者,南宋罗苹注《路史·发挥》以《玄中记》所记《狗封氏》事与郭璞《山海经注》同,断为郭璞作。鲁迅《中国小说史略》则疑为伪托:"六朝人虚造神仙家言,每好称郭氏,殆以影射郭璞,故有《郭氏玄中记》、有《郭氏洞冥记》。"但是《异苑》已经征引此书,且记事多与《山海经》郭璞注同,其书为郭璞撰亦极有可能(李剑国,171,b)。此书久佚,鲁迅辑七十一条。

(二)《述异记》

《述异记》二卷,《崇文总目》小说家类始见著录。《中兴馆阁书目》说此书"任昉天监三年撰。昉家书三万卷,多异闻,又采于秘书,撰此记"。《郡斋读书志》亦谓任昉撰:"昉家藏书三万卷,天监中采辑先世之事,纂新述异,皆时所未闻,将以资后来属文之用,亦《博物志》之意。"任昉既称博物,又曾撰杂传地记、地理书钞。在这个基础上采录民间传说,摘述历代笔记而集成此书并非不可能，且书中多有"昉案"字样，是任昉撰述的痕迹（李剑国，171，c；陈文新，192）。全书文字通俗，篇幅简短，与六朝同类著作相近，而较唐人小说大异其趣（谭家健，522）。但也有不少人否定此书为任昉著。《四库提要》说："其书文颇冗杂，大抵剽剟诸小说而成。""考昉本传，称著杂传二百四十七卷、地志二百五十二卷、文章三十三卷，不及此书。且昉卒于梁武帝时，而下卷'地生毛'一条云：北齐武成河清年中。案河清元年壬午，当陈天嘉三年、周保定二年、后梁萧岿天保元年，距昉之卒久矣。昉安得而记之？其为后人依托，盖无疑义。"

南齐祖冲之亦撰有《述异记》，《隋书·经籍志》杂传类著录，十卷，题祖冲之撰。大概宋时亡佚。遗文散见于《北堂书抄》《艺文类聚》《初学记》《太平御览》《太平广记》《事类赋注》等书。鲁迅《古小说钩沉》辑佚文九十则。"比肩人"写夫妇相爱，"寸步不相离"，妻死，丈夫亦不食而死，家人合葬，坟头生树，同根双身，相拥合成一树，常有双鸿栖息其上。这个故事与《列异传》中的韩凭夫妇、《孔雀东南飞》中的焦仲卿夫妇故事相类似。祖冲之的曾祖祖台之撰有《志怪》二卷。按其内容，应与《志怪》相近，多记晋以来神怪妖异之事，附录于此。

三、《齐谐记》与《续齐谐记》

（一）《齐谐记》

《齐谐记》，东阳无疑撰。《隋书·经籍志》杂传类著录，七卷，注："宋散骑侍郎东阳无疑撰。"《新唐书·艺文志》列入小说类。《太平御览》引书目有东阳无疑《齐谐记》。姚振宗《隋书经籍志考证》引《广韵》"东"字注："宋有员外郎东阳无疑，撰《齐谐记》七卷。"其书似佚于宋，陈振孙《直斋书录解题》于吴均《续齐谐记》下云："《唐志》又有东阳无疑《齐谐记》，今不传。"书名《齐谐》，本《庄子》"齐谐者，志怪者也"之意。有马国翰《玉函山房辑佚书》辑本，一卷，凡十一条；鲁迅《古小说钩沉》同。

（二）《续齐谐记》

《续齐谐记》，梁吴均撰。《梁书》卷四九、《南史》卷七二《吴均传》均未提及此书。《隋书·经籍志》杂传类著录,一卷,题吴均撰。《旧唐书·经籍志》同。《新唐书·艺文志》改入小说家类,作吴筠撰,误,吴筠乃唐大历时道士。《日本国见在书目》和《崇文总目》均作三卷。《四库全书》列入小说家异闻之属,提要评曰:"所记皆神怪之说。然李善注《文选》,于陆机《豫章行》,引其'田氏三荆树'一条;于谢惠连《七月七日夜咏牛女诗》,引其'成武丁'一条;韦绚《刘禹锡嘉话》,引其'霍光金凤辖''蒋潜通天犀导'一条;张彦远《历代名画记》引其'徐邈画鲻鱼'一条。是在唐时已援为典据,亦小说之表表者矣。"《提要》注意到此书的一个特点,即多记载民间习俗和传说。如正月十五作白膏粥,三月三曲水流觞的袚襖节,五月五包粽子祭祀屈原,七月七牛郎织女渡过银河相会,九月九登高饮菊花酒等,有助于我们对民间文化的研究。

四、《拾遗记》

《拾遗记》十卷。萧绮序称:"文起羲、炎已来,事讫西晋之末,王运因循,十有四代。"前九卷以历史年代为经,卷一记庖牺、神农、黄帝、少昊、高阳、高辛、尧、舜八代事;卷二至卷四记夏至秦事;卷五、卷六记汉事;卷七、卷八记三国事;卷九记晋及石赵事。最后一卷即第十卷则采用"博物"体的著述方式,依次记叙昆仑、蓬莱、方丈、瀛洲、员峤、岱舆、昆吾、洞庭八座名山的奇异景物。《隋书·经籍志》史部杂史类著录有《拾遗录》二卷,"伪秦姚苌方士王子年撰"。又有《王子年拾遗记》十卷,"萧绮撰"。两说不知何是何非。《晋书·王嘉传》说:"著《拾遗记》十卷,其记事多诡怪,今行于世。"萧绮《拾遗记序》说:"《拾遗记》者,晋陇西安阳人王嘉字子年所撰,凡十九卷,二百二十篇,皆为残缺……今搜检残遗,合为一部,凡一十卷,序而录焉。"据此王嘉《拾遗记》原为十九卷,二百二十篇,经兵乱后残缺不全,萧绮为之补订,定为十卷。故《直斋书录解题》作《拾遗记》,始列入小说类,十卷,云:"晋陇西王嘉子年撰,萧绮叙录。"该书另外著录王子年《名山记》一卷,云:"即前(指《拾遗记》)之第十卷。大抵皆诡诞。嘉，苻秦时人，见《晋书·艺术传》。"胡应麟《少室山房笔丛·四部正讹下》："《拾遗记》称王嘉子年，萧绮传录，盖即绮撰而托之王嘉。"对王嘉的著作权表示怀疑，认为作者为萧绮。杨守敬在《日本访书志》卷八不以为然，说："胡氏故为高论，以矜其具眼，而不核隋唐《志》三卷之录，失之目睫也。"此外，晁载之《续〈谈助〉》引张柬之《〈洞冥记〉跋》有"昔葛洪造《汉武内传》《西京杂记》，虞羲造《王子年拾遗录》"的说法，虞羲，姚振宗《隋书经籍志考证》疑指南齐虞羲，则虞羲又成为《拾遗记》作者。现在学者多认为王嘉撰著的可能性最大，因为这是隋唐以来大多数人所公认的。

现存《拾遗记》最早且最好的本子是明代世德堂翻宋本，中华书局1981年出版的齐治平校注本即以此本为底本，参校众本而成。本书不仅补缀十余条逸文，还附有《晋书·王嘉传》、《高僧传·释道安传》附王嘉传、《云笈七签·洞仙传》及曾慥《类说》引王氏《神仙传》"未央"条中王嘉人等，同时将历代著录及评论一并附在书末，供读者参考。

五、《殷芸小说》与《启颜录》

（一）《殷芸小说》

《殷芸小说》十卷，见《隋书·经籍志》小说类著录。原注："梁武帝敕安右长史殷芸撰。梁目三十卷。"《小说》以时代为经，除特置帝王之事于卷首外，其他九卷依次为"周六国秦汉人""后汉人""魏世人""吴蜀人""晋江左人""宋齐人"。似为正史拾遗而著。唐刘知幾《史通·杂说》篇载："刘敬叔《异苑》称：晋武库失火，汉高祖斩蛇剑穿屋而飞。其言不经，梁武帝令殷芸编为小说。"清姚振宗《隋书经籍志考证》以为："此殆是梁武作《通史》时，凡不经之说为通史所不取者，皆令殷芸别集为小说，是小说因《通史》而作，犹《通史》之外乘。"鲁迅《古小说钩沉》辑佚文一百三十五条。唐兰有《辑殷芸小说并跋》，见《周叔弢先生六十生日纪念文集》。余嘉锡《殷芸小说辑证》辑佚文一百五十四条，见《余嘉锡论学杂著》。今人周楞伽校注本《殷芸小说》,上海古籍出版社 1984 年出版,颇便阅读。

(二)《启颜录》

《启颜录》十卷,隋侯白撰。侯白字君素,隋魏郡临漳人。生平见《隋书·侯白传》。所著《启颜录》是继《笑林》之后产生的一部影响深远的笑话专著。《旧唐书·经籍志》《新唐书·艺文志》均著录《启颜录》十卷,侯白撰,已佚失。宋陈振孙《直斋书录解题》著录八卷,云:"不知作者,杂记诙谐调笑事。《唐志》有侯白《启颜录》十卷,未必是此书。多有侯白语,但讹谬极多。"《太平广记》收录 69 条,敦煌本残卷(编号为 S·610)收录 40 条,分为"论难""辩捷""昏忘""嘲诮"四个门类,篇末有"开元十一年(723年)八月五日写了,刘丘子于二舅……"题记。其中有 17 条见于《太平广记》,其中 16 条注明出自《启颜录》,1 条注出自《谭薮》(伏俊琏,119,c)。此外,《类说》《广滑稽》等书亦有若干则。鲁迅《中国小说史略》说:"《启颜录》今亦佚,然《太平广记》引用甚多,盖上取子史之旧文,近记一己之言行,事多浮浅,又好以鄙言调谑人,诽谐太过,时复流于轻薄矣。"董志翘辑录,详加注释,辑为《启颜录笺注》104 则,分上下编。上编是对敦煌写卷中 40 则笑话的校注,下编是从《太平广记》《类说》中辑得的 64 则笑话的校注。中华书局 2016 年出版。

《隋书·经籍志》杂传类还著录有侯白《旌异记》十五卷,亦属于"释氏辅教之书",附志于此。该书又题《旌异传》《精异记》《积异传》。《法苑珠林》卷一一九亦云:"《旌异传》一部二十卷,隋朝相州秀才儒林郎侯君素奉文皇帝敕撰。"隋费长房《历代三宝记》卷一二作《积异传》十卷,《日本国见在书目》作《旌异记》十卷。顾况《戴氏广异记序》书名又作《精异记》。

第五节　志怪小说

鲁迅《中国小说史略》曰:"释氏辅教之书,《隋志》著录九家,在子部及史部,今惟颜之推《冤魂志》存,引经史以证报应,已开混合儒释之端矣。而余则俱佚。遗文之可考见者，有宋刘义庆《宣验记》、齐王琰《冥祥记》、隋颜之推《集灵记》、侯白《旌异记》四种，大抵记经像之显效，明应验之实有，以震耸世俗，使生敬信之心，顾后世则或视为小说。"这类著作中，谢敷《观世音应验记》、傅亮《续〈观世音应验〉》、陆杲《系〈观世音应验记〉》日本仍有传本（孙昌武，138，b）。《说郛三种》（宛委山堂一百二十卷本）卷一百十七收录《灵应录》二十四则，题署唐傅亮，或许是刘宋傅亮，但其中有"梁元帝"一则，年代显然在后。其余诸书亦早就散佚，而今存只是辑本。

一、《列异传》

《隋书·经籍志》杂传类著录，三卷，题魏文帝撰。杂传类小序亦云："魏文帝又作《列异》，以序鬼物奇怪之事。"《旧唐书·经籍志》杂传类鬼神目卷帙同，撰人作张华。《列异传》佚文中有正始、甘露间事，在曹丕之后。清姚振宗《隋书经籍志考证》揣测说："意张华续文帝书，而后人合之。"鲁迅《中国小说史略》也说："文中有甘露年间事，在文帝后，或后人有增益，或撰人是假托，皆不可知。两《唐志》皆云张华撰，亦别无佐证，殆后有悟其抵牾者，因改易之。唯宋裴松之《三国志》注、后魏郦道元《水经注》皆已引证，则为魏晋人作无疑也。"鲁迅《古小说钩沉》辑佚文五十条。其中三王冢的故事，鲁迅据以改编《铸剑》，还有"宋定伯卖鬼"故事，被收录在《不怕鬼的故事》中，广为流传。

二、《搜神记》与《搜神后记》

（一）《搜神记》

《搜神记》最早见于《隋书·经籍志》著录，作三十卷，作者干宝，历来没有疑义。这是汉魏六朝时期著名的志怪小说。可惜此书大约在宋代即已失传，因为在《郡斋读书志》《直斋书录解题》等著名书目中都没有著录。《四库全书总目》中《搜神记》条提要引胡应麟《甲乙剩言》说:"姚叔祥见余家藏书目中有干宝《搜神记》,大骇,曰:'果有是书耶?'余应之曰:'此不过从《法苑》《御览》《艺文》《初学》《书抄》诸书中录出耳。岂从金函石匮、幽岩土窟掘得耶?'大抵后出异书,皆此类也。"它最早刊行于明代胡震亨的《秘册汇函》中,毛晋又刻入《津逮秘书》,遂得行世。《四库全书》列入小说家异闻之属,《提要》说:"此本为胡震亨《秘册汇函》所刻,后以其版归毛晋,编入《津逮秘书》者。考《太平广记》所引,一一与此本相同。以古书所引证之,裴松之《三国志》注《魏志·明帝纪》引其'柳谷石'一条,《齐王芳纪》引其'火浣布'一条,《蜀志·糜竺传》引其'妇人寄载'一条,《吴志·孙策传》引其'于吉'一条,《吴夫人传》引其'梦月'一条,《朱夫人传》引其'朱主'一条,皆具在此本中。刘孝标《世说新语注》引其'卢充金碗'一条,刘昭《续汉志》注《五行志》'荆州童谣'条下引其'华容女子'一条,'建安四年武陵充县女子重生'条下引其'李娥'一条,'桓帝延熹七年'条下引其'大蛇见德阳殿'一条,《郡国志》'马邑'条下引其'秦人筑城'一条,'故道'条下引其'旄头骑'一条,李善注王粲《赠文叔良诗》引其'文颖字叔良'一条,注《思玄赋》引其'张车子'一条,注鲍照《拟古诗》引其'太康帕头'一条。刘知幾《史通》引其'王乔飞舄'一条,亦皆具在此本中。似乎此本即宝原书。惟《太平寰宇记》青陵台条下引其'韩凭化蛱蝶'一条,此本乃作'化鸳鸯'。郭忠恕《佩觿》上篇称干宝《搜神记》以'琵琶'为'频婆'。此本'吴赤乌三年豫章民杨度'一条,凡三见'琵琶'字。'安阳城南亭'一条亦有'琵琶'字,均不作'频婆'。又《续汉志》注《地理志》'猴氏'条下引其'延寿亭'一条,'巴郡'条下引其'泽中有龙鸣鼓则雨'一条,《五行志》'建安七年醴陵山鸣'条下引其'论山鸣'一条,李善《蜀都赋》注引其'澹台子羽'一条,陆机《皇太子宴玄圃诗》(此处当脱一注字)引其'程猗说石图'一条,此本亦皆无之。至于六卷七卷,全录两《汉书·五行志》。司马彪虽在宝前,《续汉书》宝应及见,似决无连篇抄录一字不更之理,殊为可疑。""疑其即诸书所引,缀合残文,傅以他说,亦与《博物志》《述异记》等。但辑二书者,耳目隘陋,故罅漏百出。辑此书者,则多见古籍,颇明体例,故其文斐然可观,非细核之,不能辨耳。观书中'谢尚无子'一条,《太平广记》三百二十二卷引之,注曰'出《志怪录》',是则捃拾之明证。"周中孚《郑堂读书记》卷六六亦赞同此说。鲁迅《中国小说的历史的变迁》:"《搜神记》多已佚失,现在所存的,乃是明人辑各书引用的话,再加别的志怪书而成,是一部半真半假的书籍。"四库馆臣、周中孚和鲁迅均未判定辑录者是谁。今存世二十卷本,据汪绍盈、余嘉锡等学者考证,可能是明人胡应麟从《法苑珠林》及诸类书中辑录而成的(余嘉锡,234,b)。今人胡怀琛有标点本,商务印书馆 1957 年出版。汪绍盈的校注本最为著名。汪著广征博引,重在考源钩沉,每一条均标明出处,考证异文,推究本事,训释字词,是《搜神记》最完善、最权威的校注本。中华书局1979 年出版。

关于这部书的研究,下列问题较引人注目:

第一,作者生平。

作者干宝字令升,新蔡(今河南新蔡)人。生平见《晋书》本传,未载其生卒年。葛兆光《干宝事迹材料稽录》参证文史,对佚文有所补辑,但于"干宝的卒年只能作为疑案而暂存"(489)。曹道衡据《建康实录》考订生于晋武帝太康七年(286 年)左右,卒于咸康二年(336 年)。其生平事迹,除葛文外,又有蒋方《关于干宝——读葛兆光〈干宝事迹材料稽录〉后》(496)、谢明勋《从干宝著作谈〈搜神记〉之著述缘由》(482)等又有所订补。

第二,著述缘由。

干宝著述颇丰,《隋书·经籍志》经部著录《周易》十卷、《周易宗涂》四卷、《周易爻义》一卷、《周官礼》十二卷、《周官驳难》三卷、《后养义》五卷、《春秋左氏函传义》十五卷、《春秋序论》二卷。郭维新《干宝著述考》有所考订(421)。《世说新语·排调》刘注引《孔氏志怪》:"宝父有嬖人,宝母至妒,葬宝父时,因推著藏中。经十年而母丧,开墓,其婢伏棺上,就视犹暖,渐有气息。舆还家,终日而苏。说宝父常致饮食,与之接寝,恩情如生。家中吉凶,辄语之,校之悉验。平复数年后方卒。宝因作《搜神

记》,中云'有所感起',是也。"《晋书》采入本传。这是一说。唐无名氏
《文选集注》江淹拟郭璞诗注引雷居士《豫章记》说:"猛(吴猛),豫章建宁
人。干庆为豫章建宁令,死已二日。猛曰:'明府算历未应尽,似是误耳!
今为参之。'乃沐浴衣裳,复死于庆侧。经一宿,果相与俱生。庆云:'见
猛天曹中论诉之。'庆即干宝之兄。宝因之作《搜神记》。故其序云:建武
中,所有感起,是用发愤焉。"①雷居士,即雷次宗,刘宋人。说明此事已流
传于刘宋初年。这段传闻亦被采入《晋书》中,成为干宝著述《搜神记》的
另一缘由。还有一种最通行的说法,即干宝《〈搜神记〉序》所说,"足以发
明神道之不诬"。

第三,写作时间。

《世说新语·排调》:"干宝向刘真长叙其《搜神记》,刘曰:'卿可谓鬼
之董狐。'"刘惔(真长)是当朝宰相,卒于永和五年(349 年)前后。因此有
学者推断"《搜神记》的成书当在永和初年或稍前一些时候"(于石,6)。
但是《世说》的记载有问题,并不可信。刘惔生卒年,《四库全书总目》论
《搜神记》时说刘卒于晋明帝太宁(323—326)中,大误,实际可考大约在
永和四年(348 年)左右。根据他卒年三十六岁而推,当生于晋愍帝建兴
元年(313 年)。干宝卒年《建康实录》有明确记载,其时刘惔才二十二岁。
至于《搜神记》完稿时间,史籍虽无明文记载,恐未必是他临死前的绝笔。
《搜神记》成书时,刘惔不过二十岁左右,甚至还不过十几岁。干宝似乎
没有必要将自己的创作送给一个年轻的晚辈去品评。至于刘惔说什么
"卿可谓鬼之董狐"一语,亦不像晚辈对长者说话的口气,所以此事未必
可信(曹道衡,450,e)。根据干宝自序,干宝大约从晋元帝建武年间
(317—318)开始搜集材料,又卷十五"河间郡男女"提到秘书监王导事,
而王导卒于晋成帝咸康五年(339 年),则此书大约在这个期间完成,历时
二十余载(侯忠义,380)。

————————

①　这则故事又见《太平御览》《太平广记》引《幽明录》,情节稍有不同。按《隋
书·经籍志》,雷居士,当即雷次宗。据此,则这个故事在元嘉初年已有流传。

第四,另本《搜神记》。

《崇文总目》有《搜神总汇》十卷,不著撰人名氏。或云干宝,非是。此书是否流传,现难以详考。《稗海》本、《广汉魏丛书》本、《增订汉魏丛书》本《搜神记》凡八卷,所录故事全不相同,系据北魏昙永《搜神论》残卷增补而成,也许就是《崇文总目》著录的《搜神总记》,非干宝所著,宋人已有辨正。又,敦煌石室遗书有《搜神记》,题唐勾道兴撰,自与干宝书无关,或可视为干宝《搜神记》续书(范宁,334,a)。李剑国《唐五代志怪传奇叙录》据其"所载均为先唐事"及不避"渊""世"等讳,以为"本书撰于唐初"高祖朝:"文辞朴俚,乱举引书,多违史实,大类唐世俗文,则句道兴者下层文人耳。"程毅中《唐代小说史话》推测此书约成于唐代或唐以前。这是一本志怪集,其中有些故事与干宝《搜神记》相同。

(二)《搜神后记》

《搜神后记》十卷,《隋书·经籍志》史部杂传类著录,题陶潜撰。《四库全书总目》称:《隋书·经籍志》著录,"已称陶潜,则赝撰嫁名,其来已久。"但此说不准。梁释慧皎《〈高僧传〉序》云:"陶渊明《搜神录》,并傍出诸僧,叙其风素,而皆是附见。"则此书题名陶潜,自梁已然,远在《隋志》前。明沈士龙跋曰:"潜卒于元嘉四年,而此有十四、十六两年事。陶集多不称年号,以干支代之,而此书题永初、元嘉,其为伪托,固不待言。"不过,宋、梁相隔八十余年,当时人说为陶潜作,也可能有据,恐不能率然否定陶潜著书的可能(侯忠义,380,a)。还有一种可能,古人有几部续《搜神记》的书,后来都散佚,辑者误为一书。所以是否陶潜撰的问题,是很难说清的。今存十卷本为明人所辑,收入《秘册汇函》中。1981年中华书局出版的汪绍盈校注本最为博洽,并据人民文学出版社1957年出版《敦煌变文集》所载句道兴本《搜神记》,附录在后。李剑国有《搜神记辑校·搜神后记辑校》(中华书局,2019年版)最为完备。

《隋书·经籍志》著录"晋散骑常侍《干宝集》四卷,梁五卷"。"《百志诗》九卷,干宝撰,梁五卷"等,佚失。

三、《观世音应验记》三种

观世音故事在晋、宋之际广为流传。傅亮序称，东晋人谢敷编选十多条观世音应验故事，送给了傅亮的父亲傅瑗，后来战乱，傅家藏本失传，傅亮凭记忆补记出来七条，成《观世音应验记》。南朝齐张演又追记十条，续亮所撰而成《续观世音应验记》。张演外孙陆杲又根据当时书籍所传（如郭缘生《述征记》、刘义庆《宣验记》），辑录六十九条，齐末中兴元年（501年）撰成《系观世音应验记》，以续傅、张之作。此书在中土久佚，日本藏有古抄本，孙昌武据以辑录，中华书局1994年出版。这三种书内容集中在观音这一个信仰对象上，写法也有某种模式，即都是人在大水、大火、牢狱、刀兵等灾难中由信仰、诵念观音而得解脱的事迹（孙昌武，138，c）。书中记载佛事活动，颇为生动。如傅亮《观世音应验记》记载帛复法桥诵偈："音气激高，开二、三里外。村落士女咸共惊骇，不知寺中是何异者，皆崩腾来观，乃桥公之声也。后遂诵五十余万言。声音如钟，初无衰竭。于是皆疑其得道人也。"

四、《异苑》

《异苑》，见于《隋书·经籍志》史部杂传类著录，题刘敬叔撰。书名似模仿刘向《说苑》，汇集奇闻异事，民俗宗教，以广见识。《唐志》下宋元书目均无著录。但此书并未失传，只是流传极少，为世人所罕见。明胡震亨于万历年间偶得一宋纸抄本，经两番证定讹漏，刊入《秘册汇函》。毛晋又刊入《津逮秘书》。此后又收刻于《学津讨原》《说库》《古今说部丛书》等，俱为十卷。《四库全书》列入小说家异闻之属。提要称："其书皆言神怪之事，卷数与《隋书·经籍志》所载相合。刘知幾《史通》谓《晋书》载武库火，汉高祖斩蛇剑穿屋飞去，乃据此书载入，亦复相合。惟中间《太平御览》所引'傅承亡饿'一条，此本失载。又称宋高祖为宋武帝裕，直举其国号、名讳，亦不似当时臣子之词，疑不免有所佚脱窜乱。核其大致,尚为完整,与《博物志》《述异记》全出后人补缀者不同,且其词旨简澹,无小说家猥琐之习,断非六朝以后所作。故唐人多所引用。如杜甫诗中陶侃胡奴事,据《世说新语》但知为侃子小名,勘验此书,乃知别有一事,甫之援引为精切,则有裨于考证亦不少矣。"但曹道衡认为《异苑》亦有可疑之处:(一)卷三,"晋义熙十三年,余为长沙景王骠骑参军",则公元417年已出仕,而同卷有"前废帝景和中"云云,既知有前废帝,当知有后废帝。后废帝凡四年,以476年废。以此推之,刘敬叔著书时当在八十以上。(二)卷四,"宋武帝裕,字德舆,小字寄奴",似不合宋人口吻。当代人称本朝先帝,当用庙号。(三)卷五,"晋武太始初,萧惠朗为吴兴太守"。按此泰始乃宋明帝年号。萧惠朗事见《南史》。宋人不应疏失至此。(四)卷六,"沙门支法存"故事提到"太原王琰"(《冥祥记》的作者),梁人。(五)卷六,"刘元字幼祖"故事,两称"刘裕"。又谓神劝刘元事北魏,结果刘元为青州刺史。按青州以泰始五年为魏占领,上距宋武帝代晋五十年左右,时间不对。因此,今传《异苑》并非全部出自刘敬叔手笔,必有后人加进的内容。敬叔,《南史》《宋书》皆无传。《宋书·五行志》、王琰《冥祥记》等略见其行事,然矛盾重重如上。

五、《幽明录》与《宣验记》

(一)《幽明录》

《幽明录》,又题《幽冥录》《幽冥记》,南朝宋刘义庆撰。《宋书》卷五十一、《南史》卷十三《刘义庆传》均未提及。《隋书·经籍志》杂传类著录《幽明录》二十卷。《旧唐书·经籍志》杂传类作三十卷。《新唐书·艺文志》同,列入小说家类。此后书目不见著录。南宋洪迈《夷坚三志辛序》云:"《幽明录》今无传于世。"唐宋类书及《法苑珠林》等引有佚文。鲁迅辑《古小说钩沉》辑《幽明录》佚文凡二百六十五条,较为完备。《幽明录》故事性较强,主要记叙晋宋神灵奇异故事,与《宣验记》《冥祥记》不尽相同,因为其中不少故事不尽是宣传佛教。"庞阿"离魂故事可能就是唐传奇《离魂记》、元杂剧《倩女离魂》的原型。其他如"卖胡粉女子""刘晨阮肇""赵泰"等故事,常成为后世诗文戏曲题材。

（二）《宣验记》

《宣验记》,刘义庆撰。《宋书》《南史》《刘义庆传》亦未提及。《隋书·经籍志》杂传类著录,十三卷。《旧唐书·经籍志》《新唐书·艺文志》已不著录,可见很早便已失传。佚文散见于《太平广记》等书。唐释法琳《辨证论·十代奉佛上篇》亦云:"宋世诸王并怀文藻,大习佛经,每月六斋,自持八戒,笃好文雅,义庆最优……著《宣验记》,赞述三宝。"

六、《冥祥记》与《冤魂志》

（一）《冥祥记》

《冥祥记》十卷,齐王琰撰,《隋书·经籍志》史部杂传类著录,《新唐书·艺文志》改入小说类。《唐志》以后不见著录,盖佚于宋。王琰,史志无传。据《高僧传序》《隋书经籍志考证》等,知琰为太原人,仕齐为太子舍人,入梁为吴兴令。著有《宋春秋》二十卷。《法苑珠林》卷二十五引王琰《冥祥记序》称他幼时在交趾从贤法师受五戒,得一尊观音金像,常自供养,后此像屡显灵异。王琰"循复其事,有感深怀",遂撰《冥祥记》。"释慧进"条称"前齐永明中",又书中不叙梁朝事,可以推测作于梁初。《法苑珠林》卷一一〇引《冥祥记》4 条记述南朝陈、北齐、西魏事,又载于《冤魂志》,大约是唐人误入。该书所记皆为佛事,目的是为了宣扬佛教;其中较有特点的是两类故事:一类是对地狱的描写,另一类是在对佛的描写中加强美丑对比,以彰显佛的灵异。其中一些记载涉及历史事件的时代,往往记载得比较精确,这和其他一些志怪小说很不一样(曹道衡,450,hh;刘苑如,104)。鲁迅《古小说钩沉》辑序一篇及正文一百三十一则,较为完备。

（二）《冤魂志》

《冤魂志》,北齐颜之推撰。《北齐书·颜之推传》未载本书。《隋书·经籍志》杂传类录《冤魂志》三卷，颜之推撰。颜真卿《赠秘书少卿国子祭酒太子少保监颜君庙碑》说颜之推"著有《家训》二十篇，《冤魂志》三卷"。《崇文总目》作《还冤志》三卷，《太平广记》引作《还冤记》，《太平御览》引作《冤报记》，《直斋书录解题》作《北齐还冤志》。《四库全书》入小说家异闻之属，作《还冤志》。提要曰："自梁武以后，佛教弥昌，士大夫率皈礼能仁，盛谈因果。之推《家训》有《归心篇》，于罪福尤为笃信。故此书所述，皆释家报应之说。然齐有彭生，晋有申生，郑有伯有，卫有浑良夫，其事并载《春秋传》。赵氏之大厉，赵王如意之苍犬，以及魏其、武安之事，亦未尝不载于正史。强魂毅魄，凭厉气而为变，理固有之，尚非天堂地狱、幻杳不可稽者比也。其文辞亦颇古雅，殊异小说之冗滥，存为鉴戒，固亦无害于义矣。"罗国威有《冤魂记校注》，巴蜀书社 2001 年出版。

第六节　志人小说

这是东汉以来受评品清谈之风影响而产生的一种新文体，往往重点采写名人士大夫的言行，或缀拾遗闻，或记述近事，虽不过残丛小语，但与志怪小说很不相同。《隋书·经籍志》子部小说类著录的裴启《语林》、郭澄之《郭子》、沈约《俗说》等较为著名。

一、裴启《语林》

《语林》，东晋裴启撰。《隋书·经籍志》子部小说家类《燕丹子》条下，附注云："《语林》十卷，东晋处士裴启撰。亡。"《世说新语·文学》篇载："裴郎作《语林》，始出，大为远近所传，时流年少，无不传写，各有一通。载王东亭作《经王公酒垆下赋》，甚有才情。"刘孝标注云："《裴氏家传》曰：裴荣，字荣期，河东人。父稚，丰城令。荣期少有丰姿才气，好论古今人物，撰《语林》数卷，号曰裴子。檀道鸾谓裴松之，以为启作《语林》，荣倘别名启乎?"又《世说新语·轻诋》篇:"庾道季诧谢公曰:'裴郎云:谢安谓裴郎,乃可不恶,何得为复饮酒? 裴郎又云:谢安目支道林,如九方皋之相马,略其玄黄,取其俊逸。'谢公云:'都无此二语,裴自为此辞耳'。庾意甚不以为好,因陈东亭《经酒垆下赋》。读毕,都不下赏裁,直云:'君乃复作裴氏学!'于此《语林》遂废。今时有者,皆是先写,无复谢语。"刘孝标注:"《续晋阳秋》曰:晋隆和中,河东裴启撰汉魏以来迄于今时言语应对之可称者,谓之《语林》。时人多好其事,文遂流行。后说太傅事不实,而有人于谢坐叙其《黄公酒垆》,司徒王珣为之赋。谢公加以与王不平,乃云:'君遂复作裴郎学!'自是众咸鄙其事矣。安乡人有罢中宿县诣安者,安问其归资,答曰:'岭南凋弊,唯有五万蒲葵扇,又以非时为滞货。'安乃取其中者捉之,于是京师士庶,竞慕而服焉,价增数倍,旬月无卖。夫所好生羽毛,所恶成疮痏,谢相一言,挫成美于千载,及其所与,崇虚价于百金。上之爱憎与夺,可不慎哉!"佚文散见于《世说新语》《太平广记》《太平御览》中。鲁迅《古小说钩沉》辑录《语林》佚文180则。

二、郭澄之《郭子》

《郭子》,东晋郭澄之撰。《隋书·经籍志》子部小说类著录:"《郭子》三卷,东晋中郎郭澄之撰。"《旧唐书·经籍志》《新唐书·艺文志》均著录,有贾泉注("泉"原作"渊",唐人避讳改)。《宋史·艺文志》未见著录,元时已亡佚。鲁迅《古小说钩沉》辑录《郭子》佚文84则。

三、沈约《俗说》

《俗说》,梁沈约撰。《隋书·经籍志》子部杂家类著录三卷,注云:"沈约撰。梁五卷。"又子部小说家类《世说》刘孝标注本下附注:"梁有《俗说》一卷,亡。"二书卷数不同,似非一书。《旧唐书·经籍志》《新唐书·艺文志》未见著录,大约沈作亦已散佚。宋尤袤《遂初堂书目》小说类著录刘孝标《俗说》一种，无卷数；《宋史·艺文志》小说家类著录"沈约《俗说》一卷"；似均非原书，当为辑佚之本。

鲁迅《古小说钩沉》辑录《俗说》50 则较为完备。

四、阳松玠《八代谈薮》

阳松玠《八代谈薮》二卷，亦为史传补遗类著作。《崇文总目》《秘书省阕书目》小说类著录。《遂初堂书目》误作颜之推。《直斋书录解题》谓其书"事综南北，时更八代，隋开皇中所述也"。《史通·杂述》讥之"琐言"。黄大宏有《八代谈薮校笺》，搜罗比较完备，中华书局 2010 年版。《类要》尚可辑一条王融应齐武帝之请为豫章王萧嶷作铭事（唐雯，432）。

五、《世说新语》

魏晋六朝志人小说，唯有《世说新语》较为完整地保存下来，弥足珍贵。《四库全书总目》曰：

> 《世说新语》三卷，宋临川王刘义庆撰，梁刘孝标注。义庆事迹具《宋书》。孝标名峻，以字行，事迹具《梁书》。黄伯思《东观余论》谓《世说》之名肇于刘向，其书已亡，故义庆所集名《世说新书》，段成式《酉阳杂俎》引王敦澡豆事，尚作《世说新书》可证。不知何人改为"新语"，盖近世所传。然相沿已久，不能复正矣。所记分三十八门，上起后汉，下讫东晋，皆轶事琐语，足为谈助。唐《艺文志》称刘义庆《世说》八卷，刘孝标续十卷。《崇文总目》惟载十卷。晁公武谓当是孝标续义庆元本八卷，通成十卷。又谓家有详略二本，迥不相同。今其本皆不传。惟陈振孙《书录解题》作三卷，与今本合，其每卷析为上下，则世传陆游所刊本已然，盖即旧本。至振孙载汪藻所云叙录二卷，首为考异，继列人物世谱、姓字异同，末记所引书目者，则佚之久矣。自明以来，世俗所行凡二本：一为王世贞所刊，注文多所删

节,殊乖其旧;一为袁褧所刊,盖即从陆本翻雕者。虽版已刓改,然犹属完书。义庆所述,刘知幾《史通》深以为讥,然义庆本小说家言,而知幾绳之以史法,拟于不伦,未为通论。孝标所注特为典赡。高似孙《纬略》亟推之。其纠正义庆之纰缪,尤为精核。所引诸书,今已佚其十之九,惟赖是注以传。故与裴松之《三国志》注、郦道元《水经注》、李善《文选》注,同为考证家所引据焉。

这篇《提要》论及《世说新语》的作者、书名、分类、校注等问题,特申述如次。

（一）作者

自《隋书·经籍志》以来主要目录,都著录《世说新语》作者为刘义庆。但《宋书》本传仅提到他著《徐州先贤传》十卷,又拟班固《典引》为《典叙》,以述皇代之美,未见《世说新语》记载。《隋书·经籍志》又载:"宋临川王《义庆集》八卷。"唐人编《南史》始著录有"所著《世说》十卷,撰《集林》二百卷,并行于世"。今检《隋书·经籍志》、两唐《志》,用刘义庆名义编出的书颇多。这在他四十二年的生命历程中实难胜任,加之他从十三岁袭封南郡王到死,历任多种文武要职,调动频繁,很少有安定的著书时间。像《集林》二百卷那样的书绝非一人仓促可成。本传说:"招聚文学之士,远近必至。太尉袁淑文冠当时,义庆在江州,请为卫军谘议参军。其余吴郡陆展、东海何长瑜、鲍照等并为辞章之美,引为佐史国臣。"帝王贵族门下聚士编书,自古而然。吕不韦集门客编《吕氏春秋》,萧衍敕编《华林遍略》,萧统领衔编《文选》,萧纲组织编《法宝联璧》等,都是比较有名的例子。故此,鲁迅《中国小说史略》说《世说新语》"乃纂辑旧文,非由自选。《宋书》言义庆才词不多,而招聚文学之士,远近必至,则诸书或成于众手,未可知也"。鲁迅的观点影响颇大,有学者甚至断定,此书出于义庆门客何长瑜之手(川胜义雄,9)。此说可能过于绝对,但袁淑、陆展、何长瑜、鲍照等参与编纂则是可以确定的。即使《世说新语》不是刘义庆自著,也肯定是在他的思想指导下纂辑而成的,庶几近于事实(周一良,293,a)。犹如《文选》,即使不是萧统自编,而他在成书过程中的主导作用是不能视而不见的。

（二）书名

《世说新语》书名，有各种异称，如《世说》《刘义庆世说》《世说新书》等。何为原名？异称起于何时？历来歧说不一。《四库全书总目》引黄伯思《东观余论》说，认为《世说》之名肇于刘向，刘孝标注本题《世说新书》，唐人著录并云《世说新书》。此说为鲁迅《中国小说史略》、余嘉锡《〈四库提要〉辨证》等所采用。至于"新语"何时出现，《史通·杂说中》有"近者宋临川王义庆著《世说新语》"云云，说明唐时已然。汪藻《〈世说〉叙录》："晁文元、钱文僖、晏元献、王仲至、黄鲁直家本皆作《世说新语》。按晁氏诸本皆作《世说新语》，今以《世说新语》为正。"

根据现有材料可以推知，《世说》为刘义庆原名，但南朝梁代已有《世说新书》一名，《世说新语》名见于唐代记载（松冈荣志，337；王能宪，46）。当然也有学者坚持认为《世说新语》为原名。根据是：第一，唐景龙四年（710年）刘知幾《史通》已有记载；第二，《隋书·经籍志》等史志著录皆作《世说》，这不过是一种简称，如同将《毛诗诂训传》简写成《毛诗》，《老子道德经》简写成《老子》，《贾谊新书》简写成《贾谊》或《贾子》一样；第三，刘义庆前后，以"语"名书，殆为一时风尚，前有《顾子新语》、郭颁《世语》以及《杂语》《琐语》之类，后有刘肃《大唐新语》，甚至序中题《大唐世说新语》。这些都证明原书名当是《世说新语》（周本淳，297）。

（三）分类

《四库提要》作三十八类，但今通行本皆作三十六类。据汪藻《〈世说〉叙录》，赵宋时有三十七、三十八、三十九分类，较之三十六类多出来的是"直谏""奸佞""邪谄"，"皆正史中事而无注"，即汪藻所见这些多出的部分没有刘峻注文，正文部分也"皆舛误不可读"。《太平御览》《太平广记》等引用《世说新语》佚文，不见有内容可归入此三类中者。因此有不少学者怀疑出于后人附益，所以刘孝标未及作注。

分类与卷数有关，《世说新语》有二卷、三卷、八卷、十卷、十一卷的不同。如汪藻《〈世说〉叙录》："李氏本《世说新书》上中下三卷三十六篇，顾野王撰。颜氏本跋云：诸卷中或曰《世说新书》。凡号《世说新书》者，第十卷皆分门。"又说："晁氏本以'德行'至'文学'为上卷，'方正'至'豪爽'为中卷，'容止'至'仇隙'为下卷。又李本云凡称《世说新书》者，皆分卷为三。"

（四）校注

《世说新语》问世约五十年，齐永明年间（483—493）敬胤曾对此书作过注释。汪藻《〈世说〉叙录》录敬胤注共五十一条。敬胤事迹不详，据"王丞相云刁玄亮之察察"条注文，知与卞彬同时，当为南齐人（周祖谟，300，b）。又"王丞相过江"条注文承认是史畴的后代，可见敬胤应为史敬胤。他称著名作家江淹为"今骁骑将军"，据《梁书·江淹传》，江淹"永明初迁骁骑将军"。可见敬胤成《世说新语》注释和纠谬的时间约在永明初年（刘兆云，99）。

现存最早对《世说新语》作全面注释的是梁代刘孝标。《史通·补注》评价不高，认为"以峻之才识，足堪远大，而不能探赜彪、峤、网罗班、马，方复留情于委巷小说，锐思于流俗短书，可谓劳而无功，费而无当者矣"。这显然是一种偏见。从刘注可以看出，当时《世说新语》传本已不止一种，字句歧异颇多，故今存标列异同的校语多达二十余处。刘注虽同敬胤注，以征引史书为主，但敬胤注缺乏剪裁，而刘注则引据该洽，注释详密，剪裁得当，为《世说新语》补充了大量的史料。征引之书，经史别传三百余种、诸子百家著作四十余种、别集二十余种、诗赋杂文七十余种、释道之书七十余种，绝大多数均为已佚之书，在保存古书方面，确为考据家所重视。从其注书体例来看，他更注重增广故实，阐发文意，与只解说字词训诂的注疏不同，略近于裴松之注《三国志》，实际等于另一部《世说新语》，足与原书相辅而行。《说郛续》卷十六收录成都杨慎《世说旧注》，称："刘孝标注《世说》，多引奇篇奥帙，后刘须溪删节之，可惜。孝标全本，予犹及见之，今摘其一二，以广异闻。"①

———————————

① 《说郛续》卷十六杨慎《世说旧注》，上海古籍出版社1988年版，第九册791页。

（五）版本

《世说新语》存世最早的版本当推日本所藏唐写本，可惜仅存《规箴》《捷悟》《夙慧》《豪爽》四门 51 则。最后"世说新书卷第六"，据此而推，应当是十卷本。

宋人对《世说新语》作了较大的校改。据陈振孙说：晏元献（殊）曾"手自校定，删去重复"。前引汪藻《〈世说〉叙录》也说，他所见：晁文元（迥）本亦分三卷，说明今传《世说新语》早已不是《隋书·经籍志》著录十卷本之旧，连刘孝标的注也经过晏殊等的删节。从现存材料推知，传世的南宋刻本主要有两种：

一是日本尊经阁丛刊中影印宋高宗绍兴八年（1138 年）广川董弅据晏殊校订本的刻本，书后有汪藻撰《叙录》两卷。上卷为《考异》以及《琅邪临沂王氏谱》《太原晋阳王氏谱》《陈国阳夏谢氏谱》《泰山南城羊氏谱》《颍川鄢陵庾氏谱》《颍川颍阴荀氏谱》。下卷目录为《陈郡阳夏袁氏谱》《河南阳翟褚氏谱》《河东闻喜裴氏谱》《陈郡长平殷氏谱》《会稽山阴孔氏谱》《陈留圉江氏谱》《吴郡陆氏谱》《弘农华阴杨氏谱》《陈留考城蔡氏谱》《谯国龙亢桓氏谱》《南乡舞阴范氏谱》《庐江何氏谱》《颍川许昌陈氏谱》《太原中都孙氏谱》《河东安邑卫氏谱》《会稽山阴贺氏谱》《高平金乡郗氏谱》《北地傅氏谱》《吴国吴郡顾氏谱》《陈留尉氏阮氏谱》《无谱者二十六族》等，都是《世说新语》中的重要家族。可惜，现在刻本仅收录吴郡陆氏谱的部分内容，后面就残缺了。因此，董弅的跋语未见。1956 年文学古籍刊行社据以影印，王利器断句校订，书末附有校勘记，据唐写本及明清以来的九种异本参校。1962 年中华书局也影印了绍兴本，一仍其旧，未作断句校勘，书后附唐写本《世说新语》残卷。

二是宋孝宗淳熙十五年陆游刻本，明嘉靖袁褧嘉趣堂有重刊本，将原来三卷，每卷析为上下，全书为六卷。这个本子保留了董弅的跋，介绍绍兴本的校刻经过云："右《世说》三十六篇，世所传厘为十卷，或作四十五篇，而末卷但重出前九卷所载。余家旧藏，盖得之王原叔家。后得晏元献公手自校本，尽去重复，其注亦小加剪截，最为善本。晋人雅尚清谈,唐初史臣修书,率意窜定,多非旧语,尚赖此书以传后世。然字有讹舛,语有难解,以它书证之,间有可是正处。而注亦比晏本时为增损。至于所疑,则不敢妄下雌黄,姑亦传疑,以俟通博。绍兴八年夏四月癸亥,广川董弅题。"《四部丛刊》据以影印,很有价值。

（六）当代研究

尽管宋人对《世说新语》作了较大的删订,但刘注仍有无可替代的价值。当然,刘注虽号称精密,但仍不免疏漏纰缪。近现代李慈铭、程炎震、李详、刘盼遂等均有考证,探赜索隐,为之补订。1983 年中华书局出版的余嘉锡先生《〈世说新语〉笺疏》集诸家之说,详加笺释。此书据王先谦重刊纷欣阁本,以影宋本、袁本、沈宝砚本对校,摘其重要者记于每则之后。全书的重点不是校勘字句异同,不是训释古今词义,而是对史实的考核稽录。作者对《世说新语》原作和刘孝标注所说的人物事迹,一一寻检史籍,考核异同,对原书不备的,略为补充,以广异闻;对事乖情理的,则有所评论,以明是非。这种做法,与刘孝标注和裴松之《三国志》注的做法相近似。特别值得注意的是对汉魏士风变迁演化的情况,征引许多材料给予证实,极有参考价值。

徐震堮《〈世说新语〉校笺》以《四部丛刊》影印嘉靖十四年（1535 年）袁褧嘉趣堂刻本为底本,校以唐写本及众多刻本,中华书局 1984 年出版。此本的重点也不在校勘,虽征引诸家史书,但对史实的考订也不是作者精力所注。它的重点是训释文字。《世说新语》记录了大量的比较接近当时口语的语言材料,向来为语言学家所重视,被视为中古语言研究的一个重要资料库。但是对于俗语的训释难度很大,因为可以凭借的工具书不多。早在五十年代,徐震堮发表过《〈世说新语〉里晋宋口语释义》,至八十年代成《〈世说新语〉词语简释》,对《世说新语》的词语研究更加深入系统。可以认为《〈世说新语〉校笺》是作者多年来深入研究《世说新语》词语成果的集中体现。龚斌《世说新语校笺》（上海古籍出版社,2011 年版）亦以《四部丛刊》影印明刻袁褧嘉趣堂本为底本,校以南宋绍兴董弅刻本等,汇释而成。

　　杨勇《世说新语校笺》（修订本），中华书局 2006 年出版。该书以绍兴本为底本，参校唐写本残卷及八种刻本、类书、旧注所引资料，荟萃而成。本书最初由香港大众书局 1969 年出版。此后作者陆续修订九百余处，又由台北正文书局出版。中华书局版又充分吸收近年研究成果，尤其注意到语言学家如郭在贻、江兰生、吴金华、方一新以及史学家周一良、贺昌群等的研究成果，修订八十余处，分装四册出版。最后一册为《汪藻世说人名谱校笺》及《〈世说新语校笺〉人名索引》。

　　朱铸禹《世说新语汇校集注》，上海古籍出版社 2002 年出版，以中华书局本影印的绍兴本为底本，广泛吸收前人校勘成果，对《世说新语》及刘孝标注作了汇校集注工作。可惜没有充分注意到 1956 年文学古籍刊行社影印本后所附王利器校勘记。从朱一玄 1981 年所撰前言看，作者年老多病，临终前请人将王利器部分校勘成果略事辑补。本书的特点是书眉辑录刘辰翁、杨慎、王世懋、李贽等评点。书后附有《〈世说新语〉所见版本概况》及《人物名字异称索引》。

　　蒋凡、李笑野、白振奎《全评新注〈世说新语〉》，人民文学出版社 2009 年出版，以绍兴八年董弅刻本为底本，吸收学术界校勘成果，对每则故事作了评点，或评论人物，或揭示特色，或描述风俗，更贴近《世说新语》的风格。

　　周兴陆辑著《世说新语汇校汇注汇评》，凤凰出版社 2017 年出版，以《四部丛刊》影印嘉靖十四年（1535 年）袁褧嘉趣堂刻本为底本，校以众本，更有意义的工作是汇集刘辰翁、王世懋、张文柱、钟惺等二十余家评语，汇编而成。书前有版本、批注本叙录，每则前有"汇评"，多数还有"参证"，辑录《晋书》等各种史籍、类书、旧注中的相关资料，汇为一编，足供参考。校注部分，也汇集此前重要的校勘成果，平实客观，原原本本。书后附有《〈世说新语〉佚文》《序跋题识汇编》及《评论资料选编》。此外，刘强《〈世说新语〉会评》（凤凰出版社，2007 年版）、张永言主编《世说新语辞典》（四川人民出版社，1992 年版）以及张万起《世说新语词典》（商务出版社，1997 年版）等，都是近年出版的《世说新语》研究成果。

　　《世说新语》对后世产生了广泛的影响。作为一种文体，"世说体"代有仿作(宁稼雨,85);而且,《世说新语》业已成为一门专门学问(刘强,117),或语言研究,或文学研究,或社会风尚研究,相关论著,不胜枚举(萧艾,453;戴建业,536;332,b)。这部书很早就流传到日本,不仅影响于日本古代文学创作,而且这部书至今是日本学术界研究的一个热点(白化文,70,d;马兴国,11;王能宪,46),从比较文学的角度看,不论是平行比较,抑或是影响比较,似乎还有许多课题有待深入细致的研究。

第二章　中古文论研究文献

第一节　基本文献

在中国文学批评史上,魏晋南北朝是一个黄金时代。这个时期不仅出现了文学理论批评史上的双璧《文心雕龙》和《诗品》,①而且出现了一大批以反映批评旨趣的选本与总集。上编已经叙及的《文选》及《玉台新咏》即是典型的例证,还有今天已经散佚的《文章流别论》与《翰林论》等。在这些论著中,有许多理论主张前所未有,影响极为深远。

中古文论研究的基本文献包括:曹丕《典论·论文》、陆机《文赋》、挚虞《文章流别论》、李充《翰林论》、葛洪《抱朴子》、沈约《宋书·谢灵运传论》、任昉《文章缘起》、萧子显《南齐书·文学传论》、刘勰《文心雕龙》、钟嵘《诗品》、萧绎《金楼子》、王通《中说》等。《文赋》《诗品》在本章第三、四节评述,《文心雕龙》涉及问题较多,已另辟一章考论。本节着重介绍其余八种。

---

① 《卢照邻集》卷六《南阳公集序》:"近日刘勰《文心》,钟嵘《诗评》,异议蜂起,高谈不息。人惭西氏,空论拾翠之容;质谢南金,徒辩荆蓬之妙。"上海古籍出版社1994年出版。

一、《典论·论文》

《三国志·文帝纪》："初,帝好文学,以著述为务,自所勒成垂百篇。"裴注引《魏书》载曹丕《与王朗书》自称:"生有七尺之形,死唯一棺之土,唯立德扬名可以不朽,其次莫如著篇籍。疫疠数起,士人凋落,余独何人,能全其寿。故论撰所著《典论》、诗赋,盖百余篇。"按《与王朗书》作于建安二十二年(217年)冬,在《论文》中也提到七子已逝,由此而知,本书当是建安二十二年后所作(张亚新,263,b)。又据《艺文类聚》卷十六卞兰《赞述太子表》中云:"著典宪之高论,作叙欢之丽诗,越文章之常检,扬不学之妙辞。"知曹丕写成本书还是在作太子时,即黄初元年(220年)之前。裴松之注引胡冲《吴历》:"帝以素书所著《典论》及诗赋饷孙权,又以纸写一通与张昭。"足见曹丕对这部著作的重视程度。《魏志》载明帝太和四年(230年)二月"以文帝《典论》刻石立于庙门之外"。又《三少帝纪》裴注引《搜神记》:"文帝以为火性酷烈,无含生之气,著之《典论》,明其不然之事,绝智者之所。及明帝立,诏三公曰:'先帝昔著《典论》,不朽之格言,其刊石于庙门之外及太学,与石经并,以永示来世。'"裴松之注曰:"臣松之昔从征西至洛阳,历观旧物,见《典论》石在太学者尚存,而庙门外无之。问诸长老,云晋初受禅,即用魏庙,移此石于太学,非两处立也。窃谓此言为不然。"《典论》五卷,《隋书·经籍志》子部著录,两唐《志》亦著录,但《宋史》以后不复著录,全书约在宋时亡佚。严可均辑佚文入《全三国文》中,并注:"唐时石本亡,至宋而写本亦亡。世所习见,仅裴注之帝《自叙》及《文选》之《论文》而已。"(刘跃进,110,bb)

二、《文章流别论》

作者挚虞字仲洽,京兆长安人。挚虞少事皇甫谧,才学通博,著述不倦。《晋书·挚虞传》载有《游思赋》,认为死生有命,富贵在天。天之所祐者,义也,人之所助者信也;履信思顺所以延福;违此而行,所以速祸。

他还为西晋平吴而作《太康颂》等,《晋书》本传还著录有《族姓昭穆》十卷、《文章志》四卷,注解《三辅决录》,《说郛三种》(宛委山堂一百二十卷本)第六十卷有辑录,清人张澍亦有辑录本(陈晓捷注《三辅决录·三辅故事·三辅旧事》,三秦出版社,2006年版)。"又撰古文章,类聚区分为三十卷,名曰《流别集》,各为之论,辞理惬当,为世所重。"《隋书·经籍志》著录或提及的其他重要著作除前引外,还有《畿服经》和《文章志》,可惜久佚,唐人已不得见(徐昌盛,407)。王谟《汉唐地理书钞》辑录《畿服经》三条佚文。《隋书·经籍志》著录"晋太常卿挚虞集"九卷梁十卷,录一卷",久佚。《汉魏六朝集部珍本丛刊》收录《晋挚太常集》一卷,张溥《汉魏六朝百三名家集》本,有何绍基评点。又有《挚太常遗书》三卷,张鹏一辑,据《关陇丛书》本影印。卷首有戊午(1918年)张鹏一《挚太常集序》:"明张溥有《汉魏百三家集》,始录挚氏佚文为一卷。惟大体虽备,尚待厘正。如《论太子除丧服书》重文两引,《河内立学书》以太守以下三十二字列为正文。又漏列《胡昭赞》《逸骥诗》《册王太尉文》三首,今并为补正。《别集》《决疑要注》《文章流别志论》各为一卷,以存遗文。"

《文章流别集》四十一卷应是文章选本。《文章流别志论》二卷是选本的评论。《隋书·经籍志》论文章总集,就以挚虞的《文章流别集》作为开端。据《晋书》所说,"论"大约是原附于《集》的,又摘出别行,成为文体专论。《文镜秘府论·天卷·四声论》:"挚虞之《文章志》,区别优劣,编辑胜辞,亦才人之苑囿。"这两书久佚,张溥辑《挚太常集》为此书辑佚之始。诚如张鹏一所说,遗漏较多。张鹏一辑本较为完备。刘师培《搜集〈文章志〉材料方法》说:"文学史者,所以考历代文学之变迁也。古代之书,莫备于晋之挚虞,虞之所作,一曰《文章志》,一曰《文章流别》。志者,以人为纲者。流别者,以文体为纲者也。"《中国中古文学史讲义》称此书"于诗、赋、箴、铭、哀、词、颂、七、杂文之属,溯其起源,考其正变,以明古今各体之异同,于诸家撰著之得失,亦多评品,集古今论文之大成"。说明本书最大的价值是总结了前人文体研究而把文章体裁区分得更加细密。

三、《翰林论》

《隋书·经籍志》集部著录:"《翰林论》三卷李充撰。梁五十四卷。"卷数相差如此之大,唯一的解释,五十四卷包括作品在内。《通志·艺文略》总集类、文史类并著录,均为三卷,说明作品选佚失,仅存论述部分。李充,字弘度,江夏(今湖北云梦)人。父矩,江州刺史。李充学问渊博精深,好刑名之学,疾虚浮无能之士,撰《吊嵇中散》,称其"挺邈世之风,资高明之质"。尝著《学箴》斥"越礼弃学而希无为之风"。他还擅长楷书,妙参钟、索。辟丞相王导掾,转记室参军。《晋书》记载他曾编纂四部目录,称:"于时典籍混乱,充删除烦重,以类相从,分作四部,甚有条贯,秘阁以为永制。累迁中书侍郎,卒官。充注《尚书》及《周易旨》六篇、《释庄论》上下二篇、诗赋表颂等杂文二百四十首。"未曾记载《翰林论》。《晋书·文苑传序》:"逮乎当涂基命,文宗郁起,三祖叶其高韵,七子分其丽则,《翰林》总其菁华,《典论》详其藻绚,彬蔚之美,竞爽当年。"《翰林》为文章总集,自无疑义。

《玉海》卷六十二引《中兴书目》:"《翰林论》二十八篇论为文体要。"郭绍虞《〈文章流别论〉与〈翰林论〉》:"大抵其为总集原名《翰林》,其评论者则称《翰林论》,亦犹《文章流别论》之于《文章流别集》,而后人混而称之耳。"(417,g)《文选》注引臧荣绪《晋书》曰:"充为著作郎。于时典籍混乱,删除烦重,以类相从,分为四部,甚有条理,秘阁以为永制。"《翰林论》或这个期间所作。李充对孔融的书信、曹植的章表、陆机的奏议、傅咸的奏事等评价较高,强调不论什么文本,首先要"成文"。宋时或有传本,因《崇文总目》《遂初堂书目》并有著录。后散佚。严可均有辑佚,入《全晋文》中。《文镜秘府论·天卷·四声论》:"李充之制《翰林》,褒贬古今,斟酌病利,乃作者之师表。"作者指出,挚虞也好,李充也罢,"其于轻重巧切之韵,低昂曲折之声,并秘之胸怀,未曾开口"。也就是说,对于声韵之妙,未曾表而彰之。

四、《抱朴子》

《晋书·葛洪传》引《抱朴子自序》:"故予所著子,言黄白之事,名曰《内篇》,其余驳难通释,名曰《外篇》。大凡内外一百一十六篇。"《内篇》谈神仙家言,由王明校释,中华书局1985年出版。《外篇》"言人间得失,世事臧否",其中《钧世》《尚博》《应嘲》《百家》《文行》等篇较多地涉及文学问题,主张今胜于古,反对贵远贱近(施昌东,385;皮朝纲,87)。《外篇》由杨明照校释,也由中华书局出版。其生平事迹见《晋书》本传及张文勋、王明分别撰写的《葛洪评传》(256,a;35)。本书中编第一章第六节有论述。争论较为集中的是葛洪的年寿问题。《晋书·本传》、吴士鉴《〈晋书〉斠注》、余嘉锡《〈疑年录〉稽疑》、王明《〈内篇〉校释》、杨明照《〈外篇〉校释》并持八十一岁说。刘汝霖《东晋南北朝学术编年》据《太平寰宇记》引袁彦伯《罗浮记》以为卒时六十一岁。侯外庐《中国思想通史》、陈国符《〈道藏〉源流考》也持此说。钱穆《葛洪年历》则以为葛洪年寿不出六十。

五、《宋书·谢灵运传论》

《梁书·沈约传》载沈约著《宋书》一百卷。据《宋书·自序》,此书实际是在何承天、山谦之、苏宝生、徐爰等人旧著基础上增补而成,但《谢灵运传论》可以肯定是沈约的手笔。既然是人物传论,就包含史传、评论两个部分。就史传而言,作者将这段文学发展的历史分为六个阶段:第一阶段是周秦汉初,作者视之为文章起源,也是文章正宗。第二阶段是西汉后期到东汉时期的王褒、刘向、扬雄、班固、崔骃、崔瑗、蔡邕等人依然延续着这个传统。第三阶段是曹魏文学,从张衡、蔡邕再到三曹七子,文风日益变化。第四阶段是两晋文学,情形发生重要变化。元康,晋惠帝年号。这个时期的重要作家,即钟嵘《诗品》所说的"三张二陆两潘一左"。第五阶段是晋宋之后,风气大变。这种变化,"自灵均以来,此秘未睹"。实际上,这篇传论以声律说为准绳评价历代作家,或可视为《宋书》的《文学传论》。研究沈约,研究齐梁声律论及文学思想,这篇传论应当说是第一手资料(刘跃进,110,ll)。《史通·杂说下》:"沈侯《谢灵运传论》,全说文体,备言音律,此正可为《翰林》之补亡,《流别》之总说耳。"兴膳宏《〈宋书·谢灵运传论〉综说》有较细致的阐释(120,e)。

六、《文章缘起》

《文章缘起》,初名《文章始》,见《隋书·经籍志》"《文章始》一卷,姚察撰",其下又载有《四代文章记》,并云:"梁有《文章始》一卷,任昉撰;《四代文章记》一卷,吴郡功曹张防撰,亡。"《旧唐书·经籍志》:"《文章始》一卷,任昉撰,张绩补。《续文章始》一卷,姚察撰。"王得臣《麈史》卷二称:"梁任昉集秦汉以来文章,名之始目,曰《文章缘起》。自诗、赋、《离骚》至于艺约八十五题,可谓博矣。"通行本《文章缘起》实列八十四种文体:三言诗、四言诗、五言诗、六言诗、七言诗、九言诗、赋、歌、离骚、诏、策文、表、让表、上书、书、对贤良策、上疏、启、奏记、笺、谢恩、令、奏、驳、论、议、反骚、弹文、荐、教、封事、白事、移书、铭、箴、封禅书、赞、颂、序、引、志录、记、碑、碣、诰、誓、露布、檄、明文、乐府、对问、传、上章、解嘲、训、辞、旨、劝进、喻难、诫、吊文、告、传赞、谒文、祈文、祝文、行状、哀策、哀颂、墓志、诔、悲文、祭文、哀词、挽词、七发、离合诗、连珠、篇、歌诗、遗、图、势和约,凡八十四题,每种文体都标明创始者。[①]

傅刚《〈文选〉与〈诗品〉、〈文心雕龙〉及〈文章缘起〉的比较》(492,g)、朱迎平《〈文章缘起〉考辨》(124)、杨赛《任昉与南朝士风》(292)均认为《文章缘起》为任昉作。吴承学、李晓红《任昉〈文章缘起〉考论》(228)主

---

① 《说郛三种》(百卷本)卷十收录《事始》,征引各家之说,记录各种事物的缘起,其中包括蔡邕《独断》中论及的舆服,也论及各种文体,但没有引到《文章始》。卷首下题"唐留存",小字注:"吴王谘议行太子洗马弘文馆学士奉敕撰。"上海古籍出版社1988年出版。

张以审慎的态度尊重唐宋以来的传统说法。作者认为《文章缘起》的独特价值在于，它体现出任昉关注的重点是脱离经学束缚之后个体的文章创作，它创造性地以簿录的方式，简省地记录了任昉心目中具有一定独立性与典范性的文章学谱系。

《汉魏六朝集部珍本丛刊》收录三种，一是《文章缘起》，明代陈懋仁注，方熊补注。清康熙三十三年（1694年）方氏侑静斋刻本。扉页有民国三十年（1941年）周作人题识："中华民国三十年七月得于北平，五日灯下知堂记。"卷首有崇祯壬午（1642年）林古度序，次《徽州府志》本传，次《〈文章缘起〉目录》。卷末有洪适跋，次康熙三十三年方熊《后序》。

二是《〈文章缘起〉注》一卷、《续文章缘起》一卷，明代陈懋仁撰，清代吴骞校，清抄本。卷首为《文章缘起目录》，卷末为洪适跋。《续文章缘起目录》六十五体：二言诗、八言诗、三良诗、四愁诗、七哀诗、百一诗、操、畅、支、繇、曲、行、吟、怨、思、讴、谣、咏、叹、弄、盐、乐、唱、谚、别、词、调、偈、杂言诗、盘中诗、相承诗、回文诗、反复诗、建除诗、四时诗、集句、句、名诗、绝句、诗、和诗、不用韵诗、用古诗、大言小言、咏史、制、敕、麻、章、略、牒、状、述、断、辩、法、典引、说难、诅文、对事、客难、宾戏、答讥、释海、尺牍。

三是《〈文章缘起〉订误》一卷、《〈文章缘起〉补》一卷，清代钱方琦撰，王蘧常校正，钱建初参订，张联芳缮写。卷首有王蘧常《〈文章缘起〉订误》序："予昔读任彦昇《文章缘起》而诧其多误。史称彦昇手校秘阁四部，又称家虽贫，聚书至万卷。其多识前言可知，深识文章体要可知。乃于此书分类既多未协，推源自起，尤多疏舛，淹博如彦昇似不应有此。后知纪河间已疑其假托，河间多赏其分类，而摘《缘起》之误，仅举《挽歌》始《薤露》不起缪袭，《玉篇》始仓颉不起《凡将》两事。宋王得臣《麈史》虽信其书，而亦有所弹正，亦仅六七事而已。尝欲详正其误，裨后学不致迷误因循，至今未果也。吾友钱建初博士，既整齐先德骏华先生遗书，予已娄序之矣。今年初夏，复出此书请序，予为大喜。不特王、纪所言皆多撷取，且遍及全书，匡正至三十余事，复为补亦至三十余事。虽不言此书之不出于彦昇，而其意灼然。河间疑此书亡于隋前，今所传本盖出张绩，理或然欤？余既喜骏华先生之先得我心，又钦其埤益后学于无偶也。爰忘其谫陋而敬序之。一九五八年五月二十五日王遽常。"《〈文章缘起〉补》一卷，凡三十二体：骈文、送穷文、自祭文、招魂、解、尺牍、诗、吟、篇、行、曲、古乐府、联句、赠答、次韵、回文、香奁体、竹枝、诗用赋得、古诗注一解二解等字、一言、三言、四言、五言、六言、七言、八言、九言、一字至七字诗、一字至十字诗、五绝、词曲，系《得天爵斋丛书》抄本。

七、《金楼子》

《梁书·元帝纪》有著录。梁元帝萧绎即位前号金楼子，书因此得名。《隋书·经籍志》子部杂家类："《金楼子》十卷，梁元帝撰。"《南史》本纪、《旧唐书·经籍志》《新唐书·艺文志》《郡斋读书记》《直斋书录解题》《日本国见在书目》等著录均为十卷，关于作者也没有异词。根据有关材料推断，《金楼子》自始至终都是萧绎亲自撰著的。至于其写作时间，倘若以萧绎十五岁为著述之始，则该书写作前后花费了竟达三十余年的时间，很可能最终绝笔于梁元帝承圣三年（554 年）（钟仕伦，373）。自序称羡臧文仲、曹丕、杜预，立志为"不朽之言"。其自视之高，不难想见。全书原十五篇，至宋代仍有完本流传。晁公武《郡斋读书志》卷十二著录为十卷，"梁元帝绎撰。书十五篇，论历代兴亡之迹。《箴戒》《立言》《志怪》《杂说》《自叙》《著书》《聚书》，通曰'金楼子'者，在藩时自号"。此书大约散佚于元末明初。宛委山堂本《说郛三种》仅辑录成一卷。明初编《永乐大典》于各韵下颇收录其佚文，远非完帙。清代四库馆臣从中辑出十四篇，厘为六卷。十四篇目录是：《兴王》《箴戒》《后妃》《终制》《戒子》《聚书》《二南五霸》《说蕃》《立言》《著书》《捷对》《志怪》《杂记》《自序》。就所辑的十四篇来看，其中也颇多残缺，如《二南五霸》篇仅存三条，与《说蕃》篇同。这说明今本《金楼子》，均未出永乐大典辑本的范围（刘跃进，110，s）。陈志平、熊清元有《金楼子疏证校注》，上海古籍出版社 2014 年出版。许逸民有《金楼子校笺》，中华书局 2011 年出版。晏殊《类要》又有三条，可补上述两书不足(唐雯,432)。

《立言》篇论及文与学、文与笔的区别,专设"志怪"一篇,论及当时的世风文风变化,反映出梁代后期崇文抑学的倾向。特别值得注意的是《聚书篇》,记录当时抄书、聚书的风气(兴膳宏,120,h)。金克木注意到,短促的梁朝及其前后几十年内不仅出现了这两部由太子发动的总集(《文选》《玉台新咏》),而且还有其他总结性的著作。现存的书如:钟嵘《诗品》、刘勰《文心雕龙》、庾肩吾《书品》、谢赫《古画品录》、姚最《续画品》、刘义庆编刘孝标注《世说新语》、僧祐《出三藏记集》《弘明集》、慧皎《高僧传》、陆修静《三洞经书目录》、沈约《四声谱》、殷芸《小说》等。如果往上推,还有曹丕《典论》、陆机《文赋》、挚虞《文章流别集》等(325,b)。梁陈相继灭亡之后,被迁移到北方的南方学者仍然在继续从事着这类工作,具有南方特色的学术文化传统在北方得到进一步延续,为唐代文化的高潮到来准备丰富了资源(胡宝国,364,a)。

八、《中说》

《中说》,王通著。《新唐书·王勃传》曾提到王通是"隋末大儒",唐初很多文人自称出自其门下。《新唐书·王勃传》还记载说:"作书百二十篇,以续古《尚书》。后亡其序,有录无书者十篇,勃补完缺逸,定著二十五篇。"该传未言及文中子或《中说》。《隋书》也无《王通传》。关于他的生平事迹,传说很多,并不一定可信。王通字仲淹,绛州龙门(今山西稷山)人。隋文帝时,曾举秀才高第,任蜀郡司户司佐、蜀王侍读等职。蜀王杨秀被黜后,仁寿三年(603年),王通又曾至长安,向隋文帝献太平十二策,不被采用,遂东归乡里,居白牛溪,以著作讲学为业。房玄龄、杜如晦、文人薛收等皆出其门。隋恭帝义宁元年卒,门人私谥曰"文中子"。他仿《孔子家语》《法言》作《文中子·中说》。据阮逸注,《中说》十卷在开元天宝年间才流传开来,人称《文中子》:"贞观二年,御史大夫杜淹始序《中说》及《文中子世家》,未及进用,为长孙无忌所抑,而淹等寻卒……二十三年，太宗殁，而子之门人尽矣。惟福畤兄弟传授《中说》于仲父凝，始为十篇。"阮逸注书很多，真伪难辨。余嘉锡《四库提要辨证》征引历代诸说，认为王通确有其人，《中说》确为王通著作。《中说·事君篇》曾评论南北朝作家，对谢灵运、鲍照、谢朓、沈约、江淹、徐陵、庾信等均有不满，而独推崇颜延之、王俭与任昉。其《事君》《天地》等篇中，均强调教化、美刺等儒家文学主张。这部书在中国文学思想史上的重要地位主要表现在其复兴儒学的基本主张上（罗宗强，316，b），是中国文学思想发展的重要一环。现有张沛撰《中书校注》，中华书局 2013 年版。

与《中说》时代、思想相近的还有李谔的《上隋文帝论文书》（或称《上高祖革文华书》），该文见《隋书·李谔传》，文称：

> 五教六行为训民之本，《诗》《书》《礼》《易》为道义之门。故能家复孝慈，人知礼让，正俗调风，莫大于此。其有上书献赋，制诔镌铭，皆以褒德序贤，明勋证理。苟非惩劝，义不徒然。降及后代，风教渐落。魏之三祖，更尚文词，忽君人之大道，好雕虫之小艺。下之从上，有同影响，竞骋文华，遂成风俗。江左齐、梁，其弊弥甚，贵贱贤愚，唯务吟咏。遂复遗理存异，寻虚逐微，竞一韵之奇，争一字之巧。连篇累牍，不出月露之形；积案盈箱，唯是风云之状。世俗以此相高，朝廷据兹擢士。禄利之路既开，爱尚之情愈笃。于是闾里童昏，贵游总卯，未窥六甲，先制五言。至如羲皇、舜、禹之典，伊、傅、周、孔之说，不复关心，何尝入耳。以傲诞为清虚，以缘情为勋绩，指儒素为古拙，用词赋为君子。故文笔日繁，其政日乱，良由弃大圣之轨模，构无用以为用也。损本逐末，流遍华壤，递相师祖，久而愈扇。

> 及大隋受命，圣道聿兴，屏黜轻浮，遏止华伪。自非怀经抱质，志道依仁，不得引预搢绅，参厕缨冕。开皇四年，普诏天下，公私文翰，并宜实录。其年九月，泗州刺史司马幼之文表华艳，付所司治罪。自是公卿大臣咸知正路，莫不钻仰坟集，弃绝华绮，择先王之令典，行大道于兹世。如闻外州远县，仍踵敝风，选吏举人，未遵典则。至有宗党称孝，乡曲归仁，学必典谟，交不苟合，则摈落私门，不加

收齿；其学不稽古，逐俗随时，作轻薄之篇章，结朋党而求誉，则选充
吏职，举送天朝。盖由县令、刺史未行风教，犹挟私情，不存公道。
臣既忝宪司，职当纠察。若闻风即劾，恐挂网者多，请勒诸司，普加
搜访，有如此者，具状送台。

关于李谔上书的原因，《隋书·李谔传》中提到"谔又以属文之家，体尚轻
薄，递相师效，流宕忘返，于是上书"，"轻薄"的文风已经从文学领域蔓延
到社会领域，败坏社会风气，甚至违背风教。李谔上书的目的正是要通
过革除浮华文风以矫正世风。

　　上述诸文献，其精华部分已收入郭绍虞主编的《中国历代文论选》
第一册中（417）。此外，柯庆明编《两汉魏晋南北朝文学批评资料汇
编》（338）、山东大学中文系编《中国古代文艺理论资料目录汇编》（16）
以及陈传席编《六朝画家史料》（199）等也为中古文论研究提供了丰富
的资料。

第二节　综合研究

　　中古文论在中国文学批评史上占有特殊地位，二十世纪以来出版的
各家文学批评通史无不给予高度重视，作了较全面系统的论述。[①] 尤其
值得注意的是四部魏晋南北朝文学批评专史：万迪鹤《魏晋六朝文学批

---

　　① 举其要者，有陈钟凡《中国文学批评史》，1927 年中华书局出版；郭绍虞《中
国文学批评史》，1934 年商务出版社出版，以后多次修订再版；罗根泽《中国文学批评
史》，1934 年北平人文书店出版；朱东润《中国文学批评大纲》，1946 年开明书店出
版，1957 年、1983 年两次再版；黄海章《中国文学批评简史》，1962 年广东人民出版社
出版；复旦大学中文系《中国文学批评史》，上册（1979 年）中册（1981 年）下册（1985
年）上海古籍出版社出版；周勋初《中国文学批评小史》，1981 年长江文艺出版社出
版；敏泽《中国文学理论批评史》，1981 年人民文学出版社出版，等等，魏晋南北朝文
学批评均占有很大篇幅。

评史》，独立出版社 1941 年出版。罗根泽《魏晋六朝文学批评史》，重庆商务印书馆 1943 年出版。王运熙、杨明《魏晋南北朝文学批评史》，上海古籍出版社 1989 年出版。罗宗强《魏晋南北朝文学思想史》，中华书局 1996 年出版。罗根泽著是四卷本《中国文学批评史》中的一种，资料的收集考订颇为丰富。王运熙、杨明新著晚出，集中古文论研究之大成。全书分二编：一编是魏晋文学批评，分绪论、曹魏文学批评、西晋文学批评、东晋文学批评四章。二编是南北朝文学批评，由绪论、南朝文学批评、刘勰《文心雕龙》、钟嵘《诗品》、北朝文学批评等五章组成。以时代先后为序，对于重要批评家及其著作各立专章予以评论，对于过去研究中论析较少或未加论列的批评家也作了较为具体的介绍，对一些重要范畴概念如气、风骨、文质、文笔、四声八病等，也加以较细致的分析。在论述中，努力阐明各种文学观点与思想文化背景、时代风气的联系，理清其历史发展线索，并注意比较各批评家观点之间的异同，从整体上把握中古文学批评发展的轨迹（吴承学，227），受到了学术界的重视。罗宗强著是《中国文学思想通史》中的一种，将文学创作中反映出来的文学思想倾向，与文学批评、文学理论相印证，全面考察了这三百八十余年间文学思想潮流的状况。其中，《正始玄风与正始之音》是全书最为精彩的一章。

　　近一个世纪以来，经过几代学者的不懈努力，在中古文论这块诱人的学术领域，尽管有许多具体问题尚存在不少争论，而一些基本问题，学者们已经取得了某种共识。

一、人物品藻之风对中古文学思想的影响

　　人物品评，又称人伦识鉴，主要包括识鉴和品藻两方面内容。《世说新语》《史通》是把这两方面内容分开讨论的，识鉴是对人物才、德、识的评价；品藻是根据这种评价而定其优劣的，但在实际运用中是难以截然分开的。这种品评始盛于东汉，是一种鉴别人才、选择官吏的选举手段。汤用彤《读〈人物志〉》指出："溯自汉代，取士大别，为地方察举，公府征

辟，人物品鉴遂极重要。有名者入青云，无闻者委沟渠。朝廷以名为治（顾亭林语），士风亦竞以名行相高。声名出于乡里之臧否，故民间清议乃隐操士人进退之权。于是月旦人物，流为俗尚；讲目成名（《人物志》语），具有定格，乃成社会中不成文之法度"（汤用彤，250，a）。入魏以后人物品评在九品中正制下得到新的发展，"聪明之所贵，莫贵乎知人"。[①]并且人物品评的标准和内容也开始由实用性向非功利性过渡。围绕着人才鉴识与评品，讨论的核心话题就是才与性的关系，也就是魏晋清谈的一个重要命题即《世说新语》中提到的"才性异同"，或主张才与性相同相近，或主张才与性相异相离，由此可以看出当时高门与寒门分野（陈寅恪，216，f）。与此相关联的，就是刘邵《人物志》中提出的才性分类问题，具体说就是情与性、言与貌等问题（伏俊琏，119，a，b）。这就为人物品评到文学批评铺平了道路。不仅诗文，两晋以后，随着品评的日益广泛应用，《棋品》《书品》《画品》也先后出现，推动了一代审美风尚的形成。这种审美风尚有这样几个明显的特点：首先，它通过形象的比较表达作者的褒贬态度。其次，它通过精心选择的语言表达精微的艺术感受。再者，把许多人物品评的概念如风、骨、气等直接引进文学批评领域，丰富了文学理论批评的内涵（李世跃，162；曾维才，513）。

二、玄学对中古文学观念的影响

本书中编谈到魏晋诗文文献时曾涉及玄学问题，认为二十世纪初刘师培始把玄学与文学的关系列入考察的范围，可惜继者寥寥。直到汤用彤的大力倡导，这个问题才日益引起学术界的关注。汤用彤的两部重要著作《魏晋玄学论稿》与《魏晋玄学与文学理论》可以说为这一重要课题的研究奠定了基础。

《魏晋玄学论稿》由《读〈人物志〉》《言意之辨》《魏晋玄学流别略论》

---

① 刘邵著，伏俊琏注《〈人物志·自序〉译注》，上海古籍出版社 2018 年版，第 1 页。

《王弼大衍义略释》《王弼圣人有情义释》《王弼之周易论语新义》《向郭义之庄周与孔子》《谢灵运〈辨宗论〉书后》《魏晋思想的发展》等九篇论文组成。作为一个博大精深的理论体系，玄学对于文学的影响既深且广。即以"言意之辨"为例，有言不尽意论，有得意忘言论，也有言尽意论。言不尽意，对中古文学思想的影响，表现在注重言外之意，这不仅是中国诗歌的特点，也是中国古代文学艺术共同的特点。诗歌讲究言外之意，音乐追求弦外之旨，绘画重在笔外之趣，其中的美学观念是相通的，即要求虚中见实。得意忘言，引入文学领域，可以引申出重神忘形的主张，具体表现在对神气、风骨、风力的提倡；还可以引申出形似神似之说。汤用彤提出的这个题目，涉及思想史和文艺史的一个关键。再譬如谢灵运的《辨宗论》"提出孔释之不同，折中以新论道士（道生）之说，则在中国中古思想史上显示一极重要之事实"（汤用彤，250，a）。如果再进一步探讨这篇宏论的产生背景，可看出这篇作品作于初到永嘉时，在他身体康复后大肆游览郡中名山胜水之前。就是说，这篇作品的意义，不仅显示了中古思想史上重要的演进轨迹，而且在谢灵运的山水诗创作中，它也是一个重要的积蓄和疏理思绪的必然结果（钱志熙，396，b）。

《魏晋玄学与文学理论》以"得意忘言"为中心，从音乐、绘画、文学三个方面具体疏理了玄学与文学艺术相互浸透的发展线索（250，b）。根据这一思路，孔繁著《魏晋玄学和文学》一书，论及了魏晋玄学产生的社会历史背景、魏晋玄学和人物品评文学批评、魏晋玄学和文学理论、魏晋玄学言意之辨与文学创作、魏晋玄学和游仙诗招隐诗玄言诗山水诗田园诗以及和音乐美术思想的关系等问题。作者指出："玄学重在探求天地自然虚玄之体，完全摈弃了汉儒阴阳象数的浅陋神学，其玄远旷放的精神境界，使人形超神越，个性受到尊重，提高了人的价值。表现于文学，是由个性和天才证明风格之丰富多彩，文章成为情性风标，神明律吕，由文学以窥视精神，打开了作家灵魂的锁钥，而使文学汇成蓬勃的运动，出现了曹植、嵇康、阮籍、谢灵运、陶渊明那样的大诗人，出现了曹丕、陆机、刘勰、钟嵘、萧统那样的大文论家，无论文学创作或文学理论，他们都为后

代留下永不泯灭的心声,为文学史储备下取之不尽的宝藏。"(62)卢盛江
《魏晋玄学与中国文学》(卢盛江,73,d),以魏晋二百年玄学兴盛为基点,
着眼魏晋至明清一千多年文学的发展,探寻玄学在中国文学民族特点形
成过程中留下的印迹。徐国荣《玄学与诗学》(中国社会科学出版社,
2004年版)、胡大雷《玄言诗研究》(中华书局,2007年版)、杨合林《玄言
诗研究》(上海古籍出版社,2011年版)、蔡彦峰《玄学与魏晋南朝诗学研
究》(人民文学出版社,2013年版)等,集中若干专题展开论述。

　　探讨玄学与文学的关系,以往的问题主要是停留在概念的比较上。
罗宗强《玄学与魏晋士人心态》则通过士人心态的变化捕获到了玄学对
于文学影响的中间环节。全书四章,首章把魏晋玄学的兴起放在东汉后
期宦官专权、外戚当政及党锢之争这样一个历史背景下加以考述,从而
证明玄学的兴起有其历史的必然性。以下三章依次叙述了正始玄学兴
衰、西晋士人心态变化以及东晋玄释合流趋向。其中阮籍和陶渊明是全
书论述的重点。作者不满足于一般概念术语的阐释,而是结合当时的政
局、哲学、社会思潮、生活环境、所受教养等方面探讨魏晋文学思想变迁
的深层原因,对以往的研究确有较大的突破。全书以陶渊明作为玄学人
生观的一个句号,确有相当的说服力。但其中的原因似乎还可以作进一
步的探讨,因为玄学文学观到此并未结束。进入南朝以来,有两次大的
文学思潮的变迁,一次是从元嘉体向永明体的变迁,一次是从梁代中期
文学复古思潮向后期宫体诗的变迁。这两次文学思潮的变迁,当权者的
提倡起到了导向作用,士人心态的变化又直接影响到每一次文风转变的
完成。特别值得注意的是,在这种种变化中,玄学往往充当了先导的角
色(罗宗强,316,a)。

三、佛学对中古文学思潮的影响

　　佛学与中古文学思潮的关系,是二十世纪学术界较为关注的一个研
究课题。鲁迅对中古小说的考察,郭绍虞、罗根泽、饶宗颐对中古文论的

研究,钱锺书、季羡林、王瑶等对中古诗文的阐释,都论及佛学对于中古文学的广泛影响。本书上编第五章已有详尽论述。就文学思想而言,蒋述卓的《佛经传译与中古文学思潮》有专门的论述。该书具体辨析了志怪小说与佛教故事、玄佛并用与山水诗兴起、四声与佛经转读、齐梁浮艳文风与佛经传译等对应关系。作者指出,佛经的传译对中古文学思潮的影响至少表现在三个方面:第一,它的理论概念、范畴是从传统的文学、美学理论中借用或引发出来的,如以"本无"译"性空",以"无为"译"涅槃",反过来又影响文学理论,如"境界"等即从佛经借用过来。第二,中古时期佛经翻译的中心议题也是中国传统的议题,这就是文质之争,它其实就是内容与形式的关系问题,因此又可以把佛经翻译理论看作是中古文学、美学理论的表现形态之一。第三,由于中国僧人和文人参加到佛经翻译中去,既沟通了佛经翻译文学与中古文学的关系,也沟通了中古文学理论与佛经翻译理论之间的关系,使二者更趋于一致(蒋述卓,497)。

第三节　陆机《文赋》

现存《文赋》最早的传本都是唐人所编录:一是陆柬之抄本,现藏台北"故宫博物院",上海书画出版社 1978 年据照片影印发行;二是《文选》辑本;三是《文镜秘府论》本;四是《艺文类聚》本(陈炜湛,203;兴膳宏,120,f)。

一、关于《文赋》的作年

(一) 作于二十岁说

杜甫《醉歌行》:"陆机二十作《文赋》,汝更少年能缀文。"姜亮夫认为"机少小能文,最为世称,甫诗谨严,必非虚构"(384,b)。再说,这里杜甫语气非常肯定,当有所据,而且陆机早在吴国灭亡之前就读过曹丕的《典论》,在《论文》的影响下酝酿或草创《文赋》是很有可能的(万曼,4)。从客观条件来说，当时正值吴亡，陆机兄弟退居故里，闭门读书，有条件集中精力去探讨文学创作理论问题。据《晋书》本传，他早年就具有很好的文学修养，完成于二十岁的《文赋》正是陆机闭门读书覃思的结果（张文勋，256，b）。

（二）作于二十九岁前后说

除杜甫诗句外，主张作于二十岁的学者几乎无一例外地引用到臧荣绪《晋书》。如姜亮夫、张文勋都这样征引："机少袭父兵，为牙门将军，年廿而吴灭，退临旧里，与弟云勤学。机妙解情理，心识文体，故作《文赋》。"依此记载，陆机作《文赋》是在吴亡后"退临旧里"之时。殊不知这是断章取义。臧文见《文选》李注征引："机少袭领父兵，为牙门将军，年二十而吴灭，退临旧里，与弟云勤学，积十一年。誉流京华，声溢四表，被征为太子洗马，与弟云俱入洛。司徒张华素重其名，如旧相识，以文录呈。天才绮练，当时独绝，新声妙句，系踪张、蔡。机妙解情理，心识文体，作《文赋》。"由此看来，《文赋》当作于陆机入洛之后，即太康十年（289年），那时陆机二十九岁。杜甫的诗不是史家记载，并不一定可靠（夏承焘，429）。

（三）作于四十岁前后说

陆云《与兄平原书》第八札："省《述思赋》，流深情至言，实为清妙，恐故复未得为兄赋之最。兄文自为雄，非累日精拔，卒不可得言。《文赋》甚有辞，绮语颇多，文适多体，便欲不清。不审兄呼尔不？《咏德颂》甚复尽美，省之恻然。《扇赋》腹中愈首尾，发头一而不快，言'乌云龙见'，如有不体。《感逝赋》愈前，恐故当小不？然一至不复灭。《漏赋》可谓清工。兄顿作尔多文，而新奇乃尔，真令人怖，不当复道作文。"《感逝赋》，《陆机集》作《叹逝赋》前有小序："余年方四十，而懿亲戚属亡多存寡。"《文赋》在这封书信中与《叹逝赋》列在一起，当作于三十九岁（陈世骧，195）。再看《〈文赋〉序》"余每观才士之所作，窃有以得其用心"与《要览序》"余直省之暇，乃集要术三篇"，语气相近，两篇大约同作于为著作郎时，其年代约在元康八年（298年）之前。因而《文赋》必作于三十八岁或之前（王梦鸥，47，b）。逯钦立还考订了《与兄平原书》三十五札的写作年代,认为是同时的作品,"书之八提及《文赋》,并记《文赋》之寄呈士龙,亦在永宁二年六月以后,而书云'兄顿作尔多文',知《文赋》之撰,距是年夏必不甚久,至早为永宁元年岁暮之作品。永宁元年,士衡四十一岁,与《叹逝赋》所谓'年方四十'者,抑几于相合也"(444,g)。毛庆《〈文赋〉创作年代考辨》(67)、周勋初《〈文赋〉写作年代新探》(301,a)等并同此说。周文除了征引逯文引用过的论据外,还从哲学思潮与政治背景两个方面论证了这个问题。从哲学思潮方面说,《文赋》实际上是在"言意之辨"的影响下产生的,近于言不尽意论。陆机、欧阳建、卢谌、庾凯都是西晋著名文人,而且还有某些交往。庾、陆是"八王之乱"的参加者,卢谌少时随从其父卢志,志与陆机同为成都王的掾属,卢谌后又北依刘琨,琨妻即谌之从母,而陆机、欧阳建、刘琨都曾列名于贾谧门下"二十四友"。他们都曾生活在同一学术环境中,因此,《文赋》的写作最早当在西晋文士聚集贾谧门下之时。从《文赋》所反映出的情绪看,已有以老庄观点处理易学问题的尝试,说明其时已经受到玄风的浸染。而在入洛之前,吴地盛行的是陆绩注《京氏易传》,他不可能偏离此种学风而旁骛。再从当时的政治背景说,则更可以确定《文赋》的写作年代实际上不可能迟于永康元年,因为"二俊"的第一个知己张华于是年四月被害,"违众先生"欧阳建于八月被害,陆机也屡次险遭不测。此时变乱迭起,名理家们想来也势难再安心讨论什么学术问题。由此可以推定:"《文赋》当写成于永康元年(300年)或稍前不久,那时陆机为四十岁或将近四十岁。至此,文坛上已经兴起过三次高潮(建安文学、正始文学和太康文学),其间涌现出了许多优秀的作品,积累了许多宝贵的知识,而陆机本人也已有了二三十年的创作经验,洞悉文章'妍蚩好恶'之所由,这就是陆机在《文赋》中能够把创作问题阐发得那么深入细致的原因。"(周勋初,301,a)

二、关于《文赋》的贡献

(一)艺术构思

在中国文学批评史上比较全面地描述文学创作的艺术构思问题,陆机《文赋》是第一篇。这个问题的提出,明确地把艺术创作与一般文史论著区分开来,明确地突出了文学艺术的基本特征,促使了南朝文学观念的日益成熟。这一点,已得到了学术界的普遍重视,并给予了多方面的阐释(刘跃进,110,kk)。

(二)缘情说

"诗缘情而绮靡",这一论点的提出,与中国诗歌开山纲领"言志说"遥相呼应,形成中国古代传统的两大文学思潮,影响极为久远。朱自清有《诗言志辨》(收在《朱自清古典文学论文集》中,上海古籍出版社 1981年版),裴斐继之为《诗缘情辨》(收在《裴斐文集》中,人民文学出版社 2013年版),均有深入系统的阐发。

(三)文体分类

《典论·论文》将文体分为四类,而《文赋》则分成十类,即:诗、赋、碑、诔、铭、箴、颂、论、奏、说,并逐一阐发其特点。东晋以后有挚虞《文章流别论》、李充《翰林论》等踵事增华,至刘勰《文心雕龙》乃集其大成,将文体分成三十三类,如果再加上《辨骚》篇所论述的"骚"体,则为三十四类(穆克宏,531,c)。而六朝文体分类又是文学走向独立的重要一步。

三、关于《文赋》的研究

《文赋》的译注本有两种,一是北京出版社出版的张怀瑾《〈文赋〉译注》,一是中州古籍出版社出版的周伟民《〈文赋〉注释》。两书重点在普及,较有学术价值的是上海古籍出版社出版的张少康的《〈文赋〉集释》。全书由校勘、集注、释义三部分组成。校勘以尤袤刻《文选》所收《文赋》为底本,参校陆柬之抄本、《文镜秘府论》本等有关版本。集注主要汇集 1949年以前历代注家的解说。释义部分对《文赋》每一段的主要观点作扼要分析,探讨其理论价值及意义。书后有集评及有关《文赋》研究的论文目录。随后,著作者又根据学术界的研究成果对该书作了较多修订补充,改由人民文学出版社 2002年出版。

第四节　钟嵘《诗品》

一、钟嵘身世

钟嵘(？—518?)字伟长,颍川长社(今河南许昌)人。《梁书》本传仅说他是钟雅七世孙,根据《晋书·钟雅传》的记载,钟雅在东晋时避乱东渡,迁至江南,为江南钟姓之始祖。钟雅历仕晋元帝、明帝、成帝三朝,累官至尚书右丞、尚书左丞、御史中丞、骁骑将军、侍中等职。据此,钟氏家族当属高门大姓。但是钟雅死后,钟氏家族似日渐败落,钟嵘的曾祖、高祖,史无其名。其父钟蹈的官位也不过是中军参军。因此,钟嵘的家境已远非昔比。因此,钟嵘的出身"仅仅略高于寒素一筹"(段熙仲,377,c)。这种看法为许多学者所赞同。

近年,曹旭、谢文学分别作《钟嵘家世考》,从钟嵘的家庭世系、经历交游、言行态度、历代著录等方面详细考察了钟嵘的身世,得出了相同的结论,即钟嵘是豪门士族出身(曹旭,448,a;谢文学,481,a),与通行的看法迥然不同,值得注意。根据正史考证,颍川钟氏,从汉代钟皓起,已经"为郡著姓"(《后汉书·钟皓传》)。因此,钟嵘的出身,应该定为甲族(张伯伟,267,b)。

（一）家族世系

在钟嵘的家乡,还保存有数种钟氏家谱,其中续修于道光十七年(1837年)的钟氏家谱所列世系,比《新唐书·宰相世系》详细,结合《晋书·钟雅传》《梁书·钟嵘传》的记载可以知道,汉魏以来钟氏为历代显宦,官位显赫(曹旭,448,a)。

（二）经历交游

《梁书》本传说他"齐永明中为国子生"。据《南齐书·礼志》载,永明三年(485年)正月诏立国学,"召公卿及员外郎之胤"。钟嵘与兄屿同时入学，符合齐代国学规定的入学政治条件，仅此亦可证明他是贵游子弟，豪门出身。他的交游多是齐梁皇室成员及士族大姓，如齐时为南康王萧子琳侍郎，梁时为临川王萧宏行参军；又为王俭"赏接"而举本州秀才，与王融、谢朓、刘绘等商讨诗学。如果钟嵘出身庶族，这几乎是不可能的事（谢文学，481，b，c）。

（三）言行态度

梁初，钟嵘曾上表称："臣愚谓军官是素族士人，自有清贯，而因斯受爵，一宜削除，以惩浇竞。若吏姓寒人，听极其门品，不当因军，遂滥清级。"（《梁书·文学·钟嵘传》）主张清理官吏中士庶不分的混乱现象，这正是他出身于世族的一个必然的政治主张。

钟嵘出身于世族的看法，是可以成立的。

二、钟嵘生卒年及《诗品》作年

《梁书》本传仅说他"迁西中郎晋安王记室……顷之，卒官"。叶长青《〈诗品〉集释》以为晋安王是指萧方智。《梁书·元帝纪》："承圣元年十一月帝即位，立皇子方矩为皇太子，改名元良，立皇子方智为晋安王。"据此考证钟嵘卒于梁元帝承圣元年（552年）。刘大杰《中国文学发展史》本之，称钟嵘卒于梁之末期。但这种说法今天已基本被否定，而一致认为晋安王指萧纲，其被封为晋安王、征为西中郎将在天监十七年（518年）。钟嵘为其记室，"顷之卒官"，可以定在518年（王达津，26，g）。对此，迄今并无异议。其生年，王达津《钟嵘生卒年考》据《梁书·钟嵘传》载入国学时间在永明三年，而《南齐书·礼志》规定入学年龄在"十五以上、二十以还"，可知钟嵘永明三年入学时在十五岁到二十岁之间，上推生年则是公元466年至公元471年间，取其中约在公元468年左右（26，g）。还有另外一种解释：如果确定钟嵘出身寒素，则其生年很可能应定在公元466年，因为齐中兴二年萧衍表称："甲族以二十登仕，后门以过立试吏。"（《梁书·武帝纪》）钟嵘的"社会地位亦去后门不远，仅仅略高于寒素一筹。如嵘以公元466年出生，至公元496年试吏，正三十一岁过立之年，而公元485年入国子学，年正二十，似非偶合"（段熙仲，377，c）。

《诗品》作年，据《诗品》序载："近彭城刘士章，俊赏之士，疾其淆乱，欲为当世诗品，口陈标榜，其文未遂，（嵘）感而作焉。"刘绘（士章）卒于齐中兴二年即梁天监元年（502年），可以推定此书撰述在此后不久。又中品"宋尚书令傅亮"条称："今沈特进选诗，载其数首，亦复平美。"沈特进为沈约，天监十年（511年）左右为特进。《隋书·经籍志》著录有沈约《集钞》十卷。傅亮诗当收进《集钞》中。由此知天监十年前后钟嵘《诗品》仍未脱稿。又《〈诗品〉序》明言收录标准是"不录存者"，而中品最后一人为沈约，则可以肯定全书定稿是在天监十二年以后。

三、《〈诗品〉序》的位置及其性质

《〈诗品〉序》有两种编排方式：一种是以三段形式分冠三品之首：上品序从"气之动物"到"均之于谈笑耳"；中品序从"一品之中"到"方申变裁，请寄知者耳"；下品序从"昔曹刘殆文章之圣"到"文采之邓林"。《四库全书》本即如此编排。《四库全书总目》称："所品古今五言诗，自汉魏以来一百有三人，论其优劣，分为上、中、下三品，每品之首，各冠以序。"另一种是把三品序合在一起，加以"总论"的题目。何文焕《历代诗话》以至近现代大多数《诗品》校注本均如此。

这两种编排方式均有费解之处。如第一种，古直《钟记室〈诗品〉笺》："夫'一品之中，略以世代为先后'云云，略同凡例。'昔曹刘殆文章之圣'云云，专议声律，末后所举陈思诸人，又不属于下品，其不能冠诸中品、下品以为序……诸家刻本皆承讹袭谬，不能致辨，是可怪也。"第二种编排也有矛盾。中品序中有"近任昉、王元长等"语，记载王融等作诗"词不贵奇，竞须新事"，而下文又出现"齐有王元长者"，反倒改成介绍王元长的口吻。这说明，这两段文字原本是分开的（高松亨明，437）。

由于有这些矛盾难通之处，逯钦立又提出第三种编排方式："《诗品》

卷首之文为原序,《梁书》本传所引者是也。中品起首之文则上品评人以后之附例,举一反三,明中下两品同之。下卷起首之文,自'昔曹刘殆文章之圣'迄'闾里已具'为一段,乃中品卷中沈约以后之附语,专论声律,以诋沈声病之说,盖即在沈氏下附此一段也。自'陈思赠弟'至'文采之邓林'一段,又当在全书之后,为卷末之总跋,列举各篇,以示学诗之规范也。"(逯钦立,444,h)这一论点不仅涉及三则序文的编排位置问题,而且涉及《诗品》的撰年及对永明文学的评价问题,甚至和一代文学思潮的变化密切相关。

其后,韩国车柱环在《钟嵘〈诗品〉校正》的导论中也提出近似的看法:

> 案当据《梁书·钟嵘传》以上品序为全书之序,冠诸篇首为正。明冯惟讷撰《诗纪》别集引中品序从"夫属辞比事"起。案自"一品之中"至"不录存者"乃《诗品》撰例之一,与其下论用事之弊无涉。考中品序论次,此三十五字当在下文"止乎五言"下、"虽然网罗今古"云云上。钟氏先评陆机等先贤论文之书,次及《诗品》之撰例。撰例先言品评之诗形,次明所取诗人之界限,末表成书之面貌,论理始整然矣。今本此文在文首,盖错简也。又案:自"夫属辞比事"至"且表学问,亦一理乎"评用事之弊,自别为一段。窃疑此段本附于谢灵运诗评语末,以明宋以后上品独取谢诗之由者。盖谢亦勤于用事,故钟评云"颇以繁芜为累"也。惟谢以独造之匠心,经营钩深,却有反于自然,得无如颜延之诗显然有雕镂之痕而乏"自然英旨"矣(68)。

车柱环的观点得到了日本汉学界的重视,《诗品》研究班《钟氏〈诗品〉疏》、兴膳宏《诗品》、高木正一《钟嵘〈诗品〉》等并曾介绍了此说。

在中国,自逯钦立1947年发表关于《诗品》序文位置的独到见解,并没有得到反响。直至四十余年后,蒋祖怡发表了《钟嵘〈诗品〉作年考》才又把这一问题提出来:"在现存的这三篇序文之中,只有第一序才是和《诗品》初稿同时完成的总序或者原序。"二、三两序不见《梁书·钟嵘传》

收录,所以肯定不是总序,而是后加进的。第二序是钟嵘决定把《诗品》送给沈约求誉之后与送稿前撰述的。根据有两个:一是序中宣布"今所定言,不录存者"。这种凡例和第一序末尾"方今皇帝"一节有矛盾,因"方今皇帝"指萧衍,也是"存者",可见初稿时没有考虑是否录不录存者问题,但是向沈约求誉当然须考虑这位"一代词宗"该如何品评问题,而制定此书"凡例"主要是为求誉而定的。二是序中说的"至斯三品升降,差非定制,方申变裁,请寄知者耳"。钟嵘在这里自矜以优于以前诸作的"变裁"(创新)向沈约提出了知音者的期望。这和《文心雕龙·序志》所说有惊人的相似之处。这也足以证明第二序是为"求誉"目的撰写的。第三序的主要内容是反对声律之学的,其写作时间当是在沈约卒后,与中品最后一条"梁左光禄沈约"同时写的,其根据是第二序中有"近任昉、王元长等"云云,而第三序中又有"齐有王元长者","近"与"齐"口语已远,而《文镜秘府论·四声论》引此语"齐有"上又有"昔"字,此"昔"字与"近"字更表明时间相距的久远。所以,第二、三两序绝不可能撰于同时。由此看出,"此稿自开始以迄完成,花了近二十年时间,也花了钟嵘后半生的全部精力。《诗品》的三篇序文,先后写了三次,全书内容上也不知修改了多少次"(498,b)。

其后,曹旭综括数十种《诗品》版本及现代研究成果,将《〈诗品〉序》的内容起讫和位置归成五种基本形式,以第一序为总序,第二、三两序则根据逯钦立、车柱环的考证分成如下四种形式:

(一)原中品序"一品之中"至"不录存者"数句为撰例,因错简而语次颠倒,应划归到撰例"嵘今所录,止乎五言"之下、"虽然,网罗今古"之上。这一点与韩国车柱环《钟嵘〈诗品〉校证》的结论相同。

(二)原中品序"夫属词比事"至"亦一理乎"应为上品"后序"或"小序"。《诗品》中上品十二人,南朝仅录宋谢灵运一人,齐梁无人,对此,钟嵘在品评上品诗人之后,随即有必要解释上品未列齐梁诗人、刘宋仅列大谢一人的原因,是因为"近有任昉、王元长等,词不贵奇,竞须新事",缺乏"自然英旨"和"直寻""真美"。此兼中上品标准和自己反对诗中用事的主张,故应归上品之后。这一点业已为车柱环所指出,曹文又有所申述。

（三）原下品序"昔曹刘殆文章之圣"至"闾里已具"为中品"后序"或"小序",主要解释当今名公巨卿、文坛领袖被置之中品的原因,因为此条紧接在沈约之后,重申反对四声等诗论主张,对沈约声律论作一番辨析,让时人看到声律论引起的弊端和危害。这一点业已为逯钦立早已说过的,而略有解说。

（四）原下品序"陈思赠弟"至"文采之邓林"一段应为全书论赞或总跋。纪昀评《文心雕龙·序志》说:"古人之序皆在后,《史记》《汉书》《法言》《潜夫论》之类,古本尚班班可考。"刘勰《文心雕龙·颂赞》说赞在形式上"必结言于四字之句,盘桓乎数韵之辞",而《诗品》末段"陈思赠弟"云云,一反全书散体结构和语言上的规律特点,以"哀""怀""鸾""单""乱""泉""宴""边"等韵作结,符合刘勰所说赞的特点,因此从文脉上和位置上应是总括全书的赞论(448)。这也是逯钦立的发明。

就在新说纷呈之际,清水凯夫仍坚持认为"分冠三序于各卷之首最近乎《诗品》的原貌"。逯钦立、车柱环的大胆推测至少在目前来看,还找不到版本的根据。如果深入考察一下梁初文坛实际,不难看出,钟嵘《诗品》是为"制止和纠正在当世诗坛上泛滥成灾、拘泥声病说的沈约派诗风和流行过多用事的任昉派诗体而撰著的"。"上品卷品第的诗人皆堪为诗作楷模,其序文相应地论述了五言诗史,指明上品诗人的历史地位,叙述当世诗坛的混乱状况,并说明是为了纠正这种不良诗风而作《诗品》的。中品卷品第的诗人主要方面是具有堪为诗作楷模的优点,但同时也有不堪效法的缺点,其序文批判当世诗坛仿效这些诗人缺点的不良风气。可以明显地看出钟嵘要纠正当世诗坛流行过多用事的不良诗风的意图。下品卷品第的诗人主要方面是缺点多,不堪为诗作楷模,其序文批判当世最忌讳的诗风。不言而喻,撰写这篇序文也具有要纠正当世诗坛拘泥声律的不良诗风的意图"(清水凯夫,445,n)。

这个问题表面上看只是个序文位置该如何摆,实际牵一发而动全身,不仅影响到对《诗品》的理解,还涉及《诗品》的性质以及作者对齐梁文学的评价问题。在没有更充分的论据之前,还是维系传统的看法为好,即以三序分冠于三品之前。从今传《山堂考索》和《吟窗杂录》两个版本的《诗品》序言和评语来看,《诗品》不单纯是一部诗歌评论集,很可能是一部诗歌总集。就像挚虞的《文章流别集》和《文章流别论》一样,评论与作品相辅相成。很可惜,《诗品》所收作品,如同《文章流别集》所收文章一样失传了,最后仅仅留下评论文字(梁临川,471)。

四、九品论人

《诗品序》说:"昔九品论人,《七略》裁士。"所谓"九品论人"是指《汉书·古今人表》分九品论人,钟嵘《诗品》受其影响,分三品论文:上品十一人(古诗不计),中品三十九人,下品七十二人,品评了自汉迄梁凡一百二十二位诗人。所谓"《七略》裁士",是指刘歆《七略》条分缕析,论述古代学术流派,钟嵘作《诗品》借鉴这种方法,对许多诗人的创作进行溯源探流的工作。

这种分类,表现出作者强烈的针对性。钟嵘把诗风的衰微归咎于"膏腴子弟""王公缙绅之士"的无病呻吟。这些公子王孙们声歌征逐,"耻文不逮,终朝点缀,分夜呻吟",其结果却是"独观谓为警策,众睹终沦平钝"(并见《诗品序》)。钟嵘认为他们一味讲究用典和拘忌于声律而忽视内容,是诗风不振的病根。所以他特别着重于对这两个倾向的批判。他举了不少古人和当时人的名句,说明"观古今胜语,多非补假,皆由直寻",并且指责颜延之、谢庄等人用典过多,造成大明、泰始间"文章殆同书抄"的弊端。他对任昉、王融为首的作家们"辞不贵奇,竞须新事"的作风,批判尤为坚决,说他们"句无虚语,语无虚字,拘挛补衲,蠹文已甚"(《诗品序》)。对于讲究声律,他反对得尤为激烈。他指斥王融、沈约这些永明体的创始者过分讲究声律,使"文多拘忌,伤其真美"。他说:"文制本须讽读,不可蹇碍,但令清浊通流,口吻调利,斯为足矣。至平上去入，则余病未能，蜂腰鹤膝，闾里已具"（《诗品序》）。反对过分拘忌声律，这是完全正确的。但沈约等人对声律的探讨，使诗歌格律更为完整，永明体的出现为后来律诗的形成准备了条件。钟嵘一概加以抹杀，就不免偏激了。

《诗品》序开宗明义："若乃春风春鸟，秋月秋蝉，夏云暑雨，冬月祁寒，斯四候之感诸诗者也。嘉会寄诗以亲，离群托诗以怨。至于楚臣去境，汉妾辞宫，或骨横朔野，魂逐飞蓬；或负戈外戍，杀气雄边；塞客衣单，孀闺泪尽；或士有解佩出朝，一去忘返；女有扬蛾入宠，再盼倾国。凡斯种种，感荡心灵，非陈诗何以展其义，非长歌何以骋其情。"作者在此所举的例子虽然多数只是个人的遭遇、哀怨，然而意思是明确的，即作者的生活经历与他的诗歌创作有着密不可分的关系。所以在评价相传的李陵诗时，他说："使陵不遭辛苦，其文亦何能至此？"社会生活和自然景物是诗歌创作的本源，这是钟嵘《诗品》立论的基础。

强调文学艺术的社会性，并不意味着对于文采和艺术形式的忽略。恰恰相反，钟嵘对此给予了多方面的论述。而"自然英旨"说则是他论述的中心命题。这一命题实际包含有两方面重要内容，其一是"直寻"说："'思君如流水'，既是即目；'高台多悲风'，亦惟所见；'清晨登陇首'，羌无故实；'明月照积雪'，讵出经史。观古今胜语，多非补假，皆由直寻。"所谓"直寻"，就是要求诗歌应当直截了当地反映人们接触到的、看得见的具体事物，同时又要感情真实浓烈。与此形成鲜明对照的是过分用典及夸尚声律，在钟嵘看来，这当然是不足效法的。他指出："颜延、谢庄尤为繁密，于时化之。故大明、泰始中，文章殆同书抄。近任昉、王元长等，词不贵奇，竞须新事，尔来作者，浸以成俗。遂乃句无虚语，语无虚字，拘挛补衲，蠹文已甚。"因此，在《诗品》中，钟嵘对于颜延之等人的滥用典故给以严厉的批评。从《南齐书·文学传论》看，以颜延之为代表的诗风在齐梁时代的确有相当大的影响。由此可见，钟嵘提倡"直寻"说是对当时过分用典之风的针砭。至于说到声病，当然是针对沈约、谢朓等人而发。古人的诗不是不讲音乐性，但这种音乐美是从自然中来的，而不是人为编制出来的。他说:"昔曹刘殆文章之圣,陆谢为体贰之才,锐精研思,千百年中,而不闻宫商之辨、四声之论。""三祖之辞,文或不工,而韵入歌唱,此重音韵之义也,与世之言宫商异矣。"在钟嵘看来,唯有真实的、自然浑朴的东西才是美的,才具有艺术表现力。可见他并非全然否定音律本身,而是反对人为的雕饰,主张自然真美。而沈约、谢朓等人所倡导的声病之说则"使文多拘忌,伤其真美"。从理论上来说,钟嵘是对的,但是他对于声律论在历史上的积极意义似乎认识不足,这又是他的历史局限性。

　　"自然英旨"说的第二个重要内容是"滋味"说。他说:"故诗有六义焉:一曰兴,二曰比,三曰赋。文已尽而意有余,兴也;因物喻志,比也;直书其事,寓言写物,赋也。弘斯三义,酌而用之,干之以风力,润之以丹采,使味之者无极,闻之者动心,是诗之至也。"这可以从两方面来看。就语言形式而言,流畅自然不等于鄙直枯淡,这是钟嵘特别强调的一点。譬如陶渊明的诗"世叹其质直",钟嵘通过对《读山海经》《拟古》等诗进行分析,指出陶诗"辞兴婉惬","风华清靡,岂直为田家语耶"? 这里强调了辞兴的婉转。与此相反的是玄言诗,尽管有的作品不乏辞采,但是"理过其辞,淡乎寡味"。再就诗歌的内容而言,所谓有"滋味"者,往往与"怨"相联系。前边提到的《诗品序》,评李陵诗即是一例。又如评班姬诗,评秦嘉诗,评左思诗,无不如此。也就是说,钟嵘把"怨"作为品评诗歌内容的重要标准,很明显受到了孔子"诗可以怨"、司马迁"发愤著书"说的影响。当然,钟嵘强调"怨"的内含,有时又与前人的理解有所不同。比如他评价曹植"骨气奇高,辞采华茂,情兼雅怨,体被文质,粲溢古今,卓尔不群"。可见他虽然主张"怨",但是必须是有所限定的,即所谓的"雅怨"。这鲜明地体现在他对于正始两位大诗人阮籍和嵇康的评价上。评阮籍,以为"可以陶性灵,发幽思,言在耳目之内,情寄八荒之表";而评嵇康,则以为"过为峻切,讦直露才,伤渊雅之致"。这与班固批评屈原作品"露才扬己"可谓如出一辙,有时不免迂腐。

五、历代著录及校注本

《隋书·经籍志》著录《诗评》三卷,钟嵘撰。注:"或曰《诗品》。"《直斋直录解题》著录:"《诗品》三卷,梁记室参军颍川钟嵘仲伟撰。以古今作者为三品而评之。上品十一人,中品三十九人,下品六十九人。"目前所知《诗品》最早的版本,是元代延祐七年(1320 年)圆沙书院刊宋章如愚《山堂考索》本(藏北京大学图书馆,李盛铎旧藏),据此可见《诗品》早期的面貌。《汉魏六朝集部珍本丛刊》据以影印。该书还收录了其他四种《诗品》版本,包括:

1. (明)正德元年(1506 年)退翁书院抄本,卷末有嘉庆甲戌(1814年)黄丕烈题跋:"此旧钞钟嵘诗品上中下三卷,藏箧中久矣,苦无别本相勘。适书贾有携示陈学士《吟窗杂录》旧钞本中载《诗品》,殊多删节,唯卷下第四叶第二行晋征士戴逵所品语脱;又第三行晋东阳太守殷仲文后所品人脱,似《吟窗杂录》本为是,爰补于尾。至于字句异同,当别为签记,不敢以删节本定此全文也。嘉庆甲戌正月初五日烧烛记。"黄丕烈据别本补在卷末,即"评曰:安道诗虽嫩弱,有清工之句,裁长补短,袁彦伯之亚乎! 逯子颙亦有一时之誉"。

2. (明)沈氏繁露堂刻本,扉页有张蓉镜跋:"明杨五川先生藏善本,道光甲午(1834 年)得之郡城袁氏旧藏书家也。子孙保之。"卷末有丁黼跋:"《崇文总目》有钟嵘《诗品》三卷,未之见也。韩南涧家多藏书,从涧泉借得之,遂为锓木。《四库阙书》又有宋璋《诗品》二十卷,惜其不传耳。嘉定戊寅六月十六日东徐丁黼书于上饶之览悟堂。"刘明考曰:"杨五川即明人杨仪。知旧为明杨仪所藏,入清归张蓉镜,又为傅增湘藏园插架之本。"(刘明,107,b)

3. (清)希言斋抄本。钟嵘《诗品》通行本的上品序,此书作为总序置于卷首,然后是"《诗品》上"。《诗品》卷中后,为中品序"一品之中略以时代为先后"。《诗品》卷下为下品序"昔曹刘殆文章之圣"云云。这种编排比较少见。

4. 日人近藤元粹评订三卷本,日本明治四十三年(1910年)东京青木嵩山堂刻《萤雪轩丛书》铅印本。近藤氏的评订在书端,品评赏析,校订文字。

二十世纪以来许多学者致力于此书的校勘注释,较为有价值的主要有:钱基博《钟嵘〈诗品〉校读记》、王叔岷《钟嵘〈诗品〉笺证》、车柱环《钟嵘〈诗品〉校证》、陈庆浩《钟嵘〈诗品〉集校》等。最早为《诗品》全面作注当推陈延杰的《〈诗品〉注》(201,b)。其后有古直《钟记室〈诗品〉笺》(80,b)、许文雨《〈诗品〉释》(128)、黄侃《〈诗品〉讲疏》(460,c)、叶长青《〈诗品〉集释》(81)。这些注本多仿裴松之《三国志》注、刘孝标《世说新语》注和李善《文选》注,注重典实,释义不多。改革开放四十年来,国内出版了萧华荣《〈诗品〉注释》(454)、向长青《〈诗品〉注释》(154)、赵仲邑《钟嵘〈诗品〉译注》(346,b)、吕德申《钟嵘〈诗品〉校释》(158)等,都各有特点。譬如吕德申《校释》以元刊《山堂考索》本为底本,参校众本,荟萃成书,内容较为丰富。又如曹旭《〈诗品〉集注》分"校异""集注""参考"三项,对《诗品》逐段逐条地加以校勘诠释,是目前为止研究《诗品》的最为全面的著作(448,d)。

关于《诗品》,还有许多问题有待深入研究,譬如"滋味说"是否即《诗品》的中心问题(清水凯夫,445,1;刘跃进,110,x),《诗品》与《文心雕龙》在基本文学观念上是对立还是统一(兴膳宏,120,g),《诗品》中的一些重要概念如"奇""风力"等如何理解? 还有一些故实如谢灵运逸话等如何看待(清水凯夫,445,m)?《诗品》何时传到域外,又产生了怎样的影响(张伯伟,267,a;曹旭,448,c)?《诗品》的理论体系及批评方法如何评价(清水凯夫,445,o)? 这些都需要结合当时的文学背景予以阐释,尽管有许多学者作了较为深入的探索,但问题丛生,迄无定论,正说明还有进一步展开研讨的余地。张伯伟《钟嵘〈诗品〉研究》(南京大学出版社,1993年版)、清水凯夫《〈诗品〉〈文选〉论文集》(首都师范大学出版社,1995年版)为《诗品》研究奠定了比较坚实的基础。

第三章 《文心雕龙》研究文献

第一节 家世与生平

一、家世

关于刘勰家世,《梁书·刘勰传》记载说:"刘勰字彦和,东莞莒人。祖灵真,宋司空秀之弟也。父尚,越骑校尉。"据此,大多数学者认为,刘勰出身于士族,至少出身于一个没落的士族家庭。王元化《刘勰身世与士庶区别问题》首次提出刘勰当出身于庶族说。他提出三条论据:第一,"在刘勰的世系表中,不能找到一个在魏晋间位列清显的祖先"。刘氏在东晋时的最早人物刘爽,《南史》只说他做过山阴令,而晋时各县令系由卑品充任。世系表中称东莞刘氏出自汉齐悼惠王肥后"是不可靠的"。刘勰一支无排行之字者。其祖父灵真是否为秀之兄弟"尚有疑问"。他认为,"倘进一步探讨,甚至可能推翻本传所述刘勰的世系"。第二,在刘氏世系中,穆之、秀之是最显赫的人物,"可是从他们的出身方面来看,我们并不能发现属于士族的任何痕迹"。因为《宋书》记刘裕进为宋公后追赠穆之表中有"故尚书左仆射前将军臣穆之,爰自布衣,协佐义始"之语,已经明白指出穆之出身于布衣庶族。而《南史》有"穆之少时家贫……好往妻兄家乞食"的记载,正和上表"爰自布衣"的说法相契。另外,《南齐书》载刘穆之的曾孙刘祥被士族人物褚渊呼为"寒士",更足以说明刘氏始终未列入士族。第三,从刘勰本人的生平事迹来看,也可以找出他出身于庶族的一些线索。首先,《梁书》本传载:"初,勰撰《文心雕龙》……既成,未为时流所称。勰自重其文,欲取定于沈约。约时贵盛,无由自达,乃负其书候约出,干之于车前,状若鬻货者。"据范注,《文心雕龙》约成书于齐和帝中兴(501—502)初,按此时刘勰已居定林寺多年,曾襄佐僧祐校定经藏,且为定林寺僧超辩墓碑制文,不能说是一个完全默默无闻的人物。再看沈约,也与定林寺的关系相当密切,这里只要举出他为定林寺僧法献撰制碑文一事即可说明。法献为僧祐师,齐永明(483—493)中被敕为僧主,是一代名僧。刘勰与僧祐关系极为深厚,而僧祐地位又仅次于其师法献。沈约为法献制碑文是在齐建武(494—498)末,《文心雕龙》成书在中兴初,时间相距极近。"在这种情况下,刘勰如果要使自己的作品取定于沈约,似乎并不十分困难,为什么《文心雕龙》书成后,刘勰不利用自己在定林寺的有利地位以及和僧祐的密切关系去会见沈约;相反,却无由自达,非得装成鬻货者干之于车前呢? 这个疑问只能用'士庶天隔'的等级界限才能解答。"其次,刘勰少时入定林寺和不婚娶的原因,也只有用出身于贫寒庶族这件事才能较为圆满地说明。史称南朝赋役繁重,只有士族特邀宽典,蠲役免税,庶族自然不会得到优免。由此来看,刘勰之所以要入定林寺依沙门僧祐居处,其"动机并不全由佛教信仰,其中因避租课徭役可能占主要成分。至于他不婚娶的原因,也多半由于他是家道中落的贫寒庶族的缘故"。除上述三方面论证外,作者进一步从《文心雕龙》所表现出来的思想观点加以印证。特别是《程器篇》,他认为"不仅颇多激昂愤懑之词,而且也比较直接正面地吐露了自己的人生观和道德理想"。纪昀以为"此一篇彦和亦发愤而著书者"。刘永济《〈文心雕龙〉校释》则"细绎其文,可得二义:一者,叹息于无所凭借者之易召讥谤;二者,讥讽位高任重者怠其职责,而以文采邀誉"。王元化指出,刘勰的这些愤激之语是可以归结到士庶区别问题上的。他对于这一社会现象所提出的批评,"正符合于一个贫寒庶族的身份的。由此同样得出了刘勰并非属于士族的结论"(19,a)。

王元化的文章发表后在学术界产生较大影响。据王元化《〈文心雕龙〉创作论》第二版跋自称,对这一说法,季羡林来信表示赞同,周振甫信云:"大著论刘勰出身庶族,掌握极为丰富的材料,论证极为有力,使人信服。"近年来发表的研究论文(著),凡涉及刘勰身世问题,大多接受了这一观点。如吴调公《〈文心雕龙·知音〉篇探微》说:"如果刘勰的家庭不是寒素,而同时,当时社会又不是那样特别重视门阀制度,那么他的著作就不会'未为时流所称',而'茫茫往代,既沉予闻'的感慨也就不会产生,当然他也就不可能发出'知音其难'的喟叹。"(232)研究永明文学思想,即可以通过比较沈约、刘勰文学思想异同来立论,用士庶天隔,文心相通来解释(刘跃进,110,m)。当然,刘勰家世问题较为复杂,远非一二篇文章所能论定。程天祜《刘勰家世的一点质疑》、牟世金《刘勰评传》、张少康《刘勰为什么要"依沙门僧祐"》等对王元化的文章有所修订或补充。王元化的文章认为刘勰的身世虽属庶族,但同时又"自然应该归入官僚大地主阶级"。程天祐的文章不以为然,因为"灵真与秀之二家至少不是血统很近的亲属,其政治经济地位迥然有别。我们再联系刘勰的全部身世,把刘勰的家庭成分定为地主兼官僚,显然是不符合事实的"(484,a)。牟世金的文章肯定王、程二家之说,并补证特重世系的《南史》反而删去《梁书·刘勰传》中"汉齐悼惠王肥后""司空秀之弟"等话,说明经著者查核不符而删去的(145,a)。张少康的文章则不同意王元化所说的刘勰由于家贫才出家,也不同意杨明照的信佛说,认为"刘勰青年时代之所以投奔僧祐,与之居处积十余年,其主要原因是想借助和僧祐的关系,利用僧祐的地位,结交上层名流权贵,为自己的仕进寻求出路。而这一点可以从他后来的实际遭遇和经历得到证明"。为此他从三个方面予以论证:一、从刘勰的生平经历和《文心雕龙》所表现的思想来看,他追求仕进的欲望是非常强烈的。二、齐梁之际佛教大盛,信佛诵经成为社会上一种时尚。刘勰为求闻达而随波逐流,入居定林寺。三、刘勰在入梁后很快登仕,累官不止,正是投奔僧祐后结识名流权贵的结果(张少康,255)。

当然，向来认为刘勰是士族出身的观点也并非没有根据。潘重规《刘勰文艺思想以佛学为根柢辨》认为"六朝建碑，极为当世所重，而撰制碑文，必择能文硕学之士"。作者逐一分析了六朝以来碑文作者，均出身于名门望族。即以刘勰同时代作者而论，萧绎最多，有五篇碑文，王筠、刘勰次之，有三篇，沈约、陆倕、何胤各两篇。"由是观之，永明十年以前，彦和文学已成，文名已著，断可知矣。"至于他为什么非要装成鬻货者干诸沈约车前，这并非士庶天隔的缘故，而是"其书矫讹翻浅，针砭当世，常惧知音之难遇、著作之难传，故负书道左，货鬻车前，不假吹嘘，唯期真赏"（潘重规，526，a）。周绍恒《刘勰出身于庶族说献疑》则完全否定刘勰出身于庶族说。他不仅逐一辩驳了王元化的所有论据，而且还从下列五个方面给予正面阐释：第一，据《刘岱墓志》《宋书·刘穆之传》《宋书·刘秀之传》《南齐书·刘祥传》《梁书·刘勰传》载，出自汉齐悼惠王肥后的东莞刘氏，自晋以来祖孙六代连续为官，而且官位不低。"凡是自晋以来代代连续有人做高官的都是士族，还未发现祖孙六代或五代、四代连续为官的庶族。因此，东莞刘氏当是世居京口的士族。"第二，据《宋书·刘秀之传》，刘勰的高祖刘爽做过晋代尚书都官郎，而自晋以来，郎官是只有士族才能充任。第三，东莞刘氏与士族联姻，这在《宋书·刘秀之传》《南史·颜延之传》《南齐书·徐孝嗣传》等书中可以找到证据，如刘秀之娶何承天女、刘宪之娶颜延之妹、刘舍娶徐孝嗣姑等。第四，刘勰世系中的刘瑀起家南徐州别驾从事史，这就意味着他是士族。第五，刘虑之做过员外散骑常侍，刘式之、刘衍、刘贞等做过黄门侍郎。而散骑常侍和黄门侍郎绝不是庶族所能得到的清美之职（周绍恒，299，a）。

以上五点，仅从刘勰世系来立论，而《梁书·刘勰传》所列的这个世系表有多少可信程度，作者没有论证，因而他的结论也难以使人遽信。

二、生卒年

刘勰生卒年，史传没有明确记载，所以众说纷纭，迄无定论。先看生年的考订,所据资料不外逾立感梦以及成书、献书之年的确定。而这些都难以考实,因此生年的推测也难以取得一致的看法。综合诸家之说,推测刘勰生年不出公元 460 年至公元 480 年这二十年间。比较重要的几说有:(一) 生于公元 460 年说。梁绳祎《刘勰与〈文心雕龙〉》说:"假定彦和完成《文心雕龙》在永泰中兴(498—502)年间,他的年纪在四十上下,应当生于宋孝武帝大明年间(460 年左右),到刘宋灭亡的时候,他已接近二十岁。"(472)(二) 生于公元 467 年说。杨明照《〈梁书·刘勰传〉笺注》:"按《序志》篇'齿在逾立'云云,述其撰《文心雕龙》缘起。假定舍人于永泰元年'搦笔和墨'时为三十二三岁,由此往上推算,当生于宋明帝泰始二三年间。"(286,b)牟世金《刘勰年谱汇考》亦同此说,并补充说:"除刘勰成书、献书均在 502 年之外,又据《序志》所云:'予生七龄,乃梦采云若锦,则攀而采之。'事在元徽元年(473 年),上推七年,是刘勰生于本年(467 年)。"(145,b)(三) 生于公元 471 年说。张恩普《刘勰生平系年考略》即主此说(274,a)。不过,后来作《刘勰生年新探》又据《序志》考证刘勰感梦及逾立之年,考订生于大明二年(471 年)(274,b)。(四) 生于公元 472 年说。贾树新《关于〈文心雕龙〉的成书时间及刘勰生卒年的新探》说,《文心雕龙》脱稿于天监二年,"假定刘勰于天监二年为三十二岁左右,其生年当为宋明帝刘彧泰豫元年左右,即公元 472 年左右"(427)。

卒年的考订分歧尤大,举其要者,可概括成四说:

(一) 卒于普通年间(520—527)说

日本学者兴膳宏在《〈文心雕龙〉大事年表》中将刘勰卒年系在梁普通元年(520 年)。不过后来他撰《〈文心雕龙〉与〈出三藏记集〉》又修正己说,认为卒于大同四五年(538—539)。这两篇文章并见齐鲁书社《兴膳宏〈文心雕龙〉论文集》。范文澜注《文心雕龙》据《梁书·刘勰传》中"有敕与慧震沙门于定林寺撰经证,功毕,遂启求出家,先燔发以自誓。敕许之。乃于寺变服,改名慧地。未期而卒",考证云:"定林寺撰经,在僧祐没后。盖祐好搜校卷轴,自第一次校定后,增益必多,故武帝敕与慧震整理之。大抵一二年即毕功,因求出家,未期而卒,事当在武帝普通元、二年间。"陆侃如、牟世金《〈文心雕龙〉注译引论》、周振甫《〈文心雕龙〉注释前言》、杨明照《〈梁书·刘勰传〉笺注》(见1958年出版《〈文心雕龙〉校注》)均同此说。不过杨明照近年又修正己说,以为卒于大同四五年。说详下。牟世金《刘勰年谱汇考》则以为刘勰卒于普通三年(522年),因为"僧祐卒于天监十七年,刘勰步兵校尉之职迁于十七年而止于十八年,足证刘勰奉敕撰经必在天监十八年(519年)。斯年既定,则刘勰卒于其后第三年无疑矣"(145,b)。詹锳《刘勰与〈文心雕龙〉》、周绍恒《刘勰卒年新探》则考订刘勰卒于普通四五年。周绍桓文章还补充了新的论据,即《梁书·刘勰传》中提到的"慧震",就是刘之遴《吊震法师亡书》《与震法府师兄李敬胐书》中的震法师,震法师卒于大同三年(537年),而其撰经毕功后回荆州的时间最迟不得迟于普通七年(526年)九月前。因此,刘勰必卒于普通年间。又据梁代东宫通事舍人的定员人数及任职情况考订,在普通二年刘杳兼任东宫通事舍人之前,任此职的仅刘勰一人。刘勰之与慧震同受敕撰经可能在刘杳兼东宫通事舍人的普通二年。据范文澜注《序志》篇考证,"大抵一二年即毕功"。则启求出家时间在普通四年,故卒于四五年(周绍恒,299,b)。按以上诸说,大致本于《梁书·刘勰传》立论。

(二)卒于中大通四年(532年)说

这种说法最主要的根据是把刘勰的出家、"未期而卒"与昭明太子萧统的卒年联系起来考察。1936年霍衣仙发表《刘彦和简明年谱》即已明确萧统与刘勰先后去世的关系(529)。其后,翁达藻《〈梁书·刘勰传〉大事系年表》亦取此说(440)。近年李庆甲撰《刘勰卒年考》(164,a)、《再谈刘勰的卒年问题》(164,b)以及在此基础上撰成的《刘勰年表》(164,c)力主刘勰卒于中大通四年说。他除了肯定刘勰的出家及卒年与萧统卒年有先后关系外,特别补充了下列五条材料:1. 南宋释祖琇《隆兴通论》卷八:"三年四月,昭明太子薨……名士刘勰者,雅为太子所重,撰《文心雕龙》五十篇……表求出家,先燔须自誓,帝嘉之,赐法名惠地。"2. 南宋释志磐《佛祖统纪》卷三十七:"(大同)三年,昭明太子统薨……四年,通事舍人刘勰……是年表求出家,赐名惠地。"3. 南宋释本觉《释氏通鉴》卷五:"辛亥三(即中大通三年)四月昭明太子统卒……丙辰二(即大同二年)刘勰……表求出家……赐法名惠地。"4. 元释念常《佛祖历代通载》卷九:"辛亥三(即中大通三年),是年四月昭明太子薨……刘勰者名士也……表求出家……赐法名惠地。"5. 元释觉岸《释氏稽古略》卷二:"辛亥,中大通三年四月,太子统卒。丙辰,大同二年,梁通事舍人刘勰表求出家。帝嘉之,赐僧洪名曰慧地。"根据这些材料,李庆甲得出的结论是:"刘勰在梁武帝中大通三年(531年)四月昭明太子萧统逝世之后不久出家,也就是在中大通三年。"因为《梁书·刘勰传》明确记载刘勰出家后"未期而卒",因而知道刘勰卒于中大通四年。李庆甲文章发表后引起学术界有关方面的关注,修订本《辞海》也采用了此说。但与此同时,也有不少学者提出了一些很有道理的质疑。周振甫《〈文心雕龙〉注释》分析了祖琇、志磐等年代错乱的记载,认为"这些南宋和尚记事系年缺乏年代观念,前后错乱,不可为据,因此据以推断刘勰卒于中大通四年(532年),恐不可信"。牟世金《刘勰年谱汇考》就宋元这几部释书及李庆甲文章提出四方面疑问:第一,以刘勰自天监十八年至中大通二年一直任步兵校尉兼通事舍人,实无可能。第二,《隆兴通论》等释书所据何典至今不详。第三,刘勰与萧统的关系,其密切程度往往言过其实。第四,《隆兴通论》等释书记载刘勰的事迹,"盖附载之也",不足凭据。曹道衡、沈玉成《刘勰卒年问题的再探讨》(451,g)也辩驳了李庆甲提出的卒于中大通四年说。

(三) 卒于大同年间(535—546)说

杨明照《刘勰卒年新探》(286,a)及修订稿《〈梁书·刘勰传〉笺注》(286,b)也利用了上述释典中的五条材料,但同时也注意到《梁书·文学传》中刘勰所排列的位置,着重考察了其前谢几卿、其后王籍的卒年,认为释书所载的五条材料中,以《佛祖统记》最为可靠,即刘勰在大同四年出家,"未期而卒",所以定在四年和五年之间卒。曹道衡、沈玉成《刘勰卒年问题的再探讨》则提出不同意见。他们对李庆甲所发现的材料重加考辨,对杨明照提出的论据提出了商榷,认为《释氏通鉴》把刘勰的出家系在大同二年的记载更为可靠,从而得出"刘勰大同二年出家,卒于大同二年或三年"的结论。

三、晚年北归莒县定林寺说

萧洪林、邵立均《刘勰与莒县定林寺》(455)、苏兆庆《刘勰晚年北归和浮来山定林寺的创建》(247)认为昭明太子死后,刘勰潜回故乡莒县,出家为僧,法号为慧地,栖息定林寺。这也就回应了从中大通三年昭明太子死,到大同二、三年间刘勰事迹没有任何记载的疑问。不过,此说并没有坚实的版本依据,尤其是《梁书》的作者离刘勰年代不远,记载确凿无疑(周绍恒,299,d)。

第二节 著录与版本

本书最早的著录应当算《梁书·刘勰传》:"初,勰撰《文心雕龙》五十篇,论古今文体,引而次之。其序曰……既成,未为时流所称。勰自重其文,欲取定于沈约;约时贵盛,无由自达。乃负其书候约出,干之于车前,状若货鬻者。约便命取读,大重之,谓为深得文理,常陈诸几案。"《隋书·经籍志》著录十卷,以后各史志并同。

一、唐抄本《文心雕龙》残卷

今存最早的抄本是唐抄本残卷,原藏在敦煌莫高窟中,后为斯坦因劫去,今藏英国伦敦博物馆东方图书室。该书起《原道》第一赞"体,龟书呈貌",讫《谐隐》第十五篇题,计存:《征圣》《宗经》《正纬》《辨骚》《明诗》《乐府》《诠赋》《颂赞》《祝盟》《铭箴》《诔铭》《哀吊》《杂文》等十三篇整篇,

《原道》赞末十三字，《谐隐》篇题五字。又，《明诗》第六前题“卷第二”；《铭箴》第十一前题“卷第三”，知五篇合为一卷，表明此书为十卷，正合《隋书·经籍志》著录。此卷书写年代，赵万里以为“卷中渊字、世字、民字均阙笔，笔势遒劲，盖出中唐学士大夫所书，西陲所出古卷轴，未能或之先也”（342，b）。杨明照据《铭箴》篇“张昶”误为“张旭”推之，“当出玄宗以后人手。‘照’字却不避”（286，d）。铃木虎雄则以为是唐末写本（389，b）。林其锬、陈凤金以为此卷“忠、弘、照、显、旦、豫均不避，治，唐写本作‘冶’。杨明照校云：‘冶，乃治之误。’可见高宗李治讳可能亦不改避。从以上事实推断，此卷书写时间至迟不晚于开、天之世”（308，a）。《汉魏六朝集部珍本丛刊》据以收录。

此卷因为是现存最早的《文心雕龙》写本，学术价值较高。日本著名汉学家户田浩晓从“能正形似之讹”“能正音近之误”“能正语序错倒”“能补入脱文”“能删去衍文”“能订正记事内容”等六个方面肯定此本在校定《文心雕龙》原文方面所具有的资料价值（69，a）。因此，此卷历来为研治《文心雕龙》的学者所重视。唯原卷早流散国外，国内大多数学者无缘亲睹原件，只得依靠学人携回的影片抄本进行研究。这些间接资料，或由于影片不全不清，或由于抄写讹误，所见参差，遂使误解纷呈。1988 年《中华文史论丛》第一期发表了林其锬、陈凤金《敦煌遗书〈文心雕龙〉残卷集校》，据完整清晰的照片，校以元至正本及黄叔琳辑注本，又充分吸收了近几十年国内外同行的校勘成果，汇校而成。1991 年上海书店又出版单行本，书前附有敦煌遗书《文心雕龙》残卷书影，书后附有《宋本〈太平御览〉引〈文心雕龙〉辑校》，堪称唐写本校勘的集大成之作。

二、元至正本《文心雕龙》

现存最早的刻本是上海图书馆藏元代至正十五年（1355 年）刊本。卷首有钱惟善序，详述付梓经过。全书亦分十卷。《隐秀》《序志》篇有脱文，卷五缺第九叶。王元化根据杨明照《〈文心雕龙〉校注拾遗》的校语，为这部刻本概括出三个特点："一，在校出的异文中，有四分之三左右较底本为优。二，与唐写本残卷本相比，在同样的篇幅内，元至正本的异文有一半与唐写本完全一致。三，弘治甲子吴门本、嘉靖庚子新安本、嘉靖癸卯新安本、万历己卯张之象本、万历壬午《两京遗编》本等，与元至正本出入甚少，由此可推出它们大抵属于同一版本系统。以上三点，说明此一刻本在校定《文心雕龙》原文方面所具有的资料价值，弥足珍重。"(19，b)上海古籍出版社1984年据原本影印行世。《汉魏六朝集部珍本丛刊》也予收录。周振甫主编《〈文心雕龙〉辞典》收录由林其锬、陈凤金合作《元至正本〈文心雕龙〉汇校》，具有重要参考价值。此书由中华书局1996年出版发行。

三、汪一元嘉靖十九年刻《文心雕龙》

《汉魏六朝集部珍本丛刊》收录明汪一元嘉靖十九年(1540年)刻《文心雕龙》是明刻中较早的一种，卷首有嘉靖庚子(1540年)石岩方元祯《刻〈文心雕龙〉序》。目录卷八有"隐秀第四十"。扉页有丁丙题记："《文心雕龙》十卷，明嘉靖刊本，张绍仁、吴翌凤校藏。梁通事舍人刘勰彦和述。勰，东莞人，自云尝梦执丹漆之器随尼圣南行，穷思敷赞圣旨，莫若注经，而马郑诸儒宏远已精，非文章有裨经典。于是论著古今文体以成此书，出示沈约，约大重之，谓其深得文理。凡十卷，合篇终序志，为五十篇。前有嘉靖庚子方元祯序，后有万历己未朱谋㙔抄跋，末有钱功甫记云：此书至正乙未刻于嘉禾，宏治甲子刻于吴门，嘉靖庚子刻于新安，辛卯刻于建安。癸卯又刊于建安。万历己酉刻于南昌。至《隐秀》一篇均之阙如也。余从阮华山得宋刊钞补，始为完书。甲寅七月廿四日书于南宫坊之新居。时年七十四岁。更有屡守居士题载四条。此即功甫记称之新安刻本也。"此书卷八"隐秀第四十""爻象之变"下为补钞。书眉过录冯校。卷末抄录万历癸巳(1593年)朱谋㙔《文心雕龙跋》："往余弱冠，日手抄《雕龙》讽味，不舍昼夜，恒苦旧无善本，传写讹漏，遂注意校雠，往来三十余年，参考《御览》《玉海》诸籍，并据目力所及，补完改正，共三百二十余字。如《隐秀》一篇，脱数百字，不复可补。他处尚有讹误，所见吴、歙、浙本，大略皆然。虽有数处改补，未若余此本之最善矣。俟再谘访博雅君子，增益所未备者而梓传之，亦刘氏之忠臣，艺苑之功臣哉。万历癸巳六月日南州朱谋埠跋。"次抄录甲寅（1554 年）钱功甫跋："按此书至正乙未刻于嘉禾，弘治甲子刻于吴门，嘉靖庚子刻于新安，辛卯刻于建安。癸卯又刻于新安。万历己酉刻于南昌。至《隐秀》一篇，均之阙如也。余从阮华山得宋本抄补，始为完书。甲寅七月廿四日书于南宫坊之新居。时年七十四岁。功甫记"。据吴氏过录冯跋称："丁卯（1627 年）中秋日阅始，十八日始终卷。此本一依功甫原本，不改一字。即有确然知其误者亦列之卷端。不承自矜一隙，短损前贤也……崇祯甲戌（1634 年）借得钱牧斋赵氏钞本《太平御览》，又校得数百字。"

四、梅庆生音注《文心雕龙》

现存早期注本，以梅庆生音注本影响最大。据《宋史·艺文志》载，辛处信曾注《文心雕龙》，惜已不传。杨慎评点《文心雕龙》流行较广。梅氏音注本即在杨慎评点本上加音注而成，于万历三十七年（1609 年）刊行，即现传杨升庵评点、梅庆生音注本。自万历三十七年以迄天启六年，二十年间，梅氏音注本至少有六种不同的版本至今仍有流存，足见影响之大、流传之广（户田浩晓，69，b）。《汉魏六朝集部珍本丛刊》收录杨慎评点，梅庆生音注之明万历三十七年（1609 年）梅庆生刻、天启二年（1622 年）重修本。傅增湘跋，称"自原道赞起至杂文止，据敦煌石室唐人写本校订。原本乃董授经大理自法都摄影携回相示者也。辛未重阳藏园补志"。朱谋埠跋后，傅增湘又记曰："诵芬室主人自英京影印唐人写本《文心雕龙》一卷，自《征圣》至《杂文》凡十三篇。取此本校勘，增改殆数百字，均视杨、朱、梅诸人所校为胜。惜《隐秀》篇不存，无以发前人之覆耳。癸亥立夏后三日藏园傅增湘记。"另，刘子《文心雕龙》二卷注二卷，杨慎、曹学佺等评点，梅庆生音注。闵绳初刻五色套印本，亦为《汉魏六朝集部珍本丛刊》收录。该书卷首有万历壬子(1612年)曹学佺《文心雕龙序》，次《杨升庵先生与张禹山书》、闵绳初《刻杨升庵先生批点文心雕龙引》、凌云《凡例》，次《刘舍人本传》《〈文心雕龙〉校雠姓氏》和《刘子〈文心雕龙〉目录》。

五、王惟俭《〈文心雕龙〉训故》

王惟俭《〈文心雕龙〉训故》十卷，是明代一部重要的著作。作者在万历己酉(1609年)作序称："惟是引证之奇，等绛老之甲子。兼之字画之误，甚晋史之己亥。爰因诵校，颇事笺释，庶畅厥旨，用启童蒙。"《凡例》称："是书之注，第讨求故实。"这个本子未见流传，应当没有刊刻。作者在《史通训故序》中说："余既注《文心雕龙》毕，因念黄太史公(黄庭坚)有云，论文则《文心雕龙》，评史则《史通》，二书不可不观，实有益于后学，复欲取《史通》注之。"国家图书馆收藏另外一部编目书号为2369的《〈文心雕龙〉训故》，卷首有万历辛亥(1611年)张同德《合刻训注〈文心雕龙〉〈史通〉序》，云："损仲慕古好奇，于学无所不窥，读是二书，有味乎其言，翻阅辟籍，注为训笺，参互诸刻，正其差谬，疑则乙其处以俟考订，浃岁而书成，刻以传焉。"《汉魏六朝集部珍本丛刊》收录的《〈文心雕龙〉训故》未收这篇序，但是两书版式、字体相近，应是同一版本。据此而知，《〈文心雕龙〉训故》和《史通训故》合刻于万历三十九年(1611年)。《丛刊》收录的这个本子书眉多有评点，很有价值。

六、黄叔琳《〈文心雕龙〉辑注》

清代黄叔琳有《〈文心雕龙〉辑注》，主要辑梅庆生、王惟俭的注，校勘也以这两家本子为主。据杨明照《〈文心雕龙〉校注拾遗》附录介绍，黄氏辑注本实成于众手，且多辑录旧说。詹锳说过："一般《文心雕龙》研究者，总是引'黄注'。其实黄氏本人（一说为其门客所注）注的究竟有多少呢?"(514，e)后来，由于敦煌本和至正本的发现，发现此书还有大量值得订补之处（铃木虎雄，389，b；户田浩晓，69，c）。国家图书馆出版社2017年以首都图书馆藏清乾隆六年刻本为底本影印出版，便于校读。

第三节　《文心雕龙》的成书年代

一、成于南齐末年说

《隋书·经籍志》著录《文心雕龙》题:"梁兼东宫通事舍人刘勰撰。"《直斋书录解题》《遂初堂书目》《宋史·艺文志》等并同。但《文心雕龙》是否成书于梁代，清代以来的学者已多有怀疑。《四库全书总目》称:"据《时序》篇中所言，此书实成于齐代，此本署梁通事舍人刘勰撰，亦后人追题也。"清人刘毓崧《书〈文心雕龙〉后》考曰:"《文心雕龙》一书，自来皆题梁刘勰著，而其著于何年，则多弗深考。予谓勰虽梁人，而此书之成则不在梁时而在南齐之末也。观于《时序》篇云'暨皇齐驭宝，运集休明，太祖以圣武膺箓，世祖以睿文纂业，文帝以贰离含章，高宗以上哲兴运，并文明自天，缉遐景祚。今圣历方兴，文思光被'云云。此篇所述，自唐虞以至刘宋，皆但举其代名，而特于齐上加一'皇'字，其证一也。魏晋之主，称谥号而不称庙号，至齐之四主，惟文帝以身后追尊，止称为帝，余并称祖称宗，其证二也。历朝君臣之文，有褒有贬，独于齐则竭力颂美，绝无规过之词，其证三也。东昏上高宗之庙号，系永泰元年八月事；据'高宗兴运'之语，则成书必在是月以后。梁武受和帝之禅位，系中兴二年四月事，据'皇齐驭宝'之语，则成书必在是月以前。其间首尾相距，将及四载。所谓今圣历方兴者，虽未尝明有所指，然以史传核之，当是指和帝而非指东昏也。"范文澜引此文后以为:"刘氏此文，考彦和书成于齐和帝之世，其说甚确。"又考曰:"今假设永明五六年，彦和二十三四岁，始来居定林寺,佐僧祐搜罗典籍,校定经藏。《僧祐传》又云:'初,祐集经藏既成,使人抄撰要事,为《三藏记》《法苑记》《世界记》《释迦谱》及《弘明集》等,皆行于世。'僧祐宣扬大教,未必能潜心著述,凡此造作,大抵皆出彦和手也。《释超辩传》:'以齐永明十年终于山寺,沙门僧祐为造碑墓所,东莞刘勰制文。'永明十年,彦和年未及三十,正居寺定经藏时也。假定彦和自探研释典以至校定经藏撰成《三藏记》等书,费时十年,至齐明帝建武三四年,诸功已毕,乃感梦而撰《文心雕龙》,时约三十三四岁,正与《序志》篇齿在逾立之文合。《文心》体大思精,必非仓猝而成,缔构草稿,杀青写定,如用三四年之功,则成书适在和帝之世,沈约贵盛时也。"(333,c)杨明照《〈梁书·刘勰传〉笺注》亦力主成书于齐末说。他又引郝懿行说:"按刘氏此书,盖成于萧齐之季、东昏之年。故其论文,盛夸当代,而不与铨评。著述之体,自其宜也。"杨明照称:"所言虽不如刘毓崧之文翔实确切,然亦不中不远矣。余如《明诗》《通变》《指瑕》《才略》四篇,所评皆至宋代而止。于齐世作者则未涉,亦其旁证。惟自《隋志》以下著录皆署曰梁,盖以其所终之世题之,此本古籍题署之常,无足怪者。"其后,他又作《〈文心雕龙·时序〉"皇齐"解》针对有些学者根据梁代萧子显著《南齐书》亦用"皇齐"二字称萧齐来推翻成书于齐末说提出异议。他认为,萧子显是齐室成员,他用此二字亦在情理之中:"刘勰既非宗室,也不是齐的世臣,入梁始得厕身仕途,这时著书还要尊称已被萧衍推翻了齐为'皇齐',试问有何必要?而且当文人动辄得咎之世,又值残暴猜忌之君萧衍,恐怕刘勰也不敢吧?"他又例举《南齐书·明帝本纪》建武元年十月即位诏"皇齐受终建极"、《王慈传》上表"启皇齐之孝则"、王俭《褚渊碑文》"择皇齐之令典"、沈约《齐故安陆昭王碑文》"皇齐把符于后"及《齐竟陵王题佛光文》"以皇齐之四年"等证据,认为这些"都是齐代君臣对当时王朝例行的尊称","自齐入梁的刘勰在其著作中对齐的称呼前后是不同的。他在齐末撰写《文心雕龙》时称齐为'皇齐',是对当时王朝例行的尊称。入梁以后,天监十六年左右撰写的《梁建安王造剡山石城寺石像碑》叙述齐代事迹时,则只称为齐(文中凡两见),并未冠有'皇'(或'大'字),

而于梁则称为'大梁'(文中凡两见),同样是对当时王朝例行的尊称。同一齐代也,刘勰称呼上的前后差异,正是写作年代不同的显著标志,也是最可靠的第一手资料"(杨明照,286,e)。

这些学者的考辨,论据是充分的。《文心雕龙》成书于齐末说,虽不能说是定论,但没有更有力的证据,一时也是难以推翻的。不过对于"齐末"的理解也有歧义。刘毓崧认为是指和帝时,这是根据《梁书·刘勰传》中"约时贵盛"一句来立论的,因为在东昏时沈约还未"贵盛"。牟通《〈时序〉篇末段发微》也认为"今圣历方兴"是指和帝登位,"海岳降神"是歌颂萧衍等佐命大臣,从而进一步论定《时序》篇作于齐和帝中兴年间。对这些解说,陈恩苓《〈文心雕龙〉成书于齐末补证》提出异议,认为《文心》当成书于东昏侯即位初期。因为东昏初期,政治清明,重视典礼。《时序》中"今圣历方兴,文思光被"与"经礼典章,跨周轹汉"云云都可以"与东昏初即位的史实相应"。再说沈约,在东昏朝虽非齐明帝托孤的"六贵"之一,但齐明帝的托孤遗诏却是尚书令徐孝嗣使沈约撰定的,可见他在东昏时代地位相当重要。东昏初,他"迁左卫将军,寻加通直散骑常侍",从《沈隐侯集》中可以看出,沈约在东昏时,政治上受到相当的重视,为朝廷撰制诏书,迄至永元二年(499—501)十月。萧懿被东昏所杀以后,沈约集中再没有为东昏撰写的诏书。根据这些材料推断,"刘勰成书以永元元年春最近情实"(牟通,147)。

总之,《文心雕龙》成书于齐末,尽管具体理解有细微差异,但成于齐末说已为大多数学者所接受,在相当长的一段时间里,甚至被视为定谳。不过问题并非如此简单。清代阮元《四六丛话后序》:"孝穆振采于江南,子山迁声于河北,昭明勒选,六代范此规模,彦和著书,千古传此科律。"骆鸿凯《文选学·纂集》:"《雕龙》论文之言,又若为《文选》印证。"又引清代李义钧《缙山书院文话》:"舍人为昭明所爱接,崇尚文艺,故有《雕龙》之作。"这些论述,似都把《文心雕龙》与《文选》联系起来,以为作于同时,这当然不妥,因《文选》成于梁代中期,而《文心雕龙》则必成于沈约逝世之天监十二年(513年)之前则是毫无疑义的。如果仅以上述诸说证明

《文心雕龙》成书于梁代，当然不会使人信服。但是近来，施助、广信、叶晨晖、夏志厚、周绍恒等人先后撰文，用很多材料论证了《文心雕龙》成书于梁初。他们的观点应当给予重视。

二、成于梁代初年说

施助、广信《关于〈文心雕龙〉的著述和成书年代的探讨》主要论据是：第一，从史籍的记载来看，《隋书·经籍志》小注曰"梁兼东宫通事舍人刘勰撰"，未注"亡"字，说明《文心》在隋唐时代正在流传，而流传的版本也必定是题"梁刘勰"，而不是题"齐刘勰"。否则，《隋志》便不会这样著录。第二，从刘勰的思想和当时的社会环境以及著书条件等方面来看，刘勰在齐末正于定林寺整理佛经，在此之际又撰著《文心雕龙》是不合情理的。若在"起家奉朝请"之后，刘勰在崇尚佛教，但又不得不借助于儒教的梁王朝的官邸里，踏上仕途之后，弘化历来被统治阶级视为正统的儒教，则是十分合情合理的。再说当时的社会环境也需要这样一部"商榷古今"的集大成之作。萧统在天监五年"始出居东宫"，"讨论篇籍"的风气极盛，客观上需要总结。当时刘勰已做了为萧统掌管奏章和参谒一类的近侍官，来到了藏书三万卷、名才并集的东宫。也正是这样的社会环境和著书条件，才使刘勰有可能写出包罗群籍、详辨文体、笼罩群言、针砭时弊的《文心雕龙》来；而在此前的定林寺，不仅地点偏，且藏书也不会很多。第三，再从《文心雕龙》中"暨皇齐驭宝、运集休明"这段话来看，皇齐确实是对齐王朝的美称。但是，齐梁王室同族、齐梁文学并盛。诸如沈约、江淹、何逊等著名文学家都横跨齐梁二世，刘勰历经齐世，其给予称颂是可以理解的。再说，"皇"字也未必只能冠于当代。屈原《离骚》开篇："帝高阳之苗裔兮，朕皇考曰伯庸。"皇考是对先父的美称。梁武帝大同十一年诏"皇王在昔，泽风未远"。皇王是说黄帝时代的事。可见"皇"字并不能说明问题。根据以上三方面论证，作者得出结论说："《文心雕龙》的著述和成书年代不早于梁天监五年，不晚于天监十二

年是可以肯定的。其间着手著述于昭明太子出居东宫的天监五年，或者
说刘勰兼任东宫通事舍人的时候可能性最大。"（施助、广信，386）此文发
表后，引起了一些学者的关注。秀川《关于〈文心雕龙〉著述和成书年代》
（251）、牟通《〈时序〉篇末段发微》（147）、杨明照《〈文心雕龙·时序〉"皇
齐"解》（286，e）、韩玉生《〈文心雕龙〉究竟成书于什么年代》（502）、王楚
玉《〈文心雕龙〉成于梁初说商兑》（50）等文针对施助、广信文章提出的论
据逐一驳难，仍维持成书于齐末的说法。

　　叶晨晖的系列论文《〈文心雕龙〉成书的时代问题》（83，a）、《〈文心雕
龙·时序〉"海岳降神"句试释》（83，b）、《〈时序〉篇末段齐帝庙号蠡测》
（83，c）等仍对齐末说提出挑战：第一，"海岳降神"句，黄叔琳、范文澜、杨
明照等无注，牟世金引《诗经》"唯岳降神"以为指天降辅佐的贤臣。叶晨
晖据《典论·自序》、鲍照《河清颂》等文，认为"海岳"非"唯岳"，而是魏晋
后出现的一个词汇，是指青州、徐州地区而言的。齐、梁皇室的祖籍即徐
州东海郡所属之兰陵县。因此，"海岳降神"的神，很可能即指齐梁开国
君主，因为前文已有"皇齐驭宝"说到萧道成，故此句当指萧衍，这是《文
心》作于梁武帝代齐之后的佐证。第二，《时序》中"太祖以圣武膺箓，高
祖以睿文纂业，文帝以贰离含章，中宗以上哲兴运"。这里所说的"太祖、
高祖、文帝、中宗"何指，历来争执不一。范文澜注以为"太祖"指萧道成，
"高祖"当是"世祖"之误，指萧赜，文帝指萧长懋，中宗，不详，"案明帝号
高宗，岂'中'为'高'之误欤？"这就是说，最后一位论及齐明帝，故主张齐
末说者以为成书于明帝死后之东昏侯与齐和帝之永元中兴年间。叶晨
晖则以为"太祖"与"高祖"实际并指萧道成，赞美他文武全才。"文帝"与
"中宗"并指萧长懋。这两个人，"都是一句称其庙号，一句称其帝号，两
两成对亦有可能"。这样，作于齐末说的基地便不存在了。第三，至于
"皇齐驭宝"中"皇齐"二字，是主张成书齐末说的关键证据。但成于梁代
的《南齐书·高帝纪》中"史臣曰"一段有"皇齐所以集大命也"之句。史
臣是作者萧子显自称，时为梁代吏部尚书，而《南齐书》之撰又曾经过奏
请批准，具有官方色彩。萧子显身为梁代大臣却用"皇齐"来称呼前代，

我们当然不能仅据此二字就将成书于梁代的《南齐书》定为齐代的著作。对《文心雕龙》亦应作如是观。为什么时已梁代还要尊称齐代？这可能是萧衍为了争取齐代皇族支持拥护梁政权所采取的一种策略手段。齐、梁皇室同姓同宗，所以萧衍屡曰"情同一家"。又说革代是"为卿兄弟报仇"，推许"齐业之初，是甘苦同尝"。为了表示梁代对齐代的尊崇，从而争取齐代贵族的支持，允许在著作中称齐为"皇齐"也并不难于理解。第四，如果上述诸论可以成立，那么《时序》一篇相反倒成为说明《文心雕龙》成书于梁代的最重要佐证。当刘勰叙述齐代"中宗以上哲兴运"后，接以"今圣历方兴，文思见被"云云，以往改朝换代都要改历，改历也就成为改朝换代的另一说法。如《梁书·武帝纪》载武帝受禅后告天的辞里就有"齐氏以历运斯既，否终则亨，钦若不应，以命于衍"句，禅让礼毕后诏书有"齐氏以代终有征，历数云改"云云，可见，《时序》中说的"圣历方兴"应当是指改历而言，同一朝代内的新皇帝登基嗣位是不应该这样说的。

嗣后，夏志厚《〈文心雕龙〉成书年代与刘勰思想渊源新考》又从作于梁代的沈约《郊居赋》中发现该文称齐王齐代为"龙颜""皇邑"，从而说明《文心雕龙》作于梁代初年，称齐为"皇齐"不足为怪。作于齐末说反倒可怪，因为在乱世，刘勰不可能"突然萌生弃佛入世的想念，匆匆忙忙地负书干约"。更重要的证据还在于，《时序》中有"位理定名，彰乎大易之数，其为文用，四十九篇而已"。《易上系》："大衍之数，五十，其用四十有九。"刘勰何以改"大衍"为"大易"？夏文考察《文心雕龙》中提到的名衍的学人共三人，即先秦邹衍、东汉冯衍、晋代王衍，无一例外，刘勰都避免使用"衍"字。这说明，《时序》中改"大衍"为"大易"，这"绝不是刘勰一时大意的偶然疏忽，而是故意避'衍'就'易'的"，"很明显，这是在避梁武帝萧衍的讳。这就足以证明，《文心雕龙》必成书于梁，如果成书齐末，即令当时萧衍已位居梁公、梁王，也决无如此小心翼翼地为之避讳的可能"。《梁书》本传载其"天监初起家奉朝请，中军临川王宏引兼记室"。萧宏三年进号中军将军，六年夏迁骠骑将军，因此刘勰被引为记室，当在三年后六年前,由此断知"《文心雕龙》成书肯定在天监六年萧宏去中军职务前无疑"。为证实这一结论,夏文又从刘勰的著书动机、立论原则和撰述内容这三个方面予以阐释,就著书动机而言,这在《序志》《程器》等篇中表露得最为明显,那就是为求闻达。天监初年,萧衍屡下诏书以延揽天下才士,这正与急欲入仕求宦的刘勰的心情不谋而合,无疑为他提供了重要的信息和绝好的机会。刘勰在依傍佛门十余年之际,突然抛出一部杂采诸家而以儒道为其正宗的洋洋巨著,如果联系天监三四年间梁武帝发动的一场复兴儒学运动的时代背景,如开馆立学、宣传五经以力图扭转"儒教论歇"的局面,那么,这个长期令学术界感到困惑的疑问便不难得到解释了。由此而决定,其立论原则也必然以儒学为宗,"即尊圣贤、崇经典、斥浮荡、倡变革,条条都可以在梁初的实际政务中找到他们的思想根源。这当然不是偶然的巧合,它从另一个角度证明了,刘勰是在梁初时流的裹挟下撰写《文心雕龙》的。"至于他为什么选择论文入手的途径,亦可以从现实背景中找到原因:"由于梁初已立五经馆,置五经博士,且广增生员,招揽寒门俊生,在论说经典的领域内必定竞争者甚众。这就使刘勰不得不转求他途。所谓'就有深解,未足立家',其实有它另外一层深意在内。这不仅是比'马郑诸儒'等历史人物而言,也是因现实状况而发的感慨。加以萧衍爱好文学,广招文士,文学地位又一次大为提高,这就决定了刘勰以儒道为宗,而由论文入手来博取声誉的举动。"(夏志厚,428)

此外,周绍恒《〈文心雕龙〉成书年代新证》在上述诸说基础上又补充两点新证,用以说明成书于梁代:第一,《文心雕龙》几次称齐代为"近代",如《指瑕》:"宋来才英,未之或改,旧染成俗,非一朝也。近代辞人,率多猜忌。"这里依次承举"晋末""宋来""近代",说明"近代"是指齐。"刘勰只有在梁代写《文心雕龙》才会称齐代为近代。所以阮氏父子认为《总术》篇'今之常言'是指'梁时恒言',是很有道理的"。第二,《文心雕龙》成书于《宋书》之后,因为"刘勰在写《文心雕龙》之前是看过沈约《宋书》一百卷的,其根据是《文心雕龙》的某些观点、表达方法等,很明显是借鉴了沈约的《宋书》的"。而《宋书》的最后写定并传世是在梁代,作者举出四证:一是《宋书·自序》明载永明六年仅成本纪、列传等,"所撰诸志,须成续上",说明当时未完;二是《乐志》中"后人衍其声"的"衍"字改作"演",邹衍改作邹羡,是避梁武帝讳;三是《乐志》中"《鞞舞》,即今之《鞞扇舞》也"。今即指梁。《乐府诗集》卷五十三:"《古今乐录》曰:鞞舞,梁谓之《鞞扇舞》";四是《宋略总论》:"齐兴后数十年,宋之新史,既行于世也。"此指沈约《宋书》在齐兴数十年后行世。数十年,至少在二十年以上。齐共二十三年,可见《宋书》在梁代才最后写定并行于世的。至于《南齐书·陆厥传》所载厥与沈约书,说明陆厥只看到列传,因为他是王晏少傅主簿,有机会看到沈约上奏的七十卷本纪列传。《文心雕龙》既成于《宋书》写定并传世之后,则必成于梁代无疑。至于具体时间断限,周绍桓的文章推测说:"如果刘勰从'搦笔和墨,乃始论文'到撰成《文心雕龙》五十篇,最少也要二三年时间的话,那么,《文心雕龙》的成书时间最早也只能是梁天监三年(504年)。又据《梁书·刘勰传》,书成后刘勰欲取定于沈约,因此《文心雕龙》的成书时间当是在刘勰出任中军临川王宏记室的天监三年至沈约所卒的天监十二年闰三月,即公元504年至513年3月之间。"(周绍桓,299,c)

《文心雕龙》的成书年代问题,经过许多学者的考证,成于萧齐末叶之说,似乎已成定论。不过,从上面介绍的文章来看,这种近于定论的看法在某些论证方面似乎还不够成熟,有必要进一步探索。成书于梁代的新说也有不少疑问:(一)《隋志》著录《文心雕龙》作者曰"梁东宫通事舍人",是史书作者追记,其例甚多;(二)用《离骚》"朕皇考曰伯庸"证明"皇"字运用范围广泛亦似牵强;(三)引沈约《郊居赋》为证,说明入梁后仍称齐高帝"龙颜",是用《汉书·高帝纪》词语,指开国之君;(四)"今圣历方兴",有学者以为是改朝换代之意,未必尽然。《论语》有"天之历数在尔躬",就不是改历;(五)《文心雕龙·序志》改"衍"为"易"虽是重要论据,但不能视为铁证,因为古籍中有少数追改之例。而且,据《世说新语·文学》载,庾阐作《扬都赋》,曾因庾亮要看,而在文中改去"亮"字。可见掌权大臣的名字有时也可能避免使用。《文心雕龙》成于齐末,萧衍已掌重权,避萧衍讳亦极有可能。这些问题虽很难说清,但确实值得思索,因为它牵涉的问题比较多。

第四节　《文心雕龙》书名涵义

书名涵义,在《文心雕龙·序志》篇中有过说明:"夫文心者,言为文之用心也。昔涓子《琴心》、王孙《巧心》,心哉美矣,故用之焉。古来文章,以雕缛成体,岂取驺奭之群言雕龙也。"这是解释书名的由来,但如何理解却颇多分歧。

一、"文心"二字本于陆机《文赋》说

章学诚《文史通义》认为:"古人论文,惟论文辞而已矣。刘勰氏出,本陆机而昌论文心。"①饶宗颐《文心与阿毗昙心》说:"陆机《文赋》开端云:'余每观才士之所作,窃有以得其用心。'《文心雕龙·序志》篇亦云:'夫文心者,言为文之用心也。'显然是取自士衡之语以命名"。(340,b)张国光《〈文心雕龙〉能代表我国古代文论的最高成就吗?》认为:"刘勰之所以命此书为'文心',明是仿陆机《文赋》的序文'余每观才士之所作,窃有以得其用心'。""刘勰既在《序志》中解释了书名'文心'之意,又写道:'盖文心之作也。'径以'文心'为此书名。还在赞语之末写道:'文果载心,余心有寄。'看来如以'文心'为书名,岂不言简意赅? 可是刘勰却别生枝节,又缀上'雕龙'二字,这不仅画蛇添足,而且简直是自相抵牾。尽人皆知,'雕龙'的典故出自齐国的'谈天衍''雕龙奭'二语,但刘勰却写道:古来文章以雕缛成体,岂取驺奭之群言雕龙也,明是欺人之谈。"(张国光,268)

---

① 章学诚著,叶瑛校注《文史通义校注》卷三,中华书局 1985 年版,第 278 页。

二、"文心"二字源于佛教说

范文澜《〈文心雕龙〉注》认为"文心之作"采取了佛教论著的思维方式,故能思理明晰。马宏山《论〈文心雕龙〉的纲》《刘勰的佛教思想属大乘空宗》等文(12,a,b)并以为刘勰的思想是"以佛统儒,佛儒合一"。又说:"《文心雕龙》书名中的'文心'二字,也包含着'弃迹求心'的意义。这个词语的渊源是佛典,而不是儒经。《法华玄义释签·序释签》说:'盖序王者,叙经玄意。玄意述于文心,文心莫过迹本。'这段话不仅证明了刘勰在其文学理论上有着'弃迹求心'的思想,而且又证明了《文心雕龙》连书名也和佛教思想有直接关系。虽然刘勰在《序志》篇说过'夫文心者,言为文之用心也,昔涓子《琴心》、王孙《巧心》,心哉美矣,故用之焉'的话,但思想却正如范文澜同志所说的'彦和精湛佛理,文心之作,科条分明,往古所无……盖采取释氏法式而为之,故能鳃理明思若此'的情状。这就可知他之所谓涓子《琴心》、王孙《巧心》的话,着眼点却是在'心哉美矣'这四个字上,而并不是把'涓子'和'王孙'其人的思想作为自己的文学理论之'本'的。"

三、"雕龙"与"雕龙奭"的关系

刘勰自释书名已明言"岂取驺奭之群言雕龙也",说明他用了这个典故,但如何运用却也成了分歧的焦点。一是从否定意义上运用这个典故。张长青、张会恩《〈文心雕龙〉诠释》说:"刘勰认为,自古以来的文章,都是重视文采的修饰的,但修饰文采是为了表现义理,而且要顺乎自然。不能像战国时代'雕龙奭'那样,修饰太多,雕琢过分,流于矫揉造作。这是针对六朝浮诡讹滥的文风而发的,是富有战斗性的。"(253)二是从肯定意义上运用这个典故。王利器《〈文心雕龙〉校记》把"岂取驺奭之群言雕龙也"句中的"岂"字训为通假字,并在注中作了论证:"岂,读为'冀'。《文选》曹子建《朔风诗》:'岂云其诚。'李善注引《苍颉》云:'岂,冀也。'

《礼记·檀弓》下《释文》:'庶觊音冀,本又作几,音同。'《史记·滑稽列传》:'几可谓非贤大夫哉!''几'即'岂'借字,此又'几''岂'通用之证。"(王利器,33,c)依此训释,则此句当意指:庶几乎是效仿修饰语言有如雕刻龙纹一般的驺奭。周振甫《〈文心雕龙〉今译》说:"从古以来的文章,靠修饰和文采来构成,大概是效仿修饰语言有如雕刻龙纹一般的驺奭吧。"(周振甫,302,d)三是以此书与"雕龙奭"典故没有必然联系,仅用取作为书名而已。陆侃如、牟世金《〈文心雕龙〉选译》:"文章的写作从来都是讲究雕饰的;现在又用'雕龙'两字来称我这部书,难道是因为前人曾用来称赞过驺奭文采的缘故吗?"后来在《〈文心雕龙〉译注》中把"难道是因为前人曾用来称赞过驺奭文采的缘故吗"改译成:"并不仅仅是由于前人曾用以称赞过驺奭富有文采的缘故。"但在注文中一如选译的讲法:"刘勰用'雕龙'二字做书名,主要因为文章的写作从来都注重文采,不一定用驺奭的典故。"(陆侃如,年世金,236)郭晋稀《〈文心雕龙〉注译》:"从古以来的文章,都是雕章琢句,文采纷披,因此书名又叫'雕龙',难道只是由于驺奭的绰号叫做'雕龙',所以采用了它吗?"(郭晋稀,420,a)赵仲邑《〈文心雕龙〉译注》:"其次是文章的写作,从来都是以精雕细刻和文采丰缛为法的,这正如雕缕龙文一般,我因而又称这本书为'雕龙',过去大家曾以此来称赞驺奭的文采,但我难道是采取这样的用意,表示自己也富有文采么?"(赵仲邑,346)总之,刘勰认为,为自己的著作命名,确实受到"驺奭之群言雕龙"的启发,但又不仅仅限于此,最终还是可以追溯到"幽赞神明"的易象那里,昭示天文地文人文之心(陈允锋,194)。

四、"文心"与"雕龙"的关系

滕福海《〈文心雕龙〉这个书名是什么意思》说:"'文心'提示了全书内容的要点,'雕龙'标明了该书形式的特点。'文心雕龙'就是以雕缕龙文般华丽的文句和精美的结构去论说文章理论的根本性问题。"(滕福海,524)李庆甲《〈文心雕龙〉书名发微》肯定了滕文把"文心"和"雕龙"二者联系起来考察的方法,但对其以"雕龙"二字是对《文心雕龙》的"形式的特点"的具体分析另有歧义,认为二者是主从关系,不是并列关系。"文心者,言为文之用心也,是探讨文章写作的用心的意思,用今天的话来说,即论述文学创作的原理之谓。'文心'一词提示了全书的内容要点,在书名中处于中心位置。'雕龙'一词出典于战国时代的驺奭,所谓'雕镂龙文',本有两层含意:一个是形容其文采富丽,另一个是极言其功夫精深细致。刘勰是在肯定的意义上运用这个典故的,他在书名中所说的'雕龙'主要吸取了后一层意思,用以说明自己这部书是怎么样地'言为文之用心'的。这就是说,'雕龙'二字在书名中处于从属的位置,它为说明中心词'文心'服务"(李庆甲,164,d)。李曰《也为〈文心雕龙〉书名正义》则认为:"刘勰所标识的'文心',着重在美学意义上强调文学的特质,这种以志应物、离形取神所创造出来的意象,是作家的情志和客观的物象完美融合的产物。它在文学创作的整个过程中被刘勰视为'驭文之首术',所以他要强调'为文之用心'。正是基于对文学的通体考察和对文学规律的深刻认识,刘勰特别强调'文心'的重要作用,将其放在为文的统师地位,因此标于书名之首。刘勰把'文心'放在书名之首,指出了它的统师地位,但并没有忽略用什么方法把'为文之用心'写出来,故于其后附以'雕龙'二字。'文心'与'雕龙'连缀使用,使其内涵更加精密,意义更趋完整。"(李曰,173)此外,陈少松还有《〈《文心雕龙》书名发微〉质疑》对李庆甲文有所匡补,亦值得参看(193)。

第五节 《文心雕龙》的篇章次第

篇章次第,在《文心雕龙·序志》篇也有说明:"盖《文心》之作也,本乎道,师乎圣,体乎经,酌乎纬,变乎骚,文之枢纽,亦云极矣。若乃论文叙笔,则囿别区分,原始以表末,释名以章义,选文以定篇,敷理以举统,上篇以上,纲领明矣。至于割情析采,笼圈条贯,摛神性,图风势,苞会通,阅声字,崇替于《时序》,褒贬于《才略》,怊怅于《知音》,耿介于《程器》,长怀《序志》,以驭群篇,下篇以下,毛目显矣。位理定名,彰乎大易之数,其为文用,四十九篇而已。"据此而知,原书分"上篇"与"下篇",似止为二卷。但自《隋书·经籍志》《旧唐书·经籍志》《新唐书·艺文志》《直斋书录解题》《郡斋读书志》以来诸家书录俱作十卷,当为后人所分。又,全书五十篇,可以析成四部分:前五篇,即《原道》《征圣》《宗经》《正纬》《辨骚》为"文之枢纽",是论文的关键;自《明诗》以下二十篇,即《明诗》《乐府》《诠赋》《颂赞》《祝盟》《铭箴》《诔碑》《哀吊》《杂文》《谐隐》《史传》《诸子》《论说》《诏策》《檄移》《封禅》《章表》《奏启》《议对》《书记》为"论文叙笔",属于文体论的范围;自《神思》以下以迄《程器》二十四篇为"割情析采",属于创作论的范围;《序志》一篇为总序。就篇章次第而言,这四部分中,只有"割情析采"的二十四篇颇多歧义。今传诸本二十四篇次序为:《神思》《体性》《风骨》《通变》《定势》《情采》《熔裁》《声律》《章句》《丽辞》《比兴》《夸饰》《事类》《练字》《隐秀》《指瑕》《养气》《附会》《总术》《时序》《物色》《才略》《知音》《程器》。争议比较集中的是在《练字》《养气》《物色》《总术》《时序》等篇章次第上。

一、范文澜《〈文心雕龙〉注》说

《〈文心雕龙〉注》以为《练字》当接在《章句》之后,居《丽辞》前。理由是:"《章句》篇以下,《丽辞》《比兴》《夸饰》《事类》四篇所论,皆属于句之事。而四篇之中,《事类》属于《丽辞》,以《丽辞》所重在于事对也。《夸饰》属于《比兴》,以比之语味加重则成夸饰也。《练字》篇与上四篇不相联接,当直属于《章句》篇。《章句》篇云:'积字而成句。'又云:'句之清英,字不妄也。'练训简,训选,训择,用字而出于简择精切,则句自清英矣。"是为一。又,《物色》篇当移接《附会》之下,《总术》之上。理由是:"《文选》赋有物色类。李善注曰:'四时所观之物色而为之赋。'又云:'有物有文曰色,风虽无正色,然亦有声。'本篇当移在《附会》篇之下、《总术》

篇之上。盖物色犹言声色,即《声律》篇以下诸篇之总名,与《附会》篇相对而统于《总术》篇,今在卷十之首,疑有误也。"(333,c)王利器《〈文心雕龙〉校证》以为"范氏献疑是,《序志》篇云:'崇替于《时序》,褒贬于《才略》,怊怅于《知音》,耿介于《程器》,长怀《序志》,以驭群篇。'彦和自道其篇次如此:《物色》正不在《时序》《才略》间。惟此篇由何处错入,则不敢决言之耳"(33,c)。

二、刘永济《〈文心雕龙〉校释》说

《〈文心雕龙〉校释》以为《物色》篇"宜在《练字》篇后,皆论修辞之事也。今本乃浅人改编,盖误认《时序》为时令,故以《物色》相次"。(95)杨明照《〈文心雕龙〉校注拾遗》亦以为《物色》篇"介于《时序》《才略》之间,殊为不伦,当移入九卷中,其位置应为第四十一。《指瑕》《养气》《附会》三篇依次递降"。《总术》篇原通行本在第四十四篇,但是,当有错简,因"本篇统摄《神思》至《附会》所论为文之术,应是第四十五,殿九卷之后;《时序》与《才略》互有关联,不能分散在两卷,《时序》应为第四十六,冠十卷之首"(286,g)。

三、郭晋稀《〈文心雕龙〉译注十八篇》说

《〈文心雕龙〉译注十八篇》提出《养气》当在《风骨》之后、《通变》之前;《物色》应在《附会》之后、《总术》之前。理由是:"《序志》说:'摛神性,图风势','神'是指的《神思》,'性'是指的《体性》,'风'是指的《风骨》,都是按次第的,'势'不能说是指的今本《文心雕龙》的《通变》,只能说指的是《通变》之后的《定势》;而且《序志》在下文接着说:'苞会通',明明指的《通变》,像《序志》这样严密的文章,不会把《通变》和《定势》的次第随便颠倒的,'图风势'的'势'应该是'气'字的错文,指的《养气》。《文心雕龙》的篇次是十分严谨的,在《风骨》的第二段里,是论'风骨'与'气'的关

系，显然在《风骨》之后应该是《养气》。"（420，a）后来，他又著《〈文心雕龙〉的卷数和篇次》重申前说："'撮神性'自然是指的《神思》和《体性》，'图风势'自然是指的《风骨》和《定势》，'苞会通'自然是指的《附会》和《通变》，'阅声字'自然是指的《声律》和《练字》。今本的次第是《神思》第二十六……《附会》第四十三，与《序志》所说的次第又极不相同。为什么'论文叙笔'那样眉目清楚，而'剖情析采'却这样的混乱呢？刘勰著书，条理十分绵密，今本这样混乱，应该是后人搞乱的。"（420，b）在二十世纪六十年代，郭晋稀仅仅变动《养气》《物色》两篇的位置，《养气》前置已如上述，《物色》亦本范文澜置于《附会》后，但七十年代末，则作了较大的调整，《附会》紧接在《养气》后、《风骨》前，依次为：《养气》《附会》《通变》《事类》《定势》《情采》《熔裁》《声律》《练字》《章句》《丽辞》《比兴》《夸饰》《物色》《隐秀》《指瑕》《总术》《时序》等。

四、周振甫《〈文心雕龙〉注释》说

《〈文心雕龙〉注释》以为《物色》应置于《情采》下、《熔裁》上，《总术》应为第四十五篇，是创作论的总序。理由是："第一，刘勰把《时序》《才略》《知音》《程器》作为一组，把其他二十篇称为'剖情析采'，是另一组，这两组的介绍法不同。那么，《时序》《才略》应该衔接起来，为什么现在的篇目里在中间插进《物色》呢？纪评说：'《时序》篇总论其世，《才略》篇各论其人。'论世知人应该衔接；而《物色》应该属于'剖情析采'；说明这部分篇目的次第有错乱。《物色》应该提前，列入'剖情析采'内，这样，'剖情析采'共二十篇。第二，二十篇'剖情析采'内，末篇《总术》，该是创作论的序言。因为刘勰把全书的总序放在书末，所以也把创作论的序言放在二十篇末。怎么知道《总术》不是创作论的总结而是创作论的序言呢？一，《总术》的开头说：'今之常言，有文有笔。'《总术》倘是'剖情析采'的总结，为什么不讲情采而讲文笔呢？原来这篇是承接文体论来的。文体论是'论文叙笔'，这篇既是承接文体论转入创作论，所以从讨论文笔开头，这是顺理成章的。第二，这篇从文笔转到研术，就是从文体论转到创作论。研术说明研究创作方法的重要，引起读者对创作论的重视，不是对'剖情析采'做总结，也说明这篇是创作论的序言而非结论。第三，二十篇创作论，除《总术》外的十九篇是怎样排列的呢？《总术》说：'务先大体，鉴必穷源。乘一总万，举要治繁。'在这里指出：创作论'务先大体'，是一；'乘一总万'，是二。所以创作论中应该有一部分是属于'务先大体'的，又有一篇是总括群篇的。那么《神思》《体性》《风骨》《通变》《定势》五篇，应该是属于务先大体的。因为这五篇既在前，又是创作论中的重要部分。《神思》又是总括群篇的，因为《神思》的赞曰：'神用象通，情变所孕。物以貌求，心以理应。刻镂声律，萌芽比兴。结虑司契，垂帷制胜。'这几句是创作论的概括，是'总万'。从这里看来，创作论似分为四部分：一，是'神用象通，情变所孕'。神指神思，情变指情性和通变，情性和体性有关，通变跟定势有关，这就包括《神思》《体性》《风骨》《通变》《定势》来完成。二，'物以貌求，心以理应'。物貌指物色，心理指情理，物色与情理构成情采，而心以理应有待于熔裁。这就是《情采》《物色》《熔裁》。三，'刻镂声律，萌芽比兴'。从声律到修辞，包括《声律》《章句》《丽辞》《比兴》《夸饰》《事类》《练字》《隐秀》《指瑕》。四，'结虑司契，垂帷制胜'。陆机《文赋》在将结尾部分提出文思的通塞问题，认为无法解决。刘勰提出《养气》来使文思常通，这就是制胜。他提出《附会》来'总文理，统首尾，定与夺，合涯际'，是'结虑司契'。这部分指《养气》和《附会》。"（302，c）

五、牟世金《〈文心雕龙〉理论体系初探》说

《〈文心雕龙〉理论体系初探》不同意更改现行的篇次。尽管《序志》未言及《总术》《物色》，但按牟世金的文章分析："刘勰的意思，《总术》虽单成一篇，但并未提出新的论旨，不过将前面所论各种问题，'列在一篇，备总情变'，因而不必在《序志》中和其他论题相提并论；再就是《总术》列《时序》之前，是创作论的总结，篇中已有交待，《序志》中就没有重复提出

的必要。再一篇是《物色》。《时序》以下的几篇，按内容来说，《时序》《才略》《程器》的性质相近，都是分别从时、才、德三个方面纵论历代作家作品，似应连在一起的，但其中却插进《物色》《知音》两篇，既以横的论述为主，性质也和评论历代作家的三篇不同。因《物色》省去未提，所以引起怀疑较多，如果《序志》中未逐篇讲到《时序》以下几篇，那会更要引人怀疑其篇次。但刘勰这样处理却有他自己的用意。他不是着眼于论述的形式来归类，而主要是从理论上的内在关系来处理的。以《程序》篇殿后，显然和他重视作家品德，特别是'摛文必在纬军国，负重必在任栋梁'的用世思想有关。而《知音》篇作为文学批评理论的总结，自然应在《才略》篇之后。至于《物色》在《时序》之后，则是虽省犹明的。其他诸篇都各有专题，《时序》《物色》则是一个问题的两个方面。这正是《序志》篇未提到《物色》的主要原因。"(145,d)日本学者安东谅《〈文心雕龙〉下篇的篇次》亦支持牟世金提出的"在没有可靠证据之前，仍以尊重原著为是"的观点，并强调说，《文心雕龙·序志》篇有所省略，这不能不考虑到这部书"是用骈文写成的这一最基本、最重要的事实"，因受骈文规则制约，文字、句数等必然有所省约，也是自然之理(155)。陈志明《〈文心雕龙〉理论的构成与篇第间的关系》亦持类似观点，认为"摛神性"等语"只是举例式的，不宜作目录式的一板一眼的，又并不完全顾及书中篇次的先后的"。不能据此判定《文心》下篇有脱简(202)。

　　综上诸说，牟世金的看法较为可取。校勘整理古籍，于错简的判断最应慎重。《离骚》中"曰黄昏以为期，羌中道而改路"，自来皆以为窜入，但刻本和排印本皆仍之而加注。"二十四史"校勘本，对改字的处理是极为慎重的，更无论错乱等问题了。这应是整理古籍的一个最基本的态度。至于说臧懋循之改"元曲"、金圣叹之改《水浒》，高鹗之改《红楼》，可以视之为再创造，从这一方面可以有所肯定，但从今天整理古籍的指导思想来说，则是不允许的。对《文心雕龙》的篇目问题，我们也不妨作如是观。

第六节　《文心雕龙·隐秀》篇补文的真伪

一、《文心雕龙·隐秀》篇的缺失

现存《文心雕龙》最早刻本,即元至正十五年刻本中《隐秀》篇自"澜表方圆"下至"朔风动秋草"的"朔"字共四百字原缺。此本每半叶十行,行二十字,缺四百字,正合一板。相传今坊本乃何焯校补。黄叔琳本《隐秀》篇就是根据何焯本校补的,并称:"《隐秀》篇自'始正而末奇'至'朔风动秋草'朔字,元至正乙未刻于嘉禾者即阙此叶,此后诸刻仍之。胡孝辕、朱郁仪皆不见完书。钱功甫得阮华山宋椠本钞补。后归虞山,而传录于外甚少。康熙庚辰,何心友从吴兴贾人得一旧本,适有钞补《隐秀》篇全文。辛巳,义门过隐湖,从汲古阁架上见冯己苍所传录功甫本,记其阙字以归。"这里提到了与《隐秀》篇补文流传有重要关系的钱允治(功甫)、冯舒(己苍)、钱谦益(虞山)、何焯(义门)、何煌(心友)等人。按钱允治跋:"此书至正乙未刻于嘉禾,弘治甲子刻于吴门,嘉靖庚子刻于新安,辛卯刻于建安,万历己酉刻于南昌,至《隐秀》一篇均之阙如也。余从阮华山得宋本钞补,始为完书。甲寅(1614年)七月廿四日书于南宫坊之新居。"据此而知,钱允治是现存《隐秀》篇补文的最早过录者。此本后归钱谦益,冯舒抄录《隐秀》篇补文,这在冯舒本跋文中有清楚的交待。绛云楼大火后,钱氏本失传,赖冯氏本流传,今存北京图书馆。又按徐𤊹万历己未跋:"第四十《隐秀》一篇原脱一板,予万历戊午(1618年)之冬客游南昌,王孙孝穆(即朱谋㙔,字孝穆)云:'曾见宋本,业已钞补。'予亟从孝穆录之。"这个校录本现存北京大学图书馆。又何焯康熙庚辰跋:"康熙庚辰心友弟从吴兴贾人得一旧本,适有钞补《隐秀》篇全文。除夕,坐语古小斋,走笔录之。"从上述题跋而知,《隐秀》篇补文的来源主要有三个,即钱允治补抄本,朱谋㙔所见宋本和何焯从其弟处所见贾人旧本。

二、《文心雕龙·隐秀》的辨伪

明人好作伪书，因此，明人所见补的这四百字《隐秀》篇补文，清代以来的绝大多数学者以为不可靠。纪昀是最有力的判定者。他在芸香堂本卷首例言及《隐秀》篇评语中再三称："此篇出于伪托，义门为阮华山所欺耳。""此一页殊不类，究属可疑。'呕心吐胆'似摭玉溪《李贺小传》'呕出心肝'语；'煅岁炼年'似摭《六一诗话》周朴'月煅季炼'语。称渊明为彭泽乃唐人语，六朝但有征士之称，不称其官也。称班姬为匹妇，亦摭钟嵘《诗品》语。此书成于齐代，不应述梁代之说也。且《隐秀》之段，皆论诗而不论文，亦非此书之体，似乎明人伪托，不如从元本缺之。"又曰："癸巳（1773 年）三月以《永乐大典》所收旧本校勘，凡阮本所补悉无之，然后知其真出伪撰。"这些看法，《四库全书总目》作了系统的阐述："是书自至正乙未刻于嘉禾，至明宏（弘）治、嘉靖、万历间，凡经五刻，其《隐秀》一篇，皆有阙文。明末常熟钱允治称得阮华山宋椠本，钞补四百余字，然其书晚出，别无显证，其词亦颇不类。如'呕心吐胆'似摭《李贺小传》语；'煅岁炼年'似摭《六一诗话》论周朴语；称班姬为'匹妇'，亦似摭钟嵘《诗品》语，皆有可疑。况至正去宋未远，不应宋本已无一存，三百年后乃为明人所得。又考《永乐大典》所载旧本，阙文亦同。其时宋本如林，更不应内府所藏，无一完刻。阮氏所称，殆亦影撰，何焯等误信之也。"

近现代学者对《隐秀》篇补文持否定态度的以黄侃、刘永济、杨明照、周振甫、王达津等人为代表，黄侃《〈文心雕龙〉札记》说："详此补亡之文，出辞肤浅，无所甄明。且原文明云'思合自逢，非由研虑'。即补亡者，亦知不劳妆点，无待裁熔，乃中篇忽羼入'驰心溺思、呕心、煅岁'诸语。此之矛盾，令人笑诧。岂以彦和而至于斯？至如用字之庸杂，举证之阔疏，又不足消也。案此纸亡于元时，则宋时尚得见之，惜少征引者。惟张戒《岁寒堂诗话》引刘勰云：'情在词外曰隐，状溢目前曰秀。'此真《隐秀》之文。今本既云出于宋椠，何以遗此二言？然则赝迹至斯愈显，不待考索文理而亦知之矣。"(460，b)为此，他又特意补写《隐秀》所阙四百字，颇得时人重视，徐复、赵西陆甚至还为黄侃补文作笺注(409，a;345)。刘永济《〈文心雕龙〉校释》同意纪昀、黄侃的辨伪，并补充说："文中有'彭泽之□□'句，此彭泽乃指渊明。然细检全书，品列成文，未及陶公只字。盖陶公隐居息游，当时知者已鲜，又颜谢之体，方为世重，陶公所作，与世异味，而陶集流传，始于昭明，舍人著书，乃在齐代，其时陶集尚未流传，即令入梁，曾见传本，而书成已久，不及追加。故以彭泽之闲雅绝伦，《文心》竟不及品论。浅人见不及此，以陶居刘前，理可援据，乃于此文特加征引，适足成其伪托之证。"(95)杨明照《〈文心雕龙·隐秀〉篇补文质疑》(286，c)、王达津《论〈文心雕龙·隐秀〉篇补文的真伪》(26，f)、周振甫《〈文心雕龙〉注释》等又提出了一些新的证据，用以辨伪:第一，从版本上看，钱允治所见阮华山藏宋椠本，朱谋垏所见宋本均不见传，且未见明清公私著录，特别是钱抄又缺《岁寒堂诗话》中所引刘勰佚文，这在版本上首先令人起疑。第二，从论点上看，补文中的"呕心吐胆""煅岁炼年"等与《神思》《养气》等篇提出的"秉心养术，无务苦虑。含章司契，不必劳情"的观点相左。第三，从体例上看，《明诗》提出李陵、班婕妤诗为伪，以后再未提及，补文却论及二人诗句，正与《明诗》矛盾。且补文只论诗，不及文，与《比兴》《丽辞》《夸饰》等篇兼论诗文体例不符。第四，从称谓上看，刘勰对历代作家的称谓除于列朝君主称谥号或庙号、曹植称陈思王或陈思、屈原称三闾、司马谈称太史、班姬称婕妤外，其他作家只称名或字，绝无称其官的，而补文却称陶渊明为彭泽，与全书称谓不符。第五，从用字上看，《文心雕龙》是"本末""始终"连用，从来不用"始末"，而补文却有"始正而末奇"之语。始末一词似不是六朝人习语。又，"波"与"若远山之浮烟霭"，似从明人画论中来，"妆点"也不是六朝用语。经过这些学者的深入辨析考证，《隐秀》篇补文系明人伪撰的看法已为大多数学者所接受，庶几成为定论。

三、《文心雕龙·隐秀》的释真

詹锳连续发表《〈文心雕龙·隐秀〉篇的真伪问题》(514,a)《再谈〈文心雕龙·隐秀〉篇补文的真伪问题》(514,b)等文,从版本和内容两方面考订《隐秀》补文非明人影撰。先说版本。他引明天启七年(1627年)冯舒校、谢恒抄本《文心雕龙》(今藏北京图书馆)的钱功甫跋,说明有个宋本从阮华山转到钱功甫,又到钱谦益手中,后绛云楼失火,这个宋本失传。又梅庆生天启二年(1622年)六次校定《文心雕龙》本(今藏天津图书馆)有《隐秀》补文,据朱谋㙔跋,也出阮华山藏宋本。此宋本已不传,而钱允治抄本又晚出(此前诸明本均缺《隐秀》一段),故纪昀表示怀疑,很难推翻。为此,詹锳又从内容上论定,认为"呕心吐胆"出桓谭《新论·祛蔽》;"煅岁炼年"可与《后汉书·张衡传》中称他"精思傅会,十年乃成"相印证;鲍照已有《效陶彭泽体》,不能说六朝但有"征士"之称,等等(514,c)。但周振甫认为,刘勰讲扬雄惊梦、左思练都的故事,作为文思迟钝的例子,不是宣扬"呕心吐胆""煅岁炼年"的。刘勰在《养气》中提倡"率志委和",反对"销铄精胆",与补文"呕心吐胆"等说显然不同(302,d)。

第七节　《文心雕龙》论著举要

一、黄侃《〈文心雕龙〉札记》

黄侃,字季刚,为学师承章太炎,曾先后执教北京大学、武昌高等师范学校中文系。本书是他1914年至1919年间执教北京大学时所撰《文心雕龙》专题课讲义,1927年北京文化学社曾将《神思》以下二十篇札记加以印行,《原道》以下十一篇札记,曾在中央大学《文艺丛刊》上发表过。1947年四川大学中文系将此两部分合印成一册,作为校内刊物,供教学参考。中华书局1962年重新排版印行,即以川大本为底本,另加"出版说明"和黄心田所撰"后记"。华东师范大学出版社 1996 年出版由陈引驰校订的《〈文心雕龙〉札记》极便阅读。全书正文由"题辞及略例""札记"三十一篇以及附录黄侃《文学记微》《中国文学概谈》和骆鸿凯所撰《物色》篇注等三部分组成。"札记"三十一篇包括自《原道》至《颂赞》凡九篇、自《议对》至《总术》凡二十一篇,另《序志》一篇。关于"札记"有以下几点值得注意,其一,系统整理了近代以来《文心雕龙》的注释,择善而从。在《札记》之前,比较完善的注本是黄叔琳《〈文心雕龙〉辑注》,但是黄注基本上出于宾客之手,谬误甚多,同时所引书目往往为今世所不见,辗转取载而不著其出处。黄侃以《辑注》本为基础,对其遗脱处偶加补遗,同时录入孙诒让《札移》中有关《文心雕龙》之语以及李详的《黄注补正》。黄侃以前的《文心雕龙》注本往往是就词句本身或注或释,黄氏沿用刘勰所倡"选文以定篇"作为注释格式,"诸篇所举旧文,悉是彦和所取以为程式者,惜多有残佚,今凡可见者,并皆缮录,以备稽考。唯除《楚辞》《文选》《史记》《汉书》所载,其未举篇名,但举人名者,亦择其佳篇,随宜迻写。若有彦和所不载,而私意以为可作楷橥者,偶为抄撮,以便讲说"(《题辞及略例》)。如《原道》篇"乾坤两位,独制文言,言之文也,天地之心哉"一句,黄氏引《周易音义》及《周易正义》所释"文言"二字语句,为了更具体地说明问题,又通篇援引为乃师所非议的阮元的《文言说》《书梁昭明太子〈文选〉序后》及《与友人论古文书》三篇,以为"阮氏之言,诚有见于文章之始,而不足以尽文辞之封域",而其师章氏之言亦非"不易之定论",并提出"推而广之,则凡书以文字,著之竹帛者,皆谓之文,非独不论有文饰与无文饰,抑且不论有句读与无句读,此至大之范围也"。此条注释,自然大大超出《文心雕龙·原道》篇此一句之范畴,而涉及文学史上的一大问题。再如《乐府》篇"子政品文,诗与歌别"下注称"此据《艺文志》为言,然《七略》既以诗赋与六艺分略,故以歌诗与诗异类。如令二略不分,则歌诗之附诗,当如《战国策》《太史公书》之附入《春秋》家矣。此乃为部类所拘,非子政果欲别歌于诗也"。并通篇引述了《乐府诗集》十二类每类之叙说源流之辞。这种注释体例,后为范文澜注《文心雕龙》所继承。其二,《札记》是近现代《文心雕龙》理论研究的第一部系统著述。所选三十一篇，均为体现《文心雕龙》理论主张较重要的篇章，每篇札记，黄氏力求对该篇所涉及的理论问题加以阐释，其中许多见解，对近五十年《文心雕龙》研究工作的全面展开具有重要的先导意义。如关于《风骨》篇中的"风骨"，作者以为，"文之有意，所以宣达思理，纲维全篇，譬之于物，则犹风也。文之有辞，所以摅写中怀，显明条贯，譬之于物，则犹骨也。必知风即文意，骨即文辞，然后不蹈空虚之弊"。"风即文意，骨即文辞"，言简意明，切中要害。再如《章句》篇，黄侃将刘勰之理论分九目叙之，即"一释章句之名，二辨汉师章句之体，三论句读之分有系于音节与系于文义之异，四陈辨句简捷之术，五论古书文句异例，六论安章之总术，七论句中字数，八论句末用韵，九为词言通释"，分析透彻入微。总之，黄侃《文心雕龙札记》资料引述丰富，论断严格细致，在《文心雕龙》研究史上具有很重要的参考价值，称得上近现代龙学研究的开山之作，深深地影响着二十世纪的《文心雕龙》研究。

二、范文澜《〈文心雕龙〉注》

范文澜注最初题为《〈文心雕龙〉讲疏》，由天津新懋印书馆 1925 年 10 月印行。有学者仔细疏理资料，认为《〈文心雕龙〉讲疏》与黄侃《〈文心雕龙〉札记》多有暗合。由于这个原因，黄、范二人失和，黄侃悄然中断了《〈文心雕龙〉札记》的写作（张海明，276）。范文澜则另起炉灶，加快完成《〈文心雕龙〉注》一书的写作，先由北平文化学社 1929 年印行，分上中下三册。其后又稍事增修，于 1936 年改由开明书店出版线装本七册。1958 年，人民文学出版社又出版了经过重新校订整理的排印本，大约删去旧注约一百二十处，改正旧注约三百处，增入约一百六十处，乙正约二十处，较之旧印本有了很大的提高。[①] 书前附有《梁书·刘勰传》《黄校本

---

①　详见王利器 1955 年 10 月 19 日撰写的《文心雕龙注》审读意见，手稿影印件收在《功在千秋的事业——新中国古籍整理出版成就》，中华书局 2003 年出版。

原序》《元校姓氏》《例言》以及《铃木虎雄黄叔琳本〈文心雕龙〉校勘记》。目录后详列《〈文心雕龙〉注征引篇目》。从学术研究史的角度看,范文澜的《〈文心雕龙〉注》是具有里程碑性质的著作,它是此前所有旧注的集大成者,又是新时代研究的开山鼻祖。①

集旧注之大成,我们可以从辑校汇注和专题考订两个方面来说明。就辑校汇注而言,作者用古代研究经史的办法研究《文心雕龙》,凡征引他人之说,于每篇之末必详记著书人姓氏及书名卷数,举凡黄叔琳、顾千里、黄丕烈、谭瀛、孙诒让、铃木虎雄、赵万里、孙蜀丞等人考订成果,无不吸收进来,并断以己意。作者遵从业师黄侃《〈文心雕龙〉札记》的做法,"悉是彦和所取以为程式者,惜多有残佚,今凡可见者,并皆缮录,以备稽考。唯除《楚辞》《文选》《史记》《汉书》所载,其未举篇名,但举人名者,亦择其佳篇,随宜迻写。若有彦和所不载,而私意以为可作楷橥者,偶为抄撮,以便讲说"。可惜黄侃仅仅完成了三十一篇,且详略不等。范文澜以此为蓝本,略仿裴松之《三国志注》、刘孝标《世说新语注》、李善《文选注》,对《文心雕龙》五十篇逐一详注,并参照老师的做法,对于刘勰所论篇章,详加抄录。根据《征引篇目》,凡三百多篇(其中古诗、李陵、苏武诗均各以一首计算)。作者谦称这是为便于读者翻检,实际上,其意义远不止于此。书中所引论著,有许多是后代的考证,散见于群书之中,本书分门别类,辑录于有关篇章之下,汇总起来,实际上可以看作是一个个专题的资料汇编。譬如《正纬第四》注,先引胡应麟《四部正讹》以明谶纬性质之不同;次引徐养原《纬候不起于哀平辩》以论谶纬之起源;再引刘师培《国学发微》以明东汉纬学之盛;其后又据清代辑佚学者所考,详细罗列了纬书的名目以及当时反对谶纬之说的桓谭、张衡《上疏论谶》、荀悦《申鉴·俗嫌》篇;最后又附录了刘师培《谶纬论》。而在注中,举凡史籍中所涉及的谶纬材料无不详加钩辑,考订排比。据此,读者可以初步摸到研

---

① 如户田浩晓《文心雕龙研究》就称范注"是《文心雕龙》注释史上划时代的作品"。上海古籍出版社 1992 年出版。

究谶纬之学的门径。又如《文心雕龙》前二十五篇,主要论及古代文体问题,有些文体,今天的读者已罕知其详,注者不仅详加注释,而且还发凡举例,征引作品,力戒驾空腾说,有裨读者举一反三。再如《明诗第六》《乐府第七》,涉及许多古代诗歌,时代绵邈,真伪莫辨。许多问题,刘勰业已无所适从。对此,注者将有关的原始材料及后人的考订,原原本本,逐一叙录;《声律第三十三》《总术第四十四》等篇,论声律、论文笔,注者不仅详尽辑录了当时所有相关材料,并且还附录了后代(如《文镜秘府论》)的有关记述。这样,与其说是"校注",毋宁说是"申论"。学术界普遍认为,这种以注成论的注释方式,成为范注的最重要特色。不仅如此,对于这些作为佐证的作品,作者也本着实事求是的原则,作了必要的校勘工作。如郑玄《戒子益恩书》"不为父母昆弟所容",据陈鳣跋知"不"字衍;《晋书·潘尼传》载其《乘舆箴》,序中所称高祖,据《颜氏家训·风操》篇,知是家祖之误,凡此种种,均随时校改。这些又超出了《文心雕龙》辑校汇注的范围。

从总体框架上说,范注属于旧注的类型,但又不同于旧注。作者注意从整体上把握《文心雕龙》的理论体系,具有现代特点。诚如作者所说:"《文心》为论文之书,更贵探求作意。"(《文心雕龙注·例言》)如《原道第一》注以为"《文心》上篇二十五篇,排比至有伦序",并列表揭示其内在的理论联系。又譬如《序志》篇说:"盖《文心》之作也,本乎道,师乎圣,体乎经,酌乎纬,变乎骚,文之本枢纽,亦云极矣。"据此,古今学者均以为《原道》《征圣》《宗经》《正纬》《辨骚》五篇是全书的总纲,表现了《文心雕龙》的基本思想。但基本思想的根基是什么,却言人人殊,虽然多数学者认为是指儒家思想,但儒家思想也并非铁板一块。范文澜《中国通史简编》则明确指出,刘勰所宗为儒学古文经派的主张。这是很有见地的。王元化《刘勰的文学起源论与文学创作论》就非常认同这种主张。他说:"刘勰撰《文心雕龙》基本上是站在儒学古文派的立场上。""他把文学当作儒家经典的枝条,企图遵循儒家古文派路线去阐明文理,这并不是一句空话。《文心雕龙》文体论自《明诗》篇至《书记》篇,辨析了二十种文体的源流。刘勰为了论证上述观点,竟把每种文体的产生都追溯到儒家经典上去,从而在文学史方面制定出一套先验的理论结构。他还采取了儒学古文派所倡导的'通训诂,举大义'的办法,去为每种文体'释名章义'。在论述儒家五经的时候,他从古文派之说,而与笃守一家之法、一师之说的今文学家有所区别。《论说》篇所谓'秦延君之注《尧典》,十余万字。朱普之解《尚书》,三十万言。所以通人恶烦,羞学章句'。可以视为古文派对于'章句小儒'(今文派)的批评。"(19,c)范注《文心雕龙》的开创意义就在于他在注释过程中梳理相关资料,努力探寻刘勰《文心雕龙》创作论、批评论、风格论、文体论、文学史论以及重要命题如"风骨说""三准说""六观说"等理论价值和深邃内涵。这种探索,实际上已经成为二十世纪《文心雕龙》研究的新的起点(刘跃进,110,mm)。

　　至于专题考订方面的成就,如《文心雕龙》的篇章次第、成书年代以及刘勰的生卒年等问题,范文澜《文心雕龙注》都有开创性的见解。我们已在相关专题多所介绍。

三、刘永济《〈文心雕龙〉校释》

　　中华书局1962年3月第1版。由前言和正文两部分构成,前言分四点概括了刘勰及《文心雕龙》的思想及其特征,可以代表校释者对于《文心雕龙》的总体看法。正文分"校"和"释"。一,"校"以校字为主,校字以明刻本为底本。所依明本有嘉靖庚子汪一元本、天启壬戌梅子庚本,以及合刻五家言本,参校唐写本、《太平御览》所引以及所见明清两代诸家刻本,"为古代诸家所未及举出者,则附载之。诸家旧校有未恰当,或我仍以为可疑者,则略加辩明之"。刘氏以为,唐写本与《太平御览》所引原文较为可靠,故参校此两种本处甚多。该著校字部分的突出特点是精于甄别,且常常取古书及其他材料予以义证,体现了校者的学力与识力。如《正纬》篇"戏其深瑕"四字,唐写本作"戏其浮假",刘氏以为明本误而写本是。他引《后汉书·儒林传》中尹敏与光武帝关于图谶的一段对话予以佐证,甚为精到。再如《史传》篇"撮略汉魏",《太平御览》所引及五家言本均作"摆落汉魏",刘氏以为有误。他引《史记·孔子世家索隐》中"盖太史公撮略《论语》为文,而失事实"一语,认为当作"撮略","此言邓粲《晋纪》略取(撮略)汉魏,非摈弃(摆落)义"。近世有关《文心雕龙》校注,刘氏此本后出于黄叔琳、黄侃、范文澜、杨明照诸家校本,刘氏取众家之长,且精于甄别,实为《文心雕龙》较为完善的校本。二,"释"以释义为主。该著于《文心雕龙》五十篇每篇均撰有"释义"一则,概括起来,"释义"有以下几个特征:其一,释义原为讲授而作,所以作者很重视原文的结构分析。如《原道》篇,刘永济以为可分三段,具体地说:"初段明文心原道,盖出自然。中分三节:首标文德侔天地之义,是文之原夫道也。次论人心参两仪之理,是亦心之原夫道也。夫推阐无心之物,声采并茂者,莫非自然,以见文心原道,亦自然之符也"。"明文心原道,盖出自然",确能切中《原道》通篇所言之实质。再如《通变》篇,作者亦将其分为三段,"首段论文章有穷变通久之理","次段申言今变必本于法古","末段即论变今法古之术",这种分析与《通变》的结构是一致的。正确地分析原文的结构,对理解刘勰的指导思想很有帮助。"释义"部分的结构分析,还包括刘氏对《文心雕龙》总体结构的分析,如对《文心雕龙》前五篇,《辨骚》篇释义末有一段分析:"舍人自序,此五篇为文之枢纽。五篇之中,前三篇揭示论文要旨,于义属正。后二篇抉择真伪同异,于义属负。负者针砭时俗,是曰破他;正者建立自说,是曰立己。而五篇义脉,仍相流贯。"言简意赅。其二,释义之时引述资料丰富,于刘勰文体论篇目的释义中,尤注意从刘氏提及的作品入手予以说明。《论说》篇"释义",除具体论述该篇的主旨之外,还备引六朝时期《易》、老庄、佛"三学"以及"刑礼之论辩、人物之品藻、音乐文学之评骘、世风时俗之讥弹、天文数理之研讨"等书目,并扼要地述说了六朝风气的盛衰。再如《史传篇》"释义",列《史通》《隋志》以及两《唐志》所载汉魏至齐梁作史之人凡一百一十五位,分别引述其所著史书,以备考证。从如此丰富的资料入手研究文体论,自然很有说服力,同时也弥补了《文心雕龙》文体论研究的不足。其三,对于《文心雕龙》的理论范畴,力求从作者的原意出发,作出恰当的解释。如关于《辨骚》篇的主旨，刘永济认为就是主张奇贞与华实的结合，"奇华者，采之外彰者也。贞实者，道之内蕴者也"。平实而切合作者原意。再如他对于"风骨"的解释："风者运行流荡之物，以喻文之情思也。""骨者，树立结构之物，以喻文之事义也。"风、骨分解，可谓一家之言。亦切合《风骨》篇之本意。此外，作者对"势""情采""通变""熔裁"等一系列重要范畴，均有独到的看法。

四、杨明照《增订〈文心雕龙〉校注》

1958年1月，古典文学出版社出版《〈文心雕龙〉校注》，题标"刘勰著黄叔琳注 李详补注 杨明照校注拾遗"。1982年，上海古籍出版社出版增订本《文心雕龙校注拾遗》。在此基础上，作者重新编著《增订〈文心雕龙〉校注》，中华书局2000年8月出版。作者认为，通行的《文心雕龙》注本向以黄氏辑注本为优，后经李详为之补注，征事数典，又有新的补充。但黄、李二人对于文字的是正，辞句的考索，还有一些未尽的地方，杨氏之"拾遗"意在补黄、李之不足。增订后的《〈文心雕龙〉校注拾遗》，与原书《〈文心雕龙〉校注》不同处，原书保留了黄氏辑注、李详补注，增订本删去了辑注、补注，大致框架虽袭原书校注拾遗部分，但是无论是篇幅还是内容，均有很大的增损。如果说杨氏原著只是一部以大毕业论文为基础而修改的札记性的著述，那么增订后的《〈文心雕龙〉校注拾遗》则是一部深见功力的研究专著，而《增订〈文心雕龙〉校注》则是作者一生研究《文心雕龙》的集大成论著。该书由前言、《梁书·刘勰传》笺注、正文五十篇校注、附录和引用书目四部分构成。《〈梁书·刘勰传〉笺注》详细考证了刘勰之年里家世，所制刘氏家谱世系表颇有研究价值；又引《高僧传·释僧祐传》以及其他史料，对刘氏与僧祐的关系作了钩沉；对刘氏在有梁一代的行迹依时间顺序作了考述。《〈梁书·刘勰传〉笺注》还对刘氏之作《文心雕龙》的过程以及刘氏与昭明太子、梁代其它文士的关系作了辨析，为诸家之《梁书·刘勰传》注中最为详赡者。《增订》校注是本书的正文部分，凡十卷。《文心雕龙》原文据养素堂本，依黄叔琳辑注、李详补注，参照敦煌唐人草书残卷本、元至正十五年嘉兴郡学本（元至正本）、明弘治十七年冯允本及近现代《文心雕龙》刻校、注本凡六十余种，对《文心雕龙》十卷中有争议的字、词、句进行了认真的考订，于《文心雕龙》校勘方面辨析最为详备，所改之处均有依据，于此书字、词、句之意的理解，亦有极大裨益。附录：著录第一：对自《隋书·经籍志》以下著录《文心雕龙》中重要者予以简评；品评第二：汇集品评《文心雕龙》之著述凡九十七家，依次列之，可谓搜罗备至；采撷第三：于唐至明代诗文评中采撷《文心雕龙》之语句者凡五十六种，清世以下，因书易得，故略之；因习第四：取梁《金楼子》以下因习《文心雕龙》语意之著述予以排列辨析；引证第五：择唐刘知幾《史通》以下运用、引申《文心雕龙》之著述依次著录；考订第六：录宋洪兴祖《楚辞补注》附录刘勰"辨骚"以下有关《文心雕龙》字、词、句考订之著述依次著录；序跋第七：引录元钱唯善以下之《文心雕龙》序跋依次列之，其论述版本及校勘亦并收录；版本第八：对唐以来《文心雕龙》的写本、刻本、选本、校本进行介绍简评；别著第九：刘勰除《文心雕龙》以外的两篇著述即《灭惑论》和《梁建安王造剡山石城寺石像碑》，并分别撰《附按》一篇，就文中涉及有关疑难问题予以说明。校记第十：转录潘重规所撰唐写本《文心雕龙》残本合校成果。"别著"一目另辑《宋会要辑稿》以下著述中系《文心雕龙》之疑文凡五条。引用书目：列《增订〈文心雕龙〉校注》所引书目凡七百五十一种目。

五、周振甫《〈文心雕龙〉注释》及其主编《〈文心雕龙〉辞典》

　　《〈文心雕龙〉注释》，人民文学出版社 1981 年出版。该书用黄叔琳《文心雕龙》本，参照范文澜《〈文心雕龙〉注》本，兼采杨明照《〈文心雕龙〉校注》、王利器《〈文心雕龙〉校证》等，充分吸收以往校勘成果。每篇之后附录杨慎、曹学佺、黄叔琳、纪昀的评语。本书的特色在注释，没有旁征博引，注重简明扼要，便于阅读理解。此外，还有《〈文心雕龙〉选译》和

《〈文心雕龙〉今译》，均由中华书局出版。

《〈文心雕龙〉辞典》，中华书局1996年出版。全书由七部分组成，依次为《难字及词句释》《术语及近术语释》《作家释》《作品释》《专论与专著介绍》《各家争论说介绍》《元至正本〈文心雕龙〉汇校》以及两个附录：一是历代《文心雕龙》序跋，二是《文心雕龙》版本叙录。这样安排，由浅入深、由点及面。对于难字及词句的解释由赵主生编写，参酌梅庆生、黄叔琳、范文澜、杨明照以下十二家之注释，去同存异，将各家精华汇集一编。从某种意义上说，它起到了汇注的作用，为读者省去了翻检之劳。《文心雕龙》在不同的篇目中论及许多作家作品，本书将其汇集一处给以解释。如果刘勰论述不一定正确的也加以说明。如果说上述两部分还只是"点"的话，那么对于专著专论以及各家争论说的介绍就属于"面"的范围。本书选取有代表性的论著五十余部给予介绍，既有黄侃的《札记》、范文澜的《注》、刘永济的《校释》、杨明照的《校注》等名著，也顾及海外的研究成果，如王元化编《日本研究〈文心雕龙〉研究论文集》、兴膳宏、户田浩晓的专著等，同时还介绍了《〈文心雕龙〉学刊》及《〈文心雕龙〉研究论文选》等综合性的论著，涉及的范围还是比较广泛的。各家争论，胜义纷呈。本书截取了二十二个专题给以详细的说明。这二十二个专题是：刘勰家世、刘勰生卒年、成书年代、书名涵义、篇章次第、刘勰与儒学、刘勰与道家、刘勰与佛学、理论体系、文学史论、文体论、创作论、批评论、风格论、《原道》《辨骚》的性质、风骨、三准、《隐秀》篇补文真伪、六观、不提陶渊明的原因、《刘子》作者等。读者可以根据介绍，了解《文心雕龙》重要问题的研究状况，再结合《文心雕龙》作出自己的解释和判断。上述几个专题，对于普及《文心雕龙》具有重要的指导意义。对于《文心雕龙》中的各种词语，是需要通观全书才能作较为确切的解释。同时，还要对这类术语的来源及对于后世的影响有所研究，这样，所得结论才能符合实际。此前十年，中华书局出版《〈文心雕龙〉今译》，周振甫在全书之末专辟有《词语简释》，收录了一百余条重要的词语及术语作了简明的阐释。有些重要的条目，需要展开论述，周振甫又写成专文，发表在《文学遗产》等刊物上。本书《术语及近术语释》就是在上述研究的基础上加以补充修订而成。比如《奇正释》，先引《知音》中的"六观"中的"四观奇正"，说明"奇正"是观文情之一道。那么，什么叫"奇"，什么叫"正"，对此刘勰持以什么样的态度，是褒，还是贬？这不仅仅是对一个字词的理解，而且涉及对刘勰整个文学思想的认识和评价，当然是一个大问题。但是如果仅仅依据《知音》一篇，是很难揣度刘勰对于"奇正"的评判标准，只有联系全书才能对此作出全面的理解。周振甫结合《序志》《辨骚》等篇，将全书所用这一术语逐一分析，参照《文心雕龙》的理论体系，确切地指出："刘勰用奇正的概念来论文，好像看到奇正可以分开的一面，似乎忽略了奇正互变的一面，既显示了他论文精辟的一面，也显示了他论文局限的一面。"这样，既解释了刘勰的命意，同时也指出了他的不足之处。研究《文心雕龙》，首先要考虑版本和校勘。现存最早的写本为敦煌石室发现的残卷，最早的刻本系元至正本。1991年上海书店正式出版了由林其锬、陈凤金合作整理的《敦煌遗书〈文心雕龙〉残卷集校》，书后还附有《宋本〈太平御览〉引〈文心雕龙〉辑校》，而元至正本迄未整理。有鉴于此，周振甫特延请林其锬、陈凤金以元至正为工作底本，校以敦煌遗书《文心雕龙》残卷及宋本《太平御览》所引《文心雕龙》，并参以杨明照《〈文心雕龙〉校注拾遗》、詹锳《〈文心雕龙〉义证》等各家校释，统摄熔铸，汇为一书，成为迄今为止最为详赡博洽的《文心雕龙》汇校本，从而有力地保证了本书所应具有的较高的学术质量。

　　《文心雕龙》研究成为显学是二十世纪的事。据研究者统计，半个多世纪以来，相关研究专著超过百部，发表的研究文章数以千万计。《〈文心雕龙〉辞典》也只是作了初步的整理。此外，杨明照主编《〈文心雕龙〉学综览》（上海书店出版社，1995年版）、张少康主编《〈文心雕龙〉研究史》（北京大学出版社，2001年版）、贾锦福主编《〈文心雕龙〉辞典》（济南出版社，1993年版）以及陈允锋《〈文心雕龙〉疑思录》所附《2001—2012年刘勰及〈文心雕龙〉研究论著目录》（中央民族大学出版社，2013年版）等也有重要参考价值。

第八节 《刘子》作者

研究《文心雕龙》,有学者称引《刘子》一书,甚至论定《刘子》系刘勰所作,进而以此论证刘勰的思想。这自然引起了学术界的关注,并就《刘子》一书的作者问题展开讨论,值得重视。

《刘子》一书,最早见于《隋书·经籍志》子部杂家类,特别注明"亡"。敦煌石室所藏四种《刘子》抄本残卷,不避唐讳,罗振玉据此认为是隋时写本,王重民断定其写于初唐。由此推断,《刘子》在庋入敦煌石室前尚存。后来传本,有《新论》《刘子新论》《流子》《德言》等不同书名。这部书内容庞杂,《隋书·经籍志》归为杂家类,也符合实际。什么叫"杂家"?《隋书·经籍志》注曰:"杂者,兼儒、墨之道,通众家之意,以见王者之化,无所不冠者也。古者,司史历记前言往行,祸福存亡之道。然则杂者,盖出史官之职也。放者为之,不求其本,材少而多学,言非而博,是以杂错漫羡,而无所指归。"核心在最后一句:"无所指归。"《刘子》的卷数分合不一,有不分卷者,有分上下卷者,有分三卷、四卷、五卷乃至十卷者。至于作者,尤歧说不一。关于《刘子》一书的作者、版本、著述体例、思想内容、研究现状,陈志平有《〈刘子〉研究》(吉林人民出版社,2008年版)有比较详尽的介绍。林其锬、陈凤金《〈刘子〉集校》(上海古籍出版社,1985年版),汇辑四十多种版本及相关校订成果,择善而从,最为详尽。至于作者坚称是书为刘勰所著,尚嫌证据不足。关于《刘子》的作者,众说纷纭。

一、汉代刘歆所作说

赵希弁《郡斋读书志·附志》云:"《刘子》或曰刘歆之制。"此说可能本于袁孝政,《直斋书录解题》卷十载袁孝政序称:"昼伤己不遇,天下陵迟,播迁江表,故作此书。时人莫知,谓为刘勰。或曰:刘歆、刘孝标作。"杨明照《〈刘子〉理惑》认为刘歆作《刘子》说纯属附会,因书中多记东汉以来事,如《伤谗》举第五伦之答妇翁,见《后汉书》及《三国志·魏书·武帝纪》;《慎言》述刘备之遗七筋,见《三国志·蜀书·先主传》;《激通》《通塞》载班超投笔从戎等事迹,见《后汉书》本传;《命相》《心隐》数引王充之说;《辨乐》《殊好》并引有阮籍之文。其他如荀悦《申鉴》,仲长统《昌言》,杨泉《物理论》等,并在此书有所征引,"既出西京之后,则非子骏所撰矣"。至于说刘孝标作也不可信,因为仅见此一处记载,且本书《命相》《托附》等与刘峻《辨命论》《广绝交书》等旨趣大异,所以今人多已不信此说(杨明照,286,f)。

二、袁孝政所作说

《黄氏日钞》:"袁孝政谓刘子名昼,字孔昭,而无传记可凭。或者袁孝政之自为者耶?"《四库简明目录》:"疑即孝政所伪作,而自为之注也。"《四库全书总目》:"观其书末《九流》一篇,所指得失,皆与《隋书·经籍志》子部所论相同。使《隋志》袭用其说,不应反不录其书;使其剽袭《隋志》,则贞观以后人作矣。或袁孝政采掇诸子之言,自为此书而自注之,又恍惚其著书之人,使后世莫可究诘,亦未可知也。"但此说亦有矛盾,主要问题是,《刘子》一书多用故实,而袁注则甚为疏略。卢文弨《群书拾补》:"注极浅陋,书中用典故处,孝政尚不能备知。"余嘉锡《四库提要辨证》称此书注"浅陋纰缪","文理尚复不通"。《刘子》一书不可能出自浅陋如袁孝政之手。许多明清刊本略去袁注,不是没有道理的(余嘉锡,234,b)。

三、刘勰所作说

《旧唐书·经籍志》《新唐书·艺文志》及《通志·艺文略》并著录《刘子》作者为刘勰。宋濂《诸子辨》云:"《刘子》五卷,五十五篇,不知何人所作。《唐志》十卷,直云梁刘勰撰。今考勰所著《文心雕龙》,文体与此正类,其可征不疑。第卷数不同,为少异尔。袁孝政谓'刘昼孔昭伤已不遇,遭天下陵迟,播迁江表,故作此书',非也。孝政以无传记可凭,复致疑于刘歆、刘勰、刘孝标所为。黄氏遂谓孝政所托,亦非也。其书本黄老言,杂引诸家之说以足成之,绝无甚高论。末论九家之学,迹异归同,尤为鄙浅。然亦时时有可喜者。《清神章》云:'万人弯弧以向一鹄,鹄能无中乎? 万物眩曜以惑一生,生能无伤乎?'三复其言,为之出涕。"(《宋濂全集》第四册第 1912 页,人民文学出版社 2014 年版)王重民《敦煌古籍叙录》根据敦煌发现的材料和历代著录情况,认为刘勰所作说比较可信(王重民,41)。林其锬、陈凤金《〈刘子〉作者考辨》(308,b)、《再论〈刘子〉作者问题》(308,c)系统地阐释了刘勰所作说的根据:第一,从历代著录上看,《隋书·经籍志》子部杂家类在杨伟《时务论》条下注云:"梁有……《刘子》十卷,亡。"依此似著《隋书》时,《刘子》已亡。问题是,《隋志》子部各家下的论述与《刘子·九流》篇略同,《四库提要》以此为据,疑《刘子》剽袭《隋志》,从而推断《刘子》乃"贞观以后人作"。但从现在发现的敦煌残卷中有《刘子》一书,其中伯 3562 残卷不避唐讳,学者认为"当出于六朝之末",则必成书于《隋志》前,说明《隋志》作者看过《刘子》,至少是残卷。到《旧唐书》则已明确著录为刘勰撰。这时距《刘子》成书的时代较近,他们记载当可信据。相反,"距离其成书年代越远,则对刘勰持怀疑和否定态度的人反而多了起来,并且,转相征引,由是变疑,由疑而非,似成定论",倒是叫人难以信据了。第二,从刘勰所处的时代、思想倾向、生活经历等方面来看,"写出如《刘子》这样'泛论治国修身之要,杂以九流之说'的书,是完全可能的"。第三,根据《刘子》和《文心雕龙》的二十余组材料的比较研究,可以看出"两者的思想方法、语言风格何其相似乃尔"。

四、刘昼所作说

刘昼(515—566)字孔昭,渤海阜城人也。少孤好学,负笈从师,与儒者李宝鼎同乡里,甚相亲爱,受其《三礼》。又就马敬德习《服氏春秋》,俱通大义。恨下里少坟籍,遂进京求学,在宋世良家读书。举秀才不第,作《六合赋》。皇建元年(560年)八月,北齐孝昭帝即位,好受直言。刘昼自比董仲舒、公孙弘,步诣晋阳上书,又转到邺下,把《六合赋》给魏收看,还向邢劭求教。那个时候,邢、魏之争大约人所共知。他可能希望从邢劭那里得到一点鼓励,没有想到还是碰了一鼻子灰。在京城期间,多有上书,乃至编成《帝道》一书。结果叫他失望,作《高才不遇传》以书愤。

张鷟《朝野佥载》:"《刘子》书,咸以为刘勰所撰,乃渤海刘昼所制。昼无位,博学有才,故取其名,人莫知也。"王应麟《玉海·艺文类》也称:"《刘子》,北齐刘昼字孔昭撰,袁孝政为序并注。凡五十五篇,《清神》至《九流》。《书目》:三卷,泛论治国修身之要,杂以九流之说。"(武秀成、赵庶洋《玉海·艺文志校证》,凤凰出版社,2013年版)《郡斋读书志》《直斋书录解题》的记载大体相近,并以为刘昼作。姚振宗《隋书经籍志考证》力辩其非。余嘉锡《四库提要辨证》则力主刘昼所作说:"自晁、陈以下,题此书为刘昼者,大抵据袁孝政之序。"他又提出四点补证:第一,"昼无仕进","伤时无知己,多窃位妒贤"云云与《刘子·知人》篇、《荐贤》篇等语意多合。第二,《刘子·通塞》《遇不遇》诸篇"词气愤激,与其撰《高才不遇传》之意同"。第三,"昼之为人谄佛而不非老庄",与《刘子》之"归心道家"合。第四,刘昼在当时不惟文章为邢、魏等人所轻忽,即其仪容亦为流俗所嗤笑。这同《刘子·正赏》篇所云"奚况世人未有名称,其容止文华,能免于嗤诮者,岂不难也"的感慨相通。据此四证,余嘉锡得出结论说,《刘子》一书是刘昼"愤时疾俗,玩世不恭","乃自匿其名,翻托刘勰之名……犹之郢人为赋,托以灵均,观其举世传诵,聊以快意"(234,b)。

杨明照《〈刘子〉理惑》也认为此书为刘昼所撰,并云:"史载诸书,早已亡佚,以昼自言'数十卷书'计之,则是书必在其中,于数始足。其证一也。又史称‘自恨不学属文，方复缉缀辞藻，言甚古拙’，今以是书文笔观之，诚如所谓‘古拙’也。其证二也。”

程天祜《〈刘子〉作者辨》(484,b)《〈刘子〉作者新证——从〈昔时〉篇看〈刘子〉的作者》(484,c)也肯定《刘子》系刘昼撰。他从《刘子·昔时》篇提供的有关作者写作此书的时间、生活环境、身世际遇等重要线索，"益信刘昼撰说之合理"。并断言："从现在情况看，如果没有新的材料足以否定袁(孝政)、张(鷟)之说，则《刘子》刘昼撰势必成为铁案。"

五、既非刘勰亦非刘昼而是另一姓刘的学者所作说

《四库全书总目》："此书末篇，乃归心道教，与勰志趣迥殊，白云霁《道藏目录》亦收之《太元部》‘无’字号中，其非奉佛者明甚。近本仍刻刘勰，殊为失考。""惟北齐刘昼，字孔昭，渤海阜城人，名见《北史·儒林传》，然未尝播迁江表，与孝政之序不符。传称：昼孤贫受学，恣意披览，昼夜不息。举秀才不第，乃恨不学属文，方复缀辑词藻，言甚古拙。与此书之缛丽轻蒨亦不合。又称：求秀才十年不得，乃发愤撰《高才不遇传》，孝昭时出诣晋阳上书，言亦切直，而多非世要，终不见收，乃编录所上之书为《帝道》。河清中，又著《金箱璧言》，以指机政之不良。亦不云有此书，岂孝政所指，又别一刘昼欤？"曹道衡《关于〈刘子〉的作者问题》(450,ii)亦根据史实推断说，《刘子》既非刘勰，亦非刘昼，而是另一姓刘的学者所撰。陈志平《〈刘子〉研究》认为很可能是刘孝标所著，刘孝标有播迁江表的经历，有隐居的经历，其学识与思想也与《刘子》一书相称。但是此说也有诸多矛盾。总体来看，《刘子》一书是魏晋人的著作。

六、东晋学者所撰说

明代曹学佺《〈文心雕龙〉序》称："论家《刘子》五卷，唐《志》亦谓勰撰，陈振孙归之刘昼孔昭，谓序云：‘昼伤己不遇，天下陵夷，播迁江表，故

作是书。'按是勰以前人，似东渡时作。其于文辞，灿然可观。晁公武以浅俗讥之，亦不好文之一证矣。"姚振宗《〈隋书·经籍志〉考证》称："此《刘子》似非刘昼，昼在北齐孝昭时著书，名《帝道》，又名《金箱璧言》，非此之类。且其时当南朝陈文帝之世，已在梁普通后四十余年；阮氏《七录》作于普通四年，而是书载《七录》，其非昼所撰更可知。"又说："然其天下陵迟，播迁江表，必有所本，亦非昼、非勰、非刘孝标之遭际。《七录》列是书于吴晋之间，似犹为东晋时人，其书亦名《新论》，与魏晋时风尚尤近。"

笔者主张很可能就是刘昼所作。

第一，一生布衣，有足够的撰写时间。"容止舒缓，举动不伦，由是竟无仕进"。怀才不遇，著《高才不遇传》，也是他写作的重要动因。

第二，一生信奉儒学，并不看好文学。自称"我读儒书二十余年而答策不第，始学作文，便得如是"。《刘子》一书，就是恪守儒家思想，与文学无关，与刘勰无涉。历史学家把他列入《儒林传》。

第三，对佛教的抨击不遗余力。《全北齐文》辑刘昼《上书诋佛法》，称："佛法诡诳，避役者以为林薮。"《又诋诃谣荡》称："尼有优婆夷，实是僧之妻妾，损胎杀子，其状难言。今僧尼二百许万，并俗女向有四百余万，六月一损胎。如是，则年族二百万户矣。验此佛是疫胎之鬼也。全非圣人之言。道士非老庄之本，籍佛邪说，为其配坐而已。"并出《广弘明集》六《列代五臣滞惑解》。

第四，学识广博。从马敬德学习服虔《春秋》。从宋世良处读五千卷书。又与地理学家郦道元的后代有所交往，与当代文坛领袖多所过从。"自谓博物奇才，言好矜大，每云：'使我数十卷书行于后世，不易齐景之千驷也。'"数十卷书，包括《帝道》《金箱璧言》，也应当包括这部《刘子》。

第五，从《隋书·经籍志》著录看，还没有一位刘姓作者更适合于此书。

初版结束语：从沉寂走向活跃
——对中古文学文献研究的展望

关于中古文学的文献考察到此就算匆匆结束了，留下两点比较突出的印象：一是中古文学的文献史料比较匮乏，而且凌乱；二是中古文学的文献研究很不平衡。

中古文学的文献史料，尽管前边已介绍了很多，但概括起来，不外四大类：一是总集类（严可均文、逯钦立诗等），二是别集类，三是小说、文论类，四是正史、别史类。平心而论，这些书要通读一遍，似乎花费不了太多的时间。按理说，可供研究的问题总还可以穷尽，但事实上却远非如此。就是这么一点有限的资料，还存在着大量问题有待解决，有些恐怕是永远也不能解决了。正史的研究，《〈二十五史〉补编》中有关魏晋南北朝史的研究占去有三分之一的篇幅，但问题依然许多。史书的编撰限于各方面的条件，很不完备，且多混乱情况，有些还是人为造成的混乱。比如《宋书》《南齐书》的编修，许多问题有意回护、掩饰，甚至窜乱史实。这是问题之一。另外，以往的史书基本上是帝王将相的"家谱"，对那些地位不是很高的文学家则较少记述，因而这部分史料尤其少得可怜。中古文学的文献研究起步不算晚，但进展比较缓慢。明清以来，在中古文学总集、别集的整理以及作家生平、作品年代的考订等方面，虽然取得了很大的成绩，但与唐宋文学的文献研究相比，尚有不小的距离。已有的研究多集中在几个较有影响的大作家身上，而对一般的作家缺少研究。忽视了作家群体的存在，使得我们的研究特别容易发生倾斜。其研究成果，往往与当时的文学创作实际情况并不相符。这种现象，在陶渊明、刘勰、钟嵘等人的研究中大量存在，很值得反思。

纵观二十世纪的中古文学研究，从沉寂到活跃，从零乱到系统，学术进程的每一次跨越，视野的开阔、观念的更新固然起到了先导作用，而文献史料的发掘与整理则显得尤为重要，它为整个研究工作的拓展，奠定了坚实的基础。这一事实说明，中古文学的文献研究在学科建设中占据着举足轻重的地位。从目前的研究趋势来看，中古文学文献研究正朝三个方面努力。

一、资料系统化

1. 对中古文学总集做重新整理，反映当代研究水平。诗集方面已有逯钦立的辑校本，而严可均《全上古三代秦汉三国六朝文》行世已近一个世纪。其中漏辑、失考、误编、重出等讹误所在多有，至于校勘问题尤其突出。补辑工作已有研究者在做，而其他问题尚未触及，这已给中古文学研究带来了诸多不便。

2. 别集的整理业已提到议事日程上来。从系统的角度来考虑，似乎可以参照张溥的体例，辑校先唐诸家文集，每家文集要附录各类研究资料，如著录、版本、评价、生平资料、年谱等，一编在手，资料齐备。此外，还可以有选择地对一些重要作家的全集加以笺注。现在出版的如江淹、庾信等集子，还是明清的旧注，已满足不了今天研究的需要。

3. 编辑整理文献史料丛书。一是史料汇编，如《陶渊明年谱》《〈文选〉研究集成》，二是史料的系统考订，如待编的《魏晋南北朝文学编年史》等。这是一项集大成的工作，需要有专题的深入研究做基础。

二、检索科学化

这个问题，欧美学术界相当重视，大多数学术著作后边总要附录几套索引（人名、书名、地名等）及参考资料。而我们一些新出的中古文学史料，如前面介绍的《八家〈后汉书〉辑注》《〈东观汉纪〉校注》和众家《晋书》辑本等，都未能编制索引，使用起来十分不便。至于大量的宋明方志，卷帙浩繁，研究者常常望书兴叹。加强科学化的检索工作，在当今时代已势在必行。就中古文学的文献研究而言，编撰《中古文学家传纪资料综合索引》等似乎也该作为一项重要选题引起重视。

三、学术国际化

几十年来,我们过分热衷于学术的政治化,而今又被商品大潮冲击,把学术商品化,迫使学术失去独立存在的价值,走向庸俗化。还有一个问题,或者说也是教训,却仍为人们所忽视,即我们的学术界,特别是研究中国传统文化的文史学界,近四十年来,对于域外同行研究相当隔膜。客观条件的限制当然是最重要的因素,主观的成见也制约了我们思路的开阔。在相当长的一段时间里,我们总以为固有的传统文化是自己的国粹,有得天独厚的研究条件,加之又有先进的指导思想云云,所以对域外汉学研究大多采取不以为然的态度。近来常常听到批评,说我们不关注境外同行的研究成果。有些国外学者甚至不客气地说,在许多专题上,他们的研究水平已超过中国学术界。乍听起来有些刺耳,但仔细一想又感到不无道理。我们的研究,他们随时关注,而他们的成果,我们却难以借鉴。尽管是研究"国粹",由于各种原因,实际上我们已失去与域外同行站在同一起跑线上展开竞争的许多机会,难免会有落伍之讥。面对现实,敢于承认自己的不足,就要及时补课,补上国外文献检索一课。即使一时直接查阅域外书刊比较困难,也应借助于工具书,随时跟踪国际汉学界的动态,更新知识,拓宽视野,拿出高水准高品位的学术力作,平等地与国际汉学界对话。这应当成为我们的共识。

参考文献

1. 丁永忠：

a.《陶渊明与慧远：陶不入莲花社之我见》，《学术月刊》1987 年第 10 期。

b.《陶渊明反佛说辨异》，《江西社会科学》1989 年第 1 期。

c.《陶渊明有神论思想考辨》，《九江师专学报》1988 年第 3 期。

d.《陶渊明冥报思想辨证》，《万县师专学报》1990 年第 1 期。

e.《〈归去来兮辞〉与〈归去来〉佛曲》，《文学遗产》1993 年第 5 期。

2. 丁福保《〈文选〉类诂》，医学书局 1925 年初版，中华书局 1990 年新版。

3. 力之《关于〈文选〉的编者问题》，《文学评论》1999 年第 1 期。又载作者《昭明文选论考》，广西师范大学出版社 2020 年版。

4. 万曼《读〈文赋〉札记》，《光明日报》1962 年 9 月 2 日。

5. 万献初《萧该〈汉书音义〉音切考辨》，《古汉语研究》2009 年第 3 期。

6. 于石《干宝评传》，《中国历代著名文学家评传续编》，山东教育出版社 1988 年版。

7. 于微《重读王利器先生〈颜氏家训集解〉》，《古籍整理出版情况简报》第 263 期。

8. 卫聚贤《"不为五斗米折腰"新考》，香港《民主评论》二卷第 4 期。

9. 川胜义雄《关于〈世说新语〉之编纂——元嘉之治的一个侧面》，《东方学报》第 41 册，转引自王能宪《〈世说新语〉研究》。

10. 马长寿《碑铭所见前秦至隋初的关中部族》,中华书局 1985 年版。

11. 马兴国《〈世说新语〉在日本的流传及影响》,《东北师大学报》1989 年第 3 期。

12. 马宏山:

a.《论〈文心雕龙〉的纲》,收进作者著《〈文心雕龙〉散论》,新疆人民出版社 1982 年版。

b.《刘勰的佛教思想属大乘空宗》,同上。

13. 马雍《苏李诗制作时代考》,商务印书馆 1941 年版。

14. 马燕鑫《"苏李诗"的用韵特征及〈李陵集〉成书考论》,《文学评论》2019 年第 6 期。人大《中国古代、近代文学研究》2020 第 6 期。

15. 小川环树《敕勒之歌》,《北京大学学报》1982 年第 1 期。

16. 山东大学中文系编《中国古代文艺理论资料目录汇编》,齐鲁书社 1981 年版。

17. 王卫平《从尚武到尚文——吴地民风嬗变研究之一》,《苏州大学学报》1992 年第 3 期。

18. 王小盾《琴曲歌辞〈胡笳十八拍〉新考》,《复旦学报》1987 年第 4 期。

19. 王元化:

a.《刘勰身世与士庶区别问题补记》,收进作者著《〈文心雕龙〉创作论》(修订本),上海古籍出版社 1984 年版。

b.《元至正本〈文心雕龙〉影印前言》,上海古籍出版社 1984 年版。

c.《刘勰的文学起源论与文学创作论》,收进作者著《〈文心雕龙〉创作论》(修订本),上海古籍出版社 1984 年版。

20. 王书才:

a.《〈文选〉李善注引书数量考述》,《文选与汉唐文化》,中华书局 2018 年版。

b. 王书才《〈昭明文选〉研究发展史》,学习出版社 2008 年版。

21. 王立群：

a.《晋宋地记与山水散文》,《文学遗产》1990 年第 1 期。

b.《从释词走向批评》,《〈文选〉学新论》,中州古籍出版社 1997 年版。

c.《现代〈文选〉学史》,中国社会科学出版社 2003 年版。

d.《〈文选〉成书研究》,商务印书馆 2005 年版。

e.《周贞亮〈文选学〉与骆鸿凯〈文选学〉》,《文学遗产》2001 年第 3 期。

f.《〈文选〉版本注释综合研究》,大象出版社 2014 年版。

g.《中国古代山水游记研究》,河南大学出版社 1996 年版。

22. 王令《李邕补益〈文选〉注说志疑》,《文学遗产》1991 年第 2 期。

23. 王世襄《西晋陆机〈平复帖〉流传考略》,《文物参考资料》1957 年第 1 期。

24. 王存信《试论〈昭明文选〉的分类》,《江苏教育学院学报》1992 年第 2 期。

25. 王兆鹏《萧统佚文〈虞山招真治碑〉》,《文学遗产》1990 年第 2 期。

26. 王达津：

a.《论六朝山水诗的形成》,《河北日报》1961 年 7 月 28 日。

b.《沈约评传》,见《中国历代著名文学家评传》,山东教育出版社 1985 年版。

c.《梁代作家生卒年代考二题》,《文学遗产》1982 年第 1 期。

d.《读古诗札记·〈木兰辞〉》,《语言文学》1980 年第 1 期。

e.《〈敕勒歌〉小辨》,《光明日报》1983 年 4 月 12 日。

f.《论〈文心雕龙·隐秀〉篇补文的真伪》,《文学评论丛刊》第 7 辑。

g.《钟嵘生卒年考》,《光明日报》1957 年 8 月 18 日。

27. 王运熙：

a.《刘桢评传》,《中国历代著名文学家评传续编》,山东教育出版社

1988 年版。

b.《孔稚珪的〈北山移文〉》,收进作者著《汉魏六朝唐代文学论丛》,上海古籍出版社 1981 年版。

c.《钟嵘〈诗品〉陶诗源出于应璩解》,《文学评论》1980 年第 5 期。

d.《清商考略》,收进作者著《乐府诗论丛》,古典文学出版社 1958 年版。

e.《论〈孔雀东南飞〉的产生时代、思想、艺术及其问题》,同上。

f.《"神弦歌"考》,见作者《六朝乐府与民歌》,古典文学出版社 1957 年版。

g.《吴声西曲的渊源》,同上。

h.《吴声西曲杂考》,同上。

i.《论吴声西曲与谐音双关语》,同上。

j.《论六朝清商曲中之和送声》,同上。

28. 王仲荦:

a.《齐民要术跋》,载《蜡华山馆丛稿》,中华书局 1987 年版。

b.《魏晋南北朝的物价》,载《金泥玉屑丛考》,中华书局 1998 年版。

29. 王汝涛《王羲之家世问题中的一重疑案》,《文史哲》1990 年第 6 期。

30. 王同策《鲁迅与〈昭明文选〉》,《〈昭明文选〉与中国传统文化》,吉林文史出版社 2001 年版。

31. 王邦维《谢灵运〈十四音训叙〉辑考》,《国学研究》第 3 期,北京大学出版社 1995 年版。

32. 王次澄《南朝诗研究》,台湾私立东吴大学中国学术著作奖助委员会 1984 年资助出版。

33. 王利器:

a.《〈颜氏家训〉集解》,上海古籍出版社 1980 年版。

b.《历代笑话集》,上海古籍出版社 1981 年版。

c.《〈文心雕龙〉校证》,上海古籍出版社 1980 年版。

d.《〈文镜秘府论〉校注》，中国社会科学出版社 1983 年版。

e.《经典释文考》，《晓传书斋集》，华东师范大学出版社 1997 年版。

f.《葛洪著述考》，中华书局编《文史》第 37 辑。

34. 王启涛《魏晋南北朝语言学史论考》，巴蜀书社 2001 年版。

35. 王明《葛洪评传》，见《中国历代著名哲学家评传续编》，山东教育出版社 1988 年版。

36. 王青《西域文化影响下的中古小说》，中国社会科学出版社 2006 年版。

37. 王季思《〈陌上桑〉的人物》，《乐府诗研究论文集》，作家出版社 1959 年版。

38. 王叔岷《钟嵘〈诗品〉疏证》，《学原》三卷 3、4 期合刊。后编成《钟嵘〈诗品〉笺证稿》，台湾"中央研究院"文哲研究所 1992 年版。

39. 王国璎《中国山水诗研究》，台湾联经出版事业公司 1986 年版。

40. 王钟陵《中国中古诗歌史》，江苏教育出版社 1988 年版。

41. 王重民《敦煌古籍叙录》，中华书局 1979 年版。

42. 王素《高昌史稿》（统治编），文物出版社 1998 年版。

43. 王晓东《潘岳研究》，上海古籍出版社 2011 年版。

44. 王晓鹃《〈古文苑〉论稿》，中国社会科学出版社 2010 年版。

45. 王振泰《新辨梁启超之陶渊明名字说》，《鞍山师专学报》1990 年第 1 期。

46. 王能宪《〈世说新语〉在日本的流传与研究》，《文学遗产》1992 年 2 期。收进作者著《〈世说新语〉研究》，江苏古籍出版社 1992 年版。

47. 王梦鸥：

a.《关于左思〈三都城〉的两首序》，载《台湾学者中国文学批评史论文选》，人民文学出版社 1986 年版。

b.《陆机〈文赋〉所代表的文学观念》，同上。

48. 王越《〈孔雀东南飞〉年代考》，中山大学文史学研究所月刊一卷 2、3 期，1933 年版。

49. 王福民《再论曹操的短歌行》,《民国期刊资料分类汇编·〈文选〉学研究》下册,国家图书馆出版社 2010 年版。

50. 王楚玉《〈文心雕龙〉成于梁初说商兑》,《重庆师院学报》1981 年第 2 期。

51. 王瑶:

a.《文体辨析与总集的成立》,收进作者著《中古文学史论》,北京大学出版社 1986 年版。

b.《玄言·山水·田园》,同上。

c.《中古文学思想》《中古文人生活》《中古文学风貌》,上海棠棣出版社 1951 年版。

d.《中古文学史论》,北京大学出版社 1986 年版。

52. 王德华:

a.《李善〈文选〉注体例管窥》,《〈文选〉与〈文选〉学》,学苑出版社 2003 年版。

b.《〈文选〉本骚类作品八篇小序的文献价值》,《浙江大学学报》2000 年第 1 期。

53. 王毅《东晋玄言诗与山水诗——从东晋士人生活看东晋文学的特点》,《中国古典文学论丛》第 6 辑,人民文学出版社。

54. 王醒《简论孙绰对美学的影响》,《晋阳学刊》1991 年第 4 期。

55. 王曙光《试论〈敕勒歌〉的作者及其产生时代》,《新疆社会科学》1984 年第 4 期。

56. 冈村繁:

a.《〈文选集注〉与宋明版本的李善注》,见《〈文选〉学论集》,时代文艺出版社 1992 年版。

b.《宋代刊本李善注〈文选〉盗用了五臣注》,《〈昭明文选〉与中国传统文化》,吉林文史出版社 2001 年版。

c.《〈文选〉编纂实况与当时对它的评价》,《〈文选〉之研究》,上海古籍出版社 2002 年版。

d.《从〈文选〉李善注中的纬书引用看其编修过程》，《〈文选〉之研究》，上海古籍出版社 2002 年版。

57. 韦凤娟：

a.《试论魏晋朝隐之风与山水诗的兴起》，《社会科学战线》1983 年第 1 期。

b.《潘岳评传》，《中国历代著名文学家评传》，山东教育出版社 1985 年版。

c.《山水诗溯源——试论东晋前的自然景物描写》，《文学评论丛刊》第 13 辑。

58. 邓仕樑《西晋诗论》，香港中文大学 1972 年版。

59. 邓安生《陶渊明里居辨证》，《文史》第 20 辑。

60. 孔令刚《奎章阁本〈文选〉研究》，河南大学出版社 2014 年版。

61. 孔至诚《〈孔北海集〉评注》，商务印书馆 1935 年版。

62. 孔繁《魏晋玄学和文学》，中国社会科学出版社 1987 年版。

63. 卞孝萱《谈蔡琰作品的真伪问题》，见《〈胡笳十八拍〉讨论集》，作家出版社 1957 年版。

64. 卞慧《辛延年〈羽林郎〉》，《乐府诗研究论文集》，作家出版社 1959 年版。

65. 文永泽《王羲之编过〈兰亭诗集〉吗?》，《广西民院学报》1989 年第 2 期。

66. 牛贵琥：

a.《王褒卒年考》，《山西大学学报》1990 年第 4 期。

b.《广陵余响》，学苑出版社 2004 年版。

67. 毛庆《〈文赋〉创作年代考辨》，《武汉大学学报》1980 年第 5 期。

68. 车柱环《钟嵘〈诗品〉校正导论》，《亚细亚研究》三卷第 2 期。转引自清水凯夫《〈诗品序〉考》，收在《清水凯夫〈诗品〉〈文选〉论文集》，首都师范大学出版社 1995 年版。

69. 户田浩晓：

a.《作为校勘资料的〈文心雕龙〉敦煌本》,收进作者著《〈文心雕龙〉研究》中,曹旭译,上海古籍出版社 1992 年版。

b.《〈文心雕龙〉梅庆生音注本的不同版本》,同上。

c.《黄叔琳本〈文心雕龙〉校勘记补》,同上。

70. 白化文:

a.《敦煌遗书中〈文选〉残帙简介》,见《古籍整理与出版情况简报》第203 期。

b.《〈经律异相〉及其主编释宝唱》,载作者著《敦煌学与佛教杂稿》,中华书局 2013 年版。

c. 白化文、李明辰《〈世说新语〉的日本注本》,见《文史》第 6 辑。

71. 白承锡《韩国〈文选〉研究的历史与现状》,《郑州大学学报》1993年第 3 期。

72. 卢达《孔融评传》,《中国历代著名文学家评传续编》,山东教育出版社 1988 年版。

73. 卢盛江:

a.《文镜秘府论汇校汇考》,中华书局 2006 年版。

b.《文镜秘府论研究》,人民文学出版社 2013 年版。

c.《空海与文镜秘府论》,宁夏人民出版社 2005 年版。

d.《魏晋玄学与中国文学》,百花洲文艺出版社 2010 年版。

74. 田汉云《〈中国中古文学史〉校读琐记》,《古籍整理与出版情况简报》第 171 期。

75. 田北《评〈建安七子集〉》,《古籍整理与出版情况简报》第 227 期。

76. 冯承钧《高昌事辑》,《冯承钧学术论文集》,上海古籍出版社2015 年版。

77. 石峻《中国佛教思想资料选编》,中华书局 1981 年版。

78. 平田昌司《谢灵运〈十四音训叙〉的系谱》,见高田时进编《中国语史·资料·方法》,1994 年版,第 33—80 页。

79. 龙门文物保管所编《龙门石窟》,文物出版社 1980 年版。

80. 古直：

a.《汉诗研究》，启智书局 1934 年版。

b.《钟记室〈诗品〉笺》，上海聚珍仿宋印书局 1928 年版。

c.《重定陶渊明诗笺》，陶澍著，李剑锋评，山东大学出版社 2016 年版。

81. 叶长青《〈诗品〉集释》，上海华通书局 1933 年版。又见《钟嵘诗品讲义四种》（陈衍、黄侃、钱基博、叶长青）收录，上海古籍出版社 2018 年版。

82. 叶渭清《嵇康集校记》，《民国期刊资料分类汇编·〈文选〉学研究》下册，国家图书馆出版社 2010 年版。

83. 叶晨晖：

a.《〈文心雕龙〉成书的时间问题》，《山西大学学报》1979 年第 3 期。

b.《〈文心雕龙·时序〉"海岳降神"句试释》，《古代文学理论研究》第 5 辑。

c.《〈时序〉篇末段齐帝庙号蠡测》，《古代文学理论研究》第 7 辑。

84. 叶嘉莹《谈〈古诗十九首〉之时代问题》，《迦陵论诗丛稿》，中华书局 1984 年版。

85. 宁稼雨《世说体初探》，《中国古典文学论丛》第 6 辑。

86. 北京大学中文系编《中国小说史》，人民文学出版社 1978 年版。

87. 皮朝刚《葛洪美学思想初探》，《中国古代美学艺术研究》，上海古籍出版社 1981 年版。

88. 伍俶傥：

a.《谢朓年谱》，《小说月报》第 17 卷号外（1927）。

b.《沈约年谱》，中山大学文史研究所辑刊第 1 卷第 1 册（1931）。

89. 刘大白《白屋说诗》，中国书店 1983 年影印开明书店 1935 年本。

90. 刘大杰《中国文学发展史》，上海古籍出版社 1982 年版。

91. 刘文忠：

a.《蔡琰〈悲愤诗〉二首的真伪及写作年代新考》，《古典文学论丛》第

4 辑,齐鲁书社 1986 年版。收入作者著《中古文学与文论研究》,学苑出版社 2000 年版。

　　b.《左思评传》,《中国历代著名文学家评传》,山东教育出版社 1985 年版。

　　c.《左思和他的〈咏史诗〉》,《文学评论丛刊》第 7 辑。

　　d.《刘琨评传》,《中国历代著名文学家评传续编》,山东教育出版社 1988 年版。

　　e.《刘琨与卢谌作品真伪小识》,《文史哲》1988 年第 3 期。

　　f.《庾信前期作品考》,《文史》第 27 辑。

　　g.《庾信评传》,《中国历代著名文学家评传》,山东教育出版社 1985 年版。

　　h.《〈汉武故事〉写作时代新考》,《中华文史论丛》1984 年第 2 期。

　　92. 刘开扬《论庾信及其诗赋》,《文学遗产增刊》第 7 辑。

　　93. 刘玉新:

　　a.《曹植洛神赋论稿》,载《曹植散论》,华夏文化出版社 2008 年版。

　　b.《曹植音乐创作探源》,同上。

　　c.《曹植与佛教音乐之我见》,同上。

　　d.《从曹植“鱼山闻梵”谈起》,同上。

　　e.《曹植“鱼山闻梵”与“步虚声”》,同上。

　　94. 刘叶秋《魏晋南北朝小说》,中华书局上海编辑所 1962 年版。

　　95. 刘永济《〈文心雕龙〉校释》,中华书局 1962 年版。

　　96. 刘庆柱《三秦记辑注》“仇池山”条,见《三秦记辑注·关中记辑注》,三秦出版社 2006 年版。

　　97. 刘汝霖《大文学家嵇叔夜年谱》,《益世报·国学周刊》1929 年 12 月 7 日至 15 日。

　　98. 刘先照《千古绝唱〈敕勒歌〉》,《文学评论》1980 年第 6 期。

　　99. 刘兆云《世说探源》,《新疆大学学报》1979 年第 1、2 期。

　　100. 刘丽文《〈中古文学史论文集〉试评》,《文学遗产》1988 年第

4 期。

101. 刘启云《活色天香情意真，莫将侧艳贬词人——重新评价宫体诗》，《江汉论坛》1989 年第 9 期。

102. 刘怀荣、张新科、冷卫国《魏晋南北朝大文学史》，高等教育出版社 2019 年版。

103. 刘知渐《建安文学编年史》，重庆出版社 1985 年版。

104. 刘苑如《王琰与生活佛教》，载《圣传与诗禅——中国文学与宗教论集》，台湾"中央研究院·中国文哲研究所"2007 年版。

105. 刘茂辰《王羲之四考》，《临沂师专学报》1991 年第 4 期。

106. 刘奉文《两部重要的"李注引用书目"研究》，《〈文选〉学论集》，时代文艺出版社 1992 年版。

107. 刘明：

a.《谫说拓展〈文选〉研究的三种视角》，《南京师范大学文学院学报》2018 年第 1 期。

b.《汉魏六朝集部珍本丛刊提要》，国家图书馆出版社 2020 年版。

108. 刘禹昌《陶渊明名字考辨》，《九江师专学报》1984 年第 1 期。

109. 刘康德《竹林七贤之有无与中古文化精神》，《复旦学报》1991 年第 5 期。

110. 刘跃进：

a.《昭明太子与梁代中期文学复古思潮》，《〈文选〉学论集》，时代文艺出版社 1992 年版。又收入《中外学者〈文选〉学论集》，中华书局 1998 年版。

b.《周颙卒年新探》，《辽宁大学学报》1992 年第 3 期。

c.《〈先秦汉魏晋南北朝诗〉编撰方面的一些问题》，《清华大学学报》1989 年第 2 期。

d.《论竟陵八友》，《文学遗产》1992 年第 3 期。

e.《在平实中创新——〈南北朝文学史〉座谈会纪要》，《文学遗产》1992 年第 5 期。

f.《永明诗歌平议》,《文学评论》1992 年第 6 期。

g.《四声之目是谁最早提出的》,《中州学刊》1986 年第 4 期。

h.《八病四问》,《辽宁大学学报》1991 年第 6 期。

i.《永明文人集团述论》,《浙江学刊》1992 年第 6 期。

j.《若无新变,不能代雄——永明诗体辨释》,《中国诗学》第 2 辑,南京大学出版社 1993 年版。

k.《关于〈水经注校〉的评价与整理问题》,《南开文学研究》(1987年),天津古籍出版社 1988 年版。

l.《〈妇病行〉中的"丈人"是值得同情的人物吗》,《阅读与写作》1988年第 1 期。

m.《士庶天隔,文心相通——刘勰沈约文学思想异同论》,《江淮论坛》1991 年第 5 期。

n.《从〈洛神赋〉李善注看尤刻〈文选〉的版本系统》,《文学遗产》1994年第 4 期。

o.《〈玉台新咏〉成书年代新证》,北京大学编《国学研究》第五卷。又收入作者著《〈玉台新咏〉研究》中,中华书局 2000 年版。

p.《〈玉台新咏〉三题》,《古典文学知识》1996 年第 3 期。

q.《〈玉台新咏〉版本研究》,《中国古籍研究》第一卷,上海古籍出版社 1996 年版。

r.《〈盘中诗〉汉代说补正》,《河北师院学报》1997 年第 3 期。

s.《关于〈金楼子〉研究的几个问题》,《中国典籍与文化论丛》第 4辑,中华书局 1997 年版。又收入作者著《古典文学文献学丛稿》中。

t.《刘师培及其汉魏六朝文学研究引论》,《文学遗产》2010 年第4 期。

u.《先秦两汉文学史料学》(与曹道衡合著)中华书局 2005 年版。

v.《〈古今乐录〉辑存》,《国学研究》四十卷,北京大学出版社 2018年版。

w.《汉唐时期地方文献的收集、整理与研究》,《国家图书馆馆刊》

2004 年第 6 期。

x.《一桩未了的学术公案——钟嵘〈诗品〉"滋味"说理论来源的一个推测》,《许昌师专学报》2001 年第 4 期。

y.《七言诗渊源辑考》,《河北大学学报》1996 年第 3 期。

z.《〈文选〉学国际学术研讨会纪要》(署名乐闻),《文学遗产》1992 年第 6 期。

aa.《道教在六朝的流传与江南民歌隐语》,《社会科学战线》1996 年第 3 期。

bb.《文艺批评的初祖——读〈典论·论文〉》,《文史知识》2016 年第 2 期。

cc.《〈汉诗别录〉的学术价值及其方法论意义》,《文学遗产》2011 年第 2 期。

dd. 关于《〈金楼子〉研究的几个问题》,《中国典籍与文化论丛》第 4 辑,中华书局 1997 年版。

ee.《"二陆"的悲情与创作》,《北京联合大学学报》2012 年第 3 期。

ff.《六朝僧侣:文化交流的特殊使者》,《中国社会科学》2004 年第 5 期。

gg.《简帛中的文学世界——秦汉文学研究新资料之一》,《忻州师范学院学报》2001 年第 2 期。

hh.《班彪与两汉之际的河西文化》,《齐鲁学刊》2003 年第 1 期。

ii.《河西四郡的建置与西北文学的繁荣》,《文学评论》2008 年第 5 期。

jj.《体国经制,可得按验——读皇甫谧〈三都赋〉序》,《文史知识》2016 年第 9 期。

kk.《述先士之盛藻,论作文之利害——读陆机〈文赋〉》,《文史知识》2016 年第 10 期。

ll.《以情纬文,以文被质——读沈约〈宋书·谢灵运传〉》,《文史知识》2016 年第 11、12 期。

mm.《〈文心雕龙〉研究的里程碑——读范文澜〈文心雕龙注〉》,《江苏行政学院学报》2003年第1期。

111. 刘跃进、马燕鑫《〈玉台新咏〉史话》,国家图书馆出版社2015年版。

112. 刘跃进、徐华《段玉裁〈文选〉研究平议》,《文史》2017年第1期。

113. 刘湘兰《中古叙事文学研究》,北京大学出版社2011年版。

114. 刘景毛《〈东观汉记〉校注补证》,《古籍整理与出版情况简报》252期。

115. 刘琳:

a.《华阳国志》,《文史知识》1982年第7期。

b.《〈华阳国志〉校注》,巴蜀书社1984年版。

c.《明清几种〈十六国春秋〉之研究》,《中古泥鸿》,巴蜀书社1999年版。

116. 刘渼《〈文镜秘府论〉六朝声律说佚书佚文考》,《国文学报》第20期,1991年。

117. 刘强《世说学引论》,上海古籍出版社2012年版。

118. 刘静夫《沈约评传》,《中国著名史学家评传》,中州古籍出版社1985年版。

119. 伏俊琏:

a.《人物志研究》,甘肃人民出版社1999年版。

b.《人物志译注》,上海古籍出版社2018年版。

c.《敦煌文学总论》,上海古籍出版社2019年版。

120. 兴膳宏:

a.《〈玉台新咏〉成年考》,《中国古典文学丛考》第1辑,复旦大学出版社1985年版。

b.《〈文心雕龙〉与〈出三藏记集〉》,《兴膳宏〈文心雕龙〉论文集》,齐鲁书社1984年版。

c.《从四声八病到四声二元化》,《中华文史论丛》第 47 辑。

d.《沈约与艳情诗》,收进作者著《六朝文学论稿》,岳麓书社 1986 年版。

e.《〈宋书·谢灵运传论〉综说》,《中国文艺思想论丛》第 1 辑。

f.《试谈〈文赋〉抄本系统》,《〈文选〉学论集》,时代文艺出版社 1992 年版。

g.《〈文心雕龙〉与〈诗品〉在文学观上的对立》,《日本研究〈文心雕龙〉论文集》,齐鲁书社 1983 年版。

h.《梁元帝萧绎的生涯和〈金楼子〉》,载戴燕译《异域之眼——兴膳宏中国古典论集》,复旦大学出版社 2006 年版。

i.《潘岳年谱稿》,同上。

j.《书法历史中的陶弘景与〈真诰〉》,同上。

121. 朱东润:

a.《中国历代文学作品选》,上海古籍出版社 1981 年版。

b.《中国传叙文学之变迁·八代传叙文学述论》,复旦大学出版社 2015 年版。

122. 朱自清:

a.《陶诗的深度——评古直〈陶靖节诗笺定本〉》,《朱自清古典文学论文集》,上海古籍出版社 1981 年版。

b.《乐府清商三调讨论》,同上。

c.《〈文选〉序"事出于沉思义归乎翰藻"说》,同上。

d.《陶渊明年谱中之问题》,同上。

123. 朱光潜《诗论》,三联书店 1984 年版。

124. 朱迎平《〈文章缘起〉考辨》,收在《古典文学与文献论集》,上海财经大学出版社 1998 年 6 月出版。

125. 朱祖延:

a.《北魏佚书考》,中州古籍出版社 1985 年版。

b.《北魏佚书考补》,《湖北大学学报》1986 年第 2 期。

126. 朱偰《阮籍咏怀诗之研究》,《民国期刊资料分类汇编·〈文选〉学研究》下册,国家图书馆出版社 2010 年版。

127. 乔治忠《众家编年体晋史》,天津古籍出版社 1989 年版。

128. 许文雨《〈诗品〉释》,北京大学出版部 1929 年版。后收入《人间词话讲疏·钟嵘诗品讲疏》,成都古籍书店 1983 年版。

129. 许云和:

a.《德藏吐鲁番本汉班固〈幽通赋〉并注校录考证》,见所著《汉魏六朝文学考论》,上海古籍出版社 2006 年版。

b.《南朝妇人集考论》,同上。

130. 许锋《山东临沂首届王羲之学术研讨会综述》,《临沂师专学报》1989 年第 4 期。

131. 许逸民:

a.《〈艺文类聚〉与〈初学记〉》,《文史知识》1982 年第 5 期。

b.《〈初学记〉索引》,中华书局 1980 年版。

c.《陶渊明年谱》,中华书局 1986 年版。

d.《宋人记载中的庾信佚作》,《文学评论丛刊》第 5 辑。

e.《〈文选〉编撰年代新说》,《文学遗产》2006 年第 6 期。

f.《论隋唐"〈文选〉学"兴起之原因》,载中国文选学研究会编《中国文选学》,学苑出版社 2007 年版。

132. 齐天举:

a.《思潮风尚变迁与东汉后期文学》,《中国古典文学论丛》第 4 辑。

b.《文学的自觉时代》,《文学评论》1990 年第 1 期。

c.《关于〈木兰诗〉的著录及其时代问题》,《文学遗产增刊》第 14 辑。

d.《〈木兰诗〉的著录及时代问题续证》,《文学遗产》1984 年第 1 期。

133. 齐治平《〈拾遗记〉校注前言》,中华书局 1981 年版。

134. 江庆柏《清高宗与〈文选〉》,《〈昭明文选〉与中国传统文化》,吉林文史出版社 2001 年版。

135. 江殷《〈曹植集校注〉得失谈》,《文学遗产》1987 年第 4 期。

136. 江耦《曹操年谱》,《历史研究》1959 年第 3 期。

137. 孙少华《试论中古文学的"文体流动"现象——以萧统、刘勰"吊文"认识为中心》,《铜仁学院学报》2019 年第 4 期。

138. 孙昌武:

a.《佛教与中国文学》,上海人民出版社 1988 年版。

b.《关于日本所藏几部辅教类书》,《文学遗产》1992 年第 5 期。

c.《观世音应验记三种》前言,中华书局 1994 年版。

139. 孙明君:

a.《〈哀江南赋〉作年辨正》,《两晋士族文学研究》,中华书局 2010 年版。

b.《谢庄生平事迹辑录》,《南北朝贵族文学研究》,商务印书馆 2018 年版。

140. 孙钦善《论〈文选〉李善注与五臣注》,《中外学者〈文选〉学论集》,中华书局 1998 年版。

141. 孙通海《评〈阮籍集校注〉》,《古籍整理与出版情况简报》第 188 期。

142. 孙猛《日本国见在书目录考证》,上海古籍出版社 2015 年版。

143. 孙望《从〈孔雀东南飞〉的地理背景谈〈孔雀东南飞〉》,《乐府诗研究论文集》,作家出版社 1957 年版。

144. 庄万寿《嵇康年谱》,三民书局 1981 年版。

145. 牟世金:

a.《刘勰评传》,《中国历代著名文学家评传》,山东教育出版社 1985 年版。

b.《刘勰年谱汇考》,巴蜀书社 1988 年版。

c.《〈三都赋〉的撰年及其它》,《文史哲》1992 年第 5 期。

d.《〈文心雕龙〉理论体系初探》,收入作者著《雕龙集》,中国社会科学出版社 1983 年版。

146. 牟世金、徐传武《左思文学业绩新论》,《文学遗产》1988 年第

2 期。

147. 牟通《〈时序〉篇末段发微》,《文学评论丛刊》第 7 辑。

148. 吉冈义丰《〈归去来兮〉与佛教》,《东洋学论丛》"石滨先生古稀纪念"。

149. 吉平平、黄晓静《中国文学史著版本概览》,辽宁大学出版社1992 年。

150. 网次祐《论庾信》,转引自清水凯夫《庾信文学》。

151. 曲滢生《汉代乐府笺注》,百城书局 1933 年版。

152. 任哲维《关于〈陌上桑〉的人物的讨论》,《乐府诗研究论文集》,作家出版社 1951 年版。

153. 邢丙彦《也谈〈敕勒歌〉的原来语言》,《光明日报》1983 年 7 月26 日。

154. 向长青《〈诗品〉注释》,齐鲁书社 1986 年版。

155. 安东谅《〈文心雕龙〉下篇的篇次》,《中华文史论丛》1985 年第2 期。

156. 邱明洲《范缜〈神灭论〉发表的年代》,《四川大学学报》1980 年第 1 期。

157. 邱棨鐴:

a.《今存日本之〈文选集注〉残卷为中土唐写旧藏本》,见台湾《中央日报》1974 年 10 月 30 日副刊。

b.《〈文选集注〉所引〈文选钞〉研究》,《中外学者〈文选〉学论集》,中华书局 1998 年版。

c.《唐写本〈文选集注〉第九十八卷跋——〈文选集注〉为唐写本再证》,中华书局 1998 年版。

158. 吕德申《钟嵘〈诗品〉校释》,北京大学出版社 1986 年版。

159. 李文初《东晋诗人孙绰考议》,《文史》第 28 辑。收录在《汉魏六朝文学研究》,广东人民出版社 2000 年版。

160. 李丹禾《校订敦煌本李陵苏武往还书》,《敦煌语言文学论文集》,浙江古籍出版社 1988 年版。

　　161. 李长之《西晋大诗人左思及其妹左棻》,《国文月刊》第 70 期。

　　162. 李世跃《人物品评与魏晋南北朝文学批评》,《南开文学研究》(1988 年),天津古籍出版社 1990 年版。

　　163. 李庆:

　　a.《日本的〈昭明文选〉研究》,《〈文选〉与〈文选〉学》,学苑出版社 2003 年版。

　　b.《胡刻〈文选〉考异为顾千里所作考》,《文献》第 22 辑。

　　164. 李庆甲:

　　a.《刘勰卒年考》,《文学评论丛刊》第 1 辑。

　　b.《再谈刘勰的卒年问题》,《中国古典文学丛考》第 1 辑。

　　c.《刘勰年表》,同上。

　　d.《〈文心雕龙〉书名发微》,《文心雕龙学刊》第 3 辑。

　　165. 李伯齐《何逊行年考》,《〈何逊集〉校注》附录,齐鲁书社 1988 年版。

　　166. 李详《李审言文集》,江苏古籍出版社 1989 年版。

　　167. 李绍义《木兰不是南北朝人》,《阜阳师院学报》1991 年第 1 期。

　　168. 李宝均《曹氏父子与建安文学》,上海古籍出版社 1978 年版。

　　169. 李泽厚、刘纲纪《中国美学史》,安徽文艺出版社 1999 年版。

　　170. 李祖恒《仇池国志》,书目文献出版社 1986 年版。

　　171. 李剑国:

　　a.《嵇康生卒年新探》,《南开学报》1985 年第 3 期。

　　b.《唐前志怪小说集释》,上海古籍出版社 1986 年版。

　　c.《唐前志怪小说史》,南开大学出版社 1984 年版。

　　172. 李剑锋《陶渊明及其诗文渊源研究·陶渊明的佛教因缘》,山东大学出版社 2005 年版。

　　173. 李彧《也为〈文心雕龙〉书名正义》,《辽宁师大学报》1990 年第 2 期。

174. 李景华《斛律金与〈敕勒歌〉》,《中学语文教学》1982 年第 5 期。

175. 李德辉《秘书省与隋代文学》,《华夏文化论坛》2016 年第 1 期（总第 15 辑）。

176. 邹文《潘安仁年谱初稿》,《民国期刊资料分类汇编·〈文选〉学研究》下册,国家图书馆出版社 2010 年版。

177. 沈玉成:

a.《〈文选〉收录标准》,《文学遗产》1984 年第 2 期。

b.《宫体诗与〈玉台新咏〉》,《文学遗产》1988 年第 6 期。收录在《沈玉成文存》,中华书局 2006 年版。

c.《王粲评传》,《中国历代著名文学家评传》,山东教育出版社 1985 年版。

d.《谢灵运评传》,同上。

e.《嵇康被杀的原因和时间》,《辽宁大学学报》1992 年第 2 期。

f.《竹林七贤与二十四友》,《辽宁大学学报》1990 年第 6 期。

g.《〈陆平原年谱〉中的几个问题》,《文学遗产》1992 年第 3 期。

h.《关于颜延之的生平和作品》,《西北师大学报》1989 年第 4 期。

178. 沈玉成、傅璇琮《中古文学丛考》,《古代文学研究集》,中国文联出版公司 1985 年版。

179. 沈达材:

a.《建安文学概论》,北京朴社 1932 年版。

b.《曹植与〈洛神赋〉传说》,上海华通书局 1933 年版。

180. 沈祖棻《阮嗣宗咏怀诗初论》,《民国期刊资料分类汇编·〈文选〉学研究》下册,国家图书馆出版社 2010 年版。

181. 何白松《关于〈敕勒歌〉的作者》,《内蒙古日报》1963 年 4 月 3 日。

182. 何肯著,卢康华译《在汉帝国的阴影下——南朝初期的士人思想和社会》,中西书局 2018 年版。

183. 何满子《陈琳评传》,《中国历代著名文学家评传续编》,山东教育出版社1988年版。

184. 何融：

a.《〈文选〉编撰时期及编者考略》,《国文月刊》第76期（1949年）。又见《中外学者〈文选〉学论集》,中华书局1998年版。

b.《潘陆年谱》,《知用丛刊》第二。

c.《何水部年谱》,《何水部诗注》卷首。

185. 宋志英、南江涛编《〈文选〉研究文献集成》,国家图书馆出版社2013年版。

186. 宋展云《〈文选〉所录谢灵运行旅诗的情感内蕴及诗歌史意义》,《中南民族大学学报》2017年第5期。

187. 宋景昌《论孔融》,《建安文学研究文集》,黄山书社1984年版。

188. 牧角悦子《日本研究〈文选〉的历史与现状》,《〈昭明文选〉研究论文集》,吉林文史出版社1988年版。

189. 陈一百《曹子建研究》,商务印书馆1928年版。

190. 陈飞《唐代试策考述》,中华书局2002年版。

191. 陈广宏：

a.《小说家出于稗官说新考》,《文学史的文化叙事》,复旦大学出版社2012年版。

b.《汉赋与赋诗制度》,同上。

192. 陈文新《中国笔记小说史》,商务印书馆国际有限公司1998年版。

193. 陈少崧《〈文心雕龙〉书名发微质疑》,《社会科学战线》1989年第4期。

194. 陈允锋《文心雕龙之"雕龙"观》,载《文心雕龙疑思录》,中央民族大学出版社2013年版。

195. 陈世襄《陆机〈文赋〉的制作年代》,转引自王梦鸥《陆机〈文赋〉所代表的文学观念》。

196. 陈乐素《〈直斋书录解题〉作者陈振孙》,《直斋书录解题》附录,上海古籍出版社 1987 年版。

197. 陈庆元：

a.《先秦汉魏晋南北朝诗讹误偶拾》,《古籍整理与出版情况简报》第 247 期。

b.《谢朓诗歌系年》,收入作者著《中古文学论稿》,天津人民出版社 1992 年版。

c.《论王融》《王融年谱》,同上。

d.《〈沈约集〉校笺》,浙江古籍出版社 1995 年版。

e.《沈约事迹诗文系年》,收入作者著《中古文学论稿续编》,上海古籍出版社 2020 年版。

198. 陈庆浩《钟嵘〈诗品〉集校》,东亚出版中心 1978 年版。

199. 陈传席《六朝画家史料》,文物出版社 1990 年版。

200. 陈延嘉：

a.《〈文选〉五臣注的纲领和实践》,《〈文选〉学新论》,中州古籍出版社 1997 年版。

b.《关于〈文选〉五臣注研究的回顾与反思》,《〈文选〉与〈文选〉学》,学苑出版社 2003 年版。

c.《钱锺书与〈文赋〉研究》,中国文选学研究会编《中国文选学》,学苑出版社 2007 年版。

201. 陈延杰：

a.《魏晋诗研究》,收进郑振铎编《中国文学研究》,商务印书馆 1927 年版。

b.《〈诗品〉注》,人民文学出版社 1961 年版。

202. 陈志明《〈文心雕龙〉理论的构成与篇第间的关系》,《〈文心雕龙〉学刊》第 3 辑。

203. 陈炜湛《关于唐写本陆机〈文赋〉》,《中山大学学报》1989 年 4 期。

204. 陈怡良《陶渊明"不为五斗米折腰"新证》,《香港民主评论》第 2

卷 4 期。

205．陈垣：

a.《中国佛教史籍概论》,科学出版社 1955 年版。

b.《元西域人华化考·文学部》,《励耘书屋丛刻》,北京师范大学出版社 1982 年影印。

206．陈尚君：

a.《唐人编选诗歌总集叙录》,收入陈尚君《唐代文学丛考》,中国社会科学出版社 1997 年版。

b.《玉台后集》陈尚君辑,收入傅璇琮、陈尚君、徐俊主编《唐人选唐诗新编》,中华书局 2014 年版。

c.《汉唐方志辑佚》,《唐研究》第五卷。

d.《〈先秦汉魏晋南北朝诗〉再检讨》,载《汉唐文学与文献论考》,上海古籍出版社 2008 年版。

e.《〈先秦汉魏晋南北朝诗〉校订释例》。

207．陈尚君、骆玉明《〈先秦汉魏晋南北朝诗〉补遗》,《文学遗产》1987 年 1 期。

208．陈钟凡《汉魏六朝文学》,商务印书馆 1931 年版。

209．陈思苓《〈文心雕龙〉成书于齐末补正》,《文学评论丛刊》第 30 辑。

210．陈祖美《蔡琰评传》,《中国历代著名文学家评传》,山东教育出版社 1985 年版。

211．陈复兴《钱锺书与〈文选〉李善注》,《〈文选〉与中国传统文化》,吉林文史出版社 2001 年版。

212．陈家庆《汉魏六朝诗研究》,安徽大学出版社 1934 年版。

213．陈桥驿：

a.《爱国主义者郦道元与爱国主义著作〈水经注〉》,《郑州大学学报》1984 年第 4 期。

b.《小山堂钞本全榭山五校〈水经注〉》,《杭州大学学报》1981 年第

4 期。

214. 陈翀：

a.《〈文选集注〉之编撰者及其成书年代考》,张伯伟主编《域外汉籍研究集刊》第 6 辑,中华书局 2010 年版。

b.《九条本所见集注本李善〈上文选注表〉之原貌》,《汉籍东渐及日藏古文献论考稿》,中华书局 2011 年版。

215. 陈绶祥《魏晋南北朝绘画史》,人民美术出版社 2000 年版。

216. 陈寅恪：

a.《陶渊明之思想与清谈之关系》,收入作者著《金明馆丛稿初编》,上海古籍出版社 1980 年版。

b.《四声三问》,同上。

c.《读〈哀江南赋〉》,同上。

d.《魏晋南北朝讲演录》,万绳楠整理,黄山书社 1987 年版。

e.《从史实论〈切韵〉》,载《金明馆丛稿初编》,上海古籍出版社 1980 年版。

f.《书〈世说新语·文学〉类钟会撰〈四本论〉始毕条后》,载《金明馆丛稿初编》,上海古籍出版社 1980 年版。

217. 陈赓平《阮籍〈咏怀诗〉探解》,作者著《金城集》,兰州大学出版社 2003 年版。

218. 吴小平《论永明声律说与五言声律形式的形成》,《中国古典文学论丛》第 6 辑。

219. 吴云、董志广《梁代宫体诗新论》,《文学遗产》1990 年第 4 期。

220. 吴世昌：

a.《〈秦女休行〉本事探源》,《文学评论》1978 年第 5 期。

b.《答俞绍初君的质疑》,《文学评论丛刊》第 5 辑。

c.《晋杨方〈合欢诗〉发微》,载《文史》第三十五辑,中华书局 1985 年版。

221. 吴丕绩：

a.《江淹年谱》,商务印书馆 1938 年版。

b.《鲍照年谱》,商务印书馆 1940 年版。

222. 吴在庆《科举试赋及对唐赋创作影响的几个问题》,载《听涛斋中古文史论稿》,黄山书社 2011 年版。

223. 吴宗慈《陶渊明里居补考》,《读书通讯》第 66 期。

224. 吴郁芳《何谓五斗米》,《文史知识》1986 年第 8 期。

225. 吴庚舜、侯尔瑞《关于〈敕勒歌〉的创作背景作者及其他》,《河北师院学报》1981 年 1 期。

226. 吴承仕《经典释文叙录疏证》,中华书局 1984 年版。

227. 吴承学《整体地把握文学批评发展的轨迹》,《文学遗产》1991 年第 2 期。

228. 吴承学、李晓红《任昉〈文章缘起〉考论》,《文学遗产》2007 年第 4 期。

229. 吴树平《〈东观汉记〉校注》,中州古籍出版社 1986 年版。中华书局 2008 年新版。

230. 吴晓峰《毛泽东与〈文选〉》,《〈文选〉学散论》,吉林大学出版社 2004 年版。

231. 吴晓峰、陈复兴、陈延嘉《〈文选〉钱氏学研究》,吉林大学出版社 2004 年版。

232. 吴调公《〈文心雕龙·知音〉篇探微》,《古代文学理论研究》第 3 辑。

233. 余冠英：

a.《三曹诗选》,人民文学出版社 1956 年版。

b.《乐府诗选》,人民文学出版社 2003 年版。

c.《汉魏六朝诗选》,人民文学出版社 1958 年版。

d.《论蔡琰〈悲愤诗〉》,收入作者著《汉魏六朝诗论丛》,上海古典文学出版社 1956 年版。

234. 余嘉锡：

a.《〈世说新语〉笺疏》,中华书局 1983 年版。

b.《四库提要辨证》,中华书局 1980 年版。

c.《小说出于稗官说》,收入作者著《余嘉锡论学杂著》,中华书局 1963 年版。

d.《殷芸小说辑证》,同上。

e.《寒食散考》,同上。

235. 陆侃如:

a.《中古文学系年》,人民文学出版社 1985 年版。

b. 陆侃如、冯沅君《中国诗史》,人民文学出版社 1983 年版。

236. 陆侃如、牟世金《〈文心雕龙〉译注》,齐鲁书社 1981 年版。

237. 汪习波《隋唐〈文选〉学研究》,上海古籍出版社 2005 年版。

238. 汪绍楹《〈艺文类聚〉校序》,中华书局上海编辑所 1961 年版。

239. 汪春泓:

a.《论佛教与梁代宫体诗的产生》,《文学评论》1991 年第 5 期。

b.《论王俭与萧子良集团的对峙对齐梁文学发展之影响》,《文学遗产》2006 年第 3 期。后收入《史汉研究》附录中,上海古籍出版社 2014 年版。

240. 汪辟疆《〈唐人小说〉序例》,上海古籍出版社 1978 年版。

241. 启功:

a.《诗文声律论稿》,中华书局 1977 年版。

b.《启功丛稿·题跋卷》,中华书局 1999 年 7 月版。

c.《池塘春草敕勒牛羊》,收入《随笔　杂记》,《启功全集》北京师范大学 2012 年版,第 4 册,第 322 页。

242. 沉思《陈琳年岁的探索》,《文史》第 7 辑。

243. 连镇标《郭璞研究》,上海三联书店 2002 年版。

244. 杜道明《刘勰不提陶渊明的原因试探》,《思想战线》1989 年第 3 期。

245. 辛志贤《郦道元籍贯考辨》,《山西师院学报》1982 年第 2 期。

246. 劳幹《论〈西京杂记〉之作者及成书年代》，转引自洪业《再说〈西京杂记〉》。

247. 苏兆庆《刘勰晚年北归和浮来山定林寺的创建》，《北京大学学报》1997 年第 3 期。

248. 苏晋仁、萧炼子《〈宋书·乐志〉校注序言》，齐鲁书社 1982 年版。

249. 苏瑞隆《鲍照诗文研究》，中华书局 2006 年版。

250. 汤用彤：

a.《魏晋玄学论稿》，《汤用彤学术论文集》，中华书局 1983 年版。

b.《魏晋玄学与文学理论》，收进作者著《理学·佛学·玄学》，北京大学出版社 1991 年版。

251. 秀川《关于〈文心雕龙〉著述和成书年代》，《文学评论丛刊》第 7 辑。

252. 严绍璗《汉籍在日本的流布研究》，江苏古籍出版社 1992 年版。

253. 张长弓《蔡琰〈悲愤诗〉辨》，《东方杂志》41 卷 7 号。

254. 张长青、张会恩《〈文心雕龙〉诠释》，湖北人民出版社 1982 年版。

255. 张少康《刘勰为什么要依沙门僧祐》，《北京大学学报》1981 年第 6 期。

256. 张文勋：

a.《葛洪评传》，《中国历代著名文学家评传续编》，山东教育出版社 1988 年版。

b.《关于〈文赋〉的几个问题》，《思想战线》1978 年第 5 期。

257. 张中行《佛教与中国文学》，安徽教育出版社 1984 年版。

258. 张月云《宋刊〈文选〉李善单注本考》，《中外学者〈文选〉学论集》，中华书局 1998 年版。

259. 张为麟：

a.《〈孔雀东南飞〉时代祛疑》，《国学月报》2 卷 11、12 期，1927 年版。

b.《〈木兰诗〉时代辨疑》,《国学月报》2 卷 4 期,1927 年版。

260. 张可礼:

a.《三曹年谱》,齐鲁书社 1983 年版。

b.《东晋文艺编年》,山东教育出版社 1992 年版。

c.《东晋文艺综合研究》,山东大学出版社 2001 年版。

261. 张永鑫《声与诗》,《古代文学理论研究》第 3 辑。

262. 张亚权《读〈先秦汉魏晋南北朝诗·先秦诗〉札记》,《文学遗产》1990 年第 2 期。

263. 张亚新:

a.《兰亭诗考论》,《贵州社会科学》1991 年第 10 期。

b.《〈典论·论文〉写作时间考辨》,《古典文学综论》,(韩国)新星出版社 2005 年版。

264. 张忱石《〈建康实录〉前言》,中华书局 1986 年版。

265. 张志岳《鲍照及其诗新探》,《文学评论》1979 年第 1 期。

266. 张志哲《中国史籍概论》,江苏古籍出版社 1988 年版。

267. 张伯伟:

a.《〈诗品〉在域外的流传及影响》,《文学遗产》1993 年第 2 期。

b.《钟嵘〈诗品〉研究》,南京大学出版社 1993 年版。

268. 张国光《〈文心雕龙〉能代表我国古代文论的最高成就吗》,《古代文学理论研究》第 4 辑。

269. 张国星:

a.《晋书中的"二十四友"》,《文史》第 14 辑。

b.《北朝文化主潮与文学的式微》,《社会科学辑刊》1991 年第 3 期。

270. 张林川《〈北魏佚书考〉的文献价值及其整理方法》,《古籍整理出版情况简报》第 178 期。

271. 张忠纲《何逊评传》,《中国历代著名文学家评传》。

272. 张明非《纵横开拓、史论结合——评〈八代诗史〉兼论文学史写作》,《文学遗产》1991 年 3 期。

273. 张洁：

a.《〈文选〉李善注的直音与反切》，《语言研究》1998 年增刊。

b.《李善音系与公孙罗音系声母的比较》，《中国语文》1999 年第 6 期。

274. 张恩普：

a.《刘勰生平系年考略》，《东北师大学报》1985 年 1 期。

b.《刘勰生年新探》，《东北师大学报》1992 年 4 期。

275. 张涤华《古代诗文总集选介》，上海古籍出版社 1985 年版。

276. 张海明《范文澜抄袭黄侃？——起底尘封百年的学术公案》，《清华大学学报》2020 年第 4 期。

277. 张舜徽《中国文献学》，中州书画社 1982 年版。

278. 张鹏飞《〈昭明文选〉应用研究》，中国社会科学出版社 2014 年版。

279. 张靖龙《谢灵运佚诗考辨》，《文学遗产》1989 年第 2 期。

280. 张静庐《中国小说史大纲》，上海泰东图书馆 1920 年版。

281. 张澍辑、陈晓捷注《三辅决录·三辅故事·三辅旧事》，三秦出版社 2006 年版。

282. 张蕾：

a.《〈玉台新咏〉论稿》，人民出版社 2007 年版。

b.《从〈唐诗玉台新咏〉看唐诗与〈玉台新咏〉的因缘》，《湖南大学学报》2004 年第 3 期。

283. 屈守元：

a.《昭明太子十学士说》，《〈昭明文选〉研究论文集》，吉林文史出版社 1988 年版。

b.《〈昭明文选〉杂述及选讲》，天津古籍出版社 1988 年版。

c.《跋日本古抄无注三十卷本〈文选〉》，《〈文选〉学论集》，时代文艺出版社 1992 年版。又载作者著《览初阁论著辑录》，电子科技大学出版社 2002 年版。

d.《〈文选〉导读》,巴蜀书社 1993 年版。

e.《绍兴建阳陈八郎本五臣注〈文选〉跋》,见《览初阁论著辑录》。

284. 杨生枝《乐府诗史》,青海人民出版社 1985 年版。

285. 杨明:

a.《蜂腰鹤膝旁纽正辨》,《文史》第 28 辑。

b.《宫体诗评价问题》,《复旦学报》1988 年第 5 期。

286. 杨明照:

a.《刘勰卒年初探》,《四川大学学报》1978 年第 4 期。

b.《〈梁书·刘勰传〉笺注》,《中华文史论丛》1979 年第 1 期。

c.《〈文心雕龙·隐秀〉篇补文质疑》,《文学评论丛刊》第 7 辑。

d.《唐写本叙录》,《〈文心雕龙〉校注拾遗》附录。

e.《〈文心雕龙·时序〉"皇齐"解》,《文学遗产》1981 年第 4 期。

f.《刘子理惑》,《学不已斋杂著》,上海古籍出版社 1985 年版。

g.《〈文心雕龙〉校注拾遗》,上海古籍出版社 1982 年版。

287. 杨宝林《曹操〈短歌行〉新解》,《辽宁大学学报》1991 年第 6 期。

288. 杨朝明《九家旧晋书辑本》,中州古籍出版社 1991 年版。

289. 杨焄《明人编选汉魏六朝诗歌总集研究》,陕西人民教育出版社 2009 年版。

290. 杨联陞《论东晋南朝县令俸禄的标准》,《中国语文札记》,中国人民大学出版社 2006 年版。

291. 杨殿珣《中国历代年谱总录》,书目文献出版社 1980 年版。

292. 杨赛《任昉与南朝士风》,上海古籍出版社 2011 年版。

293. 周一良:

a.《刘义庆评传》,《中国历代著名文学家评传》,山东教育出版社 1985 年版。

b.《〈世说新语〉和作者刘义庆身世的考察》,收入作者著《魏晋南北朝史论集续编》,北京大学出版社 1991 年版。

c.《论梁武帝及其时代》,收录作者著《魏晋南北朝史论集》,北京大学出版社 1997 年版。

294. 周广荣《梵语悉昙章在中国的传播与影响》，宗教文化出版社 2004 年版。

295. 周天游：

a.《后汉纪校注》，天津古籍出版社 1987 年版。

b.《八家〈后汉书〉辑注》，上海古籍出版社 1986 年版。

296. 周凤章《竹林七贤称名始于东晋谢安说》，《学术研究》1991 年第 6 期。

297. 周本淳《〈世说新语〉原名考略》，《中华文史论丛》1980 年第 3 期。

298. 周贞亮《〈文选〉学导言》，《民国期刊资料分类汇编·〈文选〉学研究》上册，国家图书馆出版社 2010 年版。

299. 周绍恒：

a.《刘勰出身于庶族说献疑》，《怀化师专学报》1989 年第 1 期。

b.《刘勰卒年新探》，《晋阳学刊》1989 年第 3 期。

c.《〈文心雕龙〉成书年代新证》，《〈文心雕龙〉学刊》第 6 辑。

d.《刘勰卒年及北归问题辨》，收入作者著《文心雕龙散论及其他》，学苑出版社 2004 年第 2 版。

300. 周祖谟：

a.《论〈文选音〉残卷之作者及其方音》，收入作者著《问学集》，中华书局 1966 年版。

b.《〈世说新语笺疏〉前言》，中华书局 1983 年版。

c.《杨衒之事实考》，《洛阳伽蓝记校释》附，科学出版社 1958 年版。

d.《〈颜氏家训·音辞〉篇补注》，《问学集》，中华书局 1981 年版。

e.《唐五代韵书集存》，中华书局 1983 年版。

f.《魏晋音与齐梁音》，《中华文史论丛》1982 年第 3 辑。

g.《〈切韵〉与吴音》，《问学集》，中华书局 1981 年版。

301. 周勋初：

a.《〈文赋〉写作年代初探》，收入作者著《文史新探》，上海古籍出版社 1987 年版。

b.《〈文选集注〉上的印章考》，《〈昭明文选〉与中国传统文化》，吉林文史出版社 2001 年版。

302. 周振甫：

a.《嵇康为什么被杀》，《学林漫录》第 2 辑。

b.《什么是宫体诗》，《文史知识》1984 年第 7 期。

c.《〈文心雕龙〉注释》，人民文学出版社 1981 年版。

d.《〈文心雕龙〉今译》，中华书局 1986 年版。

303. 雨辰《振兴选学的重大措施——〈文选〉学研究集成》丛书开始编纂》，《古籍整理出版情况简报》第 264 期。

304. 尚丽新《〈乐府诗集〉版本研究》，中国社会科学出版社 2012 年版。

305. 林文月：

a.《〈洛阳伽蓝记〉的冷笔与热笔》，《中古文学论丛》，大安出版社 1989 年版。

b.《〈洛阳伽蓝记〉的文学价值》，同上。

306. 林田慎之助：

a.《裴子野〈雕虫论〉考证——关于〈雕虫论〉的写作年代及其复古文学论》，《古代文学理论研究》第 6 辑。

b.《南朝放荡文学论之美学意识》，转引自清水凯夫《梁代中期文坛考》。

c. 此说见兴膳宏《〈玉台新咏〉成书考》征引。

307. 林东海《谢朓评传》，《中国历代著名文学家评传》，山东教育出版社 1985 年版。

308. 林其锬、陈凤金：

a.《关于敦煌遗书〈文心雕龙〉残卷》，《古籍整理出版情况简报》第 193 期。

b.《〈刘子〉作者考辨》,《〈刘子〉集校》附录,上海古籍出版社 1985 年版。

c.《再论〈刘子〉作者问题》,《中华文史论丛》1986 年第 4 期。

309. 林剑鸣《中国古代官吏的休假制度与婚姻家庭——从〈孔雀东南飞〉的爱情悲剧谈起》,《学术月刊》1991 年第 2 期。

310. 林家骊:

a.《日本所存〈文馆词林〉中的王粲〈七释〉》,《文献》1988 年第 3 期。

b.《日本影弘仁本〈文馆词林〉与我国先唐遗文》,《文献》1989 年第 2 期。

311. 林晓光《王融与永明时代》,上海古籍出版社 2014 年版。

312. 林梅村《西域文明》,文物出版社 1995 年版。

313. 林葆玲《重审应璩及其与陶潜之间的诗学联系》,收入卞东波编译《中国古典文学研究的新视镜——晚近北美汉学论文选译》,安徽教育出版社 2016 年版。

314. 罗尗子《北朝石窟艺术》,上海出版公司 1953 年版。

315. 罗竹风《阮籍评传》,《中国历代著名文学家评传》。

316. 罗宗强:

a.《玄学与魏晋士人心态》,浙江人民出版社 1991 年版。

b.《隋代文学思想平议》,《古代文学理论研究》第 7 辑。

317. 罗国威:

a.《〈全上古三代秦汉三国六朝文补编〉正抓紧编纂》,《古籍整理出版情况简报》第 248 期。

b.《书〈梁书·刘峻传〉后》,《〈刘孝标集〉校注》附录,上海古籍出版社 1988 年版。

c.《敦煌本〈昭明文选〉研究》,黑龙江教育出版社 1999 年版。

d.《敦煌本〈文选注〉笺证》,巴蜀书社 2000 年版。

e.《日藏弘仁本〈文馆词林〉校证》,中华书局 2001 年版。

318. 罗根泽:

a.《〈木兰诗〉产生的时代和地点》，《罗根泽古典文学论文集》，上海古籍出版社 1985 年版。

b.《南朝乐府中的故事与作者》，同上。

c.《五言诗起源说评录》，同上。

d.《〈古诗十九首〉之作者及年代》，同上。

e.《七言诗之起源及其成熟》，同上。

f.《〈燕丹子〉真伪年代之旧说与新考》，《古史辨》第 6 册。

319. 罗常培《汉魏六朝专家文研究》，独立出版社 1945 年版。

320. 郑文：

a.《汉安世房中歌试论》，收进作者著《汉诗研究》中，甘肃民族出版社 1994 年版。

b.《驳汉铙歌十八曲都是军乐说》，同上。

c.《论李陵与苏武三首诗的假托》，同上。

d.《汉诗选笺》，上海古籍出版社 1986 年版。

321. 郑振铎《插图本中国文学史》，人民文学出版社 1957 年版。

322. 郑德坤《〈水经注〉故事略说》，《郑德坤古史论集选》，商务印书馆 2007 年版。

323. 庞怀清《论〈后出师表〉非伪作》，《人文杂志》1983 年 2 期。

324. 金少华：

a.《古钞本〈文选集注〉研究》，浙江大学出版社 2015 年版。

b.《敦煌吐鲁番本〈文选〉辑校》，浙江大学出版社 2017 年版。

325. 金克木：

a.《古诗"玉衡指孟冬"试解》，《国文月刊》第 63 期，1948 年版。

b.《〈玉台新咏〉三论》，载《旧学新知集》，三联书店 1991 年版。

326. 金学主《朝鲜时代所印〈文选〉本》，《中外学者〈文选〉学论集》，中华书局 1998 年版。

327. 金涛声《陆机集》前言，中华书局 1982 年版。

328. 房日晰《太康"三张"辨》，《中华文史论丛》1986 年第 4 期。

329. 易健贤《宗教信仰的执著和偏见》，《文心同雕集》，成都出版社1990年版。

330. 季广贤、贾瑞青《鲍照家世新议》，《青海师大学报》1990年3期。

331. 季冰《颜延之年谱》，《清华周报》第40卷6期及9期。又见《民国期刊资料分类汇编·〈文选〉学研究》下册，国家图书馆出版社2010年版。

332. 范子烨：

a.《〈昭明文选〉邵氏批语迻录稿》，《文史》2006年第1辑（总第74辑）。

b.《〈世说新语〉研究》，黑龙江教育出版社1998年版。

333. 范文澜：

a.《〈水经注〉写景文钞》，北京朴社1929年版。

b.《中国通史简编》，人民出版社1964年版。

c.《〈文心雕龙·时序〉注》，人民文学出版社1958年版。

334. 范宁：

a.《关于〈搜神记〉》，《文学评论》1964年第1期。

b.《〈博物志〉校证》附录一，中华书局1980年版。

335. 范祥雍《杨衒之传略》，《〈洛阳伽蓝记〉校注》附录，上海古籍出版社1982年版。

336. 范烟桥《中国小说史》，苏州秋叶社1927年版。

337. 松冈荣志《〈世说新语〉原名重考》，《思想战线》1988年第5期。

338. 柯庆明《两汉魏晋南北朝文学批评资料汇编》，台北成文出版社1978年版。

339. 昝亮《〈玉台新咏〉版本探索》，中华书局编《文史》2000年第2辑。

340. 饶宗颐：

a.《读〈文选〉序》，《〈昭明文选〉研究论文集》，吉林文史出版社1988

年版。

　　b. 《文心与阿毗昙心》,《暨南学报》1989 年第 1 期。

　　c. 《敦煌本〈文选〉斠证》,香港《新亚学报》3 卷 12 期,1957 年版。

　　d. 《中印文化关系史论集》,香港中文大学中国文化研究所 1990年印。

　　341. 骆鸿凯《〈文选〉学》,中华书局 1989 年影印 1936 年本。

　　342. 赵万里:

　　a. 《永乐大典本〈水经注〉破镜重圆记》,《人民日报》1958 年 12 月5 日。

　　b. 《唐写本〈文心雕龙〉残卷校记》,《清华学报》1926 年版。

　　343. 赵永复《郦道元生卒考》,复旦大学《历史地理学增刊》1980 年版。

　　344. 赵贞信《郦道元生卒年考》,《禹贡》七卷 1、2、3 合期。

　　345. 赵西陆《黄侃补〈文心雕龙·隐秀〉篇笺》,《国文月刊》三十八卷。

　　346. 赵仲邑:

　　a. 《〈文心雕龙〉译注》,漓江出版社 1982 年版。

　　b. 《钟嵘〈诗品〉译注》,广西人民出版社 1987 年版。

　　347. 赵昌平《谢灵运与山水诗起源》,《中国社会科学》1990 年第4 期。

　　348. 赵建成:

　　a. 《〈文选〉李善引书索引》,《〈文选〉旧注辑存》附录,凤凰出版社2017 年版。

　　b. 《经典注释征引范式的确立与四大名注引书》,《浙江学刊》2017年第 2 期。

　　349. 赵厚均《两晋文研究》,陕西人民教育出版社 2011 年版。

　　350. 赵益《六朝南方神仙道教与文学》,上海古籍出版社 2006 年版。

　　351. 赵敏俐《汉代乐府制度与歌诗研究》,商务印书馆 2009 年版。

　　352. 赵智海《中州古籍出版社将出版〈东观汉纪〉校注》,《古籍整理出版情况简报》第 163 期。

　　353. 赵福海《〈文选〉学论集》,时代文艺出版社 1992 年版。

　　354. 赵福海、陈宏天等:

　　a.《〈昭明文选〉研究论文集》,吉林文史出版社 1988 年版。

　　b.《〈昭明文选〉译注》,吉林文史出版社 2007 年版。

　　355. 赵蕾《朝鲜正德四年本五臣注〈文选〉研究》,河南大学出版社 2014 年版。

　　356. 俞士玲《两晋文学考论》,南京大学出版社 2008 年版。

　　357. 俞平伯《说汉乐府〈羽林郎〉》,《乐府诗研究论文集》,作家出版社 1957 年版。

　　358. 俞绍初:

　　a.《建安七子遗文存目考》,《建安七子集》附录,中华书局 1989 年版。

　　b.《建安七子年谱》,《建安七子集》附录。

　　c.《曹植年谱》,《郑州大学学报》1963 年第 3 期。

　　d.《王粲年谱》,《王粲集》附录,中华书局 1980 年版。

　　e.《〈秦女休行〉本事探源质疑》,《文学评论丛刊》第 5 辑。

　　f.《江淹年谱》,载《中国古籍研究》第一卷,上海古籍出版社 1996 年版。

　　g.《新校订六家注〈文选〉》,郑州大学出版社 2015 年版。

　　h.《曹植〈洛神赋〉写作的年代及成因》,北京大学国学研究院编《国学研究》第 13 卷(2004 年)。

　　359. 俞敏《后汉三国梵汉对音谱》,《俞敏语言学论文集》,商务印书馆 1999 年版。

　　360. 查屏球、任雅芳《纸抄时代书籍形态与〈玉台新咏〉编纂体例及成书过程》,《复旦学报》2013 年第 2 期。

　　361. 胡大雷:

　　a.《〈玉台新咏〉为梁元帝徐妃所撰录考》,《文学评论》2005 年第

2 期。

　　b.《宫体诗研究》,商务印书馆 2004 年版。

　　362. 胡旭:

　　a.《〈文选〉对"建安七子"作品之去取》,载《先唐文学研究》,复旦出版社 2016 年版。

　　b.《先唐别集叙录》,中国社会科学出版社 2011 年版。

　　363. 胡怀琛:

　　a.《〈古诗十九首〉志疑》,《学术世界》1 卷 3 期,1935 年版。

　　b.《中国小说的起源及其演变》,正中书局 1934 年版。

　　364. 胡宝国:

　　a.《东晋南朝的书籍整理与学术总结》,《中国史研究》2017 年第 1 期。

　　b.《汉唐间史学的发展》,商务印书馆 2003 年版。

　　365. 胡国瑞《魏晋南北朝文学史》,上海文艺出版社 1980 年版。

　　366. 胡祥云《〈四八目〉题意析疑》,《文史》2006 年第 3 辑(总第 76 辑)。

　　367. 胡雪冈《谢灵运佚诗三首辑佚》,《文学遗产》1987 年第 4 期。

　　368. 胡道静《中国古代的类书》,中华书局 1982 年版。

　　369. 洪为法:

　　a.《古诗论》,商务印书馆 1939 年版。

　　b.《曹子建及其诗》,光华书局 1931 年版。

　　370. 洪业:

　　a.《再说〈西京杂记〉》,《洪业论学集》,中华书局 1981 年版。

　　b.《所谓〈修文殿御览〉者》,《洪业论学集》,中华书局 1981 年版。

　　371. 洪顺隆《六朝诗论》,文津出版社 1978 年版。

　　372. 钟书林:

　　a.《隐士的深度:陶渊明新探》,中国社会科学出版社 2015 年版。

　　b.《范晔之人格与风格》,中国社会科学出版社 2010 年版。

c.《后汉书文学初探》，中国社会科学出版社 2010 年版。

d.《士与文学》，中国社会科学出版社 2012 年版。

373. 钟仕伦《〈金楼子〉成书时间考辨》，《北京大学学报》2004 年第 5 期。

374. 钟优民：

a.《曹植诗新探》，黄山书社 1984 年版。

b.《三十年来陶渊明讨论和研究的回顾》，《建国以来古代文学问题讨论举要》，齐鲁书社 1984 年版。

375. 钟京铎《曹氏父子诗研究》，学海出版社 1977 年版。

376. 段凌衣《〈文选〉注引汉书注非袭用颜师古注本说》，《民国期刊资料分类汇编·〈文选〉学研究》上册，国家图书馆出版社 2010 年版。

377. 段熙仲：

a.《郦道元评传》，《中国历代著名文学家评传》，山东教育出版社 1985 年版。

b.《沈钦韩〈水经注疏证〉稿本概述》，《中华文史论丛》1979 年第 3 期。

c.《钟嵘〈诗品〉考年》，《文学评论丛刊》第 5 辑。

378. 姚大荣《木兰从军时地表微》，《东方杂志》20 卷 2 号。

379. 姚薇元《北朝胡姓考》，科学出版社 1958 年版。

380. 侯忠义《汉魏六朝小说史》，春风文艺出版社 1989 年版。

381. 柏俊才：

a.《"竟陵八友"考辨》，中国社会科学出版社 2011 年版。

b.《〈敕勒歌〉作时、流传与文本经典化》，《乐府学》第 21 辑。

382. 闻一多《乐府诗笺》，《闻一多全集》，湖北人民出版社 1993 年版。

383. 姜安《余萧客生平考述》，《学术交流》2019 年第 2 期。

384. 姜亮夫：

a.《张华年谱》，上海古典文学出版社 1957 年版。

b.《陆平原年谱》,上海古典文学出版社 1957 年版。

c.《历代人物年里碑传综表》,中华书局 1959 年版。

d.《敦煌造型艺术》,收入作者著《敦煌学论文集》,上海古籍出版社 1987 年版。

e.《敦煌——伟大的文化宝藏》,上海古典文学出版社 1956 年版。

385. 施昌东《论葛洪的审美观》,《文学评论丛刊》第 13 辑。

386. 施助、广信《关于〈文心雕龙〉的著述和成书年代的探讨》,《文学评论丛刊》第七辑。

387. 殷孟伦:

a.《如何理解〈文选〉的标准》,《文史哲》1962 年第 1 期。

b.《〈汉魏六朝百三家集〉题辞注》,人民文学出版社 1981 年版。

388. 殷雪征《鲍照研究》,中国文联出版社 2001 年版。

389. 铃木虎雄:

a.《沈约年谱》,商务印书馆 1935 年版。

b.《黄叔琳本〈文心雕龙〉校勘记》,转引自范文澜《〈文心雕龙〉注》。

390. 顾农:

a.《关于〈文选〉的五臣注》,《〈文选〉学新论》,中州古籍出版社 1997 年版。

b.《〈文选〉与文心》,贵州人民出版社 1998 年版。

c.《〈文选〉论丛》,广陵书社 2007 年版。

d.《从孔融到陶渊明:汉末三国两晋文学史论衡》,凤凰出版社 2013 年版。

391. 顾竺《论山涛》,《西北师大学报》1989 年第 5 期。

392. 顾美华《宋刻三谢诗读后记》,《文献》第 22 辑。

393. 隽雪艳:

a.《日本钞本〈文选集注〉》,《古籍整理出版情况简报》第 154 期。

b.《〈玉台新咏考异〉为纪昀所作》,《文史》第 26 辑。

394. 钱永波《毛泽东评引〈昭明文选〉的启迪》,中国文选学研究会编

《中国文选学》,学苑出版社 2007 年版。

　　395. 钱仲联《〈鲍参军集〉注》,上海古籍出版社 2005 年版。

　　396. 钱志熙:

　　a.《既深且广、亦精亦博——评〈南北朝文学史〉》,《文史知识》1992
年第 11 期。

　　b.《谢灵运〈辨宗论〉和山水诗》,《北京大学学报》1989 年第 5 期。

　　397. 钱锺书:

　　a.《管锥编》第 4 册 1401 页,中华书局 1979 年版。

　　b.《管锥编》第 3 册 853 页,同上。

　　c.《管锥编》第 4 册 1507 页,同上。

　　398. 徐公持:

　　a.《建安七子诗文系年考证》,《文学遗产增刊》第 14 辑。

　　b.《张华评传》,《中国历代著名文学家评传续编》,山东教育出版社
1988 年版。

　　c.《曹操评传》,《中国历代著名文学家评传》,山东教育出版社 1985
年版。

　　d.《曹丕评传》,同上。

　　e.《曹植评传》,同上。

　　f.《曹植生平八考》,《文史》第 10 辑。

　　g.《曹植诗歌的写作年代问题》,《文史》第 6 辑。

　　h.《孔融为什么被杀》,《学林漫录》第 7 辑。

　　i.《曹植年谱考证》,社会科学文献出版社 2016 年版。

　　399. 徐元《回文诗词简论》,《文学遗产》1989 年第 3 期。

　　400. 徐仁甫《古诗别解》,上海古籍出版社 1984 年版。

　　401. 徐中舒:

　　a.《〈古诗十九首〉考》,中山大学语言历史研究所周刊第 6 卷,1928
年。又收录在《徐中舒历史论文选辑》,中华书局 1998 年版。

　　b.《五言诗发生时期的讨论》,又收录在《徐中舒历史论文选辑》,中

华书局 1998 年版。

402. 徐正英《顾炎武与〈文选〉学》,《〈昭明文选〉与中国传统文化》,吉林文史出版社 2001 年版。

403. 徐华《日本东京大学东洋文化研究所藏〈朝鲜活字本六臣注文选〉前言》,凤凰出版社 2018 年版。

404. 徐传武：

a.《皇甫谧卒年新考》,《左思左棻研究》,中国文联出版社 1999 年版。

b.《左思左棻行年考辨》,同上。

405. 徐邦达《王羲之生卒年岁旧说的平议》,收入作者著《历代书画家传记考辨》,上海人民美术出版社 1983 年版。

406. 徐宗文《评王钟陵著〈中国中古诗歌史〉》,《江海学刊》1989 年第 1 期。

407. 徐昌盛《挚虞史著考》,《古籍整理研究学刊》2016 年第 2 期。又见其所著《〈文章流别集〉与魏晋学术新变》,上海交通大学出版社 2021 年版。又见《挚虞及其〈文章流别集〉研究》,山东大学出版社 2020 年版。

408. 徐建委《唐以前集注的便捷之途——以〈汉书注〉〈文选注〉为例》,《古代特色文学文献研究》第二辑,上海古籍出版社 2016 年版。

409. 徐复：

a.《黄补〈文心雕龙·隐秀〉笺注》,《金陵学报》八卷 1、2 期。

b.《从语言上推测〈孔雀东南飞〉诗写定的年代》,《学术月刊》1958 年第 2 期。

410. 徐高阮《山涛论》,《历史语言研究所集刊》第 40 本。

411. 徐晓峰《唐代科举与应试诗研究》,北京大学出版社 2015 年版。

412. 徐嘉瑞《中古文学概论》,上海亚东图书馆 1924 年版。

413. 徐震堮《汉魏六朝小说选》,上海古典文学出版社 1957 年版。

414. 郭希汾《中国小说史略》,上海中华书局 1921 年版。

415. 郭伯恭《魏晋诗歌概论》,商务印书馆国学小丛书本。

416. 郭沫若：

a.《论曹植》，收入作者著《历史人物》，人民出版社1979年版。

b.《由王谢墓志的出土论到〈兰亭序〉的真伪》，《文物》1965年第6期。

c.《拟〈盘中诗〉的原状》，《光明日报》1962年3月24日。

d.《再谈〈盘中诗〉》，《光明日报》1962年4月7日。

417. 郭绍虞：

a.《陶集考辨》，收入作者著《照隅室古典文学论集》，上海古籍出版社1983年版。

b.《永明声病说》，同上。

c.《声律说考辨》，同上。

d.《声律说续考》，《古代文学理论研究》第3辑。

e.《蜂腰鹤膝解》，《社会科学战线》1979年第3期。

f.《从永明体到律诗》，《照隅室古典文学论集》，上海古籍出版社1983年版。

g.《〈文章流别论〉与〈翰林论〉》，《照隅室古典文学论集》，上海古籍出版社1983年版。

h.《文笔与诗笔》，同上。

i.《〈文选〉的选录标准和它与〈文心雕龙〉的关系》，《中外学者文选学论集》，中华书局1998年版。

418. 郭绍虞、王文生《中国历代文论选》，上海古籍出版社1979年版。

419. 郭宝军《胡克家本〈文选〉研究》，河南大学出版社2014年版。

420. 郭晋稀：

a.《〈文心雕龙〉译注十八篇》，甘肃人民出版社1963年版。

b.《〈文心雕龙〉的卷数和篇次》，《甘肃师大学报》1979年第1期。

421. 郭维新《干宝著述考》，《民国期刊资料分类汇编·〈文选〉学研究》下册，国家图书馆出版社2010年版。

422. 郭维森《嵇康评传》,《中国历代著名文学家评传》,山东教育出版社 1985 年版。

423. 郭箴一《中国小说史》,上海书店 1984 年复印。

424. 郭麟阁《魏晋风流及其文潮》,上海华通书局 1933 年版。

425. 袁行霈:

a.《陶渊明与慧远》,《中国典籍与文化》1992 年第 1 期。

b.《中国文学史纲要》,北京大学出版社 1984 年版。

c.《魏晋玄学中的言意之辨与中国古代文艺理论》,《古代文学理论研究》第 1 辑。

d.《陶渊明享年考辨》,《文学遗产》1996 年 1 期。又收入作者著《陶渊明研究》中,北京大学出版社 1997 年版。

e.《钟嵘〈诗品〉陶诗源出应璩说辨析》,《国学研究》第二卷。又收入《陶渊明研究》中。

426. 袁行霈、侯忠义《中国文言小说书目》,北京大学出版社 1981 年版。

427. 贾树新《关于〈文心雕龙〉的成书时间及刘勰生卒年的新探》,《四平师院学报》1980 年第 3 期。

428. 夏志厚《〈文心雕龙〉成书年代与刘勰思想渊源新考》,《古代文学理论研究》第 11 辑。

429. 夏承焘《关于陆机〈文赋〉的三个问题》,《文艺报》1962 年 7 月。

430. 夏敬观《汉〈短箫铙歌〉注》,商务印书馆 1932 年版。

431. 唐长孺:

a.《〈木兰诗〉补证》,《江汉论坛》1986 年第 9 期。

b.《吐鲁番出土文书》,文物出版社 1981 年版。

c.《魏晋南北朝隋唐史三论》,武汉大学出版社 1993 年版。

432. 唐雯《晏殊〈类要〉研究》,上海古籍出版社 2012 年版。

433. 谈蓓芳:

a.《〈玉台新咏〉版本考》,《复旦学报》2004 年第 4 期。

b.《〈玉台新咏〉版本补考》,《上海师范大学学报》2006 年第 1 期。

434. 浦江清:

a.《论小说》,收入《浦江清文录》,人民文学出版社 1989 年版。

b.《左棻墓志铭》,收入《浦江清文史杂录》,清华大学出版社 1993 年版。

435. 高人雄:

a.《北朝民族文学叙论》,中华书局 2011 年版。

b.《汉唐西域文学研究》,新疆人民出版社 2017 年版。

c.《多民族文化背景下的北周文学研究》,上海古籍出版社 2020 年版。

436. 高尔太《山水画溯源》,《甘肃师大学报》1978 年第 2 期。

437. 高松亨明《〈诗品〉详解》,转引自曹旭《〈诗品〉的称名及序言的位置》。

438. 高敏:

a.《〈南北史〉掇琐》,中州古籍出版社 2003 年版。

b.《关于东晋实时期黄、白籍的几个问题》,载《魏晋南北朝社会经济史探讨》,人民出版社 1987 年版。

439. 莫砺锋《从〈文心雕龙〉与〈文选〉之比较看萧统的文学思想》,《中外学者〈文选〉学论集》,中华书局 1998 年版。

440. 翁达藻《〈梁书·刘勰传〉大事系年表》,《大陆杂志》20 卷 4 期。

441. 康达维:

a.《欧美〈文选〉研究述略》,《〈昭明文选〉研究论文集》,吉林文史出版社 1988 年版。

b.《〈文选〉英译浅论》,《〈文选〉学论集》,时代文艺出版社 1992 年版。

c.《鲍照〈芜城赋〉的创作时间与场合》,收入《汉代宫廷文学与文化之探微》,上海译文出版社 2013 年版。

442. 章必功《玉台体》,《文史知识》1986 年第 7 期。

443. 章培恒：

a.《〈玉台新咏〉为张丽华所撰录考》,文学评论 2004 年第 2 期。

b.《关于〈古诗为焦仲卿妻作〉的形成过程与写作年代》,《复旦学报》2005 年第 1 期。又收入杨明编选《六朝风采远追寻》,商务印书馆 2017 年版。

444. 逯钦立：

a.《汉诗别录》,收进作者著《汉魏六朝文学论集》,陕西人民出版社 1984 年版。

b.《陶潜里居史料评述》,同上。

c.《关于陶渊明》,《陶渊明集》附录,中华书局 1982 年版。

d.《〈形影神〉与东晋佛道之思想》,《汉魏六朝文学论集》,陕西人民出版社 1984 年版。

e.《读陶管见》,同上。

f.《四声考》,同上。

g.《〈文赋〉撰出年代考》,同上。

h.《钟嵘〈诗品〉丛考》,同上。

i.《相和歌曲调考》,《文史》第 14 辑。

j.《先秦汉魏晋南北朝诗》97 页,中华书局 1983 年版。

k.《说文笔》,《汉魏六朝文学论集》,陕西人民出版社 1984 年版。

l.《陶渊明行年简考》,收录《逯钦立文存》,中华书局 2010 年版。

445. 清水凯夫：

a.《〈文选〉和〈文心雕龙〉的相互关系》,收入作者著《六朝文学论文集》,韩基国译,重庆出版社 1989 年版。

b.《〈文心雕龙〉对〈文选〉的影响》,同上。

c.《〈文选〉撰者考》,同上。

d.《〈文选〉中梁代作品的撰录问题》,同上。

e.《〈文选〉编辑的周围》,同上。

f.《沈约"八病"真伪考》,同上。

g.《沈约声律论——探讨平头、上尾、蜂腰、鹤膝》，同上。

h.《沈约韵纽四病考——考察大韵、小韵、傍纽、正纽》，同上。

i.《简文帝萧纲〈与湘东王书〉考》，同上。

j.《庾信文学》，同上。

k.《王褒传记与文学》，同上。

l.《〈诗品〉是否以"滋味说"为中心——对近年来中国〈诗品〉研究的商榷》，《文学遗产》1993 年 3 期。收入《清水凯夫〈诗品〉〈文选〉论文集》，周文海编译，首都师范大学出版社 1995 年版。

m.《〈诗品〉谢灵运逸话考》，《学林》第 11 辑。

n.《〈诗品〉序考》，《立命馆文学》第 511 辑。

o.《〈诗品〉研究方法之研讨与五言之警策等问题探讨》，《学林》第 14、16 辑。

p.《梁代中期文坛考》，《六朝文学论文集》，重庆出版社 1989 年版。

q.《〈梁书〉"携少妹于华省，弃老母于下宅"考》，《〈文选〉学散论》，吉林大学出版社 2004 年版。

r.《王羲之兰亭序不入〈选〉问题研究》，收入《清水凯夫〈诗品〉〈文选〉论文集》，周文海编译，首都师范大学出版社 1995 年版。

446. 曹文心《〈敕勒歌〉的篇题、作者及产生年代》，《淮北煤炭学院学报》1991 年第 2 期。

447. 曹文柱《六朝时期江南社会风气的变迁》，《历史研究》1988 年第 2 期。

448. 曹旭：

a.《钟嵘家世考》，《上海师大学报》1989 年第 4 期。

b.《〈诗品〉的称名及序言的位置》，《中州学刊》1989 年第 5 期。

c.《〈诗品〉东渐及对日本和歌的影响》，《文学评论》1991 年第 6 期。

d. 曹旭《诗品集注》，上海古籍出版社 1994 年版。

449. 曹虹《读〈文选平点〉》，《南京大学学报》1989 年第 4 期。

450. 曹道衡：

a.《何逊生卒年问题试考》，收入作者著《中古文学史论文集》，中华书局 1986 年版。

b.《何逊三题》，同上。

c.《〈晋书·郭璞传〉志疑》，同上。

d.《郭璞和〈游仙诗〉》，同上。

e.《晋代作家六考》，同上。

f.《魏晋南北朝文学史札记》，同上。

g.《关于鲍照的家世和籍贯》，同上。

h.《鲍照几篇诗文的写作时间》，同上。

i.《论江淹诗歌的几个问题》，同上。

j.《关于裴子野诗文的几个问题》，同上。

k.《试论北朝文学》，同上。

l.《关于王褒的生卒年问题》，同上。

m.《相和歌与清商三调》，同上。

n.《关于北朝乐府民歌》，同上。

o.《论鲍照诗歌的几个问题》，同上。

p.《关于〈玉台新咏〉的版本及编者问题》，《中国古典文学论丛》第 2 辑。

q.《评〈先秦汉魏晋南北朝诗〉》，《古典文学知识》1986 年第 3 期。

r.《读〈中古文学系年〉》，《文学遗产》1986 年第 4 期。

s.《桓谭生卒年问题质疑》，《辽宁大学学报》1990 年第 3 期。

t.《陆机籍贯问题》，《艺文志》第 3 辑，山西人民出版社 1985 年版。

u.《江淹作品写作年代考》，同上。又收入作者著《中古文学史论文集续编》，台湾文津出版社 1994 年版。

v.《试论陆机陆云的〈为顾彦先赠妇〉》，《河北师院学报》1989 年第 1 期。

w.《郭璞评传》，《中国历代著名文学家评传》，山东教育出版社 1985 年版。

x.《鲍照评传》,同上。

y.《吴均评传》,《中国历代著名文学家评传续编》,山东教育出版社1988年版。

z.《关于萧统和〈文选〉的几个问题》,《社会科学战线》1995年第5期。

aa.《论颜延之的思想和创作》,《古典文学论丛》第4辑。

bb.《略论北朝辞赋及其与南朝辞赋的异同》,《文史哲》1991年第6期。

cc.《论北魏诗歌的发展》,《文史知识》1990年第3期。

dd.《再论北朝诗赋》,《社会科学战线》1985年第1期。

ee.《论北齐诗歌的历史地位》,同上刊1992年第3期。

ff.《从〈切韵序〉推论隋代文人的几个问题》,《文史》第35辑。

gg.《江淹沈约和南齐诗风》,《河北师院学报》1986年第2期。

hh.《王琰和他的〈冥祥记〉》,《文学遗产》1992年第1期。

ii.《关于〈刘子〉的作者问题》,《中国社会科学院研究生院学报》1990年第2期。

jj.《十六国文学家考略》,《中古文学史论文集》,中华书局2002年版。

kk.《〈文选〉与辞赋》,《汉魏六朝文学论文集》,广西师范大学出版社1999年版。

ll.《东晋南北朝时代的北方文化对南方文学的影响》,见《中古文学史论文集》,同上。

mm.《乐府诗选》,人民文学出版社2000年版。

451. 曹道衡、沈玉成:

a.《南北朝文学史》第十七章及注④,人民文学出版社1991年版。

b.《南北朝文学史》"鲍集的版本",同上。

c.《南北朝文学史》"萧纲"一节,同上。

d.《南北朝文学史》"杨衒之"一节注,同上。

e.《南北朝文学史》"木兰诗"一节注,同上。

f.《有关〈文选〉编纂中几个问题的拟测》,《〈昭明文选〉研究论文集》,吉林文史出版社 1988 年版。

g.《刘勰卒年问题的再探讨》,《古籍整理与研究》第 5 辑。

h.《〈文选〉李注义疏校点前言》,中华书局 1986 年版。

i.《许询年岁》,《中古文学丛考》,中华书局 2003 年版。

j.《刘孝绰年表》,《中古文学丛考》,中华书局 2003 年版。

452. 萧亢达《汉代乐舞百戏艺术研究》第一章绪论"汉乐四品",文物出版社 1991 年版。

453. 萧艾《〈世说〉探幽》,湖南出版社 1992 年版。

454. 萧华荣:

a.《〈诗品〉注释》,中州古籍出版社 1985 年版。

b.《簪缨世家——两晋南朝琅邪王氏家族传奇》,三联书店 1985 年版。

c.《华丽家族——两晋南朝陈郡谢氏家族传统》,三联书店 1985 年版。

455. 萧洪林、邵立均《刘勰与莒县定林寺》,《文史哲》1984 年第 5 期。

456. 萧涤非:

a.《汉魏六朝乐府文学史》,人民文学出版社 1984 年版。

b.《评俞平伯在汉乐府〈羽林郎〉解说中的错误立场》,《乐府诗研究论文集》,作家出版社 1957 年版。

c.《从杜甫、白居易、元稹诗看"木兰诗"的时代》,《文学遗产增刊》一辑,作家出版社 1957 年版。

d.《读阮嗣宗诗札记》,《民国期刊资料分类汇编·〈文选〉学研究》下册,国家图书馆出版社 2010 年版。

457. 萧新祺《宋刻本〈文选〉五臣注残帙简介》,《古籍整理出版情况简报》第 203 期。

458. 黄节：

a.《魏武帝诗注·魏文帝诗注·魏明帝诗注》，中华书局 2008 年《曹子建诗注》附录。

b.《曹子建诗注·阮步兵咏怀诗注》，中华书局 2008 年版。

c.《谢康乐诗注·鲍参军诗注》，中华书局 2008 年版。

d.《汉魏乐府风笺》，中华书局 2008 年版。

459. 黄永年《〈曹子建集〉二题》，《陕西师大学报》1992 年第 1 期。

460. 黄侃：

a.《〈文选〉平点》，上海古籍出版社 1985 年版。

b.《〈文心雕龙〉札记》，中华书局 1962 年版。

c.《〈诗品〉讲疏》，收入《〈文心雕龙〉札记》中，同上。

d.《咏怀诗笺》，《民国期刊资料分类汇编·〈文选〉学研究》下册，国家图书馆出版社 2010 年版。

461. 黄炳麟《“五斗米”辨趣》，《光明日报》1993 年 3 月 29 日。

462. 黄威《〈玉台新咏〉成书研究》，中国社会科学出版社 2017 年版。

463. 黄焯《〈文选平点〉后记》，上海古籍出版社 1985 年版。

464. 黄燕平《张衡〈二京赋〉文体发微》，《文学遗产》2018 年第 5 期。

465. 黄葵《〈陆云集〉前言》，中华书局 1988 年版。

466. 黄耀堃《五声四声之辨并论沈约陆厥之争》，香港中文大学联合书院中文系刊物《华风》。

467. 商伟《论宫体诗》，《北京大学学报》1984 年第 4 期。

468. 常任侠：

a.《甘肃省麦积山石窟艺术》，《常任侠艺术考古论文选集》，文物出版社 1984 年版。

b.《佛教与中国雕刻》，同上。

469. 寇效信《秦汉乐府考略》，《陕西师大学报》1978 年第 1 期。

470. 梁启超《中国之美文及其历史》，中华书局 1936 年版。

471. 梁临川《钟嵘〈诗品〉原貌考索》，《文学遗产》2010 年第 4 期。

472. 梁绳祎《刘勰与〈文心雕龙〉》,《〈文心雕龙〉研究论文集》,人民文学出版社 1990 年版。

473. 隋树森《〈古诗十九首〉集释》,上海中华书局 1936 年版。

474. 梅运生《钟嵘和〈诗品〉》,上海古籍出版社 1982 年版。

475. 董众《阮步兵年谱》,《民国期刊资料分类汇编·〈文选〉学研究》下册,国家图书馆出版社 2010 年版。

476. 游志诚、徐正英《〈昭明文选〉斠读》,台北骆驼出版社 1995 年版。

477. 游国恩：

a.《居学偶记》,收入作者著《游国恩学术论文集》,中华书局 1989 年版。

b.《论蔡琰〈胡笳十八拍〉》,同上。

c.《〈柏梁台诗〉考证》,同上。

d.《陶潜年纪辨疑》,同上。

478. 游国恩等《中国文学史》,人民文学出版社 1963 年版。

479. 游信利《郭璞正传》,《国立政治大学学报》第 33 期。

480. 景蜀慧《魏晋政局与皇甫谧之废疾》,载《魏晋文史寻微》,中华书局 2018 年版。

481. 谢文学：

a.《钟嵘家世考》,《河南师范大学学报》1991 年第 1 期。

b.《钟嵘交游考》,《河南财经学院学报》1992 年第 4 期。

c.《钟嵘交游再考》,《许昌师专学报》1992 年第 4 期。

482. 谢明勋《从干宝著作谈〈搜神记〉之著述缘由》,《书目季刊》25 卷第 1 期。

483. 程千帆《唐代进士行卷与文学》,上海古籍出版社 1980 年版。

484. 程天祜：

a.《刘勰家世的一点质疑》,《社会科学战线》1991 年第 3 期。

b.《〈刘子〉作者辨》,《吉林大学学报》1986 年第 6 期。

c.《〈刘子〉作者新证》,《吉林大学学报》1990 年第 6 期。

485. 程章灿:

a.《先唐赋存目考》,《魏晋南北朝赋史》附录。

b.《魏晋南北朝赋史》,江苏古籍出版社 1992 年版。

486. 程毅中《古小说简目》,中华书局 1981 年版。

487. 程毅中、白化文《略谈李善注〈文选〉的尤刻本》,《文物》1977 年第 11 期。

488. 喻蘅《〈兰亭序〉论战廿五年综析与辨思》,《复旦学报》1991 年第 3 期。

489. 葛兆光《干宝事迹材料稽录》,《文史》第 7 辑。

490. 葛晓音:

a.《王瑶先生对中古文学研究的贡献》,《文学遗产》1990 年第 4 期。

b.《八代诗史》,陕西人民出版社 1989 年版。

c.《左延年〈秦女休行〉本事新探》,《苏州大学学报》1984 年第 4 期。收入作者著《汉唐文学的嬗变》,北京大学出版社 1990 年版。

491. 傅如一《乐府古辞〈饮马长城窟行〉考索》,《文学遗产》1990 年第 1 期。

492. 傅刚:

a.《〈昭明文选〉研究》,中国社会科学出版社 2000 年版。

b.《〈文选〉版本研究》,北京大学出版社 2000 年版。

c.《〈玉台新咏〉版本补录》,中华书局编《文史》2004 年第 3 期。

d.《〈玉台新咏〉编纂时间再讨论》,《北京大学学报》2002 年第 3 期。

e.《论韩国奎章阁本〈文选〉的文献价值》,《文献》2000 年第 3 期。

f.《〈玉台新咏〉与南朝文学》,中华书局 2018 年版。

g.《〈文选〉与〈诗品〉、〈文心雕龙〉及〈文章缘起〉的比较》,收在《昭明文选研究》,中国社会科学出版社 2000 年版。

h.《文贵清省说的时代意义——论陆云〈与兄平原书〉》,收在《汉魏六朝文学与文献论稿》,商务印书馆 2016 年版。

493. 傅璇琮：

a.《潘岳系年考证》,《文史》第 14 辑。

b.《左思〈三都赋〉写作年代质疑》,《中华文史论丛》1979 年第 2 期。

c.《唐代科举与文学》,陕西人民出版社 2003 年版。

494. 傅璇琮、沈玉成《建安文学史料系年》,《艺文志》第 3 辑。

495. 傅璇琮、钟元凯《古代文学的整体研究评议——从〈中国中古诗歌史〉谈起》,《文学遗产》1990 年第 1 期。

496. 蒋方《关于干宝——读葛兆光〈干宝事迹材料稽录〉后》,《湘潭大学学报》1984 年第 3 期。

497. 蒋述卓《佛经传译与中古文学思潮》,江西人民出版社 1990 年版。

498. 蒋祖怡：

a.《颜延之评传》,《中国历代著名文学家评传续编》,山东教育出版社 1988 年版。

b.《钟嵘〈诗品〉作年考》,《杭州大学学报》1989 年第 2 期。

499. 蒋祖怡、韩泉欣《陆机评传》,《中国历代著名文学家评传》,山东教育出版社 1985 年版。

500. 蒋晓光《〈西京赋〉中秦穆公故事源流考》,《求索》2017 年第 5 期。

501. 蒋逸雪《关于〈孔雀东南飞〉的写作时代问题》,收入作者著《南谷类稿》,齐鲁书社 1986 年版。

502. 韩玉生《〈文心雕龙〉究竟成书于什么年代》,《古代文学理论研究》第 5 辑。

503. 韩泉欣：

a.《张载评传》,《中国历代著名文学家评传续编》,山东教育出版社 1988 年版。

b.《张协评传》,同上。

504. 韩晖《〈文选〉编辑及作品系年考证》,群言出版社 2005 年版。

505. 韩基国《日本"新〈文选〉学"管窥》,《〈昭明文选〉研究论文集》,吉林文史出版社 1988 年版。

506. 童岭《南齐时代的文学与思想》,中华书局 2013 年版。

507. 富永一登《〈文选〉李善注研究》,日本研文 1999 年版。

508. 斯波六郎《〈文选〉诸本研究·旧钞〈文选集注〉残卷》,《〈文选〉索引》,李庆译,上海古籍出版社 1997 年版。

509. 森野繁夫《简文帝的文章观——以〈与湘东王书〉为中心》,转引自清水凯夫《简文帝萧纲〈与湘东王书〉考》。

510. 敦煌文物研究所《敦煌莫高窟》,文物出版社 1982 年版。

511. 鲁迅:

a.《破〈唐人说荟〉》,《集外集拾遗补编》,《鲁迅全集》第 8 册。

b.《中国小说史略》,人民文学出版社 1973 年版。

512. 鲁同群《庾信入北仕历及其主要作品的写作年代》,《文史》第 19 辑。

513. 曾维才《试论魏晋人物批评对中国文学批评的影响》,《文艺理论研究》1991 年第 4 期。

514. 詹锳:

a.《〈文心雕龙·隐秀〉篇的真伪问题》,《文学评论丛刊》第 2 辑。

b.《再谈〈文心雕龙·隐秀〉篇补文的真伪问题》,《河北大学学报》1982 年第 1 期。

c.《〈文心雕龙〉风格学》,人民文学出版社 1982 年版。

d.《〈玉台新咏〉三论》,《东方杂志》40 卷第 6 期,1944 年。又见《詹锳全集》,河北大学出版社 2016 年版。

e.《〈文心雕龙〉版本叙录》,《中华文史论丛》1980 年第 3 期。

f.《漫谈四声》《四声与五音及其应用》,《詹锳全集》,河北大学出版社 2016 年版。

515. 詹鸿《刘孝绰年谱》,《中古作家年谱》,黑龙江教育出版社版。

516. 蔡义江《史载蔡琰〈悲愤诗〉是晋宋人的拟作》,《建安文学研究文集》，黄山书社。

517. 蔡丹君：

a.《从乡里到都城：历史与空间变迁视野中的十六国北朝文学》，三联书店 2019 年版。

b.《独山莫氏复刻缩宋本〈陶渊明集〉底本探疑》，《中国社会科学院研究生院学报》2017 年第 6 期。

518. 缪钺：

a.《王粲行年考》，收入作者著《读史存稿》，三联书店 1963 年版。

b.《读潘岳〈闲居赋〉》，同上。

c.《陶潜"不为五斗米折腰"新释》，同上。

d.《颜延之年谱》，同上。

e.《鲍明远年谱》，同上。

f.《颜之推年谱》，同上。

g.《颜之推评传》，《中国历代著名文学家评传续编》，山东教育出版社 1988 年版。

h.《颜之推的文字训诂声韵校勘之学》，收入作者著《冰茧庵丛稿》，上海古籍出版社 1985 年版。

519. 熊明《生命理念的投射：嵇康与〈圣贤高士传赞〉》，《古籍整理研究学刊》2004 年第 6 期。

520. 管雄《声律的发生和发展及其在中国文学史上的影响》，《古代文学理论研究》第 3 辑。

521. 谭正璧《中国文学家大辞典》，上海光明书局 1941 年版。

522. 谭家健《试论任昉》，《文学评论丛刊》第 16 辑。

523. 谭家健、李知文《〈水经注〉选注》，中国社会科学出版社 1989 年版。

524. 滕福海《〈文心雕龙〉这个书名是什么意思》，《文史知识》1983 年第 6 期。

525. 樊荣：

a.《编撰〈何晏集辑注〉的思考》,载《竹林七贤研究》,中国书籍出版社2016年版。

b.《嵇康年谱》,载《竹林七贤研究》,中国书籍出版社2016年版。

c.《阮籍年谱》,载《竹林七贤研究》,中国书籍出版社2016年版。

526. 潘重规：

a.《刘勰文艺思想以佛学为根柢辨》,《文心同雕集》,成都出版社1990年版。

b.《圣贤群辅录新笺》,新亚书院学术年刊第7期。

527. 潘祖炎《王羲之生卒年辨正》,《绍兴师专学报》1989年第4期。

528. 潘涌《回文诗琐谈》,《文史知识》1988年第8期。

529. 霍衣仙《刘彦和简明年谱》,转引自牟世金《刘勰年谱汇考》。

530. 霍松林《〈燕丹子〉成书的时代及在我国小说发展史上的地位》,《文学遗产》1982年第4期。

531. 穆克宏：

a.《刘勰与萧统》,收入作者著《〈文心雕龙〉研究》,福建教育出版社1991年版。

b.《刘勰的文体论初探》,同上。

c.《六朝文体分类的发展》,载作者著《滴石轩文存》,海峡文艺出版社1994年版。

d.《研习〈文选〉之津梁》,《文学遗产》1991年第1期。

e.《试论〈玉台新咏〉》,《文学评论》1985年第6期。

f.《〈昭明文选〉研究》,人民文学出版社1998年版。

g.《李详与〈文选〉学研究》,中国文选学研究会编《中国文选学》,学苑出版社2007年版。

532. 魏明安：

a.《阮瑀评传》,《中国历代著名文学家评传续编》,山东教育出版社1988年版。

b.《傅玄是太康作家吗》,《甘肃师大学报》1981年2期。又载作者著《中国古代文学论丛》，黄山书社 1992 年版。

533. 魏隐儒：

a.《中国古籍印刷史》，印刷工业出版社 1984 年版。

b.《古籍版本鉴定丛谈》，同上。

534. 魏敏慧《东汉隐逸风气探析》，国立政治大学中国文学研究所 1990 年硕士论文，引自《书目季刊》24 卷第 4 期。

535. 戴明扬《嵇康事迹》，《〈嵇康集〉校注》附录，人民文学出版社 1962 年版。

536. 戴建业《浊世清流——世说新语会心录》，海南出版社 2016 年版。

537. 蹇长春、王会绍、余贤杰《傅玄阴铿诗注》，甘肃人民出版社 1987 年版。

538. Victor H. Mair and Mei Tsu-Lin：The Sanskrit Origins of Recent Style Prosody. Harvard Journal of Asiatic Studies in 1991.

539. Willam H. Nienhauser, Jr. ：Once Again, The Authorship of The Hsi-Ching Tsa-Chi, Journal of the American Oriental Society 98. 3.